寂寞的鲸鱼

Ji Mo De Jing Yu

（上）

含胭 著

华龄出版社
HUALING PRESS

图书在版编目（CIP）数据

寂寞的鲸鱼：全2册/含胭著．-- 北京：华龄出版社，2023.4

ISBN 978-7-5169-2441-9

Ⅰ．①寂… Ⅱ．①含… Ⅲ．①长篇小说－中国－当代 Ⅳ．①I247.5

中国国家版本馆CIP数据核字(2023)第015185号

策划编辑	鹿玑之	**责任印制**	李未圻
责任编辑	冀　晖　梁玉刚	**封面设计**	小　茜

书　名	寂寞的鲸鱼（全2册）	**作　者**	含　胭
出　版 发　行	华龄出版社 HUALING PRESS		
社　址	北京市东城区安定门外大街甲57号	**邮　编**	100011
发　行	（010）58122255	**传　真**	（010）84049572
承　印	艺通印刷（天津）有限公司		
版　次	2023年4月第1版	**印　次**	2023年4月第1次印刷
规　格	710mm×1000mm	**开　本**	1/16
印　张	43	**字　数**	837千字
书　号	ISBN 978-7-5169-2441-9		
定　价	79.80元		

CONTENTS

目　录

CONTENTS

目　录

Chapter 01
网络一线牵

下午五点，笔试全部结束，占喜被裹挟在人流中离开考场。

对于这场国考，她本就不抱希望，考完后更是觉得没戏，唯一担心的就是又要接受母亲无休止的唠叨。

迟贵兰做梦都希望女儿能考上公务员，认为女孩子就该有份稳定又体面的工作，说出去倍儿有面子，更有利于找到优质对象，哪怕她连占喜报的是什么单位、什么岗位都搞不清。

“只要是公务员，就是好的！”迟贵兰总是这么说。

考场门口人多车多，占喜打算坐地铁回家，站在十字路口等绿灯时，耳边响起一个略带迟疑的声音。

“占喜？”

占喜回头，看到一个胖乎乎的年轻男人，身边还跟着一个女孩子。两个人手挽着手，显然是情侣。

“占喜？真的是你？”男人像是很惊喜，“我是黄伟啊，你不记得我了？咱们是高中同学。”

“啊……”占喜微微张嘴，说实话，她真的不记得了。高中三年她过得并不愉快，别说男同学，就连要好的女同学都没有，毕业后和班里的人没有任何联系。

“好多年没见了呢！你还是老样子，我刚才远远看着就觉得是你。哎，这是我女朋友。”黄伟指指身边的女孩儿，一脸幸福。

占喜和对方点头致意：“你好！”

黄伟很是自来熟，又从口袋里掏出名片递给占喜："我现在在车行工作，卖车，你有需要可以找我。"

占喜接过名片，这时候绿灯亮了，三人随着人流一同过马路。黄伟问："你今天也考试吗？"

"嗯。"占喜笑笑，"我就是来凑个热闹。"

黄伟说："我也差不多，碰碰运气。对了，去年开同学会你怎么没到啊？好多同学都挺惦记你的。"他又对女朋友解释："占喜当年可是我们班的班花，不知道有多少男同学喜欢她呢。"

"我那天刚好有事情。"占喜臊得慌。今天要考试，天气冷，她特地穿着一件巨厚的羽绒服，也没化妆，被一个陌生的老同学这么介绍实在太尴尬了。

黄伟的女朋友好奇地打量她，还问黄伟："那你是其中之一吗？"

"啊？哈哈哈……瞧你说的。"黄伟打着哈哈。

占喜不想再聊了，回头看一眼地铁站，撒了个小谎："我得走了，晚上和人约了饭。"

"男朋友吗？"黄伟嘿嘿直乐，"来，我们加个微信，下回再开同学会，你可一定要到啊！"

占喜拗不过，只得和他互加微信。黄伟没再多说，和女朋友手牵手离开了。占喜也往地铁站走，走过十几米后鬼使神差地回了下头，发现黄伟在对女朋友说着什么，那个女孩儿也正好回头看她。

目光相汇，两个人都是一愣，继而回过头去，当作什么都没发生。

占喜知道黄伟会对他的女朋友说什么。

她一边走，一边把朋友圈设置为"不让他看"，再过几天，就可以神不知鬼不觉地删掉黄伟，这样的偶遇对于她来说毫无意义。

这时候是十一月底，钱塘刚刚入冬，傍晚时分，气温比起白天降得明显。占喜加快脚步，想快点儿进入温暖的地铁站。

她的生日也在十一月，前不久刚过完自己的 23 岁生日。

十一月十一日，特别好记，普天同庆，无论是因为"光棍节"，还是因为网购大狂欢。

但占喜并不喜欢"11"这个数字。

上高中的时候，男生们给她取过一个外号，叫"Eleven Girl"。

"Eleven"等于"11"，"11"等于"5+6"，"56"谐音"无聊"。

"Eleven Girl"的意思是——无聊的女孩儿。

黄伟说得没错，占喜的确长得挺漂亮，小脸蛋儿、大眼睛，白净秀丽，身材也苗条，但她并没有成为万人迷。男生们只要与她多接触一些，就会发现，她其实是个很木讷无趣的人。

占喜什么特长都没有，文艺类的、美术类的、体育类的，她统统不会。她也没什么爱好，性格随和内向，成天只知道读书。

但她还是经常收到情书，并且被人表白。为了这件事情，迟贵兰曾经几次冲到学校找班主任告状，扬着那些从占喜书包里搜出来的彩色信纸，叫嚣着要找对方家长算账。

这样的反应在高中里算是夸张的，连带着占喜在班里过得也不舒坦，大家都知道她有一个很奇葩的老妈。

占喜下扶梯进地铁站，因为考试刚结束，通道里来往的行人不少。她步履匆匆，不停地与人擦肩而过。突然，前方一阵骚动，跑来两个地铁站的安保人员，穿着制服，挥着警棍，边跑边喊。

“那个人！穿黑衣服的！你站住！”

“叫你呢！站住！听到没有！”

占喜和身边人的反应都一样，赶紧贴边让出路来。她回过头看，一群人都怔着，只有一个背对着她、穿黑衣服的高个子男人走得飞快。

大家都没见过这样的场面，有人问：“干吗呢？抓贼啊？”

也有人说：“不知道，那个人搞不好是通缉犯，停都不带停的。”

“快走，快走，真吓人！”

说话间，安保人员已经冲到那个人身后，一把拽住了他的胳膊。占喜并不是好奇心旺盛的人，此时见人已经被抓住了，她便回过头，继续快步往地铁站里走。

另一边，安保人员紧紧拽着男人的胳膊，一脸紧张地看着他。

这个人穿一身黑，羽绒服兜帽戴在头上，帽檐被拉得很低，还戴着黑色口罩，两只手揣在兜里，出站后就低着头大步流星地走。

他形迹可疑，安保人员想让他验一下身份证，结果叫了好几声他都不理，弄得安保人员心里顿时警铃大作。被抓住的那一瞬间，他像是吓了一跳，此时已经转过身来，口罩上方露出的那双眼睛里充满疑惑和惊讶。

两位安保一起对他进行问话。

“叫你呢！怎么不答应？跑什么跑？”

“身份证出示一下。”

“叫什么名字？哪儿人？来钱塘是干什么的？”

边上也有不怕事儿的路人驻足打量，男人的手从兜里伸出来时，两位安保人员更紧张了，但他只是拿出一个皮夹，抽出身份证递过去。

安保人员查验身份证时，那人拉下兜帽，又摘下口罩，安保人员才发现这其实是个年轻又英俊的小伙子，留着一头蓬松的黑发，肤色偏白，鼻梁挺拔，一双眼睛温和清澈，看着完全没有攻击性。

两位安保人员松了口气，其中一个不解地问："刚才叫你，你怎么不答应呢？"

年轻男人盯着他启合的嘴唇看，继而指指自己的耳朵，摇摇手。那只是很简单的一个动作，安保人员却立刻就看明白了。

怪不得呢，原来是个聋哑人。

地铁车厢里温度很高，那么多人挤在一起，穿着厚羽绒服的占喜后背出了一层汗。

到站后她挤出车厢，长长地松了一口气。出站上到地面后，西北风又呼啸着扑到她脸上，冻得她身子一抖。

这一冷一热的，也不知道会不会感冒。占喜戴上围巾，看着进站时还大亮的天光如今已是全黑，缩着脖子往家的方向走去。

她到家时，秦菲还在做饭。占杰懒洋洋地瘫在沙发上玩手机，六岁半的小侄子占凯威在儿童房里赶作业。

占喜换鞋时喊了一声："我回来啦！"

回应她的是厨房里一阵菜料下油锅引起的爆油声。

占喜提着一袋子草莓进厨房，对秦菲说："嫂子，我买了点儿草莓。"

秦菲拿着锅铲在锅里翻炒，也没空看她，用下巴点点台面："放这儿吧。"

占喜回到客厅，占杰忙里偷闲问她："考得怎么样？"

"没戏。"占喜在他身边坐下，问，"你今天不加班呀？"

占杰专心地玩游戏："昨天刚好有个活儿干完，今天休息一天。"

占杰是占喜的亲哥，比她大十一岁，平时加班是常态，一个月里回家吃晚饭的天数两只手都数得过来。

占喜大学毕业后，迟贵兰也不管女儿愿不愿意，非要她住进占杰家里不可，说哥哥疼妹妹是天经地义。占杰无所谓，他的确很疼小妹，只是，整个过程中完全没人去问秦菲的意见。

手机响了，是迟贵兰的电话。占喜一阵心惊肉跳，恹恹地接起来："喂，妈妈。"

"欢欢，你考完了吧？"迟贵兰问，"考得好吗？"

占喜说实话："不好，没什么希望。"

迟贵兰沉默片刻，嗓门儿立刻就大了："你平时到底有没有在复习啊？人家说刚毕业的学生希望是最大的！让你报个班你不报！你纯粹就是不上心！”

秦菲把菜一盘盘端到客厅餐桌上，往沙发这边看了一眼。

占喜小声地说：“妈，我不想考公务员。”

“说什么蠢话呢，不考公务员你能干什么？”迟贵兰一副恨铁不成钢的语气，“你啊你，一点儿危机意识都没有！算了，算了，公务员明年再考，到时候有事业单位的考试，你也去试试。”

占喜烦躁得很，敷衍道：“再说吧，没事的话我挂了。”

“什么叫没事啊？还没说呢就不耐烦了？”迟贵兰气呼呼的，又问，“你嫂子在干吗？”

“做饭啊，快做好了。”占喜压低声音，悄悄向厨房方向看了一眼。占杰的注意力全在手机上，完全没管母亲和小妹在聊什么。

“今儿你们吃什么？上次你回家我看你瘦了，那下巴尖得都能挑螺蛳。你那嫂子成天喊减肥，吃素，也不想想威威还长身体呢，阿杰上班也辛苦，现在又多了一个你，哪能不吃肉啊！”

迟贵兰的嗓门儿真的很大，占喜怕秦菲听见，站起身往书房走：“妈，你小点儿声，嫂子做菜挺好的，都有大荤。”

进房时，秦菲刚好把最后一碗汤端出来，和占喜打了个照面。她说：“洗手吃饭了。”

占喜指指手机：“妈的电话，一会儿就好。”

“要吃饭了还打电话，晚上不能打呀？”秦菲看着占喜进屋带上门，又加一句，“打个电话还要躲起来，防谁呢？”

占杰从沙发边走过来，听到这一句后说：“我妈很久没见欢欢了，聊会儿天很正常。”

秦菲没好气地道：“不就是想问问我有没有虐待她的宝贝女儿吗？”

“说什么呢？”占杰搂了一下妻子的肩，用手指从桌上拎起一块肉往嘴里丢，“哟，这肉好吃。”

秦菲没再接腔，往儿童房里走去：“威威，洗手吃饭了，吃完了再做作业。”

占喜坐在书房里的沙发床上，这是她的床，天天要睡，白天都不折起来了。自从她住进书房，哥哥和嫂子几乎没用过写字台，笔记本电脑都被搬去了主卧，她其实挺不好意思的。

迟贵兰的大嗓门儿还响在耳边：“那个小伙子真的不错，我听你朱阿姨说了就觉得条件好，事业编制呢！他家里给备好了婚房。欢欢啊，朱阿姨已经问我要了你的微信号了，说人家会加你的，你先和他聊聊。”

这已经是迟贵兰找来的第三个“优质男青年”，占喜听得脑壳疼：“妈，我才刚毕业，你为什么那么急着要我嫁出去啊？”

迟贵兰的语速很快：“我不是急，我是为你好，你现在是最好的年纪，知道吗，人也是最漂亮的时候，不趁这年纪好好找个对象，你想拖到什么时候呀？”

占喜说：“我没拖啊，我自己会留意的，又没说不找对象。”

“不能自己找！”迟贵兰斩钉截铁，“你哥就是自己找的，找的我一点儿也不满意，你的对象妈妈一定要帮你把关。你那么单纯的一个人，很容易被人骗的！就像大学里那个人，那样家庭的你想都不要想！”

占喜扶额：“什么和什么呀，我和他本来就没什么。”

“你知道我说的是谁啊，没什么也是因为我发现得早，要是有什么了，悔死你！”

书房门上传来重重的敲门声，占喜吓一跳。

“妈！”她也是听烦了，“我该去吃饭了，嫂子都催了。”

迟贵兰嗤之以鼻：“她催个屁！我和我女儿讲电话关她什么事！”

占喜放柔语气：“你别老说嫂子不好，她挺好的。行吧，行吧，人家来加我，我会聊的。我真的要去吃饭了，都饿死了。”

一听女儿饿了，迟贵兰立刻放行：“饿了呀，那赶紧去吃饭吧，多吃点儿，别学你嫂子减肥啊。”

挂掉电话，占喜走出书房。兄嫂一家三口已经坐在餐桌边，秦菲帮她把饭都盛好了，抬头看她一眼：“洗手，吃饭了。”

“哦，谢谢嫂子。”占喜往厨房走去。

迟贵兰和秦菲长期不睦，殃及池鱼，秦菲看占喜也不顺眼。

作为女儿，占喜知道迟贵兰是个好母亲，就是强势了些。但作为旁观者，她觉得迟贵兰不是个好婆婆。而且占杰这人也很一言难尽，不会调和，只会逃避，婆媳关系能好才奇怪了。

占喜为秦菲打抱不平，嫂子应该过得很憋屈。她是一个能干又顾家的女人，赚的钱一点儿也不比占杰少，就因为房子是占杰的婚前房，所以她硬不起腰杆对占喜甩脸色。

吃过晚饭，占喜洗碗，洗完后去陪占凯威做作业，没一会儿就听见客厅里传来哥哥和嫂子的争执声。

占杰：“我不去！外面那么冷，我都换上睡衣了，明早上班去倒不一样吗？”

秦菲：“那么多垃圾，放一晚上都臭了，垃圾本来就该每天都倒。”

占杰：“那你去倒呗，要我去，我就是明早去。”

秦菲：“占杰，你要不要脸？我买菜、做饭、大扫除，什么都干，让你倒个垃圾你就不愿意了？”

占杰：“我难得休息一天，平时上班很累了，外面太冷，我不想出门，谁要倒谁去倒，反正我不去。”

秦菲：“我不上班？我不累啊？这家是你一个人养的吗？”

占喜和占凯威对视一眼。占凯威摇头叹息：“唉……又来了。”

占喜快步走出房间：“我去倒，我去倒，不就倒个垃圾嘛。”

她拎起外套要穿，占杰突然抓住她的手臂，声音巨响：“不许去，谁要倒谁去。”

秦菲气得浑身发抖，手指着占杰：“你什么意思，占杰？现在是你们姓占的算一家人，我是外人对吗？”

占喜反手拉住占杰：“哥，垃圾的确该每天都倒，我去倒就行，没多少路。”

秦菲又指向她：“你给我闭嘴，现在没你说话的份儿。”

占喜：“……”

占杰火了：“秦菲，你发什么神经？有火冲我来，占喜惹你了吗？她是我妹，我就这一个妹妹！”

秦菲大叫：“真新鲜呢！说得好像你有不止一个老婆似的！”

儿童房里传来占凯威的尖叫声：“你们别吵啦！烦死人啦！”

“砰”的一声，房门被甩上了。占杰和秦菲面对着面大口喘气，占喜默默地拎起几袋垃圾，外套都忘了穿，一溜烟儿地出了门。

深夜，占喜躺在沙发床上发呆。

这五个月来，秦菲在忍，她也在忍，如今看来秦菲快要忍不下去了。她想，她还是快点儿找个房子搬走吧。

不知道占杰和秦菲私底下相处是怎样的状态，他们结婚已有八年，是自由恋爱，算老夫老妻了吧。可依占喜的观察，他们平时很少有亲密的言行。

如果夫妻结婚几年后就是这样的相处模式，占喜觉得婚姻一点儿也不值得期待，不明白老妈为什么那么急着要她出嫁。

她没有谈过恋爱，青春期顶着一张漂亮的脸过得寡淡无味，大学一毕业又被母亲疯狂地安排相亲。照目前的趋势来看，她很有可能会嫁给一个让母亲处处满意的体制男。仔细想想，挺悲哀的。

其实，占喜找对象的要求历来简单。对方不用高，不用帅，身体健康，有稳定工作，关键是必须要足够有趣，能说会道，可以逗她笑，谁让她是个无趣的人呢？

“Eleven Girl”想要找到她的“Mr Funny”。

寂寞的夜晚，无聊的人生，这一天又浑浑噩噩地过去了。

——嗨，有趣先生，你在哪里呀？

台灯熄灭，占喜裹着被子陷入梦乡。

星期一上班，午休时大开间里很安静，有些同事还没回来，有人趴在桌上午睡，有人则戴着耳机刷剧。空气里飘着淡淡的咖啡香和水果味，隔壁还传来两位年轻妈妈交流育儿经验的说话声。

占喜窝在工位上看租房软件，看到有合适的房源就收藏下来。昨天着了凉，她有点儿感冒，不停地拿纸巾擤鼻涕，一杯杯地灌热水。

部门经理文琴中午被叫去和孙总一块儿吃饭，午休快结束才回来，路过占喜桌边时敲敲她的桌面："小占，来活儿了，到我办公室来。"

"哎！"占喜乖乖地跟她进去，刚坐下，市场部老钱就急匆匆地进来，抱着一大摞文件喊："姑奶奶，你可算回来了，赶紧帮我盖章。"

文琴年近四十，拿过文件翻一遍，对老钱说："你先等等，我把事情给小占交代了再给你盖，这都还没上班呢。"

老钱就在边上坐下等，占喜洗耳恭听，文琴把孙总交代的事给她复述了一遍。

事情很简单，二十多天后，公司会有一位大客户带团队来考察。客户是外国人，男性，五十多岁，孙总想给对方送份见面礼，找文琴去吃午饭就是为这事儿。

据说这个外国人正经又清高，不收任何昂贵的礼物。孙总寻思土特产也拿不出手啊，于是就多方打听，得知这个外国人常年生活在中国，喜爱茶艺、花艺等雅致事物，尤其喜爱他老家一位手作花艺大师的造花作品。

听到这儿，占喜还在发愣，老钱忍不住插嘴："那是要买进口花呀？这花寄过来不都蔫儿了吗？植物过海关很麻烦吧？"

文琴一副"你没见过世面"的表情："手作，造花，花都是假的。"

"假的？"老钱更纳闷了，"假花去小商品批发市场买不就得了，撑死了几百块钱一盆，这玩意儿还能送人啊？还不如送土特产呢。"

"你别打岔。"文琴示意他闭嘴，又对占喜说："别听老钱瞎说，孙总让我们准备的花可不便宜，都是手工做的，叫什么……烫花艺术，不需要从国外买，现在国内也有人在做。小占，你的任务就是去找做这种花的人，做一个摆件，高雅点儿的，我估计网上能找到。你们年轻人爱玩短视频，这个任务就交给你了。至于具体做什么花，你先找到人再说。"

占喜听懂了，但她对这一行很陌生，对于"烫花艺术"也是第一回听说。她问："文姐，预算是多少呀？"

文琴也是一头雾水："我哪知道预算啊，问孙总他也说不上来，我估摸着小四位数吧，再贵就没意思了。"

"嚯！"老钱惊呼，"那就是三四千，这个价买盆假花？孙总也太狠了吧！"

文琴皱眉："你懂什么？手工的，现在手工的最值钱！手工刺绣、手工雕刻……人家是手艺活儿，就是比机器做得精致，送出去也显得咱们有诚意。"

老钱体会不了这份高雅，不吭声了。文琴又交代占喜几句，占喜便出了办公室。

对于这份工作，占喜说不上多喜欢，毕竟工作不是她自己找的，而是迟贵兰托了一大圈儿关系把她塞进来的。人力资源部经理文琴是占喜的远房表姐，占喜上一回见她还是在太姥姥的追悼会上，那会儿她才 5 岁，也不知道这么远的关系迟贵兰是怎么搭上线的。

占喜上班小半年，日常就是为部门打杂，相当于文员，文琴让她干什么她就干什么。有时也帮其他分管薪资福利、招聘培训、晋升团建的姐姐们打下手。没有自己具体的工作内容，不免让她心生焦虑。

坐回工位，占喜先在电脑上搜索"烫花艺术"，大概了解后又打开手机去网店和短视频平台找了一圈儿，还真被她找到几个做这行的店铺和主播。

占喜锁定 Q 站一个视频播放量不少的主播，这个人主做烫花作品，做出来的东西有头饰、衣服上的配饰、新娘捧花、桌上的花卉摆件等。不得不说，那些头饰、配饰真的精美又可爱，几乎以假乱真。有一个草莓样的胸针胖乎乎、圆滚滚的，占喜特别喜欢。

视频都经过了剪辑，没有完整的制作流程，搭配简单的文字解说。作者也不露脸，不出声，只能看到他的手。

那是一双相当漂亮的手。

手的主人应该是男性，皮肤白皙，手指修长且骨节分明，手背上有隐约的青筋，指甲剪得圆润干净，右手小指最底下那节还长着一颗红色小痣。

他轻挽着衣袖，露出清瘦的手腕，拿着各种工具操作时，那十根手指不论伸直还是蜷起都灵活舒展，有一种令人赏心悦目的姿态。

配着轻快的音乐，占喜看得津津有味，心里感叹这个人真是心灵手巧，还是男人呢！要是她哥有这么一双手，小侄子学校里的手工作业就再也不用愁了。

看着看着，占喜忍不住低头看自己的手。家族遗传，她手上的皮肤虽然白，十个手指却肉嘟嘟的，手背也肉，戴戒指不好看，据说戴玉镯子会显得富态。

人人都说这是一双好福气的手，和她的名字一样喜气洋洋。

占喜郁闷地撇嘴。她更想要一双纤纤玉手，会显得更高级。

看过几段造花视频，又看到主播留在主页的"承接各种烫花作品私人订制"信息，占喜当即给主播发私信，很幸运，对方立刻就做出了回复。

占喜把事情缘由说了一遍，很虚心地向对方询价，对方显然被弄蒙了。

小鱼鱼手作烫花：？？？

占喜发了个“期待”的表情。

小鱼鱼手作烫花：亲，一朵花一个价，一个作品又一个价，我都不知道您想做什么呀。

一个有着一双美手的男人开口是“亲”，占喜有点儿接受不了。但可能开网店的都这样吧，没喊她“老铁”或“家人”算不错了，她也就没太在意。

她飞快地去网上找来几张鲜花插花的图片，发给对方。

草莓蛋糕：差不多就是这种造型，用烫花能做吗？

小鱼鱼手作烫花：能的呀。

草莓蛋糕：多少钱？

小鱼鱼手作烫花：您确定一款，我给您报价。

占喜便挑了一款有天堂鸟和百合花的作品，红红黄黄的颜色看着很热闹，它还有个喜庆的名字叫“好运来”。

小鱼鱼手作烫花：您稍等哦。

电脑旁，方旭正吃着一碗麻辣烫，抽空发微信。

方旭：鱼啊，这玩意儿用烫花做多少钱？

他把“好运来”的照片发给对方。

一会儿，对方回复了。

好大一头鱼：四千元。

方旭：要这么贵啊？

好大一头鱼：鹤望兰要用府绸，工时长，要造型，需要一周。

方旭：行吧。

方旭抽出餐巾抹抹嘴，打开Q站回复私信。

小鱼鱼手作烫花：亲，这一款要六千元。

草莓蛋糕：这么贵？？？

小鱼鱼手作烫花：亲，您可能不懂，这一款里的鹤望兰要用府绸，工时长，整盆花造型复杂，需要一周哦。

草莓蛋糕：鹤望兰是什么？

小鱼鱼手作烫花：亲，就是天堂鸟哦。

草莓蛋糕：……

占喜对着手机吸吸鼻子，心想人家果然是内行，她都不知道天堂鸟还有别名，更不知道府绸是什么东西。

六千元？抢劫呢！买鲜花能买几十盆了。

占喜头有点儿晕，丢开手机，没精力和对方讨价还价，想着要么换个简单点儿的花卉造型，要么换家店铺再问问。

一整个下午，占喜的微信忙个不停，一边是叽叽喳喳的大学室友群，一边是工作群，外加一个相亲对象小王。

“四个小仙女”群里，姚颖正在口吐“芬芳”，细数合作甲方的各种罪状。罗欣然和占喜都没空回，只有赵晴晴给姚颖捧哏。

占喜得空喝了口水，在群里发问。

鸡蛋布丁：我想在公司附近租个房子，你们说是租单间好还是和人合租好啊？

姚颖：怎么突然要租房子了？你不是住在你哥家吗？

鸡蛋布丁：我哥家太远了，我想多睡会儿。

姚颖：我天！就为了多睡会儿，连免费的房子都不住啊？

鸡蛋布丁：就是这么豪横！

占喜没在群里说过家里的事情，那些鸡毛蒜皮的事儿她自己都觉得不好意思说，只有罗欣然知道一些。

赵晴晴：还好你公司远，附近租单间比市里便宜很多，但也要两千多吧？

鸡蛋布丁：是啊，工资的三分之一。好惆怅，为什么没有大佬包养我啊！

姚颖：为什么没有大佬包养我啊！

赵晴晴：为什么没有大佬包养我啊！

罗欣然：……

姚颖：你要搬出来的想法，你妈知道吗？她要是知道了会不会宰了你？

鸡蛋布丁：会吧。

占喜发了个“沮丧”的表情。

大学同寝四年，占喜和三个室友的关系都不错，她们也没少听占喜说迟贵兰的事儿。姚颖对占喜的定位就是“妈宝女”，说从没见过这么听妈妈话的女孩儿，占喜也不知这是夸奖还是讽刺。

鸡蛋布丁：唉……相亲大佬来和我说话了。

赵晴晴：什么条件？这次是公务员还是事业编？

鸡蛋布丁：事业编。

赵晴晴：没劲，你妈就不能给你介绍一个霸道总裁吗？

鸡蛋布丁：我也想啊！

姚颖：事业编也行，快上！本群脱贫致富就靠你了，喜儿！

占喜切换对话框。

朱阿姨同学的儿子小王：你好，我是王赫，你在忙吗？

鸡蛋布丁：我在上班。

朱阿姨同学的儿子小王：我也在上班，单位在文兴桥附近。你呢？

鸡蛋布丁：我在青雀门这儿。

朱阿姨同学的儿子小王：那我们离得挺远的，我在市里，你都快出城了。

占喜发了个"微笑"的表情。

她没有对王赫开放朋友圈，他倒是对她开放了。她看过对方的照片，长得还行，但可能因为相亲这事儿目的性太明确，她对他没什么感觉，只是有一搭没一搭地聊着天。

感冒让她无精打采，想到下班后回家时哥哥不在，又要独自面对秦菲，她更加感到沮丧。

占喜早上出门时，占杰和秦菲还在因为几袋子垃圾冷战，谁都不搭理谁。她真的很想问问他们——至于吗？

下班后，占喜回到家，占杰果然加班没回来，秦菲带着儿子和她一起吃晚饭。她用公筷给自己夹了一碗菜，对秦菲说："嫂子，我感冒了，怕传染给你们。"

秦菲的脸当场拉长："你的意思是昨天倒垃圾没穿外套，着凉了？"

"不是，可能是坐地铁出过汗，后来又吹了风。"占喜心想，嫂子也太敏感了。她不再多说，坐得离秦菲远远的，默默地吃饭。

占杰不在，两个女人默契得连表面功夫都不想做。吃完后，占喜洗碗、倒垃圾，自觉坐到侄子身边陪他做作业，还不忘戴上口罩。

占凯威抄词语时，占喜坐在小板凳上无所事事，想到那盆花的事情还没头绪，就将小板凳拉远些，拿出手机找起新的主播，静音放视频。

秦菲端着一碗洗净的草莓进儿童房时就看到这一幕，把碗重重地放到儿子手边，开口便带了气。

"就这么一会儿工夫都忍不住啊？"她的语调冷冷的，"一天到晚就捧着个手机，平时也就算了，陪威威写作业还要玩，会影响他学习的。"

占凯威还要煽风点火："手机在手，天长地久！手机离手，魂都没有！"

"胡说八道什么，是谁教你的！"秦菲拍一下儿子的脑袋，又对占喜说："占喜，你别以为我是在针对你，要不是因为我和你哥文化水平不及你，也不会让你来辅导威威做作业。当初是你自己答应了的，要是不愿意就和我直说，小学一年级的东西我还是能教的。”

占喜早已收起手机，低声说：“嫂子，对不起，下次不会了。”

占凯威叉着草莓吃，一双眼睛滴溜溜转着看占喜。小朋友其实挺喜欢姑姑，姑姑长得好看，还常给他买零食和玩具。等到秦菲离开房间，他叉起一块草莓要喂占喜：“姑姑你吃，草莓好甜的。”

占喜被气笑了，她当然知道草莓好甜，买的时候是尝过的。她揉了一把小侄子的脑袋，说：“姑姑感冒了，不吃，你赶紧抄，看你这‘狗爬字儿’。”

占凯威嬉皮笑脸地哼哼，趴到桌上继续抄词语。占喜不敢再玩手机，只能拿起小朋友的语文书无聊地翻看。

晚上，占喜躲在被窝里，又一次去看软件上的租房信息。之前为了应付国考，她没机会说搬家，现在考也考完了，她寻思着周末必须去看几套房。

刷完房源，她又想起那盆还没着落的花，打开另一个叫K站的短视频平台，再一次搜起玩烫花的主播。

这门手艺挺小众的，可能入门不难，玩的人不少，但做得好的人不多，开张接定制的永远是那几个在Q站也有的用户名。

一个个主播看下来，占喜突然顿住，因为她看到一双熟悉的手——手指修长、白皙、骨节分明，手背上有青筋，指甲圆润干净，右手小指上有一颗红痣。

这么漂亮的手看一次就不会忘，只是这主播仅发布出了三段视频，同样经过剪辑，但没配音乐和文字，看起来就显得干巴巴，很枯燥，播放量也非常少。发布日期还是三年前，亏得占喜有耐心，一直在往下拉，要不然根本就看不到。

占喜盯着那双手仔细看，心里确定这和白天那位是同一个人，尽管他们的用户名不太一样，但都和鱼有关。

是换平台了吗？

占喜没犹豫，试着给对方发私信。

糖氽蛋：嗨，晚上好。

糖氽蛋：请问你是小鱼鱼手作烫花的主播吗？

手机振动，骆静语看着屏幕上突然弹出的私信消息，愣了一会儿，缓缓地打下一个字。

好大一头鱼：是。

对方很快就回了。

糖氽蛋：我白天和你询过价，请问能优惠点儿吗？

骆静语不知道对方询价的产品是什么。

好大一头鱼：询价哪个？

占喜把“好运来”的图片发过去。

糖氽蛋：这个，能优惠吗？

骆静语记起来了。白天时他看这张图看得很仔细，把每朵花、每片叶子、每枝花茎都研究过，还按过计算器才给方旭报的价。

他没回，直接在微信上把“好运来”的图片发给方旭。

好大一头鱼：你给客户报价多少？

方旭：什么意思？

好大一头鱼：客户找我了。

方旭：不会吧？

好大一头鱼：你报价多少？

方旭：……

方旭：六千元。

好大一头鱼：……

方旭：不是，兄弟，你听我解释！

骆静语没听方旭解释，板着脸退出微信，又打开K站，做过一番心理建设后，给询价的那个人回消息。

好大一头鱼：这个是六千元。

占喜一看这回复就蔫儿了，心想是不是小众产品也没个价格体系，都是不让还价的。她不想再聊，正要退出时，对方又来消息了。

好大一头鱼：但是今天我们活动搞促销了，订单所有都打折吧，你的好运来了。

占喜感到莫名其妙，因为对方打出来的话奇奇怪怪的，虽然意思能看懂，但语序、语法的使用让人有种“这人语文很差”的感觉。

而且他不叫她“亲”了。

占喜的脑袋里冒出一个问号，好奇地问下去。

糖氽蛋：打几折啊？

好大一头鱼：六折。

占喜还没打字呢，对方又发过来。

好大一头鱼：好运来这个花，很难了，三千六百元全网肯定最低价了，我不骗你。

占喜：“？？？”

不知怎么的，她原本郁闷的心情这时逐渐好转，她对着手机屏幕“噗”的一声笑出来。

糖汆蛋：谢谢你，不过今天太晚了，明天上班详谈吧。

好大一头鱼：好的。

糖汆蛋：那明天下单，是不是就恢复原价啦？

骆静语一愣，发现这话很难回，之前打下那几句话已经费了他不少脑细胞，也不知道说得对不对。他思索片刻，只敢发出一张“网络一线牵，珍惜这段缘”的表情包，又打下两个字。

好大一头鱼：你猜。

看着那些闪烁的玫瑰花和小星星，占喜真的被逗乐了。

骆静语不觉得自己幽默，从小到大，“幽默”这个词就没和他挂过钩，所以他并不知道，自己在深夜真情实感打出的两个字会让一个陌生女孩儿笑上老半天。

相反，此时的他心情欠佳，又一次打开和方旭的聊天对话框。

好大一头鱼：为什么我报四千元，你要报客户六千元？

方旭：你先别急，听我解释，哪有人一开始就报实价的呀！肯定是要让客户讨价还价的嘛。

好大一头鱼：那么客户还价吗？

方旭：没有，后来就没回了。

方旭发来一个“郁闷”的表情。

骆静语坐在工作台边，无力地撑住额头。

好大一头鱼：不是第一次了，四千元包括你的分成，我计算了。

方旭：我知道！这是底价，底价你懂吗？鱼啊，你不是做生意的料，一点儿不懂谈判技巧。对了，人家为什么会找上你啊？是从哪儿找的你？你在Q站自己发过视频？

在方旭主打营业的Q站，骆静语的确没发过视频，不仅如此，在所有用户众多的短视频和社交平台，他都没有发过视频，这是方旭的要求。方旭说他书面沟通有问题，怕他把生意谈砸，让他专心做产品即可。

被客户找到的K站上的账号还是三年前注册的，要不是这天突然弹出私信，骆静语都快忘了这款软件。

方旭还在不依不饶地追问。

方旭：说好了你幕后我台前啊，你要是在别的平台发布内容，是不合规矩的，鱼哥！

好大一头鱼：K站三年前僵尸号了，我会删除掉的。

方旭：行吧，客户要是再找你，你就说你换站了，让他来找我就行，自己人抢自己人生意，说不过去。

骆静语没回。方旭那边一直在输入中，没多久就跳出好长一段文字。

方旭：鱼啊，这种客户我见多了，他可能去别处询价了，也可能只是问问，有时候过几天又会回来问，真心想做的人跑不了。我给他留足还价空间，最后四千多甚至五千元成交他就会很高兴，我再送他几个配饰，他还会很感激，生意就是这样做的。再说了，这种水平的烫花要做得和图片很像，本来就没几个人能做到，你要对自己有信心啊。

好大一头鱼：我知道了。

方旭没有再发消息过来，骆静语也没再继续聊。

他和方旭合伙经营制作小众手工作品这项业务已经三年多。方旭负责剪辑制作视频、运营推广、发货及售后；他负责拍摄视频和照片、制作成品。他们约好三七分成，他拿七，方旭拿三。

骆静语知道方旭会给客户报高价，也知道会有冤大头埋单，多出来的差价自然都进了方旭的腰包，他也没计较。

他在意的是，更多的人直接被虚高的价格给吓跑了，毕竟几千块钱的烫花摆件或其他大件烫花作品，再喜欢的人也不会随意下手，材料成本其实不高，真正值钱的是他付出的时间和精力。

骆静语说不过方旭，不管是当面聊还是网聊他都说不过。

事实上，他说不过任何人，很多话哽在脑子里，就算打字也没法儿表达清楚。姐姐骆晓梅一直劝他要多练阅读和写作，多和普通人交流，那么大个人了写东西还颠三倒四、错字漏字、主谓宾不分，但他对这件事向来持逃避态度。

说来也很奇妙，和“糖氽蛋”的交流，是这几年来他第一次在网络上直面客户，他自己也不知道打出去的那些话有没有语病，倒是后知后觉地感到一阵激动。

好像……和客户沟通也没他想象中那么困难。

工作台上的工具和材料还摊着，骆静语靠在椅背上发了会儿呆。他伸手捏捏鼻梁，起身去厨房，从冰箱里拿出两个鸡蛋和几颗红枣，准备炖一碗糖氽蛋。

他好久没吃糖氽蛋，看到那个客户的用户名，大晚上的居然把他给看馋了。

点上火先煮红枣，骆静语走向阳台，拉开玻璃窗透口气。

初冬的夜晚，十一点多，高层阳台实在不算透气的好地方，扑面而来的冷风跟刀子似的刮在他脸上。

阳台上摆着十几个花盆，多是不畏严寒的花卉和绿植，其他对于温度、环境有要求的盆栽早已被骆静语移进室内。

他喜欢养花草，浇水施肥、剪枝除虫都亲力亲为。他喜欢鲜花盛开、绿意盎然的场景，喜欢微风吹拂后，沁入呼吸间的那一抹芳香。

或者说，他喜欢一切美丽又安静的事物。

他自幼生活在无声世界，“静语”是父亲为他取的名，父母还没来得及体会新生命诞生的喜悦，就已经用一个名字说出了对他的歉意和一抹无奈。

骆静语在藤椅上坐下，乌黑的发丝被夜风吹起，植物们在他身边摇摇曳曳。他看着眼前灯光闪烁的城市夜景，出神许久。

大多数家庭的清晨是忙碌的，上班的上班，上学的上学，占杰家也不例外。占凯威捧着碗馄饨吃得磨磨蹭蹭，秦菲在化妆，占杰在蹲厕所，占喜已经穿上羽绒服、戴上口罩准备出门。

两晚过后，占杰和秦菲和好了。夫妻嘛，床头吵架床尾和，家里终于不再被低气压环绕。

“哥、嫂子，我去上班啦！”占喜喊了一嗓子，只听见她哥在厕所里应了一声。她带上门，匆匆忙忙地下楼梯。

早高峰地铁一如既往地拥挤，占喜挤出车厢后，小跑着出站。抬头看到附近几个高层小区，那都是她的租房备选。她想，要是住这儿就好了，每天还能多睡一个半小时。

在大厦楼下等电梯时，占喜碰到两个男同事。

小吴和她打过招呼后就挤眉弄眼地傻笑，不知道的还以为他有什么面部神经疾病，不过她明白是怎么回事，只能低着头一声不吭。

林岩站在她身边，背着双肩电脑包，左手提了一袋早餐，右手拿着杯热咖啡，低声问：“你吃早饭了吗？”

“吃了。”占喜回答。

“嗯。”林岩不说话了。

小吴瞅瞅这个又瞅瞅那个，插嘴问：“小占，中午我们部门说好了出去吃火锅，你一起去呗。”

占喜几乎没思考：“不用了，谢谢。我这几天挺忙的，午休都要干活。”

小吴斜眼看看林岩，语调怪怪地说：“你们部门还能忙啊？”

这话占喜不爱听。HR 全部门都是女生，在别的部门同事眼里，她们似乎是一群只知道穿衣打扮、搬弄是非、计较考核考勤、成天扣员工奖金的无用岗。

占喜不打算接腔，林岩却说话了：“年底要考核绩效，年后要开年会，HR 能不忙吗？”

“也是。”小吴很快反应过来，“哎，小占，透露一下呗，今年年会大奖是什么呀？”

说话间，电梯来了，三人随着人流进入轿厢，轿厢里很快就挤满了人。小吴不知道被挤去了哪里，占喜乐得不用回答他的问题，但林岩还是站在她身边。有人挤着她，他还伸手挡了一下。

林岩是技术部的，27 岁，研究生毕业，个子挺高，长相斯文，戴一副黑框眼镜，看着就是技术达人的模样。

占喜进公司三个月后和部门同事一起组织团建，和林岩是在拓展训练时认识的。当时是一个高空项目，需要两个人面对面、手握手走过两段钢丝。占喜恐高，吓得腿发软，几乎是林岩抓着她的手把她给拖过去的。

从那以后，林岩对她就有点儿不一样了，时常给 HR 部门点下午茶外卖。同事们都看在眼里，喝着林岩请的奶茶嘻嘻哈哈地开玩笑。她也不傻，知道林岩对自己有好感。

不过他还没开口说过什么，占喜自然不好回应。

在这方面她向来被动，她对于林岩也没什么特别的感觉，主要是这个人走的是高冷范儿，话比她还少。对于两个人仅有的几次交谈，占喜都觉得尴尬，分分钟就能把天聊死。

公司所在的楼层到了，打卡后，占喜和林岩所走的方向相反，分别前，林岩问：“中午真的不和我们一起去吃火锅吗？”

“嗯，我今天真挺忙的，而且我感冒了，怕传染给你们。”占喜戴着口罩，讲话时鼻音浓重，说的是实话。

林岩看着她，好半晌才憋出一句话来：“多喝热水。”

占喜：“好，谢谢。”

占喜这阵子的确很忙，农历春节后公司要开年会，年会由 HR 负责，会上文琴要进行工作汇报，部分幻灯片被交给占喜做。她还没做过这么重要的工作，很怕做得不好出岔子，每天都在看前些年的片子学习，还要帮其他姐姐干活。

她惦记着那盆花，时间并不宽裕，还有二十天那位外国客户就要到访了。

占喜下载了几张鲜花插花图片，有些造型简洁，有些比那盆“好运来”更为复杂，又在 Q 站找到几个做烫花的主播，一个一个耐心地发图询价。

令她意外的是，有几个主播明确地告诉她太难了做不来，或者是可以做，但会做得不那么像，没有鲜花造型漂亮，并且如果成品不满意，是不能退钱的。

占喜没想明白，为什么和“小鱼鱼手作烫花”联系时，对方完全没说能不能做得像。“好大一头鱼”倒是提过很难，她还以为会做烫花的都能做呢。

能做的几个主播报价也是五花八门，比如那盆“好运来”，报五千的有，报八千的有，还有一个女老师居然报到一万。

占喜问过一圈儿后，做好一张表，把几个备选作品的照片和报价按照不同店铺都填上去。最后，她打开 K 站，去找“好大一头鱼”。

令她更意外的情况发生了，昨晚她才和“好大一头鱼”聊过天，就过去了一个晚上，主页里三段视频被删得干干净净，只留下两个人寥寥几句私信对话。

占喜感到困惑，不死心地给他发私信。

糖汆蛋：你好。

糖汆蛋：嗨，你在吗？

糖汆蛋：你怎么把视频都删啦？是要去 Q 站找你吗？

糖汆蛋：今天还能打折吗？

糖汆蛋：？？？

一直等到下班，“好大一头鱼”都没有回复她的私信。

占喜心里有一种说不出来的感觉，想了想，只能打开 Q 站去找“小鱼鱼手作烫花”，无奈地给对方发私信。

草莓蛋糕：嗨，请问，你是“好大一头鱼”吗？

对方很快就回了，像是时时刻刻都抓着手机。

小鱼鱼手作烫花：是的呢，亲！

占喜怔怔地看着屏幕，心道：不，你不是。

骆静语坐在地铁车厢里，微信上，骆晓梅的消息一条接一条地发过来。

骆晓梅：前天你走掉，妈妈气得都犯偏头痛了。她也是为你好，你有空再回家去看看她，耐心点儿。

骆晓梅：你已经 26 岁，是时候谈朋友了。你姐夫介绍的这个女孩子条件真的不错，你听话，去见一下，就当交个朋友。

骆晓梅：见面了什么该说，什么不该说，你要有分寸。

好大一头鱼：我现在不想找女朋友了，没时间找了。

骆晓梅：结尾不要乱用“了”，不是什么话结尾都用“了”字的！还有“吧”“啊”“吗”“呢”这些语气助词，你要分清该怎么用。小鱼，你真的要多看书，或者多和普通人聊聊天，你的社交面太窄了，现在是不是唇语都要不会读了？

好大一头鱼：我知道了。

骆晓梅：记住去和女孩子见面！

好大一头鱼：知道啦！

骆晓梅：这个“啦”就用对了 。

骆静语退出对话框，看到方旭又发过来三张插花图片。

方旭：报价，就上次那个客户，说是要报给领导，多几个备选方案。

骆静语仔细地看过三张图片，观察着每件作品里花朵、叶片和花茎的形态数量，默默地心算。

客户挑的插花作品都挺别致的，有一件叫“荷塘清韵”的作品里，只有一朵荷花、三只莲蓬和几片荷叶，很好看，但对于烫花来说，反而太过简单。他也没用计算器，大概地估了一下，就把三个报价依次报给方旭。

方旭：我还是会稍微报高一点儿的，和你说一声。

好大一头鱼：知道了。

方旭：我就说嘛，对方去外面问一圈儿还是会回来的。人家是要送礼，不在乎钱，只求质量。

骆静语没回。他的确不擅长对外沟通的活儿，合作期间，他没有资格对方旭指手画脚。

昨晚和客户的对话纯属意外，一天过后，他已经冷静下来。他打开 K 站，看到“糖汆蛋”白天发来的几条私信，每一条都隔着几分钟。他又往上翻，看到前一晚两个人的对话，脑子里想起的是那碗糖汆蛋的甜味。

他自然不会回，看了一会儿后就退回桌面，直接卸载了 K 站。

收起手机，骆静语抬头看向周围的人。他依旧穿着一身黑，戴着口罩，拉低帽檐，连帽檐边原本棕色的毛边都被他拆了，脸上只露出一双眼睛。

他的身体能感受到地铁行驶时带来的振动，耳边却没有半点儿声音。

骆静语知道自己感受到的环境对于别人来说叫“安静”，甚至是“寂静”，但对他来说，这是像呼吸一样自然的存在。常人戴上降噪耳机也许能体会片刻他的感受，他却永远无法体会什么叫“有声世界”。

他想象不出来，声音到底是一种什么样的东西。

晚归的地铁上乘客不多，坐在斜对面的一对小情侣在聊天。女孩子的脑袋靠在男孩子的肩膀上，嘴唇小幅度地张合着，应该是在说悄悄话。

骆静语想起姐姐对他读唇语水平的质疑，心底有些不服气，凝神细看，意外地被他“读”到这么两句——

“昨晚……有点儿疼，今天……不让你……流氓。”

“对不起啦，宝贝，今天……还要……我会轻一点儿。”

男孩子坏笑着摸摸女朋友的脸，女孩子羞答答地捶了他一下。

骆静语被呛得咳了一声，赶紧别开头不再看，觉得自己怪不要脸的。

从星期一接到任务，到星期三把报价表交给文琴，再到星期五孙总拍板敲定，给客户送烫花摆件的任务占喜算是初步完成了。接下来，就是和对方保持联系，直到一周后作品完成为止。

孙总选定的花就是那盆“好运来”，合作的乙方自然是“小鱼鱼手作烫花”，因为他家报价最便宜，只要三千六百元。

占喜给孙总的解释是：“这个……是限时特价，只有这一款，原价要六千元呢！”

孙总很满意，夸占喜工作效率高，把这事儿完全交给她去办。

关于“三千六百元”这个价格，其实“小鱼鱼手作烫花”一开始是不认账的。占喜就把自己和“好大一头鱼”在K站的聊天截图发过去，对方赖不过，只能答应下来。

付完定金后，占喜终于有机会向对方提出一个问题。

草莓蛋糕：你和“好大一头鱼”其实不是同一个人吧？

小鱼鱼手作烫花：亲，为什么这么问？

草莓蛋糕：你们讲话的语气都不一样。

小鱼鱼手作烫花：亲，实不相瞒，他是我这间工作室的小伙计，文化不高，有时候讲话可能会词不达意，还请您多包涵。

文化不高的小伙计啊……原来如此。

占喜托着下巴想入非非，这么说来，那双漂亮的手的主人应该是“好大一头鱼”。他是个什么样的人呢？十几二十岁的男孩子？手怎么能这么巧呀！

方旭在线上态度挺好，私底下已经气到吐血。这单生意他做成了比没做成都要郁闷，要是被同行知道这报价，绝对会被拉仇恨，所以他和骆静语沟通时火气就冒了出来。

方旭：你就是有病！还网络一线牵呢！亏本的买卖也做！

好大一头鱼：没亏本。

方旭：我要求按四千元核算分成！一个赠品都不会送！

好大一头鱼：行。

方旭：这个客户很麻烦，要求每天发制作进度，说担心会做得很丑。是你报的价，我懒得中间传话，到时候就把你微信号甩给人家了。

好大一头鱼：好。

占喜和方旭沟通交货方式，方旭说用快递，占喜担心快递包装会把花的造型弄坏，方旭再三保证包装绝对没问题。她才把公司地址报给他，他一看就乐了。

小鱼鱼手作烫花：亲，您在钱塘？

草莓蛋糕：对啊。

小鱼鱼手作烫花：巧了！我的工作室也在钱塘，那不用快递了，到时候做好后我找人给您送货上门吧，也省得包装。

占喜求之不得，约好一周后的星期五白天当面交货。

方旭又发给她一个微信号，让她添加好友，说Q站上聊私信不方便，以后就用微信每天给她报进度。

占喜搜索了一下，对方的昵称是“好大一头鱼”，头像是一只蓝色的卡通鲸鱼，这个用户名令她感到一阵没来由的惊喜。她很快就发送了好友申请，不过依旧没有开放朋友圈。

没多久，对方通过申请。

鸡蛋布丁：你好！

好大一头鱼：你好。

鸡蛋布丁：那天晚上在K站和我聊天的是你吧？

骆静语迟疑了一下，回答。

好大一头鱼：是。

鸡蛋布丁：那我下单的那盆花也是你来做吗？

好大一头鱼：是。

鸡蛋布丁：那下星期五送货上门的是你吗？

骆静语皱眉看着手机屏幕，“鸡蛋布丁”的头像是一个圆滚滚的蛋壳小人。他想，这人就是“糖汆蛋”？是不是很喜欢吃鸡蛋啊？

好大一头鱼：你在钱塘？

鸡蛋布丁：对呀。

好大一头鱼：现在不能知道谁是送货。

鸡蛋布丁：好吧，那看你们安排了，请一定要帮我们做得精致一些哦，是送人的礼物。拜托，拜托，谢谢啦！

占喜发了个“猫咪卖萌”的表情。

嗯……骆静语在心里判断，对方应该是个年轻的女孩子。

一周的工作结束后，占喜终于迎来一个不用复习功课的双休日。

她悄悄和罗欣然约好星期六去看房，星期五晚上向秦菲解释，说第二天要和大学同学见面，没法儿接送占凯威去少年宫兴趣班。

这是占凯威上小学后占喜揽下的活儿。小侄子也很辛苦，每个星期六早出晚归地上课，中间还得找个地方吃饭休息。占杰是指望不上的，秦菲有时星期六也要加班，占喜就自告奋勇揽下了这事儿。哪知三个月来，即使秦菲不加班，接送的活儿也不知不觉变成了她的分内事。

秦菲听到以后脸色就不太好看，占杰问了一句："欢欢，和哪个大学同学见面？是那个晴晴还是姓罗的？"

三个室友中，姚颖回老家工作，赵晴晴和罗欣然都留在钱塘，前者在本校读研，后者工作。

"罗欣然。"占喜回答，心里有不好的预感。

果然，占杰皱起眉头："你和她怎么还有联系？不是和你说了别和她来往吗？那不是个正经女孩子，又抽烟又喝酒，你也不怕被她带坏！"

占喜耷拉着脑袋不吭声。

"要是被妈知道了，她不仅要骂你，还要怪我。你听哥一句，上学时是没办法，毕业了就少和她来往！"占杰的语气很重。

占喜依旧没应声，答应是不可能答应的，但她也不想反驳。在母亲和哥哥这儿，罗欣然早已被打上"不三不四"的标签，解释再多也没用。

占杰见妹妹一副蔫头耷脑的样子，不忍心了，语重心长地说："我们也是为你好，你这么大个人了，交朋友要慎重，近墨者黑，明白吗？行了，行了，明天早点儿回来吃饭。"

占喜小声地说："我不回来吃饭，在外面吃。"

秦菲看占杰脸色一变，抢在他开口前插嘴："小姑娘偶尔在外面吃顿饭不是很正常吗？你这做哥的管得也太宽了。"

占杰没再为难占喜。秦菲乐呵呵地挽住丈夫的胳膊，问："哎，你明天加班不？你要是不加班，咱们晚上也出去吃呀，好久没带威威出去吃大餐了。"

占喜看她一眼，默默地走回房间。

星期六下午，占喜在青雀门地铁站和罗欣然碰头。因为之前占喜备考，她们国庆节后就没见过面，这时候见到，占喜很开心。

她非常喜欢罗欣然。抽烟喝酒怎么了，泡酒吧怎么了，情史丰富又怎么了？罗欣然身上有她最向往的一种东西，那就是——自由。

不过这次见到，罗欣然的形象令占喜大吃一惊。她戴着一顶毛线帽，原本的栗色长发从后面看一点儿都没有了，后颈上的玫瑰文身倒是清晰可见。

“你的头发呢？”占喜瞪大眼睛问。

罗欣然漫不经心地摘下帽子给她看，居然是板寸头，鬓边只剩青皮。她问：“帅不？”

“我的天啊！你干吗把头发剃掉啊？”占喜真的吓一大跳。

“别提了，‘皮皮虾’那个傻子，前阵子我剪了个短发就和我闹脾气，我一生气直接把头发全剃了，顺便把他也踹了。”罗欣然又戴上毛线帽，笑着问，“挺帅的吧？就是有点儿冷。”

占喜更震惊了：“不是！什么？你和‘皮皮虾’分手了？”

“嗯，管东管西，他真以为自己是头蒜了。”罗欣然和占喜差不多高，都接近一百七十厘米，但和占喜一身粉色羽绒服、淑女甜美的穿衣风格不同，罗欣然向来钟情于冷硬风，穿着一件军绿色棉夹克、一条破洞裤和一双铆钉靴，是迟贵兰看到会掐人中的那种打扮。

两个女生边走边聊，互相说说近况，找到中介门店后，一个姓刘的男中介带她们去附近看房。

离占喜上班的大厦比较近的几个小区里，最适合租房的是一个叫“青雀佳苑”的小区。因为那儿有很多小户型电梯房，房东买来就是出租用的。

看过两套房，占喜和罗欣然跟着中介去看第三套。这套房子是小区最南面的5幢802室，阳台外面就是无遮挡街景，能看到几百米外占喜工作的大厦。户型是一室一厅一厨一卫，面积不大，但收拾得干净整洁。

刘中介说：“这套房子才装修完一年，家具家电都齐全，很适合女孩子一个人住。看中了要抓紧，这样的小户型是很俏的。”

两个女孩儿里里外外地看了一圈儿后，罗欣然说：“这套不错啊，比刚才看的那两套都好。”

占喜也挺满意的，问过房租，两千三百元一个月，付三押一。她的存款有两万多，足够了。

她想，回家得把这事儿告诉占杰。虽然免不了挨一顿训，但一想到能搬出来自己住，她心里还是兴奋和期待居多。

等她们看得差不多了，刘中介说：“走吧，还有最后一套。”

“好。”占喜戴上口罩。一周了，她的感冒不仅还没好，反而有越来越严重的趋势，鼻子塞得让她难受。

订单接下，一周后交货，骆静语准备开工。

他将那张“好运来”彩印出来，再一次仔细研究。这些年他做烫花，做得最多的其实是发饰和衣饰，偶尔也帮老师去布展做大件。即使是做花卉摆件，也都是由他自己设计，不会像现在这样照着图片来做。

这类似于命题作文，骆静语知道客户的需求，也不是说一定要做得和图片一模一样，那本来就不可能。客户要求的是做出这盆花的神韵，格调要高雅美观，风格则需精致细腻，送出去让人感受到手工艺人的诚意。

这是一盆中国传统插花，用的花器是缸，直立式不对称构图。左下角是三朵葵百合，花瓣是深浅不一的紫红色，边缘逐渐泛白，花瓣上还有深紫色的斑点，中心及右下角是高低错落的三枝鹤望兰，形态不一。整盆插花搭配的绿叶是龙柏和阔叶十大功劳，层层叠叠，每一样做起来都不简单。

葵百合和鹤望兰都是骆静语熟悉的花型，不需要去买鲜花来观察，难点在于修剪、调试花型以及最后的组装。

不过现阶段，他要做的第一件事情是出门去买一个小小的缸。

刘中介带着两个女生站在八楼等下行电梯。

电梯停了，门缓缓打开，里面已经站着一个人。

占喜抬头看了他一眼，是个高个子的年轻男人，头发蓬松，一身黑衣黑裤，脸上戴着黑色口罩，两只手揣在兜里。

三人依次进入轿厢时，那男人低垂着眼睛，并没有看他们，人还往角落里挪了一步，肩膀往轿厢壁一靠，一副懒懒散散的模样。

电梯门关上，一路往下，轿厢里没人说话。占喜站得离那男人最近，她偷偷地瞥他一眼，能看到他右眼纤长浓密的眼睫毛轻轻地眨巴了两下。

“叮——”一楼到了，电梯门打开，四人鱼贯而出，黑衣男人走在最后。

走出单元门，刘中介对两个女孩儿说：“跟我来吧，还有一套在小区西面。”

占喜回头，发现那个年轻男人已经戴起羽绒服的兜帽，揣着手快步向小区大门走去。

她没多想，罗欣然却吹了声口哨，用手肘撞撞她，小声地说：“嘿，是个帅哥哦。”

“嗯？”占喜疑惑，又回头看那男人，只留下一个老远的背影，“刚才那个？你是怎么看出来的呀？人家戴着口罩呢。”

罗欣然的语气笃定：“眉毛、眼睛、鼻梁骨，长得贼好，个儿也高，骨架子很完美。”

占喜失笑：“你这是管中窥豹吧？”

“我这是见微知著。”罗欣然促狭地笑，“你不也在电梯里偷看吗？别以为我没看到。”

“我哪儿有偷看？”占喜庆幸自己也戴着口罩，红了脸罗欣然也看不到，糗她，“你好像很遗憾啊，刚才怎么不去搭讪？”

“唉……”罗欣然摸摸自己的毛线帽，“我现在跟个晚期病人似的，和帅哥聊天就算了。要搭讪也得你去，我家喜儿长得多好看啊！”

占喜不停地摇头：“我不行，我胆小，要让我去搭讪，开口就得是‘请问您是公务员还是事业编啊’。”

“你没救了！”罗欣然哈哈大笑，挽住占喜的手臂，“走吧，看完最后一套房，吃饭去！”

看房结束，占喜和罗欣然图方便，去餐厅吃晚饭，填饱肚子后一人一杯饮料，坐着闲聊。

占喜高考时成绩还行，虽然够不上位于钱塘的“985”大学A大，但也可以冲一下外省的几所好大学，可迟贵兰坚决反对她出省，最后只能念一所在钱塘排名前列的G大。

罗欣然来自外省，和占喜同专业，人文学院中文系汉语言文学专业毕业。上学时她就给一些公众号写文章，毕业后成为一名自由职业者，擅长写影评和娱乐圈相关文章，写出过好多篇阅读量十万以上的推文，目前一个人租住在钱塘城东，活得很潇洒。

与她相比，占喜就是个可怜的“社畜”。罗欣然听她说着上班的事，问：“那你之后有什么打算啊？听你妈妈的话明年再考公务员吗？”

占喜摇摇头，抬眸看她：“不考了，我打算申请转部门。”

罗欣然很惊讶：“你们公司里的其他部门？什么部门啊？”

“策划部。”占喜解释，“我前阵子翻过员工手册，公司是鼓励员工转部门的，每年有一次机会。年中的时候，我想试试。”

罗欣然问：“你不喜欢HR的工作吗？”

“也不是不喜欢。”占喜喝一口饮料，“只是现在部门里其实没有多余的坑，我是开后门进来的，就跟混日子一样，太没劲了。我毕业后本来就想做有挑战性的工作，你是知道的，之前那家都谈好了，可我妈不让去，说公司小，不稳定。”

占喜毕业实习是在一家很小的传媒公司，业务方向有直播、短视频、微电影等。她是策划岗，很喜欢自己的工作内容，同事们都是年轻人，每天都要大开脑洞，经历头脑风暴。她是打算留下的，可迟贵兰一听公司这情况，半点儿商量余地都没有，让她必须走人。

“占小喜，其实我很佩服你。”罗欣然的语气诚恳，“那么辛苦的双学位都修出来了，不做自己喜欢的工作，真的是对不起你自己。”

占喜苦笑着看她：“你别给我吹‘彩虹屁’，我还羡慕你呢，多自在啊。”

有时候，占喜也会觉得自己挺厉害。

她的大学专业不是自己选的，是迟贵兰问过人后帮她挑的，说是汉语言文学毕业后适合考公务员。

本来迟贵兰的首选是法学专业，占喜更不喜欢，最后两人各退一步，海阔天空。

占喜入校后，听说学校有修双学位的政策，大一下半学期报名考试。她立刻就上了心，一面专心复习，一面开始存钱。

后来她得偿所愿，通过考试，大二开始在传播学院读自己喜欢的网络新媒体专业。

两个专业一起学导致她的学费加倍、专业课课量加倍、作业加倍，连周末和晚上都要上课。她的期中、期末考试要考两次，毕业论文要写两份，就这样，她硬是瞒着家里三年多，把第二学位给修了出来。

迟贵兰在占喜大三时喊过她保研，可她并不喜欢自己的本专业，但她也没拒绝。她递交了保研夏令营的申请，深知按自己的成绩不可能保得上。

结果如她所料，迟贵兰知道后把她好一通骂，后来又在考研还是考公上和她扯皮好久，但就是没问过女儿自己的想法。

直到现在，家里都没人知道占喜有双学士学位。

毕业时拿到两本一模一样的学位证书，占喜激动得都哭了。只有三个室友知道她这三年有多辛苦、为了交第二份学费有多节俭！但就算这样，毕业后，她还是没能按照自己的想法择业，无论做什么都被家里人按着手脚。

争取转部门——这是她想到的既能实现自我价值又能搞定母亲的最好办法。她还不敢说辞职，怕家里会“地震”。

八点多时，占杰给占喜打电话，催她回家。

两个女孩儿离开餐厅，一起往地铁站走。罗欣然点起一支烟，问：“你打算什么时候和你哥说要搬出来住啊？”

占喜双手揣兜，踢着地上的小石子：“一会儿回去他要是没睡，我就直接和他讲，最晚明天。”

罗欣然抽一口烟，摇头叹气：“我以前觉得吧，我爸妈离婚了都不管我，我可真惨，认识你以后就发觉，家里啥都管着，好像也不是什么好事。”

占喜无奈地笑：“是啊，上学时明令禁止谈恋爱，一毕业就立刻让我去相亲。我读哪个大学、填什么志愿、毕业后住哪儿她要管；我几点回家、和谁见面她也要管；我工作、考试，连穿什么衣服她都要管。”她用下巴点点罗欣然的破洞裤，“我要是穿你这裤子，我哥绝对不会让我出门。”

罗欣然大笑：“那要是换我这酷炫的发型呢？”

“那你就直接来给我收尸吧！”占喜啧啧两声，“估计没有全尸。”

“哈哈哈……”

和罗欣然分别后，占喜坐地铁回家，到家时已过十点。屋里静悄悄的，占杰和秦菲已经关上主卧门。她便打算第二天再和哥哥说吧。

洗完澡，她钻进被窝，打开手机发现有人给自己发微信。

一个是林岩，发了一句“晚安”。

林岩这人就是这样的，也不是天天会发“早安”“晚安”，就隔三岔五地刷个存在感。占喜看到了会回一句“晚安”，他也不会再回过来。

另一个是王赫。

王赫：今天周末，你有去哪儿玩吗？

鸡蛋布丁：抱歉，我刚在洗澡没看到。今天我和大学室友去逛街了，晚上一起吃了顿饭。

王赫：活动还挺丰富多彩，这个点才洗澡，回家很晚吗？

鸡蛋布丁：因为餐厅比较远，路上都花了一个多小时。

王赫：女孩子太晚回家不安全。

也许他是好意，但这话太有迟贵兰和占杰说话的语气，占喜就没回，过了一会儿王赫又发来一句。

王赫：你怎么不问问我今天是怎么过的？

鸡蛋布丁：你今天是怎么过的呀？

王赫：上午陪领导参加了一场开幕式活动，中午应酬，下午在家休息，晚上和几个兄弟出来唱歌。

鸡蛋布丁：你现在在 KTV？

王赫：嗯，在听他们鬼哭狼嚎。

占喜心里冒出一个词来——“双标”。

鸡蛋布丁：很晚了，你和朋友玩吧，我要睡觉了。

王赫：明天你有安排吗？我请你吃饭吧。

两个人断断续续地聊过一个星期了，按照相亲定律，差不多该见面了，但占喜一点儿也不想见他。

鸡蛋布丁：对不起，明天恐怕不行，我感冒还没好，想在家休息。

王赫：你生病了还这么晚回家啊？

占喜总不能告诉他自己早些天就已经约好中介去看房了吧?

搬出去住是多么迫在眉睫的一件事啊!

鸡蛋布丁：白天还好，现在不太舒服。我睡了，晚安。

王赫：晚安，多喝点儿热水。

占喜没撒谎，和罗欣然在一起时的确没什么感觉，可现在，她似乎有点儿发烧，头晕乎乎的。她退出聊天，准备睡觉，却看到那个头像是蓝色卡通鲸鱼的人发来了消息。

占喜突然觉得自己好像“海王”，大晚上的，居然有三个男生排着队和她聊天。但不知为何，比起林岩和王赫，她更愿意和“好大一头鱼”聊，比较轻松，没有压力。

点开与“好大一头鱼”的对话框，占喜看到他发来一行文字和一张图片。

好大一头鱼：晚上好，给你看缸一个。

缸？什么缸？占喜反应不过来。

图片上是一只深灰色的缸，应该是陶器，圆润质朴，通体光洁无花纹，被摆在白色台面上，没有参照物也看不出大小。摄影光打得很专业，缸底下还看似随意、实则讲究地铺着一块黑色丝绒布，就像博物馆里展出的出土文物。

占喜真诚地开始发问。

鸡蛋布丁：这是你收藏的古董吗?

好大一头鱼：……

好大一头鱼：这是你的花器，那个缸！花的下面缸。

鸡蛋布丁：哦，哦，哦!

占喜不懂花器，在她的理念里，插花的容器统称为“花盆”。她几乎能想象对方无语的表情，意识到自己闹了个小乌龙，她的脸热热的，感觉很不好意思。

鸡蛋布丁：是你买来的吗?

好大一头鱼：我是想捡到，捡不到啊。

占喜笑了。

鸡蛋布丁：真好看!

好大一头鱼：我找很久，这个最好了。

鸡蛋布丁：真的很好看！明天要开始做了吗?

好大一头鱼：明天白天有事，晚上开工。

鸡蛋布丁：辛苦，辛苦!

对方在输入中，占喜等着，等了一会儿后却没消息过来。她没退出，几秒后对方又在输入中，如此反复三四次后，消息终于来了。

好大一头鱼：你相亲了吗?

鸡蛋布丁：？？？

好大一头鱼：你以前有没有相亲过了？

怎么突然问相亲啊？占喜毕业后的确相过两回亲，王赫是第三个。她老实地回答了对方。

鸡蛋布丁：有过，两次。

好大一头鱼：有没有紧张？

鸡蛋布丁：还好，不怎么紧张，怎么啦？你要去相亲啊？

好大一头鱼：是的，我明天早上相亲。

占喜想起“小鱼鱼手作烫花”的老板对她说的话——“这头鱼”是个文化不高的小伙计，潜意识里她总觉得对方年纪比她小，讲话也蛮单纯幼稚的，忍不住就问了。

鸡蛋布丁：你是不是很小啊？这么早就要相亲？

好大一头鱼：我不小。

好大一头鱼：我好大一头鱼。

鸡蛋布丁：哈哈哈！

占喜在被窝里笑出声来。

好大一头鱼：我提问，相亲时要注意什么吗？

占喜止住笑，想了想后回答。

鸡蛋布丁：你是男生，一定要穿得干净得体，洗个头，点单时问问女生想吃什么，埋单可以AA也可以你请。只是第一次见面，男生如果主动提AA会减分，显得小气。不过我都是主动和人AA的，有一个没收我钱，有一个收了。

好大一头鱼：那么你喜欢那个？

鸡蛋布丁：我都不喜欢，因为不喜欢我才给钱啊！不好意思嘛。喜欢我就不给了，刚好有借口再约对方出来我请客呗。

好大一头鱼：学会新知识！

鸡蛋布丁：你没相过亲吗？

好大一头鱼：没有，明天是第一次了，以前微信聊过女孩儿一个，没有见面吧，聊天两周拉黑了。

鸡蛋布丁：你拉黑她还是她拉黑你啊？

好大一头鱼：她拉黑我。

鸡蛋布丁：为什么呀？你惹她生气了？

好大一头鱼：我聊天不好，文化低，打字有病。

鸡蛋布丁：有语病？

好大一头鱼：是的，有语病。

鸡蛋布丁：我觉得还好，有时候是有点儿不通顺，但能看懂。

好大一头鱼：我姐说我多要练习，我现在练习了。

占喜觉得这真是个耿直的男孩儿，和他聊天好有意思。

鸡蛋布丁：啊哈？你是说，和我聊天是在练习怎么和女生聊天吗？你怎么知道我是女生啊？

好大一头鱼：你是女生吗？

鸡蛋布丁：我不告诉你。

对方沉默片刻，又开始不停地“正在输入中……”。占喜忍着笑，想看看他会发什么。一会儿后——

好大一头鱼：你生气了？

文字后面配了个委屈的表情。

占喜真要被他乐死。

鸡蛋布丁：没生气啦，我大学是学中文的，你可以和我练习聊天。如果你的文字有语病，我可以帮你纠正哦。

好大一头鱼：真的吗？你好厉害的人！

鸡蛋布丁：那你要不要叫我老师啊？

好大一头鱼：鸡蛋老师！

鸡蛋布丁：……

鸡蛋布丁：乖学生，老师困啦，想睡觉了。

占喜其实挺喜欢和他聊天的，觉得他是个特别逗的小男孩儿。只是她摸摸自己的额头，发现真的有了热度，眼皮已止不住地在打架。

好大一头鱼：你如果觉得烦我，告诉我，没关系，我会好好做花了。

鸡蛋布丁：没烦你，我有点儿发烧，人不舒服，明天再和你聊。

占喜好奇地想，他会不会也发来一句“多喝热水”，好像这是男生听到女生生病后最会讲的话了。

可对方并没有说这句话，只是发来一张图片。

白净修长的手指间轻轻拈着一簇带叶片的黄绿色小花，花瓣小小的，像五角星，看着很娇嫩可爱。

好大一头鱼：这是夜来香，我做的。

好大一头鱼：发烧要吃药看医生了，鸡蛋老师早点儿休息，做个好梦，晚安。

Chapter 02

鸡蛋布丁

星期日早上，骆静语提前半小时就来到甜品店。走进店里，他摘下口罩环视一圈儿，上午十点，按道理客人应该不多，可这时候，甜品店的一块区域却挤着十几个人，其中还有五六个幼儿园年纪的小朋友。

骆静语听不见，走过去看，发现小朋友们都在做手工，爸爸妈妈们在帮忙，应该是甜品店搞的亲子活动。

一个女服务生迎向他："欢迎光临！先生，那边有空位，可以扫码点单。"

骆静语看着小朋友们桌子上的材料，用手机备忘录打出一行字给服务生看：可以给我纸一张？

服务生一愣。骆静语指指桌上的彩纸，服务生笑着说："可以的。"

她拿了一张粉色A4纸给骆静语，骆静语接过，打字给她看：谢谢你。

女服务生脸红红地把他引到窗边，骆静语在空位上坐下，先用A4纸裁出四个正方形，接着就开始折纸。这是他少年时的爱好，很适合消磨时间，只是好久不折，几种有难度的造型他忘了一些步骤，只能折简单的小动物。

店里有小孩儿，应该很吵闹，但骆静语的世界永远不会被这些噪声侵扰。小朋友们蹦蹦跳跳的身影反倒成了可爱的背景板，令他泛起童心。

他的十根手指灵活地动起来，先折了一只有两只长耳朵的粉色兔子，又折了一只小猫。他摸出口袋里随身带的水笔，给兔子和小猫画上黑眼睛。在折热带鱼时，他的手机振动起来，常婷发微信说她快到了。

这是骆静语第一次相亲，常婷是姐夫高元在区残联的同事。半年前，高元也给骆静语介绍过一个女孩子，双方加上微信后，女孩子很主动，天天追着骆静语聊天。无奈他的聊天水平实在太差，干起活儿来又是几小时不理人，几次问话不答后，女孩子就生气了，直接把他拉黑。

这一次，骆晓梅叮嘱高元，别让骆静语聊微信，双方直接见面。骆静语的加分项摆明了是身高和长相，先让女孩子见到他，事就成功一半。

骆静语看过消息后把折纸和笔都收到衣服口袋里，端端正正地坐好。

“鸡蛋布丁”让他穿得干净得体，他就换了一件羽绒服，也是黑色的，这是他这年冬天第一次穿。衣服上还带着衣柜里木质调的香薰味，清爽的松柏香是他最喜欢的一款。

没多久，店门口进来一个年轻女生。骆静语看着她低头发消息，几乎同时，他的手机就振动起来。

常婷：我到店里了，你呢？

好大一头鱼：我在窗边。

常婷转头看向窗边，就看到一个穿黑衣服的年轻男人站起身向她招了招手。

她没见过骆静语的照片，只听高元说他小舅子长得很帅。这时见到本人，她心里怦怦乱跳，发现对方真的很英俊！他的发型不似职场人士的那般打理过，乌黑蓬松得带着学生气，垂挂的刘海还遮了些眉，皮肤光洁白净，眉目清朗，鼻梁高挺，微笑的样子透着腼腆，个子还很高。

常婷羞涩一笑，走过去拉开椅子坐下。骆静语也坐下后，两个人静静地看着对方，常婷先打起手语。

常婷：“我是常婷，你好。”

骆静语：“你好，我是骆静语，先点东西吧。”

比起书面打字，手语才是骆静语的母语，交流起来会更轻松自如。只是，两个人这样的交流方式，自然会引得其他客人朝他们看。骆静语习以为常，拿手机在桌角扫码点单。

现在很多店都是扫码或是拿平板电脑点单，再差点儿也是一张纸质菜单让人勾菜品，相比多年前传统的点单模式，对骆静语和常婷来说已经方便许多。

骆静语把手机上的点单页面拿给常婷看，用手语问她：“你喝什么？”

常婷要了一杯咖啡，骆静语选了一杯热柠檬茶，又要了一份小吃拼盘。他滑动菜单时看到“鸡蛋布丁”，心里一动，直接点了两份。

下单后他抬起头，发现常婷依旧在对自己笑。

常婷挺漂亮的，打扮得很时尚，骆静语知道自己也不差。以前上学时就有不少女同学喜欢他，只是那会儿他比现在还内向，想得更多的是自己的未来，从没关注过谈恋爱这件事情。

服务生把饮品和小吃端过来，骆静语和常婷打着手语聊天，知道了对方的年龄、学历和工作。这些信息，高元都告诉过他们，他们互相知道对方的情况。只是这会儿当面聊，骆静语能感觉到，除了年龄相当，他和常婷的人生轨迹还是有不少差距的。

骆静语只有高中学历，没读过大学，通俗意义上来说他还没有稳定的工作，相比起本科毕业、目前在区残联端着铁饭碗的常婷，他的条件要逊色许多。

常婷："我不是独生女，还有一个弟弟，他是健听人，你呢？"

骆静语："我有一个姐姐，和我一样是聋人。"

常婷微怔。高元是肢残人，听力没有问题，手语却很流利。他说想把自己的小舅子介绍给她，她没想到他的妻子居然也是听障人。

通常来说，听障人是有自己的社交圈的，恋爱结婚很少找健听人，因为交流的沟壑太大。如果高元的妻子和小舅子都是听障人，那么就关系到一个很严重的问题。

常婷沉思片刻，撩了撩头发，打手语时都带着犹豫，手势不那么轻快。

常婷："对不起，我想问一下，你和你姐姐为什么都听不见？"

骆静语不是第一次面对这个问题，回答得很快。

骆静语："因为我和她是遗传的，我爸爸、我妈妈、我爷爷和奶奶都是聋人。"

常婷闻言，脸色顿时变了，骆静语知道这就是骆晓梅说的"什么该说，什么不该说"。但这是事实啊，哪里瞒得过去。他脸上依旧带着坦然的笑，眼神温和地看着常婷。

常婷："我是后天致聋的，4 岁才听不见，因为用药不当。"

骆静语："我是先天的，从来没有听见过。"

常婷抬起双手，似乎还想表达些什么，却不知该怎么表达，两只手停留在半空中，最终还是骆静语接了下去。

骆静语："我知道你是想问我这样的情况会不会再遗传，老实说，我也不知道。我姐姐结婚了，但还没生孩子。医生说需要进行基因检测才能知道她是否带有遗传基因，如果有，就要看遗传概率。我们家的确有先天性耳聋遗传史，所以，我真的不知道。如果你介意这个问题，我觉得你要好好考虑，从我个人来说，我更倾向于不生孩子，我不想赌。"

常婷很认真地看着骆静语的双手在面前翻飞，他的一大段手语打下来，她沉默了。

这在骆静语意料之中。

几分钟后，她说自己还有事情，要先离开，骆静语也没说什么。

常婷离开后，骆静语看着桌上几乎没动的小吃和布丁，一个人慢条斯理地吃起来。

这家店的鸡蛋布丁味道不错，甜而不腻，入口爽滑。骆静语吃完自己这份，又把常婷一口都没动的那份拿过来，全部吃光。

常婷的顾虑，骆静语再懂不过。

时代在发展，社会在进步，优生优育的概念在城市里早已深入人心。对于结婚生育，爷爷奶奶辈和父母辈的想法很简单，觉得骆静语无论如何都要结婚生孩子，所以他的母亲才会锲而不舍地逼他去相亲。

遗传？怕什么！他们都是这么过来的，骆静语和骆晓梅现在不都过得挺好吗？

骆晓梅没有找聋人结婚，在他们这个被先天性耳聋阴影笼罩的大家族里已经算另类。骆静语和姐姐讨论过生孩子的问题，骆晓梅说她打算试一试，因为家族里的案例说明遗传并不是铁板钉钉。

骆静语问，那万一呢？骆晓梅没回答，他们都知道，这种靠运气拼概率的事情，谁都回答不了。

把小吃拼盘吃完后，骆静语擦擦嘴，扫码埋单，又从兜里拿出折好的兔子和小猫，走去甜品店另一边的小孩儿堆里，把两个小动物折纸放在桌上。

一个扎着羊角辫的小女孩儿飞快地抢到了兔子，抬起头来看骆静语，粉嫩嫩的脸上绽开笑，大声地问："叔叔，这是送给我的吗？"

骆静语看懂了她的唇语，笑着点点头。另一个小猫折纸被三四个小孩儿围着抢，没抢到的小朋友都羡慕地看向小女孩儿。小女孩儿开心坏了："谢谢叔叔！"

骆静语一笑，拉起羽绒服的帽子戴上，又戴起口罩，双手插兜离开甜品店。他没回青雀佳苑，而是坐地铁去往城北九塘。

刷卡出站时，骆静语想起一周前在这个地铁站发生的乌龙。他看了安保人员一眼，有些不情愿地拉下帽子，摘下口罩，才慢悠悠地往出站口走。上到地面，他立刻又武装起来，全身上下就只露出一双眼睛。

骆静语说不清自己为什么会有这样的习惯，总之出门在外，他都会尽可能地"隐身"，不怎么愿意和人交流。

步行二十分钟后，他来到一片热闹的住宅区，走进一家沿街开着的社区小超市。

父亲骆明松架着老花眼镜坐在收银台后面，摆着各式香烟的玻璃台面上搁着一台平板电脑，正播着连续剧，边上的电脑显示屏则是从四个角度拍摄的超市内监控。骆明松偶尔会瞟一眼。

超市里有人在选东西，骆明松看到骆静语进来，笑着打手语："来啦，吃中饭了吗？"

骆静语吃了一肚子的布丁和小吃，一点儿都不饿，比画着回答："吃过了。妈妈呢？”

骆明松：“回家做饭去了，一会儿会带饭过来。你上午是不是去约会了？请女孩子吃饭了吗？”

骆静语摘下口罩在父亲身边坐下，骆明松一直看着他，等他回答。他心知躲不过，只能打起手语：“我见过姐夫介绍的女孩子了，她知道我的耳聋是遗传的，就走了。”

骆明松原本充满期待的眼神一下子就黯淡下来，低下头重重地叹了口气，又从兜里摸出一盒烟，摘掉眼镜指指外面，示意自己出去抽一根。

骆静语皱眉：“你少抽点儿。”

骆明松对他笑笑，笑容很苦。绕过柜台走到外面，他又停住脚步，回头对儿子打手语：“小鱼，是爸爸妈妈对不起你还有你姐姐，但最对不起的就是你。爸爸知道你心里怪我们，但你要明白，无论如何，你和你姐姐都是我们的好孩子。”

骆明松去店外抽烟，顾客选完东西来到柜台边，骆静语拿着扫码枪帮他们扫码结账。一个住在附近的中年阿姨认得他，大声地问：“小鱼！好久没见你啦！今天回来看你爸妈呀？”

其实不管她喊得多大声，骆静语都听不到。不过声音大了，唇形更明显倒是真的，骆静语看懂了，笑着点点头。

阿姨说：“真快啊！老骆这店刚开起来时你还是个小娃娃呢，这都十几年了，长成一个这么高、这么帅的小伙子啦！”

骆静语把商品都装进塑料袋里递给她。顾客们走了，他刚坐下，兜里的手机就振动起来。他拿出来看，竟然是“鸡蛋布丁”发来的微信。

鸡蛋布丁：乖学生，今天相亲顺利吗？

此时的占喜正躺在沙发床上休息。她前一晚睡得不错，然而愉悦的精神没能挡住病毒的侵袭，早晨醒来她发烧更严重了。

占杰在公司加班，家里只剩秦菲和占凯威。刘中介给占喜打电话，问她考虑得怎么样。她想了一下，和他约好星期一下班后去门店签合同。她决定租下青雀佳苑那套802室，就当先斩后奏吧。

午饭后闲着无聊，占喜想到这天要相亲的“那头鱼”，便好奇地来探八卦。

骆静语看完消息不自觉地笑了一下，在手机上打字。

好大一头鱼：不好，失败了。

他发了个“猫猫落泪”表情包。

看着这个委屈巴巴的“猫猫落泪”表情包，占喜感受到那小男孩儿失落的心情，心想早上才相的亲，怎么中午就知道失败了？而且照这意思应该是女孩子没看上他，她忍不住就想做个善解人意的小姐姐，开导开导他。

鸡蛋布丁：别难过啦，相亲嘛，第一次就能看对眼的人挺少的。你应该是经验不足，下次好好准备。女孩子喜欢细心体贴、礼貌绅士的男生。你要是再认识中意的女孩儿，主动一点儿找话题聊，别轻易放弃，女孩子是要靠追的。

骆静语看着“鸡蛋布丁”发来的谆谆教诲，寻思着自己哪里还会有下一次相亲。他打算和姐姐、姐夫好好说一下，就这情况，他实在不想再接二连三地面对。

好大一头鱼：我没有难过，有做好心理准备了，我的条件不好。

鸡蛋布丁：条件是会变的嘛，你现在年纪还轻，努力工作，多存点儿钱，以后条件就好了呀。

骆静语轻笑，这点对方还真说错了。影响他婚恋的条件这辈子都变不了，他决定结束这个话题。

好大一头鱼：你发烧好一点吗？

鸡蛋布丁：没有，刚测了三十八点二摄氏度，我睡了一上午，下午打算接着睡。

好大一头鱼：吃中饭什么了？有没有人做饭你吃？

鸡蛋布丁：你试试这么问：中午吃了什么？有人做饭给你吃吗？我回答：放心吧，我嫂子中午给我煮面条了。

秦菲挺好的，中午看占喜没胃口吃饭，给她煮了一碗青菜面，还切了半根火腿肠，说要是晚上还烧着，就让占杰回家后陪她上医院。

好大一头鱼：你好好休息了，发烧厉害要去医院吧。

鸡蛋布丁：嗯，我知道，谢谢关心。

骆静语放下手机，没多久，母亲阎雅娟提着饭盒来到超市。看到儿子，立刻问他相亲的事情。

骆明松拉拉老伴儿的胳膊，冲她摆摆手，让她别问。

阎雅娟不明就里，骆明松私底下和她比画了一番手语。她再看向骆静语时，表情就变得哀哀凄凄。

骆静语感到很头疼，比画：“妈，别这样，我本来是要待一下午的，你再这样我可走了。”

阎雅娟努努嘴，白他一眼：“谁稀罕看到你啊？”

骆静语笑了，帮忙打开饭盒摆在台面上，和父母并肩坐下吃饭。他瞅着饭盒里的菜，阎雅娟指指熏鱼，示意他吃。

他也不讲究，拎起一块熏鱼就塞进嘴里，冲父亲比了个大拇指。这熏鱼是骆明松用好大条的新鲜草鱼自己做的，比外面买的都好吃，骆静语从小到大都爱吃。

下午，骆明松回家午睡，骆静语陪母亲看店。

青雀佳苑在钱塘西南边，九塘在城北，离得挺远。骆静语每周都会回来一次，要么待在超市，要么去家里吃饭。回家也不用买东西，家里开超市，什么都不缺，他只需陪父母聊聊天就行。

阎雅娟坐在收银台后织毛衣，这件毛衣是给骆静语的，墨绿色高领款式，色调很雅致。她的针织手艺是一绝，用的毛线又好，骆静语相信衣服完工后，质量绝对可以媲美商场里价格几百上千的毛衣。

说起来，他的手工启蒙老师就是阎雅娟。

小时候，父母还在福利工厂上班时，别的小男孩儿调皮捣蛋到处疯玩，骆静语就喜欢搬张小板凳坐在阎雅娟身边，看她做各种手工，比如串珠啊，缝纫啊，针织啊……他从小喜静，一坐就能坐好久，给他一堆布头、剪刀、画笔和针线，他能给奥特曼捣鼓出一身新衣服来。

有儿子在，阎雅娟就没管收银理货，都让骆静语去弄。骆静语毕竟是个大小伙子，没正经吃午饭，下午时肚子就饿了，直接从货架上拿了一桶薯片吃。路过饮料货架时，又顺了一瓶橙汁。

阎雅娟瞪他，骆静语不好意思地比画："我饿了。"

"晚上回家吃饭，你姐姐、姐夫今天要来。"阎雅娟放下毛衣打手语。

骆静语吃着薯片，想了想，回答："我不吃了，接了个单子，时间挺赶的，今晚必须要开工。"

阎雅娟没勉强他，知道儿子这几年挺拼的，有时候忙起来没日没夜地连轴转。她很心疼，却也明白儿子能有如今的成绩不容易，一个耳朵听不见、又没上过大学的年轻人，想要在社会上立足，只有比普通人更努力才行。

下午四点半，冯大姐来超市接班。骆明松和阎雅娟都年过半百，体力、精力跟不上，只能白天看店，晚上雇了冯大姐看店到九点。

等阎雅娟和冯大姐交接完钱款，母子二人走出超市。骆静语又拉上帽子、戴起口罩，双手插兜大步往前走。阎雅娟追上几步，拍拍他的手臂，他扭头看向母亲，阎雅娟神情不满地比画："走路别驼背，小伙子精神一点儿。"

骆静语露出的眼睛弯了一下，轻轻地点头，腰背也挺直了些。阎雅娟叹口气，一脸嫌弃地挥手赶他："走吧，走吧，看着你就烦人。"

骆静语坐地铁回青雀佳苑，到家时已经六点了。他肚子好饿，先煮了碗面，又烧开一壶水，把室内、室外的二十几盆花草料理一番后，他看向柜子上那只灰色陶缸，心想，该开工了。

骆静语给“鸡蛋布丁”发微信。

好大一头鱼：鸡蛋老师，我回家了，今晚计划做葵百合一朵。你是要觉得没有问题，明天我做完百合三朵。

骆静语的工作室就在客厅，长方形的空间里，没有餐桌椅和沙发茶几，只有一张硕大的白色工作台和两排摆满各种工具材料的柜子。

他开启暖空调，换上一套舒适的运动服，泡好一杯茉莉花茶，把需要的工具和材料都准备好，正式开工。

所谓“手作烫花”，是一种起源于欧洲的手工艺术创作，20 世纪 40 年代被一位外国女性艺术家演变发扬，成为一种独特的手工技法，现已传播到多个国家，包括中国。

它的制作流程是将各种不同质地的布料进行裁剪、染色，做出花瓣和叶片，再利用特殊的烫花工具——烫镘，熨烫后粘贴不同型号的铁丝，最后组装成一朵花。

烫花艺术入门不难，但要做得精致逼真就需要多年学习、沉淀。因为是全手工制作，所以技艺精湛者做的每一朵花都栩栩如生，并且可以永久性地保留花的形态、色泽，使之成为一件精美的艺术品，是市面上的批量产绢花完全无法比拟的。

在国内，因为近些年汉服文化流行，烫花艺术更多地被应用到发饰、衣饰和首饰上，大件作品也会被应用到室内陈设、秀场布景、高级宴会以及高端展览等场合。

不可否认，这是一门小众艺术，而骆静语接触这门艺术已经十年。

他端坐在工作台前，拿着笔在新缎固糊布料上画花型。

一朵葵百合有六片花瓣，每片花瓣由两片单瓣花瓣组成，一个单瓣花瓣又要用两片布对贴，用以增加硬度。所以，单是一朵葵百合的花瓣部分就要用二十四片布料做成。整朵花连叶片、花蕊和花茎都做完，需要四五个小时。

骆静语今晚只打算做一朵打样，如果想一口气做完三朵，那就要熬通宵。

就和鲜花一样，每朵烫花因为花瓣染色、熨烫后的形态不同，样子也是千姿百态。尽管成品只需三朵，骆静语还是打算做四五朵用来比较花型，看哪三朵搭配在一起会更美。

他全神贯注地投入进去后，时间便过得飞快。

世界静谧得让人安心，房间温暖，花茶清香，眼前的布料和工具都像是有了生命，正在他灵巧的双手的操作下一点一点地改变着模样。

这是骆静语做过成千上万次的事情，以他现在的水平，已经不用担心会把布料染坏、烫坏。他享受其中，一点儿也不觉得乏味。

他的烫花老师曾经当众说过他很有天赋，作为一个男孩子，他静得下心，又很仔细，有钻研精神，人还谦虚。他当时十分难为情，直到现在都能回忆起那一天，同期的女学员们投射到他身上的探究目光。

其实没有老师说的那么夸张。骆静语做烫花，纯粹是因为喜欢。

从 15 岁第一次看到一朵烫花时开始，他就着了迷。

烫花的确是一门很考验耐心、耗费体力又讲究审美的艺术，女性爱好者居多。花嘛，美美的，平台上很多大手都是女老师。不过，在骆静语知道某个知名烫花流派新一代掌门人就是一位男性后，他就思考，自己是否也能把烫花作为终身职业来奋斗。

两个多小时后，一堆布料全部染色完成。骆静语让它们自然晾干，自己则先去洗澡。

洗完澡后他喝了口茉莉花茶，拿出手机，发现“鸡蛋布丁”一直没回自己的消息。他猜测，对方可能还在休息，发烧应该很难受，睡一天也很正常。

占喜并没有休息，相反，她已经在医院的输液室里挂点滴。

两小时前，家里刚经历过一场家庭大战。起因是占杰下班回家后，占喜告诉哥哥，自己打算搬出去租房子住。

占杰说什么都不同意，认为女孩子独居不安全，还浪费钱。占喜只提了一句“你考虑一下嫂子的心情”，占杰就认为是秦菲欺负了占喜，怒气冲冲地去找秦菲对峙，占喜拉都拉不住。

这下子真捅了马蜂窝，秦菲大哭大闹，冲到占喜面前尖叫：“占喜，你有没有良心？你生病在家我给你煮面条，倒水、拿药、测体温。天天给你做饭吃！我什么时候欺负过你，什么时候要赶你走啦？你是白眼儿狼啊？你们姓占的没一个好东西，我受够啦！”

占凯威吓得哇哇大哭，躲在被窝里发起抖来。

占喜有苦说不出，连连和哥哥解释秦菲从没欺负过她，是她自己想搬出去住。可她一脸病容，有气无力，在占杰眼里更像是被秦菲的“狮子吼”压制得不敢反抗，最后竟然说出“这是老子的房子，让谁住不让谁住老子说了算”这种混账话。

秦菲当场气得要回娘家，占喜头都要炸裂，体温一下子飙到三十九摄氏度，差点儿昏过去。占杰急得送她上医院，秦菲担心占凯威，才哭哭啼啼地勉强留下。

输液室里，占喜病恹恹地半躺着。占杰臭着一张脸坐在她身边，问：“是不是那个姓罗的怂恿你？”

“不关她的事。”占喜真是烦透了，“哥，你能不能好好听我说话？你和嫂子是一家人，我只是你妹妹，我已经在你家住了半年，这样一直住下去你不觉得很奇怪吗？”

占杰气道："哪里奇怪了？我们家那边谁不是一大家子住在一起的？"

"你都说了是我们家那边，我们家那边谁不是一大家子有一栋三四层房子的啊？"占喜真是要吐血，"镇上和城里能比吗？你家才多大？"

"嘿！你个小没良心的还嫌我房子小了？"占杰气得不轻，"房子小也有你住的地儿，我都答应爸妈要好好照顾你了！"

路过的护士转头看他一眼："这位家属，麻烦说话的声音轻一点儿。"

"对不起啊。"占喜向护士道歉。

等护士离开，她慢声细气地劝占杰："哥，你真的考虑考虑嫂子的心情。你老加班，嫂子真的很辛苦。你不做饭、不做家务、不管孩子，现在多了一个我，她每晚还要多做菜，星期日也不好带威威出去玩，你这不是给她增加负担吗？你是轻松啦，动动嘴皮子的事情。你换位思考一下，嫂子是独生女，她要是有个弟弟天天住在你家，还要你每天给他做饭吃，你乐意吗？"

占杰动动嘴唇，半晌才开口："那你要我和咱妈怎么交代？她保准以为我和你嫂子欺负你了。"

"你先不要和她讲嘛，我元旦要回去，自己和她讲。"占喜继续劝占杰，"哥，我 23 岁了，不是小孩子啦，你们不要一直管着我，我也很压抑的。"

占杰挑眉："你压抑什么？你是不是偷偷找对象了？"

占喜气得翻白眼："我不和你说了，头疼，反正我搬出去是搬定了，你有本事就锁住我不让我去上班。"

占杰沉默了一会儿，问："你打算租哪儿的房子啊？"

占喜无语："还能租哪儿啊？肯定是公司旁边啊，你家这么远，我每天来回三小时，挤地铁都要崩溃了。"

初步沟通结束，占杰去室外抽烟。占喜看向墙上时钟，已经是晚上十一点多了。她摸出手机，才发现有好多未读微信。

刨除那些无关紧要的群聊，"四个小仙女"群里，罗欣然在给另两个讲她听来的娱乐圈八卦。

工作群里，HR 的姐姐们在讨论年会上部门要出什么节目。有人三小时前点了占喜的名字，说她年纪最小，长得漂亮又身材好，让她去表演。她看都没看到，一群女人已经欢天喜地地把这个任务安在了她头上。

迟贵兰发过三次视频请求，这个占喜知道。她后来打电话给占杰，被他给糊弄了过去。

林岩又在十点时发了一句"晚安"。

王赫在八点多时说想提前一周约占喜下周末见个面。

最后，就是“好大一头鱼”的消息。

六点五十一分一条，他说自己回家了，晚上要做一朵花。

十点四十三分两条——

好大一头鱼：我做好葵百合一朵了，好看吗？

第二条是葵百合的照片。

照片上，一朵紫红色的葵百合静静地被插在一个玻璃瓶里，玻璃晶莹剔透，花朵娇艳绚丽，花茎上有三片绿叶，片片叶脉清晰。

占喜晕晕乎乎的，看那摄影光打在花朵上，仿佛看到一朵清晨沾着露水的鲜花。

鸡蛋布丁：你骗人，这明明是真花。

好大一头鱼：这是烫花，我刚刚做好了，只有一朵。

鸡蛋布丁：我不信！

好大一头鱼：真的，我不骗你。

鸡蛋布丁：你拿起来拍，要拍到你的手，我才信。

骆静语愣愣地看着屏幕，没明白对方的意思，不过还是照做了。

他用左手拈起那枝花，右手拿着手机找了找角度，把自己的左手连着花都拍下来，发给“鸡蛋布丁”。

好大一头鱼：你看，相信我吗？

好大一头鱼：我做四个小时，明天我计划做完百合三朵，三朵放一起了，更好看的。

占喜靠躺在输液椅上，眯着眼睛看照片。这花做得可真精致啊！连花瓣上凸起的紫红色斑点都能做出来，哪里像假的呀，竟然是用布做的，这也太逼真了！

她的视线又转移到花茎部位的那只左手上。他的手势自然又放松，拇指和食指轻捏着花茎，另外三根手指懒洋洋地搭着，每一节手指都修长优美，还能看到瘦而有力的腕骨，就跟漫画里画出来的似的，令她想到一个词——无瑕。

三十九摄氏度不是白烧的，脑子还没意识到不对劲，她已经发出了一句话。

鸡蛋布丁：你的手真好看，我太喜欢了。

骆静语把花插回玻璃瓶，摊开自己的双手，对着手心手背反复观察，看半天也没看出个所以然来。

他在盲聋学校上学时，也有不少女孩儿对他说过“我喜欢你”，他每次都回答“对不起”。这还是第一次有人说他的手好看，说喜欢他的手。

骆静语的耳垂微微发热，“鸡蛋布丁”的这句话如果是道阅读理解题，他大概得不了分。想了半天，他才犹犹豫豫地回了两个字。

好大一头鱼：谢谢。

没想到，对方还没完。

鸡蛋布丁：不客气。

鸡蛋布丁：我的手就不好看，像猪蹄。

好大一头鱼：？

仿佛是为了自证，“鸡蛋布丁”发来一张照片，照片上是她的左手手背——挂着点滴针，贴着胶布，手背上还青了一块。

骆静语吓一跳，对方的微信又来了，还带了个大哭的表情。

鸡蛋布丁：看吧，我手背肉肉的，看不到血管，刚才护士扎针的时候第一次都没扎准，扎了两回！

这是重点吗？骆静语很快回复。

好大一头鱼：你医院去了？严重？多少发烧了度数高？

兴许是太急，这句话他打得乱七八糟，心里想到哪个词组就打哪个，都没想过凑起来对不对。

鸡蛋布丁：乖学生，老师今天生病呢，就不给你讲语法了。老师悄悄问你啊，你别生气。你是不是有阅读和书写障碍啊？

骆静语愣住。

好大一头鱼：可能是了。你还没有回答，生病多严重吗？

鸡蛋布丁：放心，就是普通的发烧，体内有炎症，打两天点滴就行。

好大一头鱼：有没有人陪你吗？

鸡蛋布丁：有的，我哥哥。

骆静语松了口气，也不知道自己为什么会担心。他回过去看“鸡蛋布丁”发来的照片，输液椅的扶手上，宽松的米色毛衣衣袖盖过她的手腕，能看到外套一角，像是盖在身上。

她的手真的肉嘟嘟的，肤色很白，手背上的瘀青就显得更加明显。手指也肉肉的，倒是不短，指甲是自然的粉色，指根处有四个明显的小肉坑。

骆静语脑海里浮现出一个圆乎乎的女孩儿形象，有一双小肉手的年轻女孩子，应该也有一张小肉脸，身材……估计也是肉乎乎的吧？

好大一头鱼：你医院输液结束几点？

鸡蛋布丁：快了，还有一包，十二点应该能搞完。

好大一头鱼：回家好好休息。明天上班去吗？

鸡蛋布丁：要请假了，明天下午还要来打点滴。

好大一头鱼：是的，生病不要上班，多要休息。

发烧输液并不是一件大不了的事，除了占杰和秦菲，没有别人知道。占喜甚至叮嘱哥哥不要告诉迟贵兰，就怕迟贵兰小题大做从老家跑来看她。

她也没和室友们诉苦，更加不会告诉王赫，打算第二天早上再和文琴请假。不过，生病时终归有些脆弱，她不知出于什么心理，就想找个人卖卖惨，听对方说几句关心的话。

“好大一头鱼”是个很合适的倾诉对象——陌生人，周抛型网友，挺单纯的小男孩儿，聊天时很认真，还很有趣，透着一股子憨劲。虽然回复的速度有点儿慢，却从不让人感到敷衍。

事实证明，他的反应的确让她很受用。

只是现在他问到输液结束的时间，让占喜略微不安。

鸡蛋布丁：你是不是要睡觉了？很晚了，我不打扰你啦。

好大一头鱼：我没有要睡觉，我睡觉晚的，平时两点了。

鸡蛋布丁：你睡这么晚啊？

好大一头鱼：习惯了。

这时候，占杰从外头回来，又在占喜身边坐下，看妹妹单手拿着手机聊微信，警觉地问：“这么晚还聊天？和谁啊？男的女的？”

“工作的事情。”占喜把聊天记录往上拉，把那张葵百合的照片给占杰看，“你看这朵花好看吗？”

占杰看一眼，问：“这是什么？”

“我前几天不是和你说过吗？孙总要给一个客户送礼，让我找人做个插花，对方开工了，和我汇报进度呢。”占喜说得挺理直气壮的。

占杰信了：“聊几句就行了，生着病还聊工作，你们公司又不会给你发劳模奖。”

“我还要和他讨论明天的进度。”占喜瞥一眼占杰，“你别管我，这事儿很重要的，客户是外国友人。”

占喜白天睡了一天，这时候虽然发着烧，倒也不困，但她不会真要和“那头鱼”讨论烫花的事，只是感到无聊，想找人随意地聊聊天。

鸡蛋布丁：你住哪儿呢？是自己家还是租房子啊？

好大一头鱼：自己家。

鸡蛋布丁：你租过房子吗？

好大一头鱼：租过，四年多了。

鸡蛋布丁：一个人租还是和人合租啊？

好大一头鱼：一个人租。

鸡蛋布丁：自己一个人住是不是很爽？

好大一头鱼：是的，非常爽了！

鸡蛋布丁：我今天其实挺郁闷的，我现在住我哥他们家，想搬出去租房子住。结果我哥误会了，以为是我嫂子要赶我走，他们就吵了一架。

鸡蛋布丁：我嫂子气得差点儿离家出走，她没有赶过我，但我知道我住在他们家，她是不开心的，我自己也觉得很束手束脚。我嫂子其实人很好，她还从没像今天那样吼过我。

鸡蛋布丁：我在想，她一定觉得我是那种挑拨离间的小姑子，特别惹人厌。我以后也不知道要怎么和她相处，等回家见到她肯定很尴尬。你说我是不是应该和她道个歉啊？

骆静语看着占喜一段一段地发完，愣了半天。这样的话题，他还真没遇到过。本来打字就很难，对方还要求他给意见，难上加难！

他只能笨拙地回复。

好大一头鱼：我觉得你没有不对了，我觉得你的哥哥是要道歉你的嫂子，你是可以解是你的嫂子，生病好，买礼物一个送她。

鸡蛋布丁：解是你的嫂子？什么意思啊？

骆静语感觉自己的汗都要出来了，翻了半天才找对两个正确的字。

好大一头鱼：解释。

鸡蛋布丁：哦，哦，哦！你是让我和我嫂子解释一下？再给她买份礼物？

好大一头鱼：是的，家人之间多要沟通。

鸡蛋布丁：嗯，我明白了，我的确想好好和她聊聊，说说心里话，我其实挺喜欢她的。

好大一头鱼：你如果送礼物，我有好看的胸针，是烫花做的。你告诉我嫂子是几岁，我送一个你，你送她。

鸡蛋布丁：哇！这么好？你们家胸针卖得不便宜啊！我在淘宝店看都要几百块钱一个呢！

好大一头鱼：小东西了，你是鸡蛋老师阿，是拜师礼了。

鸡蛋布丁：感动，呜呜呜……等老师病好后一定好好教你，你这聊天真的要好好练练，要不然老师都怕你找不着对象！

好大一头鱼：我先不想要找对象了。

鸡蛋布丁：哎呀，你才相亲失败一回，这有什么！我跟你说，我刚才又想了一下，你下次再去相亲，把你做的花带一朵去送给女孩子，人家保证喜欢，你还能和人家聊聊做花的事情，多有范儿啊！

骆静语发了个“发呆”的表情。

鸡蛋布丁：真的，你的花做得这么好，这是你的闪光点啊！

好大一头鱼：可是一朵花很贵了，一朵玫瑰三百元啦！相亲失败我吃亏的！

“噗！”占喜在椅子上笑出声来。占杰正在打游戏，扭头看她，发现妹妹笑得身子都在发抖。

占杰奇怪地问：“聊什么呢？乐成这样？”

“没什么。”可能是药水起了作用，占喜没之前那么难受了，几乎可以想象出网络那头男孩子肉痛的表情。

一朵玫瑰就要三百块啊？那是挺贵的，还费时间。他做一朵百合就花了四个多小时呢，这要是不停地相亲、不停地送，小男孩儿估计会气哭。

鸡蛋布丁：我开玩笑的啦。

好大一头鱼：你是不是觉得我小气？

鸡蛋布丁：没有！你都要送我胸针呢，怎么会小气？

好大一头鱼：你的嫂子几岁？

鸡蛋布丁：33岁。

骆静语想了想，又问一句。

好大一头鱼：那么你的哥哥几岁？

鸡蛋布丁：34岁，怎么啦？

骆静语又开始想象了，34岁的哥哥，妹妹应该多大？

骆晓梅比他大四岁，通常来说，兄妹应该最多相差六七岁吧？那她最小也得27岁了，相过两回亲，问过他是不是很小，讲话时总有一种长辈对晚辈的感觉，倒没有让他感到压迫，而是亲切和蔼。

这么看来，“鸡蛋布丁”应该是个年近三十、身材肉乎乎、性格很温柔的小姐姐。

她的形象越来越立体了呢！

骆静语给自己的逻辑推理能力点赞，忽略掉上学时，数学老师曾经骂他逻辑思维一塌糊涂的悲催往事。

好大一头鱼：没有事，我就是问问。

骆静语做了几小时的烫花，肚子很饿，打算去做点儿消夜吃，告别“鸡蛋布丁”时竟然有些舍不得。不过对方在生病，应该好好休息，他不能再打扰人家。

好大一头鱼：我饿了，去做吃的，你输液完回家了早点儿休息，明天我百合做完三朵拍照给你。

鸡蛋布丁：好的，谢谢你今晚陪我聊天。

好大一头鱼：不客气。

骆静语想到一个问题，犹豫片刻，还是问出来。

好大一头鱼：明天，百合三朵，要不要拿手上拍照了？

占喜真要笑得晕过去，又感到一阵羞耻，之前自己到底是干了什么呀！小男孩儿是不是都被她吓到了？会不会把她当成变态怪姐姐？

鸡蛋布丁：不用了，不用了，我刚才就是逗你呢。

好大一头鱼：那么我的手，真的假的好看？

占喜脸上的笑容止都止不住。

鸡蛋布丁：真的好看。

鸡蛋布丁：我没见过这么好看的手！

她用对方常用的一句话来给这段聊天结了个尾。

鸡蛋布丁：我不骗你。晚安，小鱼。

骆静语又愣住了。

她怎么知道他的小名是小鱼啊？

半夜十二点，占喜输完液，走出医院时摘下口罩做了个深呼吸，居然感到一阵神清气爽，嘴边不禁泛起笑意。

占杰眼睛都瞪直了："生病还这么高兴？"

"我马上要自由啦！"占喜围上围巾钻进哥哥的车里，"哥，明天下午我自己会来输液的，输完液我打车去公司那儿签租房合同，已经和中介约好了。"

她的心情特别好，还有一个星期，她就能过上自由自在的生活了！

周一早上，秦菲和占杰还在冷战，不到八点就领着占凯威出了门。

占杰去上班后，占喜独自一人在家养病。她向文琴请过病假，醒醒睡睡，中午吃完白粥后乖乖去医院输液。

几大包药水输完已是下午四点，占喜的精神好了许多，打车去青雀门附近的房产中介，和房东签了租房合同，随后刘中介陪她去交接房屋。

因为刚从医院出来，占喜的口罩没摘过。房东是位五十多岁的阿姨，特别健谈，一路上都在给占喜介绍她的房子。三人走进单元门等电梯时，房东阿姨说："我们这个小区的房子造得挺有趣，两梯四户，四户的格局很不一样。01 室是八十九平方米的两居室，中间套 02 室和 03 室都是一室一厅小户型，04 房是大户型，有一百四十平方米！”

正说着，电梯来了，门一打开，占喜不禁一愣。电梯里站着的那人她见过，就是前天来看房时遇见的高个子黑衣男人。

占喜对他有印象是因为他的打扮一点儿都没变，还是一身黑，脸上戴着黑色口罩，看起来酷酷的。他的视线也没往他们身上落，低着头双手插兜，侧过身就走了出去。

占喜三人坐电梯上楼，进到 802 室后，刘中介很快帮两位女士办好各项房屋交接手续，房东阿姨把钥匙交给占喜。全部弄完，房东阿姨和刘中介先走了，占喜一个人留在屋子里，门一关，她转身看向小小的客厅，突然就蹦了起来。

“啊啊啊！”占喜真是太开心了，记忆里她从没有这么开心过，比上大学时入住寝室都要开心！她自由了，解放了！从现在开始，她可以一个人生活了！

客厅有简单的餐桌椅、二人位布艺沙发和茶几，卧室里则是双人床、床头柜、衣柜和书桌椅。占喜晃了一圈儿，想到平时收藏下来的好物和看过的少女房装修案例，心里美得冒泡，幻想着给自己添个鞋柜和置物柜，再买些可爱的小台灯、收纳篮、化妆盒什么的。嗯，还要在阳台上种花，要是能再养只猫就更好了。

呜呜呜……激动得想哭！

回到客厅，也不管沙发脏不脏，占喜直接蹦到沙发上，摊手摊脚地躺下来，望着天花板嘿嘿傻笑。

她想，相亲的事情先不管。迟贵兰要是安排了她就去见，大不了就说不喜欢，挑毛病谁不会啊！她不信母亲还能摁着头让她结婚。

眼下她最重视的其实是转部门的事，四五月毕业招聘季公司会放出许多坑，只要策划部有坑，她就打算递申请。

两本学位证书和策划部的岗位都对口，又在本公司待过一年，熟悉公司的业务……占喜列举自己的优势，想着再好好准备几个月，转岗势在必得！

高兴了十几分钟，她依依不舍地离开 802 室，准备吃个晚饭再回家。

占喜对青雀佳苑附近不熟，出小区大门后沿街溜达了一圈。

冬天天黑得早，华灯初上，店铺门头上的灯光都已点亮。正是下班高峰，街上人来车往，热闹非凡。

占喜找到一家小吃店，点了一碗鸡蛋打卤面。等待的时候，她面向店门发呆，就看到一个黑衣男人从门口走过。

又是那个人！

这次他手里提着一兜东西，低着头走得飞快，一下子就过去了。

占喜莫名地想起罗欣然说的那句话——是个帅哥哦。

她虽然对未来的男朋友没有“帅”的要求，但爱美之心人皆有之嘛。她好奇地想，这人真的是帅哥吗？万一他长着朝天鼻，或者是国字脸、突嘴、龅牙呢？

等等！那个男人和她住同一个单元，那以后是不是还有机会见到啊？

占喜托着下巴浮想联翩，不知道搬过来后，能不能有幸看到这个男人的真面目？到时一定要去给罗欣然汇报一下。

这一整天，骆静语就待在家里做葵百合，三朵百合一起开工。他上午染色，等将它们晾干时做午饭，吃完饭后就是熨烫加组装，全部完工时天已经开始黑下来了。

他把四朵百合一起插进玻璃瓶里，每一朵的颜色、花瓣形态都不尽相同，连叶片生长的位置和数量也不一样。有三片叶子的，也有四片、五片叶子的，挤挤挨挨地凑在一起，紫红色的大花瓣怒放着争妍斗艳，每一朵都像在呐喊“选我，选我，选我”。

骆静语看着这四朵花，轻轻地笑了一下，心想：宝贝们，选不上也没事，三朵进陶缸，剩下的那朵就送给“鸡蛋布丁”姐姐，不会浪费的。

因为制作烫花的过程中对湿度有要求，所以家里不能开加湿器，热空调开了一天，房里就特别干燥。骆静语决定出门透口气，顺便买点儿水果，润润嗓子。

虽然嗓子这个东西对他来说形同虚设，但嗓子干了，他还是能知道的。

买了些梨和橘子回家后，骆静语想了想，拍下四朵百合的合影发给“鸡蛋布丁”，这是这一天他发给她的第一条微信消息。

好大一头鱼：鸡蛋老师，你发烧好一点儿吗？

占喜正在店里吃面，手机搁在桌子上，用左手打字回复。

鸡蛋布丁：好很多啦，已经不发烧了，就是有点儿骨头酸，明天再休息一天差不多就能好了。谢谢关心！

骆静语听说她好起来了，心里也挺高兴。

好大一头鱼：我做完百合四朵，你觉得什么样了？

鸡蛋布丁：应该是：你觉得怎么样？不需要加“了”，我知道这是什么东西，你要问我的其实是我对这个东西的看法，要用“怎么”。下面我回答：超级好看！牛！大神！

骆静语发了三个捂脸的表情。

占喜吃了一口面，继续打字。

鸡蛋布丁：小鱼啊，你下次试试，把量词放到名词前面。

她现在叫他“小鱼”叫得很顺口，觉得比叫“乖学生”要自然，他似乎也没反对。

好大一头鱼：？

鸡蛋布丁：就比如“我做完了四朵百合”，你觉得怎么样？“四”是数词，“朵”是量词，数词、量词经常一块儿用，有时会在名词后面，大多数时候是在名词前面的。名词你知道吧？“百合”就是名词。

好大一头鱼：你像我的姐姐。

占喜一口面条差点儿呛出来。

鸡蛋布丁：啥意思？

好大一头鱼：她是语文老师。

鸡蛋布丁：……

鸡蛋布丁：你姐是语文老师？那你语文怎么会这么差呀？

骆静语发了三个表情，分别是“流泪”“抓狂”“难过”。

他真挺委屈的。

骆晓梅的兴趣爱好随父亲，骆父是高中学历，骆晓梅从小爱看书读报，上学时成绩也好，后来考上专招听障学生的特殊教育师范专业，毕业后进入钱塘市盲聋学校，成为一名初中语文老师。

而骆静语随母亲，骆母只有小学文化，骆静语从小就爱做手工，读书成绩一直不怎么样。

他也不偏科，语文差，数学也差，英语更是一塌糊涂，其他什么物理、化学、生物对他来说宛若天书，只有听障学生专有的美术和手工课，他的成绩才能次次数一数二。

而美术和手工中，又数他的手工最出类拔萃，所以他才会下决心放弃高考，不念美术类专业，高中毕业后直接出门学手艺。

他不像骆晓梅，骆晓梅接受过高等教育，身边健听人朋友也多，阅读量又大，打字时已经和常人无异。

骆静语的朋友多为听障人群，仅有的几个联系着的健听人还是和烫花工作有关。几年来没人和他用微信聊天，他自己也忙着赚钱，不看书、不看剧，输入很少，书面汉语水平才会呈退步趋势。

对外运营这一块，他太依赖方旭了。他自己也意识到这个问题，却不知该怎么改善。直到现在遇上“鸡蛋布丁”，和她谈生意时，他的一脑袋话表达不出来，才深深地感到挫败。

占喜哪里会知道对方的烦恼，看着那头蓝色鲸鱼发过来的三个懊恼的小表情，心里一咯噔，心想：糟糕！是不是她说得太直白，打击到小男孩儿的自尊心了？

鸡蛋布丁：你不高兴啦？

对方又是反复几次的“正在输入中……”，消息才回过来。

好大一头鱼：我没有不高兴，觉得就是很笨，文化低，聊天学不会，打字很差。

这失落的语气哟！看得占喜都心疼了。

鸡蛋布丁：你哪里笨啊，你都能做这么好看的花呢！让我做这四朵，我一个月都做不出来。

好大一头鱼：学会的了，不难。

占喜叹口气。

鸡蛋布丁：小鱼，你打字有语病，我就想着提醒你一下。我没有别的意思，就希望你记住一个问题后，至少以后不会在同一个地方出错。我其实不太明白你的问题到底出在哪里，就听过有一种叫阅读和书写障碍，很多人都有，你不要压力太大。我可以陪你练习聊天，我们每次纠正一点儿，慢慢地你就会记住越来越多的知识，聊天打字便会越来越好啦。

好大一头鱼：星期五，交货了。

占喜看着这句话，怔了一下才明白他的意思，赶紧安抚他。

鸡蛋布丁：交货了，我也不会把你删掉啊，我们是朋友啦。

好大一头鱼：真的吗？

鸡蛋布丁：当然啦！

好大一头鱼：真的你像我的姐姐。

鸡蛋布丁：啊？

好大一头鱼：她对我很耐心照顾了，很好的人一个。

好大一头鱼：很好的一个人。

鸡蛋布丁：说对了呢！

骆静语又发了个“捂脸”的表情。

占喜决定今天不再纠正对方的其他语病，一股脑儿地上，估计谁都受不了这打击，慢慢来比较好，于是她扯开话题。

鸡蛋布丁：对了，告诉你一个好消息，我租好房子了，马上就能搬出来自己住，真是太爽了！

好大一头鱼：自己住真的好！

鸡蛋布丁：明天你的计划是什么？就那盆花，接下来要做什么了？

好大一头鱼：明天，做三朵鹤望兰。

他记住了！

占喜好欣慰。

鸡蛋布丁：明天我在家休息，你可以随时和我联系，不用做得太急，尽量不要熬夜，伤身体的。

好大一头鱼：我知道了，谢谢关心。

这是“鸡蛋布丁”说过的话，骆静语觉得很好用，记下了。

占喜抿抿唇，打下一句话。

鸡蛋布丁：小鱼，星期五那天，我希望你来送花，行吗？

骆静语看着手机屏幕，一时不知该怎么回。他的喉结滚了一下，手指才移上屏幕。

好大一头鱼：为什么？

鸡蛋布丁：因为我想见见你啊。

严格算来，骆静语和“鸡蛋布丁”正儿八经地聊天其实才三次，他没想过告诉对方自己耳朵听不见，也不是故意隐瞒，只是想让他们的交流更纯粹一些。

如果见了面，是无论如何都瞒不住的。到时候，她就会恍然大悟，为什么他的聊天水平会这么低。

她一定会很失望吧？

骆静语头一次和一个陌生的健听人进行微信聊天，还是个小姐姐。从她还是“糖汆蛋”的时候开始，他们就聊得很舒服，他能感觉到对方是个非常温柔善良、包容体贴的人。

他很庆幸自己能认识这样一位萍水相逢的朋友，很珍惜这段友情，宁可承认自己有阅读和书写障碍，也不想让对方知道他是聋人。

但她想见面。

要答应吗？

其实他也挺想见她的，就是不敢。

足足思考了五分钟，骆静语才下了决心。

好大一头鱼：好的，我去送货。

占喜避开晚高峰坐地铁回家，终于有了座位。

白天时还挺冷清的微信这时候突然热闹起来，大概是因为“社畜们”都下班了。

一号选手是林岩。

林岩：你请病假了？严重吗？

鸡蛋布丁：就是感冒发烧，没什么大事。

林岩：请几天？

鸡蛋布丁：明天再休息一天，后天就上班了。

林岩：好的，那你好好休息，记得吃药。

鸡蛋布丁：嗯，谢谢。

二号选手是王赫。

王赫：你怎么不回我消息啊？

鸡蛋布丁：抱歉，这两天生病了，一直在睡觉。

王赫：好点儿了吗？

鸡蛋布丁：好很多了，不发烧了。

王赫：这个周末有空吗？我请你吃饭。

鸡蛋布丁：对不起，这个周末不行，我要搬家，在公司旁边租了个房子。要不下个周末吧？

王赫：你租房子了？你不是住你哥家吗？

鸡蛋布丁：我哥哥家离我公司太远了。

王赫：你公司在青雀门，是远了点儿。行吧，那就下周末，具体哪天我们下周再定。

鸡蛋布丁：好的。

三号选手是“四个小仙女”群。

姚颖：啊啊啊！老娘今晚估计要加班到凌晨！

罗欣然发了电影票和爆米花的照片。

姚颖：呸！

鸡蛋布丁：同学们！我租好房子啦！

姚颖：你动作这么快啊？单租还是合租？

鸡蛋布丁：单租，就在公司旁边，走过去十来分钟就够。

姚颖：可怜的颖颖流下羡慕的泪水……

鸡蛋布丁：罗欣然，赵晴晴，你们有空来我这儿玩啊！我们可以吃火锅嘞！

姚颖：节操呢？？？

罗欣然：好啊！

赵晴晴：苦命的晴晴正在写作业，一脸麻木地看着你们。

占喜聊过一圈儿，不知不觉又点开“好大一头鱼”的微信。

他没有对她关闭朋友圈。她翻了翻他发的内容，一张人像照片都没有，一年到头只发十几条，大部分是烫花作品，还有和烫花有关的一些展览、活动。

想到他答应星期五来送花，占喜的心情就好了起来。虽然他打字有语病，但说话总没有问题吧？到时可以请他在大厦一楼的咖啡店喝杯咖啡，一起聊聊天。

不知道他长什么样子，有一双这么好看的手，人是不是也白白净净的呢？看手腕他应该挺瘦，一个擅长做手工的男孩子估计长得很秀气。他还喜欢做花，那肯定不邋遢……啊！他不会还化妆吧？

占喜被自己突然冒出来的念头吓一跳，又觉得也不是不可能。爱花，说明他爱美，爱美了，可不得好好捯饬自己啊？

现在化妆的男孩子挺多的，还有人去做“医美”呢！

坐在地铁上，占喜越想越觉得好笑，对于和“好大一头鱼”见面，她一点儿也不紧张，只有期待。一个有趣的小男孩儿，不管长什么样，她都已经把他当朋友了。

星期二这天，骆静语开工做鹤望兰，也就是“天堂鸟”。

图片上的三枝鹤望兰姿态差别很大，一枝很寻常，一枝低垂着头颇像在饮水，另一枝最高的昂着头张着嘴，像在引吭高歌。

去花市买这样三枝鹤望兰还得好好挑，做烫花就不一样了，想做成什么样就能做成什么样。

鹤望兰不难做，鸟肚子里包的是棉花，骆静语做了一天，三枝就都做完了。他把照片发给“鸡蛋布丁”接受检阅，又获得一连串的好评夸奖。

骆静语给她讲自己的计划。

好大一头鱼：明天，我要做阔叶十大功劳。

占喜没看懂，以为他又打错字。

鸡蛋布丁：啥？啥功劳？

好大一头鱼：阔叶十大功劳，是植物名字了，“好运来”最高一只很多叶子，你看图片。

鸡蛋布丁：……

鸡蛋布丁：怎么会有这么奇怪的名字？

好大一头鱼：不是我取名阿！那么我叫它“阔叶”了。

他们聊天的时候，气氛依旧轻松愉悦。只是，骆静语不知道“鸡蛋布丁”是什么感觉，对他来说，随着时间的推移，他竟开始感到紧张焦虑。

这是一种说不清楚的情绪，骆静语甚至后悔一时冲动答应去送花。

他和“鸡蛋布丁”聊微信很自在，可见面后该怎么办？

想象一下那个令人尴尬的场景，他听不见，不会说话，只会打手语，虽然会读唇语，但也不是句句都读得懂。

他该怎么和她打招呼？用手机打字给她看吗？告诉她，他其实是个聋哑人，她能接受吗？能接受和一个聋哑人做朋友吗？

从小到大，骆静语因为耳聋，不可避免地受过欺凌和歧视。

小时候，父母在福利工厂上班，工人们多是轻度残障人士，大家都住在福利工厂的宿舍区。职工子女几乎都是健全的小孩儿，他们会在一起玩，却不爱带骆静语，嫌弃他听不见。

有人叫他“小聋子”，也有人叫他“小哑巴”，这种状况一直到骆静语进盲聋学校上小学、认识了许多和他同样有听障的同学以后，才渐渐好转。

可是少年时，他和同学们去街上吃饭，还是碰到过一些过分的事情。

那时候他们都还小，不懂得控制声带，尤其是，一些戴着助听器的同学打手语时还会开口说话。他们自认为说得挺好，但他们的发音在健全人听来也许就像个笑话，一个个口齿不清，嗓门儿还很大，吵得很，所以总是会有人用奇怪的眼光打量他们。

骆静语起先并没放在心上，“噪声”这个词，他是难以理解的。

直到有一天，旁边桌一个喝醉酒的成年男人冲到他们桌，狠狠一巴掌扇向骆静语的一个男同学，把他的助听器都打掉了。骆静语看着那个人凶神恶煞的脸和张张合合的嘴唇，才知道，他们被人讨厌了。

那个 15 岁的男生蹲在地上、捂着耳朵偷偷哭泣的场景，一直烙印在骆静语的脑海里。

他不太记得后来发生的事情了。打起来了吗？有人报警吗？有人帮他们叫救护车吗？有人说风凉话吗？

他都不记得了，只记得自己惊慌失措地站在小饭店门口时那种疯狂的、痛苦的、想要当场隐身的感觉。

从那以后，他们就很少再出去聚餐，即使去了，一个个也都控制着不出声。偶尔有人振动声带，就会惊慌地往四周看，不知道自己是不是发出了奇怪的声音，不知道会不会又因此挨揍。

听障人和健听人之间是有壁的。

交流方式的不同令他们很难做朋友。像高元那样手语流利，还能和骆晓梅结婚的健听人真的很少。至少在骆静语看来，“鸡蛋布丁”极有可能会因为他的残障而感到害怕，进而疏远他。

他不想让她害怕，也不想被疏远。

他只是不能面对面地与她聊天，但可以用微信聊的呀！

虽然他的聊天水平不高，但她从没有嫌弃，还愿意教他语法……保持这样的沟通方式不是更好吗？

骆静语的烦恼无人倾诉，只能把全部精力都投入做花上。

阔叶十大功劳要做得逼真很难。

一枝比花茎粗壮许多的枝干，上头缀着一大片阔叶，要体现出树枝的纹理、不规则叶片的脉络，染色就需要染得富有层次。

用若草、柠檬黄和咖啡三个色，调出深浅不一的绿色，小簇小簇地晕染叶片，每一片颜色都不太一样，这样组合在一起才会有绿叶植物鲜嫩蓬勃的真实感。

骆静语很有耐心，手作能让他沉浸到平和的世界里，不再胡思乱想。他把铁丝包在胶管里做主枝干，胶管外贴上染好的新缎府绸，又把一片片熨烫好的阔叶组装上去。

慢工出细活，用了一整天，他把阔叶和龙柏这两种绿叶都做完了。

星期四的白天，方旭联系他。

方旭：鱼啊，你那个插花做好了吗？

好大一头鱼：好了，我调整过，等下就要装了缸。

方旭：那你明天送一下吧，我把地址和联系人发给你。

方旭：我跟你说，忒巧了！离你家特别近！走过去就行。

方旭把占喜的手机号码和公司地址发给骆静语。

骆静语看到联系人是占小姐，心想，“鸡蛋布丁”是姓“占”吗？

“占”的拼音是什么？ zhàn，对吗？

骆静语抬起右手，分 zh–a–n 三部分，用三个手势打了一遍拼音指语。

是她的姓。

他想，如果这样子对她打招呼，她一定是看不懂的。

骆静语的焦虑在这一晚达到顶峰——他居然失眠了。

他的心里是一阵阵的灰心丧气，甚至还有点儿恐惧，直到清晨四点都没睡着，他干脆起床披上外套，去阳台透气。走到阳台时，他才发现不知什么时候开始，下雨了。

他听不见雨声，只能透过玻璃窗看雨水落下。

天还黑着，窗外的街景笼罩在一片雨幕中，能看到几百米外那幢办公大楼模糊的影子。

原来，“鸡蛋布丁”就在这里上班，离他这么近。

那盆“好运来”已经由图片变为实物，静悄悄地摆在客厅的工作台上，喷过定型液，刷过特制胶，花朵和绿叶都完美地组合在那只灰色陶缸里，精巧美观，是骆静语一贯以来稳定水准的呈现。

可他并没有因为做完作品而感到安心，反而越发紧张，和常婷相亲前都没有这么紧张！

骆静语不知道自己怎么了，看着窗外，恨不得天光永远不要亮。可时间不会因为他而停滞，很快，天就要亮了。

星期五早上，冬雨淅沥，温度又降低了一些。占喜起床后思考该穿什么衣服去上班。

这是一个普通的工作日，又不那么普通。这一天，她将拿到那盆送给外国客户的烫花，还将见到“好大一头鱼”本人。

占喜本来打算穿一条漂亮的裙子，又觉得会不会太夸张了。天下着雨，那么冷，她感冒发烧又刚好，精心打扮估计会被同事们笑话。最终，她还是像平时一样，穿着毛衣、羽绒服和厚呢裤子出门上班。

她和“好大一头鱼”没有约具体时间，下班前他能来就行。所以这一天，她工作时有点儿心不在焉，时不时地会去看看手机有没有“那头鱼”发来的微信消息。

可惜，一直没有。

下午两点多，占喜正在帮文琴整理一份表格，手机响了。她激动地拿起来看，才发现是迟贵兰的电话。

占喜接通，还没开口，就听到迟贵兰的怒吼：“你怎么回事？谁要你搬出去住的？你现在胆子大了啊，租房子住居然都不告诉我，你老实交代，是不是秦菲搞的鬼？”

占喜只感到脑袋一阵嗡嗡响，赶紧离开工位去无人的地方接电话：“妈，你小点儿声，我在上班呢。”

“我管你上不上班！”迟贵兰是真生气了，“你这工作本来就是临时做做的，等你考上公务员马上就要辞职的。为什么要给你找这种清闲的工作？就是要你好好复习考试，你还上心了啊！”

“妈！”占喜喊了一句后又压低声音，“你先听我说，我哥家离我公司很远，我每天上下班要花三个多小时，所以才在公司旁边租房子，哥都同意了，是他和你说的吗？我本来想元旦回去自己和你说的。”

“你别管是谁和我说的！”迟贵兰就像在开机关枪，“突突突”地炸在占喜耳边，“你有没有脑子？你这个单位做不久的呀！你房子租在旁边，还租一年！等你考上好单位你怎么办？钱多没处花啊？有地方住你不住，你没脑子，你哥也没脑子！你说，是不是秦菲欺负你了？你和妈妈说实话！”

“不关嫂子的事儿，也不关我哥的事！”占喜不明白母亲为什么要揪着秦菲不放，“嫂子对我很好，从来没有亏待过我！妈，你让我自己决定一些事情可以吗？你一直要我去考试，我跟你说了我不想考公务员！”

“你非考不可！”迟贵兰一口拒绝，“欢欢，我和你说，你以后是要嫁给体制里的男孩子的，体制里的男孩子很挑的，你懂不懂。你自己不是体制里的，人家根本看不上你！”

占喜感到一阵窒息：“我为什么一定要嫁给体制里的男孩子啊？就算要嫁，为什么他是体制里的，就规定我也一定要是体制里的？这是什么道理啊！”

“你不怕被你婆家看不起啊？”迟贵兰觉得女儿怎么这么不开窍，“欢欢，你怎么变了呀？你以前很听话的！爸爸妈妈这么辛苦不都是为了你吗？我们给你介绍工作、介绍男孩子，小王多优秀啊！你要好好抓紧……”

占喜突然想明白了：“是王赫告诉你的？”

迟贵兰一顿：“跟你说你别管是谁告诉我的，反正你租房子就是错的！”

“妈，我先不和你说了，现在要去开会，元旦回去我再和你解释。”占喜胸腔里一股子气没处撒，强自按捺住，“还有，你直接去和王赫说，我和他没戏了。”

挂掉电话后，占喜气鼓鼓地回到工位上，干脆利落地删掉了王赫的微信。

她气死了，一个男的嘴这么碎！别说他现在什么都不是，就算是她的男朋友，也不能未经她允许，把两个人的聊天内容去向她的父母汇报，人品简直太差了！

迟贵兰又打过来两次，占喜没接，直接挂断。手机铃声第三次响起时，她刚要挂，却发现是一个钱塘的陌生号码。

她飞快地接起来：“喂？你好！”

“是占小姐吗？”电话里传来一个陌生男声。

占喜的心脏怦怦跳：“我是。”

“你好，占小姐，我是烫花工作室的。你的花我给你送过来了，现在在你们公司楼下，麻烦你下来拿一下好吗？”

这么客气？

是“好大一头鱼”吗？他应该不会这样讲话啊。

占喜收起疑惑，拿起准备好的一个纸袋，匆匆下楼。

办公大楼的一楼大厅里，一个男人坐在会客沙发处，茶几上摆着一盆花——是占喜非常熟悉的“好运来”。

她每天都能看到它的进展，看到葵百合被做出来，看到鹤望兰被做出来，看到阔叶和龙柏被做出来，最后看到它们都被好好地固定在陶缸里。

她也每天都能听到那个人说做花时的困难之处，尤其是做阔叶时，叶片特别多，他吐槽说自己染色染得都要睡着了。

现在，占喜终于见到了实物。真漂亮啊！比照片漂亮千万倍，是那个人一点一点、从无到有、亲手做出来的。

她看向沙发边的男人。他已经站了起来，30 岁左右，身材匀称，穿一件草绿色冲锋衣，配牛仔裤和黑皮靴，一张脸棱角分明、五官端正，打量占喜时，唇边带着意味深长的笑。

占喜却笑不出来，走到他面前说：“你好。”

“你好。”男人笑得更明显了。

占喜没有心情和他寒暄，开门见山地问：“‘好大一头鱼’为什么没有来？”

“你怎么知道我不是‘好大一头鱼’？”男人饶有兴致地看着面前年轻的女孩儿。

她有一张小小的脸蛋儿，略施薄妆，肌肤白皙细腻，五官精巧，一双眼睛大而有神，留一头染成深咖色的披肩长发，竟是非常漂亮。

她的个子还挺高，穿着粉紫色粗线毛衣，底下是深驼色呢料长裤搭通勤黑皮鞋。毛衣和裤子都不修身，也依旧可以看出她身材窈窕。

占喜回答：“你肯定不是。”

她说不出具体理由，反正在接到电话又看到这个男人第一眼时，她就确定他不是小鱼。小鱼是不会有这种眼神的，也不会这样笑。虽然她没见过小鱼，但她就是知道！

“为什么呀？”男人像是想不明白，“我就不能故意装成和你不熟的样子打电话吗？”

见占喜的神色越发冷淡，男人不敢逗她了：“对不起，对不起，我的确不是‘好大一头鱼’。我叫方旭，旭日的‘旭’。其实我们聊过，Q 站那个就是我。”

原来是那个开口就是“亲”的老板。

“哦，那……‘好大一头鱼’为什么不来？”占喜在意的只有这个问题。

方旭说：“小鱼临时有事情，让我代他向你道歉。”

占喜问：“他为什么不提前和我说？为什么不自己来说？”

“这……”方旭挠挠脑袋，“我就不知道了。”

占喜垂下眼睛，嘴巴都噘了起来。方旭感到尴尬，指指茶几上那盆花，提醒道：“呃……占小姐，你看看，这花有没有问题？有问题的话我们还能调整造型，没问题的话，就麻烦你签收一下。”

占喜的视线落到那盆花上，冷冷地说：“没问题，挺好的。”

“这何止是挺好啊？”方旭觉得对方到底是门外汉，“这是精品啊！能看出小鱼下了很大功夫的！你领导拿去送人，对方绝对喜欢，这花可以永久保存哦！”

占喜一副没精打采的模样：“哦，谢谢。”

方旭瞅瞅她，接着说：“这花要保养，切记不能碰水，因为有染料，碰到水颜色会晕开。所有的花瓣和叶片都有定型液形成的一道膜，如果沾了灰，要么吹吹，要么就拿小刷子刷刷，平时不观赏时可以放到柜子里或盒子里防尘保存。”

占喜点头：“我知道了。”

方旭见她兴致不高，犹豫着说：“那你要是觉得没问题，就把尾款结一下吧。”

“好。”占喜拿出手机，当场付了尾款。

方旭收到钱，从沙发上拿过一个封装好的大纸袋递给占喜：“占小姐，这是小鱼要我带给你的。”

占喜接过袋子掂掂，还挺重，也不知是什么，轻声说：“谢谢。”

她的手上也提着一个纸袋，想了想还是拿给方旭：“这是我给小鱼的，也麻烦你带给他吧。”

方旭：“？？？”

他想，这是什么情况啊？骆小鱼也太会聊天了吧？做花做了一个星期，这两个人已经发展到互相送礼物的阶段了？他做这行这么多年，怎么就没福气碰到一个这么漂亮可爱的女客户？

方旭接过纸袋：“行，我一会儿就带给他。”

占喜弯腰抱起那盆花准备上楼：“谢谢你跑一趟，我上去了，拜拜。”

“拜拜，有机会再合作。”方旭冲她笑笑，目送她走进电梯。

占喜捧着花回到公司，径直去文琴的办公室。一路上，同事们都看到了她怀里的花，袁思晨叫起来：“哇，好漂亮啊！这就是要送那个外国人的礼物吗？”

“好运来”摆在文琴的办公桌上，HR 的几个女生都进来观摩。文琴上上下下地打量着花，啧啧感叹：“真好看啊，和真花好像哎。这是怎么做出来的？”

她用手去摸摸百合的花瓣：“硬的呀！”

“是用布做的，烫过，再定型，所以有点儿硬。”占喜解释。

“真不错！”文琴相当满意，起身抱起花缸对下属们说，“别看了，别看了，我拿给孙总去。小占，任务完成得非常好，这个礼物很有档次呢！”

占喜笑笑：“希望孙总也满意。”

她把烫花的保养事项告知文琴后，众人散去后，她也回到工位，这才把那个纸袋打开。纸袋里有一个小盒子，她打开盒盖，里头是一朵烫花胸针。

占喜在“小鱼鱼手作烫花”的网店里看到过这款胸针，蓝色的勿忘草配浅绿色的绣球花，再搭配着一圈儿温润的白色淡水珍珠，优雅大方，售价要五百多元。

她盖上盒盖，又从袋子里拿出一个更大的黑色盒子，打开后顿时愣住了。

盒子里是一个熟悉的玻璃瓶，瓶身上系着一条银色丝带，瓶子里插着一朵紫红色的葵百合，边上还有一朵小小的同色葵百合花苞。

占喜从盒子底下掏出一张手掌大的卡片，上面写了几行字。

> 鸡蛋老师：
>
> 祝你身体健康，笑口常开。
>
> ——小鱼

他的字说不上好看，但也不丑，每个字都写得工工整整，令占喜想到可爱的小学生。在“小鱼”边上，他还画了一头冒着水花的卡通鲸鱼。

占喜又看向那朵葵百合，这是属于她的第一朵烫花。她心里的郁结减轻不少，可终归还是不太高兴。

她拿起手机看，“好大一头鱼”直到现在都没发消息来。她本来想对他说声“谢谢”，这时候又打消了念头。

是他不对在先的，为什么要她先开口啊？就不理他，哼！

此时，骆静语卷着被子睡得正熟。

前一晚，他折腾到天亮都没睡着。早上更是顶着黑眼圈，对着那盆花做了几小时的思想斗争，最后还是㞞了，中午发微信把方旭叫过来。

方旭来的时候一脑袋疑问，不明白骆静语离客户这么近为什么不去送，非要让他开车从市里跑过来不可。

骆静语用手机打字给他看：下雨，烫花不能碰水。

也有道理。方旭认了，捧起花就要走。

骆静语却一把拉住他的手臂，抿着唇把一袋子东西交给他，又打字给他看：这个给占小姐，帮忙我道歉她，不要给她告诉我听不见，拜托。

方旭看完手机上的这行字，再抬头看骆静语时，发现这个26岁的小伙子居然脸红了。

有情况！

“我知道了，放心吧。”方旭也没多问，口齿清晰地说给骆静语“看”，就离开了他家。

方旭走后，骆静语紧绷的神经才松弛了些，一夜未睡的困意终于汹涌而来。他爬到床上，很快就睡着了。

睡得正熟，黑暗的房间里突然亮起灯光。骆静语敏锐地睁开眼睛，发现床边墙上的一盏小灯泡正亮着。

这是专属于他的“门铃”，在家里每一个房间都有一盏这样的小灯泡。只要有人按门铃，所有的灯泡都会亮，不管骆静语在哪个房间，都会注意到。

他披上家居睡衣去开门，头发支棱得乱七八糟，不明白这时候会有谁来。方旭说他送完花就会直接回去，所以，开门看到是方旭去而复返后，他愣怔了一下。

“我不进去了。”方旭把纸袋子递给他，“是占小姐要我带给你的。我没看，不知道是什么。”

骆静语呆呆地接过袋子。方旭说：“她收下花了，很满意。但看到不是你去送，好像不怎么高兴。”

骆静语看懂他的唇语后，心跳都乱了一些。

方旭摆摆手：“那我先走了。”

他刚要转身，骆静语又拉住他的胳膊。

方旭回过头惊讶地看着他，他急得想打手语，才想起方旭看不懂，抬手示意他别走，进卧室把手机拿来，打字给他看：她是什么样子的？

“哈。”方旭差点儿笑出来，反问，“你不知道她长什么样子吗？”

骆静语摇摇头，嘴唇依旧抿得很紧。

方旭也很人来疯，心想自己帮着骆静语隐瞒耳聋的事，是不是也要帮着占小姐隐瞒点儿什么，这样才公平嘛！

他笑着说：“就很普通的一个女的啊，三十多岁吧，个子不高，大众脸。”

骆静语目不转睛地盯着他的嘴唇，生怕看漏一个字。“听”完后，他脸上的神情淡淡的，令方旭捉摸不透。

方旭戏谑地问：“怎么，失望啊？”

骆静语没看清，皱起眉打字：什么？

“失——望——吗？”方旭把每个字都咬得很清晰，又问了一遍。

骆静语看懂了，但没明白，打字问：失望什么？

“你是不是以为她是美女？哈哈哈……”方旭终于笑出来了，他忍得十分辛苦，“小伙子别发春了，努力赚钱吧！你做了一个星期插花，店里的货都要卖没了，赶紧开工！”

他拍拍骆静语的胳膊，转身走了。

“发春”这么高难度的词语，骆静语又看不懂了，心里想到的是“犯蠢”。方旭是叫他别犯蠢了，对吗？

他觉得方旭可能误会了，他犯什么蠢了？他也没失望啊，他早就知道鸡蛋老师是什么样的一个人了。他就是挺羡慕方旭的，能见到鸡蛋老师本人，还能和她说话。也不知道她的声音好不好听，她人这么耐心，声音肯定也很温柔。真可惜，他听不见。

关上门，骆静语在工作台边坐下，把纸袋里的东西拿出来看——是欧家的圣诞礼盒护手霜！

他打开礼盒，把四支护手霜都拿出来研究，发现袋子里还有一张卡片，上面写着——

> 小鱼：
>
> 冬天天气干燥，记得涂护手霜哦。
>
> 谢谢你做的“好运来”，也祝你健康幸福，好运连连。

——鸡蛋布丁

201× 年 12 月 6 日

她的字写得真好看，文雅秀气。骆静语想到自己的“狗爬字”，顿时更难为情了。

他打开一支黄色外壳的护手霜，挤了一点儿在手上，把手凑到鼻子前闻一闻，是淡淡的柠檬香。他把护手霜均匀地涂抹开，感觉并不黏腻，再闻一闻，两只手都香香的了。

骆静语眨巴了几下眼睛，心里感到愧疚。

怎么会这么巧？他们都给彼此准备了礼物，还写了小卡片。难道鸡蛋老师很期待和他见面吗？她居然给他准备礼物！她怎么能那么好啊！

那他没有去，她是不是会生气？

骆静语打开手机，“鸡蛋布丁”没有发来新的消息，最后一条还是昨晚十点半发的。当时他们刚聊完天，聊了一个多小时。

鸡蛋布丁：小鱼，晚安，明天见。

看着这句话，骆静语的手指已经不受控制地按上屏幕。

好大一头鱼：鸡蛋老师。

他等了五分钟，对方没回复。

好大一头鱼：鸡蛋老师，对不起，我今天没有去送花，谢谢你送我了礼物，我很喜欢，刚刚抹了手过，很香。

十分钟过去了，对方还是没回复。

好大一头鱼：鸡蛋老师，你是不是生气吗？我向你道歉，对不起，我错了。

一小时后，对方依然没有回复。

骆静语整个人都不好了。

啊啊啊！完蛋了！鸡蛋老师生气了，她不理他了！

Chapter 03

好大一头鱼

雨一直未停，滴滴答答地下了一整天。

占喜一只手撑伞，一只手抱着黑色盒子，踩着湿漉漉的地面走进青雀佳苑。

地铁站在公司和小区之间，她第二天就要搬家，不想把那瓶葵百合拿回哥哥家，又不舍得把它留在公司过周末，干脆下班后先把它放到 802 室来。

进到出租屋，占喜把玻璃瓶拿出来搁在餐桌上，自己坐在桌边托着下巴看那朵紫红色的百合花。她伸手摸摸花瓣，感受到上面凸起的斑点，想不明白斑点是怎么做出来的，还有叶片上的叶脉又是怎么做的。看照片时没有那么直观的感受，实物在眼前，她才更加体会到小鱼的手有多巧。

她当然看到了小鱼发来的消息，却硬起心肠不回复。

黏糊糊的雨天影响心情，她被迟贵兰骂了一顿，还莫名其妙被小鱼爽约，只是一句道歉，他却没解释原因，这让她很介意。

占喜想，他不来就不来嘛，也不是什么大不了的事，但总该提前和她说一声，发条微信消息这么难吗？几秒钟的事情而已！只要他提前说了，她肯定是会理解的。总之先晾晾他，小孩子这么不懂事，她可是鸡蛋老师，刚好教教他怎么待人处事！

离开 802 室，占喜坐地铁回哥哥家，进门就对上占杰一张垮掉的脸。

占杰问："妈给你打过电话了？"

"嗯。"占喜不用问就知道，迟贵兰打她电话打不通，肯定打给占杰了，估计把他给狠狠骂了一顿。

在某些理念上，占杰和父母是一致的，比如妹妹是家里的小宝贝，乖巧漂亮，父母要她时都快 35 岁，现在年近六旬，他这个哥哥比妹妹大那么多，应该多照顾她。

但在另一些问题上，占杰也觉得迟贵兰对占喜管得太严。刚大学毕业的女孩子想在事业上奋斗一下，占杰认为很正常，但迟贵兰不这么想。她觉得女孩子最大的幸福就是嫁个好老公，逼着占喜考公务员也是基于对择偶有利的考量。

下午，占杰在电话里被迟贵兰骂得狗血淋头，与她争了几句后，她居然哭了，说他们兄妹俩都想要气死她，还骂他有了媳妇忘了娘，胳膊肘往外拐，联合秦菲教唆占喜不听话，絮絮叨叨地说了一大堆。

占杰一个头两个大，好声好气地哄了半天，答应元旦回家负荆请罪，才被恩准挂电话。

自从上个星期日占喜去医院，秦菲这几天都没怎么搭理她。吃晚饭时气氛挺沉闷，饭后，占喜想洗碗，秦菲阻止了她，语调怪怪地说："你病刚好呢，我来洗吧，不敢劳动你。"

占喜很尴尬，趁着秦菲洗碗时，拿上烫花胸针进厨房，说："嫂子，这几个月我给你添麻烦了，这个胸针是纯手工做的，可好看了！送给你，谢谢你照顾我。"

她把盒子打开，秦菲看了一眼后神色缓和下来，见客厅里的占杰没注意，低声说："占喜，我对你其实没意见，大家住在一起半年了，我这个人你也该知道，不是那种难搞的人。既然你明天要搬走了，我也和你说说心里话，你是占杰的亲妹妹，我欢迎你过来小住几天，但要是一直住着，说实话啊，真的不太方便。"

占喜说："我知道的，嫂子，我自己住着也很不好意思。"

"你妈妈那个人……唉……"秦菲叹口气，都不知该怎么说迟贵兰，"也亏得我没和她住在一起，要不然我和你哥早离婚了。我知道你也不容易，对了，你自己是怎么想的呀？你想考公务员吗？"

占喜说实话："不想考。"

秦菲说："如果你自己想考，进体制也挺好的，稳定嘛。但我觉得你妈妈让你去考，也不是为你的事业发展考虑。你懂我的意思吧？"

占喜哪会不懂呢？低着头嘟囔："我知道，但我说不过她嘛。"

秦菲一边洗着碗一边说："占喜，我劝你一句，你妈的话你得挑着听，她毕竟年纪大了，思想跟不上。现在这世道女人也得拿得起，不能只想着靠男人。就你妈那个观点，我听着都硌硬！你要是千金小姐那是另一回事，但你是吗？大家都是普通人，你现在是年轻漂亮，但你是会老的呀，你只有手上有本事，心里才会有底气，就算老了也不怕。"

占喜看着秦菲的侧脸，嫂子年轻时长得很漂亮，占杰那会儿瘦，也很帅。可是近十年过去，秦菲一直为小家操劳，脸上已经有了细纹和淡斑，占杰也长出一圈儿肚腩，好在发际线还坚定不移，没秃。

占喜把礼物盒放到台面上，诚恳地说：“我明白的。嫂子，谢谢你。”

洗过澡后，占喜在床上躺下，心里一直思索着秦菲的话。

秦菲说的是对的。占喜原本就没想过靠嫁人来改变命运，而考公务员这件事情，因为迟贵兰一直以来的洗脑，反而令她心生厌恶。

占杰在互联网公司做后台维护，年薪十五万元左右。秦菲比他厉害，她做业务，据说到年底能挣到十八万。

两口子的小日子过得挺美，然而迟贵兰就是看不上秦菲。

她嫌秦菲是农村出来的，可占杰明明也是小镇出身呀。

她嫌秦菲只有中专学历，可占杰也只是大专生而已。

她希望占杰能娶一个老师或护士，国企员工也行，工资少点儿没关系，胜在稳定，可占杰自己也就是个私企员工啊！

占喜记得，占杰和秦菲谈恋爱时，迟贵兰还给占杰介绍过一个在快速公交站台值班的女生，美其名曰市公交集团也算国企。那个女生月收入才一千多元！那时候秦菲每个月已经能挣四五千元，这件事情闹得他们差点儿分手，占杰追了好久才把秦菲给追回来。

在HR工作半年，占喜知道公司里所有员工明面上的收入。比如文琴的年薪是二十二万元，管招聘的袁思晨是十三万元，技术部的林岩是十八万元，占喜自己则是税前月薪七千五百元。

而策划部那边的薪资浮动就很大了，高的人有三四十万元，低的也有十几万元，看绩效，看项目，看经验和能力，还看运气。

正胡思乱想着，占喜的手机响起提示音。她拿起来看，是一条短信：占喜，我是王赫，你怎么把我拉黑了？

占喜想到王赫就生气，忍不住回了一句。

占喜：对不起，我觉得我们不太合适，还是算了吧。

王赫：到底发生什么事情了？聊得好好的呀！不都说好了下周末见面吗？

占喜：我和你聊天，基于信任把一些私事告诉你，你回头就告诉我妈，你有没有想过我的感受？

王赫：就因为这件事情？

王赫：是关于你搬家的事儿吗？那我要解释一下，你冤枉我了！我妈问我有没有和你见面，我说没有，因为你周末要搬家，就这么说了一句，我和你妈半点儿没联系过啊！

占喜看着短信发愣，如果王赫说的是真的，那倒也不能全怪他。

可是，他们聊了两个星期，也没聊出个所以然来，占喜只觉得索然无味，远不如和“好大一头鱼”聊得开心。

她好歹有过两次相亲经验，知道自己和王赫大概率没戏。这时候对方急吼吼地来解释，她受过的教育使得她没办法无理取闹，思考以后，决定还是和王赫见一面，见完面再说不合适，应该更有说服力。

于是，她又加回王赫的微信，约好下个星期周六一起吃晚饭。

加微信的时候，占喜又看到“好大一头鱼”的对话框。他的最后一条消息发自半个小时前，是她洗澡的时候发的。这是当天他发过来的第四条微信，不管是信息的长度、语言的恳切度，还是语病的出错率，都再创新高！

好大一头鱼：鸡蛋老师，我知道你生气了，不想要搭理我了，我有想很久时间，还要是给你道歉啊！我解释我的原因，真的，我的条件很不好，你如果看到我的真正样子，你会讨厌我了，我不想要你讨厌，害怕了，很多人讨厌我了，我不想要你一样。我真的不故意不去送花，我很就难过害怕，你送我礼物，我很喜欢，心里非常高兴啊，可是我要你生气了，你可以不要生气吗？我错了，我害怕你看我，真的，我的条件很差！可是我想要和你聊天，你说了语病教我改，你说了我们做朋友了，我记住啦，鸡蛋老师，请你原谅我吗？

占喜其实已经不生气了。

一个男孩子相亲时因为条件不好而被女孩儿拒绝，现在又因为条件不好而畏惧与她见面，说她见到他会害怕、会讨厌。

占喜想，到底是什么条件不好啊？长得不好看，还是个子太矮？不管是什么，在看到他费尽心思地发来这么长一段话后，她的心就软了，觉得什么条件都不重要了。

小男孩儿好像很委屈，不过占喜还是打算训他两句。

鸡蛋布丁：我原谅你了。小鱼，其实你不来见我没关系，我只是生气你没有提前和我说一声，事前一句解释都没有，这样会让我觉得你很不礼貌，不尊重我。

骆静语收到“鸡蛋布丁”的回复时，人都从椅子上弹了起来，仔细看过她的话后，又像被泼了一盆冷水，心里特别不是滋味。

这些年他都是一个人住，每天只顾着做手工赚钱，很少与人打交道，为人处世之道的确不太懂，以为方旭带到话就行了。

不是没想过事前给对方发条微信解释，但他就是不敢。

好在，她说原谅他了，他还是松了口气。

好大一头鱼：我下次不会了，鸡蛋老师，我很尊重你了。

既然都说开了，占喜也不想再揪着这个问题不放，开始和他闲聊起来。

鸡蛋布丁："好运来"做完了，接下去你要做什么呀？

好大一头鱼：网店很多首饰缺了，我要多补做，圣诞节有限亮视频预定，很多很多个！是要快点儿做完，从早到晚做了，害怕来不及！

居然这么忙啊？占喜没想到。

鸡蛋布丁：圣诞节限量饰品？

好大一头鱼：是的！打错了，限量饰品。

鸡蛋布丁：我去看看。

好大一头鱼：我有，我给你看看。

他发给占喜好多张图片，都是用烫花做的圣诞节限量饰品，有发夹、胸针、耳坠、手花……每一款都有圣诞元素，红白绿咖色调，精致又可爱。

好大一头鱼：你喜欢哪个？我送你。

鸡蛋布丁：？？？

鸡蛋布丁：不用啦！你已经送我礼物了，我还没和你说谢谢呢。葵百合很好看，胸针也特别美，我已经送给我嫂子了，她很喜欢。谢谢你，小鱼。

好大一头鱼：不客气，就是小东西，你如果喜欢哪个告诉给我，真的，我送你。

鸡蛋布丁：真的不用了，你也是打工的，不容易。

骆静语看着"打工的"三个字，有点儿摸不着头脑。虽然他不是什么大老板，好歹也算个自由职业者，不管是和方旭合作前还是合作后，他都没觉得自己在给谁打工。又没人给他开工资，每一块钱都是自己赚来的。

不过，既然对方坚持不要，他也没再勉强，想着等空一点儿再单独为鸡蛋老师设计一套全世界独一无二的饰品送给她。

鸡蛋布丁：对了，明天我要搬家啦！

好大一头鱼：行李多吗？

鸡蛋布丁：不多，就一些衣服、被子，我哥会开车送我。

好大一头鱼：你自己住了，会不会做饭？

鸡蛋布丁：……

鸡蛋布丁：讲真，不太会，不过我可以学！

好大一头鱼：我会做饭。

鸡蛋布丁：什么水平啊？

好大一头鱼：非常好吃水平了！

占喜发了个"大吃一惊"的表情包。

好大一头鱼：？

鸡蛋布丁：哼，我又没得吃，你随便吹牛。

骆静语想打字说“我做给你吃”，但才打三个字就停下了。他连面都不敢见，如果老老实实地告诉对方，他怕她会害怕、讨厌自己，这时候哪里有脸说做饭给她吃？怪不得她说他是在吹牛了。

他想了半天，憋出一句话来。

好大一头鱼：我可以烤蛋糕给你快递。

鸡蛋布丁：烤蛋糕？

好大一头鱼：是的，很好吃了，我的蛋糕人人吃过点赞。

鸡蛋布丁：我喜欢吃蛋糕！

占喜发了个“猫咪流口水”的表情。

骆静语窝在椅子上笑了。

好大一头鱼：我有你的工作地址，真的，我快递你，好吃！我不骗你。

占喜感觉心里暖洋洋的，脑子像是搭错线，躲在被窝里回复他。

鸡蛋布丁：好啊，那我可等着喽。

星期六早上，占杰开车带上家里所有人，又装上占喜的行李，先把秦菲和占凯威送到少年宫上课，再送占喜去青雀佳苑。

把所有东西都搬进802室后，占杰在屋里转了转，看过厨房的柜子，走出来问：“欢欢，你是不是还要去买个电饭煲啊？这儿什么都没有，你打算自己做饭吗？”

“我自己会买的。”占喜正打开拉杆箱，“先吃两天外卖好了，我会学着做饭的。”

占杰揉揉她的脑袋：“小屁孩儿长大了啊，都敢自己一个人住了。我和你说，女孩子一个人住最重要的就是注意安全，别随便放人进门，知道吗？”

“知道啦！”占喜笑嘻嘻的，心情特别好。

占杰问：“钱够用吗？你得添很多东西，不够我给你。”

“够了，够了，我存着工资呢。”占喜催他，“你是不是要去单位啊？赶紧走吧，我自己会收拾的。”

占杰的确要去公司加班，临走前注意到餐桌上玻璃瓶里的葵百合，疑惑道：“这花……是上次你给我看过的那朵吗？”

占喜想起在医院输液时给哥哥看过照片，回答：“嗯，赠品。”

占杰想上手摸，占喜跳起来就打掉他的手：“别碰！弄坏了怎么办？”

占杰揉揉手，气道：“你哥还比不上一朵花？不知道的还以为是你对象送的呢！”

“你好烦啊！快走吧！”占喜大叫。

占杰又叮嘱几句后，上班去了。等他离开，占喜在房子里美了一会儿，计划着搞一下卫生，中午出去吃个饭，顺便买点儿日用品回来。

说干就干，她脱掉外套、挽起衣袖开始擦家具、扫地、拖地、刷马桶……幸亏房子小，家具少，搞到中午，整个屋子已经干干净净。

占喜又累又饿，歇了一会儿后列出一张购物清单，准备出门吃饭。

她拎着垃圾袋出门，没戴口罩，素面朝天，穿着那件巨厚的灰色羽绒服，包得像个球一样，因为干活儿还扎起了马尾辫。

电梯下到八楼时，门缓缓打开，里面出现一抹黑色人影。占喜期待地睁大眼睛，待看清是一个老爷爷，才偷偷撇嘴，笑自己像个花痴一样。

轿厢里已有三人，除了那个老爷爷，还有一个大姐带着个十岁左右、眉清目秀的小男孩儿。

一开始四人都没说话，小男孩儿瞅了占喜几眼后，开口问："姐姐，你住八〇几啊？"

"啊？"占喜没明白。

小男孩儿脸红红地说："我叫顾心驰，心驰神往的那个'心驰'，我住 1501 室，你叫什么名字？住……"

老爷爷"哈哈哈"地笑起来，男孩儿的母亲一把捂住儿子的嘴，尴尬地冲占喜笑："别见怪，他话特别多。"

被一个这么小的孩子搭讪，占喜脸都红了，便挑着回答了一个问题："我姓占，'点'去掉四点底的那个'占'。"

顾心驰挣脱母亲的手，仰着脑袋看她："占姐姐，你好漂亮啊！你有空的时候来我家吃饭吧！"

幸好电梯已到一楼，他们走出单元门时，迎面过来一个人。

占喜眼睛一亮，嘿！这次真是他了！

单元门口路不宽，那个见过两次的年轻男人正避到路边，让他们先过。

占喜想，这人可真厉害啊，怎么能每次都打扮成一个模样？他穿着黑衣、黑裤、黑鞋，拉着帽子，戴着黑口罩，两只手插在兜里，就像一道移动着的影子。

顾心驰背着小书包，叫他："小鱼哥哥！你回来啦？"

"小鱼"这两个字吸引到占喜的注意，她转头看去。也许是发现她在看他，黑衣男人的视线也在她脸上停留了一瞬，两个人之间有短暂的目光交汇。

占喜发现，他帽檐下、口罩上露出来的那双眼睛真的很漂亮，双眼皮，瞳仁乌黑清澈，眼神比她想象中要来得温和，眼睫毛还很长。

他大概姓"俞"，或是"于""余""虞"……啊！"yú"这个音做姓氏居然有这么多字！

出于礼貌，占喜冲他笑了一下。黑衣男人没什么反应，快速地移开视线。

他们擦肩而过，一个上楼，一个出门，谁都没有停下过脚步。

这一天是大雪节气，钱塘雨过天晴，地上还有成片的水渍，空气不那么干燥，能闻到雨后特有的清新泥土香。

顾心驰回头冲占喜挥手："占姐姐再见！我去上兴趣班啦！我数学成绩很好的！我……"

他的母亲大概觉得太丢脸，拽上儿子就走了。

占喜乐得不行，甩着垃圾袋、脚步轻快地走在这陌生的小区里。她再回头看，早没了那黑衣男人的身影。她突然感到很高兴，忍不住哼起歌来："好运来，祝你好运来，好运带来了喜和爱……"

从青雀佳苑附近步行十五分钟有一家连锁大超市，占喜吃过一份盖浇饭后，晃去超市大采购。

她买了一堆生活用品，推着购物车路过儿童用品区，看到有个货架上全是毛绒玩具，立刻就心痒痒了。

小时候她很喜欢毛绒玩具，还养过一条小狗，但是七八岁时她有一阵子老咳嗽，怎么都好不了，医生说可能是尘螨过敏，让她不要玩毛绒玩具，也不要养宠物。迟贵兰听到以后就把她的玩偶都扔了，小狗也被送走了，从那以后，她一个玩偶都没买过。

占喜早就不过敏了，她都怀疑是那个医生误诊，当即决定给自己挑一个可爱的玩偶，陪她睡觉。

挑哪个好呢？看过粉粉的兔子、白白的小猪、绿色的乌龟……她的视线落在一只深蓝色的鲸鱼上。

鲸鱼玩偶！

这些鲸鱼还分大小！大的得有一米多长，小的只有三四十厘米，有着大脑袋、深蓝色的背脊、浅蓝色的肚皮，还有一双笑眯眯的眼睛。占喜把小鲸鱼拿起来捏捏，又与它对视，心里就想起微信上那个可爱的男孩子。

就是你啦！她把胖鼓鼓的小鲸鱼放进购物车里。

下午，占喜在家里收拾行李，把衣服都放进衣柜，开始铺床。

占杰买的新被子和新垫褥都被秦菲晒过了，四件套也洗过，一套蓝色，一套粉色。占喜选了蓝色的那套打开，一看图案，头顶就仿佛有一只乌鸦嘎嘎飞过——床单和被子上赫然印着一个好大的爱莎公主！

可能占杰还把她当小孩儿看待。她虽然感到无语，但也只能换上。

正收拾时，手机响了，她拿起来看，是小鱼的消息。

好大一头鱼：鸡蛋老师，你搬家好吗？

鸡蛋布丁：你可以问，你搬好家了吗？或者，你搬家顺利吗？我回答：我已经搬过来了，正在收拾行李。

好大一头鱼：好的。

鸡蛋布丁：小鱼，我给你看我的被子，你别笑啊，晕死我了！

占喜站在床尾，拍了一张铺开的被子发给小鱼。被子上的爱莎金发蓝裙，妖娆美艳，周围被雪花环绕，远处还有一座冰雪城堡。

好大一头鱼：这个我知道！是个公主！

鸡蛋布丁：《冰雪奇缘》的爱莎公主，我哥买的，但我不是小孩子啦！

好大一头鱼：好看的，我姐说过了，女孩子永远是小公主啊！

鸡蛋布丁：我不是！

好大一头鱼：你是鸡蛋公主。

鸡蛋布丁：你从哪儿学来的油嘴滑舌？找对象时这么能说就好了！

好大一头鱼：我不找对象了。

鸡蛋布丁：一边玩去，姐姐要继续收拾屋子啦，晚上再和你聊。

好大一头鱼：好的！

小鱼乖乖退下了，占喜把所有东西都收拾完后，晚饭叫了个外卖，洗过澡，又洗掉衣服，早早地钻进被窝。

独自一人睡在一个陌生的房间，她并不害怕，这种全凭自己掌控的生活很早以前就令她向往。半夜上厕所都不用穿外裤啦！她可以穿着小内裤就跑出去，哈哈哈，好开心！

802 室没有电视机，宽带倒是开通着。占喜拿出平板播起一部电影，抱着软软的小鲸鱼，又打开手机看一圈儿。工作群、家庭群、大学班级群、大学社团群……每个群都聊得热火朝天。

王赫一整天没联系她，他不说话，她是不会主动联系他的。

林岩就更不用说了，这个神奇的人只会发神奇的“早安”和“晚安”。

占喜去看罗欣然的公众号。罗欣然几乎每天都写一篇推文，有时还给流量巨大的自媒体公众号供稿，自身也积累了不少粉丝，部分推文里还带着广告。

占喜真羡慕罗欣然，进大学前，她根本不知道世上还有这么自由自在的女孩儿。家里人总怕她会被罗欣然带坏，只有她自己知道，四年来，她早就受到罗欣然巨大的影响。

这一天，罗欣然发了一篇稿子，和最近很火的一档音乐类选秀节目有关，写得特别搞笑。占喜笑了半天后转发到朋友圈，看到怀里的小鲸鱼，突然想到自己的朋友圈还没对小鱼开放。她考虑了一会儿，决定等哪天和小鱼见面了，再对他开放。

小男孩儿好像挺自卑，都不敢见她，而她的朋友圈里有不少她的生活照，她知道自己长得还行，怕小鱼看到她的样子会变得更夙。

这么一想，占喜直接把罗欣然的推文转发给小鱼，还加了留言。

鸡蛋布丁：哈哈哈！哈哈哈！

小鱼很快就回了。

好大一头鱼：这是什么？

鸡蛋布丁：这篇文章是我大学室友写的，笑死我了！哈哈哈！

好大一头鱼：鸡蛋老师，我的文化不好，你不要笑我了。真的，我不懂意思。

占喜发了两个“捂脸”的表情。

鸡蛋布丁：对不起，你这么小，我以为你都懂。

好大一头鱼：我不小！

鸡蛋布丁：知道了，知道了，你不小，你好大一头鱼！

好大一头鱼：……

好大一头鱼：我不是很经常上网。

好大一头鱼：我去先看看文章，会很慢了，你等等我。

占喜想说：你要是不感兴趣就别看了，也不是什么重要的事。再一想，小鱼聊天不好和阅读量少可能也有关系，多看看文章也是好的，随他去吧。

她看了会儿电影，十几分钟后，小鱼才回复。

好大一头鱼：我看完了，是一个节目吗？我很少看电视了，没有看过这个节目。

鸡蛋布丁：嗯，是个综艺节目，我看过。我同学写得特别搞笑，里头那几个明星你总认得吧？

那可是一些会出现在“春晚”和各大卫视跨年演唱会上的熟面孔啊！没想到，小鱼说——

好大一头鱼：我不认识。

占喜心道：我妈都认识啊，小鱼同学你是哪个年代的？

鸡蛋布丁：里面的视频看了吗？唱劈了的那个，我看了好几遍，听一次笑一次！哈哈哈！

好大一头鱼：看了，很好笑，哈哈哈！

打出这句话时，骆静语的手心都出汗了，脸颊发热，紧张又尴尬。他很不愿意对鸡蛋老师撒谎，那他该怎么办呢？实话又不能说，只想赶紧结束这个话题。

他真的很少看电视，就算看，也不会去看音乐类节目。

音乐、唱歌、戏曲、相声……这些节目对他来说没有意义。他从没有听见过声音，“优美的旋律”这种词汇，他想象不出、理解不了。连带着，他也认识不了几个以唱歌为主业的明星。

幸好，鸡蛋老师没有就这篇文章再聊下去。

鸡蛋布丁：其实我平时也不太看电视，但很多节目和我大学专业有关，我是学网络传播的，需要学习，所以偶尔会看一些综艺和剧。

好大一头鱼：你说了你的大学学中文？

鸡蛋布丁：啊，是！我有两个学士学位。

好大一头鱼：两个学士学位？

鸡蛋布丁：就是说，我学了两个专业，汉语言文学和网络传播学，拿到两本学位证书，双学位，听过吗？

骆静语发了个“大吃一惊”的表情包。

鸡蛋布丁：你偷我图！

好大一头鱼：你真的好厉害一个人啊！

鸡蛋布丁：没有啦，一般般厉害，没你厉害！你真的很牛哦！

好大一头鱼：我不厉害，鸡蛋老师，你是我的认识所有人的中间最厉害读书一个人！

鸡蛋布丁：啊啊啊！你别这样说！我难为情死了！

骆静语说的是实话，他的社交圈里没有硕士，最高学历就是本科生。骆晓梅和高元都是本科生，见过一次的常婷也是，方旭是什么学历他搞不清，其他一些做烫花认识的朋友和老师与他联系也不多，不会说到学历。

至于他自己的高中同学，因为国内招收听障学生的大学数量非常少，专业选择也很有限，所以考上大学的没几个。大多数同学都是像他这样从盲聋学校毕业后就自寻出路的，做什么行业的都有。

对于双学位，骆静语听都没听过，知道后就觉得好厉害。他想鸡蛋老师肯定是个很聪明的人，读书才会这么好，但她都不嫌弃他文化水平低，愿意天天和他聊天。

骆静语再一次感到自己很幸运，能认识这么优秀的一个姐姐。

他翻身躺在床上，眼睛望着虚空发呆，脑子里掠过自己从小到大的很多画面。

他的人生从出生起就注定与众不同，少年时也曾偷偷想过，如果他能听得见，人生是不是就会变得不一样？

后来，他觉得自己想开了，大概这就是命，他也没有选择。

可是现在认识了“鸡蛋布丁”，骆静语又一次忍不住去想，如果他能听得见，哪怕是戴着助听器，是不是就能大大方方地去和鸡蛋老师见面？

他知道她比他年长几岁，身材、长相都很普通，但他真的……很想见她。

生平第一次，他会在心里惦记一个素未谋面的女生。

这种奇怪又陌生的感觉让他极其沮丧。

两个人又聊了一会儿后，“鸡蛋布丁”要睡觉了。骆静语发现她每天都睡得挺早，十一点前就会入睡。而他是个夜猫子，天天都要弄到深更半夜。

“好运来”交货后的这两天，骆静语没闲着，已经开工做起了饰品。圣诞款预订量很大，骆静语之前就告诉方旭一定要限量，他只有一个人、一双手，对精致度又有很高的要求，预订太多他做不过来。

方旭却说，年轻人要挑战极限。

骆静语看到方旭发过来的每种饰品的预订数量表，差点儿要吐血，感觉接下来的十几天，他得像台机器一样开动，才能在十二月二十日前把这些订单都做完。

爬下床，骆静语煮了一碗面条当消夜，认命地坐到工作台边，继续挑灯夜战。

占喜住进青雀佳苑802室后，除了感受到自由的空气，更爽的一点是——她再也不用早起！

她每天八点多起床，洗脸、刷牙、化妆，出门吃个早饭，溜达十来分钟就能走进公司，还比大多数同事更早打卡。

家里还没正式开伙，电饭煲、炒锅和碗筷盘子陆续到货，油盐酱醋也都买齐，但占喜只煮过两次速冻饺子，大多数时间就是吃外卖。

这个星期六，她和王赫即将见面。王赫这几天也积极许多，每天都会找她聊天，问问她见面想吃什么，平时业余爱好是什么，去过哪儿旅游，等等。

他们的对话总是问答形式，王赫问，占喜答。占喜从没有问过王赫的情况，因为她没有动力。

和小鱼聊天就不一样了，占喜每晚都要和小鱼聊一个多小时，问问他这天做了什么、吃了什么，说说自己在公司里碰到的有趣的事情。

她把自己的格子间办公桌拍给他看，桌子上有她的水杯、电脑、文件架、小本子……隔断上贴着许多便利贴，角落里还摆着一棵桌面圣诞树以及一罐草莓牛奶。

她的杯子是个粉色卡通款，杯盖上还趴着一只白色小猫。骆静语看着照片，觉得鸡蛋老师真是好可爱。

作为交换，他会把自己做的烫花饰品拍给她看，大多数都是摆在桌子上拍的，但如果是耳坠，他会用手拿起来悬着拍，这时候她就会看到他的手。

她没有告诉小鱼，每次在照片里看到他的手，她都会有一种中奖的感觉。他的手真是太好看了！好看到……她在公司里会偷偷观察其他男同事包括林岩的手，从没发现任何一双手能美过小鱼的手。

不知不觉一个星期过去了。

星期五早上，骆静语起床后想了想，这一个星期除了隔天买菜，他就没出过门，连父母家都没回。眼看着第二天就是周末，他突然想起自己对鸡蛋老师做的承诺还没兑现。

天天从早到晚做手工，他真的很累，决定给自己放半天假，休整一下。

翻过家里的存货，骆静语出门去补了些食材，又买了两盒草莓，回家后就开工做蛋糕。他很久没烤蛋糕，第一个蛋糕胚做出来后，他俯身闻一闻，真香！可是在涂抹奶油时，他一时手生，抹得有点儿丑。

以前做蛋糕，他从不会在抹奶油时太过计较，自己烤的自己吃，味道好就行。可这个蛋糕是送给鸡蛋老师的，除了好吃，还得好看！

骆静语摸着下巴思考了一会儿，决定还是重新做一个。至于这个丑丑的蛋糕，嗯……就送给隔壁1501室的顾心驰吧，小家伙虽然是个话痨，却不讨人厌。不过，草莓就不放了，草莓全是给鸡蛋老师的。

给第二个蛋糕胚抹奶油时，骆静语精雕细琢，几乎摆出了他做烫花时的架势。下午两点，一个漂亮的草莓蛋糕终于完工。他看着蛋糕呼出一口气，寻思着该怎么送，真的叫同城快递吗？万一弄坏了怎么办？

他去阳台上远眺那座办公大楼，心里做出决定——他自己送。

到办公大楼需要十分钟的路程，骆静语全副武装，提着一盒蛋糕来到大厦楼下。他坐电梯到“鸡蛋布丁”工作的楼层，出来后观察了一下，看到一扇密码玻璃门，门后不远处是前台，坐着一个女孩子。

啊……鸡蛋老师就在里面上班！

想到这儿，骆静语就开始紧张了，心脏都跳得快起来，磨蹭半天才挪到玻璃门前。他看着门上的密码键盘发呆，不知道该按什么键，前台女生小龚终于注意到他，站起身过来开门。

眼前的男人个子很高，一身黑衣黑裤，还戴着黑色口罩。小龚有点儿警惕，问：“请问你找谁？”

骆静语把蛋糕盒子递给她，外加一张A4纸，纸上只有占喜的名字和手机号，还有一个“谢谢”。

他写得很简单，怕多写多错。

小龚收下蛋糕盒和纸，看过后就笑起来：“又是小占的呀，是林岩买的吗，他不是刚刚还给小占叫了奶茶？”

骆静语：“？”

这个女生的唇语他看了个七七八八，心想“lin yan”是谁？男的女的？还给鸡蛋老师买奶茶了？他干脆点点头，也不敢多留，转身就走去电梯间。

小龚提着蛋糕去HR的办公开间，看到几个女同事正美滋滋地喝着林岩请的奶茶，袁思晨还在逗占喜：“哎，小占，你到底对林岩什么感觉啊？”

小龚走过来插嘴：“小占什么感觉我不知道，我只知道林岩可真是太甜了！”

占喜头疼，她其实和林岩说过好多次，别再请下午茶，可林岩说他是请HR全部门喝，不是专门为了某一个人。“某一个人”哑口无言，她都不喝林岩请的奶茶了，同事们倒是一个个喝得很起劲。这种情况，她都不知道该怎么处理。

听到小龚的话，占喜越发难堪。小龚笑嘻嘻地把盒子递给她：“喏，不光有奶茶哦，还有林岩的爱心外卖呢。”

占喜哀号：“不会吧？”

她接过盒子，随手放在公用的柜子上。袁思晨好奇地打开盒盖，惊呼：“哇！是草莓蛋糕呀，看起来好好吃！”

占喜心里一跳，几乎是扑过去看，真的是一个方形草莓蛋糕，奶油上铺满了一层新鲜草莓。她问小龚：“快递单呢？”

“没有快递单啊。”小龚摊手，“哦！倒是有一张手写的纸，我丢垃圾桶了。”

“在哪个垃圾桶？”占喜急忙问。

小龚说：“前台边上那个呀。”

占喜立刻要走，又回头冲袁思晨喊：“思晨姐，别动我蛋糕！”

袁思晨笑道：“知道啦，林岩送的，没人敢动。”

占喜在垃圾桶里翻出那张皱掉的纸，小龚尴尬地问：“这个……很重要吗？”

“不是，没关系，我就是看看。”占喜展开纸张，看到上面工工整整、小学生般的字迹，什么都明白了。

只是，她无论如何都不会想到来送蛋糕的人是谁。她试着把白纸抚平、叠好。她回到大开间，对袁思晨说：“思晨姐，大家一起吃蛋糕吧，给我留四分之一就行，我一个人也吃不完。”

袁思晨一听就乐呵呵地去茶水间找水果刀，占喜看着这个草莓蛋糕，心里突然非常感动。

小鱼这个傻子，说都没和她说一声，是想给她一个惊喜吗？

这是他亲手做的蛋糕呢，这小孩儿……真是的，讨厌死了。

占喜憋了一下午加一晚上，小鱼都没给她发微信，最后还是她憋不住，主动发给他。

鸡蛋布丁：小鱼，谢谢你的蛋糕，真的非常、非常、非常好吃！

好大一头鱼：我说了，好吃的，我不骗你。

鸡蛋布丁：你为什么不告诉我你给我寄蛋糕了呀？

好大一头鱼：我紧张。

鸡蛋布丁：紧张什么？

好大一头鱼：我害怕你觉得烦我。

鸡蛋布丁：我怎么会烦你啊？你这么可爱！

骆静语发了三个“惊讶”的表情。

鸡蛋布丁：告诉你一件事，我才要紧张呢。

好大一头鱼：什么事儿？

鸡蛋布丁：我明天也要去相亲了！呜呜呜……

骆静语看着这句话，心里突然堵了一下。他想到下午那个女生说的话，犹豫着问——

好大一头鱼：他是姓林吗？

鸡蛋布丁：啊？不是啊，为什么这么问？

这下好了，瞎话编不出来了，骆静语急得一脑门儿汗。

好大一头鱼：蛋糕我朋友是帮忙送了，他告诉给我，有一个人送给你奶茶，好像姓林，他听到了。

鸡蛋布丁：呃……姓林的这个是我同事，今天的确给我们部门送奶茶了，不过是全部门，所有人都有份。

好大一头鱼：是男生？

鸡蛋布丁：对，是男生。

骆静语窝在椅子上，把两条长腿都搁上来，整个人团成一团。

好大一头鱼：明天你相亲，是另外人吗？

鸡蛋布丁：嗯，是我妈妈给我介绍的。

骆静语每条消息都发得小心翼翼。

好大一头鱼：他的条件好不好？

鸡蛋布丁：还行吧，我觉得比我好，他是硕士。

硕士啊……比鸡蛋老师读书都要厉害。

好大一头鱼：你的条件很好了，真的，我觉得你是很优秀的女孩子了。

鸡蛋布丁：但我觉得没戏啊。

好大一头鱼：为什么？

鸡蛋布丁：我对他没感觉。

好大一头鱼：你没有见面过，不知道怎么感觉吧？见面了知道啊。

鸡蛋布丁：我和他聊了快三个星期了。

骆静语忽闪忽闪地眨了几下眼睛，心里纳闷极了。

好大一头鱼：三个星期？我和你聊天是也三个星期啊。

鸡蛋布丁：啊，对哦，我和你也聊了快三个星期了！

鸡蛋布丁：哈哈哈！你说得我好像一个“海王”！其实没有啦，我和他没聊几句。

好大一头鱼：“海王”是什么？

鸡蛋布丁：“海王”就是同时有很多对象的人！

骆静语发了个“大吃一惊”的表情包。

鸡蛋布丁：我不是“海王”！

好大一头鱼：鸡蛋老师，我想提问一个问题，可以吗？

鸡蛋布丁：你问。

好大一头鱼：你喜欢的男生，条件是什么吗？

鸡蛋布丁：你是问我喜欢什么样的男生吗？

好大一头鱼：是的。

咦？他为什么会问这个问题啊？

占喜看着手机屏幕思索起来，想到小鱼总说自己条件不好，应该和身高外貌、经济条件有关吧？不能再打击他。和外貌、收入有关的要求，她决定只字不提，倒是可以说些和他性格相似的内容，给他增加一点儿自信心。

鸡蛋布丁：外表不说哈，性格上来说，我喜欢幽默风趣的男生，话多一点儿，会逗我笑的。

鸡蛋布丁：小鱼，你别看我和你聊天话很多，其实在现实中，我话很少的，从小就比较内向。如果我男朋友话也很少，两个人在一起就是灾难了。我已经预感到明天相亲会很尴尬，我每次相亲，几乎都不怎么说话，我现实里真的是个很无趣的人。

骆静语很久都没回，因为他已经被第一条回复打击到了。

幽默风趣，话多一点儿，会逗她笑。

原来女生找对象还有这种要求的？难道不应该是看男生有没有事业、房子和存款吗？

别说话多还是话少了，骆静语压根儿就不会说话，一句都不会。

他把脑袋埋进臂弯里，整个人团得更厉害了。

星期六下午，占喜出门去赴王赫的约。

因为王赫有车，他们就约在钱塘西南边一家商场见面，让她不用往市里跑。

占喜没再穿羽绒服，而是穿着一件米白色呢子大衣，里头是毛衣搭牛仔裤，脚上踩着小靴子。她围一块姜黄色格纹围巾，柔顺的长发披在肩上，年轻的脸庞本就很美，稍做妆饰后更是清丽动人。

不知是因为受冻，还是因为害羞，她的双颊带着红晕。王赫看着这个渐渐走近的女孩儿，只觉像寒冷冬日吹拂过一阵暖风，对于她的身材和相貌真是满意极了。

两个人打过招呼，此时差不多是饭点，王赫建议吃粤菜，边吃边聊，占喜没有意见。

和王赫一起往自动扶梯处走时，占喜悄悄打量这男人。王赫 28 岁，本人和照片相差不大，头发挺短，身高一米七五左右，不胖不瘦，五官周正，外形没什么毛病。

在粤菜馆里坐下，王赫点菜，不忘问占喜的忌口。占喜对吃什么一点儿意见都没有，只提出想要一壶热饮，他便给她点了一扎黑米汁。

等上菜时，王赫看占喜坐得端端正正，笑着问："你很紧张吗？"

占喜摇摇头："没有啊。"

王赫替她倒了一杯热茶，开口道："我听介绍人说，你在考公务员？"

占喜老实地回答："上个月去笔试了，应该没戏。"

"成绩要一月份才出来呢。"王赫又问，"要是没过，明年还考吗？"

占喜说："还没想好。"

王赫又笑了："你别紧张，我又不是监考老师，咱们就是随便聊聊。我当初也想考公，后来先考了现在的单位，没想到考上了，这一待也待了三年多。"

王赫在药监局工作，据说很能干，前途无量。

占喜问："工作忙吗？"

"还行吧。"王赫说，"你是女孩子，其实我是挺建议你接着考的，考上了会比在私企工作舒服很多，有些岗位也忙，但毕竟稳定。女孩子结婚后生活重心大都会放到家里，尤其是有了孩子，这种时候你就会知道体制里比私企好的地方了。如果看到有合适的事业编招考，你也可以去试试。"

真不爱聊这些话题……不过，占喜想了想，如果让她挑话题，她也挑不出什么来，总不能告诉王赫她想转岗吧。

她只能说："谢谢，我会留心的。"

热菜陆续上来，吃饭时间便是两个人交换基本身家背景的好时候。有些话不方便在微信说，很像查户口，见了面，王赫就不藏着掖着了，把自己家的情况介绍了一遍。

父亲在什么局工作，母亲退休前是大学老师，他本科的院校和专业是什么，研究生又在哪儿读，婚房是什么时候买的，价格、位置、面积、升值多少……

他的舅舅很厉害，在哪儿做什么；小叔叔也不错，在哪儿做什么；他的同学都很厉害，谁谁创业了，谁谁移民了，谁谁读博了……

与他相比，占喜发现自己没什么可说的，父母都是小镇居民，住着一栋三层高的自建房。

母亲已退休，每月退休金三千元出头。父亲在镇上一家工厂做质检员，一个月赚四五千混退休。家里的七大姑八大姨没有一个能拿出来吹牛，好吃懒做的倒是有几个。

父母这辈子最值得骄傲的事情有三件。

第一件是很早以前，老爸用白菜价买下镇上主干道旁一个单门面商铺，这些年一直出租，每年的租金都够一家子生活开销；

第二件是他们在占杰大学毕业时，趁着钱塘的房价还没上涨，给占杰全款买下一套三居室。

第三件，就是养出了占喜这个漂亮又乖巧、读书还挺好的小女儿。

迟贵兰深信不疑女儿是富贵命，将来一定事业稳定、婚姻幸福，逢人便说占喜命好，对于女儿的未来夫婿，迟贵兰的眼光是很高的。

一顿饭吃下来，别说占喜原本就对王赫没意思，就算真有意思了，这时候也要被搞得自闭。她不知道迟贵兰是从哪里找来的人，条件未免太好，两个人一点儿也不门当户对。

王赫倒像是没这个感觉，吃完饭后问占喜要不要去逛逛。

这时候天已黑，室外温度很低，占喜觉得冷，问："去哪儿逛啊？"

王赫说："这附近是大学城，我本科就是在那儿读的，有一条丰林夜市街，很热闹，我们去走走吧，刚好消消食。"

占喜想了想，同意了。

丰林夜市街离大学城不远，又因为是星期六，哪怕天气寒冷，来逛夜市的人也不少，大部分都是大学生。

骆静语背着一个黑色双肩包走在夜市街上，依旧拉下帽子，戴着口罩。他看着熙熙攘攘的人群，有些不适应，双手插兜在人流中穿梭，几乎不与人视线交流。

他还是第一次来，找了好一会儿才找到陈亮的摊位。摊位位置还可以，在夜市中段，两米长的货架顶上挂着几个灯泡，把货架上的商品照得亮堂堂的。他看到一堆小玩意儿边上横着块 A3 纸大小的牌子，用白底红字写着：**爱心摊位，摊主聋哑人，谢绝还价！**

骆静语："……"

陈亮看到他后，脸上顿时绽开笑容，向他打手语，嘴巴还张合着："小鱼，来啦！过来坐。"

骆静语走到摊位后坐下，陈亮的女朋友毛毛也在。她长着娃娃脸，留着齐耳短发，正捧着个电热水袋取暖，对骆静语笑笑。

陈亮从下午四点坐到现在，已经被冷风吹得够呛，挨着女朋友哆哆嗦嗦地问骆静语："吃饭了吗？"

骆静语从包里往外掏东西，点了下头。

他带来很多热缩片做的首饰，有些是库存，有些是前段时间做的，每一件都套着塑料袋，最后又递给陈亮一张价格表，才打起手语："这个是给我的钱，你卖多少我不管。"

陈亮接过去看一眼，回答："行，没问题，你的价格一直很公道。"

毛毛也打起手语："小鱼，你做的东西特别好卖，能不能给我们多做一点儿啊？我网店也能一起卖。"

骆静语口罩上露出来的眼睛微微弯起，抬手比画："不行，我最近太忙了，自己店里的东西都做不过来，这些东西都是抽空做的，你想多卖，自己也可以学一下，又不难。"

毛毛撇撇嘴："我要能像你做得这么好，当然学了，就是做得不好嘛。"

骆静语问陈亮："这儿生意好吗？"

陈亮点起一支烟，没答。

毛毛耸耸肩，比画："就这样吧，天太冷，等天热了再看看，应该比以前好。"

陈亮就是那个 15 岁时被醉汉扇耳光的可怜男同学。他长得黑瘦，五官倒长得还精神，毕业后在餐厅做过厨房帮工，又陆陆续续干过搬家工、送奶工、快递员……认识毛毛后，两个人就一块儿摆起夜市摊。

陈亮的左耳戴着助听器，能听到一点儿声音，右耳全聋，打手语时会张嘴说话。骆静语和毛毛也不知道他说得怎么样，他自己倒乐此不疲，有时候还会开口给顾客介绍商品。

毛毛看顾客都是一脸蒙，差点儿没笑死，知道陈亮说的话普通人根本听不懂。

他们之前是在市里摆摊，摊位费贵，后来听说丰林夜市有针对残疾人开设的爱心摊位，便递交申请，等了两年才轮到，立刻收拾收拾转移阵地。此外，毛毛还开着一个小网店，光明正大地挂着聋哑人的名头，每个月也能挣点儿钱。

一会儿后，陈亮和毛毛准备去吃饭，骆静语答应留下帮他们守摊。

陈亮站起身，把摊位上的东西指点给骆静语看，所有的商品都有标价，又指指那块牌子，告诉他不接受一切讨价还价。

最后，他从货架上拿下一个毛茸茸的白色头箍式耳套丢给骆静语："这儿风太大，送你一个，戴着捂耳朵。"

骆静语接过耳套，心里立刻就想起鸡蛋老师。这是女孩子用的东西，萌萌的，鸡蛋老师应该会喜欢。

毛毛又从摊位下摸出一堆红绳子交给骆静语："小鱼，你要是没事干帮我编编绳子，你编得好。"

陈亮张嘴大笑："你别欺负小鱼啦！"

也不知他发出了什么奇怪的声音，摊位前路过的一对情侣同时向这边看过来，陈亮毫无反应，骆静语和毛毛都注意到了。

毛毛拍了一下陈亮："你小点儿声，人家都朝你看了。"

陈亮挠挠头皮，讪讪地闭了嘴。

骆静语打手语："你们去吧，我来编绳子，样式给我就行。"

毛毛把样品给他，骆静语看了一眼就知道是哪种编法，打了个手势示意明白了。

陈亮和毛毛离开，骆静语独自一人坐在摊位边。他不是第一次帮陈亮守摊，倒也不会紧张，看看周围的摊主和顾客，发现有人也在偷偷看他。他收回视线，知道之前自己和陈亮、毛毛的手语交流肯定吸引了别人的注意。他想了想，站起身把那块"摊主聋哑人"的牌子拿过来，扣着搁到脚边。

天真的很冷，主要是风大，骆静语的耳朵被冻得通红，也不嫌那个耳套幼稚了。戴到耳朵上后，他又把兜帽拉上，拿着几根红绳子认真地编起来。

这一天，他没有和"鸡蛋布丁"联系过，因为她要去相亲。

骆静语不知道她的安排，害怕打扰到她，心里却一直惦记，猜测着她相亲是否顺利。

他希望她顺利，对方条件很好，能互相看对眼是好事；又有一点儿希望她不顺利，最好是别人看上她，她看不上对方。

鸡蛋老师这么好的女生，他不能接受她被人嫌弃。

昨晚的聊天其实让骆静语很难过，再一次遭遇失眠。他隐隐约约感觉到自己对"鸡蛋布丁"产生了一点儿不该产生的情愫，内心触及这个危险的念头时，他甚至感到慌张。

知道有男生给她送奶茶，他心里不开心；知道她要去相亲，他心里更是不得劲。可他和鸡蛋老师分明是不可能的，从任何方面看，他们都是完全不搭界的两个人。

他还傻乎乎地试探了一下，结果显而易见，鸡蛋老师根本没往那个方面想。

白天时骆静语心烦意乱，甚至做坏了一朵很简单的烫花，这是近几年都不曾发生的事情。在家里透不过气来，他才主动联系陈亮，说到他的新摊位来坐坐。

夜市街寒风凛冽，吹乱了骆静语的头发。行人们他的在眼前来来往往，画面是流动的。在霓虹灯光的映衬下，这条街喧嚣热闹，却又极致安静。

而骆静语待在这个小小的角落里，身形从容，眼神淡定，却又显得如此寂寞。

另一边，王赫和占喜已经并肩走在夜市街上。

“我上大学的时候，偶尔会来这里逛逛，不过已经过去八九年了，如今变化还挺大的，那时候很火的几家小吃店现在都没了。”王赫一边走，一边说。

占喜走在他身边，双手插在大衣兜里，随口问道：“和女朋友来逛吗？”

她想，男生应该不会一个人或者和别的男生一起来逛夜市吧？

王赫承认了：“对，女朋友。不过那时候年纪小，闹着玩儿的。”

占喜不喜欢这个说法：“别这么说，两个人能在一起总是因为喜欢吧。”

“也是。”王赫扭头问她，“那你呢？以前谈过吗？我听介绍人说是没有，不过我不太信。你这么漂亮，肯定很多男孩子追。”

占喜心里浮起一个模模糊糊的人影，她都不太记得那个人的长相和名字了，只记得自己这颗少女心萌动时的感觉。

那时候她才大一，19 岁，的确对一个男生动过心，仅此而已。

两个人认识还没超过一个月，这段青涩的连“初恋”都算不上的感情，就被迟贵兰扼杀在摇篮里，从此和对方再也没联系过。

占喜回答王赫：“没谈过，我大学里课业很忙。”

王赫更不信了：“大学里课业能有多忙啊？”

占喜想，你去修两个专业试试，不忙我随你姓，嘴里却说：“可能是我太笨了吧，不多花点儿时间容易挂科。”

又走过一段路，占喜东瞅瞅西望望，心不在焉地看着两边的摊位，一心只想回家。

太冷了，这条路好长哎！要走到什么时候啊……

王赫观察了她一下，漫不经心地问：“占喜，你觉得我怎么样？”

占喜没吭声，突然站住了脚。

王赫也停下脚步，自顾自地说下去：“今天见面，我觉得你挺好的，是个知书达理的女孩子。我找女朋友其实没什么条条框框，就是看眼缘，看感觉。我看你第一眼就很喜欢，聊得也很投缘，不知道……你是怎么想的？”

他扭头看向占喜，发现身边的女孩儿站着不动，眼睛直愣愣地盯着右边不远处一个摊位。

“占喜。”王赫叫她，她没答应。

“占喜？”王赫往她肩膀上拍了拍。

占喜吓一跳，问：“什么？”

王赫问：“我刚说的话，你听到了吗？”

占喜像是神游太虚：“你说什么了？”

王赫的脸色不太好看了，占喜却没空管他，视线又一次落向那个摊位，确切地说，是落向摊位后的那个人——一个穿着黑衣服、拉着兜帽、戴着黑色口罩的男人。

这样打扮的人不多见，占喜一眼就认出他是和她住同一单元楼的那个男人。

如果只是碰到一个邻居并不稀奇，这儿离青雀佳苑本就不远。

关键是，占喜看到了他的手。她是第一次看到这个黑衣男人露在外面的两只手。

他在编红绳，手指很灵活，编得非常熟练，占喜甚至怀疑他闭着眼睛都能编。

那双漂亮的手啊，因为灯泡的照射、黑衣的衬托，显得肤色越发白皙，十根手指修长干净、优美无瑕，就像一件艺术品。

一个邻居有一双好看的手也不稀奇，这世上长着美手的男人多了去了。

可是，他的右手小拇指最下面那节指背上，长着一颗红痣。

一颗红痣。

占喜都不知道自己的视力能好到这个地步。她先注意到这个男人，再看到他的手，最后就看到了那颗红痣。

她根本不在乎王赫在耳边说什么了，向着那个摊位走近两步，已经站到摊位前，轻轻开口：“小鱼？”

年轻的男人低着头，专心致志地编着红绳，没有反应。

占喜鼓足勇气，稍微大声了点儿：“嗨，你是‘好大一头鱼’吗？”

夜市街很吵闹，周围充斥着各种声音，不远处还有个商贩用音箱播放着网络歌曲。占喜的声线本就细柔，一下子就被这些噪声掩盖。

黑衣男人还是没反应。

占喜终于注意到他帽檐下露出来的白色耳套。

哦，怪不得他没听见。

她刚要喊第三声时，王赫走到她身边，问：“占喜，你干吗呢，碰到朋友了？”

他也看向摊位后的黑衣男人。

“不是，我……”占喜一时答不上来。

“往回走吧，太冷了，我先送你回家。”王赫搓搓手，嘴里呼出一团白气。

占喜心里七上八下，回头看那个黑衣男人。他始终没有抬起过头，仿佛沉浸在自己的世界里，她甚至看不见他帽檐下的那双眼睛。

王赫在身边，占喜渐渐冷静下来，按捺住自己复杂的心情，和他一起往回走。

骆静语其实感觉到有人在看他。

那人站在摊位前，不像一般顾客那样去翻摊位上的货品，只是站着不动。他的眼角余光能看到那是个白色人影。

骆静语强迫自己不要抬头，只把注意力集中到手中的红绳上。除非那个人要买东西，要不然他不想和陌生人交流。

在外面，他不喜欢被人盯着看，只想做个“普通人”。和陈亮两口子用手语交流是因为没办法，当他独处时，他不愿意让任何人看出他的秘密。所以，被凝视的感觉再强烈、再不适，他也咬紧牙关不抬头。

好在没过多久，那人走了。

占喜不情不愿地跟着王赫离开夜市，王赫说要开车送她回家，她婉拒了，说自己打车回去。

她越想越不死心，还想回夜市确认一下那个人是不是小鱼。

小鱼怎么会在夜市摆摊？他都没和她说起过，而且，他的外形看起来没毛病啊，为什么要说自己条件不好，说她看到他会讨厌、害怕呢？

王赫感觉到占喜的心神不宁，略微懊恼，但他毕竟是个有涵养的人，便换了一种方式问她：“占喜，你什么时候对我开放朋友圈啊？”

占喜脑子里乱糟糟的，错愕地抬头：“啊？”

“你一直没对我开放朋友圈。”王赫笑了一下，认真地说，“今天见到你，我真的挺喜欢你的，如果你觉得我还可以，希望你能对我开放朋友圈，让我多了解你的生活。”

占喜思考了一会儿，开口：“对不起。”

王赫：“？”

他被拒绝了？难以置信！

王赫面子挂不住了，问：“我有哪儿做得不好吗？你对我哪方面不满意？是因为上次那件事情？我都向你解释过了。”

占喜急道：“没有，没有，你非常优秀，我是觉得你的条件太好了，我和你不是很合适。”

“啊？”王赫更想不明白了，“我的情况介绍人之前就告诉你了呀，你的情况我也是知道的，我不觉得我们之间会有这方面的问题。”

占喜不想多说，还是一句话："对不起，我真的觉得我们不合适。"

"你是在耍我吗？"王赫有点儿火了，"占喜，我和你说实话，我是诚心找女朋友的！之前听过你家的情况，我妈还不太满意，但是介绍人给我看过你的照片，我一看就喜欢，所以你上回拉黑我，我才会不和你计较！搞半天你根本就没想找对象是吗？你这不是浪费大家时间吗？"

介绍人给王赫看过她的照片了……不用说，肯定是迟贵兰干的。

占喜抬头看王赫："对不起，王赫，今天晚餐的钱我会用微信转给你。是我不对，你真的很优秀，一定能找到各方面都般配的女朋友的。"

王赫瞪大眼睛："你什么意思啊？"

"我……"占喜都不知道该怎么说，"我的意思就是咱们不合适。"

"你！"王赫气极，"不合适你和我聊什么天？不合适你为什么要和我见面？这么冷的天我有病啊，跑这么老远来陪你逛夜市！"

"我会把钱转给你的，今天的饭算我请，行不行？"占喜的声音也大起来，她好急啊！急着回夜市，不想再在这儿和王赫纠缠了。

"这和饭钱没关系！"王赫掷地有声，"你不觉得自己很过分吗？是不是现在的小姑娘都这样以自我为中心？你耍了我大半个月你知道吗？你是不是同时和很多人在聊天啊？刚才那个穿黑衣服的你认识吗？网友啊？我看你见到他都走不动路了！"

"我没耍你！"占喜突然叫起来，"你到底要怎么样啊？我不喜欢你行了吧！饭钱转给你行了吧！是你约我见面的！是你要去逛夜市的！你的时间值钱，我的时间就不值钱吗？你不就是以貌取人吗？你知道我是个什么样的人吗？我的性格脾气、兴趣爱好你知道吗？你什么都不知道！"

说完，占喜转身就走，王赫在后面喊了一声："占喜！"

接着又是一声："你是不是有病啊？"

占喜走得飞快，走着走着就朝夜市街的方向小跑起来。

——小鱼，小鱼！真的是你吗？

她在心里一遍遍地问，跑得就越来越快。

她的长发被风吹起，背上都出了汗。冲进热闹的夜市街后，她跌跌撞撞地撞到几个人，收获不少白眼和骂声。她很久没这样跑步了，一鼓作气地跑到那个摊位边，脚步渐歇，一只手拎着包，一只手扶着腰，气都要喘不上来。

可是，当她看清摊位后的人，原本激动的心就"扑通"一下往下坠。

是这个摊位没错啊，那个黑衣男人居然不见了！摊位后坐着一男一女两个年轻人，两双眼睛同时好奇地看着她。

占喜一边喘气，一边问："请问……刚才是不是……有个……穿黑衣服的……男的……在这儿？"

陈亮和毛毛目瞪口呆。说实话，这漂亮女孩儿的唇语他们谁都没看清。陈亮张嘴问出一句话，也就几个字，吐字含混不清，像从嗓子里黏糊着滚出来似的，占喜一个字也没听懂。

"啊？你说什么？"她问。

毛毛不高兴了，拍拍陈亮的手臂，用眼神警告他，又指指摊位上那块牌子，让占喜看。

占喜看向那块牌子，"摊主聋哑人"五个字令她吃了一惊。

天啊！她穿越了吗？进入平行空间了？产生幻觉了？她确定、肯定、断定、笃定之前摊位上是没有这块牌子的！

她呆呆地看着陈亮和毛毛，一对小情侣也莫名其妙地看着她。

好半晌，占喜才拎起包，抬手掠掠头发，说了一句"对不起"，转身离开了摊位。

走出丰林夜市街，占喜拎着包漫无目的地走在大街上，满脑子都是那个穿黑衣服的男人。

他真的是小鱼吗？

他几岁啊？

占喜回想为数不多的几次见到黑衣男人的场景，虽然他戴着口罩，发型很学生气，但是他看起来也有二十多岁了。

确定是同一个人吗？

占喜在心里回答：确定。

夜市摊上的男人和电梯里的男人一定是同一个人，那种感觉错不了。

那能不能直接去问问小鱼？

会吓到他吗？万一认错了呢，岂不是很尴尬？

而且，罗欣然说那男人是个帅哥，小鱼却说自己条件不好，占喜见到他会害怕。

为什么会害怕呀？

大街上车辆来来往往，光影绚烂，占喜的眼睛茫然地掠过这片繁华夜景，脑子都要想破了也没想明白。她的心里突然冒出一个很离奇的想法。

假设那个男人就是小鱼，他一直戴着口罩，那他会不会是下半张脸有面部畸形类的疾病？

这个荒谬的猜想令占喜自己都感到无语。她苦笑一声，只觉得一脑袋麻线乱绕，想着回家后一定要好好和小鱼聊聊。

占喜和小鱼的聊天时间已经约定俗成，每晚九点半开始，一个多小时后结束，天天如此。

有时是占喜先发消息过去，有时是小鱼先发消息过来。

这一晚，占喜很有仪式感地洗完澡，钻进被窝，抱着小鲸鱼玩偶打开手机。果然，小鱼已经给她发来消息。

好大一头鱼：鸡蛋老师，你今天相亲顺利吗？

占喜笑了笑，小鱼就像个孩子一样在学她说话。

她抬头看一眼天花板，想到他可能就住在楼上，也不知道住几楼，心里就觉得怪怪的。她的脑海里已经有了小鱼的形象，一身黑衣的酷男孩儿，聊天时却有点儿幼稚，真是可爱。

鸡蛋布丁：不好，失败了。

占喜发了三个坏笑的表情。

骆静语看着对方的回复，陷入迷茫。

失败了啊……但她看起来好像并不伤心。

他觉得自己应该安慰她。

好大一头鱼：不要难过，你很优秀的女孩子，以后会有很好条件的男朋友。

鸡蛋布丁：我没有难过啊，我不喜欢他，没感觉，没动心。

动心——骆静语的心脏急跳两下。

原来喜欢一个人是要动心的？

那他是动心了吗？

这时候，占喜真是百爪挠心，捏一捏小鲸鱼玩偶，决定单刀直入地暗示一下。

鸡蛋布丁：我今天和相亲对象一起吃晚饭，吃完后去逛了一条夜市街，丰林夜市，挺热闹的。小鱼，你去过吗？

她紧张地盯着屏幕，等待对方的回答。

此时的骆静语的确吃了一惊。

鸡蛋老师晚上去逛丰林夜市了？他们在同一个地方吗？她是不是还从他面前走过了？可是夜市街一个晚上的客流量成百上千，他只待了半个小时，哪里会这么幸运与她擦肩。

该怎么回答呢？

说自己晚上也在丰林夜市吗？鸡蛋老师会不会问他去干什么？回答去找摆摊的同学玩？鸡蛋老师会不会又问他的同学摆摊卖的什么，甚至问摊位是哪个？

说去逛夜市？她会不会问他是一个人还是和朋友？一个人多奇怪啊，和朋友的话，又是和谁？男的女的？

思来想去，骆静语觉得怎么回答最后都会扯到谎言，干脆在一开始就把这个话题给截断了。

好大一头鱼：我没有去过。

占喜顿时觉得自己要晕倒。很好，聊不下去了。

曲线救国吧！她决定换个方式去“钓鱼”。

鸡蛋布丁：今天好冷啊，外面风好大！呼啦呼啦的，吓死人了。我住高层，都怕玻璃窗被风吹破。你那儿呢？你住几楼啊？

骆静语想象不出高层玻璃被风吹到的恐怖声音，便回答——

好大一头鱼：我这里还好了，我装上双层的玻璃。

啊！臭小孩儿居然没有正面回答她的问题！占喜很郁闷。

鸡蛋布丁：我一直不知道你住在哪儿，钱塘东南西北哪一块呀？

好大一头鱼：我住青雀门的位置。

青雀门！没错了，就是他！占喜激动得差点儿蹦出被窝。

鸡蛋布丁：哇！那我们住得很近哦，我也住青雀门附近。小鱼，小鱼，咱们什么时候见个面啊？

骆静语发出消息就后悔了，他忘了鸡蛋老师就在青雀门上班，原来房子还租在公司附近。

好大一头鱼：鸡蛋老师，我不是想要见面。

好大一头鱼：我告诉给过你了，我很不好，你会害怕我，真的不要见面。

鸡蛋布丁：可是我想见你呀。

好大一头鱼：你看到我真真样子，不会这样想了的，你相信我，我是真的为了你思考。

“啊！好烦啊！”占喜郁闷地拿着小鲸鱼玩偶往枕头上砸，可怜的小鲸鱼弹了两下，又被她捞回来抱进怀里。

这“鱼”太难钓了，她不敢和小鱼说自己可能已经见过他，就怕伤害到他。照他这坚决的态度，指不定知道后会把她给拉黑。

这人到底在坚持什么，还是在掩饰什么？

占喜从来没有这么主动地去约过一个人，还一次次被拒绝，都不知道该怎么办了。她咬咬牙，继续发消息。

鸡蛋布丁：小鱼，不管你是什么样子，什么条件，我都不在乎，我把你当好朋友了，只是想和你见个面，你都不答应吗？

她发了个“猫咪卖萌”的表情。

好大一头鱼：鸡蛋老师，我把你也是当朋友，非常非常重要朋友了，所以你请原谅，真的我不想要见面了，我愿意一直手机陪伴你聊天，如果你觉得烦我了，告诉给我，我不会烦你了，真的我是不想要你失望。

——我不想失去你，想要一直陪着你，哪怕只是以一个网友的身份。

这是骆静语的心里话。

占喜决定不再继续劝说他了。

也不是说要放弃，只是她似乎能体会到小鱼的心情。他真的很害怕与她见面，不是排斥，是那种想见又不敢见的矛盾心理。

他为什么那么确定她会失望，会讨厌，会害怕？

想不通，想不通，想不通。

不过没关系啦，占喜知道他就住在楼上，虽然最近一次在楼道里见到他还是搬家那天，已经过去一个星期，但她相信往后总能再在楼道里、电梯里见到他。

去抓鱼吧！

从现在开始，占喜决定撒开渔网，找准时机，一定要逮到这条滑不唧溜、油盐不进的笨蛋鱼！

星期日，占杰打电话问占喜要不要去他家吃饭，她没答应，说要和大学同学聚会。获得自由的她周末才不要去哥哥家呢。

占喜去城东找罗欣然玩，赵晴晴也从学校里溜出来，三个女生看了场电影，又一块儿吃晚饭。吃饭时，占喜说到前一天和王赫相亲的事，赵晴晴很好奇，说想看看王赫的照片。

“看什么呀，都把我拉黑了。”占喜托着下巴沮丧地回答。

罗欣然乐得不行，问：“那你最后把饭钱转给他了吗？”

占喜叹气：“都说拉黑了，没来得及转。”

罗欣然安慰她：“算了，算了，下一个会更好。”

占喜突然就想起小鱼，问罗欣然：“哎，欣然，你还记得上回陪我去看房时，我们在电梯里见到的穿黑衣服的、你说他是帅哥的那个男孩子吗？”

罗欣然回想了一下：“记得。怎么了？”

“你为什么会说他是帅哥啊，就因为他眼睛好看？”占喜真诚地发问，“我后来又见过他几次，他每次都戴着口罩。你说，他会不会是脸有什么毛病啊？”

“啊？”罗欣然被占喜问住了，“这我哪儿知道啊，我看轮廓感觉他应该长得挺帅的。”

占喜又问："那你说，一个人要长成什么样子，会让人觉得害怕呢？"

罗欣然和赵晴晴对视一眼，赵晴晴迟疑着说："烧……烧伤？"

"唇腭裂？"罗欣然补充。

"啊……"占喜的这声"啊"喊成了一条波浪线，都感到心疼了，小声地说，"不会吧……"

罗欣然安慰她："那人家戴着口罩，谁知道呢。你真好奇，就去让他摘掉口罩给你看看呗。"

赵晴晴附和："嗯，嗯，嗯！喜儿，你这么美，你去撩拨谁都能拿下！"

占喜㞞了："我不敢……我怕他会打死我。"

和两个女孩儿散场后，占喜坐地铁回家，半路上接到迟贵兰的电话，被噼里啪啦地骂了一通。

王赫和介绍人告状，说占喜很粗鲁，没礼貌、没教养，一点儿也不像外表看着文文静静的样子，仗着自己长得漂亮，眼高于顶，根本不是诚心找对象。

占喜活到 23 岁，还是头一次得到这样的评价。

她戴着耳机听迟贵兰在那边开炮，也不反驳。等迟贵兰骂累了，她突然换了语气，嗲嗲地说："妈，人家还小嘛，现在不想找对象啦，平时又要上班又要复习，很累的呀，也没时间和男孩子聊天。要么等我考上公务员你再给我介绍男孩子，好不好呀？"

迟贵兰："……"

挂掉电话，占喜发现身边坐着的大爷正眼神怪怪地看她。她冲大爷笑笑，又恢复到一脸木然的模样。

对付迟贵兰，她也算是身经百战，吵不过的时候干脆就发嗲服软，只要不常用这招，偶尔一次还是很有效的。

她看看手机，文琴在工作群里提醒所有人第二天上班要穿正装，提前半个小时到岗，严禁到公司吃早餐，因为外国客户的考察团队要来了。

占喜想到那盆"好运来"，孙总第二天应该就会把它送给那位外国客户，不知道他会不会喜欢。那是小鱼做的花，因为这盆花，她才认识了小鱼，所以对于那位客户的到访，她还挺期待。

想到小鱼，她又想起和两个室友的谈话，她们猜测小鱼是唇腭裂、烧伤或其他面部畸形，她光想想都觉得很难过。

她问自己，如果小鱼真是这样的情况，她会害怕吗？

答案是，不会。

不管小鱼是什么样子，她都觉得他是个超级可爱的男孩子。

星期一早上，以那位外国客户为首的一支五人团队准时来到公司，开始为期两天的考察。整个公司严阵以待，孙总要求所有人着装正式，桌子整理干净，严禁叫外卖和下午茶，要是有人收私人快递，一律罚款。

占喜提醒小鱼，这两天可千万别再给她送惊喜，因为那只会变成惊吓。

那位客户叫池江俊介，是个斯文儒雅的中年男人，穿西装系领带，打扮得一丝不苟，谦恭有礼。HR 部门的女生们其实和考察团队无关，占喜也只是远远地瞄见过他。

林岩作为这个项目的技术负责人之一，全程和孙总一起陪同客户讲解方案。为期两天的考察顺利结束，星期二下午，林岩带着池江先生团队里的一个年轻男人来到 HR 部门，说是要找占喜。

占喜惴惴不安地起身："找我？"

年轻男人递上名片："占小姐，您好，我姓董，是池江先生的助理兼翻译。是这样的，池江先生收到孙总送的那盆烫花作品，非常喜欢。孙总说这份礼物是您联系定做的，所以池江先生特地让我来感谢您。"

占喜受宠若惊地接过名片："不客气，不客气，池江先生喜欢就好。"

董助理又说："其实，池江先生的妻子这几年也生活在钱塘，是一位资深的烫花艺术爱好者，但因为语言不通，所以一直没能在本地找到同好。池江先生就想请问您，这盆作品是哪位老师制作的，他后期想请这位老师再定做一些烫花作品，也想让他的妻子和这位老师交流一下，不知道您这边方不方便告知对方的联系方式？"

"方便的，我有对方的联系方式。"占喜的第一反应是把小鱼的微信推给董助理，又一想，小鱼那聊天水平真是很赶客，别说对方是外国人，就算是中国人，也很难沟通顺畅。

再说了，小鱼只是小伙计，他是有老板的。于是，占喜就把方旭在 Q 站的主页告诉董助理，让他给方旭发私信即可。

董助理拿纸笔抄下"小鱼鱼手作烫花"的店名，向占喜道谢后，和林岩一起离开办公室。

占喜坐回工位，立刻给小鱼发微信。

鸡蛋布丁：小鱼，小鱼，我可能帮你拉到客户啦！

好大一头鱼：？

鸡蛋布丁：就是那盆"好运来"的新主人，是个外国人，说很喜欢你的作品哦！他可能还想再做别的作品，我把你老板的联系方式给他了，这算不算打开国际市场啦？

好大一头鱼：烫花在国外是很多人喜欢，本来比国内更加欢迎。

占喜刚想纠正他，应该是"受欢迎"，字还没打完，又收到小鱼的消息。

好大一头鱼：我现在不方便，在地铁了，很多人。

鸡蛋布丁：哦，哦，哦，你出门啦？去哪儿啊？

占喜现在逮着机会就去套小鱼的话，想摸清他的私人信息，小鱼从来没怀疑，每次都很老实地回答。

好大一头鱼：爸爸妈妈家。

占喜咬了咬嘴唇。

鸡蛋布丁：你大概几点回自己家呀？今晚还聊天吗？

好大一头鱼：聊，七八点钟了。

鸡蛋布丁：好，好，好，那你坐地铁吧，我不打扰你了。

放下手机，占喜托起下巴。小鱼说他晚上七八点回家，这是个好机会啊，她是不是可以行动一下啦？来个守“网”待“鱼”？

晚上六点五十分，天早就黑透了。占喜吃过饭，裹着那身厚厚的灰色羽绒服，围着围巾，独自一人坐在距离小区入口处不远的长椅上。长椅边没有路灯，很暗，可以清楚地看到小区大门口进进出出的人。

占喜本想穿得漂亮些，可实在太冷了，而且，她总有一种感觉，和小鱼见面，展现最真实的自己就行，不需要特意打扮。

她都不敢玩手机，就怕错过小鱼，坐得端端正正，眼睛始终盯着大门。

这几天气温只有两三摄氏度，夜里更冷，风还大，吹得身边的几棵大树哗哗作响。占喜坐了十分钟后，原本暖暖的手就冻得不行，两只手藏进衣兜里，跺着脚瑟瑟发抖，脸蛋儿也被风吹得冰凉一片。

又等了十分钟，她连着打了三个喷嚏，还流出清水鼻涕。她拿纸巾擤掉，心里突然感到委屈。

她这是在做什么呀，像个傻子一样。

但如果不这么做，她都不知道什么时候才能“偶遇”小鱼。

占喜只在搬家那天碰见过小鱼，后来再也没在小区里见过。十来天了，这人神出鬼没的，又死活不答应见面，她不想放弃这个好机会。

这天是阎雅娟55岁的生日。

“55”也算个整数，骆晓梅、高元和骆静语都回来了，一家人聚在一起陪闫雅娟庆生。

晚饭是骆晓梅做的，丰盛的一桌子菜，和寻常人家没什么不同，但又有一些不同。不同之处在于——这一家五口在一起时没人说话，只能看见一只只翻飞着的手。

吃完饭，高元陪老丈人下象棋，骆静语主动去厨房洗碗。阎雅娟跟进来，拍拍他的手臂，他只能扭头看向母亲，知道她又要进行餐桌上说了一半后被父亲打断的催婚大计。

阎雅娟将手语打得飞快，脸上的表情显示出她的心焦："小哲都谈过四五个女朋友了，你怎么都不急呢？你姐姐、姐夫给你介绍女孩儿，为什么不去聊聊？那些女孩儿条件都不错，相貌也漂亮，你就当多认识一个朋友嘛。26 岁的人了，你到底要找什么样的呀？你把要求告诉我，我去给你问。"

骆静语把头扭了回去，眼睛盯着水池，阎雅娟拽一把他的手臂，他没动。她干脆伸出双手捧着儿子的脸颊，迫使他转过头来。

她瞪着骆静语，骆静语也看着她，她发现这样子没法儿打手语，双手一松刚要"说话"，骆静语立即又把脸转向水池。

阎雅娟气坏了。儿子从小就这样，愿意听的时候看着你，不愿意听就把头别开，你再怎么跳脚，他自岿然不动。反正听不见，头一扭眼一闭，管你说的是什么，他眼不见为净。

最后还是骆晓梅进来解围，哄着劝着把闫雅娟带出厨房。她再进来时，骆静语已经洗完碗，正在擦碗盘。

骆晓梅 30 岁，留着及肩发，容颜清秀，身上有语文老师特有的温婉气质。她拍一下弟弟的手臂，骆静语转头看她时神情懒洋洋的，显然不想再聊之前的话题。

骆晓梅无奈地打起手语："我会劝妈妈，让她不要那么操心你的婚事，但你也不要这么气她，她有偏头痛，你就乖一点儿嘛。"

骆静语抿着唇点头，骆晓梅又比画道："小鱼，我问你，你是不是不打算找对象了？"

她看着年轻的弟弟，他似在沉思，垂下的眼睫轻微颤动，良久，才轻轻地点点头。

骆晓梅心里很不是滋味："我知道你在顾虑什么，也知道常婷的事儿让你不好受。但是小鱼，现在医疗技术很发达，以前避免不了的东西，现在很多都可以避免。而且，姐姐说句不好听的，其实你也可以找一个和我们一样先天性耳聋的女孩儿，不生孩子，就两个人好好过日子也行呀。"

骆静语看完姐姐的手语，半点儿没考虑，很果断地摇头，表示拒绝。

骆晓梅眼睛一瞪，见他又别开脸，往他手臂上拍了一下："问你呢，为什么？"

骆静语答不上来。

他也不知道为什么，他只知道，自己不想认识任何陌生的女孩子，不管对方是什么条件。

骆晓梅看着弟弟倔强的样子，心里一动，拽了一把他的胳膊，他只能转身面向她。

骆晓梅问："小鱼，你是不是有喜欢的人了？"

这是骆静语这辈子第一次被人说破关于感情方面的心事，经验太匮乏，根本掩饰不住，一层绯红迅速漫上双颊，把骆晓梅都看呆了。

骆静语窘迫地擦干手，掏出手机看时间，已经七点了。想到自己和鸡蛋老师的约定，他对姐姐打手语：“我要走了，晚上还有事。”

骆晓梅的眼睛瞪得滚圆：“你真的有喜欢的人了？”

骆静语想否认，抬起手却否认不了，最后只得匆匆和父母道别，在姐姐、姐夫满含深意的注视中，落荒而逃。

等了一个多小时，眼看着时间过了八点，占喜整个人都冻木了，上下牙齿咯咯作响，嘴里呵出一团一团的白气，可小鱼还没回来。

就在占喜怀疑他是不是已经提前回家了的时候，小区大门入口处，出现了一个高高的黑色身影。

占喜：“！”

那个年轻的黑衣男人沿着主路往最南边的5幢走，还是那副样子，拉下兜帽，戴着口罩，两只手揣在兜里，迈开长腿走得飞快。

等他走过去十来米，占喜起身，悄悄地跟了上去。

她不敢离他太近，怕被发现，可他走得好快啊！她没办法，只能小跑着跟上。运动鞋踩在地面上发出“嗒嗒”的脚步声，她不由得心惊肉跳，生怕他会回头，幸好，他像是没有察觉，一直自顾自地往前走。

他快要进到单元门时，一个刚丢完垃圾的大叔跟在他身后进了门。占喜瞪大眼，立刻冲上去，小喘着气地跑进电梯间时，那两个人居然都已进入电梯，她大叫：“等……等等！还有一个！”

她几乎是扑到电梯轿厢里的，两个男人都奇怪地看了她一眼。

占喜立刻看向电梯按键面板，发现已经被按了两个楼层，十二楼和十五楼。

占喜咬咬牙，生平第一次做出一件很欠揍的事情，长按那两个亮着的按键，生生地把它们都按熄了。

黑衣男人：“？”

大叔：“？”

两个男人都震惊了，完全不懂占喜的操作。她按下八楼的键，人往按键面板旁的轿厢壁上一靠，抬起头，用几乎是挑衅的眼神看向电梯里的两个人，主要目标自然是那个黑衣男人。

大叔上下打量她，上前一步，重新按下十二楼，看黑衣男人站着不动，又帮他把十五楼按亮。

占喜："！"

她瞪了大叔一眼，飞快地又把十五楼按熄了。

大叔："？？？"

黑衣男人："……"

大叔嘟囔了一句，决定不再多管闲事。占喜昂着头，直直地盯着那黑衣男人看。

黑衣男人眨巴了几下眼睛，看着按键面板上灭掉的十五楼，跨过一步，像是很无奈，右手从衣兜里伸出来，重新按下十五楼。

占喜等的就是现在！

她的眼睛都快对成斗鸡眼了，一眨不眨地盯着他的右手看。她看得非常清楚，他的右手小拇指最下面那节指背上，真的有一颗红痣，有半粒芝麻那么大。

红痣的位置、颜色、大小和"小鱼鱼手作烫花"主页视频里那只手上的一模一样！这两天她研究过不知道多少遍呢！

哈！笨蛋鱼，傻瓜鱼，呆头鱼，就是你没跑了！

占喜感觉心脏怦怦乱跳，没再对电梯按键捣乱，蹭啊蹭地挪到黑衣男人身边，站在他右后方一步远的位置，看着液晶屏上的楼层显示，电梯已经在往上运行，到达三楼、四楼……

占喜抻长脖子，双手背在身后，怯怯地开口："那个……你是不是'好大一头鱼'啊？"

黑衣男人没反应，直直地站在那儿，动都没动一下，只是偶尔抬头看一眼楼层显示。

大叔缓缓扭头看向占喜，眼神微妙。

电梯到了五楼、六楼……

占喜不懂他为何不回答，是因为戴着兜帽没听到吗？她扭捏了一下，提高音量问："你是'好大一头鱼'吗？"

黑衣男人依旧纹丝不动。

大叔："……"

占喜的脚几乎要踮起来了："是吧，是吧？"

大叔插嘴："他是好大一个人。"

占喜："……"

她回头看向大叔，表情委委屈屈的。要不是有这个大叔在，她也不会这么端着，早就大呼小叫了，他居然还要糗她。

大叔皱着眉头，痛心疾首，仿佛在看一个年纪轻轻、漂漂亮亮，脑子却已经出了问题的神经病："你是从哪儿看出他是一头鱼的？妹子，你不对劲啊！"

占喜刚要张嘴，"叮"的一声，八楼到了。

电梯门打开，她脚步没动，大叔一脸怪异地看着她，连那黑衣男人也回头看了她一眼，口罩上露出的那双眼睛里写着好奇。

占喜脸的颊涨得通红，终于在电梯门就要关上时，不大情愿地走了出去。

这一瞬，她突然下了决心，转身面对电梯里的两个人，快速地拿出手机打开摄像头，在电梯门即将关上的那一刻，"咔嚓"拍下一张照片。

她没看那大叔是什么表情，视线只集中在黑衣男人身上，成功地看到他的眼睛瞬间瞪大，眼神里满是错愕和惊讶，就跟见了鬼一样。

电梯门关上了，继续往上，占喜站在八楼电梯前，把刚拍的照片发给小鱼。

照片拍糊了，根本看不清人，但她还是睁眼说瞎话。

鸡蛋布丁：小鱼，我刚在电梯里碰到一个大帅哥。你看他帅吗？

小鱼没有回。

占喜也不知道自己这么做的意义是什么。她只是不想等下去了，不想猜下去了，不想再和小鱼斗智斗勇地玩游戏了。

她要是一直不知道他是谁，也就算了，可她知道了呀！这三天她几乎寝食难安，心里总是记挂着他，日子都要没法儿过了。

占喜摸摸鼻尖，麻麻的，肯定已经冻得通红。她将背脊靠在白墙上，眼睛无神地盯着早已关闭的电梯门，也不知站了多久。

突然，"叮"的一声，电梯响起提示音，又停在八楼。

电梯门缓缓打开，占喜抬起头，看到轿厢里只有一个人。

他的兜帽已经被拉下，露出一头乌黑蓬松的头发，口罩还戴着，那双清澈温和的眼睛此时睁得老大，正震惊地看着她。

占喜的背脊离开白墙，站得笔直，也呆呆地看着他。

他从电梯里走出来，却不敢向她走近，电梯门在他身后关上。她能看到他的上半张脸，他的脸色都发白了，估计受了很大的惊吓。

她一下子感到好放松，嘴角浅浅地笑起来，双手背在身后，歪过脑袋对他说："嗨，小鱼，我终于抓到你了。"

Chapter 04

小鱼被抓了

那个站在昏暗楼道里的女孩子是谁？

她如此年轻，个子高高的，头发长长的，穿着一件臃肿的羽绒服，脖子上围着黄色格纹围巾，有一张白皙漂亮的小脸，一双眼睛神采奕奕，笑得像个耍了小聪明后求夸奖的孩子。

骆静语怔怔地看着她，觉得她应该是个陌生人。

内心却又反驳，不是的！她不是陌生人，他认识她。

不，他怎么会认识她？

他认识的那个女生不应该是长这样的。方旭见过她呀！说她三十多岁，个子不高，大众脸，和他自己通过蛛丝马迹猜测出来的完全一样。

到底是哪里出了问题？

骆静语的思维陷入混乱，心里明明有个答案呼之欲出，手机上刚收到的照片更是佐证，却无论如何也想不明白，也不愿相信。

早已形成的思维定式一夕之间被全盘推翻，他的脑子根本转不过弯来，乱成一锅糨糊。

啊，高中时的数学老师果然没说错，他的逻辑思维真的很差，接受事物只看表面，不懂得透过现象看本质。

她居然这么好看，又聪明又好看。

而他却是个实打实的笨蛋。

占喜看着面前近乎石化了的男人，心中泛起波澜，笑意渐渐收敛下来。

哎呀，她是不是搞砸了，惹小鱼生气了？

占喜扯扯嘴角，尴尬地说：“小鱼，是我，我是‘鸡蛋布丁’。好巧啊，我就住在你楼下。”

骆静语的目光一直落在她的脸上，她说话时，他更是仔细地盯着她的嘴唇看。但此时此刻他的心脏跳得巨快，脑子太乱了，连唇语都读不出来，只看到她在说话，他很努力、很努力地去分辨，都没搞清她在说什么。

关键时刻掉链子！

听不见，不会说，现在紧张得连读唇语都不会！

骆静语，你究竟下楼来干什么？就不能装作看不懂消息吗？

那个成语叫什么来着？自……自什么网？

骆静语后悔了，就他这智商，凭什么和鸡蛋老师斗？鸡蛋老师可是双学位大学生，头脑多灵光！他还傻乎乎地不管不顾跑下楼，就为了自……什么辱吗？

他连成语都记不住几个！

看着对方那瞬息万变的眼神，占喜真的慌了，不明白他到底在想什么，为什么一句话都不说。

她原本真挺得意的，还想逗逗小鱼，这时候已经变成愧疚自责。她还是太心急、太莽撞了，小鱼显然没有准备好见面，她却不顾他的意愿，硬生生地出现在他面前。现在好了，他生气了，是不是会像王赫那样骂她有病啊？

占喜的嘴巴噘起来，耷拉着眉眼，垂头丧气地说：“小鱼……对不起，我错了。”

骆静语的读唇能力虽然暂时下降，但眼睛还是能用的。她清楚地看到面前女孩儿的表情变化，她原本生动活泼的笑脸渐渐变成一张哭丧脸，小嘴撇着，令他更加烦躁懊恼。

是因为他没有回答她的话吗？她不高兴了？

但他真的不知道她在说什么。

看着她可怜兮兮的样子，骆静语所有的伪装哗啦啦全部瓦解，彻底放弃抵抗，连僵硬的肩背也松弛下来。反正他人都在这儿了，逃也逃不掉，就别再垂死挣扎，告诉她吧。

他摸出手机，在备忘录打下一行字，语句很简单。打完后，他向那女孩儿走了几步，与她只隔着一臂远时停下脚步。

楼道并不宽敞，窄窄一条，两头分别是相对着的 801 室和 804 室，面向两扇电梯门的是 802 室和 803 室，他们正站在两间小户型中间的白墙边。

骆静语把手机屏幕递到女孩儿面前。

如此逼仄的空间里，当他靠近时，占喜闻到了一种味道，是来自他身上的味道。

说不出是什么味儿，不是香水，像是某种植物，或是树木，很清爽，凉飕飕的，还带着一丝苦。她深吸一口气，那股凉苦味刺激到鼻腔，令她忍不住偏头打了个喷嚏：“阿嚏！”

骆静语：“……”

“对不起。”占喜摸摸鼻子，这才转回头看清他手机上的那行字——

你是鸡蛋老师？我是聋人，听不见。

时间仿佛静止了。

女孩子一直没有抬起头来，就那么几个字，她盯着看了好久。

骆静语认命地闭了闭眼睛，他害怕面对的一幕终究还是发生了。

当他睁开眼时，发现对方已经抬起头，正眨巴着一双大眼睛看着他，神情挺微妙的，就像是明明很惊讶，却偏要装成毫不在意的样子，可惜演技并不达标。

骆静语一点儿也不意外，甚至还笑了一下，只是他的口罩并未摘下，占喜看不到。他收回手机，又打下三个字：对不起。

占喜再一次看向递到面前的手机，“对不起”三个字特别刺眼，直到这时候，她才理解小鱼之前所有的逃避和恐惧。

可惜还是晚了，她自作聪明，把他逼得无路可退了。

骆静语把手机收回去，没有再打字。他站着不动，眼睛好奇地四处打量，好像八楼的格局和十五楼的不一样似的。占喜也不动，垂着脑袋，像做错事情的小孩儿。

两个人面对着面，气氛沉闷，谁都不知道接下去该怎么交流。

占喜悄悄抬眸看他，最后，她将右手伸进衣兜拿出手机，也打开备忘录。

骆静语看到她的动作，没有阻止。他的心跳到现在都没平复，思维也很混乱，除非她讲得又慢又清晰，要不然，他还是读不懂她的唇语。

占喜打字的速度比骆静语快多了，递给他看时已是很大一段：小鱼，我是鸡蛋布丁，应该是我向你道歉才对。对不起，没有经过你同意就来和你见面，请你原谅我。我是上个星期六才知道你就是“好大一头鱼”，那天晚上还探过你的话。我没有别的意思，只是想见见你，我一点儿也没有讨厌你，没有失望，更加不会害怕，我们之间还是像之前一样的，是好朋友。你不要生我的气好吗？

骆静语打字慢，阅读也慢，把这段话仔仔细细地从头看到尾，视线再转到占喜脸上时，沮丧的眼神终于柔和了一些。

他也打字给她看：我没有生气。

占喜对着他笑了一下，又打字：重新自我介绍，我叫占喜。你呢？

骆静语看过她的手机，视线在她的名字上逗留片刻，才在自己手机上打字：骆静语。

占喜忍不住念出他的名字：“骆静语。”

她打字夸他：你的名字真好听，怪不得你喜欢鲸鱼。

骆静语并不知道自己的名字念出来是什么样的，打字解释：意思是我不会说话。

占喜一愣，原来是这个意思啊，之前都没意识到。她心中疑惑，孩子出生后就要取名，为什么……

骆静语的手机又递过来了：先天性，双耳，全聋。

占喜："……"

她真的，不知道该说什么了。

占喜原本就不是个外向跳脱的人，抓住小鱼已经是她鼓足勇气做的一件事情，前提还是基于她不介意他任何外貌上的缺陷。她实在没想到，他的缺陷不是在外貌，而是在听力和语言。

耳朵用来听，嘴巴用来说，听和说是人与人之间最常用的交流方式。当骆静语丧失这两项基本交流技能，占喜与他即使面对面站着，也只能用手机打字聊天，这不是一种好的体验。

隔着网线，占喜或许还健谈一些，可现在这个情况，她不知道该怎么继续和小鱼交流，没办法像平时那样开玩笑逗他，更没办法装作什么都没发生一样畅所欲言。

她曾经给他分享过带唱歌视频的推文，问他搞不搞笑，还推荐过几首她喜欢的歌曲，说适合坐地铁时听。聊天时她从没避讳过相关话题，她换位思考，小鱼当时肯定很不好受，想到这儿，她就尴尬得想抠墙。

骆静语已经看出她的局促不安，他的心里却很平静。

他想，一切都结束了，他该走了。

他打字给她：很晚时间，你回家，我上楼。

占喜点了点头，打字：好的，晚安。

骆静语：晚安。

他转过身，刚迈出一步，突然感觉衣服被人拉住。他回头，眼神里透着疑问。

占喜揪着他的外套下摆，眼神怯怯的，打字后把手机递给他：小鱼，你长什么样啊？

骆静语恍然大悟，他的口罩一直没摘下。

罢了，最大的秘密都被发现了，还有什么值得隐瞒？

骆静语转身面向占喜，抬手摘下口罩，动作很轻巧，并不像古装电视剧里女主摘面纱、男主摘面具那样还有慢动作和背景音乐加持。

可占喜还是体会到了郭襄看到杨过摘面具时的那种心情。

骆静语，好大一头鱼，小鱼，方旭嘴里文化不高的小伙计……一个个子很高、肩宽腿长的年轻男人，总是穿着一身黑衣。

而现在，他的脸第一次完完整整地出现在占喜面前。瘦削的脸颊、高挺的鼻梁、薄而优美的唇形，配上那双乌黑幽深的眼睛，竟是如此丰神俊朗。他纤密的睫毛缓缓地眨动着，目光交汇时叫人移不开视线。

占喜仰头看着他，心里只剩一个念头：罗欣然是个神婆吧？

兴许是她的眼神太过直白，骆静语有些不自在，脸都微微热起来。他无奈地笑了一下，占喜被他温柔的笑容晃花了眼，直到他指指电梯，她才回过神来，松开拽住他衣摆的手指。

按下上行键，骆静语等了一会儿，电梯来了，他走进去转过身，发现占喜还站在那儿没动，视线追随着他。

骆静语向她挥挥手，占喜也挥挥手，电梯门关上后开始上行。她看着楼层显示，电梯最终停在十五楼。

她叹口气，转身回到 802 室，换鞋时看到餐桌上玻璃瓶里的那枝葵百合，伸手摸摸紫红色的大花瓣，又叹了口气。

她成功抓住了小鱼，知道了他的名字，知道了他住的楼层，知道了他的长相，也知道了他的秘密。

可小鱼看起来并不开心。很正常，换谁都不会开心。

占喜自己也不开心，虽然她并不介意小鱼听不见，可是刚才，她的表现绝不能算合格，她就是没想到，从来没往这个方向想过。她真的高估了自己的临场应变能力。

她那么不自然的反应，不知道会不会伤到小鱼。

骆静语又一次遭遇失眠。

晚上发生的这些事情堪称离奇，直到躺在床上，他才开始思索，鸡蛋老师究竟是怎么认出他的？

他在哪里发过照片，泄露过个人信息，还是方旭说漏了嘴？

不管什么原因，已经被发现了，他再想也没有用了。

骆静语翻了个身，心里想到鸡蛋老师，哦，现在该叫她占喜。“喜”这个字好像很吉利，与它有关的词语都是美好的意思。

不知道“占喜”怎么读，读起来好听吗？

肯定好听，又好听又有美好的意义，她的名字取得真好。

她长得和他想象的完全不一样。

骆静语把脸埋在枕头上，心情很低落。

他是聋人，视觉是他接触世界最依赖的感官，其次是触觉、味觉、嗅觉。他习惯用眼睛去获取信息，看到什么就是什么，对于没见过的东西很难想象，越是抽象越是难以理解。

他好不容易在脑海里构建出鸡蛋老师的形象，结果全错了，年龄、身高、身材、相貌，就没有一点儿搭边的。

那个小人儿的样子本就模糊易碎，这天见到本尊，小人儿早跑得没了踪影，脑海里只剩下一个年轻女孩儿漂亮到耀眼的模样。

鸡蛋布丁，鸡蛋老师，糖氽蛋，占喜……

他仰躺着在黑暗中抬起双手，一遍又一遍地打着手语。

他是在用他的母语叫她的名字，把她的本名、网名“叫”得意犹未尽，他甚至还帮她取了小名：小喜、喜喜、鸡蛋公主……

只是，不管他怎么比画，她都是看不懂的。

骆静语自嘲地笑了一下，放下双手，交叠着枕在脑后。

虽然占喜说不讨厌他，没有害怕也没有失望，他们依旧是好朋友，可他还是能感觉到她的心慌意乱和不知所措。他觉得，他们再也恢复不到轻松快乐的聊天模式了，也许再过些日子，他们就会不再联系，彼此躺在对方的列表里。再过些日子，她清理微信好友时会默默地删掉他。

她不会接受通讯录里有一个聋人的。

这一晚，失眠的人不止一个。

睡眠质量一向很好的占喜大半夜还瞪着天花板发呆。

九点半时，她等过小鱼的微信，然而他并没有发来消息。她想主动发给他，却不知道该说什么，最终作罢。

这是三个星期以来，他们第一次没有在睡前聊天。

十点多、十一点多、十二点多、一点多……占喜一直翻来覆去睡不着，心里堵得慌。她又一次打开手机，看着和“好大一头鱼”的对话框，很自然地按键操作，把自己的朋友圈对他开放。

早上九点，骆静语被手环的振动闹醒。

他睁开眼睛，又赖了会儿床才起来穿衣服。他摘掉智能手环，趿着拖鞋去卫生间洗漱。这只手环其实功能很多，但他只当闹铃用，它小巧，睡觉时戴在手腕上几乎没感觉。

有时候，他会庆幸自己生活在这个年代，有电脑、智能手机、智能手表、5G 网络，可以在线网购、叫车、买票、订房、点外卖……对于他这样的听障人群来说，生活着实方便许多。

父母年轻时就比较惨，只能对着一台固定电话干瞪眼。父亲说有一次他想约母亲去逛公园，踩了半个小时自行车去她家喊人，结果她去走亲戚了，他只能灰溜溜地再踩半小时自行车回来。

站在卫生间的镜子前，骆静语发现自己的头发长了不少，刘海都盖到了眼睛，想着该理发了。他发量多，发质偏硬，还不是油皮，洗完吹干就特别蓬松，睡过一晚后头发更是支棱得像个爹毛球。

可是这天他不打算出门，家里有菜，还有一些订单没做完，决定第二天出门买菜时再顺便去趟理发店。

吃早餐时，方旭给他发微信消息，问圣诞订单做得怎么样。他回复说快做完了，按照进度二十日前能全部搞完。

方旭表示知道了，又和他说了一件事情。

方旭：鱼啊，我和你讲，昨天晚上有个新客户联系我，想做一个定制的烫花，你都不知道有多疯啊！我都听傻了。

好大一头鱼：什么意思？

方旭：他要做一棵树，一棵，樱花树！

骆静语发了三个“惊讶”的表情。

方旭：我从来没听过这么丧心病狂的要求，一棵树啊！这能做吗？

好大一头鱼：多大树？

方旭：就跟真的一样，那种小一点儿的一棵樱花树，染井吉野樱，常做的那种，树干用泡沫板和花架柱，刷颜料，花朵全部用烫花。

好大一头鱼：……

好大一头鱼：真的很疯了。

方旭：是够疯的吧！那你能做吗？

好大一头鱼：够钱，够时间，能做。

方旭：他是要用在一个宴会上，明年元宵节后用，还有将近两个月的时间，够了吗？

好大一头鱼：够了。

方旭：报价我没敢报，你算算吧，一棵树啊！这怎么也得上十万吧？

好大一头鱼：肯定上了，我计算过告诉给你。

方旭：好，我等你消息。

骆静语低头咬一口小米糕，心中想着这棵树。

染井吉野樱是一种常见的樱花树，也是烫花手作里最常做的樱花品种之一，比不上八重樱的华丽，估计对方也是觉得做一棵八重樱太难为人了。

是鸡蛋老师帮他拉到的那位客户吗？“好运来”的新主人？

方旭没说，骆静语猜不透，想把这件事情告诉给鸡蛋老师，突然记起，他好像不能再随心所欲地给她发微信消息了。

骆静语喝了一口馄饨汤，计划吃完早餐后好好算一下价格。他数学不好，千万不能算错，这种价位的大订单他还真没碰到过。

下午，占喜困得要死，连喝两杯咖啡才强撑住没睡过去。

她又有点儿感冒，鼻涕不断，可能是因为前一晚吹了太久的冷风，晚上还没睡好。袁思晨午休时笑话她，说她看着挺健康一个人，体质却这么差，感冒发烧刚好没半个月，居然又感冒。

占喜用纸巾擤着发红的鼻子，心想，这次真不赖别人，是她自己作出来的。

小鱼一直没有给她发消息，二十四个小时了。

他的最后一条消息还是昨天下午回的那条“聊，七八点钟了”。

占喜心里难受得很，下班后离开公司，路过一楼大厅的一面镜子，发现自己的鼻子红得像个小丑。她嘟着嘴想了半天，打开手机拍了一张自拍，屏蔽所有家里人后，发出一条朋友圈。

鸡蛋布丁：又感冒了……

配图是一张红鼻头的苦瓜脸照片。

占喜其实很少发自拍，更加不会有个头疼脑热就发朋友圈卖惨，上次发烧去医院打点滴她都是绝口不提的。不过这一次，她看着照片里自己惨兮兮的样子，甚是满意，接着就开始等消息。

可是，直到她走回青雀佳苑，进到802室，都没等到想要的消息，同学和同事的评论倒收了几条，居然还有几个浑蛋点赞。

林岩：注意休息，多喝热水。

罗欣然：宝贝，这是发给谁看呢？

赵晴晴：宝贝，这是发给谁看呢？

姚颖：宝贝，这是发给谁看呢？

三个室友了解占喜，尤其是罗欣然。占喜看着她们整齐划一的留言，心虚得很，想着有这么明显吗？那她等的那位能不能看出来呀？

结果她一直等到晚上十点，那位也没评论，更没发来消息。她无数次地打开微信，想着要不要主动给他发消息，又觉得难为情，犹豫半天后还是丢开了手机。

这人怎么这样啊！她都给他机会让他来慰问病情了，怎么一点儿眼力见儿都没有？

还是说，他不想理她了？

占喜躲在被窝里，捏捏怀里的小鲸鱼玩偶，问它：“鱼蛋，你说你哥是怎么想的？他说没生气是不是骗我的呀？其实他还是生气了。”

“鱼蛋”是小鲸鱼玩偶的名字，可它不会回答占喜的问题。

十一点时，占喜放弃了。她身体不舒服，前一晚又睡得少，于是关掉台灯，抱着“鱼蛋”进入梦乡。

此时的十五楼，骆静语还没睡。

他整理着做好了的圣诞款首饰，距离方旭来拿货只剩两天，他还需要扫个尾，第二天可以全部完工。

下午时，他把那棵樱花树的报价给了方旭，最终报出十五万，其中考虑到材料成本、人工成本和方旭的分成，也包括请人的费用。

骆静语想过，如果真的接下这订单，他需要找两个小助手来帮他完成这棵树。不是说他一个人做不了，实在是工序太烦琐，花瓣和叶片太多，他一个人做大概会做到吐。

他特地没有留意时间，没有去看手机，怕自己会失望。

十一点多时，他打开手机看微信。果然，鸡蛋老师没有发来消息。

骆静语没去看朋友圈，他的朋友圈里最多的是高中同学。有几个同学在做微商，每天广告要发几十条，他也懒得屏蔽，干脆就不去看。反正，鸡蛋老师的朋友圈他又看不到。

他的晚餐吃的是酱鸭，是骆明松自己做的，给了他四只，不那么咸，非常好吃。

骆静语饿了，拿剩下的酱鸭切碎，给自己煮了一碗酱鸭菜泡饭。吃完后，他没什么事情干，却还不想睡觉，思考以后在工作台前坐下，拿出铅笔和素描纸，开始画设计草图。

他想给鸡蛋老师设计一套独一无二的首饰，虽然没对她说过，但他在心里做下过承诺。哪怕现在鸡蛋老师不理他了，他还是想把这套首饰做出来，送给她，就当为这段短暂的缘分画个句点吧。

画图时，骆静语想到对方的样子。现在可真好，她的样子变得那么鲜活，柔顺的长发、眉毛眼睛、鼻子嘴巴，每一样都活灵活现地出现在他的脑海里。

聋人的视觉记忆很厉害，只要上心，看见过的东西会被记得很牢。

她真好看啊。

骆静语想，怪不得她相亲三次，都没看上那些男孩子。这么好看的女孩儿，读书还这么厉害，性格又温柔耐心，得要多优秀的男孩子才配得上她？

他苦笑一下，继续用心地画起草图来。

第二个二十四小时过去了。

占喜和骆静语仿佛在较劲，谁都没有主动给对方发微信消息。

星期四下班后，占喜走回小区，先去快递代收点拿快递。她趁着“双十二”满减买的鞋柜和边柜走的是物流，很慢，这天才到货。

柜子不大，板材加螺丝，都要自己安装。占喜在代收点找到两个大箱子，分别提了一下，挺重的，尤其是那个边柜，箱子还大。

她提起鞋柜箱子往家走，一路“吭哧吭哧”地提到单元楼里，搁在电梯门边。这里有监控，代收点也不远，她不怕箱子被偷。放好后，她又走回代收点去提边柜的箱子。

骆静语在理发店剪完头发，去超市买了点儿菜，回到青雀佳苑。

走进单元楼后，他看到电梯门边放着一个大纸箱。他瞄了一眼，视线就定住了。箱子上被快递员用黑色马克笔写下大大的几个字：5 幢 802，占喜。

骆静语看看周围，没有人，又走出单元门去四处张望。天已经黑了，小区的路灯亮起来，他很快就看到几十米外，有个人正提着一个巨大的纸箱，摇摇摆摆地走过来。

箱子像是很重，此时，她正把箱子搁在地上喘口气。

骆静语半秒钟都没犹豫，几乎是用百米冲刺的速度跑过去。

占喜还没来得及抬头，只觉眼前的黑影一晃，有个人已经站在她面前。她愕然地看着他，他不敢与她对视，弯腰提起地上的箱子，转过身就往单元门走。

占喜在身后叫他：“哎……”

继而想起他听不见，她便收声，小跑着追上去。

把两个箱子叠放在电梯门边，骆静语和占喜并肩而立，等电梯下来。

占喜悄悄看他，他还是老样子，黑衣、黑裤、黑口罩。与之前不同的是，他手里提着一袋子菜，而且还剪过头发了，原本蓬松茂密的黑发短了不少，眉毛和眼睛都露了出来，鬓边和后脖也被修得干净爽利。

他一直没看她，逃避着眼神交流。

占喜吸吸鼻子，偷偷往他身边靠近一些，没想到他居然往右挪了一步，依旧与她保持着安全距离。

就在刚才靠近的那一瞬，占喜又闻到他身上的味道，是苦苦凉凉的植物味，很好闻。她感冒后鼻子有点儿塞，可那个味道还是能丝丝缕缕地沁入她的鼻腔。

她忍不住深吸了口气，想要闻出这究竟是什么味道，结果鼻子一酸，又“阿嚏阿嚏”地连打了两个喷嚏。

骆静语终于转头看了她一眼。她拿出纸巾擤鼻涕，擤完后丢进垃圾桶，默默退回原来的位置。

电梯来了，门还没打开，骆静语已经把菜放到地上，提起一个纸箱。看到占喜想提另一个时，他抬手挡了一下。占喜抬眸看他，他指指箱子，又指指自己，意思是让他来。

他好绅士啊。占喜决定不和他抢了，帮他提起地上的菜，挡住电梯门，看着他把两个箱子都搬进电梯里。

按下八楼后，两个人继续在电梯轿厢里罚站。

骆静语已经看到箱子上有“鞋柜”二字，他犹豫了一下，还是拿出手机打字给占喜看，又指指地上的纸箱：这是什么？

占喜赶紧也用手机打字：柜子，鞋柜。

骆静语：自己装？

占喜点点头。

八楼到了，骆静语帮占喜把两个箱子都搬到 802 室门口。占喜拿出钥匙开门，骆静语没走，静静地在边上站着。占喜把门打开一条缝后转头看了他一眼，他在眨眼睛，不知道在想什么。

占喜偷笑，在手机上打字：小鱼，你帮我安装柜子，好吗？我不太会。

骆静语看着她的手机屏幕。占喜觉得他脸红了，看那红通通的耳朵尖儿就能知道。

终于，他点点头，拿出手机问：现在？晚上？

占喜打字：现在。

她把门开到最大，笑着做了个“请”的手势。骆静语飞快地看了她一眼，又低下头想了半天，才弯腰提起箱子走进 802 室。

占喜搬家后近两个星期，除了占杰，这间小屋里还没别人进来过，骆静语是第一个。他局促地站在门口，她给他拿来一双拖鞋。他默默地换上，才抬起头打量这间屋子。

客厅里收拾得很干净，入门就是餐桌椅，窗边摆着沙发和茶几，厨房门口是一台冰箱，没有其他家具了。

骆静语的视线落在餐桌上，那里摆着一个玻璃瓶，瓶子里是他做的葵百合和花苞。餐桌是原木色，这么摆着还挺好看的。他的眼睛弯了一下，用手指去碰碰那朵小花苞，像是在说“嗨，又见面了”。

占喜看到了他的动作，走到他身边，大着胆子拉拉他的衣袖。他回头看她，她把手机递到他面前：进来呀，傻站在门口干吗？

骆静语把菜放到餐桌上，再把两个箱子提到宽敞的地方。占喜又在手机上打字了：你坐。想喝什么？我这儿有咖啡、牛奶和热水。

骆静语看完这句话，思索片刻，像是下决心般在手机上打字：你可以说话，说慢点儿了，嘴清楚，我会读唇。

“啊？”占喜大吃一惊。他这么厉害吗？她疑惑地抬头看他，他对着她轻轻地点头。

占喜不知道他说的“慢点儿”是要多慢，张了张嘴，像是一下子不会讲话了，好半天才开口，说得特别字正腔圆：“你……怎么……不早……说啊！你……知道……我在……说什么……吗？”

骆静语看着她的唇形变化，眼睛弯得更厉害了，偏过头像是在笑，又在手机上打字给她看：知道，你好夸张阿，不用那么慢了。

哇哦，他真的能读唇！占喜激动坏了，这是多么牛的技能！

她又跃跃欲试地问他：“你想喝什么？”

骆静语摇摇头，指指箱子。

占喜问：“你是说，直接帮我装柜子？”

骆静语又点点头。

占喜耸耸肩：“好吧，那你开工，我给你洗草莓吃。”

她把剪刀递给骆静语，又打开客厅里的热空调，脱掉外套，身上只剩毛衣和呢子长裤。骆静语已经蹲在地上拆箱，她走过去拍拍他的肩。他抬头看她，她说：“小鱼，把衣服脱了，一会儿会很热。”她又指指自己的脸，“还有，你能把口罩摘了吗？”

骆静语怔了一下，起身脱掉黑色羽绒服。占喜接过，帮他去挂到门边墙上的挂钩上。趁着他背对着她，她拎起衣服仔细地闻，那股带着苦味的植物香更明显了。

占喜不敢深嗅，怕再打喷嚏，便先把衣服挂起来。

回过身，她发现骆静语已经把口罩摘下来了。

他里头穿的毛衣居然不是黑色的！这还是占喜头一次看到他身上出现除黑色外的其他颜色，心里很欣喜，忍不住好好打量了一番。

他穿着一件湖蓝色圆领毛衣，颜色和鱼蛋的肚皮很像，清淡温和，配上他高瘦的身材、白净的皮肤、英俊的眉眼，还有刚剪过的清爽短发，占喜觉得他就像个温文尔雅的大学生，身上没有半点儿社会气，整个人单纯得要命。

骆静语继续蹲在地上拆箱，把板材和螺丝一样一样地拿出来，最后打开安装说明书，仔细地看。

占喜在厨房里洗出一碗草莓，端到茶几上后，也在他身边蹲下，陪他一起看。两个人挨得很近，她的长发垂下来，甚至落在他的膝盖上。他顿时感到不自在了，往边上挪了一些。

占喜吸吸鼻子——哇！他的毛衣上也有那股好闻的味道。

她明白了，这大概是他衣柜里某种香薰的味道。

看着骆静语，占喜心道：看不出来啊，小鱼居然还是个精致男孩儿，会用香薰。

骆静语依旧很认真地翻着说明书，占喜蹲在他身边，视线不由自主地落在他的双手上。

啊，这么近距离地看到这双手，感觉更好看了。

手背上的青筋，右手小拇指上的红痣，圆润干净的指甲，修长有力的手指……每一样都那么好看，呜呜呜……真羡慕。

骆静语突然转头看向她，她一激灵，脚下不稳，一屁股坐到地板上，“哎哟”了一声。

年轻的男人偏开头笑了，笑得肩膀都抖起来，却没发出一点儿笑声。

占喜尴尬地爬起来，继续蹲着。她不敢看他的手了，眼睛没地方安放，干脆转到他的侧脸上。

从侧面看，他的鼻子真的好挺啊，眼睫毛也好长。她又看到他的右耳，他的耳朵长得也很好看，非常干净，耳垂不大不小，耳郭上能看到细小的绒毛。

占喜想，看着和她的耳朵没什么不同啊，真的一点儿也听不见吗？

见他低头翻着板材，占喜试着喊了一声：“小鱼。”

骆静语没反应。

占喜心里涩涩的，拍拍他的右臂。他转头看向她，她抱着膝盖问：“小鱼，你几岁啊？”

骆静语抿着唇笑起来，指指占喜，再指指自己的脑袋，食指打了个圈儿。这不是标准手语，但他知道常人应该能看懂意思。

占喜果然看懂了：“你让我猜？”

骆静语点点头。

占喜仔细看他的脸。哇，他的皮肤好好啊，细腻得一点儿瑕疵都没有，看着看着，她发现他的耳朵尖又红起来了，垂着眼眸都不敢看她。她把右手伸到他眼皮子底下，手指比了个“二”，又比了个“三”。骆静语抬眸看她，她笑嘻嘻地问：“23 岁？”

骆静语摇头。

占喜又猜：“22 岁？”

怎么还越猜越小了？骆静语告诉她答案，右手比了个“六”。占喜惊呼：“你 26 岁啦？看不出来啊！”

骆静语又笑了，像是很不好意思。

占喜又抱住膝盖，歪着头问：“那你猜我几岁？”

骆静语凝视着她的脸，皱起眉，像是在思索，接着他伸出右手，食指和中指伸直交叉，食指在中指前，另外三个指头弯曲，大拇指搁在无名指和小指上，做完后又比了个“八”。

占喜没看明白，奇怪地问：“我看起来有 28 岁啦？”

见她一脸呆滞，骆静语才想起自己比的是手语中的“十”，可常人也有数字手势，“十”是不一样的。他赶紧摇头，伸出左右手食指，交叉成十字，右手再比了个“八”。

这下子占喜看懂了，忍不住往他肩膀上轻轻地拍一下，带着点儿娇嗔地叫：“你少来啦，我都上班了，还 18 岁呢？”

骆静语打字：公主永远 18 岁。

“你好烦啊。”占喜受不了了，又轻拍了他一下。

骆静语笑得更开心了，连嘴都张开了一些，只是他笑得这么开怀都没出声，占喜也不知道他是怎么控制声带的。

她歪着脑袋看他笑。他的笑容真好看，纯粹清透，就像个不谙世事的大男孩儿，一双眼睛明亮温柔，哪里有他平时一身黑衣的酷样子，整个人软软的。她靠近他就觉得特别安心、舒服、温暖。

占喜凭着记忆，学他之前的手势，右手食指和中指伸直交叉，拇指搁在另两个弯曲的指头上，问：“这是‘十’的手语吗？”

骆静语在心里感叹，啊，鸡蛋老师果然好聪明啊。

他点点头。占喜也笑起来：“我学会了。”

骆静语指指自己的脑袋，又冲占喜竖了个大拇指，占喜知道他是在夸她聪明。

聊过几句后，她不再打扰骆静语装柜子，从房里拿来一个抱枕放到地板上让他坐，让他别蹲着，自己则坐在沙发上，侧过身，托着下巴看他装。

骆静语盘腿坐着，他个子很高，哪怕坐着都能感觉到有两条大长腿。占喜看他对着说明书研究各种位置的板材，分门别类地放好后，就开始装鞋柜。

动手能力强仿佛是骆静语与生俱来的优点，装鞋柜这种事情对他来说小菜一碟。占喜问他要不要帮忙，他笑眯眯地摇头，拍拍自己的胸，再比个“好的”的手势。

占喜观摩过他动手就知道他肯定搞得定。她看看挂钟，六点半了。骆静语买菜回家，肯定是要做饭，现在他帮她装柜子，她是不是得请他吃饭啊？

于是，占喜问他：“小鱼，在我这儿吃晚饭吧，你想吃什么？我这儿没菜，咱们叫外卖。”

骆静语愣愣地看着她，伸长手臂指向餐桌，那儿是他买来的菜。

占喜回头看一眼，说：“你装完都好晚了，还要回家做饭吗？就在我这儿吃吧。”

骆静语眨眨眼睛，掏出手机打字给她看：你可以做我的菜。

占喜：“……”

她总觉得这句话有哪里不对劲。

可骆静语像是完全没意识到有什么问题。占喜失笑，知道他估计都不懂“你的菜”“我的菜”这些网络用语。

骆静语的确不明白她为什么要笑。占喜挠挠头：“我……其实……不太会做菜，我怕把你的菜做坏了。”

骆静语放下装了一半的鞋柜，站起身来掸掸手，打字给占喜看：你有锅吗？调料？盘子？

占喜小鸡啄米般地点头：“有，有，有，有个炒锅，还有电饭煲，油盐酱醋都有，碗和盘子也有。”一边说一边用手比画炒锅、碗和盘子，还做了个炒菜的手势。

骆静语看明白了，打字：外卖不好，我来做菜了。

客厅里的空调才新装一年多，制热效果不错，大半个小时过去，屋子里已经温暖许多。

骆静语洗过手，把自己买的那袋菜拿到厨房整理。他买了一盒素鸡、一把青菜、几个冬笋，没有买荤菜，因为家里都有。

占喜一直跟在他身边。骆静语想了想，拿出手机问她：你有肉吗？

占喜摇摇头，眼神无辜。

骆静语又问：鸡蛋？

占喜又摇头。骆静语很吃惊，心想怎么会连鸡蛋都没有？

他环视着厨房，台面上摆着一个崭新的电饭煲，还是粉红色的，边上是一个烧水壶和一个热水瓶，竖着搁了一块干净的砧板，还有一个装着菜刀的刀架，除此之外再没别的东西。

他心里有了猜测，打字问：米？

“有！有大米。”占喜兴奋得像个终于答出问题的小学生，从柜子里拎出一袋五公斤装的大米，还没拆封。

骆静语扶额，好吧，他的猜测是对的，鸡蛋老师搬过来后，真的从没做过饭。

占喜又把炒锅、食用油和几袋调料从柜子里拿出来，炒锅用过了，食用油和调料全都没拆封。骆静语很无奈，去客厅打开冰箱看一眼，冷藏箱里除了几瓶酸奶、牛奶和几块板装巧克力，什么都没有。

占喜恨不得挖个地洞钻进去，太丢人了！小鱼一定觉得她又懒又笨，还嘴馋！

骆静语又打开冷冻箱，看到几袋速冻食品，饺子、馄饨和菜包。他转头看向占喜，眼神很发愁。

占喜徒劳地解释：“我会学做饭的，这不是刚搬过来嘛……”

骆静语自然不是要取笑她，只是觉得没有荤菜可不行，鸡蛋老师太瘦了，就是因为不会做饭吗？每天吃外卖多不健康。这么一想，他决定上楼拿点儿菜来，打字道：我回家拿肉，你先做饭。

占喜茫然地看着他。他指指电饭煲，瞪大眼睛难以置信地打字：用米煮饭，会吗？

“会，会，会！”占喜又一次小鸡啄米般地点头，“淘米煮饭，我会的！”

骆静语放心了，从挂着的外套里拿出钥匙，出门上楼。

占喜本想和他说别这么麻烦，随便吃点儿得了，不过看着厨房台面上一堆蔬菜和豆制品，觉得就算自己能吃一顿素斋，小鱼可能也不喜欢。男孩子都爱吃荤菜，占杰就是无肉不欢，占凯威也是，一顿不吃肉就跟没吃饭似的。

十几分钟后，骆静语回来了。占喜给他开门，惊讶地发现他居然端来一只高压锅。

这是什么阵仗啊？什么菜还要动用高压锅？

除了高压锅，骆静语还提着一个环保袋。占喜跟他进厨房，看着他变戏法似的从环保袋里往外掏东西——一整只黑乎乎的酱鸭、一块瘦猪肉、一袋雪菜、几个鸡蛋、两个番茄、一个榨菜……

占喜忍不住拉拉骆静语的衣袖。他转头看她，她问：“你要做几个菜啊？”

骆静语看着天花板，手指动起来，像是在算数，接着张开了右手五指。

“五个菜？”占喜惊呆了，“太多了吧？我们才两个人！”

骆静语笑着摇摇手，意思是“不多不多”。

这都快七点了，占喜想，五个菜做完得要多久啊？但她只是吃的那一个，做的人都没意见呢。她又拉拉他的衣袖，待他看过来后，问：“有什么是我能帮忙的？”

骆静语想了想，把鸡蛋和番茄拿给她，先做了个打蛋的手势，又比画切菜的动作。占喜问：“番茄炒蛋？”

骆静语摇头。

占喜又问：“番茄蛋花汤？”

骆静语笑着拍了下手，比了个“V”，他就知道鸡蛋老师是很聪明的。

占喜乖乖去打蛋了。骆静语看到电饭煲里米饭已经煮上，便挽起衣袖，拿过砧板和菜刀洗了一下，先切下半只酱鸭，把连着挂绳的另外半只拎起来，因为手油了，只能用手肘碰碰占喜的手臂。

占喜看着他，他左手掂一掂酱鸭，右手往天花板一指，她立刻就明白了：“挂起来？”

骆静语点头。

占喜感到挺意外的：“你拿回家吃嘛，不用给我的。”

骆静语微笑着摇头，又拎一下酱鸭，右手指指鸭子，再指指嘴，最后竖了个大拇指。

“很好吃啊？”占喜心里很过意不去，“本来应该是我请你吃饭的，现在菜是你带来的，还得你来做，怎么还能再拿你的东西啊？”

一句话说得长了，骆静语读唇就有点儿吃力。不过看占喜的表情，他基本能猜到她的意思，连连摇手，还是坚持把半只鸭子递给她。

“谢谢，那我不客气了。”占喜没再拒绝，接过鸭子后把它挂在阳台上，回来看到骆静语已经打开抽油烟机，把切下来的半只鸭子装进高压锅里，打开抽油烟机，上灶台蒸起来。

油烟机和燃气灶一开，厨房里顿时有了“轰轰”的声响。占喜看骆静语打算要切素鸡，赶紧拿来一件塑料袋包着的东西递给他。他拆出来一看——居然是一件粉红色的围裙，正面是几只白色卡通猫咪。

占喜比画着穿的动作：“穿上吧，别把你的衣服弄脏了。”

见骆静语听话地套上围裙，占喜走到他身后，很自然地帮他系上绳子。他低头看胸前的猫咪图案，心里觉得好笑。鸡蛋老师的装备很齐全啊，就是什么都不会，也是神奇。

接下去，骆静语便专心做菜。占喜打完鸡蛋，他已经切好素鸡，把砧板让给她，自己在炒锅里热油，用筷子夹着素鸡一块块地煎炸起来。

占喜把番茄切好后，不知道要干什么。骆静语转头看她一眼，把猪肉放到砧板上，眼神里带着询问。她盯着那块生猪肉看了一会儿，很诚实地说：“我……不太会切肉。”

“啪——”骆静语用手背拍了下额头，笑得浑身发抖。他指指水槽，做了个洗手的动作，再指指客厅，占喜这下知道了，他是觉得她待在这儿碍事了。

占喜噘噘嘴，认命地洗了手，歪过身子想对骆静语说话。他却神情紧张地伸出手臂挡了她一下，指指油锅，摇摇手。她问：“你怕油溅到我啊？”

见他点头，占喜觉得他好体贴，便站远些说：“小鱼，谢谢你帮我做饭，那我先出去了。”

骆静语手背向外冲她摆摆手，一脸的嫌弃。她也没脸反驳，决定收回对他的赞美，撇着嘴溜出厨房。

厨房里只剩骆静语一个人。炸完素鸡，他把所有柜子都打开看了一眼，找到占喜买来的空调料罐，洗过后，把盐、糖、味精等调料都倒进罐子里，又拆开酱油瓶和醋瓶，这才万事俱备，正式开工。

高压锅发出声响，厨房里还传出一阵阵炒锅炒菜的爆油声。占喜在客厅坐不住，隔一会儿就会溜到厨房门口，看骆静语在那儿忙活儿。

他的动作有条不紊，仿佛所有事情都尽在掌握，做个饭都做出了一副优雅的姿态。不过，他身上的粉色围裙略微出戏。占喜双手抱胸倚着门框，看着这个高个子男人熟练地在砧板上切青菜，不知怎么的，她的嘴角就止不住地上扬。

寒冷的冬夜，在一间开着暖空调的出租房里，有一个穿着柔软毛衣的年轻男人在给她做饭，这在以前是她难以想象的事情。占杰提醒过她要注意安全，不能随便放人进屋，可这个人是小鱼啊。

小鱼不是陌生人，虽然他们认识的时间不久，但天天都有聊天，占喜单方面认为他是个特别可靠的人，没有一丁点儿的危险性。

高压锅下的灶火已经关了，台面上摆出一盘红烧素鸡、一盘雪菜冬笋炒肉片。骆静语开始炒青菜，香味一阵阵地溢出厨房。占喜摸摸肚子，咽了下口水。她又饿又馋，恨不得立刻就开饭。

烧水煮汤后，骆静语打开高压锅，把酱鸭夹到砧板上切成小块装盘，回过身看到占喜像只小猫一样守在门边等投喂，便招手让她进来。

占喜走到他身边，他夹了一只酱鸭腿进碗里，把碗筷递给她，右手做了个“吃”的手势。

“让我尝尝吗？”占喜高兴地接过碗筷，夹起鸭腿咬了一口。鸭腿蒸得很软，咸甜适中，超级鲜美！

“好好吃！”占喜眼睛发光，“是在哪儿买的？这酱鸭一点儿都不咸。”

骆静语擦擦手，拿出手机打字：我爸爸做的，是老鸭。

占喜愉快地啃着鸭腿，边吃边说：“你爸爸好厉害啊，真的很好吃！”

她这样咀嚼着食物说话，骆静语其实看不懂，不过看她的表情就知道她在夸鸭子好吃。他指指那些已经做好的菜，做了个端盘子的动作，又做了个吃饭的手势。

占喜快乐地喊：“开饭啦？”

骆静语点点头。占喜啃完鸭腿后就把菜一盘盘地端到餐桌上。没多久，骆静语把番茄蛋花汤也端出来了。桌子上摆着四菜一汤，两荤三素，颜色有红有黄有绿，搭配得特别好看。

占喜从没觉得吃饭是一件这么幸福的事情，几乎是蹦跳着去拿碗筷盛饭。骆静语看着她的背影，心想自己的动作还是慢了点儿，似乎把鸡蛋老师饿坏了。

盛好饭，两个人面对面坐下，占喜才想起一件事情——她感冒了，千万别传染给小鱼啊。于是她拿来一双公筷，骆静语以为这是她的用餐习惯，夹菜时也去拿公筷。她连忙挡住他的手，说：“你不用，你不用，我是因为感冒，你直接夹就行。”

见骆静语似乎没明白，占喜指指自己鼻子，还装作咳嗽的样子。这下骆静语看懂了——她生病了？

其实在刚才，他就注意到占喜鼻尖红红的，这时候确定她真的感冒，他的眉头就皱起来，眼神里带着疑问和关心。

占喜想到星期二晚上“抓鱼”的事情，又想卖惨了，说：“还不是因为那天在小区里等你吗，等了一个多小时，好冷的！”

骆静语：“？？？”

他瞪大眼睛，像是不明白是怎么回事。占喜又说：“我昨天发了朋友圈，你没看到吗？”

朋友圈？什么朋友圈？

鸡蛋老师的朋友圈一直是关着的呀。

骆静语吃饭的心思都没了，立刻就想打开手机去看。占喜又拦住他：“你急什么呀？先吃饭，回头再看，我又不会删。”

她对着他说话时，语速一直略慢，咬字也清晰，不像平时说话那么随意。但她觉得这没什么，比起用手机打字，小鱼能看懂她说话已经很令人惊喜。

读唇这种本事，也不知他是怎么练出来的。占喜原本以为自己再和小鱼见面会像前天晚上一样尴尬，不过现在，她感觉氛围挺好的，很自在，看小鱼的样子好像也挺放松。

他听不见、不会说话，并不妨碍他们做要好的朋友。

骆静语不再着急去看手机，端起饭碗开始吃饭。说实话，他真的很饿了，大口大口地吃着，桌对面的占喜似乎胃口也很好，每样菜都夹着吃，一边吃还一边冲他笑，对他比大拇指。

小鱼做的菜真的非常好吃，每一道都好吃，一点儿也没吹牛！占喜吃得美滋滋，心想新家里的第一顿饭来得猝不及防，居然是小鱼做的，居然和小鱼一起吃，居然这么丰盛、这么美味！啊，幸福！

吃饭总是比做饭来得快，骆静语吃了两碗米饭，连占喜都吃了一碗半。吃完后，她摸摸肚子，没控制住打了个饱嗝，小脸一红，发现骆静语在低头喝汤，心里才松了一口气。

这一晚上她已经出了好几次糗，再让他发现她出糗，她简直可以“谐星”出道了。

两个人都吃饱后，占喜收拾碗盘进厨房洗碗，骆静语在客厅继续装鞋柜。等到她洗好碗，他的鞋柜也装好了。

骆静语拉着鞋柜的翻板门给占喜演示，鞋柜分三层，有三块翻板，每一层都能放两排鞋。占喜啪啪鼓掌，夸得真情实感：“小鱼，你真的好厉害啊！让我来装的话，到天亮都装不完！”

骆静语被她夸得都不知该怎么反应，指指剩下的边柜，示意自己继续装。她走到他身边拉拉他的衣袖，他低头看她。

占喜看着他的眼睛，摇头说：“别弄了，今天太晚了，要不……你明天再来帮我装？”

说出这句话时，占喜觉得自己脸皮好厚，拉着人家忙了一晚上，又是装柜子又是做饭，连菜都是人家带来的，还顺走人家半只酱鸭，现在居然还敢明目张胆地要求第二天继续占便宜。

但她总觉得，小鱼会答应的。

果然，骆静语同意了。他点头后拿出手机打字：明天，我还做饭了，你想吃什么？

“啊……”占喜微微张嘴，立刻摇头，“不，不，不，不用做饭，我、我请你吃饭。”

骆静语拧了一下眉，把手机递过来：外卖？

见占喜的嘴角都耷拉下来了，骆静语笑得很开心，打下一行字给她看：真的，我做饭，你是鸡蛋老师啊，你想吃什么？白天告诉给我，我去买菜。

占喜脸都涨红了，感觉自己就像个地主婆，不仅拉免费小工来干活，还要小工贴钱买菜。

骆静语看着她纠结的表情，想拍拍她的头，让她别多心，但他还是忍住了，打字：时间很晚，我回家了。

“哦，好的，今天太谢谢你了。”占喜说得小声，嘴唇的幅度就动得小，骆静语没看懂唇语，歪了下头，露出疑惑的表情。

“我是说，今天谢谢你！”占喜大声地说完后，又加一句，“小鱼，和你见面，我很开心，真的很开心！”

骆静语看懂了，心脏又“扑通扑通”地跳起来，低头在手机上打字：我也很开心，非常开心了！

他用一个感叹号结尾，希望占喜能明白他难以言说的心情。

骆静语穿上外套、打开门准备离开，占喜把他的高压锅递给他，又想起什么，去茶几上拿来那碗没动过的草莓，不由分说地往他手里塞：“拿回家吃，明天再把碗还我。”

骆静语推不过，只好把草莓碗搁在高压锅上，右手握拳竖起大拇指，将大拇指弯了两下。

占喜学着他的动作，握拳弯弯大拇指，问：“这是‘谢谢’吗？”

骆静语抿着唇点点头，又做了一遍。

占喜好奇地问：“那‘不客气’怎么做？”

骆静语低头看看怀里的锅，脸上现出为难的神情。占喜明白了：“需要两只手一起？”

骆静语点点头。占喜笑着说：“没事，那你明天教我吧。”

不能再磨蹭了。骆静语心想：怎么站在门口聊起来了？他还抱着一口锅和一碗草莓，真是滑稽。

他没有对占喜比“再见”，一只手抱锅，一只手端碗，只用眼神温柔地望着她。

占喜倚着门框，对他挥挥手："小鱼，明天见。"

骆静语转身走向电梯，直到他进到轿厢转过身，看到占喜还站在那儿，对着他甜甜地笑。

这一晚，骆静语注定失眠。

他蹲在阳台上找出液体肥料，按照比例兑水后，把需要施肥的几盆花草浇了一遍，松松土，又挑出几盆顺眼的剪枝、浇水。

弄完后，他洗了个澡，看看时间，占喜应该已经睡了。

他端着那碗草莓窝到椅子上，近乎虔诚地打开微信，找到占喜的朋友圈，一边看，一边拿起一颗草莓咬进嘴里。

草莓好甜，汁水冰冰凉凉的，很新鲜。

而照片上的占喜笑得比草莓还甜。

她设置了朋友圈半年可见，骆静语拉到最底下，由远至近一条条地看过去。

最早一条是从六月中旬开始的，占喜还未大学毕业，和室友聚餐合影。那时候是夏天，她穿着一条白色无袖连衣裙，扎着马尾辫，胳膊细细的，整个人就像一支清新的白玉簪。

接着就是毕业典礼，占喜穿着学士服，抱着毕业证，和同学们拍下各种照片。还有毕业旅行，毕业聚餐，一群二十二三岁的男生、女生嘻嘻哈哈地凑在一起。她不会挤到中间，每次都微笑着站在边上，甚至是角落里，但骆静语还是能一眼就从人堆里把她找出来。

这些都是骆静语从未体验过的生活，虽然他并不后悔自己没上大学，但看到占喜和同学们在一起意气风发的样子，他心里还是会生出感慨。

他和鸡蛋老师之间的距离实在是好远。

占喜会在朋友圈分享生活，晒美食、晒电影票，甚至是拍下夏天的火烧云，有时也会转载文章，写下自己的评语。

后来，她就上班了，上班后朋友圈数量显而易见地变少。她晒过自己买的小猫杯子，是骆静语见过的那一只；也晒过公司楼下食堂的午餐，说肉饼蒸蛋好好吃；还吐槽过公司那么远，每天挤地铁都要挤掉一层皮。

九月时，她的公司组织活动，像是拓展训练。她穿着一身迷彩服，对着镜头比剪刀手，很是英姿飒爽。

但下一张照片她就很狼狈了，脸色惨白，五官扭曲，头发都湿答答地贴在额头上。骆静语看过文字才明白，她恐高，刚走完高空钢丝，半条命都吓没了。

国庆时，占喜似乎回了家，搂着一个笑呵呵的老太太合影，配的文字是：奶奶要长命百岁哦！

十一月十一日，是她的23岁生日，她没发自己的照片，只发了一张插着蜡烛的生日蛋糕，又是小猫图案，配文只有“加油”两个字，以感叹号结尾。

十二月，她已经穿上了羽绒服。就在上个星期日，她和两个女生去看电影、吃晚饭，三个人凑在一起玩自拍。骆静语认出那两个女生都是她的大学室友。

最后一条朋友圈就是昨天发的。

照片上的占喜苦着一张脸，大眼睛水汪汪的，鼻子红通通的，可怜巴巴地说“又感冒了”。

骆静语垂眸看着照片里的人，想到几个小时前，她就站在他面前，总是歪着头对他说话，对他笑，就连一屁股坐到地板上时的表情都那么可爱。

他的手伸到碗里，却什么都没摸着，扭头一看，原来草莓已经被他吃完了。

星期五早上，方旭来骆静语家拿做好了的圣诞饰品。

他发现骆小鱼同学似乎心情不错，没像平时那样对他不冷不热的，居然还给他泡了杯热茶。

方旭在椅子上坐下，看骆静语把几个大纸箱搬过来，每个纸箱上都贴着一张白纸，清楚地写明箱子里饰品的种类和数量。

“哎，鱼啊。”方旭叫了他一声。

骆静语刚巧低头，没反应。方旭跷起二郎腿摇头叹气，端起茶杯吹吹，抿了一口茶，自顾自地玩起手机。

经过三年合作，他们两个依旧不算朋友，这其中有骆静语耳聋、难以交流的原因，更多是因为在经营理念上，两个人时不时地会有分歧。

骆静语承认自己不懂做生意，生理原因导致他很难与人沟通，但是对待烫花艺术，他抱有百分之百的诚意、热情、尊重和近乎苛刻的自我要求。他不是完美主义者，当然知道什么样的价位配什么样的作品，所以更希望能做高端精品，能在技艺和理念上有所提升，而不是在数量上取胜。

但方旭不这么想，方旭说在国内，知道烫花这玩意儿的人都没几个，肯花大价钱来定制作品的客户少之又少，不如多做些价廉物美的小东西，质量不用太好，让更多人能买来玩玩、戴戴，骆静语做得轻松，钱赚得也快。

骆静语没办法用长篇大论去表达自己的想法，他说一句，方旭能回十句。

他承认，在和方旭合作前，他在烫花方面的事业开展得更加艰难。当时他还挂靠着老师，当老师开仓接收预订时，他会接到其中部分订单来做，不参与设计，不参与和客户的沟通，说白了就是个“枪手”。

当时的收入虽说也能维持生活，可骆静语想到未来，就还是想多赚点儿钱。接不到烫花订单时，他只能做些其他东西去卖，比如香薰蜡烛、手工香皂、热缩片做的首饰，等等。陈亮帮他在夜市卖，毛毛帮他在网店卖，七七八八加起来，也能赚点儿钱。

后来，他认识了方旭。方旭做过很多买卖，开着不止一家网店，看中他的烫花手艺，邀请他合作。

骆静语同意了。“小鱼鱼手作烫花”网店就此开了起来。方旭说取这个名字是因为这家店的核心其实是骆静语。

和方旭合作后，有一段时间骆静语非常满足，至少他能自己开仓接受预订了，能自己设计作品了，还有人帮他接单发货，收入也肉眼可见地多起来。

他很听方旭的话，设计各种花里胡哨的饰品，价格从一百多到大几百不等，开仓后每次预订量都很大，把他累得够呛。

他试着和方旭商量，能不能帮他接洽一些展览、秀场、高级成衣工作室的定制，就像他的老师那样，他有信心，以他的水平能做出来。

这种活儿不好接，要很努力地做营销。骆静语觉得按方旭的业务能力和人脉，是能想办法打开这个局面的。方旭倒也没拒绝，只说这样的机会可遇不可求，会帮他留意。可三年来，他一直没做过方旭谈下来的大件订单，倒是帮着老师参加过几次展览。

他的老师叫徐卿言，人在沪市，是一位四十多岁的优雅女士，在国内专门从事烫花艺术的从业者中，水平已是很高。她每年都去国外进修，在国内开班授徒，还出过书，出现在展览会场时，人人喊她徐老师。

骆静语很羡慕，在国内烫花界，他至今默默无闻。有人知道“小鱼鱼手作烫花”这家店，很多汉服娘都喜欢在那里买首饰，但她们联系的也是方旭，没人知道“骆静语”这个名字。

把所有箱子都整理好后，骆静语也在椅子上坐下，打字给方旭看：**你要不要数？**

方旭摆手：“不用，你从来没出过错，都装礼盒了，我还一个个打开看啊？”

骆静语点点头，又打字：**那棵樱花树，消息？**

方旭放下手机，咂巴一下嘴，摇头道：“我报价了，不过对方后来没联系我。”

骆静语：**你报价多少了？**

方旭一挑眉：“干什么呀？这么信不过我？我是多报了点儿，但绝对是在合理范围内。”

骆静语不太信，还是问：**多少？**

方旭说：“十八万！”

十八万，的确是在合理范围内，骆静语不再打字，心想这个订单大概率没戏。

他很沮丧，虽说做一棵樱花树并不高端，反而是一件苦差事，但在业内，还没听说过这样的订单，真要能接下，也算是增加了一份履历。

仔细想想，谁会花钱用纯手工的烫花工艺去做一棵树啊！假的仿真樱花树才卖几千块，而用烫花，不管是谁来做，肯定都要十几万，这性价比一对比，就会让人觉得客户莫不是个傻子。

方旭喝着茶，说："我觉得对方就是闹着玩儿的，随便来问问，你别放在心上。这种订单一做起来，别的东西都不用做了，哪有时间啊。"

骆静语看着他说完，沉着脸移开视线。

马上到年底，方旭想和骆静语聊一下新一年的计划，开仓接预订的次数和时间段怎么排，骆静语出门进修的时间大概在几月，还有能不能拓宽一下经营范围，等等。

两个人一个说话，一个用手机打字，一来一回没几分钟，当骆静语又一次打字问"你说什么？再说一次"后，方旭不耐烦了，挥着手说："哎，算了，算了，我还是回去和你在微信聊吧，你到底会不会读唇啊？"

骆静语抿着唇，一双眼睛暗沉沉的，心里很不好受。

读唇本就没那么神奇，常人说话的语序和书面又不太一样，骆静语会拼音，对于简短的、清晰的唇语能抓住关键词理解意思。句子一长，词语一多，尤其是那种抽象的形容词、成语，或者字形、意义不同的同音词，他词汇量没那么大，很难通过嘴唇的变化来看懂。

方旭也是哭笑不得，他刚才就一个话题问了一句："你是金鱼吗？我上次不是和你说过这件事情？"

骆静语傻乎乎地打字回答：鲸鱼？我的网名是这个意思了，什么关系？

方旭笑得拍大腿，眼泪都要笑出来，说："骆小鱼，你真是个活宝啊！"

很可惜，骆静语也没懂什么是"huo bao"，他想到的词语是"火爆"，这个词语好像是形容脾气的。他没明白，觉得自己脾气很好，一点儿也不火爆。

两个人鸡同鸭讲，难以交流，方旭便没多待，带上所有箱子离开了骆静语家。

家里又只剩下骆静语一个人。

这些年，大多数时候他都是一个人待着，待在一个永远安静无声的世界里，早就习惯了。

原本因为鸡蛋老师而形成的好心情，在和方旭见面后，很轻易地被破坏了。骆静语在椅子上呆呆地坐了一会儿，看到工作台上那只被洗净的空碗，心里想到那个人，眼睛弯了一下，接着就拿起手机给她发微信消息。

好大一头鱼：鸡蛋老师，中午好，晚上你想过了吃什么？

对方很快就回了。

鸡蛋布丁：我仔细想了一下，决定把菜单的决定权交给你，这样就会有惊喜，你做什么我吃什么。

好大一头鱼：那么你有不喜欢吃什么？

鸡蛋布丁：我不爱吃河虾，还有刺很多的河鱼。

好大一头鱼：那么你最喜欢吃什么？

鸡蛋布丁：鸡蛋！

好大一头鱼：可是你的家里没有一个鸡蛋！

鸡蛋布丁：哎呀，鸡蛋哪里没得吃啊？小卖部都有茶叶蛋卖呢。

她说得也有道理啊……骆静语笑起来。

好大一头鱼：我知道了，你下班几点钟？

鸡蛋布丁：五点半，六点前肯定到家，我到家了在微信上叫你哈。

好大一头鱼：好的，晚上见。

想到晚上能见到鸡蛋老师，给她做饭，和她一起吃饭，还能帮她装柜子，骆静语的心情又好了起来。

他想，那个柜子好像比鞋柜大，是不是可以装得更久？他要不要故意装慢点儿，这样就能和鸡蛋老师多待一会儿。但也就是想想而已，他很快就否决了这个念头，觉得自己太坏了，鸡蛋老师这么信任他，他怎么能这样欺骗她。

下午，骆静语去超市买菜，买来春笋和一块夹心肉，回家后，他开工剁肉饼。他没买现成的、机器绞的肉饼，因为手工剁的会更好吃。

肉饼蒸蛋这道菜是骆明松的拿手菜，做得和别人家的略微不一样，会在肉饼里加进春笋丁和虾泥。幸好骆静语问过鸡蛋老师，她不爱吃河虾，要不然他就要按照家里的配方买虾了。

正专心剁肉时，厨房里的小灯泡亮了。骆静语看到后去开门，先从猫眼里往外看，没有人，正疑惑，大门上方的小灯泡又亮起来。

骆静语直接打开门，一个小小的人影突然从门后蹦出来。他看着对方张着嘴哇哇说话的样子，也不会被声音吓到，只是呆了一下，抬手指指对方，右手在空中画了个问号。

来的人是顾心驰——那个住在 1501 室的 10 岁小男孩儿。

顾心驰背着鼓鼓囊囊的书包，仰头看向骆静语，大声地说：“小鱼哥哥，我爸爸出差了，妈妈晚上加班，她让我去外婆家吃饭，我不想去，和她说我来你这儿吃饭，可以吗？”

小男孩儿口齿清晰，说的每一句话骆静语都能看懂。而且，他也不是第一次来这里蹭饭，只是……骆静语叹口气，拍了下他的小脑袋，侧过身让他进门。

六点，占喜家的门被敲响了，她雀跃地跑去开门，门一打开，惊讶地发现骆静语居然带来一个小男孩儿。

“你是……”占喜不记得小男孩儿的名字，不过他长得挺漂亮，她对这张小脸还是有印象的。

“占姐姐！”顾心驰好激动，“好棒啊！原来是到你家来吃饭啊！”

“啊？”占喜征询般的眼神看向骆静语。

骆静语无奈地笑笑，捉着顾心驰的脑袋让他转向自己，先指他，再指自己的嘴巴，最后指向占喜。

顾心驰立刻就明白了，又一次自我介绍，再把为什么会跟来吃饭的原因竹筒倒豆子似的说了一遍。

占喜连忙让他俩进屋，骆静语很体贴，还带来了顾心驰的拖鞋。

顾心驰丢下书包，注意力被餐桌上的玻璃瓶吸引：“咦，这是鲜花还是烫花呀？”他用手摸摸花瓣，回头问占喜，“占姐姐，这是小鱼哥哥做的，对吗？”

占喜笑着说：“是啊，是他送给我的。”

顾心驰噘噘嘴：“为什么他不肯送给我啊？我也想送朵烫花给莫雨萱，小鱼哥哥就是不帮我做，真小气！”

骆静语在低头换鞋，没看到他说话。占喜拉拉他的袖子，与他对视后问：“你为什么不帮小驰做花呀？”

骆静语的眼睛微微眯起来，看向桌上那朵花，抿着唇笑了下，打了句手语，右手拇指和食指捏成一个小圆圈，另外三指弯曲至掌心，整只手上下轻微地晃动几下。

占喜问：“这是什么意思？”

骆静语打字给她看：很多钱。

占喜“噗”的一声笑出来，学着他的动作也做了一遍，他对她竖起大拇指。

占喜很开心：“我又学会一句手语，这个好，很多钱！”

一大一小两个男人进屋，因为不出门，骆静语穿着一身藏青色运动服，还提来一个环保袋。占喜知道，他肯定又准备了很多菜。

顾心驰是个爱学习的小朋友，到骆静语家后就一直在做作业，这时候又趴到餐桌上继续奋斗。

骆静语和占喜也不管他，两个人一同进厨房。骆静语洗过手后很自觉地套上围裙，碰碰占喜的手臂，人已经背对着她站好。她忍着笑帮他系上绳子，他便开工做饭。

这一天，占喜准备了一些水果招待骆静语，有车厘子、砂糖橘和橙子。她洗出一碗车厘子放到餐桌上，让顾心驰吃，又拿着一个橙子进厨房，拍拍骆静语的背。等他转身后，比画着切东西的手势，问："你喜欢切片还是榨汁？"

骆静语对着橙子眨眨眼睛，做了两个手势。第一个是双手五指微屈，指尖相对，手掌朝下，从上往下比画了一个圆；第二个就简单了，右手五指朝上，拇指不动，其余四指弯曲两下。

占喜看得非常仔细，看完后说："你先别告诉我！让我猜猜。"

骆静语微笑着点点头。占喜放下橙子，一边回想那两个手势，一边自己也做了一遍。这么猜其实很难，但她能猜到以小鱼的性格会给出什么样的答案，大着胆子说："都可以？"

"啪——"骆静语拍一下手，指着占喜，又一次竖起大拇指。

"我答对了？"占喜真的很高兴，五指朝上，拇指不动，其余四指弯曲几下后，问，"这是'可以'吗？"

骆静语点头，又将右手五指撮合抵住前额，接着向占喜转动，边转边放开五指，最后再指一下占喜。

占喜问："是夸我聪明吗？"

天啊！骆静语简直要被鸡蛋老师聪明的头脑折服，笑得露出一排大白牙，重重地点头，不忘竖起大拇指。

占喜笑得比他还灿烂，乐呵呵地拿起橙子说："那我给你榨汁，我有榨汁机！"

骆静语在厨房做饭，占喜在客厅榨汁，榨完后她坐到顾心驰身边，拿过小朋友的作业本看。小侄子威威才上一年级，课本和作业实在太简单，四年级的顾心驰就不一样了，还有英语作业，数学也难了不少。

顾心驰见占喜在翻自己的作业本，赶紧摊开一份英语卷子问她："占姐姐，这道题选什么呀？我刚才问小鱼哥哥，他都不会。"

占喜想到小鱼稀烂的语文水平，失笑："你问小鱼哥哥啊？他的耳朵听不见，语文都不好，英语估计也不行，你这不是在欺负他吗？"

顾心驰被扣了这么一口锅，很慌张："我没有欺负他呀！"

"和你小鱼哥哥相处，你要学会体谅他的难处。"占喜托着下巴看顾心驰，"来，哪道题？我给你讲。"

顾心驰把题目指给占喜看，似懂非懂地问："占姐姐，你是小鱼哥哥的女朋友吗？"

"哈，不是啊。"占喜笑着问，"为什么这么问？"

顾心驰说："那他为什么要到你这里来做饭啊？他下午在家准备晚上的菜，剁肉饼都剁了很久，'咚咚咚'的，像拆房子那样响！我都快饿死了他还不做饭，他和我说要到八楼来做饭。"

占喜怔怔地说不出话来，视线望向厨房，看着那个男人的背影，回答顾心驰："我们昨天约好了呀，他是来帮我装柜子的。"

"哦。"小朋友到底是小朋友，很快就不在意，还羞答答地对占喜说，"占姐姐，你真的好漂亮，有没有人夸过你漂亮啊？你比我的美术老师都好看，我的美术老师已经是我们年级最好看的老师了！"

"有没有这么夸张啊？"占喜揉揉他的头，"快做作业，一会儿就要吃饭了。"

骆静语下午就把所有配菜准备好了，做菜便快了很多。半个多小时后，三菜一汤摆上了餐桌——肉饼蒸蛋、黄瓜炒鸡脯肉、火腿丁煮甜豆、菌菇排骨汤。

占喜和顾心驰并肩坐着，一同咽口水。骆静语看着他们的馋样，手指轻抚过占喜的毛衣袖子。她抬头看他，他做了个盛饭、吃饭的手势。

顾心驰跳起来："我去盛饭！"

占喜没阻止，自己去倒鲜榨橙汁。

三个杯子放上桌后，顾心驰看着自己面前的一次性纸杯，又看看占喜和骆静语的杯子，傻眼了，问："为什么我用纸杯啊？为什么小鱼哥哥有马克杯啊？"

占喜顿时有些不自在。她买牙膏时送了两个杯子，一个她拿来刷牙，多出来的另一个是她之前就准备好给骆静语用的。

骆静语看着面前的白色马克杯，杯子很普通，杯身上还印着牙膏品牌的商标，见顾心驰一脸不高兴，便拿起杯子要和他交换。

占喜："？"

她挡住他的手。

骆静语抬头看她。

占喜说："小孩子喝太多饮料不好，会蛀牙，纸杯足够了，这杯是你的。以后……你认着这个杯子，我们家习惯了杯子不混用。"

顾心驰一脸蒙："这不是鲜榨的橙汁吗，还会蛀牙啊？"

占喜瞪他："鲜榨的也含糖呀。"

骆静语没心思去管他们的对话了，右手握住杯把，左手手掌抵住杯身，恨不得再也不放开这个杯子。

这顿饭因为有顾心驰在，吃得很热闹。他叽叽喳喳地和占喜说学校里的事，两个人居然挺聊得来。骆静语坐在他们对面，可以看到他们的正脸，漫不经心地“听”一句是一句。

端碗吃饭时不方便用手机，他从头到尾都没“说话”，就安静地吃，安静地“听”。

占喜已经对骆静语的厨艺佩服得五体投地，尤其是那碗肉饼蒸蛋，比公司食堂做得鲜美多了。肉饼里还有笋丁，咬着又香又有嚼劲，铺在上面的鸡蛋浸着肉香。占喜吃了两个蛋，顾心驰吃了一个，两人又抢着用肉汁拌饭。骆静语喝一口橙汁，低着头默默地笑。

吃完饭，占喜洗完碗，顾心驰不想再做作业，占喜便把自己的平板给他玩。他捧着一碗车厘子在沙发上看《哪吒》电影，她就陪在骆静语身边，盘腿坐在地板上，看对方装柜子。

他动手做事时的样子很有魅力，神情专注，胸有成竹，那双漂亮的手就像有魔力，什么都会！他有时候翻一下说明书，偶尔又会望向占喜，发现她也在看他。

每当这时，骆静语的唇边就会漾开笑。占喜也笑，两个人就跟傻子似的一起笑，静默无声，气氛却一点儿也不尴尬。

安装到一半时，骆静语对占喜比了个喝水的动作，她立刻帮他倒来一杯水，用他的那只白色马克杯。

骆静语弯弯大拇指对她“说”谢谢。

占喜问：“你还没告诉我，‘不客气’怎么做呢。”

骆静语把杯子递给她，右手左右摆动一下，是所有人都知道的“不”，接着他双手并排，掌心向上，两只手都左右微动几下。

占喜问：“这就是‘不客气’？”

骆静语点头，又接过她手里的杯子继续喝水。

占喜自己学着做了一下，先做“谢谢”，再做“不客气”。骆静语看着她的动作，竖起大拇指表示“很棒”，又做了个“聪明”的手语。

占喜觉得自己脸都红了，捂着嘴“哧哧哧”地笑出声来。

不知为何，她的笑容竟让骆静语想到方旭。早上，方旭也曾笑得这么开心。

在骆静语仅有的几个健听人朋友里，从没有哪一个提出过想要学习手语。方旭没有，徐卿言没有，连好奇心最旺盛的小朋友顾心驰也没有。骆静语不知道占喜是出于什么心理，也不知道自己哪里来的勇气，居然敢一而再，再而三地对她比手语。

他渐渐收起笑意，搁下杯子，拿出手机打下一行字给占喜看：你和我一起，会不会觉得烦我？如果你不想要知道手语，我可以打字。

占喜看完后，错愕地看着他，不明白他为什么突然会有这样的想法。

骆静语收回手机，眼睛垂了好一会儿，才重新抬头看向占喜，一双眼睛已不似之前那般明亮。

占喜早就在等他抬头，她开口说话，却没出声，因为不想让沙发上的小朋友听见，只要骆静语能看懂就行："小鱼，我从来不觉得烦你，对手语也很感兴趣。我想要和你更好地聊天，想要更多地了解你。所以，我一定能学会手语，就是需要花点儿时间，我可是聪明的鸡蛋老师。"

他们离得很近，并肩而坐。

占喜能清晰地闻到骆静语身上那抹凉中带苦的草木香，是他特有的气息。她已经习惯了，只要不使劲地闻，就不会打喷嚏。

在客厅中间，板材、螺丝和工具摊了一地，柜子的框架已经搭起一半，顾心驰在不远处的沙发上看电影。

骆静语与占喜的视线相交，他不知道她用的是气声，看懂她的话后，心里一阵慌乱，不由得转头望向沙发，怕小男孩儿听见。

其实她也没说什么见不得人的话，但骆静语就是紧张，还很费解，大概是因为那句"想要更多地了解你"。

他想，他这个人有什么可了解的？文化低，脑子又笨，耳朵听不见，不会说话，连聊天打字都不通顺。鸡蛋老师这么优秀，为什么要浪费时间去学手语，去了解他啊？

占喜看出他神色间的不自然，不再多说，只是微笑，拿起他的杯子放回厨房。

骆静语强迫自己不要再胡思乱想，继续低头装起柜子来。

晚上九点，边柜装好了，骆静语和占喜一起将之抬到客厅的白墙边。占喜打开柜门往里看，开心地说："很多零碎的东西都可以放进去啦，还可以放零食。"

骆静语没看清她的唇形，不过看她的表情似乎很满意，便放了心。只是，柜子装完，他和顾心驰也该走了。

顾心驰的电话手表接到他母亲的电话，说再过十分钟就到家。小男孩儿爬下沙发，整理好书包背上。骆静语换好鞋，一高一矮的两个人站在门口和占喜道别。

骆静语纠结好久，还是给她打字：明天你是放假？

占喜看过后挠挠头发，回答："是的，不过我明天有事情，要出门。"

她没说具体的理由，骆静语也不好意思问。

见他似乎有点儿失望，占喜开口道："后天……"

骆静语打字：后天，我要回去爸爸妈妈家。

"哦……"占喜点头。好奇怪，她居然也感到失望了。

骆静语又打字：后天，你吃饭？

"哈？"占喜想，自己到底给他留下了怎样四体不勤的印象啊！赶紧说，"后天我会自己做饭的！不吃外卖，我保证。”

骆静语的眼睛里浮上笑意，打字：你会做什么？

“番茄炒蛋。”占喜也笑起来，“还可以蒸酱鸭，你不是送给我半只酱鸭吗。”

说完，她两只手叠在嘴前，学鸭子叫的样子：“嘎嘎——”

骆静语看懂了，笑得更开怀，低头打字：那么我上楼了。

“好。哦，对了。”占喜又想起一件事情，去冰箱里捧出一盒车厘子，塞给骆静语，“今天你都没吃，拿回去吃吧，本来就是买给你的，刚才那碗都被小驰吃完了。”

一直等在边上的顾心驰：“？”

骆静语好难为情，昨天拿了一碗草莓，这天又拿一盒车厘子，感觉自己总占鸡蛋老师的便宜。占喜却对他弯弯拇指：“谢谢你请我吃饭、帮我装柜子。你拿着，要不然我会不好意思。”

还没等骆静语想好要怎么回答，顾心驰的电话手表又响了。他拉拉骆静语的衣摆，抬起手腕给他看：“小鱼哥哥，我妈妈到家了。”

“你们赶紧上楼吧。”占喜说，“小朋友要早点儿睡觉。”

骆静语无奈，只能捧着车厘子和顾心驰一起离开。小男孩儿向着占喜挥手：“占姐姐再见，下次你到我家来吃饭啊！”

“好啊，再见。”占喜也冲他们挥挥手。

电梯里，骆静语发了会儿愣，单手捧住水果盒，另一只手在手机上打字，犹豫之后还是拿给顾心驰看：她的声音好听吗？

顾心驰愣了一下，仰起脑袋看着骆静语的眼睛回答：“好听啊，好听极了！就跟小鸟儿唱歌一样。”

骆静语不知道小鸟儿唱歌是什么声音，所有的拟声词对他来说都只是枯燥的文字，“叽叽叽”和“嘎嘎嘎”并没有什么区别。他觉得自己没猜错，鸡蛋老师的声音肯定很好听，是温柔的、甜美的，像涓涓细流，似暖暖春风……书上都这么写。

顾心驰又拉拉他的衣摆。

骆静语低头看他，小男孩儿一本正经地问：“小鱼哥哥，你是不是喜欢占姐姐啊？”

骆静语大惊失色，差点儿崩溃，被骆晓梅看出心事也就算了，怎么连一个 10 岁的孩子都能看出来？那占喜呢，占喜也能看出来吗？

他摇了好几下手，表情严肃地否认。顾心驰问：“那你为什么要问她的声音好不好听？你怎么不问问我的声音好不好听？咱们都认识两年了。”

骆静语感觉脑袋疼，皱着眉给他打字：你会变声。

顾心驰如遭雷击。他的声音还是脆脆的，不过他学过生理卫生课，知道男孩子十几岁时会变声，顿时愁眉苦脸："我的声音会不会变得很难听啊？我爸爸的声音就很难听，是哑的！"

这个话题骆静语不懂，抬头看向显示屏，十五楼到了。

顾心驰回了家，骆静语抱着水果盒进家门，把盒子放到工作台上，打开一看，还有满满大半盒的车厘子，一颗颗紫得发光，看起来就很好吃。他拿起一颗，也不洗，直接吃进嘴里。

真甜，和草莓一样甜，和橙子一样甜，他从没吃过这么甜的水果。

兜里的手机突然振动起来，骆静语拿出来看，居然是占喜的微信消息。

鸡蛋布丁：小鱼，刚才没和你细说，因为说起来会很长，怕你看不清。今天我嫂子和我说，她明天下午要去单位开会，但我小侄子要去少年宫上课，没人接了，所以拜托我中午过去交接班，我要等我小侄子下课后再送他回家，吃完晚饭才回来。

鸡蛋布丁：而且，我搬过来之后两个星期没去我哥家了，我哥挺担心我的，叫我回去吃顿饭，可能也想问问我一个人住感觉怎么样吧。

看完两段消息后，骆静语发现自己笑了，也不知道在笑什么。

他回复占喜。

好大一头鱼：我一样了，我每个星期日回去爸爸妈妈家，因为我的姐姐姐夫工作平时忙，星期日是他们回家吃饭。

鸡蛋布丁：你爸爸妈妈家住在哪里啊？

好大一头鱼：城北，九塘。

鸡蛋布丁：哦，哦，我知道，我上个月考试去过那里，挺远的。

骆静语在椅子上坐下，心里想到一件记挂好几天的事情。

好大一头鱼：鸡蛋老师，我想要提问一个问题，可以吗？

鸡蛋布丁：可以啊，你问。

好大一头鱼：你是为什么认出我？

占喜此时躺在沙发上，看到这个问题后，害羞地捂住了脸。

哎呀……怎么办呀，要和他说实话吗？

他会不会觉得她是个变态啊？

鸡蛋布丁：你猜猜。

好大一头鱼：方旭告诉给你？

鸡蛋布丁：不是！我和他后来没联系过，我都没加过他的微信。

好大一头鱼：你查单位监控？

鸡蛋布丁：什么意思？什么监控？

好大一头鱼：蛋糕，我送了。

鸡蛋布丁：？？？

鸡蛋布丁：是你自己跑过来送的蛋糕？

好大一头鱼：是的。

鸡蛋布丁：天啊！我怎么可能去查监控啊！我怎么可能会猜到是你自己来送啊！

好大一头鱼：我猜不出了。

鸡蛋布丁：告诉你吧，上个星期六晚上，我不是去丰林夜市了吗，我看到你了。

好大一头鱼：为什么认出了？我们是见面过？

鸡蛋布丁：当时你在编红绳，我认出你的手了。平时在楼道里我们见过几次，你可能没印象，但是我认得出你。

好大一头鱼：……

骆静语呆滞地摊开双手，又一次手心手背地看，千算万算，打死他都想不到会被自己的一双手出卖。

不过，这件悬案总算告破。鸡蛋老师太聪明了，他真的无话可说。

占喜又发过来了。

鸡蛋布丁：小鱼，这两天真的很谢谢你，耽误你两个晚上帮我装柜子，这要是算工时费，可要不少钱啊。

好大一头鱼：我免费了，我是大方的鱼！

鸡蛋布丁：还有，你做的菜真的超级好吃！呜呜呜，以后叫我怎么吃外卖啦！

骆静语大着胆子发出一句话。

好大一头鱼：你要不要一起吃饭？我一个人，每天做饭了。

鸡蛋布丁：不用啦，和你开玩笑的，我要开始学做饭了！

鸡蛋布丁：先不聊了，我把客厅卫生搞一下，再去洗澡，你也早点儿休息吧。

她没有答应。

骆静语觉得很正常，鸡蛋老师不是那种随便的女孩子，只是心里多少有点儿失望。

好大一头鱼：好的，鸡蛋老师，晚安。

鸡蛋布丁：你可以不用叫我鸡蛋老师啦，我都比你小，叫我占喜吧，或者欢欢，都可以。

好大一头鱼：欢欢？

鸡蛋布丁：是我小名，家里人都叫我欢欢。

好大一头鱼：我可以也这样叫吗？

鸡蛋布丁：当然可以啦！为什么不能叫啊？

好大一头鱼：好的，欢欢，晚安，做个好梦。

鸡蛋布丁：晚安，小鱼。

欢欢……

骆静语把这段聊天又回味了一遍，才依依不舍地放下手机。

装柜子出了一身汗，他打算先洗个澡。拿好换洗衣服进卫生间，他脱掉上衣，转头时看到镜子里的自己。

和顾心驰不一样，他已经是个大人了，有着修长的身形、宽阔的肩膀和紧实的肌肉，所有男孩子该发育的部位早就发育完毕。

他也经历过变声期。

应该是十四五岁的时候，伴随着各种青春期该有的变化，骆静语长出了小胡子，喉结也长出来，在脖子上很明显地突起。

班里的男生都一样，陈亮那时候老咳嗽，嗓子不舒服就使劲咳。有个老师是健听人，进他们班上课时打手语说：“拜托你们小点儿声，说是聋人，比隔壁盲生班都要吵，我耳朵都要被你们震聋了。”

骆静语忘了那时的自己有没有出声，应该是有的吧，咳嗽、打喷嚏、打哈欠、疼痛、受惊、紧张、愤怒、高兴……当情绪出现起伏时，他们都会控制不住声带振动。

在家里、在学校，身边都是聋人，他并不在意这件事情，懵懵懂懂地就从一个小男孩儿长成了一个大人。

他不知道自己的声音是什么样的，小哲听到过，说还行，不难听。

但因为他这辈子从没说过一句话甚至是一个词，所以仅仅是音色，他觉得小哲的判断应该很片面。

对着镜子，骆静语的手指抵到自己的喉咙上，微微张嘴，振动声带发出声音。指尖清晰地感觉到喉结的变化，感觉到那种轻微的颤动感。

一声、两声、三声……骆静语调整着口型，尝试发出不同的音节。他很紧张，不知道自己的音量会不会很大，会不会吵到邻居。

以前住在福利工厂宿舍，小哲的爸爸就因为听不见又爱大声喊叫而被别人上门骂，小哲还因此和对方打了一架。

发声几次后，骆静语闭上嘴，感觉很没劲。

他永远听不见自己的声音，这没什么，他早就接受了。只是在刚才，占喜微笑着对他说话时，他心里第一次生出一个念头，那就是，他真的非常、非常、非常渴望能听到她的声音。

Chapter 05

圣诞礼物

钱塘市少年宫在市中心，分两部分。

一半是游乐场，游艺设施很幼稚，适合低年龄段的小朋友玩耍，是顾心驰都看不上的那种。另一半是教育局办的课外兴趣班，课程众多。一到双休日，少年宫里都是带着小朋友的家长，吵吵嚷嚷，热闹非凡。

占喜裹着羽绒服坐在教学楼外的长凳上晒太阳。她感到庆幸，这次感冒比上次好得快，三四天下来已经没有症状。

离占凯威下课还有很久，占喜玩了一会儿手机后，情不自禁地打开微信，想问问小鱼在干吗。又一想，小鱼白天工作很忙，不能老去打扰他，再说了，为什么老和小鱼聊天啊？没别的朋友了吗？

转过念头，占喜就拨通了罗欣然的电话。

电话响过很久才被接起，耳边传来一个略带沙哑的男声："喂，占喜啊？罗欣然在洗澡。"

占喜大惊："皮皮虾？怎么是你啊？"

"怎么不能是我？"皮皮虾没好气儿，"我不管罗欣然是怎么和你们说的，我郑重地声明，我和她没分手！"

"哦，那我一会儿……"占喜还没说完，那边的声音就换了。

"起开！瞎接我电话。"罗欣然接过电话，"嗨，小喜儿，找我啊？"

"啊……"占喜还没反应过来，"你和'皮皮虾'是怎么回事啊？"

罗欣然哈哈大笑："没什么，看他可怜，再陪他玩玩。"

占喜听到“皮皮虾”的怒吼：“滚！”

罗欣然又问：“找我什么事情啊？”

“没事，等我侄子下课呢，太无聊了，找你聊聊天。”占喜说，“你要是忙就算了。”

罗欣然笑道：“我不忙啊，最有空的就是我啦。”

占喜说：“哎，欣然，告诉你一件事情，前几天就想和你说了，我终于见到电梯里那个穿黑衣服男生的脸啦！”

“哦？帅吗？”罗欣然很八卦。

占喜想到小鱼的样子，“嘿嘿嘿”地笑：“帅，特别帅。”

“哟！”罗欣然问，“你那天那条朋友圈是对着他发的吧？”

占喜：“……”

啊啊啊！罗欣然好讨厌啊，连这种事情都能被她猜着！

见占喜没吭声，罗欣然兴奋了：“哎哟喂！占小喜，你不对劲啊，是不是看上人家啦？”

“没有！”占喜矢口否认，“说出来你可能不信，我和他之前就认识呢，不过没见过面，只在微信聊。”

“网友啊？”罗欣然好惊讶，“这么有缘？又是帅哥，你赶紧上啊！他是做什么的呀？”

“他……”占喜想，小鱼是做什么的？

打工的呗，一个民间手工艺人，还是超冷门的行业。

她回答：“和你一样，自由职业者，不过上面有个老板，他是给人打工的。”

罗欣然“啧啧”感叹：“那我劝你还是死了这条心吧，你妈是不会同意的。”

占喜大叫：“我说了我和他没怎么样！”

罗欣然不以为然：“没怎么样你特地打电话给我说这件事情？你相亲三回，有哪回和我说过男的是什么样？”

占喜答不上来了，她打这个电话，的确就是想和罗欣然说说小鱼。

她硬生生地止住这个话题，又和罗欣然聊了几句，便挂掉电话。

她又想起小鱼，想起他身上清冽的草木味，想起他漂亮的手，想起他笑起来时弧度优美的嘴角，想起他害羞时泛红的耳朵尖，想起他始终安安静静的样子。

他的眼睛温柔幽深，看着她时，眼神总是很专注，微微拧着眉，因为要看清她的唇语。

罗欣然说她“看上了”小鱼，她心里一阵乱跳。她想，哪里有嘛，她和小鱼认识只有二十多天，见面才三次，怎么可能会有这种想法？

再说了，小鱼的耳朵听不见，一点儿也听不见。

占喜确定自己不讨厌小鱼，和他在一起时还感觉特别舒心，但是，这不代表她有勇气去喜欢小鱼。

她从没和听障人群接触过，小鱼是第一个。她没有经验，不知道和小鱼交往时需要注意些什么，她做的一切都是发自本能，没有勉强过自己。她是真心把小鱼当朋友看待的——一个很好很好的朋友。

她想，未来的岁月里，和小鱼在一起的那个女生一定是非常勇敢、非常坚韧，不会惧怕来自各方面的压力和质疑，性格上至少要像罗欣然那样“天大地大，老子最大”。

而占喜觉得，她自己不行。

周末两天，占喜和骆静语如计划的那般，各有安排。

占喜说到做到，星期日真的在家做了两顿饭，番茄炒蛋、黄瓜炒蛋、榨菜蛋花汤……唯一的荤菜就是酱鸭。

只是，蒸酱鸭时她是用炒锅盛水搁蒸架，蒸完后发现鸭子老得咬不动，一点儿也不像骆静语蒸出来的那么酥软可口。她很疑惑地给骆静语发微信消息，问他为什么明明是同一只鸭子，她会蒸不好。

骆静语很快就回复了。

好大一头鱼：这是老鸭，要用高压锅，普通锅子要很久时间了，如果嫩鸭可以普通锅子。嫩鸭多骚味，老鸭好吃。

鸡蛋布丁：那我怎么办啊，继续蒸吗？

好大一头鱼：你试试蒸多时间，不好吃丢掉，我今天爸爸妈妈家回来，再给你两只了。

鸡蛋布丁：不用，不用，不用！不用再给我带了，真的！

好大一头鱼：没关系，我的爸爸鸭子做多，挂很多，吃不完。

鸡蛋布丁：小鱼，呜呜呜……

好大一头鱼：欢欢别哭。

晚上，骆静语从父母家回来，真的给占喜带来两只酱老鸭，还有一盒素烧鹅。他打字说素烧鹅是他母亲做的，也很好吃。

占喜收得胆战心惊，觉得和小鱼认识以来，她就一直在收他的礼物，每一样不是他做的，就是他父母做的，都特别用心，她却没什么可以回赠。

再过三天就是圣诞节，后面还有元旦。

占喜想，她得好好为小鱼挑一份圣诞礼物，要不然，一直吃他的、拿他的，她真的过意不去。

星期一午休时，占喜在思考该给小鱼买什么礼物，她的手机响了，居然是池江先生的助理董承打来的。

“占小姐，你好，是林岩把你的手机号码给我的。”董承在电话里说，“是这样，占小姐，你给我的那家烫花工作室的联系人，我联系过了，不过还没最后敲定。我发现，那位方先生并不是做烫花的老师本人，而池江先生这边有些事项需要和老师本人沟通。我就向方先生提出想和老师通个电话，但他拒绝了，说老师不方便通电话。我这边就……挺被动的。后来我想，你和那位老师好像有直接联系，所以就冒昧地给你打电话，不知道你方不方便把老师的联系方式给我？”

占喜听得很清楚，心里却为难，说：“董先生，我的确有老师的直接联系方式，但是方先生不给你电话，我是知道原因的。那位老师的确不方便通电话，而且也不方便用文字聊天，情况真的……有点儿复杂，倒也不是故意不给你。”

董承不解地问：“能告诉我原因吗？我得汇报给池江先生啊，这样子大家可能都没法合作了，我们真的只是想和老师本人简单地进行沟通，确认一些事情。”

啊，生意可能要黄！

想到这一层，占喜也不管了：“是这样的董先生，那位老师他……嗯……耳朵听不见，不能说话，然后吧，他打字聊天也……不太好。当然，这完全不影响他做烫花的水平，他好厉害好厉害的！”

董承恍然大悟：“原来如此，不过这并不是什么问题。占小姐，你能帮我问问那位老师是否可以见面沟通吗？他是用手语交流吗？我这边可以请一位手语翻译。”

见面沟通啊……占喜想了想，这个问题应该不用通过方旭吧？她可以直接去问小鱼，便说：“我去问问他，稍后给你回复吧。”

骆静语收到占喜发来的一条微信消息，好长一段文字，吓了一跳，以为她碰到了什么事情。等他仔细看过，终于了解了事情的前因后果。

鸡蛋布丁：小鱼，对不起，没经过你的允许，我把你的情况告诉董助理了。我是考虑到，如果不说，这单生意可能就做不成，但我没说你的名字，你会不会生气啊？

骆静语当然不会生占喜的气，倒是方旭从没对他提过这件事情，令他很介意。他的确无法和客户通电话，方旭拒绝对方，本也无可指责，但总得和他说一声吧！要不是对方联系到占喜，他岂不是一直被蒙在鼓里？

好大一头鱼：不会，没关系，我懂。

鸡蛋布丁：那你打算去和他们见面吗？

骆静语认真地思考了一会儿。

好大一头鱼：欢欢，你觉得，我去吗？

鸡蛋布丁：要我说的话，当然要去啊！我感觉他们挺有诚意的，你老板跟你说过没有啊？池江先生想要你做什么作品，你知道吗？

好大一头鱼：方旭是告诉我过一个客户，我不知道那是不是，如果是，生意很大了。

鸡蛋布丁：你要不要去问问方旭？

好大一头鱼：不要。

鸡蛋布丁：那我怎么回复董助理？

好大一头鱼：帮忙我，约见面，时间地方我全部可以了。

鸡蛋布丁：你哪个时间都可以，地点也是，全由他们定，是这个意思吗？

好大一头鱼：是的。

鸡蛋布丁：好，我去约。那你需要手语翻译吗？董助理说他可以请一位。

好大一头鱼：不用，我可以找到一个。

鸡蛋布丁：你自己带手语翻译？

好大一头鱼：对。

鸡蛋布丁：我明白了，那我去和董助理联系，你等我消息。

好大一头鱼：好的，欢欢，谢谢你。

占喜帮骆静语跟董承约时间，按照池江先生的工作安排，最终定在星期三下午两点，地点是市中心的一家中式茶楼。

想到骆静语那句斩钉截铁的“不要”，占喜特地叮嘱董承，这件事情不要对方旭透露，董承应下，表示理解。

占喜其实不太懂骆静语和方旭之间的关系。方旭对她说过，小鱼是他工作室里一个文化不高的小伙计，那时候她和小鱼还不熟，这句话先入为主地将她误导，一直摆脱不掉小鱼是个打工仔的印象。

如今，他们认识近一个月，占喜越来越觉得，按照小鱼的专业水平，他和方旭不像是上下级关系。那他们到底是什么关系？她猜不出来，小鱼没对她提过，她也没机会问。

下班后，占喜心情很好地往青雀佳苑走，心里盘算着晚上吃什么。

想到自己对小鱼打下的包票，占喜首先排除叫外卖，决定还是老老实实地自己做饭。这种事情偷懒过一次就会一直偷懒，不多练练，厨艺怎么能进步呢？

于是，她去小菜场买了点儿菜，打算做一道可乐鸡翅，炒个青菜，再煮一碗番茄蛋花汤。有荤有素有汤，多么完美的晚餐。

结果，照着网上的菜谱做可乐鸡翅时，她就被第一道工序“腌制”难住了。她几乎没多想，就给骆静语发微信消息。

鸡蛋布丁：小鱼，做可乐鸡翅时，腌鸡翅要放多少盐、酱油和料酒啊？

好大一头鱼：？？？

好大一头鱼：可乐鸡翅不要腌了！直接煮，过水。

鸡蛋布丁：菜谱里说要腌制半个小时啊！

好大一头鱼：听我，不用。

占喜好发愁。

鸡蛋布丁：这菜还有不同的做法啊?

好大一头鱼：算了，你等等我。

鸡蛋布丁：?

没过几分钟，占喜家的门被敲响。她打开门就看到骆静语站在门外，一脸无奈地看着她，手里还提着一个很小的塑料袋。

占喜好尴尬啊，赶紧给他拿拖鞋，装好的鞋柜就在门边，骆静语穿过的那双蓝色拖鞋已经被她好好地摆在里面。

“你拿的什么呀？”占喜问。

骆静语打开袋子给她看，里面是一块生姜和几粒八角。他右手指指袋里的东西，又指指她，最后在空中画了个小问号。

占喜撇着嘴回答：“我这儿是没有。”

骆静语挑挑眉，一副“我就知道”的表情，熟门熟路地去了厨房。

占喜跟屁虫似的跟在他身边。骆静语看了台面上的食材，就知道占喜晚上想做什么。他拿出手机打字：我帮忙你做可乐鸡翅，你学习?

“好，好，好。”占喜连连点头，又拉拉他的袖子，待他转过头来，问，“你吃晚饭了吗?”

骆静语摇摇手，指指天花板，做了个切菜的动作。

“啊，你刚要准备做饭是吗？”占喜好难为情，双手合十道，“我又给你添麻烦了，真是对不起。”

骆静语又一次摇手，神情看着很轻松愉悦，一点儿也没有不高兴的样子。他怕占喜误会，还是拿出手机打字：我不饿，先帮忙你。

见他把手机塞回裤兜，占喜问：“这句话，手语怎么做？”

骆静语观察着她的表情，像是想要分辨她是认真的还是在开玩笑。占喜一直眨巴着眼睛看他，半晌，他缓缓地抬起右手，食指指向自己。

占喜说：“我。”

骆静语轻摇右手。占喜：“不。”

他将右手捂在胃部。占喜问：“饿？饿这么简单？”

其实没这么简单，还需要骆静语上身前倾，脸上要做出难受的表情，用来代表“饥饿”。

表情是手语里不可或缺的一部分，很多手势都要配合表情，甚至还需身体有一定幅度的摆动。比画到悲伤，表情就要悲伤；比画到高兴，表情就要高兴；比画到疑问，表情就要显出困惑……所以，听障人群打手语时，脸上的表情丰富多彩，可在健听人看来却更像是在挤眉弄眼，很搞怪。

在这方面，骆静语是个异类。

他只有在和最亲密的父母、姐姐用手语交谈时会带点儿表情，在外面，哪怕是和陈亮这样相识十几年的朋友聊天，他脸上的神情都很淡，大多数时候还戴着口罩。

毛毛爱看言情小说，曾对着骆静语打趣，说小说里有一种男主角是冰山面瘫脸，放到骆静语身上，他就是聋人里的冰山面瘫，打手语时都不带感情的。

骆静语一笑了之，现在面对占喜，他更加不会在打手语时加进相匹配的表情，怕她会感到不适，觉得他很滑稽。他想，他可真不是个合格的手语老师。

此时，他已经比画到“我先帮你”。

“先”和“帮”是两个如果他不说明，占喜就肯定不会懂的手势，他逐一做给她看。“先”是左手握拳竖起大拇指，右手握拳伸出食指平举，手背向外，食指指腹与左手大拇指指腹相抵。“帮”是双手掌心向外轻推两下。最后，他用食指指一下她，就是最简单的“你”。

一句话都教完了，占喜照着做了一遍，边做边说：“我不饿，我先帮你。”

骆静语点点头，没对占喜竖大拇指，也没比“聪明”。她愣愣地看着他，心里逐渐感到不安，问：“小鱼，你怎么了？不开心吗？”

骆静语摇摇头，移开视线开始处理砧板上的鸡翅。

占喜站在他身边想了一会儿，又拉拉他袖子，问：“你是不是在想，后天和池江先生见面的事情？”

骆静语看着她的脸，沉吟片刻，轻轻地点头。

“你紧张啊？”占喜问。

骆静语没再隐瞒，又一次轻轻地点头。

他从没和客户见过面，网聊过的客户至今也只有占喜一个。在展览会场，他倒是见识过徐卿言老师和客户方的交流，他们谈笑风生，指着烫花作品一说就能说好久。

那个时候，骆静语都是戴着口罩在作品旁工作，那些作品规格都很大，有些需要在现场组装、调整造型。他只有埋头干活儿的份儿，从来没机会和任何人交流什么。对于和外国客户的见面，他答应了下来，却不知道自己能不能好好应对。

占喜被他的情绪感染，心情也不像之前那么愉快，恹恹地陪在他身边。

骆静语给每个鸡翅都划了几刀，在炒锅里煮上水，加入料酒、姜片、八角和葱段后，把鸡翅放进锅里焯水。占喜看着他的动作，脑子却没记住步骤。她打量着小鱼，他还是穿一身运动服，高大英俊。她想起他平时的着装，比如羽绒服、毛衣、运动服、运动鞋……

她又去拉他的袖子，骆静语转头看她。她问："小鱼，你有没有比较正式的衣服啊？比如说，衬衫、西装、风衣之类。"

骆静语："……"

他从没碰到过需要穿这些衣服的场合，连骆晓梅结婚时，因为是夏天，他都是穿着T恤去的。

骆静语摇摇头，表示没有。

占喜组织了一下语句，想开口又觉得小鱼可能会看不明白唇语，干脆拿出手机打字给他看：小鱼，池江先生据说是一位很讲究礼仪的人，他们国家的人普遍重视礼仪，重视外貌和着装，所以你和他见面，不能穿你平时那身羽绒服。当然，也不一定要穿西装系领带，至少里面得穿件衬衫，觉得冷可以加一件看着很斯文的那种毛线背心，底下要穿西裤和皮鞋。

骆静语看过以后，微微张嘴，愣住了。

衬衫、西裤、毛线背心、皮鞋，他一件都没有。

占喜拍拍他的手臂："还有时间，明天去买。"

见骆静语一脸为难，占喜明白了，大着胆子问："要不……明天晚上，我陪你去买？"

骆静语难以相信自己的眼睛。占喜见他傻乎乎的，以为他没看懂，又说了一遍："我是说，明天我下班后，陪你一起去商场，买衣服，好吗？"

这一次，骆静语快速地点头，像是生怕她会反悔似的。见他答应，她笑起来："那就这么说定啦。"

骆静语唇边也泛起笑意，原本忐忑的心情逐渐放松下来。

做完可乐鸡翅，骆静语没有多待，回到十五楼。他一时没有心情继续做饭，在椅子上坐下后打开手机，找到纪鸿哲的微信。

他原本也想过找姐夫高元，但是高元有腿疾，走路需要拄双拐。他自己是聋人，找个手语翻译又拄拐，两个人同时出现，场面实在有点儿惨，不知道客户方会怎么想他呢。所以，他决定还是找纪鸿哲帮忙。

好大一头鱼：小哲，后天下午两点，你有没有时间了？我想要你帮忙我。

纪鸿哲：视频，看你打字我眼睛疼。

和纪鸿哲视频完，约好见面的时间和地点，骆静语靠在椅子上，捏了捏鼻梁骨。不知道是不是他的错觉，最近的工作和生活似乎有了很大的变化，碰到的很多事情都是他从未经历过的。

一切，是从那个深夜他收到一个叫“糖氽蛋”的用户名发来的私信开始的。他已经卸载了那款软件，却还记得自己发给“糖氽蛋”的那个表情包——网络一线牵，珍惜这段缘。

那个叫“糖氽蛋”的网友，后来又叫“鸡蛋布丁”，让他喊她“鸡蛋老师”，大名叫占喜，如今成了“欢欢”，居然就住在他楼下，是个留着长发、身材高挑、长得特别漂亮的女孩子。

第二天是平安夜，骆静语原本没有任何安排，现在却和占喜约好去逛街买衣服，逛街前还要一起吃顿饭。

简直就像是平安夜的约会！

骆静语用双手搓搓脸，想让自己清醒一点儿，还是没能赶跑脑袋里乱七八糟的想法。

啊！他要和欢欢去约会了！

骆静语突然从椅子上蹦起来，小跑着进卧室，拉开衣柜门看衣服。

该穿什么出门呢？是不是应该穿得帅气点儿？

结果他看来看去，外套、裤子全是黑色的。他摸摸下巴，头一次觉得自己的审美很糟糕。

星期二下午五点半，骆静语在占喜的公司楼下等她。

下班时间，又是平安夜，办公大楼里的人一拨又一拨地从电梯里涌出来，很多女孩子都打扮得花枝招展。青雀门地处城郊，等女伴下班去约会的男士不止一位，有几个手里还捧着鲜花。

骆静语一身黑衣，戴着口罩，双手插兜站在角落里，好奇地看着那些恋人成双成对地离开。女生亲密地挽住男生的胳膊，手里捧着花，一个个都笑得很甜。

啊，原来上班的人在节日里约会是这样的？

骆静语记住了，只是，他觉得鲜花包装得再漂亮也会枯萎，烫花就不会。做一捧小小的烫花送给心爱的女孩儿，她可以保存一辈子呢。

不知道她喜欢什么花……

正胡思乱想着，电梯门又一次打开，一群人走出来。骆静语一眼就看到占喜。她穿着一件米白色呢子大衣，长发披肩，脸上化着淡妆，在人群里漂亮得格外醒目。

占喜也看到了他，笑着对他招招手。他刚要走过去，就看到她身边一个戴眼镜的高个儿男生停下脚步，在对她说话。

占喜背对着骆静语，他看不见她的表情了。

一直到他们交谈完，那个男生走出大门，骆静语才走到占喜身边。

占喜打量着他，笑道："你怎么今天还穿成这样啊？跟个特工似的。"

林岩忍不住回头看了一眼，看到占喜和那个高个子黑衣男人面对面站着，她在说话，笑得很开心。之前，林岩看到她在对那个男人招手，克制住没多问，只是问她晚上有没有安排，她说和朋友一起去吃饭。

"朋友"这个词很宽泛，人家都等到公司楼下来了，占喜似乎也没打算介绍一下那人的身份。

林岩叹口气，向着停车场走去。

占喜和骆静语打车去最近的一家商场。

他们第一次一起坐车，并肩坐在后排，节日的晚上路上略堵，司机师傅一路都在抱怨。占喜和他闲聊，安抚他的情绪。他全程很酷，口罩也没摘下来，眼睛看着车窗外各家商铺布置的圣诞装饰。

车是占喜叫的，下车后由她在线付款，骆静语感到愧疚，想着回去叫车必须由他来。

商场也在搞活动，人山人海，四楼、五楼的餐厅全部爆满，占喜问过好几家，都要等位。骆静语安安静静地跟在她身边，像个保镖似的，碰到人多的地方就会拉一把她的胳膊，将她护在身后。

最后，两个人走进一家人少点儿的泰国餐厅，幸运地找到一个角落里的卡座。

占喜脱掉外套和骆静语面对面坐着，服务生拿来菜单。她翻着看，抬头问对面的男人："小鱼，你想吃什么？"

骆静语也已脱下外套、摘掉口罩，还处在被巨大人流刺激到的愣怔中，摇摇头，指指菜单，示意让占喜点菜。

占喜也就不客气了，点了几道招牌菜，咖喱蟹、冬阴功汤、杧果饭，等等。

泰国菜不便宜，占喜点完后对骆静语说："说好了，这顿我请。"

骆静语想不明白，为什么占喜要请客？男生和女生吃饭，还是节日，不应该是男生请客吗？难道……有规定谁点菜就是谁请客？早知道就他来点菜了！虽然他根本搞不清泰国菜吃的是什么。

占喜笑着说："你之前请我吃过两顿饭，所以这顿换我请。"

骆静语连连摇手，指指自己，急得差点儿打手语。占喜却眉眼弯弯："你不要和我抢，我本来就想请你吃饭呢。"

骆静语有点儿不高兴——欢欢怎么和他算得这么清？

等菜时，占喜问：“小鱼啊，我问你，今天买衣服，你有预算吗？”

“预算”这个词，骆静语没看懂，浓眉微蹙，右手在桌上画了个问号。占喜便递过手机给他看：预算，想过买衣服要花多少钱吗？

骆静语想了想，对着她张开右手五指。

占喜瞪大眼睛道：“五百块钱？五百块钱不太够啊，商场里的衣服都挺贵的，我觉得起码得要一两千块钱，实在不行一会儿我们去优衣库看看，那边便宜。”

她后面的话，骆静语只看了个囫囵吞枣，也不知道优衣库是什么，打头的那个“五百块钱”倒是看清了，也在手机上打字，递给她看：五千。

占喜低头盯着屏幕，陷入沉默。

再抬起头时，她看向骆静语的神色就不太自然了，尽量缓慢又清晰地说：“小鱼，我觉得吧，你不需要投入这么大，就是和客户见一面，穿得清爽得体就行。你一个月才赚多少钱啊，生意谈不谈得成都不一定，没必要，真的没必要。”

骆静语眨巴着眼睛看她。

两个人面对面，互相看手机很麻烦，占喜干脆坐到他身边，挨着他坐下，用手机打字：我是说你不用花这么多钱，浪费。

骆静语打字：衣服，以后可以穿了。

占喜打字：可以去快消品牌，那边单品都是两三百块钱。

骆静语打字：我有钱。

占喜抬头瞪他一眼，轻轻地往他胳膊上拍一下，想说话又怕自己说一长串他看不清，还是继续打字：你的钱都是辛苦挣来的，不能乱花，在我面前装什么大款啊！

骆静语很无辜，错别字都出来了：我不是打款。

占喜扯扯他的袖子，他看着她的嘴唇，她气呼呼地说：“我知道你不是大款。”

小鱼这个人，让他送相亲女孩儿一朵三百块钱的玫瑰烫花都肉疼得要死，也不肯送顾心驰烫花，说很贵，天天在家做饭，都不出去下馆子，衣服穿来穿去就这么几件……看着就是个勤俭节约甚至有点儿抠门的小伙子，不过对她倒是很大方。

占喜的表情认真又带着担忧，骆静语脑子里突然浮起一个念头，她奇怪的行为和语言都得到了解释。他茅塞顿开，打字：欢欢，你是不是觉得，我穷人？

占喜：“……”

两个人并肩坐着，几乎是肩抵着肩，同时扭头看向对方，面面相觑，一个认真发问，一个羞于回答。

占喜扭扭捏捏地道：“我不是这个意思啦……”

骆静语打字：我不穷。

占喜："啊？"

她缓缓抬眸，一脸狐疑地看着他，问："你一个月能赚多少钱啊？"

骆静语又一次把视线对上天花板，动着手指计算，算了半天也没算明白。终于，他把手机拿起来，当着占喜的面打字。

占喜看着他修长漂亮的手指先调出数字键盘，打出一个"3"。

她想，一个月三千块钱，还不穷啊？

骆静语接着打出一个"5"。

占喜想，三千五百块钱啊……倒是比迟贵兰的退休金多。

就在占喜等着他继续打出后面两个"0"时，骆静语又调到拼音键盘，打出三个字加一个标点：万，今年。

35万，今年——这是骆静语打在手机上的字。

占喜好半天都没敢把脑袋抬起来，想到自己刚才说的那些话，多可笑啊！她一个月入七千五百块钱的人，还敢替一个年入三十五万的人操心钱不够，哪儿来的脸啊？

骆静语只看到身边的女孩儿突然起身坐回桌对面，垂着脑袋一声不吭。他心里觉得好笑，只是她一直没把脸抬起来，他渐渐就笑不出来了。他朝她挥挥手，对方没反应，他只能在手机上打字，把手机推过去给她看：欢欢，你生气了？

占喜哪儿会生气啊，就是觉得难堪。这事儿也不赖小鱼，她从没问过他的收入，一直自以为是地认为他是个低收入的打工仔。她这么埋汰他，小鱼生她的气才对呢，他会不会觉得她看不起他呀？

她果然还是不够了解小鱼，以后要更多地和他聊聊天。

她做了个深呼吸，终于抬起头来和骆静语对视。年轻的男人神情一如既往地温和，眼睛里含着笑意，嘴角微扬，哪里有半点儿生气的样子？

占喜微怔。

不管是之前网聊时，还是见面后，骆静语总给她一种感觉——他对她特别包容。仿佛不管她做出多过分的事情，他都不会和她生气。

这是一种奇妙的安全感，占喜这辈子还没从别人身上体会过。

母亲和哥哥也宠她，但前提是她得听话。如果她不听话，比如她和罗欣然走得近，比如她执意要搬家，别说是母亲了，就连占杰都会骂她。

父亲倒是无条件地宠她，但那种感觉又和骆静语给她的感觉不一样。父亲这辈子被母亲压得死死的，在家里没办法成为她的避风港，他要是够胆帮女儿说话，迟贵兰就会连他一起骂。

所以，当占喜感受到骆静语对她的体贴、照顾和包容时，心里是一种难以言喻的感动。

她也不是没猜过，他是不是对她有意思？

但她并不想知道答案。

她努努嘴："骆静语，你居然这么有钱。"

骆静语一愣，赶紧打字：我不是有钱人，我是就不穷。

占喜皱眉："一年赚三十多万还不够有钱啊？"

骆静语无声地笑出来，打字：我以前，不是这么多，以前穷人，这两年多一点儿。

"好吧，是我有眼不识泰山了。"占喜看一眼刚被端上桌的热菜，说，"不过，就算你比我有钱，这顿还是我请客。"

骆静语还在思索她说的第一句话，完全没弄懂意思，打字：什么？右眼不是什么？

占喜看着他的问题，心里酸酸的，想着小鱼读唇时到底要多用心？中文博大精深，她说出口的每个字、每个词的读音对应的词语千变万化，嘴唇动得又快，小鱼要从他大脑的词汇库里找出相应的词来理解，这种六字成语对他来说真的太难。

占喜给小鱼打出"有眼不识泰山"这六个字，指指桌上热腾腾的咖喱蟹，说："先吃饭吧，我饿死啦。"

热菜陆陆续续上齐，占喜和骆静语面对面安静地吃饭。

骆静语对泰国菜很感兴趣，尝过后觉得味道不错，见占喜拿咖喱蟹的汤汁拌饭，他想，欢欢喜欢吃咖喱呢，以后可以做给她吃，咖喱鸡和咖喱牛肉，他都会。

吃得差不多时，占喜去了趟洗手间，等她回来，骆静语也去了。

他不是真的内急，而是直接前往收银台，拿出手机打字给收银员看：21 桌，埋单。

女收银员抬头对他微笑："21 桌，刚才有位美女已经埋过单啦。"

骆静语："……"

唉，他果然斗不过聪明的鸡蛋老师。

骆静语回到餐桌边，占喜还在专心地啃最后一只螃蟹脚。他坐下，拿起手机进行思想斗争——要不要用微信把饭钱转给她？她是来陪他买衣服的，怎么能真的让她请客？她会收吗？会不会生气？

占喜不明所以，抬头看他："你吃饱了吗？"

骆静语点头。占喜笑道："再喝一碗汤吧，冬阴功汤我很喜欢，你觉得好喝吗？"

这一次，都没等骆静语打字，占喜已经把手机给他看：冬阴功汤，好不好喝？

骆静语又点头。占喜帮他盛出一碗汤，他打字：我可以学习做，你喜欢吃，我做你吃？

“你这么厉害啊？”占喜笑眯眯的，“好呀，那我等着吃啦。”

看着她明媚的笑容，骆静语突然决定不给她转钱了。他记起她教过他的相亲事项，因为不喜欢对方，才要给钱，如果喜欢，就不给钱，刚好有借口把对方约出来再请吃饭。

想到这儿，骆静语又打出一行字，略微不安地把手机推到占喜面前：欢欢，谢谢你请吃饭我，谢谢你帮忙我买衣服，下一次，我请客你，好吗？

占喜看完，点点头：“好啊，下次你请客。”

她答应了！骆静语心里一松，差点儿要咧开嘴笑，赶紧欲盖弥彰般地低头舀了一勺汤喝。冬阴功汤的味道其实怪怪的，他说不上来好喝还是不好喝，但是欢欢喜欢，回家后他一定要好好研究一下！

吃完饭，占喜陪骆静语去三楼男装店买衣服。知道小鱼不是穷光蛋后，占喜也轻松不少，挑衣服的劲头都大了许多。

她没给占杰买过衣服，倒是给父亲买过，这还是头一回和一个年轻男人一起逛商场，给他出谋划策。她发现，骆静语的审美眼光其实不错，看中的衣服都挺衬他的，大概和他从事的是艺术工作有关。

这些年，骆静语没逛过商场，买衣服都靠网购解决。他不喜欢商场导购跟在身边不停地介绍，不想让人发现他听不见。不过这一次，身边有占喜陪着，导购们很识趣，介绍时都冲着女伴，占喜也会认认真真地和她们讨论男士穿搭问题。

挑衣服的时候，他们没有用手机沟通，只用眼神交流，谁看上哪一件，就拎出来给对方看，对方觉得可以，骆静语就去试穿。

如此默契，令骆静语感到安心。

最终，他选了一件浅蓝色衬衣、一件深蓝色 V 领毛线背心、一条黑色西裤和一双黑色切尔西靴。

选完内搭，最后选外套。骆静语试穿一件黑色粗呢短款风衣。他人高腿长，站在镜子前真是气宇轩昂。占喜看得眼睛发光，导购对她说：“哇，你男朋友穿这件好帅呢！”

“他……”占喜本想说“他不是我男朋友”，又一想，何必解释？反正小鱼也听不见，就乐呵呵地说，“他人帅，穿什么都好看。”

骆静语刚巧转头看过来，发现占喜和导购都笑得一脸荡漾。

他很疑惑，占喜却脸红了，像是作弊被抓包，赶紧说：“这件好看！买它！”

从头到脚的一身，骆静语一共花了五千多块钱，基本符合他的预算。离开商场时已经很晚，他们提着大袋小袋，去路边打车。

商场门口的广场上竖着一棵巨大的圣诞树，绕满彩灯，此时光影璀璨，在寒冷的冬夜显得浪漫又温暖。

占喜缩缩脖子，一边小幅度地跺着脚，一边抬头朝圣诞树看，骆静语随着她的视线也望向圣诞树。

但他只看了一会儿，目光就又转到占喜脸上。她的嘴里呵着白气，眼睛里映出彩灯的光亮，闪烁着，就像书上写的那样——眼睛里有星星。

“啊！”占喜突然叫了一声，害羞地转头对骆静语说，“小鱼，你看，那边有人在接吻。”

骆静语看懂了“接吻”两个字，也好奇地看过去，圣诞树下真的有一对恋人在接吻。他顿时红了脸，和占喜一起把头转回来，两个人背对着圣诞树并肩而立，一时都不知该说什么好。

幸好，车来了。

回到青雀佳苑，两个人乘电梯上楼。到八楼后，占喜把手里的袋子还给骆静语，说：“小鱼，明天加油。”

骆静语手里拿满了袋子，也没法儿回应，只能对她微笑。

占喜走出电梯，朝他挥挥手：“拜拜，晚上早点儿睡，圣诞快乐！”

骆静语回到家，把所有袋子都放到工作台上，想到第二天就要穿，便把衣服、裤子一件一件拿出来挂到衣柜里。在衬衣的袋子里，他意外地发现了一条灰色围巾，还带着商标。

围巾很软，是男士款，和衬衣是一个品牌。骆静语不记得自己买了围巾，心想难道是赠品？

这时，他的手机来了新消息。

鸡蛋布丁：发现圣诞礼物了吗？不用谢，明天围着吧，不然脖子会冷哦。

骆静语：“……”

这一晚上，欢欢到底干了些什么呀？请他吃饭，送他围巾，陪他逛商场。可他呢？他干了些什么？就付了一个回家的车费，连饮料都没请欢欢喝一杯，更别提给她准备圣诞礼物了。

他怎么会这么笨啊！还好意思炫耀自己赚了多少钱！欢欢一定觉得他是个小气鬼，吹牛大王。

不行，不行，明天是圣诞节，他还有救，明天，他一定要给欢欢准备一份圣诞礼物。

星期三中午，骆静语换上一身新衣服，围上新围巾，准备出门赴约。

占喜的微信消息来了。

鸡蛋布丁：乖小鱼，给鸡蛋老师看看你帅气的样子！

骆静语抿着唇笑，对着镜子调整角度拍照，选出一张最满意的全身照发给她，腿拍得特别长，不过手机刚巧挡住了脸。

鸡蛋布丁：怎么不露脸啊！差评！

好大一头鱼：你可以看我，现场人，照片算了。

鸡蛋布丁：好吧，你好好表现，祝你谈判成功！一切顺利！

骆静语发了个“奋斗”的表情。

骆静语打车来到市中心那家茶楼，离见面还有半小时。他没进去，用微信联系纪鸿哲。

五分钟后，一个年轻男人晃晃荡荡地出现在骆静语的视野里。

他个子很高，和骆静语不相上下，身材要更健硕一些，肤色健康，五官凌厉，眼神却透着慵懒，是一副标准的坏小子长相，嘴里还叼着一根烟。

骆静语看着纪鸿哲越走越近，才发现自己已经有三年没见过他。

纪鸿哲算是骆静语的发小儿，两个人同龄，从小在福利工厂的宿舍一起长大。纪鸿哲的父母和骆静语的父母一样，都是聋人。不同的是，他们是后天致聋，所以纪鸿哲是个很健康的小孩儿。

小时候，纪鸿哲是宿舍区里的孩子王，活泼好动，完全就是一个屁股抹了油的“熊孩子”。两家父母关系好，纪妈妈叮嘱儿子要好好照顾小鱼，完全没想到，纪鸿哲就是带头欺负骆静语的那一个。

骆静语也不和他计较，他喜静，纪鸿哲好动，两个人其实完全不合拍，只有两对父母想当然地认为两个小男孩儿应该是好朋友。

后来，骆静语去盲聋学校上学，纪鸿哲上了普通小学。

再后来，福利工厂改制，工人们全部下岗自谋生路。骆静语的父母去城北开起小超市，纪鸿哲的父母双双成为家政保洁人员。搬离福利工厂宿舍区后，两家人住得一南一北，相隔甚远。

再再后来，骆静语高中毕业出门闯荡，独自生活。纪鸿哲考上大学，毕业后也不知在干什么。

他的消息，都是纪妈妈到小超市找阎雅娟玩时透露的。骆静语和纪鸿哲实在不能算朋友，只是现在这个情况，骆静语能找到的人里，纪鸿哲是最合适的一个。

纪鸿哲走到骆静语面前，上下打量他一番，眯着眼睛笑：“好久不见啊，现在这么帅！”

骆静语打手语：“我什么时候不帅了？”

“哈哈哈……”纪鸿哲大笑，“听我妈说你混得不错，房子都买了。”

骆静语笑笑。

纪鸿哲问："处对象了吗？"

骆静语摇摇头。

"买了房子，可以找了。"纪鸿哲把烟掐灭在路边的垃圾桶上，"以前住六楼的曼曼现在还惦记你呢。"

骆静语失笑，打手语："她才 16 岁。"

纪鸿哲也笑："你连微信都不给她加，小姑娘恨死你了。"

到了约定时间，骆静语和纪鸿哲一同走进茶楼。纪鸿哲已经在视频里知道是怎么回事了，虽然他自认为不是个靠谱的人，但小鱼在这种时候能想到他，他觉得还挺有面子，也不会给他捣乱。

纪鸿哲敲门进入二楼包厢，骆静语跟在他身后。

包厢里空间宽敞，中式装修，格调雅致，空气里还飘浮着淡淡的檀香。池江俊介和董承已经落座，见到他们后都站起身来。

董承和纪鸿哲为双方做介绍，骆静语看向池江先生，那是一位五十多岁的中年男人，穿着西装，打着领带，头发梳得一丝不苟，果然很讲究仪表。董承也是一身正装，倒是纪鸿哲穿得很休闲，不过骆静语对他的着装没有要求，人家本来就是来帮忙的。

池江俊介和董承也打量着骆静语。这是一个英俊的年轻人，穿着斯文，一双眼睛温和清澈，身上有一种简单干净的气质，似乎还有点儿害羞。外表这么出众的一个人，竟是双耳失聪，也是很可惜。

点好茶水、点心，董承先寒暄几句，问了问骆静语在烫花领域的履历。骆静语没有隐瞒，更没有往自己脸上贴金，如实告知自己的学艺和从业经历。

他打手语，纪鸿哲翻译成中文，当董承听说骆静语师从徐卿言时，神情变得微妙，翻译给池江先生后，后者也意味不明地笑了一下。

寒暄完，董承便说起此次见面的目的，四个人用"日语——中文——手语，手语——中文——日语"这样的方式交流，场面竟很和谐。

纪鸿哲感觉自己从没如此绞尽脑汁地打手语，骆静语在他的翻译下，倒是把事情都理顺了。

池江先生想要在妻子 50 岁时为她举办一场生日宴，宴会上要给她一个惊喜，惊喜就是——用烫花做的一棵樱花树。

他不是没想过定制仿真树，但仿真树太假了，看着就很廉价。烫花就不一样，精美又逼真，最关键是，这棵树在生日宴上用完后，池江先生还想将它安置到自己家里，让家里有一棵永远不会凋零的樱花树。

骆静语心下了然。果然，那位要做樱花树的客户就是池江先生，是占喜帮他联系到的。

骆静语确定自己可以做出这棵树，池江先生很满意，又提出特别要求。他为妻子定做了一套和服，还想搭配同色系的樱花发梳，发梳需要骆静语设计，用烫花做。但不是骆静语做，而是他亲手来做。

发梳上还会搭配钻石，设计费、材料费、教学费都会另算，池江先生问骆静语能不能胜任。

设计饰品是骆静语的强项，他唯一的困难就是耳不能听，嘴不能说，但池江先生是个外国人啊，就算骆静语是个健听人，他们照样不能沟通，所以这反而不成问题。

他表示接受，可以安排在他的工作室进行教学，时间需要一整天。

董承说稍后会把和服的设计图给骆静语。聊到这里，生意基本谈成，骆静语却还不知道那棵樱花树的成交价。十八万吗？方旭没和他说过。

这时，池江先生又对董承说了一番话。董承想了想，一句一句说给对面两个年轻男人听，由纪鸿哲翻译成手语。

董承："骆老师，不瞒您说，这棵樱花树，我们不仅找了您，还联系过国内另外几位做烫花的老师。有几位婉拒了我们，说自己非全职，这个订单做不来。有几位呢，在比较远的城市，我们考虑后也放弃了，最想找的就是钱塘本地的老师。

"也是机缘巧合，孙总把您的作品送给池江先生，池江先生拿回家后，池江夫人非常喜欢，说这位老师的技术已经很专业，绝对不是初学者，至少从业五年以上。

"我们联系到您的店铺，方先生——应该是您的同事吧？他给我们报价二十二万，并且不接受还价。说实话，这是所有烫花老师的报价中最高的一个价格。

"我们还联系过沪市的徐卿言老师，徐老师报价二十万，不过她明确地说，整棵树会由她的学生来主做，因为染井吉野樱并不是很难的花型，她的学生都能胜任，她会全程指导。

"池江先生在您和她之间权衡过，嗯……您应该明白，对池江先生来说，这不是价格的问题，池江先生最在意的就是作品的质量，因为这棵树对他和他的妻子意义非凡。

"所以我们最后还是选择了您。这次与您见面前，我和徐老师联系了一下，她很开明，并不介意，知道我们找的是骆老师您后，她告诉我们说，您是她的学生，她一直都很欣赏您，说按照您的水平，绝对可以把作品做得很好。

"只是……池江先生到底是位商人，他知道以后就很纳闷，问为什么徐老师报价二十万，她的学生竟然能报价二十二万。我们当然不是质疑您的能力，就是觉得……这么说吧，中国有句俗话，一分价钱一分货。

“骆老师，池江先生很期待，您报出这个价格，是不是比起徐老师，您有哪方面的过人之处？”

在翻译的过程中，看过董承的唇语，再看一遍纪鸿哲的手语，骆静语已是如坐针毡。

他脸皮薄，此生从未如此尴尬，脸颊上的血色控制不住地溢出来，恨不得立刻离开包厢、当场消失。

之前明明聊得如此融洽，他已不再因为耳聋而感到难堪，甚至有了小小的自信，这时候却羞耻得根本不敢正视池江先生的眼睛。

纪鸿哲翻译着手语，也感觉到不对劲，用手语在最后加了一句：“小鱼，你是不是被人坑了？”

在任何行业，都有大拿和小透明之分。

艺术创作领域更是如此。一个艺术家，不管他是唱歌的、演戏的，还是做陶的、画画的，只要他有过成名作，有过奖项傍身，经受过大众的审阅和认可，他的名字便会成为其作品的附加价值。

骆静语在业内就是个小透明，没有接过商业大单，没有以独立作品参加过展览，没有得过奖项，作品也没有参加过拍卖，不管从哪一方面来看，他都没有资格和徐卿言相提并论。

徐卿言每年会去国外进修两个月，学习更高一级的烫花技术，得到授权后，她整理好教学资料，回到沪市给国内的学员上课。学员们除了学习，还要按照所学级别考试，考试作品会被寄到国外，合格后会有人颁给学员相应级别的证书。

骆静语每年都会去沪市，在徐卿言的工作室学习一个半月。

学费很昂贵，级别越高越贵，但他全职做这行，这笔钱绝对不能省。他也想过去国外进修，但他听不见，不能和别的学员拼翻译，困难太多了，最后只能放弃。

所以，他的报价比徐卿言高，传出去绝对会成为一个笑柄。

纪鸿哲对董承说：“董先生，这是个误会吧？”

董承问：“怎么说？”

纪鸿哲瞄一眼骆静语：“我和他认识二十多年了，他没这么狂，根本不是这样的人。”

董承看着满面通红的骆静语，笑起来：“我也这么觉得。”

这时，骆静语终于有反应了，对纪鸿哲打起手语，纪鸿哲没有第一时间翻译，而是和他沟通了几句，最后比画道：“你确定？”

骆静语点了下头，右手握拳，食指伸出，由上往下划了一下，那表示：确定。

纪鸿哲转向董承：“董先生，骆老师向你说声‘对不起’，这一次的报价是因为没有经验，他把预算做高了。后来他重新做过预算，但没来得及告诉方先生。嗯……骆老师说正确的报价应该是十八万，并且出于歉意，那套樱花发梳的设计费和教学费都可以免掉，十八万就是个打包总价。”

骆静语是想报十五万的，但和二十二万差得更远，越发会显得他和方旭是在漫天要价，于是只能硬着头皮报出十八万。

董承听完后，翻译给池江先生。骆静语脸上的绯色还未褪下，坐得毕恭毕敬，只觉得后背都出了一层汗。

片刻后，董承听完池江先生的反馈，说：“骆老师误会了，我们这趟约您见面，不是为了讨价还价。艺术本就是无价的，池江先生接受了二十二万这个价格，就不会再改变。只希望骆老师可以用心制作，那么对池江先生来说，就是值得的。”

会面结束，董承埋过单，陪着池江先生先行离开，包厢里剩下骆静语和纪鸿哲二人。纪鸿哲喝着茶，吃着点心，用手语问骆静语：“小鱼，到底是怎么回事？”

骆静语很无力，打手语回答：“我的合伙人姓方，他把价格报高了，没有告诉我。”

纪鸿哲皱眉：“那你刚才怎么不解释一下呢？”

骆静语盯着他，手语打得用力起来，像是带上了情绪：“我把责任推给方，不会显得我更专业，只会让他们觉得我和方之间彼此不信任，碰到问题就推卸责任。目前，我和方对外要一致，这样才能让客户信任我们。至于我和方之间要怎么沟通，那要关起门来再说。”

纪鸿哲明白了，咽下最后一块红豆糕，拍拍手上的食物屑，开口问：“那今天就算完事了吧？没事的话，我先走了。”

骆静语比画：“今天谢谢你，晚上我请你吃饭吧？”

“不吃了，有约会。”纪鸿哲坏坏地笑，“今天圣诞节啊，谁要和你这‘单身狗’去吃饭？”

骆静语：“……”

说到圣诞节，他又想起给占喜买礼物的事情，便起身穿好外套、围上围巾问纪鸿哲：“你晚上是和女朋友约会吗？”

纪鸿哲回答：“是啊。怎么了？”

骆静语抿着唇，有点儿不自然地比画：“你给女朋友买圣诞礼物了吗？”

“买毛线！”纪鸿哲大笑，“就吃个饭，最多看场电影吧，买什么礼物啊。”

骆静语还在困惑为什么要买“毛线”，看完纪鸿哲整句话，才明白过来。两个人一同出门下楼，离开茶楼后，纪鸿哲问：“你现在住哪儿呢？”

骆静语：“青雀门。”

“那可够远的啊，不顺路，我就不送你了。”纪鸿哲拍拍骆静语的胳膊，“回头和你那合伙人好好聊聊，瞎报价，丢不丢人？”

当然丢人。

骆静语和纪鸿哲道别后，独自一人在街上走。走着走着才发现，他忘记把口罩戴出门了。

粗呢风衣也没有兜帽，骆静语很不习惯在大街上露着全脸，伸手把围巾拉高一些，挡住嘴和下巴。手指摸着柔软的围巾，是欢欢送给他的圣诞礼物。

骆静语抬头向四周看，这里是市中心，很热闹，附近就有大商场和大超市，什么都有的卖。给欢欢买什么圣诞礼物呢？

衣服？包包？香水？化妆品？首饰？

这些礼物都像是男朋友送给女朋友的，很……暧昧。

骆静语不敢让占喜发现自己的心意，念头就往其他方向转。欢欢搬家半个多月了，她家里还缺什么吗？最好是常用的东西，比如日用品之类的搬家礼物。他边走边想，看到前方有家大超市，便走了进去。

占喜这时候正在头疼，因为迟贵兰又不顾她在上班，给她打电话大说特说了一通。

“省考报名啊！报名！你给我去报名！”迟贵兰急得不行，“怎么这种事情都要妈妈来提醒你啊，欢欢，你赶紧报名，要是敢不报，元旦你就不用回来了！”

占喜扶额，迟贵兰还在说：“明年二月底考试，有些单位还是不错的，下个月你去报个班，妈妈给你出钱！”

“不用了吧？”占喜很小声地说，“我会去报名的，报班就不要了，年底我们单位很忙的。”

“不行！省考要重视，你上回就是不重视才考不好！”迟贵兰大声嚷嚷，“每年就这么几次机会，你以为你还很小啊，一次次就这么糊弄过去。你要把它当高考看待，这是改变你命运的考试！”

占喜想，这怎么就改变命运了呢？考不上公务员，进不了事业编，她这个人就废了？人生就完蛋了？不过这时候不能和迟贵兰硬杠，母亲正打着鸡血，她只能“嗯嗯啊啊”地答应下来，挂掉电话。

袁思晨见她趴在桌上，笑着问：“小占，昨天去哪儿约会啦？”

占喜歪头看她：“没约会啊。”

“骗谁呢？昨天不是有个帅哥在楼下等你下班吗？”袁思晨说，“我都看见了，林岩也看见了吧？”

“就是一个朋友。”占喜不想多说，“一起吃顿饭罢了。”

袁思晨过来人般地感叹："唉……谁还不是从朋友开始的呢？"

占喜又栽到桌上去了，眼睛藏在臂弯里，自然而然地想到骆静语。

小鱼说来公司楼下等她时，她一点儿也没觉得不妥。她没想过如果同事见到他，会作何感想；没想过如果有人问起，她该怎么介绍他；甚至没想过，如果他们发现他是个聋哑人，会怎么看她。

可是，小鱼就是小鱼啊，耳朵听不见又不是他的错。

下班后，占喜买了点儿菜，走进小区大门。

她沿着主路往前走，视线无意识地往右边一瞄。她停下脚步，看到有个人坐在不远处的那张长椅上，正笑眯眯地看着她，身边还搁着一个方方正正的彩色纸箱。

是骆静语！

占喜高高兴兴地向他跑去，到他面前才叫起来："小鱼，你怎么在这儿啊？"

骆静语右手手背贴在下巴底下，又指指占喜。

占喜瞪大眼睛问："你……等我？"

骆静语点点头。

占喜看向他身边的纸箱，外包装上印着一个锅子，问："你买了个锅啊？"

骆静语起身，抱起纸箱很郑重地递给占喜。

占喜莫名其妙地问："干吗？"

她接过箱子抱在怀里，好重啊！骆静语拿出手机打字给她看：圣诞礼物，送给你。

占喜呆滞了。

这是一口高压锅，还是一口很高档的高压锅。

她家的确没有高压锅，可无论如何都想不到，会有人送一口高压锅做圣诞礼物，这是怎样清奇的脑回路？

骆静语还很得意，打字给她看：可以蒸老鸭。

占喜看过手机后，他弯着唇笑起来。

那两只酱老鸭还挂在占喜家的阳台上，她赶紧说："谢谢，谢谢！你想得太周到了，我的确不知道该怎么蒸那个酱鸭。"

骆静语比了句"不客气"的手语，双手往裤兜里一插，低头看向皮鞋，竟是不好意思了。

占喜这时候才有机会好好打量他。

哎呀，小鱼穿着一身新衣服真的好帅啊！虽然他还是整个人从头黑到脚，但是身姿修长挺拔，两条腿特别长，脖子上的灰色围巾成了亮点，衬得他一张脸斯文俊秀，微笑着的眼睛温柔又明亮。

“晚上……”占喜结结巴巴地问，“你……你要不要……去我家……吃饭？”

骆静语：“？”

“今天圣诞节嘛，你一个人，我也一个人，干脆一块儿吃吧？”占喜抱紧箱子，有些吃力地晃晃手指头钩着的塑料袋，“我买菜了，你来做吧。”

骆静语终于反应过来，赶紧接过她手里的箱子。她一笑，刚要叫他一起走，突然偏了偏头，脱口而出：“你听到了吗？”

见骆静语一脸迷茫地看着她，她意识到自己说了蠢话：“对不起，对不起，我就是听到……好像有小猫的声音。”

她放下东西，循着声音往长椅后的绿化带走去。骆静语也把箱子放下，好奇地跟在她身后。她拨开灌木丛，绿化带里有一个小小的白色东西动了一下，发出轻微的叫声：“喵。”

“啊，真的是只小猫，还很小呢。”占喜钻进去，没多久就抱着一只很小很小的猫咪出来了，“它都不会逃呢，这才多大呀，小可怜，你的妈妈呢？”

骆静语没怎么看清她的唇语，只看到她怀里抱着的小猫咪。它特别小，比手掌大不了多少，乖乖地窝在她怀里眯了眯眼睛，白色的毛看着有点儿脏。

他莫名想起占喜办公桌上的白色小猫杯，还有那件有白色猫咪图案的围裙。

欢欢很喜欢白色小猫呢。骆静语想。

“这么冷的天，它要是待在这儿会冻死的。”占喜抱着小猫抬头看骆静语，“小区外面有家宠物医院，我们去问问吧。”

骆静语点点头，带上所有东西跟着占喜往小区外面走。

宠物医院里，女医生看过小猫后告诉占喜：“小猫还没断奶，需要用针筒喂舒化奶，不能洗澡，要注意保暖。如果要养，还得做除虫，再检查一下有没有猫瘟和传腹，断奶后再去打疫苗。”

医生拿了一块柔软的毛巾轻轻地帮小猫擦身体，占喜弯着腰在边上看，和医生说着话。骆静语则看着她，占喜冷不防转过头来时，他来不及收回视线，直直地与她的目光相对。

占喜问：“小鱼，你说我要不要养它呀？”

骆静语拿出手机打字：你喜欢小猫，就养。

“我喜欢啊。”占喜小心翼翼地摸摸小猫的脑袋，“你看它多小啊，好可爱。”考虑了一会儿，她做出了决定，“我要养它，它是我的小猫了。”

骆静语没想到，占喜会让他先去她家。

“我留在这儿陪小猫，医生说全部搞完要一个多小时。”她把钥匙交给骆静语，“你先去做饭吧，反正也不是第一次做，等会儿我弄好回家，就可以直接吃啦。”

骆静语呆呆地拿着钥匙，没动。

占喜拍了他一下：“看明白了吗？快走吧，记得蒸半只酱鸭，用新锅！”

于是，骆静语捧着纸箱，带着占喜买的菜独自一人回家。

坐电梯上楼时，他碰到刚下班回来的顾心驰的爸爸，顾爸爸跟他打招呼：“小鱼回来啦，买了个锅啊？”

骆静语笑笑。

顾爸爸按下十五楼，骆静语腾出手按了个八楼。

顾爸爸：“嗯？”

八楼到了，骆静语冲顾爸爸点点头，逃也似的出了门。

顾爸爸自言自语道：“去八楼干吗呀？”

进到占喜家里，骆静语总感觉怪怪的。他想，欢欢对别人也这样吗？没有防备之心。他们认识才一个月，她怎么能那么放心地把钥匙交给他？

骆静语脱掉外套，把菜和锅都提到厨房，拿出围裙穿上，准备就绪后，就去阳台拿酱鸭。

去阳台就要经过占喜的卧室，这还是骆静语第一次进她的卧室。他找到顶灯开关打开，站在房门口好奇地环视一圈儿。

这是欢欢的房间。

他看到占喜床上铺开的大被子，图案是爱莎公主，又看到枕头旁边的那只小鲸鱼玩偶。

骆静语：“？？？”

他的脸没来由地烧起来，赶紧去阳台把挂着的酱鸭拿下来，结果又看到阳台上晒着的占喜的内裤。

那条粉色内裤前面的图案是只小猫咪，后面是肥嘟嘟的猫屁股，居然还有一根垂下来的小尾巴。

骆静语：“！！！”

不能再看了！他仓皇而逃，觉得自己就像一个变态。

一个半小时后，占喜提着大包小包站在802门口，敲了两下门后回过神来，给骆静语发微信消息，让他开门。

没几秒钟，门打开了。占喜抬头看去，客厅里亮着黄色暖光，空调已经制热，厨房里的抽油烟机还在“轰轰”响着，餐桌上摆着热腾腾的三菜一汤，香气扑鼻。

年轻的男人站在门边，穿着衬衣和毛线背心，外面是一件粉色围裙，衬衣衣袖挽到手肘，露出修长白净的手臂，脸上则带着温煦的笑意。

占喜有些恍惚，带着一身寒意进门。骆静语接过她手里的东西，拎起来仔细看。

“猫砂，猫砂盆，舒化奶，猫粮。”占喜待他看向她后一一说给他听，“挺贵的呢，花了我不少钱，盆买的是小号。”

她又把猫包打开，从里头抱出那只小奶猫给骆静语看：“除过虫了，也检查过身体，没有猫瘟，很健康。小鱼，你摸摸。”

骆静语看懂她最后那句唇语，伸手轻轻地摸了下小猫的背。小猫蜷着身体，像是很舒服，眯着眼睛又“喵”了一声。

“小猫吃小鱼。”占喜说完这一句，突然就乐起来，抖着肩膀笑个不停，“哈哈哈……小鱼，你不会怕猫吧？”

骆静语笑着摇摇头，拿来手机打字：我没有养过了。

“我养过一条小狗，叫‘扁豆’，没养过小猫。”占喜抬头看他，“咱们给小猫取个名字吧，它是女生。”

骆静语被难住了，皱眉思索。占喜说：“今天是圣诞节，要不就叫它‘礼物’？”

“礼物”？骆静语忍不住就做起手语，右手握拳，食指向上直立，弯动两下食指，接着双手握拳，两根食指互碰一下，又同时张开五指。

“这是‘礼物’的手语吗？”占喜欣喜地问。

骆静语点点头。

“好吧，那你就叫‘礼物’了。”占喜把“礼物”交到骆静语怀里，“我去搞一下猫砂盆，你抱着它，它怕冷。”

她走开后，骆静语抱着小奶猫，低头与它对视。

小猫一直被占喜抱着，换了个怀抱后有些慌张，“喵喵喵”地叫几声表示抗议，还把脑袋藏了起来。

骆静语紧张得一动也不敢动。过了一会儿，“礼物”大概是发现他没有恶意，才把脑袋钻出来，张开嘴打了个哈欠，蹭蹭他的手臂，毛茸茸的。

骆静语笑了。

弄好小猫，占喜和骆静语一起吃饭。看着一桌子菜，她真是心服口服，就用她买的那点儿东西，他都能整出四菜一汤来。

吃饭时不好聊天，他们就只是彼此对视。占喜用一个又一个大拇指表达自己的钦佩之情，很轻易又把骆静语搞得害羞了。

圣诞晚餐简单却美味，吃完饭，洗过碗，占喜和骆静语并肩坐在沙发上。她用针管给“礼物”喂奶，骆静语就在边上认真地看。

小猫吃得很少，吃完后，兴许是房里太温暖，小家伙恢复了些活力，在占喜腿上撒着娇，偶尔还叫几声。

占喜转头看向骆静语，心想，终于有时间和他聊聊天了。

她问："今天下午，你和池江先生聊得好吗？"

骆静语的手肘搁在沙发背上，手掌撑着脸颊，眯了眯眼睛，占喜觉得他这样子和"礼物"好像，懒洋洋的。

意外的是，他摇了摇头。占喜一愣："怎么了？"

骆静语想了想，拿出手机打字：方旭做不好的事情，董和池江不高兴了，但是没有说我，原谅了，我就很难过。

他实在没办法把整件事情详细地告诉给占喜，那得打多少字啊！她又看不懂手语。

每当这种时候，骆静语会感到特别失落，他还是不能和欢欢很好地交流，不能畅所欲言，最多只能把自己的情绪告诉给她。

占喜怔怔地看着他低垂的眼睫、落寞的神情。她的确猜不出方旭到底做了什么会让池江先生不高兴。但她知道，小鱼一定是无辜的，却受到了伤害，刚才他一直笑吟吟的，其实心情很糟糕。

占喜抬起手，迟疑了一下，抚上骆静语的肩膀，手掌沿着他的上臂，上下滑动了几下，就像撸猫那样。

骆静语已经抬眸看她，眼神里透着疑问。

占喜对他微笑："别难过，小鱼。"

骆静语以为占喜只会简单地安慰他一句，没想到，她接着说："你要是愿意，可以把事情跟我说说，慢慢打字，不要急，咱们聊聊，我帮你分析分析。"

占喜的语速很慢，口齿很清晰，骆静语看懂了，同时也愣住了。

圣诞节的夜晚，小小的屋子里，室温二十八摄氏度。

茶几上是两杯热可可，香气袅袅，边上还有一盆砂糖橘。双人位沙发上挤挤挨挨地坐着两个人、一只猫。"礼物"又打了个哈欠，在占喜的膝上打了个滚。

骆静语一直观察着占喜的神情，占喜也温柔地看着他。

良久，他浅浅一笑，打开手机。

骆静语要想打字把事情说清楚，真的很费劲，他都怕占喜会感到厌烦，然而她并没有不耐烦。

两个人并肩而坐，她就看着他打字。他有时不知道该怎么叙述，她就拍拍他的手臂，让他看她的脸。她开口提醒他几个关键词，他便会恍然大悟，继续磕磕巴巴地往下写。

随着他漂亮的手指在屏幕上一下下地敲击，占喜终于把事情了解清楚了，也知道了方旭和小鱼果然不是上下级关系，而是合作伙伴。

理论上来说，小鱼才是“小鱼鱼手作烫花”工作室的老板，是技术核心，没有他，这网店根本开不起来。

“那你是怎么想的？”占喜倚在沙发靠背上，问道。

大概因为骆静语的态度算淡定，没有气急败坏，占喜也就像他一样心平气和。

小奶猫已经在她膝盖上睡着了，她轻柔地撸着它的背。

骆静语想了很久很久，给占喜比了一组她已经知道意思的手语：先指自己，再摇右手表示“不”，最后右手食指弯曲点了两下太阳穴。整句话的意思是“我不知道”。

占喜说：“我觉得，你得去和方旭谈谈，这事儿不能一而再，再而三地发生。他可能对烫花这个行业不熟悉，以为报价可以随便报，万一瞎猫碰到死耗子，就能多赚点儿钱。”

为了让他能更透彻地理解意思，她一边说，一边把话里用到的两句成语和俗语打给他看。他摇摇头，打字：他知道我是徐老师的徒弟，他知道我水平，就乱报价，很多次了，很烦。

占喜看着骆静语消沉的眼神，发现自己以前都没想象过，小鱼在社会中究竟是如何立足的，沟通上的障碍究竟对他造成了多大的影响。她想到，下午他面对池江先生的质疑时，一定是羞愤难当，却又因为种种原因难以解释，只能打落牙齿和血吞。

对于方旭的自作主张，占喜是生气的，对于小鱼，她又好心疼，便问道：“小鱼，你能自己打理生意吗？或者，请人帮你打理，做和方旭类似的工作，但那个人没有那么大的权力。”

骆静语又摇头，打字回答：很难了，很多事，我不会。

占喜继续问：“能学吗？”

骆静语：没有时间了，做烫花很花时间，找帮忙人，要合格，非常难。

占喜都感觉到了他的焦虑，问：“你打算什么时候去和方旭谈？”

骆静语：明天。

占喜：“你想好怎么和他谈了吗？”

骆静语看了她一会儿，摇摇头，打字：他不会手语，很烦我打字，我害怕说不好，一定要去了，不可以这样一直乱。

占喜转转眼珠，心里有了主意，说：“小鱼，要不我帮你把要说的话都用电脑写下来？等会儿就写，发给你看，你觉得哪里要改再告诉我。改完后，你找个文印店打印出来，直接拿给方旭看，先把你的想法都告诉他。你觉得怎么样？”

骆静语很认真地看完占喜的唇语，眼睛都瞪大了，右手四指弯曲几下，又画了一个问号：“可以吗？”

这是占喜看得懂的手语。她笑起来，也像他一样比画："可以啊。"

骆静语心里好感动，欢欢不仅肯听他"说话"，为他出主意，还愿意帮他这样的忙，他都不知道该怎么谢她了。思考以后，他抿着唇弯弯大拇指，又指指她。

占喜笑出声来："不用谢，小事情，我写文章挺好的，保证帮你把意思都表达清楚。"

骆静语准备离开占喜家时已经很晚了，看到挂钟显示的时间，他们都很惊讶，不明白怎么一聊就聊了这么久。

"礼物"已经睡得很熟，就睡在那只装高压锅的纸箱里。占喜找出一块夏天的毯子为它垫上，卧室里开着空调，足够保暖。

骆静语蹲在纸箱边看小猫睡觉，觉得它好幸福，无忧无虑的，还能被欢欢撸毛。

刚才，欢欢安抚般地摸摸他的肩膀和手臂，就那么几下子，他一颗心都提起来了，跟过了电一样。后来，除了被轻拍手臂，他们再也没有肢体接触，但他还能回忆起她的手抚在他肩膀上时的触感。

她真的好温柔、好温柔。

骆静语离开后，占喜打开笔记本电脑，开始帮他写"发言稿"，一不留神就写了两千多字，洋洋洒洒五页文档。她稍微修了一下，修到四页，发给他。

占喜没催他，知道他看得慢，小鱼同学果然很久才回复。

好大一头鱼：鸡蛋老师，你好厉害！这样作文，我很不会写。

鸡蛋布丁：有没有要修改的？

好大一头鱼：没有了，非常好了！

鸡蛋布丁：嗯呢，你觉得有用就好，加油，别和方旭吵起来啊。

好大一头鱼：我不吵架和别人，我不会说话，会打架了。

鸡蛋布丁：你还和人打架啊？

好大一头鱼：开玩笑了，我是文明的鱼。

又聊了一会儿，两个人互道晚安。

骆静语打开电脑，把占喜写的稿子传到电脑上打印出来。他又从头到尾看了一遍，看得很慢，热乎乎的几张 A4 纸让他的心都变得温热起来。

他想，这么好的女孩子，所有方面都是完美的，他都没发现她有丁点儿不好的地方。

怎么办呢？自己却是这副样子。

为什么会听不见啊？为什么不会说话？为什么不像骆晓梅那样好好学习，成为一名大学生，至少可以顺畅地打字。

骆静语弯曲手指轻叩桌面，没有声音，叩得重一点儿，还是没有声音。他摸摸右耳，委屈地努努嘴，无声地叹了一口气。

Chapter 06

新年快乐

方旭在城南一栋写字楼里租了一间办公室。

他开着好几个网店，经营不同的业务，有电脑配件、零食、饰品和钱塘土特产。办公室里堆满货架和纸箱，快递单厚厚地摞着，外间三台电脑前坐着三个客服小姑娘，他则拥有自己的一间小办公室。

骆静语来过几次，客服小姑娘都认识他，对于这个总是戴着口罩进门的大帅哥，小姑娘们曾试图“调戏”他一下。不过他毫无反应，后来就没人再敢造次。

在方旭的办公室坐下，骆静语也不需要和他寒暄，直接把占喜写的那几张纸拿给他看。

“这是什么？”方旭很蒙，骆小鱼还是第一次准备这样的东西给他。可等他一张一张看完后，沉不住气了。

“发言稿”里，占喜先分析了一下国内烫花行业的现状。一门小众产业，某种程度上来说算是有钱人的游戏，从业者少，客户也少。只是基于庞大的人口基数，从业者只要技艺精湛，并且不断研磨进步，还是可以以此为生的。

然后，她讲到徐卿言和小鱼的师徒关系、徐卿言和小鱼的履历和水平，阐明徐卿言在国内烫花界是怎样的地位。

接着，占喜讲到小鱼的职业理想。做汉服、洛丽塔洋装的相应饰品当然是业务中很大的一块，但他更想做的是高端业务，比如和奢侈品品牌合作的高级成衣定制、大牌秀场布置、上档次的宴会布景，等等。他还想设计作品参加国内外的展览和比赛，有了良好的业绩和口碑后，希望能让作品参加手作拍卖。

这一切并不是不可能达到的，他有手艺，只是没有渠道、没有机会。

最后，占喜回到正题，说到池江先生定制樱花树的事情。小鱼已经知道方旭虚报高价，并且被池江先生当面“拆穿”。这种事情如果让徐卿言老师知道，小鱼在业内的口碑会受到巨大质疑，十分影响职业前景。

对于这单虽然谈成却不甚愉快的生意，小鱼的诉求是：

一、方旭必须向他保证，以后不能出现类似事件，报价必须要经过他的同意；

二、饰品开仓预订量必须以他的计划为准，绝对不允许超量预订。如果超量，他有不做的权利，一切后果由方旭负责；

三、方旭必须要为他拓宽业务渠道，如果半年内业务发展再没起色，他会考虑终止和方旭的合作；

四、池江先生这笔二十二万的订单，小鱼必须拿到百分之七十，也就是十五万四千元，一分都不能少。

这些内容，基本上把骆静语想要说的话都表达出来了，如果让他自己打字说，别说方旭有没有耐心听，就算给他一下午，他也不见得能说清楚。

方旭看完后，气得手发抖，差点儿把纸撕了。他抬头看骆静语，后者端端正正地坐在椅子上，也正目光沉静地看着他。

“你找谁给你写的这玩意儿？”方旭扬扬手里的纸，人往办公椅上一靠，“骆静语，你翅膀硬了是吗，威胁我啊？”

骆静语摇摇头。

方旭冷笑，跷起二郎腿：“你不想想，三年多前你在干什么？是不是都忘了？你在做那些乱七八糟的蜡烛和塑料片儿！在地摊上卖！要不是我，你能有今天？你的房子从哪儿来的，天上掉下来的啊？”

他才不管这样的语速骆静语能不能看懂，说得又气又急：“你知不知道就你说的那些汉服和洛丽塔裙的装饰品，我花了多大力气才打开这块市场？你以为这些东西很便宜，很好卖啊！你知道我加了多少汉服群和洛丽塔群吗？我每天和一群十几岁、二十几岁的小姑娘聊天，给她们科普烫花和那些普通的绢花有什么不同，让她们知道戴我们家的首饰就是格调高！这种概念，我花了多少时间去灌输，你知道吗，你知道个屁！

“和奢侈品牌合作？你做梦呢！蛋糕就这么点儿大，又有几个大佬在上面蹦跶，轮得到你吗？你能分到汉服这杯羹已经要烧高香了！一年赚几十万还不够啊，你想干什么呀，年入百万啊？

“你以为我很有空吗？我这儿要养着人，这么多生意要做，你的这一块我都没让人插手，全是我自己在搞！我又做视频又聊客户，还要打包、发货、管售后。终止合作？

行啊，终止啊，谁怕谁啊，我没了你这块业务照样吃得饱，你没了我活得下去吗？！

“报二十二万怎么了，谁规定不能报了？徐卿言报二十万，咱们就必须报得比她低吗？她算老几啊！谈生意是要看客户的，外国人有钱，不在乎钱！这不是谈下来了吗？你还怪我了？谁告诉你我要吃差价？我把话撂这儿！这二十二万就是和你三七分，该你的你一分钱都不会少！

“我这么挖心挖肝地给你赚钱，你倒好，还撇开我偷偷去见客户，你也不怕把生意给谈崩了！你到底是怎么想的，和客户能沟通吗？怎么聊啊，你用手机打字？”

方旭想到那个场面，都笑出来了。见骆静语神情严肃，他又渐渐地收起笑容：“骆静语，我再次提醒你，我能理解你希望出人头地的想法，但你也要认清现实，现实就是……”方旭指指自己的耳朵，“你是个聋子，听不见的，你还是个哑巴，不会说话的，在我眼里你和文盲没什么区别。”

骆静语的脸色已经变得灰白。

方旭嗤笑一声，继续开喷：“你自己去看看你微信上说的都是些什么玩意儿吧！你想以徐卿言为目标？呵，麻烦你睁大眼睛看一看，大师们有哪一个是残疾人的。你想做高端成衣定制？那也要人家看得上你，要人家不嫌弃你是个聋子！我为什么不让你抛头露面？就是因为老百姓都觉得残疾人很惨、很可怜，甚至还有点儿吓人。那些汉服娘要是知道这些饰品是个聋子做的，你觉得她们会买吗？就像那种智力障碍的人做过培训去开的面包店，媒体再怎么宣扬正能量，我也不敢去买啊，我会害怕的呀，鱼哥！”

三个客服小姑娘在外头听着自家老板的怒吼，一个个噤若寒蝉。后来，老板说话音量低下去了，又过了一会儿，骆静语冷着一张脸从办公室里出来，戴上口罩。方旭跟在他身后，拍拍他的肩，他只能转头看方旭。

方旭尽量语重心长：“小鱼，我知道你心里有想法，男人嘛，总想在事业上闯一闯，但每个人都是有天花板的。天花板的高度不仅和人的能力有关，还和人的自身条件有关。你是个聋哑人，混成这样已经很不错了，不要好高骛远。好高骛远，听得懂吗？”

骆静语：“……”

方旭说：“我答应你，会帮你留心其他业务，我们常规的订单，我也会控制好数量。不过要是钱挣得少了，你可别怪我，你别忘了你房贷还没还清呢。”

骆静语：“……”

“不过，你也要答应我，别再没头没脑地去和客户见面了。你不懂谈生意，有任何事情我都能给你传达，明白吗？”

骆静语：“……”

“行了，就这样吧，我也不留你吃饭了。”方旭转头对一个小姑娘说：“晶晶点盒饭，今天给我点个豪华点儿的，我都要被这人给气死了。”

晶晶有气无力地道：“哦——”

骆静语再也待不下去，转头就离开了方旭的工作室。

地铁站离大楼不远，骆静语却不想进去。他戴着口罩、拉下兜帽，双手插在口袋里，在街上漫无目的地走。

右手摸到一沓纸，是欢欢给他写的那几张，被他带出来了。他把它们叠得整整齐齐的放进口袋，如果留在方旭那里，一定会被他团了丢掉。

方旭说了好多话，说得还那么快，有很多骆静语都没看懂，不过有几个关键信息他还是接收到了。

比如，三年多前，如果没有方旭，他的事业是陷在泥潭里的，这是事实；

比如，他买房子也是因为和方旭合作，才挣到了首付款；

比如，方旭并不害怕与他终止合作，而他离开方旭却不能活，这个论调让人无法反驳；

又比如，他是个聋子，还是个哑巴，所以需要隐身，不然会被人嫌弃……

骆静语在人行道上驻足，转头看向车流密集的马路。据说汽车开起来都会有声音，发动机的声音、喇叭鸣笛的声音、刹车的声音、轮胎轧过阴井盖的声音……所有的声音都是不一样的，街头应该很热闹，可是在他的世界里，这一切永远是静音状态。

一阵寒风吹过，骆静语抬手揉揉眼睛，不知怎么的，眼睛突然有点儿酸，是进沙子了吗？

幸好他戴着口罩，兜帽帽檐还被拉得很低，没有人能看到他此时的表情。

骆静语前所未有地感到无助，感到迷茫，不觉得自己的想法有错，却又挑不出方旭话里的毛病。这令他思维纷乱，自己这些年的努力到底是为了什么？在这一行，他是不是真的只能达到目前的成绩？

天花板——

方旭的意思是他已经摸到“天花板”了吗？可他只有 26 岁啊。

他都没能得到一个机会去好好地展示自己。

还是说，因为他是个聋子，就根本不配有这样的机会？

在街上走了很久很久，骆静语感到肚子饿了，才发现自己已经走过两个地铁站。他找到一家肯德基店，进去点了一份套餐，坐在桌边慢慢地啃汉堡，打开手机，发现占喜给他发过消息。

鸡蛋布丁：小鱼，你去和方旭见面了吗？

好大一头鱼：见面了，我出来了。

鸡蛋布丁：聊得怎么样？没打起来吧？

好大一头鱼：没有。

鸡蛋布丁：晚上要不要一起吃饭？我去买菜。

骆静语想了一会儿，回答。

好大一头鱼：今天不行了，晚上我有事情。

鸡蛋布丁：好吧，那我自己做饭。

鸡蛋布丁：我本来还想和你说，让你回家时去宠物医院看看“礼物”，我上班前把它存那儿了，它还太小，白天不能自己待着。你有事儿就算了，我下班把它接回家。

好大一头鱼：周末，我去你家里看它。

鸡蛋布丁：哈哈哈，这下要换我说不行了，我和我哥要回家过元旦，很早就和爸爸妈妈约好了。

好大一头鱼：那么“礼物”去那里？

鸡蛋布丁：存宠物店吧。

骆静语也不知自己是不是脑子搭错了线，打下几个字。

好大一头鱼：要不要，“礼物”我养元旦？

占喜发了三个“惊讶”的表情。

鸡蛋布丁：会不会太麻烦你啊？

好大一头鱼：不会了，昨天，我觉得它是叫我了，我听不见，你好运，做它的妈妈。

鸡蛋布丁：你是说其实“礼物”是冲着你在叫对吗？我就是个捡漏的？

好大一头鱼：是的，它是女孩儿，我是帅哥。

鸡蛋布丁：天啊，我竟无法反驳！

好大一头鱼：约定了，元旦我养“礼物”了，不要去宠物店，它很小啊，可怜。

鸡蛋布丁：好，那我临走前把它带给你，你好好养啊，要是养得不好我挠你哦！

好大一头鱼：放心了，我会给它吃奶，打扫猫沙。

话题成功地从方旭转移到小奶猫“礼物”，骆静语松了口气，不再看手机。晚上他其实没有事情，他能有什么事儿呢？天天都待在家里，做饭、吃饭、睡觉、跑步、养花、干活儿、干活儿、干活儿……

他只是没有勇气和占喜见面。他怕她再像前一晚那样温柔地、耐心地让他打字，详细地说出他和方旭的交流过程。他是没法拒绝她的，但实在不想说。

街上有会入眼的沙子，她家可没有，万一再红了眼睛，他就真的要撑不住了。

这一年的元旦是个星期三，占喜休了两天年假，星期六搭占杰的车回家，下个星期三自己坐大巴回来，在家待够五天。

星期六一早，占喜和骆静语约好，把“礼物”送去他家。他们两天没见，占喜没觉得有什么问题，她和小鱼只是朋友，哪能天天见面的。

骆静语到八楼来接占喜，“礼物”的东西很多，骆静语怕占喜拿不了，就来帮她。两个人一起坐电梯到十五楼，出来后，她想当然地问：“小鱼，你住哪一间啊？ 02 还是 03？”

1501 室是顾心驰家，小鱼一个人住，应该是住中间的小户型吧，占喜是这么考虑的。骆静语看完她的唇语后，突然笑起来，笑得特别灿烂，露出一排大白牙。

啊，原来他一直没告诉欢欢他家的门牌号。

骆静语偏了下头，示意占喜跟他走。一个右转弯后，两个人就站在了 1504 门前。

占喜呆住，如果她没记错，房东阿姨说过，这栋楼里的 04 室是大户型，有一百四十平方米!

骆静语已经在拿钥匙开门了，大门打开后，占喜的眼睛瞬间瞪大。她看到一间好宽敞、好明亮、好时尚的客厅，和她那间又小又土的客厅完全没法儿比!

骆静语先走进去，回头一看，占喜还愣在门外。他又一次笑起来，把手里的东西放到玄关柜上，朝她招招手。

占喜走得都快要顺拐，微张着嘴，下巴都要合不上。骆静语从鞋柜里给她拿拖鞋，她咽了下口水，难以置信地问他：“这是你家啊？”

骆静语抿着唇轻轻地点头。

占喜又问：“租的还是买的？”

骆静语指指占喜，右手食指再点点自己的太阳穴，画了几个圈，这是他们之间特定的手语，是“你猜”的意思。

占喜迟疑着问：“你……买的？”

骆静语又点点头，还笑着耸耸肩。

占喜惊呆了：“我的天啊……小鱼，你原来是个土豪啊！”

占杰在十分钟前给占喜打过电话，说他已经出发，所以，她其实没时间好好参观骆静语的大房子。她只是看了一眼他的厨房，好大呀，米白色台面，银灰色橱柜，装修得很现代化，还特别干净。

有趣的是，清冷的主色调外，台面上摆着的瓶瓶罐罐、墙上挂着的平底锅却是暖色系的，红的、黄的、橙的都有，造型都偏简洁精致。占喜觉得，这个厨房就跟小鱼给人的感觉一样，一眼看上去冷冰冰的，不苟言笑，接触多了，就会发现他其实非常温暖。

回到略显空荡的客厅，占喜看到靠近阳台处有一个花架，上面摆满花草盆栽。这么冷的季节，有几盆花居然开得正艳，她都叫不出它们的名字，只知道主人将它们照顾得很好。而玻璃移门外的阳台上，更是绿意一片。

冬天的阳光透过玻璃照进客厅，占喜眯眯眼睛，能看到空气里飞舞着的细小尘埃。她转头看向骆静语，他穿着一身深色运动服，正双手抱胸闲闲地倚靠在那张硕大的白色工作台旁，两条长腿交叉而立，见她望过去，歪了歪头，唇边漾起一抹柔柔的笑。

占喜走到他身边，看到工作台上摊着很多她不认识的材料和工具，还有一些半成品烫花首饰。她记起小鱼拍给自己的那些照片，那只缸、各种首饰、插着葵百合的玻璃瓶……原来都是摆在这张桌子上拍的。

骆静语的视线一直追随着她，真遗憾，作为这间房子的主人，他在装修时花了很多心思，这时候一肚子话，却没办法介绍给她听。

占喜的手指掠过桌面，拿起一件首饰好奇地看。这是一款草莓发夹，和第一次在小鱼的视频里看到的那款草莓胸针似乎是同一系列，草莓红彤彤、圆滚滚的，很讨人喜欢。占喜转头对骆静语说："我以前也有过一个草莓发夹，不过不是烫花做的，没这个可爱。"

骆静语拿出手机打字：这个没有做好，做好，我送给你。

占喜咯咯直笑："你怎么又要送我东西啊，这是十几岁的小姑娘戴的，我戴太幼稚啦。"

骆静语也笑，打字道：不，你戴很好看了。

占喜放下首饰后再一次环视客厅，说："小鱼，你家好漂亮啊。"

骆静语不好意思了，指指几扇关着的房间门，用眼神询问她要不要都看看。她摇摇头："先不参观啦，以后有机会的。我得下去了，我哥一会儿就到小区门口来接我。"

说完，她从口袋里掏出一张折好的A4纸递给骆静语："喏，怎么养'礼物'，我都写好了，你照着做就行。"

骆静语接过来看，纸上是占喜手写的"'礼物'饲养指南"，如何喂食、喂奶、清理猫砂、伺候猫睡觉……全都写得详详细细。他冲她点点头，比了个"好的"的手势。她便把"礼物"从猫包里抱出来，交到他怀里。

小奶猫乖乖的，占喜摸摸它，小声地说："小礼物，你在小鱼叔叔这儿要听话啊，不能调皮捣蛋，妈妈过几天再来接你。"

骆静语小心地抱着"礼物"，对着占喜微笑。

占喜把"礼物"的东西一样样摆好，转身对骆静语说："那我……先走了。"

骆静语的眼神里又透出疑问，但因为抱着"礼物"而无法拿手机，眼睛眨巴几下，连嘴唇都微微张开，像是有点儿急。占喜看在眼里，问：“你是想问我什么时候回来吗？”

天啊！骆静语的心思被占喜说破，觉得鸡蛋老师真是神了！

他释然地点点头。占喜说：“我得元旦那天回来，下个星期三下午。”

骆静语心算了一下，她要回家五天啊，这么久，神色顿时就显出几分不舍。

占喜笑眯眯地说：“我回来了给你带我们家那边的特产呀。”

骆静语抿着唇轻轻地摇头，占喜说：“不贵的，都是吃的。”

她真的该走了，骆静语抱着“礼物”将她送到门口。她穿好鞋后向他挥挥手：“小鱼，拜拜，明年见。”

骆静语向她点点头，目送着她走进电梯，一直到电梯门关上，他才收起笑容，略显失落地关上门。“小礼物”在他怀里动了动，他低头看它，见它眯缝着眼睛张开嘴，他想：你是在叫她吗？是不舍得吗？还是像我这样，她才走，就已经开始想她了？

桐县是大钱塘的市辖县，是一个经济发达、风景优美的县城。它的区号和钱塘一样，主城区已经完全城镇化，地理位置在钱塘西面，出城后走高速要近两小时才能到。

而占喜和占杰的老家，就在桐县下辖的富椿镇，同样，那也是个各方面发展得生机勃勃的好地方。

路上，占杰开车，秦菲坐在副驾驶座，占喜和占凯威坐后排。占喜发现秦菲不太高兴，猜测可能是因为要回婆家。

迟贵兰和秦菲真是积怨很久，不仅在占杰谈恋爱时反对，还在他们结婚时因双方老家婚嫁习俗不同，为了几万块彩礼钱也闹过矛盾。后来秦菲坐月子，她的亲妈来钱塘照顾，母女俩居然又和迟贵兰产生过龃龉。

幸好，这次占杰和秦菲只住一晚，占喜祈祷她们能和平相处，不要再吵起来。

车开到服务区，占杰上过厕所后嚷嚷着前一晚加班太累，不想再开车，秦菲便换到了驾驶座。车又开了一个多小时，到了富椿镇，街边景色渐渐变得熟悉。很快，家里那栋深灰色的三层小楼就出现在占喜的视野里。

四人下车后，占喜就看到迟贵兰已经等在门口。她烫一头短卷发，身穿军绿色羽绒服，小臂上戴着花袖套。看到儿子、女儿的身影，她立刻笑出满脸褶子，小跑着迎过来。

“奶奶！”占凯威礼貌地叫人。

“哎哟，我的大孙子哎！让奶奶看看是不是又长高啦。”迟贵兰想把占凯威抱起来，占杰赶紧阻止：“妈，小心你的腰，威威都快六十斤了。”

“真抱不动啦，你们赶紧洗洗手，吃饭了。”迟贵兰放开占凯威，又看向占喜，眼睛一瞪：“你省考报名报好了没？”

“报好了，报好了。”占喜连连点头。

“就知道你最听话。”迟贵兰立刻眉开眼笑，捏捏女儿的脸，“欢欢，你是不是瘦了呀？没好好吃饭吗，瞧这小尖下巴。”

“没有啊，你什么眼神呀？”占喜觉得自己吃饭挺好的，尤其最近还吃了好几次小鱼做的大餐，每次都是四五个菜，感觉自己都胖了呢。

秦菲提着礼物走在最后，听到这句话后看了迟贵兰一眼，迟贵兰也看了看她。

秦菲喊人：“妈。”

“哎，菲菲，快进去吧，吃饭了。”迟贵兰说完就挽住占喜的胳膊，母女俩亲亲热热地进了大门。

这栋三层小楼带一个很大的院子，迟贵兰开了一小块地用来种蔬菜，还养了几只鸡，这一天因为儿女回家，她特地杀了一只给他们炖鸡汤。占喜的父亲占强在一楼客厅看电视，看到儿女们进屋很高兴，几人聊过几句。占喜问：“爸，我奶奶呢？”

“在房里。”占强回答。

“我去和奶奶说说话。”占喜高兴地要去一楼卧室。

迟贵兰听见了，大声说：“你奶奶现在耳朵可背了，说什么她都听不见，嗓门儿倒是很大，我每次和她说话都累得够呛，你别白费力气了。”

占喜笑笑：“没事，我不说，就听奶奶说呗。”

她想，对于如何和耳朵听不见的人交流，她可太有经验了。

占喜小时候，父母在厂里上班，都是奶奶照顾她，祖孙二人特别亲近。奶奶脾气好，父亲随了她，占喜觉得自己的脾气也是随了奶奶。

迟贵兰嫁进门后因为性格强势，也曾和奶奶闹过不愉快，但奶奶都没和儿媳妇计较。也是因为温和的性子，她才能和儿子、儿媳相安无事地生活到现在，不管迟贵兰怎么闹腾，老太太都只是乐呵呵地笑。

占喜在奶奶房里陪她说了会儿话，迟贵兰便叫她们出来吃饭。

回家后的第一顿午餐吃得温馨平静，吃完后，迟贵兰对秦菲说：“菲菲啊，你把菜收拾一下吧。”

秦菲抬眼看她。占喜知道母亲的意思，这是要秦菲洗碗，立刻站起来说：“我来收，我来收。”

迟贵兰看了她一眼，叠着碗说：“哎，算了，算了，还是我来吧，你们这些年轻人都是享福的命。我们这种劳碌命的人啊，永远闲不下来……”

秦菲翻了个白眼，依旧没动。

占杰跷着二郎腿在边上打游戏，恍若未闻。占喜想帮母亲叠碗盘，迟贵兰说：“说了叫你别动！水可冷。”眼睛却还在一下一下地瞟着秦菲。

秦菲在桌子底下踢了占杰一脚，占杰茫然地抬起头，在这场没有硝烟的战争中，他也是很有经验，起身挽起衣袖对迟贵兰说：“我来洗碗吧，早说了叫你把水槽通个燃气，能有热水，你就是不听。”

迟贵兰冷哼着拍开儿子的手：“那很麻烦的呀，要重新接水管的。哎，你也别动，开了一路的车，累不累啊？”

占杰很尴尬。占喜嘟囔：“今天大部分路都是嫂子开的车。”

迟贵兰：“……”

秦菲也是沉得住气，说不动就不动，最后，还是占杰把碗给洗了。

吃过午饭，因为占杰和占喜两个多月没回家，一大家子在一楼客厅看电视、闲聊天。迟贵兰打了几个电话，把她两个亲姐妹也叫了过来，占杰给姨妈们都带了礼物。大家闲着没事，干脆支起桌子打麻将。

三个小老太太加上占杰凑一桌，占强陪着孙子看动画片。秦菲没打，她业务很忙，时不时地就要接电话。

占喜也没打，因为打得不好，也不太喜欢，就坐在边上玩手机。

骆静语因为平时要拍烫花视频，所以有全套的拍摄设备。他在次卧用支架架起手机，调整好角度，自己屈起两条长腿坐在飘窗上，抱着“礼物”给它喂奶。

占喜在纸上写，“礼物”肚皮上的绒毛已经长出来了，医生说差不多可以断奶了。

喝完奶，小白猫窝在骆静语怀里，两个毛茸茸的小爪子抱着他的手指头嘬，样子好萌。他揉揉它的肚皮，抬起头对着手机无声地笑。一会儿，他走过去关掉拍摄，把视频发给占喜。

看着视频里又暖又帅的年轻男人，占喜悄悄地红了脸，情不自禁地把视频下载到手机里。她安慰自己说：我其实是为了看猫。

不止这一段视频，还有“礼物”在地板上走路的视频。它还不太会走，摇摇摆摆的，偶尔还会摔一跤，整个身子向前扑。骆静语就把它抱起来，宠溺地揉揉它的头。

占喜看着几段视频直乐，接着就和小鱼愉快地聊起天来。

鸡蛋布丁：你给“礼物”清理过猫砂了吗？

好大一头鱼：做过了，好臭！

鸡蛋布丁：不要嫌弃它！它还是个小宝宝！

好大一头鱼：它学习会拉臭臭，走路是就不好，很笨。

鸡蛋布丁：说得好像你小时候学走路没摔过跤似的。

好大一头鱼：我妈妈说了，我十一个月过会走路，很聪明了。

鸡蛋布丁：那我比你晚，我十四个月才会走呢。

好大一头鱼：没关系，你学习说话一定是比我早了。

占喜发了个“晕”的表情，骆静语回复她一个“偷笑”的表情。

这人瞎开玩笑，占喜都不知道该怎么回。

小鱼这人也很神奇，没见面前一口一个自己条件差，怕她害怕、怕她讨厌。真见面了，被她知道他听不见，他反倒不那么介意了，还拿这事情来逗乐儿。

鸡蛋布丁：你记得给“礼物”保暖啊，别老让它在地板上走，地板很冷的。

好大一头鱼：知道，我抱它了，它吃我的手指。

他又发来一张照片，是右手拿着手机凑很近拍的，“礼物”窝在他怀里，又在嘬他的左手手指。

占喜的意志力相当薄弱，这时候眼睛都没看猫了，只顾着看他漂亮的手。她想这人坏得很，是故意的吧？哼，肯定是故意的！

正对着手机傻笑时，占喜听到迟贵兰的声音：“欢欢？”

“啊？”占喜连忙抬头。迟贵兰在麻将桌上狐疑地看着她：“叫你好几声了，和谁聊天这么开心啊？”

“没有啊，没聊天，我……”占喜脸发热，结巴道，“我就是……看搞笑视频呢。”

迟贵兰像是不太信，看了女儿一会儿后，注意力才回到麻将牌上。

“对了，欢欢啊，你记不记得崔琳？”小姨转头问她，“以前和你上一个小学、一个初中的。”

占喜说：“记得啊。怎么了？”

“她这个月结婚了，男方家条件不错，是钱塘郊区的一个拆迁户，来迎亲时场面可大了，估计花了不少钱。”小姨又转向迟贵兰：“二姐，崔琳长得比咱们欢欢差多了，学校也不好，工作也就那样，她都能嫁得风风光光，咱们欢欢这么漂亮，以后肯定能嫁个特别优秀的小伙子！”

“哼。”迟贵兰摸了一张麻将牌，不屑地开口，“嫁个拆迁户就叫嫁得风光啊？四条。”

大姨说：“拆迁户还不好啊？家里好几套房呢。三筒。”

“跟暴发户似的，有什么好的呀。”迟贵兰又“哼”一声，“我是看不上的，我们欢欢有文化，以后是要进好单位上班的，要嫁也是嫁文化人，那种书香世家啦，公务员啦，银行的啦，我最喜欢。医生不行，啧啧，太忙。老师嘛……大学老师可以，中学的也不怎么样。"

占杰插嘴："那警察呢？碰！"

"开玩笑啊！那么危险的工作，根本不着家的呀！"迟贵兰瞪占杰，"阿杰，你可千万别给你妹乱介绍对象啊，工作不稳定的绝对不行，工作危险的更加不行！"

占杰讪笑："我哪儿敢啊？"

小姨呵呵直笑，回头问占喜："欢欢，你妈妈对你期望好高哦，你得抓紧啦，现在有对象吗？"

占喜摇摇头。

"和了！"占杰叫起来。

迟贵兰一推麻将牌，站起身喊："老占，你来打，我不打了。"

占强坐上迟贵兰的位子，迟贵兰到占喜身边坐下，也不掩饰，直接拿过女儿的手机，乐呵呵地说："来，给妈妈解个锁。"

占喜傻眼了："干吗呀？"

迟贵兰微笑："你不是在看搞笑视频吗？笑得这么开心，给妈妈也看看。"

占喜看着母亲，打死她都不会解锁的，她和小鱼的聊天还挂在微信最上面呢，里头有小鱼的照片，还有视频，都是刚发的。

迟贵兰盯着女儿："解锁呀。"

"我不。"占喜脸色一阵红一阵白，"妈，我都23岁了，过完年都24岁了，你别再把我当小孩儿看好吗？"

"你那么紧张干吗？"迟贵兰乐了，低头看占喜手里黑屏的手机，"是不是在和男孩子聊天啊？就算和男孩子聊天，妈妈也不会说你呀，你这年纪本来就该找对象啦。"

"妈，你别管我在干什么，反正我现在大了，不想给你看手机。"占喜紧张极了，大一时的那件事情还记忆犹新，简直给她留下了心理阴影。

麻将桌上的四人都听到了她们的对话，无人敢作声。

迟贵兰正色道："就算你大了，你也是我女儿，你这个人太老实、太单纯，交的朋友很多都是乱七八糟的，妈妈是怕你被人带坏、被人骗啊！"

占喜说："妈，你信我，我不会的，我知道怎么交朋友！"

"哟，还真是男孩子啊？"迟贵兰像是明白了，激动地问，"他什么条件？几岁啊？哪儿人？学历多高？有房吗？做什么的？一个月挣多少钱？"

占喜要崩溃了，求救般地望向麻将桌，占强和占杰都扭开了头。她死死地攥着拳头，生怕迟贵兰来抓她的手强行解锁。

就在双方对峙时，秦菲开口了："妈，欢欢大了，该有自己的隐私，您这也管得太严了吧？”

占喜感激地看向秦菲，迟贵兰也扭头看儿媳：“严吗？要是不严点儿，她还没结婚就和男的同居，我找谁说理去？”

占杰额头上的汗都要流下来了。

秦菲脸色变冷：“妈，这话我可不爱听了，您什么意思啊？”

“我没什么意思，我们家欢欢从小听话懂事，我就是不想她学坏。”迟贵兰扫一眼占杰，又瞥向秦菲，“本来嘛，欢欢毕业了住在你们家，我是很放心的，结果她居然出去租房子住，你说这是为什么呀？这么大个姑娘一个人住，我天天都担心得睡不着哦。”

秦菲火了，看向麻将桌。占杰与她的目光相对后说了一句：“妈，我们家离欢欢单位实在……”

“你给我闭嘴！没你的事情。”迟贵兰打断儿子的话。

整个客厅气氛变得极其尴尬，只剩下电视机的声音。秦菲起身喊儿子：“威威，上楼，妈妈陪你做作业去。”

占凯威不情愿地道：“我动画片还没看完呢。”

“别看了，马上要期末考试了，先做作业。”秦菲不由分说，牵着儿子、提着书包上了二楼。

“没大没小，农村出来的就是没教养。”迟贵兰嘀咕了一句后又看向占喜。

占喜已经冷静下来，默不作声地拿过母亲手里的手机，也站起身：“我也回房了。”

“欢欢。”迟贵兰叫她。

占喜停下脚步，也没回头，低声说：“妈，我早就过 19 岁了。”

夜里，占喜吃过晚饭就借口回房。她单独住在三楼，除了上厕所和洗澡，她就没再出来过。她知道迟贵兰的控制欲一直很强，从小到大，母亲做的很多事情都对她造成了巨大的影响。

占喜以前小，不懂反抗，她的转变是在上大学后。19 岁时发生的那件事情是个转折点，后来她又被自由自在的罗欣然影响，再从另外两个室友处知道她们宽松亲密、和谐信任的家庭氛围，她终于明白，母亲的言行已经过于偏激。

但她还是想不到，她都工作了，迟贵兰还会当着这么多人的面，如此理直气壮地要求看她的手机，就跟高中时不分青红皂白就翻她书包时一个样。

她躲在被窝里，打开微信，看到骆静语发来的消息。

好大一头鱼：“礼物”睡觉了，你呢？

鸡蛋布丁：我还没睡。

好大一头鱼：我给睡觉箱子挖一个洞，它可以钻出来，我给箱子旁边放水盘和食物，它可以吃。

占喜想了想，还是决定把没写到纸上的一件事情告诉给小鱼。

鸡蛋布丁：小鱼，这几个晚上，“礼物”一开始是睡在箱子里，但是半夜它会醒，不知道是因为冷还是因为没有安全感。它会叫，还会用爪子挠箱子，所以我后半夜都会把它抱到床上去睡，它才又睡着。医生说小猫每天要睡很长时间，所以，要是可以，拜托你半夜去看看它，别的没什么，我就是怕它吵到邻居。

好大一头鱼：我知道了，我会去看，放心。

占喜很不好意思，这个要求对骆静语来说真的很过分。他听不见小猫叫，不能第一时间知道它醒来，大半夜的还要顾着一只猫，他自己都会睡不好。

鸡蛋布丁：你要是觉得它上床太脏，就给它垫得再厚一点儿，可能它就不会叫了。

好大一头鱼：我不害怕脏，它很可爱。

两个人聊了一个多小时，互道晚安，占喜便准备睡觉了。

不知半夜几点，有个人悄悄进了占喜的房间，也没开灯，在她床头边摸了半天。床头柜上没有，枕头旁边没有，包里也没有……那人甚至把手伸到她的枕头底下去摸。她翻了个身，那人才停下动作。

一会儿后，那人一无所获，轻轻地“哼”了一声，才心有不甘地离开房间。

黑暗中，占喜睁开眼睛，浑身紧绷，一动不动。

她的手机已经关机，藏在书柜底下一个抽屉的最里头，上面盖满旧书。很久后，她终于松了一口气。

她在心里做了一个决定，第二天开机后，要删掉和小鱼的聊天记录，还有林岩的、王赫的、大学男同学的、单位里另一些男同事的……都要删掉。

唯一让她舍不得的就是和小鱼的聊天记录。一个多月了，他们有过数不清的对话，发过数不清的照片……但是必须全部删掉。

真叫人难过。

占喜实在没办法，她绝对不允许 19 岁时的那件事情再次发生。

尤其，对方可能会是小鱼。

几乎是同一时间，骆静语被手环闹醒，迷迷糊糊地睁开眼睛。

他打开台灯爬下床，第四次去看“礼物”，看到的终于不是前三次小猫熟睡的场景。

“礼物”醒了，想从纸箱上的洞里钻出来，也不知是骆静语把洞挖得太小，还是“礼物”不太会走路，它的脑袋和前爪已经在洞外，后爪和屁股还在箱子里，出不来又进不去，正在使劲地刨地板。

骆静语听不到它的叫声，想象着小家伙一定急得直叫。他笑着将小猫抱起，带它回床上睡觉。

他的床一米八宽，把“礼物”放在身边，看着它乖乖地窝下来，他揉揉它的脑袋，对着它比起手语：“想妈妈了吗？我也想她，不过现在很晚了，我们睡觉吧。”

“礼物”没再闹腾，陪着骆静语一块儿安然入睡。

翌日清晨，吃过早餐后，占杰说要开车带老婆和儿子去桐县一个新景点玩，问占喜去不去。

前一晚，占杰哄了好久才把秦菲哄好。占喜其实挺想去，不过，她知道自己要是去，迟贵兰肯定也会去，迟贵兰要是去了，秦菲就会玩得不开心，于是就借口说那个景点有高空玻璃栈道，她恐高，不敢去。

果然，她不去，迟贵兰也就说不去，占杰一家三口便高高兴兴地出了门，说玩好后直接回钱塘，不再回家。

占喜待在家里很无聊，微信上的聊天记录已经被她删得干干净净，也不敢再和小鱼聊天，只能去陪奶奶。

无奈奶奶 86 岁高龄，耳朵实在太背，祖孙两个几乎无法交流。从奶奶房里出来，占喜又陪父亲看电视，一部抗战神剧，看得她一脸扭曲。迟贵兰准备午饭时，她进厨房帮忙，不出意外又被好大一通念叨，翻来覆去都是那些话，听得她耳朵起茧。

下午，表姐尹莉带着男朋友小刘来找占喜玩。她犹如看到救兵，跟着表姐就溜了出去。

尹莉是大姨的二女儿，比占喜大两岁，大专毕业后回到桐县中心城区上班，做财务工作。因为桐县房价比钱塘低很多，家里就给她买了一套二居室，让她和小刘舒舒服服地住在自己的小窝里，听说占喜回来过元旦，她特地回到镇上找她玩。

三个人一起去镇中心的百货大楼逛街时，一对小情侣手牵着手在前头走，占喜只能双手插兜，化成一只“电灯泡”跟在后头。

啊……她也想谈甜甜的恋爱，就像尹莉和小刘那样，你捶我一下，我推你一把，互相拌嘴，过会儿又腻腻歪歪地黏在一起。

就算买奶茶，两个人都要尝尝对方的口味，小刘吐槽尹莉的奶茶难喝，却还是一口气喝掉一大截，尹莉气得跳脚，换来的是被小刘亲吻了一下额头。

啊！人生怎会如此艰难。

占喜几乎全程被喂“狗粮”，酸成一颗柠檬精。看着尹莉和小刘卿卿我我的样子，她想象着也能有一个男生这样和她打闹、揉她脑袋、逗她笑、在她受冻时把她的手揣在他的大衣口袋里取暖。

脑海中，那个男生的脸渐渐变得清晰，高高的个子，一身黑衣，肤色白净，长着一双漂亮又温柔的眼睛，眼睫毛还贼长。

居然是小鱼！

占喜吓一跳，右手捂住左胸，像是防止乱跳的心脏从里头蹦出来。

逛完街，三人开车回家。在车上，尹莉问占喜最近过得怎么样。

占喜发现自己没什么可说的，生活中，除了认识小鱼算是惊喜，其他方面都是死水一潭。尹莉笑道："我听二姨说，你要考公务员，她说你肯定考得上。"

"谁能肯定考得上啊？"占喜无语，"你别听我妈瞎说。"

"你从小就是家里读书最好的一个。"尹莉掰着指头数，"你哥不行，我和我姐不行，小姨家的两个也不行，小舅家那位更别提了。欢欢，我觉得你以后一定会过得很好，指不定就是我们家最有出息的一个，我就等着抱你大腿啦。"

占喜臊得慌："莉莉姐，我就是个本科生，现在本科生满大街都是，别人家谁还没个硕士、博士呀，我室友都还在读研呢。"

小刘边开车边哈哈大笑："莉莉，你妹的意思是你们家其他兄弟姐妹都太菜了。"

尹莉大叫："你闭嘴呀！"

占喜好急："我不是这个意思。"

"我知道。"尹莉挽住她的胳膊，"其实吧，你妈对你期望高也不是没道理，你长得好看，读书好，人又温柔懂事，不管找工作还是找对象，都可以好好挑。咱们全家都可好奇了，将来你会找一个多么厉害的老公。"

占喜好努力才把脑海里又冒出来的小鱼像打地鼠一样给砸回去，简直心慌意乱，想着自己到底是怎么了。

也就一天没和小鱼聊天，难不成，她想他了吗？

骆静语掐着晚饭时间回父母家吃饭，骆晓梅和高元也来了。

阎雅娟很不满，埋怨儿子越来越不着家，说是每周回来一趟吧，都不陪他们说说话，来了就吃，吃完就要走，还顺走两只酱鸭，太不像话！

骆静语哈欠不断，昨晚为了"礼物"没睡好，眼皮子都耷着，耐心地看母亲打手语。

阎雅娟一脸怒气："你晚上是几点睡的？做贼去啦？别糊弄妈妈，我看你是找对象了吧。上星期刚拿两只酱鸭，今天又要拿。你拿酱鸭当饭吃啊？一只酱鸭一百三十块钱呢，你爸酱的速度还赶不上你吃得快！老实交代，是不是把鸭子送姑娘了？"

骆晓梅和高元嗑着瓜子，在边儿上看热闹。骆静语很没出息地又红了脸，抬起手心虚地打手语：“没有，我就是自己吃。”

阎雅娟又数落了他几句，他决定说实话，打开手机相册给母亲看，打手语道：“我养一只猫，要回家照顾它，它还很小。”

骆晓梅也凑过来看，小猫的确是小猫，只是……

她抬头打手语，神情揶揄：“小鱼，你这视频是拍给谁看的呀？还对着镜头笑。”

两个女人的目光齐刷刷地落在骆静语脸上。他头皮一麻，瞌睡都给吓醒了，想解释，一时半会儿也想不出个合理答案，干脆比手语道：“没有！是随便拍的。我要走了，我好困啊！”

骆静语逃跑以后，骆晓梅和阎雅娟对视一眼。闫雅娟疑惑地打手语：“小鱼是不是真的找对象了？”

骆晓梅掩着嘴笑，比画道：“可能是哦，最近他很不对劲。”

坐在回家的地铁上，骆静语回想自己之前的反应，也觉得不对劲。他太不淡定了，跟个愣头青一样。

手里提着的环保袋里装着两只酱鸭，是带给欢欢的。父亲笑话他每次回家都连吃带拿，跟个土匪一样。

骆静语想，欢欢会给他带特产呢，他总得回礼吧，特地买礼物显得太刻意，送给她的烫花饰品又没做完，带两只家里做的酱鸭最好不过了，多自然啊，欢欢喜欢吃，肯定不会多想。

这一整天，欢欢没有联系他，他给她发过微信，是“礼物”萌萌的照片，但她没回。她不回，他也不会催。欢欢回家了嘛，总要见朋友和亲戚，哪能一直和他聊天呢。

回到家，骆静语四处寻找“礼物”的身影。他听不见，也没法儿开口叫，只能到处找，最后在主卧床底下找到了礼物。他跪趴在地上伸手逗了它半天，它才不情不愿地钻出来。骆静语把它抱在怀里，心想：小猫是不是生气了？因为他出门几小时，以为他不要它了？

这么小气。欢欢一整天没理他，他都没生气呢。

骆静语给“礼物”做了一个新的小窝，用更大的纸箱裁扁，里面除了垫上欢欢拿来的毯子，还加了一件厚厚的旧棉衣。“礼物”白天会窝在纸箱里睡觉，上厕所时则连滚带爬地去猫砂盆，骆静语每次看到它走路的样子，都特别想笑。

洗过澡，他在工作台前开工，“礼物”绕着他的脚打转儿，还伸长前爪往他的小腿上扒拉，他干脆把它抱到大腿上，让它待着。

小黏人精。

他无奈地摇摇头，拿起笔来继续画图。

他画的是那棵樱花树的设计图。

其实用烫花做一棵树，只需画简图即可。树嘛，千姿百态，又不是画成什么样就能做成什么样。枝干、花朵和叶片都要在组装时调整造型，不过他还是想画一下效果，给池江先生看。

他用铅笔打草稿，勾线后擦掉铅笔线，复印了一张留底，再用马克笔上色。他有美术功底，画出一棵粉粉的染井吉野樱后，将之扫描到电脑上，试着给树配背景墙。

董承说过，到时在池江夫人的生日宴上，不能只突兀地出现一棵树，太奇怪了，需要配上背景墙。

骆静语会用设计软件，做出几个方案后，他发到董承的邮箱，又打开董承发给他的那套和服设计图看起来。

设计图上有一个浅浅的水印，骆静语认出那是一套京友禅。

徐卿言老师曾给他们讲过和服的相关知识，因为他们要学到相匹配的饰品制作。骆静语知道定制一套京友禅的价格足以买下占喜住的 802 室。这个认知令他不敢怠慢，观察得更加仔细。

这套京友禅是冷金色线粉底色留袖，花纹所用工艺是贴金染。骆静语放大看，花纹是八重樱，还有一些相配的植物花草，看上去春意盎然，又不显得浮夸稚嫩，很适合池江夫人这个年龄段的女性，优雅又不失风趣。腰带是用打籽绣绣的织带，花纹像图腾。他看不太懂，猜测可能是池江先生的家纹。

这种高级定制的和服会反映出主人的性格和爱好。骆静语摸着下巴，心想池江夫人应该是一位热爱自然、知性优雅，又传统守礼的女性。

他拿出素描纸画起草图，这一晚画完樱花树，他只打算将发梳的设计简单理个思路。和服上是八重樱，发梳自然也用八重樱，还要搭配钻石，不能太复杂，要不然池江先生学不会……

骆静语画得投入，不知过了多久，发现大腿上的“礼物”已经睡着了。

他摸摸小猫，拿出手机看，居然已过凌晨。

可是，欢欢还是没理他。

骆静语很失落。

占喜就像失联了一样。

她在星期一早上给骆静语发过一条微信消息，说这几天不方便聊天，但没说原因，从那以后就再也没发来过消息。

骆静语没办法，也不敢打扰她，只能每天做一个合格的“铲屎官”。

晚上，“礼物”再也没在纸箱里睡过觉，都上床和骆静语一起睡，认准一个位置，乖乖地挨在他身边。他起先不太习惯，睡过几晚后也适应了身边多出一只温软的小东西。

跨年夜，他依旧工作到很晚。

过零点后，骆静语起身去厨房煮了两个水煮蛋。他拿起一个鸡蛋，用马克笔在蛋壳上画了个笑脸，然后左手拿着蛋，右手用手机拍下照片，发到朋友圈，配文是“新年快乐”。

几分钟后，他在一片欢腾刷屏的朋友圈里看到一条占喜发的朋友圈，配图是一只喷着水花的卡通鲸鱼，配文也是“新年快乐”。

看着这条朋友圈，骆静语上扬的嘴角就没下去过，心里又酥又暖。他站在流理台旁，剥掉两个鸡蛋的壳，一口一口地慢慢吃掉。

鸡蛋真好吃，绝对是全世界最好吃的食物，没有之一。

新年第一天，万象更新，占喜穿着迟贵兰新买的红色羽绒服，带着一麻袋特产，在她的陪同下去长途汽车站坐车。

这几天，父亲去厂里上班，奶奶很少出房间。占喜一直和迟贵兰待在一起，真是苦不堪言。

买好大巴票，迟贵兰陪女儿在候车室等车。母女俩并肩而坐，占喜没再玩手机。她已经很淡定，在老妈面前完全可以戒掉手机。

迟贵兰又开始絮絮叨叨，占喜也没有表现出不耐烦，始终温顺地听着。迟贵兰说了一阵子后突然转头看着女儿的侧脸，沉声问：“欢欢，你是不是嫌妈妈烦啊？”

“没有啊。”占喜一脸无辜地道，“怎么会嘛。”

“我知道你大了，有自己的主意了。”迟贵兰伸手拉拉占喜的衣领，把翻翘起的兜帽毛边捋顺一些，继续说，“但是，很多事你还是要听妈妈说一句，你毕竟才二十多岁，还不成熟。”

占喜平静地看着母亲。

“妈妈文化不高，你爸也是，这辈子就这样了，我们那个年代不好，没有办法。”迟贵兰说，“你就不一样了，我们家没有重男轻女这种观念，这点你应该知道。甚至可以说，比起对阿杰，我们全家都更宠你。

“你读书好，爸爸妈妈就算拼了命也会让你读，从来没想过‘女孩子读书多有什么用’这种事情，你要是能读研读博，我们就会一直供。结果你说不想考研，行吧，我们也随了你。

“为什么要让你进体制？你想过没有，你的性子单纯，在那种私人单位，你是拼不过人家的。你不像秦菲脸皮厚、会来事，要不然她一个女人家能做业务员吗？我想都不敢想你去做业务员会怎么样，你会为了谈生意陪男人喝酒，还要加班、出差，搞不好还被男人揩油。

“你的性格就适合稳定的工作，朝九晚五，做好分内事就行了。你是女孩子，妈妈不求你做什么女强人，只想要你安安稳稳地过日子，嫁一个好老公，生一两个孩子，娘家婆家都把你当宝，一辈子平安和顺。

“妈妈知道我们家条件不算太好，但也不算差，我和你爸以后都有养老金，不用你们管，房子够大，万一拆迁就更不好说了。我们还有个商铺，你哥在钱塘也有房有车，真的不差的呀。你要有自信，像王赫那样的男孩子，你千万不要觉得自己是高攀。要我看，他条件都只能算一般。

“你长得多漂亮啊，气质又好，在我们那块儿，谁不知道老占家的小女儿长得好、读书好、又听话，人人都说你将来一定能享福。当然妈妈不希望你做全职主妇，那样会被婆家看不起。所以，进体制，端上铁饭碗，对你来说就是最好的出路。你要是考上了，优秀的男孩子那是随便你挑。”

“也是因为你太乖，又太漂亮，所以肯定会有很多男孩子追求你，妈妈怕的就是这个。”

迟贵兰摸摸占喜的脸颊：“不要像你嫂子还有你那个罗什么的同学那样，还没被婆家看过呢，就急吼吼地和男人处对象，甚至同居。还有尹莉也是，自己买的房子，居然让男朋友住进去，这像什么话？万一分了呢？我可真是看不上。女孩子要洁身自好，别听社会上讲的那些恋爱自由，大多数男的结婚都在乎这事儿，这是你的资本！你懂不懂？”

占喜麻木地应道：“懂。”内心却在呐喊：怎么还没检票啊？

母亲的观点永远都那样难以改变，看不上这个，看不上那个，在她眼里大概只有占喜是最纯洁、最完美的。就拿秦菲来举例，秦菲当初和占杰恋爱同居，那还不是占杰要求的？她怎么不去怪占杰？都快十年了，还揪着秦菲不放！

秦菲也好，罗欣然也好，还有尹莉，她们在占喜眼里都是努力工作、积极生活、乐观向上的好女生，不管是精神还是身体，都掌控在自己手里。和谁谈恋爱，做什么工作，和谁一块儿玩，要不要抽烟，能不能喝酒，留什么发型，穿什么衣服，这些事情她们都可以自己决定。占喜没觉得她们有哪里不“洁身自好”，反而觉得她们都很自尊自爱，羡慕她们自由自在。

但是，显然迟贵兰不这么认为。至少，对于占喜，迟贵兰给她套上了一层又一层枷锁，用“为你好”这个名头，致力于将她培养成一个在众人眼中知书达理、温柔听话、工作稳定、没有陋习并且有贞操观念的“完美现代女性”。

你说她有什么不对，占喜又说不出来哪里不对，只会感到一阵阵窒息。

母亲这么爱她，从来不打她，从小到大用好吃的、好喝的、好穿的伺候着她，连看着她的眼神都那么温情脉脉，就是一个天底下最慈爱的母亲。

迟贵兰还在说：“要不是因为你奶奶和你爸，我就去你那儿照顾你了。你从小都不会做饭，自己一个人怎么生活啊，我每天想着你吃饭的事情就发愁。”

占喜吓出一身冷汗，忙说：“妈，别了！奶奶和爸爸都离不开你。”

迟贵兰深以为然：“就是说啊，这两个人，离了我都要活不下去。”

“是，是，是。”占喜拍胸脯保证，“妈，你相信我，我现在很能干的，都是自己做饭。因为住得近嘛，下班买菜回家都是步行，时间可充裕了。对了，我还会用高压锅了呢，你千万不要担心我。”

迟贵兰斜着眼睛看她，她重重地点头。迟贵兰才放了点儿心，说：“既然时间这么多，你就去报个考公务员的班吧，妈妈给你出钱，二月底就要考试了，争取上岸。”

占喜：“……”

这时，喇叭里传来车次检票的通知，占喜如蒙大赦，几乎是蹦起来：“啊！要上车啦！”

迟贵兰把她送到检票口，最后叮嘱她：“欢欢，你记住，绝对不要自己找对象，知道吗？有喜欢的男孩子就把条件问清楚，告诉妈妈，妈妈给你把关。要是被我发现你和那种不三不四的男孩子来往，你等着吧，我非打断他的腿不可。”

占喜无端觉得自己的腿疼了一下，赶紧答应：“知道了，我先进去啦，妈妈再见！过年时我和哥一起回来。”

“去吧，乖乖的啊。”迟贵兰对着占喜挥挥手。

占喜在大巴上坐下，一身轻松，第一件事情就是给小鱼发微信消息。

鸡蛋布丁：小鱼，我上车啦！两个半小时到西站。

骆静语回得巨快。

好大一头鱼：欢迎回来钱塘！晚上，要不要一起吃饭？今天是新年第一天了。

占喜看了下时间，下大巴后回到青雀佳苑估计是五点半，刚好赶上吃晚饭。

鸡蛋布丁：好呀，不过在我家吃还是你家吃啊？

好大一头鱼：我家。

鸡蛋布丁：哈哈，让我看看高级厨房做出来的菜，是不是都能更高级一点儿！

骆静语发了个“捂脸”的表情。

鸡蛋布丁：先不和你说啦，我想睡一会儿，昨晚睡得晚，现在有点儿困。

好大一头鱼：好的，注意安全。

大巴车比自驾车开得慢，摇摇晃晃地把占喜带回钱塘，到西站时已经快下午五点。她从行李架上拿下那一麻袋特产，挺沉的，一只手拎包，一只手提麻袋，随着下车的人流走向出站口。

此时夕阳西下，天色渐暗，出站口人特别多，黑车司机吆喝得很卖力，还有人挤到占喜面前喊："美女，坐车吗？美女，给你便宜点儿，美女。"

占喜有点儿怕，不停地躲避这些人，当又一个黑车司机挡住她的路、喋喋不休时，她低着头着急地往边上绕，没想到，另一个人挡在了她面前。

"让开。"占喜真的生气了。

可是，那人没动。

就在这一秒，在如此喧嚣吵闹的出站口，在各种气味混杂的空气中，占喜闻到一股熟悉的味道——凉凉的、苦苦的，是说不出名字的草木香。

她猛地抬起头，便猝不及防地撞上那双温柔又清澈的眼睛。

骆静语穿着那件黑色粗呢风衣，围着占喜送的灰色围巾，衣服没有兜帽，脸上倒是依旧戴着口罩，透过他弯着的眼睛能看出来他在笑。

"小鱼！"她好意外，更多的是惊喜，双眼闪着光亮，"你怎么来啦？"

骆静语右手手背抵在下巴下，又指指占喜，这是"等你"的意思，占喜懂的，心里温暖得要命。骆静语已经接过她手中的麻袋，掂了掂，眼神疑惑地看向她。

"很重是吗？"占喜笑着说，"有板栗、蜂蜜、笋干、番薯，都是很重的东西，有一半是给你的。"

看明白唇语后，骆静语空着的那只手用力地摇了好几下。占喜知道他的意思"不用那么多"，便说："要的啦，我一个人也吃不完。"

两个人已经向路边走去，骆静语拿出手机晃了一下，指指那些停着的黑车，占喜问："你叫车啦？"

骆静语点点头，在路边停下，把麻袋搁到地上后，打开手机给占喜看。他叫了一辆网约车，还有五分钟能到。

占喜问："你为什么要来接我啊？这么远，我以为你在家做饭呢。"

骆静语没回答，又笑起来，口罩上方露出来的眼睛都快弯得看不见了。

占喜噘噘嘴，指指自己的脸："你能不能把口罩拿下来呀？"

骆静语听话地摘下口罩，占喜看到他的脸，有些不自然地说："挺帅的一个人，干吗老要戴口罩？"

骆静语似乎没看清她的唇形，微微皱眉。

占喜绷不住了，一撇头："没看懂拉倒。"

这下子骆静语不干了，往她脸的方向跨了一步，弯下腰，想要看清她到底说了什么。

两个人之间的距离瞬间拉近，占喜慌得上身后仰。看到她的反应，骆静语才感觉到不妥，人也立刻站直了。

相对无言中，他的手机振动起来，是一个电话，可能是网约车司机打来的。他把手机递给占喜，右手比着"6"在耳边，是打电话的手势。

占喜帮他接通，果然是司机。她告知对方位置，挂断后把手机还给骆静语。

"你以前叫车时，碰到这种情况怎么办啊？"占喜口齿清晰地问。

骆静语指指手机，摇摇手，然后做了个在手机上打字的动作。

占喜明白了。他都是给司机发消息，但也挡不住有些司机还是会打电话来。他又打字给她看：定位对了，我在等你。

占喜"噗"的一声笑出来，对骆静语竖起大拇指。

很快，车来了，两个人都坐进后排。

行驶中，骆静语打开手机相册，给占喜看这几天"礼物"的照片和视频。他拍了好多，没能发给她，这时候就献宝一样地给她看。

"哇！"占喜指着一段视频，抬头说，"'礼物'很会走路了呢。"

骆静语得意地挑挑眉，就像一个被表扬了的孩子的父亲一样。

"看起来都长大一点儿了。"占喜仔细地看了一张张照片、一段段视频，一直翻到关于礼物的第一段视频——骆静语抱着它坐在飘窗上，喂完奶后对着镜头绽开笑容。

占喜抿抿唇，抬起眼皮瞅他，指着视频说："这个，发给我。"

骆静语："？"

"我……那天，不小心……删掉了。"占喜难为情地笑笑。

骆静语比个"好的"，立刻就给她发视频。她心里一动，看他在相册里选择时，凑过去拍拍他的手臂，用手指点点其他几张照片。

骆静语没太明白。占喜干脆自己上手，把想要的照片和视频都给勾选了。

她磕磕巴巴地解释："那天……不小心，删了好多……"

骆静语无奈地笑起来，指指占喜，右手拇指和四指弯曲，整只手形成一个"C"，又用双手比了个心。

比心！怎么突然比心啊？占喜瞪大眼睛看他。

骆静语知道她没猜出来，只能打字道：粗心。

哦……原来是怪她粗心啊。她不开心地撇撇嘴，心想：我还不是为了你。

说归说，在占喜的“监督”下，骆静语还是很顺从地把照片、视频都发给她。她心花怒放，虽然聊天记录没有了，好歹照片能抢救回来一些，尤其是那几张有小鱼美手的照片，她可太喜欢了，都要，都要！

车到目的地，两个人下车，一路走进单元楼。

电梯从负一楼的地下车库上来，在一楼开门后，占喜看到里头站着一家三口——顾心驰和他的父母。

“小鱼哥哥、占姐姐，新年快乐！”还没等他们走进去，顾心驰就叫起来。

占喜也对他笑：“新年快乐。”又从麻袋里掏出一罐蜂蜜递给他，“我今天刚从老家回来，这是我们那儿的蜂蜜，送给你吃。”

“哎呀，小占，你太客气了。”顾妈妈很不好意思。

“谢谢占姐姐！”顾心驰收到礼物好高兴，一下子就说开了，“我爸爸妈妈刚才带我去看电影了，可好看了！本来我们想在外面吃饭，但所有餐厅都很多人，我们就只能回家吃饭了，原本我是想吃比萨……”

占喜还是头一次见到顾爸爸，向他微笑致意。她和小鱼一起去十五楼，就没按楼层键，顾心驰以为她忘了，赶紧挤过去帮忙按下八楼：“占姐姐，我给你按了。”

就在占喜考虑要不要再把八楼按熄时，有一只手已经伸过去，长按按键，八楼楼层键就灭了。顾心驰一家三口都望向手的主人，骆静语长身而立，眼观鼻鼻观心，当作什么事情都没发生过。

占喜的脸红红的。

顾心驰很委屈，噘着嘴巴，心想怎么做好事这么难？

顾爸爸则恍然大悟，原来这个漂亮妹子住八楼呀，怪不得了……

十五楼到了，大家各回各家。

骆静语打开门，一阵温暖的气息便流淌出来。占喜换好拖鞋就急着叫唤：“礼物！妈妈回来啦！你在哪儿呀？”

客厅里没有“礼物”的踪影，骆静语很有经验了，直接进主卧，跪趴到地上往床底下看，果然，小猫又躲在了里头。

占喜也不顾这是小鱼的卧室，跟进去后和他一起趴到地板上，惊讶地叫：“礼物！你怎么在床底下呀？快出来，脏不脏啊？”

“礼物”钻出来，却没往占喜那儿去，直接冲着骆静语，被他抱起来后还嗲嗲地叫了两声。他则笑眯眯地揉揉它的脑袋，姿势娴熟地将它搂进怀里。

占喜大惊，完蛋，“女儿”被拐跑了！

她没敢仔细参观小鱼的卧室，随着他回到客厅，才知道小鱼为什么没有留在家里做饭，原来这一晚，他准备吃火锅。

他的客厅没有餐桌椅，他不知从哪里搬出一张折叠餐桌，也是白色的，四人位，把电火锅炉和配菜一一摆上桌，他又将工作台边的椅子搬了两把过来。

他的椅子非常有意思，一共四把，每把造型、颜色、材质都不一样，共同点是坐着很舒服，人能窝进去的那种。

骆静语给占喜拿的是一把橙色木制椅子，很厚重，有软软的半包靠背和坐垫。她往上头一坐，满足地"哼"了一声，抬起头问："你从哪儿找来这么舒服的椅子啊？"

骆静语笑笑，拿出手机打字：你喜欢吗？送给你。

"我天！"占喜一拍脑门儿，"我喜欢你的房子，你肯不肯送给我啊？"

骆静语还挺认真地想了想，回答：可以，那么我住哪里？

占喜没心没肺地和他开玩笑："你住我的802室呗！"

骆静语笑着打字，手机递到占喜面前：每个月银行交八千五百元了，你工资是够吗？

占喜差点儿吐血，扑过去用小拳头噼里啪啦地捶他："讨厌！讨厌！讨厌！"

骆静语笑得不行，小跳步地躲开占喜的"袭击"。他收起手机，脱掉外套，又指指她的外套，她便把羽绒服脱下来递给他。

骆静语打量着手里的衣服，瞄了占喜一眼，又拿出手机打字给她看：欢欢，红色你穿非常好看了，像草莓。

占喜被他弄得面红耳赤，只能用大叫来掩饰羞赧："快去弄吃的啦！我好饿啊！"

顺便还手捂胃部做了一个"饿"的手语。

骆静语不再逗她，挂好衣服后去厨房端汤锅。

他去接占喜前就把火锅准备好了，锅底是他自己炖的猪肚鸡汤，半只鸡切成小块在汤里，加上猪肚，汤汁都炖成了奶白色。

另外他还准备了很多火锅配菜，有荤有素，调料也分辣和不辣，最后，他大着胆子拿出一瓶红酒，试探着给占喜看。

"还喝酒啊？"占喜不太会喝酒，犹豫后还是摇着手拒绝了，"有饮料吗？你喝酒吧，我想喝饮料。"

骆静语也没失望，女孩子不喝酒很正常，赶紧又去找来一扎苹果汁，占喜表示满意。等到锅底沸腾起来，两个人便享受起新年里的第一顿晚餐。

和小鱼吃饭时不方便聊天，占喜已经习惯了，客厅里很安静，只有火锅"咕嘟咕嘟"冒泡的声音，还有"礼物"偶尔转到他们脚边，喵喵地叫两声。

猪肚鸡汤底很鲜美，占喜吃了好多，抬头看对面的男人。他穿着一件驼色圆领毛衣，吃相很斯文，近乎细嚼慢咽。占喜和他吃过这么多顿饭，从没发现过他吧唧嘴，或是出现用餐礼仪中其他不合适的行为。他都听不见，挺难得的，毕竟占杰有时候吃起饭来声音都很大。

吃完火锅，占喜帮忙收拾碗盘，自告奋勇要洗碗。骆静语哪儿肯啊，把她推出厨房，让她去陪“礼物”玩。

等他收拾好厨房走出来，就看到占喜懒洋洋地赖在橙色椅子上，鞋子都脱了，两条腿屈着搁在椅面上，怀里抱着小猫在撸毛。

骆静语拉过椅子在她身边坐下。

占喜看着他，问：“小鱼，你家为什么没有沙发？”

骆静语想了想，指指客厅那头的工作台，打字回答：没有位置了。

占喜往工作台望去，原来如此。

小鱼的客厅是个很大的长方形，按照常规，靠近阳台的位置是摆沙发、茶几、电视柜的，但他摆了一张像公司会议桌那么大的工作台。如果要放沙发，就只能放到入户门处，也就是他们现在所处的位置。这里采光不够好，的确不适合。

骆静语又补充：我的家没有客人。

占喜不满地看他，指指自己的鼻子：“我不是客人吗？”

骆静语一愣，打字问：你喜欢沙发？

占喜笑着说：“喜欢啊，你不喜欢吗？我楼下那个小沙发，我都觉得很舒服呢。”

骆静语眨巴着眼睛，觉得自己领会到了占喜的意思。

“哎哟，我吃太饱了。”占喜哼哼唧唧，“你的菜准备得也太多了，感觉我都吃胖了。”

面对骆静语，她一点儿也不矜持，特别放松自在，哪怕他听不见，也不会说话，两个人待在一起都不会感到尴尬。

占喜想到自己高中时的男同学们，明面上喊她“班花”，背地里却叫她“Eleven Girl”，她和他们从来聊不起天，在班里整日沉默寡言。

她又想起自己大学时的同学，因为大一时迟贵兰闹出的那件事情，大家对她议论纷纷，最多的说辞是“假正经”和“白莲花”，幸好三个室友理解她，要不然，那四年她会过得很艰难。

至于公司里的男同事们，占喜觉得他们基本都是外貌党。刚入职时，好多单身小伙子都对她表示过好感，约她吃饭或是看电影，她一个都没答应。后来，坚持着的只剩林岩，但她明确知道他们不合适。林岩话太少了，两个人交谈时，仿佛空气都是沉闷的。

等等！她觉得有哪儿不对。

占喜看向骆静语，身边的这个男人比林岩的话更少，这么说也不准确，应该说，他比全世界所有的人都话少，可她为什么会那么喜欢和他待在一起呢？

从来不会无聊，可以肆无忌惮地开玩笑。她有时候还会推他、拍他，刚才还用拳头去捶他，他就任由她闹，每次都是微笑着看她，不说话。

好奇怪啊，同样是什么都没对她说的两个男人，林岩的示好令她备感压力，小鱼的温柔却叫她难以抗拒，私心里甚至想要更多，想要与他靠近，想要和他待在一起，想要看到他笑，想要……

占喜脸红了，告诫自己不能再胡思乱想。

她和小鱼……是不合适的。他们只能做朋友。

此时，骆静语看过占喜的唇语后，指指她，又是摇头又是摇手。

占喜咯咯笑："你是觉得我很瘦啊？其实我肚子上有肉，冬天衣服穿得多，看不出来罢了。"

骆静语打字给她看：没有，我觉得你可以更胖。

"噗！哈哈哈……"占喜笑得肩膀乱抖，"小鱼，你这话千万别对其他女孩儿说，会被打的。"

骆静语不明白为什么会被打，他说的是实话，觉得欢欢一点儿都不胖，太瘦了，应该再多长点儿肉。

可能是被自己的想法吓到了，占喜决定早点儿回家。她对小鱼弯弯大拇指："好晚了，我得回家啦，小鱼，谢谢你的火锅。"

她依依不舍地从椅子上爬下来，对怀里的"礼物"说，"宝贝，跟小鱼叔叔说再见，妈妈带你回家了。"

骆静语很舍不得她，也舍不得"礼物"，但时间的确晚了，他没有留她的理由。只是两个人都没想到，"小礼物"在被她抱进猫包时，表现出极大的反抗之力。它又是叫，又是扭，还伸出小爪子试图去挠她。

占喜怕弄伤它，就把它交给小鱼，让他把"礼物"放进猫包。

于是神奇的一幕发生了，在骆静语怀里，"礼物"瞬间安静下来，从一只暴躁小猫秒变娇滴滴的小奶猫，一对亮晶晶的眼睛里写满了委屈。

占喜："……"

啊啊啊！这没良心的臭东西！见色忘义！早知道就该养一只小公猫，占喜内心几乎要流下泪来。

"礼物"的意图清晰明了，骆静语抱歉地看向占喜，用眼神询问她的意思。她的嘴巴噘得老高，问："你会不会嫌它麻烦啊？"

骆静语坚定地摇头。

占喜又问："你真的喜欢它吗？"

骆静语又重重地点头。

占喜说："那……要不这样，工作日'礼物'住你家，双休日我带回去，你平时都在家，可以陪它，你觉得怎么样？"

骆静语笑着点头，怀里的"礼物"像是听懂了似的，"喵"地叫了一声，嗲得要死。

占喜叹口气，把带给骆静语的特产都从麻袋里掏出来，和他还有她的猫道别后，灰头土脸地坐电梯回八楼。

一直到电梯下行，骆静语才想起，忘记把酱鸭给欢欢了。又一想，没给也好，又能多一个借口见到她。

他心情很好地抱着"礼物"坐回椅子上，手指摸一下小猫脑袋，对着它的大眼睛比了句手语："乖宝贝，你今天表现真棒，爸爸果然没白疼你。"

Chapter 07

欢欢，别哭

离开老家，离开迟贵兰，占喜的生活又回到原本的轨道。

她在省考报名时，报了钱塘某区文化和广电旅游体育局的一个科员岗位。之所以挑中它，是因为这个岗位要求的专业中，不仅有汉语言文学，还有网络和新媒体专业，虽然只招一个人，她还是坚持报了名。

如果能考上这个岗位，她倒也愿意去工作。

至于其他那些专业对口的岗位，什么行政执法大队、司法局基层司法所、卫生监督所、区精神文明建设指导中心……她光看单位名字就觉得不喜欢。

占喜知道是因为自己还年轻，对于事业还是有点儿野心的，“铁饭碗”对她的吸引力没有那么大，优质未婚男青年更是只存在于迟贵兰的梦里。

她觉得自己的未来有无限可能，绝不是“找一份稳定工作、嫁一个好老公、生一两个孩子”可以概括的。她想要靠自己去闯一闯，像秦菲那样，像罗欣然那样，像小鱼那样！就算失败也不会后悔，只有不去尝试才会让她意难平。

这一年的除夕在一月下旬，公司年会将在年后的二月底举行，所以年前的 HR 就特别忙，连占喜这样打杂的岗位都开始频繁加班。

业余时间，她报了一个线上的考公培训课，买好教材、按时听课、刷题、写作业。迟贵兰对她的学习积极性表示满意，让她少管公司的事情，多看书复习。老妈的原话是“年会关你什么事儿啊，你二月底考完了，说不定就辞职啦”。

占喜不敢告诉母亲，年会还真和她有点儿关系，因为部门里的姐姐们一致推选她去表演节目，令她相当头疼。大家吵吵嚷嚷好几天，文琴大手一挥，点兵似的点了袁思晨和钱云陪占喜一块儿跳舞，让她们公费去请个老师来教舞、排舞，这件事情才算定下来。

占喜变得忙碌后，没能天天和骆静语见面，只能偶尔去他家蹭顿饭，和“礼物”玩一会儿。

这阵子，为了那棵樱花树的事情，骆静语也变得很忙。

池江夫人的生日宴是在元宵节后的二月九日，时间并不宽裕。骆静语做事很有条理，通过自己学烫花的启蒙老师周莲，找来两个盲聋学校的高三听障学生帮忙，他们都在周老师那里学过基础的烫花技术。

因为花瓣、小细枝和叶片的数量太大，骆静语给两个学生安排的工作是剪型和染色，他自己则负责所有熨烫工作。毕竟，烫花的精髓就是在“烫”，烫的技术好坏可以决定作品最后的质量。

骆静语教了两天，一男一女两个听障孩子就能自己上手了。他们每天早上九点到骆静语家报到，晚上六点下班，他给他们开日薪，两个小孩儿干得特别起劲。

另一边，骆静语放弃用花架柱和泡沫板做樱花树的树干。预算足够，他让方旭联系，请了一位美院雕塑系在校生，用雕塑土帮他做树干，肌理纹路会更逼真。

还有那枚八重樱发梳，必须要在年前教池江先生做完。

骆静语设计的发梳样式很简单，便于池江先生完成。这款发梳的意义原本就不在设计感，而在于完成度。池江先生认可设计后，他就和董承联系，把教学时间定在一个周末。

距离池江先生上门还有一周，这一天占喜休息，睡了个懒觉后不想复习，就去菜场买了满满一袋子菜、抱着“礼物”溜到十五楼去慰问小鱼。

小鱼的家现在乱得一塌糊涂，根本没法儿收拾，“礼物”被迫回到802室和占喜相依为命。小猫很委屈，开始几天都没给过她好脸色，直到她带它去小鱼家，它才会变得乖顺一些。

工作台边，两个18岁的孩子正在马不停蹄地剪布料和染色。骆静语穿着一身运动服，眼睛底下挂着两个黑眼圈，笑容淡淡地看着占喜。他疲惫的样子令她心疼，说：“你注意点儿身体啊，人都瘦了，今天中午我给你们做饭吧？”

骆静语接过她手里的菜，摇摇手，指指自己。

占喜撇嘴：“你是觉得我做菜不好吃是吗？”

骆静语头昏脑涨地看着她。他真的好累，前一晚只睡了四小时，本来是想叫个外卖简单地吃点儿，再睡一会儿的，结果占喜来了，他立刻打消了这些念头。

看着她娇嗔的表情，骆静语没控制住自己的心思，居然抬手在她脑袋上揉了一把，她怔怔地看着他，他才惊觉自己做了什么。

占喜又拿回了他手上的菜："还是我来做吧，你太累了，去休息会儿，饭好了我叫你们。"

这一次，骆静语没再坚持，抱着"礼物"回主卧补眠去了。

工作台旁的两个孩子好奇地看着占喜进厨房，八卦地打起手语。

男生钟鹏："骆师兄还说小占姐不是他女朋友，谁信啊！"

女生莫杨："就是，都'摸头杀'了。"

钟鹏："还给他做饭！"

莫杨："还帮他养猫！"

钟鹏："都这样了还嘴硬。"

莫杨摇摇头，叹口气："你永远叫不醒一个装睡的人。"

钟鹏挠挠脑袋："你在说什么？骆师兄都快昏过去了，是真睡，不是装睡啊。"

莫杨无语地瞪着他："多看点儿书吧，文盲！赶紧干活了。"

这段时间，占喜对骆静语家的厨房已经不再陌生，来蹭饭时，她会陪在小鱼身边看他做菜，知道各种锅碗瓢盆都放在哪儿。他做菜的时候，她会拉他的袖子，让他转头看她说话，其实也没什么要紧事说，就是瞎聊。她知道他不方便用手机，就说："你只管听，别理我。"

她叽里咕噜地说着单位里的事情，说她年会要跳舞，还是热舞，好难学。又说最近在复习，下个月要考试，看书看得头疼。她还说到单位里一个难搞的会计特别挑剔，可能是更年期到了。还有，马上要过年了，她在想要不要出去玩两天。还有"礼物"最近胃口大起来了，不知道什么时候可以吃小鱼干和罐头，听说小猫都爱吃，哎哟，好费钱……

她说的话，骆静语不是每句都能看懂，更给不了回答，但她就是喜欢黏着他说话，让她出去陪"礼物"玩都不愿意，还气呼呼地说："我和那只猫已经断绝母女关系了！"

骆静语便会摇着头笑起来。

他无论做了什么好吃的，都会给占喜一双筷子，让她先尝。他的厨艺从未让她失望，她每次都说："小鱼，我觉得你做烫花浪费了，你应该去开个私房菜馆，保准赚钱！"

相比起来，占喜的厨艺着实一般，会做的菜也没几个。

这天中午四个人吃，她就煮了一大锅红卤鸡翅，鸡翅足有二十个，又做了一个最拿手的番茄炒蛋，并且做了一锅青菜贡丸汤，最后是从熟食店买来的糯米糖藕。

虽然只有四道菜，但每道菜量都很足，占喜觉得这已经是自己的厨艺巅峰，尝过味道，都还过得去，至少毒不死人。

该开饭了，她对着钟鹏和莫杨比手语：“饭菜做好了，可以吃饭了。”

这是小鱼教她的，都很简单易学，两个孩子冲着她傻笑。她指指骆静语的卧室，让他们去盛饭，她进去叫人起床。

骆静语的房间里窗帘紧闭，但他留着一盏台灯，裹着被子睡得正熟。占喜在床沿边坐下，看到“礼物”窝在他身边打盹儿。“礼物”发现占喜过来，耸耸耳朵眯眯眼，无动于衷。

占喜也不和猫计较，歪着头打量骆静语的睡颜，心想这还是头一次看到小鱼睡觉呢。他和衣而卧，向着床沿侧身躺着，长而密的眼睫毛覆在下眼睑上，大概是累极了，发出轻微的呼噜声。

这也是占喜第一次听到骆静语的“声音”。

虽然是很轻的小呼噜，听不出音质和音色，可与他平时哪怕大笑都静默无声的状态相比，此时他的“声音”能明显听出是一个男声。占喜呆呆地看着他，知道小鱼的发声器官没有问题，他不会说话，只是因为从小就听不见，没法儿学。

她也知道很多听障儿童从很小的时候起，在专业人士或家长的帮助下会进行语言训练，这都是她和小鱼见面后，从网上查来的资料。查阅资料时，她不禁会想，小鱼小时候有没有进行过语言训练？有没有尝试过开口说话？有没有戴过助听器？还能不能安装人工耳蜗？

他还有没有可能听到哪怕是一点儿的声音？

骆静语已经睡了一个多小时，占喜就算不忍心，这时候也得叫醒他起来吃饭。她伸手拍拍他露在被子外的手臂，前两下拍得轻，他没反应。她只能加大力度，还忍不住叫了一声：“小鱼，醒醒。”

“呃，啊……”睡着的男人突然被惊醒，喉间不自觉地发出一声低吟。

占喜身子一抖，她听得分明，这声音和刚才的小呼噜声不一样，是小鱼声带振动后发出的声音，不算响亮，也不清晰，是因为受惊而发自本能地从喉咙里滚出来的声音。

可以更清楚地知道是一个年轻男人的声音。

占喜脑中回荡着那短暂的一声喊，并未觉得有任何不适，反倒很惊喜。这是小鱼的声音啊！她甚至想要听到更多。

然而骆静语睁开眼后神智归来，看清眼前是占喜，唇边就泛起了笑，如平时一样，再也没有出声。

他坐起身来揉揉头发，下床和占喜一同走出卧室，还不忘把“礼物”也抱出来。

四个人一起吃午饭时，骆静语带头对占喜竖大拇指，钟鹏和莫杨赶紧跟上。占喜觉得自己就是在大厨面前班门弄斧，鸡翅咸了，贡丸汤又淡了，只有番茄炒蛋发挥得不错，毕竟是她唯一的拿手菜，果然最受欢迎，被其他三人一扫而光。

下午，骆静语和两个孩子一同开工，拿出烫镘烫樱花花瓣。

他们三个在工作台边认真工作，占喜就待在骆静语身边看他烫花。

樱花是一片片花瓣烫的，他的手边摊着一大堆染完色的花瓣，占喜看着就头大，他却一点儿也不显得烦躁。他低着头，左手拿小镊子夹住花瓣，右手拿烫镘仔细地熨烫，神情格外专注，手上动作潇洒从容，利落干脆。

占喜托着下巴看他，觉得认真工作的男人好帅、好有魅力。哪怕他一直在重复地烫樱花花瓣，她的眼睛都舍不得移开。

骆静语却被她看得不自在了，时不时地转头瞄她。

占喜对着他笑，他抿着唇在手机上打字：你不要看我了，像老师见考，我紧张。

占喜还要怼他："我本来就是你的鸡蛋老师呀。"

骆静语哑口无言，占喜就喜欢看他拿她没办法的样子，"咻咻咻"地笑趴在臂弯里，说："好了，好了，我不烦你了，你忙，我去边上看书。"

她将那把橙色椅子搬到玻璃移门边，整个人窝上去，真的拿出一本考公务员的教材书看起来。

客厅很温暖，花架就在她身边，不知名的花香一阵阵地飘过来。"礼物"一开始趴在一个软垫上，后来约莫是无聊了，去扒拉骆静语的腿。她不想小猫打扰他工作，就把它抱到自己膝上，一下一下地顺毛。

没过多久，她和猫同时打起了哈欠。骆静语转头看过去时，发现她已经歪着脑袋睡着了。

这样睡会感冒的——骆静语记起自己和欢欢刚认识时，她就因为感冒发烧去医院打点滴。他赶紧起身拿来一件外套，轻轻地披到她身上。可惜她没睡熟，睡眼惺忪地被弄醒了。

骆静语指指主卧，手掌相合放到颊边，歪着头做了个睡觉的动作。占喜耸耸鼻子："我才不要去睡你的床呢。"她坐直身子伸了个懒腰，抱着"礼物"起身说，"我回家了，好无聊。"

骆静语看着她，眼神竟有些纠结，眉头微蹙，嘴唇轻启，像是想说些什么。

他的神情，占喜已经很了解，问："怎么啦？小鱼。"

骆静语想了想，用手机打出一个长句给她看：欢欢，我想你帮忙我，下个周末我是要给池江上课，我没有给耳朵听见人上课过了，我不知道能不能池江明白，我想要试试给你上课，可以吗？

哎呀，这算什么大事啊，亏得小鱼还纠结半天。

占喜笑着说："当然可以啊，你最近忙，我都不好意思和你说，其实我早就想学一下了，觉得烫花特别有意思。"

见她一口答应，骆静语心里很高兴，打字道：做简单花，要两三个小时了。

"没事，我有空。"占喜跃跃欲试，"你教我做什么呀？百合，还是玫瑰、樱花？"

骆静语失笑，打字道：百合花瓣大，玫瑰花瓣多，樱花小，我教你葱兰花，布少、简单、便宜。

简单就算了，"便宜"是几个意思啊？是怕她浪费他金贵的布料吗？

说干就干，占喜又喜滋滋地把椅子移到骆静语身边。工作台对面，两个孩子悄悄地观察他们，彼此挤挤眼睛，心照不宣。

葱兰花的花型的确比较简单，用的布料有四种，花瓣用府绸，花托用薄绢，花茎和叶片则用新缎中糊和新缎固糊。骆静语在手机上把布料名称打给占喜看，她第一次接触，自然记不住，也分不出。

骆静语看着她迷茫的样子，笑了一下，给她做示范，在白色布料上画出花瓣、花托和叶片的形状。她依样画葫芦地画好后，他教她把花型布料一片片地剪下来，准备染色。

对占喜来说，染色很有意思，就像画画。骆静语铺上新闻纸，把小小的布料平铺在纸上，用柠檬黄加水调成很浅很浅的黄色，左手持镊子夹住花瓣布料，右手用刷笔涂到所有布料上。

这很容易，占喜跟着一起做。

接着，趁布料未干，骆静语又调出浅绿色刷在花瓣根部，又在花瓣边缘刷上若隐若现的紫红色，形成一种晕染渐变的效果。

这一次占喜上手时就露了怯，要么绿色刷得太多，要么紫红色刷得太多，颜色看着就不对劲，直接刷废两片花瓣。

"我承认我是手残。"占喜看看自己肉肉的手，又看看骆静语那双漂亮得足以去做手模的手，很是灰心丧气。骆静语当然不会怪她，又剪下两片花瓣给她。她不敢动了，嘟着嘴说："你自己刷吧，我怕又刷坏了。"

骆静语摇摇头，打字：我给池江上课，是他做，不是我做。

占喜知道自己是一对一教学课上的小白鼠，却还是对着他耍赖："那要是池江先生比我聪明，又比我手巧呢？这和老师的水平没关系，是我手太笨。"

看着她一脸理直气壮的样子，骆静语不知该怎么说，看着她的眼神都带上了无奈。

占喜见他没辙了，转转眼珠子，拉拉他的袖子。他仔细地看着她的脸，她咬唇，开口："要不……你手把手教我上色？"

骆静语："……"

于是，对面两个孩子就看到了惊人的一幕——他们宽厚又严厉的骆师兄居然站在小占姐身后，左手扶着她的椅背，右手握着她的右手，两个人一同执刷笔给布料上色！

那架势，不知道的还以为在教书法呢。

两个孩子倒吸一口冷气，几乎同时低下头去。

莫杨伸手碰碰钟鹏，在桌子底下给他打手语："周老师教你上色时，有没有手把手教过？"

钟鹏也在桌下回答："当然没有！我又不是笨蛋！你有吗？"

莫杨："我也没有，骆师兄教我们时也没有啊。"

钟鹏："他就算想，我也是不会答应的！"

莫杨一愣，脸颊泛红："那我还是愿意的。"

钟鹏："神经病，你又不是小占姐！"

此时，桌对面的两个人已经沉浸在自己的世界里，谁都没注意到两个孩子的偷窥。

占喜坐在椅子上，心跳得好快，"扑通扑通"跟打鼓似的，拿镊子夹布料的左手都在微微发抖。她的眼神悄悄移到自己的右手上，看到覆在手背上的那只手，手指那么修长，手背上的经脉清晰分明，还会动。

他的掌心热热地贴着她的手背，她感觉自己的手心都出汗了。

男人的身躯就在她身后，离得好近好近，他身上那股草木香几乎环绕着她，令她都不敢放肆呼吸，就怕深吸一口气后又要打喷嚏。

占喜心想自己真是胆大包天啊，居然会提出这样一个要求。她没想到小鱼会真的答应，半点儿都没推诿。

他难道听不出她是在开玩笑吗？还是说，她其实一点儿也不像在开玩笑？

她就是明知故犯。

骆静语并不比占喜好受。他站在她身后，弯着腰，眼前是她柔顺的长发，还带着洗发水的清香。他听不见她的呼吸声，也听不见自己的呼吸声，但能感受到自己的心脏在有力地跳动。

难以置信，他碰到了欢欢的手。他见过无数次的那双手，白白嫩嫩的，像她说的那样，手指、手背都肉乎乎的。

但这是他第一次触碰它。

很软，很滑，还有点儿凉。她的手小小的，比他的手小多了，可以让他整个儿地包住。

钟鹏和莫杨很想见识一下，如此新颖的烫花染色教学模式，究竟能染出怎样惊艳绝伦的一片花瓣。结果，在他们暗暗的期待中，经验丰富的小骆老师近几年来第一次失误，染出了一片比占喜自个儿染的还要丑的花瓣来。

钟鹏、莫杨："……"

骆静语对着这片花瓣陷入沉默，占喜则低头不语。他又剪了一片出来，这一回，她死活不肯自己染了。他没办法，只能帮她染完。

全部布料被染好后，需要自然晾干。因之前的事，骆静语都不敢看占喜。占喜也不敢看他，两只手躲在桌子底下互相绞着，右手手背似乎还留着他掌心的温度。

骆静语为了缓和气氛，给大家各泡一杯咖啡。在他家里，占喜也拥有了一只属于自己的马克杯，是白色的，杯身上印着 Kitty 猫图案。钟鹏和莫杨用的是一模一样的普通杯子，两个人看到占喜的杯子后，对视一眼，觉得没什么可说的了，这要是再不算证据，那就是在侮辱他们的智商。

香喷喷的咖啡喝完，布料也都干了。骆静语和占喜又在工作台前坐下，他教她做花茎和花蕊。

不需要语言交流，骆静语做，占喜照着学。在这个过程中，他们有过数次眼神相触，但每次都是刚一对上眼，他或是她就惊慌地移开视线，剩下的那一个又会大着胆子凝视对方——看那一双垂落的眼睛、薄薄的眼皮，睫毛在乱眨；看那颊边飞起的红晕，颜色就像工作台上那片片樱花；看那双唇微微启着，猜测对方是不是像自己一样，有无数心事想要诉说。

终于轮到烫镘上阵。

骆静语铺上烫垫，拿出一根小烫镘，给占喜打字：这是一筋镘，很烫，小心。

占喜点点头，看到骆静语将烫花器加热手柄换上一筋镘，通电加热后，在每片花瓣和花托的反面烫出卷边幅度。

熨烫是做烫花过程中最核心的一步，也是最体现手作人功力的一步。每一种花的花瓣都有自己卷曲的形态和幅度，手作人要对这种花型非常熟悉，并且经过无数次的练习，才能在熨烫过程中操作得驾轻就熟，从而让花朵最完美地呈现出来。

骆静语自是烫得顺手，连两个孩子也围过来一起看。

占喜看完后，大脑说："我会了！"

一上手烫，手说："不，你不会。"

她还是手忙脚乱，不过烫镘不能手把手教，太危险。骆静语只能全神贯注地盯着她，不怕她烫坏花瓣，就怕她弄伤自己。

终于，所有的花瓣和花托都烫完了，已经能看出很明显的样子。葱兰花的叶片细细长长，不需要用刀镘烫出叶脉。骆静语拿出软胶，开始教占喜组装。

占喜觉得整个过程就像小时候上手工劳动课一样，十分有趣。花茎、花蕊、花瓣和叶片在骆静语灵巧的手下渐渐组合在一起，成为一朵纯洁秀美的葱兰花。

占喜的花朵也顺利出炉，虽然不全是她一个人做的，也没有骆静语做的那朵漂亮，但还是足够让她高兴。她拈着这朵白色为主的小花，翻来覆去地看，笑得嘴都合不上。

不知不觉，天都黑了，时间已经过了六点。钟鹏和莫杨之前不敢打扰那两个秀恩爱的人，这时见花终于做完，他们才如释重负。钟鹏对骆静语打手语："师兄，我们要下班了。"

骆静语这才发现已经很晚，赶紧回答："辛苦了，你们下班吧，路上注意安全。"

两个孩子你推我搡地出了门，家里只剩下骆静语和占喜两个人。他们看看对方，很默契地一同红了脸。

骆静语问占喜要不要留下来吃晚饭，占喜心里太乱，婉拒了。骆静语也觉得这种时候他们不适合单独待在一起，不知道她是怎么想的，反正他现在迫切地需要呼吸几口新鲜空气，好灭一灭满脑子沸腾的气泡。这一下午难熬的呀，他都快要喘不上气儿来了。

占喜带着"礼物"回家，进门后，就把那枝葱兰花插到玻璃瓶里。

她盯着瓶子里的几枝花看了许久，一下子就趴到桌上，把脑袋埋进臂弯里。

她知道事情失控了。

在不知不觉中，她的内心体会到一种从未有过的悸动。

有一个人悄悄地走进了她的心。他安静、体贴、温柔、包容……还很腼腆、很可爱，不是她理想中的风趣幽默、能说会道，却也时常会把她逗笑。

他个子很高，气质干净清爽，长得超级好看，还是个艺术家——特别厉害的那种！

可，依旧是不行的呀。

占喜的两条腿都在桌下晃了起来，心想，怎么办啊？

骆静语是个聋哑人。

要是被迟贵兰知道了，他估计会被做成一条麻辣鱼干吧！

后来的一周，占喜自我约束，只在工作日的时候去骆静语家吃过一顿晚饭，还是因为钟鹏和莫杨要加班，小鱼做多了菜，才把她叫上去一起吃。

除此，他们再没有单独见过面。

占喜其实很想小鱼，却又不敢去见他，吃那顿晚饭也是为了去求证一下。见到他后，她的一颗心又怦怦乱跳，吓得几乎要跑，却又舍不得，最后还是扭扭捏捏地待在厨房里看他做菜，陪他"聊天"。

小鱼对她的态度同样令人困惑。

占喜虽然没谈过恋爱，也不是个傻子，要说小鱼对她半点儿念头都没有，她肯定不信。就是不知道小鱼到底是怎么想的，他们之间的关系目前来说还算安全，那他会想要更近一步吗？

他有没有想过后果？有没有想过未来？有没有想过困难和阻碍？还是说，他的恋爱观像罗欣然那样——享受当下？

明明知道没有结果，只要喜欢，就敢靠近，管它明天会发生什么！

不！占喜不是罗欣然，她理解这种恋爱观，却不能接受。而且，以她对小鱼的了解，小鱼也不是这样的人。

又到周末，这一天，是池江先生到骆静语家学习做樱花发梳的日子。

钟鹏和莫杨放假一天，占喜自然也不会上楼去打扰。董承陪池江先生来到青雀佳苑，还有纪鸿哲，作为不可或缺的手语翻译，他又一次被骆静语邀请帮忙。

有过给占喜教学的经验，骆静语在教池江先生做发梳时显得自信很多，一道道工序步骤教下来，通过纪鸿哲和董承的翻译，池江先生兴致颇高，学习得很愉快。

几粒钻石被镶嵌在金属质地的花蕊上，这还是骆静语第一次做钻石首饰，心里多少生出些感慨。他想，池江先生一定很爱他的夫人，为了这次生日宴真是下了血本，订做了一百多万元人民币的和服，还有看着克拉数就不小的钻石，怪不得不会在樱花树上跟他讨价还价。

整个教学进行得很顺利，下午三点，八重樱钻石发梳做完，骆静语找了个礼盒帮池江先生装上。池江先生诚恳地向他道谢后，带着发梳和董承一起离开。

纪鸿哲忙了一天，对骆静语的家兼工作室很感兴趣，把每个房间都参观了一遍。骆静语打手语问他："晚上有约会吗？没有的话留下吃饭吧，今天太谢谢你了。"

纪鸿哲眯着眼睛看他，用手语回："我想吃你做的啤酒鸭，好久没吃了，现在还会做吗？"

骆静语笑起来："当然会做，不过，我能再叫一个朋友一起来吃饭吗？她就住在楼下。"

纪鸿哲问："女的？"

骆静语："……"

纪鸿哲大笑起来，拍拍骆静语的肩膀，开口道："你叫，你叫，只要你不嫌我是个'电灯泡'就行。"

骆静语看清他的唇语后，赶紧打手语解释："我和她没什么，你等下不要乱说。"

纪鸿哲连连点头："我懂，我懂，我谈女朋友的时候你毛还没长齐呢。"

这人从小就这样乱说话，骆静语拿他没办法。他让纪鸿哲在家等着，自己出门去买菜。

买完菜，骆静语在回家路上给占喜发微信消息，叫她晚上来吃饭，说他的发小儿来做客，三个人热闹一点儿，还能多做点儿菜。

占喜想着有第三人在，应该不会太尴尬，便同意了。等到骆静语到家，她也抱着"礼物"上楼来了。

骆静语在厨房弄菜，大门上的小灯泡亮起来，他探出头，示意自己手很脏，让纪鸿哲帮忙去开个门。

纪鸿哲晃晃悠悠地走到门口，把门一打开，就和门外的占喜打了个照面。

两个人俱是震惊地看着对方。

骆静语擦干手走过来，开心地接过"礼物"抱在怀里，又给占喜拿拖鞋。他指指占喜，对纪鸿哲打手语："这是我的朋友，你们自我介绍一下吧。"

纪鸿哲恢复镇定，清清嗓子对占喜礼貌地微笑："你好，我是小鱼的发小儿，纪鸿哲，纪念的'纪'，徐悲鸿的'鸿'，哲学的'哲'。"

占喜也扯扯嘴角笑了一下："你好，我是小鱼的……邻居，我叫占喜。"

骆静语很疑惑，怎么变成邻居了？难道不是朋友吗？

在占喜的记忆里，有一个人对她做过一样的自我介绍。

占喜几乎已忘掉他的样子了，却还记得他对她说的第一句话："我叫纪鸿哲，纪念的'纪'，徐悲鸿的'鸿'，哲学的'哲'，是隔壁大三的，他们都叫我'哲哥'，你叫什么名字？"

年轻的男人满头大汗，笑容痞痞地看着她。

"屁啦，我们明明都叫你'鸡哥'！"另一个人在边上喊。

"滚！"男人踹了对方一脚。

…………

骆静语去厨房做饭了，纪鸿哲和占喜待在客厅里，两个人坐得很远。

纪鸿哲跷着二郎腿，看占喜神色拘谨，身形僵硬，笑道："你别紧张，我不会对小鱼说的，我和你今天就是第一次见面，明白吗？"

他就是欺负小鱼听不见，一点儿都没压着声音，占喜可做不到，小声地说："我又不怕小鱼知道。"

"我懂，本来也没什么。"纪鸿哲笑着摇头，"真是好巧，你和小鱼居然认识。我和他认识二十多年了，小时候在一个小区里长大的，那时候他家和我家是上下楼。”

“哦。”占喜还是没精打采，只觉得世界真是太小了。

纪鸿哲很好奇：“你和他是怎么认识的？”

占喜不想说前因，回答：“就是住一个楼认识的，他帮我装了两个柜子。”

“哈，骆静语现在这么会和女孩儿聊天了？能干了啊。”纪鸿哲觉得很有趣，“他小时候内向得不行，小区里的小女孩儿招惹他，他理都不理的，只会回家哭鼻子。”

占喜一愣，哭鼻子的小鱼啊……哎哟，怎么感觉那么萌呢？

纪鸿哲又问：“你毕业了？”

“嗯。”占喜点头，“去年毕业的。”

纪鸿哲递给她一张名片：“我现在在卖房，一手房，楼盘比较远，有兴趣可以找我。”

占喜接过，嘟囔道：“我哪儿会买房啊？”

纪鸿哲哈哈笑：“为什么不会？小鱼就是两三年前买的房，和你现在差不多大。”

占喜反问：“那你买房了吗？”

“没有。”纪鸿哲很无所谓地说，“又不急着结婚，买什么房？”

见占喜又一次转头看向厨房，纪鸿哲问：“你妈现在在干吗？”

“啊？”占喜不明白他怎么会提到迟贵兰，“就……就退休在家啊。”

“呵呵。”纪鸿哲的笑容很诡异，“我以为她不在了呢。”

占喜脸色一变：“你什么意思？”

“没什么意思。”纪鸿哲指指厨房门，掏出烟盒和打火机，“你去找小鱼吧，心不在焉的，甭管我了，我去抽根烟。”

占喜早就想去厨房了，听完后立刻开溜。纪鸿哲“啧”了一声，起身走向阳台。

厨房里，啤酒鸭的香味已经很浓郁，另一个灶眼上架着蒸锅，不知道在蒸什么。骆静语背对着门在砧板上切蘑菇，占喜进去时他没有发现。她在他身后看他切菜，一朵朵蘑菇快速地变成厚薄均匀的小片片。她觉得小鱼的手简直是宝藏，做什么事情都有一种信手拈来的感觉，除了打字。

想到这儿，占喜忍不住笑了一声。骆静语恰巧抬头，从面前的瓷砖墙上看到身后隐约的人影，转过头来对她绽开笑。

占喜走去他身边，问：“你要做什么菜？”

骆静语指指几个不同种类的菌菇片，再指指边上一碗焯过水的排骨，双手比了个好大的碗。占喜了然：“菌菇排骨汤。”

骆静语对她竖起大拇指。

他拿着锅铲去捣捣锅里的啤酒鸭，觉得差不多了就关上火，把鸭子盛出装盘，又把汤锅装上水端去灶上开火。

忙了一会儿后，他回头发现占喜一直倚在流理台边，眼神空洞，像是在发呆。他伸手在她面前晃了一下，她回过神来，他右手食指在空中画了个问号，眼神里透着关心。

占喜对他笑，很自然地拍了下他的手臂："我没事，你别管我。"

骆静语指指她，再指指门外。

占喜问："你想要我出去陪你朋友聊天吗？"

骆静语点头。

"我不高兴。"占喜干脆双手抱胸，"我又不认识他，就想在这儿陪你。"

她居然这么说……原本以为自己听不见，欢欢可以和小哲聊聊天，不会那么无聊，结果她竟宁愿陪着他，真是太高兴了！

骆静语高兴得立刻夹了一只鸭腿到小碗里，拿上筷子一起递给占喜，让她吃。

占喜也不客气，端着碗、夹着鸭腿就啃起来，边吃边说："嗯……真好吃！这是什么？卤鸭吗？我妈妈做的卤鸭不是这个味儿。"

骆静语拿起一罐啤酒给她看，她立刻明白了："啤酒鸭！哇哦，你还会做啤酒鸭，好厉害啊！"

开饭了，折叠餐桌上摆着五菜一汤：啤酒鸭、六只清蒸大闸蟹、香肠炒鸡蛋、干锅花菜、清炒荷兰豆、菌菇排骨汤。

纪鸿哲看着琳琅满目的菜肴，对占喜说："你说，是你托我的福，还是我托你的福，这么丰盛！"

占喜快要流口水，满不在乎地说："你去问小鱼呗。"

"问就是他热情好客。"纪鸿哲老大不客气地坐下来。占喜想坐到他斜对面，让小鱼坐在自己身边，纪鸿哲叫住她："你坐我旁边。"

占喜不乐意："凭什么呀？"

"小姐，动动脑子，他要看你的脸才知道你在说什么，坐他对面最合适，懂吗？"纪鸿哲很无语，"你以为我想坐你旁边啊？我也要和他说话的，如果坐他旁边我还要跟他打手语，我们的脖子都得酸死。"

原来是这样啊，占喜懂了。她去帮小鱼拿碗筷、杯子，然后乖乖地坐到纪鸿哲身边。

纪鸿哲开车不喝酒，骆静语帮他们倒上椰汁。椰汁还是加热过的，因为占喜说她想喝热饮。纪鸿哲看着这张折叠餐桌，打手语问：小鱼，你这么大个房子，怎么搞这么寒酸一张桌子？跟大排档似的。

骆静语看一眼桌对面的占喜，用手语回答：“之前都是我一个人吃饭，平时不用桌子。”

纪鸿哲也转头看一眼占喜，神情戏谑：“那现在怎么用了呢？”

骆静语皱了皱眉，用眼神示意他别说了。占喜奇怪地看着他们，问纪鸿哲：“你们在说什么呀？”

纪鸿哲捞起一只大闸蟹解开绳子：“我们在说，小鱼想买张新餐桌。”

占喜转向骆静语：“啊？为什么？”

骆静语没看到纪鸿哲的话，都不明白占喜在问什么，想要去拿手机，她赶紧阻止他：“先吃饭，先吃饭，一会儿再聊。”

纪鸿哲笑嘻嘻地看着他们，掰开蟹壳：“哟，黄好满，真不错！”

这顿饭不像平时那般静默，纪鸿哲把白天的翻译工作带到晚上，很自觉地做起占喜和骆静语的联络员。对占喜说话时，他会配合着打简单的手语，让骆静语也能看懂，最主要的是把骆静语的手语翻译给占喜听。

于是，占喜头一次看到小鱼如此放松地打手语。他打得很快，有时单手，有时双手，她只看到他漂亮的手在身前比出一串串手势。

她只学过一点儿三脚猫的手语词汇，完全看不懂，才明白自己信誓旦旦地对小鱼说要学会手语是多么可笑，不知道达到纪鸿哲这样的水平要学多久。

纪鸿哲很喜欢吃骆静语做的啤酒鸭，尤其喜欢吃鸭腿。他看着骆静语把一只鸭腿夹给占喜，便去盘子里找另一只，结果未遂。

“这鸭子怎么只有一只腿？”纪鸿哲满头问号。

占喜啃着鸭腿，一脸无辜。骆静语笑得肩膀都抖起来，把一只鸭翅夹给纪鸿哲，打手语道：“对不起，将就一下吧。”

吃到后来，三个人聊起天来。

“我以前追女孩子的时候，每次都会去找小鱼。”纪鸿哲一边说，一边打手语，“从他那儿搜刮来一大堆女孩子喜欢的小玩意儿，什么香薰蜡烛啊，小首饰啊，钥匙扣啊，拿去送给女孩儿，说是我自己做的，还不给他钱。”

骆静语被他逗笑了，摇头叹气。

占喜转头瞥向纪鸿哲：“你还好意思说，这么欺负他！”

“我也有帮他的。”纪鸿哲笑道，“上学时我还帮他做过作业呢，你都不知道他成绩有多差！英语选择题全靠蒙。”

骆静语脸红了，赶紧打手语让他不要再揭短。

占喜已经“咯咯咯”地笑起来：“难道语文选择题不是靠蒙的吗？”

纪鸿哲说："语文选择题倒还好，灾难是在大作文，8 岁小孩儿写的作文大概都比他写的通顺。"

"哈哈哈……可以想象！"占喜笑得眼泪都要出来了。

骆静语生气，拿起一个螃蟹脚丢向纪鸿哲。

"唉，不说了，好多年前的事儿了。"纪鸿哲也没喝酒，不知为何竟有种微醺感，环视这间宽敞的客厅，再看向对面清俊的男人，对占喜说，"我和小鱼其实很多年没联系了，搬家后住得远，他家在城北，我家在城南，你应该知道吧？万江路那边。"

占喜一愣："我不知道啊。"

"是吗？"纪鸿哲笑笑，"我以为你知道呢。"

占喜奇怪地道："我为什么会知道啊？"

纪鸿哲没再回答。

这段对话，骆静语看清了，但没弄懂，不过他并未往心里去，只觉得现在的氛围很舒服。小哲是他的发小儿，欢欢是他的朋友，他们第一次见面聊得还挺开心，没什么隔阂，欢欢还被小哲给逗笑了。

骆静语心里其实很羡慕，小哲从小口才就好，有他在，就不必担心冷场。不像自己和欢欢平时吃饭，那么安静，那么无聊。

吃完饭，骆静语去洗碗时，占喜又溜去了厨房。纪鸿哲透过玻璃移门看向厨房里，男人在洗碗，女孩子黏在他身边，偶尔扯扯他的袖子，歪着身子和他说话，脸上笑得特别灿烂。

骆静语转头看占喜的脸，纪鸿哲看不到他的表情，不过可以想象，他肯定很耐心地在"听"。

纪鸿哲很纳闷，单从厨房里的画面看，就像骆静语能听见、能说话似的。事实却是，小鱼是极重度耳聋，一点儿听力都没有，戴上助听器都没用，更别提学说话了。

占喜是怎么做到这么自然地和他聊天的？小鱼又是怎么做到浑不在意自己听不见的？他们平时就这么交流？这种齁甜的感觉跟处对象有什么两样？

小鱼在和占喜处对象？真的假的？纪鸿哲心里一咯噔，寻思这事儿可不一般。

骆静语洗完碗，占喜帮他把擦净的碗盘往橱柜里摆。他想了好久，拿出手机给她打字：欢欢，后天晚上，我想你可以来吃饭？

占喜看过后问："为什么呀？"

骆静语打字：我的 26 岁生日。

后天是星期二，一月二十一日，是小鱼 26 周岁的生日。

占喜看着他的眼睛问："你不回家过吗？"

骆静语摇摇头，打字：做树，忙，没有时间了。

占喜想了想，又问："就我们吗？"

骆静语忐忑不安地点头，怕欢欢知道只有他们两个人，就不肯来了。

占喜倒是没让他失望，笑着说："行，我来陪你过生日。"

骆静语立刻就笑了，眼睛弯弯的，笑得特别满足。

时间挺晚了，占喜和纪鸿哲都打算告辞。小鱼晚上还要工作，最近赶工期，他睡眠都不够，占喜不想多打扰他。

骆静语站在玄关处，看他们换鞋。

纪鸿哲对他比手语："垃圾袋给我，我去帮你倒，外面冷，你就别跑一趟了。"

骆静语没多想，把几个垃圾袋整理了一下，放到门口。

纪鸿哲背对着他弯腰穿鞋，突然说："占喜，我在楼下等你，有事情问你。"

他用的就是寻常的音量，占喜吓一跳，赶紧看小鱼。他笑得傻乎乎的，她才反应过来他听不见。她也低头穿鞋，转身背对小鱼，说："知道了。"

"嗯。"纪鸿哲提起门口的垃圾袋，对骆静语挥挥手，自顾自地下楼。

记忆里，那也是一个冬天，好像是十二月初。

占喜念大一，刚过完 19 岁的生日。罗欣然当时的男朋友是校篮球队的，和隔壁大学校队有一场友谊赛，几个室友就陪她一起去给本校的球队加油。比赛最后输了，因为对方球队有一个男生打得特别好，个儿很高，眉眼凌厉，十分嚣张。

那么冷的天气，占喜和女生们在球场边冻得发抖，那人却在赛后把上衣脱个精光，露出一身漂亮的肌肉在场边喝水，和队友们打打闹闹。

占喜还没见过这种类型的男生，不免多看了几眼，没想到，那人也注意到了她，迈开长腿跑到她面前，自我介绍后，笑着问她叫什么名字。鬼使神差地，他们互相加了微信，后来，那人就时不时地找她聊天。

占喜刚从高中压抑的氛围中脱离出来，还未适应大学略显宽松的生活节奏，聊天时就显得很木讷拘谨。

她以为对方会像高中同学一样觉得她无趣，但他并没有。他时刻保持着旺盛的好奇心，还很耐心，在聊天时善于调动气氛，讲话很有趣，梗特别多，时常把她逗笑，聊天从不冷场。

罗欣然说这人是情场高手，让占喜别太当真。

占喜将信将疑，却不舍得和他划清界限。她那会儿太青涩，头一次碰到这样的男生，高大、痞帅、幽默、对她嘘寒问暖。她知道自己对他有了好感，理智又告诉她再多观察观察，千万别被人给骗了。

他们一共见过三次，除掉篮球场上的初见，第二次是他找占喜去校外逛了一圈儿，请她喝了一杯奶茶。第三次是圣诞节时，那人来她的学校，她请他吃了一顿食堂的饭。

他送给占喜一份圣诞礼物，是一款热缩片做的草莓发夹，很可爱。他说是他亲手做的，她不太信，看他吊儿郎当的样子，不像是会做这种小玩意儿的人。

那年元旦，占喜回家，还和那人保持着微信联系。

她都不知道是怎么出的事儿，完全猜不透迟贵兰是怎么知道这个人的。总之，元旦后返校，迟贵兰突然杀到学校，找到辅导员大闹特闹，说学校管理不严，居然让外校的男生随意进出，那种人就是流氓，还试图诱拐她单纯无邪的女儿，如果出了事情，学校可负不起这个责任！

不仅如此，迟贵兰还拖着占喜去她的寝室，把三个室友都骂得狗血淋头，尤其是冲着罗欣然。

开学报到时，迟贵兰就看罗欣然不顺眼，念叨过让占喜换寝室。

好巧不巧，罗欣然当时刚挑染了几簇蓝色头发，烟和打火机也随意地丢在桌上，迟贵兰看到后简直要发疯，差点儿扑上去打人，被辅导员拦住才没得逞。

罗欣然没理她，直接出了寝室。迟贵兰又在寝室里骂了好久，拦着姚颖和赵晴晴不让走，说是她们带坏了她的宝贝女儿，最后要求辅导员给占喜换寝室，要不然这事儿没完！

从头到尾，占喜就低着头站在母亲身边，无声地哭泣。姚颖和赵晴晴的视线落在她身上，她羞愧得抬不起头来。她想到高中时也这样，迟贵兰不是第一次上学校闹事，可她都上大学了，为什么还会这样？

寝室门口聚了好多人，来了又去，兴冲冲地看迟贵兰骂人，而罗欣然这一晚干脆就没回来。

占喜当时都不知道到底发生了什么，后来还是迟贵兰自己说的，她看了女儿的手机，发现了她和那人的聊天记录，就警告了对方。

占喜大骇，问母亲到底对他说了什么，迟贵兰回答没说什么，就是问了问对方的家庭情况，他家条件很差，她就让他离自己的女儿远一点儿。

其实，占喜当时并不知道对方的家庭情况，他们认识还不足一个月，聊天还没涉及这些。迟贵兰很得意，说如果不是她早早地发现了端倪，占喜被这种人缠上，这辈子就完了。

后来，占喜的寝室也没换成，因为没有一个寝室愿意接收她，大家都被她的母亲吓到了。她偷偷哭了好几天，她那时候很㞞，就只会哭，都不敢去求室友们原谅，每天一个人进进出出，感觉所有人都在背地里对她指指点点。

罗欣然见她实在可怜，就在寝室里表态，说这事儿其实和占喜无关，她愿意和占喜继续住下去。

姚颖和赵晴晴都很宽容，也都同意了，只是姚颖提出，迟贵兰不能再来寝室，要不然，她们都会被逼疯。

占喜再三保证。从那以后，她再也没和任何男生走近过，把全部心思都花到了学业上。

至于那个人，事发后，她给对方发过一句“对不起，我们以后不要再联系了”，却惊讶地发现，她已经被拉黑了。

占喜告别骆静语后，先把小猫带回 802 室，又坐电梯下楼。

走出单元门，她就看到一个高大的身影站在阴暗处，有一点儿火光闪烁着，是纪鸿哲在抽烟。

占喜双手插兜走到他面前，问：“你要问我什么？”

纪鸿哲抽了一口烟，笑道：“你说呢？”

“我不知道。”

“你和小鱼……”纪鸿哲问，“现在是什么情况？”

占喜警惕：“这和你没关系吧？”

“是没关系，你别紧张，我现在对你没意思，我有女朋友，你可别多想。”纪鸿哲说，“知道我刚才为什么问你，你妈还在不在吗？”

这是一个很失礼的问题，占喜从来没想过会有人直接问对方至亲还在不在，听到以后便生气地说：“你很没有礼貌。”

“你别误会，我的意思是如果你妈还在，你怎么有胆子和骆静语来往？”纪鸿哲真的想不通，“你妈是怎么样的一个人，你不知道吗？她对我都那样，要是知道自己的宝贝女儿在和一个聋哑人来往，她不得杀了小鱼啊？”

占喜捕捉到他话里的一个重要信息，问：“我妈对你怎样啊？”

纪鸿哲都气笑了：“你真不知道吗？”

占喜摇头。

“简单点儿说吧。”纪鸿哲告诉她，“那年元旦，你妈冒充你和我聊天，说要给我寄新年礼物，问我要家里的地址。我也是傻，就告诉她了。”

占喜后背瞬间生出一股寒意，这件事情迟贵兰从没说过。

纪鸿哲继续说：“元旦后，她突然找来我家，当时我在学校，家里只有我爸妈。你刚才也知道了，我爸妈是聋哑人，和小鱼是一样的。占喜，请你想象一下，你亲爱的母亲在知道我的父母是聋哑人后，她会做什么？”

占喜想象不出来，心里只想到一个词——血雨腥风。

“具体做了什么我就不说了吧，反正那阵子我爸妈特别伤心，觉得很对不起我。我呢，当时想杀人的心都有了。”纪鸿哲的烟抽到头，把烟蒂摁到垃圾桶上，又抬眸看占喜。黑暗中，他的眼睛冷冰冰的，占喜都不敢与他对视。

她只能说：“对不起，我真的不知道。”

纪鸿哲又坏坏地笑起来，是他惯有的笑容：“你不用和我道歉，我早就忘记这件事情了，我只是没想到，你会和小鱼来往。我还是那句话，小鱼和我不一样，我好歹是健康的，你妈发疯，被伤得更深的其实是我爸妈。我想得开，但小鱼不一样。”

占喜愣愣地看着他。

纪鸿哲指指自己的右耳：“他听不见的，和我爸妈一样，是个聋哑人、残疾人。他全家都是听不见的，他爸、他妈、他姐姐，还有他过世了的爷爷奶奶，他们都听不见。占喜，你明不明白啊？”

占喜惊呆了。

纪鸿哲的语气变得很认真：“如果你只是和小鱼做朋友，没关系，他朋友很少，耳朵好的几乎没有，我都不能算是他的朋友。但如果你对他有超过朋友的一丁点儿念头，我希望你能想想清楚，你能搞定你妈吗？我看得出来小鱼已经很喜欢你了，我也看得出来你对他也有意思，可是占喜啊，真的，你听我一句，如果是没结果的事情，你就别招惹他。你自己说说，就骆静语这个人，你妈会同意吗？”

占喜无言以对。

“和你直说了吧，我那个时候其实没那么喜欢你，我追你，就是因为你漂亮。”纪鸿哲叹口气，“我知道我很渣，后来也发现了，你这人特单纯、特较真，太乖了！你不是那种玩得开的女孩儿。我和你聊天其实很累，你的性格和你的外表一点儿都不相符，我都已经打算放弃了，想着放寒假前和你说清楚，也不祸害你了。结果呢，我还没来得及说，你妈先来了。”

“骆静语和我不一样，他这个人……比你还要单纯，还要较真！”纪鸿哲觉得这事儿真是很麻烦，却不得不说，“占喜，我宁可今天没碰到你，那骆静语不管怎么样都和我没关系。偏偏我碰到你了，你要我袖手旁观，我真做不到。”

占喜一动不动地听着。

“我和他的关系其实一般，但我实在不想看他受到伤害。这话别人没资格说，但是我有！他全家都是好人、老实人，从小对我很照顾，我也不希望他的家人受到伤害。聋人已经很苦了，我不知道你能不能体会到，小鱼从小到大都过得没那么顺心，他能有现在的成绩也是他辛辛苦苦拼出来的，你就……唉，我也不多说了，你自己再想想吧。”

纪鸿哲摆摆手，越说越心烦。

占喜什么话都说不出来。

纪鸿哲看着她惨白的脸，说：“我先走了，微信我就不和你加了，万一哪天你妈再看到你和我聊天，她都知道我家地址了，搞不好又要冲过来发疯。有事情你给我打电话吧，你有我的名片。真的，占喜，你自己多考虑考虑。还有，我和你说的这些事情，你别去和小鱼说。我不知道他有没有告诉过你他家的情况，要是没有，就当我多管闲事吧。”

说完，纪鸿哲就走了。

占喜独自一人在楼下站了好久，直站到浑身冰冷，才浑浑噩噩地坐电梯回八楼。

进到屋里，她打开小鱼帮自己装的边柜，从里头拿出一个小纸箱。纸箱里是她上大学后收集起来的小玩意儿，毕业后被她带去了占杰家，现在又搬到802室。

她在里头找了一会儿，终于找到那款草莓发夹。

她戴过几次，有点儿幼稚，不过配上红裙子还是很好看的。

四年过去了，发夹的金属夹子都生了锈，上面用热缩片做的草莓却依旧可爱，红艳艳的，还镶嵌着细小的水钻，有几粒掉了，留下几个黑黑的坑。

占喜的手指摩挲着草莓，没忍住，眼眶湿了。

她对小鱼说过，她也曾有过一枚草莓发夹。

纪鸿哲脸皮真厚，竟大言不惭地说这是他亲手做的。

真没想到，它居然是小鱼做的。

她和小鱼的缘分原来从那么早以前就开始了。

星期一早上，钟鹏和莫杨到骆静语家上班。骆静语告诉他们，下午不开工，需要他们帮忙干点儿别的活儿。

两个孩子答应下来，却不知道要干什么，直到下午有人陆陆续续送货上门，看到那些大箱子，他们才算弄明白。

骆静语又去了两趟快递代收点，把大件快递带回家。两个孩子悄悄地观察他，发觉骆师兄心情很不错，到家后拆掉外包装，就指挥他们干起活儿来。

三个人满头大汗地干了一下午，骆静语给他们发了双倍日薪，两个孩子高高兴兴地下班走人。

简单地吃过晚饭，骆静语打开最后一个大箱子，把东西都拿出来，盘腿坐在地板上，看着说明书仔细地安装。

他特地把所有东西的送货时间定在这一天，因为他想给欢欢一个惊喜。他不能接电话，沟通中还费了不少功夫，一遍遍地发短信和人解释自己是聋人，只能用短信沟通，恳求对方不要因为打不通电话就不送货，他一整天都在家等着。

幸好，所有的东西都按时送到了，他也在钟鹏和莫杨的帮助下将东西安装完成、各归其位。

等次日晚上，欢欢来到他家，不知道会是怎样的反应。

骆静语把手里的实木柱子连上一块圆形木板，拧好螺丝，想着想着，自个儿就默默地笑起来。

这是过年前的最后一个工作周，占喜的部门里非常忙，很多事情都要在年前搞定。再过几天就要放春节长假，很多老家在外地的同事归心似箭，而占喜并不那么想回家。

星期二傍晚，已经过了下班时间，眼看着大家都在加班，占喜很心急。六点时，小鱼给她发过微信消息，她只能硬着头皮去找文琴，说自己想先走，晚上有事情。

文琴抬头看着她，问出一句让占喜无论如何都没想到的话。

"要去上课吗？"她问。

占喜惊讶极了："没有啊，上……上什么课啊？"

"你妈妈给我打过电话了。"文琴淡淡地说，"她说你最近在准备二月底的省考，是吗？"

占喜吓坏了。文琴虽是她的远房表姐，但同时也是这家公司的中层管理，是她的领导！没有哪个领导在知道自己下属不安于本职工作、存着考公离职的念头后，还会高兴的。

占喜从来没和公司里的人说过考试的事情，以为她总该有这点儿常识，哪知道她居然会给文琴打电话。为什么呀，就凭她是长辈吗？

"聊聊吧。"文琴让占喜把门带上，悠悠地开口道，"占喜啊，论辈分，你妈妈是我表姑，你是我表妹。当初你妈妈托我给你介绍工作，我看过你的简历，挺不错的，就直接要了你。你现在入职半年多，人很灵光，工作表现也好，后期我打算安排你分管培训这一块，只是现在还没到时候。所以，接到你妈妈的电话，我真的很意外。"

占喜脸都憋红了。这段时间，她一次次被母亲施压，又从纪鸿哲那里知道了迟贵兰曾对他的父母做出过分的事情，心里简直翻江倒海。此刻面对文琴的质问，她真是有口难辩，感觉不论说什么都很徒劳。

"你是对工作内容不满意，还是对薪资不满意？或者，同事间有矛盾？占喜，你都可以跟我说说，没关系的。”文琴有着长期从事人力资源工作的女性特有的亲和力，一点儿也不咄咄逼人。

占喜纠结半天，说出实话：“文经理，是我妈妈让我去考试的，不是我自己的意愿。”

她都不敢叫她“文姐”了。

文琴若有所思：“那考上了呢，你就去了？”

占喜答不上来，嗫嚅道：“我觉得考上的概率不大。”

“你好歹也工作半年多了，不是实习生了。”文琴说，“我之前和你们家不熟，我的爸爸和你妈妈是表兄妹，以前我听我爸爸说起过你妈妈，你妈妈的性格……很要强、很固执。但不管怎么说，她是我的长辈，我也不好在你面前说她什么。占喜，我比你年长十几岁，只想劝你一句，有些事情你得学会自己思考、自己决定。

“在很多人眼里，工作就是养家糊口、不得不干的一件事情。可你有没有想过，大多数人一辈子工作的时间得有近三十年，它是我们人生中不可或缺的一部分。我们做HR的，有很重要的一项工作内容就是要让员工明确自己的职业规划、职业方向，让他们知道自己适不适合这个岗位、这个行业。我们要让员工从工作中学到东西、懂得与时俱进，不断地充实自己，从而在工作中有所突破，不仅得到薪酬，还能实现自我价值。

“你自己是HR，更加应该明白这个道理。考公务员，是个好选择，大家都知道，体制里的工作稳定又体面，不容易被淘汰，不出岔子可以一直干到退休。那么，如果你是真心想考，我没有任何话说，你却告诉我，是你妈妈要你去考，不是你的本意，那我就会觉得很奇怪。这是你的工作、你的人生，你是独立的一个人，你妈妈以后……终归是要走的，你是为她而活还是为自己而活？你的工作是为她而干，还是为你自己而干？”

文琴停顿一下，给占喜时间消化，才继续说道，“如果是别人，不管是公司里哪个部门的人，如果让我知道他要考编制、可能会离职，你知道我会怎么做吗？我会第一时间通知他的直系上司安排面谈，确定他要考，可以，没问题！从此以后我们不会安排任何重要工作给他，直接架空他，他不可能升职，也没有任何培训机会，没有项目就没有奖金，就等他自己离职。

“所以，你自己好好想想。咱们毕竟是亲戚，我放你一马。这件事情，我不会去和别的同事说，我也希望你不要到处宣扬。不管最后你考上还是考不上，我们都关起门来说这些话，要不然我会很难做，明白吗？”

占喜羞愧不已，点头道：“明白。”

文琴冲她摆摆手：“行了，那你先下班吧，过年的时候好好想想，如果真的想考编制，我建议你不如辞职，好好复习，一举拿下。如果只是骑驴找马随便考考，我说实话啊，能考上的那真是紫微星下凡了。”

离开公司，占喜垂着脑袋，拖着包走在回家的路上。

这几天过得真叫人崩溃，纪鸿哲让她好好想想，文琴也让她好好想想，那她想了，想得还挺多，有用吗？

关于工作，占喜原本是有计划的。四五月就能知道策划部有没有坑。但这事情她还不方便和文琴说，虽然是公司内部转岗，但是对文琴来说，和她想跳槽也没两样。

至于小鱼……这真的是一个让她超级烦恼的问题。

她喜欢上了一个和母亲的择婿标准风马牛不相及的人，眼前就是一条看不见未来的坎坷路。然而人的内心就是这么玄妙，道理她都懂，困难和阻碍也能预料，却还是控制不住地想要与他靠近。

纪鸿哲说，既然是没结果的事情就别招惹他。占喜都感到委屈了，她怎么就招惹他了？难道不是小鱼在招惹她吗？

还说小鱼单纯，哪里单纯啊！他知道来接她的车，会亲自给她送蛋糕，酱鸭都送了五只，还抢走了她的猫！

不就是因为她的妈妈吗，那她怎么办，和母亲脱离母女关系吗？

再说了，小鱼可什么都没对她说过，指不定是她剃头挑子一头热呢。

占喜一边走，一边想，进到青雀佳苑，先去快递代收点。她给小鱼买了一份生日礼物，顺丰加急，今天才寄到，也没时间验货、包装、写贺卡，直接提着箱子回了家。

小鱼让她把小猫带上，她照做了，直到快七点，她才按下小鱼家的门铃。

骆静语来开门，门一打开，占喜便看到他笑吟吟的脸，她还没来得及说一声“生日快乐”，视线就越过他落向客厅，随即惊讶地睁大了眼睛。跟做梦一样，她只是两天没来，小鱼家的客厅竟出现了巨大的变化！

占喜换鞋进屋，把箱子放到地上，“礼物”已经迫不及待地扑向骆静语，被他舒服地抱在怀里。他腾出手拉拉她的袖子，再指指客厅，脸上的笑就没消失过。

占喜慢慢地往前走了几步，仔细打量这间既熟悉又陌生的客厅。

玄关处原本摆折叠餐桌的位置，如今靠墙摆着一套原木色四人位餐桌椅，风格简约，桌面上有一个陶瓷小花瓶，里头是几枝白色百合，看着很鲜嫩，但占喜知道那是烫花。

工作台还在，往玄关方向移了一大截，原本靠墙的两组柜子只剩下一组，也挪过位置，玻璃移门那里空出了一块空间。

那块空间，现在摆着一组三人位真皮沙发，米白色，沙发上搁着三个抱枕，都是暖色系不规则图案。沙发底下垫着一块方形灰色地毯，地毯上摆着一张造型质朴的原木色茶几。

沙发对面依旧没有电视柜和电视机，但是多了一组特别豪华的猫爬架，边上还有崭新的猫砂盆、猫玩具和其他一些小猫用的零碎东西。

客厅这么一布局，原本空荡荡的感觉就消失了，色彩缤纷，显得热闹拥挤许多，也温馨许多。

占喜收回视线望向骆静语。他一直在对她笑，眼睛亮晶晶的，像是在邀功，等待她的夸奖。

他拉着占喜的袖子把她带去猫爬架边，把“礼物”放下地。小猫看着这庞大的新玩具反应不过来，一会儿后才试着从斜坡爬上二层。它还太小，没法儿跳太高，蹲在二层的圆木板上舔舔毛，“喵喵”地叫了两声。

见占喜一直没说话，就跟傻了一样。骆静语只能给她打字：欢欢，我买沙发了，喜欢吗？

喜欢吗？

占喜呆呆地看着骆静语，想起自己和他的那段对话。他问她是不是喜欢沙发，她说喜欢啊，当时他只是眨巴着眼睛看着她。

她的心脏像被突然撞了一下，倏地揪紧。

她突然就确定，她不是剃头挑子一头热。

骆静语也是喜欢她的。

只是他不会说，不能说，不愿说，不敢说。

他只会小心翼翼地、战战兢兢地记住她说的每一句话，然后笨拙地、挚诚地向她表达着他的心意。

“喜欢。”占喜回答。

话音未落地，一滴眼泪已从她的眼角落下。

看着她泛红的眼眶，骆静语真是吓得够呛，慌张得不知如何是好，他口不能言，急得打起手语：“你怎么了，哪里不舒服吗？”

占喜能看懂前一句，却看不懂后一句，连连摇头，说：“我没事，我没事，真的没事……”

可就算是如此安慰他，也可以说是安慰自己，她的眼泪还是止不住一滴滴地滑落。骆静语的呼吸都快停滞了，转身从茶几上抽出纸巾递给她。她接过纸巾擦眼睛，一边擦，一边悲从中来，反而哭得更加厉害，咧着嘴呜咽出声，肩膀都剧烈地颤抖起来。

骆静语快疯了，不知道她究竟是怎么了，想问她却没法儿问，她看不懂他的表达。想听她说，她都不肯抬头，只看到她越来越红的眼睛和鼻尖，还有擦都擦不尽的眼泪。

他再也忍不住了，上前一步，右手搂在占喜脑后，轻轻地用力，就将她摁向自己。

她的脸颊搁在他的左边肩膀上，他听不见她的哭泣声，但能感受到她的身体在颤动。他的左手抬起两次，又放下，一直到第三次，才轻轻地搂到她的后背上。

她的羽绒外套还没脱，整个人鼓鼓的。见她没有抗拒，骆静语咬咬牙，大着胆子将手臂收力，最终是严严实实地将她搂进怀里。

占喜不知道自己是什么时候抬起的双手，当她反应过来的时候，已经将这男人抱得很紧。他穿着毛衣，她的手抓着他的后背，脸颊藏在他的肩窝里，大声地、放肆地哭泣。

这是他们认识以来靠得最近的一次，他的身上是她熟悉的气息，熟悉到光用鼻子就能知道是他在靠近。

男人的身躯修长挺拔，拥抱温暖有力，在这一刻能让占喜忘掉一切去依靠。她抱紧他，任由眼泪打湿他的肩膀，贪婪地汲取着他无声的、大海一般的柔情。

她想，他可真好啊！这么好的人，是她喜欢的、令她动心的、想要在一起的，却又是她没有办法与之在一起的。

她恨自己的愚蠢，恨自己的自私，恨自己的懦弱！

她恨自己是个俗人，没有为他披荆斩棘的勇气，缺乏为他抵抗流言的信心，最恨的，是她完全没有办法保证，他不会因她而受到伤害。

骆静语揉着占喜的后脑勺儿，眼睛看向“礼物”。

“礼物”才两个月大，是一只胆子很小的猫咪，大概是因为它的两位主人都是很安静的人，尤其是骆静语。他记得，“礼物”待在他家时，当他移动椅子或是拿取东西时有所磕碰，“礼物”都会吓得躲去床底或桌底。

而此刻，小猫早已躲到猫爬架一层的小格子里，脑袋都不露出来。骆静语由此得知，欢欢一定哭得很大声。

他好心疼，不管她是因为什么而哭，他心里都不好受，内心还有一种隐隐的不安——欢欢是因他而哭。

为什么？

占喜已经很久很久没有这样像个孩子般地恸哭，足足哭了十几分钟，才停止流泪，离开了骆静语的怀抱。她看到他洇湿一片的左肩，吸吸鼻子说：“对不起。”

骆静语摇手，又揉揉她的脑袋，弯腰看她的脸，眼神里的关切之情简直要溢出来。她却对他笑笑，知道自己肿着眼睛，肯定很丑，说：“我饿了，晚上吃什么呀？”

骆静语抓着她的手臂让她坐到沙发上，再指指厨房，做了个“等一下”的手语。她能看懂，冲他点点头。

他去厨房弄菜，占喜整个人赖在沙发上，只觉得浑身脱力。这张沙发真的好舒服，比她那张二人位布艺沙发舒服多了，但想到这是自己第一次坐，也是最后一次，差一点儿又要哭出来。

骆静语的菜都已准备到一半了，出锅很快，没多久新餐桌上就被摆得煞是好看，香味扑鼻。

除了菜肴，他还烤了一个小小的蛋糕，挤上鲜奶，放上草莓，将它们一起摆到餐桌上。占喜和他面对面坐下，神色失落。

骆静语倒上热椰汁，两个人碰杯后默默吃菜。吃得差不多时，占喜说："吃蛋糕吧，你准备蜡烛了吗？"

骆静语点头，找来一支细细的蜡烛插上点燃，占喜关掉餐厅灯。他刚要闭眼许愿，她拦住他，说："还没唱生日歌呢。"话一出口她就后悔了，骆静语果然怔怔地望着她。她好自责，双手捂上脸，喃喃道："对不起，对不起……"

骆静语却笑起来，拿手机打字给她看：没有人给我唱歌过，欢欢，你唱，我能听见。

占喜抬头看他，骆静语指指自己的左胸，双手比了一个心，再指指耳朵，最后向她用力地点头，眼神里竟有一丝期待。

占喜说："好，我唱给你听。"

摇曳的烛光里，她拍着手，唱起生日歌："祝你生日快乐，祝你生日快乐，祝你生日快乐，祝你生日快乐……小鱼，生日快乐。"

骆静语始终盯着她的脸，却一点儿都不快乐，因为她又哭了。

他快速地闭眼许愿，许下一个最简单的愿望：欢欢，别哭。

睁开眼后，他吹熄了蜡烛。

骆静语起身开灯，又走到占喜身边蹲下来，抓着她的手抬头看她，眼神温柔似水，不停地伸手帮她抹掉眼泪。

眼泪被抹掉了，却又流出来，占喜已经放弃了，想哭就哭，面对骆静语，她一点儿也不想掩饰自己的无奈和悲伤、难过和不舍。在看到小鱼家新客厅的那一刻，她就知道，不能再继续了。

这一晚的占喜情绪起伏很大，就像一个被抢走了玩具的小孩儿，哭得令骆静语心碎。

吃饭时，她倒是吃了很多菜，还吃了很多蛋糕，大口大口地塞进嘴里，一边塞，一边哽咽，看得骆静语提心吊胆，生怕她会噎着。

好不容易吃完一顿饭，占喜没多留，抱着"礼物"说要离开。

骆静语打字问她：可以聊心事，和我？

占喜只是摇头，说："我没事。"

两个人在门口道别时，占喜却数次欲言又止，最后只是看着骆静语的眼睛，说："小鱼，生日快乐，请你原谅我，再见。"

说完，她抱着猫，转身就走了。

骆静语不懂她为何要说"请你原谅我"，直到半小时后，他收到她的微信消息。

鸡蛋布丁：小鱼，对不起。这些话我没办法当面对你说，想来想去，还是在这里告诉你。

骆静语在沙发上坐下，攥着手机，看占喜发来的一句句话语。

鸡蛋布丁：你总说我厉害，其实我只是一个普通人，胆小、懦弱、平凡、无趣。你才是真厉害，什么都会，早早就明确了自己想要什么、想做什么，比我勇敢很多。

鸡蛋布丁：我没和你说过，我的母亲对我有很高的期望，不管是学业、工作，还是交友、择偶，都有明确的要求。从小到大，我的大事小事她都要过问，尽管知道她的很多言行都过于偏激，我也没有勇气反抗。我无比向往自由，可惜至今都未如愿。我力不从心，一直在寻找一种既能摆脱桎梏、又能令她满意的平衡状态，却找不到。

鸡蛋布丁：小鱼，你是一个很好很好的人，是我这辈子认识过最可爱的男孩子，我却没有办法对你承诺什么。认识你的这两个月，我真的很开心，谢谢你为我做的一切，谢谢你对我的呵护和包容，可是对不起，真的对不起，鸡蛋老师不够勇敢，看不到希望，看不到未来，鸡蛋老师就是一个胆小鬼。

鸡蛋布丁：真的很抱歉在你生日这天和你说这些，但我想我刚才的失态已经令你察觉。小鱼，相信我，是我的问题，不是你的问题，你足够足够好，一定会遇到很优秀的女孩子，拥有一个幸福美满的小家庭。

鸡蛋布丁：我也会继续加油努力，绝不会放弃自己。现阶段，我更大的目标是在工作上，我有非常明确的计划，需要投入很大的精力去实现它。感情的事，我会暂时放到一边。小鱼，你也要加油，我知道你热爱烫花，也知道你的水平已是出类拔萃。我相信，只要有好的机会，你就能抓住，成为烫花界一个大师级的人物。

鸡蛋布丁：小鱼，我们依旧是朋友，很好的朋友，你照样可以给我发微信消息，我也会教你语法知识。只是，我以后不能再去你家做客了。如果在电梯里见到，我们依旧可以聊聊，我永远是你的鸡蛋老师。

鸡蛋布丁：玄关处的那个箱子，是我送给你的生日礼物，刚才没来得及拆。它需要安装，我相信对你来说不是难事，希望你能喜欢。

鸡蛋布丁：最后，再说一次，小鱼，谢谢你这段日子的陪伴，我真的很高兴很高兴能认识你。祝你生日快乐，晚安。

所有的消息都看完了，骆静语弓着腰坐在沙发上，手肘撑着膝盖，整个人仿佛凝固成一座雕像。

很久以后，他抬起头，看向沙发对面的猫爬架——空空荡荡的架子，还有边上空空荡荡的猫砂盆。

他又看向眼前的茶几、地毯，还有身下的沙发、不远处的餐桌椅。这所有的一切，都是昨天他和钟鹏、莫杨辛辛苦苦装起来的。现在看，跟个笑话一样。

骆静语起身走去玄关处，蹲在地上拆开那个纸箱，发现占喜送给他的礼物是一盏落地灯。

他又一次盘腿而坐，很快就把灯给组装起来，居然是一盏实木材质、鲸鱼造型的落地灯，灯杆是弯弧形，顶端吊着一只木制镂空鲸鱼，个头不小。

他拎着弯弯的灯杆走到沙发边，插上电，关掉客厅灯，打开这盏鲸鱼灯的开关。暖色的光霎时从鲸鱼身上条纹型镂空的口子里倾泻出来，柔软地洒满整个房间，还在墙上打下放大了的镂空图案光影。

骆静语站在客厅中间，转了个圈儿，抬起头茫然地看向四周。

好像有一只鲸鱼，在这漆黑的夜晚里游进他的心海，寂寞地唱着歌。

书上说，鲸会通过声呐发出声音，很难用语言去形容那是怎样的一种声音。

连拟声词都没有，骆静语更加想象不出来。

就像现在这样，他低下头，喉结一阵一阵地滚动，眼眶酸了，鼻子塞了，嘴也张开了，然而他永远无法知道，自己发出的究竟是怎样的声音。

Chapter 08

我不想放弃

最后一个工作日结束，占喜收拾东西离开公司。春节假期开始了，她却一点儿都不期待，提着公司发的大闸蟹礼盒，准备拿给兄嫂吃。

坐地铁来到占杰家，占喜一进门就发现气氛不对劲。

占杰气呼呼地坐在沙发上，占凯威要看动画片，还被他吼了几句。秦菲板着脸在厨房做饭，她把大闸蟹拿进去，悄悄问："嫂子，你和我哥怎么了？"

秦菲看她一眼，说："占喜，我问你，去年、前年、大前年，我是不是都去你家过年了？"

占喜回忆了一下，回答："是啊。"

秦菲大声地说："我和你哥结婚前就说好的，年三十在你们家过两年，下一年回我娘家过。本来去年就应该回我娘家的，结果你妈说奶奶身体不好，怕是熬不过去，把我们给骗了回去。奶奶现在都好得很呢！今年，无论如何都该回我娘家过年！你妈又不让，你说说，有道理吗？！"

占喜转头看向客厅，发现占杰已经走过来了，他的嗓门儿也不小："秦菲，你别对着欢欢吐槽，在哪儿过年不是过啊，又不是不回你家，哪年不回啊？年三十回去和年初三回去有什么两样？"

秦菲瞪他："对啊，在哪儿过年不是过，那为什么不是年三十回我家，年初三再去你家啊？"

占杰还想说，秦菲比他先开口："你们还是兄妹俩，我爸妈只有我一个女儿！我三年没回去过除夕啦！和你结婚到现在八年，我一共才回去过两回！从钱塘去你家和去我娘家的时间明明是差不多的。我爸妈早三个月就问我了，我都答应他们了，也和你确认过。这节骨眼儿上你跟我说不去，你是不是有病啊？！”

占杰皱眉：“我们那儿的习俗是结了婚以后，都去男方家过年，正月里才可以回女方家！”

“呵！”秦菲嗤笑，“那结婚时你答应的话是放屁了？我家那儿可没这习俗！你妹，”她一指占喜，“她以后结婚了，年三十是不是都不回娘家过啊？你妈能答应？你逗我呢！”

占杰看一眼占喜，答不上来了。

占喜连忙打圆场：“哥，你都答应嫂子了，就陪嫂子回家过年嘛，初三、初四再回来也是一样的。”

占杰叹气：“咱妈天天给我打电话，问我们什么时候回去，我都答应她了。”

秦菲快气死了：“行啊，那你回去呗，反正你妈也不待见我，咱们各回各家、各找各妈！我告诉你，占杰，今年，我回娘家过年过定了！”

占杰挑眉问：“你说得轻巧，那儿子呢？”

秦菲答：“儿子当然是跟着我啊！”

“不行！”占杰说，“元旦回家我妈才见了威威一会儿，第二天我们一大早就走了，这大过年的还不让她多见见孙子啊！”

秦菲都震惊了：“哦，你妈要见孙子，我妈不要见外孙啊？你这什么逻辑啊！”

占杰大吼：“反正不行就是不行！我答应你，初三就去你家，要不初二也行，在你家待四晚，这总行了吧？”

秦菲冷冷地看了他一会儿，突然笑起来，摇头说：“算了，儿子让你带去吧，你再带上你妹，车子归你开，回你们亲爱的妈妈家，我自己坐大巴回娘家。正月里你也甭来我家了，咱们年初六在这里碰头，谁都不用跑来跑去，你爱去哪儿去哪儿、爱干吗干吗！我不伺候了！”

说着，她解下围裙往占杰身上一丢，也不顾锅里正在煮的菜，直接出了厨房。

“嫂子！”占喜想追过去劝她，她也不理，进书房后就把门猛地一摔，将占喜挡在了门外。

占凯威在客厅里吓得不敢吭声，占喜又回去劝占杰：“哥，你干吗呀？你都答应嫂子了，为什么说话不算话啊？”

占杰这时候已经没了火气，只剩无奈：“你又不是不知道咱妈，天天叫我们回去，我那天脑子一热就答应了，想着和你嫂子说一声她能理解，不就是前后几天的事儿嘛，哪天回去不一样啊？”

“当然不一样！”占喜说，“嫂子家又不远，她就是想和爸爸妈妈一起吃顿年夜饭，关键是你答应她又出尔反尔，换我也生气啊！”

占杰叉着腰不吭声。

占喜捡起地上的围裙穿上，说：“我来做饭，做完就走。你也真是的，晚上跟嫂子道个歉吧，陪她回家过年。我自己坐大巴回去就行，我会劝劝妈妈的。”

“我偏不！”占杰眼睛一瞪，“明天下午六点，我下班后带着威威去接你，你把东西都收拾好等着。惯得她！不回拉倒！”

占喜很想说：哥啊，你这是在作死啊！

六只肥美的大闸蟹，占喜最终一只都没吃到，帮占杰把饭菜做完，把螃蟹也蒸熟，她一点儿胃口都没有，直接闪人。

回到青雀佳苑时，占喜路过小区门口的宠物医院，想到“礼物”，便进去咨询。

“礼物”太小了，不可能独自在家待那么久，占喜也不敢把它带回家。这家宠物医院春节不关门，有寄养服务，她办了一张卡，约定第二天把小猫送来。她算了一下，整个春节假期寄养小猫得花小一千，唉……养“女儿”真费钱。

第二天，占喜把“礼物”送到宠物医院，又跟占杰通电话，劝他陪秦菲回家，她自己坐大巴回去。可占杰这时候就像块又臭又硬的石头，怎么说都不听，嚷嚷着让小妹别多管闲事，下午等他来接就行。

占喜在家搞了个大扫除，把冰箱里的东西整理好，最后在沙发上坐下发呆。

小鱼过完生日以后，她没有再见过他，两个人也没有发过微信。

那天晚上，她是哭着发出那些消息的，好几天了，小鱼一直没回。虽然她说他们依旧是好朋友，但她觉得，小鱼怕是再也不会理她了。

下午，占杰带着占凯威来接占喜，秦菲果然不在车上。占凯威眼睛红通通地坐在后座，占喜知道小侄子一定是哭过了，只能劝他：“过两天，你爸爸就会带你去找妈妈了，别伤心啊。”

占凯威大叫：“爸爸是大坏蛋，我不要去奶奶家，我要妈妈！”

占杰很头疼：“你姑不是和你说了吗？过两天我们就去找你妈！”

占凯威“哇”的一声又哭起来，两条小腿晃个不停：“我现在就要妈妈，我要妈妈，我要妈妈……”

占喜把他搂在怀里不停地哄，两大一小都很崩溃，车上完全没有即将过年的喜悦之气。

回到富椿镇已是很晚，迟贵兰又等在了门口，发现儿媳妇没来，问占杰：“秦菲呢？”

占杰耐着性子说："回娘家去了，我初二去找她。"

迟贵兰一张脸立刻沉下来："真是越来越不像话了！大过年的一个人回娘家，儿子都不要啦？到时候亲戚来了问起，要我们怎么说啊？还以为我们把她怎么了呢！还有你，凭什么初二就去啊，往年不都是初四去的吗？"

占杰说："往年都是初三去的！"

"初三和初四有什么不一样？"迟贵兰懊恼地往家走，又回头看占喜："你干吗呢？小姑娘一点儿精气神都没有！别驼着背，我和你说，欢欢……"

迟贵兰挽住女儿的胳膊，继续说："你小姨那天给我说了一个小伙子，桐县人，27岁，在钱塘上班，是法院的哟！我已经让她给你安排初三和他见面了，你到时候好好打扮打扮。"

占喜说："我不去。"

迟贵兰一愣："为什么不去？"

占喜看向老妈："不为什么，反正我不去。"

"你必须去！"迟贵兰的语气不容反驳。

占喜低声说："我就算去了也不会说话的。妈，你看着办吧。"

迟贵兰这下子真生气了，骂秦菲、骂占杰、骂老公、骂女儿，占凯威又像个喇叭一样在旁边大哭起来。占喜只感到头疼，提着包上楼说："我不吃饭了，洗个澡就睡觉。"

"造反啊！"迟贵兰站在楼梯口抬头看她，最后"哼"了一声，去给儿子、孙子弄晚饭吃。

除夕这天，骆静语没有提早回家，独自一人在家做那棵樱花树的活儿。

他给钟鹏和莫杨放了五天假，年初五两个孩子再来上班。他开的春节日薪很丰厚，这一个月的班上完，两个孩子下学期的零花钱都不用愁了，所以积极性特别高。

下午三点，骆静语出门去吃年夜饭，坐电梯下楼时，心里很紧张，就怕电梯会停在八楼，怕见到那个女孩子。

又一想，这都已经除夕下午，她肯定早就回家了。

走出单元门，骆静语把兜帽帽檐拉低，戴着口罩，双手插兜，大步向小区外走。路过宠物医院时，他突然停下脚步，隔着玻璃看向医院里头。

宠物医院似乎比平时热闹，好多笼子，每个笼子里都有猫猫和狗狗，而离玻璃窗不远的那个笼子里，有一个令他熟悉的白色身影。

它特别小，比别的猫都小，就是小猫里的幼儿园小朋友。

骆静语推门进去，走到那个贴地的笼子边蹲下身来。笼子里有猫砂盆、两个碗、一个小的猫爬架，还有一个猫窝。他把手指贴到笼子边，笼子里的小猫似乎认出了他，小爪子扒到笼子上，张着嘴，很活泼的样子。

——你是在叫我吗？礼物。

骆静语想：你怎么在这里啊？你妈妈回家了是吗？她都没把你带回家，你要在这儿待多少天？你是不是只能待在笼子里啊？真可怜，这么小的地方。

“先生？”店员走过来，站在他身后叫他。

骆静语没反应。

店员叫了两声后，拍拍他的肩：“先生？”

骆静语这才回过头来。

他站起身摘掉口罩，指指“礼物”，拿出手机给店员打字：**这只猫主人我的朋友，猫可以我带回家？**

店员为难地说：“这恐怕不行哦……”

骆静语又打开手机相册给她看，里面有好多“礼物”的照片和视频。

店员想了想，说：“可以是可以，但我需要和它的主人确认。”

骆静语打字：**你打电话她，你给她说，我姓骆，我是聋人，不能电话。**

店员看着他的眼神立刻带上了惋惜之意，找出占喜的手机号码拨过去。

占喜此时正在家里的一楼客厅吃花生、看电视，周围全是亲戚。

中央电视台一套的春晚节目从下午就开始了，讲春晚台前幕后的各种筹备细节，父亲把音量调得很响，整个客厅都是喜气洋洋的音乐声。

电话响了好几声才被她发现，接通后知道是宠物医院打来的，她吓了一跳，以为“礼物”出事了。结果工作人员把事情和她一说，她整个人当场愣住。

“占小姐，占小姐？”工作人员听她突然没声了，催问道。

占喜回神：“啊，我在听，这样子……我同意。你让他把猫带走吧，哦……麻烦你告诉他，年初七让他把猫再送去你们那儿，我回去了会去接。”

工作人员说：“这么麻烦啊？你可以直接去他那里接小猫啊。”

“不，不，不，不行……”占喜想到电话那头小鱼就在工作人员身边，心脏都跳得快了，“就初七，让他把猫送去你们那儿，请你和他慢点儿说话，他能看懂唇语，实在不行你就用手机给他打字。”

工作人员应下，刚要挂电话，占喜叫起来：“等等，等等，麻烦你再帮我和他说一声‘谢谢’，真的非常感谢他。”

“好的。”工作人员挂掉电话后看了骆静语一眼，心想这两个人真奇怪，为什么不自己用微信说啊？

前任？啧啧啧，有可能。

她怕传达不到位，把占喜的话用手机打字给骆静语看。

骆静语看完后点点头，比个“好的”，示意自己知道了。

工作人员很快给他办好手续。

骆静语买了一个猫包，把“礼物”抱出来装进去。“礼物”好像知道自己不用再待在这个逼仄的笼子里了，表现得特别乖。

骆静语带着礼物又回到1504室，打开空调，给小猫准备好猫砂、猫粮和水。这些东西都是新的，他考虑到占喜每次把“礼物”送来都要带上大包小包很麻烦，就都准备了一份。

他本来还以为再也用不上了，没想到还是有用的。

礼物从猫包里出来后，快乐地爬到猫爬架二层。骆静语蹲下来看着它，伸手揉揉它的脑袋，打起手语：“我先去吃年夜饭，晚上回来陪你玩，我们一起过除夕。你在家要乖乖的，知道吗？”

“礼物”没什么反应，虽然猫爬架还是个陌生的玩意儿，但是骆静语的家又宽敞又温暖，对它来说已经很熟悉。

除夕夜，万家团圆，在城市的上空，时不时地会升腾起绚烂烟花。骆静语站在小舅家的高层阳台上，出神地看着那些转瞬即逝的美丽光影。

他想起小时候过年，福利工厂宿舍区也有人放烟花，小孩子们围着看，一个个捂着耳朵又叫又跳，不敢走近。只有他，傻乎乎地想要用手去抓烟花，把父亲吓得够呛，拦腰将他给抱了回来。

烟花的声音很吓人吗？

骆静语不知道，只知道它们很漂亮，像彩蛋，不知道下一朵是什么样子、什么颜色，还像流星，可以让他悄悄许个愿。

他身后的客厅里是还未散场的年夜饭，这一夜再次和母亲的兄妹们以及他们的子女、孙辈相聚。但这么多年了，他始终融不进去。

他的爷爷奶奶都是聋人，生下父亲骆明松，发现他也是聋人后就没敢再要孩子。他们家的耳聋基因应该是从奶奶那里遗传下来的。年代太久远，太爷辈是怎么个情况已不可考，他只知道奶奶的六个兄弟姐妹里有健听人，也有聋人。

这些人婚育后，到了骆明松这一辈，健听人比聋人多，再往下就是骆静语这一辈，据说也是又有健听人，又有聋人。

骆明松高中毕业后被分配到福利工厂，那时候聋人通信不方便，他和母亲那边的亲戚来往不多，也搞不清自己的表兄弟姐妹又生下几个聋人。

反正，他家运气特别差，生了两个孩子，都是聋的。

据说骆静语出生后，当时还在世的爷爷很生气，骂又骂不了，直接把骆明松打了一顿，说他害了女儿不够，还要再害一个儿子。

这些都是奶奶告诉他的，奶奶很内疚，一直到死都郁郁寡欢。

阎雅娟又不一样，她是后天药物致聋，兄妹都很健康，他们的配偶和小辈也健康。除了阎雅娟的大哥和小妹会打简单的手语，其他人对手语一窍不通。所以，哪怕骆静语和母亲这边的表哥、表妹年龄相仿，他也从不和他们来往，就算同桌吃饭，也和陌生人似的。

没有人在乎他最近在忙什么，没有人对烫花感兴趣，没有人知道他住在哪儿，他们倒是会向高元打听，骆静语一年能挣多少钱？高元和骆晓梅打算要孩子吗？骆静语呢，处对象了吗？会要孩子吗？

小姨苦口婆心地劝高元："小高啊，真的别要孩子了，你行动不方便，晓梅还可能遗传，要孩子干什么？你们好好过日子就行了呗，万一再生个耳朵不好的，都是负担。"

高元笑着敷衍过去。骆晓梅的神情很淡。骆静语也看懂了小姨的唇语，抿着唇低头玩手机。

他想，原来他是个负担吗？

对家庭的负担，还是对社会的负担？

幸好高元够义气，没把他的情况告诉给那些亲戚，甚至还帮骆静语装穷，说他一年也就挣个五六万块钱。大家都觉得理所当然，一个没读过大学的聋人小伙子一年能挣五六万，已经很不错了！

占喜家的年夜饭则是和父亲的兄弟姐妹一起吃的，热热闹闹的十八个人在占喜家的一楼开了两桌。

奶奶吃完就进房睡觉了，长辈们打牌的打牌，看"春晚"的看"春晚"，堂哥、堂弟买了很多鞭炮烟花，在院子里挨个儿放，声音很响。占凯威又想看又害怕，缠着占喜陪他，她求之不得。

院子里，小家伙抱着姑姑的腰，看了一会儿烟花后眼睛又湿了，仰着头哭着说："姑姑，我想妈妈了。"

"乖，你爸爸很快就带你去找妈妈了。"占喜摸摸小侄子的脑袋。

室外很冷，占喜却一点儿也不想进屋。吃饭的时候，迟贵兰说了一大通秦菲的坏话，占杰一声不吭，占凯威却生气了，还大哭起来，说"奶奶是坏蛋"。

迟贵兰没面子，又将话题引到占喜身上，夸她乖巧听话，说她正在准备省考，希望很大。

迟贵兰说："我是一点儿也不担心我们欢欢的工作，她从小会读书，总是会考上的。倒是她的婚姻大事啊，真是让我很发愁。她太单纯了，和男孩子见面都害羞得不说话，这可怎么是好？"

堂姐说："婶，还不是因为你把欢欢管得太严了，你得让她多出去社交，参加一些联谊活动。比如爬山啊，读书分享会啊，桌游啊，多参加那种年轻人喜欢的活动，很容易就能认识男孩子的。"

迟贵兰大惊："随便去认识怎么行啊！鬼知道都是些什么人呢！不行，不行，还是介绍来的靠谱。我刚让我妹妹给她介绍了一个，过几天就能去桐县见个面，27 岁的小伙子，法院的哟……"

这所有的一切都令占喜反感，一句话都不想听。

亲戚们离开后，占喜上楼洗澡，把手机留在房间里。等她洗完回到房间，发现手机被人动过了。

她的开机密码很奇怪，是毫无逻辑的四位数，迟贵兰应该打不开。

占喜很坦然，她的手机现在特别干净，相册里都是空的，回家前她就把照片全导到电脑里了。微信也一样，该删的、不该删的都被她删光了。

即便如此，她也不愿意给母亲看。

过零点时，室外响起震耳欲聋的鞭炮声。

钱塘和桐县城区都禁烟花爆竹，镇上的人可不管，附近家家户户都有院子，每家都会放鞭炮。占喜知道占杰也在放，哥哥希望全家新的一年红红火火，财源广进。

她躲在被窝里刷朋友圈，被吵得都想塞住耳朵。刷着刷着，她看到一条消息，手指再也划不下去。

好大一头鱼：新春快乐。

配图是"礼物"的照片，照片里，小猫窝在一只左臂中，表情带点儿惊恐。

是被鞭炮吓到了吗？钱塘的鞭炮声也这么可怕？占喜不知道，她还没在那边过过除夕。

她又看向那只左臂，他应该是坐着拍的，毛衣衣袖是墨绿色的。新衣服吗？都没见他穿过。他穿着黑色运动裤，左手搂着"礼物"，修长的手指揉着小猫的毛，那只手一如既往地白皙漂亮，感觉怎么拍都不会拍丑。

占喜盯着照片看了好久好久，把照片下载下来，屏蔽掉所有家人，也发出一条朋友圈。

鸡蛋布丁：新春快乐。

配图也是“礼物”的照片。

很快，同事、同学们的留言和点赞就来了。

袁思晨：这是谁？有情况！

林岩：春节快乐，这是你的猫吗？

自然少不了八卦小达人罗欣然。

罗欣然：宝贝，猫和手都不错。人帅吗？

姚颖和赵晴晴很快跟上。

姚颖：宝贝，猫和手都不错。人帅吗？

赵晴晴：宝贝，猫和手都不错。人帅吗？

占喜没有选择逐一回复，而是直接点击“评论”，这意味着能看到这条朋友圈的人都能看见她接下来发出的话语。

鸡蛋布丁：非常帅了！

宽敞的客厅里，只余下那盏鲸鱼落地灯还亮着光，将沙发笼罩在一片暖黄光晕中。

骆静语抱着惊慌失措的“礼物”坐在沙发上，从它的反应来判断室外的鞭炮声有多壮观。直到零点过去二十多分钟，“礼物”才不那么一惊一乍，逐渐乖顺地伏在他的腿上。

骆静语拿起手机，又打开占喜的朋友圈。

他的“新春快乐”就是说给她听的，他相信她能明白。

发出这条朋友圈时，他其实很忐忑，不知道是否合适、会不会令她感到冒犯。但他最终还是没忍住，无论如何都不敢再发微信消息。在这辞旧迎新的一刻，他只想给予她一句新春祝福，仅此而已。

他没想到的是，她居然也会用这张照片发一条朋友圈，那她的“新春快乐”是说给谁听？她的好友、家人，猫，还是他？

还有，那句没头没尾的“非常帅了”又是什么意思？

骆静语放松地靠在沙发靠背上，这张沙发真的很舒服，是他去家居卖场坐过二十几张沙发后才选出来的。以前，他都没想过要在家里摆一张沙发，没有位置，也没有客人。他是孤零零的一个人，有舒服的椅子就足够了。

直到在 802 室，他和欢欢并肩坐在那张小沙发上聊天，两个人靠得很近。他才意识到，自己家里也需要一张沙发。欢欢来玩时，他们可以没有隔阂地坐在一起，多出来的那个位置是“礼物”的。“礼物”现在还小，但它会长大，变成一只大猫咪。

其实，骆静语从未奢望过和占喜能有更进一步的发展。关于恋爱、关于结婚，他想都不敢想。可是欢欢这么好……他根本就控制不住自己，想见她，想靠近她，想和她聊天，想对她好，想把一切好东西都送给她。

这注定是一场没有结果的暗恋，他原本以为会持续很长时间，持续到欢欢找到男朋友，他再默默地退出她的生活。能作为朋友陪伴她一段日子，他已经很满足了。

哪知道梦境这么快就被击碎，他都不知道欢欢是怎么发现的。

是他太主动了吗？果然是没经验，把她给吓到了。

她拒绝了他，还哭得这么伤心，为什么要哭呢？是因为愧疚吗？因为他是个聋人，她觉得自己伤害到他了？

他很想对她说，千万不要这么想，他没事的，这很正常，她是一个如此优秀的女孩子，找谁也不可能找他呀。

但他没机会说了，他的初恋朝生暮死，短暂得就像窗外的烟花一样。

占喜发出那条“新春快乐”的朋友圈、又回复“非常帅了”时，并没有想那么多。她其实就是一时没忍住，还特地学小鱼打字的风格，自己偷偷乐了半天。

她知道小鱼能看见，她不怕他看见。

她只怕家里人看见，或者说，只怕迟贵兰看见。

纪鸿哲对她说的事儿令她毛骨悚然，也清楚地知道那的确是母亲干得出来的事情。她绝对不允许同样的事情发生在小鱼身上，绝对不允许！

这是占喜在内心许下的承诺。

除此，在相对安全的空间，她不想吝啬对小鱼的赞美。他那么好，大过年的还帮她照顾“礼物”，她都不知道要怎么谢谢他。

小镇上的过年气氛朴实浓郁，镇中心有集会，外出工作的年轻人都回来了，家家户户贴着对联，挂起红灯笼，热闹又温馨。

占喜家却是个例外。

初二早上，迟贵兰和占杰爆发了激烈的争吵，起因是占杰一早起来就急着带儿子去秦菲的娘家。迟贵兰不同意，非要他初四再去。

这一次占杰没妥协，和她吵得天翻地覆。

父亲早就躲开了。占喜搂着吓哭的占凯威冷眼旁观，想着占杰就是活该，早答应秦菲不就完了？这时候上演千里追妻，不仅惹怒母亲，还不见得能让秦菲消气。

吵到后来，占杰拽着儿子上了车，一踩油门就跑了。

迟贵兰自顾自地气了半天，又追出去喊：“阿杰，阿杰，给你准备的年货都没带呢！”

等她回屋，占喜看她脸色就知不妙，火力要集中到她身上了。

果然，迟贵兰叉着腰说：“一个两个都要气死我！你哥娶了秦菲也是倒霉！当初要是好好找个安分的女孩子结婚，现在哪儿会有这种事情？”

占喜为秦菲抱不平：“嫂子哪里不好啊？妈，这次本来就是哥不对，你为什么老要说嫂子的坏话？”

“我说她坏话？”迟贵兰指着自己的鼻尖，“大过年的把儿子丢下，自己回娘家，这是个当妈的人干出来的事情吗？她有本事以后都不要回来！”

占喜劝她：“你以后少管他们的事情吧，他们都三十多岁的人了，平时过得挺好，每次回来都要被你说，然后就吵架。你老说他们有什么意思啊！”

迟贵兰说：“做老婆、做儿媳妇、做妈妈，她做得不对，我当然要说，我这是在教她做人！”

“我没觉得嫂子哪儿做得不对啊。”占喜好无语，“你应该去说我哥才对，我哥才是个不合格的老公、女婿、爸爸！”

“男人以事业为主，你哥又没在外面勾三搭四，每天下班老老实实回家，很不错了！”迟贵兰想着想着又来气，“不行，我得给亲家母打个电话，好好说说秦菲，这事儿不能就这么算了！”

占喜吓坏了，赶紧去拦她：“妈，你别打！干吗呀，你非要搞得他们闹离婚你才满意吗？”

迟贵兰转头看向女儿，神色冷下来：“欢欢，你是什么意思？”

“我……”占喜不敢再说了，后背冒汗。

迟贵兰倒也没再想去打电话，注意力又移到女儿身上：“对了，明天初三，你小姨已经给你约好了，你给我老老实实地去相亲！”

占喜摇头：“我说过，我不去。”

迟贵兰压低声音问：“为什么不去？你到底在想什么？人家可是在法院工作的。”

“无论他在哪儿工作我都不去！”可能是被占杰感染，占喜居然没那么害怕了，“我就算去了也不会看上人家，为什么要浪费时间？”

迟贵兰很困惑：“为什么不会看上人家？你见都没去见啊！”

占喜的嗓门儿也大起来：“我说了我现在不想找对象！你怎么就听不懂呀？”

迟贵兰指着她：“你……你老实交代，你是不是偷偷谈恋爱了？”

她不说还好，说出这句话后，占喜心里的委屈和愤怒都涌了上来，大声地说：“我没谈恋爱！要不要把手机给你看啊？你也可以给文琴姐打电话去问啊！你不是很会打电话吗？”

迟贵兰愣了一会儿后，叹口气：“你是我女儿，我看你手机也是想知道你有没有交坏朋友，我又没看着。文琴是我侄女儿，我打电话给她，是想要她这个月少给你安排点儿工作，不要耽误你考试。”

占喜的脸色都发白了：“那你有没有想过，我会在公司里待不下去？”

迟贵兰笑笑：“不会的，大家是亲戚，这点儿面子她还是会给的。再说了，你本来就不会在这个单位待太久，文琴也是知道的呀。”

“反正你做的所有事情都是对的，是吗？可以说奶奶身体不好，把哥哥嫂子骗回家过年。可以在我找工作的时候低声下气托文琴姐帮忙，现在又倚老卖老、过河拆桥！相亲前不经过我同意就把照片发给别人，你怎么不把我挂个牌子领到菜市场去卖啊？！”占喜的心都冷了，“总之，明天我不会去相亲，你要想见对方就自己去，和我没关系。”

这是她第一次正面违抗，迟贵兰大约也是没想到，难以置信地问：“欢欢，你现在怎么变成这样了？你以前一直是很听话的呀。”

占喜说：“你要是想有个听话的女儿，我建议你不如养条狗。”

说完，她就“噔噔噔”地跑上楼，把自己锁进房间里。

坐在床沿边，占喜颤抖着手给罗欣然打电话：“欣然，你什么时候回钱塘？”

罗欣然回外省过年了，听占喜的语气不对，忙回答：“初五。你怎么了？被你妈骂啦？”

“在家待得烦死了！”占喜说，“那我也初五回，我想见你，和你聊聊。”

“行，我回去了跟你说。”罗欣然安慰她，“没事哈，你妈就是这么个人，你又不是不知道。”

占喜沉默了一会儿，说：“我以前上学，她管得严我可以理解。我本来想着，等我工作了、是个大人了，她终归会放放手。可我现在发现，哪怕我哥都35岁了，她还是什么都要管。就因为她，我哥和我嫂子过年都没在一起。我就想，是不是以后我三十多岁、四十多了，她还会这么管着我？我到底什么时候才能有真正的自由？”

罗欣然听完，过了几秒钟才开口：“宝贝儿，你要知道，自由不是靠别人放手才能得到的，自由是靠你自己去争取的。相信我，当你真的想要自由时，不管你妈管得有多严，你都能想办法得到。当然，你相应地要付出一些代价。你现在得不到，只是因为你还没有那么想要。”

挂掉电话，占喜在床边坐了好久。

其实母亲管占杰已经没那么严厉了，可哥哥的生活还是处处会受她影响。他和秦菲的婚姻也是，一年比一年不堪，占喜住在他们家的五个月里，见过他们无数次地争吵。

原以为她搬走了，他们会变得恩爱如初，可她每次见到，他们还是会吵架。

那她以后会怎么样呢？会像占杰和秦菲那样一直被母亲压制着吗？就算结婚了，做妈妈了，只要她的丈夫不合母亲的心意，他们还是会十年如一日地被迟贵兰指着鼻尖大骂？

想到那样的场景，占喜便不寒而栗。

原本，占喜计划初七回钱塘。占杰走了以后，迟贵兰每天阴沉着脸，只有家里来客人了才会强颜欢笑招待对方。

占喜一天都待不下去，因为客人上门时，她面对的永远是那些话题。他们要么夸她听话懂事、长得漂亮，要么就是畅想她将来美满的事业和婚姻，好像她的人生没有其他出路似的。

所以，初五一早，占喜收拾好东西，趁着母亲去买菜，和父亲说了一声就偷偷溜出门，打车去长途汽车站。

不出所料，半小时后她接到了迟贵兰的夺命电话，被劈头盖脸地骂了一顿，勒令她立刻回家。她找了个借口，说年会要跳舞，她要回去和同事排练舞蹈，也不管母亲信不信了。

幸好，迟贵兰没追出来，大巴开动的那一刻，占喜居然有一种胜利大逃亡的感觉。

提前两天回到钱塘，占喜不知道该怎么问小鱼要回“礼物”。她不敢联系他，更不敢见他，想着还是等初七他把“礼物”送到宠物店再说吧，也不急这两天了。

罗欣然的飞机下午落地，两个人联系后，约着晚上去一间酒吧见面，因为“皮皮虾”在那儿驻唱，正好去给他捧个场。

这是一间音乐吧，不算很吵，客人们都在安静地听歌、小声地交谈。

占喜只在大学时跟罗欣然去过两次酒吧，毕业后还没去过，属于连点单都不会的菜鸟，进门后看到昏暗的环境，心里很是紧张。

罗欣然带着占喜找了个能看到舞台的卡座坐下，点了两杯酒和一盘小食。没多久酒水和小食被端上桌，占喜看着这杯冒着气泡的粉色液体，神情呆呆的，没吭声。

“皮皮虾”还没上台，溜到她们这桌来玩。他生在夏天，大名去姓叫“之夏”，本来挺好听，可是因为姓“皮”，从小到大所有人都叫他“皮皮虾”，他也无所谓了。

“占喜，好久不见啊。”“皮皮虾”的嗓音低沉沙哑，外形也略粗犷，头发长而凌乱，五官深邃，唇边一圈儿胡楂，皮夹克一穿，浑身上下透着艺术家的气质。

占喜冲他笑笑，“皮皮虾”叹气：“唉……我一看到你就想唱歌。”

“别唱！”占喜大叫。

"皮皮虾"已经唱起来了:"人家的闺女有花戴,你爹我钱少不能买。扯上了二尺红头绳,我给我喜儿扎起来……"

罗欣然笑得东倒西歪。占喜向他伸手:"打住啊,现在还是正月里呢,你这么想做我爹,先给我一个红包。"

"今天我请客,记得一会儿鼓掌热烈些。""皮皮虾"说完,往罗欣然脸上亲了一口就要走了。

罗欣然推他:"起开!"

占喜脸都垮了,为什么被喂狗粮的永远是她?

两个女孩儿一个半月没见,喝着酒、吃着小零食聊起天来。

罗欣然的头发依旧很短,但总算没再露青皮,修得很帅气,能看出是个飒爽的女孩子。她问占喜:"你最近怎么啦?我看你真是很不对劲啊。"

占喜嘟囔:"我不知道该怎么说。"

"是因为那个电梯小哥吗?就是那天你发的猫主子?"

"那是我的猫!"占喜纠正她,先把小猫的事情简单地说给她听。

罗欣然听完后总结分析:"一个帅哥住你楼上,和你一起养了一只猫,是个自由职业者,然后呢?你喜欢他,你妈不同意?"

"我妈不知道。"占喜说完,抬头看向罗欣然,"欣然,我一直没和你说,那个人……他是聋哑人。"

罗欣然的眼里浮现短暂的诧异,却没有占喜想象中的大惊小怪。

占喜问:"你不惊讶吗?"

"有点儿,还好。"罗欣然问,"他跟你表白了?"

占喜摇摇头。

"那你在烦恼什么?"

"我……"占喜嗫嚅着,手指无措地抠着杯身,"我拒绝他了,说只能做朋友。你是知道的,我妈是不会同意的。可是欣然,我还是喜欢他。"

占喜低着头,语气里透着茫然:"我每天都在想他,打开微信就想和他说话,老是想到我和他在一起时发生的那些事情。我们已经有快十天没联系了,他都不理我,我更加不敢和他说话,是我拒绝他的没错,但我的猫还在他家呢!他这人怎么这样啊,为什么要把我的猫带走?呜呜呜……"

说着说着她就哭起来,罗欣然赶紧给她递纸巾。

她想了想,开口:"喜儿,我能问你几个问题吗?"

占喜哽咽着点头:"你问。"

罗欣然便问了："你说他是聋哑人，那你和他在一起是怎么交流的？他戴助听器吗？会说话吗？你应该也不懂手语吧？"

占喜回答："他教了我一点儿手语，他能读唇语，我正常说话就行，他想说什么就用手机打字给我看。"

罗欣然想象了一下这种交流方式，问："你不觉得麻烦吗？你和他在一起，会不会感到尴尬？"

占喜眨巴着眼睛："不麻烦啊，怎么会感到尴尬？我和他聊得特别好，他真的是个很好很好的人，我每次和他在一起都很开心。"

罗欣然又问："他除了长得帅，还有什么其他优点？"

天啊，那真是太多了！占喜吸吸鼻子："他的优点说都说不完，也不跟别人比了，就跟我哥比，他全方位碾压我哥，真的是个特别好的人。"

"工作呢？"罗欣然记起占喜之前给她打过的电话，"你说他是个自由职业者，具体是做什么的？收入怎样？"

占喜回答："他是做手作烫花的，水平很高，收入比我多几倍呢。你听说过烫花吗？"

罗欣然摇头："没听过，回头我查一下。喜儿啊……"她试图为占喜分析，"你这事儿是很难办，别的不说吧，就说他是聋哑人，这个……也不是我歧视他，就算他耳朵没问题，自由职业者过你妈那一关估计也够呛。再加上这个，真的……唉，你也不是我，要是我那是一点儿问题都没有，我和谁在一起全是自己说了算。可是一般家庭的、健康的女孩儿，哪个爸妈都不会答应吧？"

"我知道啊，所以我才烦嘛……"占喜又哭起来了。这小十天里，她过得真是好憋屈。她以为把话说明了，自己就能理智地抽身，事实却是根本就忘不掉，天天受煎熬，却一点儿也想不出解决的办法。

"他真的……很好很好，我从小到大碰到的男生就没有比他更好的。我自己是觉得……听不见、不会说话没什么……我和他交流从来都没有问题……"占喜泣不成声，双手捂住脸，纤瘦的肩膀一阵阵地抖动，"可我妈不会同意的，我妈还会伤害他。他什么都没做错，听不见又不是他的错。欣然，我到底该怎么办啊……"

隔壁桌的人都被占喜的哭声惊到，看了过来，罗欣然赶紧坐到她身边，将她的脑袋揽到自己肩上，安慰她："好了，好了，哭一场就好了。没事啊，小喜儿，就失恋嘛，没什么大不了的。"

占喜呜呜咽咽地反驳："我没失恋！我恋都没恋呢，哪儿来的失恋啊！我都没亲过他呢！"

“好，好，好！没失恋，没失恋。”罗欣然一头汗，拍着她的肩，“你呢，回家好好睡一觉，这是没办法的事情，咱们要学会放弃。两个人别联系，过一阵子就好了。”

别联系……占喜更伤心了：“我的猫还在他那儿呢！”

“抱回来，抱回来，把猫抱回来就别联系了。”罗欣然还从没见过占喜这个样子，看看桌上的半杯酒，想着她应该也不会喝醉啊。

占喜越想越心碎，咧着嘴呜呜地哭：“我知道我是个胆小鬼，我太害怕我妈了，我都不敢想象我妈要是知道他的存在会怎么伤害他！”

“喜儿啊。”罗欣然在占喜的耳边说，“其实我是觉得，感情这种事情，如果没有办法在一起，就说明你们不合适。真正合适的两个人铁了心要在一起，谁还能给拆开啊？”

占喜泪眼迷蒙地抬头看她：“那我妈要是伤害他怎么办？”

罗欣然笑问：“你怎么知道他扛不住呢？”

“我不想让他受到伤害！”占喜崩溃地哭喊，“你又不是不知道我妈！”

“你别把人家想得太弱，我都不怕你妈。他可是个男人，这点儿担当总该有。再说了，现在是法制社会，婚恋自由，你妈再怎么闹总不会去犯法吧？”罗欣然意味深长地说，“倒是你，会不会是你潜意识里觉得，扛不住的……是你自己啊？”

占喜愣住了，大眼睛里还含着泪。

罗欣然摸摸她的头发，耐心地说：“要放弃，就要果断，绝不能拖泥带水，对你对他都没好处。不想放弃，就去试试，男女之间来来去去就这么回事，错过一个，还有下一个，没人规定谈一次恋爱就必须修成正果。最重要的是你得搞清楚自己的心，别后悔。”

她又笑起来：“谈恋爱应该是开心的，不能担惊受怕。有些事情可以皆大欢喜，有些却注定难两全，就看你怎么选。小喜儿，你亏就亏在没谈过恋爱，好不容易碰到一个喜欢的，居然跳过困难模式，直奔地狱模式，我也真是很佩服你！”

占喜发现，罗欣然不愧是能写出阅读量十万以上推文的大佬，随随便便说几句话，都能说得她思想碰撞，心绪难平。

这时，“皮皮虾”登台了。这人很爱炫耀，开口就说他最爱的女人在台下，这首歌要送给她。

好多人起哄尖叫，罗欣然却没空理他，只是温柔地哄着占喜。

“皮皮虾”慵懒地站在台上，双手握着立麦，沧桑委婉的歌声便随着现场的乐队伴奏在酒吧里环绕，直叩人心。

占喜闭上眼睛，那是一首她没听过的歌，歌词里有这么几句，令她的眼泪变得更加汹涌：

还要多远才能进入你的心 /

还要多久才能和你接近 /

咫尺远近却无法靠近的那个人 /

也等着和你相遇 /

环游的行星，怎么可以 /

拥有你……

占喜从宠物医院接回“礼物”时，就像做梦一样，小猫依旧在那个笼子里，就是她离开时的样子。可她知道，在这九天里，“礼物”其实吃得好、睡得香，活动范围还很大，过得不知道比她舒坦多少倍。

回到802室后，“礼物”从猫包里出来，一看这环境立刻就抑郁了。

臭东西居然跑到大门口去挠门，嘴里还叫个不停。占喜气得把它抱起来，瞪它：“醒醒吧，这才是你家，好日子过惯了是吗？我也没虐待你啊，刚才都给你买奶糕了，比我吃的牛奶都贵呢！”

可是人类的悲欢和猫猫有什么关系？对“礼物”来说，猫爬架没了，猫玩具没了，让它撒欢儿跑的大房子也没了，“铲屎官”也不是它喜欢的那一位，它就不开心！

占喜垮着肩膀坐在沙发上，抬头望向天花板发呆。

她恨不得拥有透视眼，可以一下子穿透七层楼，再拐个弯，去看看那个人在做什么。也不知坐了多久，直到“礼物”跑到她腿边来挠她，她才惊觉，该给小猫准备猫粮了。

几天后春节假期结束，占喜开始上班。

袁思晨和钱云吃胖了，被文琴念叨好几句。占喜却瘦了，一米六九的人，体重从九十八斤掉到九十四斤。

每次进出坐电梯，她都很矛盾。电梯门打开的一瞬间，她的心慌得不行，看清里头没有那个人后，整颗心又失望地坠下去。

她碰到过顾心驰一家，碰到过那位说她不对劲的大叔，碰到过楼里很多眼熟的邻居，甚至碰到过下班的钟鹏和莫杨，却一次都没碰到骆静语。

两个孩子看到她就傻笑，他们听不见，她也没胆去问什么。

骆静语就像消失了一样，消失在这栋楼里，“好大一头鱼”则消失在微信上，除夕以后，他再没发过朋友圈。

小鱼的作息很机动，占喜的作息却相对固定。她猜测，他是故意在避开她。

一天、两天、三天……加上之前的天数，他们已经有半个多月没有联系。

骆静语消失在占喜的生活里，一丝涟漪都不留，消失得干干净净。

“礼物”重新适应了802室的简约生活，甚至开始亲近占喜，愿意向她露肚皮。她却还不如一只猫，一直没能习惯生活中不见了那头鱼。

二月九日，池江夫人的生日宴在一家五星级酒店的宴会厅准时举办。

大清早，骆静语就带着钟鹏和莫杨来到现场，美院雕塑系的男生小李也来了，还有广告公司负责安装背景板的工作人员。

他们直接在宴会厅里开工，雕塑土做的树干和枝丫非常逼真，被固定在最终的位置，小李按照骆静语的要求做了最后的调整。所有的樱花花瓣和叶片都已经按五瓣一朵组装好，并且以几朵一枝的规格做成小枝，喷好定型液，准备在现场往树干、枝丫上安装。

最后的成品树该有近三米高，比真树等比例缩小一些，花朵插满整棵树的枝头，还要调整布局，估计要花六七个小时。

骆静语带着两个小孩儿同时开工，亏得三人都是聋人，手语交流无障碍。他坐在梯子上安装时，还要时时刻刻盯着他们的进度，万一哪里不对，再调整就很麻烦。

樱花树边上的背景板以一种很柔和的粉色做底，辅有立牌和鲜花插花点缀，插花也由骆静语来做。背景板上固定着照片墙，是池江先生和池江夫人从年轻时到现在的精选合影。主题字样是外国文字，骆静语看不懂，但光看那些照片，就能知道池江夫妇非常恩爱。

从早上一直忙到下午四点多，几个人在梯子上爬上爬下，所有的布景基本搞定。骆静语站远一些看，用单反相机从各个角度拍下照片。

董承来到会场，看过以后惊叹不已。骆静语松了口气，忙活了一个多月，总算是搞定了这个大活儿。

他收拾着东西准备离开宴会厅，带团队的人去外面吃饭。他们还不能走，宴会结束后樱花树要拆，那也是个细活儿，要拆到半夜。

蹲在地上把工具包收拾好，骆静语站起身，想最后看一眼樱花树，刚一转头，就愣住了。

那棵被粉白色花瓣缀满枝头的樱花树下，一个年轻的女孩儿亭亭而立。她长发披肩，穿一条月白色长袖礼服裙，眼睛并没有看花，仿佛知道那满枝的花朵都不及她半分美。

她的视线只落在他的脸上，神色很平静，这样的直视却令他难以承受。他快速地移开视线，转身就大步向门外走去。

孙总作为池江先生在钱塘的商业伙伴之一，数月来两个人又因为项目合作而来往密切，所以被邀请参加池江夫人的生日宴，同行的还有技术部负责人和林岩，另外就是占喜。

董承说池江先生非常感谢占喜牵线搭桥，使他的设想最终落实，真诚希望占喜也能一起来。

占喜还从未参加过这样的宴会，连一件像样的衣服都没有，身上的礼服裙还是向罗欣然借的。她知道自己可能会遇见骆静语，所以提早就来了。看到他头也不回地往外走，她也不喊，左手拎包、右手提起裙摆就追了上去。

钟鹏、莫杨和小李都看到了这一幕，小李什么也不知道，也想随着骆静语往外走，被钟鹏一把拽住。小李疑惑地看向两个聋哑孩子，半晌后如梦初醒地“哦”了一声。

宴会厅外是空旷的休息区，一长排落地玻璃窗外能看到一片湖景，夕阳西沉，湖面上泛着粼粼波光，景色秀美怡人。

骆静语在夕阳斜照的光影中走得飞快，却没有占喜快，因为她是用跑的。被人从身后抓住胳膊时，骆静语的心脏都在往下沉，紧紧地闭上眼睛，根本不敢回头。

他都不知道她会追出来，追出来干什么？她说得很明白了，他不是文盲，他认得字！意思都懂！这些天深居简出，他做得还不够妥帖吗？他还要怎么做啊？

骆静语身子站得笔直，头却是低着的，咬紧牙关，就是不回头。

占喜站在他身后，右手死死地抓着他的左臂，不肯放手，怕自己一松手他又跑了。

他是不是……还在生气啊？

占喜摇了摇他的胳膊，他不动。她噘着嘴又摇，一下一下地摇。两个人僵持在那儿，谁都不愿移动位置，就看谁先妥协。

一个服务生推着餐车迎面路过，奇怪地看着他们。骆静语接触到他的目光，叹了口气，终于认命地转过身来。

他穿着一身新买的黑色工装，钟鹏、莫杨和小李每人都有一件，穿着就像一个团队，能给人更专业的感觉。

骆静语肩宽腿长，穿着工装更是英气勃勃。占喜松开手，抬头看着他。他也在看她，一副无可奈何的表情。

好了，继续僵持，就看谁先开口。

这一次输的是占喜，谁让面前的这个人有先天优势呢？

她抖着嘴唇：“小鱼，谢……谢谢你照……照顾‘礼物’，我……”

她从包里拿出一个方形盒子递给他：“送……送给你，肩颈……按摩仪。”她一边说，一边在脖子上比画，“你老是低着头干活儿，用这个比……比较好。”

占喜不是故意结巴，实在是休息区域比宴会厅里冷太多，虽然也有空调，可毕竟是二月天，她只穿着一条贴身单裙，站久了难免冻得牙齿打战。

骆静语读唇读了个大概，见她身形单薄，胸口还露着一大片雪白皮肤，不禁皱起眉，拿出手机打字问：你的衣服？

“外套吗？”占喜指指宴会厅，“在里面，里面很热就脱了。”

骆静语真想把外套脱下来给她披上，又觉得不合适。她把盒子往他面前一送：“你拿着呀。”

他只能接过来，弯弯大拇指向她道谢，接着从包里掏出那块灰色围巾递给她，做了个披在肩上的动作。占喜红着脸接过，乖乖把它围在肩膀上，把胸前裸露的一大片皮肤都遮住了。她也向骆静语弯弯大拇指。

他摇摇手，打字：没有事？我和他们要吃饭了，午饭吃很少，饿了。

是不耐烦了吗？自己还有什么事儿吗？

的确没什么事情了，占喜就准备了一份礼物向他道谢，其他说辞也没想好，脑子里起过几份草稿，见到他后全部忘光了。

骆静语见她傻乎乎地站着不动，眉头皱得更紧，打字：你进去，这里冷。

“哦。”占喜问，“你一会儿还回来吗？”

骆静语点点头，打字：结束回来，折树。

“要等宴会结束啊？”占喜好失望，“好吧，那……那围巾什么时候还你？”

其实现在就可以还啊！但她就是不想还嘛。

骆静语苦笑了一下，都不知道欢欢在想什么。他们住上下楼，什么时候还都行啊，电梯口碰一下的事情。他干脆地摇摇手，指指占喜，又指指宴会厅，意思是让她赶紧进去。

占喜实在没理由再待着了，只能转身往回走。

骆静语看着她的背影，这还是他第一次看到她穿裙子，修身长裙显得她的腰好细，就是太瘦了，怎么过了一个年都没有吃胖呢？骆晓梅都胖了五斤呢。

这时，占喜突然回过头来。骆静语吓一跳，仿佛偷窥被抓现行，只能板着脸站着不动，很酷的样子。

占喜冲他笑起来，整个人被金色的夕阳沐浴着，朦朦胧胧的，似在发光。她化着精致的妆，明眸皓齿，真是非常非常好看。

董承给了骆静语四张酒店的自助餐券，四个黑衣人去餐厅吃饭，两个孩子又饿又兴奋，端着餐盘溜了两圈儿，流着口水拿来一大堆吃的。

骆静语也很饿，但因为见到占喜而心情复杂，一时间对美食都丧失了兴趣，拿了一盘饭菜在那儿慢慢地吃着。

那盒肩颈按摩仪被摆在桌面上，骆静语看着它心想：欢欢怎么又送他东西了？就因为他照顾了“礼物”吗？她是不是觉得他多管闲事了？所以，送他东西的意思是不是不欠他的人情？

可能就是这个原因吧……看来，他的确做得不够妥帖。

宴会厅里，占喜终于见到池江夫人，那是一位优雅的中年女性，个子不高、笑容温和，穿一身精致的浅粉色和服，梳着端庄的发髻。

池江先生送她的生日礼物是一枚樱花钻石发梳，在那棵樱花树下，他轻轻地将发梳戴到夫人的发髻上，宾客们都鼓起掌来。

董承拿着话筒为大家讲了个小故事，池江先生年轻时还是个穷小子，池江夫人却是家境殷实的大小姐，不顾父母反对，和池江先生走到一起，两个人的第一次约会就是去赏樱。而且，池江夫人单名就是“樱”，因此，对于两个人来说，樱花不仅是故乡的记忆，还代表着他们历久弥坚的感情。

池江夫人感动得落泪，只有占喜和董承知道，这枚发梳上的八重樱是池江先生亲手做的。

占喜想象着那个场景，一位五十多岁的商界男士戴着老花眼镜，笨手笨脚地剪花型、用刷笔染色、拿着烫镘烫花……池江夫人能得到这样一份真心对待，实在令人羡慕。

宴会是自助餐形式，简单的仪式之后，大家自由用餐，商界大佬们聚在一起愉快地交谈，说是生日宴，也算是给大家提供一次社交良机。

那棵樱花树静静地竖在会场一隅，粉白色的花朵一蓬蓬、一簇簇地缀满枝头，几乎要看不到枝丫，几米外看都能以假乱真，只有凑得很近才能看出花瓣上布料的纹路。

树旁永远有人在拍照，大多数是女宾。占喜也乐滋滋地挨着树摆造型，让林岩帮她拍了好几张。林岩见她一直围着一块灰色围巾，问：“你要不要把围巾拿掉？会更好看。”

占喜摸摸围巾，摇头说：“不了，太冷。”

站在树旁看背景板上那些照片时，占喜听到一个女声说：“这是用什么做的呀？我刚才进来的时候以为是真的呢，还想着这个季节怎么会有樱花。”

占喜转头，发现说话的是一位四十多岁的蓝衣太太，在问另一位女伴，两个人都穿着礼服，身上珠宝不少。她们伸手摸着樱花花瓣，满脸好奇。她赶紧上去为她们解答：“您好，这是用烫花工艺做的，材料是布，不是普通的布，是烫花专用的布料。”

"烫花工艺？"蓝衣太太应该是第一次听说这个名词，没太明白。

占喜便简单地给她们介绍了一下，她现在俨然是烫花界的王语嫣，上手不行，纸上谈兵绝对第一名！

林岩背着手站在她身边，听她说得头头是道。

蓝衣太太听完后十分吃惊地道："不是机器做的？纯手工？全部啊？"

占喜说："是的，树干是一位雕塑老师做的，您看到的所有花瓣、树叶，包括下面的花茎、里头的花蕊都是纯手工做的，一点儿也没用机器。这棵樱花树绝对是全世界独一无二的。"

富太太们对"纯手工制作"很敏感，因为那意味着绝无仅有！

"听着真不错啊！这个容易学吗？"蓝衣太太问。

"入门简单，要做得好就很难，需要钻研好几年吧。"占喜笑着说，"这棵树是比较少见的大件作品，通常烫花作品不会这么大。我认识这位做树的老师，他帮我做过一盆桌上的摆件，是葵百合花和天堂鸟，特别逼真，适合放在家里或公司观赏，可以永久保存。"

见蓝衣太太和她的同伴并没有感到厌烦，还很感兴趣的样子，占喜咽咽口水，继续说，"还有一些更小的摆件，很精致的那种，适合摆在床头柜上、餐桌上、玄关柜上，大一点儿的可以摆在公司前台和会议桌上。其实烫花比鲜花划算，插花会谢的嘛，盆栽带着盆子，不好看，花期也短。"

蓝衣太太问："这种都可以定制吗？"

"当然啦。"占喜指指樱花树，"这不就是定制的嘛。"

她没说价格，能在这儿的宾客大部分是有钱人，几千几万根本不放在眼里，买个包都几万块了。

她期待地看着蓝衣太太，对方真的说出那句令她雀跃的话："小姑娘，你说你认识这位老师，能不能给个联系方式呀？我也想让他帮我做个花，我特别喜欢牡丹，能做吗？"

"能啊，什么花都能做！"占喜也不管了，先把牛吹了再说，"那个……这位老师其实现在就在酒店，可能在外面休息，您需要和他面谈吗？"

"真的呀？那太好了！"蓝衣太太很开心，"我最喜欢这种艺术家了！"

"不过……"占喜微笑着说，"他有一点儿沟通上的小困难，他耳朵听不见，您介意吗？"

一直听着的林岩："？"

蓝衣太太愣了一下，和同伴对视一眼，犹豫着说："介意倒是不介意，可这怎么聊呢？”

占喜说：“他可以看唇语，您说话慢一点儿，他都能看懂。他的意思我可以帮他传达，如果您想见他，我现在就可以叫他过来。”

蓝衣太太爽朗地点头：“行啊，你把他叫来吧，你能帮忙沟通就好。”

她们的对话，林岩全都听见了，看着占喜的眼神越来越疑惑，但也没插嘴说什么。

酒店大堂吧里，钟鹏和莫杨已经歪在沙发上睡着了，小李溜出去抽烟，骆静语也靠在椅背上闭目养神。

兜里的手机振动起来，他拿出来看，居然是占喜的微信消息。

上面那条消息是：

1月21日晚上21：24

鸡蛋布丁：最后，再说一次，小鱼，谢谢你这段日子的陪伴，我真的很高兴能认识你。祝你生日快乐，晚安。

看一次，难过一次，可这段日子里他还是打开看了好几回。

下面是最新的消息：

鸡蛋布丁：小鱼，你快来宴会厅，有生意介绍给你。

骆静语：“……”

他独自前往宴会厅，身上还是那身黑色工装。蓝衣太太见到他后眼睛都亮了，对着占喜笑得花枝乱颤：“你怎么不早说这位老师是个小帅哥呀。哎呀，我最喜欢好看的男孩子了。”

骆静语：“？”

占喜差点儿笑场，给他们互相介绍，又帮骆静语和对方洽谈起来。

蓝衣太太姓“吴”，骆静语基本能看懂她的唇语，回答时，就在手机上给占喜打关键词。可能因为很多问题占喜自己都能回答，她看到他的关键词后，就能延展开说一大通。

她说话的时候，骆静语就看着她的脸，很认真地读唇，发现欢欢说得真好，比他脑子里想的都要完善。

最后，吴太太和占喜、骆静语都加了微信。占喜诚恳地对她说：“吴太太，其实您平时要咨询的话，最好是找我，骆老师他……工作很忙，很少看手机，常常错过消息。”

吴太太瞟了她一眼，又“咯咯咯”地笑起来：“小占，你不就是不放心你男朋友吗。哎哟，我儿子都读大学啦。行，行，行，找你，找你，不找他。”

骆静语：“？”

占喜的脸顿时红成番茄："他……他不是我男朋友……"

吴太太和女伴掩嘴笑："呵呵呵。"

一直站在不远处的林岩静静地看着他们。

他认出这个黑衣男人了，就是去年平安夜在公司楼下等占喜下班的那个人。尽管当时他戴着口罩，但这么高的个子，他不会认错。

那人长得很英俊啊，居然是个聋哑人？

占喜和他是什么关系？

他们看起来很亲密，那人用手机打字时，她凑过去看，两个人几乎头碰着头。林岩还看到她看着那人时的笑脸，眼睛亮闪闪的，一点儿也没有平时文静恬淡的样子，神情很鲜活，就是个娇滴滴的小姑娘。

参加一场晚宴，帮小鱼拉了一单成功率很高的生意，占喜好有成就感。吴太太走开后，她比着"吃饭"的手语，问骆静语："你吃饱了吗？要不要再吃一点儿？"

周围有人在往这里看，骆静语自己倒没什么，但他不想让占喜成为别人猎奇目光的焦点，打字道：不吃了，我出去。

犹豫了一下，又加一句：你不要手语，别人看你了。

占喜抬头问："你介意这个？"

骆静语没看懂"介意"这个词，眉头微蹙，占喜就打字给他看。

他盯着她的手机好半晌，才轻轻地点头。不过，他指指自己，摇摇手，又指指占喜，食指最后指向她的手机屏幕。

占喜咬咬唇，说："可我不介意啊。"

这一次骆静语看懂了，苦笑着摇摇头，最后看了占喜一眼，没再说什么，转身离开宴会厅。

占喜呆呆地看着他挺拔的背影消失在门口。

这一晚，占喜没再见着骆静语，公司里的男士们都是开车来的，孙总开口让林岩送她回家，她也不好拒绝。不过上车时，她坐到了后座。

林岩始终沉默地开着车，也不会找个话题聊天。占喜乐得轻松，坐在后座给小鱼发微信消息。

鸡蛋布丁：宴会结束了，我先走了，围巾下次还你，谢谢。

好大一头鱼：不急了，我开工。

宾客们都已走光，池江先生和夫人也被司机接走，只有董承留在会场，最后向骆静语道谢。他仰头看着这棵樱花树，又转头看向骆静语，约定先把树拆了存在骆静语家，过后再约时间去池江先生家里安装。

董承觉得和骆静语沟通并没有想象中那么困难，小伙子安安静静的，看着脾气就很温和，又想起第一次见面时他被报价的事情弄得面红耳赤的模样，不禁想笑。

董承拍拍骆静语的手臂，说："这次真的辛苦你了，骆老师，生日宴非常成功！今天很多人来向我打听这棵树是怎么做的、是谁做的，我就把占小姐的微信推给了他们，说是你的经纪人。我知道，你和方先生之间多少有点儿矛盾。"

骆静语震惊了。他没看错吧？！

见他神色惊疑，董承笑道："你们除夕发了同一张照片啊，刚才，吴太太也告诉我说，占小姐将你引荐给她了，她想找你做烫花。再说了，我们也算见过几次面，你的书面沟通水平我明白，但让那些生意人真的来和你联系，估计都聊不下去，哈哈哈……开玩笑，开玩笑，别见怪啊。"

董承，32岁，一位外资企业总裁助理兼外语翻译，是骆静语和占喜微信上唯一的共同好友。

哦，现在又加上了吴太太。

董承从不点赞，更不评论，从元旦的鸡蛋和鲸鱼，到除夕的猫猫和美手，自认已经看穿一切。

骆静语头都大了，想着占喜要是接到那些客户的电话和微信好友申请，不得被烦死啊！

他又给她惹麻烦了，说也说不出来，况且董承明明也是好心。

这一晚，黑衣人小分队在宴会厅一直忙到半夜两点多，才把所有东西都拆下，仔细地装箱，联系好车子运到骆静语家存放。

骆静语洗完澡躺下时已是深夜四点，他连着工作了二十小时，累到虚脱，以为闭上眼就能睡着，真闭上眼后，脑子里浮现的却是占喜的身影。

十九天没见到她，没和她聊过天，他都是记着的。

今天突然就见到了，还说上了话，收到她送的礼物，她走后还给他发微信消息。这到底是什么意思啊？这就是她说的做朋友吗？在电梯里见到、随便聊聊的那种朋友？

骆静语想不明白，对于男女之间的这些事情，他太没经验了，几乎是小心翼翼地在摸索，就怕自己哪儿做得不对惹人反感。

生日那天不就是吗？大概是他买了那么多新家具，把欢欢给吓到了，吓得都说再也不来他家做客了。

骆静语翻了个身，又在黑暗中睁开眼睛。他的视力很好，大概因为他从小就是个学渣，不爱看书，也不爱看电视，一直没有近视。

此时，他的视线落在床头柜上的肩颈按摩仪上，睡觉前他试着用了一下，把小巧的白色按摩仪套在脖子上，有好几种档位，的确可以按摩肩颈，感觉很不错。

欢欢真是一个善良又细心的人。他想，他都做了让她为难的事情，把她惹哭了，她也不和他计较，不仅帮他联系客户，还送他这么合适的礼物。唉……她怎么会这么好啊？

第二天早上，占喜站在洗脸台前准备刷牙。

看着镜子里的自己，占喜张嘴说话，只动嘴唇，却没发出声音。

她想，小鱼的世界就是这样的吗？在他眼里，她就是这样说话的？

现在她是自己说自己看，自然知道在说什么，要是对面换一个人，她肯定看不懂唇语，可小鱼几乎都能看懂。她对他说话时，有时甚至会忘掉他听不见，感觉她说什么他都能明白，他只是不会说而已。

事实却是，他一点儿都听不见。

占喜用双手捂住耳朵，一种“嗡”的感觉就出现了。她跺跺脚，松开手再捂上，跺跺脚，再松开，再捂上……不管捂得多严实，她还是能听得见自己的跺脚声。

小鱼却一点儿也听不见。

怎么会这样呀？

她的小鱼已经在一个寂静无声的世界里过了二十六年。

占喜拿起一支牙膏当麦克风，凑到嘴边：“鸡蛋老师，我想采访你一下，可以吗？”

身子转了个方向，占喜做娇羞状：“可以啊，你问。”

“‘罗然吃瓜’老师说，要放弃就要果断，不想放弃就去试试，请问你现在是怎么想的？”

“我……这个问题无可奉告，请换一个问吧。”

“好的，那么鸡蛋老师，昨天你终于见到骆先生了，有什么感想吗？”

“我很开心。”

“没了？”

“有也不告诉你！”

“那你觉得他是什么意思呢？”

占喜一人分饰两角，演得乐此不疲。

“他……”她对着镜子，左手捧脸颊，右手举牙膏，身子扭了一下，“拜托，他是听不见，又不是看不见！昨天的鸡蛋老师很漂亮啊，化了两个小时的妆呢。”

“鸡蛋老师，你觉得骆先生喜欢你吗？”

“应该是……有点儿……喜欢……吧？”占喜都没信心了，噘着嘴说，“谁让我之前惹他生气了呢，我觉得他现在气都还没消，总是躲着我。”

“那么鸡蛋老师，你有没有想过，迟贵兰女士是不会同意的？”

占喜扬起的眉毛又耷拉下来了，眼神都黯淡了一些，小声地说：“当然想过啊，这些天一直在想。”

“你不怕她伤害骆先生吗？”

“怕。”占喜说，“可是‘罗然吃瓜’老师说，不要把他想得太弱，也许他扛得住。”

“所以你的意思是？”

占喜看着镜子里自己的眼睛，握紧牙膏对着嘴，说：“我现在是这么想的，我和他八字还没一撇呢，暂时，我不想让我妈知道他的存在，我会尽我所能把他保护起来。如果有一天，我和他真在一起了，又被我妈知道了，那……只要他不㞞，我一定陪他一起扛！罗然吃瓜老师能做到的事情，我相信我也做得到。”

“鸡蛋老师霸气外露，鼓掌！啪啪啪！”

“谢谢，谢谢！啊……我突然可以回答你的第一个问题了。”占喜对着镜子握了一下拳，像是在给自己打气，一字一板地开口，“我不想放弃，我想试试。”

骆静语没定闹铃，一觉睡到中午十二点，被床头亮起的小灯泡惊醒。

他去开门，来人是方旭。他才记起前几天就和方旭约好了，池江夫人生日宴后的第二天下午，方旭来他这里拿饰品。

这批饰品数量很少，是元旦后开放的预订，用的名目是新春和情人节限量款。骆静语原本都不想开仓了，方旭说就算一款做二十个也得做，就当刷一回存在感。小姑娘们抢不到是一回事，他们不做是另一回事。

他说得也有道理，骆静语便设计了几款烫花相对容易些的、样式简洁喜庆的饰品。

方旭手里提着一袋餐盒进屋，看骆静语头发蓬乱、神情憔悴，问：“昨晚是几点收工的？”

骆静语右手比了个“2”，又比了个“4”，再做了个睡觉的姿势。

“辛苦，给你带吃的了。”方旭突然怔住，“我去！你家怎么不一样了，搞得跟结婚布置新房似的！哟，还有个猫爬架，你养猫啦？猫呢？”

骆静语闷闷不乐地接过方旭手里的餐盒，指指椅子让他坐，自己先去卫生间洗漱。

从卫生间出来后，骆静语发现方旭并没坐在椅子上，而是岔着腿坐在沙发上。他笑呵呵地拍拍沙发：“这张沙发不错啊，你这儿终于像个家的样子了。”

隔着老远，骆静语也不知道他在说什么，给他拿了一罐咖啡就不理他了，自己坐在餐桌边吃饭。方旭打包的是泡菜肥牛饭，骆静语很饿，吃着觉得味道不错。

方旭独自在沙发上坐了一会儿后，走到餐桌边，和骆静语聊起花朝节。

花朝节是纪念百花生日的节日，在钱塘通常于农历二月十五日或二月二十五日举行庆祝，刚好是阳春三月、百花盛开的季节。

热爱汉服文化的女孩儿们会在节日里穿着汉服、头戴花饰去郊外踏青，徜徉在桃花、茶花、樱花、梨花等数不尽的鲜花海洋里，拍美美的照片和视频，并参加一些活动，比如祭拜花神、为春天祈福，等等。

对于骆静语和方旭来说，花朝节和秋天的汉服节是一年里最大的两个生意源。往年这时候，骆静语早就开工了，可现在距离这年的花朝节只剩一个月，他因之前樱花树的事情，都还没开仓。

生意是必须要做的，不用方旭提醒，骆静语自己也不会放弃花朝节。

吃完饭，他拿出纸和笔，和方旭一起在纸上制订计划。他必须用两天时间确定花型主题，二选一，并且做出样品，让方旭发到各个汉服群，看姑娘们的反应，最终确定做哪个主题的花。

接着，方旭开仓接受限量预订，收取定金，有特殊要求的可以私聊，加钱就行。按以往经验看，放的量当晚就能预订完。之后骆静语去找供应商购买五金、布料等各种材料。

两个人商量好，这一次的品种为发簪、发梳和边夹三种，总数量三百件。骆静语需要夜以继日地开工，大半个月不能休息，三月初发货。

这年的花朝节是三月八日，如果顺利，这一拨做下来，不算人工，只算材料成本，他们一共能有十五万元左右的利润。

年年都是这样，今年因为时间太赶，能做的数量比往年都少，赚得还没往年多。方旭颇有微词，不过也知道骆静语毕竟就一个人、一双手，人总得吃饭睡觉啊。于是，和他订好计划后，方旭捧起装饰品的箱子就走了。

骆静语一个人待在家里，暂时还不想动脑子设计主题，就坐到沙发上发呆。刚紧锣密鼓地忙完一个大单，立刻又要没日没夜地忙一个月，他感到疲惫，却又知道这便是生活。

他能有这样一门赖以生存的手艺，在聋人里已经算不错了。至少不用像陈亮和毛毛那样，不管酷暑还是寒冬，刮风还是下雨，天天都得去夜市出摊，也就赚那么点儿温饱钱。

其实忙一点儿也好，忙起来，就把别的什么事都忘了。那些事、那个人可以被他暂时屏蔽在大脑之外。最多就是在午夜梦回时会记起家里曾经有只可爱的小白猫，还有那个有着甜美笑容的女孩子，总会赖在厨房里，拉拉他的袖子，嘀嘀咕咕地对他说话。

想起了，就会睡不着。

还是忙儿点好，人累了的时候，闭上眼，听不见又看不见，就像沉在深海里，时间久了，什么都能忘得掉。

占喜洗掉骆静语的围巾，看着它被晒在阳台上。

洗之前，她还闻了闻围巾的味道，依旧有他身上好闻的气息，她至今都不知道那是哪一款香薰，也不敢去问他。

迟贵兰给占喜打过电话，就像什么都没发生一样，絮絮叨叨地和她聊天，叫她好好吃饭，用心复习，月底认真考试，并且承诺短时间内不再给她介绍对象，让她先把好单位落实了再说。

占喜问到哥哥嫂子的近况，迟贵兰“哼”了一声，说“不知道，懒得去管”，她也就没再继续这个话题。

她想等围巾干了以后去还给小鱼，顺便和他套套近乎。

虽然说是不放弃，想试试，但占喜也不知该从何做起。拒绝小鱼的人是她，小鱼也没对她说过什么，这时候让她主动去说“我喜欢你”，还真是开不了口，她感觉自己就跟个神经病似的。

要么……给点儿暗示?

占喜抱着“礼物”坐在沙发上，想啊想啊，打开手机翻日历。啊，这个星期五是二月十四日，情人节呀!

如果她在情人节约小鱼出去吃个饭，他能不能想到点儿什么?这点儿情商总该有吧?嗯……再给他准备一份礼物，那就更明显了对不对?

占喜打开网银，看自己的信用卡账单。说实话，她最近挺穷的，给小鱼送过几次礼物，加起来花了近三千，养猫也费钱，月底又要交三个月的房租，再给小鱼买贵的东西，实在有点儿力不从心。

她都好久没买新衣服了，是不是穷人都不配谈恋爱啊?

占喜摸摸“礼物”的脑袋，对它说：“哎，要么你别跟着我了，去跟着十五楼那位吧，你的猫粮这么贵，还吃奶糕，我都快吃方便面了。”

“礼物”舒服地“喵”了几声，嘬嘬她的手指。

她叹口气，郁闷地躺到了沙发上。

“小鱼鱼手作烫花”的产品口碑向来好，客户群十分稳定。在几个汉服大群里，小姑娘们看到方旭发出的芍药和春兰发簪样品时，一个个都在喊“芍药好看”“要芍药”“芍药，芍药，芍药！”……

于是，这一季的花朝节饰品主题自然就定为芍药了。

方旭很快做好开仓预订链接，十三日下午五点开放，到晚上九点时，已经预订到了三百六十多个。在骆静语的强烈抗议下，方旭忍着心疼关闭链接，只恨骆小鱼同学没有三头六臂。

和方旭聊过几句，骆静语去洗澡，洗完后打开手机，发现占喜给自己发了微信消息，看过内容，他惊呆了。

鸡蛋布丁：小鱼，明天晚上你有空吗？我想请你吃饭。

欢欢要请他吃饭，为什么啊？他又做了什么不合适的事情吗？

没有啊！

骆静语坐到沙发上，想破脑袋也没想出来占喜要请他吃饭的理由，总不可能是因为那块围巾吧？

他哪儿敢再去吃占喜请的饭，跟鸿门宴似的。上次生日吃饭搞得如此尴尬，好歹是在家里，这次居然要出门，他真怕自己会撑不住。

手指在屏幕上纠结半天，他终于回复消息。

好大一头鱼：不用了，谢谢。

收到消息的占喜蒙了老半天，想了想，不死心。

鸡蛋布丁：你明天晚上有约会吗？

约会？

好大一头鱼：没有，真的不用请吃饭我。

鸡蛋布丁：那要么你请我吃饭？你还欠我一顿饭呢。

骆静语彻底凌乱了，看着这句话老半天都不知道该怎么回。

占喜又发过来了。

鸡蛋布丁：你是不是想赖账啊？

好大一头鱼：不是。

好大一头鱼：你想要吃什么？

鸡蛋布丁：我都行，你请客，你说了算。

好大一头鱼：我很少外面吃饭了，不知道好吃店，你定。

鸡蛋布丁：那去吃牛排吧，我好久没吃牛排了。你喜欢吃吗？

好大一头鱼：我可以，我不知道牛排哪里好吃。

鸡蛋布丁：牛排，哪里都挺好吃的，肋眼最好吃。

好大一头鱼：……

好大一头鱼：我是问店。

鸡蛋布丁：哦，哦，哦，哪个店好吃吗？我知道，还记得平安夜我们去的那家商场吗？那边有家牛排店挺好吃的，也不贵，两个人吃一百多块钱就够了。

好大一头鱼：好的，那么你把店给我，时间，我们那里见面。

鸡蛋布丁：不一起去吗？

好大一头鱼：分开。

鸡蛋布丁：好吧，等下我把地址给你，六点吧，谁先到谁先进去找位子。

好大一头鱼：好的，明天见。

这几句聊下来，骆静语的脑袋是空白的。

多莫名其妙啊，欢欢和他约好明天去吃牛排？

完了，完了，他晚上又要睡不着了。

“费尽心机”把小鱼约出来吃情人节大餐的占喜并没有太高兴。小鱼还是好冷淡哦，大家离得这么近，他都不愿意和她一起过去。

占喜看着桌上为小鱼准备的礼物，是一盒进口巧克力。

她心想，虽然只花了几十块钱，但第二天是情人节啊！

女生送男生巧克力啊！再笨的男生都该懂是什么意思吧？

要是小鱼还在生气，问她以前发的那些话是什么意思，她该怎么说呢？

——我反悔了？我口是心非？我打脸我自己？我就是个棒槌？

棒槌就棒槌了，比起两个人现在这样尴尬的关系，占喜宁可做个棒槌，被小鱼笑死算了。

不过，占喜知道，小鱼是不会笑她的。

他只会无奈地看着她，说不定还会微笑着揉揉她的脑袋。

想着第二天她和小鱼的关系可能会有一点儿突破，她就偷偷地笑起来。

Chapter 09

咬饵上钩

占喜期待着晚上的约会，上班时心情特别好。

没想到一大清早被袁思晨泼了一盆冷水，被通知晚上六点去舞室练舞，因为舞蹈老师只有这一晚才有空。

占喜苦着一张脸：“可今天是情人节啊，我都和人家约好了。”

袁思晨失笑：“咦，你有男朋友了？哎呀，我都爽我男朋友的约啦，你克服一下吧，都是为了咱部门。”

占喜只能给骆静语发微信消息，说晚上要去练舞，八点才结束，晚餐要取消了。

好大一头鱼：好的，没关系，我下次请客你。

鸡蛋布丁：说话算话哦。

下班后，占喜、袁思晨和钱云一起走去舞蹈教室。这家舞室就在青雀门，不做幼儿舞蹈培训，专门做青少年和成人的舞蹈兴趣教学，包括街舞、现代舞、拉丁舞、爵士舞，甚至还有钢管舞。

“秋风艺术”舞室在沿街店铺的二楼，一共有三个舞蹈房，为了通透，靠走廊的一面没有用墙，而是用大面积的落地玻璃隔断。教她们的邱老师 27 岁，从小学舞，还去做过练习生，觉得出道无望后与人合伙开了这家舞室。

教室里温度很高，占喜啃掉一个面包，换上 T 恤和练功裤，扎起头发，就和两个同事按“品”字形站好，她是中心位。邱老师按下歌曲播放键，前奏过去后，三人就跳了起来。

这是一支风格热辣的英文舞曲，邱老师给她们设计的动作队形比较简单，但大开大合，跳得齐也会很好看。无奈三个女生都没学过舞蹈，虽然动作都记住了，也练了一个多月，但还是跳得惨不忍睹。

“怎么回事啊？”邱老师都要崩溃了，等她们一遍跳完，走到占喜跟前给她做示范，“小占，你自信一点儿，扭胯这样扭，看到了吗？别搞得跟做广播体操一样僵硬，你身材这么好，手长脚长，其实是很适合跳舞的。性感一点儿，好吗？”

占喜喘着气看她示范，觉得自己会了，可跳起来就是没有那个味儿。

邱老师又让她们跳了两遍，开始给她们抠细节、抠队形，她对占喜的评价是“不自信、放不开、木讷、僵硬”。

“这首歌的歌词你们看懂没有？都是大学生吧？应该看得懂啊！”邱老师拍着手给她们讲课，“它是讲一个循规蹈矩的女孩儿面对自己暗恋的男孩子，起初非常紧张，看都不敢看他。可是呢，后来发现其实男孩子也是喜欢她的，于是她的胆子就大起来了，对男孩子表白了。前半部分比较压抑，后半部分完全就是‘砰’，爆啦！心里犹如有小鹿乱撞，火花四溅。懂吗？小占！”

“哎！”占喜回过神来，“什么？”

邱老师恨铁不成钢：“你谈没谈过恋爱啊？长这么漂亮不可能没谈过吧？见到男朋友的那种心情，‘怦怦怦’的心跳，从一个青涩小女孩儿变得风情万种的过程，你回忆一下呀，体会一下呀！”

占喜垮着一张脸。

要是没有被拉来跳舞，这会儿说不定她已经体会到了呢！

袁思晨和钱云笑成一团。邱老师无语望天：“喝口水，继续！”

骆静语双手插兜走在大街上。

今晚好奇怪，街上的人似乎比平时多，餐饮店的上座率也很高，为什么？因为是周末吗？

他的兜帽帽檐拉得很低，几乎要遮住眼睛，脸上依旧戴着口罩。

骆静语不知道自己为什么会出门。

他在网上搜索青雀佳苑附近的舞蹈培训机构，一共跳出三个结果，一家是“小金豆儿童舞蹈学校”，一家是“王君中国舞培训中心”，另一家是“秋风艺术”。

骆静语的目的地就是“秋风艺术”，离青雀佳苑很近，他走了十几分钟就到了。

舞室在二楼，骆静语上去后看到一条走廊，左边是墙，右边是一排落地玻璃，每一间里面都灯光大亮。他把兜帽拉下，揉揉头发，慢慢地往前走。

第一间教室里，有七八个年轻人在跳舞，像是街舞，男女都有。骆静语没停留，继续往前走。

第二间教室里居然竖着几根钢管，有四个女孩儿在学钢管舞，刚好做到一个在杆上钩腿、后仰的动作。女孩儿们长长短短的头发都垂落下来，衣服穿得也很单薄。有个女孩儿看到他，甚至对他做了个眨眼的动作，他吓一跳，赶紧低头往前走。

在第三间教室，他终于见到想找的那个人。

三个女生正在跳舞，占喜站在最前面，面前是一面大镜子。她扎着高高的马尾辫，白色短袖 T 恤在下摆处打了个结，露出纤细的腰身，底下是宽松的黑色长裤。

她的衣襟上湿了一片，脸颊也泛着潮红，碎发湿漉漉地贴在颊边，显然已经练了很久。

骆静语站在原地，脚下传来一种奇怪的感觉。他凝神体会——是振动。

他慢慢地靠近那面大玻璃，抬起右手，将手掌贴到玻璃上。

啊……感觉更明显了，是振动，有节奏的振动，从脚底、从掌心一阵一阵地传来。

他又看向那个女孩儿，发现自己感受到的振动和她的动作是可以配得上的。这种感觉令人惊喜，仿佛他能听到音乐，可以更透彻地欣赏她的舞姿。

这当然不是骆静语第一次感觉到振动，振动在生活中无处不在，但他是第一次因为振动而觉得自己与另一个人拉近了一点儿距离。

快了，慢了，重了，轻了……骆静语用心感受着掌下的节奏，配合着占喜的舞姿，看得分外入神。

占喜跳得很麻木，一曲终了，都没有发现玻璃外的那个人。

先看到骆静语的是袁思晨，她叫了一声："外面那个是谁啊？吓我一跳。"

占喜这才气喘吁吁地抬眼望去——黑衣、黑裤、黑口罩……天啊，居然是小鱼！

她差点儿要冲出去，可邱老师已经让她们站好队形，准备再来一遍。她用很大的肢体幅度给小鱼比了句手语："你等我，别走！"

这都是她会的手语，打过一遍还不够，她连打了三遍。直到那个人冲她点点头，她才绽开笑，放下心来。

前奏又一次响起，这一次，占喜的心境发生了巨大的变化。

她喜欢的那个人就在外面，在看着她！

她都不知道他怎么会来，怎么知道她在这里。

好开心啊！她脸上的笑藏都藏不住，心脏跳得巨快。

身体随着音乐舞动起来时，也不知怎么的，占喜一点儿也不觉得累了，不觉得无趣了，跳得格外起劲，所有的动作都努力做到极致。

她当然知道歌词的意思，听了这么多遍，都会唱了，乖巧的女孩儿见到暗恋的男孩儿，心中犹如小鹿乱撞，羞涩不已……什么？天啊，他也喜欢我？

开心到旋转！喜悦到上天！

胆子大一点儿吧，再自信一点儿吧！

看，他就在那里！

把头发甩起来、腰肢扭起来，让你看看我有多么可爱，又是多么风情。

嘿，我年轻又有活力，是不是比你做的烫花都要美丽？

我现在心跳得很快，你呢？看到这样的我，你会动心吗？

砰！爆啦！

没有什么可以阻挡我去喜欢你。

我不想放弃你，因为你真的很好。

那你呢？你喜欢我吗？

看着我的眼睛，它们也在看你。

我咬着唇，像不像个小妖精？

Hey，my lovely little fish，I got you.

I got you...

邱老师双手叉腰，微张着嘴，下巴都要掉下来。袁思晨和钱云也都很吃惊，刚才那一遍舞，占喜跳得就跟换了个人似的，姿态可爱又妖娆，连表情都十分到位。

“你这是……开窍了呀？”邱老师上下打量占喜，“啧啧啧，可惜了，年纪太大，早个八年去做练习生说不定能出道。”

占喜哪儿有心情和她开玩笑，急道：“邱老师，休息五分钟，我出去一下！”

她蹦蹦跳跳地跑出教室，骆静语没走，音乐停下后振动消失，他的世界重归寂静。依依不舍地将手掌离开玻璃，人也站得远了些。

占喜跑到他面前，满头满身的汗，脸颊红彤彤的，眼神却很亮，快乐地喊：“小鱼，你怎么来啦？”

骆静语还戴着口罩，也不敢摘，因为此时的他脸上热得快要烧起来。

可是他红红的耳朵尖还是露了馅，占喜看着他略显慌乱的眼睛，笑得更开：“我还有半小时就练完了，你等我，别走，好吗？”

骆静语：“……”

“等我！别走！你答应我！”占喜一边说，一边打手语，这句简单的话她已经比画得很熟练。

骆静语看到教室里的三个女生都在往外看，心里一惊，赶紧点点头，阻止占喜继续打手语。

占喜笑得眼睛都弯起来了。

骆静语看着她，指了她一下，又指指自己的左脸颊。

占喜没懂："什么？"

她顺着方向，摸上自己的右脸颊。

骆静语叹口气，慢慢地抬起手，将占喜左颊边一缕几乎要贴到鼻子的湿发撩开，别到她的耳后。

占喜乖乖站着，脸颊上能感受到他手指的温度和触感，眼睫扑簌簌地眨了几下，忽地抬眸看他。他没有防备，视线与她的胶着在一起，又狠狠心，快速地移开。

占喜知道他害羞，微微笑起来，双手扶在身后倒退着走。在进到教室前，突然向他比画了一句手语。他看懂了，却没明白。

她比的是"节日快乐"。

——今天是个节日吗？什么节日？

骆静语最近一直在忙花朝节的事情，日子都过迷糊了，只记得最近的节日就是这个花朝节，同时还是国际三八妇女节。

他拿出手机看日期，看清以后，当场石化。

要不是答应了欢欢不走，这会儿，他早撒丫子跑路了。

三个女生跳一支三分多钟的舞曲，一遍遍地跳，邱老师觉得哪里不齐、有人动作不到位，就会按暂停，喊着拍子一点儿一点儿地给她们抠细节。

占喜原本以为年会跳舞这种事情，随便跳跳就行了，没想到邱老师会这么认真。她们三个再也没好意思偷懒，谁都不想拖小团队的后腿，态度也变得越发端正。

两小时，骆静语一直站在教室外看她们跳舞，他听不到音乐，却能感受到振动。前奏响起的时候，哪怕占喜都还没动，他已经将手掌贴在玻璃上。

几遍以后，骆静语甚至发现了规律，当节奏到了某个点时，占喜就会舞动起来。他一次次地验证这个规律，左手手指轻动，数着"三、二、一"，误差变得越来越小，这微不足道的小游戏令他暗暗欣喜。他说不上来是什么感觉，就觉得音乐和舞蹈原来对他来说也不是全无意义。

他一直喜欢美丽又安静的事物，现在发现，那些跃动的、抽象的、自己从未体验过的东西，比如难以想象的音乐，其实也能用另一种方式去感知。

占喜在跳舞时会望向他，目光竟是火辣辣的。他数次被她逼得移开视线，过后却又忍不住再望回去。

他告诉自己不该如此沉沦，却又侥幸地想，就任性一次而已。他只是在看她练舞，这有什么？她都说了他们还可以做朋友，他们就是朋友，又没有绝交，不是吗？

八点，邱老师终于喊下课，占喜累得瘫坐在地上。邱老师在她身边蹲下帮她按摩大腿，问："是不是很累？"

占喜连说话的力气都没有，只能点头。

邱老师一边按摩，一边笑着说："我学舞的那些年，还有后来去做练习生的时候，每天都是从早练到晚。可惜我性格没亮点，连被送去选秀的机会都没有。"

占喜问："那你后悔吗？"

"不后悔啊。"邱老师低着头按得很用力，"人能找到一件自己真心喜欢干的事也不容易。我知道你觉得我严厉，没必要那么较真，但我收了你们的钱，这又是我最擅长的事情，我就想把它做好。我想，你也希望自己能信心满满地上台吧？"

"嗯。"占喜用力地点头，又问，"邱老师，你们这儿平时上课怎么收费啊？像我这年纪还能来学吗？"

邱老师眉毛一挑："怎么不能学了？我还有四十多岁、五十多岁的学员呢。跳舞这种事情，什么年纪不能跳啊。你看那些跳广场舞的大姐每天跳得多开心。我以后老了呀，绝对是广场舞姐妹里最靓的一枝花，劈叉、侧手翻都不在话下！"

袁思晨和钱云也在休息，听到邱老师的话，几个人一起"咯咯咯"地笑起来。

占喜歇了三分钟，看骆静语还等在外面，咬着牙坚强地爬起来拿衣服，说："姐妹们，我先撤啦，我朋友等我呢。"

钱云看着占喜欲言又止，袁思晨拽拽钱云的胳膊，钱云就没问出口。

一直到占喜去了更衣室，钱云才问袁思晨："小占那个朋友是不是聋哑人呀？我看小占好像一直在给他比画手语。"

袁思晨说："我也觉得是，她早上说和朋友约了吃饭，可能就是这个男的。"

钱云惊讶地说："今天可是情人节啊！她……她和这个男的在约会吗？聋哑人，不会吧？"

袁思晨笑笑："关你什么事儿啊？"

钱云嘟嘟嘴："我就是觉得，那林岩怎么办？"

"小占明摆着对林岩没意思，奶茶都不喝的。"袁思晨也起身拿衣服，"哎，公司里就别去说了，小姑娘的私事咱们也管不着。"

邱老师收拾着东西，插了一句嘴："这话我同意，而且我看小占挺大方的，也不像是介意的样子。"

占喜换好衣服和骆静语一起下楼。她悄悄地看他，看一眼就想笑，小心脏“扑通扑通”地乱跳，想到他居然跑来看她跳舞，嘿嘿嘿……看来口是心非的不止她一个呢。

骆静语却一点儿也笑不出来，要是早发现这天是情人节，打死他都不会答应和欢欢吃饭，更不会在欢欢已经取消晚餐的前提下，还巴巴地找过来，并且答应等她跳完。

他不想再让欢欢误会了，如果她一会儿再给他发张好人卡，他真的要无地自容。

两个人走到街上，冷风飕飕地吹着。占喜刚出了一身汗，被风一吹，冻得浑身抖了一下，立刻想起包里的围巾。她转头看骆静语，他身上是那件常穿的黑色羽绒服，里面的毛衣是圆领，即使拉链拉到头，脖子还是露出一些。她赶紧把围巾拿出来递给他：“围上吧，风很大，我洗过了。”

骆静语一愣。她果然是为了还围巾吗？

他接过围巾围到脖子上。占喜站着不动，仰头看他，抬手点点自己的脸。

都不用说话，骆静语就明白她的意思了，很自觉地把口罩摘下来。她看到他的脸后，笑容变得明媚灿烂：“以后你和我见面，能不能不要戴口罩啊？”

骆静语皱皱眉，用手语问：“为什么？”

“你说为什么嘛。”占喜不自觉地就撒娇了，心想这人真是的，还能为什么啊？就想看到他的脸呗，那么久没见了，她都只能在电脑里看他给“礼物”喂奶的视频解解馋，好不容易见到真人，还不让她看个够啊？

然而，骆静语真的不知道是为什么，眨眨眼睛，也没再追问。

占喜和他并肩往前走，突然拉拉他的袖子。待他转过头，她笑嘻嘻地问：“你为什么会过来？”

骆静语不想回答。

占喜还不罢休：“你怎么知道我在这儿？”

骆静语又是只看着她，也没把手机从兜里拿出来的意思。

占喜像是感觉不到他的冷淡，又问：“小鱼，你觉得我刚才跳得好吗？”

看着她期盼的眼神，想到之前她跳舞时热情奔放的姿态，骆静语的脸色又不自然了，终于绷不住，轻轻地点头，向她竖了个大拇指。

占喜很开心，肚子却咕噜噜地叫起来，自言自语地道：“我好饿啊。”她站在街头往四周张望，说着话时还不忘比画她会了的那几句手语，“我没吃晚饭，你吃过了吗？”

骆静语很吃惊，她居然没吃饭吗？还跳了这么久的舞，哪里来的力气？他也随着她一起往周围看，两个人同时看见一家肯德基。她手一指，说：“去肯德基吧，我想吃鸡肉卷了！”

骆静语点点头，占喜很自然地拽了一下他的胳膊：“走。”

身边的男人却像触电似的挣开她的手。她一愣，尴尬地说："对……对不起。"

骆静语抿着唇，双手紧紧地插进口袋里，和占喜一起向肯德基走去。

餐厅里，骆静语用手机点餐。占喜要了鸡肉卷、烤翅、薯条和热奶茶，骆静语点了一杯咖啡，一会儿后端着餐盘就回来了。

这个时间，肯德基里坐着的大多是闲聊天的人，也有几对小情侣。占喜看看他们，再看看小鱼，心里甜丝丝的，觉得两个人就像在约会。

他们在小圆桌边坐下，占喜饿极了，决定先填饱肚子。吃东西时，她偷偷地观察小鱼。他像是兴致不高，眼睛总是垂着，长长的睫毛缓慢地眨动，下巴也绷得很紧，脸上全无笑意。

占喜挪着椅子向他靠近一些，他发觉了，居然也挪动椅子往反方向避开。她不敢再动，拿起鸡肉卷吃起来。

她不喜欢他这样一副拒人千里的样子！以前和他在一起时，他还会跟她开玩笑呢，眼睛总是笑得弯起来，哪像现在这样，好像她欠了他两百万似的。

占喜和别人相亲时话特别少，从来不会主动找话题，和骆静语在一起就不行了。尤其是现在这个局面，她要是不开口，小鱼像是可以打坐到肯德基打烊。

消灭掉鸡肉卷和烤翅后，占喜准备和小鱼好好聊聊。

"你刚才……"见小鱼没看她，她拉拉他的袖子。他抬起头来，她才继续说下去，"你刚才把手按在玻璃上，是能感觉到音乐吗？"

骆静语摇摇头，见占喜的右手搁在桌面上，他弯曲食指敲敲桌面，又指指她的右手，在空中画了个问号。

"振动？"占喜虽然是文科生，物理知识还是记得的。

骆静语点点头，手机打字给她看：我不知道音乐是什么。

好像是个不怎么愉快的话题。占喜想了想，想让二人间的气氛变得轻松些，笑着问："池江先生的樱花树做完了，那这个星期，你在忙什么呀？"

骆静语打字：花朝节。

占喜问："花朝节是什么？"

骆静语：上网查。

占喜噘起嘴："你都不肯给我讲讲吗？"

真是强人所难，骆静语无奈极了。让他怎么讲？手语倒是讲得清，她又看不懂，打字讲？讲清一个传统节日的来龙去脉，会要他半条命。

见他拿着手机一脸纠结的样子，占喜"噗"的一声笑出来："和你开玩笑的，这么严肃干吗呀？"

骆静语："……"

"这几天，真的有人来找我咨询烫花的事情哦。"占喜吃着薯条，慢悠悠地说，"那个吴太太给我打电话了，她想做一个牡丹的盆景，我和她说我得问问你最近的工作安排。上次你做'好运来'都做了快一个星期，牡丹盆景我估计也挺费时间的。你有兴趣接吗？"

骆静语打字：牡丹，花少四天，花多一周，一朵九百，可是我没有时间。

占喜沉默片刻，又问："还有一个客户，也是池江夫人生日宴上的一个来宾。她妹妹结婚，她想给妹妹做一束手捧花，你也没时间吗？"

骆静语没打字，直接摇头，神色沉郁。

他最近哪里有时间啊，三百件烫花订单呢！接下去的大半个月，他除了吃饭、睡觉、洗澡就不能再干别的任何事情了。

可是占喜不知道，心里很慌乱，只感受到小鱼的疏离。

之前在舞蹈教室门口，他为她撩起发丝时的那份温柔如今荡然无存。为什么？因为她对他说了"节日快乐"吗？她想了很久，抬头看向他，问："小鱼，你是不是还在生我的气？"

骆静语"沉默"着回望她，眼神深不可测。

占喜继续说："就是……你生日那天，我对你说的那些话，你是不是还在生气？"

骆静语叹口气，打字：我没有生气。

他看着这个女孩儿。她还扎着马尾辫，因为跳舞，工作妆早就被卸掉了，白皙光洁的小脸上，一双大眼睛怯怯地看着他，就像一个吵完架的小朋友在求和好。

骆静语不知道她为何会有这样的想法，他怎么可能生她的气，他要气也只能气自己。气自己白日做梦，以为可以神不知鬼不觉地陪在她身边，却轻易地被她发现他见不得人的秘密。多么难堪，他明明什么都没说，却被她直接挑破。

他后悔，刚才就应该离开，否则现在也不会又陷入这个话题。他讨厌这个话题，关于生日那晚的事情，他一点儿也不想再提，只求欢欢能放过他，他一定不会再逾规越矩。

"你要是没生气，为什么对我这么凶啊？"占喜委屈地看着他。

骆静语更委屈。他什么时候对她凶过了？

占喜觉得这样下去不行，得把话说开了："我知道你生气了。小鱼，我向你道歉，那天我说的话，我……我……"

她"我"了半天，脸颊都涨红了也没说完，干脆从包里掏出一盒东西放在桌上，用手指压着推到骆静语面前："送给你，节日快乐！"

盒子上全是外国字，骆静语都看不懂是哪国文字，不是英文，不是日文，但看图案能看懂，是巧克力。

巧克力?!

情人节，女生送给男生巧克力?

骆静语不是白痴，这点儿生活常识还是有的。脑子里“轰”的一下，像核弹爆发一样，再看向占喜时眼睛都瞪大了。他嘴唇微张，简直无法相信自己的眼睛，心里一遍又一遍地否定这个念头。

什么意思？不可能啊！寻开心吗？是不是日历弄错了？这个节日其实是愚人节吧？

看他身形都变得僵硬，占喜的脸更红了，说：“你生日那天，我给你发的那些微信消息，我……我……”她终于鼓足勇气说出完整的一句话，“我要撤回。”

骆静语：“……”

“你……你……”继不停地“我我我”后，占喜又“你你你”起来。她这辈子第一次说这种话，真的很害羞，“你对我……有……有什么感觉？”

她真的好想把头低下去，又知道不行，低下去小鱼就看不到她的嘴了，只能硬撑着看向他，几乎是一个字一个字地往外迸：“我……我对你，就是……那个……哎呀！你到底喜不喜欢我啊？”

骆静语已经被一股巨浪拍晕了，傻愣愣地看着她。

就脸皮厚点儿，当他喜欢她吧！

占喜决定为自己的打脸行为解释一下：“小鱼，你听我说，我是一个胆小鬼，我怕我妈妈不同意，她真的从小到大管我管得很严，我想到她会不同意，才跟你说那些话。但是后来这些天，我想了很多很多，我发现自己根本就忘不掉你，我就想……我就想勇敢一点儿……我……我不想让自己后悔。”

占喜的眼眶湿了，望着骆静语：“我反悔了，骆静语，你看明白我的话了吗？我反悔了，我反悔了，我真的反悔了！”

从头到尾，骆静语都盯着占喜的脸，“听”得很认真。也许是因为人与人之间相处久了会产生默契，在读唇这件事情上，他对占喜的嘴唇、舌头、牙齿之间的各种咬字方式竟是越来越熟悉，比看别人的唇语都要来得轻松。

但她刚才说的是什么，是幻觉吗？是做梦吗？是她在犯傻吧?!

他读懂了，却宁可自己没读懂。

骆静语再看向那盒巧克力时，那已经不是一盒巧克力了，而是一盒炸弹！他哪里敢去碰它，看看它，再看看占喜，看完占喜，又看巧克力……就在占喜被他惊愕的神情搅得心慌意乱时，他突然起身，转头就往肯德基的大门走去。那速度快如风，占喜回头时，他已经拉开了玻璃门。

“小鱼！”占喜抓起包就要追，还不忘拿上那盒巧克力。她冲出门时左右一看，骆静语已经在十几米外，只留给她一个黑色的背影。

“小……”占喜记起喊了也是白喊，只能追上去。幸好她练完舞没换鞋，大步奔跑着终于追上了他。

占喜又一次从身后拉住骆静语的胳膊。

这次他没和她僵持，很快速地就转过身来，还用力地甩掉她的手。他居高临下地瞪着她，眼神决绝，嘴唇抿成薄薄一条线，抬起手就比画出一大段手语：“你在想什么？你反悔什么？我和你的关系与你的妈妈无关！不管你的妈妈同意还是反对，我和你都是不可能的！你是一个健康人，大学生，长得漂亮，人又聪明，而我是一个聋人！我是一点儿也听不见的，一句话都不会说！你不是胆小鬼，我也不厉害，你之前的决定是正确的！我们的确没有希望，没有未来，我们只能做朋友，在电梯里碰到随便聊聊的那种朋友！我不知道这些天你到底遇到了什么事情，不管是什么你都错了。我很抱歉，真的很抱歉！我不该打扰你的生活，不该让你误会！是我不好，我的错！真的，收回你的巧克力，收回你的那些话，我和你，是不可能的！”

骆静语的手语打得特别用力，幅度也很大，左手和右手相碰时发出各种“啪啪”的声响。他脸上的表情就没变过，如此震惊、如此生气，就像占喜做了什么十恶不赦的事情一样。

对骆静语来说，刚才的事情并不是暗恋成真的都市童话，而是一则明晃晃的讽刺寓言。

她是那么聪明、那么厉害的鸡蛋老师，是人群里最耀眼夺目的女孩子。她温柔、善良、耐心、体贴，就像花中仙，百花见她尽皆臣服，又似天上月，皎洁如玉不可亵渎。

而他是一个彻彻底底的聋子。

花仙怎能自降身份？明月岂可落入凡尘？会沾灰的！会后悔的！

他不能让她沾灰，不能让她后悔！他不能让别人看她的眼神带上那些乱七八糟的色彩。

她怎么能喜欢一个聋子？

他可以用黑衣、黑裤、黑口罩把自己变成一道影子，那她呢？她如此出众，他要怎么把她藏起来？她会变成一个活靶子！

占喜一点儿都没看懂骆静语的手语，只看到一大串让她眼花缭乱的手势，哪怕其中有几个词汇是她知道的，刚辨认出来，又飞快地过去了。

因为两个人离得近，占喜的上身都被骆静语挥动的双手逼迫着往后仰了一下。他绝望的眼神被她看得清清楚楚，她整个人都被弄蒙了。

身边经过的路人眼神探究地向他们张望，不乏手挽着手的情侣。骆静语接触到他们的视线，两只手终于颓丧地垂下来，拿出手机给占喜打字——

我说话，你都看不懂，你想什么了？

我说话，别人看我们了，你丢脸！

占喜看完后，抬头冲他大叫："我不丢脸！我会学手语的，我得找老师去学，你得给我时间啊！"

骆静语真的要疯了，抬手又是一串手语："这和手语也没关系！就算你学会手语，我们也是不可能的！你是健康人，我是聋人，你不要这么傻！"

占喜不喜欢他这样对她，叫道："你明知道我现在不懂那么多手语，你先打字给我看好不好啊？我都不知道你在说什么！"

骆静语猛地停下来，脸色苍白地看着她，右手食指用力地点点自己的胸，又指向自己的右耳、自己的嘴巴，最后一双小臂在身前交叉，比了个大大的"叉"。

占喜眼睛红红地瞪着他："我知道你听不见、不会说话，我又不是今天才知道！我不在乎！"

骆静语的眼睛也泛红了，充了血一样，拿着手机打字时手都在颤抖：你，要嫁好男人！我，不是！

"你很好啊！小鱼！"占喜几乎是哭喊着开口，"我就没碰到过比你更好的男生！真的！"

骆静语一转头，手掌"啪"的一下拍上自己的额头。他真的要崩溃了。

他有好多话想说啊！告诉她，他可以偷偷地喜欢她，不求回报、不要结果，但是她不行！这绝对是她这辈子做得最蠢的、最疯狂的事情！她怎么会有这种想法？快醒醒吧，聪明的鸡蛋老师，现在放弃还来得及！

但他打字那么差，都快急死了！

到了这份儿上，他究竟该怎么办？

他得让她死心，对的，他得让她死心！

打开手机，骆静语抖着手，最后给占喜打下一行字：我先天性聋人，是遗传，小孩儿也会是聋人。你愿意？

占喜看着骆静语手机里的这行字，眼泪滚在眼眶里，整个人呆若木鸡。

地狱模式果然名不虚传。

她都还没谈过恋爱，没满 24 岁，哪儿会想到这么远？别说结婚生孩子了，她甚至都没想过被母亲发现的那一天会是怎样的场景。

占喜唯一想通了的一点是，棒打鸳鸯的结果不是看棒有多凶，而是看鸳鸯能不能齐心。那鸳鸯都还没在一起，她怎么知道他们能不能齐心？现在鸯鼓起勇气想要试试，鸳却又给她当头一棒——他会遗传！

占喜记得纪鸿哲说过的话，他说小鱼的父母、爷爷奶奶和姐姐都是聋人。她也想过他们家是不是有遗传史，但这种生物学、遗传学、医学上的东西哪儿是她上网查就能查明白的？

她低头看着手机，骆静语几乎看不见她的脸，心里就像卷过一片风沙，萧瑟凄凉。他想起相亲时常婷的反应，女孩子的脸色都变了，为难、犹疑、尴尬，最终化为沉默，匆匆离开。

当时他的心境倒很坦然，觉得这再正常不过。

从懂事后明白自己身上带有致聋基因，骆静语对于婚恋便没了憧憬。他的婚恋选择范围本就很窄，要找一个两情相悦的对象已经很难，这个女孩儿还得和他达成共识，同意不要孩子，最难的是，这个女孩儿还得是个聋人。

骆静语是聋人，从小到大看到的听障群体，嫁娶对象百分之九十九都是同类，父母也是这么教育他的。聋人和聋人有共同语言，手语交流无障碍，组合在一起的小家庭会比较稳定。

骆晓梅已经是个异类，骆静语不觉得自己能像姐姐一样幸运。

喜欢上占喜是他人生中的意外，他以前从来不知道喜欢一个人的滋味是这么甜，又是这么苦。

他想，一切都结束了，这下她总该明白了吧？

他和她是不会有结果的，他们根本就是两条平行线，如果不是因为做那盆烫花，他们这辈子都不会相识，在电梯里见到都不可能打招呼。欢欢注定拥有平顺幸福的人生，遇到他，不值得。

这么想着，骆静语的心情又平静下来。

没什么可遗憾的，只是一切回到原点罢了。感谢欢欢，她让他体会到什么叫“心动”，甚至超水平发挥，她好像也对他动了心。

傻姑娘，原本这么聪明，怎么就犯傻了呢？

幸好，一切都结束了。

占喜的脑袋终于抬了起来，对着骆静语吸了吸鼻子，没让眼泪滑落，用手背把它们抹掉了。

她不想哭，她其实已经得到回答，小鱼是喜欢她的，她很确定。

但小鱼也拒绝她了，就像他生日那晚一样，他们各有各的难处，共同点应该是——

他们都觉得自己是为对方着想。

事发突然，占喜一时也不知该怎么回答骆静语的问题。

他问的是："小孩儿也会是聋人。你愿意？"她觉得怎么回答都不对。

说"愿意"肯定不行，说"不愿意"也不是出自她的本心——我不愿意小孩儿是个聋人，不代表我不愿意和你在一起啊。

可她的沉默在骆静语看来就是一个大写的"不愿意"。

他很累了，身体累，心也累，再也不想和占喜就这个没有结果的问题争辩下去。他收起手机，深深地看了她一眼，慢慢抬起手揉揉她的头发，最后转过身，大步离开。

占喜看着他的背影，没有再追上去。她觉得在没想好怎么回答他的问题前，两个人彼此冷静一下也好。就像她想了十几天才想明白该怎么做，小鱼也需要一些时间去思考。

至少，小鱼现在知道她的心意了，看他的反应，他之前居然真的不知道。

叫什么"好大一头鱼"？分明是"好蠢一头鱼"才对！

第二天，占喜找出纪鸿哲的名片，给他打电话，开门见山地说："纪鸿哲，有个事情想请你帮忙，你知道哪儿能进行一对一系统地学手语吗？"

"哈？"纪鸿哲蒙了几秒才反应过来，"你要学手语？为什么？"

"你别管。"占喜说，"要学到可以像你这样无障碍地和小鱼聊天，哪儿能学呀？"

纪鸿哲笑道："要不……我来教你？"

"不要！我没和你开玩笑。"占喜一口拒绝，"我希望是个能听见、会说话的女老师，这样学得更快。我会给钱，要每周一次课的那种。"

纪鸿哲沉默了一会儿，问："占喜，你是认真的？为了骆静语？"

占喜默认了。

"说实话，我还真不知道哪儿有。"纪鸿哲说，"我是跟着我爸妈学的，和学说话一起学起来的，跟母语差不多了。我认得的会手语的都是聋人，就算有和我一样听得见的，也没谁有工夫去教你啊。再说了，你要学到我这么自然的水平，挺难的，就跟学一门外语一样。"

占喜很沮丧："难道我想花钱学个手语都没地方学吗？"

纪鸿哲想了想，说："你要么去残联问问？哎，我想起一个人——小鱼的姐姐骆晓梅，她是盲聋学校的语文老师，我有她的微信，盲聋学校有些老师的耳朵是好的，要不我找她打听一下？"

"行啊，你帮我问问呗。"占喜哼哼唧唧地说，"就是……你能不能不要告诉她我是谁，还有不要告诉她我认识小鱼，我就是不好意思。”

纪鸿哲在电话里狂笑，笑完了才说：“我懂，我懂，这要是让骆晓梅知道你是为了她弟，真会被她笑死。”

占喜：“……”

“哎，说真的。”纪鸿哲问，“你真想好了？和骆静语在一起，你能搞定你妈？”

占喜叹口气，没回答，反问他：“纪鸿哲，我问问你，小鱼的耳聋一定会遗传吗？”

“那倒也不一定。”纪鸿哲说，“我听我妈讲，小鱼他奶奶有几个兄弟姐妹，听得见的、听不见的好像是一半一半。然后这一辈人生的孩子中，听得见的居多，也有聋的，比如小鱼他爸就是。到小鱼这一辈我就不知道了，我妈也不知道。小鱼家点儿特别背，生两个都听不见，还一男一女，都找不着规律。”

占喜又问：“这个……就算会遗传，能避免吗？”

“这就超出我的知识范围了。”纪鸿哲说，“得去咨询医生吧，跟基因有关。他姐不是结婚了吗？她也有三十岁出头了，我也不敢去问她，这不是找死吗？”

占喜忙说：“别问，别问，我就是随口一说。”

纪鸿哲又笑起来：“你们很厉害啊，上回见他，他还说和你没什么，这才过一个月，都聊到生孩子啦？”

占喜郁闷地说：“谢谢你，我等你消息。挂啦，再见！”

度过了一个糟糕的生日，又度过一个糟糕的情人节，骆静语彻底沉淀下来，全身心地投入工作中去。

他连饭都不做了，天天叫外卖，吃得很简单，和父母发微信消息说最近工作太忙，暂时不回家。他没告诉他们，他的手都做破了，很痛，怕他们担心。

其实在方旭给汉服群发主题让她们二选一时，骆静语就希望姑娘们能选春兰，但是他做出来的两款样品当中，的确是粉芍药更好看，所以在定下芍药后，他也做好了思想准备——这大半个月，他的左手就别想好了。

用烫花做芍药，有一个很特别的步骤。

一朵芍药由大花瓣、小花瓣和花心三个部分组成，花心有六片花瓣，大小花瓣层各有十二片花瓣。每一片花瓣被染完色晾干后，都需要对折起来。用一块纱布包住花瓣，再用左手大拇指下的那块肉在桌子上按住它，然后右手用力拉纱布，纱布的纹路就会留在花瓣上，形成自然逼真的褶皱感。

这个动作非常伤左手，做得少还好，做得多了，手上按住纱布时被摩擦的地方一定会破皮流血。

但芍药就是这样做的，很多烫花手作人想过各种方法去避免受伤。比如贴创可贴，结果它很碍事，创可贴的纹路都会印到花瓣上去；比如戴医用橡胶手套，结果却压不上褶皱；如果那块肉太疼了，就用手的其他部位去按压，比如手背啊，手指啊，结果磨哪儿破哪儿。

所以，几十、上百朵芍药做下来，骆静语的整只左手都要没法看了，全是破皮伤，好在也就是破皮伤，养好了不会留疤。

每天像台机器一样开工，骆静语很少有时间去想其他的事情。

很意外的是，他以为占喜会知难而退，彻底和他划清界限，可那个女孩子却没有如他所愿，时不时地会给他发条微信消息，自言自语般地说说自己工作、生活中的小事，有时甚至会给他发照片，大多是“礼物”萌萌的样子。

骆静语很少回，他真的没有时间聊天，有时候看到消息已经是几小时后。他回得最多的一句是“我开工了，不聊天”，却在每天临睡前，把她发来的照片都下载下来，再把她发的消息回味一遍，这样才能安心睡去。

对于花朝节的工作内容，占喜并不知情，只知道小鱼很冷淡，天天在开工，永远不聊天。

她也不想给他压力，也不会老去烦他，保持着每天给他发三四条微信消息的节奏，就像微风吹拂湖面，在他心湖里搅起一丝丝的小涟漪，风过了，湖水照旧平静无波。

周末时，骆晓梅受母亲委托，带着食材来青雀佳苑给弟弟改善伙食。

进门后，骆晓梅看到焕然一新的客厅，吃惊地打手语问骆静语：“你怎么想到布置房子了？这个猫爬架好可爱，你的猫呢？快给我看看，那只小白猫。”

骆静语板着脸不理她。

啊啊啊！好烦啊！

骆晓梅给弟弟做了几道菜，骆静语好久没吃上正儿八经的饭菜，坐在餐桌边吃得特别香。骆晓梅坐在他对面，打量着弟弟的头发，打手语道：“小鱼，你多久没剪头发了？头发太长了。”

骆静语摸摸头发，两个多月没剪了，忙得都没时间出门，现在又变成很蓬松的样子，起床后就是一颗炸毛球。

骆晓梅：“一会儿我陪你去剪个头发吧，顺便给你买点儿水果，你带回来。你是不是好久没出门了？刚好出去走走。”

骆静语想了想，点头同意。

骆晓梅看到他伤痕累累的左手，心疼极了：“你这手是怎么搞的呀？”

骆静语看看左手，随意地回答：“没事，习惯了。”

他的视线落到骆晓梅的左手上，她的无名指上是一枚婚戒。他盯着看了一会儿，打手语问姐姐："姐，问你个问题，你当初为什么会答应和姐夫在一起？"

骆静语在择偶中碰到的困扰，骆晓梅同样会碰到，大家都有遗传基因，为什么骆晓梅愿意接受高元？难道高元的家人不介意这件事情吗？还是说，因为高元是肢残人，他的家人觉得他能找到一个四肢俱全的妻子帮衬他的生活，就已经很满足了？

骆晓梅愣了愣，笑着比画："是你姐夫追的我呀，追了半年多呢，你忘啦？"

骆静语："我记得，我是说，他在一开始，就知道咱们的耳聋是遗传的吗？"

骆晓梅点点头："当然，一开始我就和他说了。"

骆静语："那他不介意吗？他不打算要孩子？"

骆晓梅思考了一下，回答骆静语："过程是这样的，他先追我，我没同意，和他说我们家耳聋可能会遗传，生孩子会有风险。但是他说，他喜欢的是我这个人，还没想到生孩子的事情。如果两个人处得好就结婚，处得不好，那说孩子就没有意义。后来我们感情挺好的，就商量好结婚后不要孩子，他腿不好嘛，总觉得我们这样会亏欠孩子，哪怕孩子是健康的。"

骆静语没有打断她，骆晓梅继续比画："可是，现在结婚三年了，我和他感情越来越好，家里收入也稳定，也算有房有车，我们就有了念头想要个孩子。这个念头真的是这两年才有的，以前也没敢想，到时还得去看医生，听听医生怎么说。"

骆静语没再提问，寻思着姐姐的经历和他的也没有可比性。姐姐和高元都是大学生，姐姐是聋人，高元是肢残人，从某种程度来说，他们也算般配，生活中还能互相帮一把。

他和欢欢可不是这样，他们哪儿哪儿都不配，他都没什么文化，欢欢却是又聪明又健康又漂亮。

骆晓梅观察着弟弟落寞的表情，冲他挥挥手。

骆静语抬头看她，她问："小鱼，你是不是谈恋爱了？"

骆静语急忙摇手否认。

骆晓梅心中存疑。年前，骆静语每次回家，都会对着手机偷偷笑，连着两个周末拿了四只酱鸭的事情到现在都被母亲当笑话在讲。那时候，他真就是一副处对象的甜蜜模样。

过年时情况又变了，骆静语整个人消沉失落，吃年夜饭时坐在角落里一动不动，也不玩手机，就是发呆。元宵节他回父母家吃饭，依旧是一副半死不活的样子。阎雅娟私底下问骆晓梅"小鱼是不是失恋了"，骆晓梅说不知道，也没敢去问。

现在，骆静语又来问她当初和高元的恋情，她觉得事情很明朗，弟弟肯定是遇到感情上的困扰了。

傻小子，心事都藏不住，怎么去追女孩子呀?

骆晓梅想开导一下骆静语："小鱼，你不小了，如果碰到喜欢的女孩子，可以主动一点儿去追求。咱们虽然听不见，但你也有很多优点，是个值得女孩儿喜欢的好男人。你不要总想着耳聋会遗传的事情，不要在一开始就给自己判下死刑。别说现在医学上可能有办法解决这个问题，就算没有，你也不能因为生不了孩子而排斥恋爱。恋爱结婚是因为爱对方，想和对方在一起生活，而不是为了生孩子。如果你一直顾虑遗传的事情，可能会错过合适的女孩儿。"

骆静语看明白了，抬起双手迟疑很久，才咬咬牙问出一个问题："姐，如果那个女孩儿是健康人呢？"

这倒是骆晓梅没想到的，弟弟从小到大朋友不多，健听人朋友更是屈指可数。他和小哲关系都很远，居然会喜欢上一个健康的女孩儿？这得鼓起多大的勇气啊！

骆晓梅回答："的确会难一点儿，但也不是完全没可能。感情这种事情谁都说不准，我以前也没想过会找一个健听人做伴侣，现在和你姐夫在一起感觉很甜蜜。只要你和她的交流没问题，你的耳聋就不是障碍。她会手语吗？"

骆静语郁闷地摇摇头。

骆晓梅比画道："前几天小哲来找我，说有个朋友想学手语，是健康的女孩儿，就是为了可以和她喜欢的男生无障碍聊天，我就给他介绍了周老师。你看，这样的女孩儿也是有的呀。还有你姐夫，当初是学手语认识的我，现在手语水平一点儿也不比小哲差，多练多聊是关键。只要你喜欢的那个女生对你上心，这根本不是问题。"

骆静语不知道纪鸿哲和占喜有前缘，自然猜不到他们还会再联系。他倒是很羡慕小哲朋友喜欢的那个男生，有个女生愿意为了他专门学手语，那个人真幸福。

他抬手对骆晓梅比画："我和她聊天其实还好，虽然她不会手语，但我们一直聊得很开心。我和她之间最大的问题是，她太完美了，我怕她和我在一起会被人笑话，我不想她因为我受到任何伤害。"

骆晓梅温柔地看着弟弟，安慰他："我知道你是为她着想，但是小鱼，很多事情你得试过才知道啊。谈恋爱，谈恋爱，你都不谈，哪里知道爱不爱？如果真的谈不下去了，那就分开。我是觉得，能伤害到她的只有你，你要是足够好，她就不会受伤害。"

骆静语细细思索着姐姐的话。

午饭后，骆晓梅叫上弟弟出门剪头发。骆静语想戴口罩，骆晓梅阻止了他："别戴了，帅帅的小伙子，搞得跟见不得人似的。"

骆静语就没坚持。

两个人坐电梯下楼，到八楼时，电梯停了。骆静语抬头看到楼层，心脏都差点儿停跳，第一反应是把兜帽拉上，第二反应是摸脸——完了，口罩没戴。于是他只能祈祷：不是她，不是她，不是她……

骆晓梅狐疑地看着他。

电梯门打开，一个年轻漂亮的女孩儿站在门口，看到他们后眼睛一下子瞪大了，接着就笑了笑，走进电梯。

骆晓梅也对她笑笑，往骆静语这边靠近了些。那女孩儿站在另一边，一会儿后扭头看过来，视线在他们身上都转了一圈儿。接触到骆晓梅的目光，她像是吓了一跳，又把脑袋转了回去，脸颊红扑扑的。

骆晓梅很疑惑，再去看骆静语，发现自己那人高马大的弟弟戴着兜帽，都快缩进角落里做蘑菇去了。

电梯到一楼，门打开后，骆静语第一个出去，骆晓梅跟着他，最后是年轻女孩儿。

小鱼走得好快啊！骆晓梅都要追不上了。她意识到有情况，回头看一眼，那个年轻女孩儿果然也走得很快，小跑步地跟着他们。见她回头，女孩儿又吓一跳，装模作样地在那儿掠头发、整衣服，眼睛都不知道要往哪里看。

骆晓梅心里有了一个奇怪的猜想，打算试探一下。她走到骆静语身边，伸臂挽住他的胳膊，脑袋还亲密地搁到他的肩膀上。

骆静语抽了抽嘴角——老姐突然发什么嗲？

骆晓梅觉得还不够，又伸手把弟弟的兜帽给拽下来，揉了揉他蓬松的头发。

骆静语：“？？？”

他也没躲，此时骆晓梅突然回头，非常满意地看到那个女孩儿目瞪口呆地站在原地，目送着他们离开。

一直到走出小区大门，骆静语才算恢复正常。骆晓梅兴奋地问他：“小鱼，刚才那个女孩儿是谁？就是她对吗？一定是她！长得好漂亮啊。”

骆静语瞪了她一眼，红着脸拒绝回答。

星期日，省考如期而至。这一次，占喜准备得比国考时要充分，自我感觉答得还行，具体怎么样，就等出成绩再说了。

走出考场，她坐地铁回家，又想起昨天看到的那一幕。

那个女生是谁？看起来好温柔，她和小鱼一起从十五楼下楼，是在他家做客吗？两个人还一同出门，挽着胳膊，特别亲密。小鱼都没戴口罩，那女生把脑袋靠在他的肩膀上，还揉他的头发，最后还挑衅地看了她一眼。

难道她知道自己是谁？小鱼和她说了？

他们看着也不像是普通朋友，没有普通朋友会挽着胳膊走路的，小鱼也没推开她，眼神倒是一直避着自己。

他是不是过年相亲了呀？从他生日到现在，已经过去一个多月了，他们统共就见过三次，一次是在池江夫人的生日宴，一次是情人节，最后一次就是昨天。

小鱼要是真相亲了，和对方接触大半个月，现在定下关系，时间也差不多。

是真的吗？怪不得他最近如此冷淡，都不回她的消息。

啊……男人可真善变啊，这才几天工夫，就把别的女孩子带回家了。

自从他们在电梯里遇见，占喜再也没给骆静语发过微信消息。

骆静语每天忙碌，起初还未发现，连着两天入睡前看微信才察觉异常。

欢欢不理他了？

他又等了两天，还是没等来她的任何消息。

她终于知难而退了？

骆静语发现，他并没有自己想象中那般轻松。

他坐在工作台边涂护手霜，护手霜是占喜送的。

左手太疼了，破皮的地方结痂又磨破，磨破又结痂，整只手上到处是伤口，其实不该涂护手霜，但他就是想涂，涂了可以滋润些，涂了似乎可以不那么疼。

如果他现在拍下这只手的照片发朋友圈，欢欢看到了会怎么说？

不会怎么说，欢欢已经不理他了。

深夜收工后，骆静语没有立刻回房睡觉，而是躺在沙发上，眼睛望着那盏鲸鱼灯发呆。欢欢真厉害，居然能找来一盏鲸鱼灯，她还没见过这盏灯的实物吧？见到了，会不会说这盏灯好漂亮？

不会的，欢欢已经不理他了。

骆静语遭遇失眠。

睡前用肩颈按摩仪按摩时，他想到了很多事情。

欢欢说她月底要考试，现在考完了吗？考得好吗？

她单位的年会开过了吗？跳舞跳得成功吗？

“礼物”已经三个月大，什么时候可以吃小鱼干和猫罐头？

欢欢最近有没有好好吃饭？那天看到她，感觉她好像更瘦了。

他想送她的烫花首饰还要继续做吗？

他还没给她做过冬阴功汤和咖喱鸡吃，说好的牛排也没请成。他还欠她一顿饭呢，那天的肯德基不能算。

欢欢说吴太太想做牡丹盆景，等他把花朝节的事情忙完再做，吴太太愿意等吗？欢欢还会帮他和对方联系吗？

那天在电梯里见到欢欢，他们都没打招呼，她不理他是这个原因吗？他装作没看见她，所以她就不理他了？

欢欢真的不理他了……

钱塘即将告别寒冷干燥的冬季，气温日日回升，快要开春，雨水也渐渐多起来。

二月的最后一天，占喜公司的年会在一家星级酒店举办。

气象预报说这天夜里会有雨，占喜之前还想着带伞，出门时提着表演服，手忙脚乱地就给忘了，想着没关系，大不了打车回来。

年会规模盛大，包括工人在内，全公司共有七百多人参加。晚宴异彩纷呈，节目、抽奖、游戏不断。占喜兴致索然，只想着赶紧把舞跳了完事。

化完舞台妆，她、袁思晨和钱云拍了几张合影，她挑出一张满意的顺手发了条朋友圈。

鸡蛋布丁：妖魔鬼怪就是我！

配图是浓妆艳抹的三个女生。

发出后，点赞、评论不断，在一堆留言里，占喜居然看到骆静语发的一条。

好大一头鱼：下雨了，你有伞吗？

简直是青雀佳苑的奇迹啊！

小鱼都多久没主动给她发过消息了？

“鸡蛋布丁”回复“好大一头鱼”：忘带了，没事，我打车回去。

吴太太：骆老师去接呀！

董承发了个“点赞”的表情。

占喜心想：妖魔鬼怪是你们才对吧！

上台时，占喜如邱老师说的那样信心满满，她们三个真的练得很刻苦，不想给HR部门丢脸。

占喜的表演服是亮红色PU皮上衣，底下是黑色热裤，露着一双又细又长的美腿，脚踩六厘米高的皮靴，略微浮夸，不过年会都是这样。她高高地扎起马尾，脸颊上有亮粉，贴着一排水钻，嘴唇涂得鲜红，眼妆更是浓到亲妈都不认。林岩看到她时愣了半天，才说：“挺……好看的。”

前奏终于响起，占喜站在中心位闭了闭眼睛，看着底下密密麻麻的大圆桌，心里想到的是骆静语。

情人节后每次练舞，她都想着他。

最后一次跳这支舞了，还是挺舍不得的。她要和歌里青涩的女孩儿说再见，祝她和那个男生可以开开心心地在一起，别像自己这样搞得乱七八糟。

三个女生跳得非常好，又整齐又热烈，每个人都很认真，连脸上的表情都俏皮可爱。

掌声和尖叫声此起彼伏，跳到最后，占喜定格，喘着气，就像选秀节目里的团舞中心位一样，对着台下做了个眨眼的动作，前排的男同事们嗷嗷直叫，连林岩都微微地红了脸。

本以为跳完后可以安心吃饭，占喜也懒得去卸妆，谁知吃了没几口就被文琴叫起来，拉着 HR 团队去给老总们敬酒。

占喜还没碰到过这样热烈的场面，莫名其妙地被倒上红酒，又莫名其妙地喝下去。敬完老总，文琴又去敬市场部、技术部、财务部、策划部……HR 们八面玲珑，都挺会说，几轮下来，占喜居然喝了好几杯红酒，整个人晕头转向的，感觉有点儿醉。

“思晨姐，我不能喝了，头好晕。”她对袁思晨说。

“哎哟，你可真老实，让你喝你就都喝了呀？”袁思晨也是服气，“别喝了，别喝了，你就装装样子就行了。”

闹闹腾腾到十点多，年会终于结束。占喜幸运地抽到一个三等奖，是一台榨汁机。她抱着礼盒和同事们一起走出酒店，才发现暴雨倾盆，根本没法儿冲出去。

开车的同事们按照路线搭人回家，林岩挤到占喜身边，说：“我送你吧，都一个方向，还有一个空座。”

占喜纠结之际，林岩说：“走吧，雨太大了，他们都等着呢。”

他的车上已经坐着三个同事，居然都在后排，占喜只能坐副驾驶座。上车时，她听到后排几个同事低低地笑。

林岩就如往常一样淡定，让占喜扣上安全带，启动车子。

路上，后排的同事一直夸占喜舞跳得好、人美身材棒。小马笑嘻嘻地问她：“小占有男朋友吗？”

另一个大姐说：“我看是没有，要是有，这么大的雨早就来接啦！”

小马说：“没有的话考虑下我们林岩呗，绝对是好男人啊。”

除了林岩，他们都喝过酒，这时候借着酒劲明目张胆地说这些话，也不怕占喜生气。占喜感觉头很晕，没吭声。林岩出声阻止：“小马，你喝醉了，别胡说八道。”

小马呵呵讪笑，占喜疲倦地闭上眼睛。

林岩将他们一个个送回家，占喜住得最远，到后来车上只剩她一个。林岩说：“刚才他们开玩笑，你别生气。”

占喜笑笑：“我没生气。”

车到达青雀佳苑，占喜道谢后准备下车，林岩说：“你先别下，等等。”他冒雨下车，从后备厢里拿出一把伞撑开，又打开副驾驶座的门，才让占喜下车。

林岩将伞撑到两个人头顶，他们站得很近，他问：“要我送你进去吗？”

占喜说：“不用了，很晚了，谢谢你送我回来，你赶紧回家吧。”

“那你拿着伞。”林岩把伞柄往前一送，“我等会儿用不着，车子直接到地下车库。”

“好，谢谢。”占喜接过伞退后一些，林岩上车走了。

占喜左手抱着礼盒，右手挽着包，撑着伞往小区里走。

雨哗啦哗啦地下得很大，如果没有伞，从小区大门走到5幢一定会淋成落汤鸡。占喜感觉头很沉，脚步虚浮，知道自己喝多了，想着回家后先洗个澡。她第二天和手语老师约了第一次上课，不能睡懒觉。

走着走着，她心里突然浮起一种奇怪的感觉——好像有人在看她。

前面是路灯昏暗的主路，雨水密集，看着不像有人。她左右张望，也没发现异常，可那种感觉依旧在。

占喜心里怦怦一跳，想起小鱼的那条留言，倏地回头，视线望向来路。那是小区大门方向，二十多米外保安室边上的阴影处，果然站着一道修长的黑色身影。

“小鱼。”她喃喃出声，向着那边走去。

阴影里的人动了，突然之间拔腿就跑，是往小区外的方向。

占喜都惊呆了，大喊：“小鱼！”

她想，他跑什么呀？他是来接她的吧？怕她淋湿，给她送伞？这有什么好跑的，就因为她看到他了，还是因为她有伞了？他究竟跑什么呀？

占喜立刻追上去，可是她手上东西太多，还忘了自己穿着那双六厘米高的鞋，更忘了自己喝过好几杯红酒。跑过十几米，还没跑到保安室呢，她就踩到一块凸起的石头，脚踝一扭，“哎呀”一声喊，整个人就扑到了泥泞的主路上。

包掉了，榨汁机礼盒也掉了，雨伞摔了出去，雨水瞬间浇到她身上。她也没工夫矫情，快速爬起来，把东西一样一样捡起，最后撑着伞，一瘸一拐地跑到小区门外，可哪里还有那个人的身影？

她这时候才感到腿上的疼痛，低头看去，丝袜蹭破了，膝盖破了一块皮，脚踝也扭到了，身上的衣服更是惨不忍睹。她顿时感到一阵委屈，心想这人有毛病啊！跑什么呀？又不是做贼，不就是给她送伞嘛！

弄得她还摔一跤，这么大个人了，多少年没摔跤了呀！

保安大叔看到她后叫起来："小妹，你这是怎么啦？摔跤啦？"看到她的脸后又是"哦哟"一声喊，调子都变了，"你这是刚唱完戏啊？"

占喜看向他，嘴一咧，就"呜呜呜"地哭了起来。

骆静语也不知道自己为什么要跑。

他就是想给她送把伞而已。

结果，有人送她回来，是个年轻的高个子男人，戴着一副眼镜，看起来很斯文。

骆静语发现自己见过他两次，一次是平安夜时在占喜的公司楼下，第二次是在池江夫人的生日宴上。那一次，欢欢对他比手语时，这个男人就在不远处看着他们。

而刚才，那人撑着伞，占喜和他一起站在伞下，两个人面对面说着话。

雨下得那么大，骆静语耳边却一点儿声音都没有。他突然庆幸自己是躲在阴暗的角落里，欢欢和那个男人都没有看到他。后来那人开车走了，欢欢撑着伞回家，他依旧没动，视线追随着她的背影。他想，她有伞就好，不会淋湿，要不然又感冒了。

他都不知道占喜为什么会突然转身，当她向这边走来时，他就像一个行窃被当场抓获的小偷，羞耻感铺天盖地地漫上来。他唯一的念头就是立刻跑掉，跑得远远的，不要被她抓到！

他已经被她抓到好几次了。在夜市、在电梯里、在宴会厅、在肯德基门外……每次都没跑掉，这次一定要跑掉！要是再被抓到，他都怕自己再也跑不掉了。

骆静语撑着伞在小区外晃了十分钟，才慢吞吞地走回家。

他坐电梯到十五楼，楼道里的声控灯幽幽亮起。他一边走一边拿钥匙，走到安全通道门边时，那扇门突然打开，一个人从楼梯间里走了出来。

骆静语缓缓地转头看她，拿钥匙的手僵在半空中，不上不下。

她怎么弄成这个样子了？

那件他看她穿过的、漂亮的米白色呢子大衣现在整个前襟全是黑泥，不仅脏，还湿淋淋的。

她的头发也是湿的，马尾辫结成一缕，颊边碎发散乱。

她的脸更加可怕，跟个调色盘似的。舞台妆不防水，假睫毛早掉了，原本精致的眼妆此时糊成两团黑晕，夹杂着亮蓝的眼影、晕开的腮红和黑色的泥点，亮粉和水钻还执着地粘在脸颊上闪闪发光，在此刻更添诡异。

她的嘴唇却很淡，几乎没有血色，微微地颤抖着，看着他时目光含怨。

要不是骆静语知道她是谁，换成别人，这时候都要吓到腿软。

占喜仰头看他，咬着牙问："你跑什么？"

骆静语："……"

"我问你跑什么呀？！"她生气地叫起来。骆静语听不见，但看她的表情和口型就知道她喊得很大声。

他低了低头，想把左手藏到身后。

他左手拿着两把折叠伞，一把是用过的，一把还扎得很好。可是占喜已经看到了，视线从他的左手又回到他的脸上，眼睛瞪得滚圆，在两圈黑晕里，她的两只眼睛显得更大。

骆静语不知道该怎么办，虽然被抓那么多次，他的经验却并没有增加，反倒更加窘迫。

就在这时，占喜突然挥着包向他砸过来，皮包重重地砸在他身上，她边砸边喊："你跑什么？跑什么？有什么好跑的，我是魔鬼吗？我是妖怪吗？为什么要跑，心虚啊？你到底为什么要跑？你有本事跑了就别回来啊！"

他没动，心甘情愿地被她抡包砸，一下又一下，也不疼。他看不清她在说什么，就看到她在喊，不停地喊，喊着喊着，她哭了起来。

在看到她的眼泪从那两团黑色眼晕里流下来的一瞬间，骆静语心里的一面墙轰然坍塌。他丢掉手里的伞和钥匙，双手扣住她挥舞的手腕。被他禁锢住，她似乎还不解气，竟抬腿踢了他的小腿一脚。这下子挺疼的，他皱眉，惊觉自己可能出声了。

是的，他的小腿被踢疼了，忍不住喊了一声。

占喜听到了，还是那个含糊在喉咙里的声音，是一个年轻男人的、陌生的声音，是小鱼的声音。

骆静语惊恐地看着她，不知道自己的发声是不是很怪异，也不知道会不会吓到她。他想，他为什么总是这么狼狈？每次都这么狼狈！

不过，她现在好像比他还要狼狈，就跟在泥里打了个滚似的。

她哭得很伤心，却也不舍得再打他、踢他，只是呜呜地哭，反复地问："你跑什么呀，你为什么要跑啊？你是贼吗？我有那么可怕吗？你这么能跑怎么不去跑马拉松啊，我都不懂你为什么要跑……"

他扣着她的手腕，低头看着她五彩斑斓的脸，看着她咧开的嘴张张合合，看着她通红的鼻尖，看着她那一串串滚下来的眼泪……他再也忍不住了，他闭上眼睛，双臂猛地用力，将她紧紧地搂进怀里。

他知道他完了，他又被她抓住了。

占喜被骆静语拥进怀里时，没有挣扎，也不惊讶，嘴里还在嘀咕："你为什么要跑？

跑什么呀？你跑啊，你再跑啊，跑都跑了还回来干吗？你……”

骆静语的手臂突然收力，将她箍得更紧。她的声音渐渐消失，整个人被年轻男人浓厚的气息包围。她淋了雨，身上很冷，他的怀抱却是滚烫的，双手用力地摩挲着她的背脊，将她的身体紧贴在他的胸膛。

他没有办法了，只能用行动来告诉她他的思念、他的歉意、他的无奈、他的彷徨，还有他对她永远无法宣之于口的卑微爱意。

占喜手里的包“吧嗒”一声落地，终于也抬起双手，将他抱紧。像是要和他较劲，看看谁的力气更大，她疯了一样地勒紧他，甚至嫌弃他穿得太厚，让她抱不全，想把他的外套抓破，毛衣也抓破，只为能更贴近他一些。

她的脸颊陷在他的肩窝里，像只猫一样地蹭着他。

太温暖了，太幸福了，是小鱼的怀抱，是她回味过好多次的。他生日那晚的拥抱让人绝望，可他的气息深深地烙印在她的脑海里。她还想被他抱住、被他抚摸、被他怜惜，已经不是被揉揉脑袋、拉拉袖子可以解馋的。她想要与他靠近，想要更多更多，想要待在他身边再也不离开。

她的回应几乎令骆静语发狂，他的心率已经快到一个临界点，再这么跳下去，心脏怕是要破膛而出。然而人的欲望无穷无尽，曾经渴望至极的拥抱如今都难以令他满足。他慢慢地松开怀抱，低头看着面前女孩儿的脸庞，左手搂着她的腰，右手轻抚她的脸颊。

他们的身体依旧紧贴，她害羞了，却没抗拒，眼睫毛像蝴蝶的小翅膀那样扇得飞快，略微偏头不敢看他。

骆静语的视线落在她的唇上，那原本淡到没血色的嘴唇现在已经变得红润。这双唇是骆静语常看的，在她说话时，他必须盯着看，对于她的唇形早已烂熟于心。

微笑时是什么弧度，大笑时会露出整齐的白牙，抿着唇时显得拘谨，噘着嘴时嘴巴又会变得很小……她很体贴，对他说话时语速会变慢，咬字更清晰。他好喜欢看她说话呀，一点儿也没有压力，从不担心她会不耐烦。

还是有遗憾，他听不见她的声音，这辈子都听不见，这样可爱的小嘴发出的声音一定很好听。顾心驰说过，她的声音像小鸟在唱歌。

骆静语的右手从占喜的脸颊移到她的嘴唇上，右手拇指指腹轻柔地摩挲着她的唇。好软啊，肉嘟嘟的，不知道亲一下是什么滋味?

他被自己的念头吓了一跳，心里羞愧得不行。

占喜却像是洞察到他的内心，在他想要将手从她脸上移开时，抬起左手按住他的右手手背。她想，自己一定是喝醉了，人家都说酒后乱性，她也没想要乱性，只是生起了一点儿贪念，她想要……吃“鱼”。

此时此刻，他们眼中只有彼此的身影，其他纷杂的事情都被忘光了。占喜固执地抓着骆静语的右手，当他的大拇指又一次移到她的唇边时，她轻轻地舔了他一下，睫毛一掀，一双大眼睛便无所顾忌地捉住了他黯然的视线。

她的眼神像燎原的火，像穿石的水，像无声无息却能泛浪的微风，像细细几粒就能将苦药回甘的蜜糖，像钓鱼竿下那诱人的食饵。

骆静语感觉自己已经快烧起来了，拇指上舌尖的触感那么轻微，还不如“礼物”的嘬嘬来得明晰，却让他整颗心都酥软发颤，喉咙干得要死，一口气都要上不来。

他微微俯身，偏过脸颊，自投罗网般想去咬那诱饵，将咬未咬之际，一道开门声在走廊上突兀地响起。

骆静语自是听不到，占喜却被惊动，慌里慌张地挣扎起来，别开头推他的胸膛。

骆静语不明白她为何突然抗拒，她动着嘴唇却没出声：“有人出来了。”

这下子连骆静语也紧张了，两个人同时分开彼此，面对着面大口喘气，脸上都灼灼烧着。

1501 室的顾爸爸出门倒垃圾，按下电梯键后盯着电梯门，当身边两个是隐身人。直到他坐电梯下楼，占喜才敢抬头看骆静语。

他一直都没动，不知道身后是什么情况，占喜说：“是顾心驰的爸爸，他下去了。”

骆静语这才放松下来，轻轻地吐出一口气。

一段小插曲后，氛围全变了。理智又回来了，就跟做了一场梦一样。占喜再想吃“鱼”这会儿也不敢继续，骆静语亦是如此。他用手指抠了一下占喜衣襟上的一块黑泥，没抠掉，便对她打手语，是她看得懂的：“你怎么了？”

说到这茬儿，占喜又生气了，噘着嘴瞪他：“我为了追你，摔了一跤。”

骆静语好心虚，这罪过真是大。他用手语说：“对不起。”

他伸手摸摸占喜的外套，湿漉漉、黏糊糊的。他碰碰她的袖子，指指 1504 的门。

占喜也向那扇门看去，警惕地问：“干吗？”

骆静语叹气，拿出手机打字：“衣服湿了，这里冷，你不要感冒，坐坐。”

占喜扭捏：“我可以回家去弄，我就是想来揍你一顿。”

骆静语不想放她走，也不是非要咬饵上钩，就是想和她多待一会儿。她都一星期没理他了，他怕她走了又会不理他。他也不打字了，直接拉她的袖子，手指着自己家门。

占喜斜着眼睛看他，他就像她做过的那样，也摇晃了一下她的胳膊。她抬眸，这时候才发现他剪过头发，好像还淋了雨，头发湿漉漉的，眼睛也湿漉漉的，看着她时，眼神甚至带点儿哀求。

占喜哪儿会真和他置气啊，早就心软了。骆静语看出她神色间的松动，胆子大起来，拉着她的袖子把她往家带。她磨磨蹭蹭地走了几步突然停下来，心里想到那个女生，怪不是滋味的。

小鱼要是真有女朋友了，刚才那个拥抱和未遂的吻又算怎么回事？他不像是这么渣的人啊。

骆静语担忧地看着她，又比起手语："你怎么了？"

占喜直接开问："上次，和你在电梯里的女孩儿是谁？"

骆静语愣了一下，微皱的眉头忽然舒展开来，嘴角挂起笑，拿出手机打字："因为她，你不理我了？"

呀，这人居然不正面回答她的问题，还敢来套话！

占喜也不会老实回答，怼他："什么我不理你？我之前给你发微信消息，都是你不理我！"

骆静语比了句简单的手语："我很忙。"

"哼。"占喜说，"你还没告诉我，那个女孩儿到底是谁。"

骆静语笑着打字："我姐。"

占喜："……"

啊啊啊！活不下去了！让她原地爆炸吧。

骆静语发现让自己郁闷了一周的事情居然是个乌龙，好开心啊！笑得眼睛都弯起来了，捡起地上的东西，用手肘在占喜背后轻轻地推，她才不情不愿地跟他来到1504门前。

大门打开的时候，她想起自己说过的话，说自己再也不来他家做客了，唉……真难为情，以后目标不能随便立。

骆静语出门送伞时，没有关家里的空调和灯，此时室温宜人。占喜进屋后，冷冰冰的身体一下子感觉舒服许多。

关上门，骆静语把所有东西都堆在玄关柜上，第一时间帮占喜脱下又湿又脏的大衣，摸摸她的毛衣，还好没湿。但看到她的下半身后，他倒吸一口气，立刻蹲下来，手指轻轻地触碰她的右膝盖。

占喜穿着跳舞时的那条黑色热裤，里面是黑色丝袜，丝袜破了好几个地方，右腿膝盖那儿最严重，都破皮流血了。骆静语抬头看向她，她对他耸耸鼻子："都是你不好，你不跑我哪儿会摔跤，都疼死了。"

骆静语心疼坏了，很快从主卫找来自己的洗面奶和护肤霜，外加一块新毛巾，一股脑儿地塞给占喜，把她推进客卫，比画着让她洗脸，再脱掉丝袜清洗腿上的伤口。

看着他焦急的眼神，占喜对他的埋怨消失无踪，安慰他："我知道了，我刚才是骗你的，不怎么疼。"

骆静语无奈地揉揉她的脑袋，离开客卫，帮她带上了门。

占喜看到镜子里的自己时，差点儿灵魂出窍。

她用双手捧住脑袋，仗着骆静语听不见，"啊"地惨叫一声。

刚才，她就是以这么一副尊容出现在小鱼面前的吗？

他是怎么忍住不笑场的？是怎么吃得消把这样的她往怀里抱的？又是怎么能对着这样一张脸下得去嘴的？她又是哪里来的自信，敢顶着这张脸去"勾引"他？还自以为风情万种，小鱼对她的滤镜到底是有多厚啊！

占喜没带卸妆油，只能用骆静语的洗面奶先凑合洗洗，看清他用的护肤品牌时，她更自闭了。小鱼用的牌子比她用的高档多了，怪不得他皮肤那么好，呜呜呜……真是好讲究的一头鱼，以后要是想送他护肤品，她都买不起。

洗过三遍脸，占喜终于把自己搞干净，又脱掉丝袜走进淋浴房，拿花洒冲洗腿上的伤口。擦干双腿、重新穿上热裤后，她准备出去，视线却被盥洗台上的一瓶绿色液体吸引——是薄荷味儿的漱口水。

占喜咬了咬唇，好不容易沉下去的心思又悄悄地冒出来，她还是想吃"鱼"。

吃一小口就行，实在是太馋了。

占喜从客卫出来，看到骆静语坐在沙发上，面前摆着一个药箱，正在研究瓶子装的药水。他也脱掉了羽绒外套，身上是一件墨绿色高领毛衣。

是除夕夜穿的那一件吗？真好看，显得他肤色好白。

那盏鲸鱼落地灯被摆在沙发边，灯杆是弯弧形的，一头木制鲸鱼从顶端垂挂下来，亮着温暖的橘色灯光，柔柔地照在骆静语的身上。

一盏鲸鱼灯、一张沙发、一个英俊的男人……占喜静静地看着这幅画面，心里想的是，要是再加一只猫就更完美了。

骆静语抬头看到她，立刻起身，拉着她的胳膊让她在沙发上坐下。

她脸上那些妆和泥都被洗掉了，露出白嫩的肌肤和秀美的五官，脸颊旁的碎发也被重新扎到脑后，毛衣下只有热裤。她光着两条腿，赤脚穿着拖鞋。

骆静语将自己的外套盖在她腿上，坐到她身边，拿起一瓶碘附给她看，做了个给膝盖涂抹的动作。

占喜却是眼神一凛，伸手过去抓他的左手。他下意识地想要挣脱，她哪里肯放，"啪"的一声拍在他左臂上，示意他别动。

骆静语手臂吃痛，用右手揉了揉，看着占喜时的神情变得可怜巴巴的。

看手就看手，怎么还打人呢？

“你这手怎么回事？”占喜已经把他的左手抓在手里了。

这么漂亮的手怎么会变成这个样子？手掌上都是破了皮的红痂，有些已经变硬，有些像是刚受的伤，手背有，手指也有，小拇指下的掌侧都有……他这是干了什么呀？练铁砂掌吗？做什么活儿会把一只手伤成这样？

骆静语把手机搁在腿上，用右手打字：做芍药，是这样了，花朝节的东西，三百多个芍药。

占喜不懂为什么做芍药会把手伤成这样，这一个多月他们联系得太少，小鱼的新活儿她都不了解。看着他满是伤痕的左手，她只感到心疼。她抚过那些红痂，心想，这得多疼啊，磨破这么多地方，会不会留疤呀？

这么想着，她忍不住就把他的手拉到嘴边，在大拇指下破皮最严重的地方亲了一口。

骆静语就跟左手摸了电门一样，一道刺激的电流从手掌直通大脑中枢。他还没回过神来，占喜的吻又落在他的手背上、手指上……

他们现在到底是什么关系？骆静语胡乱地想着，其实什么都没确定对吗？虽然刚才都拥抱了，也差点儿要亲她了，可很多事情还没说清呢！

左手被占喜握着、吻着，骆静语的神色越来越不自然。他撑不下去了，又挣扎了一下，她才噘噘嘴，不舍地放开他。

骆静语指指碘附，又指指她的膝盖，神情严肃地把棉签递给她。

占喜没接，耍赖地说：“我怕疼，你帮我涂。”

骆静语：“……”

不是他不愿帮她涂，实在是因为她伤在膝盖，而裤子又好短。

占喜没给他拒绝的机会，掀开盖腿的外套把右腿露出来，一点儿也不客气地架在他的大腿上。

骆静语无法，只得拿棉签蘸着碘附帮她消毒。

他的眼睛盯着她膝盖上的伤口，余光却还是能看到她的腿。欢欢的腿好漂亮啊，细细长长的，皮肤细腻，骨架子似乎很小，可他还是不敢用手碰，只敢用棉签去抹。

伤口上药有点儿痛，占喜的注意力却不在这儿。骆静语低着头，她看到他头顶的发旋，还有他红红的耳朵尖，轻声说：“小鱼，我喜欢你。”

他涂抹得很专心，什么都不知道。

“你超级可爱，还很帅。”占喜自得其乐地说着，“我真的好喜欢你。”

骆静语放下碘附，换一瓶红霉素软膏帮她涂抹伤口。

“你喜欢我吗？”占喜又问，“哎，骆静语，你做我男朋友吧？”

骆静语转头又换了一瓶云南白药，帮占喜喷涂肿了的脚踝。

占喜偷偷地笑：“你不反对，我当你答应了。”

涂完药，骆静语收拾着药箱，转头时发现占喜将两条腿屈起搁在沙发上，抱着他的外套，笑得身子直抖，下半张脸都藏在了外套里。

骆静语：“？”

占喜拉过他的左手，问：“你的手要上药吗？我帮你涂。”

骆静语摇摇头，单手比出一组手语：右手后三指弯曲，伸出食指，拇指抵在食指根部，向下一沉；又用右手拇指、食指捏成一个小圈儿，从右至左挥动了一下；再让右手掌心贴在额边，手掌往前一甩；最后就是占喜特别懂的——竖起一个大拇指。

他做得很慢，比对纪鸿哲打手语时慢得多。占喜一边看，一边说：“很……快，好？第三个是什么？”

她学着骆静语的动作，右手平伸，掌心贴在额边，最后手掌往外一甩：“等等，你先别说！让我猜猜，很快……好，很快会好？是‘会’，对吗？”

骆静语微笑，用手语夸她“聪明”。

笑着笑着，他的眼神里又浮起一层浅浅的哀伤，拿起手机打字。

占喜没有凑过去看，等着他打完把手机拿过来，可他打了又删，删了又打。就在他又一次想要删除时，她扑过去抓住他的右手不让删，将屏幕看了个分明，很简单的七个字：**真的不会烦我吗？**

骆静语攥着手机，都不敢抬头看她。

内心深处，他真希望欢欢能看懂手语，如果她能看懂，他就能对她说好多话，而不是像现在这样，只能用稀烂的书面语言与她交流，偶尔打几句简单的手语还得让她连蒙带猜。

一次两次可能是情趣，可时间久了呢？

人与人之间是要交流的，哪怕他是聋人，不会说话，也有交流的需求，手语的出现就是让他们这个群体可以自如地“聊天”。

他倒是能看懂她大概在说什么，她却很难从他这里得到最迅捷、最准确、最详细的反馈。就像以前在厨房里那样，他做着饭，她自顾自地对他说着话，让他不用管她。他害怕终有一天她会厌烦，厌烦到不愿进厨房，不愿再对他说话。

这时，占喜抬起手，摸摸骆静语的左耳。

他一下子抬头看她，眼睛瞪得很大。他的耳朵本就敏感，被她一摸，整个耳朵红得像是能滴出血来，那红色还蔓延到他的双颊，令他又一次心跳加快。

他想，他的心脏可真坚强，这一晚上折腾下来，都没被搞成心衰。

占喜的胆子越来越大，又摸摸他的耳朵，手指沿着耳郭慢慢地描摹，最后还捏捏他的耳垂。

骆静语感觉肩背都僵硬了，身子坐得笔直。占喜跪在沙发上，上身向他凑近了些，在他左耳耳垂上亲了一下。

他的眼睫垂落下来，轻轻颤动，呼吸都开始急促了。占喜又凑过去，这一次不仅是亲他的耳垂，还在他耳垂上咬了一口。

她的唇贴着他的耳朵，说："一点儿都不烦你。骆静语，我喜欢你。"

骆静语的眼眸抬起来，深深地看向占喜。

他听不见，但他感觉到了她的吐息，她正在他耳边说话。她说的是什么？让他猜吗？

占喜看出他的困惑，歪着头笑嘻嘻地指他的耳朵："我把答案告诉它了。"她笑得很坏，"你要想知道，也行，得拿东西来交换。"

骆静语眉头微蹙，打手语问："什么？"

占喜挑挑眉毛："你先说嘛，愿不愿意交换？"

骆静语点点头。

他没有什么是不能给欢欢的，什么都可以给，只要她想要，只要他拿得出。

占喜很满意，说："那我拿了啊。"

说着，她倾过上身，嘟起嘴巴，"啾"的一声亲在骆静语的唇上。

骆静语："……"

占喜快速地退回去，眼珠子转了一圈儿，用舌头舔舔嘴唇，回味着之前的触感。好像没尝到味道，果然只吃一小口是不过瘾的！

男人还在那边发愣，占喜又凑过去，这次将唇印在他的唇上时，还碾磨了一下，终于感受到他嘴唇的柔软。

满足！

骆静语："……"

占喜坐回来后摸摸嘴唇，觉得可以了，低头思索着该怎么对骆静语正式表个白，还没想出个所以然呢，只觉身前袭来一阵压迫感。

她抬起头，眼睛都没对好焦，身子已经被一双手掌揽了过去，眨眼之间，男人的唇重重地落在她的唇上。

这就不是浅尝辄止的了，他像是很饿，想要大饱口福，在唇上舔舐厮磨还不够，非要用舌撬开她的齿关，在她嘴里狠狠地扫荡了一番。

占喜被他吻得心脏乱蹦，身体发软，心里暗自庆幸，刚才用漱口水漱了两次口，要不然这一晚上又是吃饭又是喝酒的，嘴里不定什么味道呢。

神奇的是，他嘴里的滋味也这么清爽，好像是茉莉花味儿。他喝过茉莉花茶吗？占喜猜测着。他平时就爱喝茉莉花茶，开工时总会泡一杯。

真甜，真软，真香，嗯……真好吃，小鱼真好吃。

骆静语闭着眼睛，抱紧她的身体，用心尝着她的滋味，心想，这就是她想要交换的东西吗？

天底下还有这样的好事？

给她，给她，全部给她，要多少给多少，不告诉他答案都没关系！

在他的家里，他们不用怕被人打扰，这个吻缱绻绵长，像是永远不会结束。好不容易分开彼此，两个人竟都感到不舍，只是再吻下去，他们估计都要缺氧了。

他们喘着气、脸颊红红地偷瞄对方。占喜舔舔唇，问："你还想知道答案吗？"

骆静语的呼吸也很急，摸了下她的脸颊，点点头。

占喜看着他的眼睛，清晰地开口："骆静语，我喜欢你，我们谈恋爱吧。"

他没有回答，只是看了她很久很久，终是倾过上身又一次轻吻她的嘴角。

大概这就是他的回答了，占喜甜蜜地想着。

她羞答答地抱住他的手臂，仰着头问："你是不是喝过茉莉花茶啦？"

骆静语一愣，摇摇头。

占喜问："那为什么你嘴里有茉莉花的味儿啊？"

骆静语忍住笑，拿过手机打字：你洗脸，我刷牙了。

占喜用力地推了他一把，直把他推倒在沙发上，扑上去就噼里啪啦地打他："骆静语，你这是居心不良啊！那个什么都不懂的小鱼到哪里去啦！"

骆静语无声地大笑，仰躺在沙发上捉住占喜的手腕，使得她不能动弹。她几乎是趴在他身上了，两个人四目相对。骆静语一点儿也不浪费，又抬起脑袋亲了亲她的嘴。

事已至此，不需要再确定什么，也不需要再说清什么。

对骆静语来说，一切已尘埃落定。

他咬饵了，上钩了，从寂静的深海里被拽出来了。

Chapter 10

听到你的声音

时间已快到零点，占喜却还舍不得走。骆静语想到第二天是星期日，也就没催她回家。他泡了两杯热橙汁，两个人依偎在沙发上聊着天。

可以光明正大地靠着小鱼，抱着他的胳膊和他亲昵，占喜简直幸福到飞起。再也不用羡慕罗欣然了，不用羡慕袁思晨了，不用羡慕尹莉了，现在她也是有对象的人啦！

而且她的对象超级好，又高又帅又有才华！他还温柔体贴会疼人，永远不会凶她。

别人是有一技之长，她的小鱼何止是一技啊，分明是有四技、五技、六技……比她那个什么也不会、只会像个大爷一样瘫着的哥哥不知道优秀几百倍！

耳朵听不见又怎样？这又不是他的错。

骆静语心里的感觉难以形容，已经不能用“幸福”来概括。

他觉得自己买沙发真是个明智的决定。占喜黏在他身边，像猫一样，两条腿都盘在沙发上，右手抓着他的左手十指交缠，有时还摸摸他手上的伤口，他能明显地感受到她的疼惜。

“不疼。”骆静语对她比了句手语，是刚教会她的。见她眼神里透着不信，他又加了个动作——双手食指互相敲击，后面连着“不疼”的手语，笑眯眯地转头看她。

占喜看懂了，他说的是“真的不疼”。

手语其实没有她想象中那么复杂，就和学英语一样，词汇量多了总会越学越好。

占喜现在只会一些简单的手语词汇，都是骆静语教她的。碰到一些简短的语句，他就会给她比一遍，她都能记住，也懂得融会贯通。比如“真的”这个手势，可以组成“真的饿了”“真的不知道”“真的很好吃”，等等。

占喜抱住骆静语的胳膊，问：“做芍药会弄破手，你为什么不找小钟和小莫来帮你一起做？上次他们来帮你做樱花，我觉得挺好的，你也不用那么辛苦。”

骆静语读完她的唇语后，笑着摇摇头，打字：他们水平不好，只会简单，没有学过专业了，芍药不会。

占喜说：“他们不会，你可以教他们呀。”

骆静语又摇头，拿起手机想了想该怎么和她说，就打出几个关键词，让她自己去联想：烫花，专业，学费高，我教不可以，简单可以，有规矩。

占喜开始求证：“你是说，学习烫花有规矩，有专门的学校或是机构培训？学费还很高，你不能私下里教很专业的技术，但是简单入门的你可以教，是这个意思吗？”

啊，不愧是聪明的鸡蛋老师！骆静语现在夸她时不比“聪明”的手语了，也不竖大拇指，直接往她脸上“吧唧”亲一口予以肯定。

占喜羞得满脸通红，又把脸埋进他的肩窝里，猫一样地蹭啊蹭。

其实，骆静语也挺想让钟鹏和莫杨来帮他干活儿的，就像以前他帮徐卿言干活儿一样。可是钟鹏和莫杨做不了，他们还是高三的学生，只跟着周莲学过最基础的烫花技术，都没出去专业进修过，和他当时不能比。

当初，骆静语可是正儿八经地去沪市拜师学艺，高三刚毕业的他还是个 18 岁的少年。

因为耳朵听不见，孤身一人出门的他着实吃了不少苦。好在徐卿言对他很照顾，几乎算单独开小灶，才让他正式入了这一行。

所以，对于徐老师，他很感激，很尊敬，不会做违反职业操守的事情，比如私底下教人专业的烫花技术，收费不可以，免费更不行。

烫花教学其实很系统，还分流派，骆静语学的这支流派，每一种花型由易到难都有明确的做法。这些技术，徐卿言也是拿到国外教师授权的，有专门的教材和配套材料。

骆静语拿着手机和占喜打字聊天，打字真的让他很头疼，好在他们都是有耐心的人，这时候又刚确定恋爱关系，特别甜蜜。占喜就看着他慢慢地敲屏幕，一句一句地说给她听。

占喜平时睡得早，快到一点时打了个长长的哈欠。骆静语知道，她困了。他摸摸她的脸，指指大门，比了个睡觉的姿势。

占喜的大衣一塌糊涂，骆静语说他拿去洗衣店洗，给她找来一条他的运动裤，又为她披上他的外套。她原本想着自己就住八楼，她自己回去就行了，但骆静语不让，非要把她送到家门口。

两个人一同出门坐电梯，骆静语看着占喜。她穿着他的外套和裤子，外套太大，裤子太长，脚踝那儿都堆着了，显得有点儿搞笑。

到 802 室门前，占喜打开门，轻声对骆静语说："'礼物'应该睡觉了。"

骆静语记起那只小白猫，过年后他还没见过它，真挺想它的，不知道小猫还认不认识他。他和占喜面对面站着，占喜说："那我进去啦。"

骆静语点点头，在她快要转身时又拉住她的手臂，比手语道："明天。"食指又画了个小问号。

占喜知道他是在问她第二天的安排，说："明天早上我要出去一趟，上课，中午就回来。"

骆静语看清后就有点儿懊恼，欢欢第二天一早要上课？他还留她到这么晚，真是不应该。他摇摇手，拿出手机打字：我工作快完了，会有空很多天，明天下午你睡觉，晚上我家吃饭？

他连她的作息都给安排得明明白白，她觉得挺不错，点头同意："好，明天晚上我去你那儿吃饭，下午午睡，等你忙过这几天再说。"

她伸手拉拉他的外套，"你也注意身体，别老熬夜，护着你的手。"

两个人又黏糊了一会儿后，占喜才转身，就要进屋时抿抿唇，突然又回过身来。骆静语还没走，就见她踮起脚，飞快地啄了下他的唇。

"晚安，小鱼。"这一次，她真的进了屋，骆静语帮她关上门。

门内，女孩子背脊贴着门板站了许久，右手抚在心口，小小地喘着气。

门外，男人的双手插在兜里，面对着这扇门默然而立。良久，才用右手摸了下自己的嘴，低下头无声地笑。

他转身走向电梯，按下上行键，电梯还没来，他又一次回头看向 802 室的房门，想着里面的那个女孩子，挠挠头发，对着虚空打出一句手语："女朋友，晚安。"

占喜这一晚只睡了五个多小时，早上七点刚过就强撑着起了床。

她和周老师约好九点上手语课，地点是周老师家里，路上都得花一个多小时。

占喜在卫生间刷牙时，对着镜子又一次一人分饰两角。

"鸡蛋老师现在心情如何？"

占喜一脸骄傲："用一个成语来形容就是——喜不自胜！鸡蛋老师现在是有对象的人了，鸡蛋老师昨晚还'么么哒'了呢！"

"鸡蛋老师，骆先生知道您私底下是这样的吗？"

"我又不怕他知道，他知道了只会说……"占喜"咕噜咕噜"地漱口，吐掉泡沫，对着镜子捧起脸颊，"鸡蛋老师非常可爱了。"

穿过大半座城市来到周老师家时，占喜又变成那个温柔恬静的女孩儿。周老师将她迎进门，上下打量一下，笑起来："小占，你本人比照片更好看呢。"

占喜纳闷："啊？"

"我看了你的朋友圈。"周老师说，"不介意吧？"

"不介意，不介意。"占喜也打量周老师。她年近五十，保养得非常好，戴一副金丝边框眼镜，长卷发松松地扎在脑后，看着就很有气质。

周老师的家宽敞整洁，她的先生也在。占喜跟着她进到书房，发现周老师也有一张手作工作台，上面摆满各种材料、工具和半成品，种类比小鱼的要多，很多东西占喜都不认得。

"我们就在这儿上课吧。"周老师给占喜泡了一杯茶，和她一起在工作台边坐下，笑着问，"骆老师说，你学手语是想和喜欢的男孩子无障碍交流，是真的吗？"

占喜的脸顿时红了，心想，纪鸿哲怎么连这个都告诉小鱼的姐姐呀。

"我……算是吧。"她只能羞涩地承认。

周老师问："那个人是小鱼吗？"

占喜愣了一会儿才叫起来："啊？"

"哈哈哈……"周老师笑得不行，打开手机给占喜看，前一晚占喜发的"妖魔鬼怪就是我"下面明晃晃地显示着骆静语的留言和占喜的回复。

占喜恨不得夺门而出，这都是什么事情啊！她和小鱼的微信共同好友又多了一个。

"我叫周莲。"周老师笑着说，"你别紧张，小鱼是我的学生，初中、高中我带了他六年。别的任课老师可能记不得他，或者没有他的微信，但我肯定会有。因为这个孩子啊，学习真的不行，就我这门手工课，每次他都是第一名。"

"学习真的不行……"

占喜已经听不仅一个人这么说小鱼了。方旭说他文化不高，纪鸿哲说他成绩差，小鱼都老说自己文化低，现在周老师又说他学习不行。哎哟，听着怎么这么可怜呢。

周莲从一个抽屉里拿出一朵花给占喜看，她一眼就认出来了。这是一朵烫花，做的是黄玫瑰。

"小鱼现在做烫花，我算是他的启蒙老师。"周莲说，"当然，我只是个业余爱好者，现在水平跟他差远了，他是专业的。"

她看向占喜，这是一个年轻漂亮又健康的女孩子。周莲心里想到骆静语，问："真的决定学手语吗？"

占喜用力地点头："真的，我想系统地学，想看懂小鱼说话，想和他好好地聊天。"

她承认了，是的，就是为了小鱼。

"他们那样的孩子心思是很敏感的。"周莲知道自己不该多管闲事，可她和骆静语认识十多年了，现在都保持着联系，觉得自己还是有必要提醒一下面前的女孩儿，“小占啊，你还年轻，我看着你比我女儿也大不了几岁。我不是泼你冷水，就是想告诉你，小鱼那样的孩子因为从小耳朵听不见，人就比较单纯、执着，甚至有点儿固执。我不知道你和他现在的关系是到哪一步，就这么说吧……别伤害他，好吗？”

这……这话是什么意思啊？

占喜心里挺难过的，昨晚才和小鱼处上对象，怎么第二天就有人对她说“别伤害他”？

周老师是不是对她太没信心了？也是，她们原本并不认识，周老师只认识小鱼，私心肯定是向着小鱼的。

占喜平静地说：“周老师，我真的是很认真地对待骆静语的，我知道他也是很认真地在对我。我只能说，和他在一起，我一定全心全意地对待这份感情。至于您说的伤害，这个……感情这种事情是双方的吧，您不能只对我说啊。”

周莲说：“小占，你别误会，我自己也是有女儿的，她在上大学。我就问你一个问题，你家里人同意吗？”

占喜答不上来了。

“如果我女儿找小鱼做男朋友，我一开始是不会同意的。”周莲注视着占喜的眼睛，“为什么说一开始呢？因为我自己是特殊教育从业者，我太知道那些孩子过得有多辛苦了。我不会因为对方有生理缺陷而盲目反对，我也希望他们的人生过得精彩幸福。所以，我会观察我的女儿，看她对这份感情到底投入到什么程度。恕我直言，我很少看到健听人和聋人在一起，即使是在一起的那些，很多人都还没撑到父母知道的阶段，两个人就出于各种各样的原因分手了。”

占喜无言以对。

周莲继续说：“如果我的女儿经受住考验，那么我是会同意的，前提是对方必须是像小鱼这样优秀的孩子。我之所以对你说这些，是因为你要找我学手语，我可以教你，我就是怕你是三分钟热度，怕小鱼受伤，也怕自己失望。所以丑话先说在前头，你要是想好了我们就开始，我这儿有教材，我会好好教你。”

占喜没有花时间去思考这个问题，直接说：“我想好了，周老师，我要学。”

周莲温柔地微笑：“好，那我们就开始吧。”

两小时的手语教学结束，周莲把教材和其他手语书给了占喜一份，说：“我教你的是中国手语，类似于手语里的普通话，全国通用。但是小鱼他们私底下交流时，会用到自然手语，那个没教材，类似于方言，嗯……这个需要你和他多聊，就会适应起来。自然手语的语序、手势和中国手语不太一样，很多打法会简略，小鱼都会，面对考验的其实是你。”

占喜把教材都装进袋子里，满脑子还是刚学过的一大堆手语词汇，觉得收获非常大。她对周莲说："谢谢您，周老师，我一定会多练习的，不会让您失望。"

"加油，你也是个好孩子。"经过两小时的相处，周莲已经挺喜欢占喜了。这么漂亮的女孩子，性格却温和谦逊，讲话轻声细语，一点儿也没有骄纵之气，怪不得小鱼那个傻小子会喜欢她。

占喜下课回家后，舒舒服服地睡了个午觉，醒来后给骆静语发微信消息，说她去买菜，问他要买什么。

好大一头鱼：你想吃什么，买什么，你买什么，我做什么。

鸡蛋布丁：那我买只澳洲龙虾，你会做吗？

好大一头鱼：龙虾很简单了！

"好大一头鱼"发来两个微信红包，备注都是"半个龙虾"。

占喜没点红包，心里觉得好笑，小鱼还知道澳洲龙虾的价格，她都不知道，她是随便乱说的。

鸡蛋布丁：我是逗你的。

好大一头鱼：你想吃可以买了，我做你吃，我会焗龙虾。

鸡蛋布丁：说了是开玩笑啦，我去买菜，等我哈，么么哒！

一群冒着爱心的小黄脸从天而降，骆静语都看呆了。他见过微信里的这种效果，比如生日那天，占喜对他说"生日快乐"，他难过得要命，微信里的生日蛋糕还在一个个地掉下来。

这次是因为什么词？

骆静语研究了一会儿，决定试验一下。

好大一头鱼：开玩笑。

好大一头鱼：等我哈。

好大一头鱼：么么哒。

爱心小黄脸终于掉下来了，骆静语很开心，又试了两次。

好大一头鱼：么么哒。

好大一头鱼：么么哒。

鸡蛋布丁：你在干什么啊？

好大一头鱼：么么哒。

快到五点时，入户门上的小灯泡亮起来，骆静语去开门。门一打开，就有一团白东西蹿进他的怀里。

骆静语抱着“礼物”，摸着它的背，发现小猫真的长大一些了。他微笑着看向门口，占喜拎着菜俏生生地站着，也在朝他笑。

她进屋换拖鞋，把菜放到厨房里，出来后见骆静语还抱着猫，就过去把“礼物”抱过来放到地上：“去，一边儿去。”

接着自己扑到骆静语的怀里：“小鱼，么么哒！”

骆静语把她抱了个满怀，低着头温柔地看她，在她的额头上落下一个吻。

蹲在地上的“礼物”踩着猫步漠然转身，奔向它日思夜想的猫爬架。

骆静语在厨房整理占喜买来的菜，正思索着要怎么做，一个人突然从身后抱住了他。她以前也会悄悄进厨房吓他一跳，现在变得更坏，欺负他听不见，直接“动手动脚”了。

骆静语站得笔直，关上冰箱门，低下头，双手覆在她的手背上，右手食指一下下地动起来。

占喜心满意足地抱着男人温热的身体，起先什么都没发觉，后来发觉手背上触感不对劲，才反应过来。她闭上眼睛细细体会——啊！小鱼是在用手指在她的手背上写字。

他写了好几遍，写的什么呀？

手背不如手心敏感，如果盲猜，范围太广。占喜先在内心做了几个假设，再把小鱼写的字往上靠。

“我喜欢你”？不是。

打头儿的好像是个“又”。“鸡蛋老师”？也不是。

第三次她就猜对了，那两个字是一样的，小鱼写的是“欢欢”。

欢欢，欢欢，欢欢……

他一遍遍地写着她的小名，等他又一遍写完，占喜把自己的手覆到他的手背上，食指也在他的右手手背上写“小鱼”。

他不用猜，低头就能看到。他终于回过身来，占喜依旧抱着他的腰，仰头笑得很得意。

骆静语的嘴角也弯起来，抬手捏捏她的脸颊。

占喜说：“你还没教过我，‘欢欢’的手语怎么打？”

骆静语想了想，“欢欢”不是一个词，用手语来表示的话，只能用汉语拼音指语，“huan”需要用四个手势来组成，“h-u-a-n”，打一遍就可以了，不用傻乎乎地打两次。

他依次做给占喜看。

很巧，这天早上的手语课上，占喜刚学过拼音指语，只是还没全部背下来，一看骆静语的手势就明白了。

“是拼音。”占喜明知故问，“是‘欢’的拼音，对吗？”

她在心里偷着乐。她今天是开外挂了，小鱼肯定又觉得她很厉害了吧？

骆静语果然很惊讶。鸡蛋老师也太聪明了，他都还没解释呢！

他笑着点头，又比了一遍“h–u–a–n”。占喜学着做完，噘噘嘴说：“我觉得太复杂了，你要是叫我还得比这么多动作，不如我们约定一下，你比一个动作，我就知道你是在叫我，好不好？”

骆静语觉得占喜的提议不错，只是要比什么呢？“鸡蛋”吗？

他还在想，占喜说：“‘喜欢’，比‘喜欢’行吗？‘喜欢’是个词，肯定有手语的，对吧？”

“喜欢”？她叫占喜，小名“欢欢”，比“喜欢”很不错啊，都是她的名字！

于是，骆静语右手拇指、食指微弯，其余三指弯曲至掌心，比出一个小小的“C”，拇指、食指指尖抵在下巴上，头微微点动一下，这就是“喜欢”了。

真的就是一个手势。占喜学着做了一遍，骆静语笑着点头，对她竖起大拇指。

占喜立刻自由发挥，手指自己，再比“喜欢”，最后食指直接戳到骆静语的左胸上。明明是很小的力气，却把他戳得晃了一下，后背都靠到了冰箱。

在看到占喜用手语说“我喜欢你”后，骆静语真的有点儿眩晕。这是她第一次用他的母语对他说“我喜欢你”，比她用嘴说、他读唇而知来得更有冲击力。那么直观的、不用去翻译思考的“我喜欢你”，看她自然地比出来，他真的很感动。

他也好喜欢她呀，非常非常喜欢，也想对她说“我喜欢你”，用她的母语——汉语普通话说、用嘴巴说。只是四个字，要是能说出来就好了。

可惜他不会，一个字都不会，连“我”都不会发音，只能徒劳地张张嘴，完全没有头绪。

和常人相比，他的嘴巴只能用来吃饭、喝水、呼吸。他不会说话，不会说话……真生气，声带明明是好的，他却不会说话。

那他的嘴巴还有别的用途吗？

啊，有的，还有别的用途，昨晚才刚刚学会的。

占喜的手指还戳在他的左胸口，大眼睛亮晶晶地看着他。他的喉结动了一下，低下头去就吻住了她的唇。

她的嘴里是车厘子的味儿，甜甜的，他也一样。他刚才给她洗了一碗，她还喂他吃过几颗。

骆静语的这个吻很轻柔缱绻，不似昨晚那般疾风骤雨，他像是想要好好品尝这种滋味，毕竟活了二十六年，现在才有机会初次体验。

亲热了好一会儿，占喜才被骆静语松开。她又比了句让骆静语惊喜的手语——右手拇指抵住小指尖，中间三个手指弯至掌心，接着，手掌像鱼尾摆动那般，呈波浪状游动几下，最后指指骆静语。

“小鱼，对吗？以后我就这么叫你了。”占喜一边说，一边又做一遍，“小鱼，小鱼，真的好有趣，你都没教过我。”

她是从手语书上学来的，回家后做的第一件事情就是找“小鱼”怎么比画。

骆静语自然不知道她是从哪里学来的，心想大概是网上吧。他笑起来，揉揉她的脑袋，也用拇指抵住小指尖，接着摇摇手，右手鱼尾摆动，最后竖起大拇指。

占喜立刻就懂了：“哦，叫你时不用比‘小’对吗？直接比‘鱼’就行？你就知道是在叫你？”

骆静语点点头。

占喜比出一句完整的手语，并且闭着嘴巴没说话：“我知道了，小鱼，我是欢欢，是你的女朋友，我喜欢你，以后请多多指教。”

骆静语看着她，眼眶一热，差点儿要哭，硬生生忍住后笑了一下，冲她摆摆手，自己转身回厨房。

占喜听到厨房里传来自来水的声音，心想，她这么正儿八经地用手语表白，这人怎么都没反应？唉……男人果然不解风情。

之后的几天，占喜每天上班下班，在公司里并未表现出异样。

她想得很周全，鉴于迟贵兰有给文琴打电话的前科，那她谈恋爱的事情就绝对不能让文琴知道。袁思晨和钱云见过小鱼，占喜分别找她们沟通，请求她们不要将小鱼的事告诉给别人，任何人都不行。

她没说自己和小鱼已经恋爱，只说他们是好朋友，不希望对方被闲言碎语侵扰。两个同事都答应了。

袁思晨和占喜聊了几句，她问占喜那个男生是不是聋哑人，占喜说是。

袁思晨又问她是不是喜欢那个人，她模棱两可地说：“是有好感，还在接触中，没有确定。”

袁思晨就没有再问下去，心里只觉得占喜看着温柔内向，干的事情还真是石破天惊啊。

骆静语没日没夜地忙了几天，熬完最后一个通宵，终于将花朝节饰品全部完工。方旭来拿货后，他直接滚到床上补觉。

昏天黑地地睡了一天，骆静语抽空回了趟父母家。他已经快一个月没有回家了，阎雅娟觉得儿子瘦了，心疼得要命，问他晚上想吃什么。他却说自己只吃午饭，晚饭要回家去吃。

他在超市待了一整天，陪父母聊天，帮他们干活儿，空下来的时候就坐在收银台后面，低头划拉着手机。骆明松从他身后走进走出好几次，偷偷看儿子在玩什么，结果看到他在看餐厅信息，一家家地研究菜单，还看评价。

阎雅娟找了个机会问老伴：“他在干吗？”

骆明松打手语：“我觉得他在安排约会。”

阎雅娟激动坏了：“他又有新的女朋友了？”

骆明松：“不一定啊，说不定他还在追人家呢？上次那个没追上，这个还不知道什么情况。你别去问他，儿子很懂事，要是确定了肯定会和我们说的，还会带给我们看。”

阎雅娟笑得嘴都合不拢，偷偷瞄了不远处的骆静语几眼，对骆明松打手语：“咱家还有几只酱鸭？”

骆明松一脸无语：“就两只了，这都三月了，酱鸭现在吃味道不好，不能再送人。”

阎雅娟叹气：“上次的酱鸭都浪费了，要不过阵子你去搞点儿明前茶来？让傻小子去送人。”

骆明松：“小姑娘谁要喝绿茶呀，人家都喜欢喝奶茶！”

阎雅娟一拍大腿：“是吗？那也行啊！”

下午，骆静语走的时候，阎雅娟给了他一个大袋子，里头装着十几罐杯装速溶奶茶，五颜六色的什么口味都有。

骆静语一头雾水。

阎雅娟：“进货进多了，你拿回家去喝吧，自己不爱喝，可以送给朋友。”

骆静语接过袋子，想着不知道欢欢喜不喜欢喝，先拿回去再说吧。这么想着，嘴角的笑意就露了出来。

阎雅娟和骆明松对视一眼，心里都在想：这怕是有戏！

骆静语的确计划着和欢欢去约会。为此，他还特地上网搜索“和女孩儿第一次约会去哪里”。

跳出来的答案大同小异，骆静语一条条仔细地看，网友们说的都是公园、咖啡馆、爬山、看电影、电玩城、西餐厅、博物馆……

博物馆？

他眨眨眼睛，想到那盏镂空条纹样的鲸鱼灯，脑子里想起一个地方——自然博物馆。

他小时候去过一次自然博物馆，是学校组织的活动，看到过鲸鱼的骨架标本。他忘了那是哪一种鲸鱼，当时同学们看到后都跑来叫他，把他拖到那个骨架前，一个个仰着小脑袋，互相之间手语打得飞快。

那组鲸鱼骨架被吊在空中，骆静语不知道它具体有多大，也不知道它生前是什么样子的。仰头看着那根根白骨，他只感受到震撼。

好像头顶就是一片蔚蓝海洋，有一头巨鲸缓缓游过，和它相比，9岁的他显得那么渺小。

骆静语的小名是父亲取的，父亲说他的大名和“鲸鱼”的读音相似，所以小名就叫“小鱼”。同学们都知道他喜欢鲸鱼，然而在那之前，他压根儿就不知道鲸鱼到底有多大，看到那组骨架，他小小的脑袋里都混乱了。

他不是叫小鱼吗？鲸鱼居然这么大呀！为什么不叫他“大鱼”啊？

他把这个问题丢给姐姐，骆晓梅比画道：“因为你是小孩儿啊，小孩儿怎么能叫‘大鱼’？”

后来他长大了，有了手机，注册了微信和QQ，选择昵称时，便给自己取名叫“好大一头鱼”。

骆静语唇边泛起笑。他想，欢欢会愿意和他一起去博物馆看鲸鱼骨架吗？

十七年了，那头鲸，还在吗？

骆静语对占喜说周六去约会，上午去自然博物馆参观，中午简单地吃点儿，下午去商场看电影，也可以玩会儿电玩或逛街，晚上吃大餐。

他只和陈亮去过一次电影院，看字幕，觉得没什么意思，不过这次是和欢欢去，意义不一样。占喜果然很期待，还去找最近的电影介绍，和他讨论看哪部电影。

一切都安排妥当，谁知星期五下午，占喜接到了占杰的电话。

占杰的语气很低落，说第二天他要加班，占凯威在少年宫上兴趣班没人陪，让占喜帮忙把孩子接回家。换成平时她肯定答应，可是她和小鱼定好去约会了呀，这可是他们第一次约会。

她不高兴地问：“嫂子呢，她也加班吗？”

占杰在电话里沉默许久才开口：“我和秦菲最近出了点儿问题。”

“什么问题啊？”占喜问。

占杰深深地叹口气：“她和我提出离婚了。”

占喜大惊：“什么？！你又做了什么事情惹嫂子生气了啊？”

“什么我让她生气？”占杰很不满，“明明是她莫名其妙！我都搞不懂她在闹什么脾气！前阵子她一直睡书房，和她讲话爱搭不理。昨天她突然说要出差，下周回来，我说威威怎么办，她甩给我一句‘他爸又没死’，我也是醉了，我都怀疑她是不是外面有男人了！”

占喜试探着问：“哥，你真不觉得自己哪儿有问题吗？”

占杰大吼：“我有什么问题？我对这个家、对她、对威威问心无愧！她要离婚？离就离！谁怕谁啊！”

“行吧。”占喜说，“哥，你先别冲动，明天我去少年宫和你交接班。”

她把这件事情说给骆静语听，并向他表示歉意。

骆静语自然不会怪她，说没有关系，约会嘛，哪天都可以。

占喜感谢他的理解，可一想到哥哥嫂子的事儿，心情还是很低落。

她也就是最开始惊讶了一下，仔细回忆，占杰和秦菲的婚姻其实有着很大的问题。她的哥哥人不坏，但就是……引用网上的话来说就是——他如此普通，却那么自信。

占喜都不懂占杰大爷一样的底气是哪里来的。

老哥年轻时的确挺帅，可现在毕竟三十多岁了，胖了不少。他有房、有车、有工作、有老婆、有儿子，是不是把自己当人生赢家了？

秦菲以前是很爱他的，就算恋爱时被父母反对闹过分手，占杰一求她，她也回头了。他们结婚的时候绝对是有爱情的，两个人在婚礼上都哭了呢，让当时才 15 岁的占喜感动到不行。

现在为什么会变成这样？

占喜觉得自己可以写一篇两万字的文章来帮占杰分析，不过老哥大概并不需要，因为他至今没意识到自己哪里有问题。

星期六早上，占喜来到少年宫，占凯威已经在上课。占杰急着走，也没时间和妹妹详聊，就匆匆离开了。

占喜便坐在教室外的露天长椅上等待。

三月天，已过惊蛰，天气逐渐回暖，羽绒服再也穿不着了。占喜身上是一件草绿色加绒线衫，底下配牛仔裤和小白鞋，一扫冬日里的臃肿，穿得轻便又休闲。

她坐在室外晒太阳，周围是三三两两等待的家长。她看着原本光秃秃的树木都抽出了新芽，几株花树也结出了花骨朵儿，小朋友们在游艺设施旁嬉笑打闹，感觉到一派冬去春来、万物复苏的蓬勃景象。

春风拂面，一切都那么美好，占喜突然就不想为占杰和秦菲的婚姻烦恼。他们都是三十多岁的成年人了，应该为自己的人生、自己的选择负责。

她应该守护的是自己的感情。

想到骆静语，一种柔软的、甜蜜又安心的感觉就从心尖滋生出来，酥酥麻麻的。

他们在一起一周了，几乎天天见面、一起吃晚饭，聊天时依旧需要两个人都很有耐心，占喜却一点儿也没觉得麻烦。

她真的好喜欢他呀，多么温柔体贴的小鱼……啊！占杰真讨厌！本来，这个时候她应该已经在和小鱼约会了。

就在这时，有人在她右肩上拍了一下。

占喜往右转头，没有人，又有人拍她左肩，她再转过去时，那人就没再逗她了。

她愣愣地抬起头，看着站在长椅后的年轻男人。他也没穿羽绒服，身上是一件她没有见过的深灰色带帽套头卫衣，底下是黑色运动裤和黑色运动鞋，整个人看着好年轻、好时尚。而且，他终于不穿黑色外套了！

他头顶上的天空碧蓝如洗，空气很清新，小孩子们依旧叽叽喳喳吵个不停。

骆静语摘掉口罩，那双漂亮的眼睛微微弯着，清澈又明亮，嘴角的笑意是那么温柔。他伸手揉揉占喜的头发，又捏捏她的脸颊，见她还是没反应，他干脆弯下腰来，亲了一下她的额头。

“小鱼！”占喜这时候才回过神来，跳起来惊喜地问，“你怎么来啦？”

他给她比了一组手语——双掌分别交换位置，各拍一下，象征“约定”；两只手各伸出拇指和小指，小指指尖相对着由两旁向中间靠近，象征“见面”——这是占喜已经学会了的“约会”。

骆静语微笑着指指自己，又摸摸占喜的脸颊，最后，双手在左胸比了个爱心。

占喜拉着骆静语坐下，他好奇地东张西望，占喜问：“小鱼，你来过少年宫吗？”

骆静语摇摇头，伸长手臂往前一扫，又指指自己，最后用食指比了一个“1”。

见占喜有点儿迷茫，他用手机打字给她看：第一次来了，我小时候是很文气了，不爱玩。

占喜一看就笑出来，问：“有多文气啊？”

骆静语抿着唇垂眸打字：很乖，像女孩儿。

占喜笑得脑袋都搁在他的肩膀上，他也笑起来。

笑了一会儿后，占喜抬起头，下巴依旧搁在骆静语的肩膀上看他的侧脸。

他现在当然不像女孩子了，是一个高高大大的帅气年轻人，鼻梁挺拔，脸型也不是柔和的那一种，下颌线条紧致清晰。虽然已是 26 岁“高龄”，但是他整个人还透着一股单纯的少年气，不怪占喜一开始以为他和她同龄，甚至岁数更小。

她的视线落到他的脖子上，那里有突起的喉结，从侧面看非常明显。她也不知哪里来的胆子，伸手去摸他的喉结。

骆静语吓一跳，立刻转过头来看她，右手还捉住她没来得及收回的左手。

占喜干脆就着他的手又摸摸他的喉结，这是男人的性征之一，她还从没摸过。骆静语忍不住吞咽了一下，占喜的手指就感受到他喉结的滚动。

她眼神柔柔地问："小鱼，你学过说话吗？"

占喜没觉得自己的问题有哪里不妥，小鱼是她的男朋友，她只是想要了解他更多，比如他的童年和少年，她都很想知道。

骆静语却愣住了。

犹豫一会儿后，他摇摇头。占喜没什么特别的反应，又把脑袋搁在他的肩膀上，就像所有热恋中的小情侣那样，抱着他的胳膊，和他依偎在一起就觉得格外满足。

骆静语心中则是思绪纷乱。

他对欢欢撒谎了，其实他学过说话，虽然只学了一个月。

骆静语因为出生在一个有耳聋遗传史的大家族，所以出生后第一时间就着重做听力测试，一点儿也没耽搁，就被发现听力有问题。

全家人陷入浓重的失望情绪里，接受现实后，父母没有消沉，积极地应对这一切。于是，骆静语幼儿时期接受过好长一段时间的治疗。当然，他自己什么都不记得了。

作为一个先天性耳聋的小朋友，与那些出生在健全父母家庭的聋儿相比，骆静语从某种程度来说其实算是幸运的。

导致先天性耳聋的原因很多，有遗传，有母亲孕早期用药不当，也有基因突变。很多健康的父母生下聋儿后，没有在第一时间发现孩子听力有问题，等发现时孩子已经几个月大，甚至一两岁的都有。又因为聋儿的父母都是健听人，他们也没法儿和小孩儿沟通，会导致很多先天性听障幼儿在最早期的智力发育阶段得不到外界信息刺激，从而影响到智商和性格。

骆静语不是这样的。他出生后接触到的第一语言就是手语，他的父母、爷爷奶奶，还有姐姐，所有人都用手语对他"说话"，所以他的智力发育没有问题。与之相比，对于口头语言，他几乎没有概念。

小朋友天真无邪，骆静语直到4岁才意识到自己和小区里的其他小伙伴不一样。那时候他会无意识地喊叫，还会哭，跟在纪鸿哲身后像条小尾巴一样。

他也只能跟着纪鸿哲，因为只有小哲会和他用手语交谈，他都不懂为什么别的小朋友都不会像他这样"说话"，而他们的嘴巴张开合上，他也不懂他们在干吗。

小哲却不爱和他玩，嫌他乱嚷嚷很烦人，有时候还会带着别的小伙伴欺负他。

骆静语天性纯善，从不和他们计较，被欺负、被排挤后也只会一个人偷偷躲起来哭，后来干脆就落单了，每天跟着母亲去福利工厂，坐在她身边看她做手工。

后来，纪鸿哲去上幼儿园了，骆静语没去。他问姐姐，为什么他不能去上幼儿园，已经上小学的骆晓梅告诉他："因为你听不见，不会说话，幼儿园里不收听不见的小孩儿。"

骆静语睁着大眼睛比手语："什么叫听不见？"

骆晓梅揪揪他的耳朵："耳朵是用来听声音的，别人能听见，我们听不见。你看电视机里的动画片，都是有讲话的，但你看不懂。"

4 岁的骆静语吓坏了，哭哭啼啼地打着手语问："那我以后还能上学吗？"

骆晓梅安慰他："能上的，我们上学的学校和小哲上的不一样。"

那是骆静语第一次知道，自己是听不见的。

从那以后，他开始观察别的小朋友，还有父母的邻居和同事，终于明白，世界是有声音的。小狗会叫，喇叭会响，动画片里的人会说话，烟花除了漂亮，声音还很大。而这些声音别人都听得见，他们也会说话，和他不一样。

骆静语总会躲在被窝里摸摸自己的耳朵，许愿一觉睡醒后他也能听得见，可是一天又一天过去，每天醒来，他的世界从未改变。

好在，父母、爷爷奶奶和姐姐与他一样，都听不见。还是小朋友的骆静语学着安慰自己：没有关系，不是我一个人听不见，姐姐也听不见，姐姐照样可以上学。

也就在那一年，骆明松想试着给骆静语安装助听器。遗憾的是，经过检测，骆静语和骆晓梅一样，双耳极重度、遗传性、感音神经性耳聋，双耳都是 120 分贝以上，也就是听不到自然界的任何声音。

这种程度的听损安装助听器已经没有用，当时，有医生向骆明松推荐人工耳蜗，说是一九九七年，中国第一例儿童人工耳蜗植入手术在帝都顺利完成，接受手术的是一个 3 岁的小女孩儿。手术很成功，机器开启后，小姑娘就听到了声音，以后经过语言训练还能学会说话。

医生说语前聋儿童安装人工耳蜗的最佳年龄是十二个月到 5 周岁，骆静语是合适的，骆晓梅就大了点儿。骆明松动心了，想带儿子去帝都检查，可是一打听价格，他和阎雅娟都陷入了沉默。

几十万的费用，在 20 世纪 90 年代，对于一对在福利工厂工作、每个月只有几百块工资的聋哑夫妻来说，是天文数字。他们甚至都没有房子，住的还是工厂宿舍，存下来的几万块钱是打算用来买房子的。

骆明松仍旧不想放弃。他送骆静语去参加语言训练，据说聋儿恢复一些语言能力，能更适应人工耳蜗的植入。骆明松想的是，如果儿子语训学得好，那就咬咬牙去借钱，带他上帝都，毕竟这是一辈子的事情，听得见和听不见，对孩子来说意义太不一样了。

可惜的是，因为骆静语从小没有任何听力刺激，更没有进行过语言学习，对于重复又枯燥的语言训练，他非常排斥，每天都是大哭大闹不愿去。

小小的他怎么能懂得说话意味着什么？他觉得手语就是说话，为什么要用小手按着老师的喉咙去感知振动？为什么要学着老师的口型去张嘴发声？

即使发了声，他也听不见，不知道自己说的是什么、说得对不对。有时候一个简单的词，老师会让他一遍遍地说，可他怎么说都不对。他根本不知道哪儿不对，他觉得自己的口型、舌头和牙齿的位置和老师的明明是一样的，可老师就是说他发音不对。

他伤心地哭起来，一边哭一边说。就这么坚持了一个月，他再也不愿去进行语言训练，抹着眼泪扒着大门不肯出去，一次两次，三次四次，骆明松和阎雅娟决定放弃。

阎雅娟认为听不见没什么，他们都是这样长大的，以后骆静语找一个耳聋的姑娘一样可以好好过日子。

骆明松心里却充满愧疚，尤其是儿子过了 5 岁生日后，6 岁、7 岁、8 岁……他越来越大，距离人工耳蜗也就越来越远，但是他们家的钱还是凑不够，房子也没买。听说福利工厂即将改制，要是没了工作，往后一大家子都不知该靠什么生活。

这些事情是骆静语长大以后，家里人断断续续告诉他的。对于一双儿女，骆明松一直充满歉意，感觉最对不起的就是骆静语。一是因为在已经有了一个耳聋女儿的前提下，他们让儿子也带着缺陷出生，二就是因为人工耳蜗。

两件事情当中，前者本可避免，后者则是因为条件所限，骆明松觉得自己作为父亲，对儿子和女儿实在有太多亏欠。

想到这些事，骆静语的眼睫就垂了下来。他没有埋怨过父母，少年时倒是怪过老天，想着大家都是人，为什么他生来就和别人不一样呢？

占喜不知道骆静语在想什么，现阶段，他还不能很好地向她表达想法。这是很无奈的事情，他们聊过这个话题，约定好慢慢来，不着急，不可以因为这个生彼此的气。

他们都在心里做打算，他愿意为她努力提高书面打字水平，她则愿意为他好好学习手语。

十点半，占凯威下课了，占喜将小男孩儿带到骆静语面前。

父母的争吵令占凯威心情低落，看到骆静语后，问姑姑：“他是谁？是你对象吗？”

占喜脸一红，没承认也没否认：“是谁教你的呀？他是我的朋友，你要叫他‘小鱼叔叔’。”

骆静语很紧张，虽然对方只是个六七岁的小男孩儿，但他还是有种见家长的感觉。他此时双手插兜，努力站得帅气，对着占凯威绽开笑容。

占凯威仰着头礼貌地叫：“小鱼叔叔。”

骆静语对他比了一句手语："你好。"

占喜蹲下身对懵懂的小侄子说："威威，姑姑和你说，小鱼叔叔的耳朵听不见，不会说话，但是他能看懂你在说什么。你对他说话时要和他面对面，说得要慢，知道吗？"

占凯威听完后又看向骆静语，表情很惊奇，他从来不知道还有人的耳朵听不见还不会说话。

骆静语对他笑笑，指指自己的右耳，又摇摇手。占凯威"啊"了一声，有点儿害怕，一下子躲到占喜身后。

占喜不开心了，把小侄子拉出来："你躲什么呀？"

小朋友不敢吭声，掀起眼皮看骆静语。骆静语自然不会生气，还伸手揉揉他的脑袋，对着占喜比了句手语："没关系，小孩子。"

离占凯威下午上课还有几小时，占喜和骆静语带占凯威去玩游艺设施。小朋友吵着要坐跳楼机，占喜恐高，打死都不肯上，骆静语便自告奋勇上阵。

占凯威悄悄地观察他，玩的时候，小鱼叔叔一直陪在他们身边，除了不说话，看起来和别人没什么两样，总是笑眯眯的，还给他买了一根烤肠吃。

骆静语陪着威威坐上设施，渐渐升空。占喜在围栏外朝他们招手，还拿着手机帮他们拍照。

升到顶点后，占凯威害怕地拉住骆静语的胳膊。骆静语从来没玩过跳楼机，座椅突然往下坠时，他还真吓了一跳，扭头发现身边的小男孩儿正惊讶地看着他。

占凯威说："小鱼叔叔，我姑姑说你不会说话，可你刚才说话了。"

骆静语一惊，他出声了吗？大概是被吓到的时候，没有控制住。

他尴尬地笑笑，指指自己的嘴巴，摇摇手。占凯威天真地说："真的，你真的说话了，你说'啊'，我听到了！"

小朋友大概以为不会说话的意思是发不了声，骆静语不知该怎么对他解释，只能指着嘴巴再次摇手。占凯威噘起嘴："我真的听到了，你是会说话的。"

游戏结束了，占凯威觉得自己和骆静语成了好朋友，走路的时候都要和他手牵手，还要求和小鱼叔叔一起去玩自控飞机和海盗船。

小朋友很容易快乐，玩得投入后就忘记了家里的糟心事，走路又蹦又跳。玩过好几个项目后，他说饿了，三个人就一起往大门走去。

离大门不远的一条路上，路边摆着一长排的摊位。占喜瞄了几眼，是各个民营儿童培训机构的招生摊位。有一家培训机构的摊位上挤着好多小孩儿，一个打扮成小丑模样的男人在给孩子们扎气球。长条状的气球可以扎成小狗、花朵、棒棒糖……孩子们争先恐后地围着小丑，小丑动作很利索，一会儿工夫就能扎出一个造型来。

占凯威也吵着要小狗气球，骆静语便陪他去排队。

那个小丑戴着彩色的假发，脸上抹着雪白的粉，还装着一个红鼻头，嘴巴上的彩油几乎画到耳根，看着是一张笑脸，骆静语却知道这人根本没有笑。

不知为什么，骆静语总觉得小丑在朝他看，看了一眼又看一眼。他眉头微皱，终于轮到占凯威时，小丑没有立刻扎气球，而是对他比了句手语："小鱼，不认得我了？我是岳奇。"

骆静语好惊讶。岳奇是他的高中同学，当时还是班里的学习委员，成绩特别好。

老同学见面，自然要聊几句。占喜带着占凯威等在不远处，并不催促骆静语。

岳奇摘掉假发和红鼻头，叼起一根烟，用手语和骆静语聊天。家长们领着小孩儿走过，看到路边两个打手语的人，无一例外地都会扭头看去。

占喜远远地看着他们，想起丰林夜市上的那对情侣摊主。如今想来，他们应该也是小鱼的朋友。还有电梯里见到的骆晓梅，她是小鱼的姐姐。还有这个小丑……他们都是聋人。

小鱼的社交圈里，很多都是聋人。

岳奇问骆静语："最近怎么样？我听陈亮说，你买房了？"

骆静语不好意思地点点头："买了两年多了，做东西需要地方。"

岳奇抽一口烟，单手比着手语："还是你混得好，不像我们，工作不好找，只能打零工。"

骆静语问："你不是考上大学了吗？"

岳奇低下头叹口气，把烟蒂摁灭，抬起头来打手语："考上大学了，毕业后找不到工作，想考残联的工作岗位，几年了一直没考上。千辛万苦学的计算机专业，根本找不到对口工作，健听人学计算机的都有那么多，谁会要我？早知道当初应该学特殊教育，还能去考老师。我也不像你，美术好，我美术不行，没这个天赋。"

骆静语看着岳奇，一身小丑装，摘掉假发后头发油腻腻的，看着日子就过得不太好。

他问："那你平时都做什么工作？"

岳奇回答："什么都做，学了扎气球，周末时有店开业、有人结婚，或者楼盘开盘就能去做，我价格比别人低很多。平时我在一个仓库给人值夜班，好歹养得活自己。"

他看一眼不远处的占喜，问骆静语："那是你老婆吗？你孩子都这么大了？没听说你结婚啊。"

骆静语笑得腼腆："不是，小孩儿是她的侄子，她……"他的双手在空中迟疑了一下，还是比了下去，"是我女朋友。"

岳奇瞪大眼睛问："她听得见？我刚才看她说话了。"

骆静语点点头，也往占喜那边看了一眼，转回头看岳奇，笑得有点儿苦涩：“很奇怪吗？”

岳奇不知该怎么说，比画道：“她很漂亮啊，有其他地方残疾吗？还是有什么病？她会手语吗？她家里人同意你们在一起？”

骆静语神色平静地摇摇头：“她非常健康，不会手语，她家里应该还不知道。”

岳奇愣愣地看着他，最终拍了拍他的胳膊，比画道：“祝你好运吧，小鱼。只是，我劝你不要太投入，有几个聋人能和健听人在一起的？你女朋友还这么漂亮，当然你也很帅。我就是觉得，你们最后要是分开了，受伤的肯定是你。”

骆静语笑了一下：“我知道，我先走了，要带小朋友去吃饭。你继续努力，再见。”

和岳奇告别后，骆静语双手插兜走向占喜。占喜问：“和朋友聊完了？”

骆静语点点头。

占喜又问：“是你同学吗？”

骆静语又点头。

“你想介绍我们认识吗？”占喜说，“我刚才一直在等你叫我。”

说着，她突然侧弯腰，笑着对不远处的小丑挥挥手。

岳奇一愣，也挥了挥手。

骆静语转头看了他一眼，回身对占喜比手语：“不用。”

“听你的。那我们去吃饭吧，吃饭时你可以给我讲讲你同学。”占喜牵过占凯威，“小家伙说想吃比萨。你爱吃比萨吗？”

骆静语笑得很浅，点头。

占喜一直在笑，左手牵着占凯威往前走，骆静语走在她右边。

不远处，岳奇又点起一支烟，看着他们的背影。

他看到骆静语两只手都插在卫衣衣兜里，慢悠悠地走着。女孩子右手本来拎着包，走过一段后，她把包挎到右肩上，接着伸手去拽骆静语的左臂。

她拽了一下，没拽动，骆静语扭头朝她看去。

她又拽一下，男人终于把左手从兜里伸出来，女孩子趁机就把右手钻进他的左手手掌里。

骆静语的脚步都停下了，还往四周张望了几眼，女孩子仰着头看他，孩子气地晃晃他的手。

最终，骆静语反过手掌牵住了女孩子的右手，将她的手牢牢扣在自己的掌心里。

两大一小在餐厅吃午饭，吃完后时间还早，骆静语用占凯威书包里的白纸给他折了只小狗，还答应回家后给小家伙画一只彩色阿奇——威威的最爱，那是动画片《汪汪队立大功》里的一个小狗角色。

吃完饭，三人回到少年宫，离上课还有半小时。占凯威闲不住，要骆静语陪他去玩手工画。

手工画区域是露天的，摆着七八张矮矮的圆桌，每张桌边上都坐满了小朋友和家长。有的在做雪花泥画，有的在做立体贴画，还有亮片沙画、颜料涂色画……小孩儿的钱可真好赚，成本几元几角钱的东西，到了这儿一份就卖三十元钱。

占凯威挑了一张《超级飞侠》里的乐迪涂色画，找了个座位坐下，认认真真地拿颜料往线条框里挤。他毕竟还小，力道控制不好，常常把颜料挤得漫出边框。骆静语坐在他身边，看他挤坏了就拿纸巾帮他吸掉，看他挤得不够，又用牙签耐心地帮他抹匀。

这一大一小两个男生坐在一起的画面居然很和谐，也不说话，就头碰着头专心地干活儿。占喜围着他们悄悄地拍了好几张照片，觉得特别有意思。

占凯威来不及做完，去上课前很郑重地把半成品交付给骆静语。占喜把侄子送进教室后回到手工画区，一眼就看到骆静语。他个子高，年轻又英俊，在一堆小朋友和家长里显得特别醒目。

他低头做得很认真，对比着彩色纸片上的颜色，一点儿一点儿地给乐迪上色。坐他边上的小姑娘只有五六岁年纪，长着一张圆圆的脸，叽里咕噜地对他说话。他对她微笑，小姑娘就害羞地躲到了母亲的怀里。

年轻妈妈说："你好耐心啊，她爸爸根本不会做这些，早溜到旁边玩手机去啦。"

骆静语眨巴着眼睛，笑得很羞涩。占喜把一切都看在眼里，掩着嘴偷偷乐。

做完这一张，骆静语居然不过瘾，又拖着占喜去选一张。占喜哭笑不得，心想小鱼居然还做上瘾了。她挑了一张《海底总动员》的图案，有可爱的尼莫，还有水草和海星。

骆静语付完钱就去桌边开工，那兴奋劲儿跟占凯威比都不遑多让。

占喜这次坐在他身边，托着下巴看他，看着他兴奋地搓搓手后开始专心致志地做小丑鱼。

骆静语做完第二张画后还有点儿舍不得。他看看别的小孩子在做的东西，有雪花泥、沙画、立体贴画……他都没玩过，每一样都想玩。他想，现在的小孩儿真幸福，有这么多手工可以做，图案还这么多，他小时候都没有。占喜看着他羡慕的眼神，发现小鱼对做手工真是爱得深沉。

下午四点，占凯威小朋友上完一天的课，占喜送他回家。骆静语决定和他们一起去，在占杰家楼下找个咖啡馆等占喜，两个人一起回青雀佳苑。

占凯威到家后就把那张乐迪颜料画贴到家里的冰箱上，回过头又玩起一个汪汪队阿奇的玩具——这是小鱼叔叔在等他下课时去少年宫的小商店买给他的。他越来越喜欢小鱼叔叔了！他刚才还邀请小鱼叔叔来家里做客，但是小鱼叔叔没答应。

占喜瞅准时机，和占凯威聊了几句，答应替他保密，不告诉父母这一天他去游乐场玩了。作为交换，他也要替姑姑保密，不能告诉父母，姑姑在和一个耳朵听不见的叔叔交朋友，要不然，他们会生气，可能会去骂小鱼叔叔。

占凯威是个聪明的小学生，虽然对于整个逻辑不是很理解，但知道小鱼叔叔是个好人。他很喜欢小鱼叔叔，也很喜欢姑姑，他不能让父亲去骂小鱼叔叔，小鱼叔叔都不会说话！要是被骂哭了多可怜呀。

占凯威和占喜拉钩约定，突然想到一件事情，说："姑姑，你说小鱼叔叔不会说话，可是今天坐海盗船和跳楼机的时候，我听到他说话啦！"

占喜惊讶地问："是吗？他说什么了呀？"

"啊！啊！后来他就把嘴巴给捂上了。"占凯威是小奶音，学大人发音学不像。

占喜愣了半天，问："那你觉得他的声音好听吗？"

"好听啊！"占凯威说，"就是有点儿听不清。姑姑，你听过小鱼叔叔说话吗？"

占喜想了想，点头："听过一次，就一次，比你听到的少，我也觉得他的声音很好听。"

没过多久，占杰虎着脸回家了，感觉谁惹他谁倒霉。原本高高兴兴的占凯威一看到父亲这个样子，立刻像泄了气的皮球一样蔫下来，主动滚回房间写作业。

占喜有心找哥哥聊一下，刚起了个头，占杰就不耐烦了："你甭和我说！我不想听，你要说去找秦菲说！她莫名其妙地要离婚，我看她就是背地里有人了！日子过得好好的非要发神经不可，我无所谓啊，离就离呗！反正房子是我的，儿子她也别想带走！还以为自己是二十多岁的小姑娘，说什么爱不爱的，有毛病！"

占喜顿时不想说了，小鱼还在外头等着她呢。

她换鞋准备走，占杰叫住她："欢欢，你帮我做个饭吧，吃了饭再走。"

占喜瞪他："我不做，我回家去吃。"

占杰觉得好奇怪："在这儿吃和回家吃不都是要吃吗？我这儿有菜，你随便做两个吧。"

占喜说："你自己做呗，我都帮你一天了。明早我还要去上课，现在想回家休息。"

占杰很是理直气壮地道："我这不是不会吗！"

占喜生气了："不会你不能学啊？我本来也不会啊，现在都能做好几个菜了，你这人怎么这么懒啊？嫂子不在，你和威威就得饿死了对吗？"

占杰发火了，手一挥："走，走，走！一个个的都哪壶不开提哪壶！"

占喜如他所愿，麻利地就走了。

骆静语百无聊赖地趴在桌子上。

他坐在窗边，那是一排高高的桌子，桌旁是几张高脚椅。他的咖啡快喝完了，手边摊着一本书，是从咖啡馆的书架上拿来的。

骆静语面朝窗外，可以清楚地看到店外的景象。马路上车来车往，行人步履匆匆。快六点了，天色暗了许多。他好饿，可是欢欢还没过来。

手边的书叫《无声告白》，骆静语被书名吸引，光看着这四个字就觉得好浪漫，结果翻开一看，人物都是外国名字，他立刻感觉到脑袋疼。

他坚持着看过五页，就看不下去了。他把书合上，就盯着它的封面看——《无声告白》。

"我们终此一生，就是要摆脱他人的期待，找到真正的自己。"

——［美］伍绮诗著，孙璐译

骆静语心想这一定是本好书，封面上都写着是二〇一四年某平台年度销量最佳图书。欢欢肯定看过，不知道自己把它看完需要多久，这么厚的一本啊，他好像从来没看过这么厚的一本书。

正想着，眼前有个草绿色的影子晃了一下。骆静语立刻抬起头来，就看到玻璃窗外，占喜几乎贴着玻璃向他挥手，还笑嘻嘻地用拇指和食指指尖比了个"心"。

骆静语把书放回书架，从店里走出来。

占喜迎过去说："我们回家吧，回家做饭吃。"

骆静语点头，拿出手机准备叫车，占喜按住他的手："坐地铁吧，从这儿打车回去好贵。"

骆静语就没坚持，只要和欢欢在一起，让他走路回去都没问题。

他和占喜并肩往地铁站走，两个人靠得很近，他的右臂偶尔会碰到她的左臂。碰一下，又碰一下……

骆静语悄悄地转头看她，心里想法挺多。她倒是一直沉得住气，左手小幅度地甩着，右手拎着包，晃晃悠悠地走在他身边。

就这么奇奇怪怪地走了足有一百米，骆静语咬咬牙，右手抓住占喜的左手，眼睛都不敢看她，只顾看着前方，翻过手掌将她牢牢牵住。

占喜憋着笑，觉得这人真的好可爱！小"电灯泡"都没了，他居然变得更加手足无措。她偷偷瞥他——哎呀，脸都红了！老天爷啊。

占喜再也忍不住，“哈哈哈”地笑出声来。

骆静语听不到她的笑声，却能感觉到她身体的颤抖。他鼓足勇气转头一看，差点儿被气死，敢情这人刚才就是故意的！

他也是没脾气，右手将她扣得更紧，气呼呼地瞪了她一眼。占喜笑得好开怀，骆静语终于也无奈地笑起来，牵着她慢悠悠地往地铁站走去。

这是他们交往之后的第一次约会，原本的计划是参观自然博物馆、看电影、逛商场和吃大餐，现在变成少年宫带娃一日游、坐地铁回家、去菜市场买菜，最后回家一起做饭、吃饭。

占喜一点儿也没觉得失望，这次约会很浪漫呀，和小鱼一起手牵手轧马路、一起坐地铁、一起吃比萨、一起逛菜场，都是第一次。

晚上，骆静语负责做饭，占喜负责洗碗。把碗盘一个个擦干放进橱柜时，她心中生出一种错觉，自己和小鱼多像一对新婚小夫妻啊。

她走出厨房，看到小鱼在沙发上撸猫，

“礼物”窝在他腿上露肚皮。她撇撇嘴，自从小猫重回 1504 室，就再也没对她露过肚皮。

占喜走过去把“礼物”赶开，“礼物”不爽地冲她龇牙，她也不爽地反击：“去，去，去，这是我男朋友，你想处对象让你爸再给你找只小公猫来。”

“礼物”蹲在沙发上朝她看，她一屁股坐到骆静语腿上，还抱住他的脖子，挑衅地对小猫说：“这是我的位置，你走开。”

“礼物”跳下沙发，到对面的猫爬架第二层蹲着，像个侦察兵似的继续盯着他们不放。

占喜不理它了，转头看向骆静语。他们的脸离得很近，他也早就搂住她的腰，细细地端详她的脸。

骆静语有话想问她，是一个很重要的问题，只能拿手机打字：孩子会不会告诉你的哥哥？

占喜笑着摇头：“应该不会，他是个很机灵的小男孩儿，我和他约好了，他会帮我们保密的。而且，他挺怕他爸爸的，他们不亲近。”

骆静语的眼神里浮现疑问。占喜解释：“我哥不是个好丈夫，也不是个好爸爸，他很少管孩子，每次管一下就会不耐烦。”

骆静语想不通，打字：孩子很可爱。

“是啊，我也觉得威威很可爱，其实他很乖了，不是那种‘熊孩子’，我嫂子把他教得挺好的，很有礼貌。”占喜说着，就想到小侄子对她说的话。她咬咬唇，大着胆子开口，“小鱼，威威刚才告诉我，他听到你的声音了。”

骆静语愣住。

“我……”占喜的右手抚上他的脸颊，渐渐又移到下巴、脖子，最后手指落在他的喉结上，眼神不安又透着期盼，“我也想听听你的声音，你能说给我听吗？”

骆静语没有犹豫，快速地摇头，还慌张地移开了视线。

“为什么呀？”占喜掰着他的脑袋让他转过头来。

骆静语想，这有什么为什么？他根本就不会说话，只是没控制住发出了声音，是没有意义的声音，不会好听的！

他还是摇头，一直摇头，连嘴唇都抿得很紧，像是生怕占喜会逼迫他开口似的。

“我知道你不会说话，我只是想听听你的声音，这儿就我们……”占喜正说着，发现骆静语的神情越来越不对劲，像是很焦虑，要不是她坐在他腿上，看他的样子恨不得起身就要走。

“好了，好了，我不听了，对不起，对不起……”占喜立刻道歉，没想到这个要求会令小鱼如此为难，她怎么忍心给他压力？她以为的小事情，对小鱼来说显然很重要——他竟是如此排斥发声。

骆静语看懂了占喜的唇语，心里愧疚得不行。她很少向他提要求，那么温柔包容、善解人意的欢欢，只是想听听他的声音，他居然都不能满足，她还向他道歉。

骆静语拿起手机打字：不好听。

占喜看过后，说：“威威说很好听。”

骆静语摇头，固执地打字：不好听！

占喜噘噘嘴说：“你自己又没听过，你怎么知道不好听？”

骆静语愣了愣，再打字：你会害怕。

占喜感到纳闷：“我为什么会害怕啊？这是你的声音，小鱼。”

骆静语突然丢开手机，双臂将占喜抱得更紧，把脑袋都埋在她的肩窝里，就像她平时那样，猫一般地蹭着她。

他好害怕，好紧张，他居然想试试了，却又不敢！

他只希望将自己好的那一面呈现给她。人家都说他长得帅，个子高，身材也挺好；他有一套大房子，虽然房贷还没还清；他有工作，收入算是过得去；他会做饭，会烤蛋糕和饼干；他爱干净，脾气好……每次想到自己和欢欢之间的差距，他就把自己为数不多的优点拎出来鼓励自己。

至于缺点，缺点自然要藏起来。他很努力地去读唇，尽量不让她重复第二遍，这样就会让她忽略他听不见这一点。

不会说话虽然很麻烦，但他们沟通时也算是找到了一种平衡、一种默契，这样还不够吗？欢欢怎么会想要听他的声音？

这一听，不就露馅了吗？

占喜抱紧骆静语，右手温柔地抚摸着他的后背。他的身体很僵硬，像是特别紧张。她后悔了，心疼了，决定再也不提这个要求。

她是在揭他的伤疤吧？那么残忍，她应该考虑得再周全些的。

就在这时，骆静语从她怀里抬起头来，他的眼睛有点儿红，眼神有些哀伤。

占喜吓一跳，心想，他这是哭了吗？

还没来得及开口问，就看到骆静语微微张嘴。他抓住她的右手按到自己的喉结上，泛红的眼睛与她四目相对。

他的嘴张得更开了些，占喜的右手手指感受到轻微的颤动，与此同时，一道年轻、清越却略微含糊的男声在她耳边响起。

“啊……”

骆静语闭上眼睛，将占喜的手指在喉间按压得更紧，继续发声：“呃啊……啊……哦……呃啊……”

他听不见，此时也看不见了。他的手指能感受到自己喉间的振动，他一次次地振动声带，就像自己每次在卫生间里偷偷发声一样变换着口型，试图发出不同的音节。

他是不是说得很大声？很怪异？很难听？

骆静语不知道。他也不管占喜听到的是什么玩意儿了，音量、音调、音色……他什么都不知道，永远都不会知道。

他只知道她想听，那就让她听吧。

只要是欢欢想要的东西，他什么都愿意给她。

那双柔软的嘴唇压到他的唇上时，他还没来得及收声，占喜便听到一声“呃啊”瞬间变成了“嗯”。

她抱着骆静语的脑袋，与他深深地吻在一起，手指穿进他的发间，感受着他干燥蓬松的发质。她也闭上了眼睛，第一次在亲吻中占据主动，不让他躲、不让他逃，那么激烈，那么汹涌，那么疯狂……直到吻得两个人气都要喘不上气来才缓缓分开。

他们互相抵着额头，感受到彼此近在咫尺的急促呼吸。

骆静语的睫毛颤了一下，终于将眼睛睁开。他的眼睛依旧潮湿泛红，近乎卑微地看着占喜。

占喜先他一步睁眼，将身体与他略微拉开些距离后，右手竖起大拇指，又将右手掌拢在耳边。她没有说话，只是重复这两个动作。

“好听。”

骆静语的目光深沉似海。

占喜双手食指互相敲击，右手伸食指，拇指贴着食指根往下一沉，再竖大拇指，手掌拢耳朵……她说的是“真的很好听”。

占喜回八楼后，骆静语的心神依旧恍惚。

很多很多年了，他没有在人前主动出过声，这种忍耐很艰难，要克服的几乎是人的本能。

高元告诉过他，在他家吃饭时，他的父母和姐姐其实都会在打手语时出声，可能是无意义的“嗯嗯啊啊”，也有模仿常人的口形试图“说话”。当然，那些声音真出了口时，什么都不是。

高元说单位里的聋人同事也都是这样，觉得这很正常，妻子骆晓梅在家时也会很放松地出声，为什么骆静语就能一直不出声？喉咙不会难受吗？

骆静语没有回答他，内心知道答案，只要保持清醒，懂得克制，时间久了自然就会习惯。

他想起刚才欢欢的话，她看着他的眼睛，说：“小鱼，我很开心，我听到你的声音了，真好听，我很喜欢，比我想象的还要好听。我以后还想听，你别老憋着了，好吗？”

读完她的唇语，骆静语真的放松了一些，反正好不好听他也无从验证。他想，也就只说给她听了，是他们之间的秘密。欢欢没有害怕，没有反感，没有笑话他，这样就够了。

于是，他轻轻地点了点头。

站在802室的客厅，占喜从包里掏出那张小丑鱼的颜料画，贴到冰箱门上。

尼莫的颜色很鲜艳，海底世界总是丰富多彩的。占喜的手指摸过那条白橙相间的小丑鱼，心里又想起骆静语。

他的音色是真的好听，清清脆脆，并不沙哑。

但占喜也知道了他为什么会不愿发声，因为他开口后，绝不会让人联想到他是在说话。那更像是一种含糊的闷哼，一种困兽般的低吟，一种独立于人类语言体系外的发声方式。

小鱼当时闭着眼睛，占喜能感觉到他在尝试控制音量和音节，声调一会儿高一会儿低，音节也随着口型的变化出现过好几种。

他的声音没有令占喜感到不舒服，正如她说的那样，她就是想听听小鱼的声音。然而她明白，要是小鱼在公共场合这样发声，的确会让别人难以接受。

次日早上，依旧是个春光明媚的好天气，占喜去周莲家上第二次手语课。

上完课，周莲给占喜看了许多骆静语在盲聋学校上学时的照片，她习惯把照片洗出来按照年份夹在相册里。

照片上的骆静语只有十四五岁，穿着运动校服，个头高高瘦瘦，留短碎发，眉眼和现在很像，只是青涩许多，脸型也比现在柔和一些，笑容很浅。

周莲又找出几张骆静语高中时的集体照，一个班级只有十几个人，占喜很轻易地就能找到他。周莲看着照片，想起十几年前的事情："我在盲聋学校工作了二十多年，骆静语是让我印象最深的学生之一。小占，你对这个学校了解吗？"

占喜摇摇头，在认识小鱼以前，她从未认识过听障人士，怎么可能对盲聋学校有了解？

周莲给占喜讲述："我们学校是十二年一贯制，初三以后，会有一部分文化课成绩比较好的聋生去普通高中随班就读。为了冲高考，那些孩子大多都戴着助听器，有残余听力。"

"像小鱼这样一点儿也听不见的孩子，要么初三毕业就不上了，要么就继续留在学校念高中。高中里也有文化课，好好学也可以冲击大学，小鱼的姐姐骆老师就是留在聋校考上大学的。但这样的学生很少，绝大多数学生学习都不好，学校高中部更侧重职业教育，希望他们能学一些傍身的本领。"

占喜听得很认真，想多了解一些关于小鱼的事情。

周莲继续说："在学校里，我们有美术课、电脑设计课、计算机课、厨师课、西点课、中式面点课……都是适合聋生择业的课程。我教的手工课也都是教他们做一些生活中实用的东西，比如手工香皂啊，手工皮具啊，等等。男生们都不喜欢，这么多年了，只有小鱼是个例外，在动手能力上他特别有天赋，做什么东西都一学就会，比女生做得都好。

"有一年暑假，我去帝都参加一个手作方面的交流活动，同屋的是一个比我大几岁的姐姐，她在国外生活过几年，学过烫花，工具都带着，空闲时就教了我一下。我觉得很有意思，回来后就买了些基础材料，自己捣鼓着做出几朵花。

"开学以后，我带着一朵花去给学生们上课，就是这朵黄玫瑰，我记得很清楚。"

周莲又把那朵保存十几年的黄玫瑰拿给占喜看："我告诉他们这叫烫花，是用布做的，如果有人感兴趣，可以课后来找我，我给他们演示一遍怎么做。后来，有三四个女生来找我，然后我就看到了小鱼，他红着脸，在办公室门口探头探脑，不敢进来。哎哟，那个场景我印象太深了。"

占喜手里捏着黄玫瑰，脑海里一下子有了画面。她的小鱼就是这样的呀，不仅害羞，有时还胆小，见到她时老是想逃跑，是一头傻乎乎的鱼。

周莲笑得很温柔："他那时才初三吧，记不得是 14 岁还是 15 岁了。我把他叫进来，他说他想再看看那朵花，我给了他。他把那朵花拿在手里反复看，眼睛里都亮着光，跟我打手语说这花真好看。"

"唉……"周莲叹口气，"可惜烫花的制作材料太贵了，我没有办法给他们上课。小鱼看我做了一遍烫花后，每天都来看那几朵花。终于有一天，他和我说他想学，问我能不能教他。我说你要么自费给材料费，我教你做几朵入门的花，难的我也不会。

"第二天他就把钱带来了，是他自己存下来的零花钱，'丁零当啷'的，连硬币都有。我一下子就心软了，真是个傻孩子。我说，算啦，不收你钱了，但你别和别人说，我偷偷地教，你偷偷地学。他不答应，非要把那一堆零钱都给我不可，后来我就收下了，有几十元吧。小鱼就是这样的性格，很较真的，他不允许自己占我便宜。

"我教他画花型、剪花型、染色、用烫镘去熨烫，他学得非常快。不过没学多久，我们就继续不下去了，因为我没有东西教他啦！我会的花型就那么三四种，他都学会了。我说你要学更难的，你得去找老师。

"我没想到他真的会走这条路，高三毕业那年的暑假，他背着行李就去沪市了。"周莲看着占喜，"其实我一直觉得，小鱼这个孩子，就算他不做烫花这一行，做别的，他也一样会做得很好。因为他真的是个很执着、很纯粹的人，还耐得住寂寞，这样的性格非常适合手作这一行。"

周莲叹了口气："他能选择烫花这么小众的艺术，门槛虽低，精进却很难，也是很有魄力，毕竟他是个耳朵听不见的孩子。吃亏也是吃亏在这里，很多事情太被动，没人帮他的时候他自己就没办法解决，这个怪不了他，他能做到现在的成绩已经很不错了，只是……"

周莲看着照片里骆静语稚气的脸庞，又抬头看向占喜："只是我总觉得他应该可以更好，真的，小占，你可以给小鱼多些鼓励，让他多点儿信心。他还年轻，有天赋又足够努力，他就是缺了点儿运气，在这一行，他理应有更大的成就。"

听到这儿，占喜想到自己帮小鱼写给方旭的那份"发言稿"，那件事情的后续是什么？

她回忆了一下，小鱼见过方旭后，她在微信上问他聊得如何，他没有正面回答，她问晚上要不要一起吃饭，他说他有事情。后来就是元旦假期，她回富椿镇了，两个人再也没有聊起这个话题。

占喜以为事情已经解决了，小鱼和方旭依旧在合作，如今听到周老师的话，她心里产生了疑问，小鱼和方旭的矛盾真的解决了吗？

Chapter 11

我是你的耳朵和嘴巴

手语课结束后，占喜坐公车去湿地公园。

这一天是国际三八妇女节，也是这一年的农历花朝节，湿地公园会举行盛大的节庆活动。骆静语在那儿采风。

公园里人非常多，占喜买票进去，一路看到的都是身穿汉服的年轻人，有男有女。小鱼发微信说在姻缘桥边等她。

占喜看到这地名就想笑，心想：这人是故意的吧？

她没有汉服，特地穿着一条粉紫色连衣长裙，外面是一件白色毛线开衫，长发披在肩上，脸上化着淡妆。

占喜原本以为自己打扮得挺美，可是和路上那些穿着漂亮汉服、头戴花饰的娇俏小姑娘一比，她的穿着实在太寡淡了。

三月里的湿地公园草长莺飞，还未到鲜花全盛的旺季，不过柳树已经抽出了鲜嫩的叶芽，各种花骨朵也都缀在了花树的枝丫上。

天蓝云白，占喜心情颇佳。她循着地图找到姻缘桥，远远地就看到一个高个子灰衣男人倚坐在桥沿边，两条长腿交叉着，肩上挎一个摄影包，手里端着一台单反相机，正在取景。

就像是有心灵感应，他的镜头慢慢向这边移来，当占喜进入镜头范围后，那人就定住不动了。

占喜双手拎包负在身后，几乎是跳跃着向他走去，还未走近，就听到快门声“咔嚓咔嚓”地响起。

骆静语放下相机，在占喜走到他面前时，很自觉地摘掉口罩，对她露出微笑的脸庞。

“你是几点到的？”占喜问。

骆静语用手语比了个“十”，现在占喜已经能看懂。

“吃饭了吗？”占喜笑嘻嘻地拍拍自己的包，“我带吃的了，我们可以野餐。”

骆静语单手比手语：“吃过饭了。”

占喜看看四周，姻缘桥边很多人围着一棵树，好像是把红绳系到树上，红绳上还挂着小木牌。

“他们在干吗？”占喜挽住骆静语的胳膊，指着那棵树问。

骆静语觉得这都不用回答，好多景区都有这样的一棵树或是一面墙，挂着同心锁呀、姻缘牌呀之类的。他低头看占喜，发现她的脸颊红扑扑的，大眼睛一直盯着那棵树看，心里立刻就明白了。

骆静语牵住占喜的手向那棵树走去，树边有个摊位出售带红绳的姻缘牌。骆静语用眼神询问占喜，他们交往才一周，不经过她同意他是不敢买的，毕竟这代表两个人的心意和憧憬。

占喜的脸更红了，羞答答地看了他一眼。

骆静语立刻扫码付款，又牵着她来到另一棵树旁，拿起一支水笔，在姻缘牌左边工工整整地写下自己的名字“骆静语”，又在底下画了一头喷水花的鲸鱼。

他把木牌递给占喜。占喜在他名字边写下自己的名字“占喜”，底下画了个圆滚滚的鸡蛋。

骆静语拿过木牌，给鸡蛋加上一张笑脸。占喜又拿过去，在两个人的名字间加了一个爱心。

他们把姻缘牌系到树枝上，满树的红绳子小木牌，每一块上都写着一对陌生恋人的寄语。风一吹，这些小木牌晃起来。占喜抬头看着那块小木牌上两个人的名字，还有鲸鱼和鸡蛋图案，心里就觉得好甜好甜。

花神一定会保佑他们的！

占喜心想：花神，花神，请看看骆静语吧，他都以造花来做职业啦，如此虔诚的信徒到哪里去找哇！

进行过一场小小的“仪式”后，骆静语把相机挂在脖子上，和占喜手牵手在公园里逛起来。

湖中有游船来来往往，小广场上举行着花朝节的开幕式，一整天都有各种文艺表演。小集市上有各种卖小吃的摊位。占喜的眼神在某样东西上停留超过三秒，骆静语就会想买，比如糖人、麻糍、奶茶、臭豆腐……

占喜总要抱着他的胳膊阻止："我不要吃！我就是看看！我不是小孩子啦！"

骆静语不依，和欢欢约会就是想花钱，这两天玩下来，他都没花几块钱，太伤自尊！

最后，占喜只好让他买一串糖葫芦，两个人你一颗我一颗地分着吃。

一路上，骆静语都在给占喜拍照。

他原本是来工作的，算是采风，要收集素材，也要拍点儿鲜花特写，不过欢欢来了以后，他的单反相机里就只剩下她的身影。

占喜发现骆静语的摄影水平很不错，像是专门学过。他会拉着她的手指导她做动作，挑的背景也很独辟蹊径，看着不太起眼，照出来却很有意境。

占喜好骄傲，她家小鱼真是十八般武艺样样精通！

到了花田区域，穿汉服的姑娘越来越多。汉服有各种样式和颜色。占喜不懂，只觉得每个姑娘都好看，是公园里最招人眼球的一道风景。她们头上无一例外都戴着花饰，就像是与鲜花比美。

骆静语还看到了自己做的芍药发簪，是粉色的。他拉拉占喜的手，偷偷指着那个姑娘给她看。

占喜终于知道芍药戴在姑娘头上是什么效果，配着一袭粉裙，真的有很浓的春日气息，像个小仙女。

男孩子也有不少穿汉服的，一身白或一身青，有些英气，有些儒雅，摇着纸扇显得书生气十足。占喜不禁看向身边人，小鱼这么好看，个儿又高，要是穿一身白色汉服，该多么英俊潇洒、风流倜傥啊！

骆静语无意间低头接触到占喜的目光，见她在坏笑，摇摇她的手，眼神疑惑。

占喜问："小鱼，你穿过汉服吗？"

骆静语摇摇头。

"你不是一直在做汉服的配饰吗？"占喜很奇怪，"自己都没穿过？"

骆静语摇摇手，看到一张空着的石椅，两个人在椅子上并肩坐下。占喜从包里拿出饮料和小零食，和骆静语一起吃。

他们吃吃喝喝，休息了一会儿后，骆静语给她打字：*以前，有人叫过我做模特了，汉服，我没有去。*

"真的？你为什么不去啊？"占喜打量骆静语，更加确信他穿汉服一定会很好看，因为他五官挺精致的，气质又很内敛，身上还真有一丝古典味儿。

骆静语指指自己，皱眉摇头又摇手，显然是对这事完全不考虑。

占喜噘噘嘴，说："我觉得汉服很好看啊，我都没穿过。"

骆静语一愣，拍拍她的手臂，比手语问：你喜欢吗？

"喜欢啊。"占喜笑着说，"有机会我也想穿，然后戴你做的花饰，你再帮我拍照片，好不好？"

骆静语看着她秀美的脸庞、雀跃的眼神，心里想象着欢欢穿汉服的样子。

他学烫花，对汉服很了解，方旭也请过汉服模特戴着他做的发饰拍宣传照。他知道什么样的姑娘穿汉服会比较出众，他的欢欢绝对算一个。

她个子高挑儿纤瘦，不是那种艳丽夺魄的姿容，也不算秀气的小家碧玉。她长得很大气，属于那种传统意义上的美人。

依照骆静语的审美观念，欢欢这样长相的女生气质应该是端庄典雅才对，拥有一定的气场，自信、知性、优雅、从容……可不知为什么，她很乖巧温柔，说话做事特别妥帖，身上隐隐有一种压抑着的情绪，似乎多了一分怯懦，少了一分锐气。

但是他分明见过她的锐气：在电梯里被她按灭十五楼电梯键的时候；在宴会厅被她从身后拽住胳膊的时候；在看到她在舞蹈教室跳热舞的时候；在 1504 室门口被她用包砸的时候；还有在他家的沙发上被她抱着脑袋狂吻一通的时候……

除此，欢欢大多数时候就是个性格柔顺的女生。骆静语偶尔会感到困惑，不知道哪一个才是真正的她。

不过有一点他可以确定，不管是温柔体贴的欢欢，还是充满锐气的欢欢，他都喜欢。

他虽然听不见，心却很通透。欢欢对他是真的好，没有勉强，没有敷衍，没有嫌弃。她的确有过退缩和纠结，最后还是选择和他在一起，如此赤诚、坦荡的一颗心无可挑剔。

骆静语从摄影包里拿出一样东西，放在掌心给占喜看。

那是一个烫花边夹，花朵的根部是浅浅的绿色，花瓣边缘又是淡粉色，配着几片叶片，小巧又精致。

占喜问："这是什么花？"

骆静语打字回答：玉簪。

占喜笑起来："是送给我的吗？"

骆静语点头。

"怎么戴呀？"占喜拿起边夹，想要直接戴到头发上，被骆静语阻止了。

他又从包里拿出一把小梳子和几个发圈，站起身，让占喜侧了侧身子，帮她梳起头来。

占喜的头发很长，骆静语帮她梳顺后绾起一部分头发，给她编了几个小麻花辫，扎好后又将这些小辫子在脑袋偏右边的位置盘起一个发髻，固定住，最后将那枚玉簪边夹夹到她的发髻上。

占喜一直很乖顺地让他摆弄头发，路上来往的游客都看到了这一幕，一个年轻的男人居然在给女生扎头发。几个穿汉服的小姑娘看着这边掩嘴笑，互相说着悄悄话。占喜看向她们，知道她们在说什么，肯定是说“这个小哥哥长得好帅呀”。

骆静语帮她戴好边夹后，占喜拿出手机当镜子照着看，发出一声感叹：“哇！好可爱啊！你居然会梳这么可爱的小鬏鬏！”

“小鬏鬏”是什么？骆静语没懂。占喜已经把他拉下来坐到身边，对着他说：“小鱼，我们还没拍过合影呢！”

骆静语的脸色有些不自然，占喜和他凑近一些，几乎是头碰着头，拿起手机自拍，屏幕上能看到男人腼腆的眼神，还能看到女生头上那朵漂亮的花。

占喜点点自己的嘴角，骆静语从屏幕上看到了，眨了下眼睛，展臂揽过她的肩，脸上终于露出了笑。

“咔嚓——”占喜按下快门。

“真好看。”她看着照片好满足，发给骆静语，“小鱼，这是我们拍的第一张合影呢！”

骆静语也在看照片，看着两个人亲昵地脸贴脸，视线久久都移不开。他把照片存到手机里感觉都不够，恨不得立刻发给父母，发给姐姐，发给小哲，发给陈亮，发给徐老师……他要告诉全天下，他有女朋友了！

游玩结束，在回家的出租车上，占喜终于问到方旭的事情：“小鱼，上次你和方旭谈得好吗？你提的那些要求，他都答应了吗？”

骆静语想了想，打字：不知道怎么说了，现在还好，就一样去年，以后我不知道。

占喜看着他的脸：“以后你再见方旭，叫上我，我帮你去和他谈。”

骆静语看着她，半晌没反应。

占喜握住他的手：“真的，不管你去见谁，只要你愿意，我都可以陪着你。你的意思可以明明白白地说给我听，我弄懂了，就能帮你发言。”

骆静语垂下眼睛，握紧她的手。一会儿后，终于抬起头来，对她轻轻地点头。

其实，骆静语是个闲不下来的人，往年花朝节结束后他也会有半个月的假期，因为刚好是春暖花开的季节，他会趁这段时间出去采风，拍很多鲜花的照片。

他还会捣鼓一些不常见的烫花花型，做一些造型精巧的小摆件。实在没事干，就帮陈亮做一大堆热缩片首饰去夜市卖，两个人都能赚点儿钱。

可是这一次，他在占喜的帮助下接了两个定制单，其中一个是吴太太的牡丹盆景，工期一周。他做得很用心，每天依旧在工作。

这期间，方旭联系过他，问他接下来的计划。他照实说，打算三月底开仓接定制单，做一个月，暂时不接大批量的预定，把精力放到七月，筹备十月的西镇汉服节。

汉服节为期一周，绝对是全年最大的一笔订单，七月就要开始准备，不仅有像花朝节这样的主题预定，还有和汉服工作室合作的定制款。有些小姐姐真是不差钱，为了精美又独一无二的花饰可以一掷千金，所以，整个夏天骆静语就不会有空下来的时候。

方旭希望他提前开仓接定制，骆静语不答应。他不傻，想着多一事不如少一事，不想把自己接了定制单的事情告诉方旭，想了半天，找到一个非常完美的理由。

好大一头鱼：我要约会，我有女朋友了。

方旭：？？？

方旭：我去！你前面几个月忙得睡觉时间都没了，居然还有工夫交女朋友？你逗我呢，真的假的？

好大一头鱼：真的。

方旭：她也是聋的？

好大一头鱼：她是听人。

方旭：鱼啊，你这八成是被人骗了吧？刚赚了一笔血汗钱可要捂好了，你这大门不出二门不迈的，别是网恋吧？对方是什么样的人啊？你和我说说。

骆静语想，严格意义上来说，的确算是网恋。

但他并不想告诉方旭，只是回答——

好大一头鱼：不是骗！我的女朋友非常可爱了！

欢欢真的很可爱，又漂亮又温柔，又聪明又可爱。骆静语只要想到她，心里都是暖融融的。

他推着购物车在超市里慢慢地走，买了些日用品，路过一个货架时突然停住脚步。

货架上全是毛绒玩具，以前他经过这里从不停留，可是这一次，他看到了一只鲸鱼玩偶——它有一米多长，有着大大的脑袋、深蓝色的背脊、浅蓝色的肚皮，脑袋两边各有一只笑眯眯的眼睛。

大鲸鱼只有一个，它的边上有几只小鲸鱼。骆静语拿起一只来看，啊，这不是欢欢床上那只小鲸鱼吗？

他只见过一次，印象却很深，看来欢欢就是在这里买的。

骆静语的视线落到那只大鲸鱼身上，想了想，把大鲸鱼装进购物车里。购物车一下子就被塞满了，鲸鱼的尾巴高高地翘在外面。

骆静语满足地微笑，他可是“好大一头鱼”，自然要买大的，越大越好！

来到超市一楼，骆静语先去零食区转悠。

这些天，欢欢下班后都会来他家吃饭，他不让她买菜，说自己白天有空，会去买。除了买菜，他还会买一些水果、零食。两个人每天待在一起腻腻歪歪，他对欢欢的口味已经很了解。

她喜欢吃豆腐干，要五香味的；还喜欢吃妙脆角，要番茄味的；牛肉干要沙爹味的；巧克力要榛仁夹心的……

坚果是她的大爱，开心果、小核桃、松子、榛子、瓜子……她都喜欢。她还喜欢吃话梅，要酸一点儿的，嗯……欢欢吃东西时像松鼠，脸蛋一鼓一鼓的，特别好玩。

骆静语把占喜爱吃的零食一包包、一瓶瓶地丢进购物车里，把大鲸鱼周围的空隙塞得满满当当。又挑了几瓶果汁饮料后，就推着车走去生鲜区。

在吃饭方面，欢欢不算挑食，除了不爱吃刺儿多的淡水鱼和河虾，她对于海产品还是很喜欢的。另外，鸡肉、鸭肉、猪肉、牛肉、羊肉她都吃，内脏也会吃一些。她不爱吃大肠，能接受猪牛肚和猪肝，很喜欢卤鸭胗，蔬菜全部接受。当然了，她最爱吃的还是鸡蛋。

鸡蛋啊，这么简单的东西，骆静语几乎每天都会给她做个蛋菜，香肠抱蛋、番茄炒蛋、卤蛋烧肉、瑶柱蛋羹、荷包蛋、糖氽蛋、茶叶蛋、蛋挞、蛋饺、蛋饼……家里的鸡蛋消耗得很快。他拿了一盒后发现购物车里都没地方摆了，使劲塞才塞进去。

排队结账时，排在骆静语前面的是一个年轻妈妈，购物车里坐着一个还没上幼儿园的小女孩儿，两三岁大，看到骆静语车里的大鲸鱼，激动地伸手过来摸，还叫道：“鱼鱼！大鱼鱼！”

她的母亲回头看了一眼，说：“宝宝，这是鲨鱼。”

骆静语：“？”

小女孩儿学着说：“鲨鱼，大鲨鱼！”

骆静语皱眉看着她的口形，趁她母亲背过身去，对小女孩儿做了个小幅度的手语。

“鲸”是有单独手语词汇的。

他左手模拟鱼的游动，右手五指撮合，指尖向上，贴着左掌心后向上放开五指，象征鲸的喷水状。

小女孩儿睁着大眼睛看着他的动作，骆静语做完后对她笑笑。

他想，他解释过了——这是大鲸鱼，不是大鲨鱼。

——你要是看不懂，说明你才是个小傻瓜。

结完账，骆静语左手抱着大鲸鱼，右手提着两大袋战利品步行回家。回到1504室，门一开，“礼物”就蹿过来。他把东西都放到餐桌上，对“礼物”打手语：“爸爸不在，你有没有闯祸？有没有咬坏东西？”

小猫“喵呜”一声叫，绕着他的腿转了两圈儿后，跑开了。

骆静语闻到一股味道，又对着跑远的“礼物”打手语：“你是不是又拉臭臭了？”

他走到猫砂盆边蹲下来，任劳任怨地把弄脏的猫砂铲掉，又添了些猫砂上去。回头一看，“礼物”蹲在玻璃移门边，盯着阳台上的花架看。

骆静语起身叹口气：“别再欺负我的花啦！”

“礼物”越来越大，越来越皮，皮到开始祸害骆静语养的花。

被小猫咬坏几盆花草后，骆静语心疼花却也不舍得怪“礼物”，只能把客厅里的花架都移去阳台上，想着幸好天气热起来了，要不然这些花不是被冻死就是被“礼物”搞死。

占喜知道后凶了“礼物”几句，“礼物”委屈不已地往骆静语怀里钻，像是知道自己做错了事情，一对大眼睛无辜地看着他，小爪子去扒拉他的手指，还凑过去嘬嘬，萌得他对占喜打起手语：“算了，算了，它是小孩儿啊。”

占喜气道：“你就宠它！以后它咬坏你的烫花，看你怎么办！”

这可不行！

后来，但凡要离开客厅，骆静语就会把工作台上没做完的半成品收到客卧，以防万一。好在“礼物”对他的工作台兴趣不大，它最喜欢的还是猫爬架、沙发和“爸爸”的大床。

骆静语的家已经不像以前那么空旷又干净了。

茶几上的东西越来越多，有各种包装的零食、纸巾盒、水果盘、马克杯、速溶奶茶、护手霜、润唇膏、发绳、充电线、笔记本电脑、书本、水笔……甚至还有小玩具——这可不是占喜的主意，是骆静语觉得可爱非买不可。

现在，占喜除了回八楼睡觉，下班后就待在十五楼。白天时骆静语在家打扫卫生，从客厅和客卫都能扫出一些长头发来。

客卫马桶边的垃圾桶里，还有占喜用完丢掉的卫生棉。骆静语看到后，脸顿时变红了。晚上做的菜口味就改成了清淡的，饭后还给占喜煮了一锅红枣汤。

只要不下雨，他们晚饭后会出去散步，手牵着手，慢悠悠地逛。

散步时不好聊天，他们就不说话，偶尔眼神对视，骆静语会紧一紧牵着她的手。她会用手指挠挠他的手心，他觉得痒，想要躲，她却不放开他。

骆静语觉得谈恋爱真好，怎么会这么好呢？

以前一个人生活，他满脑子想的就是要多赚点儿钱。他是聋人，父母也是聋人，比起正常家庭的人，他总觉得自己应该存更多的钱，父母以后老了、病了，他希望自己能没有负担地照顾他们。

他还得给自己存好养老钱，父母有他和姐姐赡养，他以后却很可能没有子女，不存够钱，以后变成一个孤苦无依的聋哑老头儿，会过得很艰难吧？

可是现在他的想法有所改变了，他还是想要赚更多的钱，不仅是为自己和父母，还要为了占喜。

如果他们相处得好，是不是可以结婚？

和欢欢结婚，和欢欢组成一个小家庭，不再一个人寂寞地生活，和欢欢一起相伴着往前走，想想就是一件好幸福的事情。

可是孩子怎么办呢？会遗传吗？

他绝不允许他的小孩儿还是个聋人，真的太苦了，被整个社会排挤在外的那种苦，他体验了二十六年，还得无休无止地体验下去，绝不能让他的小孩儿再体验一遍。

欢欢能同意不要孩子吗？

这么好的欢欢一定会是个好妈妈。

其实他自己也很喜欢小孩儿，真矛盾，要是欢欢一定要做妈妈，他该怎么办？

只能放手吗？

现在的医疗技术能帮他解决问题吗？

姐姐和姐夫都去做过基因检测了，高元没问题，骆晓梅有 GJB2 基因两个点位的杂合突变，医生说这就是她先天性耳聋的原因。

至于怀孕后宝宝会不会遗传，需要在孕期做羊水穿刺检测胎儿的基因才能知道。

骆静语没有做过基因检测，之前没有这个需求，之后……他不知道自己有没有机会去做，想来，应该是和姐姐一样的结果。

只有这样残忍的办法吗？

小孩儿都已经在母亲的肚子里了，父母才可以通过做基因检测知道有没有问题。

如果没有，那是天大的好消息。

可如果遗传到了呢？就放弃吗？

那是个小生命啊！

骆静语不敢想这些事情，这是骆晓梅和高元现在面临的选择——要不要去试一下。

骆静语还没想到这么远，他自己怎么样都无所谓，这么多年也习惯了，他就是不想让他的妻子去受苦，不想让他的孩子还未出生就要面临生死抉择。

如果是欢欢……他不愿意！他不愿意让她去经历这一切。

骆静语收回思绪，觉得自己真是自作多情，谈恋爱才不到一个月，就在想和欢欢结婚生孩子的事，果然是头大傻鱼。

这一天，A 省省考笔试成绩公布，相比于国考时的名落孙山，这一次占喜竟是同岗位笔试成绩第三名，成功进入面试。

她躲在楼梯间里给迟贵兰打电话，把成绩告诉母亲。

迟贵兰知道后开心得不得了，嘱咐占喜好好准备面试，又让她清明节和占杰一起回家扫墓。

下班后，占喜走路回家，猜测着小鱼晚上会给她做什么好吃的。

她已经不用按门铃，小鱼给了她一把 1504 室的房门钥匙。她直接开门进屋，骆静语在厨房做饭，炒菜声清晰地传来，并没发现她回来。

占喜换好拖鞋，都不用蹑手蹑脚，直接冲到厨房，从背后一把抱住他。

骆静语被她吓一跳，真是好无奈，欢欢老是喜欢这么玩。他回身在她脸上亲了一下，指指油锅，做手势让她躲远一点儿。

占喜觉得不满足，仰着脑袋噘起嘴巴，骆静语忍不住就笑了一声："嗬啊。"

声音还是有些含糊，不过，在占喜听来宛如天籁。

她就喜欢他在她面前放松自在的样子，可以不管不顾地笑出声，每次听到他的声音，她都感到暖心。

骆静语右手还拿着锅铲，低下头吻住了她。两个人没有深吻，只是浅浅地触碰着彼此的唇，松开后，他用左手拍拍她的背，让她去客厅。

又是一顿丰盛的晚饭后，两个人坐在沙发上聊天。

这是每天的必修课，占喜鼓励骆静语多表达，尽量用手语配合手机打字，叫他千万不要心急，她可有耐心了，会好好听他说，顺便也能练习手语。

所以，他们和常人相比，聊同样的内容，花的时间要多很多。

占喜把自己进入公务员面试的事情告诉给骆静语。

骆静语之前只知道欢欢二月要考试，却不知道考的是什么，现在知道后大吃一惊，觉得欢欢真的好厉害啊！姐夫说过公务员很难考，他当年也是考了三次才考上残联的岗位。岳奇至今都没考上，当年他可是年级里的学霸。

可是欢欢考了第三名，还进了面试，真的是太厉害了！

看着骆静语比出的"聪明"手语还有竖都竖不完的大拇指，占喜知道他根本搞不清公务员考试是怎么回事，也不想过多解释，说："别夸我啦，我面试成功的希望不大，不出意外录取的会是笔试第一，轮不着我。”

骆静语不信，连连摇手，捧着占喜的脸颊“啾啾”地给了她两个吻，又对她竖大拇指，还比画道：“你一定可以成功！”

“啊啊啊！”占喜扑上去抱住他，又用双手揉捏他的脸颊，“傻小鱼！笨小鱼！你真的想让我考上吗？你知不知道那个单位在哪里啊？在城东啊，离这里好远的！我要是真考上了，就得搬家啦！”

骆静语愣了好一会儿，占喜又对他确认一遍：“考上了，我就不能住这里了，明白吗？”

骆静语眼睛都瞪大了，嘴也张开了，一时心急，喉咙里发出“呃啊”声。

占喜耷拉着嘴角与他对视。一会儿后，骆静语拿出手机，给她打字：你的梦想，是考上。那么我想要你考上，搬家，没关系，地铁我可以见面你，我不是上班人了，我可以去新家做饭你吃，吃饭完我再回家了，真的，没关系。不要害怕，城东不是远地方。

看着他手机上的几行字，占喜心里好软好软。她知道，只要是她想要的，小鱼都会支持她。

她侧过身子与他面对面，伸手拉过他的手，说：“我没那么想考上，真的。”

占喜笑笑，继续说：“我一直没和你说过，我最想要的其实是在单位里换一个部门，从人力资源部换去策划部。一方面，是因为策划部的工作和我的大学专业更对口，更有挑战性，我更感兴趣。另一方面，很实际啊，策划部的工资和奖金比我现在的工资要高很多。”

骆静语像是没看明白，可能她的话里专业性词语太多了。她便给他打关键词：梦想，换部门，人力资源部换到策划部，专业对口，更喜欢，钱更多。

骆静语看懂了，抬头看向占喜，眼神很认真，像是在观察她究竟有多想实现这个梦想。

占喜点点头：“这件事情我已经思考很久了，半年多了，除了告诉过一个大学同学，没对别人说过，你是第二个知道的……你生日那天，我好像有在微信里提过一嘴，我说我有明确的目标，指的就是这个。”

占喜伸手抚摸他修长的手指，接着往下说：“我其实过年后就已经开始准备了，在公司里调出许多策划部的案例看，分析方案，没事的时候还去他们办公室转转，和里面的女孩儿聊聊天，探探情况。下个月就能知道能不能申请，所以这次面试，我会认真对待，但就算没成功我也不会难过，毕竟我是第三名啊，又不是第一名。”

骆静语还是一脸关切地看着她，占喜“噗”的一声笑出来，问：“你看明白我说什么了吗？”

骆静语点点头，拿出手机打字：你的梦想，换了，你一定可以！加油！

“嗯，我会加油的，你也要加油。”占喜思考了一下，问，“小鱼，你有没有想过自己的职业规划呀？如果方旭一直没帮你拓宽业务，你就打算一直做这些烫花饰品吗？我不是说做饰品不好，只是你已经做了三年多，做这个还有进步的空间吗？”

说完后，她又把关键词打给骆静语看：职业规划？烫花饰品能进步吗？是否拓宽业务？

这几个问题，骆静语一个都答不出来。

职业规划是什么？是说他的目标吗？

很简单啊，他想成为徐卿言那样的烫花大师，至少，在国内烫花界要拥有姓名。

做烫花饰品能进步吗？

当然能进步，他可以做出比芍药发簪、玉簪边夹精致很多的饰品，可是没人买啊！

是否拓宽业务？

这个问题不是他能解决的，方旭不给力，他一个聋人，怎么去拓宽业务？

见他变得闷闷不乐，占喜上前抱了抱他，看着他的眼睛说：“别急，咱们慢慢来，会有办法的，我帮你一块儿想。现在你不是一个人了，你有我呢，我是你的耳朵和嘴巴。我和方旭不一样，我知道你想要什么，也知道你的实力有多强。我们再找找机会，会有办法的。小鱼，相信我，会有办法的。”

深夜，骆静语躺在床上，抱着他的大鲸鱼玩偶辗转难眠。“礼物”早就在他身边睡着了，他却一直想着占喜说的话。

她说她是他的耳朵和嘴巴。

看到她说出这句话时，骆静语差点儿流泪，最后还是忍住了。这时候再想起，他闭上眼睛，把脸埋进大鲸鱼玩偶软软的肚皮里。

关于事业，他总是处在一个矛盾的天平上。

有时候会觉得方旭说得对，他一个聋人，每年能有稳定的业务，赚几十万，真的已经很不错了。

有时候又觉得，徐卿言能达到的成就，他就真的望尘莫及吗？

他只是想要一个机会，一个展示自己的机会。

他的确是听不见，但他也是真的不甘心，很不甘心。

三月底的一天下午，方旭突然来访时，骆静语正在组装牡丹盆景摆件。

方旭闲闲地走进来，手里提着一兜水果和一盒糕点。

“出门办事刚好路过，上来看看你。”方旭说完后扫一眼客厅，发现骆静语家和他三月初上门拿芍药饰品时的感觉又不一样了。

客厅里乱了很多，玄关边的挂钩上挂着一把粉色折叠伞，餐桌上新铺了一张有着小猫图案的米色桌布，一张餐椅靠背上还搭着一块浅色丝巾，实在不像是一个单身汉的家。

骆静语接过方旭手里的东西放到餐桌上，弯弯拇指表示感谢，又请他去坐，做手势示意自己去给他泡茶。

方旭走到他的工作台边，看到了那枝红牡丹，视线再往边上一扫，看到一个浅灰色陶盆，质量挺好的，不是那种便宜货。

偌大的工作台上摊着好多东西，方旭的眼睛很毒，看到一张在文件夹下露出一小半的纸，抽出来看，是一组牡丹盆景的彩色造型图。

他把图放回原处，慢悠悠地走到沙发上坐下，感觉有视线在看他。他眼皮一掀，发现对面猫爬架上有一只白色小猫，窝在第三层的一个半圆形透明大碗里，瞪着一双大眼睛看着他。

“喵。”方旭对着小猫叫了一声，“礼物”没理他，又蹿到第四层去了。

这时，骆静语端来一杯热茶，放在茶几上。方旭的视线也随之落下，看到茶几上很多和女孩子有关的东西——看来，骆小鱼是真的谈恋爱了。

骆静语没有去坐沙发，而是拉来一把椅子坐下，拿出手机打字问方旭：吃饭吗？我做饭。

“不吃了，坐会儿就走。”方旭对他笑笑，手指着工作台上的牡丹问，“怎么突然想到做牡丹？”

骆静语原本不想说，但方旭人都来了，他把东西藏起来也来不及，并且不觉得这是必须要隐瞒的事情。单子是欢欢帮他接的，钱也是欢欢帮他收的，作品是他做的，又是在他如往年一样的长假时间里做的，整件事情和方旭一点儿关系都没有。所以，骆静语就很坦然地作出回答：我的女朋友帮忙我，找到一个新客户了，做一个牡丹盆景，五朵花，还没做完。

他把手机拿给方旭看，方旭看完后抬起眼来，棱角分明的脸上再也不见丝毫笑意。

他冷冷地开口：“骆静语，你是想单干了，是吗？”

对于方旭问出来的这句话，骆静语并没有特别惊讶，可能潜意识里，他觉得心事被对方说中了。

天下无不散之筵席，他和方旭合作近四年，矛盾日益尖锐，终归是要散伙的。

但现在还不是时候，他没有做好准备，工作中如果没了方旭，他的绝大多数业务都会停摆，停摆意味着没有收入，没有收入对他来说是一件非常严重的事情。

骆静语心里其实有过小小的计划，五月他将去沪市进修，想要当面和徐老师聊一下，听听徐老师的意见再做决定。所以此刻，他对方旭摇摇头，在手机上打字后递到方旭面前：没有，你不要想多。

方旭看过后神色并未缓和，跷起二郎腿问："你女朋友是干什么的，也是玩烫花的？"

骆静语摇头。

方旭皮笑肉不笑："那你女朋友很厉害啊，都能帮你接到单子。是从哪儿接的？"

骆静语想了想，打字：樱花树，外国人的晚会。

方旭看过以后就愣住了，心想：这女朋友是在那个外国人的生日宴上认识的？

骆静语的手机又递过来：我叫过你了，你说了不去。

方旭有些尴尬。骆静语的确叫过方旭，那天他要从早上开工到第二天凌晨才收工，怕忙不过来，也怕自己没法儿和人沟通，就想请方旭一起去。

方旭却嫌累，说自己又不会安装花瓣，去了也没用，要和人沟通可以让雕塑生小李出面，骆静语也就没勉强他。

想到这些，方旭有点儿抹不开面子，幽幽地开口："小鱼，前一阵子你忙，我也没机会和你聊聊，刚好趁现在你休息，我们把话敞开了说。其实，自从去年年底接了这个樱花树的订单，我就发现你不对劲了。你瞒着我，自己去见客户，回头还给我写了一篇大作文，那作文我后来还想再看看，却找不着了。"

他说得很慢，就是想让骆静语可以读明白唇语。骆静语已经读得很用心，可他毕竟不是占喜，他们当面聊天的机会不多，骆静语对他的发音方式不够了解，读唇时只能拼命抓取关键词，自己努力联系前后内容加以理解。

方旭继续说："我知道你对我有意见，上次你来找我，我也和你说得很清楚了，不是我不想帮你打开新市场，而是市场本身就不大，你要我说几遍你才能懂？"

他指指自己的右耳："你听不见，就知足一点儿不行吗。今年，我们好好准备汉服节的生意，赚它个三四十万，你的收入会比去年更多。我们一直在进步，你没发现吗？每年生意都比前一年要好，你的手艺，妹子们都是认可的。如果你想要更有名，我可以给你做做推广，骆老师，或是小鱼老师，名头打出去都没问题。"

方旭觉得自己简直是在苦口相劝："我只拜托你稍微实际一点儿，不要异想天开，老想着去和徐卿言比。国内有几个徐卿言，那些玩烫花的手作娘，很多都还没你赚得多，人家为什么比你有名你想过没有？"

骆静语面色沉沉地注视着他。

方旭自问自答："人家可以拍短视频，打扮得美美的露个脸，一边做花一边解说；人家也可以开线上收费教学课，教爱好者做入门的花；人家甚至能在私底下开烫花沙龙，来的都是一些富太太和千金小姐，四五个人一边喝下午茶，一边每人做一枝花，一个下午赚的钱能让你拼死拼活地做两天。那这些业务你能做吗？你要能做，我立即给你安排！"

骆静语："……"

"有个成语叫'扬长避短'，你学没学过？"方旭"呵"了一声，"意思就是说，你要发挥你的优点、长处，避开你的缺点、短处。那么你的优点是什么？你有毅力，有耐心，手艺好，设计的东西符合汉服娘的审美。你的缺点又是什么？不用我说了吧，骆静语！"

骆静语的眼神已经变得很冷。

"你上次把那棵樱花树的照片发给我，让我去帮你宣传，我做了，你知道业内的反馈是什么吗？我都没好意思和你讲。"方旭说到这儿自己就"呵呵呵"地乐起来。

骆静语不知道反馈，那阵子他没日没夜地做芍药，根本没工夫刷群消息，加的几个烫花群都是屏蔽的。

他皱起眉，抬手在空中画了个问号。

"真的想知道？知道了可别冲我发火。"方旭干笑几声。

骆静语点点头。

方旭放下二郎腿，上身微微前倾，口型动得非常明显，几乎是一字一板地开口："他们说，接这种单子的人，就是个疯子。"

骆静语的脸色骤然变了。

"所有人都在笑你，他们说，怎么会有人疯到去接这种单子！用烫花做一棵树，是不是有病啊，没做到吐吗？不掉价吗？重复着做这么多一样的花，意义在哪里？是有多缺钱？我都没脸回消息你知道吗，我都不敢说你的名字，你还让我去宣传？真的是被群嘲啊！"

方旭摇头苦笑："骆小鱼，这社会很现实，你又太天真，你是不是觉得自己做出一棵树来很厉害啊，可人家都说你是个傻子！这就是为什么我一开始就不愿接这个单子的原因。你多做点儿情人节限量款，这钱赚着不香吗？要不是我报了二十二万，真听你的报十五万，咱们得亏到姥姥家去！"

骆静语的脸上漫上一层血色，又迅速褪去，脸色发白。这样的反馈是他没想到的，他本想用这棵樱花树获得一点儿知名度，结果竟是这样！

他接了这个单子真的是发疯了吗？除了他，没有人愿意接吗？

是因为他太傻?

这是掉身份的事情?除了赚到钱,没有别的意义了吗?

他想不明白,受到了很重的打击,羞耻得都想别过头去,再也不看方旭说话,但他不能。

方旭在心平气和地和他沟通,而他的确需要知道业内的反馈,不能因为意见不好听就不听,他没这么脆弱,他想要进步,想知道自己到底哪儿做得不对。

“看吧,这就是你说的大单子,咱们接了,你也做了,做得还挺好,结果呢?口碑一塌糊涂!幸好这种事情也就烫花圈子里传传,不影响咱们的业务。汉服娘没人懂这些,也没人知道这树是你做的。”

方旭说到这里,端起杯子吹开茶叶喝了一口,又深深地叹气,抬起头道:“你不要以为我不愿意和你沟通,其实我很愿意,但是我和你沟通很费劲,你知道吗?你听又听不见,打字又打不利索,每次都像现在这样,就是我一个人叨叨地说,你傻愣愣地看着我。我真好奇了,你和你女朋友是怎么沟通的?她听得见,会手语吗?她是怎么受得了你的?两个人处对象总是一个说,一个不吭声,这不科学啊!你觉得你们能处久吗……哎!我刚才说这么多,你到底听没听明白啊?”

“听”明白了。但骆静语不想搭理他,不想有反应,不想动弹,只想隐身。

方旭都要气死了:“骆静语啊骆静语,请你接受自己的定位吧!哎,要我怎么说你才能认命?你是个聋子啊,又聋又哑啊,大哥!咱们合作这么多年,我还不够照顾你吗?你是不是忘了我们第一次见面是在什么地方?如果没有我,会有今天的你?咱们的账目清清爽爽,我从来不拖欠你的钱,你还想要怎样啊?”他喘口气,“你想要单干,我不会拦着你,你去找找看,还能不能再找到一个比我更靠谱的合伙人?我当初想做烫花业务,有的是人和我合作,我为什么要找你?就是因为我看你可怜、学得挺好却没生意做。我这么帮你,也不是说要你对我感恩戴德、知恩图报,至少你不能把我利用完了就过河拆桥吧?”

骆静语:“……”

“我是不是说了太多成语,你又听不懂了?那白眼儿狼听得懂吗?骆静语,不能做白眼儿狼!我知道你不是这样的人,你一直很懂事,是谁教你的?那篇大作文是谁帮你写的?你女朋友?什么玩意儿啊!她这么牛怎么不自己来帮你!光嘴上说说谁不会啊,这是挑拨离间。我好心劝你,骆静语,赚来的钱自己捂着,别傻乎乎地都给女人花了,人家指不定就是看你是一个聋子,人傻钱多又好骗呢!”

骆静语不想“听”了,真的一句都不想听了。他想说方旭你快走吧,快走吧,快走吧!他真的一秒钟都不想面对他了。

方旭差不多也说完了，又喝了几口茶后站起身来，走到骆静语面前拍拍他的肩，居高临下地看着他，说：“小鱼，你自己好好想想，你是个残疾人、聋哑人，离了我，你一个人能把业务做起来吗？就那种破牡丹摆件，能和汉服节比？汉服节啊，几十万的生意，你如果不想做就早点儿和我说，我另外找人合作。我们要散伙不难，就是你一句话的事情。”

骆静语仰着脑袋看他。

方旭说完后，又拍了下他的手臂，离开了。

很久以后，骆静语才从椅子上站起身，回头看到“礼物”一直待在猫爬架上。他走过去，向“礼物”伸出双手，小猫乖乖地到了他的怀里。

他抱着“礼物”坐到沙发上，手掌轻轻地抚摸着它的白色皮毛，温软的小家伙似乎能治愈他心里的伤，却不能阻止他的眼睛又一次发红酸胀。

他当然记得自己和方旭的第一次见面。

方旭当时的女朋友是个小千金，热爱汉服文化，去沪市学习初级烫花时见到了骆静语，骆静语却不认识她。

她回到钱塘后把骆静语的情况告诉方旭，方旭因为小千金而接触到烫花，开始琢磨做这块生意，却苦于找不到合伙人，听说骆静语的情况以后，就让小千金要来了骆静语的微信。

第一次见面是方旭和小千金一起去夜市找他的，他当时陪着陈亮在守摊，炎热的夏天，两个人热得满头大汗，身上还被蚊子咬出好多包。

方旭看过骆静语做的热缩片首饰，又看过他特地准备好的烫花作品，就跟面试似的，二人达成了初步的合作意向。

其实最开始，方旭就很烦和骆静语沟通，能感受到，不过不敢说什么。有一个健听人愿意主动帮他把生意做起来，他真的很感激，对方旭几乎是有求必应，不管对方怎么爆单，他就算不睡觉也会把订单做完。

后来，方旭和小千金分手了，骆静语却和他绑在一起好几年。

他想他真的不是白眼儿狼，这么久了，他欠方旭的情还没还清吗？每次起矛盾，方旭就会一遍遍地提醒他是个聋子，聋子，聋子，聋子……仿佛耳聋是他最大的错误，是他的缺点，是他的短处，是他必须深深藏起来的一种罪过。

骆静语的眼泪一滴滴地滑出眼眶，觉得自己真失败啊，似乎又要被方旭说服了。

他好不容易做出来一棵樱花树，在业内居然被人嘲笑讽刺，说他发疯，说他傻。还好方旭没有说出他的名字，要是大家知道这棵树是他做的，他以后都没脸在这个行业混下去了。

怎么办，怎么办呢？

就只能这样一天天地过下去吗？

一年三百六十五天，他要先做春节和情人节的生意，又做花朝节的生意，再做一个月定制，去沪市进修一个多月，回来后开始筹备汉服节，然后就是圣诞款……一年又一年，就要这么过下去吗？

想想也没什么不好，他今年能比去年赚得多，也许能赚四十多万，比姐姐和姐夫都厉害多了，更不要提陈亮和岳奇那些老同学。

但为什么他还是会这么伤心？方旭也没说错啊，他就是个聋子，不能拍视频，不能给人开线上课，更不可能做沙龙给人面对面教学……他不能干的业务这么多，又凭什么想要得到好的机会？

好的机会是留给健听人的，他不配！他就不应该去学烫花，花这么多时间、精力和钱，辛辛苦苦地钻研技术，到头来天花板就这么低，他摸着了，顶天了，过不去了！

啊……为什么又哭了啊？

小时候不懂事，老爱哭，怎么长大了还会哭呢？

最近几个月真是见鬼了，掉了这么多次眼泪，还是男人吗？

他就是这么一个人，是聋子、哑巴，还痴心妄想在国内烫花界出人头地，做着和欢欢结婚的春秋大头梦，真是又天真又傻。

骆静语抽出几张纸巾抹掉眼泪，又抱了“礼物”一会儿后，把小猫放到地上，自己坐回工作台边，继续埋头组装起那枝红牡丹。

占喜下班回来后，很快就发现骆静语不对劲。

他很沮丧，周身都失了活气，连亲她都特别敷衍，眼睛里一点儿神采都没有。

吃完饭，占喜问他想不想出去散步。他摇摇头，给她比了句简单的手语：“我累了，你回家。”

占喜怎么可能会走啊，她注意到玄关柜上的一盒糕点和一兜水果，坐到骆静语身边耐心地问：“小鱼，你怎么啦？为什么不开心？今天有谁来过吗？”

骆静语不想说，紧闭着嘴唇对她摇摇手。

上次被方旭喷了一通后，他就不敢和欢欢见面，怕自己会崩溃，缓了几天才缓过来。这一次，他也没法儿阻止欢欢来家里吃饭，就希望她吃完赶紧走，好让他一个人面壁思过。

占喜没这么好糊弄，小鱼虽然是个很敏感的人，会把很多想法藏在心里不说，但他们认识几个月了，她更知道的是小鱼性情温和单纯，待人真诚友善，是个没有坏心眼儿的人。

小鱼能经得起大风大浪，是因为他骨子里有一种韧性；同时他又可能在某个瞬间受不住一丁点儿的打击，就像他和池江先生第一次见面后那样，整个人陷入低谷，需要琢磨好久才能重新振作起来。

今天，他肯定又是受到刺激才会变得这样消沉，占喜的眼睛又望向那些糕点和水果，脑内灵光一闪，问："是不是方旭来过了？"

他没看她，占喜就在他眼皮子底下用手语比了个"方"。

骆静语身子一抖，倏地一下抬眼看她。

多简单的人啊！占喜想，他根本就经不起试探，一问就问出来了。

她又问："方旭对你说什么了？你们吵架了？"

骆静语不知该怎么回答，他太难过了，纵使有一肚子话想对欢欢说，一想到她看不懂手语，自己打字又麻烦，也顿时就没了说的欲望。

让他自行消化吧，他能想通的。他左手抓过占喜的手，低着脑袋缓缓摇头，右手比了句手语："不要问。"

占喜的脾气也上来了，不能这样！不能让他把什么都闷在心里！

她轻抚骆静语的脸颊，看着他垂落的双睫，打手语道："可是我想知道。"

骆静语眼神凄凄地看着她。

"我想知道，小鱼。"占喜慢慢地打着手语。她的动作不熟练，却每个手势都清晰标准，像教科书上的示范，"你告诉我，慢慢说，我们聊聊，我想知道你的心里话。"

骆静语还是摇头，甚至闭上了眼睛。

占喜不想放弃，她知道如果这次放弃，听他的话离开，下次再碰到同样的情况，小鱼更加不会对她开口。

人难过的时候需要发泄、需要排解，就好比她在家待到窒息时，就疯狂地想找罗欣然倾诉。她不信小鱼不想对她开口，他就是因为开口难，两种沟通方式对他来说都很难。她真想快快学好手语，如果她有纪鸿哲的水平就好了，小鱼就不会这么难过了。

不管怎样，这一天占喜绝不打算放过骆静语。她和他耗上了，不回八楼了，就待在这儿，看他能沉默到什么时候。

他们在沙发上面对着面，占喜的右手依旧和骆静语的左手紧紧相牵，她的左手安抚般地摩挲着他的脸颊，一下又一下，没有停下过。

他不睁眼，她也无所谓，让他知道她在这儿就行，她想听他说话，想知道他经历了什么，想知道他内心的想法。

小鱼的心思是如此柔软纤细，又是那么坚韧强大，她知道他会开口，只要过了心里那一关，他会明白过来。她还是他的鸡蛋老师，就像当初每一个夜晚的九点半，他们准时上线开聊，那会儿她都没有不耐烦，何况是现在。

两个人就这么安安静静地坐了很久，坐了半小时还是一小时，占喜不知道，只知道“礼物”总在客厅里晃来晃去，最后乖乖地爬进猫爬架的小格子里，窝着不动了。

而骆静语也在这时睁开了眼睛，和做梦一样，映入眼帘的依旧是占喜微笑着的脸庞。

“你醒啦？”她笑着说，“我以为你睡着了呢。”

骆静语眨巴着眼睛看她，睫毛沾着点儿水汽，一双黑瞳雾蒙蒙的。占喜说：“我一直等着呢，现在愿意和我说了吗？”

就在这时，令占喜意想不到的一幕发生了，骆静语张了张嘴，发出两个模糊又奇怪的音节：“歪呃歪呃[①]……”

占喜看清了他的口型，绝对不是无意义的发声。她的心脏狂跳起来，隐约猜到他想说什么、模仿的是哪两个字的口型！

“你再说一遍。”占喜忍住激动，耐心地说，“小鱼，再说一遍，你说得很好，我知道你在说什么。”

骆静语的浓眉皱起来，嘴唇抖动着，低头吸吸鼻子，再抬起头来时，又叫了她一声：“歪呃歪呃……”

那么悦耳动听的声音！

占喜一下子就扑上去抱住他，抱得很紧很紧，嘴唇也重重地贴在他的唇上。

他在叫她！叫她“欢欢”，他都不知道“h”这个音怎么发，嘴巴张开就是“w”打头。不要紧，不要紧！已经很好听了，他愿意叫她了，用他刻在脑中的唇形记忆，不在乎自己说得怎么样，就只想叫出她的小名！

骆静语也紧紧地抱住她，迎接着她山呼海啸般的热吻。他知道自己不会说得标准，肯定很奇怪，但他就是想叫叫她，用他自己的理解、自己的方式。

看！欢欢听懂了，一下子就听懂了，说明他也没叫得差太远，欢欢真聪明啊，这样都能听得懂。他满足了，放心了，连沮丧的心情都好了许多。

一个激烈又缠绵的亲吻之后，骆静语的心情渐渐平静。他和占喜依偎在一起，拿着手机，用手指慢慢敲击屏幕，把下午发生的事情一点一滴地“说”给她听。

他也不怕欢欢会笑他了，打到“傻子”“疯子”“聋子”“白眼儿狼”这些词时，他的内心几乎没有波澜，不想掩饰，可能也是因为委屈，就想告诉欢欢，让她评评理。

---

① 骆静语因先天性听障，致使无法准确、清晰地表达，如此处“歪呃歪呃”表示“欢欢”，后文中“窝”表示“我”，等等。

他是不是真的做得不对？是不是真的忘恩负义？是不是真的愚蠢到无可救药？是不是真的心比天高？

足足花了一个多小时，占喜才搞清事情的来龙去脉，也间接地了解到上一次方旭和骆静语聊天的结果。

看完小鱼所有的文字叙述，占喜生气了。

夜里十点多，占喜在骆静语家的客卫翻下马桶盖，坐在盖子上仔细地酝酿了一会儿。

她拿出一年前写双份毕业论文的劲头，把想说的话在脑海里过了三四遍。她很年轻，进入社会还不到一年，一会儿要对质一个30岁出头的油滑生意人，但是她并不畏惧，心里只有满满的愤怒。

酝酿完毕，占喜终于拨通方旭的电话。

方旭给她送“好运来”时打过电话，她存下了他的手机号码。

电话接通，对面传来男人的声音：“喂，哪位？”

“方先生吗？你好，我是骆静语的女朋友。”占喜说，“我们见过一次面，你给我送过货，还记得‘好运来’吗？我姓占。”

“‘好运来’？”方旭想起来了，“是你？占小姐？你就是小鱼的女朋友？”

“对。”

方旭问：“这么晚找我有事儿吗？”

“今天你来过小鱼家了，对他说了一些话。”占喜说，“他都告诉我了，所以我就想和你沟通一下，毕竟你们现在还是合作伙伴。我要解释一下，我没有对你们挑拨离间，我也希望你能解释一下，为什么要对小鱼说这些话。”

方旭很意外。这些年他和骆静语有过几次矛盾，都被他压下去了。依据他对小鱼的了解，小鱼从没对别人倾诉过，哪怕是父母和姐姐都没有。这还是他第一次告诉别人，对方还是个健听人，是他的女朋友。他是怎么告诉的，打字？不嫌麻烦吗？

方旭装傻：“我对小鱼说什么了，没说什么呀，你误会了吧。”

占喜的声音很细柔，听着并没有攻击性，几乎算是娓娓道来：“方先生，小鱼没能完全看懂你说的话，只弄懂了大概的意思。他复述给我时，我觉得你说的很多内容都不太妥当，所以找你核实一下，有误会最好，我也好讲给他听，让他不要多想。你可能不知道你随随便便说的一些话会对他造成怎样的影响。我认为，你没有任何立场对他说出这些话，因为他没有做错任何事情，不应该接受你自以为是的偏见和攻击。”

“我自以为是？”方旭“哼”了一声，“我攻击他什么了？你别信口开河，我和小鱼认识的时间比你久得多，你别仗着自己是他女朋友，就对我和他的事情指手画脚。谁知道你安的什么心啊！挺漂亮的一个姑娘会看上一个聋子？说出去都没人会信的，好吗？”

占喜忍了又忍，才开口：“方先生，我现在不是以骆静语女朋友的身份来和你说话，我是经过了骆静语的授权，以他本人的立场来和你沟通。你就是欺负他听不见、不会说，什么话都被你说完了，你也没想过去听听他的心里话，那么我现在就说给你听，希望你能给他最基本的尊重。”

“你是不是有病啊？几点了不睡觉，你……”

“你最好不要挂我电话。”占喜说，“我不仅电话里会说，写文章还是一把好手，大学里学的是中文。我知道你除了做烫花，还有别的网店在开，既然你的生意都依赖网络，应该也不希望被曝光你歧视、压榨、羞辱残障人士的这种恶行吧？我认识好几个微博大V，还有粉丝众多的公众号，我不是威胁你，只是平心静气地和你沟通一下，希望你不要挂电话而已。”

占喜一本正经地胡说八道，方旭倒是真不敢挂电话了，叫起来：“你……你在说什么啊？”

占喜说：“你冷静一点儿听我讲。方先生，首先，骆静语的确是个聋人没错，听不见也不会说话，但是你和我都知道，他的专业能力很出色。他没有不愿意做汉服饰品，只是希望你作为一个主外联的合伙人，能多花点儿心思帮他开拓一些新市场。快四年了，除了那棵樱花树，他就没做过大单子。我查过资料，烫花这行是很冷门的，但业务渠道也没你说的这么少，至少，手作节、造物节，你得给他报个名吧？”

方旭反驳：“你说得简单，知道造物节上租个摊位要多少钱吗？这都是亏本的事情，搞不好就是打水漂，几天的摊摆下来什么都赚不到！再说了，让他去摊位上待着吗？有人来问，他怎么接待？难道要我去啊，我又不懂烫花！”

“你不试试怎么知道他不能接待？花钱请个手语翻译，这点儿钱他出得起！”占喜真是很无语，“你不就是觉得没意义吗？你觉得他听不见就低人一等，不想让他抛头露面。耳朵听不见不是他的错！方先生，收起你的偏见和优越感吧！我不允许你继续用这个理由去打压他、伤害他！他并不亏欠你，你们是合伙人，他不是你的下属！你明面上说烫花店的核心是他，还用他的小名来命名，心里却完全不尊重他！你只是把他当成了你的赚钱机器。”

方旭拔高了声音：“你别血口喷人啊！我哪儿有不尊重他？你知不知道当年他混得有多惨，在夜市上摆地摊，要不是我，他能有现在的好日子过？哦！现在他赚到钱了，房子买好了，女朋友也有了，就想一脚把我踢开，这叫狼心狗肺你懂不懂？”

占喜没有被激怒，声调依旧平和：“这些年他没给你赚到钱吗？为什么你只记得当初对他的帮助，却总是忘了这些年他对你的付出。他有哪儿对不起你了？你们是互惠互利的，是一起打仗的兄弟，原本应该放心地把后背交给对方，可现在是他干活儿干到满手伤，你还一味地在指责他是个白眼儿狼，好像他什么都没帮过你似的，你觉得这像话吗？”

“你这人是不是……”

占喜没等方旭反驳就继续往下说：“我知道，你的观念不会因为我这通电话而有所改变，你对骆静语的印象早就根深蒂固，就觉得他是个聋人，难以和人沟通，所以不配拥有更好的发展机会。我也并没有打算让你对他改观甚至愿意向他道个歉。他究竟是个多么好的人，我心里清楚就行，打这通电话，我最主要想说的一件事情是……”

占喜的声音变得越来越冷静：“关于那棵樱花树，我当时就在现场，看到了树主人对树有多满意、多喜欢，听到了几乎所有来宾的反馈。他们都对他赞叹不已，因为那棵树非常逼真，一看就是花了心血去做的。结合树主人的故事，很浪漫很感人，没有任何一个来宾觉得主人花钱做这棵树是很傻的行为，更没有任何一个来宾对接这单生意的骆静语产生怀疑，认为他是疯了才会去做一棵树。

“这棵樱花树是纯手工的艺术品，不管从它的造型还是从它的内涵来说，都有着无可比拟的意义，能给人一种力量。在宴会上，我听到的全是正面评价，一个差评都没有！就是因为树做得好，我才能通过宴会帮骆静语接到其他的烫花订单。我就不信了，同为烫花手作人，全国的业内人士会对这样一位赤心相待的艺术家、对这样一件诚意满满的艺术品，给出这么负面的评价！”

方旭：“……”

“所以，我认为，你对骆静语撒谎了。”占喜轻轻地笑了一声，“要么就是你根本没有帮他去宣传，要么就是你只选择性地对他说了一小部分的极端反馈，隐瞒了其他大多数的正向意见。至于为什么会这样，很简单，你知道他没有办法去求证，你说什么他都信。你为了能继续控制他、打压他，就瞎说呗，让他愧疚自责，依旧心甘情愿地做你的赚钱机器。方先生，骆静语不怎么上网，不懂什么叫作‘PUA’，而我是懂的。”

占喜从未对别人说过这些话，从大学才开始苏醒的自我意识这些年来一直在脑内警醒自己，所以方旭就是对骆静语进行精神控制，不停地贬低他、打击他，歧视他的生理缺陷，让他觉得离开方旭会活不下去。

她想到自己的母亲，迟贵兰和方旭的行为异曲同工，只是方式不同。

占喜以前从未觉得母亲有什么问题，顶多觉得她管得太严厉，认为自己长大成人就好了。可当她真的长大成人，母亲并没有收敛，反而变本加厉。

但凡她稍有不顺母亲的心意，她就会说：“我是为你好啊，你以前多乖啊，现在怎么这么不听话，你的良心呢？”

占喜小时候会因此内疚自责，现在已经不会了。

在迟贵兰没有触及她的底线时，她愿意忍耐，因为那是她的母亲。

可骆静语为什么要忍耐？方旭根本就不是他的谁！

占喜冷冷地对方旭说：“你不就是怕再也抓不住骆静语吗？所以才会用这么低级的方式去对他。但你要知道，他的心胸远比你开阔，能力也远比你出众，内心更是没你想象的那么弱，他只是懒得和你说罢了。你真觉得，自己能抓得住他吗？”

占喜进到卫生间很久没出来，骆静语开始担心。

他给她发微信消息，她没回，他走去客卫门口想敲门，又知道即使她回答了他也听不见，反倒会让她着急。

他在门口又徘徊五分钟，还是忍不住敲了敲门。

敲门声响起时，占喜正在听方旭说话。

他说：“我承认，我有时候对小鱼的态度是不好，但他对我的态度也好不到哪里去！是，我就是觉得他没必要非得在这个行业里往上爬不可，这真的是一个很冷门的行业。他现在有饭吃还不够吗？他一年的收入顶别的上班族四五年的了！他没文化，这是我帮他规划的职业路子，你要是觉得不好，行啊，你来啊，我和他散伙不就完了吗！”

“笃笃笃——”轻轻的敲门声已经响起三四次。

占喜看一眼客卫的门，语速不自觉地快了些：“方先生，你误会了，我没有要你和小鱼散伙的意思，你也不需要总把散伙挂在嘴上。说实话，你不怕散伙，骆静语也不怕，他有手艺，你有渠道，你可以找到别的做烫花的人，我们也可以找到别的有渠道的人。我今天就一个诉求，希望你以后在工作中能更尊重骆静语，不要再用他耳聋的事情打击他。承认他的优秀很难吗？给他多点儿自信，对你和他都是有好处的。”

“你觉得你这通电话打了，我和他还能再合作下去吗？”方旭都想笑了，“你年纪也很小吧？你和他一样天真，你刚说的那些话我也不和你计较。这样子，你和骆静语讲，月底的定制我依旧帮他开，至于秋天汉服节的事情，你让他五月底前给我个准信儿，做，就好好做，不做，就拉倒。我告诉你，占小姐，你们都把他想得太厉害了，他没这么厉害！一个聋人先天不足，他成不了气候！说什么我 PUA 他，开什么玩笑；我至于吗！我对他说的都是大实话，还什么我抓不住他，我要抓他干什么，会做烫花的就他一个啊！”

敲门声没了，客卫里墙上的小灯泡却亮起来。占喜抬头看，知道骆静语去按门铃了，为了引起她的注意。

“行吧，今天先这样了。”占喜也不想再和方旭说下去，意思已经传达到，也基本证实了樱花树的事情方旭没说实话，他刚才是哑口无言的，相信往后会有所收敛。

挂电话前，占喜还是想再和他强调一下：“方先生，我最后说一遍，我们的诉求不是散伙，骆静语要的只是公平和尊重。以前，他被你欺负了没人帮他出头，现在有我了，我不会再让他被人随便伤害，请你牢记这一点，再见。”

她挂掉电话，把马桶盖翻起来，摁下冲水键，又觉得多此一举，这种骗普通人的把戏对小鱼是没有用的。

占喜打开客卫门，就看到骆静语站在门口，手里拿着一把钥匙，似乎在纠结要不要强行开门进去。

见她出来，他松了一口气，张开双臂把她拥进怀里。

抱着他高大温暖的身体，占喜的脑袋在他的肩窝里蹭蹭，分开后又捧住他的脸颊亲了一口。

骆静语打手语问：“你怎么了？进去很久了。”

占喜做个鬼脸，捂着小腹做“疼”的样子：“有点儿拉肚子。”

骆静语立刻紧张了，想着晚饭吃了什么，欢欢怎么会拉肚子？

占喜赶紧安慰他：“中午食堂里吃到不新鲜的菜了，下午就有点儿不舒服。没事，睡一觉就好了。”

她拉着骆静语的手回到沙发边，在给方旭打电话前，她已经安慰过他，叫他不用在意方旭说的话，那人很坏，是故意打击他的。

骆静语不懂这方面的知识，半信半疑，不明白方旭为什么要故意打击他，目的是什么？

占喜也不好和他解释，此时见他神色如常，看看时间已经很晚，就穿上外套说要回家，他照旧送她回八楼。

站在802室门口，两个人又拥抱了一会儿，占喜问他：“小鱼，你想过和方旭散伙吗？”

骆静语点点头，接着又轻轻地摇了下头，打手语：“很难。”

占喜又问：“那你有没有想过解决的办法？”

骆静语又点头，给她打字：我有思考，我想要问了徐老师。

占喜轻声说：“小鱼，我觉得方旭应该是骗你的，那棵樱花树你做得很好，我是见过的呀，大家都很喜欢，不应该有人来笑你。就算有，肯定也是很少很少的人。这件事情你也可以去问问徐老师，她应该知道的。”

骆静语读完唇语后就摇起头来，他哪儿敢去问徐老师樱花树的事情啊，如果别人是笑他，徐老师可能就是骂他了，骂他给她丢脸。

占喜劝道："你相信我嘛，就算不问徐老师，你也可以问问你认识的做烫花的朋友，你总不会一个都不认识吧？"

骆静语沉思片刻，拿出手机打字：我五月去沪市，学习，徐老师可以见面了。

"你要去沪市学习啊？"占喜惊讶地问，"去多久？"

骆静语打手语："一个月半。"

"一个月半？啊……"占喜噘起嘴巴，"要这么久啊？"

骆静语笑起来，拍拍她的脑袋，比手语："时间很快，等我回来。"

这样简短的句子占喜已经能看懂，当然，骆静语对她打手语时会比较慢，每个手势都做得很清晰，和他与家人交流时随性自然的打法不一样。

他已经很满足了，总觉得自己和欢欢的距离越来越近。

占喜还是不高兴，也打手语："时间很慢。"

骆静语："很快。"

占喜："很慢！"

骆静语被她逗笑了，露出了大白牙，喉咙里还发出低低的"嗬"音。他又一次把她揽进怀里，狠狠地揉搓一番，低下头与她额头互抵，右手捏捏她的脸颊，浅浅地笑着。

他像是没那么沮丧了，占喜感到欣慰。她就知道小鱼没那么脆弱，哪能轻易被方旭打击到啊！

她仰脸啄一下他的唇，说："我进去了，你回去也早点儿睡吧。"

她的呼吸轻轻地吹在骆静语脸上，痒痒的，他笑着点头，又在她背上抚了几下，两人才恋恋不舍地分开，各自回家。

和欢欢相处过几小时，骆静语的心情好转许多。欢欢说方旭是故意打击他，樱花树的事还是骗他的，他真的想不通，方旭这样做有什么好处？

他想自己果然不是做生意的料，要真和方旭散伙了，前期他一定会过得很难。耳朵听不见实在是很麻烦，大家都明白的事情，他似乎就是弄不明白。

骆静语一直觉得自己不聪明，属于笨鸟先飞、勤能补拙型，很害怕哪天欢欢会嫌他笨。

欢欢可太聪明了，而他不仅笨，还倔。刚才就是，他明明那么想要对欢欢倾诉，却闹了好久脾气，还好欢欢没生气。

骆静语想，自己是个男人，应该成熟些、勇敢些，以后再碰到这样的事情，不能这么脆弱，要有担当，不能老要欢欢来开导他。他得硬气点儿，要让欢欢可以依靠，要保护她、疼爱她、照顾她，而不是反过来成为被她保护的那一个。

一个遇到一点儿困难就掉眼泪的㞞蛋，有什么资格去憧憬和欢欢的未来？

Chapter 12

温暖又自由的港湾

几天后，占喜参加了公务员面试，觉得自己发挥一般，基本算是没戏。

骆静语如期做完占喜接的两份定制单。三月底，方旭在网店开放定制链接，和骆静语用微信交谈时客气了许多，像是什么事情都没发生过。

清明小长假，骆静语要和家人一起去给爷爷辈的亲人扫墓，占喜和占杰也约好了回老家，秦菲自然是不去，同时还把占凯威也留在了钱塘。

占杰开车带着占喜上路时，车里的气氛简直可以用“阴森”来形容。占喜一动不动地窝在副驾驶座上，偷瞄老哥死气沉沉的脸，想着清明节的力量可真强大。

不言不语地开过一段路后，占喜不怕死，觉得还是得和哥哥说说话。

她问：“哥，你现在和嫂子怎么样啊？”

占杰不语。

占喜：“你们后来谈过没有啊？”

占杰依旧不吭声。

占喜：“你和我说说呗，我好给你出出主意，一会儿妈妈要是问起来，我也好和你串个口供，要不然我一问三不知，咱们都要被她唠叨死。”

这番话还是很有道理的，占杰的神色终于松动了，开口道：“谈过了，她说她累了，不爱我了，所以要离婚。”

占喜说：“你得好好哄哄她呀，向她道歉，保证以后做个好老公、好老爸，你表现好，嫂子很有可能会原谅你的。你们没到这地步，威威才这么小，你肯定是不想离的对吧？”

在占喜的印象里，占杰和秦菲虽然有过争吵，但还没到要离婚的地步，没人出轨，没人家暴，没人涉及赌博债务之类。他们就是感情上出了点儿问题，还是有救的。

当然，不对的人肯定是占杰，占喜住在他们家五个月，看得一清二楚。

占杰气冲冲地反问："为什么是我去哄她、我去向她道歉？你也觉得是我哪儿做得不好吗？"

占喜震惊得下巴都要掉了："哥啊！你到现在都没觉得是自己不对吗？丧偶式婚姻，你没听过吗？"

占杰："啥？"

反正路上也没事，占喜干脆帮占杰分析起来，这次面对面，占杰也躲不开，绷着一张脸听妹妹讲她的看法。

占杰和占喜的性格很不一样，占杰像母亲，占喜像父亲，但又有点儿偏差。占杰没有母亲料理家务的能力和对孩子的那份操心，占喜比起父亲的"事不关己，高高挂起"，又多了一点儿热心肠。

"你是不是受到妈妈的影响了？"批判完占杰对家里大事小事什么都不管以后，占喜说到迟贵兰和秦菲的关系，"这么多年了，咱妈看嫂子只看缺点，不看优点，那你是嫂子的老公，你难道也看不出嫂子的优点吗？嫂子真的是个很好的人，又顾家，工作又能干，把你们家打理得井井有条，把威威教得也很好，咱妈没和她一起住，选择性看不见，你也瞎了呀？"

占喜说着说着都替秦菲生起气来："在咱妈眼里，你和我都是没有缺点的，但这可能吗？我很明白自己的缺点是什么，以前我可内向、可懦弱了，现在已经在努力改。那你呢，你不会真的以为自己是完美无瑕的吧？"

见占杰没发火，占喜继续说："我们每次回家，老妈总要说嫂子的坏话，也不见你帮嫂子说几句，你就只知道和稀泥，你以为背地里哄哄她就算啦？次次都这样，老妈就更肆无忌惮了。我也是胆小，不敢说，你得说啊！要不然嫂子多委屈，要是老妈敢平白无故地说我老公不好，我肯定当场就怼回去。"

说最后这句话时，占喜就想到了骆静语。哎呀，这样都觉得很甜呢，她也是有对象的人了！

她以前就觉得小鱼是个超级好的人，交往以后发现他更好了。他们在一块儿一个多月，都没吵过架，小鱼从没做过让她不开心的事情，特别温柔体贴，细心、周到、会疼人。

虽然他听不见，但这一点儿也没妨碍他成为一个温暖的男朋友，和他在一起的分分秒秒，占喜除了开心就是开心。这么好的一个人，要是迟贵兰敢去欺负他，她真的会很生气!

占杰叹口气:“我这不是想着忍一时海阔天空嘛,咱妈的脾气你又不是不知道。我去怼她,她不得炸呀,回头吵得更凶,都没法儿收场了。”

占喜摇头:“那不一定,主要是你从很早以前就没这么做,落下后遗症了。嫂子都已经绝望了,知道你不会帮她,但她不是软性子,就选择自己和老妈杠,那老妈不是更看她不顺眼了吗?所以问题的关键还是在你。”

她扭过头很认真地对占杰说:“哥,你真的得好好处理这个问题,你们的婚姻还有救,嫂子这些年对家庭的付出就是她的作为,而你就是一直不作为,你要是现在还不作为,那就真的没救了。”

占杰想了一会儿,突然笑起来:“欢欢,你现在怎么回事,把这些感情的事情说得头头是道的,这么懂啊,是不是找对象了?”

占喜脸一红,急忙否认:“没有!我好歹也24岁了,你别总把我当小孩儿,你儿子都知道你对他不亲呢,要真离婚,威威肯定归嫂子。”

占杰不乐意了:“那不行!儿子我是肯定要的。”

占喜被他气乐了:“你天天加班,威威不得饿死啊。再说了,威威肯定不愿意跟你,他从小就是嫂子带大的。”

占杰懊恼:“闭嘴!不许再说这件事情,我回去会处理的。”

占喜闭嘴了,还闭上了眼睛:“你慢慢开,我睡会儿。”

一觉睡醒,回到富椿镇,迟贵兰看到回来的只有兄妹俩,把占杰拉到房里聊了一通,出来的时候两个人都憋红着脸。

“跟她离婚,就跟她离,你还怕她不成!”迟贵兰气得砸了下桌子,“砰”的一声,“气死我了!我得给亲家母打电话,问问他们是怎么教出来的女儿!”

在客厅嗑瓜子的占喜傻眼了,占杰也很懊恼,拉住母亲的胳膊大叫:“你就别添乱了好吗?这事情我自己会处理,我不想离婚,你不要再去刺激秦菲和她家里的人了,现在是我不对,不是她不对,是她要离婚,不是我要离婚,你搞搞清楚啊,你再添乱我就真要离婚了!”

迟贵兰瞪大眼睛说:“离就离呗!房子是你的婚前房,她又分不到,车子也是你的名字,儿子肯定归你,你怕什么呀?”

占杰目瞪口呆:“我怕什么?我怕我老婆没啦!”

迟贵兰“哼”了一声道:“阿杰,你才35岁,现在很多35岁的男人还未婚呢!你个头高,模样又不差,工作也好,有房有车,难道还会找不到老婆吗?不是妈妈吹,你找个二十多岁的都没问题!”

占喜嘴里的一片瓜子壳儿都差点儿被呛得咽下去，心想老妈真是迷之自信，要是让她嫁给一个像占杰这样的男人，她宁可出家做尼姑。

占杰这段时间自我反省过，又被小妹唠叨了一路，还算是保持清醒：“妈，我求你，求求你，这件事情你千万不要插手，不要添乱，我自己会处理。我现在明确地告诉你，我不想和秦菲离婚，我心里还有她，我不想没了老婆，威威也不能没了妈，你听明白没有？”

占喜吐掉一片瓜子壳儿，觉得该自己出场了，起身安抚老妈：“妈，哥和嫂子都三十多岁的人了，你都快六十岁了，还管他们干什么呀。消消气，让哥自己去处理，真离婚了哥上哪儿去找像嫂子这么好的人啊。”

迟贵兰一听这话又要开口，这一次，占强说话了：“都叫你别添乱，你是不是听不懂啊？欢欢说得没错，你都快六十岁的人了，管好你自己吧，什么都操心，你怎么不去法院上班给人判官司呢？”

说完，占强背着手去院子里看菜地了。迟贵兰看看占杰，又看看占喜，气得拎起一把椅子往地上一撞：“你们都翅膀硬了，一个个要造反啦！”

这次回家前，占喜又把手机里的照片全导到了电脑里。现在她已经有好多好多小鱼的照片，两个人平时还会拍一些自拍合影。

她曾把合影发到“四个小仙女”群，惹得姚颖和赵晴晴哇哇乱叫。

那张合影没用滤镜，占喜和骆静语脸贴着脸，背景是1504室阳台上的一大片绿植，生机勃勃的，衬得两个年轻人的脸庞都特别有朝气。

骆静语被拍得很帅，发型清爽，肤色白净，脸部轮廓瘦而流畅，五官精致又立体，穿着一件藏青色带帽卫衣，怀里抱着小白猫，眼神清亮，笑得特别温暖好看。

占喜也一样，深咖色的长头发松松软软地披在白色毛衣上，被阳光照得晕出一层金边，笑容明媚灿烂，满满的甜味儿能透过屏幕溢出来。

姚颖：啊啊啊，你们好配啊！

赵晴晴：啊啊啊，我死了！你们什么时候结婚啊？我已经开始期待你们的宝宝了，呜呜呜，肯定是个超级漂亮的小天使！

姚颖：呜呜呜，坐等红色炸弹！

赵晴晴：喜儿什么时候把你男人带出来聚聚？我想看看盛世美颜，呜呜呜！

鸡蛋布丁：好呀。

姚颖：我酸了！赵晴晴，就剩我们了！抱头痛哭！

赵晴晴：呃，其实我最近也有情况。

罗欣然：哟？

姚颖：天啊！我要退群！呜呜呜……

只有罗欣然知道骆静语是个聋人，占喜没把这事情对另外两个室友说，觉得还不是时候。

就一天没见面，占喜对骆静语已经想得不行。

晚上，他们没用微信聊天，改用QQ，占喜还把QQ藏在一个很隐蔽的文件夹里。

喜蛋：小鱼，你在干什么呀？

好大一头鱼：刚洗澡完。

喜蛋：哇！美男出浴图，给我看看！

骆静语立刻发来一张自拍，穿着白色短袖T恤，露出修长的手臂，右手捋着湿漉漉的头发，脸颊还因为刚洗完澡而有些泛红，这次他没有笑，迷离的眼神显得格外深情。

占喜恨不得扑进屏幕里去抱抱他，和他互发“爱心”表情。

两个人玩了一会儿不常用的QQ表情，突然，门锁“咔嗒”一响。

迟贵兰的声音传来：“欢欢。”

占喜虽然吓一跳，但还是很镇定地直接把QQ弹掉了，顺便打开微信。

迟贵兰进屋坐到她床边，眼睛往她手机上瞄，问：“在玩什么呀，和人聊天吗？”

“没有，在看公众号推的文章。”占喜把屏幕亮给她看。

迟贵兰没再探究她手机上的东西，问：“面试什么时候出消息啊？”

占喜回答：“差不多一个月吧，四月下旬。”

“你电话里说感觉一般，就是没戏了？”

“嗯。”占喜说，“面得不好。”

迟贵兰叹口气：“唉……就当积累经验吧，下半年还有好几次考试，你现在也知道面试是怎么回事了，总会越考越好的。”

占喜眨眨眼睛，想说的话都到嘴边了，最终还是没有说出口。这个月她就得递交转岗申请了，不知她知道后会有什么反应。

大面是不高兴、不同意，所以占喜必须先斩后奏，还是不要先透消息为妙。

迟贵兰和女儿聊了一会儿天，问问她平时的吃饭和作息，这一次女儿的模样令她很满意，和春节时天天垮着一张脸比，占喜脸色白里透红，人看着都漂亮许多。

迟贵兰摸摸女儿的脸颊：“欢欢，妈妈问你，这次为什么只住一晚啊？”

占喜说：“我想回去休息一天嘛，扫墓一天就够了，而且哥也是明天走啊。”

“五一呢？”迟贵兰问，“五一回来几天？”

“还有一个月呢。”占喜呵呵笑，“我这个月工作挺忙的，五一说不定要加班，五月要组织培训。”

迟贵兰像是很失望，占喜对她撒了会儿娇，她说到了占杰。

“还是你听话，你哥就会让人操心，三十多岁的人了连老婆都搞不定，还闹离婚，我看八成是秦菲在外头有人了。”

占喜急忙否认：“妈，嫂子绝对不是外面有人，这事儿哥确定，我也能保证，你千万不要乱猜，也不要去插手他们的事情。他们闹矛盾真的就是哥不对，你不要再在哥面前说嫂子不好了。哥之前没当回事，现在已经很紧张了。你让他自己去处理吧，这事儿还有救。”

迟贵兰瓮声瓮气地说：“知道了，知道了，搞得他们闹离婚好像是我挑拨的一样，关我什么事儿啊。”

她离开后，占喜又等了一会儿，才在被窝里偷偷打开 QQ。

好大一头鱼：欢欢？

好大一头鱼：欢欢？

好大一头鱼：妈妈抓了？

喜蛋：我来啦！没被抓，我刚和我妈聊天呢。

好大一头鱼：欢欢。

喜蛋：嗯？

好大一头鱼：我今天去了爷爷奶奶上坟，我告诉给我的爸爸妈妈姐姐了，我有女朋友了。

喜蛋：？？？

好大一头鱼：他们说，想要你回家见面吃饭。

喜蛋：太早了吧？我还没做好准备啊……

骆静语看着占喜发回来的消息，摸了摸鼻子，很快回复。

好大一头鱼：放心，我没有答应，我是说了太早。

喜蛋：对不起啊，小鱼，我真的觉得有点儿早。

好大一头鱼：没事，我是不好，我们照片是我的手机桌面，他们看到了。

喜蛋：他们怎么说我呀？

好大一头鱼：说你很好看，很可爱了，说我不好看，不配你。

喜蛋：别乱讲，你自己不知道你长什么样啊？

好大一头鱼：我知道，我是好帅一头鱼！

骆静语在 QQ 上和占喜闲聊天，小表情发来发去，心里想到的却是白天扫完墓和家人去吃饭时的情景。

他疏忽了，手机屏保和桌面都是他和欢欢的合影，摆在饭店餐桌上，很轻易地就被阎雅娟看到了。他没办法，只能承认对方是自己的女朋友。阎雅娟开心得想去寺庙拜拜，立刻打听起女孩儿的情况。

——桐县人，算大钱塘区域的，可以可以。

——二十三岁半，好合适的年纪！

——大学生！哎哟，小鱼可真能干！

——公司白领，坐办公室的呢！

——父母双全，还有个哥哥已婚已育，挺好！

——一米六九，很高啊！只比小鱼矮大半个头，般配！

脸就不用说了，美得像花一样。

直到最后一个问题，阎雅娟打手语问："她是因为什么聋的？先天还是后天？"

略知一二的骆晓梅一下子看向弟弟，骆静语已经愣住了。

他打手语说："她是健听人。"

阎雅娟好惊讶，看了女婿一眼后，又问："那她哪儿不好？也是腿吗？"

骆静语："她是健康人。"

阎雅娟盯着骆静语看了好半天，才抬手比画："小鱼，听妈妈的话，你们不配。"

骆静语被一盆盆冷水泼得都快习惯了。

方旭不看好他们，岳奇也不看好，现在连自己的母亲都不看好。

他们都认为聋人只能找聋人做伴侣，就算另类地找个健听人处对象，对方也得和他一样是个残疾人才正常。

阎雅娟和骆静语聊了好一会儿，不停地给儿子分析找个健康女孩儿谈朋友要面临多大的困难：她父母能同意吗？她不会手语，时间久了两个人交流真的不会出问题吗？她能承受住来自外界的压力吗？

孩子的问题怎么解决，生不生？不生她能答应？她家里能答应？

如果生了孩子，万一孩子耳朵不好，她能和聋人妈妈一样感同身受地去爱这个孩子吗？如果接受不了这样的孩子，她是不是会一走了之？

如果他们分手了，骆静语能扛住失恋的伤害吗？

阎雅娟想不通儿子为什么要找这样一个女孩子，和健听人在一起，他就是弱势，从一开始两个人就不平等。他从小内向，和女孩儿几乎没有来往，第一次谈朋友就如此叫人大跌眼镜！

看看照片上两个年轻人甜蜜的笑脸，外表的确很般配，可是阎雅娟知道，这可太难了呀！她的小儿子傻乎乎的，一头栽进去，要是爬不出来可怎么办？

和母亲沟通时，骆静语始终很平静，努力解释自己对待这份感情很认真，是经过了考虑的，就算结果不好他也不会后悔。

看着母亲打手语时焦灼的表情，骆静语心想：他和欢欢在一起到底是有多奇怪？是他胆子太大，还是欢欢太疯狂？

但他们明明是互相吸引的，那种喜欢是藏不住的，欢欢的心意他能感受到，他也是全心全意地对待欢欢。

后来，还是骆晓梅来劝慰母亲，表明她支持骆静语的态度，因为她经历过和高元的恋情，对于占喜听力没问题这件事情，她持包容态度。

骆晓梅对母亲打手语："小鱼是个好男孩儿，只要他和那个女孩儿相处交流没问题，就可以试试在一起。试过才知道合不合适，不合适就分开。小鱼大了，他有分寸，第一次喜欢一个女孩儿，人家也喜欢他，咱们应该祝福他才对。"

不过，骆晓梅还是叮嘱骆静语："小鱼，在说到结婚前，你最好不要对女孩儿做出不规矩的事情，哪怕她愿意都不行，你该懂我的意思吧？"

骆静语听得脸都红了。没想到有一天，他的姐姐会这么正儿八经地来和他讨论这个话题。其实不用姐姐提醒，他自己也是这么想的，这又不是什么忍不了的事情，他都单身这么多年了。

一辈子真的很长，普通人结合在一起都会起变故，比如欢欢的哥哥和嫂子，骆静语知道他们在闹离婚。而他和欢欢在世人眼里，又是彼此之间有壁的人。恋情的开始也许浪漫又纯粹，可往后走下去，势必会荆棘密布，坎坷丛生。

他是想要坚持的，但他不会去勉强欢欢，如果哪一天欢欢坚持不住了，说要分开，他一定会放手让她走。

所以，他绝不能做可能会伤害到欢欢、会影响她往后幸福的事情，这是他答应欢欢在一起后就在心里做下的决定。

骆静语对骆晓梅点点头，打出手语："我知道，我不会的。"

清明小长假的第二天，占喜跟着父母和哥哥去公墓扫墓，下午就告别父母，搭占杰的车回钱塘。

顺利在家待过一晚，她如释重负，又能远离母亲，和小鱼在青雀佳苑过上自由自在的小日子了。

在他们的生活圈里，这份恋情不用隐藏，邻居、大学室友甚至是菜市场卖菜的大姐都知道他们是一对儿，还有周老师、方旭、岳奇、纪鸿哲，甚至是董承、吴太太、袁思晨也心中有数，再加上小鱼的家人们……哎哟，知道的人真的已经不少啦！

占喜到家时天已全黑，她先去八楼换下在公墓穿过的外衣裤，从衣柜里拿出一套干净的家居服，捧在手里闻一闻，嗯……真香！是淡淡的柑橘味儿。

香味来自衣柜里的衣挂香薰，是一个法国香氛品牌，小鱼买给她的。

在一起以后，占喜终于知道骆静语身上那种凉凉苦苦的木质调香味儿究竟是什么了。他一直在用一种丝柏味儿的香薰，挂在衣柜里，所有的衣服上都会是这个味儿。她很喜欢，他就给她也买了一款，挑的柑橘香。

换好家居服，占喜迫不及待地去十五楼找骆静语。开门进屋后，就闻到一股食物的香气。

骆静语把蛋羹端出来时看到占喜在换鞋，脸上立刻绽开笑。占喜想去抱他，他躲了一下，指指身上的围裙，大概是觉得太油，两个人就只是轻轻地碰了下嘴唇。他指指厨房，打手语："洗手，吃饭了。"

占喜用手语回答他，脸上表情很丰富："我好饿啊！中午只吃了一点儿。"

骆静语微笑："晚上多吃点儿。"

占喜："我吃两碗饭，肉很香。"

骆静语："快去洗手吧，肉要冷了。"

占喜比个"好的"，蹦蹦跳跳地进了客卫。

骆静语看着她的背影，寻思着欢欢的手语水平进步好快，他们之间已经可以展开简单的对话。刚才那一幕若是让陌生人看到，或许会以为是两个听障人在交流。

占喜打手语时偶尔会配合说话，让骆静语能看得更明白，也是为了回忆起手语词汇。她有时会打错手势，他猜猜也能看懂，然后会纠正她一下。

和生活相关的手语词汇，占喜掌握得越来越多。平时两个人在一起，不管是出门散步还是待在家里，都默契地养成了一个小习惯，占喜指一样东西，骆静语就用手语比给她看，她会跟着做几遍，从此就记在心里，下次碰到了能准确地打出来。

骆静语不知道的是，占喜已经在周莲家上过四次手语课，平时每天都会对着镜子练习一小时手语。周莲告诉占喜，按照她现在的练习频率，三四个月后，就可以和小鱼进行比较顺畅的交流了。

占喜对那样的场景充满期待，练习起来就更加刻苦用心。

四五月的时候，人力资源部十分忙碌，四月要团建，五月要培训，中间还有非常重要的毕业季招聘事宜。占喜作为一个哪里缺人顶哪里的机动人员，每天在公司里忙得不可开交。

转岗和晋升是同时进行的，晋升人员的名单由各个部门经理拟定后交到 HR 部门，转岗则由本人向部门经理递交申请，截止时间为四月底。

公司曾有业务部销售人员转岗去市场部，也有行政文员自学通过司法考试后转岗去法务部，甚至有工厂里的工人因为头脑灵活、善于交际而被提升到业务部，现在已经成为业务骨干之一。

相比外招人员，内部转岗人员因为对本公司业务比较了解而更有竞争力，薪酬要求也会比外招人员来得低。占喜做好了充分准备，只等着团建结束后向文琴递交申请。

她想，文琴应该会理解，一个资深的 HR 不会那么小家子气。

团建是在周末，去隔壁城市一个风景区游玩，两天一夜。

骆静语往占喜的双肩包里塞了好多零食，占喜笑死了，说他就像一个爸爸，在给春游的女儿准备吃的喝的。骆静语笑着摇摇头，又往她包里塞进一把雨伞、几包纸巾和湿巾，最后揽过她的身子让她坐在他腿上，打手语道："注意安全。"

占喜点点头，也打手语："我不喜欢爬山，很高。"

骆静语笑起来："你很怕高？"

占喜立刻愁眉苦脸，点头后开口："上次少年宫那个跳楼机，你忘啦？我不敢坐，太吓人了。"

骆静语抱抱她，拿出手机来打字：我每年玩一次，多是爬山，飞机，火车，一个人，六月底或七月初。

占喜好惊讶："你每年一个人出去旅游一次啊？"

啧啧，小鱼同学不仅是个生活中的精致男孩儿，还很有情调啊，一个人的小日子过得多么精彩！

哪儿像占杰，占喜来钱塘上学、工作五年，占杰就在第二年带着老婆和孩子去北方玩了一趟，回来还说旅游真没意思，又花钱又累人，以后再也不去了。

骆静语点点头，有些不好意思地打字：你想不想要出去玩，和我？

占喜心里美滋滋的，打手语："我想和你一起去。"又一想，她开口道，"都是爬山啊？你很喜欢爬山吗？"

骆静语微微皱眉，打字：爬山好玩，看风景，一个人别的地方不好玩了，一个人去海边，很傻。

占喜大笑起来，环着他的脖子道："好啊，我们可以一起出去玩，爬山也行，海边也行，人文景观之旅，美食之旅，城市风光游……什么都行！我去过的地方不多，长途旅游都是跟团的，可没意思了，我还没有自由行过呢。"

骆静语眉毛一挑，很是得意地指指自己，又比个"好的"，意思是他都是自由行。占喜亲一下他的嘴，说："那就说定啦，我们一起出去玩，都归你安排。"

骆静语笑着点头，想了想，又打字：两个房间，放心。

占喜："？？？"

骆静语脸红了，打了句简单的手语："不能一起睡觉。"

占喜往他身上捶了一下："谁说要一起睡觉啦！"

对于这件事情，占喜一直很放心，她的小鱼非常规矩，相恋以后从没对她做过冒犯的事儿，他们的交往仅止于牵手、拥抱和接吻。

有时候在沙发上亲得过火，占喜会羞羞地发现小鱼的身体有了些难以描述的变化。她知道这是男人很正常的反应，就当没察觉，小鱼似乎比她还要难为情，绷着身子一动不动，过好久才会放松下来。

占喜他们公司团建结束后，省考公务员录取公告出来了，不出所料，录取的就是那位笔试分第一名的考生。

迟贵兰没说什么，可能是因为这一次占喜已经进步巨大，从众多笔试人员中突围而出进入面试，她让女儿下次考试再努力一些，说不定就能上岸成功。

占喜倒是很安心，在查到结果后的第二天，就正式向文琴递交了转岗申请。

文琴无疑是惊讶的，和占喜在办公室里关上门聊了许久。占喜很坦诚地向她诉说自己的职业理想，她听过后沉吟片刻，表示理解。

作为占喜的部门经理，辛苦培养一年的下属说对人力资源工作兴趣不大，想转去别的部门，文琴肯定有怨气，好像遭人背叛的感觉。

但作为公司 HR 部门的负责人，她又深知公司有完善的转岗和晋升机制，就是为了鼓励员工不断进取。年轻的占喜当初进 HR 部门并不是出于自己的选择，而是被她半开后门带进来的，工作一年后知道自己真正想做的是什么，有这样的意识无可厚非。

所以，文琴收下了占喜的转岗申请，并提醒她面试是在五月中下旬，要她好好准备。

文琴说："策划部不好进，人员流动也不小，薪酬是不错，相应的工作压力也比较大，常常要加班，你可要做好思想准备了。"

占喜见她没太生气，信心大增，笑着应下："嗯，我一定会好好准备的！谢谢你，文姐。"

最近的生活和工作都让人很舒心，占喜觉得自己几乎要没有烦恼了。

她每天上班下班，回家后去 1504 室和小鱼待在一起，吃他做的饭。饭后她洗碗，然后两个人出去散散步，回来后聊会儿天，练练手语，玩玩小猫，十点左右回她自己的家。

"礼物"现在有零食吃了，罐头、猫条、小鱼干、肉酱之类，都是骆静语买的。他天天在家，把“礼物”照顾得很好，“礼物”也超级黏他，会和占喜争宠，只要看到骆静语坐到沙发上，就会蹿上去窝到他的大腿上，等占喜走过来，就冲她又挠爪子又龇牙。

家有猫主子，“铲屎官”的手免不了会受伤，“礼物”已经很乖了，和骆静语玩的时候会知道收指甲，可偶尔还是会挠破他的手。

占喜气得不行，她多宝贝小鱼的手啊，聊天的时候就爱抓着不放，摸过他每一根手指，再把两只手对比着看，唉……颜值差得真是好明显。这么好看的手做芍药时受伤已经叫她心疼死了，居然还被小猫给挠伤，气得她捉着“礼物”凶它。

骆静语笑得肩膀都抖起来，喉咙里发出一阵“嗬呃嗬啊”的含糊声音，从占喜手里把“礼物”救出来，对她打手语：“我没事，手不疼，‘礼物’是小孩儿，不要骂它。”

占喜坐在沙发上，看着他的双手在身前比画出一串串手势。真有趣，这些手势以前对她来说宛如天书，可现在它们分明变成了一个个明确的字词，自动浮现在她的脑海里。

周末时，他们很少进行正式约会，占喜星期日要上手语课，骆静语的定制单也不少，要保质保量地完成。占喜还要进行面试准备，转岗不简单，除了面试还有笔试。好在骆静语的工作台非常大，他在一头开工，占喜就在另一头对着笔记本电脑分析案例，做做笔记，两个人各自工作，互不打扰。

占喜有时候会觉得太过安静，就外放歌曲给自己提神，放纯音乐、钢琴曲，或是抒情歌曲，兴致来了也会放快歌，有一次嘶吼的摇滚乐把“礼物”吓得差点儿从猫爬架上掉下来。

骆静语听不见，会隔着桌子静静地看她，看她随着旋律、节奏摇头晃脑，偶尔跟着唱几句，嘴唇轻微地张合着，神情很愉悦。

骆静语心里就生出了浓浓的幸福感。

占喜曾经问过他能不能放歌，怕他不开心。他觉得很有意思，为什么不能放歌？他是听不见，难道要让欢欢也放弃这些小爱好吗？

他对占喜说不用太顾虑他的心情，不用怕说错话，不用怕做错事，他没这么敏感，在他这儿她想做什么都可以，在家里蹦迪都行。

占喜就嘻嘻哈哈地问他自己能不能剪短发，骆静语说可以。

她又问：“那剪光头呢？”他很困惑，说：“可以，反正还会再长出来，但为什么要剪光头啊？女孩子光头不好看。”

占喜还问他，她能文身吗？骆静语说可以，说不要影响在单位上班就行，有些单位会对这些有要求，也有些人会对文身有偏见，可以文在看不见的地方。

占喜问那她能不能抽烟？骆静语就笑了，反问她到底在想什么，说也不是不可以，只是抽烟对身体不好，会让牙齿变黄。

占喜说，她想学跳舞，会不会年纪太大？骆静语说不大不大，想学就去学，学什么东西都不讲年纪，只讲喜欢。别说跳舞了，她想学弹琴、学唱戏，他都支持她。

他们常常这样幼稚地聊天，说些漫无边际的话，用嘴巴、用手语、用手机，聊得很慢，却很真心。占喜知道骆静语的回答没有一句是敷衍，对于她任何天马行空的想法，他都会仔细思索，帮她分析，最后又给出他的意见。

他总会加一句“你自己决定”。

“你自己决定”对占喜来说，真的是一句最动人的话语。

“五一”小长假，占杰和占喜都没回家，用的理由很一致——工作太忙，要加班。

迟贵兰很生气，打电话把儿子、女儿分别骂了一通。

小长假结束，骆静语把方旭接下的单子全部做完，开始准备去沪市的事情。

徐卿言二月去国外学习过两个月，回来后就按照学员级别排好了课程时间，先进行的就是骆静语这个级别的进修课。

占喜和骆静语聊过后才知道，在国内，骆静语学的这支烫花流派中，学到他这个级别的人目前只剩四个。

比他级别更高的也有，人数更少，徐卿言比骆静语高三级，比她更高的级别，国内没了，在别的国家也只有个位数。

不管这个行业有多冷门，从业者多么少，占喜也明白小鱼的烫花水平在国内已经很拔尖了，比他好的人只有个位数啊！这是多么厉害的水平，全国前十的级别，是她的小鱼——烫花大师骆静语！

骆静语的行李箱中，衣服不多，装满大半个拉杆箱的是全套烫花设备。占喜还得知一件令她咋舌的事情——骆静语的进修学费是大几万，吓得她一屁股坐在了地板上。

骆静语告诉占喜，学费是很贵，但真的可以学到本领，每一次去收获都很大，不管是理念还是技术都有巨大的提升，会让他觉得这几万元花得很值，就像一年充一次电一样。

他没有告诉占喜以前的事情，说来话长，他想等她的手语再熟练一些的时候，用手语讲给她听。

高三毕业时，骆静语想去沪市学初级烫花，那是他梦想了好几年的事情，学费加上其他费用一共要一万多，抵得上骆晓梅两年的大学学费。

阎雅娟不同意，因为骆静语都说不出他学了以后能干什么，烫花不就是个手工活儿吗？做个假花，为什么学费要这么贵？

后来，还是已经毕业实习的骆晓梅拿出积攒了几年的全部存款，让弟弟去学艺。学费交了后，姐弟俩都被阎雅娟骂了一顿。骆静语说这钱算是借的，他一定会还，后来，他也的确还清了。

那几年他过得很苦，手作行业需要一个工作间，而他在父母家里连个房间都没有，一直是在客厅搭小床睡，没法儿开工，就只能去租房住。

一开始他是和陈亮合租，后来陈亮有了女朋友，他就单租，租一间带卫生间的农居房，房租四五百块钱一个月，摆一张大大的工作台，睡觉的床只有一米宽。

他没日没夜地做东西，什么都做，让陈亮在夜市卖，托毛毛在网店卖，又帮徐卿言做烫花饰品，就这么一天天地把自己给养活了。

有了点儿存款后他依旧节俭，因为每年的进修费是一笔很大的开销，只能在吃饭穿衣上省下来。他这么高的个子，曾经一度瘦到一百一十多斤，就因为只能顿顿吃面条。

那时候他对未来还很迷茫，有时候会坐在工作台边发呆，手作人手受伤是家常便饭，很疼，上药的时候，他会感到一丝委屈。

他想，健听人是不是不用像他这么辛苦？他们的生活是不是很多姿多彩？健康的同龄人考大学有那么多专业可选，不像他们聋人，来来去去就这么几个学校、几个专业，全国还这么多人竞争，毕业了也不知能否找到工作。

买房子的那一年，他没有去进修，因为实在拿不出那笔学费，但他还是选择了买一套大户型。

青雀门地处偏僻，当时房价在钱塘算是洼地，骆静语买下这套房子时觉得自己可以住到老，以后父母老了，他还能把他们接过来一起住。

他独自一人生活了好多年，在一个无声的世界里，忙碌，却又寂寞，每年犒劳自己一次，出去旅游散心，几乎都是去看名山大川。

他喜欢爬到山顶后一览众山小的感觉，会觉得和大自然比，人类真的很渺小。望向远方的地平线，他不会再纠结自己听不听得见。

他还试过在空无一人的山顶放声大喊，惊起了几只飞鸟，他不知道自己喊出来的是什么声音、音量又有多大，只感到酣畅淋漓。

他从没想过有一天会遇见一个叫占喜的女孩儿，就像阴霾的冬日突然云开雾散，照进一道耀眼阳光。

他已经不怎么回想以前的苦日子了，觉得现在很好，他对未来有了更明确的目标，每天睁眼醒来都觉得浑身充满动力。

欢欢也是一个愿意为了梦想而努力的人，他喜欢看她认真学习的样子，他想她一定会转岗成功，鸡蛋老师可比他聪明能干很多。

骆静语离开钱塘去了沪市，占喜回归一个人的生活，上班、下班、吃饭、学习、想小鱼，晚上就练习手语，照顾“礼物”，必须和小鱼在微信上聊会儿天才能心满意足地睡觉。

一周后，占喜意外地接到秦菲的电话。秦菲的语气听着很冷静，占喜却能感受到她的怒火在燃烧。

秦菲说：“占喜，我已经不想再和你们家其他人沟通，麻烦你帮我带话给占杰，五月二十八日早上十点，我在区民政局等他，让他滚过来离婚，如果不来，我就起诉离婚。”

占喜：“嫂子……”

“你先听我说完。”秦菲继续说，“我已经搬出来半个月了，威威现在在我这里。我和你哥在经济上很清楚，房子、车子不是我的，我也不要，存款这块他没脸再来和我算。现在的问题就是威威，他要威威，我也要，威威明确表示要跟我，但是如果起诉，因为我暂时没有房子，他很有可能会被判给你哥。我就一个意思，他要威威可以，他拿到抚养权，就要在离婚协议里说好我每个月给多少抚养费、有几次探视权。除此，他休想用加班、出差、没时间这些理由，把威威放到我这里来！既然他拿到了抚养权，就请他担负起一个单身爸爸该有的责任！”

占喜听懂秦菲的意思了。

秦菲：“反过来，威威归我也是一样，我可以保证，非探视时间绝对不会让他帮忙照顾小孩儿，哪怕是一小时。他能答应，行，就让法院判，判给谁就归谁！我说到做到，这婚我离定了！别想拿小孩儿来威胁我！”

占喜觉得秦菲好酷啊，都想为她鼓掌了。

最后，秦菲说：“还有，麻烦你和你妈说一声，请她以后不要再给我还有我爸、我妈打电话！不要试图冲到我单位去闹事！我手里有客户，不怕离职，换个单位我照样能干！请她心里有点儿数，就她儿子那种巨婴，本事没有，脾气倒挺大，也就她能把他当个宝，让她去给你哥找个温顺听话、任劳任怨的儿媳妇吧！我再也不想伺候你们家这几个奇葩了！”

占喜不知道自己算不算奇葩之一，话都说不出来。

秦菲“哼”了一声，把电话挂断了。

占喜好愁啊，还生气，占杰显然没把事情处理好，迟贵兰还不听劝，看样子她又去添乱了，把秦菲搞得更加生气，事情终于进入不可挽回的阶段。

占喜最终没给迟贵兰打电话，而是打给了占杰，把话都给带到。占杰在电话里听着，一声不吭，占喜也不敢安慰他或是说些别的，匆匆地收了线。

几天后，占喜转部门的面试时间到了。

她特别精心地打扮自己，化上淡妆，穿上职业套裙，扎起马尾，站在镜子前看着精神饱满的自己，握握拳说："鸡蛋老师加油啊！"

骆静语一大早就给她发来微信消息。

好大一头鱼：欢欢加油，加油，加油！

鸡蛋布丁：冲呀！！！

袁思晨等人早就知道了这件事情，和文琴一样表示理解，毕竟占喜不是辞职，以后大家还是同事，在她去面试前纷纷祝她好好表现，成功了要请吃饭。

这一次申请转到策划部的只有两个人，另一个是业务部的男同事。占喜和他一起先参加笔试。有一些案例分析题，对于公司产品、项目知识还有策划部的经典案例，占喜研究得很透彻，交卷时自我感觉相当不错。

之后是面试，同样的，占喜做好了充分准备，每个问题都能侃侃而谈，并且强调自己大学里学习的专业方向，实习时也曾有过策划工作的经验，有信心把工作干好。

因为是内部转岗，有策划案例的幻灯片讲解考核，每人十分钟，占喜和另一位同事都是前一天才拿到片子。

她研究了一个晚上，掐着时间演练过数次，这时就信心满满地走到会议室前方，看着四位面试官，其中文琴也在，她手拿翻页笔从容地讲解起来。

起初她有些紧张，但讲得越深入，一颗心就越沉静。她很青涩，但她的表现充分显示出她为这场面试做的精心准备以及对新岗位的迫切愿望。

"以上就是我的分享。"十分钟后，占喜面带微笑、语音清脆地结束了演讲，"谢谢大家。"

策划部经理带头鼓掌，文琴却是意味不明地看着她。她平复一下呼吸，也不理会文琴的古怪，结束了这场面试。

回到办公室后，袁思晨问她："感觉怎么样？"

占喜这时候才有点儿心跳加快，手抚胸口回答："挺好的，我觉得应该没问题。"

袁思晨很高兴："我们小占马上要升职加薪走上人生巅峰啦！后天出结果请我吃日料哈！"

占喜笑得合不拢嘴："没问题啦！"

两天后，占喜精心化妆，充满期待地来到公司。

下午，她被文琴叫去办公室，进去前，袁思晨等人都表情夸张地对她笑，她自己也很激动，几乎是小跑着进了文琴的办公室。

她在文琴对面坐下，无论如何都没想到，文琴说："对不起，小占，你的转岗申请没有通过。”

占喜蒙了，仿佛晴天霹雳。

她脸色发了白，开始反思面试那天自己哪里没做好，脑子里乱得厉害，不管怎么复盘都没找出究竟是哪里出了纰漏。她难以置信地问：“文经理，为什么？能告诉我原因吗？我……我哪里没有表现好？”

文琴深深地看着她，起身去关上办公室的门，阻断了外面几个女生的张望。

她回到办公桌前坐下，考虑了一下才开口：“不，小占，你表现得很好，那天不管是笔试还是幻灯片演讲，我们都很认可，策划部李经理很喜欢你。只是……”文琴像是很为难，纠结半天还是说了下去，“我都不知道该怎么和你解释，这件事其实和我有关，我要向你道歉，因为你妈妈给我打了电话。”

占喜呆住了，差点儿拍案而起。

文琴继续说：“她问我你最近的工作表现，还问我你的感情生活。我对你的私生活并不了解，但我和她聊了你要转部门的事情，真的对不起，我以为她是知道的。”

占喜要崩溃了，真的，这一刻，她要崩溃了。

文琴脸上满是歉意：“你妈妈……春节后，每个月她都会给我打一次电话，她是我的长辈，我觉得她是担心你一个人在这边的工作生活，就没有多想，一直和她说你表现很好。这一次，我说了你转部门的事情以后，没想到她的反应会这么大。”

看着占喜几乎灰白了的脸，文琴说：“她问我策划部是干什么的，我就跟她说了一下，也说到了工作强度的问题，肯定要比在 HR 部门辛苦，加班是常事，压力也会比较大，收入倒是会更多。她听完以后，就叫我绝不能让你转岗，因为你下半年还要参加公务员考试。她说你上一次省考已经进入面试阶段，下一次考公务员很可能会考上，如果转岗，就会没时间复习。”

占喜像根木头一样，呆呆地看着文琴。

文琴叹口气：“是我不好，对不起，我劝她，说我觉得你非常想转岗，对策划部的工作很向往，也能胜任，但是她不听。她说女孩子就不该做压力太大的工作，她……还给我爸打电话了，我爸把我骂了一通。你说我该怎么办？”

占喜问：“文经理，你是什么时候接到我妈的电话的，为什么不早点儿和我说？”

文琴说：“五天前。”

“那你为什么不来和我沟通一下，听听我的想法？”占喜的嘴唇都哆嗦起来，渐渐地，身体也开始哆嗦，“你知道我为这次转岗准备了多少时间吗？我从去年就开始计划了，我看了那么多方案，做了那么多笔记！我……我准备了几个月的面试，你现在告诉我，因为我妈妈的一通电话，我就被淘汰了？你为什么不来问问我的意见啊？我妈妈不能代表我啊，我是有自己的想法的！”

她快要哭出来了，文琴也很不忍心，安慰她：“小占，不是被淘汰，你这不是还在HR部门吗？我们这儿也有晋升途径啊，我上次就和你说过，我是想培养你做培训这块的。然后你不是还要去考公务员吗？去考呗，考上了，你妈也安心，多稳定啊。”

占喜心存侥幸：“文经理，现在还能补救吗？你别听我妈的，你去和李经理讲，我想去策划部，我真的想去，我妈的话不用理的！”

文琴气道：“你就这么看不上HR部门的工作吗？这事儿已经定下了，另一个同事表现也不错，你要知道，本来就不是申请了就一定能成功，那个同事虽然准备不如你充分，但他是男的，李经理好像还是更喜欢男生的。”

占喜脱口而出：“你们居然还性别歧视？”

“拍板人又不是我！”文琴真生气了，“你冲我发什么脾气，你应该和你妈妈好好沟通，考公务员就考公务员，别骑驴找马！把我们公司当什么了？”

占喜眨了眨眼睛，忍住几欲夺眶的眼泪，起身说：“文经理，我想请半天假。”

文琴一摆手：“行，你回家休息一下吧，调整一下心态，和你妈妈好好聊聊，老人就是这样的，咱们做小辈的，能顺着就顺着点儿。”

几分钟后，占喜躲在楼梯间，席地坐在台阶上，拨通了迟贵兰的电话。电话接通，迟贵兰亲热地叫她：“欢欢啊。”

占喜开门见山地问：“妈，你凭什么让文琴姐不通过我的转岗申请？”

迟贵兰顿了一下：“什么转岗？你在说什么呀，欢欢。”

占喜冷冷地说：“你别装傻，文琴姐都告诉我了。”

“哦，是不是你要换部门的事情？”迟贵兰呵呵地笑起来，“欢欢，妈妈是为你好啊，你下半年一定能考上公务员的，在你文琴姐这儿做着不好吗？她能照顾你呀，干吗要换个部门，听说那个部门很累的，经常要加班。”

“你凭什么要管我工作上的事情？”占喜大叫起来，“这是我自己的事儿，我自己能做决定，我不怕辛苦，我愿意加班，我就是想做策划工作，关你什么事儿啊！你能不能管好你自己？别老管我的事儿，我已经长大了，我不喜欢你老是东打听西打听，我有自己的生活、自己的梦想、自己的朋友，你别老是像个摄像头一样监视着我，我上小学时翻我的日记，中学时翻我的书包，我上大学了你还要翻我的手机，我现在24岁了，你还想翻我的手机，你可不可以尊重我一下？我是你女儿没错，但我同时也是一个独立的人！你是我妈，可你知道我现在有多讨厌你吗？你都让我感到恶心了！我不想再被你管着了，我已经很听话、很乖了，我上哪个大学、念哪个专业都听你的了，现在我只想做我喜欢的工作，连这个你都要管，我又不是一个洋娃娃！”

听她吼完，迟贵兰的声音冷下来：“欢欢，你到底怎么回事？为什么会变成这样？你讨厌我？我让你恶心？妈妈难道会害你吗？妈妈是关心你啊！我和文琴也说得很清楚了，你是要考公务员的，你就适合稳定的工作，不适合三天两头地加班，你又不是秦菲那种人。”

不知何时，占喜已经泪流满面，抖着嘴唇问：“秦菲是哪种人啊？秦菲到底哪里不好？我哥和秦菲马上要离婚了，你是不是很满意啊？你为什么这么喜欢管我们的事情，为什么我们什么都要听你的？为什么你永远不会觉得自己有错？为什么你就是不懂我想要的到底是什么？”

迟贵兰的嗓门儿突然大起来：“欢欢！你知道你在说什么吗？我是你妈妈！我不管你谁管你啊，你以为你24岁就很大了，你就还是个孩子，什么都不懂！我都不知道你在生气什么，跟你说了，你下半年……”

“我再也不会去考公务员了！”占喜嘶声尖叫起来，“你那么想考你自己去考！我早就说了我一点儿也不想考公务员，我有自己的理想，我能自己找到工作，我能自己养活自己。我也不要嫁给什么体制里的男人，你那么喜欢你自己去嫁！我烦透你了！”

迟贵兰也大叫起来：“占喜，你疯了吗，被疯狗咬了吗？妈妈是为你好啊！这个世界上还有谁比妈妈更关心你？”

“啊啊啊！我不要这种关心，我不要这种‘为我好’，你到底要怎样才肯放过我？我太累了，不想再和你斗智斗勇了，我求求你放过我吧，不要再管我了，我……”

占喜号啕大哭，眼角余光看到安全门被打开，一个人影走了进来。

她不想在同事面前失态，低声说：“先不说了，我挂了。最后说一遍，从此以后，你不要再来干涉我的生活，要不然，我再也不回家了。”

她将电话挂断，顺手静音，顿时像失了力气，肩膀抵着楼梯扶手，低下头，咬住唇，抬手遮住脸，希望进来的同事能有点儿眼力见儿，赶紧走吧。

但她还是忍不住，眼泪一颗一颗地落下来。

她太伤心、太失望了，比没有考上公务员失望千倍万倍，因为这个岗位是她非常努力想要争取的，准备了好几个月，不是因为能力问题没拿下，而是因为她的母亲！

她的母亲迟贵兰，一个快60岁的老太太，就用一通电话把她所有的努力全部抹杀，让她觉得自己像个小丑一样，输得那么彻底。

楼梯间里光线昏暗，是一个隐秘的角落，可以给人安全感，可是现在因为有另一个人在，占喜哭也不是，走也不是，只能抱着膝盖缩成一团。

她压抑着声音默默流泪，心里一片绝望，还有浓浓的羞耻感。

她想，她该怎么办啊！公务员她是打死都不会去考了，都有心理阴影了，那这份HR的工作呢，还要继续做吗？难道来年再去申请转岗？多丢人啊！人家还以为她能力不行非要死磕，有意义吗？

这时，占喜听到一个男声叫她："小占，是我，林岩。"

占喜身子一抖，用手背胡乱地抹眼睛，透过凌乱的发丝抬眼看他。

林岩记起前天占喜去面试时的样子，年轻的女孩儿漂亮又精神，马尾辫在脑后甩动，整个人元气满满，笑容就像一株向日葵般灿烂。

而现在呢？她就是一朵被霜打残了的花，披头散发、狼狈不堪地坐在楼梯上，眼妆早就被哭花了，黑色眼影和睫毛膏混着泪水流下来，配着通红的鼻头和被擦糊了的口红，一张脸惨不忍睹。

林岩点起一支烟，问："是因为转岗没通过的事情吗？"

占喜小声地啜泣着。

林岩说："策划部压力的确很大，有业绩考核，比我们技术部都要忙，很少能按时下班。"

占喜哑着嗓子开口："那又怎样！你是觉得我不能胜任吗？"

"我不是这个意思。"林岩靠在墙边，抽一口烟，"我只是觉得你可以换个角度看问题，留在HR一样有发展前景，一样可以学很多东西，可以考证，可以晋升，HR是很适合女生的工作。"

"你也要对我指手画脚吗？你是谁啊！"占喜怒不可遏，"你们是不是对女生都有偏见？觉得我们只能做朝九晚五的工作，只求稳定，只求嫁个好男人，只求做个贤妻良母，我告诉你，我不是！我不喜欢做HR，不喜欢！我讨厌你们性别歧视，讨厌你们来干涉我的想法和决定！"

她气疯了，拍拍屁股站起来就往外走，林岩想去拉她："小占，你冷静点儿。"

占喜甩开他的手："别碰我！"

林岩不碰她了，她看着他，目光森冷："我很冷静，管好你自己吧。"

占喜顶着一张大花脸回家，洗脸卸妆，疲惫不堪地爬到床上，入睡前，给骆静语发了一条微信消息。

鸡蛋布丁：小鱼，我的转岗失败了，我想安静一会儿，微信消息暂时不回，你不用担心。

接着，她便静音睡觉。

一觉睡醒已是晚上六点多，占喜起床后一点儿也不想吃饭，待在家里很憋屈，便一个人晃出了门。

她漫无目的地走在大街上，手机还是静音，不想看，不想接到电话和消息，唯一想见的那个人又见不着，就算视频也说不上话，她干脆就不去想。

占喜走着走着走到了“秋风艺术”，抬头看二楼，舞室的灯都亮着。她走上楼，一间间教室找过去，邱老师在第三间舞室里教街舞。

占喜站在门口看了二十多分钟，下课了，邱老师早就看到她，喘着气对她打招呼：“嗨，小占，好久不见啊，今天怎么有空过来？”

“我想学跳舞。”占喜走去她面前，“我今天就想跳，现在交钱可以吗？”

邱老师喝着水看她：“真的假的？”

占喜看看身上的衣服，运动套装、运动鞋，的确可以立刻跳起来，点头说：“真的，下一堂课就让我跟着学吧，我想跳舞。”

邱老师笑道：“行啊，第一堂课不收你钱，我们本来就是有免费体验课的。”

接着，占喜就在教室里跟着六七个学员一起学起街舞来。

她从没跳过街舞，一点儿也不懂，跳得手忙脚乱毫无章法。她其实就是想发泄，想跳到精疲力竭，想出一身暴汗，想忘掉白天的事情。

她极致地舒展身体，认真地跟着邱老师做动作，跃起，落下，旋转，踢腿，甩头发……她太用力了！她都不懂得调匀呼吸，直跳到胸闷气短，双眼冒金星，一下子冲到角落，跪在地上抱着垃圾桶呕吐起来。

她没吃晚饭，吐出来的只有酸水，耳朵“嗡嗡嗡”地响着，感觉有人在拍她的背，有人在叽叽喳喳地说话。

邱老师去格子架上拿来占喜的外套和手机，说：“小占，给家里人打个电话吧，让他们来接你回家，要么上医院看看，你的脸色好差呀！”

占喜还跪着，像是听不见似的，抱紧垃圾桶干呕。邱老师正要再说时，手里的手机无声地亮起来，一看，是“好大一头鱼”的微信视频申请。

她看一眼占喜，接起来，对面出现了一个年轻男人焦急的脸庞，邱老师说：“你好，我是小占的朋友，她在我这儿。”

她把镜头对准地上的占喜，她还在干呕。

男人愣愣地看着镜头，嘴一张，喉咙里发出声音来：“呃啊呃啊啊……”

邱老师吓一跳，下意识地要挂视频，又看到那个男生的手在镜头前比画起来，像是……手语？

她想起占喜二月来跳舞时，玻璃门外的那个聋哑男生，是他吗？

此时，镜头里的他不见了，画面晃得很，像是拿手机的人在奔跑。邱老师没挂视频，听着对面含糊的声音一直未断，令人不太舒服。但她觉得，对方像是想让她知道，他还在，请她不要挂断。

邱老师耐心地等待着，大概过了一分多钟，镜头里出现了一个中年男人的脸，他问：“妹子，你是哪位啊？小占在你那儿吗？小鱼在找她，找不到都快急死了。”

邱老师立刻说：“我是小占的朋友，她现在在我这儿。”

那是顾爸爸，他问：“哪儿呢？你把地址给我。”

邱老师报给他，顾爸爸说：“哦，很近啊，你让小占别走，小鱼马上过去找她，谢谢你啊。”

占喜晕头转向的，简直把怀里的垃圾桶当成了救生圈，抱着不肯撒手。

劲爆的音乐再次响起，那些人又开始跳舞，她也想跳，却没力气起来。有人还在帮她拍背，还有人喂她喝水。她喝了几口，又是一阵头晕眼花，知道自己大概是因为没吃东西低血糖，还因为太用力地跳舞而有点儿缺氧。

她呆呆地在角落里席地而坐，背脊靠着墙壁，手里抱着垃圾桶看那些学员跳舞。跳过两遍后，她的耳边突然响起一阵急促的脚步声。

占喜转过头，只感到一阵风，有个人几乎是以滑跪的姿势来到她面前。他像是吓坏了，伸出双手抚摸她的脸颊，上上下下地打量她，眼神里的焦急关心一览无余。

他微微张嘴，发出轻轻的“呃呃”声。占喜做梦一般地看着他的脸，眼睛一酸，嘴巴一咧，“呜哇”一声就哭了出来。

她丢开垃圾桶扑到他的怀里，死死地抱紧他，抓挠着他，哭得上气不接下气。她叫着他的名字：“小鱼，小鱼，小鱼……我失败了，呜呜……哇哇……我失败了！我失败了……”

舞室里还在上课，骆静语帮占喜穿上外套，拉上拉链，向邱老师点点头表示谢意，牵着占喜的手离开了舞蹈室。

来到大街上后，骆静语看着占喜。她脸色苍白，嘴唇都没有血色，走路发飘。他立刻背对着她半蹲下身，回过头拍拍自己的背。她一声不吭地就趴了上去，双臂环紧他的脖子。

骆静语捞起她的两条腿，起身后背着她往家走。

她在他背上，走路时无法聊天，他心里担心得不得了。

下午课间休息时，他才看到欢欢的微信消息，没有去问她究竟发生了什么，只说了几句安慰的话，让她不要难过，下次再努力，等等。

四点多下课后，他回到酒店看手机，欢欢没回他，他又给她发了几条消息，等了一会儿她还是没回。他不知怎么就感到心慌，没有犹豫，直接打车去了高铁站。

他买最近发车的高铁回钱塘，没有坐票，他一路站了回来。高铁行驶过程中他一直给占喜发消息，她都没理会。虽然她说过想安静一会儿，不回微信消息，但他还是很担心。

他天天和占喜在一起，知道她为了这次转岗有多努力，没有通过肯定难受极了。他想，不管她有没有事儿，他都要回去看看，哪怕只陪她几小时，能让她心情好受些也是好的。

到钱塘后，他打车回家，已经过了七点半，结果占喜不在1504室，敲802室的门也没人开门。他这下子真是急疯了——欢欢去了哪儿？是不是心情不好去找她的大学同学了？

微信消息发出几十条都没得到回复，骆静语也不管了，直接给她发视频申请，前两次没人接，第三次终于有人接起来。

他没看清那个女孩儿说了什么，只看到欢欢跪在地上的背影，旁边还围着几个人。骆静语吓坏了，慌极了，不知道那边究竟发生了什么。他听不到，也没法儿向对方说话，情急之下冲去1501室敲门，请顾爸爸帮忙通话，终于知道了欢欢在哪里。

“秋风艺术”离青雀佳苑不远，占喜伏在骆静语背上，脑袋贴着他的肩膀。他穿着一件黑色长袖T恤，她用鼻子嗅嗅，他的身上居然没有那种丝柏衣挂的香味了。

这个发现令她很难过，好像这个小鱼是假的，心中酸涩，嘴里“呜”的一声又哭起来，手臂也将他搂得更紧。

骆静语已经在沪市待了十几天，每天在酒店房间洗衣服，身上哪儿还会有丝柏香？他听不到占喜的哭声，却能感觉到背上的女孩儿身子在颤抖。没一会儿，他的肩膀就被她的眼泪打湿了。

他轻轻地叹气，双手托了托她的腿，目视前方，继续一步一步地往前走。一直到走进单元门，他才把她放下地，转身看她，她果然又哭红了眼睛。

骆静语想，欢欢受了多大的委屈？怎么会这么伤心？幸好他回来了，要不然她一个人待着多可怜啊。他略微弯腰，抬手帮她抹抹眼泪，眼神中充满怜惜之意。

占喜痴痴地看着他，抓住他的手与他十指紧扣。

她想，自己真傻，小鱼哪儿会是假的，这么温柔的小鱼，世上只有这一个。

两个人回到1504室，占喜没力气，直接在餐椅上坐下来。骆静语蹲在她面前仰头看她，打手语问：“怎么了？想和我聊聊吗？”

占喜眼中含泪对他微笑，说：“我饿了，没吃晚饭，你给我煮碗面好吗？”

啊，原来是饿了吗？骆静语立刻点头，站起身打手语回答：“好，你等一会儿。”

去厨房前，他弯腰亲一下占喜的额头，又摸摸她的脸，揽着她的脑袋贴在自己的肚子上，一下下地揉着她的头发。

占喜知道小鱼是在安慰她，他打太长的手语她可能看不懂，不如用行动来让她安心。

骆静语给占喜煮了一碗荷包蛋面，家里没蔬菜，他就撒了些榨菜丝提味，还放了几颗甜不辣。

占喜对着这碗热腾腾、香喷喷的汤面，一边吃一边掉眼泪。骆静语坐在她身边，不时地揉她的头发，轻抚她的背脊。

占喜心里好受了许多，胃里不空后，精神也恢复了些，转头问骆静语："你怎么回来了？你不是要天天上课吗？"

骆静语打手语："下课，回来。"

占喜又问："那你什么时候再回去？"

骆静语想了想，回答："明天早上，六点。"

就待一个晚上啊，还那么早就要走……占喜看着他，又哭起来了，眼泪"吧嗒吧嗒"地掉，嘴里也呜呜咽咽地出了声。

骆静语心疼坏了，揽过她的肩膀抱紧她，想了好久，拿出手机给她打字：明天星期五，后天星期六，你要不要去沪市和我？

占喜呆呆地看着他的手机，又抬头看他的脸，怯怯地问："可以吗？"

骆静语重重地点头，弯弯右手四指回答："可以。"

占喜一下子就笑了，眼泪都还挂在眼角，点头说："好，我跟你去沪市，我不想一个人待着，我太想你了，小鱼，我太想你了。"

既然做了决定，就得抓紧时间，占喜把面吃光后一个人去八楼收拾东西。骆静语洗掉锅碗，在十五楼准备寄存"礼物"的事情。

只能委屈"礼物"在宠物店里待几天了，小猫被抓进猫包时超级不满。骆静语很愧疚，安抚了好一会儿，小家伙才安静下来。

钱塘到沪市的高铁最晚到晚上十一点，骆静语和占喜把"礼物"寄存到宠物店后，立刻打车去了高铁站。出租车上，占喜给文琴发微信说第二天休一天年假，文琴同意了。骆静语则拿着占喜的身份证买高铁票，顺利买到两张挨着的坐票。

占喜就带着一个双肩包，装了几件换洗衣服和充电线，化妆品一件没带，连洗面奶和护肤品都没带，反正小鱼有，还高档，用他的就行。

来到高铁站，骆静语买了两瓶水和一些点心，背上占喜的双肩包、牵着她的手检票进站。

占喜的情绪一直很低落，但因为在骆静语身边，她有一种无法言喻的安全感。被他牵着手走到这儿，走到那儿，她什么都不用想、不用管，就只要跟着他就行了。

夜晚的高铁站依旧人头攒动，一排排的候车椅上坐着疲惫困倦的旅客。骆静语紧紧地牵着占喜，有人拖着行李箱在他们面前跑过，他会站定，将她护在怀里。

占喜仰头看他，这个男人是她的男朋友，身形高瘦，帅气又温柔，虽然耳朵听不见，却是那么可靠，可以让她放心地闭眼跟他走。

从候车室到检票过闸，再到坐进车厢，骆静语的手和占喜的手就没分开过。

坐下后，他抬起两个人之间的座椅扶手，揽过占喜的肩，让她的脑袋靠在自己的肩膀上。他没有比手语，单手拿手机打字给她看：我在，放心，不要难过。

占喜在他怀里闭上眼睛，抬手揪紧他的衣襟，脑袋蹭着他的身体点了点头。

高铁开动了，窗外是黑色的城市，远处有灯光，看得最清楚的反而是两个人的影像，就跟镜子一样。

骆静语看着车窗上的人影，女孩子像只猫似的黏在他身上。他想他的胆子可真大，就这么把欢欢给带出钱塘了，多么像私奔，晚上……

啊，对了，晚上怎么睡呢？

骆静语住的酒店在徐卿言的工作室边上，步行五分钟就能到。

那是一家还算舒适的快捷酒店，徐卿言因为一年里要办好几次进修课，和酒店有协议价，学员们长住要比在平台订房便宜很多，骆静语每次去都是住在那里。因为课后有作业，晚上要用书桌，所以大家都是单住，骆静语订的自然是大床房。

他拿出手机查阅酒店房间信息，想看看还有没有空房。占喜瞄到了，伸手过去按住他的屏幕，抬起头来打手语：“我不要一个人。”

骆静语指指自己，又指着平台上的大床房照片给占喜看，再指指标间，摇摇手，意思是他住的房间只有一张床。

占喜就一句话：“我不要一个人住。”

骆静语有些苦恼，想着上个月还和欢欢说出去玩时要订两个房间，这会儿怎么就这么为难了呢？他也不放心欢欢一个人睡，要么再订一间标间？

占喜压根儿没去思考这件事情，只是像只树袋熊似的挂在他身上。他想了半天，决定不想了，先到酒店再说吧。

高铁很快，五十分钟就能到沪市。一路上，占喜没和骆静语说事情的经过，车上人太多，她觉得自己讲着讲着会哭，不想再哭了，干脆一直没开口。

她觉得自己找了个不会说话的男朋友真是好明智。她不想说，小鱼绝对不会勉强，他会和她之前的做法一样，静静地等待，等待她愿意开口的时候。

她现在其实并不想倾诉，木已成舟，所有的抱怨、吐槽、发泄、哭泣都已没用。她原本是想一个人静静地待几天，好好想想接下来该怎么办。

可是小鱼来了，还把她带走了。她想，这样更好，她不用一个人孤孤单单地胡思乱想。有他在身边，就像随身带着充电宝一样，她再也不怕自己会没电了，也不怕崩溃痛哭的时候没人来抱抱她了。

嗯，抱抱就行了，不需要话语安慰，不需要问东问西，有小鱼在就足够，真好，在他身边，她似乎都不再感到彷徨害怕。

骆静语和占喜出站时快到零点，两个人打了一辆出租车去骆静语下榻的酒店。

徐卿言的工作室在城东，打车挺远，到酒店后，骆静语牵着占喜去前台，还在思考要不要再开一个房间。占喜摇摇他的手，他转头看她，她把身份证递给他，说："就睡你那儿吧，大床没关系的，我睡觉不怎么动。"

骆静语看了她好一会儿，终是接过身份证交给前台，帮她办理入住。

房间在六楼，并不大，只有二十平方米出头。骆静语下课后只在房里待过一会儿就去了高铁站，房间里还是白天被客房清洁打扫过的样子，白色被子铺得很平整，桌上的东西也收得整整齐齐。

骆静语拉上窗帘，回头一看，占喜正把双肩包放在衣帽架上取东西。他过去拍拍她的肩，打手语问："你先洗澡？"

占喜把内裤和睡裙取出来，这时候才感觉到害羞，红着脸点点头："嗯。"

骆静语拿出手机打字：我有作业，要四小时，你洗澡，我洗澡，你睡觉，我作业。

占喜惊讶地看着他，问："你还要做作业啊？"

她知道他每天都有作业，但以为今天事出有因，一天不做应该没事。

骆静语点头，有点儿无奈地打字说：每天作业，一定是要做了，今天不做，明天要做，今天我想要做完。

占喜看看手机时间，都快一点了，问："那你不是没时间睡觉了？"

骆静语打手语："睡觉三小时，够了。"

占喜能读出他神色间的坚定，尽管他的眼神一直很柔和。她想，这是小鱼学业上的事情，她也不懂，如果他能不做，肯定会想办法解决，他说要做完，那就是必须要做，既然如此，她就不要再浪费他的时间了。

"那我先去洗澡，你把作业准备起来吧，等会儿洗完了再接着做。"占喜上前抱抱他，又踮起脚吻吻他的唇，"对不起，我不知道你的时间这么紧，你开工后不用怕吵我，我睡眠很好，睡得着的。"

骆静语不满足于她这么浅的亲吻，一下子抱紧了她，低头吻得又深又重。他知道他们今晚没有时间再深聊了，让欢欢好好睡一觉吧，这个吻就当是他想对她说的千言万语。

唇舌分开后，他又歪头去咬她的耳朵，舔舔她的耳垂。夜深人静，在这陌生的房间里，他放松心神，闭着眼睛在她耳边喃喃出声：“呃……歪呃歪，歪呃歪……”

他一直这样叫她，占喜没有纠正过他，知道他是在叫“欢欢”，每听一次，心都会变得酥痒难耐，何况这清越的声音还是在她耳边，含糊却性感，听得她心尖儿发颤，腿都要发软。

她想，自己好贪心啊，想听小鱼说更多的话，说不清楚都没关系，想听他叫她“占喜”“鸡蛋老师”，想听他说“我喜欢你”“我想你”，也不知道他会说成什么样，但她就是想听！

不过肯定不是今天，他们太黏糊了，还想不想睡觉了？占喜推推他的胸，他站直身子，有些无措地看着她，心想是不是自己发声太难听、太怪异，弄得欢欢不高兴了？

占喜手指往他的胸膛上戳一下：“我要去洗澡了，你赶紧去准备，这么黏人，早知道我不和你来了。”

骆静语的嘴巴都撇了起来，怎么这就后悔了呢？

占喜又笑了：“好了好了，今天太晚了，下次再说话给我听，我教你说别的，我想听什么你就学什么，好吗？”

骆静语惊呆。

什么？他还要学说话吗？天啊，那多难啊！他能叫“欢欢”还不够吗？

不过欢欢都这么说了，骆静语自然不会拒绝，轻轻地点了点头，很是不舍地松开她的腰。

占喜去洗澡了，骆静语在书桌前准备作业的材料和工具。

这一次的进修课，他们学做野花、野草和进阶版的一些常见花型，比如更高级别的玫瑰。其中光是野草就有十二种，有些布料骆静语都没见过，部分做法也是第一次接触。

每天都有作业，需要四五个小时完成，不能不做，会计入最后的成绩，影响到证书的颁发。他本来想着早上回沪市直接去上课，和徐老师说一声，晚上通宵把两天的作业一起做。

可现在他回来了，想着还是做完吧，要不然第二天还是得熬通宵。

占喜洗完澡出来时，骆静语已经拿着剪刀在剪型，专心得都没发现她站在他身后。等他剪完，她才拍拍他的手臂。

骆静语回过头来，看到她穿着一条蓝色睡裙，长发已经吹干，手指着卫生间说：“小鱼，你去洗澡。”

骆静语没再耽搁，拿上衣裤就进了卫生间，很快，里头传出花洒的水声。

占喜爬到床上，钻进被窝给手机充电，这会儿才敢去看消息和未接来电。

小鱼给她发了这么多消息啊……她一条条地看完，心里暖暖的。

再看电话，迟贵兰给她打过五个，还都是下午打的。

她就是这样，明知道占喜不会接，还会一次次地打过来，就像是故意恶心人。

迟贵兰还给她发了很多条微信消息，长篇大论，她一条都没看，直接把对话框删了。

占杰也给她打过电话，她想了想，给哥哥发了条微信消息。

鸡蛋布丁：哥，这几天我心情不好，去外地玩三天，你和妈说一声，叫她不用联系我，我是不会理她的。她干涉了我工作上很重要的事情，我已经对她绝望了。

占杰很快就回了。

老哥占杰：你们怎么回事啊？你去哪儿了？

鸡蛋布丁：你别管我去哪儿，我是成年人，爱去哪儿去哪儿。

老哥占杰：吃火药了？说话这么冲。

鸡蛋布丁：你和妈说，下个星期一我会给她打电话说清楚，这几天谁都别联系我，包括你。没其他事情了，我现在要睡觉，再见。

老哥占杰：？？？

占喜并不想逃避，这几天她远离钱塘，刚好可以好好思考一下自己和母亲之间的问题。

问题总要解决，要不然就会一次又一次地发生，以前已经发生过无数次，但她都是选择忍耐、选择消极抵抗或是蒙混过关。事实证明，她的一次次妥协是没有用的，母亲的行为只会变本加厉。

她不想再像个提线木偶般生活在母亲的阴云之下，不想坐以待毙。

骆静语洗完澡后没吹头发，穿着短袖 T 恤衫和运动裤走出来。占喜还没睡，靠在床头看着他。

骆静语刚要向她走去，她伸手指着他，又指书桌，打手语道：“别过来，去工作。”

骆静语摇头浅笑，揉一揉湿漉漉的头发，乖乖地坐到书桌边。

占喜关掉床头灯后侧躺下来，整个房间只剩书桌灯还亮着。骆静语在伏案工作，她能看到他宽阔的肩膀和修长劲瘦的手臂。

她不想再玩手机，下午睡过了，这会儿倒也不困，就一直盯着骆静语的背影看。他发出了“窸窸窣窣”的声音，肩膀和手臂一动一动的，不知道是在染色还是在干其他的。

占喜知道他应该有把动作放轻，哪怕他自己听不见，也不想打扰她的睡眠。

看着看着，占喜的眼睛又湿了。

以前，她以为母亲为她做的一切就是为她好，母亲怎么会伤害她呢？她当然要听母亲的话，努力达到母亲对她的要求，成为母亲希望她成为的模样。

她自己的想法无关紧要，忍一忍就过去了，不能不听话，不能让母亲生气，要做个乖女孩儿，不能做一切让母亲不开心的事情。

而现在，看着骆静语，她才真正懂得，一个人对另一个人好，究竟是什么样的。那是一种没有束缚、没有条件的爱，像轻柔的空气围绕在身边，从来不会让她感到窒息和压抑，更加不会有绝望和恐惧。

她终于知道自己为什么会被骆静语吸引，她一直活得小心翼翼、诚惶诚恐，真的太累太累了。

而她的小鱼总是对她说：

——可以啊，去做吧！你想做什么都可以，你自己决定。

——鸡蛋老师，你好聪明、好厉害啊！

——你真的不会烦我吗？

——我文化低，很笨，条件很不好。

——我不希望你生气。

——鸡蛋老师，我很尊重你了。

——欢欢，你唱，我能听见。

——你喜欢这个吗？送给你！

——歪呃歪呃，歪呃歪呃……

——欢欢，你非常好看了！

——欢欢加油！加油！加油！

——我在，放心，不要难过。

…………

如果说纪鸿哲事件是将她引出迷雾的那声哨响，罗欣然就是沿途的一块指路牌，秦非是分岔路口的一盏警示灯，那么骆静语就是她寻寻觅觅很久后，最终找到的那片温暖又自由的港湾。

寂 寞 的 鲸 鱼

Ji Mo De Jing Yu

Lonely whale

（下）

含胭 著

华龄出版社
HUALING PRESS

CONTENTS

目　　录

CONTENTS

目　　录

Chapter 13

梦想，是要坚持的

占喜不知道自己是什么时候睡着的，只知道迷迷糊糊间，有个人亲了亲她的额头，她嘀咕一句："几点了？"

没有人回答。

接着，身边床垫一陷，有人躺下了，她身上的被子也被拉扯了几下，不过没人触碰她。她没睁开过眼睛，又一次陷入香甜的睡梦中。

早上，八点的生物钟让占喜自动醒来。酒店房间的窗帘很遮光，整个屋子黑漆漆的。她打开床头灯，扭头一看，骆静语在她身边熟睡，发出轻微的小呼噜声。

他睡得很靠那头的床沿，侧身背对着她，两只胳膊都在被子外。她能看到他白色短袖T恤下突起的肩胛骨，还有凹陷的脊椎线。

占喜下床走到书桌边，看到桌上摆着一株植物，有着绿色的花茎和叶片，叶片上有着清晰的叶脉，颜色很自然，花茎顶端长着一丛丛很小瓣的黄色花朵，花托也是绿色的，认不出来是什么花。

她又走去窗边，撩起窗帘往外看。五月底了，天气渐渐炎热起来，这间房朝东，早上的太阳异常刺眼。楼下是一条小路，看着很热闹，行人和电瓶车来来往往，隔着窗户都能听到隐隐的喧嚣声。

占喜知道骆静语是早上九点的课，等到八点二十分，她走去他床沿边坐下，拍拍他的手臂。他没反应，呼吸声绵长平稳，显然睡得很熟。她干脆俯身亲吻他的脸庞，"啾啾"两声，他终于被弄醒了。

现在的骆静语已经不会在占喜面前刻意隐藏声音，醒来后清了清嗓子，翻身仰卧。

大概是阳光刺到了他的眼睛，他抬手挡住脸，发出一声悠长的“呃啊”，似乎在抱怨没睡够。

“起床啦，你要迟到啦。”占喜用双手揉搓着他的脸，还“啪啪啪”地拍几下，“支棱起来，小鱼同学，八点半啦……”

骆静语眯缝着眼睛，根本没看清她的唇语，突然伸出双臂抱住她，往下一压，她整个人就扑到了他身上。

她穿着睡裙，里面可什么都没有，两个人的身体隔着被子贴得紧紧的。骆静语像是什么都没发现，闭着眼睛满足地抱紧她，手掌轻抚着她的背，还沉浸在美梦中。

“哎呀，你放开我呀！”占喜却是羞得不行，又推又拍，好不容易才爬起来。

骆静语终于睁开眼睛，眼神柔柔地看着她，打了句手语：“早上好。”

占喜也用手语回答他：“早上好。”

骆静语又抬起双手比画：“现在几点了？”

占喜右手食指弯钩，给他比了个“9”。

骆静语一下子弹起来，几乎是同时，他手腕上的手环“嗡嗡嗡”地开始振动，是他定的闹铃——八点半。

占喜“哈哈哈”笑得拍大腿。

骆静语知道占喜在骗自己，松了口气，对她做个鬼脸，伸手揉揉她的头发，没多想就掀开被子下床找拖鞋。也就两秒，他头皮一炸，两条腿又快速缩回到被窝里。

他抬头看向占喜。晚了，她都看到了。

占喜愣愣地看着他，回想着刚刚看到的那一幕。骆静语T恤下只穿着一条灰色内裤，还是三角的，露出两条光溜溜的大长腿，皮肤很白，要是没看错，小腿上还有腿毛……

骆静语咽了口口水，耳郭已经变得深红。他伸手从床头柜上捞过运动长裤，在被窝里摸索着穿起来。

占喜默不作声地走到衣柜边去拿自己的衣服和长裤，装模作样地弄来弄去，也不敢回头看他。

骆静语顶着一脑袋乱毛在卫生间洗脸刷牙时，还是感觉臊得慌。

小时候不算数，记忆里上初中后他就没再只穿着三角内裤出现在女生面前。就算在家里，因为睡客厅，他也都是穿一条平角裤，或是外头加件大裤衩。骆明松一直教他即使是男孩子也不能太随便，毕竟家里还有个姐姐。

这家快捷酒店没有早餐，骆静语平时都是去外面吃早饭。穿戴整齐后他背上包，想对占喜交代点儿什么，占喜却把他往外推，一直推出门外，在他错愕地回头时才说：

“快走吧！你要迟到了，别管我，我还能饿肚子吗？”

她一边说，还一边用手语辅助表达，让他快点儿走。

骆静语没办法，摸摸她的脸，转身去上课。

他买了两个肉包边跑边咬，还是迟到了五分钟。他走进徐卿言的工作室时，徐老师和其他三位学员已经准备开始了。

徐卿言笑眯眯地看着他，笑道：“哈，好难得，模范学生小鱼同学今天迟到了啊。”

她年过四十，身材娇小，气质优雅亲切。骆静语觉得徐老师和骆晓梅有点儿像，从八年前开始就对他照顾有加，这也是他能一直坚持学习烫花的原因之一。

学员之一邵姐 37 岁，对骆静语说：“小鱼，说好了迟到要罚款的哦，今天下午的奶茶归你请啦。”

小朱姐和小丁姐都咯咯地笑起来。骆静语很不好意思，点点头，比了个“好的”，赶紧在自己的座位上坐下，把工具从包里往外掏，又把仔细包好的作业拿出来交给徐卿言。

烫花课不像一般上课那样老师在前面教，学生在底下听，而是五个人围着一张桌子，老师边做边说，大家一边看一边听，自己做笔记，然后跟着老师的教学节奏随堂练习。

教材有图鉴，分步骤讲解，图片有彩色的，有黑白的，不过文字全是日文。徐卿言接触烫花后开始同步学日语，十几年了，现在已经可以把教材上的日文吃得很透。

她对自己要求很高，授课经验也丰富，从初级烫花到骆静语这样水平的高级别烫花都能教。对学员们来说，被考验的则是他们的理解能力。学员们需要目不转睛地看着徐老师怎么做，自行理解和想象花型烫好后是什么样子。

学员们上课时别说玩手机，只要思想开会儿小差、一个步骤没跟上，课后作业就会做不好甚至做不出。几次没跟上，最后的大作业基本就要挂，证书拿不到就得重考，那又是好大一笔钱。所以，大家上课时都很认真，没人说闲话，听得聚精会神。

骆静语的座位是最好的，在徐卿言正对面。每年的这个座位都会留给他，是所有人对他的照顾。

坐在这个位子，他可以清晰地看到徐老师的唇语和手里的动作。只是，他毕竟一点儿听力都没有，别人都是边看边听，徐老师的讲解类似于手上动作的画外音。可对他来说，他读唇本就要专心，读了唇语，眼睛就会顾不上徐老师的操作，眼睛去看操作，就会顾不上读唇语。

最早的时候真的很难，难到他因为跟不上、作业不会做而晚上回房间偷偷地哭。后来他厚着脸皮去请教徐老师，说自己听不见，实在没弄懂，徐老师才意识到虽然这个聋人学生自述能读唇，但她还是得对他多关照一些。

几年下来，骆静语总算是有经验了。上课时眼睛几乎是盯着徐老师的手看，有闲暇了，才会分心去读唇。徐老师也很贴心，有时候到非常关键的步骤，她会先讲一遍，等大家记好笔记，再上手操作给大家看，这对骆静语来说就友好很多。

这堂课教松虫草花，那是一种野花，非常难。整朵花的花瓣又多又小又密，花蕊是挤在一起的颗粒状，做的时候要用棉花搓，再用指甲盖大小的布把每一粒花蕊包严实，不能把棉花露出来。对花瓣和花蕊的填补既要饱和又不能太密集，把握不好那个度，就会很丑。

做这样的花万分考验手作人的耐心和手指的精细灵敏度。

徐卿言操作过一个步骤后，让学员们自己搓棉花、包花蕊。骆静语操作时，徐卿言重点关注他，把之前他可能没“听”到的注意事项再对他强调一遍。

骆静语很感恩，就是这样默契的配合，他的课后作业才能完成得不错。这么多年来，大作业也从未挂过。

上午的课没有休息时间，到十一点半时，徐老师让大家点外卖，午休一个多小时。骆静语赶紧拿出手机给占喜发微信消息。

好大一头鱼：欢欢，我中午下课了，你吃饭吗？

鸡蛋布丁：我早饭九点多才吃的，吃了三明治和酸奶，还不饿。一会儿十二点多再出去吃，不想叫外卖。

好大一头鱼：我们下午下课不晚了，吃饭你等我。

鸡蛋布丁：好呀，我肯定是等你一起吃饭的。下午我去周边转转，附近好像有个展览馆，还有个大超市。你想吃什么吗？我去买点儿。

好大一头鱼：水果可以，荔枝现在多了。

鸡蛋布丁：好嘞。

好大一头鱼：那么我吃外卖了。

鸡蛋布丁：嗯嗯。多吃点儿。你好好上课，别管我，我自己会照顾自己。

骆静语抬起头来，发现徐老师和三个姐姐都在看自己，每个人的表情都很耐人寻味。

“我们在等你回答吃什么。”邵姐把手机递给他，“就看你发着微信消息还傻笑，怎么啦？交女朋友啦？”

骆静语的脸一下子就红了，在邵姐手机上匆匆看一眼，随便选了个黑椒牛柳饭。邵姐下单后看看他，对别人说：“嘿，咱们的团宠还真有情况啦！”

她们好几年前就开玩笑说骆静语是团宠，又乖又帅还容易害羞，学到这份儿上就只剩他一个男生，每天安安静静的，学得还特别好，天生招人喜欢。

骆静语抿抿唇，悄悄打开手机相册，挑出一张自己和占喜的合影，拿着手机想递又不敢递。邵姐手疾眼快地把手机抢过去看，叫起来："哎哟，小鱼的对象好漂亮啊！两个人很般配呢！"

大家纷纷凑过来看照片，连徐老师都兴奋地过来了。大家都对占喜赞不绝口，说占喜看面相就是个很乖、很可爱、很温柔的女孩子。

骆静语看着她们七嘴八舌地说话，读过这个唇语又读那个唇语，似乎都是在夸欢欢。他很高兴，笑得眼睛弯弯的，嘴角也弯弯的。

不过，这次他没说欢欢是健听人，姐姐们反正也没问。他联想到方旭、岳奇和母亲的反应，觉得说了以后自己又会被一通打击。

吃完饭，还没上课，徐老师坐到骆静语身边和他聊天。

骆静语用手机打字告诉徐老师，他的女朋友在上海，来陪他过周末。

"谈多久了？"徐老师手捧一杯热乎乎的白茶，笑着问道。

骆静语害羞地打字：认识半年，谈三个月。

"不错，不错，你也27岁了吧？"徐卿言说，"是该交女朋友了。挺好的小伙子，要不是你不在上海，我都想给你介绍了。"

骆静语笑笑。

"对了，你一二月是不是做了一棵樱花树？"徐卿言像是突然想到这件事情，这话题也引起其他几位姐姐的注意。她们都是国内烫花圈里的资深从业者，都听说过这件事情，但骆静语还天真地以为没人知道是他做的。

他想起方旭的话，紧张得不知如何是好，只看见邵姐张嘴说："小鱼，那棵树是你做的吧？在钱塘的也就是你啦，我都想不到第二个人。"

骆静语见大家都看着自己，只能承认。

他想，她们可别再笑他了，什么"疯子"，什么"傻子"，想到那些字眼儿他都难过得要命。

没想到，徐卿言说："小鱼，你做得很好呢，很用心。我看过照片，整个布景搭配得相当完美，全是你设计的吗？"

骆静语五味杂陈地点点头，内心还是忐忑不安。

邵姐问："花了多长时间啊？让我接我可不敢接，这工作量太大了。不过做出来真的超好看，超厉害！这树后来去哪儿了？"

她坐得远，骆静语没打字，在纸上写字给她看：四十五天，树在我家，是安装在客户家。

小朱姐拍拍骆静语的手臂，待他转过头来，她才说："小鱼，这个活儿你那客户来问过我，我离得远嘛，当时都不敢报价，没人做过这种，报高也不行，报低也不行。我还和徐老师讨论过该报多少，不过徐老师说，这活儿适合交给你，你就在钱塘，我们去凑什么热闹啊。"

骆静语眨巴着眼睛看她，又回头看徐卿言。徐老师笑着说："我觉得你就是最合适的，这个太费功夫了。她们都拖家带口，时间也不够，最后证明你真的完成得很好。什么时候去客户家安装呀？"

骆静语垂眸打字：客户说五月，我没有空，约下月了。

"挺好的。"徐卿言说，"好好干，你也的确该有大件作品了，那棵树做完后你其实应该好好推广一下，太过无声无息，我的很多学生都不知道是你做的。可是再想一想吧，是私人客户，不声张也能理解。"

骆静语都不知该怎么形容此刻的心情，手心里都是汗，想笑，又不敢笑，只能低着头、抿着唇偷偷乐。

他想，欢欢是对的。方旭真的在骗他，没有那么多的差评。她们都说好，连徐老师也说好，他没给徐老师丢脸，没给烫花手作人抹黑。真高兴啊！回去要和欢欢讲，他被夸奖了呢！

徐卿言拍拍骆静语的手臂，他抬头看她，她问："对了，小鱼，七月的钱塘造物节你去参加吗？"

骆静语指指自己，右手食指在太阳穴边绕了几圈儿，意思是"他想想"，普通人都能看懂。

"去呗，搞个摊儿，姐姐去找你玩。"邵姐说，"唉……知道烫花的人还是太少，你可以搞个现场体验。"

小丁姐很兴奋："对，对，对！小鱼搞个摊儿，我也去玩！"

大家你一言我一语地聊起怎么做展示，徐卿言也给了些意见。她参加过好几次国内外大型展览，已经不是摆个摊儿的档次。但对骆静语来说，能摆个摊儿已经是件大事情。

骆静语浅浅地笑起来，想了想，点点头，比一个"好的"。

七月的造物节有手作艺术方面的板块，手作人都想在造物节上展示自己，地点又在钱塘。骆静语前两年就想参加，方旭一直不同意，觉得很亏，没意义。

这一年，骆静语不管方旭同不同意，都想去试试。这还不是想参加就能参加的，得报名经过筛选。

聊了一阵子后，徐卿言拍拍手："好啦，好啦，上课了，早点儿开始，早点儿结束，你们晚上做作业也能早点儿收工。尤其我们小鱼还要陪女朋友呢，我们就帮他省点儿时间吧。”

姐姐们都大笑起来，骆静语摸摸耳朵，烫烫的，心想自己怎么这么不淡定啊，她们一说到欢欢他就脸颊发热，哪像个 27 岁的男人，17 岁还差不多。

下午的课对骆静语来说有些难熬，他睡得太少，终归有些犯困。

不过手作人都有熬夜经验，骆静语为大家点奶茶时，给自己要了一杯咖啡。另外又泡了一杯浓茶，硬生生地把自己给喝清醒了，再次投入松虫草花的学习制作中去。

占喜上午在酒店房间休息，下午去展览馆参观，又去超市买了些水果零食。最后去书店挑了一本书，准备拿回房间慢慢看。

很久没有过这么悠闲的日子了，一天下来，迟贵兰果真没有联系她。

占喜脑子里其实想了很多，回顾了一遍自己从小到大的生活、学习和工作经历，一些以前从没意识到有问题的片段，现在想来都别有深意。

她的大脑渐渐明晰，几个想法也陆续成型，想着晚上和小鱼聊一聊，听听他的意见。

骆静语给她发过微信消息，说今天的课五点左右结束。她在房间待到快五点时，突发奇想，想去接小鱼下课。

想到就做，占喜知道骆静语在哪个楼上课，走过去就几分钟。她晃悠到写字楼一楼大厅，没地方坐，天还挺热，就去隔壁便利店买了一支草莓蛋筒，站在大厅角落里慢慢地吃。

骆静语和三位姐姐从电梯里出来时，看到的就是这一幕。

那个女孩儿站在不远处，穿着最简单的烟灰色长袖 T 恤、牛仔裤和小白鞋，瘦瘦高高，长发扎在脑后，光洁秀丽的脸上不施脂粉，手里拿个甜筒正在舔着吃。

邵姐见骆静语站着不动，顺着他的视线也看到了占喜。几个姐姐立刻叫起来：“哎呀，是小鱼的对象哎！”

骆静语自然是听不见，占喜已经笑吟吟地走到他面前，依旧舔着蛋筒。

骆静语笑了一下，指指三位陪着自己一同驻足的姐姐，对占喜打手语：“我的同学。”

他很紧张，因为他没有经过欢欢同意，已经给姐姐们看过她的照片。他没想到欢欢会来等他下课，不知道她会说些什么，都不敢介绍说这是他的女朋友，甚至不敢去牵她的手。

他非常清楚自己和欢欢还属于半地下恋，在无人知晓的公共场合，他是坦然又稳妥的男朋友。可到了认识却不熟的人面前，他反倒失了些自信，实在不想再被泼冷水。

占喜看着三位女士，小鱼说她们是他的同学，其实都是年长几岁的姐姐。她乖巧地喊："姐姐们好，我姓占，你们可以叫我小占，我是小鱼的女朋友。"

骆静语一直看着她的脸，看清她说的话，心里像被撞了一下。而她已经主动牵住他的手，手指和他扣得很紧。

邵姐几人的确没想到占喜会说话，想当然地以为骆静语的女朋友也是聋人女孩儿，一开始都愣了一下，不过很快反应过来，热情地说："你好，你好！小占啊，要不要和我们一起去吃饭？你家小鱼每天都是一个人吃饭，今天和我们去聚餐吧？"

占喜看看骆静语，骆静语对她打手语："你说，明天。"

占喜懂了，笑着说："谢谢姐姐，今天就不一起吃啦，明天可以吗？小鱼昨天才睡了三小时，今晚还要做作业，我想让他早点儿做完补个觉。"

昨天才睡三小时啊！姐姐们一脸的恍然大悟，心领神会。

啧啧啧，这战斗力，真不愧是年轻人。她们哪知道前一晚骆静语在钱塘和沪市之间打了个来回，此时都笑得意味深长。邵姐说："好的好的，那你们去约会，我们去吃饭啦，说好了明天一起吃啊！"

几人分别后，占喜吃完甜筒，和骆静语手牵着手往大街上走。

暖融融的风吹过他们耳边，骆静语看着街上的风景。这是沪市的闹市区，下班高峰快到了，行人和车辆都很多。他想象这景象该是有多喧闹嘈杂，然而在他的世界里，那些动着的人和车始终是一帧帧安静的动画。

和占喜在一起，他再也不会把手藏到衣兜里，手指摩挲着掌中肉乎乎的小手，转头看她一眼，就很开心，特别开心。

他们没有回酒店，找了家湘菜馆一起吃晚饭。吃完后，天已经黑下来，骆静语说自己坐了一整天，有点儿累，想在外面散散步，晚点儿再回去做作业。

于是，两个人就逛到一个小广场上。晚饭后的广场很热闹，有人散步消食，有人带着小孩儿出来玩耍，阿姨们跳着广场舞，还有教练教小朋友们练轮滑……

骆静语来沪市后就是酒店、教室两点一线，这是第一次出来转悠，身边还有欢欢，心情便很愉悦。

占喜看到广场角落有一群七八岁的小女孩儿在排练集体舞，嬉笑声一阵阵传来。她这才想起，再过几天就是六一儿童节了。

可怜的小威威这个儿童节注定不会快乐了。

占喜拉着骆静语，在离小女孩儿们不远处找了个石凳坐下，静静地看着她们跳舞。骆静语一直握着她的手。

占喜看了一会儿后，转头对他说："小鱼，我想和你说说转岗的事情。"

啊！骆静语等这一刻已经等了二十四小时，立刻点头，打手语道："你说，我听。"

占喜便整理了一下思路，从迟贵兰和文琴的关系讲起，慢悠悠地把整件事情都说给骆静语听。

大概因为冷静了一天一夜，占喜说的时候已经不想哭了，愤怒沉淀下来，只剩下反思。她的语气很平和，像是在说别人的事情。

骆静语以前就听占喜说过，她的母亲对她有很高的期望，管得很严。在他生日那天她发的微信消息里，她也说过自己的母亲言行偏激，但是她没勇气反抗。

骆静语原本以为，再怎么偏激、再怎么管得严，母亲总该支持女儿的梦想，实在没想到，欢欢期望已久的转岗最后居然是毁在她母亲的手里。

他想不明白，他的母亲阎雅娟文化不高，就是个最普通、最亲切的母亲。他从小学习不好，性格内向，高中毕业执意去学烫花，阎雅娟也没少唠叨他，这两年还老催他相亲。但他知道，母亲就算是为他好，也从来不做让他闹心的事。

骆静语过得最苦的那几年，母亲也没念叨过他学烫花无用，还叫他好好学，水平高了自然能接到生意，日子总是会好起来的。她会鼓励他、支持他、尊重他，偶尔的小抱怨他都一笑了之。一家四口亲密和谐，几乎没闹过矛盾。

他以为所有母亲都是这样，但显然，欢欢的母亲不是。

骆静语终于知道前一天的占喜经历了什么。他既生气又心疼，忍不住就将她抱进怀里。

占喜很温顺地倚靠着他，心想她的"充电宝"开始工作了，电量百分之百，足够支持她回钱塘去战斗。

彼此分开后，她问骆静语："你听完了，有什么感觉？"

骆静语一脸严肃地打手语，手势还挺重："你妈妈，不对！"

占喜大笑起来："哈哈哈……"

骆静语神色担忧地看着她，能看到她眼睛里闪烁着的一点儿水光。

笑过一阵子后，占喜指着那群跳舞的女孩儿，对骆静语说："你看，小姑娘跳舞真好看。"

骆静语打手语道："你跳舞，也好看。"

占喜摇头："我没学过。小鱼，你知道吗？我小的时候也想学跳舞。那时候我去桐县县城上作文培训班，有个舞蹈班在招人，老师说我细手细脚，韧带也挺软，是跳舞的好苗子，希望我去学舞蹈。我好想去，想穿着漂亮的小裙子跳舞，但是我妈不同意。"

短暂的停顿后，占喜看着骆静语的眼睛又开了口："我妈说，女孩子学跳舞脚指头会变形，人还容易受伤，以后也不可能走舞蹈这条路，只学几年没意思。”

骆静语专注地看着她的唇形变化。

“唉……”占喜叹口气，“我妈一直是这样的，从来不会问问我的意见。我提出来，她会用一百种理由来否决，然后帮我做下她自认为正确的决定。”

占喜苦笑：“那时候我才 8 岁，有个女子国际象棋大师特别火，拿过好几届世界冠军，我妈就自作主张给我报了国际象棋课。我当时围棋、象棋、军棋……什么棋都不会下，一下子让我去学国际象棋，我学得很差。每次和同学下都是输，输到哭鼻子。我就不愿意再学，我妈就骂我浪费钱。”

骆静语忍不住笑了一下。

占喜瞪他：“你还笑！”

他立刻又换回温柔的脸色。

占喜继续往下说：“这只是我从小到大和我妈相处过程中发生的一件很小很小的事情。要不是我家那边只是个小镇，实在找不到像样的工作，她肯定会把我拴在她身边。现在也差不多了，她不允许我离开钱塘，上大学、工作、安家都必须在钱塘，哪怕帝都、沪市有更好的机会，她都不会同意我去。”

“我以前小，从来不觉得我妈有哪里不对，觉得她特别爱我。她不让我学跳舞是为我好，是我自己不争气，怎么连国际象棋都学不好？我妈说女孩儿下棋果然比男孩儿要笨一点儿，我应该去学英语，女孩儿学英语就会比男孩儿好，我当时深信不疑。可是后来我长大了，离开小镇来到钱塘，认识了一些新朋友，尤其是我的室友，就是我推给你的那个公众号的作者，‘罗然吃瓜’，你还记得吗？”

骆静语点点头。他关注了“罗然吃瓜”，虽然吃瓜老师每天发的推文都和娱乐圈、影视综艺有关，他看得云里雾里，但他还是每篇都看，就因为这个人是欢欢的同学。

占喜笑了一下：“我受她的影响很大，她是一个最热衷于打破常规的人。我开始意识到我和我妈的关系不太正常，她做的很多事情已经对我的生活造成了困扰。上大学后，直到现在，我很努力、很努力地想要从这种困扰里挣脱出来，找到一种平衡。我想要自由，希望可以按照自己的意愿生活，又不想让我妈妈生气。”

占喜盯着骆静语：“小鱼，我说的，你听明白了吗？”

骆静语点点头，握紧她的手。

占喜认真地说：“但我现在发现，这种平衡是不可能存在的。要么就是她压过我，完全掌控我的生活，要么就是我压过她，完全脱离她的掌控。我想要自由，就必须推翻她，不可能和平解决，没有其他办法。”

说到这里，她沉默下来。

骆静语忍不住打手语问："你现在是怎么想的？"

占喜抬头望天，低头后又看着骆静语："我今天想了一天，我必须要改变我和我妈的相处模式，我必须要强硬一些。以后，我的所有事情都要自己做决定，不能再被她胡乱干涉。如果她曾经给过我正向的引导，那么我现在还会考虑听取她的意见。可是她已经快60岁了，很多思想非常陈旧。她一直认为女孩子就应该做朝九晚五的稳定工作，不能加班、不能出差、不能应酬，否则就是不正经的女人，她对我嫂子的评价一直是这样。"

占喜自己说着都想笑，摇头道："我妈认为男人才要奋斗事业，不干家务很正常，她就一点儿也没觉得我哥哪里有问题。她让我去考公务员，说是铁饭碗，以后嫁人了可以让婆家看得起。我其实不排斥考公务员，我排斥的是她给我的考公务员的理由。而且，我上大学时偷偷摸摸地学了自己想学的专业，有自己的职业规划，也说不上对或不对，但我连试都没试，她就让我放弃，我真的接受不了！"

占喜说的每段话都很长，骆静语读得略微吃力，眉头都皱起一些。幸好她说得比较慢，他又很了解她的发声方式，即使没有字字句句全部看懂，大概的意思也还是能了解的。

骆静语拿出手机打字：我小时候，做手工，很多人笑了，说我女气，我都不理。我知道什么我想要，梦想，是要坚持，做自己，别人的话不要听。

占喜看完他打的字，"扑哧"一声笑出来："还有人说你女气啊？你怎么这么可怜！"

骆静语耸耸肩，摇头苦笑，打字道：小哲笑过我了。

"纪鸿哲这么过分？"占喜气道，"一边笑你，还一边拿你做的小礼物去泡妞，你也肯给他呀？"

骆静语笑着打手语："没办法，我打不过他，我太瘦。"

"哈哈哈……"占喜笑得把脑袋搁在他的肩膀上。

良久，她抬起头来，骆静语一直转头看着她。

占喜说："小鱼，我和你说实话，假设我现在是单身，身边没有你，我碰到这次的事情，一开始会生气，可情绪过了以后，我很有可能还是会像以前那样听我妈的话，继续去考公务员，去和她介绍的男孩子相亲。可能有一天，我会考上，又有一天，我会和她相中的男人结婚。我也许会过上让人羡慕的安稳生活，就这么慢慢地到了三十多岁、四十多岁……我可能会忘记24岁的自己心里想要的到底是什么，我可能会死心。"

她的指甲抠进骆静语的掌心，令他感到一丝刺痛。

"但是现在，我身边有了你。"

占喜说着，眼神变得坚定："我也不知道为什么，我想到你就不害怕了，觉得自己不能再这么下去，我必须、必须、必须要改变。”她握紧骆静语的手，看着他的眼睛，“我要对我妈妈说‘不’，我不考公务员了，我也不会再去她给我介绍的单位。现在这个工作我早就不想干了，回钱塘后就辞职！我要去找自己喜欢的工作，就算发展得不好我也不会后悔。我就是想要试一试！我努力了这么久，她怎么能连试的机会都不给我呢？”

她的语气激动起来，眼角的水光变得越发明显。骆静语没有别的办法，只能张开双臂将她圈进怀里，温柔地拍着她的背。

对于占喜要辞职的事情，他并未感到意外。在事业方面，他向来遵循自己的意愿。

他是聋人，找工作本来就很难，上高中时就在烦恼自己以后该怎么办。父母说他要是考不上大学、找不到好工作，就回家里的小超市帮忙，以后超市交给他，做个个体户小老板。虽赚得不多，但也够娶个老婆过日子。

但那不是骆静语想要的，他的路很窄，但他还是想挤着去闯一闯，想靠自己的一双手吃饭，只要够拼，他相信自己可以闯出来。

占喜原本是不想哭的，结果还是不争气地掉了眼泪。从骆静语怀里出来，她泪汪汪地看着他，看到他左手握拳伸出食指，右手五指并拢后，中指指尖抵在左手食指根部。

这是一个很形象的手语词汇，占喜学过，就像是在“撑腰”，翻译过来就是“支持”。

他指指自己，又做一遍这个手势，最后指向占喜，连做两遍。

他说：“我支持你，我支持你。”

占喜一下子就破涕为笑。她就知道，她的小鱼从来不会让她失望。

他支持她，支持她主宰自己的命运。

她不再害怕了，决定挥别过去那个懦弱的自己。

她还未满 24 岁，都还没过过人生中第二个本命年，多年轻啊！而她的母亲年近花甲，垂垂老矣，为什么她要如此恐惧？

她的善良和孝心不应该反过来成为迟贵兰伤害她、绑架她的利器！

占喜知道自己将面临的究竟是什么，工作是其一，和小鱼在一起是第二件重要的事情。她没有对小鱼说，他们的恋情一定会经受风雨，但她相信小鱼也不是一无所知的。

很多人不看好他们，但也有很多人予以支持和祝福。

那些不看好的人都觉得骆静语配不上占喜，就因为他是个聋人。

只有占喜知道，骆静语有多么多么好。

他的好不是世俗意义上的好，是超越常规的好，好到犯规的那种好。

是因为他生活在无声世界吗？占喜就没见过比他更纯净、更赤诚的人，心底里一丝腌臜龌龊的想法都没有，像孩子一样天真，又有男人的勇气和担当。

他是她费尽千辛万苦才钓到的一尾“神仙鱼”啊，没有人能逼她放手，任何人都不行！

占喜跳起身，牵着骆静语的手把他也拉起来，大声说："好啦，说完啦！我现在心里好轻松，我们回酒店吧，你还要做作业呢。"

骆静语微微一笑，反手牵住她的手，二人一起往酒店走去。

松虫草花的作业做起来又慢又难，需要五小时。为此，骆静语还向徐卿言借了一朵样品回来参考。

作业通常是做两朵，第一朵是用来摸索试验的，做得不会太顺利，第二朵才是正式要交的作业。骆静语却只打算做一朵，挑战自己的领悟力。

二人轮流洗过澡后，占喜站在骆静语身边看了一会儿他做花。看到他用小镊子夹着指甲盖儿大的布去包小小的棉花粒，还能用胶水完美地粘起来，她身上都忍不住起鸡皮疙瘩了。

小鱼的手真的好巧啊！要是让她去包这棉花粒，她的脑子都要炸，可小鱼就能一粒粒很耐心地包完，每一颗花蕊都平滑圆润，整整齐齐地放在一边备用。

他要烫的花瓣也特别多，粉色细长条，足有三四十片。占喜拿起桌上那朵样品花看，徐卿言做的是一朵紫色花，有着层层叠叠的花瓣、密密麻麻的花蕊，她真是佩服得五体投地。就这么些白色的小布料、小棉花，掉在地上找都找不着，他们玩烫花的人却能将之变成一朵花，真是太神奇了！

房间里只有一把椅子，骆静语怕占喜站久了累，让她去床上休息，她便趴到被窝里，看起白天买的那本书。

骆静语一干就是两小时，占喜看书都看累了，抬起头来打了个哈欠，发现他的姿势都没动过。

她又下床走到他身边，骆静语正在翻白天记的笔记。

占喜拍拍他的肩膀，他抬头看她，她用手语问："你累吗？"

骆静语打手语："不累。"

"休息一会儿吧，我给你捏捏肩？"占喜的手按了按他肩窝处的肌肉，"你这样颈椎会不舒服。"

骆静语答应了，但依旧坐在椅子上，占喜站在他身后帮他按摩起肩颈来。他的骨架子挺大，肩膀很宽，有着年轻男人特有的体魄，她给他按摩时不太捏得到肉，感觉有点儿硬。

她不知道他有没有腹肌，这人成天坐着工作，肚子上会不会有肚腩啊？一直也没机会去摸摸。

占喜一边按摩一边胡思乱想，想到骆静语家里客卧的那台跑步机，她还真没见他跑过，地上还有几个哑铃，也没见他练过。总的来说，他是一个挺宅的人，他自己也说他从小文静不爱动，占喜发愁地想，这么下去，他以后会不会变成一个肥宅？

占喜思想开小差，下手就重了一点儿，骆静语骤然吃痛后“嗷”地叫了一声，占喜立刻轻了些，一会儿后他似乎感到很舒服，居然还哼哼两声。

按摩了得有小十分钟，骆静语不舍得让占喜太累，他想，休息不一定要按摩，休息……也可以是别的方式。他转身拉过占喜的手，让她坐在自己腿上，圈着她的身子细细地看她的脸。

这么晚了，在这样一个光线昏暗的房间里，一对小恋人搂抱着坐在一起，气氛着实暧昧得没了边儿。

占喜穿着睡裙，骆静语手指撩起她的长发，将之丝丝缕缕地归掠到她的耳后。他没有闭眼，温柔的眼睛一直凝视着她，凑过去一些，嘴唇很轻很轻地蹭着她的下巴、耳垂、脖颈……就是没有移到嘴唇上。

这种时候，他真想对欢欢说句情话，像个普通的男朋友那样，说“宝贝，你真好看”，或者是“亲爱的，你可真香……”

但他说不了，只能一下下地浅吻着她。

欢欢用的是他带来的沐浴露，奶香浓郁却不刺鼻，令她的肌肤闻起来都很诱人，让他想咬一口。但他不敢咬，怕弄疼她。

骆静语觉得自己变成了“礼物”，怪不得小猫平时那么喜欢抱着他的手指嘬嘬，嘬嘬真有意思，欢欢又软又香……

如果他能听得见，就会知道占喜已经被他吻得嘤咛出声，身子都软在了他怀里；如果他能听得见，就会知道他自己也早已按捺不住，喉间发出了低低的、含糊的闷哼声。

不消片刻，他们都不再满足于这样游戏般的啄吻，也不知是谁先主动的，两双唇很快就贴在了一起。

骆静语终于闭上眼睛，在黑暗和深海般的静谧中，用心品尝着怀里女孩儿的滋味，勾勾搅搅，缠绕缱绻，身体里像有一把火在烧。

他从不知心跳声为何物，但那颗心脏是在他自己的胸腔里，它蓬勃的跳动感传递到大脑，不需要靠耳朵，每根神经、每滴血液都在告诉他，他的心快要跳爆了，他整个人快被烧干了。

也许欢欢也是这样？骆静语悄悄地睁眼看她。她双颊绯红，双臂环在他的脖子上，吻得轻轻喘气。也许是感觉到他的停歇，她也微微地睁开眼。

眼睛那么近地对视，很容易变成奇怪的斗鸡眼，骆静语差点儿笑出来。占喜却没给他逃跑的机会，手指穿梭在他的发间，又一次像钓鱼般，用她甜美的诱饵捉住他的唇。

这样的拥抱亲吻并不是第一次发生，他们相恋三个月了，情到浓时，对彼此、对某件事情会情不自禁地充满好奇，产生一丝说不清、道不明的渴望。

只是，占喜的手偷偷往下探时，骆静语的脑海中仿佛亮起一道闪电。他整个人都绷紧了，快速地抓住她的手。

二人的唇终于分开，呼吸急促地看着对方，嘴唇都是殷红湿润的。占喜有种做贼被抓的羞耻感，结结巴巴地解释："我……我就是想……摸摸你有……有没有……腹肌。"

骆静语："……"

他想，不管是腹肌还是别的什么吧，这会儿都不行，都不行，都不行！还没到时候，没到时候，不能这样，不能这样……

两个人面红耳赤地分开，占喜灰溜溜地爬回被窝。骆静语在椅子上坐了一会儿后扯扯裤子，起身默默地走进卫生间。

占喜侧身而卧，拉过被子盖住脸，只露出一双眼睛眨巴着盯住卫生间的门——小鱼没有发出一点儿声音。

过了好久好久，骆静语才垂着脑袋出来，走到书桌前坐下，一眼都不敢往床上看。

第二天早上，骆静语又是卡点进的教室，姐姐们闷声发笑。骆静语从包里往外掏作业时，心里也是七上八下的。

果然，徐卿言拿到他做的那朵松虫草花后，沉着脸向他伸手："怎么只有一朵？还有一朵呢？"

骆静语赶紧把那朵样品还给她。

徐卿言的脸色更难看了："骆静语同学，我要的是你的作业，你已经连续两天只做一朵花了，别人都是做两朵的！"

邵姐看看那朵花，劝道："做得挺好。哎呀，徐老师，算了，算了，体谅一下，小鱼不容易，女朋友来了能做出一朵花来已经很不错了。"

骆静语羞得无地自容，明白这是对徐老师的不尊重。以往，他就算知道自己做一朵也能过关，还是每次都认认真真地做两朵。可昨晚他实在太困了，前天晚上只睡了三小时，昨晚光做这一朵就做到半夜两点，他差点儿困死在书桌边。

他也不好对徐卿言解释，只能双手合十表达歉意，心想等欢欢走了，他一定要把欠着的作业都补上。

这时，徐卿言憋不住，"扑哧"一声笑出来，眉飞色舞地说："小丁，你输了！今天的下午茶归你请哦！"

骆静语："？？？"

"哈哈哈……"姐姐们一阵爆笑，之前沉闷的气氛瞬间消失殆尽。骆静语一脑门儿汗地看着她们。

小朱姐给他解释："我们刚才打赌呢，我们三个都说你只会做一朵，只有小丁说你会做两朵。"

骆静语觉得自己已经没脸见人了，在纸上写字，推到小丁姐面前：丁姐，对不起，我请客了。

小丁姐也快笑死了，忙说："不用，不用。哎哟，你这个人真逗。徐老师，你赶紧上课吧，瞧把孩子给急的，再说下去我看他都要哭了。"

徐卿言忍着笑拍拍手："好了，好了，开始了！今天我们学的是另一种野花——马利筋，也很复杂哦。"

晚上，占喜跟着骆静语去和三个姐姐聚餐，这还是她第一次和小鱼的朋友一起吃饭，大家选择吃火锅。

占喜终于知道小鱼平时为什么不和姐姐们一起吃晚饭了，先不提他听不见这件事情，姐姐们上了一天烫花课，晚上还要做作业，晚饭时间无论如何都不想再聊烫花，一个个说起的都是自家的先生和小孩儿，这样的话题，他没法儿参与呀。

在这次的饭桌上，占喜发现自己开启了一项新技能，那就是做骆静语的手语翻译。他读完别人的唇语后，简单的回答就用手语表示，由占喜说给对方听。

占喜自己都感到惊喜，不知不觉间，她竟掌握了这么多的手语词句，可能让她自己打出来会不熟练，但她能看懂就行了呀！

姐姐们不懂手语，聊天就找占喜。她们最关心的不是占喜的家庭背景或自身条件，而是她和骆静语是怎么认识的。

"说说呗，说说呗。"小朱姐说，"我可好奇了！小鱼这么害羞的男孩子，你们是谁追的谁呀？"

他们是谁追的谁？

占喜和骆静语对视一眼，发现很难回答这个问题。占喜犹豫地说："大概……是我吧？也不能算……哎呀，这事情很难说清。"

小朱姐兴致勃勃地道："说一下嘛，别害羞，我们昨天吃饭的时候都在猜呢！"

占喜就把事情经过简单地说了一下，最初，是在 Q 站上联系到"小鱼鱼手作烫花"。

小丁姐问："我们在 Q 站也有账号啊，你看没看到我们的视频啊？"

她们纷纷把自己的主页打开给占喜看，还有微博，每一个都经营得很用心。占喜看完后惊叹：“这几个号我都看过呢，天哪，我还询过价。”

邵姐问：“那你最后为什么要选小鱼啊？”

占喜红着脸说：“可能是因为他那个店的播放量比较多吧。”

小丁姐逗她：“你知道他的店为什么播放量多吗？”

占喜摇头：“不知道。”

“你看看底下的评论呗。”小丁姐给她指路，“看没看评论啊？他那些视频的评论都比我们的多呢！”

是吗？占喜还真没注意过，当场打开视频底下的评论看，骆静语也好奇地凑过来。他很少上Q站看评论，都是把原始视频拍完了发给方旭就完事了。

占喜一看就明白了，底下的评论基本都是一个画风。

网友一：啊啊啊！小哥哥什么时候能露个脸啊！手这么好看，脸肯定也好看！

网友二：这双手也太好看了吧！发簪也好看，但是我没钱，呜呜呜……

网友三：谁跟我说哪个男明星的手好看，我就会把哥哥的视频甩给人家，这才是盛世美手！我也好想看哥哥的脸啊！

占喜：“……”

骆静语哭笑不得，小朱姐还是不放过他们的恋爱经过，八卦兮兮地问：“那你们是谁先表白的？”

占喜很无奈地指指骆静语：“姐，你看他像是会表白的人吗？”

骆静语偏头看着她，读懂她的唇语后一愣。

邵姐秒懂：“哦，哦，哦！就是说小鱼喜欢你却不敢说，最后逼得你没办法，只能自己开口了？”

“差……差不多是这意思……”占喜靠在骆静语身上，抬手捂住脸，“哎呀，你们不要老问我呀，我都不好意思了。”

姐姐们大笑起来，小丁姐说：“那没办法，问小鱼他也不肯说啊！”

骆静语一直微笑着看她们聊天，顺便帮占喜煮捞食物。欢欢爱吃什么，他再清楚不过。

火锅是鸳鸯锅，他和占喜都会吃点儿辣。从沸腾的红汤里捞出各种美味，裹上芝麻香油，热辣辣地吃下去，两个人脸上都泛起了红晕。

他用手语问占喜：“辣吗？”

占喜笑着摇头，也用手语回答：“不辣，我喜欢吃。”

几个姐姐都觉得占喜很好，她会手语，和骆静语的交流无障碍。小鱼比画什么，她都能看懂，怪不得两个人能处对象呢。

骆静语心中的感觉也很微妙，他和这几个姐姐认识很多年了，平时没有任何联系，每年只有在徐卿言的进修课上才会见到。她们都喜欢逗他，每次都要问他谈没谈女朋友，他总是不回答，只是腼腆地笑。

姐姐们都已婚已育，骆静语听不见又不会说话，从不参与她们的聊天话题，每次都是独来独往的。他专心上课，专心做作业，从不和她们聚餐，每一期的外出采风也都是自己一个人去。

这一次因为欢欢来了，他突然觉得自己也可以和姐姐们一起吃个饭。他说不了，欢欢却可以和她们聊，她们似乎都很喜欢欢欢。他觉得很骄傲，欢欢真是个很好的女孩子，人人都喜欢她。

有一件事情，骆静语平时没意识到，这时的感受却特别明显，那就是他在欢欢面前打手语的频率似乎越来越多了。明明他们十几天未见，这次见到后，欢欢的手语水平非但完全没退步，反而更好了。

能被心爱的人“听懂”说话，对骆静语来说真的是一件很幸福、很暖心的事情，不用时时刻刻拿着手机打字，不用在抬起手来“说话”时害怕对方看不懂。

现在，生活中的常用短句，占喜几乎都能看懂了，还能帮他给别人翻译。只有在涉及冷门词语时，她才会卡壳，需要骆静语打字告诉她，她再现学现记。

聚餐结束，一行人一起回酒店，几个姐姐知道占喜第二天就要回钱塘，平摊后给她买了一袋子零食和饮料，让她路上带着吃。

占喜觉得她们像是把骆静语当弟弟对待，而她就是弟妹，也是个小朋友。她推托不过，只能道谢后收下，和姐姐们告别后，跟着骆静语一起回房间。

这是他们睡在一起的第三晚，二人之间似乎更自在了些。

骆静语洗完澡后走出卫生间，没有先去做作业。

欢欢第二天就要走了，他舍不得她。这几天他又是上课又是做作业的，每天也没时间陪伴她。她从没抱怨过，白天自己去街头转转，晚上就靠在床上看书，安静又乖巧。

骆静语爬上床，大着胆子向占喜靠过去一些。她感受到他热烘烘还带着水汽的气息，很自觉地倚到他怀里。骆静语顺势就抱住了她。

占喜突然想起晚餐时遇到的那个问题，转头问他：“小鱼，你是什么时候开始喜欢我的？”

见他一脸呆滞，占喜又问：“是帮我装鞋柜以后，还是平安夜？”

骆静语想了想。他的左臂还揽着占喜，想说的话需要用双手表达，干脆用更简单的方式让她明白，就用右手食指指指她的手机。

多么简明扼要啊！占喜一下子就懂了，同时也感到震惊：“在我们微信聊天的时候？

见面以前？”

骆静语的嘴角弯起一个小弧度，轻轻地点头。

“可是，你那个时候还不知道我长什么样啊！”占喜摸摸自己的脸，“算是网恋吗？”

骆静语又点点头，看着她，右手单手打了句手语：指指自己，又点住左心房，再指占喜，接着右手的食指中指贴紧置于鼻部，手指慢慢下移并收缩，最后竖起一个大拇指，这是“漂亮”的意思。

在他心里，她不管怎样都很漂亮。

占喜感动坏了，紧紧地抱住他。原来小鱼比她动心得还要早，他都还没见过她呢，居然就喜欢她了。怪不得他不敢去送“好运来”，是怕她知道他是聋人就不再理他了。

这时，骆静语又单手打了句手语：“我想象你是 30 岁。”

占喜愣住，片刻后笑着问：“你能接受姐弟恋呀？”

骆静语点头，抓起她的右手仔细看。欢欢真的有一双小肉手，就是这双手给了他误导，还有方旭的话作为佐证，他一直以为她是个 30 岁左右又胖乎乎的小姐姐。

所以见面后，看到如此漂亮耀眼的她，他简直吓坏了，更加觉得自己是痴人说梦。他和鸡蛋老师之间的隔阂不是简单的一道壁，而是像城墙那么厚。

占喜说：“你和我想象中的小鱼也不一样呢。”

骆静语一脸疑惑地看着她，猜不透她想象中的他是什么样的。

“我以为你比我小，就是很普通的一个男孩子，在帮方旭打工。”占喜羞答答地捏捏他的手指，“我知道你的手很漂亮。后来在夜市见到你，想到你平时老戴着口罩，还以为你脸上有什么问题呢，真没想到你居然是个这么帅的男生。”

骆静语“嗬呃嗬呃”地笑出声来。

“其实就算你脸上有问题，我也还是挺想和你见面的。”占喜抬手摸摸他的脸，“你说，是不是那会儿我其实也喜欢你了？要不然，为什么我非要和你见面呢？”

骆静语不知道，也不敢这么猜。

“可能……我多多少少有被你吸引。”占喜说，“小鱼，我觉得我们挺有缘的。”

骆静语也这么觉得，网络一线牵啊，给他牵来一个鸡蛋老师。

其实，占喜说的“有缘”和骆静语认为的并不一样，她不打算告诉他多年前那枚草莓发夹的事情。

多么玄妙，她和小鱼的缘分早早地就开始了。

夜聊结束后，骆静语乖乖地去做作业。占喜看了会儿书后困意来袭，便躺下睡觉。

凌晨两点，骆静语做完两朵花，轻手轻脚地爬上床，掀开被子躺下来。占喜的睡相很好，手脚不会乱放，前两晚他们都是各睡各的，身体没有任何触碰。可是这一晚，骆静语看着占喜的睡颜，心里就有了些悸动。他慢慢地向她靠近，大着胆子把手臂搭在她的腰上，像是一个浅浅的拥抱。

睡梦中的占喜仿佛感受到什么，也向他凑近了些，左手不自觉地搭上他的身体，他们面对面地侧卧着。

骆静语都不舍得关灯，想再多看看她的脸。关了灯，房间里就黑了。黑了，他就什么都看不见了。

他也没法听到她的呼吸声，看不见，听不见，还不能触碰她，前两晚都是这样，这会让他产生难言的心慌。

这一晚该会不同吧?

骆静语最终关了灯，闭上眼睛搂过占喜的身体，让她的脑袋靠在自己坚实的胸膛上。他触碰到她，还能闻到她身上的牛奶香，心里满足极了，觉得自己不那么孤单了。在这个黑暗幽静的世界里，他不再是一个人了。

四天三晚过去，占喜独自一人坐高铁回钱塘。

她去宠物店把“礼物”领回 1504。

小猫有点儿抑郁，占喜喂它吃了一个罐头，它才活泛起来。

占喜把两套房子都简单地打扫了一下，照着养花指南帮骆静语给花草浇水、施肥。晚上，“礼物”独自留在 1504，占喜回八楼睡觉前，顺走了骆静语的大鲸鱼玩偶，想到今天早上的事情。

她是在骆静语怀里醒来的，不仅是他抱着她，她也同样抱着他。

他没穿长裤，她也只穿着睡裙，两双光溜溜的腿在被窝里蹭来蹭去。很意外的是，他们居然没有害羞。睁开眼睛看到彼此时，占喜说：“早上好！”

他则用一个落在她额头上的亲吻表达他的心意。

占喜思念他的怀抱，所以把大鲸鱼给带回了家，准备抱着睡觉。

周一早上，占喜早早地起床，穿上得体的外套，化上淡妆，神色平静地来到公司。

袁思晨等人都知道了转岗结果，纷纷安慰占喜。占喜对她们表示感谢，说自己没事。等到了上班时间，她走进文琴的办公室，直接递交了辞职申请。

文琴没有挽留，占喜甚至觉得，文经理像是松了一口气。

占喜想，文琴肯定也很矛盾，想要培养一个人，这个人却分分钟可能去考公务员，还说要转岗。如果她转岗后又考上公务员，文琴在策划部经理面前也不好交代，在不能保证她会安心待在公司的前提下，文琴不论做什么都很被动。

所以，占喜辞职也许是最好的结果。

辞职需要提前一个月提出，占喜和文琴约定，最后的工作日为六月三十日。

交完辞职报告，占喜又一次去了楼梯间。她说到做到，拨通了迟贵兰的电话。

电话接通后，迟贵兰一副兴师问罪的语气："你知道打电话回来了？你哥说你去外地玩，到哪里去了？自己一个人还是和别人一起？一个女孩子出远门也不和家里说，要是出事了怎么办。每天连微信消息都不发一条，我都叫你哥去报警了，你知不知道妈妈有多担心！"

占喜等她说完，轻声开口："妈，我辞职了。"

迟贵兰大叫起来："占喜！你到底怎么回事啊？就因为这么点儿小事要和妈妈斗气？现在怎么能辞职？你就算要辞职也得等你考上公……"

"我说过了，我不会再去考公务员。"占喜冷冷地说，"你听不懂吗？我要自己找工作，我工作上的事情你再也别管了。"

迟贵兰的声音都哆嗦了："你就这么记仇啊，啊，就屁大点儿事你就这么记仇？我是你妈妈呀！你不能为了这么点儿小事连自己的前途都不管了呀！"

"对我来说这不是小事。"占喜说，"我就是为了自己的前途才辞职的。妈，你不懂，你老了。"

迟贵兰半天没说出话来。

占喜慢悠悠地说："我哥再过几天就要离婚了，你可能会觉得没什么，因为秦菲向来不是你中意的儿媳妇。你大概会认为，哥就是因为没有听你的话，娶了秦菲，才会沦落到离婚的地步。但我觉得不是，哥就是因为太听你的话，才会婚姻失败。所以我要接受他的教训。往后，不管是什么事我都会自己做决定，工作、男朋友，我都自己找。你别管了，你管我也不会听你的，我不想重蹈我哥的覆辙。"

"你在说什么鬼话？"迟贵兰近乎是咆哮了，"你是不是偷偷谈恋爱了？这些话都是谁教你的？秦菲吗？我就知道她是个……"

一串不堪入耳的话语从手机里传来，占喜把手机拿远了些，等迟贵兰发泄完后，才继续开口："妈，你为什么不能像大姨和小姨那样少操点儿心呢？拿上退休金报个旅游团，出去转转，不要总把重心放在我和哥身上。我们都大了，很多事情自己会解决。你没发现吗？你每次自作聪明地插手我们的事情，结果都是越来越坏。你再这么下去，只会把我们越推越远，就像现在这样，我和他都不爱回家了，因为我们都不想见你。"

迟贵兰粗重的喘息声传到占喜的耳中，她像是在极力忍耐，放软语气问："欢欢，你说这个周末要带妈妈去钱塘的景区玩一下的，妈妈等了很久了。"

"我现在没心情，也没时间。"占喜回答，"我要开始交接工作了，还要找新工作，会很忙。”

迟贵兰又问：“那你端午节回来吗？”

“不回去。”占喜说，“妈，我希望，我对你说的话你能听进去一点儿，不要再把我当成一个孩子，也不要再试图事事都替我做决定。想不通的话你就多和爸聊聊——是聊聊，不是吵架骂人。爸其实都懂，他也是怕了你，所以才会话越来越少。我们全家都怕了你，这就是你想要的吗？”

迟贵兰哑口无言。

“我说完了。”占喜说，“等我找到新工作我会回家一趟，希望到那个时候，我和你可以心平气和地聊一下。你是我妈，我想爱你、尊重你，不想烦你、害怕你，如果你希望的是我烦你、怕你，那你不如早点儿和我说，我就不回去了，再见。”

说完，没等迟贵兰开口，占喜就挂断了电话。

五月二十八日，星期四，气温骤降，是个阴天。

占喜请了半天假，早上九点到达占杰家所在区的民政局，见到了提前过来的秦菲。

她把装着乐高积木和一套课外书的礼袋交给秦菲：“嫂子，过几天是儿童节，下个月又是威威的 7 岁生日，这是我送给他的礼物。”

她从袋子里掏出一张 A3 大的卡纸彩色画，又说：“这是《汪汪队立大功》里的阿奇，威威很喜欢。是上次陪他去上课，我答应画给他的。这都两个多月了，一直没见着他。”

秦菲接过，笑道：“谢谢，我会带给他的。”

占喜打量着秦菲。她们已经四个月没见，秦菲的头发烫染过了，穿着合身的连衣裙，妆容精致，看起来精神很不错。

二人站在路边聊了一会儿天。占喜说自己辞职了，要开始找工作，并且不会再去考公务员。秦菲没有发表意见，只是了然地微笑。

她从礼袋里掏出那张阿奇的彩色画，看过后说：“占喜，威威告诉我，那天有个叔叔陪他一起在少年宫玩，你们还手牵手了。”

占喜吃了一惊，小威威居然出卖了她！

“你别紧张，他只对我说了，没告诉他爸，他什么话都不爱和他爸说。”秦菲笑笑，“威威说，那是个耳朵听不见，还不会说话的叔叔，但是会折纸、会画画，是真的吗？”

占喜的汗都出来了，手指抠着裤边点点头：“嗯。”

“画得真好。”秦菲看着手里的画，又看向占喜，“你不是那种会玩恋爱游戏的女孩儿，是认真的吧？你妈要是知道了怎么办？”

占喜想了想，说："我不会让我妈去伤害他的，如果我妈伤害他和他的家人，我不会原谅我妈。"

"他人好吗？对你怎么样？是做什么工作的？"秦菲说，"威威说，那是个脾气很好的叔叔，个子很高，长得很帅，会陪他做手工画，总是笑眯眯的。"

见秦菲不像是在质疑，占喜渐渐放松下来，说："他人特别好，对我也很好，工作……算是个艺术家吧，收入还不错。"

"我猜也是，对你好就行。"秦菲说，"威威在少年宫上学三年，他爸也就送过几次，一次都没陪他上过课。这样的男人就算长出八只耳朵来，又有什么用？"

占喜被秦菲的比喻给逗笑了。

秦菲说："行了，你赶紧走吧。别让你哥看到你，一会儿冲你发脾气。"

占喜点点头："那我走了，嫂子再见，以后……我们也可以聚聚，我会想你和威威的。"

秦菲哈哈大笑："行啊！不过你别再叫我嫂子了。今天以后我就恢复自由了，我终于可以安心地买房、买车，你以后就叫我菲姐吧。"

占喜也笑起来，冲她挥挥手："菲姐再见，你要加油，我也会加油的。"

两小时后，占杰和秦菲办了离婚手续，结束了长达九年的婚姻。

协议约定，占凯威归秦菲抚养，占杰每月给抚养费，每月有一次探视机会。

迟贵兰自然是命令占杰必须把孙子抢过来，并说如果占杰没时间管小孩儿，她就来钱塘帮儿子管，占杰没同意。

他想了很多天，每天都想到三更半夜，最后下决心放弃了儿子的抚养权。

他和秦菲没有经济上的纠纷，之前的婚姻生活因为没有房贷，他自己养车，每个月拿出三四千块钱给秦菲做家用，威威的学费和兴趣班费用他们轮流交，所以这时候分得特别干净。他知道秦菲有一大笔存款，但正如她说的，他没脸去算。

走出民政局后，秦菲给了占杰一个本子，说："从五年前起，我给你定了一个初始分一百分。我告诉自己，每当你和你妈对我说一句伤人的话，或是做出一件伤人的事情，我就扣一分。同样，如果你们对我说一句发自肺腑的好话，或是做出一件让我高兴的事情，我就加一分。"

占杰拿着本子，呆呆地听着。

秦菲继续说："你偶尔还会让我高兴一下，会加分，但你妈不行，她和你配合得太不默契，你加分的速度抵不上你们扣分来得快。到今年过年，一百分全部扣完了。这是我当初打分时就立下的决心——零分了的时候，我就和你离婚。"

占杰愣住。

“这个本子送给你留作纪念。”秦菲笑得妩媚又灿烂，“以后再婚，你会用得着的。占杰，你好自为之，再见了。”

她打了一辆出租车离开，只留下占杰一个人站在路边发呆。

他打开本子，打头就是五年前的日期。他看到一句句刺人的话语，居然都是他说出来的——

“你怎么又买化妆品了，用得完吗？什么？就这么一瓶要五百多块钱，我看你就是钱多了烧的！快30岁的人了，你还想恢复青春啊？这些化妆品公司就是在骗你们这些没脑子的女人！”

“为什么又要去和客户吃饭？那威威怎么办啊？又要叫陈阿姨来管，她来一次就要花一百块钱！我妈说得真没错，你就不该做这种工作，都是当妈的人了，还要陪男人吃饭、喝酒，咱家缺你这点儿奖金吗？”

“动物园有什么好玩的？威威才3岁，他懂个屁啊！我好不容易放一天假，就想睡个懒觉怎么了？要带你自己带去，反正我不去！”

“我不喜欢洗碗，你知道我最讨厌洗碗了！”

“衣服怎么没叠啊？摊床上一天了！”

“地上都是你的长头发，你也不知道扫一下，怎么这么懒啊？”

“让我学做饭是不可能的，这辈子我都是不会学做饭的，不然我娶老婆干什么呀？”

“什么？儿子发烧三十九摄氏度？那你给我打电话干什么，赶紧送医院啊！我走不开！我走了系统出问题怎么办？你自己打车去吧，实在不行喊陈阿姨陪你。”

“你是不是有病啊？我跟你说了我请不到年假！单休都要没了还年假呢！旅游有什么意思？花一万多块钱累死累活的，儿子又小，走不动了还要我抱，你怎么不抱啊？你不要总和别人家比，就知道比来比去，人家旅游你也要旅游？人家一年能挣三十万，你能吗？”

“这是我爸妈给我买的房，是他们掏的钱！让我妹来住怎么就不行了？你有本事你也买套房啊！你让你爸妈天天住着我都没话讲！你甭说了，我都答应我妈了！这房子你没有支配权！你要是不满意就找我妈去！要么咱们把房钱还给他们，给你加个名字？”

……

看到后来，占杰抬起头，看向秦菲打车离开的那条路，像个孩子似的哭了起来。

在去沪市前，占喜还曾美美地设想过，哪个星期五去找小鱼玩个三天两晚。去过沪市以后，她彻底打消了这个念头，因为知道骆静语每天的课业真的很辛苦。

那天吃火锅，她加了邵姐等人的微信，把自己和小鱼的微信共同好友数量又扩了一倍。

骆静语在进修期间没发过朋友圈，可姐姐们会发，时间通常都是半夜一点、两点、三点，一个个晒的都是自己刚完成的作业，欢呼着“终于收工啦，可以睡觉啦”。

占喜看着她们做好的花，脑海里就浮现出骆静语安安静静地坐在书桌前的样子。他拿着烫镘一点一点仔细地熨烫，神情格外专注。

小朱姐对占喜说，每年进修都是这样的，压力巨大，睡眠时间很少，但每个人都铆足了劲儿，只要愿意交钱过来，就不是怕吃苦的人。

邵姐补充，在进修中段大家会休息两次，并非在房间睡觉，而是出去采风，看看自然界真实的野花野草，还会有采风作业。

这支烫花流派追求的就是自然野趣，做出来的作品风格细腻逼真，不像别的流派会有一种夸张奢华的美。

邵姐说手作人要的就是耐心，她们学烫花也都是近十年的事情。在那之前，这几个姐姐和骆静语有个共同点，就是从小喜欢做手工，静得下心，手又特别灵巧，屁股往椅子上一坐可以几小时不动弹。

“真的很少有男孩子像小鱼这么坐得住。”小丁姐指着骆静语对占喜说，“不过，外国那位掌门人就是男性，所以看到小鱼这么喜欢，我们也都觉得很正常。这是爱好，也是事业，我就干得特别开心，每年开仓三四次，赚个十几二十万，感觉比上班舒服，还能在家照顾孩子。”

除了打消去沪市的念头，占喜晚上也不和骆静语聊微信了。

占喜之前是不知道，现在知道了，她睡前那一两个小时正是骆静语最忙碌的时候。想到小鱼和她聊完天还要熬夜，她就心疼，干脆把聊天时间移到午休和晚饭时。

他们每天闲散地说几句，占喜叫他不用担心自己，好好学，也就一个多月，他做完大作业便能回钱塘。

占喜真的在“秋风艺术”报了跳舞课，每周去上两次，开始零基础学现代舞。

她喜欢跳舞时大汗淋漓的感觉，喜欢邱老师的人生态度，喜欢和学员们一起舞动起来时整个教室沸腾的气氛。

学员里有十几岁的少男少女，也有像占喜这样二十多岁的上班族，还有一个三十多岁的姐姐。姐姐跳得很好，闲聊时告诉占喜，她已经是两个小孩儿的母亲，但跳舞一直是她的梦想，她来学舞，她先生很支持她。

每个星期日，占喜依旧去周莲家里上手语课。学了三个月后，她发现自己已经爱上了这门生动形象的语言。

她想象着小鱼的生活，他此生没听见过任何声音，张开嘴，所有的字和词都不知该怎么发声，心里的所有想法都要用双手来表达，可这种语言对普通人来说比英语都要难懂。

占喜独自在家时养成了一个习惯，心里想什么，就用手语打出来，有些词不会，就立刻去翻手语书。

手语不像汉语，汉语里同样意思的词会有很多，还有各种成语，这些词换到手语里就只有一种表达，比如“漂亮”“好看”“美丽”，手势都是一样的。

还有语序问题，这是占喜面临的难点。一句话都是用词语构成，她在打手语时自然是按汉语句子的语序把词语一个个地打出来，可周莲告诉她，聋人是视觉思维，自然手语的语序会以视觉上、思维上的先来后到来排序。

比如占喜看到一个球滚出来，后来又追来一个小男孩儿，踢了一脚球，占喜会打手语：“小男孩儿，踢，球”这几个词。

周莲说如果换成小鱼来打，他的打法是：“球，滚动，小男孩，踢。”

周莲安慰占喜：“不用担心，现在很多手语书也都是按照汉语语序来做范例，是想要教会健听人怎么打手语。你按照自己的想法来，只要手势正确，小鱼都能看懂。他们从小到大都习惯了打手语的方式，不会有困扰。你要练习的是看懂小鱼的手语语序，他可能会简略掉很多字和词，你得自己串，把它串成一句话。其实只要你和他多聊聊就行了，你们谈一年恋爱，保证他说什么你都能看懂。”

占喜越来越明白骆静语平时打字为什么会颠三倒四，为什么阅读汉语会这么困难，其实他已经很努力在适应、学习健听人的打字语序，可能在这块儿他真的天赋不行，没什么好强求的。

说话是表达，文字是表达，手语也是表达，她的小鱼先天受限，她不想对他太过苛刻。

她好好学手语就行了呀，总有一天，她能完完全全“听懂”骆静语的话。

时间进入六月，天气一天比一天炎热。长袖衫被换成短袖和连衣裙，凉鞋也被占喜找出来擦干净。

“礼物”出生在冬天，迎来猫生中第一个夏天。它的个头长大了一些，不过还是没成年，体重只有四斤出头，算是猫咪中的初中生。

占喜拿着逗猫棒陪它玩耍时，会对着它边打手语边说话：“想爸爸吗？爸爸在上学呢。妈妈也想他，他很快就会回来了。”

对于占喜的即将离职，袁思晨、钱云等人都很理解，却也舍不得，约好在她离职前吃顿散伙饭。

有一天吃午饭的时候，袁思晨问占喜："哎，你和那个聋哑小哥哥现在什么情况？"

占喜的筷子停了一下，抬头回答："处对象了。"

袁思晨想了想，说："我对你的男朋友没什么意见，也不会对别人说。不过你要是不想让人知道，最好悠着点儿。如果打算公开，那当我没说。"

占喜不解地问："什么意思啊？"

袁思晨看看周围，前后左右都没有同事，才压低声音说："前几天，文姐问我你是不是谈恋爱了，把我吓一跳，差点儿把你给卖了，反应过来后就和她说我不知道。"

和文琴有关的总会让占喜产生不好的联想，问："她为什么要打听我的事情啊？"

"我怎么知道？"袁思晨笑道，"你别说，文姐看人真准。她说你最近几个月脸色可真好，皮肤嫩得能掐出水来，人也变得开朗爱笑，看着就像是有情况的样子。"

占喜摸摸自己的脸，问："有这么明显吗？"

"那可不？"袁思晨说，"女孩子谈恋爱是很明显的，我都发现了。你平时还会偷偷傻笑，你知不知道你有时候在傻笑啊？"

占喜不禁抽了抽嘴角，她真是一点儿也没意识到。

袁思晨说："还有啊，文姐问我你和林岩现在是什么情况，我也说不知道。林岩都半年没往咱们办公室送奶茶了，文姐就问我你们会不会是在偷偷谈恋爱？我说没有吧，你们平时完全不联系的呀。"

听完后，占喜沉默了。文琴打听这些，她用脚趾头想都知道是谁的主意。

占喜完全没想到，两天后的下班时间，在公司楼下，她会见到自己的母亲。

一楼大厅里，上班族们一群一群地涌出电梯。迟贵兰和小姨站在边上翘首张望，肩上都挎着个大包。看到占喜时，迟贵兰脸上甚至带着讨好的笑。

占喜被她笑得身上起了一层鸡皮疙瘩。

"妈、小姨，你们怎么来了？"占喜走到她们面前问道。

母女二人已经两个月没见，此时突然见到，占喜的语气里带着疏离和防备，全然没有女孩子见到亲妈后的喜悦。

迟贵兰说："你小姨来钱塘看病，小毛病，我也没事干，就陪她一起来了。晚上和阿杰一块儿吃饭，我给他打过电话了，他会过来。"

占喜问："为什么不提前给我打个电话？"

小姨插嘴："我就说要给你打电话，你妈非不让，说不想打扰你工作。"

迟贵兰笑呵呵地说："我们下了大巴车就直接到这儿了，没等多久，你这单位……妈妈还没来过。你这不是快要辞职了吗？妈妈就想来看看，顺便去你家里转转。你租的房子不是很近吗？"

占喜接过母亲肩上的挎包："是很近。那走吧，十几分钟就到。"

迟贵兰却不愿走，眼睛看着电梯里走出来的一拨拨人，问占喜："欢欢啊，你在单位里上班一年，有没有男孩子追你啊？"

"没有。"占喜看着她，"我这单位是私企，没有编制，你又不是不知道。"

"其实吧……妈妈也没有那么死板。"迟贵兰的语气带着诡异的谄媚，"有些私企的男孩子呢，学历高，家庭背景好，人要是不错的话，妈妈也是能接受的。"

占喜眼神冰冷地注视着她，迟贵兰呵呵讪笑："欢欢，妈妈知道平时管你太严，你可能谈了不是体制里的男朋友，怕妈妈不高兴，其实妈妈真的没有这么死板，你要是……"

"还去我家吗？"占喜打断她的话。

迟贵兰的笑容消失了，沉默着与女儿对视，脸上每一道皱纹都透着一种压抑的情绪。占喜知道母亲在忍耐，但她并不害怕，这会儿就算母亲在公司楼下发飙暴走，她都觉得很正常。

小姨打破了她们之间的僵局："去啊，去啊，坐了三小时大巴车都累死啦。"

占喜带着她们来到青雀佳苑。进到 802 室后，小姨说："哎呀，欢欢把屋子收拾得很干净啊！"

迟贵兰的注意力却不在这里，她看到餐桌上玻璃瓶里的几枝花朵，凑近看，是假花。她还看到墙角空空的猫砂盆和猫碗，心里很疑惑。

她看过冰箱后溜达进厨房，又溜达到占喜的卧室，拉开衣柜看了一眼，回头看到床头柜上放着几本书。她拿起一本看，居然是手语书。

她的所有行为都落在占喜眼里。那几本手语书一直在床头柜上，占喜进门前就想到了，但没打算去"抢救"，也不打算解释。

她只是冷眼旁观，想到自己是小姑娘的时候也曾和这个老太太亲密无间、无话不谈。

而现在，多么可悲。她的母亲就跟个侦探一样，恨不得拿个放大镜来查验她房间里的蛛丝马迹，却还要装出只是随便看看的样子，夸她一句"现在真的会做饭啦"，或是埋怨说"怎么有这么多零食啊？零食吃多了对身体不好"。

占喜的枕头边摆着一大一小两个鲸鱼玩偶，迟贵兰心里一惊，忍不住说："欢欢，你怎么买这种毛绒的东西了？你还养宠物吗？猫还是狗啊？你不能养的呀！"

"没有养宠物。"占喜平静地说，"而且，我已经不过敏了。"

迟贵兰还要再说，小姨拉拉她的袖子："你干什么呀？来之前不是说好了不管的吗，怎么又管起来了？"

“可是医生说的……”迟贵兰的话被占喜的手机铃声打断，是占杰的车子到了小区门口。

晚上，四个人在餐馆吃饭，气氛压抑到极致。

占杰黑着一张脸，一句话都不想说。占喜也只是客气地对母亲和小姨招呼了几句，随便点了几个菜。

迟贵兰看着儿子消沉丧气的模样，心里又气又急，问他：“阿杰，你最近晚上都是怎么吃饭的？”

占杰沉声说：“在单位吃，天天加班。”

“这样身体是要搞坏的呀。”迟贵兰的语气透着心疼，“你都瘦了，这样下去可不是办法。”

占杰没理她。

迟贵兰又问：“阿杰，威威 7 岁生日，你会和他一起过吗？”

占杰摇头。

迟贵兰从包里掏出一个红包递给占杰：“这是给威威的生日红包。你什么时候见到他就给他，告诉他，奶奶可想他了。”

占杰板着脸接过。

迟贵兰看着儿子，犹豫之后还是开口：“阿杰，离婚也不是什么大不了的事情，你是男的，又不怕找不到对象。那天你大姨说她有个朋友的女儿在钱塘上班，29 岁，还是未婚……”

“砰”的一声巨响，是占杰的手掌拍在餐桌上的声音。他人已经站起来，俯视着自己的母亲，咬牙切齿地说：“你有完没完了？嗯？”

旁边桌子的客人都在朝他们看。小姨惊慌失措，迟贵兰面如死灰。只有占喜一脸镇定，冷冷地看着她的母亲。

这顿饭谁都没吃好，占杰后来再也没说过话，菜也没吃几口，即使小姨打圆场去劝他，他也不理人。

迟贵兰也一直涨红着脸，占喜知道母亲在妹妹和陌生人面前丢了面子，心里指不定有多生气。换成以前她早炸了，可最近发生了太多事情，她终究是忍住没炸起来。

小姨第二天一早要在市区看病，两个老太太说好晚上住占杰家。

占喜与他们在餐厅楼下分别，迟贵兰又一次劝她端午回家。占喜只是摇头，说：“妈，如果你来之前给我打个电话，我也许会答应你。”

“你是不是要气死我？”站在女儿面前，迟贵兰忍得牙都快咬碎了，“你是我女儿，我做什么事情都是为你好，你现在是把我当仇人看吗？我什么时候害过你了？你怎么能这么记仇啊！”

占喜笑了一下：“别人家的亲母女，妈妈会给女儿的上司打电话，偷偷打听她在单位的事情吗？别人家的亲母女，妈妈会突然袭击女儿的单位和家吗？你在我房间里翻来翻去，我都不知道你在翻什么。你想知道什么，不能自己来问我吗？”

“我问你，你会跟我说吗？”迟贵兰提高语调，“你什么都不肯跟我说！租房子不说，转岗也不说，去外地玩不说，平时在干什么都不跟我说！我看你就是偷偷找对象了！我没人问，只能问文琴。她跟我说你单位里有个小伙子一直在追求你，追了快一年了，我就打听了一下那个小伙子的条件，我做错什么了？我还不是关心你啊！再说了，我反对了吗？我没反对呀！那个小伙子的条件我听着就挺喜欢的，吃技术饭，还是研究生呢！”

占喜都被气笑了：“你知道为什么你问了，我会不愿意跟你说吗？因为如果我说了，你都不会同意。租房子你不会同意，转岗你不会同意，去外地玩你也不会同意！我现在告诉你我平时在干的事情，我在学跳舞，你同意吗？我在学手语，你同意吗？我在找那种压力巨大、天天加班的工作，你同意吗？”

迟贵兰瞪大眼睛，像看陌生人似的看着她。

占喜平静地说：“你什么都不会同意，只要是你不喜欢的，你理解不了的，你觉得无意义的，你都不会同意，那我为什么要跟你说呢？”

占杰在边上不耐烦地叫：“说完没啊？说完就走了！”

迟贵兰动了一下脚步，临走前，问占喜：“欢欢，你为什么要学手语啊？”

占喜一笑，温柔地说：“跟你说了，妈，你现在的年纪最重要的是顾好自己的身体，和爸一起照顾好奶奶。我逢年过节会回家看你们，给你们红包。我自己赚钱，想学什么就学什么，哪有这么多理由！”

迟贵兰对妹妹说，自己养出了两个不孝子，原本都是听话的好孩子，现在一个对她大吼大叫，另一个变得阴阳怪气。

小姨晚上偷偷和占喜通了个电话，想劝她缓和一下母女关系。

占喜说：“等我妈哪天学会电话什么时候该打、什么时候不该打再说。”

迟贵兰和小姨在钱塘待了一夜，第二天看完病就回家了。

文琴自始至终没有和占喜沟通过，在公司见到她时照样笑容可掬，像是什么都没发生。

占喜也不怪她，知道她也很烦。等自己离职后，文琴全家应该会与他们家划清界限，毕竟她的老父亲都七十多岁了，和迟贵兰的关系原本就不近。

母亲离开后的那个星期日上午，占喜在周莲家上完手语课，正要离开时，遇见了三个小客人。

周莲迎她们进屋，对占喜说："她们都是我的学生，上周刚高考完，和我约了来聊聊怎么填志愿。"

"周老师，那我走啦，您忙。"占喜对三个女孩儿笑笑，就离开了。

等房门关上，莫杨赶紧打手语问周莲："周老师，小占姐为什么会在你家？"

接下去的一周，一切如常，占喜知道骆静语在做最后的大作业了。

大作业是在这一整期学过的花型中，自己挑选出一部分，设计成一个摆件，类似插花作品，不仅考验学员对单枝花型的掌握程度和制作水平，还考验他们对花卉艺术的审美和整体设计。大作业做完后要拿给国外教师评分，合格了的学员才能拿到级别证书。

占喜很少联系骆静语，他们已经整一个月没有见面。

骆静语吃饭、睡觉、洗澡都是争分夺秒的，二人对彼此的思念只能藏在心里。

占喜的工作已交接完毕，求职简历也发出不少，接到过几次面试通知。她请假去参加面试，有两家公司面得还不错，让她回去等通知。

星期二和星期五的晚上，占喜会去舞室跳舞。现在，她勉强能跟上邱老师的节奏，跳出一整支还算像样的舞蹈。

占凯威度过了他的 7 周岁生日，秦菲发了朋友圈。比萨店里，小朋友头戴生日帽，身边坐着外公、外婆和几个同龄小朋友，秦菲帮他们拍下合影。

占喜发现，小侄子的两颗大门牙都没了，笑起来丑萌丑萌的。

迟贵兰每周和占喜通一次电话，除去考公务员和找对象的话题，两个人都没什么话讲。迟贵兰只能对着占喜抱怨占杰，说他最近都不接电话，就算接起来态度都很差。

占喜会叫母亲把电话给父亲，她更愿意和父亲聊聊天，问问奶奶最近好不好，他上班辛不辛苦。

她能明显地感觉到母亲的失落和迷茫，就像曾经的她一样——为何她都那么听话了，母亲还会不满？

如今的迟贵兰似乎不知道自己到底做错了什么，她如此挖心挖肺地关心子女，对他们有着操不完的心，为什么儿子女儿都会和她怄气？

她在电话里哭着说占喜没良心，说自己怀孕生她时有多么辛苦，高龄产妇、冒着生命危险云云……

占喜没打算让步，只是沉默着听。对于迟贵兰很擅长的亲情牌，她已经麻木了。

和母亲关系的恶化令人烦闷，"礼物"还不省心，进入第一次发情期，在家叫得让人头疼。

占喜带着它去宠物医院咨询，医生说得等发情期过了才能做绝育。她算算时间，想着等骆静语回来再说。小猫黏他，绝育这样的大事，还是要爸爸在场比较搞得定。

星期日上午，占喜在周莲家上完手语课后离开。中午十一点多，室外太阳高照，热浪滚滚。她被太阳刺得眯了眯眼睛，正要从包里拿出太阳镜戴上，心里突然浮起一种奇怪的感觉。

她猛地抬起头，就看到不远处一棵枝繁叶茂的大树下站着一个高个子的男人。

占喜有一瞬间的晃神，回头看一眼单元门，的确是周莲家没错，再转过头往那边看。那个人穿着白T恤、牛仔裤，双手插在裤兜里，站姿很随意，微微歪着头朝她笑，是她最熟悉的笑容。

“小鱼！”占喜几乎是向他飞奔而去，马尾辫甩得老高，一下子就扑进他的怀里。

她抱紧他，抬头看他，鼻尖上已经冒出兴奋的小汗珠。

骆静语也低头看着她，神情很复杂。

因为，他们正在周莲家楼下。

占喜醒悟过来，打手语说：“你回来了？你怎么会在这里？是不是小莫告诉你的？”

骆静语轻轻地点头，也打起手语：“你一直没跟我说。”

占喜羞得想捂脸：“我还没学好，我想等学好了再告诉你。”

骆静语看着她打出的手语，不那么流畅，比较慢，但每个手势都那么准确到位，每一句，他都看得懂。

尽管来之前，他就已经问过纪鸿哲、骆晓梅和周莲，知道了事情经过，可亲眼所见还是令他感动得眼眶发酸。

他抬起手来，手语也打得很慢：“你已经学得很好了。欢欢，谢谢你，从来没有一个健听人愿意为我学手语，你是唯一的一个，我……”

他用右手食指指着自己的胸口，几乎要说不下去。

手语不像汉语，没有那么多优美的描述性词语。它形象直白，生动简洁，这时候却让骆静语苦恼于自己不像骆晓梅那般有文化。

他发现自己能说的只有一句话：“我真的很高兴。欢欢，我真的很高兴，我真的很高兴。”

Chapter 14

禧鱼烫花艺术

骆静语的回程时间一直没定，要看大作业什么时候做完，什么时候才能走。

一周前莫杨告诉他，在周莲家里遇到了占喜。骆静语想起骆晓梅告诉过自己的那件事情，有个女孩儿为了可以和喜欢的男生无障碍聊天，托她介绍老师学习手语。

当时骆静语还很羡慕那个男生，万万没想到，这个人居然就是他自己。

他止不住地心潮起伏，大作业做完后，经过徐卿言的指导修改，他把作品精心地包装好，寄送国际快递，当晚就收拾行李退房，坐高铁回钱塘。

他没有告诉欢欢，因为想给她一个惊喜。

回到青雀佳苑时已过零点，他拖着行李箱才进门，一个小影子就溜到他的脚边。骆静语打开灯，蹲下来抱起“礼物”，用单手打手语问它：“我把你吵醒了吗？”

掂了掂“礼物”的重量，他笑起来：“你重了，长大了。爸爸瘦了五斤呢。”

礼物刚过发情期，被抱着时特别温顺。骆静语将它放到床上，准备洗澡睡觉，突然一愣——他的大鲸鱼玩偶不见了！

离开周莲家，占喜和骆静语手牵着手往地铁站走。

一个月没见，他们不打算去约会。占喜说想吃骆静语做的饭，便商量着一同去超市大采购，回家做饭吃。

在超市里，骆静语推着购物车往前走，占喜不住地打量他。小鱼瘦了，脸颊都凹陷了些，眼睛底下有黑眼圈，似乎好久没有充足的睡眠。

他们买了好多东西，整整三大袋。回到1504室后，骆静语洗过手，穿上围裙准备做饭，占喜也溜进厨房帮忙。

“礼物”蹲在门口，不声不响地看着这一幕。对小猫来说，父母在一起的场景也是好久未见。

占喜做饭的手艺依旧一般，不过帮骆静语洗菜、切菜还是可以的。这间厨房许久没开伙，抽油烟机轰响起来后，占喜回头看骆静语，心里幸福得冒泡泡。啊，小鱼真的回来了！

多神奇啊，家里那些让她不开心的人和事，还有工作上的烦恼，在见到他后全部烟消云散。

骆静语正从袋子里往外拿食材，就觉得背后一热，占喜抱住他，整个人紧紧地贴在他的背上。

他转过身来也抱住她，看着她被太阳晒得发红的脸颊，抬手刮刮她的鼻尖。

占喜的眼睛像是亮着两丛小火苗，噼啪噼啪地就点燃了骆静语心中的火堆。他低下头去，先用鼻尖蹭蹭她的鼻尖，嘴唇轻轻地触碰她的唇后，她的嘴唇才动了一下，他便顺势含住了她的唇。

一个小别重逢后的热吻，可惜不是小别胜新婚。

骆静语的唇舌在占喜的嘴上流连忘返，手掌重重地抚着她的背脊，一点儿也不让她逃开。也不知吻了多久，直到“礼物”“喵喵喵”地叫出声来，占喜才推推他。骆静语意犹未尽地松开了她。

占喜仰头看他，说：“叫我。”

骆静语疑惑地看着她。

“叫我的名字，我想听。”占喜的脸颊还是红通通的。

之前他们有过视频，占喜曾怂恿骆静语在视频里叫自己的名字，他怎么都不答应。欢欢在面前时，他能鼓足勇气去喊她，可隔着网线时他实在张不开嘴。

现在可以了，他先清了清嗓子，试着开口：“歪呃歪呃。”

占喜拉起他的右手，将他的手指按在她的喉咙上，她清晰地开口：“欢欢，欢。”

“歪呃，歪呃。”骆静语感受到她喉间的振动，说出口的音节却还是“w”打头，口型的确有点儿像。

占喜决定先教会他“h”的发音，说：“h，小鱼，跟我念，h。”

她的右手打出拼音指语“h”。

骆静语的嘴唇动了一下，没敢开口。

小时候应该是学过的，但他都忘了。

占喜：“h，h。”

骆静语终于出声："呃。"

占喜笑着摇头，一点儿也没有不高兴的样子，其实骆静语平时笑的时候会发出"嗬嗬"的音，只是他自己不知道。

"h"和"e"的发音对普通人来说没有任何困难，一个是声母，一个是韵母，但对骆静语来说真的挺难区别，口型和舌头的位置都差不多。

占喜将嘴张大些，让骆静语看清她的舌头，他的手指继续按着她的喉咙，发音时舌根翘起，一遍遍地说："h，h，h，h……"

骆静语是不会不耐烦的，更加不会生气，欢欢都为他学手语了，她只是想让他更准确地叫出她的名字而已，他想自己一定得学会。

可是真的好难啊，怎么说都不对，也不知道翻来覆去说了多久，骆静语终于发出一个清晰的音："h。"

占喜眼睛一亮，又是说话又是激动地打手语："说对了！说对了！"

对了吗？

骆静语也很惊喜，回忆刚才的发声方式，在一堆"呃呃呃"后，他用手指按住自己的喉咙，调整舌头的位置，用喉部发声："h，h。"

"对了，对了，对了！就是这样！"占喜开心极了，差点儿跳起来。

骆静语眼里也闪着兴奋的光，一遍遍地说："h，h，h……"

"棒极了！你是聪明的鱼！"占喜的右手五指撮合着抵住前额，又向着骆静语转动后放开五指，竖起一个大拇指，"好啦，今天到此为止。咱们做饭吧，我好饿啊。"

骆静语正学到兴头上，不过欢欢说饿了，他也只能停下来，想着有空的时候继续学，他一定要学会叫"欢欢"，再难都要学会。

午餐是四菜一汤，又是猪肉又是牛腱，还有一条葱油海鱼，堪比酒店大餐。占喜和骆静语很久都没吃上这么丰盛的菜肴了，两个人大快朵颐，直到吃得肚皮圆滚滚的才放下筷子。

午饭后，他们在 1504 室一起搞大扫除。骆静语很爱干净，觉得久未住人的房子终归有点儿脏，他换掉床单被套，拿吸尘器把家里都吸了一遍，再扫地、拖地、擦家具。占喜帮他打扫厨房和卫生间，出来后看到小鱼跪在地上拿抹布擦地板，那感觉真是太震撼！

她这辈子就没见过这么勤快的男人……

地板上的痕迹是"礼物"的尿渍，母猫发情时会到处尿尿，骆静语已经听占喜说过了。他们商量后，决定搞完卫生就带"礼物"去宠物店绝育。

小猫还一无所知地在猫爬架上玩耍，骆静语愧疚地看着它。小家伙还没成年呢，都没处过对象，以后却再也不能做母亲了。

占喜劝他："没办法呀，它发情时叫起来太吓人，隔壁 1503 还来找过我，我答应人家等你回来就带猫猫去绝育。"

就这样，小猫"礼物"懵里懵懂地做完绝育手术，在宠物医院观察了三小时无碍后，便被骆静语和占喜带回了家。

之后的几天，占喜要上班，骆静语担负起照顾小猫的责任。"礼物"戴着伊丽莎白圈，骆静语给它喂术后专用的猫咪配方罐头，按时给它的伤口上药。他每天围着它转，怕它扯动伤口而不让它发力跳跃，还带它去医院复查。

在他的精心照顾下，"礼物"很快就康复了，不再舔舐伤口，性情也没怎么变，依旧是一只很黏他的小母猫，都没对他记仇。

占喜看着这一猫一人的相处，觉得骆静语将来绝对是一个一百分的好父亲。他的耐心和细心无人能敌，可一想到他说过的耳聋遗传问题，她心里也会感到迷惘。

有一次闲聊时骆静语说过，在没有百分之百把握的前提下，他不打算要小孩儿。他不能接受他的小孩儿和他一样是个聋人，也不能接受他的妻子为此而被迫流产。

骆静语对占喜打手语说："很辛苦，听不见，真的很辛苦。"

这种辛苦，占喜是没法感同身受的，但她有常识，知道像小鱼这样的弱势群体在社会中活得就像夹缝求生，学习、求职、择偶……哪怕是娱乐休闲，都样样比常人困难，样样的选择面都特别狭窄。

骆静语从未在普通学校待过，他说他有初中同学中考后去普通高中随班就读，跟得特别吃力，还因为说话口齿不清而被人欺负嘲笑，最后迫不得已又回到盲聋学校念高中。

在外面待过一年，那个男生性格大变。以前很外向开朗的一个人回来后变得死气沉沉，高考也没考好，后来也不知怎么样了。

骆静语打字的时候神情坚决：我的小孩儿不可以这样，我的小孩儿后来生病，出事了，变不健康我可以，我爱他，照顾他，没关系，天生的是就不可以！

六月底，"皮皮虾"要过 25 岁生日，赵晴晴即将结束研一的课程回老家过暑假，骆静语也回来了。于是，三个女生在群里讨论起来，要带着男朋友一起聚会，约好去吃烤肉。

罗欣然私聊占喜。

罗欣然："皮皮虾"说吃完烤肉得有下半场，说一起去唱歌，本来没什么，就是你男朋友会不会不高兴？如果不行我们就改别的，去酒吧坐坐或是吃完饭就散。你看呢？喜儿，你有想法就直说，我们之间不用拐弯抹角。

鸡蛋布丁：我去问问他吧，你稍等啊。我男朋友脾气特别好，我觉得他不会介意。

占喜把这件事情告诉骆静语，没有说得太委婉，直接告诉他"皮皮虾"是个酒吧歌手，热衷于在朋友面前一展歌喉。他如果介意，他们不参加下半场就行了，她不想让他不开心。

好大一头鱼：没关系，是你的朋友们，我可以去了，不是要我唱歌就好。

鸡蛋布丁：好的，那我就答应喽！放心啦，我唱歌也不行，每次都不唱。我们就坐着喝点儿东西吧。

好大一头鱼：我没有去过唱歌，是很好奇了。

占喜看着屏幕笑起来，从来没去过 KTV 的小鱼怪可爱的呢。室友们都是好相处的人，又有她陪着，她没什么可担心的，刚好让小鱼去见见世面。

这几天，骆静语一点儿也没闲着，先和董承约好去池江先生家里安装樱花树的时间，又约钟鹏、莫杨和小李的档期，几方统一后，约到端午节后上门安装。

接着，骆静语去方旭的工作室找他，提出想参加七月的钱塘造物节，六月底截止报名，他让方旭帮他报名。

去之前骆静语就有预感，方旭不会同意。果然，方旭说他最近很忙，没时间搞这个，并且认为一个最小的摊位，三天的费用就要两万元，他觉得一点儿意义都没有，也不会出这三分之一的钱。骆静语想搞就自己去搞，他不会干涉，同时也不会帮忙。

“你到底想不想做汉服节了？”方旭问骆静语，“别人家七月都开仓了，你倒好，还想去参加什么造物节。烫花在造物节上怎么可能卖得出去？随便一个都是四五百、六七百，人家以为你抢劫呢！”

骆静语压根儿没打算在造物节上卖东西赚钱，造物节手作艺术那一块本来就是手作人的展示机会，他只是想展示自己，宣传一下烫花工艺。

徐卿言和一起学烫花的姐姐们都参加过展览或手作节，有些规模大，有些规模小，只有他一次都没参加过。他都 27 岁了，入行这么多年，想展示一下自己都不行吗？

话不投机，骆静语起身就走。

方旭见他生气了，从办公室里追出来，挡在他面前，问：“骆静语，你老实跟我说，你是不是想散伙了？”

骆静语下巴绷得紧紧地看着他。他是想散伙了，在沪市时和徐卿言也聊过。他想单干，又怕自己应付不来。

骆静语有个初步的设想，雇一个懂汉服文化的健听人帮他打理客户业务，从七月开始，全程跟进汉服节的事情。如果两个人合作得还不错，汉服节后，他就和方旭散伙，以后由他给这个人开工资，但是一切事务都以他为主。

徐卿言觉得可行，让他先不要告诉方旭，把这个人物色起来再说。

方旭这一次从头到尾没针对骆静语的耳聋进行过攻击，自认已经很尊重他。可事实摆在眼前，他们的经营理念差异太大了。方旭知道他已经起了异心，就算这次汉服节的生意做下来，他们很快又会产生新的矛盾。

骆静语不会再听他的话了，方旭心里再清楚不过了。

他说："我是个生意人。小鱼，大家好聚好散，你想散伙就早点儿说，不要把我当傻子。汉服节你不做，我可以找别人做，现在还来得及。你要是到了八九月跟我撂挑子不干，我怎么办？"

骆静语思考了好一会儿，拿出手机给他打字：我做。

方旭冷笑一声，拍拍他的肩："那么，合作愉快。"

骆静语回到家，打开电脑搜索出钱塘造物节的网址。

网上有报名通道，他点进去，按照要求一项一项地填写，最后卡在"项目介绍"上。

他选择的是"手作艺术"板块，申请的是最小的摊位，大概三平方米。因为报名人数多过摊位数，所以要进行筛选，主办方就要求申请人填写自己欲报名项目的五百字行业介绍、一千字的展示内容和五百字的申请人从业履历，并且还要上传作品图片。

骆静语关掉页面，打开空白文档，开始慢慢地敲键盘。

半小时写了两百多字。他自己看了一遍，写得乱七八糟的。他叹口气，默默地关掉文档。

唉……一文钱难倒英雄汉，两千字难倒一头鱼。

和占喜朋友们的聚会就在这一天，下午五点半，占喜下班后和骆静语一起打车去聚餐地点。

自助烤肉店在一家商场内，占喜给"皮皮虾"准备了生日礼物。骆静语还给占喜的两个室友各准备了一件烫花胸针，是比较简单小巧的款式，穿常服都可以佩戴。

其余四人都不是上班族，已经吃起来了。占喜牵着骆静语走进店里时，他开始紧张起来，脚步不由得停了一下。

占喜回头看他。骆静语穿着黑色 T 恤和牛仔裤，抿着嘴唇，神色严肃，看起来酷得要命，说好的温柔暖男在哪里？

占喜失笑："小鱼，别紧张，我的室友们都很好，是我最好的朋友。"

骆静语迟疑地打起手语："她们的男朋友也在，会不会笑你？"

占喜也打手语回答他："不会，他们都知道。你不要在意这些，我希望你能认识我最好的朋友，我也希望她们能认识你。"

骆静语点点头，又牵住占喜的手。

交往四个月，他还没认识过欢欢的朋友。以前，他只和聋人同学出来玩，就没认识过同龄的健听朋友，都不知道他们平时是怎么交往的，也不知道他们出来吃饭玩耍是怎样的场景。

占喜和骆静语走到罗欣然所在的卡座边，四个年轻人正两人一个炉子烤得热火朝天，骆静语刚一站定，就见四双眼睛都齐刷刷地落到他身上，令他又是一阵紧张。

接着这几人就纷纷叫了起来。

“哎呀，帅哥美女总算来了，快点儿去拿肉！”

“五花肉好吃，牛肉也可以，要抢的，一会儿就没了！”

“先别走，介绍一下呀。”

占喜都不知该听谁的，干脆站定，指着骆静语说：“我男朋友，本名骆静语。你们可以叫他小鱼。小鱼……”

占喜转身面对骆静语慢慢地打起手语，嘴里依旧说着话：“他们是我的朋友，这位是罗欣然，就是‘罗然吃瓜’。这位是赵晴晴，她们都是我大学里的室友。那位头发很乱的猛男是罗欣然的男朋友‘皮皮虾’，还有一位……”

这段手语占喜认真地练习过，她看着赵晴晴的男朋友，是个戴眼镜的娃娃脸男生，皮肤白净，笑起来憨厚可爱。

赵晴晴一脸惊异地看着占喜打手语，心想喜儿同学真厉害啊，这都解锁一门新技能了！正想着，她男朋友拍了她一下，干脆地自我介绍：“我叫谢林书，喊我小谢就行。”

占喜继续对骆静语打手语：“还有一位是赵晴晴的男朋友，小谢。”

全部介绍完毕，骆静语对大家点头致意，微笑着打出一串长长的手语。

占喜仔细地看他打完，帮他翻译：“小鱼说，很高兴认识大家。他耳朵听不见，也不会说话，希望大家不要介意。大家可以对他说话，说得慢一点儿，他能看懂唇语。还有‘罗然吃瓜’老师，小鱼说他是你的粉丝，你写的每篇文章他都有看。”

罗欣然哈哈大笑：“谢谢支持！”

占喜说话时，骆静语的视线也盯着她的嘴唇。她说完后，他微微地笑起来，突然就感到很安心。这一晚，他可能都不需要用手机打字给别人看了。

骆静语和占喜去拿肉，剩下的四个人忍不住就聊起天来。

赵晴晴说：“喜儿的男朋友真的很帅啊！真人一点儿都不比照片差，个子还这么高。”

只有一米七出头的谢林书撇着嘴看她，往她碗里夹了一块烤好的肉。

罗欣然笑着说：“我觉得小鱼同学挺好的，喜儿说他做饭特别好吃，还爱干家务，做艺术工作，人脾气超级好，和某人比真的是……啧啧啧。”

“皮皮虾”不满了：“谁是某人啊？某人又是谁啊？”

“谁代号入座就是谁。”罗欣然大笑，又叫起来，“皮皮虾，你个憨憨，肉糊啦！”

骆静语没吃过自助烤肉，认识占喜后，他才发现自己没吃过的东西好多啊！以前和陈亮他们出来聚餐，都是去学校旁边的普通小饭馆。后来毕业了，他穷嘛，哪里有钱出来吃这些美味，能吃碗有里脊肉的麻辣烫就算是犒赏自己了。

他端着盘子，好奇地跟着占喜在取肉的柜台边转一圈儿，拿了各种肉和蔬菜后，他们回到座位边。

骆静语看罗欣然他们是怎么烤的，看了一下就会了。他用夹子夹着肉片往炉子上摆，过会儿就翻个面，还得意地对占喜打手语："我做，你吃。"

占喜乐死了，五花肉烤好后，骆静语夹到她的碗里。

占喜教他蘸过酱后裹上生菜叶，"啊呜"一口整个儿吃进嘴里。

骆静语学着她的样子裹生菜叶吃，嗯，咸香爽口，真的很好吃！他想着待会儿再去拿点儿五花肉，烤肉好好玩，又好玩又好吃，以后可以和欢欢再来。

六个人一边吃着，一边把生日礼物送给"皮皮虾"。罗欣然和赵晴晴拿到骆静语亲手做的胸针，都赞不绝口，总算知道烫花是什么样的了。

罗欣然刚好穿着一条黑色无袖连衣裙，全身没戴饰品，就直接把胸针别上了，整身打扮瞬间有了亮点。

骆静语和占喜面对面坐着，能看到占喜的唇语。她在和朋友们聊天，正说着自己找工作的事情。他只能看到对面另外两个女生的唇语，对于不熟悉的人，他读唇果然很吃力。看着看着，还是把视线又集中到欢欢脸上，只看她说话。

占喜不会忽视他，时不时地会对他说句话，或是打几句手语，他就笑着用手语回答她。

他觉得晚餐气氛挺好，他专心地烤肉、吃肉，偶尔抬头看欢欢聊天，虽然不知道另外几个人在说什么，却也不会有格格不入的感觉。

吃完烤肉，六个人转战楼上 KTV，骆静语已经彻底放松下来，牵着占喜的手在 KTV 金碧辉煌的走廊里穿行时，一脸好奇地打量四周。

他们要了一个大包厢，这一晚"皮皮虾"和罗欣然请客，点了好多啤酒和洋酒，还有果盘小吃。

骆静语对什么都好奇，占喜也很逗。"皮皮虾"开嗓唱第一首歌后，她和骆静语跪在沙发上，对着墙上的操作面板玩灯光效果。骆静语一开始还拘谨，怕乱玩会让别人不高兴。占喜说："没事，随便按！来，让我们先来一个闪耀的灯球！"

皮皮虾唱的是抒情歌，一脸无语地看着灯球一闪一灭地亮起来。

骆静语抬头看灯球，像个孩子一样开心，其他人都笑疯了。

玩过一阵子后，占喜拿来两瓶啤酒，挨着骆静语坐下，递给他一瓶。

很久以前，骆静语曾经在晚餐时拿出过一瓶红酒，但占喜没喝，后来他就再也没提过喝酒的事情。所以这一次，他们是第一次一起喝酒。

占喜和骆静语拿啤酒瓶碰了碰，同时喝了一口。啤酒很冰爽，他放松地揽着占喜的肩，目光投向大屏幕，上面正播着一支MV。对他来说，所有的MV都是第一次看。他惊讶地发现，原来唱歌配的画面居然是有剧情的!

其余人都点了歌，轮流开唱，有人深情款款，有人随着节奏不停摇摆，还有人梗着脖子像在嘶吼。骆静语看着唱得脸红脖子粗的谢书林，心想这能好听吗?

喝着酒，安静地坐了一会儿后，骆静语对占喜打手语:“你也去唱。”

占喜连连摇头:“我不行！我唱歌不好听。”

骆静语眨巴着眼睛看她，她也看着他。他比画道:“我想听你唱歌，我能听见。”

他指指自己的左心房，又指向耳朵，重复道:“我能听见你唱歌，好听。”

占喜突然就蹦起来:“好吧！今天就让你见识一下！”

罗欣然和赵晴晴都欢呼起来:“哟！占喜儿居然要唱歌啦!”

占喜哈哈大笑:“反正我家小鱼不知道我唱得多难听，范儿摆出来就行了！”

她点了一首男歌手阿冗的歌。这歌是几个月前她和小鱼还没在一起时，她特地搜出来听的，曾经单曲循环过，听着听着就会流眼泪。

歌曲的调子很低，也无所谓跑不跑调，她只是想给小鱼看看歌词。

占喜坐在骆静语身边，闭了闭眼睛。

前奏是一声悠长的鲸鸣，她拿起话筒，开始歌唱。

骆静语看着屏幕上出现的一行行歌词，又扭头看向占喜，看着她在幻彩灯光下忽明忽暗的脸庞，还有她偶尔看向他时清亮的眼神和温柔的笑容。

我会在某一个夜晚偷偷地幻想 /

会不会有一只鲸鱼掠过窗 /

是不是他也和我一样看不到希望 /

挣脱枷锁，越过了海洋 /

时光总会留下痛苦 /

迷茫我的渴望 /

我的回忆里也只能剩下伤 /

有没有那么一个我能到达的地方 /

只有快乐，无关痛痒 /

都是你赐我的伤 /

朝着我心脏的方向 /
你给的爱到底是什么形状 /
请别让我去自己想象 /
…………

后半首歌，“皮皮虾”接着唱，原唱就是低沉沙哑的男声，和他的嗓音非常契合。

在他婉转动人的歌声里，骆静语和占喜的手指紧紧交缠。她用拇指挠着他的掌心，一会儿痛，一会儿痒。他则专注地看着屏幕，被那几句歌词深深打动。

我会在某一个夜晚偷偷地幻想 /
会不会有一只鲸鱼掠过窗 /
是不是他也和我一样看不到希望 /
挣脱枷锁，越过了海洋 /
…………

骆静语新加了四个微信好友，简单翻了下他们的朋友圈。赵晴晴和谢书林都还在上学，有时会吐槽课业太累，有时晒两个人的约会照，生活看着就很简单美好。

罗欣然转发居多。“皮皮虾”的朋友圈对骆静语来说就很魔幻了，各种稀奇古怪的文字和暗黑图片。他的自拍有时只有一只眼睛，发丝凌乱地垂下来；有时是下半张脸的特写，唇边一圈儿胡茬儿，嘴里叼着一根烟。

有一张自拍是健身后，“皮皮虾”对着镜子光裸上身，浑身是汗，腹肌块块分明，眼神里透着不屑。

这人像是不把什么放在眼里，比纪鸿哲还嚣张。骆静语从没见过这样的男孩子，忍不住摸摸自己的肚子。他快有两个月没锻炼了，腹肌好像真的没有那么明显了。

幸好幸好，他没长出肚腩。

罗欣然来和骆静语聊天，二人碰瓶喝酒，让占喜从中做翻译。罗欣然对骆静语的工作很感兴趣，占喜就简单地说给她听。罗欣然感慨：“真的是三百六十行啊，我以前完全没听过什么是烫花。”

她又和占喜聊了几句，骆静语知道女孩子要说悄悄话，就乖乖低头看手机，不去读她们的唇语。

罗欣然问占喜：“你妈知道你们的事情了吗？”

“还没有，我还不想告诉她。”占喜说，“我和她最近关系很差，她把我转岗的事情给搅黄了，我真的是……她知道小鱼的事情肯定会反对，我想找个合适的机会再说，到时候可能会先告诉我爸。”

罗欣然问：“你爸能同意？”

“不知道，但我爸至少不会乱发脾气。”占喜认真地说，“欣然，小鱼真的很好，你们别老盯着他听不见这件事情看。等我把手语再学好一点儿，我和他的交流会更加顺畅，现在已经没问题了。嗯……不对，从头到尾就没出现过问题，从一开始我和他就聊得很好。”

罗欣然笑道：“我没盯着他听不见这事儿看啊，‘皮皮虾’也不会。我们刚才还在说呢，你和小鱼挺合适。他真的脾气好好啊，一直是笑眯眯的。”

占喜也笑起来：“其实他脾气和我爸有点儿像，特别温柔，就是我爸㞞了点儿。哎，你别说，我觉得我爸了解小鱼是怎样一个人后会喜欢他的。我妈就不行，她认定了的事情很难改变。对我嫂子就是那样，不喜欢就能一直不喜欢，净挑刺儿，我哥居然也不帮我嫂子说句话。我不会这样，我妈敢欺负小鱼，我就造反！”

罗欣然笑死了：“我还真想象不出你造反的样子呢！”

“不造反不行，道理说不通，就只能用行动来表明立场。”占喜撇撇嘴，抬起头灌了一口啤酒，“我又不是要和我妈过一辈子。也不全是为了小鱼吧，我也是为了我自己，这样的日子我真是过够了。你都不知道上个月我有多崩溃！就是那种努力了很久，临门一脚时突然被最亲的人背后捅一刀的感觉。她还说是为了我好，我简直要吐了！幸好有小鱼陪着我，他支持我所有的决定，从来不说你不能这样、不能那样。啊！我可能都有PTSD（创伤后应激障碍）了，现在最烦的就是别人告诉我你该怎么样、不该怎么样……我就想说，关你屁事啊！”

“哈哈哈……”罗欣然爆笑，又一次和占喜碰瓶，“来，来，来！为‘关你屁事’干杯！”

“干杯！”占喜也大笑起来。

罗欣然走开了，占喜转头看骆静语。他刚好抬起头，一脸关心地看着她。

“我没事。来，咱们再碰一下。”占喜和骆静语碰碰瓶子，“对了，你喝几瓶了？”

骆静语指指左手的酒瓶，伸出四根手指。

“哇，你喝四瓶了？”占喜惊呼，“我才第二瓶。你酒量很不错啊，脸都不怎么红呢！”

骆静语初中时就偷偷喝啤酒了，在学校附近的小饭馆里，同学聚餐都得喝酒。高中时他还喝过白酒和黄酒，毕业后倒是很少喝，因为忙着赚钱养活自己。这几年喝得更少，因为没有酒伴，自己一个人在家喝闷酒，会有种借酒消愁的可怜味儿。

他喝酒的确不上脸，但不代表他酒量好，其实这会儿他已经很晕了。

除了看大家唱歌，骆静语还和谢书林玩了一会儿骰子，玩的是吹牛。

骆静语和占喜都不会，罗欣然教他们。教会后，骆静语就摩拳擦掌地上阵了，占喜挨着他围观，也不帮忙喊话。

骆静语叫点数是用手，谁都看得懂。他玩得特别认真，骰盅打开时两只眼睛盯着看，掰着手指头数亮出来的点数。

他有时赢有时输，赢了就很开心，输了会后悔得一拍脑门儿，然后自觉地喝半杯酒。

热闹又愉快的一晚结束了。

骆静语一共喝了六瓶啤酒和三杯洋酒兑绿茶，下楼时脚步虚浮，幸好还没到神志不清的地步，还能对着罗欣然等人挥手道别，兴奋地打手语："再见！生日快乐！下次再一起玩，我请客。"

占喜看着他稀里糊涂的样子真是又好气又好笑。

他们没有立刻打车回家，骆静语说自己喝多了，怕会吐，想先走一走，呼吸呼吸新鲜空气。占喜只喝了两瓶啤酒，问题不大，就挽着他的胳膊在大街上逛起来。

午夜的闹市区行人稀少，店招都灭了灯，只有大楼顶上的霓虹灯牌还亮着。骆静语走得还算稳当，偶尔转头看一眼占喜，回忆着这一晚所有的事情。各种各样的第一次新奇体验，还交了新朋友，没有人笑他，欢欢的朋友果然都是很好的人。

他们也没聊天，走了十几分钟后，骆静语突然停下脚步，视线落在一个公交站台的灯箱广告上。

占喜顺着他的目光看去，广告是宣传下个月的钱塘造物节，时间是七月十七日到十九日，地点在会展中心，门票可在公众号等渠道购买，现还有少量展位可申请报名。

占喜拉拉骆静语的手，指指灯箱，打手语问他："你想去吗？"

骆静语的神情居然变得失落，垂着眼眸，看起来可怜巴巴的，半天没回答。

占喜又打手语："你想去，我陪你去。"

骆静语看着她，摇摇头，打手语说："我想参加。"

占喜一开始没明白，他想参加，为什么要摇头？不应该是点头吗？

她又一次看向那幅广告，看到"少量展位可申请报名"这句话，突然反应过来，开口问："小鱼，你是说你想报名参加！不是去参观？"

这一次，骆静语点点头。

"那……那就去啊！"占喜念着广告语，"造物节，科技旋风，潮玩盛典，运动先锋，直播美秀，手作集市……啊！你可以参加手作集市对不对？那你赶紧去报名啊！"

骆静语纠结了好一会儿，终于打手语道："欢欢，我想请你帮个忙。"

半夜一点多，骆静语和占喜带着一身酒气，并肩坐在1504室的工作台边。二人对着占喜的笔记本电脑，骆静语打开造物节的网址，又一次填写信息后，页面到了“项目介绍”这里。

占喜凑过脑袋仔细看页面上的说明，顿时就明白了小鱼的难处。

她转头看向他。

骆静语微红着脸，有些无助地指指那些空白框和上面的字数介绍，打手语道：“我不会写。”

占喜“扑哧”一声笑出来，说：“你早点儿跟我说嘛，我帮你写就行了，这又不是什么难事。行业介绍我知道，上回写过，你得把展示内容和你的从业履历告诉我，我可编不出来。”

骆静语皱皱眉，问：“明天？”

占喜摇头：“今天，现在。”

骆静语露出不解的神情：“你不累吗？明天你要上班。”

“不累。”占喜倾身过去亲了下他的嘴，开口道，“报名马上要截止了，咱们得早点儿提交。反正我现在去单位已经没事干了，还有两天年假没休，我明天可以休假。我们现在就把这事儿做完，别拖了。”

骆静语想了想，点头同意。

他们花了半小时沟通，骆静语用手语和手机把自己的参展设想告诉占喜，也把自己这些年学烫花、做烫花产品的经历说给她听。

占喜拿着笔在纸上记录，一张纸都记满后，说：“差不多可以了，我再按自己的想法添一些内容。你先去洗澡吧，我现在就开始写。”

骆静语不愿意，摇摇头：“我陪你。”

占喜笑起来，摸摸他的脸：“你是要监督我吗？怕我把你写得不够好啊？行吧，你要么去沙发上休息一下，我写的时候有不懂的地方再问你。”

骆静语没再反对，乖乖地去沙发上坐下。“礼物”一直窝在沙发上，见他过来就往他腿上跳，他便抱住了它。

占喜没再浪费时间，打开文档按照顺序开始写。

她对烫花其实已经有不少了解，自己也因为好奇而查过资料，上次还给方旭写过大作文，所以“行业介绍”就写得特别顺。

关于骆静语的履历，占喜就发挥起自己的文学才华，把他夸得天上有地下无。

就是……要不要写他耳聋？她想了很久，最终还是没写。

这是一柄双刃剑，可能会让他更容易通过报名，也有可能会因为这个被直接淘汰。

鬼知道主办方审核人员对残疾人抱着怎样的心态。占喜不想赌，骆静语又不需要卖惨。

最难的是“展示内容”这一块，一千字呢！骆静语的想法比较简单，占喜仔细思考，总觉得没有亮点，和别的展位比起来似乎没有特别大的竞争力。

可烫花工艺明明又美又独特，不应该如此泯然大众。想来想去，占喜灵光一闪，她赶紧抓住，又想得完善了些，跳起来跑去沙发边打算问问骆静语。

结果，小鱼已经躺在沙发上睡着了。

占喜好笑地看着他，“礼物”伏在他的肚子上，一人一猫此起彼伏地打着小呼噜，睡得好香甜。

客厅开着冷空调，占喜怕小鱼会感冒，把“礼物”抱到床上，又从卧室拿来空调毯给他盖上，还往他脑后塞了个薄枕头。

她又坐回桌边，也不管骆静语的意见了，照着自己的想法洋洋洒洒地写起来。

直到深夜四点半，她终于写完，粘贴到网页上后，把联系人和联系电话改成自己，点击报名提交。

小鱼这个大笨蛋，万一对方给他打电话怎么办？他接不到，这事儿不就黄了吗？

做完后，占喜又去沙发边看骆静语。他睡得特别熟，还翻了个身，侧身朝着沙发靠背。占喜拍拍他的胳膊，没反应。她想了想，决定就让他在沙发上睡一晚，反正马上就要天亮了。

占喜起身伸了伸懒腰，打了个哈欠，又弯腰往骆静语的脸颊上“吧唧”亲了一口，说：“小鱼，我回去睡觉啦，中午见。”

骆静语醒来时是清晨六点多，不是主动醒的。他在翻身时从沙发上掉下来了，即将落地的那一瞬骤然清醒，自我保护的念头一起，人才没摔得多疼，只是吓一大跳。

他一脸蒙地从地上爬起来，又捡起毯子看看，走到移门边拉开落地窗帘，外面天已透亮。

骆静语走到工作台边，占喜的电脑合上了，边上有一张留给他的字条。

小鱼：

报名申请我已提交，放心吧。

跟你说一声，报名的手机号码改成我的了，怕你接不到电话。

今天我休假，中午来你这儿吃饭，我想吃咖喱鸡哟！

——欢欢

骆静语拿着字条看了好几遍，看着看着，就情不自禁地笑起来。

他拿上衣服去主卫洗澡，脱掉衣服后站在镜子前观察自己。

“皮皮虾”的身材真的好好啊，虽然个子没他高，但手臂强健，宽肩窄腰，看着就是那种常年泡健身房举铁的男生，和纪鸿哲一样。

骆静语身上是薄薄的肌肉，幸亏骨架子大，才没显得太过“小白脸”。他弯起手臂看看自己的肱二头肌，又绷紧小腹，用手指戳戳自己很不明显的腹肌，回想起“皮皮虾”的那张健身照，觉得自己输得有点儿多。

欢欢在沪市时就想摸摸他有没有腹肌，想到这件事情，骆静语不禁感到一阵丧气，欢欢肯定喜欢有腹肌的男生。

骆静语寻思着是不是也该去健身房办张卡。

“自我检阅”结束，他先刷牙。“咕噜咕噜”吐掉泡沫水后，他抬起头又一次看着镜子里的自己，手指按到喉咙上让声带振动起来，张嘴发声：“h，h，h，h……”

这是每天的必修课，没有人帮他纠正说得对不对，他只能靠自己的感觉和记忆来练习。他怕太久不练又忘了，下一次继续跟着欢欢学说话，他要是说不出来“h”，肯定会被她笑话。

练习好一会儿后，他终于走进淋浴房。

端午小长假，占喜说不回家就不回家，迟贵兰又哭哭啼啼地给她打电话。她安抚了一下，说自己找到新工作后会回家一趟。

占凯威的期末考试已经结束，秦菲在朋友圈晒出小朋友的期末成绩单，全部优秀。占喜开心地点了个赞。

她给占杰打电话，占杰说六月他去见过一次威威，原本想带儿子去看场动画电影，结果威威不想去。父子俩只吃了一顿饭，威威就吵着要回家找妈妈。

占喜在心里吐槽：早几年你干吗去了？

占杰问她：“端午你也不回去，要不要到哥这儿来吃个饭？”

“不要。”占喜说，“去了还得我做饭，搞不好还要帮你打扫卫生，我才不去。”

占杰：“……”

骆静语独自回了一趟父母家，阎雅娟忐忑地问他和女朋友相处得怎么样。骆静语说挺好的，感情很稳定。阎雅娟就问什么时候能把女孩子带回家来见见，骆静语说还太早，时候到了他会带的。

姐姐和姐夫来了以后，骆静语得知一个让人喜忧参半的消息，那就是——骆晓梅怀孕了。

她和高元咨询过钱塘一家三甲医院遗传与产前诊断中心的主任医师，预约怀孕十七周后去做胎儿的基因检测。

比起骆静语和父母的紧张兮兮，骆晓梅反倒更放松些，笑着对弟弟打手语："不要担心，担心也没用啊。这是看运气的事情，等有了结果再说吧。"

骆静语很想问姐姐，如果孩子也有那个致聋基因的杂合突变，她打算怎么办？流产吗？都十七周了啊！

想了半天还是没问。

阎雅娟包了很多粽子，骆静语带了一些回来，煮了两个蛋黄鲜肉粽给占喜吃。占喜吃着美味的粽子，问他会不会包。骆静语说会。占喜又问包饺子，骆静语说也会。占喜好奇了，问他还会做什么好吃的。

骆静语这一次是用手机回答的：春卷、榨菜鲜肉月饼、小笼包、红糖年糕、蛋饺……很多了，说不完。

总而言之，钱塘人爱吃的点心小食他都会做。占喜口水都要掉下来了，觉得自己以后会超有口福。

端午之后，占喜休掉自己的最后一天年假，天才擦亮就跟着骆静语出发去池江先生家。他们要安装樱花树，占喜帮忙做手语翻译。

池江夫妇住在远离市区的一栋独栋别墅里，全屋日式装修，干净、典雅又温馨。

池江先生在公司工作，委托董承全权处理这件事情。骆静语和占喜在别墅里见到了董承。他笑嘻嘻地看着他们，二人都没牵手，还是被他看得心里发虚。

董承见他们浑身不自在的样子，笑道："别扭扭捏捏的了，我知道你们在谈恋爱。二十多岁的人，又不是两个孩子，躲什么呀？"

骆静语和占喜更害羞了。

樱花树是装在院子里的廊下，院子很大，这几个月池江先生动了点儿装修，把树的位置给空出来，造了个小布景，树淋不到雨，却有自然光照射，便于观赏。

大家忙碌起来，小李先立树干，有些被磕碰到的地方还要现场修补。钟鹏和莫杨有过安装经验，这一次就显得老练许多。

池江夫人在家，身边跟着保姆阿姨，她站在院子边看骆静语等人安装，看了一会儿后走到董承面前，对他说了几句日语。

董承与她沟通后，叫占喜去找骆静语。

骆静语正坐在高高的梯子上整理枝干，占喜仰着头对他打手语："小鱼，夫人问你，能不能现在陪她做一朵烫花？"

骆静语很惊讶，比画："现在？"

占喜："对，她说很久没有人和她一起做花了。知道你会，就想请你陪她一起做。"

钟鹏也看到了占喜的手语，在另一把梯子上对骆静语比画："师兄，你去吧。我和小莫可以搞定。"

莫杨在下面，也对着骆静语重重地点头。骆静语便爬下来，跟着董承往屋里走。

池江夫人是一位资深的烫花爱好者，家里有一间书房专门供她玩这个，拥有全套的烫花工具。

那间书房采光很好，是榻榻米结构。董承和池江夫人用日语交流后就离开了，临走前拍了拍骆静语的肩，以示鼓励。

骆静语穿着袜子走进去，有些拘束地看着池江夫人。

这是他第一次见到池江夫人。这位50岁的中年女性身材清瘦，面容和蔼，穿着舒适的针织薄衫和棉麻长裤，微卷的长发散在肩上，对他弯腰致意，请他落座。

骆静语在桌边坐下，池江夫人给他泡了一杯热茶，又把工具和材料都拿出来铺在桌上。

她看起来很高兴，笑得眉眼弯弯，还拿出自己的烫花作品给骆静语看。

她知道骆静语听不见，并不介意，像是见到一个知己。

骆静语仔细看过池江夫人的烫花作品，水平很不错，在爱好者里算专业了，他真心实意地冲她竖起大拇指。

池江夫人更高兴了，翻开一本日文的烫花书，点出一朵花给骆静语看。他一看，居然是松虫草花！

全世界的手语在某些时候是通用的。池江夫人指指自己，又指指图片，表情遗憾地摇摇手，再指指骆静语，指指图片，眼神瞬间换成了期待。

骆静语忍不住笑了，他刚学会这个，要是没学过，这时候该多尴尬呀！他对池江夫人点点头，比个"好的"。池江夫人立刻乐开了花，嘴里冒出一串日语，还激动地拍起手来。

占喜和董承在院子里并肩而立，抬头看着钟鹏三人爬上爬下，忙得不可开交。

这时，保姆阿姨出来叫董承。董承听完她的话，对占喜说："走吧，咱们还得开工，去帮他们做做翻译。好像是有些地方比较难，光看学不会。"

占喜和董承也进了书房，骆静语抬头看到他们，脸上露出歉意。

松虫草花本身就很难，他完全看不懂池江夫人的唇语，池江夫人也看不懂手语。两个人大眼瞪小眼，鸡同鸭讲老半天，竟是进行不下去了，只能寻求外援。

有了董承和占喜的帮忙，教学终于顺利起来。骆静语对占喜打手语，占喜翻译给董承，董承再用日语翻译给池江夫人。

就这样，四个人在书桌边坐了好久，一直到午饭时间，染色才全部结束。

保姆阿姨给大家准备了丰盛的午餐，饭后，钟鹏三人继续干活，书房里的烫花教学也继续有条不紊地进行。

占喜好喜欢看骆静语用烫镘烫花的样子，那么专心致志。他全身心地沉浸其中，似乎从来不会感到枯燥，只有享受。

池江夫人也一脸欣赏地看着他，有时和董承交流几句。董承对占喜说："夫人说骆老师很专业，和她在日本时的烫花老师不相上下。"

占喜笑得合不拢嘴。她的小鱼本来就很厉害、很专业啊，国内前十呢，烫花大师骆静语呀！

不过，在烫花教学的过程中，占喜想到一些问题。小鱼不会说话，如果他去参加造物节，在三天的兴趣体验环节中，他该怎么给客人进行讲解？

池江夫人好歹有经验，造物节上的客人可都是零基础。烫镘很烫，从没用过的人第一次尝试会有危险性，小鱼要怎样才能保证客人的安全呢？整个过程有那么多步骤，总不能全让客人自己去理解和体会吧？

这些问题很关键，占喜记在心里，想着回去要和小鱼好好讨论一下。

临近傍晚时，书房里的松虫草花大功告成，院子里廊下的樱花树也初具规模。

骆静语没休息，立刻去院子里帮钟鹏和莫杨做最后的造型调整。

占喜没去打扰他，池江夫人给了她一杯抹茶冰激凌。她坐在廊下，一边挖着冰激凌，一边远远地看着他。

骆静语工作时的样子真是让人着迷，烫花时好帅，安装花瓣时也好帅，就连打着手语训人都好帅！

他的眼神沉稳坚毅，对作品的态度近乎苛刻，在占喜看来没什么瑕疵的地方，他会打手语告诉钟鹏，这里比例不对，那里又太凌乱、缺乏美感，然后自己上手调整，让两个孩子在旁边学。

占喜脑子里想到一个词——匠人精神，说的大概就是骆静语这种人。

从早到晚，天色渐渐变暗。又过了两小时，樱花树终于安装好了。

在这初夏季节，远处天边是绚烂的火烧云。近前，满树粉色樱花盛放在一道日式风格的檐廊下，令占喜有一种时空错乱的感觉。

池江夫人呆呆地望着这棵树，流下了感动的眼泪。

她再三对骆静语等人表示感谢，还想留他们吃晚饭，骆静语婉拒了。董承便安排一辆七座商务车送他们回家。

小李坐副驾驶座，骆静语说今天两个孩子更辛苦，让他们坐第二排最舒服的位子，他和占喜坐最后一排。

回程要一小时三十分钟，一行人都很累。回去的路上，两个孩子歪在座椅上呼呼大睡。骆静语起先还看看窗外，和占喜聊聊天，渐渐地，他的脑袋开始一下下地往下垂。

占喜忍着笑看他。在他又一次小鸡啄米时，她坐直身子，揽过他的脑袋让他靠在自己的肩膀上。

骆静语眯了眯眼睛，占喜握紧他的手，安抚般地挠着他的掌心。他像是找到一个最舒服的姿势，终于放松地合上眼，靠在占喜的肩头沉沉睡去。

六月三十日，是占喜最后的工作日。这一天，她先后接到两个电话。

第一个电话是造物节的主办方打来的，和她确认过一些事项后，通知她，展位申请通过了，请她尽快上线缴纳展位费。

第二个电话是一家传媒公司的二面通知。占喜思考以后，抱歉地告诉对方自己要放弃这次面试。

她隐隐觉得，事情的发生存在着一种奇妙的因果逻辑。

她已经知道方旭和骆静语之间的矛盾，也知道骆静语若参加造物节，只能一个人搞定所有事项。她的小鱼的确十项全能、才华横溢，但她也明白，他的确很难一个人把一场三天的展会撑下来。

沟通困难是骆静语生活中的硬伤，面对这样一次难得的机会，占喜作为女朋友不会袖手旁观。她决定帮助小鱼渡过难关，也就是大半个月的事情，她可以等到造物节后再去找新工作。

下班后，占喜带上自己所有的私人物品，和袁思晨等同事告别。

坐电梯下楼后，她碰到了林岩。林岩要加班，刚在咖啡馆里买了一杯咖啡。二人在一楼大厅看到对方，林岩站住脚步，说："那天，对不起。"

占喜想了半天才想起他大概是为自己在楼梯间里的言辞道歉，忙说："没关系，我没放在心上。"

"你……"林岩犹豫好久，最后说，"祝你一切顺利。"

占喜对他微笑："谢谢，也祝你一切顺利。"

她走出大厦，并没有回头。

这家公司是她离开象牙塔后的第一份工作，一年来她学到很多东西，经历了很多事情，人也成长许多，甚至她的男朋友都是因为工作而认识的。

但她没有过多留恋，人要往前看，这只是人生中一个很小的选择。

晚上和骆静语一起吃饭，占喜把报名通过的事情说给他听，还对他说了自己的决定。

她打手语道："我先不找工作了。小鱼，我想帮你准备展览的事情。"

骆静语一脸愣怔地看着她，直到占喜重复一遍他才反应过来。

他着急地打手语："我不想耽误你找工作。"

占喜摇头："不耽误。"

骆静语久久地看着她，心里忐忑极了。

造物节报名是他的主意，而欢欢在找工作的事情他是一直看着的。在接到主办方电话前，他对这次展览还没什么概念，现在报名通过，他人生中的第一个摊儿真的要摆起来了，他才感到混乱无措，不知道自己一个人能不能把事情做好。

就在这时，欢欢主动说要帮助他一起做。

看他一脸纠结的样子，占喜笑着问："你干吗呀，你是不想让我帮忙吗？"

骆静语狂摇头。

"那我们就一起搞吧！"占喜兴奋地说，"小鱼，还有半个月，我们好好地策划一下，两万元花下去总得有效果啊！"

骆静语看了她好一会儿，终于笑起来，轻轻地点点头。

他上线交了两万元参会费，拿到一个小小的展位。

造物节从五月就开始筹备，别的参展单位或个人早就开始准备了，而骆静语这时才确定参加，时间已经很紧迫。他和占喜要做的事情非常多，二人开了个小会，把各自要做的事情计划了一下。

首先是展位的主题，占喜把自己写的稿子给骆静语看，看着她天马行空的设想，骆静语都惊呆了。

他原本哪有想这么多，觉得把桌子、椅子往那儿一摆，他安安静静地做烫花就行，最多让客人体验一下。可占喜的方案很详尽，在主题布置上就要下一番功夫。

"你觉得怎么样？"占喜问。

骆静语沉默。

"不行吗？"占喜又问，"太复杂了？时间来不及？那你本来是怎么打算的？"

骆静语抿抿唇，指着文档里的一句话，扭头看向占喜，用食指凌空画了个问号。

"哦，这个呀？就是我呗。"占喜笑嘻嘻地说，"你觉得我不行吗？"

骆静语摇头，又去看文档，想了老半天后下定决心，打手语道："我觉得可以，很好，就这么做吧。"

在占喜的设想中，展会上最重要的一块内容不是骆静语演示怎么做烫花，而是烫花兴趣课体验。骆老师要教客人做入门花，每天上午、下午各一次，他需要准备兴趣课的材料，还要提前做好相应的成品展示给参观者看。

占喜想到他和池江夫人授课时遇到的困难，说：“小鱼，我想过了，你得先把我教会，到时候我来帮你讲解，你只要负责一个步骤一个步骤地做就行了。”

造物节主办方有微信公众号，从五月开始，每天会按照不同板块推送好几条展位信息。工作人员通知占喜报名通过时就问她要过公众号、微博或短视频平台的主页号，她没有把“小鱼鱼手作烫花”的账号给对方。因为这家所谓的烫花工作室在所有平台的账号都是由方旭打理的，骆静语毫无支配权，方旭也不见得会配合他做宣传。

经过骆静语的同意，占喜决定注册一个新的月抛型账号，专门为造物节服务。

时间相当紧，她取名就取得很随意，把自己名字的谐音和小鱼的名字一加，微信公众号、微博和Q站上就多了一个叫“禧鱼烫花艺术”的账号。

方旭和骆静语合作四年，深耕汉服圈，如今的客户渠道多是通过各个汉服群来获得，对于在平台上的经营展示已经不放在心上。

“小鱼鱼手作烫花”甚至没有公众号，微博都有两年没发布新内容了，也就在Q站还偶尔上传一些视频，某宝的店铺倒是做得挺讲究。

占喜觉得方旭的思路没有参考价值，就去看徐老师、邵姐和小朱姐她们的社交账号内容。一条条仔细地研究后，她给骆静语布置任务，让他把体验课的花型好好做一遍，全程拍下视频，由她来做后期剪辑。

骆静语很惊奇地问她：“你会？”

占喜哭笑不得：“我是学传媒的呀，剪个视频还能不会啊？不过我的确很久没弄了。放心，一定会给你做得美美的！”

骆静语的眼睛里闪着光亮，夸得真情实感：“欢欢，你真的好厉害啊！”

剪辑过的视频要展示在微博，公众号更需要的是推文，推文自然也是由占喜来写。

她让骆静语找出大量这些年来的烫花作品照片，二人头碰着头一张张地筛选过去，用来给推文配图。

占喜每天写一篇推文，推文不长。她没有专门去讲烫花，而是用不同的鲜花做引子，每一篇介绍一个节气或是中国传统节日，到最后才回归烫花上。反正小鱼做的花型那么多，写到造物节前她都写不完。

一个多星期后，造物节的官方公众号推送了一条介绍“禧鱼烫花艺术”的推文，内容其实是占喜写的，下面挂着展位主体在各个平台的二维码。就一天时间，公众号和微博还真多了不少粉丝。

所有的事情都在紧锣密鼓地进行，骆静语把展位布置需要的物料一样样买好，展览时要用到的烫花成品也被他一件件地做出来。二人每天从早忙到晚，睡觉时间都不够，脑子里几乎没有别的事情，日历上记满工作事项，做完一件就画个圈。

他们只有两个人，且都没有参展经验，很多事情都不懂。占喜就厚着脸皮去问几个小姐姐，她们都会耐心地为她解答，并把参展时的注意事项也告诉她。

再过一周，造物节就要开幕了。

方旭不请自来的那一天，骆静语正在教占喜做铃兰。

他去开门，看到是方旭后不禁一愣。方旭的神色很平和，提着一袋子水果走进来，笑着说：“办事刚好路过，就来看看你。”

他看到工作台边坐着的占喜，招招手：“你好啊，占小姐。”

占喜对他没好感，但出于礼貌还是应道：“你好，方先生。”

骆静语请方旭去沙发上坐，又给他拿了饮料。方旭抻长脖子看着工作台上的烫花半成品，问占喜：“占小姐也对烫花感兴趣？”

占喜笑笑：“是啊，挺有意思的，就让小鱼教我。”

骆静语拉了把椅子在方旭对面坐下，占喜也不离开，就坐在工作台边，一边玩手机一边听他们说话。

“最近在忙什么？造物节吗？”方旭问。

骆静语点点头，通过报名的事情他没有瞒着方旭，月初就和他说了。

方旭又问：“那你要等展会过了才有时间设计汉服节的定制？”

骆静语又点点头。

方旭摇头叹气：“今年我们的生意肯定不行，开始得这么晚，影响太大了。”

骆静语没反应。占喜说：“有得有失啊。方先生，小鱼要是有了更大的知名度，对你们的生意只有帮助，没有坏处。”

方旭笑起来：“我知道。小鱼有追求，我肯定是支持的，你看我说什么了吗？”

他又转向骆静语，问：“那套联名款设计得怎么样了？”

骆静语起身，拿来几张彩色设计稿给他看。

这是月初时，一家叫“婳裳”的汉服工作室委托方旭做的联名款设计，对方要推秋季新款，主题是“盛唐风华”，有几套需要搭配烫花发饰。骆静语抽空画了设计图，是手绘。

“挺不错啊！还要改吗？”方旭看过后问。

骆静语刚要用手机打字，肩上被人一拍，抬头便看到占喜站在他身边。

占喜对他打手语：“你直接说，我帮你翻译。”

骆静语心里暖暖的，笑了一下，也打了几句手语。占喜看完后对方旭说：“小鱼说，你可以先发给对方看看，问问对方意见，他再修改。”

方旭目瞪口呆地看着他们，问："占小姐，你会手语啊？"

占喜淡淡地说："我学了四个月，和小鱼交流基本没问题了，手语不难学。"

手语怎么可能不难学？方旭见过骆静语打手语，叫人眼花缭乱。他心里的感觉很复杂，和骆静语认识四年，他从没想过去学手语，只觉得和小鱼沟通很麻烦，连打字的水平都那么差。

为什么不是骆静语去提高书面交流水平呢？他一个耳朵正常的人学什么手语啊！就为了和骆静语一个聋子交流？凭什么呀？

果然，爱情的力量真伟大。方旭冷眼看着占喜，心里只觉得这漂亮姑娘是被爱情冲昏了头，脑子不太拎得清。

他用手机拍下设计稿的照片，说："行。那我先发给对方看看，到时候给你反馈。"

之后，方旭喝着饮料，闲聊般地问骆静语打算在造物节上怎么摆摊儿。骆静语一脸严肃地看着他。以前，他什么事情都不会瞒着方旭；现在，除非必要，否则他什么事都不想说。

占喜帮他解围，笑着说："方先生，您都说了不干涉，也不帮忙，就不要管这件事情了嘛。再说了，烫花这么冷门，还能怎么弄啊？不就是小鱼在那儿摆摊儿做烫花，参观的人围着看呗，和做糖人儿也没什么区别。"

方旭哈哈大笑："说得也是。"

他坐了没多久就说要走，占喜抱着"礼物"目送他。

骆静语将方旭送到门口，看着他坐电梯下楼。

方旭下楼后去取车，一边走一边拨出一个电话。

电话里的女声嗲嗲的："小方哥。"

方旭说："我出来了。"

对方问："你问来了吗？"

"他没说，精得很。"方旭回答，"不过，东西我拿到了。"

挂掉电话，方旭打开微信，又看了一眼造物节公众号发的那条推文。

"禧鱼烫花艺术，哼。"他念出来，最后冷笑一声。

小聋子的翅膀真是硬了，这就打算踢开他自己飞了？

呵呵，这世上有这么容易的事情吗？

距离造物节开幕还差四天时，占喜已学会三种入门花型的制作——铃兰、天竺葵和花苞玫瑰。加上之前学过的葱兰花，骆静语认为已经够用。

在正式上阵前，占喜想要检验一下成果，需要找两个从未做过烫花的人来模拟体验课，一通电话就叫来罗欣然和“皮皮虾”。

“皮皮虾”呀！胡茬儿猛男一个，占喜觉得，如果连他都能学会，那就不会再有人学不会了。

模拟烫花体验课正式开始。

骆静语把材料和工具发给二人，手里拿起一串带着叶片的白色铃兰，花朵就像一个个小灯泡。

占喜开口道：“两位下午好，我是骆老师的助教小占，由我配合骆老师来给两位讲解烫花要点。今天我们要学习的是做铃兰，两位看到的就是最后的成品，非常可爱哦。”

“皮皮虾”嘀咕：“可爱个屁。”

罗欣然踩了他一脚，他“嗞”了一声，表情很夸张。骆静语歪了歪头，奇怪地看着他。

他又看向占喜，她说完了，给了他一个眼神，他就拿起已经剪下来的花型和叶片布料给罗欣然二人展示。

占喜同时开口：“铃兰花用到的布料是编绢府绸，叶片和花茎的布料是520缎。两位看一下，都已经在你们手里啦，花朵和叶片的形状还是很好区分的。”

看着手里一堆白色小布片，“皮皮虾”一脸迷茫。

骆静语又拿起烫镘，占喜说：“骆老师现在给大家看的工具是烫镘，烫镘是制作烫花最为重要的工具，有各种规格。铃兰花用的是铃兰镘，叶片用的是刀镘，可以烫出叶脉。”

骆静语指指面前公用的颜料，占喜说：“材料和工具其实很简单，现在我们就开始今天的课程，花型和叶型骆老师已经给两位准备好了。我们开始第一步，就是调色、染色，骆老师会先用若草色……”

罗欣然一直看着骆静语的动作，耳边响起的是占喜清脆的声音。骆静语很从容，拿东西、放东西都有条不紊。在他做的同时，调色时每种颜色要倒多少、添多少水，占喜都会明明白白地说出来，一点儿也不会让人感到手忙脚乱。

“皮皮虾”原本以为自己会应付不了，结果发现，骆静语把每一个步骤都做得很细致，也会盯着他们的操作。稍有不对就用手势喊暂停，再对占喜打手语，由她将注意事项说给他们听，以便及时纠正问题。

“皮皮虾”偷偷看罗欣然的动作，就像在观察同班同学学得怎么样。罗欣然已经拿起刷笔，“皮皮虾”不甘落后，也拿起刷笔像模像样地给花瓣染起色来。

骆静语还准备了备品，如果有染坏的花瓣，可以有一次重染机会。

夏天炎热，染完色的布料只需二十多分钟就会晾干。占喜和骆静语商量过，这时候不能放客人出去逛，可以给他们讲讲烫花的发展、流派和在生活中的应用，哪怕是问答式的聊天都行。

这些介绍，占喜背诵了好多天，尽量说得生动有趣。而骆静语这时候也不会闲着，会拿出一些半成品做熨烫的展示。

如果说这是一部纪录片，骆静语就是画面，占喜则是画外音。

轮到烫镘上场后，占喜有些紧张，再三向二人确认安全事项。

铃兰是非常基础的花型，骆静语依旧做得又慢又仔细，力求让两个体验者看清他所有的动作。熨烫的技巧都由占喜口头讲解，“皮皮虾”看得很专注，嘴里不时地叫出“我去！”“啊，还能烫出经脉啊？”“这个太难了，我肯定搞不来！”等各种话语。

占喜安慰他：“不难，你试一下就知道了，耐心点儿就行。”

“皮皮虾”无奈地拿起烫镘，一边笨手笨脚地熨烫，一边骂骂咧咧。

他低着头，骆静语也看不见他的口型，注意力只在他和罗欣然的操作上。占喜一直温柔地鼓励着“皮皮虾”，倒是罗欣然受不了地叫起来：“皮皮虾，你能不能闭下嘴？你有点儿男人的样子行不行，怎么这么烦人啊！”

“皮皮虾”闭嘴了，想不明白自己不会做手工怎么就没有男人的样子了，像骆静语这样的男人才是异类好吧！

要说骆静语女气嘛，也完全没有这感觉。他用小镊子夹着那么小的花瓣，右手拿着烫镘在花瓣上熨烫的架势真的很帅气！

“皮皮虾”放松心情，放平心态，跟着骆静语的节奏，倒也磕磕绊绊地把所有的花朵和叶片给烫了出来。

最后是组装，这对“皮皮虾”来说是个难点，因为要用到胶水粘贴。

“手残党”真的感觉好难，占喜站到“皮皮虾”身边，很耐心地告诉他怎么粘，实在搞不定的地方，她就上手帮一下。

“皮皮虾”看看骆静语灵巧的手指，觉得自己的两只手就像是假的。

在占喜和骆静语的默契配合下，不到两小时，罗欣然和“皮皮虾”这两只完完全全的菜鸟都把一串铃兰花给做好了，完成度居然还不错。

“啊哈哈哈，我必须要发朋友圈！”“皮皮虾”一扫之前的颓废，此刻得意得不行，把自己那串铃兰从各个角度拍了好多张，发到朋友圈，还加了一张骆静语低头干活儿的照片。

刘海儿垂着，看不见他的眉眼，只能看到他的下半张脸，高挺的鼻梁、优美的嘴唇和瘦削白净的脸颊。皮皮虾的配文是：**哥人生中的第一朵烫花作品！全手工制作！哈哈哈，就说牛不牛吧！**

底下很快就有了评论和点赞，有人夸，有人损，有人开玩笑，还有人问在哪儿做的，问得最多的是——照片里的小哥哥是谁？看着好帅啊！

“皮皮虾”统一回复：七月十七日至七月十九日，会展中心钱塘造物节，手作集市板块 67 号展位，请关注“禧鱼烫花艺术”！欢迎向骆老师现场学习手作烫花！

PS：骆老师明明可以靠脸吃饭，偏偏要靠才华！哥只能悲痛地告诉大家，这人名草有主，别惦记啦！

造物节开幕的前两天，骆静语和占喜按照要求进场布展。

他们没有再请别人帮忙，就一个三平方米的展位，占喜相信，凭小鱼的动手能力，他们完全能搞定。

因为他们报名太晚，67 号展位位置一般，靠近一条通道尽头的角落。占喜自我安慰，人少点儿也没事，上体验课的效果会更好。

她和骆静语一同上手安装各种物料，二人还吭哧吭哧地抬着一道屏风进会场。

骆静语怕占喜太累，总想让她休息。她不肯，说自己没那么娇气，不怕辛苦。

周围的展位也都在布置，有人注意到占喜和骆静语的交流是靠手语，多少有些吃惊。

一个短发女孩儿站在他们展位前看了半天，好奇地问占喜：“你们是做什么的呀？”

“烫花。”占喜扎着马尾辫，抹抹额头的汗，笑着回答她，“是一种纯手工造花工艺。看，那朵荷花就是用烫花做的。”

她指着骆静语正在调整位置的一件荷花摆件，还包括莲藕和荷叶。短发女孩儿惊叹道：“哇！很漂亮啊！像真的一样。”

她又问占喜，“都是你做的吗？”

占喜咯咯直笑：“不是我，是我男朋友做的。”她指指骆静语，眼神里满是骄傲，“你看到的这些花全是他做的，是纯手工，一片一片烫出来的！”

短发女孩儿更惊讶了：“天哪！你男朋友这么厉害啊！我是做刺绣的，我们这行几乎都是女孩儿。”

二人约定开展后到彼此的摊位玩一下，短发女孩儿临走前，有些犹豫地问：“你男朋友……是耳朵听不见吗？”

“是啊，他耳朵听不见。”占喜的视线望向骆静语。他一直在忙碌，灰色 T 恤的前襟已是湿了一片。占喜笑起来，“但是他真的很厉害，开展后你就知道了。”

骆静语偶尔会看一眼占喜，她已经提前进入工作状态，因为时不时会有人逛过来问他们的展位是做什么的。那些都是各行各业的手作人，有些行业连骆静语都不太了解，占喜却和他们聊得热火朝天，还邀请他们关注自己家的微博和公众号。

二维码被骆静语设计成花卉形式，打印得大大的挂在展位边，和整个展位的风格融为一体。

骆静语后知后觉地想到，如果没有欢欢的帮助，此时的他是不是只能一个人在这里干活儿？邵姐她们虽说要来参观，也不可能帮他布展，长时间留在展位边的人，也就只有他一个。

一个听不见声音、不会说话的人孤孤单单地坐在一座人山人海的展览馆里，守着自己的小摊位……骆静语光用想的都知道必定困难重重。

也不知当初的他是怎么有信心能独自应对这一切的。方旭说得不是没道理，缺少了语言辅助，他的展示的确会变得没有意义。

幸好现在有了欢欢。

骆静语第一次体会到有人和自己并肩作战的感觉。

他们没有互相凌驾，没有互相支配，没有互相指手画脚。他和占喜是真的可以把后背放心地交给对方，只需顾好自己负责的这一部分就行。

第一天的布展即将结束，傍晚时，占喜和骆静语完成了当天的工作。他们看还有时间，就没急着去吃饭，而是像别的手作人一样，手牵着手在展馆里逛起来，看看别家展位都做些什么。

手作集市板块的展位有大有小，布展的人也有多有少。逛着逛着，骆静语再一次庆幸自己听从了欢欢的意见，非常正式地设计了展位主题。要是按照他之前的设想，只有一张桌子、一把椅子，人往那儿一坐，绝对会成为场馆里最寒酸的一个展位，就像占喜说的那样，和做糖人儿的老师傅有得一拼。

别的展位上，有人做木工，有人做香薰，有人做植鞣皮革，还有陶艺、滴胶饰品、插花、烘焙、翻糖蛋糕、钻石画、油画、拼布、缝纫、法式刺绣、针织、古法造纸、榫卯、木雕……

琳琅满目，五花八门，占喜觉得自己的眼睛都要不够看了。

这么多的手工项目，样样都有人喜欢、有人擅长、有人钻研多年并以此为生。在如今这个快节奏、科技发达且日新月异的世界里，还是有一群人能耐得住寂寞，只专注于自己的一门手艺，做到专，做到精，就算再冷门都不愿放弃。和占喜聊到自己热爱的事物时，他们一个个眼睛里都闪着光。

在主通道上，骆静语和占喜看到一个展位，二人同时停下脚步，震惊地瞪大了眼睛。

这个展位不小，足足有骆静语的展位的三倍大，只布置到一半，已经能明显地看出风格。

占喜站在展位前，觉得自己像是掉进兔子洞的爱丽丝，因为目之所及都是夸张绚烂、华贵张扬的花朵。那些花朵大多数是一丛丛怒放的玫瑰，什么颜色都有，色彩丰富得极其冲击眼球。

几乎所有路过这个展位的人都会惊叹一句：“哇！这些花好漂亮啊！”

听到这样的夸赞，展位的主人就会回过头来，微微一笑。

她的笑容就像她展位上的花朵一样妖娆美艳，占喜远远地看着她。突然，那人的目光也投射过来，毫不遮掩地与占喜视线相对。

那是个年轻又美丽的女孩子，扎着高高的双马尾，穿着有点儿复古风的黑色小裙子，五官很陌生，占喜从没见过她。

她的眼神很古怪，不是敌意，也不是挑衅，更像是一种示威。

占喜蓦地意识到，这个女孩儿不是针对自己，她针对的其实是骆静语！

这时，骆静语拉拉占喜的手，二人一起离开。

一直走到看不见那个展位的地方，占喜才转头看骆静语，发现他的脸色不太好看。

占喜用手语问他：“小鱼，那是烫花吗？”

“是的。”骆静语也用手语回答她，“是烫花。”

占喜想了想，打手语道：“跟你做的不太一样。”

骆静语看着她困惑的眼神，问：“你觉得好看吗？说真话。”

占喜小幅度地点点头。

真的很好看，不会有人说不好看吧？展位布置到一半就已经那么夺人眼球了，要是全部布置完，她几乎可以想象，那就是一个属于花朵的童话世界，那种氛围可以用一切华美的词语来形容。

骆静语笑着点头，打手语道：“我也觉得它好看，但是，我并不喜欢。”

骆静语给占喜简单地介绍了一下，那个女孩儿的烫花技法其实是属于另一个流派，在欧洲比较受欢迎。

他想了半天，给占喜打字：**巴洛克**。

占喜上网搜索，那支烫花流派带着浓重的巴洛克风格，崇尚奢华气派的艺术效果，视觉刺激很强烈，最擅长的花型就是玫瑰，包括各种各样的玫瑰。

如果用画作来比喻，骆静语学的流派就是传统写意水墨画，而那女孩儿的流派则是浓墨重彩的西式油画。

占喜知道，文化艺术行业包罗万象，不同的艺术形态分别有各种各样的分支，哪怕是如此小众的烫花也是一样的。

流派与流派不分好坏，只是技法和表现风格不同罢了。

占喜明白骆静语的意思，那样的花很好看，但他并不喜欢，所以他选择学习的是徐卿言授课的这支流派，也不会对对方产生敌意。大家各凭各的本事吃饭，在这样一场展会上，骆静语只要做好自己就可以。

Chapter 15

我真喜欢你

七月十七日一早，钱塘造物节在会展中心热热闹闹地开幕了。

这一次展览从五月就开始造势，规模很大，面向全国，各个电视台和各种纸质、网络新闻平台都派出记者前往采访。广场上的露天开幕式相当隆重，省市领导都来了好几个，还邀请了明星助阵表演，吸引到大批粉丝和观展群众。

骆静语和占喜清早就到了会场，和所有参展人员一起为自己的展位做最后的调整布置。

占喜贴出三天的活动内容，每天上午、下午各有一场兴趣体验课，是收费项目，每次两到三人，时间是两小时，可提前预约，费用是每人四百元。体验课的花型在课程表上以图片形式展示，有单枝入门花制作，也有烫花小首饰，客人做完后都可以带走。

每天下午，骆静语会进行一次从头到尾的烫花制作现场展示，展示内容也都提前公布。他还为这次展览专门制作了部分成品，都和展位主题相关，明码标价，可以直接购买。

所有参加体验课和购买产品的客人留下联系方式后，都能参加最后的抽奖，大奖是骆老师私人定制的一款烫花饰品，由中奖的幸运儿点单。

会场还未开门，一切已经就绪。占喜去卫生间洗了把脸，直接在卫生间里化妆，又去隔间换了一身衣服。从卫生间里出来后，占喜后知后觉地害羞起来，一路脚步匆匆地走回展位。骆静语回头看到她，顿时绽开了笑容。

占喜穿着一身藕粉色宋制汉服，抹胸搭长褙子、百迭裙，是凉爽的夏季款，几乎是纯色的，只在领口有一些荷花元素的小刺绣。这还是经过店家允许后，由阎雅娟亲手绣上去的，为了和展位的主题匹配。

她长发披肩，妆容虽淡，但眸如点漆，对着骆静语露齿而笑，羞得双颊绯红。骆静语看着她的笑颜，眼睛都移不开了。

占喜只在家里试穿给他看过，这时候羞得几乎要躲到他身后去，小声地说：“哎呀，我第一次在外面穿，好难为情啊。好看吗？”

骆静语上下打量她，用手语说：“很好看！”

他拉着占喜在椅子上坐下，拿起早就准备好的梳子和发绳，仔细地帮她梳头发。这一次梳的发髻要比花朝节时的更繁复些。他的手势很轻巧，梳好后，他拿起一支荷花发簪，仔细地插到她的发髻上。

发簪上的荷花是用烫花做的，很小巧，是占喜身上唯一的饰品。骆静语最后将占喜披下来的长发梳顺，拿来镜子给她看，用眼神征询她的意见。

“好看呀！”占喜对着镜子臭美地转脑袋，“小鱼，你太厉害了！我看你也别做烫花了，去开个造型工作室吧，估计也有饭吃。”

骆静语笑得眼睛都弯起来。

占喜起身，整理了一下自己的裙子，问骆静语：“马上就要开始了。小鱼，你准备好了吗？”

骆静语对她点点头。

“别紧张，有我陪着你呢，你就像平时那样做花就行了。”看看周围没什么人，占喜抱着骆静语的腰，踮起脚亲亲他的唇。

他的唇上被沾到了一点儿唇膏印，他用舌头舔舔，那是一种奇怪的味道。

“会顺利的。”占喜又说，“要有自信哦！小鱼。”

骆静语又一次点点头，转头看向偌大的会场。一个个摊位都已准备开张，工作人员和展位的摊主们走来走去。有人在拍照，有人还在布置，有人已经闲下来聊着天儿……

占喜告诉他会场里一直在放音乐，有时欢快，有时激昂，还有广播穿插播报着各种活动信息。骆静语听不见，占喜会挑重要的说给他听。

她说她是他的耳朵和嘴巴，她说自己会一直守在这里。

她叫他不要担心，只要她在，他只管安静地上课、做花就行。

她大言不惭地说，自己现在什么都懂，就是烫花界的王语嫣！骆静语都不知道王语嫣是谁，还专门去搜了一下，搜出来后笑了老半天。

看着占喜现在信心满满的样子，他又觉得她大概真的是王语嫣，神仙姐姐嘛，最美、最有仙气、最可爱！她就是他的小仙女！

场馆终于开门，第一批参观者们涌了进来。

造物节的各个板块特色鲜明，大多数展位都有互动项目，很快就吸引到参观者进行玩乐体验。

手作集市板块的展位异常热闹，尽管大多数体验项目都要收费，也还是有很多热门摊位围满了参观者。

收费也不全是为了赚钱，更大的作用是控制体验人数，毕竟多数项目都很费时。手作嘛，做一样简单的小物件，没一两个小时是下不来的。

骆静语的展位十点开始第一场体验课，这时还没人来报名，却先迎来了两个老朋友——邵姐和小朱姐。

两位姐姐找了半天才找到这个展位，远远看过来，只感到一阵惊艳。那么小的展位，只摆着一张一点五米长的白色桌子，空间纵深两米，被骆静语和占喜布置成了中国风。

骆静语坐在桌子后，身后是一道古典屏风，屏风上是工笔荷塘图案，很契合当下的节气。桌子上整整齐齐地摆着烫花材料和工具，展示品只有一盆荷花摆件。

更多的装饰都往立体空间发展，这次的展览每个展位间没有隔板，只用柱子和一个类似遮阳棚的顶棚隔断。骆静语就在柱子上固定装上大朵的荷花、莲蓬和荷叶，还用烫花做了几只蜻蜓停在上面，取“小荷才露尖尖角，早有蜻蜓立上头”之意。

最引人注目的其实是占喜。

她穿着一身古风裙装在展位边亭亭玉立，手里还摇着一柄荷绿色团扇，看到邵姐和小朱姐后顿时就用扇子挡住了脸。

邵姐乐死了：“哟，这是哪里来的何仙姑呀？哈哈哈……穿都穿了，还害什么羞？”

占喜移下扇子，只露出两只眨巴着的大眼睛，甜甜地对她们打招呼：“邵姐，小朱姐，你们来啦？”

“真不错啊，很有想法呢！小占，你这么穿很漂亮啊！”邵姐连声赞叹，又问骆静语，“这是谁的主意？”

骆静语指指占喜，她又羞得用团扇遮住脸，说了一句吴语地区的俗语：“邵姐，我们就是螺蛳壳里做道场，别笑我啦！”

“夸你还来不及，这么能干呢，怎么会笑你？”邵姐又看向骆静语，笑问，“小鱼怎么不穿汉服呀？”

骆静语穿着常服，纯白T恤配牛仔裤，还把头发剪短了些，很是干净清爽，此刻也正笑吟吟地看着她。

占喜解释：“他要干活儿呢，怕穿汉服太热。”

小朱姐看过体验课课程表，悄悄地问占喜：“小鱼能给人上课吗？需不需要我们帮忙？”

“暂时不用，我和他会配合一下。他教，我来讲。”占喜说，“谢谢姐姐，你们一会儿可以先去逛逛，逛累了来我们这儿坐坐。屏风后面是物料，还有几把凳子。中午来我们这儿吃盒饭，晚上我和小鱼请你们去外面吃大餐！”

“好嘞，咱们也算是有个大本营可以休息。”小朱姐很高兴，看着骆静语已经开始准备第一堂体验课的东西，对占喜分享经验，“一会儿要是没人，我和邵姐可以先给你们做个托儿。放心吧，只要有人开始体验，马上就会有一堆人来看，他们看着看着就会手痒，想要自己做。就这么几个名额，很快就能预约完，大多数人还做不着呢。”

“真的？那就好。”占喜有点儿担心地问，“小朱姐，四百块钱一次会不会太贵啊？是小鱼定的价。”

小朱姐摇头：“不贵，这已经是成本价了，我平时开兴趣课都是六百块钱一节，最少也要五百块钱。”

占喜了然地点头，回头看了骆静语一眼。她听小鱼说过，姐姐们平时都有开兴趣课，甚至还有线上课，但他一次都没开过。他这个情况，以前想都没想过还能给人上课，在业务上也是少了很大一块收入来源。

陆陆续续有参观者往这边过来，邵姐和小朱姐站在展位旁看骆静语做花，特地不挡着他，不时啧啧称赞，是两个十分尽职的托儿。占喜就摇着扇子在边上俏生生地站着，是一个十分尽职的迎宾。

有人看到她的装扮，又看看安静干活儿的骆静语，问：“这是做什么呀？”

占喜笑着说：“是手作烫花，一会儿有体验课，可以体验一下哦。”

围观的人越来越多，有人匆匆看几眼就走，有人则看了好久，但是一直没人报名体验。

骆静语几乎没抬过头，这样的场面对他来说太陌生了，他还是第一次在这么多人面前做花。他能感受到一双双眼睛都盯在自己身上，令他无所适从，完全不敢与客人们对视。

唯一的慰藉就是占喜，他会用眼角余光去寻找她，看到她在对参观者讲解什么，指着课程表一一介绍。一看到她，他就会安心许多，继续低头进行手里的活儿。

有人问占喜能不能为她拍照、能不能发社交平台，她说可以，但是要把整个展位都拍下来，拍个人不行。

甚至有一家本地报社的记者拿单反拍了几张占喜的照片，她很大方，还对记者介绍自己的展位，说可以写到新闻稿里，拜托记者帮他们宣传一下。

快十点时，就在邵姐和小朱姐准备好做第一拨“体验者”时，展位上来了三个年轻的女孩子，都只有 20 岁左右的年纪。

“67 号……哎哎，是这里！禧鱼烫花，找到了找到了！”一个瓜子脸女孩儿开心地对占喜说，“你好，我们是‘皮皮虾’的朋友。我们看到了他的朋友圈，想问这里是不是可以体验亲手做花呀？”

占喜指着课程表介绍：“可以哦，不过我们是收费的。”

三个女孩儿看过价目，讨论了一会儿后说：“有点儿贵呢，姐姐能给我们打个折吗？我们三个都想做。”

占喜看了骆静语一眼，“掌柜的”压根儿没抬头，正在认真染色。她这个“老板娘”就自己做主了，豪气地说：“行吧，你们是‘皮皮虾’的朋友，就给你们打个七折，开张生意，谢谢捧场啦！”

三个女孩儿在桌子前并排坐下，骆静语终于肯“纡尊降贵”地抬起头来，女孩子们看清他的脸后都有些害羞。

骆静语更害羞，耳朵很快就红了。

之前的瓜子脸女孩儿胆子比较大，对骆静语说：“骆老师，你本人比照片还帅呢！”

骆静语：“……”

占喜这时候才对她们说：“三位，我要解释一下，骆老师的耳朵听不见。这堂课他来教，由我帮他讲解。你们有任何问题都可以问我，我可以帮你们互相翻译，骆老师平时都是用手语交流的。”

女孩子们都愣了一下，不过坐都坐下了，倒也没人要走，只是看着骆静语时的眼神不复之前的激动羞涩，多了一层同情怜悯。毕竟是头一次如此近距离地面对一个聋哑人，她们也不知道沟通上会不会出问题，多少有些退缩。

骆静语看出她们的不安，微微地笑起来，打了几句手语。

占喜说：“骆老师说，请你们不用担心，他只是听不见，但是他可以看懂你们的唇语，关于上课内容，放心吧！有我在，保证把你们都教会，连‘皮皮虾’都学会了呢！”

想到“皮皮虾”都能学会，三个女孩儿暂时安下心来。

第一节课是做天竺葵，骆静语把材料发给她们后，体验课就开始了。

邵姐和小朱姐在边上看了一会儿，终于知道占喜和骆静语是怎样配合上课的。

渐渐有人过来围观体验课，邵姐和小朱姐都很欣慰，脸上露出欣慰的笑容，有一种弟弟终于长大成人的感觉。她们见没什么问题，和占喜做了个手势，就手挽着手去别的地方溜达玩耍了。

中午时，三个女孩儿都做好了天竺葵，一个个都很有成就感，吵着要和骆老师、小占姐合影，把作品和合影发朋友圈后才心满意足地离开。

展位前没了人，骆静语赶紧拉占喜坐下，又递给她一瓶水。他心疼坏了，欢欢站了一早上，还不停地说话，这时候肯定又累又渴。

她的鼻尖上都冒出了细密汗珠，骆静语用纸巾帮她轻轻抹去，忍不住摸摸她的脸。

占喜“咕嘟咕嘟”地把水一口气喝光。场馆里很吵，她讲解时要提高音量，不然客人会听不清。两小时讲下来，她感到嗓子有点儿冒烟，心想结束后得去买点儿喉片，不然后面两天会吃不消。

看着骆静语关心的神情，她也不开口了，直接对他打手语：“我不累，中午可以休息一下。”

邵姐和小朱姐参观一圈儿后回来了，各做了一把木头勺子，商量着下午去玩刺绣，顺便给骆静语二人带来两杯冰奶茶。

午餐时间，展馆里人少了许多，占喜真的请她们在摊位上吃盒饭。两位姐姐也不讲究，一边吃，一边和骆静语聊起天来。

“小鱼，你去看过没？还有另外一家做烫花的，展位好大呀！”邵姐说。

骆静语点点头。前一天大家布展结束后，他和占喜又去看了一眼那个展位，果然是一个奇幻的玫瑰王国，还有很多女孩子在那儿拍照。

小朱姐说：“我刚才去套话了，那个女孩儿姓管，是在俄罗斯留学时学的烫花，现在已经回国了，平时主要做洛丽塔风格的配饰。”

占喜坐在边上，安静地听两位姐姐聊天。有些东西，骆静语因为表达受限没能说给她听，这时候她可以从姐姐们这儿获得不少信息。

“内行看门道，外行看热闹。”小朱姐对占喜说，“小占，你别看那些花特别艳丽好看，其实对我们来说也就那样，就是普通人看了感觉会不一样，乍一看一定是——哇！真好看呀！真华丽呀！蓝色的、绿色的、黑色的、紫色的玫瑰呀！”

她的语气特别夸张，逗得占喜笑个不停。

“那支流派在欧洲比较火，在国内不太行。她那个风格就不适合做汉服的东西，很多花型她根本就不会，人家俄罗斯不兴这个。”邵姐补充道，“小占，我告诉你啊，你可千万别被唬住了，这么说吧……”

她指指骆静语：“那个姑娘会做的花，你家小鱼都会，但是你家小鱼会做的花，以及很多很多花型，那个姑娘可不会哦！”

占喜转头看向骆静语，这人乖乖巧巧地坐着，正捧着一个盒饭打开看，也不知看没看到邵姐说的话。

见占喜在看他，他又露出了那种人畜无害的笑容，眼睛亮晶晶的，还把自己盒饭里的荷包蛋夹到占喜的饭盒里。

短暂的午休后，下午的活动开始。邵姐和小朱姐去预约好的刺绣展位玩刺绣，骆静语则开始黄玫瑰的制作展示。

画、剪花型的步骤都已省略，他从调色、染色开始，井井有条地操作起来。

他们的位置的确偏了些，人流量没有主通道那边那么大，但还是会有不少人逛过来，会被小小展位的中国风布置和漂亮的占喜吸引。待看到骆静语的现场制作后，很多人会驻足观看。

占喜知道这是烫花的魅力，也是骆静语的魅力。美丽的事物和美丽的人搭配在一起，总会叫人心情愉悦。他宁静沉着的神情和从容不迫的动作更是叫人感到一种难以言说的安心，人们就觉得这人技艺高超，不会出半点儿差错，那么几片小小的布料，在他手里最终会变成一朵娇艳逼真的花朵，多么神奇。

桌子前方摆着一排可以直接购买的烫花作品，有花朵、小摆件和小饰品，每一件都标着价格，并不便宜。占喜和骆静语甚至做好了一件都卖不掉的心理准备。

没想到的是，就在骆静语染色时，一位三十多岁的女士看中了一款紫罗兰珍珠胸针，标价五百八十元。她没有讨价还价，直接买下了。

占喜把胸针装进首饰盒时，女士问："这些都是这位老师亲手做的吗？"

"是啊，烫花就是纯手工制作的。除了首饰上的五金件，其他的都是骆老师亲手做的。"占喜骄傲地回答。

"这款胸针很好看，很配我的一条连衣裙。那条裙子有点儿素，我一直找不到合适的胸针。"女士接过礼袋，笑着说，"你们有网店吗？以后我可以去看看别的东西。"

他们没有网店，占喜只能指着二维码让客人关注公众号和微博，说到时会发布新品。这话说得很没有底气，她还没想好"禧鱼烫花艺术"后续要怎么搞，毕竟骆静语依旧和方旭合作着，"小鱼鱼手作烫花"才是他的大本营。

占喜想，大不了以后就用"禧鱼烫花艺术"帮小鱼纯展示呗，有人要购买就让他们去方旭的网店，他们挂个链接就是了。

第一单野生生意开张后，事情好像一下子就顺利起来，有两个穿着汉服的女孩子预约了下午的体验课，因为下午的课程是制作春兰浆果发簪。她们懂行情，直接买一支发簪差不多也是这个价，换成自己亲手做出来的会更有意义。

占喜以为下午的课也就两个妹子一起上，结果又来了两个妹子也想预约这个。她和骆静语商量了一下，觉得人太多不行，比较危险，便问对方愿不愿意做第二天下午的茶花胸针，或是第三天下午的小玫瑰发梳。两个妹子讨论以后，还是想做发簪。

占喜想了想，硬着头皮说："骆老师平时周末也会开体验课，时间、地点到时会发布在公众号上，如果你们感兴趣可以关注一下，平时的体验课价格会比这次高。但你们是造物节的客人嘛，我会按现在的价位给你们，还有下午茶提供，你们看行吗？"

两个女孩儿同意了，关注了公众号，又加上占喜的微信，说后续再联系。

等她们走后，占喜抚了抚自己的胸口。她胡说八道一通，也不知道小鱼知道后会不会同意。但赶客这种事情很伤口碑，她总得想办法为现场接待不了的客人安排后续，他们来参展本来就是为了让小鱼的事业能有更好的发展。找个地方把体验课开起来，占喜觉得这也不是不可能的事情。

骆静语还在专心地熨烫玫瑰花瓣，展位前围着一堆人看，有人赞叹，有人提问，占喜立刻会回答，并为她们做介绍。

骆老师"两耳不闻窗外事"，真就是一副大师的派头，忘我地做着手里的活儿。有了上午的经验，他不会因为那么多人的围观而感到紧张了。

大概是因为他有底气吧，做着自己最擅长的事情，还有什么可怕的?

第一天的展览顺顺利利地结束了，占喜统计了一下战果。

卖掉成品四件，连那朵现场制作的黄玫瑰都被一位从头到尾观看的老奶奶以三百元的价格买走了；两场体验课进行得很顺利，第二天上午的花苞玫瑰课已约满，下午也预约掉一个名额；很多人关注了微信公众号，表示对后期的体验课和新品发布感兴趣；更有数不清的人为占喜和骆静语拍照。占喜不知道他们会不会发到社交平台，人太多了，她也顾不过来，后来就任由他们拍，还会对着镜头甜甜地笑。

邵姐和小朱姐玩得很开心，还去科技旋风那边体验 VR 项目和虚拟试衣间，回来时手里提着大包小包，并给骆静语和占喜买了一套情侣 T 恤做小礼物。

占喜换上常服后，四人离开展馆，骆静语请两位姐姐去吃钱塘本帮菜。吃饭时，几个人又说到那位管姓女孩儿的烫花展位。那个展位也没什么特别的，同样也是体验，就是做玫瑰。

之后，大家又聊到十月的汉服节，邵姐已经开仓，小朱姐还在准备中。她们说这一次徐老师也会开仓，毕竟对她们这支流派来说，为期一周的汉服节是一年里最大的一笔生意，哪怕是徐老师都舍不得放弃。

邵姐对骆静语说："小鱼，你得抓紧了，展览完了赶紧开始设计，要不然客户都被我们抢走啦！"

骆静语只是腼腆地笑，心里还挺有底，他设计的汉服饰品风格和邵姐她们的不太一样，这么多年了，有一批"死忠粉"一直盯着他。这种纯手工的作品，每个烫花手作人能做的数量都不多，他就算晚几天开设，开仓后也不会没饭吃。

饭后，邵姐二人回酒店，骆静语和占喜打车回家。

这一天就像是打仗，他们的精神都绷着，直到此刻才真正放松下来。

占喜先回八楼洗澡，头发都懒得吹，湿漉漉地披在肩上，穿着一条睡裙就溜达到了十五楼。骆静语也已洗完澡，正在沙发上撸猫。

猫砂盆已经被他清理过，客厅里没有异味。他还点起一支香薰蜡烛，散着幽幽的葡萄柚香味，就像夏夜里吹过习习凉风，令人感到清新舒爽。

占喜是自己开锁进去的，骆静语抱着猫在沙发上看她，似是在等她过去，结果她直接在工作台边坐下了，还打开了笔记本电脑。

骆静语："？"

又等了一会儿，骆静语见占喜盯着屏幕，手指还敲起键盘。他不禁撇撇嘴，只能放下"礼物"走到她身后，想看看她在干什么。

她居然是在写文章。

骆静语拉拉占喜的手臂，占喜抬头看他。他神情委屈，打手语问："你不累吗？"

占喜"噗"的一声就笑出来，牵住他的手说："我想把今天参展的推文写完发到公众号上。我们拍了那么多照片呢，不发很可惜。"

这个级别的公众号一天只能推送一篇文章，她不想浪费。

骆静语摇摇她的手，像个耍赖的小孩子。

占喜终于站起身："你好烦呀，都不让我工作吗？"

骆静语的眉头都皱起来，怎么这就嫌他烦了？

趁着占喜不注意，他一把揽住她的背，另一只手伸进她的膝窝，一下子将她打横抱起来。

占喜吓得哇哇乱叫，双脚乱晃："你干什么呀？放我下来！"

骆静语才不肯放呢，甚至抱着她转了几个圈儿。

占喜都被他转晕了，紧紧地圈住他的脖子，哀求道："好小鱼，放我下来啦！"

骆静语"嗬嗬嗬"地笑出了声，还是没放下她，直接将她抱到沙发边，眉毛一挑，双臂往上一颠，作势要把她丢到沙发上。

"礼物"正蹲在沙发上看着他们。

"别，别，别，别……别丢！"占喜搂紧他的脖子不撒手，连连求饶。

骆静语当然不会真的丢她，只是将她轻轻地放下。礼物"喵"的一声叫，从沙发上跳下来。它的座位被抢走了，很不满意地围着骆静语的脚边打转。

骆静语哪有空去管小猫，占喜还没来得及起身，他已经跪到沙发上，俯身抱住她纤瘦的身体。

他们的姿势那么暧昧，看着对方近在咫尺的脸庞，鼻息间满是彼此身上熟悉又充满诱惑的气息……占喜放弃挣扎了，一双大眼睛里像是溢满了水汽，柔柔地看着小鱼的脸，还抬手揪揪他湿漉漉的头发。

"坏蛋。"她说。

骆静语的眼睛里浮上一抹危险的信息。

占喜却不怕，继续挑衅："流氓。"

骆静语："……"

好吧，那就让她见识一下，什么叫作真正的流氓。

他突然低头去吻她，不是温柔的吻，他的吻如此热烈奔放，还带着鲜有的侵略感。他半闭着眼睛，尝着她嘴里凉飕飕的牙膏味儿。

占喜的身子很快就软下来，渐渐地也开始回应他。

他的唇舌偶尔会离开她的嘴，转而去探索她的耳垂和下巴，还有白净纤长的脖子，以及清晰的锁骨……

"礼物"蹲在茶几旁紧盯着他们，像是不明白"两脚兽"们是在做什么。

占喜闭上眼睛，葡萄柚的香味萦绕在呼吸间，还有小鱼身上熟悉的气息。那是属于年轻男人的气息，干净清新、蓬勃有力……

他们已经很久没享受这样放松的亲昵时光，这阵子他们都太忙了，每天都拧紧发条、数着日子准备各种事项。展览开始前的一切都是未知数，如今第一天结束，他们意识到，所有的努力都没有白费，他们如愿得到了不错的反馈。

所以，骆静语都有点儿迫不及待了，对欢欢的喜欢，对欢欢的感谢，对欢欢的依赖……统统化为此刻的热吻。

"嗯……"占喜轻轻地推了他一下。

骆静语又贴在她身上趴了一会儿，才不舍地松开她的唇坐起身来。他的呼吸很急促，胸膛明显地上下起伏着。

占喜的小脸红通通的，两人亲昵时她还是会害羞，但不会太惊慌。

骆静语对她说过，他不会对她怎么样，不结婚，就不会。

他很尊重她，她也的确没有做好准备，所以对于这件事两人都很默契，暂时还不打算涉及，最多也就是打打擦边球。

骆静语独自去卫生间待了一会儿。

占喜抱着膝盖坐在沙发上，心里想到刚才身体上的感觉，脸又一次烧起来。

骆静语从卫生间里出来时，两只耳朵依旧红得吓人。占喜忍着笑不看他，已经坐在电脑前继续写文章。

骆静语拉过椅子在她身边坐下，把两条长腿都搁上了椅面，"大"鸟依人般地把脑袋搁到她的肩膀上，看她打字。

哇，欢欢打字居然这么快！骆静语好佩服她。他忍不住看了看自己的双手，心里很不是滋味，怎么他打字就这么慢呢？唉……果然是没文化。

占喜整理着这一整天的照片，有她拍的，也有邵姐帮忙拍的，挑选出合适的作为推文配图。

这篇文章太好写了，有那么多的素材呢。她没有放自己和小鱼的正面照，挑的几张人物照里，小鱼都是低着头在做花，她则是侧影，能看到仙气十足的汉服裙，还有一张邵姐拍摄的发髻特写——是一支精致的小荷花发簪。

一个多小时后，占喜把文章检查了一遍，粘贴到公众号上发送，顺便看了一眼后台，指着一串四位数开心地对骆静语说："小鱼，你看，粉丝增加了好多哦！"

忙到快零点，"礼物"都在大床上睡着了，占喜才决定回家。

之后两天是周末，参观人数会更多，他们还不能松懈下来。

骆静语送她回八楼，居然没在门口分别，脱了鞋就往她的卧室冲。她还没反应过来，就见他抱着大鲸鱼玩偶跑出来，还冲她做了个鬼脸，踩上拖鞋就溜走了。

"小气鬼！"占喜从入户门里探出脑袋。

骆静语抱着大鲸鱼，站在电梯前回身看她，脸上带着坏坏的笑。

他打了一句手语："明天见，晚安。"

占喜也笑着打手语："晚安，小鱼。"

关上门，占喜走到客厅中间，突然原地转一个圈，扬起手臂跳了几个舞步。

她的身体很累很累，站了一整天，脚都是麻的。骆静语如果听得见，就会知道她的喉咙也有点儿哑。

但她的精神一点儿都不累，还很亢奋，充满干劲。

原来和喜欢的人一起努力奋斗是这样的感觉！

占喜觉得满足极了，恨不得展览的天数可以再延长一些。

第二天的展览依旧顺利，参观人数果然比前一天更多，占喜忙得连喝水的工夫都没有。骆静语也没有停下来过，除了上厕所，整个人就粘在了椅子上。

烫花饰品的成品几乎被卖完了，骆静语说家里还有点儿库存，第三天可以拿来救急。

占喜屏蔽所有家人后发出朋友圈，推送的是第一天展览的推文。罗欣然、"皮皮虾"、赵晴晴、邱老师、董承、吴太太、周莲等一堆人都帮她转发。

骆静语也发了，所以第二天，他们的展位上来了不少朋友。除了邵姐和小朱姐，罗欣然和"皮皮虾"也来捧场，钟鹏、莫杨和几个高中同学一块儿来玩。雕塑生小李带来了女朋友，还有袁思晨也和男朋友一起慢悠悠地逛过来。

"天哪，小占，你这也太美了吧！"袁思晨围着占喜绕圈圈，"咱们年会就不该去跳热舞，应该去跳古风舞才对。看得我都想穿汉服了，我还没穿过呢。"

占喜换了一身浅荷绿色宋制夏裙，越发显得清爽可爱，头上梳着两个小鬏鬏，也是骆静语的杰作。

袁思晨想体验烫花，占喜抱歉地说："都预约满啦，三天的名额全满啦！"

"你怎么不早点儿和我说啊？"袁思晨不开心。

占喜说："以后周末也会开体验课，你真想玩就来吧，我请客。"

"哟！还真有老板娘的派头了。"袁思晨瞅一眼桌后的骆静语。他拿着烫镘在熨烫花瓣，很多人都弯着腰在看，似乎是想看得更仔细些，只能看到一颗颗挤在一起的脑袋。

袁思晨拉拉占喜的胳膊，小声地问："你以后就和你男朋友一起干这个了？"

占喜一愣，摇头道："不是啊，我就是帮他一起做这次展览，弄完了再找工作。他平时是有合伙人的，合作四年了，轮不着我。"

袁思晨问："那他的合伙人没参与这次展览吗？"

"嗯。"占喜回答，"可能是比较忙吧，那人不懂烫花，也不懂手语，搞展览不太帮得上忙。"

"哎哟，你少说几句话吧。"袁思晨皱眉，"嗓子都哑了，要不要吃点儿喉片？我去给你买？"

占喜说："不用，有喉片，我吃着呢。"

这一天里还发生了几段小插曲：

一是当天的一份本地报纸上有两大版造物节的专题报道，占喜原本希望记者能用文字介绍他们的展位，结果，她的照片上报了！

这令她有点儿担心，虽然印在报纸上的照片只有豆腐干那么大，她又穿着汉服，不太看得清脸，但手机新闻上的照片很高清，还能点击放大。

占喜只能寄希望于家里人都不要看到报道，至少母亲和占杰是不看报的，而父亲常年有看报的习惯，那她只能寄希望于他老花眼，认不得自家女儿吧。

二是骆静语在空闲时间现场做出一款莲花发簪，样式很别致，心里的想法是送给欢欢，让她第三天能换一支发簪佩戴。

没想到他去了一趟卫生间回来，占喜居然把这支发簪以六百块钱的价格卖掉了！

骆静语哭笑不得，狠狠地揉揉她的脸，也是拿她没办法，怪自己没有提前对她交代一声。

三是有一个做陶的男生离开展位四处溜达时见到占喜，停下来和她聊了半小时。

骆静语一开始没发现，以为对方只是个普通客人，可第四次抬头时发现那人还在和占喜说话时，他有点儿绷不住了。

那个男生挺高挺帅，身上还穿着做陶用的围裙，对着占喜笑得很灿烂，嘴巴张张合合，还配合着手势，不知道在说什么。

啊！欢欢也在对他笑！

男生临走前邀请占喜去他的展位免费体验做陶，占喜答应了。男生走后，她回头看向骆静语，发现这人正一脸哀怨地看着自己。见她望过去，他又低下了头。

占喜弯腰看看他，惊讶地发现她的小鱼不高兴了！

后来，占喜费了老大功夫才搞清楚小鱼为什么不高兴，又费了老大劲儿才把他哄开心。

她心里乐得要命，真是没想到呀！骆静语同学居然会吃醋？

这晚回家，骆静语给占喜煮了一锅梨水，还在沙发上帮她按摩了半小时的脚。

占喜问他为什么要煮梨水，骆静语用手语回答："你喉咙哑了。"

"你是怎么知道的？"占喜捧着香甜微烫的梨水小口地喝着，笑着问。

骆静语怜惜地摸摸她的脸，指指自己，又在太阳穴边绕几圈儿，再打手语："我问了李。"

他自己想到了，又找小李确认了一下。占喜觉得他好暖心。

骆静语又伸手摸摸她的喉咙，想到白天那个做陶的男生，张了张嘴，发出一串含混不清的声音，都是第一声。

"呐哦吗，呐，哦吗……"

他的音色占喜已经很熟悉了，起先以为只是无意识地发声，听过几遍后才发现他是在重复三个音节。最后那个"吗"字很清晰，前面两个音节她真猜不出是什么，像是在问她一个问题。

占喜耐心地问："小鱼，你说什么？什么'吗'？"

骆静语立刻抿紧唇，不敢开口了，知道自己说的话欢欢完全听不懂。

他打手语问："我说话是不是很难听？"

占喜摇头："不难听，我和你说过，你的声音很好听，我很喜欢听。就是刚才那句话我真的没听懂，你能告诉我你问的是什么吗？"

骆静语垂眸思考了一会儿，拿出手机给她打字：难过吗？

打完了，又摸摸她的喉咙。

占喜放下茶杯，倾身抱住了他。

她的小鱼这辈子都不知道话说多了喉咙变哑是什么感觉，一想到这个她心里就酸酸的。但他关心着她，就算他自己体会不到，也还是会记挂她。

还有，他从最初抗拒出声，到后来放松地在她面前发出声音，再到现在，他模仿着常人的口型，想要叫出她的名字，甚至想对她说出简单的话语，这所有的一切都令她感动得想哭。

她捧着骆静语的脸颊，对他说："小鱼，我没有想要你学会说话，我知道你很难学会，没关系的，手语也是说话，我已经可以和你聊天了。我只想听你叫我的名字，叫我'欢欢'，别的都无所谓。"

骆静语脱口而出："h。"

占喜笑起来，点点头："h，没错，说得很好。等我们空下来，我继续教你'欢欢'怎么说。"

骆静语的双颊红了一些，也点头："h。"

"我真喜欢你！骆静语，你怎么这么可爱呢？"占喜都不知该怎么说了，见小鱼又张了张嘴，她说，"我知道你想说你也喜欢我，对吗？我知道，我知道你也喜欢我，我肯定知道呀！"

她说对了。

他也想说"我喜欢你"，用嘴说出来。

好难啊，他都不会，以后能学会吗？

骆静语的眼神变得很柔很柔，不再尝试开口，张开双臂把占喜搂进怀里，重重地抚着她的背脊，无奈地闭上了眼睛。

第三天的展览波澜不惊，邵姐和小朱姐玩过两天后去钱塘别的景点游览了。骆静语的展位上来的都是野生客人，甚至有看过前一天的报纸后专程找过来的。

大家都没听过烫花，都是第一次看到。有人说，这不就是绢花吗？占喜说："不是哦，制作工具和技法都不一样，仿真绢花是有厂家批量生产的。哪怕是外包手工做的也都是流水线工艺，很粗糙很假，而烫花每一朵都独一无二，是艺术品。"

愿意长时间观赏骆静语做花的几乎都是女性，上至白发苍苍的老奶奶，下至八九岁的小姑娘，一个个都看得目不转睛。

其实三天下来，几乎只有体验课的几位客人知道骆静语是聋人，其他人大概都以为他比较高冷。艺术家嘛，脾气怪点儿很正常。反正不管他们问什么，边上那个穿汉服的漂亮妹子都会及时解答。

骆静语对占喜说过，不希望用他的耳聋做卖点，希望大家能更多地关注他的手艺。占喜自己也是这么想的，二人贯彻执行得还不错。

可惜的是，体验课的名额太少了，占喜加了好多人的微信，告知对方可以关注公众号后续的活动通知。她有预感，小鱼的周末兴趣课必定能开起来！

下午，骆静语进行着最后一场烫花制作展示，做的是大丽花胸针，还没做完呢，就已经被一位女客人预定了。

骆静语展示时，占喜可以不用讲解，只在客人提问时回答就行。她空闲了一些，倚在展位边摇着团扇为自己扇风。

场馆里开着冷气，可架不住人太多，室温还是很高。占喜美美地想着这天结束后她和小鱼终于可以休息几天了，她得睡个饱，让小鱼给她做大餐吃，还要和小鱼出去约个会。啊，不行，不行，小鱼要开始准备汉服节了，他已经落后别人许多天……

正胡思乱想着，她的面前站定了一个人。

占喜与他面面相觑几秒钟，立刻拿起团扇挡住脸。

那人抓着她的手腕用力往下拉，占喜吃痛，手一松，扇子都掉到了地上。她也不敢去捡，紧张兮兮地看着对方。那人板着脸，冷峻的眼神上下打量她一番，视线又移到骆静语身上。

骆静语还在投入地做花，没有抬过头，并不知道这边发生了什么。

那人向他走近两步。

占喜后背冒汗，脸色逐渐发白，拉住那人的手臂急道："哥，你怎么来了？"

占杰转过身来，冷冷地看着占喜，问："你在这儿干吗？"

"参加……展览呗。"占喜回答。

"你穿的这是什么玩意儿？"占杰又问，语气很嫌弃。

占喜看看自己的衣裙："汉服呀，现在马路上都很多女孩子穿了，不好看吗？这是咱们的传统服饰。"

占杰指指骆静语："他是谁？"

占喜瞅一眼小鱼，不敢回答。

占杰的声音都大了些："我问你他是谁？！"

他想，也是邪门了，那男生一直没抬过头，好像听不见似的。

占喜壮了壮胆子，说："我男朋友。"

占杰被噎到了，眼睛瞪得老大："你什么时候有的男朋友？谈多久了？"

"谈……"占喜撇着嘴拽拽裙摆，小声地说，"去年十一月底认识的，今年二月底开始谈的，谈五个月了。"

占杰的脑袋都要炸了，倒吸一口气，回想那个时间段后叫起来："哦，你那会儿要搬出去就是因为他？"下一句又压低音量，"你们同居了？"

"没有！"占喜这时候回答得理直气壮，"就纯粹谈朋友，没没、没同居！"

占杰真不怎么信，就在这时，骆静语抬头看了过来。

咦？又有一个男人在和欢欢聊天了？

他还没来得及想到什么，占杰和占喜已经一同向他看去。三个人目光交汇，各自心情都很复杂。

占喜看自家老哥神色不善，感觉像要去干架的样子，赶紧又拽住占杰的手臂：“哥，哥！你先听我说，先听我说！”

骆静语看不见占喜的唇语，可直觉告诉他不对劲。他正要站起来，占喜扭头，心急地冲他打手语：“你别过来，这是我哥！”

骆静语不敢动了。

占杰：“？！”

占喜拽着老哥离开展位：“哥，另外找个地方说话，你听我解释。”

占杰整个人都木了。他刚才看到了什么？没看错吧？他的妹妹没对那个男生说话，而是用手比画了几下，那是什么？手语吗？

那个男的是聋哑人？不会吧？

二人来到展馆一个比较僻静的角落，刚一站定，占杰就气急败坏地问：“那个人是聋子？”

占喜见瞒也瞒不过，只得点点头：“嗯，他的耳朵听不见，但你别叫他‘聋子’，这是歧视。”

“你！”占杰颤抖着手指指着她，话都要说不清了，“你是喝了什么迷魂汤？你疯了吗？占喜！这世上男人这么多，你为什么要找一个聋子？你告诉我，你是玩玩的吧？看他长得帅？”

占喜垮着肩膀：“我不是玩玩的。哥！他人特别好，对我也很好，除了耳朵听不见，别的方面真挑不出毛病。我和他在一起很开心，之前不告诉你们，就是怕你们不同意。妈肯定不会同意，但我真的很喜欢他。”

占杰都要疯了：“你知道我们不同意，你还要找他？干什么呀？明知山有虎偏向虎山行吗，还是非要和妈作对，气死她你开心？叛逆期吗？你这叛逆期也太晚了点儿吧。”

“我没有！”占喜感觉好无奈，“那我就是喜欢他，有什么办法？我和他其实断过，就是怕妈不同意。断了以后我可难过了，就还是天天想他，后来和他在一起了。真的，我们特别好。你不了解他，你了解他就会喜欢他的。”

占杰大声地说：“我有病吗？我不可能去喜欢他！他是一个聋子，残疾人！你呢？你看看你自己，从小到大被人夸漂亮，你找不到男人吗？我妹夫就不能是个聋子！别说妈不同意，我也不会同意！”

占喜看着他，脸色沉下来：“我说了你别再叫他‘聋子’，他们耳朵不好的人不喜欢被别人这么叫。”

占杰无语：“那我叫他什么？‘耳朵不好的帅哥’吗？”

“他叫骆静语。”占喜说，“骆驼的‘骆’，安静的‘静’，语言的‘语’，小名叫‘小鱼’，大家都叫他‘小鱼’。”

占杰怒吼：“我没问你他叫什么名字！”

二人大眼瞪小眼地沉默了一会儿，占喜问：“你怎么会来？妈知道了吗？”

这是她最担心的问题，生怕占杰是被母亲派来打头阵的，仿佛下一秒迟贵兰就要杀到会场来，她还没做好和母亲正面硬杠的准备。

占杰叉腰喘气：“妈不知道。”

占喜狠狠地松了一口气。

“爸在报纸上看到你了，偷偷给我打了电话。”占杰平复了一下呼吸，“你看到报纸上是怎么写的了吗？一对小情侣搞的什么花。爸就让我来看看，看看你到底在搞什么鬼！”

占喜噘起嘴巴来，说：“我们很认真地在做展会，小鱼的工作就是做烫花，刚才你也看到了。喏，我簪子上这个就是烫花。”

她把荷花发簪拔下来给占杰看。占杰也不懂，只觉得这是女孩子喜欢的玩意儿，怎么会有男人做这个？

见哥哥拿着发簪不吭声，占喜说：“哥，小鱼虽然耳朵听不见，但他是有工作的，算是事业吧，收入还可以。今天是我们展览的最后一天，我不想出岔子。这样，我给你他工作室的地址，哪天你有空可以过去看看。你们聊一聊，你就会知道他是个什么样的人了。”

占杰抬起头：“我怎么和他聊？他又听不见！”

“我可以帮你们翻译。”占喜说，“我学会手语了。”

占杰的嘴巴都张开了，难以置信。

“你先不要和爸说。”占喜从哥哥手里拿回那支发簪，又插回发髻上，“真的，哥，今天场合不对，我们很忙，没办法和你聊太多。你又对他有先入为主的偏见，聊也聊不好。改天你过来，我好好和你说。你信我，小鱼真的很好。”

占杰眯着眼睛打量妹妹。她气色挺不错的，小脸蛋儿红扑扑的，人也不像过年时那么瘦了。他又一次问：“你们……真没同居？”

占喜望天：“真没有！你信我，小鱼很尊重我。”

占杰也松了口气，没同居就好，没那什么，就还有转圜的余地。

他放狠话：“他要是敢对你怎么着，你信不信我现在就去撕了他？！”

占喜嘀咕：“你也不一定打得过他呀，你都没他高。”

“放屁！”占杰不服气，“他还没我壮呢！”

占喜瞥他一眼，道："你这是胖。"

"你！"占杰都要被气死了，问，"你看不出来我都瘦了十斤了吗？"

他这么一说，占喜才发觉占杰真的瘦了很多。估计是离婚后没人给他做饭了，伙食标准下降太多。

"哥，你最近怎么样呀？"占喜弱弱地向他表达关心。

"你还知道有我这个哥？"占杰冷哼，"叫你来吃个饭，结果你死活都不来。我就纳闷儿呢，原来是有对象了，哼。"

"我这不是忙嘛，搞这个展览忙了大半个月呢，一天都没空过。"占喜挽住占杰的胳膊把他往外带，"你难得来，去别的地方逛逛吧。你什么时候要去小鱼那儿？提前和我说就行。"

占杰说："明天下班我就去。"

"什么？"占喜蒙了，"明天？"

"你自己说的展览今天就结束！"占杰气道，"干吗呀？还想拖？你以为我那么想管你的事情吗？如果被妈知道了，你和他是怎么死的都不知道！我劝你早点儿和他分了得了，也别让妈知道。聋……耳朵不好的肯定不行，真不行！欢欢，你也是脑子出问题了，那么想看世界大战啊，到时候我可不会管你，我现在都懒得理妈。"

他戳戳妹妹的脑瓜子。

占喜嘟着嘴，说："行不行，你明天来了再说呗。哥，你先帮我瞒一下，也别让爸知道，我怕他说漏嘴。你就说小鱼挺好的，我先和他处处看，处得好了我会自己和他们说。"

"你做梦呢，处得好咱妈就能同意？"占杰觉得妹妹太天真了，"虽然妈一直让你找体制里的对象，我也觉得过了点儿，现在各行各业优秀的男人都很多，但残疾人真的不行啊！欢欢，这怎么带回家？会被人看笑话的。你一个好端端的姑娘，怎么能找这么一个人？"

占喜的嗓门儿也大起来："怎么一个人？到底怎么一个人了？我看小鱼样样都好！唉，我不和你说了，你明天来了要是觉得他不好，你去告诉爸妈！我自己去和他们讲，反正迟早都是要说的。"

占杰看了她好一会儿，问："你这是认定他了？你有没有想过，如果咱妈一直看他不顺眼，就算你和他私奔了，过个几年你们可能也会离婚，就像我和秦菲一样。"

占喜冷眼看他："你和秦菲离婚明明是你没护着她，你要是护着她，你们能离婚吗？而我是会护着小鱼的！"

占杰被呛得说不出话来。

占喜终于把哥哥给送走了。她想，只要迟贵兰不知道，对于占杰和父亲，她并没那么紧张。他们好歹说得通道理，不会做过分的事情，不会无缘无故地伤害小鱼。

回到展位边，骆静语的展示快结束了。

占喜就走开这么一小会儿时间，他就碰到了一些困难。有人向他提问，他看懂了对方的唇语，手上却不能停，没法儿回答，只能向对方打简单的手语，说自己耳朵听不见，也不会说话。

看他做花的人都很惊讶，一直没发现这个英俊的小伙子居然是个聋哑人，一个个交头接耳地议论起来。

骆静语如坐针毡，迫切地希望占喜快点儿回来。展位上只有他一个人，他抬头看着面前，那么多陌生人，黑压压的，像大山似的压住他，令他喘不上气来。他又一次希望自己可以隐身，花都不想做了，只想找个地方躲起来。

幸好，就在他快要坚持不下去的时候，占喜回来了。

在见到她藕粉色身影的那一瞬间，骆静语才发现自己已经有多么离不开她。

三天的展览正式落下帷幕，占喜和骆静语最终也没去别的展位逛逛。那个做陶的男生又找过来，邀请她快去体验，不然就要结束了。

骆静语的脸色臭臭的，占喜对那男生说："对不起啦，我这儿走不开呢，下次有机会我去你的工作室玩吧。"

男生给了她一张名片："我那个其实是一家陶吧，一楼喝东西，二楼做陶，你来之前给我发条微信消息就行。"

占喜接过，看到名片上印的名字——田骏。她笑着说："好的，谢谢你，田老师，有机会我会去的。"

收拾东西花了很久，占喜联系了一辆货车把屏风和其他凳子、物料都拉去骆静语家。他的次卧是空着的，专门用来做仓库。

他们打了一辆出租车跟着货车走。在路上，占喜告诉骆静语，第二天傍晚她的哥哥占杰要去他家做客。

骆静语深感意外。之前看到占杰，他就很震惊了，突然被告知第二天要正式会见未来大舅哥，他实在有点儿反应不过来。

"不用紧张。"占喜安慰他，"我哥应该会吃晚饭吧，你像平时那样就行。放心，他要是敢揍你，我就骂他。"

骆静语心想，还有可能被揍吗？

他回想起小时候被纪鸿哲揍的惨痛经历，跑也跑不过，打也打不过，一直是院子里小男孩儿们的手下败将。

这天晚上，占喜因为太累没在十五楼逗留，直接回了八楼。骆静语洗完澡后收到方旭发来的微信消息，问他展览结束了没有以及什么时候开始设计汉服节的定制款。

骆静语想了一会儿，打字回答。

好大一头鱼：我明天没有空。再过三天，样品我发你。

方旭：不能再晚了。

骆静语在沙发上呆呆地坐了几分钟，拿出手机给高元发微信消息，说想和姐夫视频聊几句。

他是高元的小舅子，高元第一次上他们家时他也在。那会儿他才20岁出头，很好奇地想看看姐姐找了个怎样的对象。

高元腿不好，少年时突发脊髓炎导致双下肢不太使得上劲儿，但他一直坚持少坐轮椅，多用双拐行走。骆明松家住四楼，没有电梯，他从第一次上门到现在，一直坚持自己拄拐上楼，从无怨言。

父母一开始也不同意这桩姻缘，因为高元是健听人，还是肢残人，总觉得他和骆晓梅搭不到一起，也说不上来谁会拖累谁。

后来全家人对高元越来越了解，知道他性格老实憨厚，对骆晓梅又特别宠爱，渐渐地就接纳了他。

骆静语想向姐夫取取经，想知道他要怎么面对女朋友的家里人。他可太紧张了，毕竟女朋友全家都是健听人，总觉得自己很难过这一关。

高元在视频里对他打手语："小鱼，你就像平时那样表现就行，你是个很好的男孩子，要让你女朋友的哥哥知道你会好好照顾他的妹妹，不会让她受委屈。然后呢，别把自己的姿态放太低，记得说说自己的优点，给自己加加分。"

骆静语很迷茫："我有什么优点？"

高元在那头"哈哈哈"地笑了老半天："你就直接告诉人家你一年能挣多少钱，你那房子现在什么价吧。相信姐夫，人都是很现实的，经济条件绝对是考察的重点之一！"

骆静语半信半疑地拧起眉："真的吗？"

高元道："真的！记得夸自己啊，别太谦虚！"

第二天早上六点，骆静语就起床了，准备给家里搞个大扫除。

最近他都没什么时间打扫卫生，家里多少有点儿乱。他攀高爬低地干活，连厨房、阳台和卫生间都被打扫得干干净净，所有的台面、地板光可鉴人。

"礼物"一直跟着他到处转，他指指小猫，打手语道："今天晚上欢欢的哥哥要来做客，你要乖一点儿，不能捣乱。"

“礼物”只知道“喵喵”地叫。

中午时，骆静语顶着烈日出门大采购，买回一堆晚饭的食材，还有水果和零食，拎回家后发现占喜来了，正看着他的房子发愣。

“我的天哪！你这是几点起的床？”占喜一直睡到中午才起来，跟着骆静语进厨房，看他把东西从袋子里一样一样地拿出来。这人居然又买来很多海鲜，看着就花了不少钱。

骆静语笑着对她打手语：“是你的哥哥，要吃好点儿。”

占喜好感动，抱住他的腰抬头撒娇：“小鱼，你真好。”

骆静语顺势亲了亲她的嘴，又摇摇头，眼神里带着一抹无奈。

占喜嗲嗲地说：“不，你真的很好。”

骆静语的笑容渐渐消失，挣开占喜的双臂，打手语道：“我怕你哥哥不喜欢我，因为我听不见。”

“我喜欢你就行了。”占喜又一次抱住他，“我哥自己的婚姻都乱七八糟的，他哪够格来管我？”

“够格”这个词骆静语没看懂，嘴唇模仿出“够”的唇形，眼神里透着疑问。

占喜笑起来，心想还是对他打手语吧：“我是说，我哥哥不能管我，谁都不能管我，我自己的事情，自己决定。”

骆静语眨了眨眼睛，不安地问：“他真的会打我吗？”

占喜乐死了，摇摇头：“放心吧，不会。”

下午，骆静语洗了个澡，换上一件白色 T 恤和运动长裤，对着镜子观察自己，发型还可以，刚剪过，胡子也剃得很干净，再看看眉眼五官，也算是个帅气的小伙子吧？

他对着镜子里的人打手语：“不要紧张。小鱼，自信一点儿，你是可以给欢欢幸福的。”

占杰提前下班，开车来到青雀佳苑，提着一兜子水果先到八楼，占喜在 802 室等他。他非要去妹妹家看一眼，想要证实占喜的确没和那个男的同居。他在屋子里转了一圈儿，就信了。

一间屋子到底有没有住人他还是能看出来的，再说了，如果占喜和人同居了，这屋子为什么没有退呢？

离开 802 室，兄妹俩坐电梯上了十五楼。占喜为避嫌没用钥匙开门，揿下 1504 室的门铃。

占杰问：“他能听见门铃声？”

占喜瞥他一眼：“门铃连着灯，按了灯会亮。他在生活上是有一些小麻烦，不过想想办法都是能解决的，现在是科技时代。”

这时，骆静语把门打开了。占杰第一次与他站立着打照面儿，第一反应是这男的个子挺高的，长得也挺帅，的确是招小姑娘喜欢的那种外形。

骆静语的紧张已经快要到达巅峰，做着手势让占杰兄妹进屋，又给他们拿拖鞋，整个人的身子都是绷着的，占喜觉得他走路都快要顺拐了。

进屋以后，占喜先为他们互相介绍。骆静语犹豫片刻，向占杰伸出右手。占杰盯着他的手没动。

占喜拍了他一下，他才不情不愿地与骆静语握手。骆静语连左手都握上来，还上下用力地晃了几下。他没法开口叫人，只能用眼神表达他的敬意。

占杰有一种领导下基层被老乡亲切握手的错觉。

占喜忍着笑，对占杰说："哥，你可以和小鱼说话。他看得懂唇语，你说得慢一点儿就行。"

互相介绍完毕，占杰依旧板着脸不吭声。骆静语觉得好尴尬，便对占喜打了几句手语。

占杰冷冷地看着，看到他的妹妹轻轻点头，也用手语回答，接着转头对他说："哥，小鱼说他先去做饭，让我带你参观一下他的房子，很快就能吃饭了。"

占杰语气冰冷地道："我不吃饭，待一会儿就走。"

占喜抱怨道："这都六点半了，这时候不吃饭你上哪儿去吃？小鱼准备了很多菜呢，有些都做好了。"

她指指餐桌上已经摆着的三道热菜：干炸带鱼、清蒸梭子蟹、花雕鸡。

占杰咽了口口水。

骆静语回了厨房，占杰跟着占喜在房子里参观起来。

这套三室一厅两卫的大房子采光极好，格局、得房率都不错，既是骆静语的家，又是他的工作室。占杰背着手东看西看，站在那张最醒目的工作台边，拿起几样工具瞅瞅，一个都不认识。

他在心里对骆静语有了初步的判断，这是一个挺讲生活情趣的男人——家具都挑得很别致，有着各种不一样的颜色、材质，搭配起来居然挺好看；墙上挂着的装饰画都富有艺术性，一看就不是随便买的；阳台上种满花草，郁郁葱葱的，显然被主人精心打理过。

他还养了一只猫，沙发对面全是猫的东西，摆得非常整齐。那只小白猫一直跟着他们，个头小小的，看着还挺乖。

骆静语的卧室看着就是单身男人的地盘，和客厅一样干净整洁，房间里还飘着一股淡淡的香味。

床头柜上摆着一横一竖两个七寸相框，一张是骆静语和占喜的合影；另一张是占喜的单人照。照片上，占喜的身后是花树，人笑得特别甜。占喜告诉占杰，这是小鱼用单反相机为她拍的。

床上用品是深蓝色的，铺得很平整，枕头边摆着一个一米多长的鲸鱼抱枕。占杰想到沙发边的鲸鱼落地灯，心想这大小伙子大概挺喜欢鲸鱼，跟个小孩儿似的，睡觉还要抱抱枕。

这时，占喜指指大床，说："小鱼天天会铺床，从来不会起床后任由被子随便摊着。"

占杰瞪她，说："你在影射谁呢？"

占喜面不改色地道："我在影射我自己，我有时候起床都不爱管被子。"

占杰又走进主卫，看到盥洗台上一系列的护肤品，拿起一瓶看，全是英文。他有些不安地摸摸下巴，心想，现在二十多岁的男人都这么会保养了吗？

主卫里是一股柠檬香，马桶白得发光，毛巾、浴巾挂得像酒店客房那么规整。占杰问占喜："这是他自己打扫的？"

"当然了。"占喜回答，"我从没用过他这间厕所，都是用的外面那间。小鱼这人特别爱干净，喜欢房间里有香喷喷的味道，他身上都很香呢！"

占杰警惕地问："你怎么知道？"

"我……"占喜脸红了，说，"凑近了就能闻到啊，不信你一会儿去闻闻。"

"什么毛病？"占杰翻个白眼，"我又不是狗！"

看过客卧和仓库，二人回到客厅。占杰让占喜别跟着，说自己去厨房和骆静语聊聊。

占喜问："不用我翻译吗？"

占杰没好气儿地道："你跟着我怎么问？我怎么知道你有没有篡改他的话？"

"行吧，他可以用手机打字给你看。"占喜并不担心，"我和他刚认识那会儿都是他读我唇语，再用手机打字给我看的。就是他打字有点儿慢，你别催他哈。"

占杰负着手进到厨房，骆静语起先并没发现他，正在专心地切花菜。占杰歪着头观察了一会儿，发现他切得很娴熟，像是做惯了饭菜的模样。

骆静语转身热油锅时看到占杰，脚步一顿，唇边立刻挂上笑，看着有点儿紧张。占杰说："你别管我，我就进来看看。"

骆静语点点头，把油倒进炒锅热起来。

占杰在厨房里转了一圈儿，视线又落到骆静语身上。这人穿着围裙，正揭开另一个灶眼上的汤锅锅盖往里看，一阵浓郁的肉香就飘了出来，惹得占杰的肚子都叽里咕噜地叫了几声。他摸摸小腹，心想还好这人听不见。

占杰好歹在社会上打拼了十几年，单位里也是男同事居多。他仔细观察后，便发现面前这个男人的气质很干净，眼神清亮，笑起来挺腼腆的，绝不是那种八面玲珑、左右逢源的角色。

他倒也不阴郁内向，整个人给人一种好脾气的亲和感。

总之，他和占杰认识的所有二十多岁的男生都不一样。

油热了，骆静语把花菜倒进锅里开始翻炒。

占杰看着骆静语放盐、放葱花，还拿起一小碟红红的干辣椒给占杰看，又指指油锅，眼睛眨巴眨巴地盯着他。占杰觉得对方是在问自己吃不吃辣，便板着脸点点头。

骆静语一笑，就把辣椒都倒进了锅里。

他一边炒，一边用左手指指锅里，再指指自己，又指指厨房外面，最后微微张嘴，比了个吃东西的手势，脸上的笑意更深了些。

占杰发现自己居然能看懂他的意思，骆静语应该是在说“我和占喜都能吃辣”。

他答了一句：“我们那儿的人都会吃辣。”

骆静语一脸“原来如此”的表情，还对他竖起大拇指。

等一盘辣椒花菜炒好出锅，灶眼上只有冬瓜排骨汤还煲着。骆静语停下来，转身面对占杰。二人之间离得不远，占杰还真想闻闻骆静语身上是不是很香，结果深深地吸气后，闻到的就是汤锅里的肉香，差点儿把他给呛着了。

他调整了一下呼吸，双手抱着胸，站得笔直，冷冷地问：“我这样说话，你能听到多少？”

骆静语一愣，随即摇摇头。

占杰提高音量指着那台轰轰响的油烟机：“这个声音，你能听到一点儿吗？”

骆静语看一眼油烟机，又摇头，右手食指和拇指捏在一起比给占杰看，谁都能看懂，这是“一点儿”的意思。他又指指右耳，摇摇手。

“一点儿都听不到？”占杰皱起眉，觉得很不可思议，“那你能戴助听器吗？还有那个什么……人工耳蜗？”

骆静语再一次摇头，神色已经有些无措了。

占杰越问越灰心：“那你看懂我说话费劲吗？”

骆静语其实想点头回答“费劲”，又一想，不能这么说，赶紧坚决地摇头，还拍了拍自己的胸。

谁知占杰还没完，又问：“你一句话都不会说吗？”

骆静语好久没被人这么逼问了，只能点点头。他连“欢欢”都没学会怎么说，就是个彻头彻尾的聋哑人。

看着骆静语无所适从的神情，占杰“啧”了一声，背脊往冰箱上一靠。他从没和聋哑人打过交道，实在想象不出无声世界到底是什么样的。他很困惑，问：“你这一点儿也听不见，又不会说话，到底是怎么有胆去追我妹妹的？”

这个问题不能用摇头或点头来回答了。骆静语有点儿委屈，当初他只想偷偷对欢欢好罢了，想都不敢想追求的事情，最后不是被欢欢在家门口逮到了嘛，还被她用皮包抡了一通，这也算他追她吗？他感觉自己有点儿冤枉。

骆静语想到高元的建议，咬咬牙拿出手机打字：我一定对欢欢好了，加油挣很多钱，我有工作，我有房子。

他把手机给占杰看。占杰不屑地“嗤”了一声，问：“你这房子是家里给你买的吧？你这年纪没家里帮忙怎么可能买这么大的房子？还有，就你这工作，一个月能挣多少钱？”

骆静语觉得这两个问题必须要澄清，忙不迭地打字：房子是我买的，一个人。家里帮忙没有了，一年我挣三十五万了。

占杰看过屏幕后，陷入沉默。

骆静语怕他不相信，心想该怎么证明，都想要打开手机网银给他看存款余额了，却被他阻止了：“别忙，别忙，你……继续做饭吧，我先出去了。”

他一肚子郁闷地回到客厅。占喜在沙发上逗猫，叫他：“哥，过来坐。”

占杰坐到她身边，看占喜拿着逗猫棒逗着小白猫玩。小猫东扑一下，西扑一下，最后还溜到他腿上，两只大眼睛与他对视了一会儿，又跑回占喜那边。

“这只猫叫‘礼物’，是我和小鱼一起捡回来养的，还没到1岁呢。打过疫苗，做过除虫和绝育，可干净了，是不是好可爱？”占喜抱起“礼物”，抓着它两只前爪向占杰挥挥。

小猫不太乐意，被松开后就跳下沙发，跑到了猫爬架上。

占喜指指茶几上的饮料和零食：“吃点儿东西吧，都是小鱼买的。他也不知道你喜欢吃什么，都挑我爱吃的买。喏，那个小包装豆腐干不错。”

占杰真的有点儿饿，拆了一包豆腐干吃，还打开一瓶冰果汁喝了几口。

老哥肯吃东西是个好兆头啊！占喜抿着唇偷笑，也拆了一颗话梅丢进嘴里。

占杰用下巴点点厨房的方向，开始问问题：“他几岁啊？哪儿人？”

占喜回答：“27岁，钱塘本地人。”

“家里几口人？”

“父母都在，还有个姐姐，已经结婚了。”

“什么学历？”

这个问题也是骆静语的硬伤之一，占喜小声地回答：“高中。”

“什么？”占杰不满意地道，“只有高中？你们能有共同语言吗？不会有思想上的鸿沟吗？”

占喜解释："他是聋人，聋人考大学本来就很难，专业特别少，能上大学的聋人学生每年就没几个。小鱼高中时就想好毕业后去学烫花了，嫂……菲姐也是中专生啊，你当初介意吗？"

占杰忍下来，又问："他这房子是全款还是按揭？"

"按揭。"

"按揭多久？每月还多少房贷？"

占喜回忆了一下："按揭多久我不知道，每月好像是还八千多块钱吧。"

"八千多块钱？"占杰压下去的火气又噌噌地冒上来了，"那他一年房贷就十来万了，就算挣三十多万也剩不了多少吧？"

"咦？你都知道他一年能挣三十多万啦？"占喜咯咯直笑，"哥，你要这么想，他是靠手艺吃饭的，这种手工艺行业，年纪越大、经验越丰富，收入就会越高，完全不怕失业，以后小鱼指不定能成大师呢！"

"就做这种假花还能成大师？"占杰不信。

占喜骄傲地扬起下巴："怎么不能了？小鱼真的很厉害。我就觉得他以后一定会越来越好，他现在收入都是你的两倍多哦！"

占杰决定停止这个悲伤的话题，继续提问："你们是怎么认识的？"

"是工作上认识的，后来发现好巧，就住上下楼。"占喜把自己和小鱼相识的经过简单地说了一下。

占杰咂摸片刻，问："你说你们断过，什么时候断的？是不是过年那会儿？"

"嗯。"占喜点头承认。过年那些天她心情真的很差，在家还和迟贵兰吵过架。她继续说，"我和他断，并不是介意他耳朵听不见，我当时就是觉得家里不会同意，怕妈妈去伤害他。哥，听不见不是他的错，不是他能选择的，他生下来耳朵就不好，这不可以成为大家攻击他的理由。我从来没有介意他听不见，和他认识后……我觉得我一开始就喜欢他了。"

"等等！"占杰捕捉到占喜话里的重点，"你说他生下来就听不见？什么意思？"

占喜没想瞒着哥哥，说了实话："小鱼的耳聋是遗传的，他的爸爸妈妈都是聋人。"

占杰按捺住脾气继续问："他姐姐呢？"

占喜回答："也是。"

占杰差点儿昏过去，都想把茶几给掀了，眉头皱成一个深深的"川"字。他气道："占喜！你真的是疯了！那这种遗传是不是还会往下传？他的孩子是不是也是聋子？就这，你也敢和他谈？你是不想要孩子了还是也想生个聋子？"

占喜没被震住，依旧冷静地回答："第一，我们还没到结婚生孩子这一步。第二，遗传有概率，不是肯定的。现在的医疗技术很发达，对他们家这种情况会有一定的帮助。”

“你这是小孩儿过家家呢？这还得拼运气？”占杰都要吐血了，“行了，行了，你也甭说了，这件事情我肯定不会同意！就这么个人，就……”

他手指着厨房，才发现骆静语刚端着一盆汤出来，远远地看着他们，神色很平静，被他指着时，甚至还笑了一下。

占杰讪讪地把手放下来，刻意背对着骆静语，对占喜说：“你自己说说，他有什么值得你这样委屈自己？你想过你和他在一起要面对什么吗？就算他挣钱还可以，又有婚房，那也架不住别人说闲话呀！先不说咱妈了，估计她能宰了你们，就说那些亲戚、邻居、朋友，还有你的同学，你不怕他们笑话你？”

占喜摇头：“不怕，我的一些朋友和同学已经认识他了，都觉得他人很好。哥，我一点儿也没委屈自己，人本来就没有十全十美的。你现在就只看到小鱼的缺点，没看到他的优点，就跟咱妈只看到秦菲的缺点，看不到她的优点一样，这样看人很片面。”

占杰一下子噤了声。

占喜舒服地倚在沙发靠背上，还抱起一个抱枕：“哥，你是不是觉得自己比小鱼优秀？你觉得自己学历比他高、耳朵还听得见是吗？真奇怪，耳朵听得见什么时候也变成一个优点了？是一种优越感吗？你是不是觉得他低人一等呀？我和你说心里话，你听了别生气，在我眼里，小鱼没有任何地方不如你。”

“是吗？”占杰冷笑，“我倒要听听，你是觉得你哥我一无是处对吗？”

占喜看着哥哥的眼睛，扳起手指头：“第一，小鱼的经济条件比你好，你不能否认吧？第二，他一个人生活了好多年，自己做饭，自己打扫卫生，屋子里永远干干净净，是我见过的最不邋遢的男生了。第三，他不抽烟，几乎不喝酒，不打游戏、不打牌，不和女孩子撩骚，喜欢画画和摄影，每年一个人出去旅游一次。你呢？你连带威威去个少年宫都不愿意，这点我真是想都想不通。第四，小鱼的脾气非常非常好，对我温柔体贴，我们从来没吵过架。他因为听不见多少有些自卑，但没有负能量，很有毅力、很执着，一直在向着自己的目标努力。哥，他的工作强度不比你小，有时候都要熬通宵，但他照样能把生活料理得井井有条。他养猫、养花、陪我聊天约会，从来没有不耐烦过。你呢？加个班回家就跟皇帝一样了，恨不得菲姐把饭喂到你嘴边。那你有没有想过，菲姐上了一天班也很辛苦啊？”

占杰难以反驳，脸都发青了。

占喜继续说：“小鱼他们家虽然都是聋人，我也没去过，但我听他说过，他们一家人感情特别好，很温馨和睦，大家有什么事都是有商有量的。就是因为他生长在这样一个家庭，才会长成一个有担当的男人，懂得尊重人，懂得为别人着想，这是咱们家完全不能比的！我承认外面有很多优秀的男孩子，比他能干、比他学历高，耳朵还听得见，可是我最喜欢他的一点，你知道是什么吗？”

占杰一直听着，问：“是什么？”

占喜说：“那就是他给予了我最大程度的尊重和信任，从来不会要求我这样还是那样，这种感觉我从小到大都没体会过。和他在一起我太舒服，太放松，太开心了！就光是看到他我都能笑出来。做他的女朋友，我是超级幸福的，你能体会吗？我都不想回家，不想见到妈，我又烦她又怕她，家里给我的感觉很压抑，我想逃，只有在小鱼这儿我才能感到安心。这样的理由还不够吗？你们为什么非要揪着他耳朵听不见这件事情不放呢？”

占杰思考许久，皱眉道：“可是妈不会同意的。”

占喜笑了：“她不同意又能怎么样？她不就是面子上过不去吗？人人都说小鱼好，我仅仅因为她不同意就歇菜了？我现在算是想明白了，这辈子我又不是为了妈而活。这人不好，我肯定不找，可他那么好，我为什么要去管妈的面子？难道不是我自己过得开心更重要吗？”

占杰没再问下去，只是看着占喜。他突然觉得，也就几个月的时间，小妹似乎长大了，再也不是他印象里那个怯懦乖顺的小女孩儿了。

骆静语见他们在聊天，一直没敢过来打扰，直到见占喜站起身来，才走过来打了句手语：“吃饭了。”

占喜对他微笑，回头喊占杰：“哥，吃饭吧，尝尝小鱼的手艺。”

骆静语的围裙没摘，占喜便站在他身后帮他解绳子，又把围裙从他头上拿下来。

占杰在餐桌边坐下，一直看着他们的互动，看到他们眼神相对时眼睛里的光亮，看到他们对彼此打的几句简单的手语，甚至看到骆静语在占喜拿碗筷时，刮了刮她的鼻子，嘴角漾起温柔的笑意。

晚餐很丰盛，四菜一汤，骆静语给三人倒上鲜榨西瓜汁，左手又戴起一次性手套，右手拿着剪刀把花雕鸡剪成小块。占杰看着他的动作，发觉自己很久没吃到这样的家常菜了，一时间有些晃神。

开饭后，骆静语坐一边，占喜和占杰坐在他对面。他看占杰都不动筷子，就小心翼翼地夹了个鸡腿到他的碗里，又把另一个鸡腿夹给占喜。

占杰抬眸看他：“谢谢。”

骆静语对他绽开笑容，指指菜，张张嘴，用手势比画着让他多吃点儿。

占杰咬了一口鸡腿，花雕鸡烧得极入味。他又吃了干炸带鱼，带鱼很新鲜，炸得特别香，花菜也辣得够味儿。

嗯，骆静语的厨艺相当出色。

不知道学做饭难不难，占杰都想问问他了，他实在不想再吃外卖了。

他抬起头，看到骆静语正打开一只梭子蟹的蟹盖，又打开另一只，发现第二只比较饱满后，毫不犹豫地把这只蟹盖和蟹身都给了占喜。

占喜抻长脖子看他的那只蟹，说："你那只好空啊，没挑好吗？"

骆静语笑着打了句手语，占喜给哥哥翻译："小鱼说是老板给他挑的，上当了。"

占杰应道："这种我也不懂，大概只分得出公的和母的、死的和活的。"

骆静语看懂了他的唇语，很开心地笑起来，像个孩子似的。

占杰垮着脸看他，问："你笑什么？很好笑吗？"

骆静语不敢笑了，把最后一只梭子蟹拿给占杰，顺便把空了的盘子端回厨房。占杰看着他的背影，嘀咕道："傻乎乎的。"

占喜不高兴："你干吗要这么说他？你才傻乎乎呢！小鱼很聪明的。"她敲敲桌面，"这些家具都是他自己装起来的，你会吗？"

"装个家具就是聪明了？对着图纸谁还不会装？"占杰反驳。

占喜白了他一眼："你拉倒吧，你连个儿童书桌都不会装，还是我和菲姐一起装起来的呢！"

占杰大声地说："我那是下班晚！我回去时你们已经在装了！"

占喜更大声："就起了个头，你也没想要接手！"

骆静语回来了，看到兄妹俩似乎在吵架，直接傻眼，拉拉占喜的胳膊，像是劝架一般。

占杰不吭声了，心情很矛盾。

他的妹妹向来又乖又听话，脾气温顺内向，以前他担心过占喜谈恋爱会因为为人单纯而被男方欺负。现在，他有点儿明白她为什么会喜欢骆静语了。

在他们之间，骆静语似乎是更乖、更听话、更单纯的那一个，要论欺负，占喜欺负他还差不多。

其实妹妹说得没错，听不见不是骆静语能选择的，他们能听见、会说话也不是什么高人一等的事情，揪着这个问题不放的确挺没意思。占喜都说了自己不介意，他还要以这个理由去反对，图什么？骆静语的耳朵又不会好，这不是明摆着逼他们分手吗？

占喜会同意分手吗？

占杰想，家里人一开始肯定不同意，时间久了，家里持续给她压力，母亲一哭二闹三上吊，她总会有受不了的那一天。然后她和骆静语就会吵架，吵累了，自然会分手，就像他和秦菲那样。

但这真的不是占杰想要的结果，但凡他当年对秦菲再好一点儿，在母亲针对秦菲时，多帮着秦菲一点儿，家务多做一点儿，对儿子多管一点儿，一点一点地加起来，他那一百分也不至于被扣完。

占杰苦笑一下，骆静语和占喜是彼此喜欢的，他不瞎，看得明明白白。那他何必要去做这个恶人？妹妹都说了会护着这个男人，那他就拭目以待吧，看看这对天真的小情侣能不能经受住母亲的轰炸还有社会的敲打。

他的婚姻已经一败涂地，对于妹妹，他希望她能过得幸福。

这顿饭，占杰吃得挺多，米饭都吃了两大碗，饭后还喝了满满一碗冬瓜排骨汤。骆静语没想到未来大舅哥这么能吃，发现饭煮少了，后来只能自己饿肚子。

饭后，占杰没急着走。他吃太撑了，在阳台上抽烟消食。

骆静语没歇过，这一次无论如何也不让占喜洗碗，誓要努力表现。他把厨房搞干净后，又给占杰端出一盘葡萄。站在客厅时，他闻到一股不妙的气味，知道是“礼物”拉臭臭了。

占杰从阳台走进客厅时，就看到骆静语蹲在猫砂盆前铲屎，礼物绕着他的脚转圈圈，骆静语对着小猫摇头苦笑，还腾出手揉揉它的脑袋。

占杰不禁回想起儿子小时候的事情，他好像都没给儿子换过尿不湿。每次儿子拉臭臭，他都躲得远远的，让母亲、丈母娘或秦菲去弄儿子。

人家对一只猫都这么有耐心，他怎么对着亲生儿子都会不耐烦？

好像是一眨眼间，占凯威就长大了，以前还会黏黏糊糊地缠着他说“爸爸陪我玩”，现在每个月就见一次，儿子却一点儿都不亲近他了。仔细想想，就是他活该吧。

这几天，秦菲趁着占凯威放暑假，带着小家伙和父母在外地旅游。她的朋友圈已经对占杰屏蔽，但对占喜开放，像是默认占喜可以把儿子的照片拿给占杰看。

占杰想起刚才在占喜手机上看到的秦菲的朋友圈，前妻和儿子在海边踏浪，两个人都笑得特别灿烂。可是这样欢乐的出游场景，他以前嫌麻烦，以后，却再也加入不进去了。

骆静语从早忙到晚，一直很忐忑，也不知道未来大舅哥对他印象如何。

不过，占杰走的时候主动提出和他加微信好友，还对他挥手道别，他甚至觉得未来大舅哥对自己笑了一下。

他好惊喜，兴奋地对欢欢打手语，让她告诉哥哥以后要常来吃饭。一直到占杰走进电梯，他还笑眯眯地站在门口大力挥手，最后被占喜给拖回了屋。

这天晚上快十点时，占喜接到父亲的电话，躲进了骆静语家的客卫。

父亲在电话里告诉她，占杰把事情都说了，没有隐瞒。

占喜的手机贴着耳朵，不知道该说什么。如果父亲不同意，只要他去告诉母亲，暴风雨就会提前来临。

占强在电话里叹了口气："你哥说，小伙子人不错，有婚房、有事业，经济条件还可以，脾气好、会做饭、个子高，长得也俊，就是耳朵听不见。这事儿吧……欢欢啊，你说怎么办呢？"

占喜说："爸，我真的喜欢他。"

"我知道你喜欢他，要是不喜欢，你也不会这样瞒着家里，之前还和你妈闹。"占强慢悠悠地说，"这样吧，你们先处着，爸和你哥先不告诉你妈。你记着保护好自己，女孩子嘛，别那什么……你懂的。咱们走一步看一步吧，你们是年轻人，长大了，很多事情我们也管不了。不过有一点，欢欢，你要听爸爸的话，千万不要因为想要逃离这个家而随便找个人处对象，千万不要因为那个人对你比你妈妈对你宽松放任，而觉得对方比家里人好。这是两码事，知道吗？"

听着父亲喑哑的声音，占喜的眼睛湿了："我知道，我没有随便找。"

占强继续说："你妈妈管你们是过了点儿，但她的出发点确实是想要你们好，就是方式、方法不对，爸爸最近也有在劝她。你呢，如果真的喜欢那个男孩子，那爸爸就和你哥哥一起观察他两年，两年总能看清一个人了。他要是真的够好，那爸爸就不会反对。听明白了吗？"

"听明白了。"占喜的眼泪滑下来。

"早点儿睡吧，爸爸也要睡了。"占强的声音带着笑，"你好久没回家了，自己算算，三个多月了吧，什么时候回来一趟？你奶奶也想你了。"

"嗯，我也想奶奶。"占喜抹抹眼睛，"我月底前回去一趟吧。爸，谢谢你。"

占强叹气："说什么谢谢，你好好的就行。啊，乖，别哭啦。"

占喜挂掉电话，在马桶盖上又坐了很久，才起身洗手洗脸，离开卫生间。

她进去前骆静语在沙发上撸猫，这会儿客厅里变得好安静。她走到沙发边一看，不禁失笑，小鱼已经躺在沙发上睡着了。

连着半个多月为参展准备，又是三天展览，紧接着是见"家长"，他昨晚睡得太少，这天又忙了一天，怎么可能不累呢？

占喜在骆静语身边蹲下，托着下巴看他紧闭的眼帘、纤长的睫毛，柔柔地笑起来："小鱼啊，告诉你一个好消息，我爸和我哥……同意我们在一起了。"

Chapter 16

挣脱枷锁，越过海洋

骆静语在第二天知道了占喜父亲和哥哥的态度，脑子里顿时百花齐放。幸福来得如此突然，他就这么轻易地过了第一关？

真高兴啊！他恨不得立刻告诉自己的父母，立刻把欢欢也带回家见家长。

他家那关不用过，就是一条八车道大马路，欢欢随便从哪儿都能走，所有人都会喜欢她、宠着她、宝贝她，把她捧在手掌心里做一个小公主。

高兴归高兴，骆静语这几天还是不能休息，不能陪欢欢约会，也不能给她做冰激凌吃，因为他必须在三天内设计出汉服节的五款饰品，并做出样品发给方旭。

占喜表示理解，骆静语说开仓后的头几天会比较空闲，问占喜要不要出去玩几天。占喜想了想说："我过两天得回趟家，我答应我爸爸了，要回去看看我奶奶。回来后我得开始找工作，过阵子天凉了咱们再出去玩吧，这会儿去哪儿都太热。"

骆静语自然没意见，心情很好地坐到工作台前开始画设计图。

关于汉服节的定制款设计，骆静语在空闲时间已有了一些设想，画起来也不算太难。给方旭看过设计稿后，他就开始制作样品。

小鱼这么忙，占喜也不去打扰他，买好大巴票就回了家。

清明节后她就没回过家，再一次见到父母，三个人内心的想法都不可测。占喜之前和迟贵兰闹得很僵，迟贵兰看到她自然没有好脸色，冷着脸说了一句"哟，知道回来了"，就进了厨房做事。

占喜和父亲用视线交流后也跟进厨房，软软地喊了一声"妈妈"，迟贵兰的脸色也没好起来。占喜见她要洗菜、切菜，接过菜后说："妈，我来洗吧，我现在都会了。"

迟贵兰空着手站在她身边，盯着她看了许久，问："你现在工作找得怎么样了？"

占喜笑嘻嘻地打马虎眼儿："没找好呢，夏天太热了，我想先休息休息再找，人家不是说找工作金九银十吗？"

"哼，是找不好吧？"迟贵兰冷哼，"莫名其妙就辞职，挺好的工作说不干就不干，现在知道外面的工作难找了？"

占喜一边洗菜一边嘟囔："没有难找呀，肯定找得到合适的。"

迟贵兰闷了一会儿，还是忍不住说："真的不要找人介绍吗？咱们家很多亲戚都在钱塘工作。你大姨——"

"真的不用。妈，真的不用！"占喜也是怕了，连连求饶，"你相信我，我自己会好好找的，不要再让人介绍了。"

迟贵兰的脸又板起来，抢过她洗好的一盆菜叶，气道："我都不知道你是怎么想的！公务员到底哪儿不好？为什么不去考？你现在开始准备还来得及呢！"

占喜不吭声，又去淘米准备煮饭。迟贵兰扭头瞪她："还有，找对象的事情怎么说？之前告诉我考上好单位再给你介绍，现在不考了，你还找不找对象了？"

占喜的语气也硬了些："妈，我说了我自己会找！我就是不喜欢别人介绍的，你明不明白啊？怎么还来说这件事情呢？"

"到底是为什么啊？"迟贵兰真的想不通，"介绍的多好啊，知根知底的。你 24 岁了，虚岁都 25 岁了呀，年纪不小了，你……"

这时，占强溜达进厨房打断她的话："欢欢，你来给爸爸看看手机，爸爸的手机有个东西一直跳出来，删不掉。"

"哦。"占喜把淘米篓往台面上一放就跟着父亲出去了，剩下迟贵兰一个人在那里生闷气。

占喜计划在家住两晚，陪陪奶奶和父母，等她回钱塘的时候，小鱼的样品应该已经做好了。她的确打算继续找工作，这事儿不能再拖，她的存款就那么点儿。虽然吃饭可以蹭小鱼的，但是房租她总得交。这么大个人了，她也不好意思再向父母和哥哥要钱。

在家待着时，占喜和骆静语几乎没联系，反正他们在钱塘时天天能见面，也不急在这几天。她表现得很乖巧，每天都主动帮迟贵兰干活，从不惹她生气，还当着她的面打开求职软件，问她这个岗位怎么样、那家公司好不好，总之就是变回了之前那个听话懂事的女儿。

迟贵兰也没法儿指摘她什么，态度自然是软化下来，时不时地唠叨占杰的事情，倒也不敢再抨击秦菲，就怕占喜又要生气。

骆静语按照约定，在七月二十三日把所有样品从各个角度拍摄了好几张照片发给方旭。方旭收到后就发到各个汉服群里，并且把小姑娘们的部分反馈截图发给骆静语。

有些饰品需要进行细微的调整，有些花型需要加几个颜色……骆静语一一记录下来。

这一天是占喜回钱塘的日子，下午五点到站，骆静语打算去车站接她，晚上给她做一顿大餐。午饭后，他正在工作台前修改设计稿时，方旭不请自来。

进屋后，方旭的视线在客厅一扫，问："你女朋友呢？上班去了？"

骆静语用手机打字：她不在，回家了。

"哦……这么巧。"方旭嘴角一勾，笑起来。

他这次上门的理由不再是"顺路经过"，很直白地说了自己的目的："这次订单量会很大，请了模特拍照，那几个样品先给我吧。"

骆静语不疑有他，把五件样品都包装好拿给方旭，并且用手机打字告诉他，新加的颜色和修改的款式还需要两三天才能做出来，到时候可能还要麻烦他再跑一趟。

没想到，方旭在拿到几件样品后，对他笑了一下，说："不用了，我以后应该不会再来了。"

骆静语没反应过来，愣愣地看着他。

方旭从随身带着的文件夹里拿出几张纸递给骆静语："小鱼，今天过来我有两件事情。第一，拿样品。第二，我这几个月很慎重地想了一下，我这个人呢，就是个生意人，能力不行，想法比较狭隘，和你在一起合作的确是耽误了你的发展。你能力很强，理应得到更大的平台，继续和我合作下去做这些小姑娘的玩意儿，实在是委屈你了。所以呢，我想我们还是终止合作吧。"

这些话他说得很慢，脸上还带着笑，骆静语大部分都看懂了，尤其是最后那句"终止合作"。

看清方旭的唇语后，他的脑子里都是空白的，又低头去看手上的A4纸。

纸上都是表格和数字，密密麻麻的，还有文字，一时间也看不懂是什么。他又抬起头来看向方旭，张张嘴，想打手语问他是什么意思，又想用手机打字，摸出手机后却想不起该问什么了。

方旭自然是看出了骆静语的窘态，指指他手里的纸说："这一张是我请会计做的清算表，你看看，要是没什么问题就签个字。其实我和你之前的账目一直很清楚，我也从来没赖过你的钱，现在汉服节还没开仓，刚好，咱们把账都给清了。之后呢，对于咱们一起搞的那个烫花店，我要不要继续做下去，我自己会做决定，你也甭管了。反正你已经有了'禧鱼烫花艺术'，完全可以在你女朋友的帮助下自己搞嘛。接一些大单子，高端的、奢侈品的、展会的，你刚参加完展览，都上报纸了呢！小鱼，你真的很优秀，方哥相信你会越来越好的。来，签字吧。”

骆静语不敢签，他什么都没看懂。记忆里方旭的确没有赖他钱，三月花朝节的款、四月定制款的款，方旭都结给他了，但他还是不敢签。

这事儿太突然了，他震惊得完全不知道该怎么办。

要是欢欢在就好了，为什么欢欢不在呢？

方旭怎么会知道欢欢不在？还是说，即使欢欢在他也不怕？难道这张清单本来就没问题？那他不签又会是什么后果？

方旭又等了一会儿，见骆静语拿着那几张纸发愣，忍不住伸手拍拍他的手臂。

骆静语又一次抬头看他，脸色苍白，连唇色都淡了许多。

“你怕什么？还怕我坑你吗？这么多年合作下来，我都把你当弟弟看了，怎么会坑你？”方旭笑起来，“签吧，就算你女朋友在你也得签。我这么和你说吧，其实你早就想和我散伙了，对不对？你一直觉得我在耽误你，我这不是如你愿了吗？”

骆静语摇摇头，紧抿着唇，手劲已经把纸都给捏皱了。他突然想到一个问题，指指方旭手里那一袋子样品，又向他摊开手，意思很明显，是让他还回来。

方旭乐了：“这些东西的照片已经被我发到各个汉服群了，所有人都知道是‘小鱼鱼手作烫花’出品，我可以还给你，只是，你敢再用吗？骆静语，我要提醒你一点，没有人知道这些东西是你做的，就算我们有聊天记录为证，证明是你传给我的，但你有没有想过，你现在和我还是合作关系，从时间线上看，在你签字前，这些东西都是我店里的作品。”

骆静语死死地瞪着他，摊开的手掌依旧没收回。

“行，你可以不签字。”方旭拎拎手里的袋子，“我也可以把东西都还给你，但是我要告诉你，如果你不签字，这次汉服节我也不打算做了，不开仓了。咱们没散伙，你自己也没法儿单干，这几个月你就刚好休息一下吧。”

骆静语的脑子很乱，方旭后面说的这些话，他连唇语都读不清了。他没搞明白事情的逻辑，不知道方旭到底是要做什么。为什么要在这个时间点散伙？散伙了对方旭有好处吗？方旭为什么要拿他的样品？方旭还打算开仓吗？开了仓谁做？

这所有的问题骆静语都想不明白。他太笨了，文化太低了，在和方旭的沟通中永远处于下风，永远是被制住的那一个。

“签字吧，小鱼。”方旭又开口了，依旧很有耐心，“没必要拖，这些都是明账，我保证没坑你。你去找个会计来给你看，让你女朋友来给你看，结果都一样。”

像是怕骆静语整不明白，方旭从工作台上拿过一张白纸，拽着骆静语的胳膊把他拖到工作台前，写字给他看——

一、不签字，我不开仓，我和你没散伙，你不能单干；

二、签字，我们散伙，你立刻可以单干，现在重新设计来得及；

三、我是否开仓，我会做决定，这些样品在你签字前本来就都是我的。你单干后也可以继续用，你敢用吗？

骆静语看着纸上这些字，再看方旭时，眼睛都红了。

“啊！我忘了一件事情，算是我对你的补偿。”方旭说，“还记得你之前给我的那套联名款设计图吗？我和对方说了，设计师不干了，我也不和他们继续合作了。我把‘禧鱼烫花艺术’告诉对方了，他们应该会和你联系，后续会找你，算是你单干后的第一笔订单吧，也能有几万块钱呢！你看，方哥对你不错吧？我都把这么大的单子送给你了。”

“签字吧。”方旭把写字的笔塞到骆静语手里，笑容诚恳又亲切，“咱们好聚好散。方哥祝你在烫花行业大展拳脚、前程似锦，早日成为和徐卿言一样的大师。”

骆静语捏着手里的笔，笔杆都快被他捏断了。

方旭抽出他手里的那几张纸，铺在工作台上，用手指敲一下：“骆静语，如果你还想做汉服节生意，就签字。”

骆静语依旧不动。

“你到底在想什么？！”方旭突然吼起来，骆静语虽然听不见，也被他大张的口型震慑了一下。“礼物”从猫爬架上跳下来躲进主卧，像是从侧面印证方旭的吼声有多大。

“好话你不听是吗？那我告诉你实话！”方旭的神色变了，“我不想再和你合作了，骆静语！现在不是我耽误你，是你在耽误我！你这人脸皮怎么这么厚呢？我都帮你四年整了，干吗呀？还想一直拖着我吗？我不想和你合作了！听不听得懂？听不听得懂？！赶紧签字！签完我们一拍两散，以后你爱干吗干吗去！你不用再来受我的气了！我也不用再伺候你了！骆静语，签字！”

骆静语赤红着一双眼睛看他，这会儿连脸都涨红了，颤抖着手，看着桌面上那几张皱巴巴的纸——一式两份，每份三张，一共六张，每一张下面都有一个签字的横杠。

这一次，方旭没有再逼他，只是双手抱胸，冷冷地看着他。

骆静语缓缓地弯下腰去，捏紧笔，看着纸上那些怎么都看不懂的数字和文字，后槽牙都要被咬碎了。他闭上眼睛，再睁开后，在六张纸上都签下自己的名字。

“早签了不就完事了吗？费我这么多口舌。”方旭抢过他手里的笔，也签下自己的名字，拿走三张纸装进文件袋，把剩余的三张塞到骆静语手里，准备走人。

临走前，他说：“骆静语，从现在开始，你自由了。”

夏天的钱塘午后常有雷阵雨，骆静语出门时没看气象预报，就没带伞。

公交车开到一半时，窗外的天色暗下来，天空中阴云密布，街上行人的脚步立刻变得匆忙。骆静语看着车窗外，一道闪电在远方的天空中亮起，紧接着……紧接着应该是有雷声——书上写的。

他观察车厢里其他乘客的反应，果然有那么一瞬间，大家像是被什么给吓了一跳。他不知道雷声是什么，在家里时“礼物”被雷声吓到过，占喜倒还好，会告诉他打雷了。他觉得自己听不见刚才那一声巨响也挺好，做东西时就不会被这些声音吓到。

没过多久，大雨就落了下来，车窗玻璃很快被打得模糊。骆静语看着路上没带伞的人要么狂奔，要么找个屋檐躲雨，觉得很没必要。

夏天那么热，下一场雨多好，散散暑气，人的心凉下来，也就不会那么郁闷烦躁。

公交车到达西站，下车时有伞的乘客打起伞，步履匆匆，没伞的下了车就用手或包遮住脑袋往前冲。骆静语不是这样，他走在雨中，双手插兜，闲庭信步，任由大雨将他浑身浇得湿透。

路边有一家便利店，骆静语不知道占喜有没有带伞，就进去买了一把。出来后，他也没把伞打开，继续在雨中慢悠悠地走着。有人跑过他身边，看看他手里还带着包装的伞，再看看他，觉得这人是不是有病。

好在雷阵雨来得快，去得也快。骆静语站在出站口没多久，雨就停了。云雾散去，太阳很快又露出了脸。空气中还带着雷雨刚过的水汽，气温却已经快速攀升。他的额头和鼻梁上冒出汗珠，头发很湿，搞不清楚是雨水还是汗水。

他的眼睛一直盯着出站口，一拨拨的长途旅客走出来。他看到一张张陌生的脸庞，有人在说话，有人在笑。他麻木地看着他们，一动不动。

终于，视线里出现了一道熟悉的身影。骆静语的眼睫颤了一下，好像被打了一剂强心针。那个人先是走着，接着小跑起来，最后站在他面前。

她的眼睛那么明亮，张开嘴对他说话，还伸手摸摸他的头发，接着又皱起眉摸摸他身上的衣服，小嘴巴一张一合着。他没有去读她的唇语，无所谓她在说什么，就只是静静地看着她的脸。

她似乎发现了他的异样，神色间带上了关心。她还在说话，骆静语想集中精神看清她说的是什么，却徒劳无功。他每次脑子发蒙时就会这样，连她的唇语都读不懂。他是个聋子，真的没那么厉害，不是任何时候都能看懂唇语。

她很快对他打起手语，他的精神一下子就放松下来。这才是他不需要费劲就能看懂的语言，是他的母语。他就连做梦时都是用手语说话，那是他真正与人沟通的方式。

她问：“小鱼，你怎么啦？为什么身体湿了？你淋雨了吗？”

骆静语点点头。

占喜看着他手里握着的那把折叠伞，心里很纳闷儿，又打手语问："你是不是不高兴？"

骆静语又摇摇头，还对她笑了一下。

他的样子很不对劲，占喜没再问下去，想去牵他的手离开车站。

就在这时，骆静语突然张开双臂抱住她，她还背着双肩包，他把她连人带包整个人都拥进了怀里。

占喜确定，小鱼碰到不开心的事情了。

二人打车回到家，骆静语才想起自己根本没买菜。占喜溜进厨房，看到他站在冰箱前发呆，拉拉他的手，打手语问："怎么了？"

这一路回来，她都是用手语和骆静语交流，生活用语她基本都掌握了，也不会觉得吃力，天天和小鱼"说话"，算是熟能生巧。

骆静语抱歉地看着她，指指空空的冰箱："没有菜。"

占喜笑起来："随便吃点儿，没关系。"

骆静语的眼睛又垂下来，精神很萎靡。

占喜想了想，问他："小鱼，要不我们去外面吃？散步，约会？"

骆静语看了她好一会儿，打手语道："我想去一个地方，你陪我吗？"

"可以。"占喜弯弯右手四指，"你想去哪里，我都陪你。"

占喜没想到，骆静语居然带她去了丰林夜市。

他们先在一家小餐馆里简单地吃了顿晚饭，吃完后，骆静语就牵着她的手来到陈亮的摊位。

由于是星期五晚上，又因为雷雨后天气相对凉爽些，附近的居民都出来散步纳凉，夜市的人流量还挺大。

陈亮和毛毛都守在摊位上，正在吃盒饭，看到骆静语和占喜，二人都很惊讶。陈亮放下饭盒就冲骆静语打起手语，嘴里还叽里咕噜地说着话。

占喜很仔细地听他说话，发现陈亮虽然说得很含糊，但依稀能辨认出几个词汇，比如"怎么"，还有"吃饭"。他打手语的速度比骆静语快很多，手势也不是特别到位，占喜看得有点儿吃力。她转头看小鱼，他也打了几句手语，不像平时对她打手语时那么标准，显得随意很多。

占喜明白，这才是听障人士交流时的常态。骆静语平时对她打手语是端着的，就怕她看不懂，真的碰到和他一样的聋人时，他就没那么讲究了。

骆静语拉着占喜来到摊位后，陈亮和毛毛都好奇地看着占喜，骆静语用手语介绍说："这是我女朋友，占。"又对占喜打手语："这是我同学。"

他拿出手机给占喜打字：**陈亮，毛毛**。

占喜看过后立刻也用手语对那对小情侣说："你们好。"

陈亮问隔壁摊位借来两把塑料凳让骆静语二人坐下，占喜看着摊位上的东西，小饰品居多，还有随身小电扇、充电宝、人字拖……也没个主题，像是什么都卖。

她一直安静地坐在骆静语身边，看他和陈亮聊天，毛毛去买来两瓶冰饮料，笑眯眯地递给她一瓶。占喜赶紧弯弯大拇指，嘴里也说出了声："谢谢。"

毛毛呆了一下，用手语问："你听得见？"

占喜点头："我听得见。"

毛毛瞪大眼睛，强势地插入骆静语和陈亮的聊天中，问骆静语："你女朋友是听人？"

骆静语看了占喜一眼，对着毛毛点点头。这下子陈亮也兴奋了："你怎么找到这么漂亮的听人女朋友？"

骆静语不知该怎么回答，占喜笑着用手语说："是我追的他，我很喜欢他。"

陈亮脸上露出羡慕的表情，被毛毛捶了一下。骆静语又一次看向占喜，占喜笑着挽住他的胳膊，还冲他吐吐舌头做了个鬼脸。

骆静语好生无奈，伸手揉揉她的头发，又捏捏她的脸颊，看得毛毛起了一身鸡皮疙瘩。

骆静语又和陈亮用手语聊起天来，毛毛招呼着摊位上的生意，时不时地卖出一对耳环、一双拖鞋。占喜就在边上喝饮料，她穿着中裤，有蚊子咬她的腿，她"啪啪"地往腿上拍。

骆静语看见了，赶紧和毛毛比画了几句，毛毛就点起一盘蚊香放到占喜脚边，又对着她友善地笑。

占喜不明白骆静语为何突然想来夜市，也没问，偶尔看他们聊天，就当练习手语"听力"。才发现，如果她和小鱼平时的手语对话是英语四级难度，那么小鱼和陈亮的对话起码是英语专八难度。

那手势打得真是又快又乱，句子还挺长，占喜非常努力才能看懂五成内容，其余都要靠猜。她发现自己的手语水平还是不够，想着得继续去周老师家里学习，还得和小鱼多练习，鼓励小鱼对她说长句。

骆静语其实没和陈亮聊太深入的话题，就是闲聊天，问问陈亮现在生意如何、一个月能挣多少钱、还要不要再卖热缩片首饰，他有空可以做一点儿给他们卖。

毛毛早就想问他进货了，就是怕小鱼太忙才没好意思开口。骆静语便答应回去做一些放到他的摊位上来卖。

有那么一阵子，四个人都很安静，摊位前也没有客人逗留。陈亮玩起手机，毛毛整理着摊位上的货品。占喜一直很乖地倚着骆静语，转头看他的侧脸，发现他在发呆。

小鱼这天怪怪的，总是会走神，眼睛像是在看夜市上来来往往的人，眼珠子却没转动，神色间一直透着一抹惘然。

其实，骆静语是想起了四年前的那一幕，想起自己和陈亮坐在摊位上，就和现在很像，也是夏天，然后，方旭来到了他面前。

起初他担心方旭是骗子，又觉得，自己有什么好骗的呢？再说方旭的小千金女友也是徐老师的学生。听徐老师说，她家里很有钱，他更觉得方旭没必要骗自己了。

他那时候虽说不是一穷二白，但和穿着时尚、戴着腕表的方旭比，实在是很寒酸，身上的一件 T 恤衫还是夜市买的，才三十块钱。

经过了四年整，他和方旭的合作结束了。也说不上来遗憾，就是特别突然，在他还没做好准备的时候，合作就结束了。

骆静语自然会产生焦虑，他又变成一个人了，不知道接下来该怎么办。方旭说这叫好聚好散，可他不这么认为。他后知后觉地想到方旭应该是故意的，对方计划很久了，故意挑这时候和他散伙，目的就是让他没法儿搞汉服节的生意。

虽说骆静语也没多喜欢方旭，可他明显地感觉到方旭对自己的厌恶，这令他很难过。

他原本以为他们散伙时应该是和平的，甚至可以一起吃顿饭、喝点儿酒，嫌隙消尽，四年缘散。结果居然是他像个没有利用价值的工具般，被方旭说丢就丢，丢了不算，方旭还抢走了他的设计。

汉服节二三十万的生意，如果不做，他对欢欢的哥哥许下的承诺就变成了吹牛。这一年他根本挣不到三十万，刨掉房贷、进修学费和参加造物节的开销，他的收入真的只够养活自己。

可他有女朋友了。

骆静语偏过头看占喜。她什么都不知道，不知道他经历了什么。他不禁想，她要是知道了会怎么想？

他就跟失业了一样，她也在待业中，两个无业游民谈恋爱，真是滑稽，还不如陈亮和毛毛呢。

在夜市上坐了一个多小时，骆静语和占喜回到家。骆静语说占喜坐了长途大巴比较累，让她回家早点儿休息。

占喜不愿意，回八楼洗澡后又溜去了 1504 室。

她看得出来，小鱼有心事。可能这一天还没做好准备对她说，她也不想逼问他，就想多陪陪他，要是他愿意讲就最好了。

骆静语白天淋过雨，回家后也先洗了个澡，正坐在沙发上发呆时，占喜开门进了屋。他远远地看着入户门边正在换鞋的那个女孩儿，不知怎的，心里泛起一阵酸涩。他能感受到欢欢对自己的关心，知道她是来陪自己的。他心想：干吗还要瞒着她？她是欢欢呀，他有什么事情是不能告诉她的？

好的、坏的，他都可以和她说，不想再憋在心里。

占喜乐呵呵地跑到骆静语身边，一下子就蹦到沙发上，抱住他先亲了个够。亲完后发现小鱼眼神哀哀地看着她，占喜摸着他的脸，问："你今天怎么啦？碰到不开心的事情了吗？"

"你要是想和我说，咱俩就聊聊，不想说也没关系。"占喜又亲了他一下，"三天没见了，你想不想我呀？"

骆静语笑得有点儿勉强，想了想，起身从柜子里拿出那三张纸交给占喜，打手语说："今天方来过，说和我停止合作，要我签字，我签了。"

占喜吃了一惊，赶紧看手里的纸，问："你签了？你看明白这是什么了吗？"

方旭突然停止合作已经让占喜很震惊，对于骆静语的书面阅读水平和数学水平，她又保持怀疑心态，很怕他签了不该签的东西，被方旭给坑一把。

这些应该是清算表，数据部分占喜也不懂，只能问骆静语："他有欠你钱吗？"

骆静语摇摇头，占喜又看文字部分，写的是四年间方旭和骆静语合作时设计制作的产品，在签字日期前，除掉客户私人定制款，其他所有的设计版权都归"小鱼鱼手作烫花"所有，也就是都归了方旭。

"你怎么会签啊？"占喜都晕了，"小鱼，你好傻呀！他把你以前的设计都拿走了，你明白吗？"

骆静语点点头，事后他仔细看过那些文字部分，是的，以前的设计都被方旭拿走了，但他也没太放在心上。

每年的大生意都是要重新设计的，能长久卖的老款并不太多。花型可以微调，烫花的颜色也很多样，五金件更是多如牛毛，除非方旭很懒，以后就用老款吃老本。可是那样做，汉服娘是不会愿意埋单的。

"你等等，我先把这个发给我表姐看一下。"占喜给尹莉打了个电话。尹莉是会计，收到三张清算表后，过了二十分钟，又拨了回来。

"大体是没什么问题。"尹莉说，"就问问你朋友，表上的钱都到账了吗？它写的是都结清了，要是没结清就签字，对方要赖会很难讨回来。"

占喜松了口气，回答："我朋友说都结清了，没有欠款。"

尹莉说："那应该没什么问题，主要就是文字里那个设计款的事情，你朋友字都签了，说明就是接受了，是这个意思吗？"

"是，他接受了。"虽然占喜觉得骆静语不应该接受，不过看他的样子也没太纠结，就知道问题不是很大。

尹莉道："那就行了呗，是合作关系散伙了吗？还算清楚，没什么太奇怪的地方，我是觉得没问题。"

占喜放心了："好的，那我知道了。谢谢你，莉莉姐。"

骆静语等占喜打完电话，有些怯怯地看着她，生怕这几张表有猫腻。比如突然之间让他背上一笔巨债，那他真的要去找方旭拼命了。

幸好，占喜对他说："我表姐说只要你接受文字部分的内容，又没被欠款，就没问题。"

骆静语轻轻地点点头。

"小鱼，你以后不要随便签这种东西。"占喜说，"你可以等我回来，你就把文件收下，说让会计看过后再签。你太老实了，方旭让你签你就签呀？万一他坑你呢？"

骆静语不敢回答，下午的情景历历在目。他是不想签的，可方旭咄咄逼人，软的不行又来硬的，大概是那句"我不想合作了，你在耽误我，你脸皮怎么这么厚"彻底把他给降服了。

他的确脸皮薄，以前总被方旭嫌弃是个聋子，沟通费劲，所以一直很努力配合方旭的工作，就想证明自己不比健听人差，一旦被方旭抓住他的弱点攻击，他都是又羞又怒，却难以反驳。

占喜见他恹恹的，安慰他："算啦，签都签了，好聚好散吧。小鱼，那你想过接下来的工作要怎么弄吗？"

直到这时候，占喜才知道骆静语这半天为何会如此古怪。不古怪才有鬼呢，小鱼没有合伙人了，一下子没了方向，所有的事情都要从头做起，就是不知道他心里有没有计划，手头又有多少筹码。

骆静语抬起双手，两只手停在半空中。僵了一会儿后，他把手放下了，摇摇头。

后面的两个小时里，占喜一直耐心地和他沟通，知道了他为何会如此迷惘，原来他手上居然一点儿客户源都没有。

方旭也是绝了，四年来不允许骆静语在各个社交平台注册账号，不让他进任何客户群，美其名曰群里都是小姑娘叽叽喳喳在聊天，他也没时间看，聊天水平又不行，不如由方旭来维护客户，骆静语只要专心做产品就行。

占喜感到匪夷所思，小鱼居然连这都能答应？大概因为方旭从来不赖他的钱，他也就一直生活在舒适圈里，看着逐年增多的收入，还觉得这样挺不错。

果然，一散伙，被打得措手不及的一定是骆静语。

占喜想了半天，问骆静语要方旭工作室的地址。骆静语问她想干吗，她说自己想去和方旭再沟通一下，看看能不能有转机，至少把这年汉服节的生意做完。实在不行的话，她想试试能不能从方旭手里要来一些客户源。当然，她知道希望很渺茫，只是觉得就这么不清不楚地散伙对小鱼太不公平。

骆静语觉得应该没法儿再从方旭那里争取到什么了，不过占喜坚持，他还是把地址告诉了她。

第二天，占喜准备一个人去方旭的工作室。骆静语想陪她一起去，她说不用，她能搞定。

来到目的地，占喜在外间看到几个坐在电脑前工作的客服小姑娘，礼貌地问："你好，请问方先生在吗？"

客服说："在的，不过我们老板有客人，你稍微等一下吧。"

占喜坐着等了十几分钟，方旭办公室的门打开了，一个年轻女孩儿走出来。占喜抬头看她，发现居然是见过的人——造物节上那家主做玫瑰烫花展位的主人。

女孩儿打扮得漂亮又洋气，看到占喜后也认出了她，笑道："是你，禧鱼烫花。"

占喜起身："你好，我姓占，占喜。"

"你好，我叫管如婕。"管如婕和占喜握手，又问，"你来找小方哥吗？"

她说话的声音很甜很嗲，神态也娇俏，像个不谙世事的小姑娘，可占喜总觉得她的眼神不像她的外形那般幼态，看着挺世故的。

"嗯，我找方先生。"占喜回答。

管如婕说："那你进去吧，我先走啦，外面是不是很热呀？"她戴起太阳镜，拿出汽车钥匙甩了一下，"拜拜，占小姐。"

占喜看着她离开的背影，突然觉得自己都没必要找方旭了。很显然，方旭找到了新的合伙人，他拿走的那些样品一定会开仓，大概率就是请这位管小姐来制作了。

不过来都来了，占喜还是决定和方旭聊一聊。

方旭对于占喜的突然到访很意外，问："占小姐，来之前怎么不给我打个电话？坐，要喝什么吗？"

"不用，谢谢。我很快就走。"占喜在他对面坐下，笑着说，"方先生，你去找小鱼时也没见你提前打过招呼呀，每次不也是想去就去吗？"

方旭呵呵笑："那不是小鱼天天在家嘛，我又不坐班，万一你跑个空呢？"

占喜说："没事，反正我现在无业游民一个，大不了多来几趟，总是能见到方先生的。"

方旭问："你刚才……碰到小管了？"

"嗯。"占喜说，"是方先生的新合伙人吗？"

"哎呀，我这不是和小鱼散了嘛，生意总还要做下去。"方旭毫不在意占喜语气中的奚落，"总不能只准骆静语找新的合伙人，不准我找吧？"

占喜反问："方先生是不是误会了？骆静语什么时候有新的合伙人了？"

"不是你吗？禧鱼烫花艺术！"方旭哈哈大笑，"你们都上报纸了呀！他没和我散伙就敢这么干呢，我也没说他什么。"

占喜解释："注册'禧鱼烫花艺术'是造物节主办方的要求，'小鱼鱼手作烫花'没有公众号，微博也很久没营业了。如果我们请你注册并配合造物节的宣传，你会答应吗？"

方旭说："现在说这个已经没有意义了。占小姐，不知道你今天过来找我有何贵干？如果和骆静语有关，对不起，我和他已经清算得很明白了。"

占喜语气诚恳地说："方先生，请问，能把骆静语为汉服节设计的饰品的设计版权还给他吗？以前的就算了，他同意放弃，最新的这几件能还给他吗？都是他熬夜设计的。"

方旭咧嘴一笑，摇摇手指："占小姐看过那份清算表了吧？你说能不能？"

占喜硬着头皮说："那……能不能……把你合作的一些汉服工作室或社团的联系人给我几个？不用多，三四个就行，大家以后公平竞争，靠作品吃饭。"

方旭"哈"地笑了一声："现在抢客户这么明目张胆了吗？占小姐，你真的很天真啊。我好心给你指条路，各个汉服工作室和社团在微博都有号，你去一个个联系啊！我当初也是这么做起来的，要不然呢，哪有现成饭给你吃？"

占喜不吭声了。其实方旭说得没错，路子是有的，她也想到了，只是……这些事情小鱼都很难上手做。人的确有长处短处，这就是骆静语的短板，先天缺陷，硬逼着他去做真就是强人所难。

方旭嬉皮笑脸地说："其实我觉得，骆静语根本不用再吃汉服饰品这碗饭啦，他一直梦想做高端大气上档次的烫花作品，为什么还要盯着这些蝇头小利呢？这些他都是看不上的，你们换条路嘛。你这么能干，总能帮他拓宽市场吧？哎呀，我就不行了，我就只能做做这些小东西，格局和你们没法儿比。"

他的每一句话都在讽刺骆静语和占喜，那是他们曾经对方旭提出好多次的说辞，现在一句句被他打回来。看着他一脸无赖的样子，占喜真的很生气，却也无可奈何。

谁让骆静语那个笨蛋把字都签了呢？一切都陷入了被动。

回家的路上，占喜坐在地铁车厢里想了许久。

她打开微博看徐卿言的主页，又看了邵姐、小朱姐和小丁姐的主页，甚至还找到管如婕的主页。她们都是单人运营，没人帮忙，自己拍照，自己拍视频剪辑，自己开仓，自己管线上店，自己和客户互动……只有小鱼不是，就是因为他听不见，有各种限制。

占喜又打开“禧鱼烫花艺术”的微博，造物节过去刚满一周，这一周里她没有更新过微博和公众号，之前是因为骆静语做的样品还没定稿，之后是因为设计版权被抢走了。

这个号上有近两千个粉丝，和公众号的粉丝数差不多，同邵姐她们比相差很远，和徐卿言就差得更远了，就连管如婕的粉丝数都是“禧鱼烫花艺术”的三倍。

骆静语手头一个微信群、QQ群都没有，就跟个白板似的。占喜倒是在造物节上加了一大堆客户，里头有几个汉服圈的小姑娘。

怎么办呢？

七月底了，汉服节是在十月中旬，还有两个多月，时间上倒也不是太仓促。

骆静语前一晚失眠没睡好，今天下午人不太舒服，就睡了个午觉。

睡醒后他发现鼻子塞住了，有鼻涕，还头昏脑涨。昨天的任性淋雨纯属傻子行为，活生生地把自己搞成了感冒。

他没再继续躺着，来到客厅，看到工作台，一时间不知自己该做些什么。

往常，样品做完后，方旭这会儿已经开仓了，骆静语手上有订单，可以不紧不慢地预定五金件和布料，开工做起来。

可是现在，他手上什么活儿都没有了。从前一阵子的忙碌无休中瞬间清闲下来，整个人特别茫然。

骆静语忍着头疼伺候“礼物”，又料理了一番花草，接着出门买菜。回来后他吞下两颗感冒药，还是不想闲下来，干脆打扫起卫生。就在他拖地板时，占喜回来了。

看到她脸上淡淡的表情，骆静语就知道什么都没戏，对她笑了一下，打手语说：“没事，慢慢来，我再想想怎么做。”

占喜放下包，走到他面前，拿开拖把杆倚到一边，抱着他的腰抬头看他。

骆静语看着占喜被太阳晒红了的脸庞和还挂着细密汗珠的鼻尖，突然想到上一年平安夜他们去吃泰餐，他得意地告诉她，他不是穷人，一年能挣三十五万；又想到几天前占杰来他家，他骄傲地告诉未来大舅哥，他会挣很多钱，一定会对欢欢好。

想到这一切，他心里一阵羞惭，就几天工夫他就变成这样了，还想着做几十块钱一个的热缩片首饰去陈亮的摊位上卖，就为能赚一两千块钱应应急。

这时，占喜开口了："小鱼，我决定不找工作了，我帮你一起做吧，就用'禧鱼烫花艺术'做招牌。方旭能做的事情我也能做，只要你的手艺在，我们一定能把生意重新做起来。"

骆静语的第一反应就是不同意。

他知道欢欢的职业规划，虽然不太懂，但知道她一直想进传媒公司或是一些大企业的企划部门，去做与她大学专业相关的工作。

他怎么能拖累她呢？

他做的就是一些小手工而已，方旭都没有专职帮他做这个，还有其他的产业支持。他需要的只是一个助手，能帮他维护客户就行。

在这个行业里，别人都能单打独斗，他是没办法才要找助手，这个人怎么能是欢欢？他会耽误她的，不可以，不可以，绝对不能耽误欢欢，他自己可以搞定。

骆静语着急地打起手语，想要表达自己的想法，劝占喜打消这个念头，怕她看不懂，他急得都张嘴发出了"呃呃啊啊"的声音。

占喜知道他的心意，干脆捉住了他的两只手。骆静语没法儿"说话"了，只是深深地看着她，不停地摇头，想要说"不行"，发出的声音却是："波呃，波呃……"

"小鱼，你先听我说，先听我说。"占喜拉着他的手把他带去沙发边坐下，深吸一口气，一边打手语辅助，一边说道，"其实我昨晚就在想这件事情了，不是一时冲动。今天去见方旭，我见到了那个做玫瑰烫花的女孩儿，她叫管如婕，她在方旭的办公室里。你知道这是什么意思吗？"

骆静语呆住了。

"方旭和她合作了，她是方旭的新合伙人。"占喜说，"我见到她，心里的这个念头就更明确了，我想和你一起做'禧鱼烫花艺术'！你千万不要觉得我是被迫的，只是想帮你，不是的，小鱼。我一直觉得方旭没有很好地开发出你的潜力，你和邵姐她们不一样，邵姐她们……可能她们本身的目标也没有那么宏大，可以说是比较安于现状。你就应该以徐老师为目标，可是你和徐老师又不一样，不一样的地方在于你还年轻，你明白吗？徐老师开始学烫花时的年纪都比你现在大，而你，从 18 岁就开始学了。"

占喜说得很慢，话语中能用手语表达的都用手语打出来，不会的，就不打，反正这样子说话，骆静语一定是看得懂的。

他也的确看懂了。

占喜说："徐老师现在一年里最大的一块业务可能是授课，那么多个级别的学员，每个级别都要上一两个月，一年一下子就过去了。授课这块咱们先不管，那徐老师能接的别的业务，你不能接吗？我觉得你能啊。你只是没有这个渠道，没有人帮你去打理。方旭不愿意，我愿意啊！我之前找工作，其实就是想找有挑战性的、能发挥创造力的，不喜欢那种按部就班的工作。”

占喜握住骆静语的两只手，细细地摩挲着他修长的手指：“小鱼，现在在我眼里，你这个人就是一个项目、一个产品，你这双手就是一块璞玉。我想要挖掘出你的潜能，不仅能做你以前一直做的那些生意，还要更上一层楼！我可能没方旭有经验，也不懂汉服，但我也有他没有的优势，我会手语，我比他懂烫花，我文章写得比他好！我比他具备更完善的网络媒体传播方面的理论知识，现在只等我用实践去证明。最关键的一点是……”

占喜握紧骆静语的手，看着他的眼睛：“小鱼，我信任你，你也信任我，我不会坑你，你也不需要提防我。我们在造物节上配合得多好，你忘了吗？就我们两个人，却把所有事情都给做好了，一点儿也没出岔子。我说这么多，你还觉得我不合适吗？”

骆静语没有觉得占喜不合适，只是觉得，让她帮自己是大材小用了。

占喜看出他的困扰，甜甜地笑起来：“当然啦，这一次不能是白干活儿了，要么你给我发工资，要么我像方旭一样拿分成，他拿多少，我就拿多少，你觉得怎么样？我能赚多少，就要看咱们的本事啦。”

见骆静语呆呆的，占喜问：“我刚说的，你都听明白了吗？哪儿不明白，我再和你说一遍。”

骆静语眨眨眼睛，打手语道：“明白了，你让我再想想。”

“好。”占喜也边说话边打手语，“你再好好想一想，我回头先做一份计划，看看我们怎么开始。小鱼，还有时间，不要着急，我们一起努力，先把汉服节的生意做起来。”

这一次，骆静语点点头，他被欢欢说得心动了。

他没办法不心动。如果是欢欢帮他，他真的是一点儿后顾之忧都没有，可以甩开膀子做事情，有什么想法都能直白地告诉她，不用像以前面对方旭那样，半是求半是劝，最后还被他一通骂。

第二天是星期日，自从开始筹备造物节，占喜就没去周莲家上过手语课，快一个月了，她决定还是得继续上，努力冲击“专八”。

快要下课时，她接到占杰的电话。他在电话里语气很奇怪，顾左右而言他地问她在哪儿，有没有空，这天有没有其他安排。占喜说：“哥，我在外面上课呢。你有什么事就直说吧。”

占杰终于说实话了："今天我休息，是见威威的日子，我……不知道该带他去哪儿，室外都太热，商场里他又说不想去，我……就……我问他想不想见姑姑，他……他……"

占喜差点儿笑出来："行了，行了，你把他带我那儿去吧，小鱼在家呢。我马上就下课回去了。"

占杰装模作样地问："去十五楼啊？"

"难道去八楼啊？才多大点儿的地方，我和小鱼说一声就行。"占喜又说，"哎，对了，你想吃什么自己买菜过去，小鱼会给你做的。"

占喜真没想到这还没过一个星期呢，她居然又要见到占杰。

下课后她匆匆忙忙赶回家，开门进1504时，就听到里头一阵小孩子吵闹的声音，还有猫叫声和厨房里的炒菜声。

占喜很恍惚，1504向来是套安静的房子，从来没有这么热闹过。客厅里冷气打得很足，占喜走进屋，看到占杰大大咧咧地坐在沙发上吃西瓜，"礼物"乖乖地待在他身边，似乎已经认识了这个人。

茶几被搬开，地毯上坐着两个小男孩儿，除了占凯威，还有隔壁同样放暑假的顾心驰。二人正在一起搭积木，是顾心驰从家里背过来的一大套乐高，搭起来会是一辆三节火车。

见到占喜，两个小孩儿争先恐后地叫她，一个叫"姑姑"，一个叫"占姐姐"。

占凯威又管顾心驰叫"小驰哥哥"，顾心驰管占杰喊"占叔叔"。占喜笑个不停，只觉得这辈分乱七八糟。

她走进厨房，看到骆静语戴着口罩在炒菜。

他感冒了，早上在睡懒觉，收到占喜的微信消息后吓一跳，起床后还没来得及去买菜，占杰就把儿子带过来了。

当时的场景很尴尬，占凯威看到他就亲热地喊："小鱼叔叔，我好想你啊！"

占杰的眼睛都瞪大了，问儿子："你认识他？"

占凯威发现不对劲，慌里慌张地摇头。骆静语笑着揉揉他的脑袋，拿出手机打字给占杰看：哥，我陪他去少年宫一次了。

占杰斜眼看骆静语："谁是你哥？"

骆静语又不敢笑了，接过占杰手里满满两大兜菜就逃进厨房，接着给他们切西瓜，拿饮料和零食，最后又去隔壁把无所事事的顾心驰给喊过来。

占杰带来好多菜，有鸡有鱼有肉有蔬菜。占喜抱住骆静语的腰，笑他："看来，我哥是把你这儿当食堂，把你当厨师了。"

骆静语的眼睛弯得很厉害，无奈地摇摇头。

占喜问：“你感冒好点儿了吗？吃药没？”

骆静语点点头。

占喜往他腰上拧了一下：“活该，有伞不撑，故意淋雨，可真够作的。”

骆静语吃痛，“啊”地叫了一声。这事的确赖他自己，难得文艺一把，没想到感冒了。

占喜赶紧又给他揉揉腰。

骆静语捏一下她的手，指指客厅，让她出去陪客人。

中午开饭，顾心驰也留下一起吃，三大两小吃得很热闹。

骆静语用公筷，坐得离他们远一些，看着餐桌边这么多人，也觉得这场景略神奇。正吃着呢，他鼻子有点儿痒，偏过头，手肘遮鼻，连打三个喷嚏，回过头来时，发现桌上四个人齐刷刷地都在看他。

占凯威先说话：“姑姑，我没撒谎。我就说小鱼叔叔是能说话的，他有声音，你听到了吗？”

占喜是最不惊讶的一个：“听到啦，你小鱼叔叔的声音很好听，姑姑平时经常听呢。”

占杰看了她一眼，又看向骆静语。骆静语的脸很红，知道自己打喷嚏发声被听见了，心里很紧张，抽了两张纸巾抹抹鼻子。

顾心驰感叹：“哇！我也是第一次听见小鱼哥哥的声音呢。占姐姐，那你听见过小鱼哥哥说话吗？”

占喜笑道：“听过啊。”

“小鱼哥哥说话是什么样的呀？我也想听。”顾心驰想起一件事情，说，“占姐姐，上次小鱼哥哥还问我，你说话的声音是什么样的呢。”

占喜愣了一下，再看骆静语，他的脸都红得没法儿看了。占喜敲一下顾心驰的脑袋：“小鱼哥哥说话很好听，不过他只说给我一个人听，明白吗？”

占杰一直默默地吃着菜，没有参与这个话题。

他能看出骆静语很尴尬，被两个小孩儿当面议论会不会说话，虽说是童言无忌，多少也会戳到他的痛处。

占杰心想，小伙子也不容易，回头得给儿子讲一下，要学会尊重别人、理解别人的难处。7 岁的小男孩儿对于残障人士的了解还不多，占杰自己都不怎么了解，以前也就在新闻报道、纪录片里看过。

现在骆静语一个大活人坐在他面前，他终于意识到，为什么自己当初对着占喜一口一个管这人叫“聋子”会让妹妹那么生气。

午饭后，两个小孩儿继续搭积木，占喜和占杰聊了会儿天。

她把回老家的事情告诉了哥哥，又说了骆静语和合伙人散伙的事情，最后说到自己打算和骆静语一起合作经营他的烫花生意。

占杰之前半点儿也不懂烫花，占喜就详细地说给他听，骆静语一年都要做些什么、生意的范围包括哪些、如何推广运营、如何维护客户……

占杰听完后，皱眉问："那他现在是什么情况？没收入了？"

占喜说："他的手艺在呢，怎么会没收入？最多就是起步难一点儿，又不是没经验。我帮他一起做，会好起来的。"

"你已经决定了？那就不找工作了？"占杰问。

"嗯。"占喜拿着一片西瓜啃起来，"如果顺利，我一年也能赚十几万吧，比我之前的工资都高呢。要是业务再好点儿，收入就更多了，我想先试试。哥，你觉得可行吗？"

占杰想了一会儿，说："先试试吧，你们都年轻，爸不是说了嘛，考察他两年，这两年你爱怎么折腾就怎么折腾。小骆这人……人是还行，就感觉有点儿嫩，脾气太软，很容易吃亏的样子。"

他一直没喊骆静语"小鱼"，觉得这名字太亲热，也没喊他全名，太生分，最后就像天底下所有的大舅哥一样，喊这个临时妹夫为"小骆"。

占喜忍不住笑："是啊，他真的是一点儿坏心眼儿都没有，我就没见过他这样的人。你对他好三分，他能还你八分，你对他好五分，他能还你十分。"

"那你对他好几分？"占杰问，"我看他快把整颗心都捧给你了。"

占喜乐死了："哪儿有那么夸张啊？你才见他三回。"

"你当我为什么会同意？为什么会说动咱爸？"占杰嗤笑，"这人对你怎么样，我看得出来。人是可以的，现在关键就是这个工作，如果他的工作走下坡路，这事儿肯定不行，我和爸都不会答应，你再自己好好想想吧。"

下午，骆静语问两个小男孩儿要不要烤蛋糕，他们都说要。

占杰买来几个大杧果，骆静语就做杧果蛋糕，一大两小在餐桌边忙得不亦乐乎，占杰和占喜在边上围观。

骆静语戴着口罩，很耐心地教两个小孩儿怎么做蛋糕胚，占喜帮他做手语翻译，让孩子们轮流上手体验。蛋糕胚烤出来后，满室的蛋糕香，占杰午饭还没消化呢，又被弄饿了。

挤奶油、放杧果是小朋友们的最爱，一个杧果蛋糕出炉，大家分着吃，骆静语还切下四分之一让顾心驰带回家给父母吃。

占杰看着骆静语做事情有条有理、轻拿轻放的样子，心里是真的佩服。别说占喜没见过这样的人，他活了三十五年都没见过，只能说明物种的多样性。

晚饭前，顾心驰该回家了，占凯威依依不舍，大火车还没搭完，两个小孩儿约好下次一起继续搭。

占杰和占凯威吃完晚饭才离开，临走前，占喜对他说："哥，你下回再见威威，要是没地儿去就来小鱼这儿。等天凉一些，我们可以一起带威威出去玩，人多点儿小朋友也开心，你不会哄孩子，小鱼会啊！他孩子缘特别好。"

占杰一句话差点儿说出口，硬忍住了才没说。

他想说的是——骆静语以后都不知道能不能有自己的孩子呢！

客人们都离开后，占喜和骆静语终于空闲下来。二人在沙发上腻歪了一会儿，占喜想到顾心驰说的话，窝在骆静语怀里抬头看他，问："小鱼，你真的想知道我的声音是什么样的吗？"

骆静语不知该怎么回答，因为这对他来说是个永远得不到答案的问题。他摸摸占喜的脸，又摸摸她的喉咙，摸摸她的嘴唇，露出一个浅浅的笑容，摇头打手语说："我知道的，很好听。"

占喜笑嘻嘻："我的声音真的还行，就是唱歌不好听，会跑调。"

骆静语又摇头："你唱歌也好听。"

他指指沙发边那盏鲸鱼落地灯。此刻，客厅里只开着这盏灯，暖黄色的光在四周墙壁上打下条纹阴影，已经是他们很熟悉的场景。

占喜往骆静语的怀里凑了凑，将耳朵贴在他的左心房，听着他的心跳声。她又拉起他的手指按在自己的喉咙上，唱起歌来："我会在某一个夜晚偷偷地幻想，会不会有一只鲸鱼掠过窗……"

骆静语看着那盏悬垂着的鲸鱼灯，手指下的皮肤细腻光滑，传来一阵阵轻微的振动，他的脑海里又浮现出那段歌词：

"是不是他也都和我一样看不到希望，挣脱枷锁，越过了海洋……"

他想，此刻的他是不是正好到了挣脱枷锁的时刻？

看得到希望吗？不知道啊。

如果是他一个人，真的会很迷茫。如果和欢欢一起呢？

两个人一起努力，是不是真的可以看到希望？

挣脱枷锁，越过海洋？

骆静语的感冒在两天后好转，脑袋没那么晕后，他下定决心，同意了占喜的建议。

他和欢欢要合作经营“禧鱼烫花艺术”了，做出决定后，他们不再拖拉，列好计划，分头把事情准备起来。

骆静语要重新设计汉服节的定制饰品，风格款式还得和拿给方旭的不一样，也就是说花型都得全部推翻。最后，他选了几种秋季开花的花卉做样品，分别是秋海棠、文心兰、紫茉莉和木芙蓉，并且抓紧时间先做出两款秋海棠的发饰样品。

他在做样品的过程中，占喜帮他拍照，还架好设备拍下视频。剪辑之后，她把视频上传到微博、公众号和Q站，预热汉服节的新品。

与此同时，占喜到处踩点，选了一家环境不错的咖啡厅，里头有一间宽敞明亮的包厢，很适合进行烫花体验课。

她发布出体验课的时间和地点，在星期六下午，人数为六人，每人六百元，含一杯饮品和一块西点。如果是造物节上没预约到的客人，可以以四百元的价格报名，做好的作品可带走。

消息发布后，占喜先联系到造物节上认识的两个汉服圈女孩儿，邀请她们免费来体验，两个女孩儿都很开心，欣然同意。

六个名额很快就预约完了，还有人来询问。占喜和骆静语商量后，决定先不开放后面的预约。骆静语毕竟是第一次上一对六的实地体验课，占喜和他都打算看看第一堂课的情况再做打算。

样品做得很快，骆静语把四种花型各做了一款发梳、一款边夹和一支发簪，部分还做了手花。占喜一边研究怎么搞网店，一边在微博上搜各个汉服工作室和汉服社团的主页，给对方发私信。

对方回复后，占喜就把骆静语做的样品照片发过去，也不提他原本是“小鱼鱼手作烫花”的老师，只说自己是一家新成立的烫花工作室，希望能有机会合作。

有些人会拒绝她，有些人表示感兴趣，慢慢地，占喜就加进了一些汉服群，群里人数有多有少。

她自己也建起“禧鱼烫花”的微信群和QQ群，先把造物节上加的客户一股脑儿都拉进去，给她们看新品照片。

她在网上查询大量的资料，还买了书籍，开始恶补汉服知识。骆静语其实比她懂，就是不太讲得明白，她只能自己研究，有不懂的地方就去问他。要是他说不清楚，她就厚着脸皮去问几位做花的姐姐，好在姐姐们人都很好，不过是举手之劳，她的问题她们都会为她解答。

第一堂体验课的前一天，占喜在微博上收到一家实名认证为“婳裳汉服工作室”的联系人发来的私信，对方说之前打算和“小鱼鱼手作烫花”合作联名款秋季新品，被告知设计师单干了，所以来问问，设计师是不是在“禧鱼烫花”。

占喜立刻和对方加上微信好友，小鱼告诉过她，方旭答应把这笔生意送给他。

她心里有隐隐的不安，那一天，方旭拍了骆静语设计稿的照片，她就在场，如今和客户直线联系，她其实有所警惕，问客户有没有收到过“小鱼鱼手作烫花”发的设计初稿，对方说从来没有。

占喜回想起来，方旭当时明明说要去问问客户需不需要修改，为什么不发呢？是因为那时候他就已经打定主意要和小鱼散伙了？他那时候就已经想好要把这单生意送给小鱼了？

方旭这个人真的会这么好心吗？

她把自己的忧虑告诉骆静语，骆静语也想不明白。

占喜问他：“那……你打算重新设计吗？还是发原来那个设计图给她？”

骆静语想了半天，说对方的要求其实很明确，如果要改，也只能小幅度地改。这不是完全由他自主设计，而是根据对方秋季款的汉服新品来设计的。

占喜寻思，大概这也是方旭不把生意拿走的理由。按照清算表上的说法，这属于客户私人定制，就跟池江先生的“好运来”和吴太太的牡丹盆景一样，设计主题是客户说了算。所以，设计版权不归方旭，还在骆静语手里？

以防万一，骆静语还是把六张设计稿小小地修了一下，其中一款更是推翻重来。重新画好后，占喜把彩色设计稿发给“婳裳”的联系人苏苏姑娘，等待对方的反馈意见。

星期六中午，占喜和骆静语提前赶去那家咖啡馆，开始准备下午的体验课。

骆静语为了体验课购买了新的烫镘，每个体验者都有染色用的新闻纸、吸水海绵、烫垫、烫花器柄……他提前把花型都剪好了，和占喜一起在包厢里布置妥当，等待第一批体验者的到来。

这一回，占喜不用穿汉服了，和骆静语一样都穿着常服。她看着小鱼端坐在桌边绷紧下巴的样子，笑着问：“紧张啊？”

骆静语一言难尽地看着她。

他当然紧张，以前想都不敢想，他一个听不见的人居然有一天要上一对六的课，最担心的就是客人操作不当被烫镘烫到。

本来人再少点儿更好，比如展览时的三个人，那样他的把握会大很多。不过欢欢算过账，这间包厢有最低消费，只有六人以上才能有利润。

“别紧张，我陪着你呢，咱们像展览上那样配合就行，不怕不怕哈。”趁着包厢里没别人，占喜抱住骆静语就往他脸颊上亲了一口。

这一个星期以来他们压力都很大，每天从早到晚待在一起，都在讨论工作上的事情，很久没亲热一下了。

骆静语转头看占喜。她刚偷袭成功，正在坏笑。骆静语眼睛一眯，抬手摁住她的后脑勺儿把她往身前一揽，嘴唇就印在了她的唇上。

他们正吻得缠绵悱恻时，一个女声骤然响起："哎哟，我的妈呀！"

骆静语和占喜慌得立刻分开，抬起头，只见一位四十多岁的姐姐站在门口，尴尬地笑："嗨，骆老师？我……是来上课的。"

"请进，请进。"占喜胡乱地抹抹嘴，赶紧起身迎她进来。

占喜回头看小鱼。他正襟危坐，神情淡然，可惜两只红红的耳朵不会撒谎。

占喜忍着笑请第一位姐姐入座，和她闲聊，一起等待其他人。

人很快就到齐了，简单地介绍后，就像造物节上一样，骆静语操作，占喜讲解，八个人待在包厢里上起课来。

这一次的课程要比展览时舒服，座位宽敞、温度适宜，咖啡馆还播放着舒缓的背景音乐，也没有别人围观。

大家操作时安安静静的，偶尔有人在看骆静语染色时说"骆老师好帅啊"。第一位进来的姐姐就说："人家骆老师有对象啦，当心小占助教给你穿小鞋啊。"

惹得女生们一阵笑。

骆静语听不见，抬头时见大家都意味深长地看着自己，心里一跳，耳朵很快又红了。

占喜失笑："你们不要逗骆老师啦，骆老师很容易害羞的。大家仔细看他操作，有不懂就问我哈。"

染色后等晾干的空隙，服务员把饮品和西点端进来，众人边吃边聊。占喜趁这时把骆静语做的汉服节样品都拿出来给大家看，尤其是给那两位汉服圈的小姑娘看。她们依旧穿着汉服，将实物拿在手上仔细看。

占喜问："感觉怎么样？"

"秋海棠好好看！"白衣小姑娘说，"文心兰一般。"

另一个粉衣小姑娘说："我喜欢这个簪子，花小、精致。夹子这个花有点儿大，戴起来会不会太夸张？"

别的学员说："你们穿着汉服呢，不如戴起来让我们看看？"

"可以吗？"白衣小姑娘问占喜。

占喜说："当然可以啊，我就是想问问你们的意见呢，畅所欲言！"

两个小姑娘轮流戴上花饰，其他学员围着她们七嘴八舌地给意见。占喜在边上默默记下，发现有几款样品获得一致好评，和在群里的反馈差不多；有几款则口碑一般，有两个边夹被一边倒地吐槽，骆静语都蒙了。

占喜觉得这很正常，骆静语虽然经验丰富，毕竟是男性审美，之前又没有和客户沟通的经验，不可能设计的每一款饰品都受欢迎。

这样的体验挺好，实物和图片终究不一样，客户看过后，能让占喜知道主推款该是哪几个，哪几款该果断放弃，哪几款又需要修改。

尽管样本数量很少，也比一个都没有好，谁让占喜自己还是个汉服圈的菜鸟呢？

花瓣晾干，饮品和西点也吃完了，大家聊得很开心，又继续接下去的熨烫步骤。

骆静语的心一直提着，谢天谢地，没有人出事故，一堂课完美落幕。

占喜觉得收获颇丰，既推广了骆静语的烫花手艺，又有不错的利润，还能面对面地接受客户的反馈。这种形式的体验课以后若是当固定的业务内容来开展，就得再去找找性价比更高的上课地点。

学员们都离开后，骆静语和占喜也准备收拾东西回家。

占喜无意中刷了下手机，拉拉骆静语的手臂，把屏幕拿给他看。

她说："方旭开仓了。"

经过学员们的同意，占喜回家后整理体验课的照片，给学员们的脸贴上卡通图片，又写了一篇生动活泼的文章，把体验课的内容更新在"禧鱼烫花"的各个社交平台。

照片都是占喜用单反相机拍的。

她上大学时，传播学院有摄影课，不过那会儿她是省吃俭用交的学费，根本没钱买单反相机，摄影课算是稀里糊涂地修完的。

反倒是现在，骆静语教她怎么构图、怎么取景、怎么利用光影。她拍下的不管是全景、近景，还是大家的手部、烫花作品、饮品西点等的特写，居然都挺不错。

有一张骆静语的特写是她最喜欢的。小鱼低着头、逆着光，类似剪影，额前的发丝垂落下来，能看到他优美的下颌线、纤长的睫毛和挺拔的鼻梁，还有脖子上的细小绒毛和突起的性感喉结。

背景都虚化了，他在看手里的花，那是一朵深红色的茶花，是照片里最鲜亮的颜色，被他那漂亮的左手轻轻拿着，他的右手是一把剪刀。即使看不清他的眼神，也能猜到他那一刻的神情是如此宁静又虔诚。

占喜手指一点，把这张照片也用到了推文里。

经过第一轮线上和线下的反馈，骆静语花了三天时间，把样品做了一番小修改或重做，汉服节定制款基本定稿。

八月六日，占喜把定稿后的样品照片分门别类地上传到网店，定下价格，写好介绍，开放预定。这意味着“禧鱼烫花艺术”第一次正式开仓。

占喜知道，汉服文化在国内依旧是小众文化，近几年才有所发展。每到节假日，景区或街头时常能见到穿着汉服出门游玩的年轻人。

汉服爱好者的消费水平跨度很大，有些小姑娘省吃俭用才能买一套一两百元的裙子，有些人却可以一掷千金。

汉服品牌同样如此。高端品牌用料讲究、做工精美，价格自然不菲。中低端品牌则走大众化的路线，力求让更多的汉服爱好者能买得起、喜欢穿。

而骆静语做的汉服烫花饰品又是小众中的小众。

细分的话，他的目标消费群体应该是中高端汉服品牌的那拨消费者。毕竟，买两百元裙子的姑娘很难狠得下心去买一支三五百元的簪子，而买得起几千元汉服的妹子也绝不愿意买几十元的簪子去搭配自己的华服。

这么一来，在“禧鱼烫花”刚起步、没有足够消费群体支撑的情况下，开仓后的生意显而易见，不会太理想。

二十四小时过去，网店里只接到三十多个订单，占喜和骆静语并肩看着电脑屏幕，倒也没有太失望。

万事开头难，占喜握握骆静语的手，依旧对他充满信心。

总的来说，汉服文化是呈发展趋势的，还有其他的一些中国传统文化也在近几年重回人们的视野。所以，骆静语只要坚持下去，一定会慢慢地好起来，毕竟他设计制作的饰品在汉服圈子里口碑一直很好，他是有过几小时就爆仓经验的人啊。

订单虽然少，至少也开张了。骆静语很淡定，准备整理一下款式和数量，一批一批地先做起来。这一次时间很充裕，他可以做得更精致些，暂时也不需要熬夜，反正第一批发货要在八月底。

婳裳汉服工作室的苏苏姑娘一直和占喜保持着联系，二人聊得挺投缘。

苏苏告诉占喜，之前几年“婳裳汉服”和“小鱼鱼手作烫花”合作过几次联名款，一直很愉快。工作室的设计师很喜欢“小鱼鱼手作烫花”的饰品老师设计的作品，只是始终没机会和老师直线联系，没想到老师现在单干了，才第一次知道这位老师姓骆。

苏苏把联名款设计制作的合同发过来给占喜看，占喜逐字逐句地看过，觉得没什么问题。

但她毕竟不是学法律的，还是厚着脸皮找袁思晨帮忙，请她把这份合同拿给原公司法务部的一位同事看了一下，对方反馈说没有问题，她的心才定下来。

占喜再三向苏苏确认，“婳裳”之前没有和“小鱼鱼手作烫花”签过任何合同、没有收到过方旭发过去的设计稿，搞得苏苏都纳闷儿了。

苏苏：怎么了？骆老师和方先生之间有不愉快吗？

鸡蛋布丁：倒也没有，只是现在骆老师刚刚单干，这个单子是从方先生手里接过来的，我们怕有纠纷。

苏苏：放心啦，我们的设计师指明要原来“小鱼鱼手作烫花”的那位设计师来设计，不管他在“小鱼鱼手作烫花”还是在“禧鱼烫花”，只要是他本人就没问题啦。

鸡蛋布丁：那肯定是他本人设计的，骆老师设计初稿时我都有亲眼看到，我是看着他画的呢。

苏苏：嗯，以前我们的合同都是和方先生签的，那这次就麻烦你请骆老师签一下吧。签完了快递给我，我盖完章寄给你们。

婳裳汉服工作室走的是中高端路线，大本营在羊城。占喜上网查过，也看过他们的网店，每一套衣服的价格都不便宜。

夏装普遍三四百元，春秋款五六百元，冬装更是从八九百元到一两千元不等，还有些婚嫁系列、与知名网游的联名系列更是贵得叫人咋舌。

这次他们与骆静语合作的是秋季新款“盛唐风华”主题中的两套女装，每套都配有一支发簪、一件发冠和一朵手花。

对方要求的饰品主题是“鱼戏莲花”。

唐代女性对发型和发饰相当重视，饰品多华丽繁杂，虽然现在的汉服成品都有改良，更符合现代人的审美，但饰品风格上还是要贴合朝代。

所以，骆静语在设计时也按照对方设计师的要求，将莲花设计得精巧华美，又带着他的作品中惯有的典雅大方。

对方要求的成品数量并不多，苏苏说这些饰品是限量款，只有最先预定的客户才能买到，一共只有三十套，合同价是三万多元。

合同打印出来后，占喜拿给骆静语签字。

他看都没看，直接就签上了大名。

占喜坐在他对面无奈地打手语：“你都不看一下吗？”

骆静语看着她，神色疑惑，抬手比画道：“看什么？”

占喜用手指敲敲桌面上的几张纸。

骆静语笑起来，摇摇头，打手语：“我相信你，你看过就行，我也看不懂。”

占喜觉得他真是没救了：“小鱼啊，这么多年你没被方旭给卖了，也是个奇迹啊！”

骆静语一点儿也不在意占喜的吐槽，还是笑得没心没肺的，用手语回答：“我以前没有签过，他不让我看。”

占喜差点儿吐血，扑过去就捧着骆静语的脸颊揉啊揉，说："你真是好笨一头鱼！怎么会这么笨？"

骆静语睁大眼睛读完她的唇语，像是遭了打击，抬起双手犹犹豫豫地问："你觉得我很笨吗？"

啊啊啊！占喜都要被他给气死了，手掌用力把他的两边巴掌肉一挤，他的嘴就嘟了起来。她"啊呜"往他嘴唇上咬了一口，气道："笨蛋！"

她说完，拿着他签好的合同就跑开了。

骆静语摸摸自己的脸，又摸摸被咬疼的嘴唇，觉得自己真委屈。

一周后，"婳裳"盖完章的合同寄回到占喜手里，和对方设计师沟通修改过几次后，联名款的饰品终于定稿，骆静语开始购买材料动手制作。

除了五金件，发簪和发冠里都有一些珠玉配饰，当然，重点的就是鱼和莲花。莲花不必说，自然是用烫花做，占喜最好奇的是那条鱼，骆静语是用什么材料做的。

骆静语没回答，直接从柜子里拿出几条做好的锦鲤给她看。

这些都是他之前实验用的，用热缩片做的锦鲤造型立体，每一条都有不同的姿态，晶莹剔透，鱼身是淡淡的橙红色，鱼尾巴还是透明的，鱼鳍、鱼鳞清晰可辨，连眼睛都很灵动。

占喜把一条小锦鲤托在手掌上看，比硬币都要小。她简直看呆了，又觉得这条鱼像是在哪儿见过，但是一下子又记不起来。

骆静语笑吟吟地站在她身边，问："好看吗？"

占喜觉得他打手语时都有一股子潇洒劲儿，连连点头："好看，好可爱呀，这么小，你也太厉害了吧！"

骆静语得意地挑一挑眉毛，对他来说，只要是动手的东西就没有能难倒他的，做这些小锦鲤时还很开心。那可是小鱼呀，一条条的小鱼！

他还想以后试着做做小金鱼，金鱼的颜色和样子更多，姿态也更柔美。如果和烫花结合在一起，应该也会很好看。

占喜还在把玩那几条小锦鲤，想象着发冠做出来的样子，一朵或几朵清雅的莲花，边上绕着两条锦鲤，再配上亮闪闪的金属和一些碎玉珍珠……哇，绝对美爆了！

怪不得小鱼说初稿只能小幅度修改，鱼戏莲花还能怎么改啊？不能换花也不能换鱼，改来改去不还是这个主题吗？

"禧鱼烫花"的网店陆陆续续有客户下单，占喜坚持每天更新社交平台的内容。

Q站主打短视频，公众号自然是用来推文，占喜会把汉服节定制饰品一件件分开讲，配上美美的图片和一些对传统文化的解读，写得不长，天天刷一下存在感。

微博上就没那么严肃了，除了和烫花有关的内容，占喜偶尔会晒一下家里的猫，还有骆静语养的花和做的菜。这已经不是一个纯粹的工作号，它变成了展示骆老师生活的一个平台。当然，为保隐私，除了公众号推文里的那张侧脸剪影，他们从没有露过脸。

各个平台上的粉丝数都在一点儿一点儿地增加，网店里的订单量却没什么起色。占喜去看过方旭的网店，销量还是很可观的。方旭很重视这次汉服节，请了汉服模特拍照，还搞了些满减的活动。

骆静语只给了方旭五件样品，但模特头上的样品可不止五件，花朵还分不同的颜色。占喜把手机拿给骆静语看，让他指认模特头上哪几个是他做的、哪几个不是，他一眼就能认出来。

光看图片，管如婕做得还可以，就是不知道实物的质量如何。

占喜想着得知己知彼才行，就找罗欣然帮忙，在方旭店里下单了两款发簪，打算看看管小姐的手艺究竟有多精妙。

她和骆静语讨论过，按照现在的情况，“禧鱼”这一年的生意很可能不会好。不过没关系，等他们发货，大家就会知道骆老师出品是怎样的质量，口碑会被带起来的。

另外，等到七夕节“婳裳”开新品发布会，“禧鱼烫花”再跟上一起宣传，订单量应该还能再多一些。

骆静语没那么忙，就挑了一天约姐姐、姐夫去看望父母，在父母家吃晚饭。

骆晓梅怀孕已经快十六周了，肚子很显怀，再过一个多星期就要去进行胎儿的基因检测。

她胖了不少，在父母家见到骆静语后，笑着拍拍弟弟的胳膊，打手语道：“你现在是怎么回事？有了女朋友都不回家了吗？我都快两个月没见到你了。”

骆静语告诉她，自己上个月参加展会特别忙，最近才空下来。

这事儿骆晓梅是知道的，当时她想和父母一起去参观造物节，被骆静语劝下了。一方面是觉得占喜在，怕她被动见家长会不开心。另一方面是展馆里很热，人又多，空气不太好，不适合孕妇前往。

骆静语和姐姐、姐夫聊了会儿天，告诉他们自己和方旭散伙了。骆晓梅很吃惊，问骆静语接下去要怎么办。骆静语告诉她自己和女朋友合作，很多事情女朋友都会帮他，让姐姐不要担心。

他打手语时想到欢欢，脸就微微热起来：“我的女朋友是大学生，非常聪明，写文章特别好，现在多亏她帮我，要不然我一个人的确会很难。虽然生意还很少，但她一直鼓励我，说不用担心。”

骆晓梅看着弟弟一脸沉浸在热恋中的傻样，担心地问：“你女朋友家里现在都不知道你们的事情吗？”

说到这个，骆静语眼睛一亮，立刻挺直腰背，打手语都兴奋起来：“不！她的爸爸和哥哥已经知道了，知道我是个聋人，她的哥哥还来我家里做客了，吃过几次饭，他很喜欢我，他们同意我和她在一起了。”

高元在边上“扑哧”笑出了声，骆晓梅也掩着嘴笑起来。骆静语觉得自己好像太嘚瑟了，又弱弱地打手语解释：“我和我女朋友真的感情很好，我是想和她结婚的。”

骆晓梅揉揉骆静语的脑袋：“努力工作，好好对她，不要太介意自己听不见，你是个好男孩儿，你值得一个好女孩儿。”

骆静语看着姐姐，视线又移到她隆起的肚子上，忍不住伸手过去摸摸。他以为怀孕的肚子会很软，摸上去的感觉却是硬硬的。

摸了一会儿，他收回手，问：“宝宝会动吗？”

骆晓梅笑着回答：“还不会，要再过几周才能感觉到动。”

骆静语想了想，问：“要检查了，你紧张吗？”

骆晓梅轻轻地摇摇头。

骆静语又看向高元，高元也笑着摇头，开口回答：“不紧张，我和晓梅都不紧张，顺其自然。”

骆静语想不明白姐姐和姐夫为何会这么淡定，这是他们的第一个孩子。如果换成他，真的会紧张到疯，会天天猜孩子有没有遗传到耳聋，如果遗传到了该怎么办。

他想，姐姐和姐夫都是那么好的人，还吃了那么多的苦，读书不容易，找工作不容易，走到一起更不容易。老天爷已经和他们开了很大的玩笑，现在是不是该给他们一点儿美好的回报？

请给他们一个健康的孩子吧！骆静语在心里祈祷，一个健康的孩子也能带给他更多和欢欢携手余生的希望。

正聊着，阎雅娟从厨房里出来，对着三个小辈打手语：“吃饭了。晓梅，你坐着别动，小鱼去拿碗筷。”

骆静语乖乖起身去厨房，阎雅娟又跟进来，拍拍他的手臂，问：“你什么时候把女朋友带回家吃饭呀？这都谈半年了吧，还不让我们见见吗？”

骆静语又害羞了，抿着唇也不回答，拿好碗筷就溜了出去。

炎热的八月过得很快，骆静语早早地就把几件样品寄给了苏苏。

在经过一拨又一拨的预热后，婳裳汉服工作室于八月二十五日，也就是七夕节当天，在羊城举行新品发布会。

占喜在微博上看到发布会现场的视频和照片，男女模特们穿着一套套华美的唐风服饰走展台，她等了好久，终于等到和骆静语设计的饰品相关的那两套女装。

占喜跑到骆静语身边和他一起看，两套衣裙一套深色，一套浅色，花纹上果然都有鱼戏莲花的元素。

模特化着夸张的唐妆，头上应该戴着假发髻，发簪和手花很小，在视频里不太显眼，但那款发冠就很吸引人眼球了。莲花挺大的，精美又逼真，能隐隐约约地看到边上环绕着两条橙红色的小锦鲤。

发布会很成功，没过多久，“婳裳汉服”的微博就发布了每一款新品的精修硬照，“鱼戏莲花”款那两条微博还提到了“禧鱼烫花”，说明饰品是联名款。

占喜立刻转发，把“婳裳汉服”和骆老师都大肆吹捧一番。

她迅速更新公众号，“婳裳汉服”的微博有三十多万粉丝，她摩拳擦掌地期待着网店的订单能再冲一冲，可是事情的后续不如她想象的那样顺利。

不仅不顺利，事情似乎还朝着很可怕的方向在发展。

Chapter 17

答应我，不要放弃

就在婳裳汉服工作室新品发布会的第二天早上，占喜睡醒后看手机，发现微信上居然有十几个苏苏的未接语音电话，都是大半夜里打来的。

她赶紧回拨过去，开口就道歉："对不起，对不起！苏苏，我睡觉静音了，有什么事吗？"

苏苏的语气透着慌张和怒意："小占，赶紧看微博！有人提到你们和我们了，你看看是怎么回事！我都要疯了！"

占喜一脸蒙："啊？好的，好的，我马上去看，看完再打电话给你。"

挂掉电话，她打开微博，发现有好多条消息。她先不管评论，去看提到她的内容。

苏苏让她看的应该是一个叫"rrmft0429"的微博用户发的一条原创微博，有图有文字。

rrmft0429：天哪！我是被抄袭了吗？婳裳汉服工作室，禧鱼烫花艺术，请看一下我七月二十一日发的微博哦。声明：那是我的原创作品哦！请两家的大佬解释一下啦！

配图一："rrmft0429"七月二十一日的微博截图，时间很明确。

配图二："婳裳汉服"发布的精修图中的"鱼戏莲花"发簪特写。

配图三："婳裳汉服"的"鱼戏莲花"手花特写。

配图四："rrmft0429"做的发簪特写。

配图五："rrmft0429"做的手花特写。

…………

占喜感觉头仿佛要炸开了，第一反应就是方旭搞的鬼！她立刻去看"rrmft0429"七月二十一日发的微博原文。

rrmft0429：上周和朋友去公园采风，莲花都开了，还看到好多小鱼儿，可惜没有带面包，拍了几张照片回来觉得意犹未尽，决定做手工，历时一周终于完工，晒一下啦，我还是烫花新手，要夸我哟！

配图一：湖里的莲花。

配图二：莲花边有锦鲤。

配图三：rrmft0429 做的发簪特写。

配图四：rrmft0429 做的手花特写。

…………

占喜把这人做的手工图片一张张放大看，都有水印。

莲花的确是用烫花做的，没有骆静语做得精致，粗糙得很符合新手人设。那几条鱼不知道是用什么材质做的，不像热缩片，比花还粗陋，问题在于造型和颜色和骆静语做的那几款饰品实在是太像了！

占喜仔细地看，两边的饰品细节肯定不一样，五金件也不同，就是莲花和锦鲤组合在一起的既视感让人无法忽视。

这人没有做发冠，可能发冠太难，只是，光是发簪和手花就已经足够让占喜头疼了。

她心里燃起熊熊怒火。

如果说之前还只是怀疑，现在她已经能确定，这就是方旭搞的鬼！

理理时间线，骆静语是七月上旬画的初稿，是占喜看着他画的！

初稿是哪天被方旭拍去照片的？她一时想不起来，还得回头翻日历。

这人是七月二十一日发的图，说是一周前得的灵感，明显是在骆静语画初稿之后。

小鱼画完初稿后留下过能证明日期的电子版吗？

占喜不知道，还需要向他求证。

她想破脑袋都想不明白方旭为什么要这么做。

赶尽杀绝吗？多大仇、多大怨？

她又去看“rrmft0429”的主页，这像是一个小号，只有六十多个粉丝，从三月底开始发微博，十天半月地更新一条，偶尔会和烫花有关。

这个博主看语气像是女生，发的微博也没人评论、点赞，就是微博上一个毫不引人注意的网民。哪怕是这条提到两家工作室说对方抄袭的微博，底下都没有一个评论。

占喜决定把方旭的动机暂时放到一边。

问题出现了，现在不是要知道为什么的时候，而是要想出解决办法才行。这不光是骆静语和方旭之间的问题，还关系到“婳裳”这么大的品牌，而且“禧鱼”签了合同，如果产品出现抄袭丑闻，是要负法律责任的！

很显然，对方有备而来，盯着“婳裳”开新品发布会呢。

占喜坐在床上，渐渐镇定下来，她知道任何口头的解释都没用，赌咒发誓更是个笑话，这种纠纷就是要看证据。

苏苏还在等她的解释。

占喜跳下床，也顾不上洗脸刷牙，抓起手机和钥匙就往十五楼冲。拜托，拜托，希望小鱼手上能有证据，可以证明他画初稿是在这人之前！只要能够证明这一点，所有的问题就都迎刃而解。

占喜进屋后直接冲进骆静语的卧室，一看，床上没人。

主卫的门关着，里头传来洗漱声。她在门口着急地转圈圈，终于等到骆静语开门出来。她刚想要开口问他，他先跳了起来，两只手都不知道要往哪里遮。

他光着上身，只穿着一条内裤，哪里想得到占喜大清早会出现在他房间里，并且她还披头散发，只穿着睡裙。

占喜这时候心急如焚，根本没往别处想，从床上抓起骆静语的 T 恤衫和运动裤就丢给他：“赶紧穿起来！小鱼，出事了！你穿好出来我和你说，快，快，快！”

骆静语蒙蒙地穿好衣服走到客厅，占喜正在他的工作台上到处找东西。他走过去拍拍她的手臂，她回头就问：“小鱼，你仔细看好我说的话，你七月初给‘婳裳’画的那六张初稿，你有没有留过电子版？电子版！拍照也行，扫描件也行，有吗？”

骆静语认真读完她的唇语，思考了一下，最终摇摇头。

他从台面上找出八月画的几版设计稿，是经过一次又一次修改的，再从柜子里拿出一个文件袋，里头装着六张初稿，他全都拿给占喜看。

他指指后来画的那些，打手语道：“这些拍照，发给对方，修改。”

他指指定稿的那几张，又指指角落里的电脑和打印机：“这些扫描过。”最后指指初稿，双手比画，“这些没有，很久了，方拍照，我就没拍。”

占喜的心都凉了。

骆静语发现她的神情不对劲，皱起眉问：“怎么了？”

占喜拉着他在工作台边坐下，一边打手语一边说：“小鱼，出了点儿事情，我现在全部告诉你，你听的时候如果有不懂的立刻跟我说。然后，你仔细想一下，在整个过程中，你有没有留下过一些证据，什么都可以。”

骆静语不知道发生了什么，见占喜神色凝重，便轻轻地点头。

于是，占喜就一五一十地把事情都讲给他听。他听着听着，脸色就渐渐发白了。

连占喜都知道问题的严重性，骆静语比她更懂这个圈子，哪会不知道啊！染上“抄袭”这种黑料，对一个设计师、两个品牌来说，绝对是毁灭性的打击，轻则赔礼道歉，重则吃官司退圈。

可问题是，他没有抄袭啊！他这辈子就没有抄袭过！

占喜把“rrmft0429”的微博打开给骆静语看，也就这么一会儿的工夫，那人的微博下已经有两条评论了，不知道是对方安排的托儿还是真路过的吃“瓜”群众。

网友1：有“瓜”？放个屁股。

网友2：看图真的很像，蹲后续。

骆静语把事情都搞清楚了，占喜满怀期待地问他：“小鱼，你再想想，你有证据吗？”

骆静语又把整件事情在脑子里过了一遍，最后还是摇摇头。他抓起那叠初稿看，打手语道：“以前，我都是用手机传给方。那天，他来我家，他拍照，我没拍。”

占喜知道他的意思。

和骆静语认识大半年，她在1504室的时间比在802室多多了，对于他的工作习惯也有了解。

小鱼画设计稿喜欢手绘，平时都是用微信把稿子拍照后发给方旭，自然会留下聊天记录和时间。他会在作品定稿后扫描到电脑上存档，配上多张实物图，每一款都有一个文档，按着日期整理得一目了然。

这样的工作习惯，占喜了解，方旭自然也了解。小鱼是不会在设计修改的过程中去扫描存档设计稿的，他也没有用图形软件做修改的习惯。

可是那一天……占喜翻过日历，是七月十一日，方旭突然过来。当时离造物节开幕还剩不到一周，骆静语正在教她做铃兰。

他们忙得要死，完全没有在意方旭的行为。骆静语和方旭说好了要继续合作汉服节的生意，没有人察觉出方旭已经有了散伙的心思。

回忆一点点清晰起来。

当时让方旭拍照还是骆静语自己提出的，方旭问他要不要修改，他让方旭先发给对方看看。这些话他是用手语表达，占喜帮他翻译。在他们的眼皮子底下，方旭拍下了六张设计稿的照片。

也就是说，目前看来，能证明骆静语的初稿绘制时间在“rrmft0429”之前的人只有方旭，证据就是他的手机。

占喜在脑子里整理线索：

一、方旭和“rrmft0429”是不是一伙的？很有可能是。

二、方旭的诉求是什么？打压“禧鱼烫花”？逼骆静语退圈？逼骆静语回头和他合作？向“婳裳”讹钱？

三、方旭和“婳裳”是不是一伙的？大概率不是。“婳裳”这么大的品牌，不太可能故意弄坏自己的名声，配合方旭去搞小鱼。他们简直比小鱼还冤，占喜可以理解苏苏的愤怒。

四、方旭为什么如此笃定骆静语没有证据？如果他有呢？拍几张照的事情，这不是很容易就翻盘了吗？

占喜想了一会儿，眼睛又移到“rrmft0429”的微博上。

她明白了，这是一个小号，为什么是一个小号？就是因为对方不知道骆静语有没有证据。如果骆静语有证据，这事儿轻易就过去了，一个小号发出微博又删掉了，不会有任何人在意。

如果没有呢？

如果她和骆静语拿不出证据呢？被对方知道了，是不是会有更大的动作？

现在去求方旭还来得及吗？

占喜想，事情没有闹大，“婳裳”和“禧鱼”都没有回应，因为“rrmft0429”也在观望，观望骆静语有没有证据。如果现在去求方旭，问问他的目的到底是什么，是不是还有救？

坏处是立刻会让方旭知道，他们的确没有证据自证。好处就是，带上录音笔诱导方旭说话，把对话都录下来，这不就有证据了吗？

占喜把事情都想顺了，觉得是时候先和苏苏沟通了。

她当着骆静语的面给苏苏拨电话，对方很快接起：“喂！”

占喜按下录音键，把自己了解到的事情经过都说给苏苏听，很诚实地告诉她，骆老师应该是被方旭故意陷害了。

苏苏并不接受占喜的解释，怒不可遏：“这是你们和方旭之间的矛盾纠纷，关我们什么事？为什么你不告诉我骆老师单干是因为和方旭闹得不愉快？你要明确一点，骆老师把初稿给了一个和他闹得不愉快的人，这件事情，你应该原原本本地告诉我！你说了，我们愿不愿意再和你合作是我们的事情，你不说，就是你们的责任！”

“对不起，对不起，这件事情是我处理得不对。”占喜抓着头发，“我们真的没想到方旭会这么卑鄙，骆老师单干时，方旭拿走了他之前四年所有的设计版权，作为补偿，他把这单生意送给骆老师，我们当时真的没有怀疑过他的动机。”

“那你有证据吗？用白纸黑字写下来了吗？”苏苏突然找到了重点，“占小姐，现在的问题不是方旭怎么样，而是微博上那个人没说和方旭有关系呀！她是以个人名义提出的抄袭质疑！我现在都不能完全相信你的话，我不知道你们到底有没有把初稿给方旭，我也不知道骆老师的灵感到底是不是来自微博的这个人，我要的是证据！你光用嘴巴和我说有什么用？”

占喜叫起来：“我说了，骆老师画初稿的时候，我是看着他画的，是七月初，方旭拍照片我也是看着对方拍的，是七月十一号，我都在场，你相信我！骆老师就是被陷害了！”

“证据呢？”苏苏也大声喊，“你要我相信你，你给我看证据呀！对方是七月二十一号发的图，你给我看证据，证明骆老师的初稿诞生在她之前，你有吗？！”

占喜一下子蔫儿了下来，语气低落：“没有，唯一的证据在方旭的手机上。”

苏苏沉默半晌后说：“我先去和老板讨论一下，一会儿再和你联系吧。我们的设计师现在很生气，这件事情如果解决不了，对不起，我们只能按照合同办事了。”

如果按照合同办事，骆静语要承担法律责任，要赔偿，要道歉，最后的结果势必是——退圈。

占喜挂掉电话后抬头看骆静语。他一直在看着她打电话，也不知道她说的话他都看懂没有。她觉得他此时的神情很陌生，是她不曾见过的。她心中一软，知道他一定是受了很重的伤。

他大概想不通吧，想不通为什么会有人这么坏，为什么有人要处心积虑地去害他。他的心思那么简单纯净，根本就没有坏心眼儿，被人欺辱也都是默默地自我消化。

小时候纪鸿哲欺负他，长大后他完全没放在心上；占杰对他冷眼相待，他还屁颠屁颠地讨好对方；方旭压迫他四年，面临散伙他还记着对方的恩情。

骆静语在为人处世上的确是生涩的，有时候甚至有点儿傻。占喜懂，一直懂。他在无声世界生活了近二十七年，知道普通人对他这样的特殊群体充满偏见。他不曾怨恨别人，只努力改变自己，不想让人讨厌，不想被人看轻。

别人不喜欢他发出的声音，他就憋着不出声，别人会好奇地看他打手语，他在公共场合就习惯双手插兜隐藏自己。他对这个世界抱有最大的善意，从不伤害别人，不求别人理解他，更不希望别人同情他、施舍他，只求别人也不要伤害他。

所以，对于方旭这样故意地做局陷害，骆静语是想不通的。这对他来说打击巨大，会让他产生自我怀疑，是不是他真的做了什么对不起方旭的事情，才会遭到这样的报复？

他也可能会产生自我鄙夷，觉得自己太笨，着了对方的道，现在不仅害了自己，还害到“婳裳”，又连累占喜一起烦恼。

占喜上前抱抱骆静语，又捧着他的脸颊对他说：“小鱼，这件事情你没错，一点儿错都没有，完全是方旭不对。他就是故意要欺负你，可能是想要钱，也可能是想让你在烫花界混不下去。我也不知道他为什么要这么做，我只知道你是无辜的。你太信任他了，但太信任他并不是一个错误，这是你的优点。因为你是骆静语，你就是一个干干净净的人，不像方旭那么肮脏。”

占喜不知道骆静语是否看懂了自己说的话，她此时的思绪也很混乱，主要是想不到解决办法，还在犹豫要不要去求方旭。

骆静语扯扯嘴角，可能是想笑，却怎么都笑不出来。占喜看着他的眼圈一点儿一点儿地泛红，他自己也意识到了，推开她的手，起身走进主卫，还带上了门。

自来水的声音从门内传出来，占喜叹了口气，拿起手机。

她决定赌一把，试试运气。

占喜给“rrmft0429”发私信。

禧鱼烫花艺术：你好，我是“禧鱼烫花”骆老师的助手小占。对于你昨晚发的那条微博，我方的说明如下：骆老师是在七月三日接到“婳裳汉服”的设计委托，有微信聊天记录为证。他于七月四日到七月九日间，陆陆续续画出“鱼戏莲花”饰品的初稿，时间绝对在你采风之前，设计灵感都是原创的。所以对于你提出的抄袭指控，我们认为是无稽之谈。初稿现在就在我们手上，后续发生的修改稿和定稿也都有和“婳裳”的聊天记录为证。请你不要空口鉴抄，尽快删除微博，我们保留追究法律责任的权利。谢谢。

私信发出后，占喜手心冒汗，等待着对方的回复。

几分钟后，对方回复私信了。

rrmft0429：是吗？那你证明给我看呀，只要能证明你们的初稿的确是在我发微博前就诞生了，那我就承认这大概就是很巧合地撞了设计灵感。对了，其实我也有画设计稿，不画设计稿怎么做嘛。你等等，我先去发条微博。

怎么还要发微博啊？

占喜都要疯了，有事不能私聊吗？

一会儿后，她就看到 rrmft0429 发出的新微博。

rrmft0429：这是我做的发簪和手花的设计稿，画得不好，让大家见笑了。我刚翻了照片，采风是七月十五日，回来后就画了三天图，这些稿子应该是七月十八日画完的，画完后没给任何人看过哦。接着就做了三天手工，二十一日做完发微博，就是这么简单。婳裳汉服工作室，禧鱼烫花艺术，啦啦啦，不知道“禧鱼烫花”的骆老师说初稿诞生在我之前有没有证明呢？有的话请给我看看呀。

这人真的发出四张发簪和手花的设计稿，也是手绘，不过用的不是马克笔，而是彩铅。

占喜拿起骆静语的初稿原件和她的对比，心又凉了一截儿，对方就是照着骆静语的初稿重画了一遍，连细节都一模一样。

因为这人不知道骆静语后来修改成什么样，所以最终两边的成品才会有细节上的差异，但如果用双方的初稿去对比，外人都说不上来到底是谁抄谁。

看证据，这人有七月二十一日发微博的那条铁证，而骆静语什么都没有。

占喜窝在椅子上，手指敲着自己的下巴，心想这可怎么办。

大概还是得去找方旭，事情的钥匙就在他手上，动之以情，晓之以理，大不了给钱？

看在骆静语帮他赚了四年钱的分儿上，求他不要毁了小鱼。这样做的确很憋屈，但占喜真的想不出别的办法了。

在这件事情里，她不知道方旭和“rrmft0429”究竟谁是主导，至今不清楚他们的动机。如果是要钱还好办，就怕不是！就怕他们的目的是搞垮骆静语。

占喜毕竟年轻，还从没碰到过这样的事情，思考以后决定找人帮忙一起想想对策，就打电话给罗欣然。

罗欣然一直在吃娱乐圈的“瓜”，对于这种公关方面的事情要懂一些。她接到电话后很快就赶了过来。

三个臭皮匠顶个诸葛亮嘛，占喜觉得自己和骆静语是当事人，罗欣然是局外人，也许会有不同的见解。

两个女生坐在工作台边认真地讨论，占喜拿出纸和笔给罗欣然列时间线，罗欣然则翻看着那几十张设计稿。

占喜已经用铅笔在设计稿的右下角都标了序号和时间，初稿、第一次修改、第二次修改……定稿。所有的画稿清晰地显示出骆静语的思路变化，整个脉络一目了然。可最糟糕的是莲花和鱼的搭配从头到尾就那个样子，本身就很难改变。

在她们讨论时，骆静语起先安静地坐在边上“听”，后来他起身走进厨房，再后来他从厨房出来，拿起钥匙和手机准备出门。

占喜跑过去，拉住他的胳膊问：“小鱼，你去哪儿？”

骆静语笑着打手语：“买菜。”

占喜无语：“别去了，家里有什么随便吃点儿吧，我没胃口，叫外卖也行。”

骆静语摇摇头，指指罗欣然，回答：“有客人。”

占喜也就不勉强他了，对于她的朋友，小鱼是从不怠慢的。

于是，骆静语就独自出了门。

两个女生继续在家里讨论。

“如果要去找方旭，要说的话一定要事先准备好，背得滚瓜烂熟，预想出各种应对方案，最终的目的就是要诱导他承认，是他拍了小鱼的设计图。就算他不承认这些事情都是他搞出来的也没关系，只要能证明小鱼是七月初画的图就行。也甭说微博那个人是不是抄袭‘碰瓷’了，无所谓，就当她撞灵感，咱们不计较这个！”

罗欣然对占喜说完，又指指纸上的几个字：“还有，录音笔一支不够，多准备几支，全身都带上，实在不行咱们去买那种迷你的录音设备。我就不信搞不死那个姓方的！欺负你们家小鱼还是不是人啊，小鱼到底怎么他了呀？这人是狗吧？我都想找‘皮皮虾’去削他一顿了！”

占喜疲惫地抓抓头发，摇头道：“我也不知道，我打算明天去找他，反正我还没承认手上没证据，对方肯定也忌惮。‘婳裳’一直在装死，事情也还没闹大，我觉得大家都在观望。如果我去找方旭，方旭一定就知道我们没有证据了，这件事情真的……我不知道能不能好好解决。”

罗欣然说：“明天我陪你去，让‘皮皮虾’也去，在外头等着。”

“需要这样吗？”占喜问，“难道还会打起来呀？”

罗欣然气道：“安全点儿呗，这种事情太离谱了，栽赃陷害抄袭！电视剧都不敢这么拍，也就是欺负你家小鱼人单纯，心里有话也讲不了，根本不是人能干出来的事情。”

占喜沉默了一会儿，转头看向墙上的挂钟，心里突然一个激灵，问：“小鱼出去多久了？”

“嗯？”罗欣然一愣，“不知道啊，快个把小时了吧。”

“买菜不用这么久，小菜场就在小区门口。”占喜从椅子上蹦起来，拿出手机给骆静语发微信消息。

鸡蛋布丁：小鱼，你怎么还不回来？

鸡蛋布丁：小鱼，快回来，我饿了。

鸡蛋布丁：你去哪儿了？

又是几分钟过去，骆静语始终没有回消息。占喜心里渐渐生出不好的预感，看着罗欣然说：“坏了，小鱼……大概是去找方旭了。”

“不会吧？”罗欣然震惊地瞪大眼睛，“他这人这么鲁莽的吗？”

“他的想法和我们的不一样，他大概是气昏头了，就不会想这么多，他大概就是想问个为什么。”占喜说，“不行，我得去找他，我知道方旭的办公室在哪儿。”

她飞快地回八楼换上外出服，蓬头垢面地和罗欣然一起出了门。小区门口的小菜场根本没有骆静语的身影，手机也一直安安静静的。占喜打了一辆出租车，对司机报出方旭办公室的地址。

半路上，占喜试着给骆静语打电话，一直没人接听。小鱼是不接电话的，但手机能振动，能让他知道她在找他。

占喜担心极了，也不管骆静语的行为是否打乱了自己的计划，只是担心他的安危。

她太了解骆静语了，他看着很平静，苍白着脸，什么都没表达，但她知道，他心里已经巨浪滔天，指不定起了什么样的念头。

他学了近十年烫花啊！烫花是他最热爱的事业，是他想要终其一生奋斗的目标！他花了那么多时间、精力和金钱，在烫花界从未有过污点，倒是有不少烫花爱好者照着他的作品仿做一些小东西，方旭懒得管，他也就没在意。

他太怕自己会被逼退圈了。在这样巨大的压力下，占喜觉得他已经不能很理智地思考问题了，他可能快要崩溃了，只可惜她之前没有看出来。

她不会去责怪小鱼莽撞，她只是心疼极了，担心极了。她怕他会伤害方旭，造成难以挽回的后果；也怕方旭伤害他，把事情搞得更糟。

天哪！事情怎么会变成这样?

占喜在出租车上止不住地浑身颤抖，司机从后视镜里看着她，问："是空调太冷了吗？"

罗欣然搂住占喜，说："没有，我朋友感冒了。"

突然，占喜的手机响起铃声，是一个陌生电话。她赶紧接起来，对面立即传来尖叫的女声："你是不是姓占？是小鱼的朋友吗？你快点儿来！我是方旭的员工，小鱼刚才来找我们老板，现在两个人打起来啦！太吓人了，好多血啊！我……我先报个警哈！"

电话挂断了，占喜突然就扑过去拍打司机的座椅靠背，叫起来："师傅，开快一点儿啊！求求你开快一点儿！快一点儿！快一点儿！"

"好，好，好，你别激动，我已经很快了！"司机师傅又加了点儿速，额头冒出一层汗。

罗欣然也听到了电话内容，紧紧地搂着占喜的肩："占喜，你冷静，冷静一点儿，小鱼不会有事的，你相信我，小鱼不会有事的。"

时间退回半小时前，方旭在办公桌前跷起二郎腿，正和管如婕通电话。

"你问她要证明，她怎么说？"方旭问。

"没回我。"管如婕问，"小方哥，你说他们到底有没有留底啊？你拍了照，万一他们也拍了呢？"

"我怎么知道他们留没留底。"方旭冷笑，"聋子其实心思很深，搞不好他们现在就是在钓你到底是谁，你藏着点儿，打死别把大号供出来。反正我是什么都不知道的，事情发生的时候我和他还没散伙，和你还没合作呢。”

管如婕撒娇道：“你这是把我当枪使呢？万一人家真的来告我怎么办？”

方旭说：“如果他们有留底，最多就是叫你把微博给删了，‘婳裳’不可能故意把事情搞大，这样做对他们有什么好处？就当什么都没发生过呗。你别自己吓自己，聋子这人也不怎么爱找事，倒是他那个女朋友牙尖嘴利的，要防着点儿。”

管如婕沉默片刻，问：“那……小方哥，如果他们没留底呢？我们要怎么做？”

方旭哈哈大笑：“没留底？那不就发财了吗？问‘婳裳’要钱呗，他们绝对会选择破财消灾，然后‘婳裳’再去找聋子算账，这我们就不用管了，看热闹就行。”

“如果‘婳裳’给我们钱，却不追究禧鱼的责任，大事化小，你也无所谓吗？”管如婕哼哼唧唧的，“我又不是为了要钱，搞不好小聋子对着‘婳裳’卖卖惨，‘婳裳’就放过他了，他照样做‘禧鱼’，我们拿到钱也不能再挂他了呀，‘婳裳’会气死的。”

方旭沉默一会儿，说：“我是觉得，如果‘婳裳’放过了聋子，那我们暂时也就算了。婳裳多多少少会把消息透点儿出去，聋子吃了这么大的亏，以后估计也不敢太嚣张，身上有黑料了呀。他的把柄一直在我们手里，什么时候看他不顺眼了再搞他也不迟。”

“你甘心吗？”管如婕嗲嗲地说，“这次完全能把他搞得翻不了身，只要他没证据。小方哥，没了聋子，我们的生意会好做很多。徐卿言现在很少开仓了，别的几个都是小打小闹，在汉服圈，还是你这边的生意最好。”

方旭点起一支烟来：“得饶人处且饶人，如如，别把聋子逼太紧，鬼知道这种残疾人发起疯来是什么样的。万一跟我来个鱼死网破，同归于尽，我找谁说理去——”

话音未落，就听到办公室外一阵喧闹，客服晶晶在喊：“哎，哎，小鱼！你……”

“说曹操，曹操到啊！我先不和你说了。”方旭刚挂掉电话，办公室的门已经“砰”的一声被打开。骆静语冲进来，身后跟着两个惊慌失措的女客服，喊着：“老……老板，他……他要见你，我们拦不住！”

方旭提醒过她们要拦住骆静语和占喜，不准他们进他的办公室。但这时候他也只能挥挥手，说：“没事，你们出去吧。”

两个客服出去了，还帮他们带上了门。

方旭打量着骆静语。他脸色惨白，眼睛发红，嘴唇抿成一条线，几乎是目眦欲裂地瞪着他。幸好，他双手空空，没拿什么武器。

“你怎么来了？”方旭笑着抽一口烟，问，“最近生意好吗？我看你都开仓了，东西做得不错，感觉比给我的那几个还漂亮，是藏着打算自己做的吧？”

骆静语打起一串手语，手势打得又快又重，能够显示出他的怒意。

方旭乐了："你干吗呀？明知道我看不懂手语，有什么话用手机打字，要么写下来。"他从打印机纸槽里抽出两张A4纸推到桌子前，又把一支笔丢过去，"亏得我今天心情好，可以和你慢慢聊，你又不是不知道我最烦和你聊天了。"

骆静语上前几步，拿起笔，在白纸上写下大大的三个字：为什么？

他把纸拿起来给方旭看，嘴唇颤抖着，眼睛里像是能喷出火来。

他重重地指纸上那三个字，似乎是在一遍又一遍地问为什么。

"什么为什么？"方旭还是悠闲地抽着烟，吐出一口烟圈，"我都不知道你在说什么。小鱼，发生什么事了吗？"

见他一脸事不关己高高挂起的样子，骆静语出离愤怒了，不想写字也不想用手机打字，固执地打起手语来："你为什么要这么对我？我到底有哪里对不起你？我帮你赚了这么多的钱！我从来没有害过你、骗过你！你说好聚好散，我同意了，你说我以前的设计都归你，我也同意了！你要是想做'婳裳'的生意，你拿去就行了，我可以不要！你为什么要这么害我？我没有抄袭！你知道我从来不会抄袭！你为什么要把我的设计给别人去害我？我只是想要好好做烫花！我们可以公平竞争，我只是想靠做烫花吃一碗饭而已！"

他太激动了，激动到已经完全控制不住自己的情绪，在打手语的过程中张开了嘴，喉咙里的声音随着他翻飞的手势一声声地冒出来："呃啊吧哦，呃吧啊呃，啊吧嗯哦呃……"

他的音量很大，音节含混不清、毫无意义，黏糊糊地从喉咙里咕噜出来，听得方旭后背都发毛了。

他看不懂骆静语打的手语，更听不懂骆静语说的话。他跟看戏一样看完一大串手势后，把指间的烟蒂摁灭在烟灰缸里，皱着眉苦笑："骆静语，你大中午的跑到我这儿发什么疯呢？给我上手语课吗？对不起，我看不懂，一句都看不懂。你是个聋哑人，我的耳朵是好的，你要么给我写字，要么给我打字，你这是搞哪出啊？我没工夫陪你玩。马上要吃饭了，你赶紧走，看到你我就闹心。"

骆静语的脸色沉下来，整个人从头到脚都在发抖，像是极力克制。他咬着牙，又一次拿起笔，在"为什么"的反面写下几个字：我没有抄！画上，鱼，莲花，你害我？

方旭垂着眼眸看纸上的字，眼皮一抬，冷笑："我不知道你在说什么。"

骆静语再也忍不下去，绕过办公桌扑到方旭身前，揪住他的衣领把他往上一提。

方旭怒吼："你想干吗？！"

骆静语想干吗？

还能想干吗，他想揍方旭！

可他还留着一丝理智，知道自己不能冲动，恨就恨在他不会说话，一个字都说不出来。他只能怒视着方旭，把那张皱巴巴的纸拿到方旭面前，几乎要贴到对方的脸上。

方旭扒拉开那张纸，眼睛里闪起兴奋的光，口型清晰地说："这么激动呀？看来是没有证据了。"

骆静语脑子里一直绷着的那根弦一下子断得四分五裂。他"啊"地大叫一声，提起拳头重重的一拳就砸到了方旭脸上，把他连人带老板椅都给砸翻了。

方旭没想到骆静语真会动手，在他的记忆里这人一直很软、很温顺，就算有脾气也都是憋在心里。他还没来得及从地上爬起来，骆静语再次扑上来，攥紧拳头又是一拳落在他脸上。

方旭都被打蒙了，等骆静语第三拳挥过来时终于有了准备，翻身躲开后一骨碌爬起来，趁着骆静语一拳落空，狠狠往他的肚子上踢了一脚。

骆静语吃痛，嘴里哼出声来，方旭顺势也一拳砸了过去。

骆静语被打得趔趄两步，回过头来看方旭，愤怒烧毁了他全部的理智，整个人像头野兽一样冲上去，大叫着和方旭扭打在一起。

办公室外的几个女客服只听到里头传来一阵"丁零当啷"的声音，有重物的落地声，也有玻璃的碎裂声，还有男人的怒吼声。客服们一个个都吓坏了，你推我搡地过去开门，一眼就看到办公室里狼藉的场面。

桌子歪了，椅子倒了，桌子上的东西大半被扫到了地上，包括电脑和打印机，书柜的门开着，门框上的玻璃都已经碎在地上。骆静语压在方旭身上，二人脸上、身上都有血，鼻青脸肿，正互相钳制着对方僵持不下。

晶晶尖叫："老板！要报警吗？"

"报警！"方旭怒吼，又从裤兜里掏出手机丢过去，"找一个姓占的女的，给她打电话，叫她过来看看这人疯成了什么样！"

骆静语看懂了方旭的唇语，又"啊啊啊"地大吼起来。二人扭在一起，在地上打了几个滚。晶晶吓得浑身哆嗦，抓起手机就溜了出去。

这一次，换成方旭压在骆静语身上，低头看他，

方旭偏头啐了一口血沫子，拍拍骆静语的脸，低声说："跟我斗？小聋子，你还嫩着呢。"

骆静语死死地瞪着他，方旭笑了一下，放缓语气说："骆静语，别这么看我，你知道吗？我最恶心你这么看我了，心里不知道把我骂成什么样呢，对吗？别装得自己有多纯洁高尚，大家都是为了赚钱。我可以成就你，也可以毁了你，翅膀硬了就想飞？我告诉你，没这么容易。"

骆静语用尽全部力气一膝盖顶在方旭的小腹上，方旭一声惨叫，痛得滚到了一边。

骆静语得空爬起来，摇摇摆摆地退后两步，重重地喘着气，居高临下地看着方旭。

方旭缓了缓疼痛，干脆倚着办公桌坐在地上，抬头看着骆静语，指指他的右手：“你的手受伤了，不要紧吗？你可是靠它吃饭的。”

骆静语这时才感觉到右手的刺痛，低头去看，手背上到无名指根处被玻璃割了一道大口子，整只手鲜血淋漓，血还在一滴一滴地往下落。

这是他刚才打方旭时一拳落空，最后打在书柜玻璃上的后果。

警察和占喜前后脚赶到办公室，骆静语和方旭都受伤了，由民警陪着先去医院处理伤情，剩下一个民警在办公室里给客服们录口供。

医院里，占喜一直陪在骆静语身边，医护人员帮他处理右手背的伤，伤口里居然还有细小的玻璃碴儿，被医生用小镊子一点点地夹出来。

万幸的是，这伤没有伤到骨头和经脉，医生说不会影响手的精细功能，不过要缝针，一定会留下伤疤。

骆静语的神情始终是麻木的，疼痛仿佛已经影响不到他了。

他很狼狈，头发乱蓬蓬的，脸上青一块紫一块，嘴角破了，左脸颊高高肿起。医生让他脱掉上衣，能看到他的身体上也有大片的瘀青血痕。

占喜没能忍住，握紧骆静语的左手，眼泪吧嗒吧嗒地往下掉。

看到她哭，骆静语才像是活过来，看着她的眼睛摇摇头，又捏一下她的手，微微张嘴，像是在叫她不要担心。

占喜知道自己这时候应该更冷静一些，可她真的没这么厉害。骆静语越是这样平静，她越是忍不住，眼泪大颗大颗地滚出来，死死咬着嘴唇才不至于号啕大哭。

方旭那边也好不到哪里去，同样是一身伤，两个成年男人打架并无章法，就是使着蛮力拳打脚踢。除了骆静语的手被玻璃割破，方旭的伤还更重些，两边脸颊肿得像馒头，一直在和民警诉苦，说肚子疼、背疼、腿疼……

两个人只有一张嘴，方旭说是骆静语先动的手，事实也的确如此。处理完伤口，一行人都去了派出所。

骆静语没有给家人打电话，骆晓梅有身孕，父母年纪也大了，他不想让他们担心。

出了这么大的事情，骆静语的家人又不来，罗欣然觉得他们需要一个年长些的人来帮忙处理一些事情。她问过占喜的意见后就打电话给占杰，占杰接到电话立刻赶了过来。

罗欣然在派出所门外对占杰说事情的经过，占杰沉着脸一直没吭声。

事情处理完已过傍晚，方旭同意私了，让骆静语赔钱，不仅要赔他医药费、误工费、办公室里的财产损坏费，还要赔他精神损失费，开口就要五万块钱。

“道歉就不用了。”方旭对民警说，“他是聋哑人，也不容易，可能就是受了点儿刺激，脑子一时糊涂吧。唉……我也不和他计较，好歹合作过几年，买卖不成仁义在，我也不想欺人太甚。”

说完这些话后，他扭头看一眼，发现占喜正盯着自己看。他冲她一笑，冷冷地“哼”了一声。

占杰去和方旭讨价还价。

“医药费是明的，误工费也有规定，你把办公室里的损耗列个清单，我们该赔多少是多少。”占杰给方旭点了一根烟，“至于精神损失费……方先生，你确定要吗？我这么和你说吧，骆静语这小子今天过去找你，我妹妹可不知道。你把他逼急了，过后他还会不会再去找你，会不会做出别的冲动的事情，我们可保证不了。”

方旭对民警说：“警察同志，他们威胁我！”

“谁威胁你了？”占杰冷冷地说，“我妹要因为这件事情和骆静语分手，你想想，他会不会受刺激？受了刺激要找谁算账？那肯定不是我妹啊！”

方旭被噎住。

“差不多就得了，你自己做了什么心里有数。”占杰冷哼，“钱重要还是别的重要，你自己看着办。”

民警也觉得方旭要的太多了，开口调解。

最终，占杰提出两万元打包私了，方旭同意了。

骆静语默默地在调解书上签下字。

方旭独自一人离开派出所，坐上出租车后，还是咽不下这口气，给管如婕打电话：“我确定了，他们没有证据，你应该知道要怎么做了吧？”

一辆小轿车在青雀佳苑小区门口停下，迟贵兰和妹妹走下车，背上大挎包，弯着腰对司机说：“阿昌，谢谢你啊，后天我给你打电话，我们再搭你的车回去。”

这一趟是她的妹妹迟贵仙来钱塘复查，刚好有个邻居要开车来钱塘办事，迟贵仙就搭他的车过来。迟贵兰知道后，想着又有一个月没见女儿了，小孙子占凯威马上要开学上二年级，就也搭上了车，想到钱塘来看看孙子和儿女。

小轿车开走了，迟贵仙说：“二姐，你又不给欢欢打电话，她会不会生气啊？”

“我现在打嘛。”迟贵兰摸出手机，“我也是临时决定过来的，我家老占都不知道呢。”

迟贵仙笑着摇头：“你啊，就是喜欢突然袭击，难怪欢欢不高兴，今晚还是住阿杰家吗？”

“住欢欢这儿吧，天热打地铺没关系。”迟贵兰一边说一边拨电话，“我现在想到阿杰就生气，离个婚还怪我了，是我叫他离婚的吗？”

占喜正在占杰车上，看到母亲的来电后头皮一炸，尽量心平气和地接起电话："喂，妈。"

"欢欢啊，你在哪儿呢？"迟贵兰问。

"我……我在外面办事情。"车开着有声音，占喜知道瞒不过。

迟贵兰问："那你什么时候回家呀？"

"回哪个家？"占喜没明白，"老家吗？我最近没说要回家呀。"

迟贵兰说："什么老家？我是说你租的那个房子。"

占喜道："我现在就在回家路上。怎么了？"

"没怎么，一会儿你到家再说吧。"迟贵兰笑呵呵地把电话挂掉，对妹妹说，"欢欢马上回来，我们在小区里等她一会儿吧。"

占杰的车上，除了占喜接到电话后出了声，再也没人说话，气氛压抑又沉默。

罗欣然不放心，跟着他们回家，说陪占喜一会儿再走。她坐在副驾驶座，占杰板着脸开车，一路往青雀佳苑驶去。

骆静语和占喜坐在后排，他的右手缝了针，做过包扎。占喜一直牵着他的左手，没有放开过。

可是他的精神始终没有恢复，没有人知道他在想什么。他没用手机打过字，也没打过手语，连民警问话时都不搭理，双目无神，只能任由方旭胡说八道。

他是任性的，任性得不像一个 27 岁的成年人，可是谁有立场去苛责他呢？他什么都没做错，却有可能再也做不了烫花。他心里有多恐惧、多伤心，谁能体会呢？

车子到了青雀佳苑，一行四人下车。罗欣然很饿，知道骆静语和占喜都是一整天没吃过东西，就说去打包点儿饭菜，让占杰陪着他们先上楼。

骆静语一身血污，像个木偶一般被占喜牵着手往单元门走。

占杰心烦意乱，知道了事情的经过，觉得那个姓方的真不是人，又觉得自己的妹妹和骆静语也是傻得要死。气归气，他暂时也想不出解决办法，这件事情是方旭蓄意陷害，没有这一次说不定也有下一次，他猜测方旭就是想逼得骆静语在烫花界混不下去。

天已经黑了，三人走路时都心思复杂，没人留心路旁的情况。走到单元门口时，占杰和占喜同时听到路边传来一个熟悉的声音。

"阿杰、欢欢？"

占喜觉得自己是在做梦，一个噩梦。她转过头，就看到母亲的身影，边上还有一脸呆滞的小姨。

占杰反应比她快，移了一步挡在骆静语身前，叫道："妈，你怎么在这儿？"

迟贵兰看看他，又看看傻掉了的占喜，视线最后移到在场唯一的陌生人身上——被儿子挡住的那个年轻男人。

四周黑漆漆的，只有单元门上一个灯泡亮着幽幽的光。迟贵兰仔细地看了看，这人像是被揍了一顿，满脸瘀青红肿，白色 T 恤上都是干涸了的深色血渍，右手隐约缠着纱布，左手居然和她女儿的右手紧紧地牵在一起。

迟贵兰像是被雷劈了一记，瞪大眼睛问占杰："我还要问你呢，你怎么会在这儿？他是谁？"

她的手指指向骆静语，占杰张张嘴，不知道该怎么说，也不知道该不该说。

见儿子没回答，迟贵兰又看向占喜，指着骆静语问："欢欢，他是谁？"

经过这片刻时间，占喜已经冷静了一些，回答："他是我男朋友。"

"男朋友？为什么搞成这个样子？"迟贵兰理解不了眼下的局面，转头看一眼妹妹，迟贵仙也很茫然。迟贵兰又问，"你们从哪儿回来？发生什么事了？他是哪里人？几岁了？做什么工作的？你们谈多久了？为什么不告诉我？"

占喜什么都不想回答。她很饿，饿了一整天，中午过后连口水都没喝过，脑子是空白的。

迟贵兰突然想起一件事情，又转向占杰，提高了音调："阿杰，你早就知道了？知道你妹妹有对象了，你也不告诉我？"

她想要拉开占杰，想要与那个男人面对面，想要扯开他牵着女儿的手，这人的模样太可怕了！她的宝贝女儿怎么能找这么一个对象？黑社会吗？犯罪分子吗？

占杰拉住自己的母亲，厉声道："妈，你先冷静点儿，今天不是说话的时候，你和小姨先去我那儿，我慢慢地说给你听。"

迟贵兰大声喊："你还叫我冷静？你知道你妹妹找对象了却不告诉我！你还叫我冷静？这到底是个什么人啊？你们给我说清楚！"

骆静语一直站在原地，茫然地看着眼前发生的一切。

这两个老太太是谁？为什么那么激动？和占杰拉拉扯扯的在干吗？

为什么看着他的眼神充满敌意？

她也那么讨厌他吗？

连一个不认识的人都那么讨厌他吗？为什么呀？就因为他是个聋人吗？

周围有几个小区住户路过，往他们这边看了几眼。骆静语接触到他们的视线，顿时不想留在这儿了。他只想回家，想静静地待着。

他拉拉占喜的手，想用右手打手语，才记起右手裹着厚厚的纱布。他也没多想，张嘴"呃啊呃啊"地叫了几声，示意占喜跟他回家。

这所有的一切都落在了迟贵兰和迟贵仙的眼里。

短暂的沉默之后，迟贵兰尖叫起来，疯了一样地往前扑，嘴里破口大骂，占杰拦都拦不住。当迟贵兰的一个耳光要扇到骆静语脸上时，占喜挡在了他面前。“啪”的一声响，迟贵兰的手掌甩在她的脑袋上，用力之狠，直打得她差点儿摔倒。

可迟贵兰还不停歇，又是一巴掌一巴掌劈头盖脸地甩过去，占喜被打得站不住了，耳边“嗡嗡嗡”地响着，根本听不清母亲在叫什么。恍惚间，有个人抱住了她，一转身把她紧紧地护在怀里，用自己的身体做了她的盾牌。

之后，她再也没有挨到打，只能感受到抱着自己的这个人的身体在一下下地晃动，像是在被什么东西攻击，却始终没放开她。

占杰终于和小姨一起把迟贵兰给拉开了，迟贵兰已经泪流满面，难以置信地看着面前的几个人，想不通为什么会发生这样的事情，想不通为什么她辛辛苦苦养育出来的女儿会找这样一个男朋友，想不通为什么她的儿子居然还是帮凶！

她哭得声泪俱下，人都要往地上滑，旁边还有人在看热闹。

——好啊！看吧！让你们看吧！看看我们家这个不孝的女儿，她居然找了个聋哑人做男朋友！为什么啊？为什么啊？为什么啊？！

占杰已经要崩溃了，心想这都是什么事啊！他拖住母亲的身体一遍遍地劝她：“妈，你今天先跟我回去，回去了我跟你说，别在这儿闹！小姨，你帮我一下，先带我妈走！”

“哦，哦。”迟贵仙都吓呆了，和占杰一左一右地架住迟贵兰往小区外走。

迟贵兰不肯走，回头冲着占喜大吼：“占喜，你失心疯了吗？为什么要找一个聋子？他到底给你灌了什么迷魂汤？我告诉你，我死都不会同意你和他在一起的，死都不会同意的！”

占杰拖着她走：“妈，你别说了！先跟我回家！”

迟贵兰还在哭闹：“我死都不会同意的……”

骆静语一直抱着占喜，闭着眼睛什么都没听到。占喜听到了，那些话却是轻飘飘地从耳边经过，夹着一片不能停歇的“嗡嗡”声。

她的头很疼，胃里一通翻江倒海，突然就干呕起来。

她挣脱骆静语的怀抱冲到路边，蹲在地上不停地呕吐，却只是吐出一些酸水。

吐完了，她想站起身，脑子里突然一阵头晕目眩，眼前一片白茫茫。她双脚发虚，下一秒人就软软地栽了下去，却没有摔到地上，而是落在一个人的臂弯里。

她听到他着急的声音，是熟悉的声音，他在叫她“欢欢”，用的是别人听不懂的语言，可是她能听懂。

她想和他说自己没事，可能是低血糖，也可能是脑震荡，不严重，休息一下就好了。但是她说不出来，看不见也说不出，身上的力气在一点一滴地消失。

她的脑袋越来越重，越来越重。也许是这怀抱太过温暖，终于，她闭上眼睛，彻底地失去了意识。

占喜醒过来时是在医院。

脑袋里还隐隐作痛，她其实很不想睁眼，却又知道必须得睁眼，要不然，那个人会担心的。

那个人是谁？她有那么一阵子居然想不起来。

这大概就是失忆？原来人真的会失忆，小说里不是骗人的。

她缓缓地睁开眼睛，看到病床边坐着的那个人，看着他忧心的眼神，她的回忆一下子就全回来了。

她怎么会忘掉他呢？

她的小鱼是世界上最可爱、最温柔的男孩子。

只是他现在的模样很糟糕，都不帅气了。

骆静语和罗欣然都看到占喜睁开了眼睛，罗欣然松了口气，对骆静语说："大哥，她醒了，我求求你吃点儿东西吧，你要是再昏过去，我真的伺候不动你们了。"

之前，罗欣然提着外卖回到小区后目瞪口呆。过去这么久时间，他们不仅没上楼，占杰还不见了。骆静语抱着晕过去的占喜坐在单元门前，边上还围着几个热心住户在给他出主意。

罗欣然以为占喜是低血糖，让骆静语背起她出小区，打了一辆出租车去最近的医院。

到医院才知道，占喜居然是被迟贵兰打出了轻微脑震荡。还好，医生说只要休息几天就能痊愈，还给她打了葡萄糖补充能量。

占喜知道骆静语一直没吃东西，想张嘴说话，发现嘴唇很僵硬，又想打手语，左手才抬起一些，就被占喜伸手按住了。她的手背上还挂着点滴针，骆静语对她点点头，左手指指自己，又比了个吃饭的手势，意思是他会吃饭的。

"吃吧，别撑着了，搞坏自己的身体反而便宜了小人。"罗欣然给骆静语开了一盒饭。骆静语用左手接过，右手没法儿拿勺子，只能把饭盒放在床头柜上，用左手拿着勺子慢慢吃。

占喜扭头看着他，抬手摸摸他右手上的纱布。

骆静语对她摇摇头，她动动嘴唇，用气声说："笨蛋。"

罗欣然从早到晚忙了一整天，骆静语过意不去，叫她回家休息，罗欣然问他："你一个人能照顾她吗？"

骆静语点点头，罗欣然又问占喜："你真没事吗？头还疼不疼？"

占喜轻声说："我没事，你回家吧，有小鱼在呢，今天辛苦你了。"

"好朋友就是要在这时候出力的。"罗欣然笑着摸摸她的头发，"你家小鱼现在也是个病号，你们也是绝了，一前一后进医院。这样吧，我回家去洗个澡睡一觉，明早来看你，给你们带吃的。医生说你观察一晚就能出院了，好好休息，要是不方便就请个护工。"

占喜点一下头，发现骆静语正神色怪怪地看着自己。她问："怎么了？"

骆静语迟疑了一下，两只手在头上竖起，像两个耳朵。

占喜一下子就明白了，对罗欣然说："欣然，我把钥匙给你，能麻烦你再回一趟1504室吗？家里的小猫没水没粮了，你帮我们照顾它一下吧，添一点儿水和猫粮就行。"

罗欣然笑了："没问题，我会弄的，放心吧。"

罗欣然离开后，病床边只剩下骆静语。另一张病床上睡着一个大姐，家属在看电视，也不关心他们。

骆静语用左手牵住占喜的右手，二人看着彼此，不需要说话，只用眼神就能明白对方的心意。

一个在说：我没事，你不要担心。

另一个也在说：我没事，你不要担心。

骆静语用左手轻轻地覆上占喜的眼睫，单手做了个睡觉的手势。占喜知道他是让自己休息，便乖乖地点头，闭上了眼睛。

她的确还想睡，头很疼，这时候最好的做法就是什么都不想地睡一觉。等她真的闭上眼睛，脑子里却是一片纷杂。

事情还没有解决，方旭这条路被彻底堵死了。

母亲知道了小鱼的存在，知道他是个聋人，不同意他们交往。

方旭已经知道他们没有证据，后面不知道会怎么做。

如果没有办法自证，小鱼是不是要吃"媔裳"的官司？他还能继续做烫花吗？

母亲那关要怎么过啊？父亲和哥哥还会支持他们吗？

占喜不知什么时候睡着了，再醒过来是因为想呕吐。骆静语拿着垃圾桶坐在病床边，抱着她帮她拍背，看她在怀里干呕。

医生说这是正常现象，观察即可，过两天就会好。骆静语心疼极了，他已经知道之前那个老太太就是欢欢的母亲，下手真重。那一下其实是要打他的，结果欢欢帮他挡住了。

她的母亲不接受他，他早就猜到了，没有几个健康女孩儿的父母会接受女儿找一个聋人做男朋友，何况他现在还碰到这样的状况，之前仅有的那点儿优势——他的事业、他的手艺，现在看来也都岌岌可危。

他会变成一个一无是处的人，聋人、哑巴、学历低、没工作、没钱，身上还背着抄袭的罪名。哦，还有，他还和人打架，进了派出所，连欢欢的家人都知道了。

世上还有比他更糟糕的人吗？

骆静语几乎一夜未眠，最多就是趴在占喜的床边打会儿盹儿，时刻注意着她的动静。他一直握着她的右手，因为听不见，怕她有事叫他时他会注意不到。

占喜一晚上吐了两次，还在骆静语的搀扶下去上过几回厕所。

她的头很晕，走路不稳，上厕所时骆静语也没走，帮她举着输液瓶，稍微转身就当是回避了。

占喜竟然一点儿也没觉得害羞，好像在这人面前，她完全没什么可遮掩的。

一夜过去，罗欣然和“皮皮虾”带着早点来医院。占喜的精神恢复了一些，医生给她开了药，嘱咐她回家静养几天。

吃过早餐后，罗欣然帮占喜办理出院手续，“皮皮虾”开车送占喜和骆静语回家。

在车上，罗欣然数次欲言又止。“皮皮虾”看不下去了，说：“告诉他们吧，能瞒到什么时候？占喜肯定会看到的。”

占喜看着罗欣然，问：“是不是……他们有后续动作了？”

“嗯。”罗欣然点点头，“你看一下微博吧，还是早点儿知道比较好。别太激动，医生说你不能激动。”

占喜笑笑：“放心吧，我都麻木了。”

打开微博前，占喜先和骆静语约定，不可以生气，不可以激动，不可以再自作主张去做冲动的事情，有想法就和她说，不要闷在心里。

骆静语答应了，揍了方旭他并不后悔，后悔的是因为他的冲动而连累到这么多人。

占喜打开微博，骆静语凑过去和她一起看，终于知道又发生了什么。

早上八点多，“rrmft0429”发了一条新微博，内容很长，把事情重新说了一遍，配上很多张图片。

只是这一次，她除了提到“婳裳”和“禧鱼”，还提到了烫花界的很多人。其中包括徐卿言、邵姐、小朱姐等，并且点明骆老师是徐卿言的学生，质问徐卿言，得意门生抄袭她一个小小烫花爱好者的作品，两天过去了，不承认、不道歉，这事该怎么解决。

除此，“rrmft0429”还转发了这条微博，这一次提到的全是知名的汉服品牌工作室和汉服社团。

有些不明情况的圈内人顺手转发了一下，事情一下子就发酵了。“禧鱼烫花”微博下的评论简直不能看，小部分人在观望，大部分人在骂人。

“rrmft0429”贴出的图里有占喜给她的私信截图，很多人揪着这一点，要“禧鱼烫花”拿出证据来。

网友1：自己信誓旦旦地说对方空口鉴抄，又拿不出证据证明初稿比人家早，什么都是你说了算咯？欺负人家是新人吗？

网友2：啊啊啊，我的“房子”塌了！禧鱼家的骆老师就是原来“小鱼鱼手作烫花”的老师，他的手化成灰我都认得！

网友3：我前阵子刚在你们家下单了一根簪子，火速去退款，“抄袭狗”滚！

网友4：我有一个疑问，如果“禧鱼”真的有比苦主早的初稿，那就说明是苦主抄的“禧鱼”？那也得苦主看过“禧鱼”的初稿啊，我是不相信撞灵感的。既然看过，说明“禧鱼”有在哪儿泄露过初稿，那证据很容易提供啊，提供不出，是不是就说明“禧鱼”在撒谎呢，根本就没有什么初稿？

…………

“禧鱼烫花”的网店收到了一堆退货请求。

这些饰品，骆静语都已经做完了，原本是等着月底一起发货的。

占喜把手机关上，说：“也就这样吗？和我想的差不多，把事情闹大，闹得烫花圈、汉服圈尽人皆知，他们也就这点儿本事。”

那些评论，骆静语也看到了，坐在那儿一动不动，神情又变得很呆滞。

占喜叹口气。罗欣然问：“你打算怎么做？”

“还没想到。”占喜说，“小鱼昨晚和我说，方旭承认是他做的了。既然对方有恃无恐，我们也不能再逃避，回应是肯定要有的，我得想想怎么写，另外就是想办法再找找证据。唉……人家要阴你，每一步都是计划过的，他的胜算就是我们没留底，这也是基于他对小鱼工作习惯的了解。那阵子我们太忙，根本没想到要留底。方旭和小鱼说要散伙的时候，那个人的微博都已经发出来了。”

罗欣然又问：“你知道那个人是谁吗？”

“大概率就是管如婕了，她是方旭的新合伙人，属于另一个烫花流派，在国内学那个流派的人不多。”占喜分析道，“小鱼设计的簪子不简单，如果真是新人，做不成那个样子。如果是徐老师这边流派的人，看徐老师的面子也不会做这么下作的事情。只要我们有留底，被徐老师知道是谁，在圈子里还怎么混得下去？”

“有道理。”罗欣然想了想，“可是这个证据到哪里去找呢？你有头绪吗？”

占喜摇摇头：“暂时没有，但我总觉得有些小细节我没注意到。我现在头太晕了，一想得深入点儿就头疼。”

说着她往骆静语的腿上重重地拍了一下，气道："我们家这头鱼真是笨得要命，他早说去找方旭嘛，我往他内裤里绑个一圈儿录音笔。方旭会防着我，不会防着他，你看吧，果然就开口承认了。真可惜，浪费了一次好机会。"

罗欣然和"皮皮虾"都笑起来，骆静语没看到占喜的唇语，不明白他们在笑什么，揉揉自己的腿，撇了撇嘴。

占喜是不会和他真生气的，这时候最难过的就是小鱼了，她不舍得说他，当务之急还是要想想怎么解决这次危机。与之相比，迟贵兰的事情都不算什么，幸好有占杰在，能帮她挡一阵子。

四个人回到1504室，占喜又躺到床上。她实在是坐不住，必须要躺着才舒服一点儿，偶尔还是想吐。

因为手受伤，骆静语没法儿再做饭，罗欣然不让他动手收拾猫砂盆，和"皮皮虾"一起照顾"礼物"。闲下来后"皮皮虾"叫了外卖，三个人在客厅吃午饭。

骆静语吃得很快，吃完后就端着一碗青菜粥进卧室。占喜睡了一会儿，这时候已经醒过来，骆静语拍拍她的胳膊，让她起来喝点儿粥。

他脸上的伤还是五彩缤纷的，过了一夜居然肿得更厉害了些。占喜摸摸他的左脸颊，他吃痛，偏开头躲了一下。

"怪不得我妈妈要打你。"占喜靠在床背上，还有心情和他开玩笑，"我要是乍一眼看到你这张脸，我也想打你呢，真丑。"

骆静语照过镜子，知道自己的脸的确惨不忍睹。他这副样子出现在欢欢的母亲面前，事后回想都觉得是大型灾难现场，以后也不知道该怎么办。

他垂着眼睛，把粥碗搁在床头柜上，左手拿勺子舀起一勺粥，吹一吹，递到占喜嘴边。占喜便张嘴喝进嘴里。

就这么喂了小半碗粥，占喜摇摇头说自己吃不下了。

骆静语没勉强她，医生说了，她胃口不好就少食多餐。他想着晚上自己给欢欢煮粥或面条，只用一只手煮个粥还是没问题的。

"小鱼。"占喜握住骆静语的左手，骆静语反手扣住她的手指，看着她的眼睛。她浅浅地笑起来，说，"会过去的，会好起来的，你相信我，好人有好报。我陪着你，你不要害怕，千万不要放弃。"

骆静语的眼睛红了，快速地眨了几下，才没让眼泪掉下来。

"答应我，不要放弃。"因为用不上力气，占喜的声音很轻，语气却很坚定，"我要你答应我。"

良久，骆静语点了点头。

下午，占喜吃过药后又睡了一觉，醒来时头疼的症状缓解不少。罗欣然和“皮皮虾”一直没走，骆静语请“皮皮虾”帮忙去买了点儿菜和面条，打算自己给占喜做晚饭，晚上再做点儿夜宵。

他们三个的晚饭还是靠外卖解决的。吃完后，罗欣然又把“礼物”伺候好，才带着“皮皮虾”离开了。

骆静语前一晚给占杰发过微信消息，告诉他占喜被打得脑震荡，住了一晚上医院，让占杰和占妈妈这几天不要来打扰她休息，因为医生说她不能激动，不能受刺激。

这些消息他发得磕磕巴巴，好歹也把事情给交代清楚了。占杰说知道了，让他们一个好好养病，一个好好养伤，他会管着迟贵兰的，迟贵兰也不知道骆静语住哪间，就算找过来也没用。

占杰大舅哥：你小子自己也聪明点儿，傻乎乎地就跑去和人打架，很男人吗？赔钱很爽是吗？你这么冲动我怎么放心把妹妹交给你？要不是看在昨天你护着我妹挨打的分上，我都懒得去管你！还有你那破事，赶紧想想办法怎么解决，这么大个人了还能被人陷害。这件事情要是过不去，我妈这儿根本没法儿交代，我和我爸兜不住！明白吗？

好大一头鱼：明白，谢谢你，哥哥。

占杰大舅哥：别叫我哥哥！叫我占哥。

好大一头鱼：谢谢你，占哥。

占喜收到邵姐等人发来的询问微信，干脆把邵姐、小朱姐和小丁姐拉进了一个小群，没敢拉徐卿言，在群里把事情经过都说了一遍。

说完后，三个姐姐都晕头转向了。

邵姐：我讲实话，我是相信小鱼的。我跟他认识很多年了，虽然不算太熟，但他这个人真的没心机，微博上收到的消息我压根儿就不信。

小朱姐：没发现那个人设计稿的风格就是小鱼的风格吗？只要对小鱼的作品有了解，一看就能看出来。

小丁姐：可是网友们看不出来啊，人家要的是证据！

邵姐：这件事情也太让人无语了。当初你们自己拍照片传给他也行呀，你们是有多傻呀？

鸡蛋布丁：别骂了，别骂了。邵姐啊，当时我们在搞造物节，真的一点儿也没在意这件事情，而且那就是个初稿，本来就是方旭给接的单子，谁知道他会留一手来害人啊！

小丁姐：我微博就……不理吧，最近几天在忙着做花呢，小孩儿放暑假我得管着她，汉服节的生意还积着很多没做。但是小占，我也得和你说，我暂时不能帮小鱼说话，这件事情太敏感了，徐老师都还没回应。

鸡蛋布丁：没事的，丁姐，我理解。大家不用帮小鱼说话，不转发那个人的微博我就很感激了。我今晚会发个微博解释的。

小朱姐：你先发一条看看情况，把事情经过都写清楚，看看网友能不能理解吧，有时候就算没有证据，只要你逻辑合理，也还是有人能看懂的。

鸡蛋布丁：嗯，嗯，我会好好写的。

回应是肯定要回应的，占喜吃过一碗骆静语煮的鸡蛋青菜粥后，坚持着起身坐到工作台前，打开笔记本电脑。

她先整理聊天记录截图，包括七月三日方旭接单后发给骆静语的设计要求，还有骆静语的回答。

这里面有一个有利于他们的点，方旭当时应该是故意没问什么时候能交稿，可是骆静语这人很讲原则，主动问什么时候要交，方旭模棱两可地说“不急”，然后亮点来了。

好大一头鱼：我很忙最近，十天可以画完了，可以十三日前给你了。

方旭：不急，慢慢来就行。

再后来，他们之间就没有关于这单生意的聊天记录了。

占喜还有和苏苏的聊天记录，是询问她方旭有没有把设计稿给过她，她都说没有。

占喜问苏苏这些聊天记录可不可以发，苏苏让她先发了看看，她们联系上都已经是八月的事情了，其实也没什么用。

整理完所有的图片，占喜把骆静语的初稿和“rrmft0429”所谓的设计稿做了一对一的拼图。一共是四张图，两支发簪、两朵手花几乎一模一样。

她开始写文章，骆静语从头到尾都坐在她身边，看着她做这些事。她偶尔会问问他的意见，但他也说不出什么来。

现在的局面就是对他们不利，汉服节的事情他们都已经不关心了。他们商量过，退款就退款吧，客人不想买了，总不能硬卖。当务之急就是要把事情都说清楚，证据是没有的，情况就是这么个情况，网友要是不相信，他们暂时也想不到别的办法。

在写的过程中，占喜又吐了一回，把晚上吃的粥都给吐掉了。她还是觉得不舒服，脑袋又晕又疼，但她不能躺下，不能再拖了，咬着牙也得写完。

骆静语愧疚得不行，又去把剩下的粥在电饭煲里热起来，想等占喜写完后再让她吃一点儿，吃完后就睡觉，应该不容易再吐。

夜里十一点多，占喜终于把微博给发了，写了好长的一篇。

事情从六月底骆老师筹备造物节写起，讲到他和方某合作四年做“小鱼鱼手作烫花”，因为造物节而注册“禧鱼烫花”……

占喜写的全是事实，平铺直叙不带感情，只客观叙述。

这种时候写的东西不能带感情，就是要让网友自己来判断。她贴上了手头有的全部图片，在最后总结声明——

骆老师没有抄袭，七月九日就已把初稿绘制完毕，七月十一日被“小鱼鱼手作烫花”的经营者方某拍去照片，导致设计稿外泄。

“禧鱼烫花”将和“婳裳汉服”一起保留追究造谣者法律责任的权利。

设计稿外泄后会发生什么？占喜没写，只要看看那几张稿子，有眼睛的人都看得出来，这绝不是撞灵感，这就是抄袭！问题在于，到底是谁抄谁？为什么要抄？这件事情被爆到底对谁有利？

她不能说，只能让大家自己分析。

写完文章发出去后，占喜也快撑不住了。

她连澡都不能洗，感觉分分钟就要晕过去，被骆静语搀扶着到了主卧大床上，躺下去才好受些。

骆静语用左手比了个吃东西的手势，问她要不要吃点儿什么。

占喜摇头：“我想睡会儿。”

骆静语点点头，占喜拉着他的手说：“你一会儿洗澡，右手别弄湿，医生说不能碰水。”

他笑了一下，伸手刮刮她的鼻子，又点点头。

占喜说：“晚上和我一起睡吧。小鱼，你的床很大。”

骆静语没拒绝，他们不是没一起睡过，再说他也放心不下欢欢一个人睡。

他俯身亲吻了一下她的额头。她摸摸他的脸，嫌弃道：“一股子药味儿。”

骆静语抿抿唇。他脸上涂药了，自己都觉得很难闻。

“去洗吧，别看手机了，洗完就睡觉。”占喜拉拉他的手，“你昨晚都没睡，怎么撑得住？”

骆静语捏一下她的脸，拿上换洗衣服去卫生间。

这一晚，他们睡在一起。占喜睡得不踏实，出了一身汗，半夜里头疼得哼哼起来。她迷迷糊糊地意识到骆静语听不见，就没憋着自己，一声声“哎哟哟”地哼着，身体却没怎么动。

也不知道骆静语是怎么发觉的，向她靠过来，把她揽进自己怀里，不敢揉她的脑袋，只是一下下轻抚她的背脊。

他的存在就像一颗强效定心丸，占喜的心渐渐踏实下来，头也没那么疼了，在他怀里安心地闭上了眼睛。

然而，事情并没有往好的方向发展，“禧鱼烫花”的澄清微博发出后，八百年没更新的“小鱼鱼手作烫花”微博号先跳了起来。

方旭和“rrmft0429”的风格一样，提到了一大堆圈子里的人，直说自己就是“方某”，矢口否认他拍过骆老师的设计初稿，说自己七月十一日去骆老师家就是顺路经过串个门儿，根本没看到什么初稿！不知道“禧鱼烫花”是什么居心，居然拉他来背锅，这事儿和他根本没关系！

方旭还说这单生意本来就不急，他也和骆老师说了不急，根本就不会去催稿，“婳裳”也没有向他催稿。还是他在七月二十二日主动和“婳裳”说骆老师单干了，注册了“禧鱼烫花”，让“婳裳”直接去“禧鱼”找人就行。并且他表示，在那之前，“婳裳”要是催过稿，要求他们拿出聊天记录。

好了，事情变成了罗生门，还把“小鱼鱼手作烫花”给卷了进来。

“小鱼鱼手作烫花”这家店其实很神奇，四年下来，在汉服饰品圈的口碑非常好，但设计制作者一直神神秘秘的，从未露过面，直到这时候才被人知道“骆老师”的存在，却是以这样一种奇怪的方式。

“小鱼鱼”的老粉丝是蒙的，一个个在问那这年汉服节的宝贝怎么办、到底是谁做的、不想买抄袭者做的花花云云。

方旭又蹦出来，郑重地推出“如如小姐婕”。

他隐晦地说，他是因为觉得骆老师人品不太行，所以才终止和他合作，邀请在国外进修过烫花技艺的美女姐姐如如老师一起合作经营“小鱼鱼手作烫花”，将以更完美的作品回馈给粉丝。

“rrmft0429”每天都在蹦跶，要徐卿言解释，要“婳裳汉服”解释，哭唧唧地说“禧鱼”倒打一耙是在说她抄袭。她表示自己没抄袭，她就是自己采风后产生的灵感，骆老师肯定是看过她微博后才画的那几张图，欺负她是个小小的新人，还说骆老师的画技是比她好，只是抄得为免太低级了。

占喜好无语。

不得不说，因为“禧鱼烫花”没有证据，还因为“小鱼鱼烫花手作”是一家口碑很好的老店、此前从不作妖，又因为“rrmft0429”的逻辑无懈可击，所以在微博上，绝大多数的网友都站“rrmft0429”，认为禧鱼的骆老师就是抄袭。

网友1：以前没抄，不代表以后不会抄，说不定就是单干了，一下子没灵感了呢？

网友2：苦主说得很清楚了呀，如果不是抄袭，苦主怎么会天天要说法？真不是抄袭难道是苦主陷害吗？是不是电视剧看多了……

网友3：反正我相信小鱼鱼，我在他们家买了好几朵花花了，好美好美！现在也搞不清到底是谁做的，有点儿烦，不过我以后会继续支持如如老师的！

网友 4：徐老师怎么一直没说话呀？我还在等她的回应呢！

网友 5：以前都不知道烫花是什么……看了这几个“瓜”也算是开眼了，原来哪个圈都有抄袭啊！

…………

令占喜感动的是，有一小部分网友相信了她的解释，大多数是“小鱼鱼”的资深粉丝，对骆静语的设计风格比较了解，留言表示支持。

还有几个是在造物节上当面接待过的客人，说见过骆老师，觉得他是很温柔、很好的人，接着就被别的网友喷得体无完肤。

网店的订单大多数都退款了，家里留着一百多个做好了的汉服节饰品，可能再也不会有去处。

占喜休息了三天后，脑震荡的后遗症基本消失，精神好起来，胃口也恢复了。占杰和她说迟贵兰在钱塘待了两晚就回去了，气得不轻，扬言要和他们兄妹断绝母子关系。

“我把我知道的都和她说了，不知道的我也瞎编着说了。”占杰在电话里叹气，“我把小骆的工作说得很高大上，使劲夸他，让妈稍微能接受些，当然她嘴上是不会承认的。那天她太丢面子了，主要是小姨也在，小骆还是这副鬼样子，妈对他的第一印象太差了！妈问我他为什么会被人打成这样，我瞎编成他是见义勇为了！欢欢，哥这次真的是够帮你了吧，我也是见了鬼，都不知道为什么要帮你编瞎话，这人明明不怎么样！”

占喜说：“哥，别嘴硬了，你心里知道他人很好的。”

占杰问：“那件事情现在解决了吗？”

“没有。”占喜回答，“合作的那家汉服工作室快疯掉了，给了我一个最后期限。如果五天后解释不清，就要小鱼在微博道歉，承认抄袭。”

占杰吃惊：“还能这样？如果你们不答应呢？”

占喜说：“那他们就告我们呗，合同都签了。如果告了，我们肯定输，最后还是得道歉。”

占杰问：“那你答应吗？”

“绝不答应。”占喜平静地说，“要小鱼承认抄袭，这辈子都休想！”

“也许承认了、道歉了，可以继续混下去？吃官司又输了真就退圈没得混了，是不是也可以忍辱负重一下？”占杰试探着说。

占喜笑了：“哥，官司可以输，退不退圈两说，但是承认抄袭，是绝不可能的！骆静语如果同意，那就是我错看了他，我相信他不可能会同意，他宁可退圈，都不会承认这种莫须有的罪名。”

“你说得也对。”占杰说，“真那样，我也看不上他。”

这个电话本来是关于母亲的，聊着聊着又说到了小鱼。

占喜深知小鱼的事情的确更严重、更令她在意，也是因为小鱼最近的状态真的很让她担心。

他看起来像是没什么事的样子，每天在家照顾猫、养花养草、买菜做饭，拖着一只伤手还要做家务。占喜叫他时，他还会对她笑。

可是占喜知道，他不对劲。

她有好几次看到他坐在工作台前发呆，眼睛盯着几样烫花工具看。她还在垃圾桶里见到他丢掉的烫镘，根本没坏，她只能又偷偷地捡回来。

他晚上会失眠，占喜这些天都和他一起睡，他们互相“盯”着对方。她晚上醒来时，会先装睡着，悄悄地把眼睛睁开一道缝儿看他，好几次发现他在黑暗中睁大眼睛望着天花板出神。

如果她动一动身体，他立刻又会闭上眼睛装睡。

占喜好无奈，小鱼真的很傻。他不知道人装睡和真睡时的呼吸是不一样的，不知道他睡得很熟时会打轻轻的小呼噜。他根本不知道什么是小呼噜，装睡时一声不吭，就以为她不会发现了？

他的精神压力真的很大。

占喜知道，也会安慰他，却没什么用。

她很努力地去体会骆静语的感受，去设想他心里有多难过，也知道自己只能体会到一点儿皮毛。就好像她是个健听人，永远体会不到他生活在无声世界里究竟是怎样的感受一般。

他的朋友不多，向来不习惯倾诉，喜欢把事情放在心里。他对占喜说过陈亮算是他最好的朋友，但他们性格不同，陈亮比较外向，朋友挺多的。

以前，他会把心事说给骆晓梅听，后来姐姐结婚了，他们见面的次数减少了，又因为他网聊不好，姐弟间的沟通也渐渐变少了。

和占喜在一起后，骆静语对她说过，他非常非常开心，可以和喜欢的人分享心情，感觉不那么孤单了。

可是现在，他在想什么？占喜竟不得而知。

每次和他说聊聊，他都会找理由拒绝。

没有人知道骆静语现在有多痛苦、多迷惘，占喜甚至觉得，如果不是因为她一直陪在他身边，他可能早就崩溃了，搞不好真的会去和方旭同归于尽。

他已经很努力地在克制，一个全世界最善良、最单纯的人，被逼到这个份上，他可能会想要毁灭一切吧？

暑假的最后一天，骆静语收到骆晓梅的微信消息，让他回家吃饭。

他脸上的伤还没好全，怕父母担心，就回复说工作忙，不回了。结果骆晓梅说有事和他讲，让他一定要抽时间回家一趟。

占喜不太放心，骆静语把手机给她看。

占喜抱着他的腰，对他说："要是你家里人问你的脸怎么回事，你也别瞒着他们。你出了这么大的事，讲给父母和姐姐听，他们也能帮你排解一下，明白吗？"

骆静语点点头，午饭后就去了父母家。

骆晓梅和高元已经到了，看到他伤痕累累的脸，一家人都很震惊，纷纷问他是怎么回事。

骆静语没有听从占喜的话，骗他们说自己前一阵在路上摔了一跤，摔到脸了。骆晓梅显然不信，可不管怎么问，他都没有别的说辞，只一口咬定自己摔了一跤。

他打死不承认，骆晓梅也没有办法。她挺着大肚子把弟弟按在椅子上，全家五口人围在桌边。

骆静语怎么都没想到，骆晓梅把他叫回家是为了开家庭会议。

原因是，她在两周前做的胎儿基因检测结果出来了，结果显示她腹中的孩子也有GJB2基因点位的杂合突变，也就是说，不出意外，这个孩子也是先天性耳聋患者。

骆明松和阎雅娟已经提前知道了这件事情，神色都很凝重。骆静语是最后一个知道的。他呆呆地看着姐姐，看了很久很久，打手语问："你要流产吗？"

骆晓梅和高元对视一眼，牵了牵彼此的手。她对弟弟摇摇头，抬手回答："不，我和你姐夫决定了，要把这个孩子生下来。"

压垮骆驼的是最后一根稻草，压垮一头鱼也许只需要一句话。

就在骆晓梅的双手停下来的那一瞬间，骆静语崩溃了。

Chapter 18

他是个天使

骆晓梅没有料到事情会变成这样。

基因检测结果出来后，她和高元受到了很大的打击，思考过后还是把结果告诉给父母和公婆。

四个老人的意见是不一样的。

骆明松建议放弃孩子，作为造成家里耳聋基因遗传的那个人，又是老父亲，他实在不想让这个未出生的孩子再吃一遍大家都吃过的苦。

他还记得骆静语出生时，自己遭到父亲的那顿打。父亲骂他为什么还要再生，女儿已经是聋的，为什么还要再生？是赌博吗？害了孩子一辈子！

阎雅娟觉得还是要生下这个孩子。她是母亲，一直觉得女儿和女婿得有一个孩子，这样夫妻关系才会更稳固，老了也有人照顾。

孩子耳聋没关系，骆晓梅和骆静语现在过得也挺好呀。

而且，阎雅娟自己是后天因病致聋。她认为，健康的孩子在成长过程中也指不定会生病，生了病难道就要被放弃吗？这个孩子只是在母亲肚子里就生了病，大家想好了，把他生下来，好好照顾他、好好爱他，除了听不见，照样能像别的孩子一样快乐地长大。

高元的父母表示尊重儿子和儿媳的意见。高元少年时突发脊髓炎，让父母操碎了心，当时只想着儿子能好好活下去就行，别的都不指望了。后来高元千辛万苦地考上大学，毕业后又考进残联工作，和骆晓梅恋爱结婚，买房买车，二老对他再无任何要求。

他们说只要小夫妻想好了，会支持他们的任何决定。如果要了这个孩子，他们也会帮忙带。

耳聋……耳聋总比高元的情况好吧。高元现在还年轻，还能拄拐行走，以后老了生活上总会有不方便的地方。如果有个孩子，至少孩子手脚健全，也能帮骆晓梅一把。

每个人都有自己的立场和考量，骆明松的态度也没有那么坚决，最后的决定权还是被交到了骆晓梅和高元手上。

高元问过医生，孩子以后是否能安装人工耳蜗，医生说这得生出来检查过才知道。不是每个听障幼儿都适合安装人工耳蜗。不过按照骆晓梅本人的情况，她小时候其实可以安装，只是那时候人工耳蜗没有普及，她又超龄，家里的经济条件也不允许，所以才没安装上。

咨询过医生的意见后，骆晓梅和高元商量了两天才做出决定——他们要生下这个孩子、好好培养他。若能给他安装人工耳蜗就最好了，可以让他听到声音、学会说话，尽可能地像个普通孩子那样长大。

骆晓梅没想到，最大的反对意见会来自她的弟弟骆静语。

骆静语怎么可能会接受这样的事情发生？

最近的遭遇像噩梦一般纠缠着他，归根结底，还不是因为他是个聋人？他无论如何都想不明白姐姐为什么会做出这样的决定，姐夫居然还会同意？

姐姐自己就是聋人啊！一辈子听不到声音、学不会说话，吃的苦还不够多吗？遭到的挫折还不够让她清醒吗？他们从小到大见到的白眼和冷遇数都数不清，求学、求职、交友、找对象……处处是困难，处处要碰壁，活在这个世界上就跟低等动物似的。

他被人骂“聋子”“哑巴”“残废”……被人“阿巴阿巴”地嘲笑，被方旭压迫了四年，现在还被他蓄意陷害。他的同学们有的被人打，有的被人骗，有的很认真地读书，毕业后却找不到工作。还有些更可怜的聋人小孩儿，父母不管，他们就被坏人骗去行窃、乞讨、卖身，一辈子过得比猪狗都不如。

他们找对象只能找聋人或其他残疾人，就像是约定俗成，他们没资格找健全人。

他找了个健康漂亮的女大学生做女朋友，所有人都表示很惊讶，潜台词就是他不配！

因为他与生俱来的劣质基因，他天生低人一等，连后天致聋的女生都看不上他！他再怎么努力、再怎么奋斗都没有用，基因改变不了，他就是不配！

骆静语哭了，哭着和姐姐打手语，嘴里“啊啊”地发着声，一遍遍地求她不要生下这个孩子。这个世界上的人口已经这么多了，为什么明知道孩子是个聋的还要生下他？

优生优育不懂吗？优胜劣汰没学过吗？像他们家这样害人的基因为什么还要延续下去？不要再继续害人了！那个孩子并不想被生下来，并不想！

要不是高元拉着骆静语，他差一点儿要给姐姐跪下了，他想自己一定要说服他们，不可以让这个孩子出生！他喉咙里发出一声声低吼，只有高元才听得见。这个憨厚的男人不停安慰着年轻的小舅子，可没有办法让他冷静下来。

骆静语崩溃了，这些天积压下来的无助、委屈和愤怒，一股脑儿地都发泄到骆晓梅身上。劝不动，他甚至用手语去骂她，骂她“自私”，骂她“恶毒”，骂她只顾着自己想做母亲，却毫不顾及孩子的想法。

他还骂高元，大叫着用手语指他，骂他不是男人，竟愿意让自己的老婆孩子去吃苦，孩子要背着歧视过一辈子……这种苦，高元这个健听人是体会不到的，他们都应该来问问他，问问他到底是有多苦！

啪——

阎雅娟一个耳光甩到骆静语脸上，终于让他安静下来。

骆静语看着自己的母亲，阎雅娟也哭了，眼睛底下是两道泪痕。她颤抖着打起手语，问儿子：“你到现在还恨我们把你生下来吗？到现在都还在怪我们吗？爸爸妈妈那么爱你，一直觉得对不起你，原来你是这么认为的吗？爸爸妈妈是自私、恶毒，把你生下来是让你吃苦？你一直是这样想的吗？”

骆静语答不出来了。

他望向父亲。骆明松神色哀恸地看着他，充满愧疚的眼睛里还透着一丝失望。

高元撑着一支拐杖把骆静语拉开，打手语劝他：“小鱼，你冷静一点儿。”

他又劝丈母娘：“妈妈，你也冷静点儿，小鱼的想法我理解。你不要骂他，他也是为了孩子着想。”

阎雅娟正色道：“孩子是你们的孩子，生不生由你们说了算，孩子以后怪不怪你们也是你们的事情。我们不干涉，小鱼更没资格干涉。他不同意，以后可以自己不要孩子，他怎么可以说晓梅自私、恶毒？那是他的亲姐姐！”

骆静语望向骆晓梅。她早就哭了，被弟弟那样指责，谁会不伤心呢？

这的确是个两难的选择，骆晓梅怀孕十九周了，已经能感受到胎动，每次孕检，医生都说孩子长得很好，是个健康活泼的小孩儿。只是这个“健康”不包括他的耳朵，如果没有基因检测，根本没人知道孩子是聋的。

宝宝在她的肚子里汲取着营养，会翻身、会闹，是她和高元的孩子，是他们爱情的结晶。他已经这么大了，让她去打掉，她真的做不了这个决定。

她左手摸着肚子，右手抹着眼泪，问他们，自己是不是真的自私又恶毒，是不是真的会害了这个孩子？

她从小到大心态一直很平和，从未怨恨过父母，早早就接受了自己是弱势群体这个事实。她看得开，兴趣爱好广泛，健听人朋友也很多，大多数时候不觉得自己和别人不一样。

可弟弟的性格和她不同，小鱼的心思更敏感，学习不好，朋友也少，她都不知道弟弟会认为活着是苦涩的。她觉得活着很开心啊，只是听不见而已，照样可以享受人生、品味爱情，把生活过得多姿多彩！

现在的问题就是，她肚子里这个孩子的想法是趋向于她还是趋向于小鱼，谁能知道呢？

骆静语看了一会儿骆晓梅，又转头看向客厅里的其他人。父母和姐夫也都在看他，一个个神色很复杂。

骆静语眨眨眼睛，一滴眼泪又滑落下来。他的视线再次落回姐姐身上，打手语道：“姐，对不起！”

双手放下后，他转身离开父母家。

回家的这趟地铁短暂又漫长。

骆静语坐在车厢里想了很多很多。

同车厢有几个背着书包、穿着短袖校服的男孩儿和女孩儿，十五六岁的年纪，应该是开学季刚去学校领过书本或打扫完卫生。

他们在说笑，一个男生耳朵上戴着耳机，另一个女孩儿歪着头对他说了句什么。男生有些害羞，拿下一个耳机塞到女生的耳朵里，接着他们就头碰着头一起听，间或闲聊几句。

骆静语看着他们，想到自己高中时的一件事情。当时，班里有同学说出门可以戴上耳机，假装自己在听音乐，这样别人就发现不了他们听不见，可以挡下发广告传单的人。

骆静语试了，真的戴上耳机出门，在路上遇到一面镜子，他还停下脚步观察。白色耳机线从口袋里伸出来，耳机被塞在他的两只耳朵里。他双手插兜，转转脑袋，觉得自己的样子好帅，就和普通的高中男孩子没两样。

结果，戴上耳机出门没几天，他就被一辆电瓶车从身后撞了。

他摔在地上，手肘蹭破一大块皮，骑电瓶车的男人对着他说话，他只读懂了一部分唇语，大概是说他走路听什么歌，车子骑过来听不到吗？

他害怕对方发现他其实什么都听不见，抓起耳机就一瘸一拐地逃跑了，完全不敢问对方要医药费。

他大概是世界上最怂的聋人，超级严格地遵守交规。别说电瓶车了，他连自行车都不敢骑，就怕发生交通事故，不管撞人还是被撞，责任都会在他。

他的生活和普通人真的是不一样的。

骆静语回家时，占喜正在吃面条。看到他进门，她纳闷儿地打手语问：“你没有在你父母家吃晚饭吗？”

骆静语点点头，换好拖鞋去客卫洗手。占喜吸溜了一口面条，发现小鱼的情绪不太好，不知道在父母家碰到了什么事情。

她跑去卫生间门口问他：“饿吗？要不要我给你煮碗面？”

骆静语擦干手，摇摇头，抬手回答：“不用了，我不饿。”

占喜坐回餐桌旁继续吃面条，骆静语走到沙发边坐下，“礼物”跑过来跳到他腿上。他撸着它背上的毛，小猫大概是觉得很舒服，懒洋洋地趴下来。

占喜吃完面，洗干净碗筷和锅，走到骆静语身边坐下，很自然地拉过他的右手看。已经过去一周，他去医院换过药，右手不再缠着厚厚的纱布，只在手背上贴着一大块创可贴，做事情方便许多。

他说不疼，占喜知道他肯定是骗人的，那道口子得有四厘米长，怎么可能不疼？以后还会留下难看的伤疤。

他们黏在一起，“礼物”又被挤得跳下沙发，不满地叫了一声，溜达到猫爬架上。

占喜摸摸骆静语手上的纱布，嘟囔道：“以后怎么拍视频呢？做花的时候都是从上往下拍，手背肯定是要拍到的。”

骆静语读着她的唇语，神色一黯，收回手后回答：“以后不做花了。”

占喜的眼睛倏地睁大：“你别乱说呀！怎么可能不做花？事情又没到绝路呢！”

骆静语问：“你觉得我还能做下去吗？他们都不相信我。”

占喜用手语回答他：“很多人都相信你。邵、朱、丁、我哥哥、罗、皮……还有很多你以前的顾客，大家都是相信你的！”

骆静语的神色很淡：“可是我们没有证据。”

占喜沉默下来，一会儿后，问：“你碰到什么事情了吗？不开心，跟我说，不要放在心里。”

骆静语的眼神渐渐柔和下来，到后来竟变得哀伤。他看着占喜的眼睛，抬手抚上她的脸颊，指腹感受着她嫩滑的皮肤。

占喜一直没吭声，等待着他“说话”。也不知过了多久，骆静语收回手，缓缓地打出一句手语：“欢欢，我们分手吧。”

占喜难以置信地看着他。

骆静语知道她看懂了，实在没勇气再打第二遍。他的身体微微颤抖，双手很慢很慢地比画出他心里的话：“这是我和方之间的事情，我不能再拖累你了，你不要再管我，我自己会解决的。如果解决不了，我就再也不做烫花了，要去找别的事情做。你和我不一样，你有文化，去找工作吧，找你喜欢的工作，你会遇到一个更好的男人，我不是，我很差，我不能让你幸福。你是最好的女孩子，不应该找我这样的人。我们分手吧，我会把这两个月的工资给你。谢谢你一直帮助我、陪伴我。对不起，我不能再陪你走下去了，这件事情和你没有关系，你早点儿离开，不要再耽误自己的前途。”

他的手语打得那么慢，那么清晰标准，占喜每一句都看懂了。

她问：“你是认真的吗？”

骆静语点点头，觉得这些理由似乎还不够，继续补充：“你的妈妈不同意，你的哥哥说，我和方的事情解决不了，你家里就不会同意。”

占喜的眼神冷下来，又问：“还有呢？还有别的理由吗？”

都到这份上了，骆静语也不想瞒着她，很是无力地用双手说：“还有，我的姐姐怀孕了，做过检查，肚子里的孩子是聋的。我们家的基因是会遗传的，一代一代地遗传下去，我不会有孩子了，你和我在一起就不能做母亲。这对你不公平，对哪个女孩儿都不公平，所以我不会结婚了，我会一个人生活。欢欢，我们分手吧，我不能再拖累你了。我不是一个好男人，你离开我会过得很好，我希望你过得很好，我希望你幸福快乐，我……”

他再也比画不下去，眼泪已经涌出来，身体抖得停都停不住，死死地咬着嘴唇，也没能控制住发声。

他含糊地叫着她的名字，摇着头，泣不成声，双手都在颤抖：“我没有抄袭，我不能做烫花了，我没有抄袭，我不知道我还能再做什么……我不能再拖累你了，你已经帮了我很多很多。我是个男人，却不能给你幸福，我……”

他打手语时，很多手势都会左右手相碰，平时都是轻轻的，可是现在那声音“啪啪”地响。他一点儿也没控制力道，右手贴着纱布不方便，还是打得很用力，用力到占喜光看着都觉得疼。

占喜也哭了，伤心于小鱼的提前放弃，又感动于小鱼的坦率真诚。他没有用奇奇怪怪的理由来敷衍她，比如“不喜欢她了”“父母不同意”“觉得厌倦了”之类。

他说的每一句话都是发自真心的，就是希望她过得好。他觉得自己的事业没救了，他们的未来也就变得叵测，不如让她及时止损，趁早抽身，不要再陪着他陷在这摊烂泥堆里，时间越久，越耽误她自身的发展。

占喜理解骆静语的想法，却做不出来这样的事情。

都说“夫妻本是同林鸟，大难临头各自飞”，她和骆静语没有夫妻之名，也没有夫妻之实，可是她能真真切切地感受到自己对小鱼的心意，还有小鱼对她的心意。

喜欢是千真万确的，算是爱吗？他们谁都没说过。

她只知道，他对她的好早就融入琐碎细微的生活中。没有轰轰烈烈、分分合合的情节，也没有什么节日、纪念日的大肆庆祝，他们就像一对结婚多年的夫妻一样，每天腻在一起，一起工作，一起生活，从不吵架，每天都很甜蜜快乐。

小鱼记得她的口味，为她做着一日三餐，买的水果和零食都是她爱吃的。

她来例假时，他会为她煮糖水喝，帮她按摩冰凉的双脚。

他从不会指挥她去做事，能自己做的都顺手做了，知道她嫌猫砂盆臭，就叫她不要管，“礼物”的事情都由他负责，她只需要和小猫玩耍就行。

出门在外，他会紧紧地牵着她的手，永远让她走在人行道里侧，每次都是先问她想吃什么、想玩什么。如果她反问他，他也不会说“随便”，会认真地说出自己的建议。

她生病时，他会细致入微地照顾她，记得医生说的忌口，记得她吃药的时间和数量，哪怕他自己都是一身的伤，也从不和她抱怨。

只要是她的朋友和亲人，他都盛情相待，在亲友面前给足她面子，也能开得起玩笑，不会让她的朋友觉得他敏感、不好相处。

她永远忘不掉自己转岗失败的那一天，他从沪市回来找她，在舞蹈室里见到他的那个瞬间，她觉得这辈子能找到这么一个人，人生都圆满了。

他尊重她，用心倾听她的每一句话，笨拙地给出自己的意见。

他从不打击她的想法，给予她充分表达的自由，工作上有些事情要花钱，不知效果如何，只要她想尝试，他都支持，只负责掏腰包。

他经常发自肺腑地夸她，仿佛自己上辈子修了福分，这辈子才能找到她做女朋友。

就是这样的骆静语、她的小鱼此刻和她提分手了，想要结束他们刚满半年的恋情。

居然只有半年吗？占喜流着泪默默地想着，怎么只有半年？她分明觉得自己和小鱼已经认识很久很久了。

他们一起经历过很多事情，大部分都很快乐，刻骨铭心，这样的一场恋爱是说放弃就能放弃的吗？

占喜的双手按住骆静语的双手，不让他继续“说”下去，她开口道：“我知道你的意思了。小鱼，你先听我说。”

骆静语的眼睛被眼泪糊得厉害，鼻尖都是红的，嘴唇颤抖着发出一声声抽泣声。

“我是不会和你分手的。”占喜说得很慢，“我和你分手的唯一前提就是我不喜欢你了，可现在我还是很喜欢你，我知道你也很喜欢我。”

骆静语的双手被她捉着，也没有力气挣脱出来，只能不停地摇头。

占喜吸了吸鼻子，说：“这只是我们在一起碰到的一个小挫折，会过去的，会好起来的。你可能觉得我很理想化，那是因为我还年轻呀，我这个年纪要是都不能理想化，那这个世界不是完蛋了吗？我永远不会成为方旭那样的人，你也一样。你前几天还答应我不会放弃，这么快就说话不算话了？”

骆静语还是固执地摇头，长长地抽了一口气，也不管会发出什么声音了，眼泪不断地流，还得努力去读占喜的唇语。读唇很费脑，他现在脑子都是乱的，又舍不得不读，生怕读一次少一次，生怕再也见不到她了。

占喜说：“你答应要带我去旅游、爬山，答应要送我一套只属于我一个人的首饰，答应我要学会喊我的名字，你到现在都没学会叫我‘欢欢’，你怎么这么笨啊？”

是，他是笨，连“欢欢”都学不会怎么叫。

骆静语呜咽出声，他要是够聪明，何至于让方旭给害成这样？

占喜松开手，抓抓头发：“我知道你今天回家碰到了不好的事情，大概就是你姐姐怀孕的事，这个我们以后再说，结婚不是一定必须要生孩子的。小鱼，眼下要先解决的是你的事情，欣然帮我约了一个律师，我明天要去见他，和他讨论如果打官司我们要怎么应对。本来，我今天想和你从头到尾把事情再过一遍，我总觉得你画完初稿，不可能一点儿证据都没有。我们可以翻翻手机，看看七月拍的照片，我七月底回家前把照片都拷到电脑里了，这几天一直没机会去看，说不定我们拍到些什么了。”

她顿了一下，看着骆静语满是泪痕的脸，抬手抹抹他的眼睛：“别那么快就放弃，还没到绝望的时候呢！身正不怕影子斜，我们没做错任何事情，不是人家说你抄袭就是抄袭，很多人都相信你，你更要相信你自己。今天，我先回八楼睡，明天我去见律师，不来你这儿吃饭了。刚好，咱们都冷静一下，各自想想这整件事情。骆静语……”占喜喊出他的全名，“你没有拖累我，是你救了我，让我知道我想要的到底是什么。和你在一起，我什么都不怕，和我在一起，你也不要害怕。咱们都还年轻，有什么是过不去的？”

她从沙发上起身，最后摸摸骆静语的脸，又在他额头上亲一下：“给自己煮点儿东西吃，别饿着。我先回去了，你晚上早点儿睡，不要胡思乱想。”

说完，占喜整理自己的笔记本电脑，又拿上一个文件袋，里面是为第二天见律师准备的材料，带好手机和钥匙就出了门。

家里只剩下骆静语，还有一只猫。“礼物”睁着一双大眼睛看着他，占喜走后，它又跳到了他腿上。

他还在断断续续地抽泣着，下午在家就哭了一场，晚上回来又哭一场，和小孩子一样，但是他真的忍不住。

他既希望欢欢能答应自己的分手请求，又不希望她答应。

多么矛盾。

但他真的看不到他们的未来了，他可能再也不能做烫花，也实在想不出自己还能做什么，像陈亮一样去摆夜市摊，还是像岳奇那样去给人扎气球？

就这种糟糕的生活，姐姐居然还想让她的孩子再体会一遍，到底是为什么？

这天晚上，占喜回到久未住人的802室，简单地打扫了一下卫生，洗过澡后早早地上床休息。她放空脑袋，什么都没去想，很快就睡着了。

在几层楼之隔的1504室，骆静语坐在沙发边的地板上，背脊靠着墙，一直抬头看着那盏鲸鱼灯。

“礼物”起先还在他脚边打转，后来见他久久未动，就自顾自地玩耍去了。

骆静语的后脑勺儿抵在墙上，心里想着之前和占喜的那些对话，又想起他们相识、相见、相恋的经过。想到有趣的地方，他会突然笑起来；想到温馨的画面，他会抬手捂住脸细细回味；想到他们面临的困难还有艰辛的未来，他的眼睛又会止不住地发酸……

占喜出现在他的人生中就是一场意外。

一个先天耳聋的宅男和一个健康漂亮的女孩儿就像两条平行线，怎么会有交集？

她是多么美好的女孩子啊，带给他一场美梦，让他知道了健听的年轻人都是怎么生活的，她的亲吻、触摸和拥抱统统令他着迷；她的微笑那么灿烂明媚，比他做的任何一种花朵都要鲜活。

她的声音也很好听，像小鸟在唱歌。

骆静语抬起右手，五指张开，将手掌移到视线和鲸鱼灯之间，眯着眼睛看那暖黄色的光线透过指缝倾洒下来。

手背上是醒目的大纱布，他的手破相了，那双欢欢一直喜欢的手变得很丑，就像他这个人一样，背上了“抄袭”的污名，是不是再也恢复不到从前简单纯粹的状态？

骆静语低低地笑出声来，左肩撞了一下落地灯杆，悬垂着的鲸鱼灯就在他的头顶轻轻摇晃，像一头鲸鱼从眼前缓缓游过。

他仰着头对它打起手语：“鲸，你说我该怎么办？”

距离“婳裳”给出的最后期限还有两天，微博上依旧闹得不可开交。占喜偶尔会去看一眼评论，事情没有出现转机，舆论风向还是对“禧鱼”很不利。

越来越多汉服圈的人关注到这件事情，方旭那边的生意做得风生水起。占喜去看过他的网店，在禧鱼的澄清微博发出后，他们的月销量又往上冲了不少。

占喜很疑惑，这都爆单了吧？管如婕做得过来吗？就算是骆静语也没法儿做这么多的订单。

“婳裳”已经删掉和“鱼戏莲花”有关的两条微博，暂时装死。

占喜没再发声，也没和“rrmft0429”私聊过。这人倒是每天都私聊挑衅她，还发很多微博圈一堆人，讲述自己的心酸经历：被抄袭了居然都没人管，“婳裳”不理，“禧鱼”不理，徐卿言也不理，只有“小鱼鱼手作烫花”安慰过她，因为对方也是受害人，被拉来背锅，和她一样冤枉……

占喜把这些事情都放在一边，和律师约在咖啡馆见面。罗欣然陪着她一起，三个人从下午聊到晚上，占喜越聊越灰心。

她一整天没和骆静语联系过，想着自己不能逼他太紧，让他自我调节一下。她对小鱼有信心。一个先天性耳聋的男生从小到大不知遭了多少罪，这点儿抗压能力还是有的，给他点儿时间就行，她相信他能走出来。

骆静语这一天并没有待在家里，待不住。他大清早出门后在马路上乱逛，心里突然有了一个想法，坐上出租车去了一个地方——湿地公园。

他找到姻缘桥，花朝节已经过去半年，姻缘桥边那棵挂满红绳姻缘牌的树还在，卖牌牌的摊位也在。很多红绳经历过风吹日晒都已褪色，还有一些颜色鲜艳，像是最近才挂上去的。

骆静语知道工作人员定期会撤掉一些姻缘牌，就是想来碰碰运气，看看他和占喜的那块牌还在不在。

他依稀记得挂的位置，在那一堆木牌里找了半天，突然眼睛一亮，手里已经攥住一块姻缘牌。

红绳褪色了，牌子上的字迹也晕开了一些，不过依旧可以辨认。

“骆静语”三个字底下是一头喷水花的鲸鱼。

“占喜”二字底下是一个圆滚滚的鸡蛋，鸡蛋上是一张笑脸。

他们的名字中间有一颗爱心。

他和欢欢的姻缘牌还在！

骆静语左手攥着木牌，右手用手机拍下照片。

这给了他一点儿微薄的信心，就当是迷信吧，老天爷应该是在告诉他，他和欢欢的缘分还没到散的时候。

他现在需要的就是这样的信心。

离开湿地公园，骆静语回市区时路过少年宫，让司机临时停车。

开学了，少年宫里只有一些学龄前的小孩儿在玩耍。他走在空旷的路上，看着几样停摆的游艺设施出神。

如果他记得没错，这里是他和欢欢在一起后第一次约会的地方，也是第一次在人前牵手的地方，还是欢欢主动把他的手从衣兜里给拽出来的。后来，他们的手指就牢牢地扣在了一起。他那时候是真的紧张，光是牵手都紧张得手心冒汗。

骆静语偷偷地微笑，突然就觉得神清气爽，大步离开了少年宫。

下一站，他去了会展中心。

会展中心在进行一场家具博览会，骆静语进去逛了一圈儿，找到自己和欢欢参展的位置。

他和欢欢在这里守了三天展位，原来不管是什么展览，这个展位都是这么偏僻。现在的展位是一家专做办公家具的公司，工作人员在打游戏，根本就懒得搭理他。

骆静语站在展位前看了一会儿，就离开了。

第四站，他去了一家商场。

已经是下午四点，他早餐后就没吃过东西，饿极了。他走进那家泰国餐馆，还好，这家店的晚市已经开始营业。

这是他和欢欢第一次约会的地方，虽然那时候他们还没在一起，不过后来都知道了，当时的他们已经在偷偷地喜欢对方。

整个餐厅只有骆静语一个顾客，他坐在自己和欢欢坐过的那个卡座上，翻开菜单点餐，指着图片告诉服务生，要咖喱蟹、冬阴功汤、香茅鸡、杧果饭……

服务生说："先生您一个人吃吗？有点儿多啊。"

骆静语冲她一笑，摇摇手，拍拍胸，又比了个"好的"。服务生立刻知道他是个聋哑人，便不多说，给他下了单。

骆静语自然是吃不掉这么多菜的。他喝完冬阴功汤，吃掉杧果饭，把吃剩的咖喱蟹和香茅鸡都打包带走，去往下一个目的地——他和欢欢去过的那家 KTV。

一个聋哑人跑过来要开一间小包厢，KTV 前台的几个工作人员都是一脸蒙，不过给钱就是大爷。服务生把骆静语带进一间小包厢，问他要不要点儿酒水和小食。

骆静语想了想，拿出手机打字给他看，要了三瓶啤酒和一份小吃拼盘。

服务生离开后，骆静语开始研究点歌界面怎么操作。那天晚上他玩过灯效，从来没点过歌，此时面对花里胡哨的点歌面板很有些无从下手。他选择拼音点歌，折腾了半天，终于把那首《鲸鱼》给点了出来。

啤酒和小食送进来了，骆静语打开一瓶酒，一边喝一边看大屏幕，看那些字幕一行行出现，又一行行消失。

每个字会由白变蓝，时间不一样，这大概就是旋律或是歌词的节奏？骆静语不懂，只是一遍遍地重播这首 MV，想起欢欢唱歌时的样子，想起他们握在一起的手，想起她看着他时温柔的眼神……

骆静语的心脏"扑通扑通"地跳得好快，他抬起双手，用手语把那些歌词一句句地表达出来，就像是在跟着唱一般。

我会在某一个夜晚偷偷地幻想 /
会不会有一只鲸鱼掠过窗 /
是不是他也和我一样看不到希望 /
挣脱枷锁，越过了海洋 /
……

占喜和律师、罗欣然道别后独自回到青雀佳苑 802 室，时间已是晚上九点。

她洗了个澡，拿着文件袋爬到床上，把袋子里的东西都拿出来。

全是彩打图片，包括“rrmft0429”的“设计稿”和小鱼由初稿到定稿的彩打件，还有“rrmft0429”做出来的实物图，和婳裳汉服“鱼戏莲花”款的实物饰品精修照。

她把所有的图片都铺在床上，跪在边上仔细地看。

曾经的某一天，她似乎对某件事情有过一丝疑惑，但她忘了是哪件事情，又为什么有疑惑，这令她耿耿于怀。她总觉得这是个关键，也许想起来了就会指明一条新的路。

是什么事情呢？

占喜的视线在一张张彩图上掠过，看一眼“rrmft0429”的稿子，再看一眼小鱼的稿子，又看一眼双方最后的实物图……就这么傻傻地看了十几分钟，她突然发现了一些不对的地方，脑子里“叮”了一声。

她似乎……想起自己疑惑的是哪件事情了。

那就是小鱼用热缩片做的那几条小锦鲤。

对！就是小锦鲤！

在小鱼准备做“鱼戏莲花”前，第一次把小锦鲤拿出来的时候，她有一种似曾相识的感觉。可那明明应该是她第一次看到，为什么会有这种感觉？她到底是在哪儿看到的呢？

占喜又打开笔记本电脑，想从七月拍的照片里找找灵感。这些照片她早上已经翻过一遍，没找到任何有价值的线索。在家给小鱼拍照时她大多用单反相机，手机就是随手拍拍生活照，很多是“礼物”的照片，还有造物节上小鱼展示和上课时的照片。

占喜把照片一张一张地看过去，没看出个所以然来。

造物节，造物节，造物节……她看到了自己，是一张得空时的臭美自拍，大头特写，嘟嘴卖萌，背景里是小小的、正在低头做花的骆静语。

这应该是第二天，七月十八日，她穿着一身荷绿色汉服裙，头上梳着两个小鬏鬏，插着那支荷花发簪。

荷花发簪……

占喜猛地闭上眼睛，身上起了一层鸡皮疙瘩。她在努力回忆，仔细回忆，用尽全部脑细胞去回忆！

七月十八日的造物节，她戴着一支荷花发簪，那是骆静语为了贴合展位主题特地帮她做的，然后那一天发生了一段小插曲。

她卖掉了一支发簪！一支没有标价的发簪！客人开口问价，她随口乱报，报了多少钱都记不得了。

那是一支莲花发簪！

发簪上有一条很小很小的橙红色锦鲤，只有大拇指指甲盖儿那么大。还是客人说“这条鱼好小，好可爱，只有大拇指指甲盖儿那么大”，她就瞄了一眼，就一眼，这支簪子就被那位客人买走了。

那才是她第一次看到小锦鲤的时刻，怪不得她会记不起来，因为她只看了一眼，簪子从头到尾都是在客人手里！

骆静语前一晚胡思乱想几乎没睡，在小包厢里吃吃喝喝后感觉困了，就躺在沙发上睡了一觉。醒过来后一看，四个小时的包厢时间快要结束了。

他把小食都吃完，提着打包的泰餐离开包厢，去前台结账。

KTV 迎宾处有一个景观池，假山上水流潺潺而下，池子里有假的莲花、莲叶和几尾小小的景观鱼。

骆静语此时对莲花和鱼格外敏感，就站在那里看了一会儿。

小鱼儿都是真的，在莲花间游走。骆静语走到池边，看着看着，突然记起一件事情。

之前，他和占喜一直在寻找初稿的证据，关于初稿有没有被偶然拍到、有没有和谁偶然提起过，等等，却忽略了除了初稿，关于“鱼戏莲花”，他还曾做过一件事！

在造物节上，他闲着没事干，按着初稿上一款发簪的设计，做出过一支类似的簪子，是实物簪子，打算第三天给欢欢换着戴。

荷花、莲花都和展位主题相符！

为什么一直没记起？因为那支簪子早就不见了，诞生后都还没被保留超过十分钟，他甚至没来得及做最后的调整，去上了个卫生间的工夫，回来后就得知它被欢欢卖掉了！

骆静语一个急转身就往出口奔去，差点儿撞到一个端着啤酒瓶的服务生。他连电梯都来不及搭了，直接从楼梯往下跑，冲出商场大门，几乎是用百米冲刺的速度到了路边。

那里停着几辆出租车，骆静语拉开其中一辆车的副驾驶座的门坐上车，颤抖着手在手机上打出“青雀佳苑”几个字给司机看。

司机皱眉，问：“青雀门那个？”

骆静语狂点头。

司机说：“系上安全带。”

油门一踩，车子就驶了出去。

占喜站在空荡荡的1504室客厅和“礼物”大眼瞪小眼，气道：“你爸呢？大晚上的跑哪儿去了？”

她给骆静语发微信消息。

鸡蛋布丁：小鱼，你在哪儿呢？

好大一头鱼：我在车上，回家，快到了！

占喜一秒都不想等。她穿着T恤衫和热裤，脚上夹着一双人字拖，拔腿就冲出去，坐电梯下楼，冲出单元门，又咬着牙奔跑到小区门口。她远远地看到几十米外一辆出租车刚刚停下，副驾驶座上的男人正好下车。

骆静语回头就看到了她，也向她跑过来。

占喜没有站在原地，向他飞奔而去。跑了没几步，右脚的拖鞋飞走了，害她双手扑腾几下，差点儿摔一跤。

骆静语“啊啊”地叫了一声，占喜抬头看他。他拎着个袋子跑得很快，边跑边冲她摇手，示意她不要动。

她便不动了，赤着一只脚站在地上，朝他张开双臂。

他已经跑到她面前，一点儿也没犹豫，把袋子往地上一扔，一把就抱住了她。他将她高高地抱起，还原地转了几个圈儿，转得她“咯咯咯”地大笑起来，发丝迎风飞扬。

他抱着她走到她拖鞋掉了的地方，才把她放下地。她穿好鞋，抬头看他。夏末季节，天气还很炎热，他们都跑出了一头汗，也可能是因为激动和兴奋。

占喜跳着脚，大声说：“小鱼！我可能找到证据了！你相信吗？我找到证据了！”

骆静语捧住她的脸颊，低头就乱七八糟地往她脸上亲。

占喜闻到他身上的酒气，惊讶道：“你喝酒了？”

他笑了，笑得特别开怀，眼睛弯弯的，还“嗬嗬嗬”地笑出声来。

大概酒精真能壮尿人胆，骆静语又一次抱紧她，嘴唇一下又一下地亲吻着她的额头和头发。

占喜被他吻得晕头转向，好不容易挣脱出来，急忙问：“我和你说话呢，你看懂没有呀？我可能找到证据啦！”

骆静语笑着点点头，露出一排大白牙，打手语说：“我知道了，我也想到了。证据，我也想起来了。”

他们一起手牵手回家，心情都很好，简单地交流后，才发现想起的是同一件事情。

这大概就是默契吧？

事情刚发生时大家都被闹得兵荒马乱，又是去医院，又是去派出所。占喜还被迟贵兰打出脑震荡，迷迷糊糊地过了几天。

终于，当他们把心沉淀下来后，好好地思考，峰回路转，事情真的出现了转机。

二人回到 1504 室，占喜第一时间走进那间当仓库的次卧。里面堆着很多东西，包括造物节上搬回来的物料。她在里面找到了那个抽奖箱。

抽奖箱里是造物节那三天所有参加体验课和购买烫花作品的客人的奖券。在造物节最后一天临结束时，占喜抽了奖，打电话通知各个中奖人，奖品早就寄出了。

谢天谢地，抽奖箱里的奖券没被清理掉。

她把一大堆奖券都倒在餐桌上，除了第一天生意比较淡，后面两天不管是体验课还是成品销售，生意都不错，骆静语还拿家里的库存饰品去补过货。她数了一下，一共有六十多张奖券，每张上都有手机号码。

在她眼里，这些奖券现在就是无价之宝呀！

第二天早上八点半，占喜和骆静语已经并肩坐在工作台前。

占喜把短信都编辑好了，把手机号码也整理好，有个别奖券的信息填的是疑似 QQ 号或微信号，被她暂且放到一边。

她想的是先发短信，等电话，等待时再加上那些微信和 QQ 去问，到中午要是没结果，就一个个打电话问。反正一共就六十多个人，她就不信找不到了。

骆静语忐忑地打手语问：“她填了吗？”

占喜思索片刻，回答：“应该填了，当时你不在，展位上没别的客人，她买了东西我肯定会让她填。我印象里买了东西的客人都愿意填，中奖率不低啊，六十多个里面中八个呢。”

时间到了九点整，占喜开工，手机号码已经被她录到通讯录里，勾选以后，一键群发。骆静语紧张兮兮地看着她操作，发送完后，他们安静地坐着，眼睛一直盯着手机。

半小时过去，没有电话，也没有短信。

占喜并不气馁，开始加那些 QQ 号和微信号，骆静语始终乖乖地陪在她身边。

时间到了十一点半，占喜有点儿焦躁了，骆静语也没心情去做饭，二人商量了一下决定开始打电话。

占喜用骆静语的手机拨打，刚打过三个电话，她的手机铃声突然响起。她拿起来一看，来电显示人是“造物节 26”。

她的心脏不禁“怦怦怦”地狂跳。她迅速接起电话，对面传来一个年轻的女声：“喂，是‘禧鱼烫花’吗？”

占喜的声音都在发抖：“是的，我是‘禧鱼烫花’骆老师的助理小占。”

对方说：“你好，我看到你发的短信了，你说的那支莲花簪子应该就是我买的。我早上上课呢，所以现在才给你打电话。”

占喜都快要哭了：“没关系，没关系，请问你现在在哪里呀？我能把簪子先借回来吗？用双倍的价格买回来也行。事情短信里都说啦，希望你能理解，帮帮骆老师可以吗？谢谢你了。”

女生说：“可以是可以，可是我不在钱塘。我在甬城上大学，刚开学，之前是放暑假去造物节玩的。簪子在我寝室，你看怎么办呀？”

“我去找你，我现在就去找你。”占喜毫不犹豫地道，“坐高铁就一小时，可以吗？”

“可以的，这是我的手机号码，我姓赵。我用短信把学校地址发给你，你到了给我打电话就行。”女生的态度很温和，“我刚才上微博看了，基本知道了是怎么回事。那人的图和簪子我也看过了，和骆老师做的一模一样，可是骆老师比她的早呀。放心吧，我能给你们证明。”

“谢谢你！那下午见，我现在就出发。”占喜挂掉电话，转身抱紧骆静语，“啊啊啊”地大叫，两条腿激动得乱颠。

骆静语知道应该是找到了，心里不知是什么滋味，就见占喜蹦了起来，说：“小鱼，走吧，和我一起去甬城，拿证据！”

他们很快就出了门，轻装上阵，打了一辆出租车直奔高铁站，买到下午一点五十分的高铁票，三点多时已经坐上了去小赵学校的出租车。三点四十分，占喜和骆静语在学校里见到了小赵。

小赵是个热心肠、明事理的大三女生，手里拿着那支莲花发簪在等他们。占喜接过发簪和骆静语一起看，“鱼戏莲花”是和骆静语初稿上几乎一模一样的簪子，连簪身用的五金件都一样，骆静语设计时就是照着家里的库存金属簪身绘制的。

这时，小赵又给了占喜一个意外之喜：“那个……其实买的那天，我发了朋友圈，你要看吗？”

占喜：“看！”

踩着甬城某公证处下班的时间，三个人冲到了公证员面前。

公证员听清要求后，开始帮小赵办理业务。

经确认，小赵的微信是用其手机号码注册的，手机号码在其名下使用。公证员让小赵操作微信，并用录像方式对她操作微信的过程办理了证据保全公证，当场出具公证书，证明小赵的朋友圈日期和内容真实有效。

占喜打电话咨询过律师，当场也提交了自己的证据保全公证请求。“禧鱼烫花艺术”微博号登记在她的手机号码下，手机号码由她本人使用。她当着公证员的面操作微博，将“rrmft0429”和“小鱼鱼手作烫花”这段时间发布的微博消息全部进行了证据保全公证。

拿到公证书的那一刻，占喜流泪了，是喜极而泣。

真是好事多磨呀！她忍不住和骆静语拥抱在一起，距离“婳裳”给的最后期限只剩一天，“rrmft0429”还在微博上蹦跶，而他们终于拿到了证据，还是公证处给出的铁证！

“回家吧。”占喜对骆静语说，“今晚我不睡觉了，要大干一场！这下子非叫他们心服口服不可！”

他们在公证处门口和小赵道别，占喜把六百块转给她，并承诺事情结束后送小赵一支新簪子，她想要什么花型都行。

“能帮上你的忙就好啦。”小赵笑着说，“买簪子那天我都没见到骆老师，今天终于见到了，骆老师好帅啊！只是我想不通，他们怎么这么坏？这样子欺负骆老师，这已经不是抄袭的事儿了，这是陷害啊！”

占喜叹了口气，指指公证处大厅里的一句宣传标语：“崇法，尚信，守正，求真。那两个人和这八个字边都不沾，所以老天都不会帮他们。”

晚上，占喜和骆静语坐高铁回钱塘。

在高铁上，占喜把拿到证据的消息告诉占杰和罗欣然，他们都是又欣慰又开心。她还告诉了苏苏。保险起见，占喜没说具体是什么证据，也没把公证书拍照给苏苏看，只说让她到时候看微博就行。

骆静语翻着那份公证书，这还是他头一次看到公证书长什么样，看到那枚大红章，他心里好激动，觉得就像是政府在给他撑腰。他是无辜的，他没有抄袭！这么几张薄薄的纸就能证明他的清白。

骆静语告诉占喜当时自己为什么会想要做这支莲花簪子。

方旭拍去初稿后迟迟没给反馈，骆静语和占喜忙着造物节的事情，也没空去管。造物节的第二天，上午的体验课结束后，他中午闲着没事，就拿出从家里带来的半成品继续制作，那个半成品就是这支莲花锦鲤发簪。

他想得很简单，就想打个样，看看实物做出来好不好看，客户的反馈意见回来后，他可以把实物图给对方看，沟通就会更顺畅些。

这支簪子是样品，不能卖，他还想要把它送给欢欢，让她第三天换着佩戴，和她那套藕粉色汉服裙是很搭的。

哪能想到呢？几分钟的工夫簪子就被欢欢卖掉了。

关于“rrmft0429”为什么直到七月二十一日才发微博晒饰品，占喜也和骆静语说了自己的分析。

“我觉得这个人有百分之八十的可能就是管如婕了，正因为是管如婕，所以她那几天也很忙啊。”占喜幽幽地说道，“她十五日、十六日要布展，十七日到十九日要参展，她就算是十一日拿到图的，留给她重新画稿子、做花的时间其实也只有十二、十三、十四和二十日这四五天。”

占喜扳起手指头，继续说：“她还要按照你的图去买配件，还要试验，不可能一做就能做得像，反正我对她的业务能力保持怀疑态度。哦，还有那条鱼！她应该是不会做，最后也不知道是用什么材质做的，做得那么丑！你想啊，明明知道会很丑，为什么非要做一条鱼啊？这不就是照着你的图在做嘛。所以，她二十一日发微博就是因为她二十一日才做完，要能早做完，她肯定早就发了。”

骆静语觉得她说得很有道理，拿出手机打字给她看：滴胶。

“这什么？”占喜看过，没明白。

骆静语用手语比了比“小鱼”，再指指手机上那个词。

占喜恍然大悟：“哦！你说她的鱼是用滴胶做的？”

骆静语点点头。他一眼就看出来了，那鱼真的很丑，管如婕可能是现学的。

聊完天，二人安静下来。占喜累了，靠在骆静语的肩膀上休息。

这一天来回甬城，是骆静语和占喜第二次一起坐高铁，和上一次从钱塘去沪市的情境有一点儿像，不过反了一下。

那时候，占喜遭到转岗失败的打击，一路上都很消沉，窝在骆静语的怀里，被他安慰、被他呵护。而现在是他遭到“抄袭”攻击，占喜一直陪在他身边，紧紧地牵着他的手，鼓励他、帮助他，一遍遍地叫他不要轻易放弃。

骆静语又一次看向高铁的车窗玻璃，外面是浓重的夜色，玻璃像镜子，映出两个依偎着的人影。

他突然觉得自己很幸运，如果没有欢欢，他独自碰到这样的事情，可能都不知道该怎么办。

这些事情正是他的最弱项，他承认。如果没有欢欢，他可能根本就逃不脱方旭的擎肘，哪怕真散伙单干了，他也会被方旭恶整，要么单干失败，要么回头求和，最坏就是被整得在烫花界待不下去。

占喜发现骆静语一直在看自己，问："你在想什么？"

骆静语抿着唇笑起来，打手语说："你真好，谢谢你。"

看到他弯了几下的大拇指，占喜捏捏他的脸颊，也笑："傻瓜。"

晚上回到青雀佳苑 1504 室时已是九点多，占喜没急着去洗澡，直接坐在笔记本电脑前开工，把公证书扫描后，又整理出一堆截图，开始静心写文章。

骆静语帮她泡了一杯咖啡，坐到她身边，看她的双手在键盘上敲得飞快。

十一点多，占喜把文章看了好几遍，还发给罗欣然和律师，让他们看看有没有要修改的。他们都说没问题后，她把微博发了出去。

有了明确的证据，整件事清晰完整地呈现在大众眼前。

前情提要：20×× 年 7 月 24 日前，骆老师和方某合作经营"小鱼鱼手作烫花"（以下简称"小鱼鱼"）工作室，时长四年，方某负责客户维护、网店运营、包装发货及售后，骆老师负责所有烫花作品的设计制作以及照片和视频的拍摄。

6 月下旬，骆老师计划报名参加钱塘造物节，方某不愿以工作室的名义报名，但不干涉骆老师的意愿，骆老师便以个人形式报名，一个人承担了全部费用。

6 月 30 日，骆老师接到造物节主办方通知，报名通过，同时被要求提交用以宣传的微信公众号，而"小鱼鱼"并没有注册公众号。

7 月 2 日，为配合造物节官方宣传，骆老师委托占某注册"禧鱼烫花艺术"（以下简称"禧鱼"）微信公众号，同时注册微博和 Q 站账号，未注册某宝店铺。

7 月 3 日，婳裳汉服工作室（以下简称"婳裳"）委托"小鱼鱼"的方某进行秋季"盛唐风华"主题中两套女装的联名款烫花饰品设计和制作。方某接单后用微信告知骆老师，并给出设计要求，骆老师主动承诺 7 月 13 日前可以提交设计稿。（图 1，图 2）

7 月 4 日至 7 月 9 日，骆老师陆陆续续用手绘形式画出"鱼戏莲花"的六张设计初稿，包括两支发簪、两朵手花和两款发冠。（图 3，图 4）

7 月 11 日，方某到骆老师家中，以要给"婳裳"看设计稿、听反馈意见为由，拍去六张设计稿的照片。骆老师和方某此时还在合作中，出于对方某的信任，并未起疑，也未将设计稿电子版留底。

7 月 15 日，依"rrmft0429"所言，其于当天出门采风，看到湖中莲花和锦鲤，产生灵感，回家开始画设计稿，想做烫花手工，图片为其 7 月 21 日发微博陈述截图。（图 5）

7 月 15 日至 7 月 18 日是"rrmft0429"声称的画设计稿时间。在 8 月 26 日发的微博中（图 6），“rrmft0429”声称设计稿未给任何人看过。

7 月 17 日至 7 月 19 日，骆老师和占某参加钱塘造物节。

7 月 18 日，骆老师在造物节现场，按照“鱼戏莲花”的设计初稿，制作出一支“鱼戏莲花”发簪，被占某以六百元的价格卖给赵某。赵某当天下午发朋友圈晒图，有发簪的多角度照片，该朋友圈已由公证处公证。（图 7，图 8）

7 月 19 日，造物节结束。方某当晚在微信询问骆老师何时设计 20×× 年 10 月汉服节定制饰品，骆老师回答 7 月 23 日可发样品。此时，方某完全没有流露出要和骆老师终止合作的意思。（图 9）

7 月 21 日，“rrmft0429”发微博，晒出自己做的四款烫花饰品照片和采风照片。（图 10，图 11）

请重点看图 11，这支发簪就是模仿 7 月 18 日骆老师做的发簪制作的，两支发簪都和二人各自的设计稿一致，可是和骆老师最终给“婳裳”的定稿作品不一致，下面会讲到原因。

7 月 23 日，骆老师将汉服节样品照片用微信发给方某，方某发到各汉服群中，并得到客户部分反馈意见，发回给骆老师。（图 12）

7 月 24 日，方某到骆老师家中，以不签字就不开仓为由，威胁骆老师签下双方终止合作经营“小鱼鱼”的清算书，并以霸王条款拿走骆老师四年来的所有设计版权以及骆老师为汉服节设计制作的定制款版权和样品实物。

7 月 27 日，骆老师和占某决定合作经营“禧鱼”，并且注册起某宝店铺。骆老师开始重新设计汉服节定制款，把之前给方某的花型全部推翻。（图 13）

7 月 31 日，“婳裳”联系骆老师，继续洽谈“盛唐风华”主题联名款饰品的设计制作事宜。当天，骆老师把设计款初稿小修后，由占某发给“婳裳”。（图 14，图 15）

重点请看图 15 的发簪，因为骆老师在 7 月 18 日卖掉了一支“鱼戏莲花”发簪，他的版权意识很强，所以把这支发簪推翻重画，最后成了图 15 的样子。这支发簪的稿子和其他五张小修稿放在一起，去与六张初稿相比，会很明显看出，这支簪子的风格是不一样的。

8 月 6 日，“禧鱼”为汉服节设计的定制款开仓，接受预定。

8 月 10 日，骆老师和“婳裳”签订完“鱼戏莲花”联名款饰品设计、制作合同。（图 16，合同打码）

8 月 12 日，“鱼戏莲花”饰品定稿，骆老师开工制作。

8 月 19 日，“婳裳”在羊城收到骆老师寄去的六件样品。

8 月 25 日，“婳裳”在羊城举行“盛唐风华”新品发布会，展示了“鱼戏莲花”款汉服及饰品，当晚更新微博，将“鱼戏莲花”两款服装及饰品以两条微博的形式分别展示，并提到“禧鱼”，说明是联名款。

8月26日，凌晨，“rrmft0429”发微博说自己被抄袭，晒出其7月21日发的微博截图以及其做的所谓“鱼戏莲花”饰品照片和“婳裳”发布的饰品照片。（图17）

当天“禧鱼”的占某和“rrmft0429”私聊，声明骆老师没有抄袭，7月9日就已画完初稿，“rrmft0429”问“禧鱼”要证明，“禧鱼”暂时提交不出。“rrmft0429”随即发微博晒自己的设计稿，说是7月18日画完，未给任何人看过。（图18，图6）

8月27日，“rrmft0429”又发长微博，叙述所谓的事情经过，提到了烫花界和汉服圈众多知名微博号，将此事发酵。

当晚，“禧鱼”发布澄清微博，内容与上述陈述有部分重复，未说明骆老师和方某之间的矛盾，未拿到图7、图8的公证处证据，现正式补充。

“禧鱼”发布微博后，方某用“小鱼鱼”微博号反驳了“禧鱼”的澄清声明，声称未拍过骆老师的初稿照片。

8月28日至9月2日，“rrmft0429”和方某每日发微博炒作此事，持续攻击骆老师“抄袭”，要“禧鱼”和“婳裳”给出解释。方某还趁机推出他的新合伙人“如如小姐婕”，“小鱼鱼”的网店的销量因此事增长许多。

而“禧鱼烫花”网店则因此事面临大量退款申请，同时还面临和“婳裳”的法律纠纷，骆老师的烫花事业一度跌到谷底。

9月2日，骆老师和占某联系到赵某，拿到关键性证据，可证明骆老师7月18日就依照初稿做出了“鱼戏莲花”实物簪子，时间由公证处公证。（图7，图8）

事已至此，“禧鱼烫花”正式向“rrmft0429”、方某和“如如小姐婕”提出四个疑问，请三位认真回答——

一、提问“rrmft0429”：你的四张设计稿和骆老师的设计初稿不管是花型、鱼型、绘制角度、颜色、簪身细节都极为相似，其中一方必定为抄袭。你说自己是7月18日将设计稿绘制完，从未给任何人看过，如何解释骆老师7月18日就已经按照其中一张初稿制作出发簪成品？

二、提问方某：骆老师初稿外泄的唯一渠道就是7月11日你上门拍摄照片，现在事实清晰明朗，骆老师的初稿就是诞生在“rrmft0429”的设计稿之前，你为何信口雌黄、拒不承认？

三、提问方某和“如如小姐婕”：“rrmft0429”是个小号，明明是此人抄袭了骆老师的稿子，还颠倒黑白、倒打一耙说骆老师抄袭，此人背后是谁在指使？这番操作用意何在？二位觉得哪一方是整件事情的最终受益者？

四、提问“如如小姐婕”：你在整件事情里扮演怎样的角色？在和方某合作前，知道方某和骆老师之间的矛盾纠纷吗？知道方某和“rrmft0429”之间的龌龊行径吗？将骆老师为汉服节设计的定制款归为自己的设计，“小鱼鱼”的客户知道吗？

以上，“禧鱼”和“婳裳”等待三位的回答。

另：“禧鱼”已将“rrmft0429”和“小鱼鱼”微博号发布的微博进行证据保全公证，两位删博也没用。“禧鱼”将和“婳裳”一起，针对“rrmft0429”的抄袭、诬蔑、谣言传播等恶劣行为进行法律追责，此事关乎骆老师的名誉，绝不姑息，绝不私了。

在长文的最后，占喜说到骆静语。

禧鱼烫花艺术：骆老师师从烫花大师徐卿言老师，学习烫花技艺近十年，对烫花艺术保持着数年如一日的热爱和持久的钻研精神。他从不抄袭，对每一件作品都倾注了心血，坚持质量第一，力求用烫花饰品做载体，发扬中国传统文化，让大众能看到手作造花的美。

骆老师作为设计师，很有原则，说好 7 月 13 日前交稿，必定会交。他为客户设计商业作品时，哪怕只是在无意中卖掉了一支发簪，都会将这款设计推翻重来，就是担心会在后续引起版权方面的纠纷。

这样严以律己的骆老师在“小鱼鱼”经受了客户四年的考验，设计制作的作品受到无数人的喜爱，又怎么会在单干后去抄袭一个微博上无名小号发表的烫花作品？

好在“皇天不负有心人”，我们终于找到可以证明骆老师清白的铁证。后续事宜，“禧鱼”将和“婳裳”及律师一起跟进，到时会在微博向大家汇报具体情况。

手作行业是一个很小众的行业，许多传统技艺渐渐在消亡。在如今快节奏的生活中，靠的是一群手作老师对自身所学技艺的热爱和坚持，它才能在无数工业产品、快销产品中保有一席之地，让更多民众能体会到手作的魅力。

而烫花艺术又是小众中的小众。骆老师身为手作行业中的一分子，誓与其他有原则、有追求、守法诚信的手作人团结在一起，捍卫自身权利，强烈谴责此次事件中出现的故意抄袭、恶意陷害等违法行为！

这样的人必须留待法律的严惩。

感谢这一周来大家对此事的关注，感谢始终支持“禧鱼”、支持骆老师的朋友们，我们坚信，邪不能胜正。

占喜发出这条长微博后，效仿“rrmft0429”和方旭，提到了一大堆微博号，有烫花界的、汉服圈的，还有其他手作行业的大佬……她把能提到的都写上了。

发完以后，她丢开手机，抱着骆静语狠狠地亲了一通，接着二人吃消夜、洗澡、上床睡觉。

第二天，阳光透过窗帘缝隙洒进房间。占喜眯了眯眼睛，从梦中醒过来。

她睡在骆静语的怀里，背脊贴着他的胸膛，翻过身，发现他正眨巴着眼睛看自己。也不知道他是什么时候醒的，睡没睡着过也不得而知。

“早上好。”占喜凑过去亲一下他的脸颊，伸了个懒腰后，她从床头柜上拿过手机，问，“小鱼，准备好了吗？我要看哦。”

骆静语点点头，表情看着有点儿紧张。

占喜的心情反倒很平静，当着骆静语的面打开微博，果然看到铺天盖地的消息。

她和骆静语头碰着头一条条地看，看着看着，他们一起笑了起来。

占喜知道，这一场仗她和小鱼打赢了。

微博上，很久没出声的徐卿言终于说了话。

她转发了“禧鱼”的微博并配文。

徐卿言：一直在关注此事，作为老师，我眼里的小骆善良、赤诚、谦逊又努力，我相信他的人品，也相信他的专业能力。作为手作人，我对抄袭深恶痛绝，对行业里恶性竞争、恶意陷害的行为感到极度不耻，是非自有曲直，公道自在人心。

徐卿言一发声，憋了好久的邵姐等人再也不沉默，一个个都转发了“禧鱼”的微博，说一说自己眼里的骆老师是个多么可爱的人，表示支持他，强烈谴责方某和“rrmft0429”。

除了这些认识的人，还有很多占喜和骆静语不认识的人也在转发，有些是徐卿言的学生，有些是原创汉服品牌工作室，有些是一同参加过造物节的其他行业的手作人，纷纷出声支援。

虽然除了一些汉服工作室有几十万粉丝，别的手作人的粉丝数都只有几千到几万不等，并且这件事情和演艺明星们的“瓜”不能比，可此事还是在小小的汉服圈和手作圈里搅起了不小的波浪。

整件事情的逻辑链很清晰，只要把“禧鱼”的长微博看完，都能领会到那个点：方某和骆老师从合作关系变为竞争对手，在“禧鱼烫花”初起步时就下重手打压，施展了一系列的恶意手段，就是想让骆老师单干失败，打得他在烫花界再也翻不了身。

“婳裳汉服”的公关简直要放鞭炮庆祝，赶紧把“鱼戏莲花”那两条微博重新发出来，也写了一篇长长的声明支援“禧鱼”，说对于那些诬陷“婳裳”和骆老师抄袭的人绝不姑息，一定会拿起法律武器捍卫原创设计和品牌尊严。

“rrmft0429”曾试图反击，发微博说自己的设计稿的确是十八日画完的，但是骆老师做出簪子的那一张是十五日就画完了，一个朋友到她家时看到过，大概是那个朋友流出去的，被骆老师看到了。

“禧鱼”很大方地转发了她这条微博。

禧鱼烫花艺术：是吗？那你证明给我看呀。

网友立刻评论——

网友1：rrmft0429，你不是说设计稿从没给人看过吗？这时候又突然出来一个朋友了？

网友2：“禧鱼”一早就说初稿是被那个姓方的拍去了，口径从没变过，rrmft0429，你这样变来变去就很……

网友3：@rrmft0429，哈哈哈！哈哈哈！这句话是你自己说的，“是吗？那你证明给我看呀。”只要能证明你的稿子的确是在骆老师做簪子前就画出来了，那我们就承认，你从方某那里抄画抄得挺快的，哈哈哈！哈哈哈！

最蒙的就是那些前期攻击过“禧鱼”和骆静语的网友们。

面对占喜甩出来的证据，“小鱼鱼”和管如婕的粉丝心情都很复杂，不过大多数人还是很快意识到自己站错了边，接着就感到愤怒，之前怎么攻击骆老师，现在就怎么攻击“rrmft0429”和“小鱼鱼”。

他们的微博下瞬间血雨腥风，一片不堪入目的骂声。

“禧鱼”的微博下评论就和谐多了。

网友1：我要向骆老师道歉，那些人怎么这么恶心啊！！！支持骆老师告他们！“抄袭狗”死！“诬陷狗”牢底坐穿！

网友2：呜呜呜，我家“房子”没塌，开心！骆老师做的花花全世界最美！火速爬墙去“禧鱼”，大家一定要去看看我骆老师的绝世美手！

网友3：整个“瓜”吃下来，就觉得人性好复杂。不就是散伙吗？非要整这些破事把人赶尽杀绝？人在做天在看啊！现在就看那三位怎么回答了，还会有反转吗？

网友4：这都去公证了，不会有反转了吧？仔细想想，一个学了十年的人也没必要去抄袭一个小新人呀，难道骆老师自己设计不出来吗？单干了脑子就坏了，就不会设计了？

网友5：居然不仅仅是抄袭，还真的是陷害……我太天真了，怎么会有这种人？法盲吗？

网友6：这个方某怎么不去写剧本？人才啊！

网友7：盲猜rrmft0429和如如小姐婕是同一个人，杠我就是你对！

网友8：本法学“菜鸡”给“禧鱼”指明一条路，有个罪名叫“网络诽谤罪”，是2013年出台的，这个案子本“菜鸡”觉得够入刑啦！

网友9：我大概是少有的从一开始就不相信骆老师会抄袭的人，看到“禧鱼”的新微博开心到流泪，是真哭了！大二开始混汉服圈，第一次买骆老师的花花，现在我都毕业了，骆老师每年的定制我都会买一款。今年在“小鱼鱼”买的花花刚收到，质量真是一言难尽。我准备退货了，去“禧鱼”重新买！永远追随骆老师！

…………

“小方哥，怎么办呀？我能不能把那些微博删掉呀？”管如婕在电话里哭得好大声，“你怎么骗我呢？你说你确定他们没证据，我才听你的把事情闹大，现在他们拿出证据来了，我要怎么说呀？他们都在骂我！呜呜呜……”

方旭也是焦头烂额，事情都过去一周多了，占喜和骆静语突然拿出铁证，还是公证处公证过的，让他们连一句对方“朋友圈造假”都说不出来。

这会儿他和管如婕都在微博上装死，感觉说什么都不对，想把微博删了，占喜却说她已经把他们的微博都做了证据保全，删了也没用。

看看转发量，早就过五百条了，还都是他们的原创微博，不会真的要吃官司吧？

方旭试图安抚管如婕：“如如，你先别慌，微博不能删，删了就是心虚，你就一口咬定是有朋友看到了那张稿子，可能趁你不注意拍了照片，你到现在才知道稿子外泄了。”

管如婕哭哭啼啼地问：“那他们要是告我，问我是哪个朋友，让我把朋友拉出来做证，我到哪里去找呀？我就给你一个人看过这图，还是发的微信，我能不能说是你呀？”

“你脑子有病吗？！”方旭气得不行，“别把我扯进去！不能承认我和你认识！这事儿我反正就咬死了我没拍他们的设计图照片，就算他们的图外泄了，也不是我干的。只要我不承认，他们没证据证明和我有关系，最多就是网友顺着他们的话在怀疑我，你懂吗？”

管如婕惊呆了：“你的意思是……你要撇开你自己，就让我去出头？他们要告就告我一个？”

方旭放柔语气：“我没有撇开我自己，只是把我和你的小号搭在一起，就等于是证实了他们的说法了，事情就更加不可收拾了。如如，你相信我，他们就是嘴上说说，不会真告你的，如果要赔钱哥会帮你，放心吧。”

管如婕尖叫道：“我怎么可能放心呀？这不是钱的事情！我不缺钱！我不要坐牢！如果他们通过微博来找我，就知道我是管如婕了！你能撇得开吗？我以后还怎么在这个圈子里混啊？”

“啧。”方旭无语，“就算知道你是管如婕，你也可以说这是你一个人的行为，我并不知情。如如，你记着，绝对不要承认抄袭，不能说从我这儿拿到过图，就咬死是你自己的灵感、自己画的，被朋友看去了。那个朋友你随便去找个人，给她钱，就说她在国外读书啊什么的，她把图发在了什么外网的社交平台，后来删掉了……你不在国外留过学吗？找得到的！”

沉默了一会儿后，管如婕的语气冷静下来：“方旭，我不要和你合作了，你把八月我做花的钱结给我，我算过了，十二万,一毛都不能少。后面的花我不做了，你另外找人做吧。你要是不给我，我就把我和你的事情都捅出去，我要死，你也别想活。”

方旭怒吼：“这种时候你还想这个？你不看看现在店里有多少退货？就你做的那些玩意儿，我一个不懂的都看不入眼！当初你信誓旦旦地说自己的水平和聋子差不多，结果呢？如如呀，我和你是一条绳子上的蚂蚱，这种时候就应该拧在一起，你在明，我在暗，方哥保证会保你，聋子那人真的不爱找事。这样，方哥想个办法去求求他，咱们赔钱，把这事儿给了掉，争取让他们不告你，这总行了吧？”

“不行！”管如婕此时很坚定，“我再也不要蹚这摊浑水了，你把钱结给我，我用小号去求他们，要赔钱我再找你。你现在嫌我水平差？当时你可不是这么说的。再说了，我也没让你接这么多单呀！少点儿我还能保质量，这么多根本就不可能保质又保量！你当我是机器，不要休息的吗？”

最开始是在三月，管如婕主动找到方旭，说明自己的来意。

她是钱塘人，在国外学过烫花，回国后偶尔接一些洛丽塔配饰的单子，可是近几年，在国内这一块的生意比不上汉服配饰。

管如婕想入汉服圈，却没门路，偶然发现“小鱼鱼手作烫花”的大本营和她同城，就去找方旭，问能否外包一些业务给她做。

私心里，管如婕只把方旭这里当一块跳板。她想着做个一两年，对汉服圈了解了以后就能单干，和邵姐、小朱姐那些人的号一样。她年轻漂亮，还能立一个美女烫花大师人设。

方旭当时看过管如婕的作品后，不置可否，此事不了了之。

后来到了六月，方旭主动来找她，问如果他和他的合伙人散伙，她愿不愿意和他合作。

管如婕知道自己的水平几斤几两，有点儿心虚，不过还是回答“愿意”。方旭又说，要是她愿意就得帮他一个忙，聋子如果单干，会成为“小鱼鱼”最大的竞争对手，想把烫花这块生意再做下去，就得搞黑骆静语。

所有的事情都是方旭策划的，“婳裳”是刚好撞上网来的那只鸟，就算没有“婳裳”，也会有别的品牌遭殃，就算事情没发生在七月，也会发生在八月、九月，或者不知道哪个时间。

方旭对骆静语的工作习惯太了解了，他原本的想法也就是把骆静语的名声搞臭，让“禧鱼”永远背着一个污名。

哪怕骆静语之后隐姓埋名、换个品牌重新开始，方旭也能凭借对他作品的了解把他给扒出来。即使骆静语在烫花界艰难地混下去，也永远出不了头。

事情开展得异常顺利，方旭本来是在观望的，结果骆静语跑来揍了他一顿，彻底把他给惹怒了，急不可耐地就把事情给闹大了。

骆静语这么冲动，肯定就是没证据呀！要有证据，怎么会冒着吃牢饭的风险来揍他？

方旭悔不当初，聋子怎么会留着一手？他真是大意了。现在的局面变得很尴尬，管如婕快被逼疯，网店里是大批量的退款申请，他都还没同意。

如果他同意，就要损失二十多万，手头多了一堆没用的饰品，还得给管如婕结钱，不结钱她会更疯狂。如果他不同意，事情也拖不下去，客户会闹。这事儿真的很难处理。

怪就怪在管如婕这个傻子当初说了设计稿没给任何人看过，她要是不说这一句，他们就还能再撑一撑。

方旭又安抚了一会儿管如婕，终于把电话给挂了。他想，是不是真的要去求一下骆静语，如果给钱，他能同意大事化小吗？

如果没有占喜，方旭会觉得自己的把握大一些，毕竟这些年来，骆静语每次面对他都是一副任凭宰割的样子。

是从什么时候开始有变化的？就是从接到那盆“好运来”的定制开始，再到后来的“樱花树”，小聋子认识了那个伶牙俐齿的女孩儿，胆子渐渐地就肥起来了。

“禧鱼”的长微博发出两天后，占喜、骆静语、“皮皮虾”和罗欣然围坐在一起，盯着桌上的两支烫花发簪看。

一支是月季发簪，一支是雁来红发簪，都是骆静语给方旭设计的汉服节花型。

“什么感觉？好看吗？”占喜一边喝水，一边问罗欣然和“皮皮虾”。

“皮皮虾”不屑地嗤笑一声：“开玩笑呢？就这？哥再学几天也能上了，猛男烫花大师！”

占喜笑得一口水都差点儿喷出来。

罗欣然也摇头：“粗糙，一点儿也不精致。我拿过来前给一些不知道烫花的朋友看过，让他们猜多少钱，没一个猜超过一百元的。”

占喜拿起那支月季发簪翻来覆去地打量：“她卖三四百元呢，你说她不会吧，也不是，至少做得比我好。但你说她会吧，做成这个样子也太敷衍了。小鱼，你说呢？”

骆静语坐得很端正，看着这两支发簪，心里五味杂陈。

他对方旭没感情，对“小鱼鱼手作烫花”却是有感情的，毕竟那是他一手做起来的工作室。现在他离开了，“小鱼鱼”居然出品了质量这样差的东西，还是他设计的，就感觉特别糟心，甚至觉得对不起“小鱼鱼”那些一直支持着自己的老粉丝。

罗欣然问占喜：“你和律师后来谈得怎么样？”

“网络诽谤罪。”占喜指指骆静语，“这个罪是不告不理，需要小鱼去法院告他们，证据我们手上都有，做保全公证时转发早就超过五百条了，影响还挺大的，谁让他们自己提到了那么多人。”

罗欣然又问：“那小鱼要去告吗？”

骆静语看看罗欣然，又看向占喜。占喜回答：“当然要告！这事绝不私了，我们还得和律师再沟通一下，和‘婳裳’那边也得通气。”

罗欣然见骆静语抿抿唇，表情不太自然，不解道：“小鱼是有什么顾虑吗？”

占喜看一眼骆静语，握握他的手，说：“也不是顾虑，他很生气，就是从来没碰到过这样的事情。打官司又必须他出面去告，他有点儿不安吧，毕竟方旭……也算是对他有恩。”

“拜托，恩情早就还了，告死他！”“皮皮虾”恶狠狠地说，“我都被气死了！这两位根本不是人，告他们算轻的，小鱼当时去揍人怎么不叫上我？这事儿不断他几根肋骨都不算完！”

罗欣然踢了他一脚。骆静语看了他一眼，低下头去。

他都多少年没打过架了，水平也就那样，没被方旭打趴下已经算是奇迹。

占喜说：“欣然，你敢信吗？就这两天，我们店里有了三百多个订单，还在涨！我设好了库存量，小鱼就做到国庆长假结束，再多就不接了，卖完为止。还有，‘婳裳’和我们追加了合同，那款‘鱼戏莲花’他们还要五十套！我的天哪，我都心疼小鱼了，这要做到什么时候呀！”

“也算是因祸得福。”罗欣然想了想，问，“对了，那你们去告，是不是只能告那个小号？能告方旭吗？他才是幕后黑手啊。”

占喜说：“如果那个小号是管如婕，就能把方旭给扯进来，要看那个小号怎么说了。方旭这人挺阴的，是 PUA（情感控制）高手，我就怕他把管如婕给说服了，让管如婕一个人傻乎乎地出头。”

“吃官司的事情，管如婕不会那么傻吧？”罗欣然说，“不过她手头得有证据，要不然，方旭打死不承认怎么办？”

方旭的确准备打死不承认，但他没想到管如婕的承受能力会这么弱，在问他要了两次钱都被他拖着没给后，她爆发了。

她用“rrmft0429”这个号在微博上晒出几段做过变声处理的电话录音。录音有剪辑，通篇都是一个男声对一个女声说要怎么做怎么做，让她说自己的设计灵感是怎么来的，说钱塘哪里有莲花开了的池子让她去拍照，说怎么诬陷“聋子”，说她那几个簪子手花做得太好了点儿，不像新人的水平，要她重新做……

她没说这男人是谁，但女声显然是她自己。她问网友，这件事情是她一个人的错吗？她只是在被人当枪使，“禧鱼”和“婳裳”如果要告，应该去找罪魁祸首，而不是她！她现在精神压力很大，她有抑郁症，她天天失眠，试图自残，她从这件事情里没得到一点儿好处，她是被迫的！

网友们：“……”

事实居然来得如此快，真得不能更真了。

这个发展真是叫人意想不到，连占喜都蒙了。

网友们很快就发现了录音里的一个重点——聋子。

谁是聋子？骆老师吗？骆老师是聋人？不会吧！

从头到尾，知道骆静语是聋人的网友没几个，大多是在造物节上见过骆静语的人，都默契地没有说到这件事情。

“小鱼鱼”的粉丝肯定是不知道的，方旭四年来把骆静语“保护”得很好，“禧鱼”的客户也不知道，连“婳裳”的苏苏都不知道！

“rrmft0429”的录音一出，这件事情就从最初的抄袭风波演变成了法制案件，现在又因为涉及侮辱残障人士而变成一起公共事件，在网络上迅速发酵。

众多残疾人权益保护组织愤怒了，听着录音里一口一个“聋子”，压抑着破口大骂的心情，纷纷出声谴责，要求对方道歉，希望“禧鱼”不要私了，一定要把这个幕后黑手给揪出来，晒在太阳底下。

骆静语也看到了这些消息，但他没能听到音频，他问占喜音频里说了些什么，为什么大家会这么生气。

占喜抱抱他，说：“小鱼，相信我，你不用知道。”

在征得骆静语的同意后，占喜也发出一条微博。

禧鱼烫花艺术：是的，骆老师的确是一位听障人士，从小生活在无声世界，用手语与人交流。但他是个天使，有着最温暖的笑容和最纯净的心灵。我们的重点从来不是这个，骆老师的听障没有影响到他的专业技能，反而能让他在喧嚣的世界里更静得下心，更耐得住寂寞，能让他做出最纯粹、最美丽的花朵。谢谢大家关心，骆老师会继续努力。

她给这条微博配了一张照片，照片里是有一天骆静语坐在阳台上，背景是他养的那些葱翠花草。他穿着一套浅灰色运动服，怀里抱着一只小白猫，低着头，略长而蓬松的头发垂下来，挡住了他的眉眼，只能看到他的鼻尖和扬起的嘴角，弧度特别好看。

他是一个年轻的、干净的、美好的、有着温煦笑容的大男孩儿。

不会有人用“耳聋”去攻击他，怎么会有呢？

他就是一个天使，是上天和他开了一个玩笑，看他太完美，就给了他一点儿瑕疵。

可这在占喜眼里根本不是瑕疵，她的小鱼就是完美的，灵巧的手和满脑子的奇思妙想是完美，温柔包容的心是完美，对世界的善意是完美，对烫花事业的热爱与坚持是完美，连眼泪和偶尔敏感的情绪也是完美。

“禧鱼”的微博下面，评论里全是鼓励和支持，留言从充满戾气变得特别温情。

骆静语有些无所适从，打着手语问占喜：“他们知道我是聋人，会不会讨厌我？”

占喜捧着他的脸颊亲亲他的唇，笑着说：“不会，现在不光是我喜欢你，有越来越多的人在喜欢你了，还都是漂亮女孩子，我都要吃醋啦！”

骆静语脸颊红红地看着她，摇摇头，打手语说：“我心里只有你一个。”

看着他一本正经的样子，占喜笑个不停，一会儿后渐渐止住笑，正色道：“小鱼，我们必须要去告他们，不能心软，你欠方旭的恩情早就还清了。这件事情不仅是为了你自己，也是为了别的用心原创的手作人，还有其他像你一样努力、身体有残障的朋友。你得给他们打个样，让那些心存恶意的人知道，自己做了坏事就得想好后果，成年人要对自己的行为负责，我们可不是好欺负的。”

骆静语读唇读得一知半解，不过他还是点了点头。他信任欢欢，欢欢那么聪明，帮他翻了盘，欢欢的意见肯定比他的正确，他愿意听，他也的确不能再那么懦弱了。

在得到铁证后的第五天，事情还在微博上发酵。骆静语在占喜和律师的陪同下，向法院递交起诉书，正式起诉微博用户“rrmft0429”网络诽谤罪。

至于方旭，律师说，有一条共同犯罪认定，即“行为人明知他人利用信息网络实施诽谤、寻衅滋事等犯罪活动，而为他人提供资金、场所、技术支持等帮助，与他人共同完成相关犯罪活动，符合诽谤、寻衅滋事等犯罪构成要件的，应承担相应的刑事责任”。

也就是说，只要能把“rrmft0429”是谁给扒出来，凭她手上那些录音证据，方旭是跑不掉的了。

Chapter 19

爸爸妈妈的话

小雨沙沙地下着，天气很凉爽，肆虐了一周的“秋老虎”被这场秋雨打得偃旗息鼓。

这时已是九月下旬，气象预报说，钱塘的晴热高温天气即将结束。

杜恒知闲闲地站在廊下，双手捧着一杯热茶，看着院子里的某处发呆，眼神带着好奇。

池江由梨走到他身边，用英文问他：“Lucien（卢西恩），你在看什么？”

杜恒知喝一口热茶，指指不远处的廊下，也用英语说：“现在不是九月吗？应该开桂花才对，这里为什么会有一棵樱花树？”

池江由梨失笑道：“啊？那是假的。”

“假的？”杜恒知其实也猜到是假的，但因为一直没有走近看，只觉得那樱花树非常逼真，此时听到确认的回答，好奇心更甚。

这时，池江夫人慢悠悠地走到他们身边，还轻轻咳嗽几声。池江由梨搀住她，用日语说：“妈妈，外面冷，你要多穿件衣服。”

池江夫人笑眯眯地拍拍她的手，见杜恒知一直在看那棵樱花树，对女儿说：“自从这棵樱花树被放到院子里，每一个看到的人都很惊讶呢。”

池江由梨也笑：“这是您和爸爸爱情的见证呀。”

杜恒知听不懂日语，转过头看着她。

池江由梨便将这棵樱花树的故事用英语讲给杜恒知听。

池江由梨 28 岁，是池江夫妻的独女，此前一直在别的国家工作，从事服装设计。

池江夫人过50岁生日时，池江由梨因为工作没能来中国，只收到董承发给她的邮件，里面有生日宴现场的照片和视频，她见到了这棵樱花树。此时来中国度假陪伴父母，她是第一次见到实物。

杜恒知是池江由梨上学时的同学兼好友，比她大一岁，毕业后回到钱塘工作。她每次来钱塘，都会喊他来家里吃饭小聚。

听完池江由梨的讲述，杜恒知问："Yuri（尤里），你是说，这棵树是纯手工做的，不是机器做的？整棵树吗？"

池江由梨向母亲确认后，回答："是的，是纯手工做的，树干和主枝丫用的是雕塑土，是一个雕塑系的老师做的。所有的细枝丫、花朵和叶片是另一位老师做的。他们来现场安装，装了整整一天。"

"我能去看看吗？"杜恒知指指那棵树，问道。

池江夫人和池江由梨一起点头："当然可以。"

杜恒知放下茶杯，穿上鞋，走过蒙蒙细雨来到院子另一边的廊下。

他脱鞋走到台阶上，人已经站在樱花树下。

微风拂过，杜恒知仰着头细细打量这棵树，伸手触摸一枝枝丫，还有樱花的花瓣和花蕊。

"是用布做的。"凑近了看，他看得分明，每一朵花其实都不一样，不管是色泽还是花瓣的大小、弯曲幅度，的确不是机器做的千篇一律的模样，更接近于自然界里的真树，有盛放的花朵，也有待开的花苞，有几朵甚至故意做得稀稀拉拉，像是被春雨敲打过。

杜恒知回到池江母女身边，指着樱花树问："这是什么工艺？"

池江由梨用日语和英语说了一遍，最后说："用中文说应该是'tang hua'。啊，我的中文太不标准了。"她害羞地笑起来，露出两颗小虎牙。

杜恒知很聪明，先英文后中文地问："熨烫？烫花。"

"没错！熨烫。"池江由梨说，"我妈妈会，你要去她的书房看看吗？"

池江夫人带着两个年轻人进入自己的书房，拿出烫花工具给杜恒知一一介绍，池江由梨帮忙翻译。她又拿出两朵松虫草花，有些得意地让杜恒知猜猜哪朵是她做的，哪朵是那位做樱花树的老师做的。

杜恒知仔细看过后，一下子就猜了出来。池江夫人很沮丧："哎呀，我真的比不过那个老师吗？"

两个年轻人一起哈哈笑，杜恒知手里拿着那枝松虫草花，问："那位老师什么花都会做吗？"

池江夫人指着他手里的花，回答：“他会做这个，说明级别已经很高了，常见的花型肯定都会。如果有没学过的花型，只要有真花给他看，他应该就能把花拆解，自己画花型研究，再做出来。”

杜恒知想了想，问：“阿姨，请问您有那位老师的联系方式吗？我对这门工艺很感兴趣，想要联系一下他。”

池江由梨翻译给母亲后，池江夫人连连点头：“有的，有的，由梨爸爸的助理有他的联系方式。”

杜恒知随口问道：“他是个什么样的人？”

池江夫人脸上绽开孩童般的微笑，拍着手说：“啊！是个非常非常可爱的男孩子！”

“比我还可爱吗？”杜恒知和池江夫妇见过好多次面了，交流时并不拘束，也开起了玩笑。

池江夫人回忆起那个大男生羞涩的样子，笑得嘴都合不拢：“比你可爱哦！小知，你要是见到他，一定会喜欢他的。他真的是个很乖巧、很温柔的男孩子。”

杜恒知听完池江由梨的翻译，向着她抱怨道：“啊……我怎么有点儿不高兴了？”

池江由梨笑得肩膀直抖，说：“回头我问我爸爸的助理去要联系方式，怎么？你有工作上的事情要请教他吗？”

“是的，有一点儿想法。”杜恒知终于认真起来，道，“最近有一位客户的设计，我一直在思考要怎么做，刚才看到樱花树，脑子里突然就有了一些灵感。我想见见那位老师，说不定可以合作。”

这段日子，占喜和骆静语的生活过得很平静。

那么多的汉服节订单都要在一个月内做完，还有“婳裳”的订单。占喜和苏苏沟通过，分批次交货，最后的截止日期是十月底。

也就是说，在十月底以前，骆静语会很忙很忙，几乎一天都不能休息。而占喜的工作就是持续地在几个社交平台上更新内容，并且在网店和客人交流、回答问题，也算是全日无休。

他们约定忙完这一阵后就休息一个月，圣诞节和元旦不开仓，重点搞第二年春节和情人节的生意，再有就是花朝节。

对骆静语来说，每一年的工作节点都是跟着这些大大小小的节日走，不过和欢欢在一起，他不必像以前那样拼命熬夜。欢欢说了，钱是赚不完的，生活和健康更重要。

互联网的记忆有时效，更多的“瓜”层出不穷，十几天过去，关于方旭和管如婕的事件在网上已经淡下来。

可在现实生活中，官司还没开庭。

“小鱼鱼手作烫花”的网店已经停止经营，那些做工粗糙的饰品被大批量地退货退款，第三方介入，又涉及官司，方旭就算不同意也得同意，损失了一大笔钱。他的其他网店业务也都停摆，几个客服都辞职了，因为不耻老板的行为。

管如婕那边也很糟糕，微博下全是骂声，很多网友都猜测“rrmft0429”就是管如婕，“rrmft0429”电话里的男声则是方某。不过占喜没公开确认这件事情，她觉得自己没有这个权利，这是法院的事情。

通过起诉微博，占喜和骆静语已经知道“rrmft0429”就是管如婕。她把所有的事情都推到了方旭头上，因为手上掌握着二人数次通话录音，方旭根本赖不掉，还来求过占喜私了。

占喜陪着骆静语去见他，同去的还有律师、罗欣然和“皮皮虾”，一行五人浩浩荡荡，也不怕方旭会做出什么出格的事情来。

方旭也带着律师，大家在茶楼见面。方旭再也不是那副嚣张跋扈的模样，这个30岁出头的男人肉眼可见地憔悴了许多，对着占喜低声下气地哀求，说自己父母年老体弱，他的初衷只是想多赚点儿钱。现在他知道自己错了，希望骆静语这边能够撤诉，他可以进行经济赔偿，让骆静语开价就行。

占喜没有同意。身边有这么多人陪着，她一点儿也不怕。

骆静语无法说话，占喜理所当然地成为他的代言人。

她质问方旭：“我们是因为拿到证据才赢了你，要是我们没拿到呢？后果会是什么？骆静语会被你给毁了！他一直念着你的恩情，你却对他下这么重的手！你从头到尾就没有尊重过他，就是把他当成一颗赚钱的棋子，欺负他听不见，仗着自己帮助过他，一直在欺压他。这么多年了，你还觉得他亏欠你吗？他要单干你就不高兴，就要毁了他？现在事情败露了又想求他原谅？对不起，法律不是儿戏，就算小鱼同意，我也不会同意！法院该怎么判就怎么判，该赔多少钱法官会考量。这件事情我就一句话，绝不私了！我们也不稀罕你的道歉。”

“皮皮虾”和罗欣然都冷冷地看着方旭，“皮皮虾”还冲他比了个中指，骆静语的神情则要平和许多。

他也是想不到会有这一天，想不到方旭会来求他，仔细想想，既心酸又讽刺。

方旭的声音里带着哭腔：“你们到底要怎样才肯放过我？我真的知道错了。小鱼，我错了，你看在方哥当初帮你开张做生意的分儿上，放过我吧！”

“方先生，晚了！”占喜一点儿也没心软，“没有人会相信你的道歉是真心实意的，你到现在考虑的也不过是自己的利益，不想背上案底罢了。你别再拿当初帮小鱼的事情来说事了！你根本就看不起他，觉得他听不见就不能有大的成就，这个观念在我看来大错特错！方先生，我和骆静语会证明给你看，证明给所有人看，他会越来越好的。”

方旭的情绪失控了，对着骆静语叫起来：“小鱼，小鱼你说句话呀，我求求你放过我！方哥真的就是一时鬼迷心窍，方哥待你不薄啊！”

骆静语一直静静地看着他，这时打了一句长长的手语。

占喜看完后，对方旭说：“小鱼说，是你先不放过他的。还有，他想告诉你，他的天花板没有那么低，其实是你的天花板太低，才会容不下他。”

方旭还要再求，他的律师阻止了他。他们耳语几句后，他整个人都颓败下来，看着骆静语的眼神也变得很冷漠。

有些偏见是根植在骨子里的，占喜并不在意方旭此时心里是有多恶毒地在诅咒他们，谅他也不敢说出口，他们这边可带着不止一支录音笔。

这次的交谈到此为止，分别前，占喜对方旭说：“方先生，请你的律师好好准备吧，我们法庭见。”

这件事情告一段落，占喜委托给律师，证据、证人他们都有，管如婕都在网上承认了，官司毫无悬念一定会赢，就看最后如何量刑。

不管方旭和管如婕会不会真的坐牢，案底是一定背下了，民事赔偿和精神损失费也跑不掉，最重要的是，方旭和管如婕在烫花界再也不可能混下去。

星期日，占杰带着占凯威到骆静语家吃饭，很自觉地带来了许多菜。

占喜抱怨：“小鱼多忙呀，还要给你做饭吃，我们最近都吃得很简单。”

占杰撸起衣袖道：“就那个鸡——花雕鸡让他来做，别的炒菜我来吧，还有那个大闸蟹，蒸一下的事情，我搞得定。”

占喜像看西洋镜似的看他：“哥，你会做饭啦？”

占杰的脸色很冷：“不学着做，难道我每天吃外卖吗？”

顾心驰也溜过来，可惜占凯威太久没来，那架乐高大火车已经被他搭完了，这次他背来另一套简单些的积木。两个小男孩儿坐地毯上一起搭，“礼物”绕着他们走来走去，好奇地看着家里这么多人。

骆静语把花雕鸡腌制好煮上后，就回到工作台边继续做花，占喜留在厨房里陪老哥。

占杰穿着围裙切着菜，问她：“国庆你回家吗？”

占喜吓一大跳：“当然不回了！妈都把我打得住院了，我还回去送死吗？”

占杰说：“小骆出的事，我在电话里和爸都说了，妈应该也知道了。不过他们都不用微博，网上那些事情都是不懂的，那个……小骆现在的情况算上了正轨吗？”

“差不多吧。”占喜靠着冰箱门玩手指头，“订单做都做不完，每天都挺辛苦的，我可心疼了。”

占杰叹气道：“他这工作也不容易。”

占喜笑：“哪个工作会容易？”

一阵沉默后，占杰还是说出了口：“妈让你国庆回去。”

占喜抬眸看他，没吭声。

占杰继续说：“带上小骆。”

占喜冷冷地看着他。

“别这么看我。”占杰瞥一眼妹妹，“这段时间我其实一直在劝妈，她当然是不答应的，说你如果一定要和小骆在一起，她就不认你这个女儿了。我就反问她，说你都60岁的人了，欢欢才24岁，你不认她又能怎么样呢？你还有多少年好活？”

占喜嘀咕：“我还是不想回去，一想到见她就心烦，她肯定会骂小鱼，说不定还会打他。她这人最要面子，你让她怎么和亲戚邻居说小鱼呀？到时候又一口一个‘聋子’地叫他，我可受不了。”

“总要有个过程。”占杰把菜都切完了，在炒锅里热起油来，“你总逃避也不是办法，她要是一直不同意，你和小骆就打算一直这么谈着吗？”

占喜扬起下巴：“凭什么呀？她不同意我就不能和小鱼结婚了吗？我户口又不在家里，我户口在你那儿呢！”

占杰瞪她：“你别做梦！户口本我可不会给你。”

占喜笑道：“哥，你是真不懂还是假不懂？我拿着身份证都能去派出所打户籍证明，我是个独立的成年人，想和谁结婚完全可以自己做主！这都什么年代了，还兴藏着户口本不让结婚啊？”

“嘿！”占杰气死，“你这都想到结婚了？占喜，我告诉你，结婚可没这么简单，这小子休想一毛不拔地娶你，咱们那儿还有订婚的风俗呢！彩礼总得有吧？金器不能少吧？孩子的问题解决了吗？房子加名字……”

“停！”占喜大叫，“什么和什么呀！哥，油爆了！赶紧把菜下锅！”说完，她就逃出了厨房。

占杰挥着锅铲怒吼：“车子还没买呢，婚纱照也是要拍的，蜜月旅行一样都不能少！”

也亏得骆静语听不见，他们才敢这么大声嚷嚷，说着和结婚有关的话题。

占喜溜到骆静语身边，弯下腰就亲了亲他的嘴巴，亲得他一愣。他迅速去看地毯上的两个小男孩儿，果然接触到占凯威震惊的眼神，他的耳朵立刻红了起来。

占凯威的眼睛瞪得滚圆，顾心驰一把捂住他的眼睛，过来人似的说："你还是小孩儿，别看，别看。"

"礼物"在旁边"喵"地叫了一声。

午饭后，家里的气氛格外和谐。

占杰盘腿坐在地毯上陪两个小男孩儿一起搭乐高，骆静语在工作台前埋头做花，占喜窝在沙发上撸猫、刷手机。

她的电话铃声响起时，没人在意。她懒洋洋地接起电话："喂，你好。"

对面是一个好听的男声："你好，请问是骆老师的经纪人占小姐吗？"

骆老师的经纪人——这个称呼还挺有意思的。占喜说："我是。请问你是？"

"你好，我姓杜，叫杜恒知，是董承先生把你的手机号码给我的。"

董承先生……占喜想起那位有趣的翻译兼助理先生，赶紧说："哦，哦，你好，请问有什么事吗？"

杜恒知说："是这样的，我是一个独立服装设计师，在钱塘有一家高定工作室。前几天我在池江先生家里做客时，看到了骆老师做的那棵樱花树，嗯……我有一位客户，最近委托我做一套礼服的设计，我有一些灵感，想要用到烫花元素。不知道骆老师感不感兴趣？有机会的话，我希望可以和他见面详聊，说不定我们可以合作。"

占喜整个人都从沙发上弹起来。骆静语和占杰都注意到她的异常，向她看过来。

占喜回望骆静语，看到他轻轻地眨了眨眼睛，眼神疑惑。占喜对着电话说："可以的。杜先生，骆老师愿意见面详聊。"

杜恒知在电话里笑："太好了，谢谢你，那我们加个微信吧，到时候我再和你约时间和地点，非常期待和骆老师见面。"

占喜加上了杜恒知的微信，把这件事情告诉骆静语和老哥。占杰立刻打开手机："杜什么来着？怎么写？我搜搜。"

"永恒的'恒'，知识的'知'。"占喜说完就凑到占杰身边和他一起看页面。骆静语也默默地走过来，弯着腰偷偷看。

杜恒知，男，29 岁，毕业于 F 国 ×× 服装学院，曾就任于 F 国多家大牌公司，于三年前回国成立设计工作室，创立 Lucien Du 品牌，旗下包括定制服务和高级男装品牌 Lucien Du。

作为一名独立新锐设计师，他数次为参加各类国际电影节的艺人、导演定制红毯礼服。

个人履历：

被《× 杂志》评选为201× 年度最佳设计师；

被《×× 杂志》评选为201× 全球15位新锐设计师；

曾获得 ××× 评选的最佳服装设计师奖；

曾获得 ×× 时尚盛典年度设计师奖；

曾担任《××× 杂志》中文版客座男装总监；

…………

网页上挂着杜恒知的照片，小小的一张。他留着一圈儿小胡子，戴着一副黑框眼镜，头发被烫得很卷，风格雅痞。

占杰、占喜和骆静语三人一起沉默。

杜恒知其人，年纪不大，名气似乎还挺大。

事不宜迟，占喜又跑沙发上和杜恒知沟通见面事宜去了。占杰打量骆静语，问："你有能见人的正装吗？"

骆静语扯扯身上的T恤衫和运动裤，老实地摇了摇头。

占杰又问："你都有些什么衣服呀？"

骆静语指指主卧门，示意占杰跟他进去看看。

衣柜打开，占杰差点儿给他跪下。骆静语的衣柜干净整洁还香喷喷的，和衣柜品牌的样板间似的，就是衣服不多，颜色也很素，一眼看去就是黑、白、灰、蓝，顶多加点儿咖啡色、驼色和墨绿色，红色、黄色那种鲜艳的颜色是一件都没有的。

占杰粗略地看了一眼，猜测骆静语出门不多，喜欢穿得宽松舒适，便于工作，应季的衣服多是T恤衫、卫衣和运动装。

"你得去买几件正装。"占杰转头对骆静语说，"让欢欢陪你去，要见大设计师呢，穿成这样怎么行？"

骆静语还没从杜恒知那一大堆精彩的履历中回过神来，心里有小小的不安。那个人好厉害呀！才29岁就这么厉害，比徐卿言有名多了，是他接触到的人里最牛的一个。

占喜也走进主卧，拿着手机拍拍骆静语的手臂，说："约好了，后天下午三点，去杜恒知的工作室见面。"

她也上下打量骆静语，又看看他的衣柜："小鱼，咱们要见的可是男装设计师，你得穿得帅点儿，让人知道你的品位可不差！"

占杰摸着下巴说："小骆这身高、身材，去商场里随便买，看模特身上好看的搭配，整一套买下来就行。再去修一下头发，别搞得跟个学生仔似的，大师要有大师的派头。"

骆静语咽下一口口水，本来还没多在意，这会儿竟被这对兄妹搞得好紧张。

为了这次见面，占喜和骆静语第二天去商场大采购。骆静语不仅给自己买了一身新衣服，还给占喜也买了一套连衣裙。欢欢要陪他一起去，也得穿得漂漂亮亮才行。

去见杜恒知那天，占喜很认真地化了个妆，惊觉自己居然好久没化妆了。天天和小鱼待在家里工作，她也老穿着 T 恤衫和热裤，头发随随便便一扎，怎么舒服怎么来。

骆静语是绝对不会说她过得糙的，这人“嘴”很甜，私底下老夸她漂亮，喜欢捏她的脸，说她的脸和鸡蛋一样白白嫩嫩，说她是全世界最好看的女孩子。

占喜都要被他夸晕了，差点儿信以为真，直到走进杜恒知的工作室，看到几个年轻时尚、活泼开朗又美得张扬的女孩儿，她才清醒地认识到，自己似乎太宅了一点儿，这样的状态长久下去估计不行。

小鱼的宅是因为先天耳聋，又因为工作性质比较特殊，就得一个人安安静静地干活儿。

可占喜不是聋人啊，为什么她在造物节和咖啡馆体验课上会干得如此起劲？就是因为她也有社交的需求。

小鱼其实也一样，他也有社交的需求，身边多了一个占喜，他明显快乐了许多。可占喜身边只有一个小鱼，小鱼还不会说话。她辞职三个月了，和小鱼一起经历了许多事情，她可能此时还没太大的感觉，可接下去呢？

占喜看着那些忙碌工作的女孩儿，内心隐隐产生了一丝忧虑。

杜恒知的工作室是在创意园区的一栋别墅楼里，周围环境很好，有湖有树，鸟语花香。工作室的装修风格和占喜想象的差不多，设计感十足、现代、简约，充斥着男性喜欢的冷色调。

他们终于见到杜恒知，看到彼此的形象，双方都挺惊讶。

骆静语和占喜完全没想到，杜恒知和网页上那张照片里的男人看起来一点儿都不像。他个子瘦高，头发剪得很短，胡子一点儿也没留，面庞干净白皙，只有那副黑框眼镜还能和照片搭上点儿边。

他穿一件亚麻质地的衬衫和一条休闲裤，手里捧着一杯热茶，就像个温和清秀的中学男老师。

杜恒知也好奇地打量着骆静语，这个年轻英俊的男人内穿浅米色衬衫，外搭一套烟灰色休闲西装，脚踩棕色皮鞋，身材颀长，发型利落，眼神清澈中透着腼腆。幸好，他没打领带，这一身若打上领带就成败笔了。

他身边的女孩儿长发披肩，穿着一条藏青色中袖连衣裙，容颜秀美，笑容明媚，左胸口还别着一枚小小的胸针。杜恒知看了一眼，猜到那应该是烫花做的。

占喜为骆静语做自我介绍，说骆老师是一位听障人士，可以读唇语，他的手语将由她来翻译。

杜恒知一点儿也不惊讶，和骆静语握手，笑着说："说出来挺不好意思的，我是个很八卦的人，见骆老师前已经上网吃过'瓜'。占小姐的文采很好，把整件事情说得明明白白，骆老师居然会碰到这样恶劣的事情，同为设计师，我真的非常能理解你们的感受。"

占喜说："谢谢，那件事情已经过去啦，不会影响骆老师以后的工作状态。"

"我自然是相信的。"杜恒知歪了歪头，"嗯，我是不是穿得太随便了些？都不像个设计师了？"

骆静语赶紧摇摇头，倒是觉得自己穿得太正式，傻乎乎的。占喜看出了他的不自在，开玩笑般问杜恒知："杜先生，以你的专业眼光来看，骆老师的衣品如何？"

"相当不错，很帅。"杜恒知对骆静语竖起一个大拇指，"做设计的人衣品不会差，这点我百分之百确信。来吧，去我办公室谈。我前些天为这事儿愁得都要掉头发，那天看到那棵樱花树，就跟打通了任督二脉似的，突然就觉得有救了！"

杜恒知的办公室在别墅二楼，三人在会客沙发上坐下。杜恒知亲自给他们泡茶，不再寒暄，简单地把事情讲了一遍。

在他还是个初出茅庐的小设计师时，接过一个新人女演员的红毯礼服设计。那个女演员当时还是一百八十线，以她的咖位根本借不到大牌礼服，只能自己去找小牌子借或买，于是就找到了杜恒知。

没想到的是，杜恒知为她设计的那身礼服竟然让她在红毯上脱颖而出，被所有媒体和网友夸上了天。

由此，杜恒知一战成名，该女星后来接到几个不错的电影本子，因演技精湛，也跃升为国内一线花旦。

这些年，她出席过数不清的颁奖礼和各种娱乐圈盛典，自然再也不用愁没有大牌礼服。可是她对杜恒知的设计念念不忘，每年都会有几次请杜恒知操刀她的红毯造型，也是神奇了，每次都是好评如潮。

连媒体和她的粉丝都对杜恒知充满信心，觉得只有他才能更好地发掘该女星的美。

十月下旬，该女星将去Y国参加一场全球瞩目的国际电影节，是带着参赛作品去的，她入围了最佳女主角奖项。确定出席后，她的团队就联系到杜恒知，请他帮忙设计红毯礼服。

"压力比山大。"杜恒知抓了抓头发，解释道，"她现在的咖位今非昔比，每一次公开亮相都会被人评头论足。本来，她的气质和身材适合什么样的礼服我非常有数，每次都是贴着她的气质去设计，效果肯定是好的。结果这次呢，她的团队提出了很明确的要求，要梦幻、飘逸、轻盈、清新……我……”

杜恒知无奈地苦笑：“说实话，这都不是我擅长的风格，和我原本给她设计的风格也都不一样。我一直觉得她适合简约、大气、优雅的造型，但她的团队很坚持，说这次就是要走少女风。作为一个设计师，我也的确应该接受挑战，但我就是怕万一这个度没把握好，红毯垮了，对她、对我的影响都会很大。”

杜恒知对于骆静语来说是个陌生人，一次性说这么多话，骆静语读唇非常困难，所以开始没多久，他就转头看向占喜。

占喜一边听，一边打手语帮他翻译，遇到不会的词汇就掠过，挑着重点打。骆静语看着看着，基本也看懂了。

杜恒知说完后，占喜好奇地问：“杜先生，能问一下……这位女明星是谁吗？”

杜恒知拉下窗帘，拿起遥控器打开办公室里的投影仪，给占喜和骆静语揭晓谜底。

投影幕布上出现了一个女明星的许多张红毯造型。占喜惊呼：“天哪！是云汐！我很喜欢她的，她的演技真的好好！”

骆静语不认识云汐，不过他有自己的关注点。这位女星的气质的确偏清冷，身材高而瘦，肤色很白，杜恒知展示的应该是这些年他为云汐设计的红毯造型，果然走的都是典雅大方路线，没有一套是少女风的。

杜恒知指着投影屏，继续说：“我之前向云汐提出过几种设想，但她和团队都觉得不喜欢，说要的是清新感，而不是华丽感。我现在有了新的设想，就是在礼服上用到烫花元素，但只是一个雏形，我甚至都没想出来要用什么花！我以前的设计几乎没有任何和花朵有关的元素，如果用那种很大朵的花……光想想就很可怕，不可能用，又觉得如果用碎花会不会很土？骆老师有想法吗？什么样的花型用在服装上能制造出那种很仙、很飘逸的感觉？”

占喜把他的话用手语翻译给骆静语。骆静语看完后，低头沉思了一会儿，又抬头去看幕布上云汐的身影。

他没看过这个女演员演的任何电视剧和电影，一点儿也不认识她，没有任何先入为主的印象。

这是第一次见。

他观察着她的外形、气质、表情和仪态，想象着她要的轻盈少女风是什么感觉。

他的眼睛又移到她的名字上，她叫云汐。

骆静语脑子里出现了一种花型，眨眨眼睛，对占喜比了一句手语。

占喜立刻问杜恒知要来纸笔，骆静语弯腰在茶几上写字：*夕雾花*。

杜恒知看到他写下的三个字，立刻上网去查，看到夕雾花的那一瞬，他的脑子似乎也变得清明。

他急忙问："哪种颜色？等等！我写下来，你也写下来，看看我们想的是不是一样的！"

他跳起来，也去拿来纸和笔，转过身写字。

夕雾花有很多种颜色，骆静语看着云汐的照片，写下"紫色"二字。

杜恒知转回身来，把纸拿起来给他们看。他写的是大大的两个字——紫色。

"妙呀！"杜恒知看起来很激动，"骆老师，你能用烫花做夕雾花吗？"

骆静语点点头，打了一句长手语。占喜翻译："骆老师说，他会做。只是，夕雾花是比较难的花型，几乎没有用在饰品上过，更没有用到服装上过，平时是用在摆件里的配花居多，不知道用在礼服上效果会不会好。"

杜恒知在原地走来走去，突然停下脚步，打了个响指："这样子，我先把设计稿大概地画出来，给云汐的团队看一下。如果可以，我再请骆老师过来，我们一起修改，可以吗？我知道不能以我画的为准，如果做不出那种效果，画得再好也没用，所以必须要骆老师参与进来，可以吗？可以吗？"

占喜还是头一次看到设计师灵感迸发是这个样子的，毕竟小鱼一直很温和，即使脑子里有了灵感也不会这样又蹦又跳、哇哇大叫。她也算是开了眼界，赶紧说："可以，可以，当然可以。"

"太感谢骆老师了！"杜恒知一扫之前的斯文形象，冲过来就把骆静语拽起来，大力地拥抱他，"我有感觉，云汐会喜欢这个设计，她一定会喜欢的！我了解她，啊，我几乎想象出这套礼服是什么样的了，就是她想要的梦幻飘逸少女风！perfect（完美）！"

他松开怀抱，骆静语都吓傻了。杜恒知对占喜说："今天的咨询我会付给你们费用，如果云汐那边同意了这个设计，我会和骆老师签订合同，这是我们共同设计制作的。哦，麻烦骆老师回去后用烫花做一下夕雾花给我看看可以吗？我必须要看到，必须要看到！看到夕雾花长什么样，我就能把礼服画出来了！啊哈哈哈……"

"可……可以啊。"占喜脑门儿都出汗了，看看骆静语也是一脸的震惊，甚至有点儿手足无措。占喜觉得要不是她在场，小鱼估计都会夺门而出。

他们果然还是没见过世面。

杜恒知又和骆静语聊了些细节，热情地邀请他们留下吃晚饭，占喜没推辞。

别墅里有一位阿姨做着保洁和做饭的工作，这一天加班的人不多，统计好人数后，阿姨做完饭，六个年轻人一起围桌吃饭。

杜恒知不像一个老板，和员工们有说有笑。骆静语捧着碗默默吃饭，占喜倒是和其他人聊了起来。

“你们是情侣吗？”女孩儿小卢笑嘻嘻地问。

“是呀。”占喜看了骆静语一眼，他也正在看她。

另一个女孩儿小郑说：“进门我就发现啦，手牵手的呢，好甜哦！”

“‘狗粮’吃饱，饭都要吃不下了，我也想谈恋爱。”小卢撇着嘴看自家老板，“老板，你可不可以不要这样压榨我们？我们都没时间找对象了！”

男生小金说：“别点名老板，他自己都是‘单身狗’呢。”

杜恒知嘴里叼着一块肉，瞪了他一眼，几个年轻人都大笑起来。

小郑问占喜：“烫花难学吗？我以前都没听过。”

占喜说：“入门不难，一点儿也不会的人都可以上体验课，做最简单的花，要深入学就比较难了。我们家骆老师学了九年，每年还得去上课学新花型呢。”

小卢问：“那如果我们想体验，要去哪里呀？”

占喜回答：“在钱塘的话，可以关注我们的公众号‘禧鱼烫花’，我们不定期会有体验课。”

“体验课都是在哪儿上？”

“一次多少钱？多少时间？”

“体验课能学会做什么？”

“我可是个手残党，包学会吗？”

他们的问题好多，占喜一个个耐心地回答。杜恒知一直在听，听完后随口说了一句：“你们其实可以找个固定的场所开体验课，地方不用大，加点儿咖啡、甜点甚至西餐之类的，说不定可以做成主题咖啡馆。”

小郑说：“对哦，普通咖啡馆竞争激烈，这种主题咖啡馆还是很有卖点的，很多网红店都是这样做的。不过现在实体店不好开，地段很重要。”

“钱塘不是在搞一条文创街吗？”小金说，“地段很好，人流量很大，边上有商场、大学城和几家很大的互联网公司，对入驻的商家要求不低，必须是文创行业。我姐还去咨询过，想开个普通的甜品店，人家还不同意呢，跩得很。”

占喜把这些话都听在耳里，问道：“如果一家咖啡馆有烫花体验元素，你们会愿意去消费吗？”

小卢指指骆静语：“要是教的老师都有骆老师这么帅，我一定去！”

众人大笑，占喜知道她是在开玩笑，不过这个话题还真被她记在了心里。

吃完晚饭，占喜和骆静语向杜恒知告辞，离开了他的工作室。

从这栋别墅走到创意园区大门口打车，需要绕过园区里那个美丽的湖泊。二人手牵着手慢悠悠地走着，周围很暗，凉风习习，气温比起白天低了许多。

骆静语察觉到占喜的胳膊有点儿凉，赶紧把西装外套脱下来，披在她身上。

占喜偶尔抬头，看到天上悬着的月亮，拉拉骆静语的手，指着月亮对他说："看，月亮快要变圆了，再过几天就是中秋节啦。"

中秋节是举家团圆的节日，这一年还和国庆节凑在了一起。

骆静语想到一件事情，打手语道："我姐姐要过生日了，31 岁。每一年她过生日，我们全家都会一起吃饭。"

占喜看着他，等待他继续说下去，他却把双手放了下来。

"然后呢？"占喜问，"你姐姐是哪天生日啊？"

"九月三十日。"骆静语的双手又动起来，回答，"我要回家去吃饭。"

占喜点点头："哦……"

骆静语停下脚步，抿抿唇，轻轻地拉了拉占喜的胳膊。

占喜回头看他。

夜色中，骆静语的眼神很清亮，带着小小的期盼，还有小小的忐忑和不安。他慢慢地打起手语："欢欢，你愿意……跟我回家去吃饭吗？"

占喜笑了，抱住他的腰踮起脚亲吻他。

湖边的风阵阵吹过，他们在树影中深情地接吻。骆静语左手箍紧她的腰，将她紧紧地贴向自己的身体，右手摁着她的后脑勺儿，闭上眼睛尝着她香甜的滋味。

一只夜鸟掠过湖面，激起几朵水花，那轻微的声响终于令占喜从这个绵长的亲吻里醒过来。她睁开眼睛看面前的男人，摸摸他的脸，烫烫的，知道他一定是吻得脸红心跳，和她一样。

她说："好呀，我跟你回家，去见你的爸爸、妈妈和姐姐，身份就是……小鱼的对象。"

骆静语回来后，很快便做出了紫色夕雾花的样品，用同城快递寄给杜恒知。杜恒知收到后在微信里告诉占喜，花非常美，他觉得用在礼服上会更美。他灵感爆了，正在画设计稿，请骆老师这边等他的通知。

国庆长假前，占喜接到表姐尹莉的电话，说自己十月六日订婚，希望占喜能回家参加她的订婚仪式。

老家的订婚仪式隆重程度不亚于婚礼，风俗众多，老一辈尤其讲究。小辈们拗不过老人，除非有一方不是本地人，要不然，像尹莉和她男朋友小刘这样的本地年轻人，必须要按风俗走一遍流程，家里才不会被人看轻。

占喜问："莉莉姐，是我妈让你给我打电话的吗？"

“哈哈哈……”尹莉尴尬地笑着，“被你发现了。”

通常，在外工作的年轻人参加亲友的订婚仪式不是硬性要求，只要能回去参加婚礼即可。占喜知道尹莉要第二年春节才结婚，没想到母亲会用这个理由来叫她回家，一时答应不下来。

“带上你对象。”尹莉在电话里说，“二姨说你有对象了，是吗？带过来让我们见见呀。”

占喜很震惊：“我妈是怎么说的，她说我对象是什么样的了吗？”

“那没说，就说你有对象了。”尹莉奇怪地问，“怎么了，你对象是什么样的呀？”

“没怎么，我再想想吧。”占喜抱歉地说，“莉莉姐，我对象这段时间特别忙，我就算回去可能也是一个人，过几天我再给你确切的答复吧。”

回家，还是不回家？想到迟贵兰，占喜实在很矛盾。

若回家，带小鱼还是不带小鱼更加令她下不了决心。

九月三十日下午，占喜作为骆静语的女朋友，第一次去了骆静语的父母家。

因为是长假前最后一个工作日，路上会特别堵，他们最终还是决定坐地铁回家。

二人提着大包小包，有骆静语带给父母的中秋礼物，也有占喜给小鱼家人准备的礼物。从地铁车厢出来后，他们往出站口走。占喜想起很久远的一件事情，和骆静语闲聊道：“我去年考公务员，考点就在这个地铁站附近，来回都是从这儿走。那天考完进站，还碰到地铁里的保安抓贼，动静很大，可吓人了。”

骆静语想说自己其实就在这个地铁站被当“贼”抓过，不过手里提满东西，也没法回答，只能笑了一下，像是听到一件有趣的事情。

他们没去小超市，直接去骆静语的父母家。

占喜并不紧张，她现在的手语水平还不错，和小鱼的日常交流几乎没有问题，只要小鱼的家人们手语打得别太快就行。再说了，不是还有一位健听人姐夫吗？实在不行，姐夫也能帮她翻译。

骆家所在的小区很老，是 20 世纪 90 年代造的房子，他们自从福利工厂改制后搬到这里也有十几年了，周围都是老邻居。

骆静语带着占喜上楼时碰到一位邻居阿姨，对方欣喜地叫住他：“小鱼，回来吃饭呀？好久没见你了呀，哟，这是你对象吗？真漂亮呢。”

占喜甜甜地喊：“阿姨好，我是小鱼的女朋友。”

邻居阿姨愣了一下，赶紧说：“你好，你好，你们快上楼吧，提着东西怪沉的。哎哟哟，小鱼以前还是个小孩儿呢，现在居然都有对象了，我们怎么会不老哦。”

来到四楼门前，骆静语和占喜对视一眼，便按下家里的门铃。

很快，门打开了，占喜看着门后出现的三个人。两位老人该是小鱼的父母吧，骆爸爸身材高大，架一副老花眼镜。骆妈妈精心打扮过，一点儿也不显老，眉眼和小鱼很像，能看出她年轻时是个漂亮的女人。

还有那个挺着大肚子的孕妇，是占喜见过一次的小鱼的姐姐。

三人脸上都带着掩不住的笑意，一齐打量着占喜。

骆静语对占喜说过，他的父亲和姐姐脾气都很好，非常温柔，母亲稍微急躁点儿，不过也是个可爱的老太太，很好相处。

"叔叔好、阿姨好、姐姐好，我叫占喜，你们可以叫我欢欢或小占。"占喜也不管了，先开口叫人。

阎雅娟满脸是笑，和骆明松一起接过两个年轻人手里的礼物，嘴里"啊啊"出声，招呼他们进去。

占喜的双手解放后，又用手语打了一通招呼。骆明松和阎雅娟眉开眼笑，放好礼物后连连打手语夸她，夸她乖巧，夸她漂亮个子高，让她坐，又让她吃东西……两双手一起比画，占喜的眼睛都要看不过来。

二老去厨房，让儿子和女儿好好招待占喜。

骆晓梅笑吟吟地看着占喜，打手语说："我们见过一次，你还记得吗？"

占喜点头："记得的，我那时候不知道你是小鱼的姐姐。"

骆静语拉着占喜来到一个坐着的男人面前，打手语："这是我姐夫。"

占喜看着高元。他和骆晓梅差不多年纪，身材中等，气质稳重端方，不过能看出两条腿要比常人孱弱，裤腿显得宽松许多，身边搁着两支腋拐。

占喜知道高元听得见，笑着说："姐夫好，我叫占喜。"

高元笑得很温和："你好，你好，我叫高元。对不起呀，我腿不好，就不站起来啦。"

认识完所有人，占喜才有空打量小鱼父母的家。房子不大，装修也有些年头了。她拉拉骆静语的袖子，打手语说："带我参观一下你的房间？"

高元哈哈大笑，帮尴尬的小舅子解释："小占，小鱼没房间。这屋子两室一厅，爸妈住一间，晓梅住一间。小鱼以前一直是睡客厅的，支个小床。我头两年上门时那床还在，后来他买了房子，爸妈才把他客厅里的小床给撤了。"

说着，高元指指现在摆着一个柜子的客厅角落："喏，就那儿，一张一米宽的小床，特别短。他个头高，脚都要从床尾伸出来，晚上睡觉还要多加一个凳子用来搁脚。"

骆晓梅读完丈夫的唇语，掩着嘴不停笑。

占喜都听呆了，小鱼都没和她说过，他在家居然是没有房间的。

怎么这么可怜呀！她看向骆静语，他不好意思地对她笑笑，拉着她在餐桌边坐下，把零食盒子推到她面前，双手比画着让她吃东西。

这时，厨房里传来一些动静，是聋人交流时嘴巴里发出来的声音，音量还不轻，只有占喜和高元听得到。

占喜不由得往厨房看，就见阎雅娟跑出来，身后是一脸无奈的骆明松。占喜还不知道发生了什么事呢，阎雅娟已经到了她面前，给了她一个厚厚的红包。

"阿……阿姨？我……"占喜站起身没来得及推掉，阎雅娟已经把红包塞进她手里，打手语道："乖孩子，收下。这是叔叔阿姨给你的，收下，收下。"

骆明松走过来，也打手语道："本来是想吃完饭再给你的，小鱼妈妈太着急，就想现在给你。我说你又不会逃跑，她也不听。"

高元和骆晓梅边看边笑，占喜一脸窘迫地拿着红包，转头看向骆静语。他笑得特别开心，打手语说："收下吧，这是我爸爸妈妈的心意。"

这红包好厚啊，一万块吗？

占喜太难为情了，只能对着阎雅娟和骆明松打手语："谢谢叔叔阿姨，谢谢。"

晚餐菜肴极为丰盛美味，六人围桌而坐，气氛温馨却也安静。

大家都用手语交流，骆明松和阎雅娟打手语时会配合出声，口型像是在说话，嗓门儿时大时小。这样的情景占喜在陈亮和毛毛身上见过，不过那是在室外，感触不深。此刻在狭小的室内，这些含混不清的声音听来就特别明显。

高元特地坐在占喜身边，偶尔低下头佯装吃菜，也不看她，小幅度地动着嘴唇对她说话："小占，他们家里人交流时，有时候会发声，你不要害怕，这是正常的现象。因为小鱼不爱发声，我怕你不适应。"

占喜心中感动，也悄悄地说："不会的。姐夫，小鱼在我面前会发声，我不会害怕。"

高元一愣，随即便感到欣慰。小鱼在他面前都不爱出声，却愿意在占喜面前出声，说明他已经把占喜当成了最亲密的人。

骆静语没注意到高元和占喜之间的对话，不停地为占喜夹菜，家里所有人都在劝占喜多吃点儿，说她太瘦了。

占喜搁下筷子打手语道："我和小鱼在一起，已经重了好多。他做饭太好吃，都把我养胖了。"

阎雅娟的表情很丰富，打手语说："不胖，不胖，女孩子太瘦不好。多吃点儿，多吃点儿。"

骆晓梅这天过生日，吃完饭，骆静语捧出了生日蛋糕。这一次，占喜没再傻乎乎地提唱生日歌的事情，只是靠在骆静语身上乖乖地看。

骆晓梅闭眼许愿，睁开眼睛后轻轻地吹熄了蜡烛。高元在她脸上亲了一下，一边打手语一边说“老婆生日快乐，永远 18 岁”，逗得她笑个不停。

骆静语把蛋糕切开分给大家吃。这时，阎雅娟从房间里拿来几本相册，交给骆静语，“啊啊”地比画着让他拿给占喜看。

骆静语很头疼，接都不想接，皱着眉打手语让母亲赶紧拿走。占喜已经眼尖地发现了，接过相册开心地叫：“是小鱼小时候的照片吗？我要看，我要看！”

阎雅娟笑着用手语说：“是小鱼和晓梅小时候，很可爱的，你看看。”

骆静语垮着脸郁闷地想：一点儿都不可爱好吗！

占喜翻开相册，终于知道阎雅娟为什么会说小鱼小时候可爱了，因为里面居然有几张小鱼穿着女装的照片！

“哈哈哈！”看着穿着小裙子的小小鱼，占喜笑得东倒西歪，“为什么要穿裙子呀？我的天哪！哈哈哈……小鱼，你小时候也太可爱了吧！”

老照片是胶卷印的，骆静语只有三四岁大，骆晓梅比他大四岁，个子高了一大截儿。

占喜看着照片里小小的骆静语，从眉眼五官依稀可辨认出是他。头发不像别的小男孩儿那样留得很短，都有刘海儿了，皮肤白白的，脸圆圆的，眼睛又黑又亮。有时候是懵懂的表情，有时候咧着嘴巴在笑，看着就是个又乖又萌的小朋友。

骆静语超级无奈地坐在她身边，高元帮忙讲解：“其实不是故意给小鱼穿裙子，那会儿他没上幼儿园嘛，家里条件不好，夏天有时候他会尿床，裤子换不过来，妈妈就给他穿晓梅穿不下的裙子。爸爸觉得好玩又给他拍下来，他肯定是有男孩儿衣服的。啊……是妈妈跟我说的。小鱼，你别这么看我，哈哈哈……”

高元接触到骆静语充满怨念的目光，和骆晓梅一起笑得直抖。占喜更是笑得不行了，抱着骆静语的胳膊说：“你小时候还尿床呀？”

骆静语都快要气死了，心想：谁小时候不尿床？

占喜还在翻相册，一张张认真地看。

她在周莲家看过小鱼初中、高中时的照片，现在又看到了他幼年、童年时的照片，像是回顾了一遍小鱼的成长史。看着他从一个小不点儿变成一个小男孩儿，又变成一个小少年、青年，最后就变成她身边这个温柔又安静的男人。

她挑了几张可爱的照片想用手机翻拍下来，还包括几张女装照，骆静语用手挡着照片不让她拍。占喜瞪他，他才不情不愿地松开手，眼睁睁地看着她拍下他的“黑历史”。

蛋糕吃完了，骆静语收拾碗盘，主动去厨房洗碗。

阎雅娟拉着占喜用手语聊天，占喜的情况家里人都知道，闫雅娟这时候就问问她和小鱼是怎么认识的，说小鱼有很多缺点，比较内向，不怎么擅长和人交流，有时候会很固执，学历不高，希望她不要介意。

阎雅娟也不知道占喜的手语水平如何，双手比画得很慢："好孩子，小鱼是第一次谈朋友，你是他带回家的第一个女孩儿，我看得出来小鱼很喜欢你，和你在一起后，他开心了许多。我也看得出来你是个很好的女孩子，希望你和小鱼能好好交往，互相帮助，互相关心，希望你不要嫌弃小鱼耳朵听不见。真的，阿姨向你保证，除了听不见，小鱼真的是个很好很好的男孩子，他一定会好好对你的。"

"说"到后面，阎雅娟忍不住哭了。骆晓梅赶紧起身安慰母亲，阎雅娟自觉失态，和骆晓梅一起去了房间。

骆明松不知是有意还是无意，一直没看他们聊天，自顾自地看着电视。

餐桌边只剩下占喜和高元。

高元见无人注意他们，开了口："小占，姐夫和你聊几句。"

"哦。"占喜赶紧坐正，"姐夫，你说，我听着呢。"

"别紧张，就是随便聊聊。"高元笑道，"我其实是个发言人，在你们回来前，家里开过家庭会议，一致推选我来和你聊聊。我和你说的事情，小鱼都不知道，回头你要不要和他继续讨论，我们没意见，你自己看着办。"

他这么开头，占喜反而更紧张了。什么情况？难道是小鱼家里不同意吗？不同意还给她一个大红包？

高元问："不知道小鱼有没有和你说过，晓梅肚子里的孩子耳朵不好？"

占喜不安地点点头。

高元笑笑："那……你们聊过孩子的事情吗？"

占喜想了想，他们聊过一点儿，不过没深入，于是摇摇头。

"如果说到结婚，孩子就是避不过的话题。"高元慢悠悠地说，"上一次小鱼回家，为了这事儿和他姐姐闹得不太愉快，也有一个月了。这次他们见面都当没发生过，不过我知道，在小鱼心里这事儿很难过去。然后吧……爸爸妈妈其实一直在担心，你会因为孩子的事情和小鱼分手。"

占喜没吭声，继续听高元说："我知道现在很多人结婚会想好不要孩子，可人的想法是会变的，有时候是男的变，有时候是女的变，只要有人变了，婚姻就会产生危机。我和晓梅结婚时也说好不要孩子，一个是担心她的耳聋会遗传，另一个就是我腿不好，怕拖累孩子，让我们变成孩子的负担。可是结婚这么多年，我和晓梅的日子渐渐好起来，工作稳定，都是铁饭碗，有房有车，加上我们本身也挺喜欢孩子，就想着要一个。”

高元喝了一口茶：“本来，基因检测结果出来前，晓梅还和我说孩子要是耳朵不好，就不要了。可结果真出来了，晓梅就哭着问我，是不是真的要放弃这个孩子。我就知道，她舍不得这个孩子。”

“小鱼说我们自私，不为这个孩子着想，说孩子一辈子会背着‘被歧视’的包袱，过得很苦。我们怎么会想不到呢？两个人的日子过得不舒服吗？养一个耳聋的孩子压力不大吗？当然大呀，我自己就是个残疾人，残疾人在这个社会过得有多难、多苦，我和晓梅比谁都了解。为什么我们还是想留下这个孩子？一个原因是舍不得，另一个原因是，我们觉得耳聋不是那种会威胁生命、影响寿命的缺陷，如果养育得好，孩子是可以正常学习、正常生活的。能安装人工耳蜗的话就更好了，他都能上普通小学，能听会说，和别的孩子没什么两样。”高元说了很多。

占喜点点头，对于骆晓梅和高元的决定，她觉得自己没有发表评论的权利。这对年轻夫妻都是残疾人，考虑的肯定比旁人更多。

“人类群体中，缺陷人口的出生是有一定比例的，还有一些人会在成长过程中因为生病或意外变成缺陷人口，晓梅和小鱼是前者，我就是后者。随着科技的进步，这个比例会慢慢下降，但它永远不会消失。”

高元的语气一直很平和：“一对夫妻进行各种产前检查，就是为了能够预防孩子带着缺陷出生。大家都知道，家里要是多了一个身体或智力有问题的孩子，会影响生活质量，影响夫妻感情。可是耳聋这种事情……你和小鱼在一起也该知道，除了听不见，他就是个健康的人，一个活生生的人，他有自己的喜怒哀乐，也有自己的谋生本领。

“我和晓梅做好了准备，迎接这个孩子的降生。我们会给予他全部的爱，愿意为他进行改善听力的治疗，愿意好好培养他。他想要孩子像晓梅一样学习文化或是像小鱼那样去学一门手艺，将来好好生活。

“有一件事情，我想告诉你，这件事情小鱼并不知道，还是我丈母娘后来告诉晓梅的，晓梅跟我说了后，我们都觉得不要告诉小鱼比较好。”

高元笑了一下，“小占，你知道小鱼为什么会出生吗？”

占喜摇摇头：“不知道，他没和我说过这个。”

“我丈母娘是意外怀孕才有的小鱼。”高元说，“那时候他们有了晓梅，耳朵是聋的，哪还敢再生一个孩子？可是意外怀孕了嘛，我丈母娘就去医院，打算流产。她去的那个医院比较小，检查的时候一个医生对她说，他们头胎是女儿，如果第二胎是个男孩儿，耳朵肯定就是好的，遗传分男女，他们家估计是传女不传男。”

高元想到这件事情就无语：“你知道这事儿有多荒唐吗？因为我丈母娘是聋人，那个医生以为是她遗传给了晓梅。两个人交流本来就不顺畅，我丈母娘文化也不高，一听医生都这么说了，立刻就说手术不做了。”

占喜心里一跳。

高元继续说：“那时候也没有胎儿基因检测技术，为了确定肚子里的孩子是男是女，我丈人还到处托关系，后来找人去做B超，确定了是个男孩儿，家里人都好开心呀！医生说了呀，如果是男孩儿，孩子就是健康的，他们真不是重男轻女，要不然也不会是晓梅有房间而小鱼没有了。他们就是想要一个健康的小孩儿，他长大了可以帮帮家里。于是我丈母娘辛辛苦苦怀胎十月，全家满怀期待地等待小鱼出生，结果生下来一查，是个聋人。你能想象当时我丈人、丈母娘受了多大的打击吗？”

占喜换位思考了一下，就很难过。

“如果没有那个医生的话，我丈母娘当天就做流产手术了。小鱼……也就不存在了，你能理解这个意思吗？”高元看着占喜，指指厨房里那个年轻男人的背影，“世上就不会有骆静语这个人。”

占喜也望向厨房，骆静语还在洗碗，这天菜多，碗盘就多。他微微弓着背，完全不知道客厅里的高元在说什么。

高元继续说：“小鱼4岁的时候，我丈人想给他安个助听器，检查后发现不行，医生就给他介绍了人工耳蜗。那个时候人工耳蜗还是个新玩意儿，只有帝都可以做，晓梅已经超龄了。我丈人想带小鱼去北京，可是一打听价格……太贵了，他们没有钱，小鱼就被耽误了。”

高元叹口气：“小鱼20岁左右的时候吧……是晓梅和我说的，这事儿我丈人、丈母娘都不知道，小鱼只告诉了晓梅，他们姐弟俩一直无话不谈。那会儿小鱼在外面租房子，拼了命地赚钱、存钱，吃得很差，睡得很少，人瘦得皮包骨头，好不容易存了几万块钱。他自己跑医院去做检查，问医生能不能安装人工耳蜗。”

占喜的心狠狠地揪起来，原来她的小鱼在长大以后还想过去治耳朵，他都没有和她说过。

“可是医生说不行。”高元指指自己的耳朵，“小鱼从小极重度耳聋，没有装过助听器，没有经受过一丁点儿的声音刺激，他对声音是没有概念的。医生说，一个从来没有受过声音刺激的成年人，如果装上人工耳蜗，就等于耳边会出现持续的噪声。小占，你想象一下……”

高元努力给占喜解释：“假如从现在开始，你的耳边二十四小时都出现噪声、杂音，而且是你完全无法分辨信息的声音，在你睡觉时都有，永远不会停止，你会怎么样？”

占喜体味了一下，不确定地反问：“会崩溃？”

高元点头："差不多吧，会神经衰弱，会崩溃，根本到不了去学习说话的阶段，人的精神直接就废了。所以，人工耳蜗要从小安装，让幼儿从小适应。医生是不会给成年语前聋人安装人工耳蜗的，除非这人从小就戴助听器，有残余听力。"

占喜听明白了。

"小鱼经过这一趟，也算是彻底死了心。他告诉晓梅，其实他无所谓能不能学会说话，只是想听听声音是什么样的，他这辈子从来没听见过任何声音。"

高元顿了一下："小鱼当初被医生拒绝时的感受，我觉得我可以理解，就和我生了病后医生告诉我'这辈子都不能站起来'差不多吧。要接受这个事实很痛苦，但又必须接受，不会因为你不想接受，它就不会发生。"

"说了这么多，我想问问你，小占，你可怜他吗？"高元又指指厨房。

占喜看一眼骆静语修长的背影，想都没想就摇头："没有过。"

"我大概能理解小鱼为什么会喜欢你了。"高元释然地微笑，"他从小到大，从来没遇见过你这样的女孩子，会被你吸引，根本是躲不掉的。我倒是比较好奇，按小鱼的性格，他应该是想都不敢想会和你处对象，你们是谁追的谁呀？"

啊……又是这个问题。这一次，占喜承认了："应该是我追的他吧。"

"怪不得。"高元觉得很有趣，"你哥哥见过小鱼了，对吗？"

"嗯。"占喜点头。

"小鱼见你哥哥的前一晚，和我聊过天，我让他自然点儿，姿态不要放得太低，让他多给你哥哥展示他的优点。你知道他是怎么说的吗？"

占喜的心酸酸的，问："怎么说？"

"他问我……"高元说，"他有什么优点。"

占喜愣住。

高元笑着问她："你觉得，小鱼的优点多吗？"

"多啊，说都说不完呢。"占喜的眼睛就凝在骆静语的身影上，"我真的很喜欢他，和他在一起特别开心。"

高元点头道："他的确是个很好的男孩子。晓梅在聋校教书，教了这么多聋人学生，我在残联工作，同事里也有聋人，但像小鱼这样干净纯粹的人，我们都没见过。"

高元沉默了几秒："说回之前的话题，小占，你和小鱼现在最大的问题就是孩子。小鱼和晓梅不一样，他非常坚定，不会要一个耳聋的小孩儿。也许你现在可以接受结了婚不要孩子，但以后你年纪大了，想法变了呢？或者你接受了，你的家人不接受呢？又或者，你的家人根本就接受不了你的丈夫是个聋人呢？这些问题，你和小鱼还是要多沟通，要达成共识。"

看着占喜有些无措的神情，高元安慰她："你还年轻，小鱼说你才 24 岁，在我们看来你们都很小，恋爱也就谈了半年多，想法并不成熟。小占，你千万不要有心理压力，你现在和小鱼在一起，我们很开心，会祝福你们。如果有一天，你出于各种原因和小鱼分手，我们都理解，不会有任何人去苛责你。我们还会感谢你，感谢你陪伴小鱼度过一段快乐的日子，相信小鱼自己也不会怪你。这……就是爸爸妈妈让我带给你的话。"

骆静语洗完碗，收拾完厨房后回到客厅，阎雅娟也在骆晓梅的陪伴下出了房间。占喜这时候终于知道，高元和她的聊天时间是小鱼的家人特地留给他们的。

阎雅娟和高元进行视线交流后，看向占喜的眼神变得更加温柔，那是一个母亲充满歉意的目光。骆晓梅神情平静，骆明松依旧是个慈祥的老父亲。一大家子人，只有骆静语什么都不知道，看着占喜时脸上又挂上了微笑。

时候不早了，骆静语和占喜准备告辞离开。阎雅娟说第二天是中秋节，不过既然吃过饭了，儿子和女朋友也不用再跑一趟，中秋节就两个人一起过。骆静语点头应下。

他和占喜坐地铁回家，到家时已是很晚。

方旭的事情发生后，占喜大多数时间都睡在 1504 室，和骆静语一张床。她已经习惯了在小鱼的怀抱里醒来，连小鲸鱼玩偶都被她带了上来。一张大床上睡两个人和一大一小两只鲸鱼玩偶，有时候"礼物"还会跳上床挤在他们身边，也是十分热闹。

回家后，他们分别在主卫和客卫洗澡。骆静语现在大方多了，睡觉就穿着 T 恤和内裤，占喜还是偏爱穿睡裙。她把头发吹干，踩着拖鞋回到主卧。骆静语已经靠在床背上等她，手里是一本翻开的书。

这书是他让占喜帮忙挑的，已经看了快一个月，才看了大半本。

占喜不会去笑话他，小鱼主动提出想看书是好事。他阅读慢，她很理解。

她跳到床上，抱住骆静语的腰向他撒娇，两双光溜溜的腿缠在一起，是一对恋人最亲密无间的姿势。"礼物"也溜进来，跳上床乖乖窝在骆静语的另一边，紧紧地挨着他的身体。

骆静语觉得身边像是有两只猫，一边一只地在蹭他，蹭得他的心都躁动起来了。

他没管那只真猫，把书放在床头柜上后，转过身就抱住了那只假猫。她软软地依偎在他怀里，香喷喷的，身上和头发上是和他一样的味道，浓浓的奶味儿，勾得他都馋了，低下头就去吻她的唇。

他们同床而眠一个月，又是一对心意相通的年轻恋人，很多羞羞的事情他们都做过了，就只差那最后一步。

这件事情骆静语比占喜更坚持。

占喜原本没多想，和高元谈过话后，算是知道了小鱼和他家人的想法。他们大概都觉得这段感情不会走到最后，所以，他们就希望小鱼可以忍耐，不要做一些“伤害”她的事情。

这样，如果哪天他们分手了，小鱼和他的家人们心里会好受些。

亲昵了好一会儿，骆静语才意犹未尽地松开占喜，打手语说：“今天，紧张吗？”

占喜摇摇头。

骆静语笑了一下，因为离得很近，又是半躺着，他的手语幅度打得很小：“我的爸爸妈妈很喜欢你。我妈妈说，你比照片上还要好看。”

占喜摸摸他的脸，说：“傻瓜。”

她的手指渐渐移下来，指腹触到他突起的喉结上。他止不住地做了个吞咽动作，喉结便也跟着滚动。

占喜抬眸看他，开口道：“小鱼，叫我。”

骆静语一怔，长长的眼睫毛颤动了一下，微微张嘴，试探性地开口：“hua 呃 hua 呃……”

这是他们之间的小游戏，他已经从只会发“h”音练习到了可以完整发出整个音节的阶段，比以前的“歪呃歪呃”更贴近“欢欢”。虽然还是不太标准，但占喜已经很满足。

“欢欢，欢欢。”她的指腹按着他的喉结，感受到他发声时喉部的振动。

骆静语又叫了几声，眼神变得疑惑，像是在问：怎么了？

占喜没回答，什么都不想说。她看着他熟悉的脸，清澈的眼睛，又一次抬手摸上他的脸颊，他也抬起右手覆在她的手背上。

他的手比她的大，比她的热，手背上是一道愈合不久的醒目红疤。

医生说幸好骆静语不是疤痕体质，这疤留是留下了，但没有想象中那么狰狞丑陋。疤痕足有四厘米长，粉红色，从手背一直延伸到无名指下。占喜每一次看到还是会感到心疼。

骆静语问过她，他的手破了相，她是不是会不再喜欢。

她说不会，她更担心的是他的手功能受损。因为他不仅要靠这双手工作，还要靠这双手说话，他的双手不论变成什么样都是她最珍惜的宝贝。

占喜突然仰起脸颊亲吻骆静语，这个吻要比刚才的吻激烈许多，吻得他往后一倒，人都躺在了床上。这动静吓得“礼物”“喵喵”叫，从床上跳下去，观望着他们纠缠的身影，不敢再上来。

这样热烈奔放的欢欢是骆静语没见过的。关于亲热的事情，他们都很害羞，每一次都偷偷摸摸、小打小闹，就光是那些小小的亲密已经让骆静语喜欢得不行。

占喜这会儿的主动更是叫他受宠若惊，被压着吻了好久，他才翻身而起，抱住她，渐渐化为主动进攻。

就在骆静语扯扯裤子，又一次准备下床去卫生间时，占喜突然拉住了他的手。他这时身体很尴尬，脸红得像番茄一样，心脏突突乱跳，只想赶紧去纾解一番，回头看占喜时眼神里便带上了委屈和哀求。

占喜坐起身，固执地拉着他的手。她的长发松软地披在肩上，睡裙领口的一边还滑了下去，露出白皙的肩膀，睡裙不长，两条细而白的腿就明晃晃地展示在他面前。

她咬着唇，眼神迷离，掌心出了汗，他也一样。

她轻声说："小鱼，别去了。"

骆静语难受极了，这时候只想快点儿跑，看懂占喜的唇语后脑子都炸了，皱着眉打手语道："不可以，不可以，要结婚。"

"为什么呀？"占喜觉得他的固执有时候真可爱。

占喜与他面对面，让他看清她的每一句话："我就问你，你想要吗？"

骆静语摇头，用力地摇头，耳朵红得像被煮熟了，还是倔强地摇头。

"可是我想要……"占喜的大眼睛里满是雾气，脸蛋儿也是红扑扑的，身上散着热意，"小鱼，我想要，我……"

骆静语的眼神里透着难以置信。

见过小鱼的父母，又和高元聊过天后，占喜的渴望攀至巅峰。

她如此确定自己的本心，她想吃掉这头鱼。

骆静语还是不答应，眼圈儿都泛了红，连连打手语说："要结婚，结婚才可以，现在不可以，不可以。"

他吓坏了，就跟电视剧里落入魔爪的女孩儿一样慌张，根本想不到有一天事情会变成这样。

他牢牢地记着姐姐的嘱咐，还有自己内心的坚持，不可以伤害欢欢，不可以伤害欢欢……他都不懂，这种事情哪里是伤害？这是水到渠成的事情，不光是他的渴望，也是占喜的渴望。

占喜没有放过他，没再说话，只用行动表明了自己的心意。

她用柔软却坚韧的手臂环住他，两条腿也缠上去，忘我地亲吻他，抓揉着他的头发。

就像小猫抓到了小鱼，将它禁锢在自己怀里，除非它使蛮力挣脱，要不然是逃不掉的了。

小鱼试过挣脱，可是它离开了水，只能在岸上无助地扑腾。小猫的左手就没松过，小鱼急得想哭，又不敢太用力推小猫，嘴里的氧气被吻得快要耗尽。

在一场漫长的拉锯战后，小鱼心里深深地叹一口气，终于缴械投降，躺平认宰。

后来的事情就变得顺理成章，也不知是小鱼吃掉了小猫，还是小猫吃掉了小鱼。

“礼物”一直没出过卧室，蹲在床边茫然地看着他们，看着衣服一件件被丢下床，接着是小鲸鱼玩偶，又是大鲸鱼玩偶……“礼物”躲着这些东西，发现再也没机会跳上床后，转头无趣地溜出了卧室。

幽暗的房间里，两个年轻人拥吻在一起……占喜终于知道，一个温柔的男人身体里也会爆发出巨大的能量。

她的小鱼很笨拙，却也体贴，她羞涩，却又期待。

有那么一段时间，占喜闭上眼睛，享受地听着男人响在耳边的喘息声和闷哼声。那是她不曾听过的一种低哑音调，居然如此性感，令她着迷。

他还在她耳边叫她“欢欢”——用他那特有的发声方式，不标准，含含糊糊，可是每一声低唤都能叩进她的心里，像一根羽毛，把她的心撩拨得丝丝发痒。

中秋，窗外的月亮应该很圆吧？

也不知过了多久，卧室里终是安静下来，只剩下两个年轻人急促的呼吸声。

占喜依偎在骆静语温暖的怀抱里，疲惫却满足地睡了过去。

第二天的早餐桌上，占喜吃着馄饨，悄悄打量桌对面的男人。

他在帮她剥水煮蛋的蛋壳，神情恍恍惚惚的。

从早上醒来开始，这人的表情就很不自然。占喜揣摩着他的心思，还是猜不透他在想什么。

骆静语像是沉浸在梦境里，那是一个如此真实又幸福的美梦。他生怕自己眨一眨眼，梦就醒了。

怎么会变成这样呢？他和欢欢昨天晚上竟然……

他的意志力也太不坚定了！

骆静语鄙视自己，说好了的结婚才可以，他怎么就这么忍不住呢？

好像还把欢欢弄疼了……

他对欢欢说“对不起”，欢欢笑着亲他说，干吗要道歉。

她也没说他表现得怎么样，想想也好不到哪里去。

他也就是以前被陈亮拉着看过一小段片子，当时就看傻了眼。后来陈亮再叫他看，他都没敢再看。

对这种事情他原本并不热衷，也就是在认识欢欢后才被逼得没办法，有时候要跑到卫生间解决。在那之前他可清心寡欲了，连个幻想对象都没有过。

骆静语心里惴惴不安，满脑子就跟糨糊一样在乱搅，一会儿后悔，一会儿回味，一会儿自责，一会儿又觉得下一次自己要表现得更好些……

占喜吃完馄饨和水煮蛋，看着骆静语耷拉着眉眼，收拾两个人的碗盘拿去厨房，走路姿态都略微僵硬，不禁感到好笑。

小鱼被小猫吃掉了，好像还受了点儿打击，哈哈哈……

别人放长假，骆静语可没时间放假，每天都在赶工。

他查了一下表格，又按着计算器计算，长假结束前他就能把汉服节的订单全部做完，让所有买花的姑娘都来得及在十月中旬的西镇汉服节上佩戴。

剩下就是“婳裳”的“鱼戏莲花”订单，工期也没有太紧，他能按时完成。

中秋节下午，骆静语和占喜带着月饼和水果去占杰家吃饭。

团圆夜，占杰一个人过着实心酸。看在他最近几个月为他们出了不少力的分儿上，占喜决定和小鱼一起去慰问他。

晚餐由骆静语来做，他还是头一次来占杰家。他看着那个环境，都有上手帮未来大舅哥整理屋子的冲动了。

占喜倒觉得占杰作为单身汉，能把屋子收拾成这样已经很不错了。他离婚后是有所改变的，学着做饭，学着打扫，和占凯威在一起时也不再只会跷着脚玩游戏，愿意陪儿子搭积木、画画、做游戏、聊聊天，父子俩的关系居然比以前还亲近了些。

吃饭时，占杰发现妹妹和临时妹夫有点儿不对劲。占喜还好点儿，骆静语是看上去哪儿哪儿都不自然，眼神飘飘的。

占杰问占喜：“你们吵架了？”

“没有呀。”占喜知道缘由，心里偷笑，抱着骆静语的胳膊说，“我们好着呢！”

骆静语用筷子刚夹起的一块肉“吧嗒”掉了下来。

占杰和占喜讨论回家的事情，占杰长假头几天要加班，准备十月五日那天回家，顺便参加第二天尹莉的订婚仪式，和妹妹说如果她要回去可以搭他的车。

占杰问骆静语：“小子，你去吗？”

骆静语愣愣地看着他，又转头去看占喜。

占喜吃着菜，漫不经心地说：“再说吧，我一个人回去也行呀。”

“其实你可以带他回去。”占杰说，“会见到很多亲戚，不管妈闹不闹吧，这事儿过了就过了，过不去以后再想办法。我是觉得这机会不错，你好好考虑考虑。”

占喜小声地问：“哥，你觉得妈会让小鱼难堪吗？”

“说不准。”占杰摇头，“不过有我和爸在呢，总会好点儿吧，你说呢？”

占喜又开心又感激，忍不住拍马屁：“哥，你真好！”

占杰叹气，瞪了她一眼说：“其实我心里也没底，要不是看这小子人还不错，我才不帮你。喂，小子！”

他突然转向骆静语，骆静语顿时坐直身子认真看着他的嘴。

占杰说：“你最好有点儿数，我妹妹这么好一个姑娘和你处对象，你要是敢欺负她，我绝饶不了你！还有，我们家没同意前你们不准同居。知道吗？”

“噗！”占喜一口菜呛到喉咙里，不停地咳嗽起来。骆静语注意到她的动静，赶忙帮她拍背、递水。

等到占喜平静下来，占杰没再继续这个话题，最后总结：“欢欢，你听我的，要是回去就把小骆带上。这件事情逃不掉，是福是祸，就看这小子自己的造化了。”

骆静语石化了。啊！他也要去见欢欢的父母了吗？

她的母亲不喜欢他，上次还打了他们，再见到他会不会又打一顿呀？

可是他已经和欢欢那什么了……他绝对不能躲。他得勇敢些，得保护欢欢，不能让她再受伤害。

他想和欢欢结婚，想一辈子都和她在一起，保护她、疼爱她，天天给她做好吃的，让她无忧无虑。

以前他只敢偷偷地想，经过前一晚，这个念头在他心里就跟生根发芽一般，连那么凶的欢欢母亲都阻挡不了他了！

被打、被骂又如何？被嘲笑是聋子、哑巴又如何？

欢欢帮他挡过巴掌，他绝对不能辜负了她！

十月二日，占喜终于接到杜恒知的好消息。杜大设计师根本没时间休长假，说云汐的团队通过了他的设计，他要和骆静语签一份合同。

占喜和他约好十月四日上门洽谈，顺便让骆静语看一下他画的设计初稿。

十月三日，占喜和骆静语在那家有包厢的咖啡馆里又进行了一次烫花体验课，只是这一次来的都是老朋友们：自由撰稿人罗欣然，在读研究生赵晴晴，公司白领袁思晨，富商妻子吴太太，学校老师周莲以及教舞蹈的邱老师。

占喜不收钱，请大家来喝咖啡，除了体验做烫花，还把自己的一个设想说给她们听，问问她们的意见，就是——她有意向和骆静语一起开一间以手作烫花为主题的咖啡馆或甜品店。

店址可能会选在钱塘政府正在搞的那条文创街。她已经去踩过点，人流量的确不错，还打听过房租，也能承受，并且了解到，像骆静语这样的听障人士创业，在税收和其他一些政策上会有优惠和减免。

“其实我是这么想的。”占喜侃侃而谈，“‘禧鱼烫花’虽然刚起步，但是骆老师在汉服圈已经待了很多年，经过前一阵子的事情，很多他以前的老粉丝都知道了他单干的事情。所以不出意外的话，以后汉服饰品这一块的业务会比较稳定。

“可是呢……对骆老师来说，他就还是待在他的舒适圈里，我接单，他在家做东西，与他以前和方旭合作时的模式没什么不同。我是觉得……骆老师已经27岁了，是时候跳出这个舒适圈了，要想想办法拓宽业务。这个业务包括又不限于烫花体验课、沙龙、短视频制作、直播、展会推广，还有和高端品牌的合作等。

“我们之所以想找个单独的商业场地做这些，一方面是因为家里上课不太方便，另一方面是想有个能谈业务的地方，还有一个原因是，我希望骆老师可以走出家门，多多社交，这对他的创作灵感是有好处的。”

说到这里，她看向骆静语：“他现在已经专职四年，人也年轻，可能灵感还没枯竭，但是他一直这么宅着，我觉得再过几年就不好说了。当然，这件事情我不是自己乱想的，我问过他的意见。他其实并不排斥社交，只是之前因为各种条件限制，他也没法儿拓宽社交圈，属于有心无力吧。现在我和他在一起，就想试试把这事儿给做起来。不知道大家有没有什么意见或建议呀？觉得有戏吗？”

女士们听完后，立刻七嘴八舌地讨论起来。邱老师有创业经验，问占喜打不打算用咖啡馆赚钱。占喜表示前期求不亏，小亏也行，主要是想有个固定的场所，能让骆静语的业务渠道有所拓宽，这点儿投入是必须要有的。

大家分析文创街周边的消费群体构成，文创街周边算是新城区，包括大学城、大型互联网公司、新楼盘和大商场，几乎都是年轻人，对于这样卖点比较突出的实体咖啡馆，接受度应该会高一些。

吴太太说：“哎呀，你们是看不上我们这个年龄段的消费能力吗？烫花这么小资的事情很有格调呀！花那么美，骆老师要是真开起来了，我一定带上小姐妹去光顾，喝喝下午茶，做做花，多惬意！”

周莲也附和：“是的，我的朋友里对手作感兴趣的人还是挺多的，这个其实不分年龄，可能和性别有点儿关系，还是女性居多。手作可以修身养性，可以解压，亲手把东西做出来人会很有成就感。”

罗欣然说：“喜儿，你得做好市场调查，看看工作日和双休日那边的人流量有没有不同，还要考虑到大学城放寒暑假会不会有影响。”

袁思晨看着自己染好的花瓣，说："我觉得小占的想法挺好的，烫花很独特，市面上都没有别家在做，说不定会火哦！"

占喜哈哈大笑："倒也没有想火，就是想趁年轻折腾一下罢了。骆老师心中有梦想，我也一样，我们凑在一起，就想试试。"

说到这儿，她握住骆静语的手。他转头看着她，目光深邃得像海一样。

体验课结束，占喜带着一脑袋建议和众老友分别。

临走前，袁思晨悄悄地告诉她，林岩有女朋友了。

"是你离职后我们部门新招进来的小姑娘，是应届生，天天嘴甜的呀，跑技术部喊'林岩林岩'，都不叫'林工'的哟！"袁思晨咯咯直笑，"林岩那块冰山，就得这种热情似火的姑娘才能搞定，三个月下来终于被感化了。前几天朋友圈刚官宣，这几天就带着小姑娘出去旅游了，厉不厉害？"

"厉害，厉害。"占喜真心替林岩可以找到相互适合的那个人感到高兴。

占喜和骆静语没有回家，而是去了一个陌生的街区，找到一家店。那是一家陶吧，一楼喝东西，二楼做陶。店主是占喜在造物节上认识的，叫田骏。

他们提前联系过，田骏见到占喜很高兴，热情地邀请她上楼参观。

因为是长假期间，陶吧一楼的上座率不错。二楼在上课，是小朋友们的做陶课。家长、孩子众多，看起来很热闹。

田骏身上还是穿着围裙，指导一个小朋友做陶后，洗了把手，站在占喜身边给她介绍自己的经营模式。

占喜听得很仔细，有时候问他几个问题。他知无不言，一点儿也不吝啬自己的创业经验。

骆静语起先还心境平和地看着他们，到后来，田骏和占喜越聊越热络。看着她一口一个地喊他"田老师"，他嘴角下挂，心里居然泛起了酸。

这一天晚上，风平浪静后，骆静语喘着气，汗津津地把占喜搂在怀里，双目灼灼地打手语问她："我厉害吗？"

占喜羞得要死，"嘤"了一声，往他胸膛上捶了一下。

骆静语不懂这是什么意思，又认真地比画起来："我也是老师，骆老师，我也可以开店，也可以上课，我会努力做得很好，欢欢。你相信我。"

嗯，占喜理解的"厉害"和这人说的"厉害"好像不是一回事。

骆老师还挺会吃醋的……

Chapter 20

她的氧气瓶

在杜恒知的办公室里，骆静语看到了杜恒知为女星云汐设计的礼服初稿，是抹胸款大裙摆礼服。很纯粹的紫色，裙摆层层叠叠，点缀着一大片夕雾花，光看图都能感受到那种飘逸感。

杜恒知兴奋地问他："感觉怎么样？"

骆静语想了一下后对占喜打手语，占喜翻译："杜老师，骆老师问花朵会不会太多了？会很重。"

"会吗？"杜恒知从办公桌上拿来那几枝烫花做的夕雾花样品，掂了掂重量，"我以为会很轻。"

骆静语摇摇头，指指设计稿，又对着占喜打了一通手语。占喜没有立刻翻译，用手语和他交流几句后才对杜恒知说："骆老师的意思是，不仅仅是真实的重量，还有人的视觉效果，花朵太多，视觉重点就会在裙摆上，可是女明星要体现自己的美，更侧重的应该是一个整体吧？包括她的脸和上半身。"

杜恒知陷入思考，良久后说："也有道理，不过云汐的团队对这套礼服的设计还是满意的，要修改的话我得再和他们沟通一下。啊，骆老师可以给点儿修改意见吗？从夕雾花实际制作的角度考虑？放心，放心，我不是那种听不进意见的人，这款礼服本来就是和骆老师联名设计，骆老师可以大胆地说出自己的想法。"

占喜将他的话翻译给骆静语，骆静语看到"联名设计"这样的说法后很是意外。他对服装设计可一点儿也不懂，原本以为就是帮杜恒知制作礼服上的烫花而已。

他心里其实有点儿想法，本来不敢说，既然杜恒知这么讲了，他就大着胆子对占喜打手语。占喜看完后就笑了，转头对杜恒知说："杜老师，骆老师问能不能给他两天时间？他在你这套礼服的基础上小修，也画一版设计稿给你。他怕自己表达不清楚，还是画出来更容易理解。当然，他的小修只针对花朵部分。"

"可以呀！骆老师是学过画画还是设计？"杜恒知感兴趣地问。

这个问题占喜可以帮骆静语回答："他从小学画画，不过只学到高中。骆老师没有上过大学，高中毕业后就开始专业学烫花了。"

杜恒知了解了，开始和占喜讨论合同。

关于合同价，骆静语和占喜没有经验，来之前特地咨询过徐卿言。徐卿言曾经和奢侈品牌合作过，因为她也不知道杜恒知和云汐团队的合同价是多少，让骆静语自己依照花型的难度和数量考量，还要计算投入地做这整件事情的时间和人工成本。

徐卿言对占喜说："小骆是第一次接这样的单子，其实没有吃不吃亏这个说法。我的意见是积累经验、打响知名度更重要，报价不用太高，你们好好合计合计。"

于是，占喜就按照自己和骆静语的讨论结果，向杜恒知报了个实价。杜大设计师很爽快地答应了，立刻让助理把合同打印出来。

时间终于到了十月五日，占喜已经决定回家。问过骆静语的意见后，他也跟着上了占杰的车。

去占喜老家前，骆静语把这件事情告诉了父母，骆明松提醒他要多买点儿礼品，提两瓶好酒，千万不要舍不得花钱。

骆静语哪会舍不得花钱，占杰的车到青雀佳苑来接他们时，就看到骆静语和占喜二人双手提满东西走出来，几乎要把他的后备厢塞满。

"我去！这都买的什么呀？"占杰下车去看后备厢，拎起白酒包装看，"哟，这酒不错呀！小子很上道嘛。"

价格四位数的酒当然不错了。骆静语对着他笑笑，挠了挠脑袋。

除了两瓶酒，他还买了两条好烟、人参、阿胶、水果礼盒、海鲜礼盒，外加一箱牛奶和坚果大礼包。

占喜整理着后备厢："我让他别买那么多，他不听，说自己是第一次上门，得懂道理。"

这是已经把自己当女婿看了吗？真是什么毛病都挑不出来呀。占杰想。

一行三人上了去桐县富椿镇的高速，占杰开车，骆静语和占喜坐在后排。占杰和妹妹商量一番，决定到了以后让骆静语去镇上的酒店入住。他们兄妹先回家探探情况，见机行事，找着合适的机会再让骆静语过去。

“你和他解释一下。”占杰边开车边说话，“不是不让他上门，是为了他的生命安全着想，贸然上门不见得会好。”

“明白。”占喜把自己和占杰讨论的结果用手语告诉给骆静语。

他看明白了，神色毫无异常，笑着点头，表示都听他们的。

车到高速服务区，长假时的服务区女洗手间排起了大长龙。占喜排队时，占杰和骆静语在室外等她，二人聊了一会儿。

“我和欢欢的妈妈不太好相处。”占杰抽着烟，说得很慢，“我和你说话，你要是有看不懂的就告诉我，别不懂装懂。”

骆静语看懂了，点点头。

占杰就说起来：“我妈家一共是三女一男，三个姐姐，一个弟弟，我妈是三姐妹里的老二。

“我外公特别重男轻女，你看他们这生法就该知道了。我大姨是外公和外婆的第一个孩子，性格比较温和，二老待她还不错。我小姨的家庭地位按理来说应该不及我妈，但是她嘴很甜，脑子灵光，比较会做人，所以二老还是挺喜欢她的。我小舅就不用说了吧，就算是个扶不上墙的烂泥，我外公还是最喜欢他。和他们三个一比，我妈在家里的地位就特别尴尬，从小不受重视，也不怎么会说话，蛮讨人嫌的。

“可能是为了受到关注吧，我妈从很小时就承担起家里大部分的家务，做一大家子的饭，洗一大家子的衣服。但她不是那种做了事情不邀功的性格，她喜欢把这些事情拎出来说，对父母说，对两个姐妹说，说着说着，愣是把自己说成了一个家庭主心骨，好像家里离了她就不行，大事、小事她都要管，性格变得越来越强势。”

“我外婆是突然去世的，外公生了好久的病，我小舅压根儿不管，尽拍我妈马屁，我妈就做主让三姐妹轮流照顾老人，她自己出钱、出力最多。她逢人就说自己多么辛苦、多么孝顺，她就特别享受别人对她的夸赞。结果呢？我外公去世了，所有的钱和房子都留给了我小舅，我妈和两个姐妹分文没有。那阵子，我大姨、小姨都责怪我妈，外人也嘲笑我妈，我妈自己也很生气。但有什么办法呢？”

占杰眯着眼睛抽了一口烟：“我外公、外婆没了以后，我妈对外炫耀的资本就变成了欢欢。欢欢……你也看到了，很漂亮，读书又好，从小就懂事听话，从来不惹祸。在我妈家四姐弟的七个孩子里，她是最优秀的一个。不管是工作还是婚姻，我妈都对她寄予厚望。”

占杰灭掉香烟：“我妈这人爱钻牛角尖，爱记仇，我觉得她可能抱着‘我是女儿才不受父母重视，我自己有了女儿我就要好好重视她’这样的想法。所以在我们家，反倒是我过得轻松点儿，我妈对欢欢管得特别严。本来这是好事，可我妈错就错在，她把欢欢当成了她的私人物品，只要欢欢有哪里不符合她的要求，她就会很生气，陷入那种‘我是为你好，你居然这么不识好歹’的思想里去。

“欢欢小的时候很温顺，非常听我妈的话，不过她上大学后就成长了许多，我能看到她的改变。我是觉得这种改变挺好的，年轻人要有自己的想法，但我妈肯定不这么认为，所以她们的矛盾这几年渐渐变得尖锐起来。”

“所以……”占杰拍拍骆静语的肩，“小骆，这是我给你打的预防针，我妈这关不好过，希望你做好思想准备。这事儿我也算是过来人，当初都经历过，虽然现在婚姻失败，可大多责任在我自己。我妹和我不一样，我对她还是挺有信心的。”

见骆静语一直看着自己，占杰忍不住道，“你别老这么看我，我说这么一大堆，你看明白了吗？”

骆静语很努力地吸收着信息，不说全部看懂，至少懂了一大半。他对占杰点点头，又轻轻地拍了拍自己的胸，最后对着占杰弯弯大拇指。

占杰知道这是“谢谢”的意思，便不再多说，只“嗯”了一声。

占喜终于从卫生间出来，三个人上车后继续往目的地去。

中午时分，车到达富椿镇。骆静语在镇上的一家酒店办理入住，三人找了个餐厅吃午饭。饭后，骆静语去房间休息，占杰带着占喜回家。

骆静语此行带上了速写本和马克笔，打算画夕雾花礼服的修改稿。回到酒店房间后，他没多想见家长的事情，摊开纸张，拿起画笔就构思起来。

进家门前，占杰对占喜说：“今天估计有客人，别和妈闹得太厉害，我和爸会劝着她点儿。具体要怎么说，我先去和爸聊聊。”

“哦。”占喜应下，“我是不会闹的，要闹也只有妈会闹。”

“小骆买的东西先不要拿进去，等他上门了自己拿。”占杰揉揉妹妹的脑袋，“没事，别慌，有哥在呢。”

占喜笑起来，前所未有地觉得有个支持自己的哥哥可真好。

兄妹俩走进院子，小姨迟贵仙在外面晒太阳，见到他们就回头叫：“哎！二姐，阿杰和欢欢到了！”

家里要比想象中来得更热闹，客厅里坐着十几个占喜熟悉或不熟悉的亲戚，男男女女、老老少少，第二天都准备去参加尹莉的订婚仪式，今天来他们家吃晚饭。

迟贵兰并没有出来迎接他们，正眼都没往儿子女儿身上看一眼，转身就去了厨房做事。

占强和儿女打过招呼，占杰揽着他的肩去卧室，估计是去说骆静语的事情。

迟贵仙的女儿多多比占喜小两岁，还是大学生，乐呵呵地叫她："欢欢姐！我好久没见你啦！"

"是哦，春节后就没见过了。"占喜也与她打招呼。

迟贵仙拉住占喜，小声地问："欢欢，你上回住院了呀？要不要紧？"

占喜和小姨向来亲近，回答："已经没事了，就住了一晚医院。"

"你那个对象……来了吗？"迟贵仙的声音压得更低，"那天晚上，阿杰都告诉我和你妈了，但是你妈让我不要往外说，我就没说。"

占喜说："他来了，住酒店呢。"

迟贵仙觉得这事儿不好办，劝道："欢欢啊，你真的要和那个小伙子处对象吗？你妈说她气得整宿整宿睡不着。小姨也想不明白，你这么好一个姑娘，为什么要找一个聋哑人呀？"

占喜笑道："当然是因为，他也是一个很好的小伙子呀。"

"可是他……"迟贵仙嘀咕，"阿杰说了他的工作，是挺好的，收入不错，也有婚房，但耳朵听不见真的……你不怕人家说你吗？"

"不怕。"占喜摇头回答，"我和我对象在钱塘有很多朋友，认识他、了解他的人就没有一个说他不好的。如果这边的亲戚对他有偏见，我也没办法，大家私底下爱怎么说闲话我也管不着，大不了就少回家呗。日子是我和他在过，是为自己过，又不是为我妈过，更不是为亲戚们过。"

迟贵仙为难道："可是……"

"贵仙，你和欢欢说什么悄悄话呢？"一句问话骤然响起，把迟贵仙吓一跳，和占喜一同转过头去。

说话的是小舅妈。她嗑着瓜子，身边坐着另两个女性亲戚。她笑嘻嘻地看着占喜，问："欢欢，你妈妈说你有对象了，怎么没带回来啊？"

小舅妈和迟贵兰的关系一直很"塑料"。

她生了个儿子，自诩是迟家唯一能传宗接代的人。可惜儿子学习不好，连高中都考不上，只上了一所技校，毕业后四处打零工，交了个女朋友后回家嚷嚷要父母在桐县给他买房结婚，就像二姑姑给占杰表哥在钱塘买房那样。

小舅很浑，老父亲留下的钱都被他喝酒、赌博花完了。他们没钱买房，还来向迟贵兰借过钱。迟贵兰借了两万块钱，把这事说得尽人皆知。小舅妈丢了面子很生气，总想着要找机会看看迟贵兰的笑话。

占杰离婚，小舅妈已经很幸灾乐祸了，迟贵兰上一次从钱塘回来后的状态更是令她好奇。

那段时间迟贵兰非常非常生气，逢人就抱怨女儿不懂事、不孝顺、脑子被门夹了，却又打死也不说具体原因。小舅妈去问迟贵仙，迟贵仙也是语焉不详，只会打马虎眼儿。

众人就猜测，莫不是占喜找了个条件不好的对象？这可稀奇了呀！毕竟迟贵兰一直是标榜她女儿能嫁个绝顶好人家的。

小舅妈此时看着占喜，等待她的回答。

占喜还没开口呢，迟贵兰就从厨房里冲出来，大声地说："她敢带回来吗？！"

一屋子人都看向她，小舅妈阴阳怪气地问："为什么不敢带回来呀？欢欢的对象肯定像她一样优秀，我们一直等着这一天要看看这个'金龟婿'呢！"

迟贵兰远远地看着女儿，冷冷道："让她自己说，她找了个什么样的人。我反正是没脸说的，也不会同意，读了个大学读得脑子都不清醒了，找这么一个人，我都替她害臊！"

迟贵仙讷讷道："二姐，别这么说……"

"你给我闭嘴！"面对众多亲戚，迟贵兰发泄得好爽，又看向占喜，"口口声声和我说我管得多，要自己决定自己的事情，说自己不是小孩子了，说我不懂她要的到底是什么。我是不懂呀！我怎么会懂？找个这样的男的，我就算有三个脑袋也是搞不懂的！"

占喜平静地看着母亲。她讲话时的腔调几十年来都没变过。真奇怪，以前怎么不觉得有问题呢？

小舅妈更来劲了，瓜子都不嗑了，问："贵兰姐，你别生气。到底怎么回事？说给我们听听呗，欢欢到底找了个什么样的对象呀？"

迟贵兰嗤笑："我说了，我没脸说，害臊！你想知道让她自己说！带都不敢带回来呢，看看她说不说得出口！"

小舅妈的眼睛里闪着光，看向占喜："欢欢？你对象……嗯？"

占强和占杰刚好从房间里出来，就看到客厅里剑拔弩张的局面。占杰脑子一炸，猜到迟贵兰估计开火了，正要劝说时，就听到了占喜的声音。

他那年轻的妹妹站在客厅里，身边是神情复杂的小姨。

占喜看看迟贵兰，又看看小舅妈，视线从一群人身上掠过，说话的语调一点儿波澜都没有："我是交了个男朋友，27 岁，钱塘人，是个艺术家，非常有才华。他人特别特别好，对我很体贴，对工作很认真，是个善良又上进的男生。身高一米八五，在钱塘有婚房，一百四十平方，年收入在四十万元左右吧。"

小舅妈及其他亲戚都听呆了。多多一脸羡慕："哇！"

"嗯……"占喜微微一笑，"我妈觉得说不出口的一点，应该是……我的男朋友是个聋人，听不见声音，不会说话，我和他交流是用的手语。"

她就这么说出来了？！

迟贵兰对女儿怒目而视，想到当初在占喜房间里看到的那几本手语书，恨不得过去撕碎了它们。

小舅妈和别的亲戚都吃惊地睁大了眼睛，嘴唇微张。

他们既惊讶于占喜找了个聋哑男朋友，又惊讶于她此刻的态度，如此淡定，不仅毫不在意，语气里仿佛还带着骄傲。

占喜看向迟贵兰："妈，我不明白这有什么说不出口的，我男朋友是个很优秀的人，我很喜欢他。哥知道，爸也知道，他们都接受了他。你一点儿都不了解他，为什么要先把他给否定了呢？"

"我是永远不会接受他的！"迟贵兰恼羞成怒地叫起来，"我跟你说过，你要是选他，就再也没有我这个妈！我死都不会同意你们在一起！"

迟贵仙走过去拉她："二姐啊，那个小伙子其实……"

"闭嘴！"迟贵兰瞪她，"我教训我女儿，关你什么事？！"

迟贵仙不敢吭声了。多多气不过，把母亲拉到一边小声地说："妈，你别管二姨，她脑子向来有病。"

迟贵兰缓缓走到占喜面前，像看陌生人似的看着她，却不知道占喜心里也是一样的感觉——这个曾经与她如此亲密、令她如此依赖的女人是她的亲生母亲，如今在她眼里也像个陌生人一样。

迟贵兰的声音颤抖："从你出生，到现在二十四年，妈妈为你做了多少事情？花了多大的力气培养你？让你交朋友要好好挑，是妈妈不对吗？鼓励你考研、考公务员是妈妈不对吗？希望你找一份体面又稳定的工作，是妈妈不对吗？让你找一个好条件的对象恋爱结婚，不受婆家轻待，也是妈妈不对吗？！"

客厅里鸦雀无声，只有迟贵兰苍老的声音："这就是你对妈妈的回报？找一个聋哑人，你就是想气死我，对不对？你就是嫌我活得太长了，想要我早点儿死，对不对？"

占喜越来越佩服自己，处在这样的境地居然一点儿也不慌。母亲的说辞永远就是那几句，乍一听真是用心良苦，能骗的也就是那些不知背后细节的人罢了。

只是这一次，占喜再也不愿意粉饰太平，开口道："你不是让我交朋友好好挑，你是完全干涉了我怎么交朋友。你偷看我日记、搜我书包、翻我手机……只要是你不喜欢的人，就不允许我和对方交往，也不管对方会不会因你而受伤害。你撒泼打滚，去学校闹，去人家家里闹，打电话骚扰我领导，也不在乎事后我在班级、在公司要怎么待下去。"

迟贵兰大叫："我那是为你好！你那时候还小，我怕你交到坏朋友！"

"为我好？"占喜都被气笑了，"妈，你知道我上中学时有多孤单、多痛苦吗？我都没有朋友，根本没人敢和我玩，就是因为他们都知道我有一个很奇葩的妈，一个动不动就会冲到学校去告状的妈。”

迟贵兰要插嘴：“我……”

“先听我说完！”占喜没给她机会，“刚好大家都在，一起听听你那些为我好的壮举吧！你根本不是鼓励我考研、考公务员，你是命令我考研、考公务员，我不考，就好像做了什么大逆不道的事情一样。你让我找一份稳定又体面的工作，能够满足的大概只有你自己的面子。给我领导打一个电话，就把我半年的努力全部毁掉，这件事情我能记一辈子！你到现在也不知道我真正想学的专业是什么，真正想做的工作又是什么！在你看来只要是个铁饭碗，哪怕每天傻呆呆地坐在办公桌前看报、喝茶也是好的，对吗？”

多多听着这些话，看向占喜的眼神里充满同情。

她只记得从小到大，大家都拿占喜来给她做榜样，二姨说到女儿时是多么骄傲呀！她还无数次指导迟贵仙要怎么管束女儿，谢天谢地，母亲没听。欢欢姐的生活听着就很可怕。

占喜逼视着迟贵兰，不知从什么时候起，她比母亲高很多了，以前是仰视，现在都有了一种居高临下的感觉。也可能是因为迟贵兰老了吧，人老了，终归会变得佝偻。

“妈，我一点儿也不想和你吵架，可我也不知道要怎么和你沟通。”占喜说，“每个人都没有办法选择自己的出身，没有办法选择自己的父母。我是这样，我男朋友也是这样，他甚至都没机会选择自己的耳朵是不是能听见。”

占喜话锋一转：“可是这没关系，人生是我们自己的，不是父母的，也不是兄弟姐妹的。我的人生不是你的，也不是我男朋友的，我现在做的每一件事情、说的每一句话都是我自己的决定。无论有什么后果，无论后果是好的还是坏的，我都自己承担。”

“我男朋友的人生很辛苦，但他从来没有放弃。他很坚韧、很清醒、很努力，我从他身上学到了很多东西。”占喜想到骆静语，心里就像是有了力量，“我见过他的家人，他们都是非常好相处的人，对我男朋友很尊重、很包容，支持他去追寻梦想，理解他的每一个决定。”

占喜看一眼占强和占杰，视线又落回迟贵兰脸上：“妈，什么时候我和你的关系也能变成那样——像我男朋友和他父母的关系那样？我可以心平气和地和你说说我的梦想、我的计划，说说我生活中的趣事；可以和你说说我和朋友去了哪里玩、吃了什么、看了什么电影；可以说说我买了什么衣服、染了什么色的头发；我碰到了不开心的事，可以到你这儿哭，你会安慰我说‘没事，有妈妈在呢，不管你在外面碰到什么委屈，妈妈永远支持你’。”

说到这儿，占喜幽幽地叹了口气，摇头道：“可惜这是不可能的，这是别人家的妈妈和孩子。大姨和莉莉姐是这样，小姨和多多是这样，秦菲和她妈妈也是这样，我认识的好多朋友和她们的妈妈都是这样，只有我不是。”

占喜的音量突然提高了一度，语速也变得更快：“你知道吗？我根本就不敢和你说我的梦想！因为你都会否决！连让我展开讲的机会都不会给我！我也不敢和你说我生活里的事情，不敢告诉你我朋友是谁、我做了什么！你不会看到好的地方，你永远只会看到坏处！KTV乌烟瘴气不能去，外面吃饭不干不净！看电影是浪费时间，不如多看书准备考公务员！想和朋友出去旅游？那是做梦！你只让我和你去，报的还是老年团！买的裙子不能太短，领口不能太低，要不然会让人觉得我是个不正经的女孩儿！头发怎么能染？我上次染了这个咖啡色，都被你骂好久！我又怎么敢到你面前来倾诉委屈？你会说‘这都是你活该，谁叫你没有听妈妈的话，你不做这个不做那个，你就不会碰到这些事情！你老老实实看书、考试，相亲、结婚、生孩子，你又怎么会碰到这些事？’……”

迟贵兰看着她，脸色发青，嘴唇哆嗦起来。

多多默默地翻了个白眼。

占杰神色阴郁，他是最能和占喜感同身受的那个人，但可能因为他是男性，以前一直没察觉到这些问题，以为自己和母亲的疏离只是因为他长大了。

占喜笑了一下，依旧看着迟贵兰：“你还记得我上一次和你谈心是什么时候吗？得有几年了吧，你不会以为我最近几次回家是在和你谈心吧？我告诉你，我都是在撒谎！”

占喜畅快极了，这才是她的心里话：“我对着你，就只想撒谎！只会撒谎！很久很久没想过要和你说心里话了！家原本应该是让孩子最轻松、最依赖的地方、在外面累了可以回来休息的地方！可是因为家里有你，对我来说这就是个最压抑、最窒息的地方！我们母女做成这样，你不觉得悲哀吗？我不否认你爱我，我也感谢你对我的养育和培养之恩，我会用钱给你养老，但如果你想要的是我用整个人生来回报你，所有的事情都要听你的，对不起！我做不到。”

“啪！”一记脆响，占喜的脑袋偏到一边。她又被迟贵兰打了一巴掌。

迟贵兰气到浑身发抖，想要再一巴掌甩过去时，手腕被人扣住了。她扭头看去，是丈夫占强。

占杰也顺势揽住占喜，将她拉离母亲的攻击范围，神色冷峻地看着自己的母亲。

“这就是你说的为欢欢好吗？”占强瞪着迟贵兰，眼睛里闪起泪光，用力地把她的手甩开，“把她打到脑震荡住院，现在还要打她？她到底做错了什么？你倒是说给我听听。她刚才说的那些话，哪一句说错了？”

迟贵兰震惊地看着他。

“我们全家都在忍你，忍了几十年了，想想你的优点，勤快、节约、孝顺，我也没什么好说的。”占强的声音颤抖，“家里什么都是你说了算，我认了，我妈也认了，阿杰都认了，都如你的愿和秦菲离婚了。现在就剩一个欢欢，你能不能放过她呀？她是年轻人！她才 24 岁！她的人生还很长呢！现在已经不是她找对象的事情了，你一个做妈妈的，做的每件事情都在把儿女往外面赶，你图什么呀？阿杰和欢欢以后再也不想回家，你就很开心了对吗？”

迟贵兰哆嗦着问：“老占，你同意欢欢嫁给一个聋哑人吗？”

“我甚至希望我自己是个聋哑人！”占强怒吼，“我不知道多羡慕我妈耳背听不见你成天瞎吵嚷呢！你不喜欢那个小伙子，至少也要看一看他，了解一下他是个什么样的人，好还是不好，总要看过了才知道！”

占强一指占喜：“欢欢是我女儿，我了解她，她不是那种随随便便就会找对象的人！她喜欢那个小伙子，阿杰也说那人人品不错，说明人家就是有优点的。你就只会揪着人家耳朵听不见这个问题不放！以前看秦菲也是，秦菲明明很好，你就是看不见，净挑她的刺儿！你只会看见你想看见的东西，只希望我们所有人都顺着你的意，听你的就对了，不听你的都是错！我告诉你，迟贵兰，欢欢一点儿错都没有！她错就错在投胎到我们家、有了我们这对父母！她要是投胎到别人家，指不定是个多出挑的姑娘呢！”

迟贵兰的身体剧烈地摇晃了一下。

她又看向占杰和占喜，眼神愣愣的，来自女儿和丈夫的话语深深地打击了她，短时间内还没能消化。她并不觉得自己做错了什么，只觉得大家都在说她不对，可是她到底哪里做错了？她明明是为了这个家、为了儿女付出了一切呀！

在他们家闹内部矛盾时，别的亲戚都没敢吱声，这时候气氛安静下来，一个年长迟贵兰几岁的大爷沉声开口：“贵兰啊，儿孙自有儿孙福。咱们年纪都大了，你要学会放手，让他们自己去闯。”

另一个阿姨也大着胆子过来劝她：“贵兰，欢欢找的对象条件听着还行呀，你先看看嘛。小伙子耳朵听不见都能一年挣四十万元，真的很厉害啦！”

有人起了头，很多人都劝开了——

“欢欢已经很优秀了，你不要对她要求太高，逼得太紧。”

“贵兰，这事儿没多了不起，处个对象而已，小伙子好不好，看了才知道。”

“好了，好了，没事，没事。明天莉莉订婚呢，大家都高兴一点儿，一家人不要搞成这样。”

“艺术家呢！一米八五？哇，我好想见见欢欢姐的男朋友呀！”

“贵兰，你的脾气是要改改，60 岁的人了，咱们都还有几年好活？孩子们有自己的生活，你从小就管欢欢太严，我们也不好说你。现在欢欢大了，自己都开口了，你还弄不明白吗？”

在一片劝和声中，小舅妈来了一句：“可那个人是聋哑人哎，残疾的哎，我还是觉得不靠谱。”

众人都很尴尬，迟贵兰的脸色一下子又变得很难看。

占杰对小舅妈说：“哪儿不靠谱了？有你儿子不靠谱吗？舅妈，等你儿子去钱塘，买个和我妹对象一样大的房子，年薪和他一样高了，你再来说这句话，行吗？”

小舅妈气得饭都不想吃了，起身就出了门。

其他亲戚估计这顿晚饭也没法儿再吃，一个个劝了迟贵兰几句后都走了出去。迟贵仙和丈夫、女儿也走了。很快，客厅里只剩下占强一家四口。

占喜的脸还有点儿红，只被打了一个耳光，已经比她预料的要好太多。

她对占杰说：“哥，我去酒店找小鱼，明天和他一块儿回钱塘。他给家里买的东西你一会儿搬进来吧，我和他不回来了。”

占杰问：“明天莉莉的订婚仪式，你还去吗？”

占喜摇摇头。

她提起包往大门走。迟贵兰突然大叫：“你去哪儿？！”

占喜回头看她，淡定地回答：“去找我男朋友，他在镇上，本来还想上门来拜访你们，现在看来……算了吧。”

迟贵兰动了动嘴唇，还是什么都没说。占喜转身就走了出去。

她已经快要缺氧了，一秒都待不下去了，迫切地想要找到她的氧气瓶。

在这个家里得不到的那份宁静安心、轻松快乐、宽容理解、信任鼓励……所有能想到的美好词汇，在那个人身边全部都能得到。

骆静语坐在书桌前画图时，手机振动了一下，看到占喜发给他的微信：**小鱼，开门。**

他三步并作两步跑去开门，打开门后就愣住了。占喜泪流满面地站在门口，正哭得上气不接下气。

其实她和母亲的战斗没有输赢，甚至她勉强还算是胜方，大家都在帮她说话，哥哥帮她，父亲也帮她，亲戚们都在帮她，可她心里还是很难过。

当着这么多人的面说出这些年压抑在心里的委屈，想着她曾经逝去的一个个梦想、想去却没去成的学校、想学却没学成的专业、想做却没做成的工作……大概只有那份无疾而终的所谓“初恋”算是一件好事，错过一个不合适的人，才能让她在多年后有机会认识骆静语。

骆静语拉着占喜的手进屋，关上门，一把就将她搂进怀里。

他的欢欢一定是受了很大的委屈，要不然不会哭得这么伤心。他心疼极了，没办法说话安慰她，只能紧紧地拥抱她，亲亲她的头发，亲亲她的额头，亲亲她流泪的眼睛。

他尝到她眼泪的滋味，是咸涩的。他喉头哽咽，还是没忍住张口叫出她的名字。他想说“欢欢不哭”，说出口的却只能是：“花呃花呃，波屋，波呃屋啊……”

占喜靠在他的胸膛上，听着他熟悉的声音，听着他努力说出来的、辨识不清的话语，眼泪反而流得更加汹涌。

她心想就这样吧。她和迟贵兰已经说得很清楚了，家里的亲戚也都知道了，没什么丢脸不丢脸的。

她爱骆静语，骆静语也爱她，关别人什么事？

真好，她再也不用像过去那样瞒来瞒去，母亲接受不了就随她去吧，亲戚们要说闲话也随他们去吧，他们不愿意了解骆静语又有什么关系？

无所谓的！

她再也不是一具漂亮乖巧的木偶，身体上被提着的那些线，早已经被她身边的这个男人一根根地全部剪断了。

她早就已经自由了。

晚上，占喜接到占杰的电话。

占杰说：“欢欢，明天去参加莉莉的订婚仪式吧，带上小骆。妈保证了，她说不会给小骆难堪。”

“我不信她的话。”占喜的声音很冷，“我绝对不允许任何人伤害小鱼。”

“她真的保证了，爸也听到了。”占杰叹一口气，“下午你走了，妈哭了好久，我和爸一直在给她讲道理。后来我瞅着机会把小骆买的东西都提了进去，她看过后就和我说，人要是来了就明天一起过去，让她见见。她上回见小骆，小骆不是被揍了吗？妈连他长什么样都没看清，就想明天看看他。”

占喜还是一句话：“我不信，她说的每一个字我都不信。”

占杰给妹妹分析：“欢欢，你听我说。今天，在咱家的亲戚都听到了，明天估计会有更多人知道，瞒是瞒不住的。再说了，明天是莉莉订婚，大喜的日子，妈难道还会在这种时候给人添堵吗？那大姨不得气死？你就把小骆带过来见见人，不用待一天，仪式过了再回钱塘也不迟。而且，爸也想见见他，爸还没见过他呢。”

占喜还是应不下来，噘着嘴，抱着膝盖窝在床上。骆静语在身边看着她，因为听不到占杰的话，不明白发生了什么。

“我寻思着小骆能见人呀。”占杰继续劝，“身高、长相那是没话说，他脾气又好，耳朵听不见大家都知道了，你真的不用担心。这样，哥给你保证，谁要是敢欺负他，就算是咱妈，哥也帮你出头，行不？”

占喜想了一会儿，说：“我问问他吧，他还不见得肯去呢。我烦死小舅妈了，什么素质呀。”

“他们家就这水平，你又不是不知道，和他们置什么气？一年都见不了两回。”占杰说，“真的，带上小骆一起去。你和莉莉从小最要好，她订婚，你人都来了又不去，她会不高兴的。”

“一会儿我微信回你吧。”占喜说，“我和小鱼商量一下。”

挂掉电话，占喜看着骆静语，问：“小鱼，你明天愿意和我一起去参加我表姐的订婚仪式吗？”

下午欢欢哭着过来，没和骆静语细说碰到了什么事，不过他大概也能猜到，无非就是欢欢家里知道了他是个聋人，不同意他们交往。

骆静语发现自己心态好了许多。这事儿要放以前，他估计要自闭了，现在却觉得欢欢家人这样的态度很正常，一下子就接受他才不正常呢。

可能也是因为欢欢给了他足够的信心吧，还有未来大舅哥和未来老丈人的支持，他并不是在孤军奋战，是有战友和援军的。

他想，只要他好好表现，让欢欢的家人看到他对欢欢的心意，这道坎儿迟早会过去。

骆静语一点儿也没想要逃避，对着占喜点点头，打手语：“我愿意和你一起去，愿意去见你的家人，我不害怕。”

“害怕什么？怕他们吃了你呀？”占喜说着就抱住他，“小鱼，我和我妈妈吵架了，我觉得我和她的关系……再也回不到我小时候那样了。”

骆静语摸摸她的左脸颊。他下午时就发现了她左脸的异常，问过她，她说是被母亲打了一巴掌。

一个多月前为了骆晓梅的事情，骆静语也被阎雅娟打了一巴掌。他心想，为什么妈妈打人都喜欢打巴掌？挺疼的，被打的那一瞬，他脑子都是蒙的。

他很认真地对占喜打手语：“明天，让你妈妈不要打你。她生气，让她打我，我不怕疼。你是女孩子，不可以再打你，打我就行。”

占喜都快要笑死了：“打谁都不行！明天我妈应该会冷静一点儿，但如果她对你说了不好的话、做了不好的事情，我们立刻就走。”

骆静语家里母子关系融洽，心里不免愧疚：“不要因为我和你妈妈生气，我会难过。”

占喜摇摇头：“不全是因为你，也是为了我自己，我和我妈妈的矛盾太多了，我能想到的解决办法就是少见面。有个词语叫‘远香近臭’，你听过吗？”

骆静语眉头微皱，这种不常见的词汇他看不懂。占喜打着手语一个字一个字地给他翻译：“人和人之间，距离远，很香；距离近，很臭。”

“远香近臭，明白了吗？”她仰着头问他。

骆静语恍然大悟，低头就去吻她的唇，松开后眼睛亮亮地打手语说：“可是你很近，也很香。”

他们都洗过澡了，的确是香喷喷的。

占喜发现骆静语这人的日子过得很讲究，就住一晚上酒店，他都把自己用惯了的洗发水、沐浴露的旅行便携装给带来了，毛巾、牙刷和牙膏也用自己的。不知是因为环保，还是因为轻微洁癖。

他不说还好，那句手语一打，占喜就跟只小狗一样去嗅他身上的味道。小鱼也好香，带着沐浴露浓浓的奶味儿。她看着他的眼睛——真好看啊，那么长的睫毛，乌黑的瞳仁像孩子的一般清透无邪。

如果可以，请让他一直保持这样的简单纯粹吧。这社会有善有恶，占喜不舍得他被浊气侵蚀。

他可以变得成熟，变得稳重，心态变得更加坚韧强大，但请不要让他变成一个心思缜密、左右逢源又言不由衷的人。

这世上，这样的人太多太多了，而骆静语，就只有一个。

占喜对骆静语的动手动脚很快便迎来他的反抗，反抗的结果就是……嗯，幸好酒店的床头柜上什么都有。

因为没有声音刺激，“小猫”和“小鱼”玩游戏的时候，“小鱼”需要开一盏灯。他要看到她的脸，通过她的表情感知她的情绪。

这令“小猫”很害羞，本来就是菜鸟，当然希望屋子全黑才有安全感，可是“小鱼”不同意。

在全黑的屋子里睡觉没问题，做游戏的话，听不见又看不见，一点儿反馈都没有，对他来说太难熬了。

“小鱼”可怜巴巴的，“小猫”心软，就答应了他。

然而这是好坏的一头鱼，开了灯还不满足，有时候还会一本正经地打手语，问一些令她难以回答的问题，比如——

“我出声了吗？”

“我真的出声了？难听吗？”

“你喜欢我出声还是不出声？”

好烦呀！她恨不得把这头鱼重新扔回海里，不想玩了，幼稚！

骆静语自然不认为自己幼稚，他觉得自己已经彻底变成男人了——一个很棒、很厉害的男人！

只是很多知识他不懂嘛，不懂就不会，不会就要问，要照顾女孩子的感受，不能光顾着自己。

欢欢要是不喜欢他出声，他就能憋着，尽管那会很辛苦，算是一心二用。可是欢欢说她喜欢，她说喜欢听到他的声音，特别性感。

骆静语难以理解。他的声音怎么还能和性感搭边？他更加想象不出欢欢听到他声音时的感觉。

从小到大各方各面的反馈都告诉他，他们这个群体发声不好听，很多人是讨厌的。他在人前忍着不发声十几年了，几乎要成为本能，只有在欢欢面前，他才会松弛下来。

欢欢对他说，在她面前他不需要掩饰自己，想发声就发声，咳嗽、打喷嚏、打哈欠、清嗓子……什么都行，不用顾虑，想模仿别人说话也可以，她都爱听。

她说完这些话后，骆静语的脸颊就埋进她的肩窝里，抚摸着她的肌肤，闻着她身上的香气，眼睛渐渐变得湿润。

他这辈子最大的遗憾就是不能听听欢欢的声音。

有个作家写过《假如给我三天光明》，他想，他并不需要体验三天有声世界，他对别的声音都无所谓，就只想听听欢欢的声音。

能听几秒都行，他可以记一辈子。

钱塘没有订婚风俗，骆静语还从未参加过订婚仪式。占喜说观礼的人没什么讲究，就是作为女方亲属去捧个场，凑个人气而已。

骆静语穿上了那身新买的衬衫、西装和皮鞋，往头发上打了些发蜡，在房间里照镜子。

占喜站在他身边，对着镜子竖了个大拇指："帅！"

骆静语也觉得自己挺帅的，见杜恒知那天这么穿还不太适应，现在习惯了一些，想想自己都 27 岁了，的确是到了可以大胆穿正装的年纪。

他是男人了呀，是很棒、很厉害的男人！嘿嘿。

占喜和骆静语打车去大姨家，离目的地越来越近，骆静语多少感到了一丝紧张。

幸好，欢欢一直握着他的手，可以很好地缓解他的不安。

大姨家很快就到了，占喜下车后就发现人好多，院子外站着一堆叔叔、哥哥，地上摆着几挂鞭炮，大概是等准新郎来了再放。

有人看到她，欣喜地叫起来："欢欢来了，欢欢来了！"

"哎，那个就是她对象吗？"

"听说他耳朵听不见，是个聋哑人。"

"聋哑人怎么了？人家是艺术家呢，一年能挣四十多万哦！"

"他个子好高，长得很帅哎，和欢欢很是般配的呀。"

"看不出来他是个聋哑人，模样真好。"

占喜和骆静语手牵手走到亲戚们中间，骆静语的脸上一直挂着笑，笑容真诚又温暖，没有半点儿牵强。

几个熟悉的亲戚走过来，占喜把骆静语介绍给他们，骆静语也没法儿叫人。占喜就简单地告诉他，这是哪个叔叔，那是哪个表哥。

骆静语向着他们点头致意，还大方地和一些男性亲戚握了握手。

占杰听到消息从院子里走出来，占喜和骆静语看到他后一阵心安。占杰拍拍骆静语的手臂，说："来了？挺帅啊。"

骆静语笑着点头，用手语叫他："哥哥好。"

占喜教过占杰"哥哥"的手语怎么打，说小鱼要是叫他，他得看得懂。

在钱塘时，骆静语还没这么正儿八经地"叫"过他，占杰算是第一次看到，心里居然很感动，还有点儿心酸。

有人过来给占杰和骆静语递烟，骆静语指指自己，轻轻地摇手。占杰帮他说话："我们家小骆不抽烟。"

看到占杰嘴里说出"我们家"那三个字，骆静语的眼睛都睁大了，随即弯起眼睛笑，恨不得拥抱一下未来大舅哥。

占杰对占喜说："进去吧，我陪你们进去，爸妈在里面呢。放心，不会有事的，今天是好日子，大家都很高兴。"

占喜又牵住骆静语的手，随着占杰走进院子。

大姨家为了尹莉订婚被特地布置过，到处贴着大红喜字，客厅桌上摆着订婚风俗必备的食物，整个屋子喜气洋洋的。

屋里的人看到占喜进来，又是一阵骚动。迟贵仙先走过来叫她："欢欢来了呀！哎哟！这个就是你对象吗？真俊俏呀，和上次见到时完全不一样了！"

可怜的骆静语上一次被迟贵兰、迟贵仙姐妹看到时刚被打成猪头，那样惨烈的第一印象也不知要多久才能让人忘记。

迟贵仙倒是很快就接受了骆静语是个帅小伙子的事实，让占喜把骆静语介绍给大家，大家都很想见见他。

多多星星眼地看着这个“未来表姐夫”，差点儿要发出土拨鼠尖叫，呜呜呜……太帅了，跟漫画里走出来的小哥哥似的。

占杰一直在边上保驾护航，也不会有人在这对兄妹的眼皮子底下说不合时宜的话，所以，占喜听到的都是夸奖骆静语的。

亲戚们的夸奖其实并不违心，欢欢对象的外表真的很出挑。小伙子有着高而挺拔的身姿、宽阔的肩膀，一身烟灰色西装衬得他潇洒不凡，两条大长腿下皮鞋都擦得锃亮。

他的发型很帅气，肤色白净，五官俊美，气质更是混迹小镇的男青年里见不到的那种温柔腼腆，还因为“艺术家”人设，所有人都觉得他举手投足间带着浓浓的艺术气息。

小舅妈坐在边上冷眼旁观。之前大家在讨论占喜会不会把对象带来时，她笃定地说：“不会，带来不是给人看笑话吗？”

结果人家真带来了。

小舅妈听说占喜和对象到了门外，心里盘算着要怎么讽刺人家几句，把前一天受占杰的气给还回来。可是一见到人，她的底气就没了。

看看骆静语，多自信！再看看自己身边驼着个背打游戏的儿子，来参加订婚仪式也不知道洗个头，脸上还坑坑洼洼的。她心里泄气极了，哪里还有脸面再去说人家。

而且占杰一直在呢，真说了怕不是要被打。

骆静语晕头转向地接受了一番“彩虹屁”洗礼，终于突出重围。占杰喊他们上二楼，说父母在楼上。迟贵仙不放心，也跟着上去。

走进二楼尹莉的闺房，占喜见到端坐在床上，穿着大红喜服的表姐，同时也见到了自己的父母。

骆静语正式出现在占强和迟贵兰面前，心脏怦怦跳，故作镇定地看着他们，又一次露出温和的微笑。他告诉自己不要紧张，不要紧张，在这种场合下，欢欢母亲应该不会打人。

占强看着女儿身边的年轻人。果然是一表人才，比这屋里屋外所有的男青年都要出众。要是不说，哪里能看出是个聋哑人？

他走过去，也不知要怎么和他说话，对着女儿说：“欢欢，这是……你介绍一下？”

“爸，这是我男朋友，骆静语，你可以叫他小鱼。”占喜对着占强说完，又对骆静语打起手语：“小鱼，这是我的爸爸。”

她是故意打手语的，平时，骆静语读她的唇语无压力。可是在这个房间里，她不想只让他一个人打手语，决定不管对他说什么，都用手语表达，让所有人都知道，她和他的沟通毫无障碍。

骆静语用手语对占强打招呼：“叔叔好，我叫骆静语。第一次见面，请多多关照。”

占喜把他的话翻译给父亲，又说："小鱼能看懂唇语，对着他说话时慢点儿就行。"

占强看着两个年轻人互相打手语，感觉既陌生又拘束，不过还是和骆静语握了握手，又拍拍他的胳膊："哎，哎，好，好。个子可真高，都快跟门板儿一样高了。"

骆静语一脸疑惑。

占喜失笑道："爸！"

占强回过神来，立刻说："不，不，不，哎，哎，那个……好孩子，反正就是好孩子！"

占喜知道父亲也很紧张，都变得语无伦次了。

这时，占杰喊迟贵兰："妈，过来见见小骆。"

从他们进门，迟贵兰一直站在大姨身边没动过，只远远地用眼神审视骆静语。

一开始，她的确是没有"聋哑人"这个观感的，就觉得骆静语是个又高又帅的小伙子。可是当他打起手语和占强交流，她才清楚地意识到他就是个聋哑人，听不到声音，也不会说话，她心中的滋味实在难以言表。

她又看到自己的女儿也打起手语，当着一屋子人的面，大大方方，手势还很熟练。两个年轻人对视时眼睛里满是温柔笑意，仿佛旁人的眼光都不存在。她也不知道自己该给出怎样的态度了。

占杰叫她时，她固执地不愿迈步。姐姐和妹妹都在身边劝她，有人推了她一把，她终是往前走了一步。

看着欢欢的母亲走过来，骆静语又开始紧张了，别的都不怕，就怕她打人。他悄悄往前挪了挪，算是让自己挡在占喜面前。这微小的动作被迟贵兰捕捉到，心里真是又羞又气、又怨又悔。

她没有走得太近，一直板着脸。占喜说："妈，这是骆静语，我男朋友。"

也不管母亲是什么反应，她又对骆静语打手语："小鱼，这是我妈妈。"

啊，赶紧把这关过了吧！占喜根本就不愿去揣摩迟贵兰的心思，不想知道母亲到底在摆什么谱，又是臭着脸给谁看，或者她心里又想着什么讽刺的话语，要给小鱼下马威，还是想要她去讨好求和？

算了吧！这种把戏真的很让人失去耐心。

她和骆静语来参加订婚仪式，完全是看在父亲、哥哥和尹莉的面子上。她完全不在意母亲对骆静语的态度，能接受就接受，不能接受就拉倒，别弄得太难看就行。

当一个人有了这样的心态，对方是可以感知到的。迟贵兰很快就发现，也许以后不管自己做什么，女儿都不会太在乎了。

迟贵兰没说话，骆静语倒是乖乖地打手语叫人："阿姨好，我是骆静语，你可以叫我小鱼。”

占喜开口翻译一遍，见迟贵兰还在发愣，她彻底不耐烦，拉着骆静语去到尹莉身边，给他们互相介绍。

“这是我的表姐，尹莉。你还记得那张清算表吗？就是她帮你看的，她是一个会计。”占喜对骆静语打完手语，骆静语的脸上便现出感激的表情。他对着尹莉也打了一串手语，最后让占喜从包里拿出一个首饰盒送给尹莉。

尹莉惊喜不已，首饰盒里是一枚精致的烫花胸针，是大红色的，花蕊处居然还有一颗小小的金色爱心，那是骆静语用特地买来的千足金小坠子做进去的。

“哇！好漂亮呀！谢谢你们。”尹莉喜欢极了，女性亲戚们纷纷围观。占喜告诉她们，这就是骆静语的本领，他是一名手作烫花大师，这枚胸针是他亲手做的，每一片花瓣都是纯手工打造的。

骆静语注意到欢欢母亲奇怪的眼神，心里很愧疚。他本来是想给欢欢母亲也做一枚千足金烫花胸针的，不过欢欢说先别做，做了也讨不到好话，以后再说。

骆静语现在觉得，不做好像更糟糕，欢欢的母亲看着就是一副不高兴的样子。

这样便算是见过了家长。

骆静语和占喜不再是亲戚们的焦点，回到一楼后，他们默默地退到一边，等待着订婚仪式的开始。

有一些上小学低年级的小朋友对骆静语很好奇，挤挤挨挨地围过来，一个个童言无忌地问他问题——

“叔叔，你一点儿也听不见吗？”

“我妈妈说你不会说话，是真的吗？”

“你能听见我在说什么吗？啊——我这么大声你也听不见吗？”

占喜知道小鱼不会和小朋友们计较，不过这些问题真的很不礼貌。她想了个办法扯开话题，对孩子们说：“你们想不想学手语呀？”

四五个孩子举手欢呼：“想！”

“来，欢欢阿姨和小鱼叔叔一起教你们。小鱼叔叔给你们比手语，你们猜猜是什么意思，好吗？”

“好！”

于是他们就开始做游戏，骆静语比出的手语词汇都是那种很形象的名词，比如“鸡”“蛇”“游泳”“跑步”之类，孩子们猜得乐此不疲，占喜帮他们揭晓答案。后来，孩子们学会了不少手语，一个个都对骆静语慢慢地比画：“小鱼叔叔，很高兴认识你。你好帅，我很喜欢你！”

这是占喜教他们的，逗得骆静语脸都红了。占喜在边上哈哈大笑。

远处，迟贵兰一直偷偷地观察着他们，占喜却一眼都没看她。

当窗外传来震耳欲聋的鞭炮声时，占喜知道，准新郎到了。

她用手语告诉骆静语："外面在放鞭炮，很响。"

骆静语和她一同站起来，手牵着手出去看热闹。

准新郎小刘带来了丰盛的聘礼，箱子最上头用红绳子捆住的几十沓百元大钞把骆静语吓到了。他悄悄地数了一下，天哪，二十六沓！

他迅速在心里计算自己的存款，发现还差得很远。

他和欢欢计划要开店呢，开店要花很多钱，那他更加没钱娶欢欢了……他并不知道，在富椿镇的风俗里，虽然彩礼很多，嫁妆也不少，但是有来有回，其实就是走个过场而已。

仪式结束后，占喜和骆静语又一次恭喜尹莉和小刘。跟占杰说了一声后，他们与亲戚们一一道别，准备去坐大巴回钱塘。

占喜让占杰把话带给父亲，父亲一直和迟贵兰在一起，她一直摆着臭脸，占喜不想过去说话。

他们已经走出了院子，占喜突然听到身后传来父亲的声音。

"欢欢，欢欢，等等爸爸！"

她和骆静语回过身，就见占强气喘吁吁地跑到面前，从上衣口袋里掏出一个厚厚的红包，塞进骆静语手里。

骆静语惊讶地看着他。

"小骆，这是叔叔和……阿姨给你的。"占强又看一眼女儿，对她解释，"你妈妈知道，真的知道，爸爸不骗你，是我们一起的意思。"

占强又看向骆静语："对不起了！小骆，这一次招待不周，都没让你去家里坐坐。你买的东西叔叔阿姨都收到了，东西太多了，真的……唉……叔叔很不好意思。这样，元旦，元旦你和欢欢一起回家吃饭，叔叔阿姨给你做好吃的。一定要来，好吗？"

幸福来得如此突然！骆静语看懂了欢欢父亲的唇语，也没去问欢欢的意见，忙不迭地点起头来，打出一大串手语。

占强等着女儿帮自己翻译，骆静语也等着欢欢翻译，一起眼巴巴地看着她。

占喜看看他们，"噗"的一声就笑了出来，挽住骆静语的胳膊对父亲说："知道了。爸，我和小鱼元旦会回来的，不过只待一晚。我们最近工作很忙，真不太走得开。"

"哎，哎，好，好。回来就好，回来就好。"占强完成了任务，笑得很开怀。

占喜和骆静语一起向占强道别，再一次转身离开。

占强目送着女儿和“毛脚女婿”相携离开的背影，悄悄地抹了抹眼睛。

女儿真的大了，而他们也老了。

小鸟总有一天会羽翼丰满，飞离巢穴，又岂是父母能拦得住的？

希望老伴儿也能尽量想通吧。

出租车从大姨家开往桐县长途汽车站，路上会经过富椿镇的主干道。骆静语的心境已经很平和，终于有机会好好看一看这个欢欢出生、长大的地方。

他们路过占喜读书的小学和初中，车子往前开，骆静语的视线还不舍地留在那所越来越远的学校建筑上。直到看不见了，才转回身对占喜打手语：“我没看过你小时候的照片，想不出来。”

占喜笑着回答：“等元旦回来，我拿照片给你看。我小时候也是很可爱的。”

她告诉骆静语，高中时她考到桐县，离家很远，镇上考过去的学生都住校。可是迟贵兰不允许她住校，她只能每天披星戴月地坐小镇公交车上下学。

在骆静语眼里，这是一个美丽的小镇，街道干净，房子也造得规整，离开镇中心后会看到很多厂房。占喜告诉他，这地方经济还行，还有不少旅游景点，周末时很多钱塘人会过来玩。

“下次再来，我带你去景点。”占喜满怀憧憬地说，“听说有个地方很好玩，我哥去玩过，我没有去，下次我们一起去吧！”

骆静语笑着点点头，只要和欢欢一起，去哪儿他都愿意。

他从未来过桐县，更没来过富椿镇。以前，桐县对他来说就是个普通地名，是钱塘的下辖县，很陌生，距离也很远。

以后就不一样了，他可能会娶一个桐县富椿镇的女孩儿，变成这里的女婿……啊，是不是还要和欢欢讨论回谁家过年？

哎呀，他要是和欢欢来富椿镇过除夕，老爸老妈会不会不高兴？

能轮流吗？一边一年？幸好，他有个姐姐，欢欢也有个哥哥……

胳膊上突然被人打了一下，骆静语从浮想联翩中醒过来，发现占喜正眯着眼睛在看自己。她问：“你想什么呢？”

骆静语脸红了。他想得可太远了，再想下去，都要想到孩子上哪所幼儿园了。

哦，孩子……这个问题其实并没有解决。

欢欢和他说，先不要把耳聋可能会遗传的事情告诉她的父母，也不要说到自己家人的身体情况，先让她的父母接受他们的恋情，其他的事情以后再说。

骆静语虽然知道瞒着家长很不对，不过这是占杰和占喜共同的建议，他也只能答应。

占喜和骆静语回到钱塘后，立刻又投入紧张的工作中去。

Y国国际电影节十月下旬即将开幕，时间并不宽裕，骆静语不能给杜恒知拖后腿。他把礼服设计稿小修后，占喜用邮件传给了杜恒知。

夕雾花的花朵其实很小，单独看一朵花并不起眼。它的特点就是一丛丛花长在一起，密密匝匝才会具有观赏性。

杜恒知原本的设计稿中，裙摆处的夕雾花要更密集，更偏向于其在自然界中的状态，位置也更往下。骆静语修改后花朵少了许多，在裙摆上的分布并不规则，有疏有密，重点是在右胯部，往下则越来越少，星星点点。

他让占喜对杜恒知解释，如果花朵做在裙摆偏下方，肯定会增加纱裙的重量，走路时很难有那种飘逸的效果。而云汐个子高，腰又细，把花朵往上移一些不会让她的腰腹部显得臃肿，视觉重点会相对集中。他真心觉得云汐若是带着一裙摆的花走红毯，会很笨重。

杜恒知和云汐的团队沟通过后，云汐的团队接纳了骆静语的建议。很快，杜大设计师就把修改稿给画了出来，经过反反复复的修改，礼服终于定稿，进入量体制衣阶段。

占喜也没闲着，汉服节的饰品全做完了，她和骆静语一起在家打包发货。

原本干净的客厅一下子变得又脏又乱，到处是纸箱、胶带、快递单……占喜想着以后小鱼的业务流程，觉得的确需要一个专门用来工作的地方，老在家这么搞不太吃得消，家里还是要温馨整洁才能让人感到舒心。

接下来，骆静语每天在家做“婳裳”汉服的订单，占喜偶尔会溜达到文创街，将开业了的店一家家逛过去，暗中观察它们的生意情况，顺便找找合适的店面。

之前她其实看过几家店面，但总有这样或那样的不足，各方面都好的店面，房租就很贵，一直定不下来。她没什么钱，开店都要用骆静语的存款，所以在房租预算上，她必须好好把关。

小鱼赚的都是辛苦钱，占喜绝不会随心所欲地挥霍。

从街头逛到街尾，一共几百米的路，占喜把路两边每家店的经营内容都记录下来，数了数，好多咖啡馆、奶茶店和甜品店，虽然都有不同的文创主题，可在大类上难免重复，这令她有些发愁。

在街尾，占喜看到一棵大树，树冠特别大，大到都把树后的店面挡住一半的程度。那家店空置着，算是三门面，分上下两层，里面被拆得空空的，门上挂着锁，玻璃上贴着招租电话。

占喜站在店门前张望半天，又走远些抬头看二楼，二楼窗边应该可以看到那棵大树的树冠。

她想了想，把招租电话存到了手机上。

没过几天，西镇汉服节热热闹闹地开幕了。

西镇是个水乡古镇，离钱塘一小时三十分钟车程，平时就是个知名旅游景点。骆静语和占喜叫上罗欣然和“皮皮虾”，一行四人坐着“皮皮虾”的车过去游玩，还在古镇上预定了一晚住宿。

这一次，占喜准备得很充分，带上了两套“婳裳”的秋款汉服，都是苏苏送给她的。不过苏苏提了个小小的要求，希望她能把穿汉服的照片更新在“禧鱼”的公众号和微博，脸可以打码，标注出是“婳裳”出品即可。

“我跟代言人似的，哈哈。”占喜收到衣服后乐呵呵地对骆静语说，“小鱼，帮我做朵花吧，要配这两身衣服！”

骆静语笑着点头应下。

在占喜心里，骆老师就是她的御用造型师，会扎各种发髻、做各种发饰……她觉得他要是能学会化妆就更完美了，她出门简直可以不带脑子。

于是，走在西镇古街上时，占喜裙裾飘飘，长发披肩，绾起的发髻上戴着骆静语为她做的一朵秋海棠。

汉服节为期一周，名不虚传，古镇上到处是穿着汉服的年轻男女。女孩子们打扮得花枝招展，占喜和骆静语还看到好几个汉服娘戴着“禧鱼”出品的花饰。二人做贼似的跟在小姑娘身后欣赏，偷偷地比画着手语交流感想。

一路上，占喜觉得自己就跟穿越到古代似的，只有看看身边的三个人，才能知道他们还活在现代社会。

三个小伙伴都不肯陪她穿汉服，骆静语还是一身休闲装。不仅如此，他还戴着口罩，脖子上挂着单反相机，一路兢兢业业地为大家拍照。

夜幕降临后，古镇上的盏盏红灯笼都亮了起来。

码头上，有红衣姑娘提起裙摆，在白衣公子的搀扶下上了一艘乌篷船。

幽深的长廊中，几个姑娘嘻嘻哈哈地凑在一起自拍。

街边的大小餐厅里坐着各种汉服打扮的男孩儿女孩儿，身上衣服的朝代各有不同。“皮皮虾”看得叹为观止，心都痒了起来，说第二天自己要去搞一身大将军的盔甲穿，惹得另外三人大笑不止。

“小鱼适合穿什么？”皮皮虾问。

占喜看看骆静语，不确定地反问：“斯文书生那种？”

“宁采臣吗？”“皮皮虾”想了一下，“不像，书生傻乎乎的，要那种隐士高人的感觉。”

罗欣然提议：“那种修仙剧里的白衣师尊？”

占喜还是觉得不对味儿，说：“其实我觉得他穿一身黑会很好看，英姿飒爽，像一个面冷心热的少年侠客！”

“哈哈，我都有画面感了，跟武侠剧里的男主似的。”罗欣然大笑。

他们说的话，骆静语没看懂，只知道三个人都在往自己身上看。

占喜发现他眼神疑惑，笑着说：“我们在说你适合穿什么汉服呢，你什么时候陪我一起穿呀？”

骆静语皱起眉，连连摇手。他对穿汉服真的兴趣不大，觉得太招摇了。他可是个出门想要隐身的人，哪会愿意成为众人目光的焦点呀？

十月已经入秋，气温日日往下降，早晚温差特别大。

四人白天游玩时还被太阳晒出一身汗，夜里走在古镇河道边，被冷风一吹，都感受到了浓浓的秋意。

骆静语的外套已经披在占喜的肩上，二人手牵手在石板路上慢悠悠地走着，不远处有人在河里放花灯。占喜眼馋了，拉拉骆静语的手说：“我也想放！”

她又对走在后头的罗欣然叫：“欣然，欣然，去放花灯吗？”

这一天下来，占喜玩得很高兴。骆静语一笑，牵着她走过去，买了一盏小花灯。

罗欣然不想玩，反倒是“皮皮虾”想放，也买了一盏。占喜蹲在河边，手轻轻一推，亮着暖光的小花灯就随着流水渐渐漂远。

她站起身闭上眼睛，双手合十许愿。骆静语站在她身边，偏过头静静地凝视着她。

水面上突然散出大团大团的白色雾气，是景区特地搞的仙境效果。游客们纷纷欢呼，不停地拍照，可这喧闹入不了骆静语的耳。

在他眼里，一切都很自然，只是雾气四起罢了。他心爱的姑娘俏生生地站在他身边，依旧闭着眼。

天上月儿弯弯，河道两边夜景璀璨，乌篷船慢悠悠地划过，水面上还漂着几盏小小的花灯，在雾气中若隐若现。

骆静语看着占喜。她穿着一身浅粉色衣裙，微低着头，能看到她浓密的睫毛、小巧的鼻尖和红润的嘴唇。她置身在小桥流水、黛瓦白墙的背景中，周身白雾缭绕，微风吹动她的长发和裙摆，美得就像一幅水墨画。

这一晚回到客栈，骆静语都等不及洗澡了，一把打横抱起占喜，将她轻轻地放到床上。

他没让她散开发髻，也不让她脱下汉服裙，就这么俯身亲吻她，亲吻她的嘴唇和耳垂，亲吻她的下巴和锁骨。

占喜仰着脖子，感受到他的热情，又一次听到他压抑不住的哼唧声。她心里偷偷地想：原来她的小鱼也没有看起来那么乖嘛……

这场欢爱折腾了好久才结束，占喜好好的一套裙子被搞得皱巴巴的。她和骆静语一块儿在卫生间里洗完澡，回到床上休息。

这间客栈装修得古色古香，每一处细节都透着古韵，可以看出老板花了很大的心思。

占喜盯着书桌上用作摆设的文房四宝发呆。骆静语摸摸她的脸，打手语问："你在想什么？"

占喜也用手语回："我在想，我们是不是真的要开一家咖啡馆。"

骆静语一愣。怎么？难道不开店了？

占喜知道他理解错了，开口道："我的意思是，我们是不是只能开咖啡馆和甜品店？能不能有其他选择？那条街上，类似的店已经很多了。"

骆静语明白了她的意思，抿抿唇，思索了一会儿后才打手语说："其实，开店，我有一些想法。"

"什么想法？"占喜好奇地问。

骆静语怕手语表达不好，干脆拿过手机打字给她看：喝茶，茶艺，点心，中国风，茶楼。

占喜眼睛一亮。

开店是她提出来的，骆静语几乎没考虑，当场就答应了。

店址选在哪儿是她定的，开什么店也是她在说，整个过程中，骆静语一直是"好，好，好，你看着办"，仿佛他只负责出钱。

原来，他心里一直有自己的想法，却从没和她说过。

"你之前为什么不和我说呀？"占喜不解地问，"这个主意很好呀，我都没有想到呢！"

骆静语很不好意思，打手语："我没你聪明，没你有文化，很多东西都不懂。我怕出坏主意，把事情变糟糕。"

"怎么会是坏主意？多好的点子呀！"占喜抱着骆静语无奈地说，"小鱼，以后别这样了，你有什么想法就和我说，真的，你太能忍了。我没你想的那么聪明，我也希望你能和我一起商量事情。你不知道吗？其实我很佩服你。我知道你只是不怎么会表达，其实心里有很多好主意。你看吧，你要是一直不说，我都要为这事愁得睡不着了。"

她这样的说法真的很能增强骆静语的自信心，觉得自己也是可以帮到忙的。他弯着眼睛就笑起来，打手语时还顺便甩锅：“我不是不说，我以为你想得很好了。你想的肯定比我好，你不问我，我就不说。”

“还是我不对咯？”占喜拧一把他的腰，疼得他“嗷”的一声叫。占喜发现他叫起来还挺好听的，声音清清亮亮的，就又拧了一把，想再听一声。

“啊……嗷……”这下子骆静语不干了，翻身就压在她身上，把她整个人紧紧扣住，眼睛里写着不满。

占喜慌了，不停地求饶：“别……别……别生气，我错了，对不起！要不你也拧我一下吧。”

骆静语自然是不舍得拧她的，多疼呀！他腾出右手，悬空打了个短句：“叫我。”

叫他？叫什么？平时他们“玩游戏”，都是她要求小鱼叫她。她没懂，叫他他也听不见呀。

不管了。她试探着叫：“小……鱼。”

骆静语还是压在她身上，四目相对，摇摇头。

占喜：“骆静语。”

男人摇头。

占喜：“骆先生？”

男人又摇头。

占喜：“……”

她突然灵光一闪，迟疑着开口：“骆……老师？”

他微冷的目光终于变得柔和，似乎很满意，嘴角也扬了起来。

占喜又叫一声：“骆老师！”

骆静语笑得更开心了。

占喜也甜甜地笑，一声声地叫他“骆老师”。不过很快就笑不出来，因为她发现自己好像又把某人的火给点燃了……

十月中旬开始，几件事情同时在进行。

第一件事情就是租店面。

占喜和骆静语约到房东，看过那间大树旁的店铺，因为它在文创街街尾，离街头的地铁站比较远，但离停车场很近，交通上算是有利有弊。又因为那棵大树挡着，它的房租要比周围店铺都便宜。

“这棵树是古树，不能移，我都很烦。”房东语气无奈地道，“不过它有一个好处，就是夏天会凉快一点儿。这个店是朝西嘛，太阳还是晒得很厉害的。”

占喜和骆静语站在空荡荡的二楼，看着窗外那枝繁叶茂的树冠，并不觉得这是障碍。满眼绿意，挺好的呀。

他们已经决定开一间中国风茶室，除了喝茶，也卖其他饮品和点心，中西式都有，更偏中式。

烫花元素会很好地融入其中，体验课在二楼上。一楼则是烫花作品的展示和零售，还可以不定期举办手作沙龙，不一定是做烫花，毕竟骆老师会做的东西太多了，有些还适合小朋友，可以搞亲子活动。

古风装修很适合拍照打卡，骆静语说，装修一定要有特点，说不定可以做成网红店。

占喜笑问："你还知道网红店呀？"

就这样，他们一致决定，租下大树边的那间三门面店铺，租期从十一月一日开始。

第二件事情是和方旭、管如婕的官司。

官司终于开庭，骆静语作为原告出庭，不过因为他是聋人，全程委托律师帮他发言。整场官司打得很顺利，方旭和管如婕几乎放弃抵抗，只求能轻判，愿意多赔偿。

法官可能考虑到案件并未对骆静语造成特别严重的人身、财产损害，社会影响也较小，时间跨度又很短，被告的整个违法犯罪行为清晰明了，最后判处方旭和管如婕管制六个月，也就是不依法关押，但限制一定自由，同时判处他们各自赔偿骆静语一大笔钱。

方旭和管如婕当庭服判，表示不再上诉。

骆静语这边也认可了这个结果。

这件事情到此算是全部结束。

第三件事情就是云汐的礼服制作。

骆静语拖着拉杆箱，带上烫花工具，在杜恒知的工作室里待了整整一周，晚上就和占喜一起睡在周围步行可到的快捷酒店里。

第一次做这样的单子，骆静语不可能做一次就成功。他先做了一些样花看效果，杜恒知觉得没问题，他们才正式在那套紫色礼服上开工。

杜恒知工作室的人说骆老师快要变成他们的名誉员工了，每天三顿饭都在里面吃，来得最早，走得最晚，把咖啡当水喝，堪称"劳模"。

占喜却知道骆静语的工作态度一直是这样的，要么不做，要做就做到最好。他连每天来回青雀佳苑的时间都省下了，小猫"礼物"也被送到宠物店寄养，全身心地投入这套礼服的制作中去。

终于，在骆静语和杜恒知的共同努力下，礼服完工，交给云汐的团队，被带去Y国。

回到青雀佳苑后，骆静语睡了一天一夜才缓过来，但他还是不能休息。“婳裳”的订单还差一些没完成，他得继续开工，算算工期，还需要熬夜。

十月底，骆静语终于把所有的“鱼戏莲花”饰品做完了，最后一批发货后，他大大地松了一口气。

十一月初的一天，骆静语和占喜前往杜恒知的工作室，在他办公室的投影幕布上，三个人一起看Y国国际电影节的闭幕式直播。

本来，云汐是要在开幕式上穿那身夕雾花礼服，后来不知团队是怎么想的，换到了闭幕式，也就是云汐还会穿着这身礼服参加颁奖典礼。

Y国和中国有时差，那边的红毯秀是下午，在国内已是深夜。

骆静语还是头一次从头到尾看红毯秀，那些艺人、导演、剧组人员来自全球，什么肤色都有，他一个都不认识。

因为是直播，字幕也很简单，占喜和杜恒知都是在听解说，骆静语算是看了个寂寞。

不过占喜会帮他用手语翻译一些重点信息，比如告诉他，这个女明星也是最佳女主角的候选人，也就是云汐的竞争对手，于是他就会更关注该女星的红毯造型。

他让占喜问问杜恒知，云汐得奖的概率高不高。

杜恒知听完后笑起来：“说实话哈，我觉得是没戏，不是说她演技不好，而是因为这种国际电影节……怎么说呢，就还是文化差异吧。老外可能至今不能接受我们国家已经没那么穷了，你们懂的。而且云汐这部也不是卖惨片，就是一部文艺片，她演得很好，但我觉得得奖机会不大。”

骆静语知道后，还失望了一阵子。

等了好久，到红毯的后半段时，云汐终于出场了。

她和自己入围奖项的中国导演一起走红毯，杜恒知、骆静语和占喜一下子都站了起来，目不转睛地盯着投影幕布。

云汐在众多摄影师前停下脚步，展示着她婀娜的身姿。

她真的好美呀！

长发没有盘起来，精心地造型过，左边发梢带着卷儿散在肩上，右边的头发则夹在耳朵后面，露出耳朵上一枚亮闪闪的紫色耳钉。

她的妆容不像以前那样端庄典雅，显得甜美温婉许多，气质果然从清冷范儿变得浪漫飘逸。

她的皮肤白得发光，天鹅颈、完美的肩颈线、毫无赘肉的手臂和腰身一如既往，身上那袭紫色礼服剪裁合身、用料轻盈，蓬大的纱裙在她走路、转身时轻轻摇曳，裙摆上的夕雾花显眼却不突兀。她眼神俏皮，像是一个落入凡间的夕雾花精灵，一颦一笑都令人心动不已。

占喜和骆静语都看呆了，感慨演员到底是演员，开幕式上云汐还穿着大牌礼服，走的御姐范儿，此时换了一身风格不同的礼服，连气质都变了，真厉害呀！

一直到云汐走完红毯、接受采访、签完名，办公室里的三个人才活过来。

整场红毯上，几乎没有穿紫色系的女星，在一群高鼻深目的外国女星中，云汐的东方面孔很出众，仪态也是优美得恰到好处。

杜恒知和骆静语击了下掌，又重重地拥抱了一下。他们都知道，这身造型成功了。云汐很好地驾驭住了那纯粹的紫色，也驾驭住了那些处理不好会显得累赘、处理好了却能变成亮点的夕雾花朵。

红毯结束，杜恒知也没太关心颁奖礼，叫了一堆烧烤外卖，三个人在办公室里边吃边聊。

占喜刷着微博，云汐有三千多万粉丝，她的工作室和经纪人已经发出她在 Y 国拍的礼服精修硬照，更加美得仙气飘飘，不过她本人还未发微博。

评论是清一色的夸奖，云汐换了风格没“翻车”，粉丝都说：“小姐姐完全可以走小仙女路线，可甜可飒，汐汐最棒！”

还有人问：“这次又是杜恒知操刀吗？杜大设计师也太厉害了吧！可以不停地挖掘汐汐的美。”

占喜啃着鸡翅膀，在心里呐喊：你们汐汐的美，也有我家骆老师的一份功劳呢！

只是，这件事情没经过云汐的团队和杜恒知的同意，暂时不能公开，占喜也不知道什么时候能以什么形式公开。说白了，如果杜恒知把所有功劳都揽在自己身上，他们也没办法。

杜恒知和骆静语拿着啤酒罐碰碰，有一搭没一搭地看着颁奖礼。

已是深夜两三点，骆静语困得要死，哈欠连连，只想睡觉。谁得奖都和他没关系，反正杜恒知说了，云汐不会得奖……

也不知几点几分，就在骆静语靠在沙发上昏昏欲睡时，胳膊突然被人拍了好几下。他吓一跳，睁开眼睛才发现拍自己的人是占喜。

他茫然地看着她的脸，她的眼睛瞪得溜圆，一点儿也不像熬夜通宵过的样子。他看着她动得飞快的嘴唇，一时也不知她在说什么。

占喜很快就打起手语：“云得奖了，云得奖了，云得奖了！”

骆静语：“！！！”

杜恒知也傻掉了。骆静语看向投影幕布，奖项已经公布，云汐正在款款上台。

她很激动，绝对不是装的。毕竟她是个才不到 30 岁的年轻女演员，在 Y 国国际电影节上斩获影后，绝对是其从影史上浓墨重彩的一笔。

云汐眼含泪光地站在台上，手里捧着奖杯发表获奖感言。

办公室里的三个人瞌睡虫都被赶跑了，骆静语看着被镜头聚焦的那位女明星——她身上穿着漂亮的紫色礼服，裙摆上一丛丛、一朵朵的夕雾花是他做的，是他亲手做的！

那些花前不久还零零散散地摊在杜恒知的工作台上，二人商量着要怎么固定在礼服上会更好看。

骆静语喝了几罐啤酒，觉得自己大概是醉了。天哪好幸福呀！

他做的烫花被全世界的人看到了！有亚洲的，有欧洲的，有美洲的，有大洋洲的，有南极洲的……哦，不对，南极洲应该没有人，只有北极熊，哦，也不对，北极熊应该在北极，南极有的是企鹅……

巨大的幸福过后，骆静语又累又困又醉，最后在杜恒知的沙发上睡着了。杜恒知和占喜商量过后，看看快要天亮，就没有吵醒他，拿来一床小毯子帮他盖上。

杜恒知去别墅的休息室里小睡，占喜给自己灌了一杯咖啡，留在骆静语身边陪他。

清晨时分，占喜躺在另一张沙发上睡得正熟，杜恒知冲进来，嚷嚷道："Everybody！云汐发微博了！"

占喜瞬间弹起来，骆静语听不见，依旧卷着毯子睡得很熟。占喜打开微博看，就看到云汐发的微博，一共发了两条，第二条是长长的获奖感言，配的是自己拿着奖杯的照片。

而第一条是转发，内容是她的礼服精修组照：

云汐：紫色是我的幸运色，感谢 @ 杜恒知 Lucien_Du，感谢 @ 禧鱼烫花艺术，圆了我的梦幻公主梦。

"禧鱼烫花艺术"的微博号粉丝暴涨，一夜之间从大几千涨到大几万，评论更是多到占喜看都看不过来。

在那条承认骆静语是位听障人士、晒出他抱着小白猫的照片的微博底下，占喜看到一个网友留言。

网友：骆老师真是一个小天使，谢谢您让汐汐这么美，我还是第一次听说烫花，真的好美啊！祝您未来工作顺利，万事如意，要加油哦！

很普通的一条留言却让占喜有流泪的冲动。

她转头看向沙发上的那个人，她的小天使侧身而卧、蜷缩着两条大长腿，刘海盖住眼睛，打着轻轻的小呼噜，睡得是那么香甜。

蜿蜒的山道上，两个年轻人正在拾级而上。

他们穿着情侣装，白色短袖 T 恤配灰色运动裤，打扮得干净清爽。

男人个子很高，脚踩运动鞋，背着大大的双肩包。

女孩子也很高挑，轻装上阵，马尾辫甩在脑后，被男人拖着手，正走得气喘吁吁。

又爬了一段，女孩儿拉拉男人的手。他回过头来，就见她脸色潮红，一脑门儿的汗，龇牙咧嘴地说："我……我走不动了，歇……歇一会儿吧。"

骆静语心里叹气，知道欢欢不爱爬山，没想到她竟这么虚。这山才多高呀，他自个儿爬两小时就能到顶，可是拖着欢欢，两小时已经过去了，他们才爬到一半。

占喜几乎是连滚带爬地坐在路边的一块石头上，形象都不要了，瘫着手脚呼哈呼哈地大喘气。

骆静语看得想笑，从包里掏出一瓶水递给她，又打手语问："饿吗？要不要吃东西？"

占喜摇摇头，这会儿累得够呛，只想喝水休息，什么都吃不下。她看向小鱼，他的脸也泛红了，额头和鼻尖上都有汗，但看起来状态比她好太多，像个没事人似的。

占喜心里不服气，平时看小鱼也没怎么锻炼身体。他偶尔才会去客卧在跑步机上跑步，玩一下哑铃，怎么体力这么好呀。

她寻思，自己是不是也该多锻炼身体？

此时，他们是在中国南方一个海滨旅游城市，距离 Y 国国际电影节过去刚好一周。

这一周，占喜和骆静语过得十分梦幻。因为云汐拿了国际影后，国内一片赞誉之声，微博热搜都挂了好多天，又因为她发的那条微博，烫花这门小众艺术第一次进入大众视野。

"禧鱼烫花艺术"搭上了东风，粉丝数涨得飞快。占喜检查过之前自己发的微博，除了和烫花有关的宣传推广，还晒过家里的小猫、花草和小鱼做的菜……画风也是很接地气。

她还发过骆静语的照片，承认他是聋人，虽然小鱼没露正脸，但依旧能看出是个英俊的年轻人。

许多网友都留言求正脸，令占喜不得不感慨，颜值就是正义呀！她和小鱼的店还没变网红店，难道小鱼要先变网红了？

占喜乖乖转发云汐的微博，狠狠地把云影后夸了一通，又诚挚地感谢了杜恒知，最后说骆老师会继续努力，争取带给大家更多更优秀的作品。

钱塘本地电视台不知从什么渠道知道了"禧鱼烫花"的大本营就在钱塘，居然要来采访骆静语。

占喜想了想，虽然现在是热度最高的时候，不过对骆静语来说，茶室还没装修完，来家里采访意义不大，就对记者说能否再等半个月，到时可以去骆老师新开张的、含有烫花元素的茶室采访，对方同意了。

这事儿也传到了老家。

占杰打电话告诉父亲，云汐拿影后的消息报纸上都有。她毕竟是演过大热连续剧的女演员，老人们就算对她不熟，也知道女明星和国际影后是什么概念。

很快，家里的亲戚、邻居和朋友们都知道了这件事情。

尹莉在电话里对占喜说，很多亲戚都在订婚仪式上见过骆静语，印象里他就是个高高的帅小伙子，很斯文，是艺术家，可惜是个聋哑人……没想到居然这么厉害，都能和女明星合作了！

云汐哦，国际影后哦！她拿影后时身上穿的礼服就是欢欢她对象做的哦！

占喜听完后简直要晕倒，忙说："礼服不是我对象做的啦！礼服上的烫花是我对象设计的，也是他亲手做的。我的天哪，莉莉姐，你帮我去辟辟谣吧！"

尹莉不以为然："辟什么谣，让他们知道你对象多厉害，不是挺好的吗？哎，我跟你说，二姨面上看不出什么，心里可骄傲呢，私底下和我妈聊天时说……"她清清嗓子，学起迟贵兰的语气，"那个小骆还挺能干的嘛。"

占喜忍不住扶额。尹莉哈哈大笑："所以真的不用辟谣啦，大人们都不玩微博，就是传来传去，现在他们都知道你对象特别厉害，我觉得挺好的。"

占喜和骆静语共同的朋友们都挺为他们高兴，"皮皮虾"说小鱼这次必须得请客吃大餐，人均五百块钱的那种！

罗欣然的支持方式好特别，直接在自己的公众号上写了一篇推文。"罗然吃瓜"老师嘛，每天都在"吃瓜"。

她先分析了一通女明星们的红毯造型，大力夸奖云汐，最后又说到骆静语的烫花，很骄傲地表示，云影后礼服上的烫花元素出自她的三次元朋友之手，喜欢的小伙伴可以关注一下"禧鱼烫花艺术"哦。

在钱塘市盲聋学校，骆静语一夜之间成为全体聋人学生们的偶像。骆晓梅和周莲被好多学生围着问——

"骆师兄见过云汐本人吗？"

"骆师兄是在哪里学的烫花？"

"我能找骆师兄学艺吗？"

"骆师兄有对象了吗？"

徐卿言、邵姐、小朱姐和小丁姐等人纷纷发来贺电，恭喜骆静语。

这样的曝光机会真是可遇不可求，云汐算是爆冷拿奖。徐卿言之前和奢侈品牌合作过这么多次，都没获得过如此大的关注度。

这样的关注度也给骆静语带来了更多的机会。短短几天，就有几家或大或小的服装品牌来和占喜联系，有些是带着具体的合作项目，有些是咨询烫花的应用方向。

占喜一会儿网聊，一会儿通电话，忙得不可开交。

她和骆静语共同经营的茶室已经在装修，请了一位设计师来设计。

术业有专攻，占喜和骆静语很谦虚，不会在这种专业问题上指手画脚，只对设计师说了他们的想法，还有往后的经营方向。沟通完后，设计师便开始测量、出图。

骆静语画了一个商标拿给设计师，说要做在招牌上，是一头卡通鲸鱼头上顶着一个圆滚滚、带笑脸的鸡蛋。

鲸鱼和鸡蛋？这是什么奇怪的组合？设计师很纳闷儿，却也没说什么，承诺会好好设计门头招牌。

趁着装修刚开始没几天，骆静语问占喜要不要出去玩一趟。他们忙活了好几个月，几乎没有休息过，等到茶室开张后肯定又会很忙，不如趁现在出去度个假。

占喜自然乐意，和小鱼一起出去长途旅行呢，她期待好久啦！

于是，他们便带上一堆夏装往南跑，来到了依旧炎热的南海边。这是占喜和骆静语头一次一起坐飞机，无端有了点儿度蜜月的感觉。

目的地是二人一起选的，行程是一起商量的，酒店却是骆静语挑的。这一次，他挑了一家海边的五星级酒店，开张才一年多，走的奢华路线。

骆静语想起自己和欢欢几次住酒店的经历，在沪市是快捷酒店，在富椿镇是快捷酒店，在西镇是客栈，在杜恒知的工作室旁又是快捷酒店……他自己都要看不下去了。他没穷到这份上，所以这一回一定要挑好的住！四个晚上的酒店钱就要五千多块钱，占喜很肉痛，骆静语倒是眼睛都没眨一下就下单付款。

他一个人出去玩住哪儿都无所谓，可是和欢欢在一起，就想给她最好的。

他们前一天下午飞机落地，前往酒店入住，第二天的行程就是爬山。

占喜在酒店看景区资料时看到这座山的高度，大言不惭地说才这么点儿高，不用坐缆车，她可以自己爬上去。

上山前骆静语再次向她确认是不是真的不用坐缆车。

占喜自信地回答："不用！"

然后……两小时后的现在，她像哈巴狗一样地瘫在石头上，欲哭无泪。

骆静语没催她，安安静静地站在她身边，还从包里拿出景区的三折页资料，当扇子给她扇风。

占喜坐了七八分钟后终于喘匀了气，起身跺跺脚，朝骆静语伸手，说："好了，走吧！你拖我。"

骆静语一下子就笑起来，露出漂亮的大白牙，牵住她的手，继续向山顶迈进。

这儿的山并不陡峭，风景也没什么稀奇，不过资料上说爬到山顶可以看到大海，这给了占喜动力。骆静语就跟老牛拖着犁一般，千辛万苦地把她拖到了山顶观景平台。

迈上最后一级台阶后，占喜都快要累趴下了。看到一家小卖店，她颤抖着手指说："我……我要喝，冰饮料……"

骆静语让她在石凳上休息，自己过去买水。他从冰柜里拿了两瓶运动饮料放在柜台上，老板只看了一眼，继续低头玩手机，说："十六块。"

柜台边还有两个女生刚付完钱，20 岁出头的年纪，正拧开瓶盖喝着水。骆静语没看到老板的唇语，扫了二维码后不知道要输入多少钱，冲着老板挥挥手，老板也没看到。

他有点儿尴尬，扭头看向那两个女生，眼神带着求助，女生们没懂，也傻乎乎地看着他。他只能在手机上打字，伸长胳膊给柜台后的老板看：多少钱？

老板终于抬起头来："我说了呀，十六块。"

骆静语点点头，扫码付款。

他拿着水转身离开后，两个女生交头接耳起来。

"是聋哑人吗？"

"应该是吧。"

"看不出来呢，长得好帅。"

"哦，是有女朋友的。"

"女朋友也是聋哑人。你看，你看，他们是用手语交流的。"

占喜喝过冰饮料，又休息了好一会儿才缓过来，和骆静语一起在平台上到处参观。骆静语把单反相机从背包里拿出来，开始拍风景，拍欢欢。

占喜看到他端着相机对准自己，害羞地去挡镜头："别拍我，我现在好丑呀！"

骆静语笑得很开心，在他眼里欢欢一点儿也不丑，不管什么样他都喜欢，自自然然的最好看了。

他们手牵着手到平台边缘，那里能看到辽阔的大海。

占喜倚着栏杆望向海面，山风刮得很厉害，二人身上的衣服都被吹得鼓起来。她看到海面上小小的船，远处还有城市一角，房子都跟火柴盒儿似的。

天特别蓝，太阳也很大，晒得海面上波光粼粼。占喜出了一身汗后觉得挺畅快，转头看小鱼，发现他趴在栏杆上正探着脑袋往下看。

占喜就学着他的样子也把脑袋伸出去，一看就㞞了，赶紧把头缩回来。

骆静语察觉到她的动作，打手语问：“高？害怕？”

“嗯。”占喜指指自己的腿，装着抖了一下，用手语回答，“腿软，害怕。”

骆静语笑着指指她，轻摇手指：“你没用。”

“人家就是怕高嘛。”占喜过去抱住他的腰撒娇，“以后还带我爬山吗？”

这可真是个好问题。骆静语眼珠子一转，憋着笑摇头。

“哼。”占喜不高兴地道，“那你以后还是自己去爬山吧，我不陪你了。”

骆静语摸摸她的脸，伸手指向一块牌子，写着“缆车站往前一百米”。

大概因为是正中午，平台上游客并不多。骆静语拉着占喜转了一圈儿后来到一个无人角落，打手语告诉她：“以前，我一个人爬山，会在山顶，叫。”

“啊？”占喜没懂，“叫什么？”

骆静语看看四周，一个人都没有，便双手撑着栏杆面向海面，突然就大叫起来：“啊——啊——”

占喜被他吓一跳，接着就哈哈大笑起来。这样外放的小鱼，是她不曾见过的。

骆静语转头看她，打手语：“你也叫。”

“不了吧，好傻呀。”占喜想着，周围看不到人，不等于别人听不到呀，叫这么大声，跟愣头青似的。

骆静语还是眼睛亮亮地看着她。

占喜看出他眼里的期待，一颗心便变得柔软。她拉住他的手按在自己的喉咙上，也对着海面大叫起来：“啊——”

她的声带振动得很明显，骆静语闭上眼睛，用心地感受着。她叫了好几声后他才睁开眼睛，看着她的眼神变得特别温柔。

他们的头发都被风吹得乱七八糟，骆静语把占喜的碎发夹到耳后，还没松手呢，发丝又被风吹了回来，搞了几次都没搞好。他摇头叹气，宠溺地敲敲她的脑门儿。

占喜仰着头看他，突然就踮起脚亲吻他的唇。

于是，他们就在这无人角落里浪漫地接了个吻。

下山时，占喜终于同意坐缆车。

缆车站，排在他们身后的就是骆静语在小卖部碰到的两个女生。

占喜听到了她们的对话——

“呀，是那对聋哑人情侣。”

“嘘……你小点儿声。”

“怕什么呀？他们又听不见。”

占喜在心里偷笑，没说话，只用手语和骆静语交流。

他们本来打算单独坐一辆缆车，可是工作人员不让，让那两个女生也坐上去。两个女生有点儿慌张，推来推去，工作人员大喊："快上去！"

她们没办法，只能进来坐在占喜和骆静语对面，神色怪怪地看着他们。

骆静语什么都不知道，低头看了会儿单反相机里拍的照片，而后把相机放进摄影包，又塞进背包里，抬头看到对面两个女生，礼貌地对她们笑笑。

占喜打开手机，嘟着嘴臭美地自拍了几张，又把骆静语拖过来，和他头碰头拍合影。

骆静语没意见，对着相机捋了捋头发，想让自己更帅气些。

对面的一个女生用手掩住嘴，说："他们可真好看，就是好可惜。"

另一个女生低下头，嘴唇幅度动得很小："别说话了，姐姐，好尴尬呀。"

"我也好尴尬……"

"刚才就不应该上来。"

"嗯，我还没这么近距离地接触过聋哑人。"

"唉……"

下山的缆车要十几分钟，占喜看她们实在太尴尬，决定把自己"聋人"的设定进行到底，可惜老天不如她的愿。她的手机响了，是杜恒知的电话。

占喜只能接起："喂，杜老师？"

对面两个女生瞬间变脸，占喜一边接电话一边对她们抱歉地微笑。

杜恒知说自己有个朋友想和骆静语见面聊聊合作，占喜说自己和骆静语在外地旅游，和杜恒知约好回钱塘后见面的时间，才把电话挂断。

轿厢里的气氛更尴尬了，只有骆静语什么都没察觉，放松地看着缆车外的风景。

占喜决定力挽狂澜，把手机递给一个女生，笑着说："能帮我们拍个照吗？"

女生颤巍巍地接过："哦，哦，可……可以。"

占喜拉拉骆静语的手，骆静语见女生拿起手机对着他们，便伸臂揽住占喜的肩，脸上露出灿烂的笑容。

女生拍了好多张后把手机还给占喜。占喜接过："谢谢！哇，拍得好好！"

"刚……刚……刚才……对……对不起。"女生紧张得都结巴了，"我……我不知道……"

"没事。我男朋友是聋人，我不是。"占喜指指骆静语，"我和他交流都是用手语。"

另一个女生好奇地问："手语难学吗？"

"还好吧，我也就学了大半年，和他交流已经没有障碍了。"占喜想了想，说，"其实，就和学外语一样，你要是找个说外语的男朋友，要么他学中文，要么你学外语，只要两个人能沟通，用什么语言都不是问题。对我和他来说，手语就是一门语言，只是会的人比较少罢了。”

“也是哈。”女生点点头，“你们好有夫妻相呢。”

“是吗？”占喜看看骆静语，又摸摸自己的脸，“大概因为我们都挺好看吧，哈哈哈……”

“哈哈哈……”两个女生也笑起来，“你们真都挺好看的。”

骆静语没怎么注意她们的聊天内容，只知道欢欢和对方聊起来了，觉得欢欢真厉害，和谁都能聊。他就不行了，对着陌生人还是会紧张。

缆车到了山脚下，骆静语和占喜下车，两个女生和他们友好地道别。看着她们走远，骆静语问占喜：“你们刚才聊什么？”

“聊你帅。”占喜笑嘻嘻地比画，“她们说你好帅，问我是怎么把你追到手的。我说要脸皮厚、胆子大，因为你非常害羞，还胆小。”

骆静语眨了一下眼睛，心中存疑——她们怎么会聊这个？

再说了，他的确是害羞，可胆子不小呀。这一年里碰到的事情对于他来说，绝对是超出想象，他觉得自己的胆量已经大很多了。

二人离开景区回到酒店，没再出门，窝在一千多块钱一晚的豪华房间里午休。

占喜带着笔记本电脑，顺便写了点儿游记更新在公众号和微博，晒风景和海鲜，还晒出一张骆老师在山顶栏杆边的背影。

腿长两米八！哈哈哈。

粉丝们看得津津有味，现在大家都知道了，那张帅气的骆老师是女友视角拍的，更新微博的就是骆老师的女朋友小占助教。

晚饭后，他们去酒店的室外泳池游泳。

占喜万万没想到，这个叫“小鱼”的人居然不会游泳！

一头不会游泳的鱼？

她都会游泳呢，是小时候被占杰教会的。

骆小鱼居然不会游泳！

骆静语很委屈，不会游泳不是很正常吗？钱塘又不靠海，他也没什么机会去游泳池玩。

泳池的浅水区水深一米五，骆静语站在水中看着占喜游来游去，心里也有点儿痒痒，打手语让占喜教他。占喜便先教他憋气，漂。

骆静语屏了一口气后把头埋到水里，他没戴泳镜，只能闭上眼睛。

他的双手扶着池边，两条腿离开池底，整个人就漂在了水面上。

这种感觉很奇怪，什么都看不见、听不见，周身只有温暖的水流包围着他。

无人触碰，骆静语心里突然发慌，想起很久以前的那种感觉——他沉入深海，四周一片漆黑，静谧无声，他就是一头最寂寞的鲸鱼。

他嘴里吐出一串泡泡，突然有人抓住他的手，把他从水里拉了出来。他重新站稳，慢慢地睁开眼睛，抹一把脸上的水渍，就跟重见天日般地看着面前笑吟吟的女孩儿。

“做得不错，你……”占喜的手语还未打完，就被骆静语一把搂进怀里。

他身上只穿着泳裤，展露着一身白皙紧致的薄肌，她被他紧紧地拥在怀中。她抱着他滑溜溜的身体，没有急着挣脱，更不会去问他此时此刻心里想到了什么。

深夜，他们在房间内那个巨大的圆形浴缸里缠绵。

一个多月了，对于此事他们已经很默契，对彼此的喜好都慢慢地了解了，知道要怎么做才能让自己更快乐、让对方更快乐。

占喜越来越觉得小鱼很好，非常好，特别好。他还是会傻傻地问她“我厉害吗”，大概因为一直没得到正面回答，很有一股锲而不舍的精神。

这一次，占喜万分肯定地回答他：“你非常厉害！”

于是，厉害的鱼就变得更加厉害。“小猫”白天爬山累得腰酸腿疼，这会儿差点儿被折腾得在浴缸里爬不起来。

度假的第三天，骆静语和占喜终于去到海边。

占喜赶过海，骆静语没有。他一直认为海边是和恋人一块儿来的地方，以前单身的时候，从没想过往海边跑，每次都是去爬山。

现在他有对象了，总算可以正大光明地来海边踏浪，真开心。

他们都穿得很休闲，还十分花哨。骆静语的红色花衬衫是占喜挑的，这还是认识以来，她第一次见他穿红色系的衣服。

占喜觉得太好看了，说回去要给他买大红色的毛衣。骆静语想象了一下，觉得怪怪的。见他好像不怎么乐意的样子，占喜的嘴噘了起来。

骆静语赶紧打手语：“买，买，买。我穿，我会穿。”

他们在海边拍了很多照片，戴着太阳帽和墨镜，占喜把照片都发到朋友圈。

这些天她天天发朋友圈，晒美食、晒风景、晒小鱼……

她再也不用把朋友圈分组屏蔽，大大方方地秀出两个人的亲昵合影，搂着腰、揽着肩、手牵手，甚至是互相亲嘴。

谁都能看，再也没什么可担心害怕的了。她的小鱼这么好，就该让全世界都看到！

占喜没要求骆静语也发，不过不用她说，他都发了。

他挑的照片可比占喜发的要高大上，几乎都是用单反拍的，构图、用光都很好，他把占喜拍得文艺范儿十足。哪怕是她爬山时红通通、汗津津的脸，在他的镜头里都很生动鲜活，完全看不出她当时哈巴狗一样的状态。

他们的朋友圈有很多共同好友。占喜觉得很神奇，也就一年时间，她谈了个对象，还认识了很多新朋友。她回想一年前自己的状态，都有点儿想不起来了。

当时她在干吗？

哦，住在老哥家，老哥还没离婚，她和秦菲时常闹矛盾。

她在 HR 打杂，复习功课准备国考，偶尔还要和母亲介绍的体制男相亲。

她在亲戚们眼里还是个乖巧懂事、听话文静的女孩儿，从小到大都没让父母操过心。

她没有学跳舞，更没有学手语和烫花。她什么都不会，下班就回家，社交特别少，闲暇时刷刷剧、看看书、发发呆，是个实打实的“Eleven Girl”。

她想找到她的 Mr. Funny，找一个能说会道、可以逗她笑的人，谈一场甜甜的恋爱。

现在，她找到了。

这个人可能和她的想象有些出入，不过没关系，她很确信，她找到了。

占喜看向骆静语。

耀眼的阳光照在他身上，他的头发被海风吹得凌乱。注意到她的目光后，他便牵住她的手笑了起来，是这世上最温暖的笑容。

海滨旅游城市的标配之一就是海洋馆。

来到这里的第四天，骆静语和占喜去海洋馆游玩。

观赏过无数或大或小五彩斑斓的鱼，走过长长的海底隧道，看过潜水员和海龟、鲨鱼嬉戏后，他们来到一个展厅，看到了这座海洋馆的镇馆之宝——一具体长十几米的抹香鲸骨架标本。

骆静语和占喜手牵手站在它的面前，一起静静地看着它。

这头鲸比骆静语记忆里在钱塘自然博物馆看到的那一头要更大。不知道活着的时候，它在海里是多么自由自在，偶尔冒出海面，喷个水就像一座小小的岛屿。

骆静语和占喜在鲸鱼骨架标本不远处的休息椅上坐下，看着那头鲸，他对占喜打起手语。

现在，他已经可以用手语对她说很长很长的话语。

骆静语问她：“你有没有听过一个故事？关于一头寂寞的鲸鱼。”

占喜摇摇头。

骆静语就继续“说”了下去：“很久以前，海洋学家在大海中追踪到一头鲸鱼的声音，它很健康，但是身边从没有同伴、配偶或孩子，这令海洋学家们非常好奇。

“原来，普通鲸鱼的发声频率在 12 至 25 赫兹，而这头鲸鱼的发声频率却有 52 赫兹。这就导致普通鲸鱼都听不到它发出的信号。

“这头孤独的鲸鱼被天性驱使着，每年在北极和赤道间往返迁徙，在茫茫大海中唱着寂寞的歌，却从未遇到过一个同类。”

占喜托着下巴看向他，看他漂亮的手在身前画出一串串优美的符号。她突然觉得，他就是那头寂寞的鲸鱼，一直在寻找那个能听懂他唱歌的人。

“说”到这儿，骆静语垂下眼睛，轻轻地笑了一下。

他对占喜打出最后一句手语：“我觉得，它会找到的，就和我一样。你觉得呢？”

看着他的手指画在半空中的那个问号，占喜也笑起来。她牵住他的手，用力地点了点头。

这一天是十一月十一日，是他们在这座城市待的最后一晚，也是占喜 24 岁的生日。

骆静语请她吃了一顿丰盛的生日大餐。

占喜问他要生日礼物，他有点儿不自然地说在房间里，回去再给她。

占喜可好奇了，不知道小鱼会送她什么生日礼物。

晚上回到房间，她迫不及待地问他要礼物。也不知怎么的，骆静语的脸红了，最后才从行李箱中翻出一个小盒子递给她。

占喜满怀期待地打开盒子看，里面是一朵烫花发夹，还是非常简单的鸡蛋花。

占喜倒也没失望，只是很奇怪地道：“明天我们就要走了呀，你为什么不早点儿给我呢？我去海边还能戴，现在给我，都没机会戴啦！”

骆静语的眼神充满了无措，抿着嘴唇挠挠头发，最后实在没办法，只能伸手指指盒子里。

占喜又低头去看盒子，鸡蛋花底下是一堆装饰用的彩纸。她在里头扒拉半天，终于被她发现了玄机！

彩纸里藏着两枚戒指，是铂金对戒。

这……这……这是什么意思，要求婚吗？

骆静语当然不是要求婚。

也不能这么说，他迟早会求婚，但不是现在。

现在，他只是想送欢欢一枚戒指。

说起来，从认识到现在，他还没送过欢欢贵重的礼物，烫花不算。买来的礼物里，他送过几套衣服鞋子、香薰、护肤品、酱鸭、各种食物……还有一口诡异的高压锅，说出去估计会被人笑死。

所以，欢欢过 24 岁生日，他早就想好要送她一枚戒指。

骆静语从盒子里把那枚女戒拿出来，又把盒子放到一边，牵起占喜的左手。

他紧张到心脏怦怦乱跳，气都要喘不匀了。

占喜不知道他为什么那么紧张，手都在颤抖，莫非真的是要求婚？

看样子也不像呀，求婚，总得先单膝跪下吧？

骆静语的脸都有些发白了，不停地吞咽口水，喉结一阵阵地滚动。终于，他做好了心理准备，张了张口，说："欢欢，窝……窝挨……妮。"

周围的空气仿佛都停止流动了。

占喜震惊地看着他，嘴巴也张开了，就跟幻听了似的。

骆静语快疯了，一下子就闭上了嘴。占喜不干了，大叫："你再说一遍！"

骆静语还是闭着嘴。

"再说一遍，再说一遍！我……我刚……我听到了，我想再听一遍！"占喜的眼睛湿了，急得跺脚，"小鱼，你再说一遍给我听。"

骆静语定定心，又一次张嘴说了一遍："欢欢，窝挨妮。"

这五个字，全部是第一声，没有声调，但谁都听得懂。

他说得很好，特别好！这是用他的喉咙、他的嘴、他的舌头和他的牙齿亲口说出来的话语！每个字都清清楚楚，并不含糊，声音是那么悦耳动听，是她最心爱的小鱼的声音。

占喜的眼泪忍不住流了下来。骆静语看着她突然哭泣，慌了手脚，连忙去帮她抹眼泪，打着手语问："怎么了？我说得不好听对吗？我知道我说得不好，我练习很久了，我不知道我说得怎么样。你别哭，别哭，我以后不说了。"

占喜摇着头，按住他的手，也打手语道："不，你说得很好！很好很好，真好听！是我听过的最好听的声音，最好听的话语。以后每天都说一遍给我听，我喜欢听，我想听一辈子。"

看完她的手语后，骆静语的眼眶也红了，心里松了一口气。

"我爱你"这三个字，他几乎练习了一个月，是找高元学的。

最早的念头是说"占喜，我爱你"，后来发现"占喜"太难了。他已经学会说"欢欢"了，高元说那就叫"欢欢"吧，别折腾自己了。

后来，骆静语还想把"我爱你"的声调学会，高元努力教过。可小舅子怎么都学不会，对于四声他实在没概念。怎么“我”和“你”还有一个转弯的，怎么转弯呀？他一点儿都想象不出来。

高元就说算了吧，第一声就第一声了，能把吐字练好就已经很不错了。

学说话的时候，骆静语和高元面对面坐着。他的手指按住高元的喉咙，高元把每个字拆分开，让他看清自己发声时嘴唇的幅度、舌头的位置，一遍遍地教他发声。

两个大男人面对面说了无数次“我爱你”，说到后来高元笑场了，鼻涕泡都差点儿笑出来了。

骆静语很难为情，高元忍住笑，继续教他。基本教会后就让他回家自己练，高元每天用语音或视频检查他的练习情况。

每天晚上，骆静语都会躲在卫生间里偷偷练习，说着“我爱你，我爱你，我爱你，我爱你……”

他天天给高元发语音：“窝挨妮。”

高元回他一个大拇指。

还给他发视频：“窝挨妮。”

高元：“我”的嘴再小一点儿。

有一天，骆晓梅给他发微信消息：我今天把你给你姐夫的语音转成文字，你们在干什么？

骆静语干脆对着手机又发出一句语音：“欢欢，窝挨妮。”

骆晓梅应该又转成了文字，发过来一个“捂脸”的表情。

“欢欢，我爱你。”

这是骆静语这辈子学会说的第一句话。

虽然他自己听不见，不知道说成了什么样，不过高元说没问题了，占喜一定能听懂。

占喜怎么可能听不懂？

她哭的声音，不是因为悲伤难过、失望沮丧，而是因为太高兴了，既高兴，又心疼。

她并不需要骆静语学会说话，这本来就是不可能完成的事情。他一点儿听力都没有，学说话比她学手语要难多了，都不知道他学会说这三个字费了多大的劲儿。

像他这样程度的聋人，根本就没有人会去学说话。

可是他学了，是为她而学的。她感动坏了，也心疼坏了，扑上去就抱住他，在他怀里大哭起来。

骆静语像是知道了她的心思，欢欢不是不高兴，她大概是太高兴了，真好，他没有白练，她是喜欢的，还说要每天都听，要听一辈子。

他抱着她，轻轻地抚摸着她的头发和背脊。

占喜哭了好一会儿终于镇定下来，松开怀抱，拉起他的右手，那枚女戒还在他的手上。她吸吸鼻子，把自己的左手递给他。

骆静语垂着眼睫，小心翼翼地把戒指戴到占喜的无名指上。她露齿而笑，也拿起盒子里的男戒帮他戴上。

两枚戒指，大小正好，在两个人的左手无名指上泛着光芒。

占喜突然想到一件事情，抬头说："那个……房东前几天给我打电话，说 802 室……月底租期到了。"

骆静语一愣，打手语道："要交房租吗？我帮你交。"

占喜差点儿吐血。心想这人的脑袋在想什么？是真傻还是装傻？

她噘嘴，打了他一下："笨蛋！"

骆静语想了一会儿，终于明白了她的意思，眼睛睁得大大的，抬手问："欢欢，你愿意搬到我家，和我一起住吗？"

占喜脸红了，轻轻地点点头，又去摸他左手的戒指。

虽然欢欢这两个多月大部分时间都住在 1504 室，偶尔还是会下楼去睡，衣服也没有都搬上来，但骆静语还是好高兴。

802 室退租后，她就要把所有的行李都搬上来了。她会住进他家，住进他的卧室，把衣服都摆进他的衣柜，每天和他一起起床，一起入睡，一起吃饭，一起陪小猫玩耍。

他们会像一对小夫妻一样，真正地生活在一起。

想到这儿，骆静语再也忍不住了，一把抱起占喜，在宽敞的房间里转了几个圈儿，"嗬嗬嗬"地笑出声来。

占喜听着他的笑声，心里好甜，可他没把她放下地，直接就抱去床边，将她放到床上。

见他又要急吼吼地压下来，占喜大喊："不行！先洗澡，今天出好多汗呢。"

骆静语的动作停住了，眨巴着眼睛打手语问："一起洗？"

占喜羞涩地望着他。

他笑起来，拉着她的手起身，偏头在她左脸颊印下一个吻，顺便在她耳边又说了一遍："欢欢，窝挨妮。"

他用的是她的母语。

而她，则让双手在空中翩翩而动，用他的母语回答："骆静语，我也爱你。"

番外一

见家长

十一月底，在一个诸事皆宜的黄道吉日，骆静语和占喜的茶室正式开张。

店门口摆满花篮，是各位亲朋好友送来的。

茶室装修花了不少心思，木制招牌上是大大的两个字——“禧鱼”。特地做在没被大树挡着的那半边，也不知是什么字体，看着韵味十足。“禧鱼”边上还有一个小小的商标，是一头深蓝色的卡通鲸鱼头顶一个带笑脸的圆鸡蛋。鲸鱼闭着眼睛，有三根翘翘的眼睫毛，显得特别温柔。

招牌的另半边是八个小字，两个一组——茶饮、简餐、烫花、手作。

骆静语和占喜招来四位员工，分别是做餐饮和中式点心的成哥、做饮品和西式点心的梦梦、服务生小苗，还有在二楼办公室上班的岳奇。

招岳奇是骆静语的主意。

网店的业务不会停，汉服饰品和定制这两大块都需要客服在线和客户沟通，本来这些事情都是占喜在做。骆静语考虑到这事儿挺耗精力，就想招个人专职做客服，也能负责打包发货和售后，于是就想到他的老同学岳奇。

岳奇在大学里是学计算机的，书面沟通水平比骆静语不知高了几个档次。占喜说由她来给岳奇培训烫花和汉服知识，方旭能做的事情，岳奇肯定也能学会。

骆静语开出的薪资很有吸引力，岳奇和他聊过后就同意了。稳定的坐班工作总比他给仓库值夜班更具技术含量，而且还能管饭，给他交社保。

三个门面茶室不算大，设计师很给力，将茶室设计成新中式风，古典雅致却不老派，每一处细节都很用心，是时下年轻人喜欢的风格。桌椅都是胡桃木材质，每个卡座间有隔断，既保证了整个空间的通透感，又有一定的私密性。每张桌子上都摆着一件烫花摆件，造型不同，或繁或简，皆为骆静语的作品。

收银台即吧台，还专门做了陈列柜，摆着许多烫花饰品，有些适合汉服，有些适合常服、礼服。每一件都明码标价，用于零售。

二楼的两个门面被布置成一大两小三个包厢，都靠窗，可以看到窗外那棵绿树，即便是在繁华闹市，也能感受到一丝自然宁静之意。

大包厢不用说，可以容纳十几个人，是进行烫花体验课的场所。两个小包厢各有各的风格，墙上都挂着画轴，桌上摆着烫花作品，一间以竹为主题，另一间都是藤制品，令人有一种回归乡野的质朴感。

剩下那个门面被隔成里外两间。外间是办公室兼仓库，利用空间做成三个工位，岳奇和占喜一人一个工位，另一个则空着。里间是骆静语的工作室，像家里一样，摆着一张大大的工作台，边柜则放着工具和材料，没有其他多余的装饰，一切以便于他工作为重。

就这样，“禧鱼茶室”在占喜和骆静语的用心经营下，红红火火地开张营业。

钱塘电视台的记者真的过来采访了骆静语，节目播出后，好多人来茶室消费打卡，看看烫花实物到底长什么样，有小姑娘，也有中年女性，还有六七十岁的老夫妻。

烫花是店里绝对的主题，每周末下午的体验课名额约得很快，占喜不得不在星期三晚上再加一场，才能满足客人们的需求。

此外，骆静语还谈成两单联名款合同，一单是像“婳裳”那样的汉服饰品，另一单是和一家服装工作室合作，设计师想要做一系列以花朵为主题的概念春装，风格很妖娆，衣服上的花朵都需骆静语用烫花来做。

岳奇也开了工，因为骆静语已经开放春节和情人节定制款预售，又是几小时就爆单。那几天，岳奇天天回答着女孩子们的问题，有不懂的就去问骆静语。他们一个在里间，一个在外间，沟通用手语，还挺方便。

忙忙碌碌一个多月，骆静语和占喜一天都没休息过，时间到了元旦，是占喜和父亲说好回家的日子。

这一次的旅程和国庆时有很大的不同，骆静语这个“毛脚女婿”真的要登门拜访“岳父岳母”，保镖未来大舅哥还不一起去。

骆静语不知道欢欢的母亲现在对他是怎样的态度，欢欢自己都说不清，只有她父亲给出的单方面保证。他心里喜忧参半，并不是怕自己被刁难，而是怕欢欢和她的母亲又因为自己而闹得不愉快。

新年第一天，车到富椿镇时已过中午。骆静语提着大盒小盒，看着占喜在院门前敲门。

占强很快来开门，脸上挂着笑。开门后，骆静语把礼品都递给他，占喜帮他说话："爸，这些都是小鱼买给你和妈妈，还有奶奶的。"

"哎哟，我都说了不要带东西，还买这么多。快进来，快进来，吃饭了吗？给你们留着饭菜呢。"占强一边说一边把他们往屋里带。

骆静语第一次来占喜家，好奇地打量着她家的院子，看到晾晒着的衣物和一片小菜地，还有几只放养的鸡，觉得好有生活气。

占奶奶很难得地坐在一楼客厅，可能是占强对她说了，欢欢要带对象回家，看到占喜和骆静语进屋，占奶奶站起来，对着占喜露出慈祥的笑。

骆静语在占喜的朋友圈见过这位老奶奶。占喜拉着他走到老人家面前，很大声地说："奶奶！我回来啦！这是我男朋友，叫骆静语，你可以叫他小鱼。"

占奶奶 87 岁了，身体还很硬朗，眼睛能看清，就是耳朵背，也不知道听没听见，一双眼睛眯缝着在骆静语身上打转。片刻后，她对占喜说："这是谁呀？好俊的小伙子。欢欢，是你对象吗？"

占奶奶说话有口音，骆静语看不懂她的唇语。占喜知道自己白说了一通，连连点头，又亲热地挽住骆静语的胳膊，向奶奶证明她问对了。

"哎呀，欢欢有对象了，小伙子个头可真高呀！"占奶奶十分开心，蹒跚着上前握住骆静语的手不放，问，"叫什么名字呀？"

骆静语动了动嘴唇。

占奶奶问："叫什么？奶奶没听清。"

骆静语求助地看向占喜，占喜把嘴凑到奶奶耳边，大声地喊："他叫骆静语！你可以叫他小鱼！"

"捞……捞什么？捞小鱼？"占奶奶像个孩子般笑起来，"怎么叫这么个名儿呀？捞小鱼，哎呀，这大高个儿哪是小鱼，我看是带鱼，长溜溜的一条。"

骆静语都不知道占奶奶在说什么，只看到占喜和她的父亲在边上笑得直抖。奶奶一直抓着他的手不放，嘴里絮絮叨叨说着话。他很想看清她的唇语，可实在是一句都看不懂。

占喜拍拍他的胳膊："没事，我奶奶耳朵不太听得见。她说她的，你不用回答。她就是高兴了想说话，你只管笑就行。"

这么简单吗？

骆静语扯扯嘴角，脸上就绽开了笑。占奶奶见他笑了，变得更加高兴，拉着他的手在椅子上坐下，给他拿零食、拿水果，不停地夸他俊俏，说欢欢是个好孩子，让他们好好处对象。

占强对着老母亲拍了拍自己的衣服口袋，占奶奶顿时想起来了，赶紧从口袋里掏出一个红包，塞到骆静语手里："捞小鱼，这是奶奶给你的红包，你喜欢吃什么就去买来吃……"

这时，迟贵兰终于从厨房里走出来。

她之前一直没露面，只竖着耳朵听客厅里传来的说话声和笑声，听他们越来越开心，终于忍不住了。她把饭菜端出来，开口道："洗个手，吃饭了。"

占喜转头看向她，叫了一声："妈。"

骆静语的视线也望过去，迟贵兰与他四目相对，脸上还是没笑容。他也不退缩，又一次绽开笑容，对着她用手语打招呼："阿姨新年好，我是骆静语。第一次来做客，请多关照！"

占喜把他的手语翻译一遍，占强看着迟贵兰。迟贵兰沉默了一会儿才开口："嗯，先吃饭吧，你们也该饿了。"

占喜的父母和奶奶都已吃过午饭，餐桌边只坐着占喜和骆静语两个人。他们默默地吃着饭，占喜悄悄地对他打手语："紧张吗？"

骆静语瞄一眼在看电视的三位家长，轻轻地点头。

占喜道："别紧张，多吃点儿。"

骆静语打手语："你妈妈做菜，好吃。"

占喜笑着比画："我一会儿告诉她，你夸她厨艺好。"

骆静语皱眉摇手："不要，不要。"

占喜乐得直笑。迟贵兰听到笑声转头看他们，骆静语赶紧又露出标志性的笑容。

占喜看着骆静语傻乎乎的样子，笑得弯了腰，往他碗里夹了一块肉，打手语："吃吧，别笑了，笑得脸都僵啦。"

吃过午饭，骆静语在占喜房里屁股还没坐热，相册才翻半本，二人就被叫去一楼。因为大姨夫妻和小姨夫妻来家里做客，尹莉和小刘也来了。他们都是来看骆静语的，还会留下来吃晚饭。

占强端出一大堆零食、水果和饮料，大家边吃边聊，话题自然是围着骆静语和占喜打转。

大家都对骆静语的工作很好奇，知道他和占喜一起开了一间以烫花为主题的茶室，平时还会接别的业务，一个个七嘴八舌地问问题，占喜则耐心地回答着。

迟贵兰坐在边上，一直没说话，耳朵却从没闲着。看着女儿和骆静语很自然地用手语交流，她还是很不习惯，但别人好像都不在意这件事情，还不停地夸骆静语能干，她的心情特别复杂。

骆静语表现得落落大方，对所有人都笑容可掬。不管是谁和他聊天，他都很专注地看着对方，然后用手语回答，占喜会帮他翻译。

有些问题他一时答不上来，还会羞涩地笑。迟贵兰看到他会偷偷去握占喜的手，两个人的无名指上都戴着一枚戒指，亮闪闪的，刺着她的眼睛。

这天的晚餐是围着大圆桌吃的，菜特别多，占喜和骆静语一块儿去厨房帮忙。迟贵兰炒着菜，占喜择豆角，把一棵大白菜递给骆静语："小鱼，你切一下吧。"

骆静语接过菜，洗干净后就在砧板上"笃笃笃"地切起来。

迟贵兰歪着脑袋看他切菜，占喜看到她的小动作，说："在家里都是小鱼做饭。他的厨艺很好，什么都会做。"

迟贵兰哼道："那也没见把你养胖，我看你反倒还瘦了些。"

占喜笑笑："那是因为茶室刚开张，我和他都很忙，他也瘦了很多。等过几个月生意稳定些，我再招两个店员，我和他就能轻松一点儿，把精力更多地放到他的烫花业务上，现在真是忙都忙不过来。"

"你是自找的。"迟贵兰语气带怨，"好好的办公室不坐，非要去开店，你以为开店是那么好开的！"

"你要是不爱听，我以后就不跟你说了。"占喜低头择豆角，"是很忙很累，但也很充实，很开心，就……反正你也不懂。"

"我怎么不懂了？"迟贵兰提高了音量。

占喜微笑："我也希望你懂，希望你能明白这是我和小鱼想要好好做的事情，是我们的尝试。我们付出了努力，不管能不能成功，我和他都不会后悔。"

骆静语把切好的白菜装进菜篓递给迟贵兰，发现"丈母娘"似乎又有点儿不高兴。他一愣，只能不知道第几次对她露出笑容。迟贵兰一把接过菜篓，气道："笑什么笑，就知道傻笑！"

骆静语不敢笑了，站到占喜身边默默地帮她择豆角。

他问占喜："你妈妈生气了？"

占喜答："你别理我妈，她就这样。"

骆静语告诉她："你不要和她吵架，让她不要生气。"

迟贵兰不满地问："你们说什么呢？"

占喜转头回答："小鱼说你做饭很好吃，中午就想说了，一直没找着机会。"

迟贵兰头一撇："哼。"

晚餐时，占强开了一瓶白酒，还是骆静语国庆节时带来的。小姨父说："哟，好酒呀！"

占强很得意地道："是小骆买的。"

大姨父哈哈大笑："那我们也能跟着过过瘾喽。"

占强给两个连襟和小刘各倒一盅，看着骆静语，问："小骆，你也来点儿？"

骆静语征询般地看向占喜。大姨父笑了："嘿，小伙子还是个'妻管严'呢，喝不喝酒还得欢欢说了算呀？大姨父给你做主了，喝！"

占喜对骆静语点点头："喝吧，少喝点儿。"

骆静语笑起来，也倒上一盅白酒。

"毛脚女婿"第一次上门，占强很高兴，见谁酒盅空了都让满上。餐桌上大家说说笑笑，氛围很好。

占奶奶不停地让"捞小鱼"多吃点儿，把大家逗得直笑。

大姨妈、小姨妈和两位姨父都很能聊，话题不断，还劝骆静语喝酒。只有迟贵兰依旧沉默，不过没人在意。

有占喜在，骆静语一点儿也不慌，就是那白酒真的很辣，他好几年没喝白酒了，一盅喝完整个人都热起来，脑袋也晕晕的，小刘竟又给他倒了一盅。

最后，一瓶白酒被五个男人全部喝光，三个长辈还意犹未尽，骆静语喝得小醉，连大家是怎么走的都没注意到。

占喜喂他喝下一杯醒酒茶，带他去三楼卫生间洗澡。

骆静语洗完后穿上睡衣裤，占喜又把他带到二楼占杰的房间，里面干净的被褥都铺好了。占喜知道，在父母的眼皮子底下，和小鱼睡一个房间不太合适，反正也就一晚。

占喜家的小楼一共三层，一楼的卧室住着占奶奶，二楼是爸妈和占杰的房间，三楼的两个房间一个是占喜的，另一个做杂物间，每层楼都有一个卫生间。

骆静语酒意未散，钻进被窝后还不想放占喜走，抱着她亲热了好一会儿。占喜拧了他一把："好啦，我也要去洗澡了，你喝多了，早点儿睡吧，明天吃过中饭我们就能回家。"

"呃啊……"骆静语抱着占喜哼唧几声，才不舍地让她上楼。

他一个人睡在二楼房间里，迷迷糊糊地不知睡了多久，被尿意憋醒，摸过手机一看，晚上十点十分，便想去上个厕所。

骆静语打开台灯，穿上拖鞋去开房门。这房间可能是长久不住人，门框有点儿变形，开门时需要很用力。他刚一拉开门，还没走出房间就吓一跳。迟贵兰的房门打开了，她披着厚外套，正站在门口看着他。

骆静语瞌睡都被惊醒了，站在原地一动不动。

卫生间在两个房间中间，迟贵兰走出来几步，问："你要喝水吗？"

骆静语脑子有点儿发蒙，居然点点头。迟贵兰说："你等着，穿这么薄别下楼了。"

他以为"丈母娘"要下楼去帮自己拿水，想着趁她下楼的时间能上个厕所。没想到她竟是回房间拿出一个热水瓶和一个杯子，板着脸递给他："就知道你要喝水，早就备好了。"

骆静语接过热水瓶和杯子，对她点点头表示感谢，转身回到房间，关门时也很费力，门板不太能塞得进门框里。

迟贵兰站在自己的房门口对占强说："这耳朵不好使的心里就是没个数，开门关门都那么大声。"

占强说："那是门不好，该修啦。小骆听不见，哪会知道呀。"

骆静语的确不知道。占杰房间的门每次开或关，迟贵兰的房间门都会跟着振动一番，大晚上的声音会特别刺耳。

他给自己倒了一杯热水，咕嘟咕嘟喝掉半杯后才发现不对。他是要上厕所的人，怎么喝起水来了？

骆静语放下杯子，钻进被窝又憋了半小时，实在憋不住，再一次轻手轻脚地下床去开门。门打开后，他绝望地发现迟贵兰又披着外套站在房门口看他。这一次，她问："饿了吗？想吃什么？"

骆静语赶紧摇头，脸都红了起来。迟贵兰说："我们家没有吃夜宵的习惯，你要是饿了，可以吃点儿饼干。"

说着，她回房间拿来一包苏打饼干塞给骆静语。

骆静语用眼睛瞄向卫生间，可惜迟贵兰没看出他眼里的渴望。

第二次回到房里，骆静语夹着腿坐在床沿边，真的拆开饼干吃了几块。苏打饼干很香，但也很干，他拿起水杯把剩下的半杯水喝掉，才惊觉他是想上厕所，怎么又喝水了？

这一回骆静语连十分钟都没憋过，厕所没上成不说，还灌下一杯水，简直要崩溃。他想不管了，就算再碰到迟贵兰他也必须要去上厕所。

他下床去开门，因为有了心理准备，看到迟贵兰站在房门口，他居然有点儿习惯了。迟贵兰脸色不太好，问："你又怎么了？"

骆静语指指卫生间，迟贵兰说："欢欢她爸在里头，你去一楼吧，穿上衣服。"

就在骆静语寻思为什么不能去三楼时，占喜披着外套下来了，纳闷儿地问："你们干什么呀？开门关门得有三回了吧？"

迟贵兰指着骆静语不高兴地说："干什么要问他，大晚上的不睡觉老开门，我是担心他想上去找你。"

骆静语委屈巴巴地看向占喜，着急地打手语："我想上厕所，你爸爸在里面。"

占喜哭笑不得，用手语回："去三楼吧，快去。"

骆静语一溜烟儿地就上了楼。

迟贵兰瞪大眼睛："他去干吗呀？"

"去尿尿。"占喜站在占杰的房门口，试着把门关上又打开，那声音可真刺耳，说，"这门坏了呀，一开门我楼上都跟着抖动。"

占强从卫生间走出来，三人一起围着那扇房门研究。

迟贵兰"哼"一声："也就他听不见，这都几点了，还让不让人睡觉了？"

占喜想了想，去占杰的房间拿出枕头和骆静语的手机、充电线，说："今晚让小鱼和我睡吧。他刚才喝了挺多水，半夜要是再上厕所会吵到你们休息的。"

"不行！"迟贵兰生气地道，"你们哪能睡一个屋，像话吗！"

占喜不咸不淡地说："我和他在钱塘一直是睡一个屋的。"

迟贵兰如遭雷击。

占强有点儿尴尬，拉拉老伴儿："哎，欢欢也不小了，有分寸的，回屋，回屋。我就叫你别出来了，把小骆都给吓着了。"

骆静语下来了，一时没闹明白是什么状况。占喜拉住他的手说："上楼吧，和我一起睡。这门坏了，每次开关声音都很大。"

骆静语这才知道为什么每次他一开门迟贵兰都会出现，连三楼的欢欢都能听见，可想而知那声音究竟有多吵。他赶紧打出一串手语，占喜帮他翻译："爸、妈，小鱼说对不起，他不是故意的，没想到吵了你们睡觉。"

迟贵兰和占强自然知道他不是故意的。占强说："没事，没事。那你们赶紧上去休息吧。这门过些天我就换了，要不然等你哥回来还这么吵，我们也吃不消。"

占喜拉着骆静语上三楼，迟贵兰站在楼道边，看着他们的背影，心里一酸，眼泪差点儿掉下来。

占强拉拉她："行了，早晚的事情，你别老把欢欢当孩子。她都开店做老板了，主意可比我们大得多呢。"

二人回到房间，关上门，迟贵兰还是很恍惚。

"真的就是这个人了吗？"她忍不住问占强，"老占，你真的同意吗？我想都没想过欢欢会找这么一个人，这……她什么样的男孩子找不到呀，为什么要找这么一个人？"

"和你说了多少次了，你多看看小骆，多观察一下，看看他人怎么样，对欢欢好不好。”占强耐心地说，“小骆有事业、有房子，脾气又好，模样那是没得挑。最主要是欢欢的心意，她喜欢、她愿意就行了呗。我是觉得小骆真不比别的男孩子差，越看越喜欢。上回在莉莉订婚宴上你看到了，今天吃饭你也看到了，大家都挺喜欢小骆的。欢欢说他做到现在的成绩也是吃了不少苦，这样的男孩子靠得住，不比那些会说花言巧语的更实在吗？”

迟贵兰耷拉着眉眼，说：“那是表面，肯定会有人背后说闲话，说欢欢条件这么好，居然找了个聋子男朋友。我一想到别人在家这么议论，心里一口气都要提不上来。”

“闲话是会有的。”占强问，“你又怎么知道人家不是因为嫉妒呢？”

迟贵兰坐在床边不吭声。

占强钻进被窝里，道：“睡觉吧，三大爷不是说了吗，儿孙自有儿孙福。贵兰，今年年底我就退休了，到时候咱们出去旅游，小辈的事情就让他们自己去处理吧。真的，咱们都多大年纪了，你别再钻牛角尖了。向我妈学习学习，什么都不管，长命百岁。”

迟贵兰望着房门，身子没动。很久以后，占强的呼噜声都响了，她才深深地叹一口气，抹抹自己的眼睛。

骆静语来到占喜的房间后，因为喝过白酒，又安了心，没过多久就睡着了。

一晚过去，占喜被院子里的鸡叫声惊醒，才想起自己是在家里。她转过头看到身边依旧熟睡的男人，抿着唇偷偷地笑起来。

她起床洗漱，溜达到一楼院子里。太阳特别好，几只母鸡在悠闲地散步。她伸了个懒腰，仰着头闭上眼睛，做了个深呼吸。

老家的空气比城里好很多，也没有车来车往的噪声，新一天的早晨总是令人神清气爽。

迟贵兰已经在厨房里忙碌，走出来看到她，问：“起了？”

“嗯，被鸡叫吵醒了。”

迟贵兰看了她一会儿，又问：“小骆呢？”

占喜愣了一下，如果她没记错，这还是第一次听母亲亲口说出“小骆”这两个字。她回答道：“他昨晚喝多了，还在睡。”

“不能喝还要喝。”迟贵兰埋怨一句，“他吃年糕吗？早上给你们做汤年糕吃。”

“吃，他不挑食。”占喜说，“谢谢妈。”

骆静语起床后洗漱下楼，惊讶地发现欢欢的母亲居然肯叫他了，问他年糕够不够吃，不够锅里还有。他其实已经吃得很饱了，但还是屁颠屁颠地又去添了半碗，一边吃一边对迟贵兰竖大拇指，夸年糕好吃。

迟贵兰嘀咕："年糕能有多好吃？年糕就是年糕，也就是新年，给你们添点儿喜气。"

占喜从包里拿出一个首饰盒子送给母亲，说是骆静语给她做的烫花胸针，缀着淡水珍珠。

"只给你做了，大姨、小姨都没有，所以昨天没拿出来。"占喜帮迟贵兰别到左胸上，"去做客人、喝喜酒时都可以戴，别人要是问起，你就说是小鱼亲手做的，外面买不到。"

迟贵兰低头看着那枚胸针，占喜给她解释："这是兰花，是你的名字。"

午饭后，占喜和骆静语准备回钱塘。占强和迟贵兰把他们送到院门口，迟贵兰扯扯占强的衣摆。占强开口："正月里，小骆来家里吃饭吧。我们这儿过年很热闹，可以放鞭炮，镇上还有集会，城里没有这种年味。"

骆静语和占喜对视一眼，笑着点点头。

他们向二老道别，走得远了，骆静语回过头，发现两位老人还是站在院门前，远远地看着他们，他便又挥挥手。

占喜拉拉他的手，他才回过身。占喜对他打手语："新的一年开始了，骆老师，回去以后，我们要加倍努力啦！"

骆静语笑起来，双手比画道："欢欢，我一定会努力的。"

番外二

嫁给我好吗

禧鱼茶室开张一年后，占喜和骆静语忙完整个国庆档，暂时把茶室交给店员打理，和罗欣然、“皮皮虾”约好一块儿出去自驾游。

他们选的目的地在外省，开车需要八个多小时，开的是“皮皮虾”的车。路上，“皮皮虾”和罗欣然换着开。在一个服务区休息时，“皮皮虾”问占喜：“小喜儿，一会儿你开一段？”

“没问题！”占喜已经考了驾照，拍胸脯道，“我开我哥的车在市里溜达好久了，手感特别好。”

骆静语有点儿担心，问她：“高速，你没开过，真的可以吗？”

“放心。”占喜打开导航看路况，“你看，很通畅的，我能开。”

四人休息完，占喜坐上驾驶座，按照规定，“皮皮虾”坐在副驾驶座，以便指导占喜。骆静语坐在后排，一路提心吊胆，看占喜开得很稳才渐渐放下心来。

罗欣然问：“喜儿，你什么时候买车呀？拿到驾照也有三个月了吧？”

占喜把着方向盘：“下个月就买。我家骆老师说了，生日礼物！”

“啧啧，排面！”“皮皮虾”回头问，“骆老师打算买什么牌子的车啊？”

占喜说：“就买辆十几万元代步的。”

骆静语一直微微笑着。

他的确想买一辆车送给占喜做生日礼物，他们太需要一辆车了，出门会方便很多。他不能开车，只能辛苦占喜。幸好她说挺喜欢开车，以后还能自驾游。

三人轮流开车，傍晚时分终于到达目的地，是一个山沟沟里。

这一趟的行程很有意思，四个人先在镇上的小旅馆住一晚；第二天一早徒步进山，在山里露营一夜；出来后再开车去附近的一个旅游城市，住三晚酒店，最后回程。

整个旅程六天五晚，算是骆静语和占喜这一年唯一的长途旅行，占喜期待已久。

在小旅馆休整一夜后，四人把多余的行李放进车子后备厢，背起背包进了山。

“皮皮虾”和罗欣然都有徒步露营经验，找的也不是人迹罕至的地方，算是一条大众徒步路线，比较安全。沿途风景很美，还有专门的露营地。

骆静语体力不错，重的行李自然归他背。占喜则背着一些吃的、喝的和日用品。进山后的前两小时，占喜还不觉得累，再往后，她就不行了。不过她没叫唤，拄着登山杖咬牙跟着另外三人。

“皮皮虾”一马当先，骆静语走着走着回头看占喜，发现她早已满头大汗。他打手势让她停下，脱下她的背包，打算再拿几样小而重的东西塞进自己包里。

占喜急忙拦着他。小鱼的背包已经很重，她还没这么虚。

骆静语蹲在地上抬头看她，担心地比画：“真的可以坚持吗？”

“可以。”占喜喘着气叉腰点头，“我让他们……走慢点儿吧，要不然……我怕我……跟不上，我们……走丢了……”

“皮皮虾”和罗欣然终于发现占喜体力不行，也就放慢了脚步，沿途多休息，看看风景吃吃喝喝，补充些体力。

骆静语进山没带单反相机，拿出手机给占喜拍照，又一次拍到她像哈巴狗的样子，笑得肩膀都抖起来。

“你还笑！”占喜坐在石头上脸色潮红地看他，“我以后再也不和你来爬山了！真讨厌！”

一路说笑拍照，他们在下午四点抵达露营地。那是一块很大的空地，已经搭着好几顶帐篷。有先到的驴友看到他们还友好地打招呼，说晚上生个火，可以一起玩狼人杀。

占喜最期待的时刻终于到来，那就是——搭帐篷！

她还没在荒郊野外露营过，还是和小鱼一起，想想就很刺激。

骆静语的帐篷、防潮垫和睡袋都是新买的，搭帐篷对他来说也是小菜一碟。“皮皮虾”和罗欣然一起搭，占喜问骆静语要不要帮忙，他摇手表示不用，自己能搞定。

他干起活来特别利索，没一会儿工夫就把一顶双人帐篷搭好了。占喜迫不及待地脱掉鞋子钻进帐篷，开心地打了一个滚：“哇！今晚就睡这儿，好好玩呀！”

骆静语半蹲在她身边从包里往外拿东西，这一次他们偷懒了，带的是自热米饭，没打算自己架锅做饭。占喜对这一点还挑剔了一下，说要是能煮水烧个方便面，会更有趣。

出来玩，她就跟个小孩儿似的，尤其是对于没体验过的事情，样样都好奇。骆静语喜欢看她欢天喜地的样子，虽然一路走来很累，但她也没抱怨。路上还悄悄地告诉他，她的脚指头大概破皮了，有点儿疼。不过为了不拖后腿，她让他不要告诉“皮皮虾”和罗欣然。

骆静语从包里找出医药包，蹲在占喜面前帮她脱下袜子。占喜“嘫”了一声，骆静语才发现她两只脚的几个脚指头都磨出了水泡，有几个水泡还破了，有点儿血淋淋地糊着袜子，肯定很疼，也亏她忍得住。

他忍不住一阵心疼。怎么会磨破成这样?

骆静语的眉头皱起来，想着这一天走了七八个小时山路，一会儿上，一会儿下，的确比欢欢平时走路的量要多得多。她毕竟是个第一次徒步的菜鸟，就算穿着合脚的登山鞋，对她来说，这个路程也还是挑战大了些。

“没事，就是看着有点儿可怕，其实不怎么疼。”占喜对骆静语说。

骆静语看了她一眼，低头帮她处理伤口。消毒时，刚还说“不疼”的占喜顿时疼得嗷嗷叫。骆静语听不见，强迫自己不抬头看她，实在看不得她龇牙咧嘴的表情。

罗欣然在他们的帐篷门口弯下腰，说：“你们好了吗？出去转一圈儿吧？听说那边有条小溪风景不错，可以拍拍照，回来我们就吃饭啦。”

骆静语觉得占喜脚疼，并不想让她去，可她一听就说：“去，去，去！好不容易走到这儿，总得看看风景。”

几人离开帐篷，其他驴友帮他们指点了一下方向，要走两三百米。骆静语知道后，二话不说就把占喜背了起来。

“皮皮虾”立刻看向罗欣然：“你别想！不可能！不要攀比！”

罗欣然嗤之以鼻，一甩头，第一个向着那边走去。

占喜伏在骆静语背上，双臂圈着他的脖子，双手在他面前打了句手语：“放下，可以走。”

骆静语只是摇头，弓着背、深一脚浅一脚地把她背到小溪边。

山里的风景真的很美，空气也清新，雨季刚过，溪水清澈见底，水量也很大。占喜站在溪边大呼小叫：“哇！有鱼呢，可不可以抓来烤着吃？”

“皮皮虾”大笑：“姑奶奶，你就死了这条心吧。自热米饭不香吗？”

“哼。”占喜拉着骆静语的手让他看溪水，“小鱼，小鱼，你看，里面都是小鱼。”

骆静语摸摸占喜的后脖，发现她出了汗，便帮她把冲锋衣脱下来系在腰间。

四人玩了一会儿后准备回程，占喜有点儿害臊：“不要背了吧，我能走。”

骆静语没答应，一步都不想让她再走，还是背起她走了回去。

“皮皮虾”和罗欣然跟在他们后面，说着悄悄话。

罗欣然问："你刚才和那些驴友说好了吗？"

"皮皮虾"点头道："说好了，放心吧，都安排妥当了。"

罗欣然忍不住"扑哧"一声笑："我真没想到骆老师这么浪漫呢。"

"皮皮虾"一副义正词严的样子："罗小姐，请你不要攀比。"

罗欣然怒道："滚蛋！"

回到大本营，四个人吃了一顿热乎乎的自热米饭，骆静语还带了真空包装的卤鸡蛋。欢欢最爱吃鸡蛋，给她加点儿菜。

吃过饭，天渐渐黑下来，山沟沟里一点儿灯光都没有，其他驴友在露营地中心生起一堆篝火用来照明。占喜看着周围的树影，听着那不知是什么动物的叫声，又好奇又紧张。

"去火堆边坐坐吧。"罗欣然叫他们，十几个人便在篝火边坐下来，也没玩狼人杀，大家竟是开起露天演唱会。

"皮皮虾"一展歌喉，那歌声真不是盖的。众人听得如痴如醉，还有人起哄让他去参加男团选秀做 vocal 主唱担当。"皮皮虾"摇头叹气："早些年还能去试试，这都一把年纪了，老啦！"

占喜依偎在骆静语身边。他揽着她的肩，让她的脑袋搁在自己肩膀上，一会儿问她"冷吗"，一会儿问她"渴吗"，还说想上厕所就跟他说，他陪她去。

占喜觉得好舒心，跟着骆静语出门在外，她真的什么都不用操心，他实在是太体贴了。

"皮皮虾"提议玩真心话大冒险，就玩最简单的抽牌，大家都没意见。

骆静语没玩过，倒也不拒绝，只是抽了几次都没抽到他，便和占喜一起看别人受罚。他遇到看不明白的地方，占喜会用手语帮他翻译。

众人嘻嘻哈哈地玩过几轮，"皮皮虾"又一次发牌，趁没人注意，直接塞了一张给骆静语。骆静语神色微变，把牌偷偷地藏在口袋里。

一圈儿发下来，到占喜手里只剩最后一张。大家开牌，两张红心 A 一张在占喜手里，另一张呢？

占喜到处张望。骆静语沉默了一会儿，才把牌拿在手里给她看。

"在你这儿？"占喜大大地松了一口气，"太好了，太好了。你出石头我出布，然后我选大冒险，和你亲个嘴就行了！"

骆静语心想，怎么被安排得这么明明白白？

有人在起哄，占喜和骆静语石头剪刀布，占喜出布。骆静语却没出石头，而是出了剪刀。

占喜疑惑："嗯？"

"行吧，那你选真心话还是大冒险？"占喜一点儿也不慌，小鱼那个脑袋能想出什么坏点子来呀。

没想到，骆静语打手语说："真心话。"

占喜愣道："啊？"

篝火在燃烧，火苗抖动着，把众人的脸映照得忽明忽暗。罗欣然偷偷打开手机摄像头对着他们拍视频，连那些陌生驴友这时候都停止了笑闹，一个个面上带着古怪的笑意。

骆静语转头看着占喜，眼神异常深邃。占喜终于感觉到不对劲，看看大家，再看看小鱼，问："怎……么啦？"

不知是谁拿出一支口琴，悠扬的琴音在开阔的山林间响起，是大家耳熟能详的曲目——《送别》。

占喜更加一头雾水。

才吹两句就被人打断："你有毛病呀，这时候吹《送别》？"

"不是，我只会两首。"吹口琴的男人弱弱地说，"还有一首是《欢乐颂》。"

"那就《欢乐颂》。只会两首你还装？"

于是，《送别》被换成了《欢乐颂》，占喜跟着音乐都想唱歌了："欢乐女神，圣洁美丽，灿烂光芒照大地……"

骆静语听不见这样的小插曲，神情变幻莫测。占喜心里渐渐生出一种预感……

不会吧？

他……他……他要干吗呀？

这种时候，在这么多陌生人面前，是要求婚吗？

"皮皮虾"都看急了。就在这时，骆静语突然从席地而坐换了个姿势，一个翻身而起，很是帅气地单膝跪在占喜面前，上身立得笔直。

占喜吓傻了，一下子就站起来。看到这一幕，期待已久的观众们一个个尖叫鼓掌吹口哨，《欢乐颂》吹得更起劲了，一遍遍地重复着，为这浪漫的一刻增加一点儿背景音乐。

骆静语从裤兜里掏出一个小小的丝绒首饰盒，对着占喜打开盒盖，一枚钻石戒指就出现在她眼前。

其实这不是他的计划，他没想到露营地会有这么多陌生人，到了以后还和"皮皮虾"沟通过，说要么算了，人太多，他难为情。"皮皮虾"说都和那些人打过招呼了，大家都是年轻人，人多好助兴，让他不要紧张。

骆静语哪能不紧张？为了这一天，他又向高元学了一句话，是想亲口对欢欢说的，练习了很久很久。他的确要罗欣然帮忙拍下视频，可以留做纪念。可在那么多人面前说，他不知道自己能不能说好，要是说得很难听，会被人笑吧？

在收到“皮皮虾”那张红心 A 前，他都还在犹豫，可是当占喜眼睛亮晶晶地把另一张红心 A 给他看时，他就下定了决心。

他选择真心话，要问她一个问题。

此时，占喜的眼睛已经看不见其他人，耳朵也听不见别的声音。她单手捂嘴，震惊地看着骆静语，满心满眼都是他现在的样子。

他单膝跪在她面前，只有火光为他们照明。她看到他手里的钻戒，看到他微微张嘴，听到他一个字一个字地说：“欢欢，家……歌窝，蒿……吗？”

他说得很大声，很清晰，每个字的口型都表达到极致。一句话说完，他抿紧了唇，眼神忐忑地注视着她。

她都不知道他为什么要这么忐忑。

他在害怕什么？担心什么？难道她还会不答应吗？

观众们准备起哄，喊“答应他”，第一个人还没打头呢，也就是骆静语的话音刚落下的时候，占喜就重重地点头，毫不犹豫地用手语回答：“我答应。小鱼，我嫁给你！”

大家都看不懂手语，不过看着他们的表情和动作就能猜到是什么结果——占喜接过骆静语的戒指，男人站起身来，一把将她搂进怀里。

幸好这里这么黑，没人看得到他的眼泪。他闭上眼睛与她接吻，舌尖也触到她脸颊上的液体。

他想他终于踏出这一步了，从此以后，他的人生将迈上一个新台阶。他会成为一个丈夫，还有可能成为一个父亲。他想他此生再也没有遗憾，听不见就听不见吧，他已经足够幸福！

他遇见了一个女孩子，她把他从深海里拉了出来，两年来一直陪伴他、鼓励他、帮助他完成梦想。

他想和她一直走下去，走过长长的几十年人生。

从此以后，他再也不是孤孤单单的一个人。

帐篷外的天光一点儿一点儿地亮起，占喜被林间的鸟叫声惊醒。她看看时间，还不到六点。

双人睡袋里，骆静语睡得很熟。占喜看着他紧闭的眼睛，伸手去撩他的睫毛，没几下就把他给弄醒了。

“嗯……”他低低出声，迷迷糊糊地睁开眼睛看她。

占喜从睡袋里钻出来穿上衣服，拉开帐篷拉链，探出脑袋往外看，扑鼻而来就是一股清新的露水味。

天色已亮，露营地很安静，大家都还在睡觉。占喜做了个深呼吸，回头扑到骆静语身上，拉拉他的耳朵：“小鱼，起床了，天亮啦。”

骆静语没睡够，只睁开一只眼睛瞅她。

她又叫：“骆老师，起床啦！”

骆静语翻了个身，听不见，还想睡。

占喜又把他的脑袋掰回来，叫他：“老公，起床啦！”

骆静语：“？”

骆静语：“！”

占喜把他的头发揉得乱糟糟的，见他的眼睛瞪得大大的，噘着嘴说：“干吗这么看我？昨天刚求完婚，今天就不认账啦？”

骆静语使劲摇头。

占喜亲了他一口，又一次软软地说：“起床吧，老公，么么哒。”

番外三

闻星 & 悦尔

诊室里，小矮桌上是一堆大颗粒积木。高闻星小朋友玩得很专心，时不时用小手拿起一块积木给母亲看。骆晓梅陪伴着他，神色略微紧张。骆静语和占喜坐在不远处的椅子上，看着高元和一位中年女医生交流。

高闻星刚满十五个月，一个月前进行了双耳人工耳蜗的植入手术，术后恢复良好。这一天，是他开机调试的日子。

高元坐着轮椅，和医生聊了一会儿后，将轮椅转到骆晓梅身边，对她打手语道："晓梅，可以开始了。"

骆晓梅让到一边，耳蜗厂家的听力师在高闻星身边坐下。

高闻星发现妈妈走开了，抬起头"啊啊"地叫了几声。骆晓梅对他打手语："星星乖，乖乖。"

高闻星能看懂母亲的简单手语，又看到父亲，便咧着长了六颗牙的小嘴笑起来。

他是个漂亮的小男孩儿，只是这时候被剃了个光头，两只耳朵上方偏后点儿的位置戴着人工耳蜗体外机的头件。那是两个黑色的扁圆形设备，比一元硬币大一圈儿。

头件下是人工耳蜗的植入设备，在头骨和头皮之间。头件的佩戴是靠磁铁与体内设备相贴，随时可以拿下。和头件用线路相连的是一个小盒子样的言语处理器，夹在他小小的肩膀上。

人工耳蜗的工作原理是由头件中的麦克风捕获外界环境中的声音，传递到言语处理器。处理器按照程序将声音转换为数字信号，通过植入患者体内的电极系统直接兴奋听神经，从而恢复、提高及重建聋人的听觉功能。

高闻星还小，高元和骆晓梅没有为他选耳背式处理器，耳背式要一直戴在耳朵上，对一个才满 1 岁的小孩儿来说太重了。就算骆晓梅为他选的是体配式，他也总想拿掉，每次摸到脑袋上的两个头件都要闹。

高元和骆晓梅费了很多心力才让儿子适应这组体外机设备，虽然没开过机，医生也嘱咐过要让孩子每天都戴，要让他习惯这几样东西的存在。在耳蜗体外机还没研发到更小更轻的现阶段，他的生活将离不开这两个头件和言语处理器。

骆静语和占喜也走过去，他们是被高元叫来的。

高元一直关心着骆静语对"孩子"的态度，觉得这也是小舅子和占喜将来可能会面临的问题，纯粹想让骆静语一起来见证自己儿子听到声音的这一刻，想要给他更多信心，让他知道，先天性耳聋已经不是医学难题。

听力师之前对高元解释过，他设置的程序里，刚开机后，声音会非常小，这样的音量要让小朋友习惯半个月再做调试。之后每半个月调试一次，先让孩子从无声世界进入有声世界，再慢慢地让他感知声音的来源、音量的大小、自然界声音和人类说话的区别、话语中的不同含义，等等。

这是一个任重而道远的过程，高闻星在适应有声世界后，要进行长期的听力和语言训练，目标是让他在 3 周岁后可以进入普通幼儿园，之后进入普通小学，顺利融入健听孩子中去。

一切准备就绪，听力师准备开机。

诊室里鸦雀无声，所有人都屏气凝神地等待着。

骆静语似乎比高元都紧张，占喜牢牢地握着他的手，能感觉到他的指甲都抠进了她的掌心。他们目不转睛地看着听力师和高闻星，听力师早已习惯这样的场面，很轻巧地就帮小朋友开了机。

他看着电脑屏幕，其他人都看着高闻星。

多神奇呀，仿佛就在一瞬间，原本玩着积木的高闻星愣了一下，抬起脑袋茫然地看看周围，紧接着嘴巴一咧，"哇"的一声就哭了起来。

哭了两声后他又停下来，眨巴了一下眼睛，可怜巴巴地望向骆晓梅，朝母亲伸出小手，哭得更加大声。

听力师让骆晓梅过去抱抱孩子，安抚一下。等骆晓梅抱住小朋友，听力师开始有节奏地敲击桌面，高闻星像是吓坏了，缩在母亲怀里哭得上气不接下气，不停地转脑袋，像是在找什么东西。

听力师又拍拍手，拿起一些发声物品，在高闻星身边转着圈儿从不同的地方发声，有时能让他看见，有时不能。

在他做这些事情时，高闻星都给出了反应，哭得那叫一个惨，几次以后他像是发现了什么，抬手去抓脑袋上的头件，想把它们拿下来。骆晓梅抓住他的手，他扭动着小身子，哭得一把眼泪一把鼻涕。

听力师没有停下，声音发得一会儿大，一会儿小，一会儿又去电脑上调试一下。就这么“折磨”了高闻星好久，听力师示意大家安静，没再用物品发声。他像是感知到什么，神色从惊慌失措渐渐变得平静，躲在母亲怀里一下下地抽泣着。

安静一会儿后，听力师又开始发声，高闻星立刻开始第二轮的狂哭。

女医生在高元身边笑了，说：“看来效果不错，孩子害怕和哭闹是很正常的。每个孩子开机后的第一反应都不一样，这么小的孩子，有这样的反应就说明……”

高元抬头看着她，眼睛里早已蓄满眼泪，颤抖着接上：“说明……他听见了，对吗？”

“对。”医生笑得很和蔼，“他听见了。”

骆晓梅哭了。占喜也哭了，转头看向骆静语。他的眼睛也是红的，右手指甲把她的手掌掐得好疼。

他一直看着高闻星，小外甥哭得那么伤心，却不知道在场的所有大人心中都是狂喜的。

高闻星听见了，手术是成功的。人工耳蜗开始工作，在现代医学和科技的帮助下，一个先天性耳聋的孩子能听见声音了。

这只是一个开始，开机调试结束后，医生和听力师对高元交代了很多事情，比如人工耳蜗的体外机平时怎么保养存放，还有如何对孩子进行听力训练，等孩子适应聆听，才能慢慢地教他说话。

高元问：“大概什么时候开始教说话合适呢？”

医生回答：“按照我们的经验，差不多要半年后，八个月到一年多的都有。先让孩子听半年声音，两岁多后他会进入语言敏感期，对声音也适应了，会学得很快。你是健听人，比起那些夫妻双方都是聋人的家庭要更有优势，所以，你肯定要比你的妻子更辛苦些才行。”

高元喜极而泣，抹抹眼睛：“我一定会好好陪着孩子，多和他说话。”

离开医院，大家上车。高闻星哭累了，在骆晓梅怀里睡着了。

这一次开车的是占喜，因为高元怕自己太激动开不稳。他和骆晓梅带着孩子坐后座，骆静语坐副驾驶座。

占喜将车启动后，高闻星一下子又醒了，呜呜哇哇哭个不停。

可怜的小家伙完全没法儿表达自己的恐惧，大概是被汽车发动机的声音给吓到了，也许还有他自己的哭声。他总是哭一阵停一阵，眼泪汪汪地到处看，不知道究竟发生了什么。

大人们谁都不能感同身受，猜不透高闻星现在是处在怎样一种情境里。占喜去网上听过所谓的模拟人工耳蜗听到的声音，跟电音似的，有很多杂音，不管是讲话还是环境音都有变形变调，想一想又觉得很不客观。

她是个健听人，谁能知道听障人士听到的到底是怎样的声音，他们又没法儿证明，况且高闻星才 1 岁出头，什么都不懂，这时候估计就只剩下害怕。

在高闻星从没停歇的哭声里，占喜把高元一家三口送回家。车上只剩她和骆静语后，她转头问他："我们去茶室，还是回家？"

骆静语比画："回家。"

占喜就开车回青雀佳苑，一路上，她和骆静语没有交流，也没法儿交流，她开车时他从不会打扰她。

车子停到地下车库，骆静语从下车到进电梯，再到走进 1504 室，始终打不起精神。占喜大概能猜到他的心思，关上门后，转身就抱住了他。

她的脸颊紧贴在他的肩膀上，手掌很用力地抚摸着他的背脊，一下又一下。很快，他的身体颤抖起来。

占喜吸吸鼻子，强忍住泪意，意料之中地听到他的哭泣声，由压抑在喉间，渐渐变得难以抑制，最后竟像个孩子似的放声大哭。

占喜知道，小鱼是在为星星高兴，除了高兴，还有羡慕。

他没有机会做这样的手术了。

二十八年，二十八年啊！他在无声世界过了二十八年，原本是有机会能听见的，但他错过了。

他也不能去怪父母，他们也是没办法，那个年代普通家庭砸锅卖铁都拿不出那么多钱。后来他有钱了，却早过了能安装人工耳蜗的年龄。他这辈子就是这样了，一点儿办法都没有。

骆静语紧紧抱着占喜，任由眼泪流下。

他知道欢欢懂他，不会笑话他，就让他放肆地哭一场吧。

他真的太羡慕小外甥了，小家伙才这么点儿大就能听见声音，那是他多年来梦寐以求的心愿，也是他此生都无法实现的妄想。

声音到底是什么？

下雨时的"哗啦啦"，小猫叫时的"喵喵喵"，打雷时的"轰隆隆"，风吹过树叶时的"沙沙沙"……这世间充斥着数不清的声音，乐器能演奏旋律，人们会唱动听的歌曲，小动物们会鸣叫……大家都会说话，每个国家有不同的语言，还创造出那么多的拟声词。

这所有的一切，骆静语都不懂，也从来没有感受过，写作文时都是瞎写。

他永远不会忘记自己去咨询人工耳蜗的那一天，揣着一张几万元余额的银行卡，满心期待地幻想着，要是钱不够，就向姐姐借一点儿。

当时他身边都是带着年幼孩子的小夫妻，偶尔有几个成年人耳朵上也都戴着助听器。有个比他大几岁的女孩儿用手语和他闲聊，得知他一点儿都听不见，也没戴过助听器，就说他可能装不了。

骆静语那会儿才 20 岁，很不服气地和她争辩，小孩儿都能装，为什么他装不了？他会很努力地去学习说话，他还那么年轻！

女孩儿对他笑笑，比画着说你先问问医生吧。

后来……后来他就被医生彻底浇灭了希望。

骆静语哭了好久才止住眼泪，占喜抽着纸巾帮他擦眼睛，心疼不已。

她拉着他去沙发上坐下。

骆静语的眼睛都哭肿了，双手搓了搓脸，整个人无力地靠在沙发靠背上。

占喜依偎在他身边，抓着他的手，手指摩挲着他的手背。骆静语终于冷静下来，转头看向她，很勉强地笑了一下，打手语说："我没事，别担心。"

占喜也打手语："我知道你心里难过。"

骆静语摇摇头："我不难过，我是高兴。"

占喜点点他通红的鼻尖："哭成这样还高兴？"

骆静语不好意思地笑笑，双手在面前比画着小幅度的手势："你不高兴吗？星星长大后，可以亲口对他喜欢的女孩子说'我爱你'，可以和对方聊天，一起去看电影。"

占喜比画："你也可以呀，我们不是也一起去看过电影？"

骆静语摇摇头："他可以打电话，可以听音乐，可以去普通学校上学，可以开车，可以做很多很多我做不到的事情。"他停顿下来，眼睛红红地看着占喜，又一次打起手语，"我其实……也没有那么贪心，我其实就只想听听你的声音。欢欢，我真想听听你的声音，可是我听不到，永远听不到。"

他的眼泪又从脸颊滑落，这样的话语，是他第一次当着占喜的面表达出来，原本都已经放下了，却在看到小外甥能听见声音的那一幕后，轻易地被勾起深藏在心底的那份遗憾。

占喜再也忍不住，眼泪也涌出眼眶。

她想小鱼这人怎么这样呀？叫她怎么办吗！她的声音有什么好听的，她一直陪着他呢，这还不够吗？

见她也掉了眼泪，骆静语才意识到自己的反应似乎太激烈了些，赶紧从茶几上抽出纸巾帮她擦眼泪。

占喜却不领情，还拍开他的手。

骆静语慌了，微启着唇，打手语道歉："对不起，对不起，我不该说这些。"

占喜做了几个深呼吸，对他打起手语："没事，我知道你心里难过，在我面前不用逞强。只是小鱼，你可以哭，但真的不要太纠结这件事情。你知道这事儿想再多都没用，我也知道。我从不在乎你听不听得见，你是明白的。我现在可以听懂你所有的话，我说过，我愿意做你一辈子的耳朵和嘴巴。就把它当成一个小遗憾吧，你的心愿，星星帮你实现了。我们应该祝福他，他会长成一个很好的男孩子，以后也会是个英俊健康的小伙子。他会幸福，我们也会幸福，没人规定幸福的标准。如果你总是在意你失去了什么，而不是想着你拥有了什么，生活就会变得很苦。小鱼，我最喜欢看你笑，你知道吗？你笑起来真的很好看。"

骆静语长久地看着她，终于笑起来，是发自内心的笑容，眼睛肿着，鼻尖红着，还是笑得那么温暖。

他伸手把占喜搂进怀里，情绪渐渐平复，觉得自己是迷了心窍，居然对一个小孩儿羡慕嫉妒恨。欢欢说得没错，他的梦想，高闻星帮他实现了，他就像是看着小时候的自己走上了另一条道路。

星星会幸福，他现在也很幸福，能遇见欢欢就是他这辈子最大的幸福。

这一年的秋天，骆静语和占喜在钱塘举行婚礼时，高闻星戴上人工耳蜗已有大半年。他适应得很好，会说好几个二字词语了。

婚礼仪式是露天的，是浪漫的草坪婚礼，仪式后再去宴会厅用喜宴。婚礼上有背景音乐，还有拉炮礼花，高闻星都能听见。每次拉炮礼花被拉响，他都会吓一跳，接着就躲进母亲的怀里。

他还和别的小朋友一起在草坪上跟着音乐跳舞，毕竟还是个穿纸尿裤的小娃娃，笨手笨脚，被人撞一下能一屁股坐地上。

骆晓梅抱着他来到一对新人面前，高元坐着轮椅跟在他们身边，拉拉儿子的小手，说："星星，叫人呀！这是谁？"

小家伙看着一身白色西装的骆静语，感觉好陌生，想了一下才开口叫："揪揪。"

高元又指占喜："这个呢？"

小家伙大声喊："揪么！"

“星星好乖，怎么这么厉害呀？”占喜穿着一身雪白的婚纱，拉拉小家伙的小手，又塞了个小红包给他。

高元得意地说：“大概是我教说话比较有经验吧，这一年教一句也有三年了，那谁，学得不错哈。”说罢还对“那谁”竖起大拇指。

占喜转头看骆静语：“一年教一句？第三句是什么？我怎么没听过呀？”

骆静语脸都红了，对着高元猛使眼色。骆晓梅抿唇偷笑，高元咳嗽几声，赶紧打岔：“开玩笑，开玩笑！别当真，别当真。”

这一天是占喜的 26 岁生日，天气特别好，太阳暖融融的，一点儿也不冷。

来参加婚礼仪式的宾客并不多，占喜老家的亲戚大多没来，因为国庆节时他们已经在富椿镇办过一次婚礼。那一场没有仪式，占喜穿着中式大红喜服，骆静语穿着一身黑色西装，就在镇上的酒店请大家吃了一顿喜宴。

他们特地把唯一的仪式留在钱塘，想要一场精致温馨的小型婚礼，私密一些，浪漫一些，在蓝天白云下互许终身，是二人向往已久的场景。

他们认识三年了，结婚证是在半年前的五月份领取的。

占喜永远记得那一天，她的小鱼天没亮就醒过来，洗头洗澡，穿上一件挺括的白衬衫，把头发打理得格外帅气。

他们没让人陪，就两个人去民政局登记。骆静语紧张得像是要去高考，填表、签字时手都在抖。幸好，结婚照拍得很好看。他们穿着同款白衬衫，肩抵着肩，脸上洋溢着幸福的笑容。

颁证时，颁证员发现骆静语是一位聋人，小声地问占喜宣誓环节是否取消。占喜表示不取消。他们排练过了，这么重要的事情一定要进行。

她和骆静语并肩站在宣誓台前，面向颁证员。

颁证员说：“我是钱塘市城南区民政局颁证员李芳，很高兴能为二位颁发结婚证。今天是个神圣的日子，请二位郑重回答我的问题。请问，你们是自愿结婚吗？”

占喜一边开口回答，一边打手语：“是的。”

骆静语则用手语回答：“是。”

颁证员继续道：“请二位面对庄严的国旗和国徽，一起宣读《结婚誓言》。”

占喜转头看向骆静语，他也正在看她，眼睛里是藏不住的笑意。

他们一起抬起双手，两双手的动作完全一致，就像在跳一支整齐的舞蹈，占喜同时还将结婚誓言宣读出来。

“我们自愿结为夫妻，从今天开始，我们将共同肩负起婚姻赋予我们的责任和义务：上孝父母，下教子女，互敬互爱，互信互勉，互谅互让，相濡以沫，钟爱一生。

“今后，无论顺境还是逆境，无论富有还是贫穷，无论健康还是疾病，无论青春还是年老，我们都风雨同舟，患难与共，同甘共苦，成为终生的伴侣。

“我们要坚守今天的誓言，我们一定能够坚守今天的誓言。”

宣誓结束，他们放下双手，在宣誓台下十指紧扣。

婚礼仪式结束后，骆静语和占喜进行了蜜月旅行。回来后，他们把工作暂时放下，开始为做试管婴儿进行各项身体检查和前期调理。

第三代试管婴儿技术可以在胚胎阶段就进行基因检测，是夫妻二人为避免孩子有听力缺陷想到的最好的办法，并且去医院进行过多次咨询与检查。

最近两年，骆静语和占喜的事业已小有成就。

骆静语的联名款作品就没停过，甚至和奢侈品牌都有了几次合作，作品还上过好几本时尚杂志。这些业务都是占喜谈下来的，她有时还要和小鱼一起坐飞机出差去外地，就像他的经纪人，也是助理和翻译。

骆静语还被一些省市级文艺单位邀请，进行过大件作品的创作，代表省里、市里去参赛、参展，也制作过精美的烫花摆件，被当作见面礼送给来钱塘访问的外国友人甚至是政要。

在国内烫花界，骆静语已经是徐卿言以外最有知名度的一位艺术家，又因为他是聋人，还长得高大英俊，在某些程度上甚至比徐卿言更有名。

汉服饰品已不是他的主业，不过他没有像徐老师那样放弃这一块，而是用上了昂贵的珠宝材料，把饰品做得更精致高端，件件都是令人爱不释手的艺术品。

每一年，骆静语依旧会开仓做一次限量平价饰品，是给老粉丝们的福利，几乎成了汉服娘们的狂欢。岳奇都惊呆了，预售开放后，半小时不到就能爆单。

接完单，骆老师就慢悠悠地做两个月，把这段时间当作休假。

烫花体验课不再局限于禧鱼茶室内，骆静语会被邀请去一些企业、学校和社团给大家上课，算是对方单位的一种团建活动。在情人节、三八节、母亲节、感恩节、圣诞节等节日前后，骆老师的日程都被排得满满当当。

人少，他就教烫花，人多，他就教些别的，比如用冷瓷土做茉莉花、玫瑰花或多肉植物，上手简单又好看，适合多人一起学。

上课时，占喜一直陪在他身边，帮他讲解、翻译、和对方单位的联络人沟通。他们在工作中谁都离不开谁，是最亲密的伴侣，也是最默契的拍档。

忙碌之后，他们都觉得，是时候迎接孩子的到来了。

占喜从结婚登记后就开始调理身体，状态一直不错，医生提取他们的精子和卵子，人工授精后选取了几个胚胎，分别提取一个细胞进行遗传分析，这样的取样不会影响胚胎发育。

他们家男女都有可能遗传，所以选取胚胎时没有要求男女性别。医生问他们想要一个孩子还是两个，骆静语很明确地说只要一个，男女都可以，双胞胎比单胎有更大的风险。他只希望占喜平安，少吃点儿苦，他们能有一个孩子就足够了。

于是，在骆静语 29 岁生日过完后的一天早上，占喜躺上了手术台。她一点儿也不怕，心情平静又充满期待，等待着医生把一枚在遗传分析中没有问题的胚胎植入她的体内。

她都不知道这个孩子是男是女，唯一知道的是，不出意外，这将是一个没有听力问题的小孩儿，是她和骆静语的小孩儿。

他们已经为这个孩子取好了名字。

不论男女，宝宝的名字都是——骆悦尔。

婚礼次年的十月二十九日，上午九点二十八分，经过几小时撕心裂肺的生产，占喜终于听到一个婴儿嘹亮的啼哭声。

护士把孩子抱到她身边，让她们肌肤相贴，温柔地说："恭喜你，是个小女孩儿，抱抱她吧。"

占喜累得气喘吁吁，剧痛之后骤然放松，汗湿了的头发都贴在脸上。她侧过脑袋看向女儿，伸手摸摸她软软的身体。

噫……怎么这么小呀！小瘦猴子似的，皮肤红通通、皱巴巴，脑袋还是尖的。不过她的头发好浓密，像小鱼，小鱼的头发就是又黑又蓬松。

小婴儿闭着眼睛，眼线好长，小手动呀动的。占喜也没精力看她长得像谁，这时候只想好好地睡一觉，休息休息。

然后，她就真的睡着了。

一觉醒来，占喜的床边围着好多人。她一睁开眼睛，就看到骆静语充满担忧的脸庞。他握着她的手，她对他笑笑，虚弱地问："宝宝呢？"

骆静语把她的手贴到自己的脸颊边蹭了一下，指指边上的小床。

占喜转头望去，看到宝宝盖着小被子，睡得正香。

她轻声问："宝宝的耳朵能听见吗？"

看清她的唇语后，骆静语的眼眶瞬间湿了，用力地点点头，深深地弓起背脊，把自己的脸颊埋在她的手掌里。

占喜没能看到之前的一幕，是后来占杰告诉她的。宝宝和她被前后推出来时，医生告诉家属们，孩子的听力没问题，是一个很健康的女宝宝。

骆静语当场就哭了。在产房门口那么多产妇家属的注目中，他双手捂着脸，颤抖着身体，哭得像个孩子一样。

骆静语正式成为一个奶爸。

夜里，所有的家人和朋友都离开了医院，病房里陪着骆悦尔的只剩骆静语和月嫂卫阿姨。

卫阿姨经验丰富，教小夫妻怎么照顾新生儿，而占喜的日常起居都由骆静语来打理。他扶她下床去卫生间，扶她去走廊散步，帮她擦脸擦身子……她子宫收缩疼，他就一直陪在她床边，紧紧地握着她的手，也不用交流，只要他在，就能安抚她的情绪。

占喜知道他很累，每天睡眠时间特别少，很是心疼。

骆静语却说自己一点儿都不累，只有开心，非常非常开心，看到她和宝宝好好的，他就特别满足。

骆悦尔可不管白天黑夜，大半夜的想哭就哭，喂奶没用，尿不湿也是干净的，小家伙扯着嗓子哭了好久后，骆静语怕她影响占喜休息，只能抱着女儿在走廊上一边踱步一边哄。

半夜里的产科走廊并不安静，时不时地会传来婴儿的啼哭声，有其他产妇家属也在走廊上哄孩子。

骆静语听不见女儿的哭泣声，也没法儿像占喜那样说话、唱歌哄她，只能很温柔地抱着她，小声地说着脑海里仅有的几个词语："约呃，约呃……巴巴，挨妮，约呃……呃啊，哦呃啊……"

他也好想说"乖宝贝不要哭"，也想叫她"乖囡囡，小心肝儿"，但他实在是不会说，也怕自己说话不标准，骆悦尔听多了被他带偏，以后影响学说话。

附近几个病房的产妇和家属都知道，这些天有个帅气的聋哑父亲，每天深更半夜会在走廊上哄孩子。

小孩儿也很奇怪，仿佛知道自己是被父亲抱着在走来走去的。她这时候就会安静下来，乖乖地窝在父亲怀里。直到她睡熟了，骆静语才回到病房，把女儿放回小床上。

小悦尔在全家的悉心照顾下慢慢地长大，长得很健康，很漂亮，头顶扎着一个冲天小辫子，笑起来特别甜，是一个粉嫩的小女娃。

她特别喜欢父母，两个都喜欢。最喜欢父亲抱她，因为他的力气大，可以抱好久。

次年春节后，占喜重回茶室上班。她去茶室时，阎雅娟来照顾小悦尔。小姑娘学会了翻身、抬头，学会了坐和爬。到九月时，她已经能扶着茶几站起来慢慢地挪步。

也就是这个月，在语训中心进行过两年语训的高闻星小朋友顺利地进入了普通幼儿园上学。

初入园，与其他孩子哭天抢地、遇到世界末日般的表现不同，在语训中心待过很久的星星十分淡定，还去安慰一个哭得快要昏死过去的小女孩儿，拉着她的手说："你别哭啦，爸爸妈妈会来接我们回家的，我爸爸妈妈每次都会来接我，别哭啦。"

小女孩儿大声喊："你骗人！我爸爸妈妈不要我啦！"

高闻星摇头说："不会的，你乖乖听话，他们会来接你回家的。"

小女孩儿哭唧唧地问他："你叫什么名字呀？"

高闻星咧嘴一笑："我叫高闻星，我名字的意思是听见星星的声音，你叫什么名字？"

小女孩儿抽抽噎噎地回答："我叫张梓梦。"

高闻星眨巴着眼睛说："张纸猫，我们现在是好朋友了。"

张梓梦"哇"的一声哭得更厉害了："你说话怎么这样呀？我不叫张纸猫，我叫张梓梦！"

高闻星不好意思地摸摸脑袋："对不起，我说话不好，我很努力练习说话啦。我爸爸说，我会越说越好的。"

小朋友们适应幼儿园的生活后，一个个开始对高闻星脑袋上的头件和肩膀上的小盒子产生好奇。有调皮的小男孩儿会去摸，高闻星把自己的"小耳朵"护得很紧，不让人动。小男孩儿偏要动，两个人就会打起来。

老师赶紧拉开他们，高闻星哭得很伤心，一个人坐在角落抹眼泪。

张梓梦迈着小短腿跑去他身边，拉拉他的手。他抬头泪汪汪地看她，她说："高闻星，你为什么哭呀？你别哭啦。"

高闻星哭着说："邱晨瑞要拿我的耳朵！呜呜呜……"

张梓梦小大人般地安慰他："邱晨瑞很凶，你别和他玩，你和我玩，我们是好朋友。"

她伸出小手去摸摸高闻星脑袋上的头件，这一次他没有躲。张梓梦歪着小脑袋问："这是你的耳朵吗？"

高闻星点点头，说："这是我的小耳朵，要是拿掉了，我就听不见啦！"

"以后我保护你。"张梓梦认真地说，"谁要是拿你的耳朵，我就打他！"

看着她板着的小脸，高闻星破涕为笑，重重地点了点头。

为了给女儿更大的活动空间，在骆悦尔十一个月大时，骆静语撤掉了客厅里的工作台，把原本当作仓库的次卧做成一间工作室，客厅瞬间变得宽敞。

他和占喜还决定换掉那张三人位沙发，改成一整组新沙发。

旧沙发被运走的那一天，骆静语很舍不得。毕竟这张沙发承载了他们太多的回忆，好多次的谈心都是在这里发生的，还有他们的初吻以及一些羞羞的事情。

随着沙发一起运走的还有占喜从802室搬上来的边柜，为了配新沙发，家里总算买了一个崭新的电视柜。

边柜搬走前，占喜交代给骆静语一个任务，让他把柜子里的东西整理出来，该留的留，该丢的丢，她自己则在厨房给女儿做辅食。

小悦尔坐在地毯上玩玩具，乖乖地陪着父亲，“礼物”在他们身边绕来绕去。

骆静语从边柜里把东西一件件地拿出来，还得注意着女儿，不让她乱摸乱碰。他把一个收纳盒放到脚边时，小悦尔“噌噌噌”地爬过来，探着小脑袋往里看。他朝她笑笑，继续干活儿，偶然间转头，发现小悦尔从盒子里拿出一个红色的小东西。

“啊！”骆静语忍不住叫了一声，生怕女儿把东西吃进嘴里，赶紧从她小手里把东西拿过来。

骆悦尔也没太在意，又爬回去和小猫一块玩耍。

骆静语摊开手掌，呆呆地看着掌心里的小东西——一枚热缩片做的草莓发夹。

发夹的金属夹子布满锈迹，草莓面上有几个黑黑的坑，原本镶嵌的水钻早就掉得稀稀拉拉，是他的手艺。

他做的，他都记得，绝对不会认错。

骆静语又看向那个收纳盒，里面有一堆零碎小东西，像是占喜上大学时的旧物。他随意翻看了一下，有她的学生证、借书卡，还有一些明信片、书签、冰箱贴、不值钱的合金首饰……他陷入迷茫，想破脑袋也没想起来，自己什么时候送过欢欢这个小玩意儿。

和欢欢认识的时候，他已经很少做热缩片首饰了，就算做了也是拿给陈亮去卖。那会儿他做烫花的水平已经很不错，怎么可能送欢欢热缩片饰品？在夜市卖三四十块钱的东西根本就拿不出手呀！

这时，占喜从厨房走出来，准备带女儿去吃蔬菜泥。骆静语拿着草莓发夹起身，打手语问：“老婆，这是什么？”

占喜一看他手里的东西，血压都飙上来了，蒙蒙地问：“你是从哪里找到的？”

骆静语指指地毯上的女儿：“是悦儿找到的。”

占喜无语地望向骆悦尔，小家伙还不会说话，正仰着小脑袋看父母，嘴里“咿咿呀呀”地叫着，拍着小手很开心的模样。

占喜张张嘴，打手语：“这个是以前朋友送给我的，都坏了。丢掉，丢掉，我不要了。”

骆静语更疑惑了：“朋友？哪个朋友？这是我做的。”

占喜极度震惊，这个发夹没有十年也有八九年了吧，怎么骆老师还能认出这是他做的东西？他做了这么多手工饰品，难道每一件都记得吗？

骆静语不依不饶，手语打得飞快：“是哪个朋友送你的？为什么你会有我做的草莓发夹？”

占喜试图蒙混过关：“你记错了吧？这个很多年了，我都不记得是谁送我的了。”

骆静语坚定地摇头：“没记错！这个草莓发夹，当时我刚学，做得很少，做得不好，后来我改变了做法。这个是旧的，我一共做了不超过三个，都没有拿去卖，我有印象。”

连卖都没有卖呀？占喜后背冒汗，心虚得很，眼睛都不敢看他。

骆静语显然不打算放过她，这件事情太诡异了。占喜手上居然有一个他 20 岁出头时做的热缩片草莓发夹，那会儿他都还没认识方旭呢！最诡异的是，这款草莓发夹连毛毛和陈亮都没见过，没帮他在网店和夜市卖过，占喜究竟是从哪儿得到的？

占喜实在躲不过，恹恹地开了口：“小鱼，我可以告诉你，你别生气好吗？”

骆静语奇怪地打手语：“我为什么会生气？”

占喜下定决心，对他说了实话：“这个……是我上大学的时候，那个……纪鸿哲送给我的。”

骆静语全明白了。

那几年，纪鸿哲偶尔会来出租屋找他，请他吃顿盒饭，接着就像强盗一样搜刮走一堆女生喜欢的手工小东西。骆静语也不是样样都会给他，费功夫的那些都不会给，是要拿去卖的。而这几个草莓发夹是他的初学试验品，五金件都很差，容易生锈，纪鸿哲想要，他就给了。

骆静语当然知道纪鸿哲拿去是干什么用的，就是泡妞。

他难以置信地看着占喜，双手都颤抖了，问出心里最大的一个疑问：“你和小哲，谈过恋爱？”

“没有！”占喜一口否认，“没有，没有，没有，真的没有！那个……”

她还是打算和骆静语说实话，比画道：“小哲的确追求过我，但我们一共只见过三次，我妈妈知道了他，找到他，后来我们就没有再联系。”

丈母娘还找过纪鸿哲？

骆静语想起另外一件令他们全家都很费解的事情，就是他和占喜结婚时，纪鸿哲一家三口都没来。纪妈妈给阎雅娟送了个红包，说不好意思，婚礼当天他们有事。

按照纪妈妈和阎雅娟几十年情同姐妹般的关系，一家三口一个都不来真的很奇怪。阎雅娟还问过对方什么事情这么重要，纪妈妈不肯细说，只说改天再一起吃饭。

占喜自然知道原因，因为迟贵兰见过纪鸿哲的父母，纪鸿哲绝对不愿意在骆静语的婚礼上让父母见到新娘子的母亲。那场面会尴尬至极，也会让纪鸿哲的父母想起那件久远的伤心事。

骆静语消化着这些陈年旧事，又问："那，你在家里，第一次见到小哲，你认出他？他认出你？"

占喜点点头。

骆静语的手语幅度大了起来，眼睛都瞪圆了："你们都没有告诉我？"

占喜原本以为这件事情能瞒一辈子，纪鸿哲连婚礼都不来参加，肯定是和她一样的打算，没想到会毁在这枚草莓发夹上。她没有把发夹丢掉，不是因为这是纪鸿哲送的，而是因为这是骆静语做的，是他亲手做的，是他们缘分的开始，是他送给她的第一份礼物，纪鸿哲又没花钱！

占喜噘着嘴比画："告诉你干什么呀，你会生气的。"

骆静语快速地眨动眼睛，看着她，一时都不知该说什么。

他心里好难受啊，因为欢欢和小哲都瞒着他，什么都没告诉他。小哲早就认识欢欢，还追求过她，送过她礼物，她宝贝似的藏了这么多年！

怪不得，这些年小哲都不和他联系了，连他发的朋友圈都不点赞。没有去参观过他在造物节的展位，没有去过禧鱼茶室，连婚礼都不来！

骆静语感到遗憾，他和小哲好歹是发小儿，虽然不是太亲密的朋友，也有二十多年的交情，怎么说淡就淡了呢？

搞半天，小哲是在避嫌呀，欢欢也是知道的。

他们在 1504 室见到时究竟是怎样的心理？

骆静语想都不敢想，就他跟个傻子似的，还给他们互相介绍，三个人一起吃饭，天哪！纪鸿哲那个王八蛋居然追求过他的欢欢！

占喜做的蔬菜泥都快凉了，对骆静语打手语："小鱼，对不起，我不是故意瞒着你的。我和纪鸿哲都觉得这件事情你没必要知道，真的，我和他什么都没有。我先给悦儿喂蔬菜泥，一会儿再跟你说。"

她抱起骆悦尔走开，骆静语一个人站在原地，看着手里的草莓发夹，半天没回过神来。

一直到晚上，骆静语都无精打采。占喜以为他生气了，一整天不停地逗他、闹他、和他说话，他会回答，看着她的眼神却很复杂。

入睡前，占喜被骆静语狠狠地要了一次。

她的身材恢复得很不错，比起之前的纤瘦，现在稍微丰腴了一点儿，身上还带着淡淡的奶香。

骆静语似是万分迷恋，眼神黯然地吻着她，喉咙里发出一阵阵的闷哼声，直弄得她浑身的骨头都要散架了，窝在他汗湿了的胸膛上不停地喘气。

在这件事情上，骆静语向来温柔，好久没有如此狂野。占喜才意识到，骆老师不是生气，而是吃醋了。

占喜真的很想问问她亲爱的孩子爸，这是十年老陈醋呀！女儿都快学会走路啦，他不酸牙吗？

骆悦尔第一次开口叫人是在十月初的一个晚上。

国庆长假，茶室里很忙，占喜在那边守着，骆静语傍晚时提前回家接替父母。看到儿子回来，二老交代过几句后就离开了，把孙女交给儿子照顾。

骆悦尔很黏父亲，阎雅娟已经给孩子喂过晚饭，骆静语还没吃。他把饭菜热了一下端到餐桌上，让女儿在餐桌边的爬爬垫上自己玩。

他吃着饭，眼睛就没离开过女儿。小家伙独自玩了一会儿后就站了起来，摇摇摆摆地走到他身边，扒着他的腿要抱抱。

骆静语放下筷子把女儿抱到腿上，小家伙仰着小脑袋看他，小嘴巴动着像是在发声。他也不知道她在说什么，只能低下头用额头碰碰她的小脑门儿，对着她温柔地笑。

女儿的身子那么小，那么软，皮肤又白又嫩，还带着奶香。骆静语根本舍不得撒手，抱着她三下五除二扒完几口饭，洗过手就盘腿坐在垫子上陪她玩。

他帮女儿用积木搭房子，没搭几层，小家伙就会把房子推倒。他无奈地看着她，她又把积木递给他让他接着搭。他搭了，她又推，然后咧着小嘴拍手大笑。

骆静语忍不住对她打手语：“小坏蛋，你老是欺负爸爸。”

骆悦尔看不懂，对他眨巴大眼睛，家里没别人，骆静语干脆壮了壮胆，指着自己开口道：“窝，巴巴，约呃，窝，巴巴。”

骆悦尔懵懂地看着他，爬过来钻进他怀里，嘴巴动了两下，像是说了一个词。

骆静语紧盯着她的小脸蛋儿，眉头微蹙，他是看错了吗？女儿刚才说了什么？是“爸爸”吗？

他又一次对她开口：“约呃，巴巴，窝，巴巴。”

骆悦尔的嘴巴又动了两下，这一下骆静语确定自己没看错，心都跳得快了一些，打手语问："宝贝，你是在叫爸爸吗？"

他是多么想听女儿叫这一声"爸爸"呀，却又知道无论如何都无法如愿。

骆静语定下心来，对女儿绽开笑，捏捏她的小脸蛋儿，再次打手语道："你的星星哥哥也是先学会叫爸爸，那是因为他的爸爸对他说话多。你为什么也先学会叫爸爸，是因为爸爸比妈妈容易叫吗？你妈妈说，我学'爸爸'也比学'妈妈'来得快。宝贝，你马上就要学会说话了，爸爸比不过你。以后你会说很多很多话，可是爸爸不会说话，你会嫌弃爸爸吗？"

骆悦尔习惯了父母平时的手语交流，甚至能看懂一些很简单的手语词汇。这时候看着父亲的双手像跳舞一样在她面前比画，觉得很有趣，也抬起两只小手乱七八糟地比画了一通。

骆静语看得既心酸又幸福，心里知道，女儿学说话之余也能学会手语，就跟纪鸿哲小时候一样，很自然地就能接受"双语教学"。

谁让她有一个与众不同的爸爸。

骆静语起身把女儿抱起来，抓着她的腋下把她举得高高的。小家伙张着嘴大笑，眼睛亮晶晶的。骆静语想象着她的声音，一定是像她的母亲一样，甜甜的，脆脆的，像小鸟在唱歌。

他抱着女儿转了几个圈儿，自己也忍不住笑出声来，笑着笑着，眼眶就湿了。

占喜深夜回家时，女儿早就睡着了。

她的小床就在主卧，贴在骆静语那一边，占喜弯腰看着女儿熟睡的脸庞。骆静语帮孩子掖掖被子，打手语告诉妻子，骆悦尔似乎会叫"爸爸"了。占喜惊奇地问："你怎么知道？"

骆静语微红着脸，手指按在她的嘴唇上，眼神特别深邃。

占喜明白了，压着声音兴奋地说："哇！我明早听听看，帮你证实一下！"

骆静语有些不安地比画道："但她好像不会叫妈妈。"

占喜一点儿都不在意："网上都说'爸爸'比'妈妈'容易说啦，悦儿先叫爸爸很正常。真好，咱的女儿终于要开口说话了。小鱼，你高兴吗？"

骆静语抿着唇笑得很浅，心里是难以言喻的满足。他看着妻子的眼睛，轻轻地点点头。

骆悦尔学会说话了，她一天天地长大，出落得越发活泼可爱，是个人见人爱的小姑娘。

占喜偶尔会把她带去禧鱼茶室，小家伙楼上楼下跑个不停，劝都劝不住，有时候会不小心摔一跤，哇哇大哭起来。一楼的服务生赶紧在工作群里发微信消息：“骆老师、占姐，小公主摔跤啦！”

没几秒，骆静语就从楼上跑下来了，骆悦尔哭哭啼啼地扑进父亲怀里，还不忘打手语：“爸爸，我疼！”

骆静语蹲在女儿面前，神色焦急地上下打量她，服务生在边上叹气：“叫你别跑别跑，你不听，和爸爸上楼乖乖待着去，别到楼下来捣乱。”

骆悦尔呜呜咽咽地哭着，骆静语看她没摔伤，脸色沉了一些，打手语说：“楼梯不可以玩，很危险，不可以再乱跑。”

骆悦尔一边打手语一边说：“爸爸，你陪我画画。”

骆静语牵起女儿的小手上楼，占喜在办公室里对着电脑忙工作。看他们进来，回头问：“捣蛋鬼，摔疼了吗？在二楼都听见你的哭声啦。”

岳奇在边上偷笑，悦尔噘噘嘴，跟着父亲进工作间。骆静语找出画纸和油画棒，父女俩并肩坐下。他问女儿：“画什么？”

骆悦尔说：“画花。”

骆静语眯了眯眼睛，又问一次：“我知道画画，画什么？”

和一般小朋友双手托着下巴扮成一朵花不同，骆悦尔的右手五指撮合，指尖向上移动着放开五指，这是她很早就学会的一个词，是“花”的手语。

她重复道：“画花呀！”

骆静语笑了，拿起一支绿色的油画棒，在画纸上画起叶子来。

骆悦尔喜欢和父亲一起画画，因为父亲画画特别好。她还喜欢和父亲一起做手工，父亲会给她折纸，是各种小动物的造型。做漂亮的风筝，飞得好高。做南瓜灯笼，会亮。给洋娃娃做小衣服、小裙子……父亲的双手是万能的，什么都会做，还用大纸箱给她做过一栋小房子。

骆悦尔抱着“礼物”钻到房子里，房子有门、有窗，上面还有烟囱。她觉得它就像个城堡一样，扒在小窗户上让父亲也钻进来。

骆静语蹲在房子前对她摇手，打手语说：“房子太小啦，爸爸钻不进去。”

骆悦尔用小手也打手语：“爸爸以后给我造大房子！”

骆静语点头，抬手回答：“爸爸妈妈是要买一栋大房子，带院子的。到时候爸爸给你做个秋千，好吗？”

骆悦尔拍手欢呼：“哇！好呀，好呀，我想要一个树屋！”

“树屋”的唇语很难懂，大概是看到父亲的表情比较迷茫，骆悦尔贴心地用手语重复一遍："树上的房子。"

骆静语明白了，比个"好的"，表示没问题。

他和占喜的确打算再买一套房子，是郊区的排屋，不算投资，就想着将来可以养老。

骆静语对池江先生的别墅印象深刻，也很羡慕占喜老家的自建小楼。和妻子并肩躺在床上时，他满怀憧憬地对她打手语说："我好想要一个院子，可以种满花草。以后老了，眼睛花了，做不了烫花就打理花草、写字画画，做做不那么费精力的手工，说不定还要帮悦儿带带孩子，退休生活也能丰富多彩。"

占喜差点儿笑死："骆老师，您才 30 岁出头怎么就想着退休后的事情了，咱们可还没财务自由，还得奋斗好多年呢，赶紧起来去搬砖吧！"

她往骆静语屁股上拍一下，男人只能叹口气，默默地起了床。

骆悦尔小朋友上幼儿园前从未上过早教班，因为陪她玩的人实在太多，父亲会教她画画、做手工，钟鹏叔叔会教她做小饼干，"皮皮虾"叔叔会教她唱歌，母亲除了教她手语，还会教她简单的英语，堪称"三语教学"，所以小姑娘从来没觉得无聊过。

就这么在禧鱼茶室放养一年多后，骆悦尔终于上了幼儿园。

她的入园表现和高闻星可不一样，哭得那叫一个惊天动地，抱着骆静语的大腿仿佛生离死别。

"爸爸，妈妈，我不要上幼儿园！呜呜呜……哇哇哇……"在"禧鱼"作威作福、自由惯了的小朋友一朝被送进教室，觉得天都要塌了。

骆静语好生心疼。他没上过幼儿园，不知道孩子的反应居然会这么惨烈。放眼望去，一屋子的小孩儿都在哇哇大哭。他蹲在女儿面前帮她擦眼泪，打手语承诺放学了会第一个来接她。

骆悦尔边哭边用小手比画："爸爸，你保证！"

骆静语红着眼睛重重地点头："我保证。"

他在占喜的拉扯下一步三回头地离开，就看到骆悦尔想追出来，又被老师给抱了进去。小姑娘向他挥舞着小手，哭得涕泗横流。

离开幼儿园，占喜挽住骆静语的胳膊，二人一起向路边的车子走去。

骆静语恍恍惚惚的，坐上车后都忘了系安全带，还是占喜侧过身子帮他系上。他抬头看她，见她神色如常，忍不住问："你不伤心吗？"

"啊？"占喜乐了，"为什么要伤心？每个小朋友都有这一天的呀，这只是一个开始。"

她摸摸骆静语的脸，很缓慢地打起手语："孩子是会长大的，我们也会老，总有一天，她会像你和我一样，离开父母，开始自己的生活。我一点儿也不害怕那一天的到来，因为我知道，当她可以独当一面时，她会很开心，我也会为她感到骄傲。”

骆静语垂下眼睛思索占喜的话，想到十几年、二十几年后的事情，还是觉得舍不得。他的小姑娘现在还没满 4 岁，怎么就说到要离开父母了呢？

占喜握握他的手，看着他失落的眼睛，说：“坐好，我开车了。哎呀，你别想啦，不是都说好以后我们就在一个小院子里种花养草吗？你是个老爷爷，我是个老奶奶，那时候‘礼物’不在了，我们会养另外一只猫，养狗也行，还能养鱼、养鸟……悦儿周末回来看我们，带着她的男朋友，你给他们做好吃的，多好！”

天哪，女儿的男朋友……骆静语心想，一点儿都不好！

小孩儿的适应能力很强，也就过了一个星期，骆悦尔再去幼儿园已经是蹦蹦跳跳的了。她在班里算是月份比较大的小孩儿，生活自理能力很强，似乎得了父亲的真传，吃饭又好又快，午睡起来还会自己穿衣服，也能自己上厕所。做什么都不用老师帮忙，加上性格活泼，长得漂亮，几个老师都特别喜欢她。

周末时，骆静语和占喜带骆悦尔去海洋馆玩。

站在海洋馆巨大的水族箱前，骆悦尔兴奋地哇哇叫：“爸爸，你看，是鲨鱼！妈妈，还有大海龟呀！”

小姑娘看到许多海洋生物，却一直没看到她心心念念的那一种。她牵住父亲的手，仰头问：“爸爸，这里有鲸鱼吗？”

骆静语看清她的唇语后摇摇头。她又问占喜：“妈妈，你看过游泳的鲸鱼吗？”

“鲸鱼啊？没有哦，那得去大海里才能看到呢。鲸鱼太大啦，海洋馆里装不下。”占喜认真地回答她。

骆悦尔对骆静语打起手语，胖嘟嘟的小手，手势很熟练：“爸爸，你能带我去看鲸鱼吗？会游泳的，好大好大的鲸鱼！”

骆静语回答：“好，不过要等你再长大一些，我们要坐船去大海。”

“好呀！”骆悦尔蹦起来，又向骆静语伸出小手，撒娇道，“爸爸，你抱抱我，我走不动啦！”

骆静语把她抱起来，想了想，干脆让女儿坐在肩膀上，让她的两只小脚挂在他的胸前。

骆悦尔乖乖地抱住父亲的脑袋，骆静语牵起占喜的手，温柔地看着她。占喜对他甜甜一笑：“走吧，前面更精彩呢。”

番外四

一天又一天

包厢里，众人把酒言欢，气氛很是热烈。客户方曹经理尤其健谈，从未冷场过。

曹经理数次劝骆静语喝点儿，拿着白酒瓶说："骆老师，来点儿吧？这可是好酒！"

骆静语笑着摇摇手。占喜帮他说话："对不起呀曹经理，骆老师真不喝酒。"

"哎呀，骆老师不抽烟、不喝酒，倒叫我们难做了。"曹经理只能给杜恒知倒酒，"那杜老师必须再来点儿，不然我在老板这儿交代不过去呀！你们太斯文了，我们这儿的男人哪有不喝酒的？"

杜恒知没办法，手掩着酒杯连声说："多了，多了，曹经理，我真的不能再喝了。"

他已经喝得满脸通红，之前去过一趟卫生间，也不知道吐没吐。

占喜看着杜大设计师被几个客户猛灌酒的糗样，心里一阵后怕。要是骆静语一开始就喝上酒，这会儿怕是会被灌得更惨。

这一趟，骆静语和占喜是被杜恒知邀请过来谈一项合作的，还参观过客户的服装厂，已经在这座城市待了三天。这是临别前的最后一次宴席，曹经理好酒好菜地招待他们，不过骆静语一直推托说不会喝酒，三天来滴酒未沾，客户方也不好勉强他。

之前每次见面，曹经理和杜恒知三人都是谈工作，这会儿酒过三巡，众人也都熟悉了许多，便谈起一些工作以外的事情。曹经理说自己 36 岁，这几天和杜恒知、骆静语一见如故，像是交了两个兄弟。杜老师是哥哥，骆老师是弟弟。

杜恒知差点儿笑出声，指着骆静语问曹经理："他是弟弟？你看他多大呀？"

曹经理眯着眼睛打量骆静语，道："30 岁？最多 30 岁出头，32 岁顶天了！"

这下子连占喜都忍不住笑场了。骆静语略有些茫然地看着大家，每个人七嘴八舌地说着话，他不可能一个个去读唇。很多时候都不知道大家在说什么，需要占喜帮他翻译。

占喜打着手语对骆静语说："曹经理说你最多32岁，你自己告诉他你几岁了。"

骆静语一笑，转向曹经理，右手比"三"，左手比"七"。

曹经理愣愣地看着他，惊讶道："不会吧？骆老师37岁了？比我还大？怎么看着这么年轻呢？"

占喜把骆静语的出生年份报给曹经理，小鱼果然比他大一岁，再过两个多月就要满37周岁。曹经理抹着汗连连道歉，说两位老师原来都是哥哥，骆老师真是一点儿都看不出年纪，哪像他圆脸、肥肚腩，早就成了一个大叔。

其他人纷纷附和，骆静语虽然看不懂他们说什么，却也知道客户们都是在夸他，耳朵先有反应，微微地红了起来。占喜暗自偷笑，知道她家小鱼又不好意思了。

他还是和以前一样，说到擅长的专业领域，能用手语很从容地侃侃而谈，一说到别的，还是会害羞。先不提大家话里的恭维占几成，占喜托着下巴打量他，真不怪曹经理猜不出他的年纪。如果现在她是第一次见到小鱼，估计也猜不准。

骆静语身穿简单的白衬衫，搭配灰色领带，底下是深灰色西裤、黑色皮鞋。他的身形和年轻时比几乎没变，依旧是高而瘦，站时挺拔，坐时端正，走路时带着风。

多年伏案工作多少令他的颈椎和腰椎有些损伤，不过占喜会提醒他在工作之余做些放松和锻炼。他也养成了慢跑的习惯，所以身体一直很健康，身材也保持得很好。

包厢里很热，骆静语把衬衫袖子挽起来，露出白皙修长的小臂，端着茶杯小口抿茶。占喜的视线落在他手上，那双手还是如此漂亮，只是右手手背上多了一道淡疤，仿佛是精美瓷器上出现了一道裂缝，有一种残缺的美感。

至于那张脸……占喜不得不感慨，岁月真是很眷顾骆老师。他还是那么英俊，眼神明亮清澈，笑容腼腆温和，下颌线条并没有因为年纪增长而松弛，还是清晰流畅。若是换上他平时喜欢的毛衣或卫衣，就跟个大男孩儿似的，哪能猜到他的女儿都上学了呀！

曹经理又问："这么说起来，骆老师和骆太太该有孩子了吧？"

占喜笑着回答："有了。"

"多大啦？"

"7岁了。"占喜看了骆静语一眼，道，"上小学一年级。"

曹经理很操心："哟，那你们出差这么多天，孩子谁带呀？"

占喜说："我公公婆婆。"

曹经理道："父母一块儿出差，孩子该想你们了吧？"

"那肯定想。"占喜拍一下骆静语的胳膊，说，"我们也想孩子，骆老师每天都要和孩子视频。”

骆静语偏头看着她，看清了“孩子”这个词，心里就想起家里的宝贝女儿。

他很愧疚，别人家父母出差，总是只去一个，他们家每次出差都得他和欢欢一块儿走。如果没有欢欢，他和客户沟通只能依靠手机，实在是不方便。如果请一位手语翻译，涉及烫花的专业手语词汇，翻译也搞不清，只有欢欢才能和他配合默契。

所以，在工作上他们真的拆不开，更准确的说法应该是——他离不开欢欢。

晚宴结束，占喜帮骆静语拎起深灰色西装外套，轻声说：“穿上吧，外面凉。”

骆静语把衬衫袖子放下，占喜帮他穿上西装，又帮他整了整衣摆。

骆静语也拿起她的外套帮她穿上，还细心地给她扣上扣子。

曹经理看着他们，对杜恒知说：“骆老师和骆太太的感情真好呀。”

“是呀。”杜恒知喝得晕头转向，“我真不爱和他们一块儿出来，每次都要吃‘狗粮’。”

曹经理打趣道：“杜设什么时候请我们喝喜酒？”

“哈哈哈……”杜恒知大笑，“打住啊，曹老弟。不兴这么催婚的哈！”

大家一起离开餐厅，此时是十一月上旬，这座城市在钱塘北面，入夜后气温骤降，冷风呼呼地刮着。骆静语搂着占喜的肩，看杜恒知和曹经理等人一一握手，说着“合作愉快”。终于，三人坐上曹经理安排的车，回到他们下榻的酒店。

“我不行了，这几天真的是……骆老师，你怎么回事？你明明会喝酒，为什么不喝呀？搞得他们每天只灌我一个！不行，不行，我得回去睡觉了，要不然明早都要赶不上飞机了。”

杜恒知摘掉眼镜，走路已呈S形路线。骆静语搀着他进电梯，把他送回房，确认他没有喝得太醉，才和占喜一起回到他们的房间。

直到关上房门，骆静语才真正放松下来。

应酬总是叫人紧张，尤其还是多人饭局。他没有办法知道大家在说什么，永远只能礼貌地微笑。幸好，这样的场合欢欢都会陪在他身边，体贴地帮他做手语翻译，才不至于令他陷入尴尬。

占喜帮骆静语脱下西装外套，又帮他解下领带，解开衬衫最上方的两颗纽扣。

骆静语长舒一口气。占喜笑着问：“累坏了吧？”

他摇摇头，顺势抱住她的腰。

占喜上身微微后仰，食指点一下他的嘴唇，噙着笑问：“谁先洗澡？”

骆静语一扫往日里的沉默内敛，有些不怀好意地看着她。

占喜哪会不知道他的意思？娇羞地用手指戳戳他的胸口，咬着唇道：“你又想做坏事了。”

骆静语的喉结滚了一下，抿着唇微笑，低下头就吻住了她，柔软的唇舌与她的纠缠，双手还不忘去解她外套的纽扣……

这个澡洗了好久好久，骆老师风采不减当年。二人好不容易一起洗完，占喜穿着浴袍站在镜子前吹头发。骆静语腰间围一块大浴巾，接过她手里的吹风机帮她吹。

他的手指撩起她的长发，指背偶尔会蹭到她的肌肤，洗发水的香味萦绕在他们的鼻息间……就是这样轻松随意的时刻，占喜还是会有心动的感觉。

她打量着镜子里两个人的脸庞，突然打手语说：“人家都说你年轻，意思是不是我看起来有点儿老？”

骆静语一愣，赶紧摇头，眼神看着尤其无辜。

占喜其实也是在说笑。

再过三天就是她的34岁生日，现在的她肌肤状态很好，白皙细腻，身材也依旧纤瘦紧致，只是眼角不可避免地会出现细纹。

她也没有太刻意地进行保养，更没想过去做医美，偶尔会回想起自己二十三四岁时的样子，是和小鱼刚认识的那一年。她刚大学毕业，青春靓丽，小鱼看着她时眼睛里的爱慕掩都掩不住。

现在呢？现在换成了眷恋和依赖。

他们已经携手走过快十一年，用心经营着这段婚姻，早已成为彼此在世间最亲密的那个人。

她的小鱼37岁了，在她心里依旧是那个年轻帅气的男孩子。他的眼睛里依旧有光，他的心依旧纯净得没有一丝杂质。

他们对彼此的爱意从没有因为时间流逝而有所改变，占喜很坦然地接受自己容颜老去，因为确信小鱼不会在乎这些。

头发吹干了，骆静语放下吹风机，搂着占喜的腰低头咬她的耳垂。安静的空间里，他的肚子突然发出一阵“咕噜噜”的声音。

他听不见，占喜却听得分明，“扑哧”一声笑出来。她转身摸摸他的小腹，问：“你饿了？”

骆静语眨着眼睛问她：“你听到了？”

占喜点点头，骆静语无奈地笑，打手语说：“刚才，没吃饱，又做了运动，很累的。”

这是他的习惯，应酬时总是吃得不多，只是最后那句话真是叫人脸热，会让占喜想到他们在淋浴间里疯狂纠缠的场景。

她问：“要吃夜宵吗？”

骆静语转了一下眼珠子，愉悦地打起手语："酒店顶楼好像有一家烧烤酒吧，我在电梯里看到的，去吗？"

占喜大笑起来，又戳戳他的胸膛："你早就想去了对吗？是不是想喝酒了？"

骆静语的心思被拆穿，干脆耸耸肩，绽开笑容，右手食指和拇指轻轻地捻了一下，意思是：就喝一点点。

他会喝酒，但平时不喝，这几天没喝是因为不想被灌醉。还有一个很重要的原因，酒喝多了会伤脑，酗酒的人容易手抖，骆老师可是靠双手吃饭的人，手要是抖了，整个职业生涯就完蛋了，所以他尽力避免这种可能，一年里也不会喝几口酒。

只是这些天，他每天看着别人喝，多少有点儿馋。

骆静语和占喜换上厚外套，一起去酒店顶楼，那儿真的有一家半露天的音乐烧烤酒吧。

天气太冷，客人很少，骆静语带着占喜挑了个避风的位子。二人点了一些烤串，又要了三瓶啤酒，骆静语两瓶，占喜陪他喝一瓶。

烤串很快就上来了，骆静语真的很饿，拿着酒瓶和占喜碰了碰后，就拿起一串烤羊排啃起来，一边吃一边对占喜竖大拇指。

占喜并不饿，喝了一口酒后，视线落到舞台中央的女歌手身上。

顶楼风大，女歌手穿得却不多，正握着立麦唱一首 R&B 情歌。占喜的身子随着旋律轻轻摇摆，骆静语吃了几串烤肉后，也向舞台看去，直到女歌手唱完一首歌下台休息，才打手语问占喜："好听吗？"

"还行，就是声音有点儿哆嗦，我觉得她是太冷了。"占喜忍着笑打完手语，也拿起一串烤鸭胗往嘴里送。

食物下肚，骆静语感觉胃里舒服了许多，便转头望着楼外风景。夜里十一点，已经过了看夜景的最佳时刻，整座城市黑了许多，只有一些大厦顶楼的霓虹灯牌还亮着。

这儿虽然避风，占喜的长发还是会被吹得飘起来。骆静语转回视线，看着妻子专心吃东西的样子，打手语说："我们很久没有两个人约会了。"

占喜深有同感，自从有了骆悦尔小朋友后，二人世界就被三人世界取代。每次出差他们都来去匆匆，根本没想过去哪个景点走走，只想赶紧回家看女儿。

她右手拿着烤串，用手语回答："再等几年，等悦儿上大学了，我们有的是时间约会。"

骆静语不停地摇头，手势都透着悲伤："我会舍不得。"

占喜吃下最后一口鸭胗，笑得前仰后合，放下棍子比画道："舍不得也要舍得，悦儿总有一天会交男朋友的。"

骆静语抬手捂住脸，想象着那一天，也不知道女儿的男朋友会是什么样的。那个臭小子要是敢对女儿不好，他一定不会放过对方！

在他们用手语聊天时，隔壁桌的一对男女频频朝他们看。骆静语背对着他们没看见，占喜倒是听到了被风吹来的细碎声音。

“聋哑人哎……”

“真稀奇，聋哑人来音乐酒吧……听歌吗？”

这是十一年间占喜和骆静语在一起时无数次碰到的一个场景，有些人可能并无恶意，纯粹就是好奇。骆静语若是没看见，占喜也不会往心里去。可是有好几次，她的小鱼都会发现有人在对他们指指点点。

大多数时候他会平静地接受这些不太礼貌的注目礼，偶尔，他还是会露出失落的神情。

占喜明白，小鱼是不想她因为他的残障而被人非议。

其实小鱼知道她不会在意，他只是希望这样的场景能越来越少。

也许，当高闻星和骆悦尔这一代人慢慢长大，社会更文明、更进步、包容性更高，这样的场景真的会越来越少吧。

啤酒很快喝完，烤串也都被消灭干净，骆静语和占喜手牵手回房。被风吹了半小时，占喜的手变得冰凉，骆静语把她的双手都暖在手心，还搓了搓。

占喜凑过去嗅嗅他身上的味道，笑着说：“澡都白洗了，一股子烧烤味儿。”

骆静语低头闻闻，眼神疑惑，觉得没有烧烤味儿。占喜失笑：“怎么我说什么你都信呀？笨蛋鱼！”

骆静语：“……”

骆太太是要为自己的言行付出代价的，回房以后，她让骆先生和她一起收拾行李，骆先生却不愿意，直接打横抱起她丢到了大床上。

占喜低声叫：“大哥，明天五点要起床赶飞机呢！”

男人根本不想理会，修长的身躯已经压在她身上，抱着她低头亲吻，喉咙里发出一阵低沉的“嗯”声。

占喜挣扎了一下就被他吻得身子发软，闭上眼睛时，她想，以后再也不给他喝酒了，一瓶都不给喝！喝过酒的骆老师太烦人啦！

清晨五点，天还没亮。凌乱的大床上，占喜被手机闹铃闹醒。

才睡了四个多小时，她痛苦地睁开眼睛，对着始作俑者的屁股又掐又拍地把他弄醒。

骆静语没睡够，卷着被子翻了个身。占喜扑到他身上，又拍他的脸颊。他才不情不愿地睁开一只眼睛睨她，“呃呃”叫了一声表达他的不满。

“起床啦！赶紧的！”占喜看着昨晚收拾到一半的行李，也不催他，自己先蹦起来去洗漱，接着就打开房里所有的灯，快速地把行李都往拉杆箱里塞。

骆静语终于记起他们要去赶八点多的飞机，一个激灵就坐了起来。

他光着身子去卫生间洗脸刷牙，占喜进去拿他们自带的沐浴露和洗发水时，就看到他支棱着一头乱毛，全身光溜溜地站在洗手台前刮胡子。

占喜无语地摇摇头，心想：骆老师啊，您的客户和学员们知道您平时是这样的吗？

等到占喜把拉杆箱都收拾好，骆静语也穿戴整齐了。头发上抹了点儿发蜡，把原本东翘西翘的发梢整理得服服帖帖，身上是黑色休闲夹克、做旧牛仔裤和系带靴，比十年前穿得都时尚。

男人果然越老越闷骚，占喜偷偷地想。

他们和杜恒知在酒店大堂碰头后，曹经理安排的车子也到了，三个人坐上车就赶往机场。

托运完行李，过完安检，三人坐着等待登机。占喜的手机响起视频请求音，她看着屏幕就笑了。

按下接通键，骆悦尔粉嫩嫩的小脸蛋儿立刻出现在屏幕上，一双大眼睛眨巴眨巴，身边是戴着老花眼镜的骆明松。

小姑娘已经扎好两个小辫子，正捧着碗在吃早餐，稚嫩的声音传过来：“妈妈，爸爸呢？”

“爸爸在我边上呢。”占喜拉过骆静语一起看镜头。

看到女儿，骆静语就绽开笑容，打手语说：“宝贝，你在吃什么呀？”

“我在吃馄饨、鸡蛋、牛奶。”骆悦尔一边说话一边打手语回答，“爸爸，你和妈妈下午不会迟到吧？”

骆静语摇摇头：“不会，爸爸马上要上飞机了，会准时到的。”

悦儿放心了：“你一定不能迟到，同学们都等着呢。”

占喜拿远点儿手机，让骆静语打手语更方便。他回答：“放心，爸爸和妈妈都准备好了。”

占喜插嘴：“好啦。宝贝，你赶紧吃吧，上学别迟到。”

“哦，爸爸妈妈再见，我马上要去上学了！爱你们哟。”说完后，骆悦尔就挂断了电话。

杜恒知不知道骆静语回答的是什么，却能听到骆悦尔的问题，问占喜：“你们下午还有安排？”

占喜说：“是呀，悦儿学校每个月会有一个星期五下午是家长教学日，我家骆老师开学后就报了名，今天要去他们班里教小朋友做感恩节贺卡。”

“这活儿适合骆老师。”杜恒知摸着下巴思索，“你说我以后能教小孩儿做什么呢？做衣服吗？”

占喜笑死了：“你可以教他们走秀。”

杜恒知拊掌大笑：“这主意不错！”

骆静语看着他们聊天，大概明白了意思，撇撇嘴打了一句手语，占喜“噗”的一声笑出来。

杜恒知纳闷儿地问：“骆老师说什么？”

占喜实在不忍心打击他：“骆老师说‘杜设，您老婆都不知道在哪儿呢’。”

杜恒知真是要气死了！快乐的黄金单身汉难道不香吗？

飞机很准时，十点多降落在钱塘机场。骆静语和占喜在停车场与杜恒知分别，开上自家的车回到青雀佳苑。

二人简单地吃了顿午饭，骆静语换过一身衣服后，带上早就准备好的物料，和占喜一起步行去青雀门小学。

骆悦尔小朋友是一名光荣的一年级新生，刚入学两个多月。

两年半前，骆静语和占喜已经拿到第二套房的钥匙。郊区排屋，一手新房，离青雀门倒是不远，不堵车的话，开车十几分钟就能到。

排屋地上三层，地下一层，带一个小院子。骆老师和骆太太在装修时花了很大的心思，小院子里真的种满了骆老师心爱的花草。不过他们没有天天去住，因为骆悦尔还在青雀门上学。

一家三口会在周末、寒暑假、大小长假时去排屋住一阵子，就跟度假一样，过去时会带上“礼物”。

“礼物”已经11岁了，算是一只健康的老猫咪，全家都很宠它，不过每个人都做好了心理准备。“礼物”和几年前相比已经有点儿不一样，总有一天，它会离开他们。

星期五下午只有一堂课，骆静语和占喜配合默契，给骆悦尔的同学们上了一堂生动的手工课。下课后，孩子们就要放学了。

骆静语和占喜收拾好剩余材料，按照学校的规定先离开教室，在校门外等待。没多久，一年级的小朋友们就在班主任的带领下排着队走出来。

骆悦尔背着小书包，蹦蹦跳跳地来到父母面前。骆静语左手拎着手工课余下的物料袋子，右手牵着女儿的左手。占喜则牵着女儿的右手，另一只手提着女儿的饭盒，三个人一起晃晃悠悠地往家走。

进小区前，他们先去小菜场买菜。商贩们都认识骆静语，从不需要他讨价还价，不管买什么，大家都会以实价卖给他。

骆静语打算买一个鱼头煲汤，这是女儿的口味。小家伙和占喜不一样，很喜欢吃河鱼。骆静语在水盆里看了半天，挑了一条胖头鱼，用手势告诉老板鱼头切多少。老板手起刀落，鱼头就被切了下来。

骆悦尔捂住眼睛嚷嚷道："啊！爸爸你自己叫小鱼，怎么可以杀小鱼？鱼鱼好可怜呀！"

骆静语："……"

占喜斜眼看女儿："这不是你爱吃的吗？"

骆悦尔噘起嘴，想到父亲做的鲜美鱼头汤，咽了口口水。

骆静语又买了妻子爱吃的排骨和鸡翅，挑了些蔬菜，一家三口才走进小区。路过小区主路不远处的那张长椅时，骆悦尔小手一指："看，是小驰叔叔。"

占喜循声望去，就看到顾心驰和一个年轻女孩儿并肩坐在长椅上。他们神色羞赧，肩膀蹭着肩膀，画面太容易让人浮想联翩。

"小驰，你在干吗呀？不回家吗？"占喜故意逗他，叫得好大声。

顾心驰和女孩儿都吓了一跳，跟触了电似的一个往左一个往右，身体之间瞬间空出三十厘米远。待看清是占喜，顾心驰才松了口气，拍着胸口说："姐，你要吓死我吗？"

顾心驰 21 岁了，在本地一所大学念大三，学校没什么事的话，星期五下午会回家过周末。

占喜哈哈大笑，骆静语也是似笑非笑地看着一对年轻人。骆悦尔歪着脑袋问："小驰叔叔，这是你的女朋友吗？"

顾心驰身边的女孩儿慌得不知如何是好，顾心驰都快崩溃了。

"什……什么？你别乱说！你才多大呀？"他满脸涨得通红，不停地冲他们摆手，"拜托，拜托，你们赶紧回家吧！那……那个……别……别告诉我爸妈！"

在暗恋的女孩儿面前，顾心驰从一个话痨小少年变成了一个容易结巴的年轻男人。

坐电梯上楼时，骆静语还在回味之前的事情，觉得特别有趣。他买下 1504 室时顾心驰才 8 岁，就和骆悦尔现在差不多大。仿佛是一眨眼，1501 室那个矮矮的小男孩儿已经长成了一个人高马大的小伙子，都有了心仪的姑娘。

到达十五楼，三人开门进屋。骆静语进了厨房穿上围裙做晚餐，占喜给"礼物"处理猫砂、准备猫粮，让女儿自个儿去儿童房做作业。

骆静语做好晚饭，占喜走进厨房把菜一盘盘地端出来：一大盆鱼头豆腐汤，还有椒盐排骨、红卤鸡翅和香干炒芹菜。

香味把骆悦尔从房间里勾了出来，小姑娘扒在餐桌边吸吸鼻子："好香呀！妈妈，我饿啦！"

"再去洗个手，吃饭了。"占喜往她的脑袋上揉了一下。

骆悦尔蹦跳着进卫生间洗手，骆静语把米饭盛出来，又给女儿拿了小汤碗和小勺子。每次吃鱼头汤，小家伙都能喝三碗。

一家三口围着餐桌吃晚饭，骆静语对女儿打手语："吃鱼，小心鱼刺。"

比起同龄小朋友，骆悦尔吃饭真是又快又好，老早就学会了用筷子。她会剥虾，会吐鱼刺，从来不剩饭，还爱吃蔬菜。

"你觉得今天爸爸的课上得怎么样？"占喜问女儿，"这是爸爸给你的小学同学上的第一堂课哦，我们走了以后，小朋友们对你说什么了吗？"

骆悦尔点头："说了呀，他们说我爸爸好帅，妈妈好漂亮！"

骆静语笑着摇摇头，又给女儿空了的汤碗添上一碗汤，还注意着把她不爱吃的葱花给挑掉。

吃完晚饭，占喜洗完碗，换上一身练功服，拖着丈夫和女儿一块出门。她去"秋风艺术"跳舞，骆静语带女儿去小区里的健身区域玩耍。骆悦尔踩着滑板车和小朋友们溜来溜去，玩过半小时后骆静语叫住她，一只手牵着女儿，一只手拎着滑板车，带她去舞室接占喜。

"秋风艺术"还在老地方，老板依旧是邱老师。只是年近四十的她不再教街舞，偶尔会教拉丁舞和现代舞，还会教瑜伽，舞室里的舞蹈老师多是外聘来的二十多岁的年轻人。

骆悦尔在一楼就听到二楼传来的音乐声，跟着父亲上楼后，她在走廊上一边蹦，一边透过玻璃往舞室里看，在第二间舞室就找到了母亲。

她将手掌贴在玻璃上，转头对骆静语叫："爸爸，妈妈在这里！"

骆静语慢慢地走过去，站在女儿身边和她一起往舞室里看。

学拉丁舞的是几位女士，什么年纪的都有。骆静语看着心爱的妻子夹在学员中，扎着马尾辫，穿一身黑色练功服，腰间是小裙子，扭胯时昂首挺胸，裙摆会甩起来，整个人显得既年轻又精神。

骆悦尔学着占喜的样子在走廊上扭屁股，骆静语好笑地看着她。一会儿后，他忍不住伸出手掌，闭上眼睛，将掌心贴在玻璃上。

他还是喜欢用手掌去感受那种振动，那种节奏。

手掌下的振动忽然消失，骆静语眼睫一颤，睁开眼来，原来是舞室里下课了。

占喜拿毛巾擦着汗，穿上外套就走出来。骆悦尔扑过去，说："妈妈，我们来接你啦！"

占喜一把就搂住了她。

骆静语双手插兜、站在原地看着她们。占喜抬头冲他笑："我跳完了，好爽，我们回家吧！"

他这才走过去，温柔地牵住她的手，点了点头。

回家后，母女俩先洗澡，占喜帮女儿穿上衣服后把她推出浴室："去，找你爸吹头发去。"

"哦。"骆悦尔跑了出去，没多久，客厅里就传来吹风机的声音。

占喜洗完澡后换上睡衣，打了个长长的哈欠，看时间已经九点四十了，对骆静语打手语说："我想睡了，昨晚才睡四个多小时，好困呀。你不困吗？"

骆静语用手语回答："你去睡吧，悦儿交给我，她睡了我就睡。"

占喜就放心地回房睡觉，骆静语让女儿刷过牙，看着女儿钻进被窝。他倚在她的小床边，隔着被子轻轻地拍着她。她对他说了一声"晚安"，闭上眼睛没多久就睡着了。

待她睡熟，骆静语才关掉台灯，离开儿童房。

很奇怪，明明前一晚他也只睡了四个多小时，这会儿却并不困，只是不知道该做些什么。

站在客厅里，他有些茫然地打量四周，视线最终定格到一组照片墙上。那儿有二十多张大大小小的照片，每一张都是他和占喜精挑细选出来的，是他们十一年共同生活的一个个缩影。

那些照片里有他们恋爱时在海边的合影，有他们的婚纱照，有女儿的百日照，有一家三口去影楼拍的全家福，有他们带着女儿出门旅游时拍的亲子照，有女儿躲在树屋里探出脑袋的可爱照片……那是骆静语在排屋亲手做的木工树屋，完工的时候，占喜大为震惊。

有一张婚纱照上，他们穿的并不是婚纱和西装，而是汉服。

那是骆静语第一次穿汉服，还是第一次化妆，都是欢欢的主意。

他穿着一身黑色明制汉服，不是那种文雅的款式，是欢欢挑的，做工精细，简单大气，衬得他英姿勃发，潇洒不羁。

他当时照镜子时被稍重的粉底和眼影吓了一跳，拍出来却毫不违和——他就像是竹林里的一个侠客，刘海儿压着眉，薄唇紧抿，眼神深邃地注视着身边的白衣女子，而她正对他嫣然一笑。

骆静语在照片墙前看了好久才挪步，关掉所有的灯，他坐到沙发上，打开沙发边的鲸鱼落地灯，又用遥控器打开电视机。

“礼物”看到他便跳上了沙发，乖乖地窝在他的腿上。老猫咪行动不似以前那么灵活，性子变得越发温顺。他摸着它白色的毛，它在他的腿上打了个哈欠。

客厅里只有那盏鲸鱼灯散发出的暖黄色灯光，骆静语被笼罩在光晕里，姿态松弛地面对着电视机。

电视机是智能的，他熟练地按着按钮。很快，电视上就出现了一段视频。他全屏播放，片头配着一帧帧画面，配乐据说是一首轻快的歌曲，可惜，他听不见。

正片开始了，是各种特写，草坪、鲜花、绿树、池塘、树干上偶然蹿过的小松鼠……还有小巧的舞台、扎着缎带摆放整齐的椅子、五颜六色的气球、精美丰盛的西点台……

骆静语看着这些画面，记忆不由自主地回到那一天。

那天，天气特别好，天空是那么蓝，还飘着白云。骆静语似乎能回想起当时清新的空气，还有空气中甜美的鲜花香。

特写过后镜头切换，画面上出现了六个人。

左边是三个年轻男人，身穿统一的浅灰色西装，搭配白衬衫和红领带；右边是三个女孩儿，穿着轻盈的粉紫色长裙，每个人都笑吟吟地望着镜头。

打头的男人身材健硕，气质粗犷，开口道：“嗨，今天是 20×× 年十一月十一日，这里是骆静语先生和占喜小姐的婚礼现场，我们是史上最帅伴郎团！由我做代表来介绍一下，我，皮之夏，这两位是岳奇和钟鹏。”

他的话都配上了字幕，后面的也一样。

岳奇和钟鹏看着很不自在，扯着嘴角对镜头挥挥手，一副被迫营业的样子。

接着是女孩子们说话，第一个女孩儿留着一头酒红色长卷发，笑着说：“我们是伴娘团，我是罗欣然。”

另一个女孩儿接话道：“我是赵晴晴。”

最后一个女孩儿说：“我是姚颖。你好，新郎官，第一次见面哈！”

罗欣然说：“这个片子呢，是我们伴郎伴娘团送给骆先生和占小姐的新婚礼物，希望你们喜欢！就由我来开始吧。”她停顿了一下，继续说，“我和占小姐认识有七年多了，在我眼里呢，占小姐是一个特别可爱的人。大一时我和她差点儿闹掰，当时她的样子超级可怜，我一时心软，就没和她计较，以为她就是个胆小鬼、软包子。后来和她的接触越来越多，我就发现自己看走眼了，尤其是她费了老大劲去传播学院上课，没问家里多要一分钱时，我真是对她刮目相看，知道这小妞绝对不简单。”

赵晴晴接着说：“骆先生，你能娶到我们小喜儿就是捡到宝啦！你看吧，她长得漂亮，脑袋聪明，性格温柔，一点儿也不作，你说说，有缺点吗？没有！半点儿缺点都没有！”

姚颖挽着赵晴晴的胳膊说：“所以，骆先生，你要是敢对占喜不好，我们可饶不了你哦！”

三个女孩儿笑了一阵，沙发上的骆静语也跟着笑起来。

“皮皮虾”接过话茬儿，拍拍岳奇的肩膀：“好啦，现在请伴郎团岳奇先生发言。”

岳奇看了钟鹏一眼，钟鹏做了个手势让他大胆说，他便从容地打起手语，屏幕上依旧配了字幕：“我和骆是高中同学，上学时我们并不熟。说实话，那时候我不太看得上他，因为他的成绩实在太差了，我当时甚至觉得他是不是智商有问题。”

每次看到这儿，骆静语都会忍不住笑出声来，抬手捂住脸，自嘲地摇摇头。

岳奇还在比画：“后来，我听说他混得不错，就觉得他运气可真好，羡慕他，也有点儿嫉妒。我没想到他能记得我，还愿意给我提供工作岗位。这两年来，我和他已经成了好朋友，好兄弟，我非常非常感谢他对我的帮助。现在我已经有了女朋友，正在存钱买房，我也终于知道，他的成功并不是因为运气，他真的比任何人都要努力。占，请好好对待骆，他是一个好男人，值得你托付终身。我和钟在这里祝你们新婚快乐，彼此永不离弃，幸福地相伴一生。”

骆静语看得太专注，完全没留意到儿童房的门打开了，一个小家伙穿着卡通睡裙走出来。直到她来到沙发边，他才发现。

骆悦尔披散着长发，眯着眼睛爬上沙发，“礼物”被小孩子的动静闹得跑开了。骆静语看女儿穿得单薄，赶紧扯过毛毯将她包住，又把她抱到自己怀里。

他打手语问：“宝贝，你怎么起来了？是电视声音太大了吗？吵醒你了？”

骆悦尔摇摇头，用手语回答：“我刚才去尿尿了。爸爸，你在看什么？”

骆静语指指屏幕，骆悦尔鼓起包子脸叹气：“你怎么又在看你和妈妈结婚时的片子啦？看不厌的吗？”

的确看不厌，看一千遍、一万遍都看不厌。

骆静语捏捏她肉嘟嘟的脸，问：“你要陪爸爸一起看，还是去睡觉？”

“一起看。”骆悦尔甜甜地笑着，小手比画得极其熟练，“我很久没看了。爸爸，我陪你。”

骆静语便将她抱得更紧了些。暖暖的灯光下，父女俩相依相偎，一起看向电视机。

“您对骆静语先生的初印象是什么？”

镜头前的徐卿言神情和蔼，讲话慢条斯理：“第一次见到小鱼呀，应该是他高中毕业那年的暑假，他刚成年，跑到我这儿来上课。一个班全是女孩子，就他一个男孩子，红着张脸，模样很乖，我印象特别深。哦，小鱼当时还给我写了一封信介绍自己，大概是说他 15 岁就知道烫花了，会做一些简单的花型，非常喜欢这门艺术，想要系统地学习，但是他耳朵听不见，希望我不要介意。那封信我还留着呢，小鱼的字很端正，就是内容写得前言不搭后语，看着怪有趣的。”

骆悦尔对着屏幕“哈哈哈”地笑，也不知道在笑什么。骆静语揉揉她的脑袋，幽幽地叹了口气。

画面上已经变成占杰。他穿一身黑色西装，想了半天才说：“第一次见我妹夫？应该是在……会展中心吧？不过那次我没和他说上话，就瞄了一眼，觉得挺帅一小伙子。第二天我就去他家吃饭了，他做饭手艺真不错，脾气也挺好，人很实在。唉，他们都结婚了还问这个干什么？”

未满 10 岁的占凯威在父亲身边踊跃地举手发言：“我第一次见姑父要比我爸爸早！那时候我才上一年级，姑姑和姑父陪我在少年宫玩，姑父还和我一起玩了跳楼机呢，爸爸都没陪我玩过！”

陈亮是用手语表达的：“我和小鱼从小学到高中都是同班同学。第一次见他？那肯定是小学刚开学呀，具体的我不太记得清了。不过小学时的小鱼跟个女孩子似的，很文气，老是哭，班里的男同学都爱逗他。”

毛毛已经成为他的妻子，打手语补充：“我第一次见小鱼是他 20 岁左右的时候吧，他和陈亮还在合租房子，第一印象是他很瘦，性格沉闷，宅男一个。我想给他介绍女朋友，他完全没兴趣，我当时还以为他哪里有毛病呢！”

陈亮大笑不止，毛毛自己也乐了：“对不起，我错了，刚才说的能别让他知道吗？”

占强和迟贵兰并肩对着镜头，二人都精心打扮过。占强穿着西装打着领带，大概是平时从不穿正装的缘故，这会儿手脚都不知往哪里放。

迟贵兰烫了个头发，穿着一件酒红色上衣，左胸别着花，皱眉问：“你刚才问我们什么？”

罗欣然在镜头后面，只有声音传出来，依旧配着字幕：“叔叔、阿姨，我是请你们说一说第一次见到女婿时的感觉。”

迟贵兰扯扯嘴角。她可真说不出来，第一次见到骆静语时，他被揍得鼻青脸肿。她没忍住，上去就打人了，还把女儿给打进了医院。她用手肘捅捅丈夫：“老占，你来说。”

占强拽拽西装下摆，笑呵呵地说：“第一次见小骆呀，是在我们老家。小伙子挺好的，真挺好的。个儿高，长得俊，懂礼貌。哎呀，其实我们什么感觉都不打紧，欢欢喜欢就行了呀。小骆是个好孩子，我们把欢欢交给他，很放心，很放心。”

说罢，他拉拉老伴儿的胳膊：“贵兰，你说是吧？”

迟贵兰不作声，占强“啧”了一声：“人家师傅拍着呢。”

她这才扯出一个笑：“嗯，还行吧。”

禧鱼茶室的员工们站成一排，成哥做代表发言：“我们店里气氛特别好，大家都不喊他们‘老板’‘老板娘’，比如我就喊‘小骆’和‘小占’，苗苗他们年纪小的喊‘骆哥’‘占姐’。第一次见他们就是招工面试嘛，没想到老板耳朵不好使，我那会儿心里还打鼓呢，不知道好不好相处。后来相处起来就觉得小骆人是真的好，别看我们是个店，小骆还会给我们搞团建，关了店门花钱让我们出去旅游，我以前上班的私人饭店哪有这样的福利呀！”

杜恒知很潇洒地双手插兜，头上还戴着一顶渔夫帽，就像是来秋游的。他笑着说：“第一次见骆老师是两年前，在我的工作室，初印象……我看人喜欢看眼睛，对骆老师的第一印象就特别好。他的眼睛很有神采，跟小动物似的，感觉他是个善良的人。”

…………

最后出现的是新娘子。

占喜穿着一袭雪白婚纱，妆容甜美，没有扎起发髻，发梢打着卷儿散在肩膀上，鬓边的头发被编成几缕细细的麻花辫汇在脑后，佩戴着一圈儿香槟色花饰，是骆静语亲手做的烫花，还披着一块长长的白色头纱。

她手里的捧花也是烫花做的，好奇地望着镜头：“欣然，这是干什么呀？”

罗欣然说：“拍婚礼素材呢，你就回答呗。”

占喜皱皱鼻子，清了清嗓子开口道：“对骆先生的初印象……哎呀，真的不好回答，我和他算是网恋哎，见面前我和他网聊了有半个多月呢。哎，对了，第一次见他你不是也在吗？就是你陪我去看房那天。”

罗欣然笑道：“那个不算，他都戴着口罩呢。”

“要看全脸那次呀？”占喜回想了一下，“那次是我故意布的局，就跟抓鱼一样把他给抓到了，哈哈哈……当时的场面有点儿尴尬，我也是那时候才知道他耳朵听不见的，别的也没什么，就认识了嘛，后来慢慢就熟悉起来了。”

罗欣然的声音像是憋着笑：“你老实交代，当时有没有被骆老师的美貌惊艳到？”

“你好烦呀！”占喜笑得掩住了嘴，“那你去问问他，当时有没有被我的美貌惊艳到？”

罗欣然不为所动：“你别急呀！先回答问题，我会去问他的。”

“讨厌啦。”占喜害羞地跺了跺脚，还扭了扭腰，“有啦有啦！行了吧？”

“您对占喜小姐的初印象是什么？”

高元和骆晓梅并肩坐着，高闻星被母亲抱在怀里，睁大眼睛望向镜头。

“我第一次见小占是在我丈人家里。”高元笑着说，“感觉她就是个各方面都很优秀的女孩子，和小鱼的感情也很好。当时我觉得我小舅子很厉害呀，是怎么把她追到手的？我老婆说我这个小舅子从小就不会和女孩儿打交道，这一出手就是王炸呀！”

骆晓梅打手语说：“我第一次见小占是去我弟弟家，在电梯里见的，他们当着我的面还装作不认识，好像是在闹矛盾。他们是什么时候好上的我弟也没告诉我们，不过那段时间他的情绪起伏很大，要么偷偷对着手机傻笑，要么就是苦着脸发呆。小占是他的初恋，他们能结婚，我真的很开心。”

邵姐和小朱姐互相挽着胳膊，邵姐说：“小丁家里有事，不能来参加婚礼，我和小朱就做代表啦。第一次见小占？是在沪市呀，小鱼和我们一起上课呢，下课后小占来接他。她就是很清爽漂亮的一个女孩子，大大方方的，看着就让人喜欢。”

小朱姐补充：“那天很热，小占还在吃甜筒，小鱼可能也不知道她会等在楼下，看到她时眼睛都移不开了。”

骆明松和阎雅娟笑得嘴都合不拢，傻儿子终于和他最心爱的女孩子结婚了。被问到对占喜的初印象时，夫妻俩干脆利落。

“满意！喜欢！没得挑！好姑娘！”

“小鱼绝对不会辜负她，上哪儿去找这么好的老婆呀！小鱼也是傻人有傻福，原本我们都怕他要打一辈子光棍儿呢！”

袁思晨说：“第一次见占喜就是面试时，是我面的她。感觉她就是个很文静的女孩子，刚刚大学毕业嘛，说话细声细气的。我和她就同事了一年，现在是朋友关系。其实我感觉她没有外表看着这么软，是个很有想法的人。那会儿她离职，我一点儿也不为她担心。果然，她和小骆一起创业很成功呀！”

周莲也来了，和莫杨在一起。周莲说：“我和小占是因为手语课认识的，她是为了小鱼来学手语的，我也算是为他们的感情路做了点儿贡献吧。他们都是好孩子，我很荣幸能参加他们的婚礼。”

莫杨笑着打手语：“我第一次见到小占姐是在骆师兄的家里，那时候他们还没谈恋爱呢！不过傻子都看得出来他们之间有猫腻，彼此喜欢，却又不说，我和钟鹏看得都急死啦。”

这种时候怎么能少了顾心驰？13 岁的小小少年根本不让父母说话，抢过了话头："我第一次见到小占姐姐是她搬来青雀佳苑那天呀。我记得去上学时在电梯里见到了她。哇！我就觉得这个姐姐好漂亮呀！后来我还去她家吃饭了，是小鱼哥哥带我去的，我那时候就发现小鱼哥哥喜欢她了，真的，真的，小鱼哥哥还不承认！死鸭子嘴硬，逃不出我的火眼金睛！"

顾爸爸扶额："你可闭嘴吧！"

…………

罗欣然说话算话，问到新郎官时也把新娘子的问题抛给了他。

骆静语穿着一身白色西装，身姿颀长，英俊得像个王子，不过面对镜头时有些摸不着头脑。看着罗欣然印在纸上的问题，他陷入回忆。

沉默几秒后，他打手语道："第一次见欢欢是三年前的十二月十七日，晚上。"

周莲帮罗欣然做手语翻译，罗欣然惊呼："这你都记得呀？"

骆静语笑起来："那天是我妈妈生日，我去爸妈家吃饭，回来后就见到了欢欢。"

罗欣然问："第一次见面是什么感觉？新娘子问，你有没有被她的美貌惊艳到？"

骆静语的眼神变得好无奈："还没来得及惊艳，我都被吓到了。"

他缓慢地打着手语："完全没想到她是长这个样子的，我当时就觉得完蛋了，她可能再也不会理我了。我以为她会失望，会把我拉黑，后来也不知道怎么回事，我和她居然没有断联系，不仅经常见面，还出去吃饭，跟做梦一样。"

罗欣然问："今天你们结婚啦，有什么感想吗？"

骆静语唇边露出一个浅笑，认真地打手语："很幸福，没有别的想法了，就是幸福。我和欢欢宣誓过，我们会风雨同舟，患难与共，同甘共苦，成为终生的伴侣。"

"请为骆先生和占小姐的婚礼送上您的祝福吧。"

徐卿言说："小鱼、小占，今天是你们大喜的日子，徐老师在这里祝你们新婚快乐。小鱼，你还年轻，我知道你对烫花有多么热爱，非常欣慰你能在小占的帮助下发展自己的事业。希望将来你能不忘初心，不断地精进技艺，创作出更多更好的烫花作品。徐老师不怕你超越我，任何行业，只有后起之秀越来越多，才是良性发展，徐老师会为你加油。"

占杰说："祝我妹和小骆新婚大喜，百年好合。别的不多说，就告诉小骆，要是敢欺负我妹，哥可饶不了你！"

成哥、小苗、梦梦等人异口同声："祝老板和老板娘新婚快乐！永结同心，早生贵子，财源广进！记得给我们加工资呀！"

占强说："小两口儿过日子不要吵架，有话好好说，凡事多商量，少年夫妻老来伴，往后还有几十年的路呢，希望你们能好好地走，生个孩子，一家三口和和美美的，我们做父母的也就放心了。"

高元："我代我丈人一家来说吧，小鱼和小占能喜结连理不容易，姐姐和姐夫祝你们甜甜蜜蜜，白头到老。对小鱼，我一直是一句话，自信一点儿，你真的是个很优秀的男孩子。对小占，我想说，感谢你对小鱼的理解和包容。这几年来，我和晓梅看到了你们互相扶持，互相成就，变成了更好的自己，小鱼就跟脱胎换骨似的，我们都很欣慰。姐夫祝你们前程似锦，事业顺利，婚姻美满，都能实现心中的梦想。"

镜头上出现了好多好多人，每个人都对骆静语和占喜说出了祝福语。骆悦尔乖乖地窝在父亲怀里，骆静语不知道她能不能听懂。小姑娘没吭声，始终看得很专心。

在"采访"过后，婚礼正式开始。

婚礼现场以白色和香槟色为主，到处是鲜花和气球。

仪式很简单，司仪开场后，骆静语便被请到舞台上站好。《婚礼进行曲》响起，占喜挽着父亲的手臂，在宾客们的注视下，缓缓地走上那条洒满花瓣的花毯。

只有骆悦尔能听到音乐声，还跟着哼起来。

这是她最喜欢看的一段，以前看过两次，不过那时候年纪更小，有些细节都忘记了。这会儿陪着父亲一起看，她激动得坐直了身子，眼睛眨也不眨地盯着屏幕上年轻的父母。

沙发上的骆静语闭了闭眼睛，想起那一天，那一刻，他站在舞台上，底下是一排排端坐着的至亲好友，有微风吹起罗马柱上的白色纱幔。他能闻到清新的青草味，还有甜腻的玫瑰香……

他的世界永远静谧如海，哪怕是在这人生中极重要的时刻，他还是什么都听不见。不过没关系，他能看见，看见他的新娘穿着婚纱，一步一步地向他走来。

她脸上带着笑，一点儿也不端庄，笑得露出了八颗牙。

他忍不住也笑起来，她离他还有几步远呢，他已经迫不及待地向她伸出了手。终于，她的手被父亲握着交到他的手里。

屏幕上，新郎新娘已经并肩而立，所有的对话都有字幕，司仪说了一通吉祥话后，把一支话筒交给占喜。

司仪动情地说："现在，我郑重地向新娘占喜提问，你，愿意嫁给骆静语先生，成为他的妻子吗？"

骆静语抱着女儿，笑得弯了眼睛。他看到屏幕上欢欢眼里的困惑，因为那和彩排不一样。彩排时，司仪是先问的新郎，再问新娘，而骆静语是用手语回答"我愿意"。

占喜的困惑并没有表现得太明显，她看了一眼身边的男人，拿着话筒清晰地回答：“我愿意。”

接着，司仪又问：“新郎骆静语，请问，你愿意迎娶占喜小姐，成为她的丈夫吗？”

占喜看向骆静语，等待他松开与她相牵的手，用手语回答。可她完全没想到，他并没有松手，而是拿过她另一只手里的话筒。

他把话筒伸到嘴边，视线一直凝在她脸上，微微启唇，回答：“窝……鸳一。”

占喜愣住了。司仪激动地说：“请你再大声说一遍，你愿意吗？”

骆静语真的提高了音量，大声地回答：“窝鸳一！窝——鸳一！”

这便是他学会的第三句话。

一片掌声中，骆悦尔用稚嫩的童音跟着说了一遍：“我愿意。”

屏幕上，年轻的新郎新娘紧紧地拥抱在一起，忘情地接吻。沙发上，小女孩儿也转过身，伸出手臂抱住骆静语。

婚礼即将进入尾声，骆静语低头亲亲女儿的额头，松开她，打手语道：“你该睡觉了。”

骆悦尔仰着小脸说：“爸爸，你要不要复习一下我教你的那句话？”

骆静语眯了眯眼睛，小家伙已经开了口：“你跟我说，生日快乐。”

他犹豫片刻，还是张开了嘴：“佘……re……夸了。”

“生，不是佘，生……”骆悦尔知道父亲学说话很困难，并不会去笑话他，“爸爸，你看我的舌头，生，生，生……”

骆静语练了好一会儿，好不容易发出一个“身”音，前鼻音和后鼻音对他来说难以理解。骆悦尔知足了，竖起大拇指夸他：“对，对，对！爸爸，你说得很棒！”

她又继续教他说“日，快，乐”，骆静语说不好。他看着时间越来越晚，打手语说：“明天再练吧，很晚了，小朋友不能睡这么晚，会长不高。”

骆悦尔的确困了，乖巧地点点头。骆静语直接把女儿抱去儿童房，将她放到小床上。他坐在床边帮女儿把被子盖好，小家伙看着他，两只手想从被窝里伸出来打手语，又被他捉住塞了回去。小姑娘只能张嘴说话：“爸爸，你的声音好好听。”

骆静语眼神柔柔地看着她，抬手问：“真的吗？可是爸爸说话不标准。”

悦儿摇头：“没关系的，真的好好听，我喜欢听你说话。妈妈说了，你不用学太多话，因为太难了。你只要记住现在会说的这些话，我和妈妈就很开心。”

骆静语俯身亲吻女儿的额头，坐直后打了一句手语：“好了，你真的该睡觉了，时间很晚了，你还这么激动。”

“嗯，爸爸晚安。”骆悦尔没再说话，闭上了眼睛。

骆静语又一次拍着她的被子，哄她睡觉。没几分钟，小家伙的神色就放松下来，骆静语知道女儿睡着了。

他没有立刻离开儿童房，视线落到女儿的书桌上。这是一张儿童书桌，是他亲手装起来的。书桌上有三层书架，塞满了女儿喜欢看的故事书和绘本。有一本书又大又厚，格格不入地夹在里面，露出了一大截儿。

占喜曾经想把这本书拿走，放到工作间的书架上，可是女儿不让。她像抱宝贝似的抱着书说："这是爸爸写的书！我要放在这里，小朋友们来家里玩，我要给他们看！"

那是骆静语两年前出的一本书，算是烫花入门教学，不仅有简单花朵、饰品的制作流程，还有他的一些精美作品展示。

封面上印着"骆静语著""占喜摄影"，书名叫"以花诉心语"。

骆静语离开儿童房，电视屏幕是暂停状态。他拿起遥控器想关掉电视机，手却停了下来。

"礼物"一动不动地趴在猫爬架的太空舱里，像是睡着了。

骆静语一点儿也不困，不但不困，还很兴奋。他重新坐到沙发上，按着遥控又打开一段视频。这一次他不忘静音，不想再吵到妻子和女儿。

屏幕上出现了另一段片头，又跳出几个大字，中文是"我的拍档"，底下还有一串英文。骆静语只认识"My"这个单词，女儿反倒会念，是"My Partner"。

他认真地看了起来。

这是一部纪录片，导演叫任虹，是徐卿言的朋友。

任虹当年想拍一部和"拍档"有关的纪录片，找来六组工作拍档，有各种关系，比如姐妹、校友、师生，等等。骆静语和占喜是其中一对，他们的关系是情侣。

这部纪录片开始跟拍的时间比婚礼要早一年，持续半年，摄制组来了钱塘五次。每次待一个多星期，从秋天到冬天，又从冬天到春天。

就像是用影像记录下他们恋爱时的情景，那会儿，他和欢欢都那么年轻，她 25 岁，他 28 岁。

寒冷的冬天，北风萧萧。一辆黑色轿车停到文创街停车场，从驾驶座上下来一个穿羽绒服的长发女孩儿，搓着手对镜头打招呼："嗨，好久不见，这几天有冷空气哦，你们要注意保暖。"

纪录片里不管是主角说话还是旁白，都有字幕，骆静语看得并不吃力。

导演任虹兼任记者，偶尔会出镜，问道："小占，什么时候买的车呀？"

占喜笑得很甜："上个月买的，是骆老师送我的生日礼物。"

任虹又问："骆老师怎么没和你在一起呀？"

"今天我们茶室的中餐师傅休息，骆老师要兼职做大厨，很早就出门去买菜了。"占喜一边走路一边解释，"我本来是想开车送他来的，但他让我多睡会儿，说晚上要待到很晚。"

任虹笑问："骆老师还要做大厨呀？这么多才多艺。"

"哈哈，您别说，他做菜真的很好吃，我都觉得他不愁失业，哪天不做烫花了，还能去开间小饭馆。"占喜笑呵呵地说，"有些客人居然会算着他做大厨的日子，特地过来吃他做的菜哦！我们店里的中餐师傅都要吃醋了。中午我们一起吃饭，让你们尝尝骆老师的手艺。"

推开禧鱼茶室的玻璃门，店里客人还不多，有服务员向占喜打招呼："占姐，早上好！"

"早上好。骆老师呢？"

服务员指指厨房："在厨房。"

占喜带着任虹进厨房，骆静语背对着他们在切菜。他穿一身白色厨师服，戴着厨师帽和口罩，并未发现有人进来。占喜等他放下菜刀才过去拍拍他的胳膊，他回过头，眼睛亮亮地对任虹招了招手，算是打招呼。

午餐的主菜是他的拿手绝活花雕鸡。任虹打趣道："我们这拍得就跟美食片似的，是不是跑题啦？"她吃了一口鸡肉，发自内心地赞叹，"哎哟，真的好吃！这不开饭馆实在是可惜了。"

占喜笑得靠在骆静语身上，说："我没骗您吧？我哥特别爱吃他做的花雕鸡，每次来都要吃，说绝对可以排上钱塘名菜之一！"

她说话时，骆静语一直看着她的脸。他不好意思地笑了一下，把一个鸡腿夹到她的碗里。

场景切换，骆静语在做花，镜头拍摄着他的手部特写，还有他的侧脸。

工作间靠窗，可惜那几天没有阳光，哪怕是冬天枝叶都很繁茂，也只能看到窗外那棵大树。骆静语没有被摄制组影响，低着头做得很用心，占喜则和任虹在边上聊天。

"他现在在做的是一件定制摆件，需要做月季、喷雪花枝、金边麦冬和高山羊齿。"占喜介绍道，"是一位老客户定做的。"

"最近忙吗？"任虹问，"上一次来你们还在忙汉服节的事情，现在呢？有什么节日款需要做吗？"

"暂时没有，就等明年的花朝节了，大概会在一月开仓吧。"占喜说，"开仓后骆老师会很忙，这两个月就先让他休息一下。”

春节过后，骆静语开始为那一年的花朝节忙碌，除了情人节时还开过几次烫花体验课，其他时候的课程都暂停了。茶室的生意全部交给占喜来管理，二人分工合作，倒也有条不紊。

花朝节后已是盛春季节，占喜和骆静语再一次出现在镜头里时，都脱掉厚重的羽绒服，穿上了轻薄的春装。

那一天的拍摄是在 1504 室，骆静语记得自己是在厨房做饭，摄像师跟拍了一会儿就被任虹叫走了。他走出厨房，看到任虹和占喜面对面坐在阳台上，摄像师扛着摄像机对着他们，其他的剧组工作人员也在他们身边忙碌。

骆静语不在意她们聊什么，几次跟拍，几乎都是占喜和任虹交流。他不会说话，偶尔打几句手语都会害羞。任虹也不勉强他，说没有关系，她已经拍到了足够的素材。

只是……阳台上挂着好几只酱鸭。骆静语发愁地想，会被拍进去吗？多破坏画面呀。

直到纪录片上线后，骆静语才知道那一天任虹和占喜具体聊了些什么。

他靠坐在沙发上，静静地看着屏幕上年轻女孩儿的脸。

那日春光明媚，1504 室的阳台上洒满阳光。他的欢欢穿着一件宽松柔软的米黄色毛衣，长发披肩，像只猫一样慵懒地窝在藤椅上。背景是郁郁葱葱的花草绿植，一派生机勃勃的暖春景象。

任虹坐在占喜对面，藤桌上摆着两杯热茶，两个女人愉快地聊着天。

“和骆老师一起创业多久了？”任虹问。

占喜像是算了算时间才说：“嗯……快两年了吧。”

“碰到过困难吗？”

“当然碰到过。”占喜的神情温柔又坚定，“不过我们不怕困难，碰到了就想办法去克服，总的来说还算顺利。”

“当初是怎么想到和骆老师一起创业的？”

哪怕骆静语不在，占喜说话时都会打简单的手语，是几年来养成的习惯：“一开始其实没有这样的打算，骆老师当时处在一个单干的状态，还没找到新的合伙人，我是临时帮他忙。后来发生了一些事情，我就决定跟他一起创业，主要是骆老师情况比较特殊，他的手艺没问题，可是在外联上真的很吃力，需要一个信得过又懂他的合伙人，我应该是最合适的一个。”

任虹问：“我想知道，这和你自己的职业规划冲突吗？会不会介意别人说你是骆老师背后的女人？这两年有没有后悔过？”

“不冲突，不介意，不后悔。”占喜笑得开怀，“我是他背后的女人这种说法纯属误解。我大学里学的是中文和新媒体专业，倒是觉得现在的工作和专业很搭。这几年骆老师大多数工作都需要我帮他接洽，还有宣传，我和他是分不开的。创业后我其实学到了不少东西，积累了很多经验，工作上的事情基本都是我说了算，超级满足，还很有成就感。”

“那你有没有想过，有一天你们感情出了问题，分手了怎么办？两个人的事业搅在一起，钱也算不清。”任虹说得一点儿也不委婉，“毕竟你们没有结婚，只是情侣关系。”

占喜一点儿也没犹豫，摇头说：“没想过，从没想过分手。从和他在一起的那天开始，就没想过分手。”

任虹好像是不信：“这目标立得是不是有点儿早？”

占喜沉吟片刻，说：“是这样的，这件事情要从我的原生家庭说起。我的家庭很完整，父母、哥哥和奶奶一直住在一起，在外人看来我家没什么问题，家里人都很爱我，从小鼓励我好好学习，所以我的成绩一直不错，在亲戚看来我就是我父母的骄傲。不过，这都是表象。”

她停顿了一下，才继续说下去：“您别看我现在过得很清醒、很快乐，其实有相当长的一段时间，我是处在一个很迷茫的状态。我的家人对我要求特别高，这么说吧，我生活里大大小小的事情，他们都帮我安排好了，小到穿什么衣服、留什么发型、待人接物要如何温柔得体，大到大学去哪里念、填什么专业、毕业后做什么工作，所有事情都是家人说了算。我相信他们的确是为了我好，可是他们没有一个人来问过我想不想要这样的安排。我那时候刚大学毕业，就已经相过几回亲，家人给我安排的相亲对象条件都很好，好到我没理由拒绝。我一度放弃抵抗，就想随着他们的安排把日子过下去就行了，工作、婚姻、社交……我都可以照着他们的期望来，好像哪里都没问题。”

“我和小鱼……啊，就是骆老师，我还是叫他小鱼吧。”占喜轻笑一声，“我和小鱼就是在那个时候认识的。认识他以后，我的人生态度开始发生改变。这种改变不是一蹴而就的，一开始我放弃过，放弃过我和他的感情，因为觉得会没有结果。”

任虹问：“是因为他的听障吗？”

“听障算是原因之一。”占喜说，“还有他的学历、工作、家庭背景，我怎么想都觉得和他没戏，特别沮丧，沮丧到痛哭的地步。我那时候都没想到……我居然有这么喜欢他。”

任虹又问：“后来怎么改变主意了呢？”

“忘不掉他呀，天天想他。您也看到了，他是这么可爱一个人。”占喜眨眨眼睛，微笑道，“小鱼……是我人生中第一个也是唯一的相处起来能让我毫无压力的异性。这种感觉我不知道要怎么描述，就算是在我和他确定恋爱关系前，我和他待在一起也特别舒服。他也不是没有原则，他有的，但这个人……就是让我忍不住想要靠近。在他身边，我觉得我可以无理取闹。”

任虹笑道：“他就是宠你呗。”

“和宠又有点儿不一样，唉……说不上来。”占喜思索了一下，“不是有一种说法吗？形容两个人合拍，就会说待在一起就算不说话都不会感到尴尬，我和小鱼从认识那天开始就是这样一种状态。在他身边，我能感受到自由，感受到他对我的尊重、信任、理解和包容，我可以完完全全地做自己。他会站在我的角度想问题，从来不会要求我必须这样、必须那样，我对他也是一样的。比如，我们出去约会都要靠手语交流，有时候就会有人朝我们看，这种时候小鱼会很难过，甚至会避免打手语，就为了不让别人对我指指点点。”

任虹问：“他还是介意他不会说话？”

“他偶尔会介意，难免的，但我不介意。”占喜说，“他不是不会说话，他只是说话的方式和大家不一样。手语也是说话，我会手语，完全能和他交流。我对他说，不要太在意别人的眼光，人家又不了解你，干吗要为了别人的眼光而影响自己的生活呢？其实这也是我从他身上学到的道理，他很独立，早早地就自己养活自己，很多大事都是他自己做主，在这点上我一直很佩服他。所以，当时明确心意要和他在一起后，我就打定了主意，除非我不喜欢他了，要不然，我不会因为别的阻碍而和他分手。有事情我们就一起扛，谁都不要做逃兵。”

任虹的问题总是直击要害：“这么说来，你家里反对过？”

“反对过，但也是可以理解的。”占喜笑道，“我要谢谢我哥和我爸，他们接纳了小鱼，一直支持着我们。那一年，算是我这辈子和家人闹得最僵的一段日子，就是一种拉锯，要么坚持，赢得自由；要么放弃，重新回到原来那种一切任凭摆布的状态。幸运的是，我和小鱼坚持下来了，回头想想，其实真的没什么大不了的。他是一个值得我坚持的人，我也得到了最想要的结果。”

任虹问：“有人说过你勇敢吗？”

“有，可我不觉得我有多勇敢，我还没有小鱼勇敢呢。我只是想通了一些道理，不想再违背自己的本心，不想留下遗憾。”占喜望向阳台外，目光澄澈，继续道，“我很享受现在的生活，享受工作，享受度假，享受和小鱼在一起的每分每秒。”

她转回视线看着任虹：“创业总是辛苦的，好在小鱼是个不怕苦的人，我们两个人拧成了一股绳，一加一大于二，一起努力往前冲。现在，您要是问我还在不在乎他的听障，我是真的一点儿也不在乎。我爱他，能找到他做我的男朋友，我感到非常幸运。我的人生算是因为他而有所改变，是往好的方向改变。我希望他的人生也能因为我的出现而变得越来越好，我希望，我和他可以长长久久地走下去。”

占喜为这次的对话加了个结尾：“我和小鱼不仅是拍档，也不仅是情侣，我希望我们将来会是夫妻，是孩子的父母，是四位老人的儿女，是对方最好的朋友，是知己，也是最亲密的家人。我希望，我们是彼此未来人生中，发生疾病或意外时，能让医生和警察毫不犹豫最先联系的那个人。”

这一集的片尾，任虹加了一句话：“我们的故事播出时，骆老师和占小姐已经举行婚礼。谨代表摄制组祝他们幸福美满。漫漫人生路，相携不分离。”

字幕渐消，骆静语回过神来时，屏幕上已经播放起下集预告和片尾字幕。

他抹了一把脸，不出所料又是泪流满面。

他不知道欢欢当时是以怎样的心情说出那些话的，她还那么年轻，脸上是满满的胶原蛋白，眼睛明亮如星。

他想，自己哪里有她说得这么好？

他也曾经胆怯、懦弱、崩溃，怕拖累她，想要放弃。

明明是她一直在扛着，说不做逃兵就不做逃兵。

骆静语抽出纸巾擦擦眼睛，在沙发上冷静了好久才关掉电视机。

进房前，他关掉鲸鱼灯。

整个客厅变得漆黑一片。他放轻脚步走进主卧，占喜为他留着一盏夜灯，卷着被子睡得很熟。

骆静语脱衣上床，掀开被子躺到她身边。他没舍得关灯，借着幽暗灯光打量着她的睡颜——还是记忆里最可爱的姑娘，永远不会变。

他倾身吻了下她的脸颊。

占喜没醒，无意识地往他这里凑了凑。被窝里光溜溜的腿蹭在他腿上，令他觉得痒。

骆静语伸长手臂关掉夜灯，轻轻地将妻子搂进怀里。

“礼物”睡着了，悦儿睡着了，欢欢也睡着了。

夜已是那么深，室温很低，骆静语的内心却滚烫如火，经久不息。他闭上眼睛，体会着怀中人温软的身体，终于感到困倦，沉沉睡去。